新编

房地产法

小全书

LAWS AND REGULATIONS
ON REAL ESTATES

注释版

法律出版社
LAW PRESS · CHINA

编辑出版说明

随着我国社会主义市场经济和民主法治的不断发展,法律已经全面深入社会生活的各个领域。无论是民事领域的日常生活,还是商事领域的投资经营,无论是行政领域的执法监管,还是司法领域的诉讼维权,法律、行政法规及司法解释等都日益体现出其重要的社会价值。为适应社会各界人士学法用法的需要,我社组织编辑了本套"新编法律小全书注释版系列"丛书。

本丛书在我社"新编法律小全书系列"丛书的基础上,进一步完善了框架体系和编注体例,增补了近期出台的法律、行政法规和司法解释等法律文件,最新增加了主体法的导读及条文注释,适合于法律职业人士、机关公务员、企业管理人员、高等院校师生及其他社会各界人士的学习、工作和生活使用。

"新编法律小全书注释版系列"丛书具有以下特点:

1. 突出热点。丛书根据法律适用的重点、热点和难点,按照文件类别共分为15个分册,其内容涵盖了民事、商事、刑事、合同、赔偿、物权、房地产、建筑、公司、财税金融、交通、劳动合同、民事诉讼和刑事诉讼等诸多社会领域。

2. 全面收录。丛书全面收录了相关领域的各类法律文件,包括全国人大及其常委会通过的法律、有关法律问题的决定,国务院公布的行政法规、法规性文件,最高人民法院和最高人民检察院公布的司法解释、司法业务文件,国务院各部门公布的部门规章等。

3. 方便实用。丛书秉承《法律小全书》一贯的编辑宗旨,竭力为读者提供其他更多、更方便的实用内容,包括:(1)常用的文书范本、典型案例和操作流程;(2)主体法律附加导读、条文主旨、条文注释和关联法规;(3)部分分册加收更具指导意义的地方审判政策。

4. 动态增补。为了适应法律的不断发展,本丛书还为读者提供最新法规资讯的增补服务,读者可以根据自身需要选择不同的增补方式和内容,并且提出对本丛书的意见和建议。(详见书末读者增补登记表)

　　本丛书的编辑出版也得益于许多法学专家和法律实务界人士的大力支持和帮助,我们在此深表谢意。同时,我们也在此感谢对本书提出过宝贵意见和建议的热心读者。希望我们共同的努力,能够使本丛书不断丰富和完善,并且发挥其应有的法律和社会作用。

法律出版社法规中心

2008 年 11 月

总 目 录

常用法规简目

目　　录

九、城市住房改革

1.公有住房改革

一、综　合

中华人民共和国民法通则

1. *1986 年 4 月 12 日第六届全国人民代表大会第四次会议通过*
2. *1986 年 4 月 12 日中华人民共和国主席令第 37 号公布*
3. *自 1987 年 1 月 1 日起施行*

目　录

第一章　基本原则

第一条　【立法目的】为了保障公民、法人的合法的民事权益,正确调整民事关系,适应社会主义现代化建设事业发展的需要,根据宪法和我国实际情况,总结民事活动的实践经验,制定本法。

第二条　【调整范围】中华人民共和国民法调整平等主体的公民之间、法人之间、公民和法人之间的财产关系和人身关系。

第三条　【平等原则】当事人在民事活动中的地位平等。

第四条　【自愿、公平、等价有偿、诚实信用原则】民事活动应当遵循自愿、公平、等价有偿、诚实信用的原则。

第五条　【民事权益受法律保护原则】公民、法人的合法的民事权益受法律保护,任何组织和个人不得侵犯。

第六条　【遵守法律和政策原则】民事活动必须遵守法律,法律没有规定的,应当遵守国家政策。

第七条　【禁止权利滥用原则】民事活动应当尊重社会公德,不得损害社会公共利益,破坏国家经济计划,扰乱社会经济秩序。

第八条　【适用范围】在中华人民共和国领域内的民事活动,适用中华人民共和国法律,法律另有规定的除外。

　　本法关于公民的规定,适用于在中华人民共和国领域内的外国人、无国籍人,法律另有规定的除外。

第二章　公民(自然人)

第一节　民事权利能力和民事行为能力

第九条　【公民民事权利能力的开始与终止】公民从出生时起到死亡时止,具有民事权利能力,依法享有民事权利,承担民事义务。

第十条　【公民民事权利能力平等】公民的民事权利能力一律平等。

第十一条　【完全民事行为能力人】十八周岁以上的公民是成年人,具有完全民事行为能力,可以独立进行民事活动,是完全民事行为能力人。

十六周岁以上不满十八周岁的公民,以自己的劳动收入为主要生活来源的,视为完全民事行为能力人。

第十二条　【未成年人的民事行为能力】十周岁以上的未成年人是限制民事行为能力人,可以进行与他的年龄、智力相适应的民事活动;其他民事活动由他的法定代理人代理,或者征得他的法定代理人的同意。

不满十周岁的未成年人是无民事行为能力人,由他的法定代理人代理民事活动。

第十三条　【精神病人的民事行为能力】不能辨认自己行为的精神病人是无民事行为能力人,由他的法定代理人代理民事活动。

不能完全辨认自己行为的精神病人是限制民事行为能力人,可以进行与他的精神健康状况相适应的民事活动;其他民事活动由他的法定代理人代理,或者征得他的法定代理人的同意。

第十四条　【法定代理人】无民事行为能力人、限制民事行为能力人的监护人是他的法定代理人。

第十五条　【公民的住所】公民以他的户籍所在地的居住地为住所,经常居住地与住所不一致的,经常居住地视为住所。

第二节　监　护

第十六条　【未成年人的监护人】未成年人的父母是未成年人的监护人。

未成年人的父母已经死亡或者没有监护能力的,由下列人员中有监护能力的人担任监护人:

(一)祖父母、外祖父母;

(二)兄、姐;

(三)关系密切的其他亲属、朋友愿意承担监护责任,经未成年人的父、母的所在单位或者未成年人住所地的居民委员会、村民委员会同意的。

对担任监护人有争议的,由未成年人的父、母的所在单位或者未成年人住所地的居民委员会、村民委员会在近亲属中指定。对指定不服提起诉讼的,由人民法院裁决。

没有第一款、第二款规定的监护人的,由未成年人的父、母的所在单位或者未成年人住所地的居民委员会、村民委员会或者民政部门担任监护人。

第十七条　【精神病人的监护人】无民事行为能力或者限制民事行为能力的精神病人,由下列人员担任监护人:

(一)配偶;

(二)父母;

(三)成年子女;

(四)其他近亲属;

(五)关系密切的其他亲属、朋友愿意承担监护责任,经精神病人的所在单位或者住所地的居民委员会、村民委员会同意的。

对担任监护人有争议的,由精神病人的所在单位或者住所地的居民委员会、村民委员会在近亲属中指定。对指定不服提起诉讼的,由人民法院裁决。

没有第一款规定的监护人的,由精神病人的所在单位或者住所地的居民委员会、村民委员会或者民政部门担任监护人。

第十八条　【监护人的职责权利与民事责任】监护人应当履行监护职责,保护被监护人的人身、财产及其他合法权益,除为被监护人的利益外,不得处理被监护人的财产。

监护人依法履行监护的权利,受法律保护。

监护人不履行监护职责或者侵害被监护人的合法权益的,应当承担责任;给被监护人造成财产损失的,应当赔偿损失。人民法院可以根据有关人员或者有关单位的申请,撤销监护人的资格。

第十九条　【精神病人民事行为能力的宣告】精神病人的利害关系人,可以向人民法院申请宣告精神病人为无民事行为能力人或者限制民事行为能力人。

被人民法院宣告为无民事行为能力人或者限制民事行为能力人的,根据他健康恢复的状况,经本人或者利害关系人申请,人民法院可以宣告他为限制民事行为能力人或者完全民事行为能力人。

第三节　宣告失踪和宣告死亡

第二十条　【宣告失踪的条件】公民下落不明满二年的,利害关系人可以向人民法院申请宣告他为失踪人。

战争期间下落不明的,下落不明的时间从战争结束之日起计算。

第二十一条　【宣告失踪的法律后果】失踪人的财产由他的配偶、父母、成年子女或者关系密切的其他亲属、朋友代管。代管有争议的,没有以上规定的人或者以上规定的人无能力代管的,由人民法院指定的人代管。

失踪人所欠税款、债务和应付的其他费用,由代管人从失踪人的财产中支付。

第二十二条　【宣告失踪的撤销】被宣告失踪的人重新出现或者确知他的下落,经本人或者利害关系人申请,人民法院应当撤销对他的失踪宣告。

第二十三条　【宣告死亡的条件】公民有下列情形之一的,利害关系人可以向人民法院申请宣告他死亡:

（一）下落不明满四年的;

（二）因意外事故下落不明,从事故发生之日起满二年的。

战争期间下落不明的,下落不明的时间从战争结束之日起计算。

第二十四条　【死亡宣告的撤销】被宣告死亡的人重新出现或者确知他没有死亡,经本人或者利害关系人申请,人民法院应当撤销对他的死亡宣告。

有民事行为能力人在被宣告死亡期间实施的民事法律行为有效。

第二十五条　【死亡宣告撤销后的财产返还】被撤销死亡宣告的人有权请求返还财产。依照继承法取得他的财产的公民或者组织,应当返还原物;原物不存在的,给予适当补偿。

第四节　个体工商户、农村承包经营户

第二十六条　【个体工商户的定义】公民在法律允许的范围内,依法经核准登记,从事工商业经营的,为个体工商户。个体工商户可以起字号。

第二十七条　【农村承包经营户的定义】农村集体经济组织的成员,在法律允许的范围内,按照承包合同规定从事商品经营的,为农村承包经营户。

第二十八条　【"两户"合法权益的保护】个体工商户、农村承包经营户的合法权益,受法律保护。

第二十九条　【"两户"民事责任的承担】个体工商户、农村承包经营户的债务,个人经营的,以个人财产承担;家庭经营的,以家庭财产承担。

第五节　个人合伙

第三十条　【个人合伙的定义】个人合伙是指两个以上公民按照协议,各自提供资金、实物、技术等,合伙经营、共同劳动。

第三十一条　【合伙合同】合伙人应当对出资数额、盈余分配、债务承担、入伙、退伙、合伙终止等事项,订立书面协议。

第三十二条　【合伙财产】合伙人投入的财产,由合伙人统一管理和使用。

合伙经营积累的财产,归合伙人共有。

第三十三条　【合伙字号与经营范围】个人合伙可以起字号,依法经核准登记,在核准登记的经营范围内从事经营。

第三十四条　【合伙的内部关系】个人合伙的经营活动,由合伙人共同决定,合伙人有执行和监督的权利。

合伙人可以推举负责人。合伙负责人和其他人员的经营活动,由全体合伙人承担民事责任。

第三十五条　【合伙的民事责任】合伙的债务,由合伙人按照出资比例或者协议的约定,以各自的财产承担清偿责任。

合伙人对合伙的债务承担连带责任,法律另有规定的除外。偿还合伙债务超过自己应当承担数额的合伙人,有权向其他合伙人追偿。

第三章　法　人

第一节　一般规定

**第三十六条　【法人的定义及其权利能力和行为

能力】法人是具有民事权利能力和民事行为能力，依法独立享有民事权利和承担民事义务的组织。

　　法人的民事权利能力和民事行为能力，从法人成立时产生，到法人终止时消灭。

第三十七条　【法人的条件】法人应当具备下列条件：

　　（一）依法成立；

　　（二）有必要的财产或者经费；

　　（三）有自己的名称、组织机构和场所；

　　（四）能够独立承担民事责任。

第三十八条　【法定代表人】依照法律或者法人组织章程规定，代表法人行使职权的负责人，是法人的法定代表人。

第三十九条　【法人的住所】法人以它的主要办事机构所在地为住所。

第四十条　【法人的清算】法人终止，应当依法进行清算，停止清算范围外的活动。

第二节　企业法人

第四十一条　【企业法人资格的取得】全民所有制企业、集体所有制企业有符合国家规定的资金数额，有组织章程、组织机构和场所，能够独立承担民事责任，经主管机关核准登记，取得法人资格。

　　在中华人民共和国领域内设立的中外合资经营企业、中外合作经营企业和外资企业，具备法人条件的，依法经工商行政管理机关核准登记，取得中国法人资格。

第四十二条　【经营范围】企业法人应当在核准登记的经营范围内从事经营。

第四十三条　【企业法人的民事责任】企业法人对它的法定代表人和其他工作人员的经营活动，承担民事责任。

第四十四条　【企业法人的变更】企业法人分立、合并或者有其他重要事项变更，应当向登记机关办理登记并公告。

　　企业法人分立、合并，它的权利和义务由变更后的法人享有和承担。

第四十五条　【企业法人的终止】企业法人由于下列原因之一终止：

　　（一）依法被撤销；

　　（二）解散；

　　（三）依法宣告破产；

　　（四）其他原因。

第四十六条　【注销登记】企业法人终止，应当向登记机关办理注销登记并公告。

第四十七条　【清算】企业法人解散，应当成立清算组织，进行清算。企业法人被撤销、被宣告破产的，应当由主管机关或者人民法院组织有关机关和有关人员成立清算组织，进行清算。

第四十八条　【承担责任的财产范围】全民所有制企业法人以国家授予它经营管理的财产承担民事责任。集体所有制企业法人以企业所有的财产承担民事责任。中外合资经营企业法人、中外合作经营企业法人和外资企业法人以企业所有的财产承担民事责任，法律另有规定的除外。

第四十九条　【法定代表人的法律责任】企业法人有下列情形之一的，除法人承担责任外，对法定代表人可以给予行政处分、罚款，构成犯罪的，依法追究刑事责任：

　　（一）超出登记机关核准登记的经营范围从事非法经营的；

　　（二）向登记机关、税务机关隐瞒真实情况、弄虚作假的；

　　（三）抽逃资金、隐匿财产逃避债务的；

　　（四）解散、被撤销、被宣告破产后，擅自处理财产的；

　　（五）变更、终止时不及时申请办理登记和公告，使利害关系人遭受重大损失的；

　　（六）从事法律禁止的其他活动，损害国家利益或者社会公共利益的。

第三节　机关、事业单位和
社会团体法人

第五十条　【法人资格的取得】有独立经费的机关从成立之日起，具有法人资格。

　　具备法人条件的事业单位、社会团体，依法不需要办理法人登记的，从成立之日起，具有法人资格；依法需要办理法人登记的，经核准登记，取得法人资格。

第四节　联　　营

第五十一条　【法人型联营】企业之间或者企业、事业单位之间联营，组成新的经济实体，独立承担民事责任、具备法人条件的，经主管机关核准登记，取得法人资格。

第五十二条　【合伙型联营】企业之间或者企业、事业单位之间联营，共同经营、不具备法人条件的，由联营各方按照出资比例或者协议的约定，以各自所有的或者经营管理的财产承担民事责任。依照法律的规定或者协议的约定负连带责任的，承担连带责任。

第五十三条　【合同型联营】企业之间或者企业、事业单位之间联营，按照合同的约定各自独立经营，它的权利和义务由合同约定，各自承担民事责任。

第四章　民事法律行为和代理
第一节　民事法律行为

第五十四条　【民事法律行为】民事法律行为是公民或者法人设立、变更、终止民事权利和民事义务的合法行为。

第五十五条　【实质要件】民事法律行为应当具备下列条件：

（一）行为人具有相应的民事行为能力；

（二）意思表示真实；

（三）不违反法律或者社会公共利益。

第五十六条　【形式要件】民事法律行为可以采取书面形式、口头形式或者其他形式。法律规定用特定形式的，应当依照法律规定。

第五十七条　【法律效力】民事法律行为从成立时起具有法律约束力。行为人非依法律规定或者取得对方同意，不得擅自变更或者解除。

第五十八条　【无效民事行为】下列民事行为无效：

（一）无民事行为能力人实施的；

（二）限制民事行为能力人依法不能独立实施的；

（三）一方以欺诈、胁迫的手段或者乘人之危，使对方在违背真实意思的情况下所为的；

（四）恶意串通，损害国家、集体或者第三人利益的；

（五）违反法律或者社会公共利益的；

（六）经济合同违反国家指令性计划的；

（七）以合法形式掩盖非法目的的。

无效的民事行为，从行为开始起就没有法律约束力。

第五十九条　【可变更、可撤销的民事行为】下列民事行为，一方有权请求人民法院或者仲裁机关予以变更或者撤销：

（一）行为人对行为内容有重大误解的；

（二）显失公平的。

被撤销的民事行为从行为开始起无效。

第六十条　【部分无效】民事行为部分无效，不影响其他部分的效力的，其他部分仍然有效。

第六十一条　【无效、撤销的法律后果】民事行为被确认为无效或者被撤销后，当事人因该行为取得的财产，应当返还给受损失的一方。有过错的一方应当赔偿对方因此所受的损失，双方都有过错的，应当各自承担相应的责任。

双方恶意串通，实施民事行为损害国家的、集体的或者第三人的利益的，应当追缴双方取得的财产，收归国家、集体所有或者返还第三人。

第六十二条　【附条件的民事行为】民事法律行为可以附条件，附条件的民事法律行为在符合所附条件时生效。

第二节　代　理

第六十三条　【代理及其适用范围】公民、法人可以通过代理人实施民事法律行为。

代理人在代理权限内，以被代理人的名义实施民事法律行为。被代理人对代理人的代理行为，承担民事责任。

依照法律规定或者按照双方当事人约定，应当由本人实施的民事法律行为，不得代理。

第六十四条　【代理的种类】代理包括委托代理、法定代理和指定代理。

委托代理人按照被代理人的委托行使代理权，法定代理人依照法律的规定行使代理权，指定代理人按照人民法院或者指定单位的指定行使代理权。

第六十五条　【委托代理的形式】民事法律行为的委托代理，可以用书面形式，也可以用口头形式。法律规定用书面形式的，应当用书面形式。

书面委托代理的授权委托书应当载明代理人的姓名或者名称、代理事项、权限和期间，并由委托人签名或者盖章。

委托书授权不明的,被代理人应当向第三人承担民事责任,代理人负连带责任。

第六十六条　【无权代理及其法律后果】没有代理权、超越代理权或者代理权终止后的行为,只有经过被代理人的追认,被代理人才承担民事责任。未经追认的行为,由行为人承担民事责任。本人知道他人以本人名义实施民事行为而不作否认表示的,视为同意。

代理人不履行职责而给被代理人造成损害的,应当承担民事责任。

代理人和第三人串通,损害被代理人的利益的,由代理人和第三人负连带责任。

第三人知道行为人没有代理权、超越代理权或者代理权已终止还与行为人实施民事行为给他人造成损害的,由第三人和行为人负连带责任。

第六十七条　【违法代理及法律后果】代理人知道被委托代理的事项违法仍然进行代理活动的,或者被代理人知道代理人的代理行为违法不表示反对的,由被代理人和代理人负连带责任。

第六十八条　【转委托】委托代理人为被代理人的利益需要转托他人代理的,应当事先取得被代理人的同意。事先没有取得被代理人同意的,应当在事后及时告诉被代理人,如果被代理人不同意,由代理人对自己所转托的人的行为负民事责任,但在紧急情况下,为了保护被代理人的利益而转托他人代理的除外。

第六十九条　【委托代理的终止】有下列情形之一的,委托代理终止:

(一)代理期间届满或者代理事务完成;

(二)被代理人取消委托或者代理人辞去委托;

(三)代理人死亡;

(四)代理人丧失民事行为能力;

(五)作为被代理人或者代理人的法人终止。

第七十条　【法定代理或指定代理的终止】有下列情形之一的,法定代理或者指定代理终止:

(一)被代理人取得或者恢复民事行为能力;

(二)被代理人或者代理人死亡;

(三)代理人丧失民事行为能力;

(四)指定代理的人民法院或者指定单位取消指定;

(五)由其他原因引起的被代理人和代理人之间的监护关系消灭。

第五章　民事权利

第一节　财产所有权和与财产所有权有关的财产权

第七十一条　【财产所有权的定义】财产所有权是指所有人依法对自己的财产享有占有、使用、收益和处分的权利。

第七十二条　【所有权的取得】财产所有权的取得,不得违反法律规定。

按照合同或者其他合法方式取得财产的,财产所有权从财产交付时起转移,法律另有规定或者当事人另有约定的除外。

第七十三条　【国家财产所有权】国家财产属于全民所有。

国家财产神圣不可侵犯,禁止任何组织或者个人侵占、哄抢、私分、截留、破坏。

第七十四条　【集体财产所有权】劳动群众集体组织的财产属于劳动群众集体所有,包括:

(一)法律规定为集体所有的土地和森林、山岭、草原、荒地、滩涂等;

(二)集体经济组织的财产;

(三)集体所有的建筑物、水库、农田水利设施和教育、科学、文化、卫生、体育等设施;

(四)集体所有的其他财产。

集体所有的土地依照法律属于村农民集体所有,由村农业生产合作社等农业集体经济组织或者村民委员会经营、管理。已经属于乡(镇)农民集体经济组织所有的,可以属于乡(镇)农民集体所有。

集体所有的财产受法律保护,禁止任何组织或者个人侵占、哄抢、私分、破坏或者非法查封、扣押、冻结、没收。

第七十五条　【个人财产所有权】公民的个人财产,包括公民的合法收入、房屋、储蓄、生活用品、文物、图书资料、林木、牲畜和法律允许公民所有的生产资料以及其他合法财产。

公民的合法财产受法律保护,禁止任何组织或者个人侵占、哄抢、破坏或者非法查封、扣押、冻结、没收。

第七十六条 【财产继承权】公民依法享有财产继承权。

第七十七条 【社团财产】社会团体包括宗教团体的合法财产受法律保护。

第七十八条 【共有】财产可以由两个以上的公民、法人共有。

共有分为按份共有和共同共有。按份共有人按照各自的份额,对共有财产分享权利,分担义务。共同共有人对共有财产享有权利,承担义务。

按份共有财产的每个共有人有权要求将自己的份额分出或者转让。但在出售时,其他共有人在同等条件下,有优先购买的权利。

第七十九条 【埋藏物与拾得物的归属】所有人不明的埋藏物、隐藏物,归国家所有。接收单位应当对上缴的单位或者个人,给予表扬或者物质奖励。

拾得遗失物、漂流物或者失散的饲养动物,应当归还失主,因此而支出的费用由失主偿还。

第八十条 【土地使用权与承包经营权】国家所有的土地,可以依法由全民所有制单位使用,也可以依法确定由集体所有制单位使用,国家保护它的使用、收益的权利;使用单位有管理、保护、合理利用的义务。

公民、集体依法对集体所有的或者国家所有由集体使用的土地的承包经营权,受法律保护。承包双方的权利和义务,依照法律由承包合同规定。

土地不得买卖、出租、抵押或者以其他形式非法转让。

第八十一条 【自然资源使用权及承包经营权】国家所有的森林、山岭、草原、荒地、滩涂、水面等自然资源,可以依法由全民所有制单位使用,也可以依法确定由集体所有制单位使用,国家保护它的使用、收益的权利;使用单位有管理、保护、合理利用的义务。

国家所有的矿藏,可以依法由全民所有制单位和集体所有制单位开采,也可以依法由公民采挖。国家保护合法的采矿权。

公民、集体依法对集体所有的或者国家所有由集体使用的森林、山岭、草原、荒地、滩涂、水面的承包经营权,受法律保护。承包双方的权利和义务,依照法律由承包合同规定。

国家所有的矿藏、水流,国家所有的和法律规定属于集体所有的林地、山岭、草原、荒地、滩涂不得买卖、出租、抵押或者以其他形式非法转让。

第八十二条 【经营权】全民所有制企业对国家授予它经营管理的财产依法享有经营权,受法律保护。

第八十三条 【相邻关系】不动产的相邻各方,应当按照有利生产、方便生活、团结互助、公平合理的精神,正确处理截水、排水、通行、通风、采光等方面的相邻关系。给相邻方造成妨碍或者损失的,应当停止侵害,排除妨碍,赔偿损失。

第二节　债　权

第八十四条 【债的定义】债是按照合同的约定或者依照法律的规定,在当事人之间产生的特定的权利和义务关系。享有权利的人是债权人,负有义务的人是债务人。

债权人有权要求债务人按照合同的约定或者依照法律的规定履行义务。

第八十五条 【合同的定义】合同是当事人之间设立、变更、终止民事关系的协议。依法成立的合同,受法律保护。

第八十六条 【按份之债】债权人为二人以上的,按照确定的份额分享权利。债务人为二人以上的,按照确定的份额分担义务。

第八十七条 【连带之债】债权人或者债务人一方人数为二人以上的,依照法律的规定或者当事人的约定,享有连带权利的每个债权人,都有权要求债务人履行义务;负有连带义务的每个债务人,都负有清偿全部债务的义务,履行了义务的人,有权要求其他负有连带义务的人偿付他应当承担的份额。

第八十八条 【合同的履行】合同的当事人应当按照合同的约定,全部履行自己的义务。

合同中有关质量、期限、地点或者价款约定不明确,按照合同有关条款内容不能确定,

当事人又不能通过协商达成协议的,适用下列规定:

（一）质量要求不明确的,按照国家质量标准履行,没有国家质量标准的,按照通常标准履行。

（二）履行期限不明确的,债务人可以随时向债权人履行义务,债权人也可以随时要求债务人履行义务,但应当给对方必要的准备时间。

（三）履行地点不明确,给付货币的,在接受给付一方的所在地履行,其他标的在履行义务一方的所在地履行。

（四）价款约定不明确的,按照国家规定的价格履行;没有国家规定价格的,参照市场价格或者同类物品的价格或者同类劳务的报酬标准履行。

合同对专利申请权没有约定的,完成发明创造的当事人享有申请权。

合同对科技成果的使用权没有约定的,当事人都有使用的权利。

第八十九条　【债的担保】依照法律的规定或者按照当事人的约定,可以采用下列方式担保债务的履行:

（一）保证人向债权人保证债务人履行债务,债务人不履行债务的,按照约定由保证人履行或者承担连带责任;保证人履行债务后,有权向债务人追偿。

（二）债务人或者第三人可以提供一定的财产作为抵押物。债务人不履行债务的,债权人有权依照法律的规定以抵押物折价或者以变卖抵押物的价款优先得到偿还。

（三）当事人一方在法律规定的范围内可以向对方给付定金。债务人履行债务后,定金应当抵作价款或者收回。给付定金的一方不履行债务的,无权要求返还定金;接受定金的一方不履行债务的,应当双倍返还定金。

（四）按照合同约定一方占有对方的财产,对方不按照合同给付应付款项超过约定期限的,占有人有权留置该财产,依照法律的规定以留置财产折价或者以变卖该财产的价款优先得到偿还。

第九十条　【借贷之债】合法的借贷关系受法律保护。

第九十一条　【合同的转让】合同一方将合同的权利、义务全部或者部分转让给第三人的,应当取得合同另一方的同意,并不得牟利。依照法律规定应当由国家批准的合同,需经原批准机关批准。但是,法律另有规定或者原合同另有约定的除外。

第九十二条　【不当得利】没有合法根据,取得不当利益,造成他人损失的,应当将取得的不当利益返还受损失的人。

第九十三条　【无因管理】没有法定的或者约定的义务,为避免他人利益受损失进行管理或者服务的,有权要求受益人偿付由此而支付的必要费用。

第三节　知 识 产 权

第九十四条　【著作权】公民、法人享有著作权（版权）,依法有署名、发表、出版、获得报酬等权利。

第九十五条　【专利权】公民、法人依法取得的专利权受法律保护。

第九十六条　【商标权】法人、个体工商户、个人合伙依法取得的商标专用权受法律保护。

第九十七条　【发现权、发明权及其他科技成果权】公民对自己的发现享有发现权。发现人有权申请领取发现证书、奖金或者其他奖励。

公民对自己的发明或者其他科技成果,有权申请领取荣誉证书、奖金或者其他奖励。

第四节　人　身　权

第九十八条　【生命健康权】公民享有生命健康权。

第九十九条　【姓名权、名称权】公民享有姓名权,有权决定、使用和依照规定改变自己的姓名,禁止他人干涉、盗用、假冒。

法人、个体工商户、个人合伙享有名称权。企业法人、个体工商户、个人合伙有权使用、依法转让自己的名称。

第一百条　【肖像权】公民享有肖像权,未经本人同意,不得以营利为目的使用公民的肖像。

第一百零一条　【名誉权】公民、法人享有名誉权,公民的人格尊严受法律保护,禁止用侮辱、诽谤等方式损害公民、法人的名誉。

第一百零二条　【荣誉权】公民、法人享有荣誉权,禁止非法剥夺公民、法人的荣誉称号。

第一百零三条　【婚姻自主权】公民享有婚姻自主权,禁止买卖、包办婚姻和其他干涉婚姻自由的行为。

第一百零四条　【婚姻、家庭、老人、母亲、儿童和残疾人合法权益的保护】婚姻、家庭、老人、母亲和儿童受法律保护。

残疾人的合法权益受法律保护。

第一百零五条　【男女平等】妇女享有同男子平等的民事权利。

第六章　民　事　责　任
第一节　一　般　规　定

第一百零六条　【归责原则】公民、法人违反合同或者不履行其他义务的,应当承担民事责任。

公民、法人由于过错侵害国家的、集体的财产,侵害他人财产、人身的,应当承担民事责任。

没有过错,但法律规定应当承担民事责任的,应当承担民事责任。

第一百零七条　【民事责任的免除】因不可抗力不能履行合同或者造成他人损害的,不承担民事责任,法律另有规定的除外。

第一百零八条　【债务的清偿】债务应当清偿。暂时无力偿还的,经债权人同意或者人民法院裁决,可以由债务人分期偿还。有能力偿还拒不偿还的,由人民法院判决强制偿还。

第一百零九条　【因保护公益或他人私益受损时的赔偿和补偿】因防止、制止国家的、集体的财产或者他人的财产、人身遭受侵害而使自己受到损害的,由侵害人承担赔偿责任,受益人也可以给予适当的补偿。

第一百一十条　【法律责任的重合】对承担民事责任的公民、法人需要追究行政责任的,应当追究行政责任;构成犯罪的,对公民、法人的法定代表人应当依法追究刑事责任。

第二节　违反合同的民事责任

第一百一十一条　【违约责任的一般条款】当事人一方不履行合同义务或者履行合同义务不符合约定条件的,另一方有权要求履行或者采取补救措施,并有权要求赔偿损失。

第一百一十二条　【赔偿责任与违约金】当事人一方违反合同的赔偿责任,应当相当于另一方因此所受到的损失。

当事人可以在合同中约定,一方违反合同时,向另一方支付一定数额的违约金;也可以在合同中约定对于违反合同而产生的损失赔偿额的计算方法。

第一百一十三条　【双方违约】当事人双方都违反合同的,应当分别承担各自应负的民事责任。

第一百一十四条　【防止损失扩大】当事人一方因另一方违反合同受到损失的,应当及时采取措施防止损失的扩大;没有及时采取措施致使损失扩大的,无权就扩大的损失要求赔偿。

第一百一十五条　【合同变更或解除时的违约责任】合同的变更或者解除,不影响当事人要求赔偿损失的权利。

第一百一十六条　【因上级机关的原因违约时的责任承担】当事人一方由于上级机关的原因,不能履行合同义务的,应当按照合同约定向另一方赔偿损失或者采取其他补救措施,再由上级机关对它因此受到的损失负责处理。

第三节　侵权的民事责任

第一百一十七条　【侵害财产权的民事责任】侵占国家的、集体的财产或者他人财产的,应当返还财产,不能返还财产的,应当折价赔偿。

损坏国家的、集体的财产或者他人财产的,应当恢复原状或者折价赔偿。

受害人因此遭受其他重大损失的,侵害人并应当赔偿损失。

第一百一十八条　【侵害知识产权的民事责任】公民、法人的著作权(版权)、专利权、商标专用权、发现权、发明权和其他科技成果权受到剽窃、篡改、假冒等侵害的,有权要求停止侵害,消除影响,赔偿损失。

第一百一十九条　【侵害生命健康权的民事责任】侵害公民身体造成伤害的,应当赔偿医疗费、因误工减少的收入、残废者生活补助费等费用;造成死亡的,并应当支付丧葬费、死者生前扶养的人必要的生活费等费用。

第一百二十条　【侵害人格权的民事责任】公民的姓名权、肖像权、名誉权、荣誉权受到侵害的,有权要求停止侵害,恢复名誉,消除影响,赔礼道歉,并可以要求赔偿损失。

法人的名称权、名誉权、荣誉权受到侵害的,适用前款规定。

第一百二十一条　【职务侵权】国家机关或者国家机关工作人员在执行职务中,侵犯公民、法人的合法权益造成损害的,应当承担民事责任。

第一百二十二条　【产品责任】因产品质量不合格造成他人财产、人身损害的,产品制造者、销售者应当依法承担民事责任。运输者、仓储者对此负有责任的,产品制造者、销售者有权要求赔偿损失。

第一百二十三条　【高度危险作业致人损害的民事责任】从事高空、高压、易燃、易爆、剧毒、放射性、高速运输工具等对周围环境有高度危险的作业造成他人损害的,应当承担民事责任;如果能够证明损害是由受害人故意造成的,不承担民事责任。

第一百二十四条　【环境污染致人损害的民事责任】违反国家保护环境防止污染的规定,污染环境造成他人损害的,应当依法承担民事责任。

第一百二十五条　【地面施工致人损害的民事责任】在公共场所、道旁或者通道上挖坑、修缮安装地下设施等,没有设置明显标志和采取安全措施造成他人损害的,施工人应当承担民事责任。

第一百二十六条　【物件致人损害的民事责任】建筑物或者其他设施以及建筑物上的搁置物、悬挂物发生倒塌、脱落、坠落造成他人损害的,它的所有人或者管理人应当承担民事责任,但能够证明自己没有过错的除外。

第一百二十七条　【动物致人损害的民事责任】饲养的动物造成他人损害的,动物饲养人或者管理人应当承担民事责任;由于受害人的过错造成损害的,动物饲养人或者管理人不承担民事责任;由于第三人的过错造成损害的,第三人应当承担民事责任。

第一百二十八条　【正当防卫】因正当防卫造成损害的,不承担民事责任。正当防卫超过必要的限度,造成不应有的损害的,应当承担适当

的民事责任。

第一百二十九条　【紧急避险】因紧急避险造成损害的,由引起险情发生的人承担民事责任。如果危险是由自然原因引起的,紧急避险人不承担民事责任或者承担适当的民事责任。因紧急避险采取措施不当或者超过必要的限度,造成不应有的损害的,紧急避险人应当承担适当的民事责任。

第一百三十条　【共同侵权】二人以上共同侵权造成他人损害的,应当承担连带责任。

第一百三十一条　【混合过错】受害人对于损害的发生也有过错的,可以减轻侵害人的民事责任。

第一百三十二条　【公平责任】当事人对造成损害都没有过错的,可以根据实际情况,由当事人分担民事责任。

第一百三十三条　【无行为能力人和限制行为能力人致人损害的民事责任】无民事行为能力人、限制民事行为能力人造成他人损害的,由监护人承担民事责任。监护人尽了监护责任的,可以适当减轻他的民事责任。

有财产的无民事行为能力人、限制民事行为能力人造成他人损害的,从本人财产中支付赔偿费用。不足部分,由监护人适当赔偿,但单位担任监护人的除外。

第四节　承担民事责任的方式

第一百三十四条　【承担民事责任的方式】承担民事责任的方式主要有:

(一)停止侵害;

(二)排除妨碍;

(三)消除危险;

(四)返还财产;

(五)恢复原状;

(六)修理、重作、更换;

(七)赔偿损失;

(八)支付违约金;

(九)消除影响、恢复名誉;

(十)赔礼道歉。

以上承担民事责任的方式,可以单独适用,也可以合并适用。

人民法院审理民事案件,除适用上述规定外,还可以予以训诫、责令具结悔过、收缴进行

非法活动的财物和非法所得,并可以依照法律规定处以罚款、拘留。

第七章　诉 讼 时 效

第一百三十五条　【普通诉讼时效】向人民法院请求保护民事权利的诉讼时效期间为二年,法律另有规定的除外。

第一百三十六条　【短期诉讼时效】下列的诉讼时效期间为一年:

(一)身体受到伤害要求赔偿的;

(二)出售质量不合格的商品未声明的;

(三)延付或者拒付租金的;

(四)寄存财物被丢失或者损毁的。

第一百三十七条　【长期诉讼时效】诉讼时效期间从知道或者应当知道权利被侵害时起计算。但是,从权利被侵害之日起超过二十年的,人民法院不予保护。有特殊情况的,人民法院可以延长诉讼时效期间。

第一百三十八条　【当事人自愿履行】超过诉讼时效期间,当事人自愿履行的,不受诉讼时效限制。

第一百三十九条　【诉讼时效的中止】在诉讼时效期间的最后六个月内,因不可抗力或者其他障碍不能行使请求权的,诉讼时效中止。从中止时效的原因消除之日起,诉讼时效期间继续计算。

第一百四十条　【诉讼时效的中断】诉讼时效因提起诉讼、当事人一方提出要求或者同意履行义务而中断。从中断时起,诉讼时效期间重新计算。

第一百四十一条　【特殊规定】法律对诉讼时效另有规定的,依照法律规定。

第八章　涉外民事关系的法律适用

第一百四十二条　【一般规定】涉外民事关系的法律适用,依照本章的规定确定。

中华人民共和国缔结或者参加的国际条约同中华人民共和国的民事法律有不同规定的,适用国际条约的规定,但中华人民共和国声明保留的条款除外。

中华人民共和国法律和中华人民共和国缔结或者参加的国际条约没有规定的,可以适用国际惯例。

第一百四十三条　【涉外民事行为能力的法律适用】中华人民共和国公民定居国外的,他的民事行为能力可以适用定居国法律。

第一百四十四条　【不动产所有权的法律适用】不动产的所有权,适用不动产所在地法律。

第一百四十五条　【涉外合同的法律适用】涉外合同的当事人可以选择处理合同争议所适用的法律,法律另有规定的除外。

涉外合同的当事人没有选择的,适用与合同有最密切联系的国家的法律。

第一百四十六条　【侵权行为的法律适用】侵权行为的损害赔偿,适用侵权行为地法律。当事人双方国籍相同或者在同一国家有住所的,也可以适用当事人本国法律或者住所地法律。

中华人民共和国法律不认为在中华人民共和国领域外发生的行为是侵权行为的,不作为侵权行为处理。

第一百四十七条　【涉外婚姻关系的法律适用】中华人民共和国公民和外国人结婚适用婚姻缔结地法律,离婚适用受理案件的法院所在地法律。

第一百四十八条　【涉外扶养关系的法律适用】扶养适用与被扶养人有最密切联系的国家的法律。

第一百四十九条　【涉外继承关系的法律适用】遗产的法定继承,动产适用被继承人死亡时住所地法律,不动产适用不动产所在地法律。

第一百五十条　【公共秩序保留】依照本章规定适用外国法律或者国际惯例的,不得违背中华人民共和国的社会公共利益。

第九章　附　　则

第一百五十一条　【民族自治地方的变通或补充规定】民族自治地方的人民代表大会可以根据本法规定的原则,结合当地民族的特点,制定变通的或者补充的单行条例或者规定。自治区人民代表大会制定的,依照法律规定报全国人民代表大会常务委员会批准或者备案;自治州、自治县人民代表大会制定的,报省、自治区人民代表大会常务委员会批准。

第一百五十二条　【本法生效前的国企法人资格】本法生效以前,经省、自治区、直辖市以上主管机关批准开办的全民所有制企业,已经向工商行政管理机关登记的，可以不再办理法人登记，即具有法人资格。

第一百五十三条 【不可抗力的定义】本法所称的"不可抗力"，是指不能预见、不能避免并不能克服的客观情况。

第一百五十四条 【期间的计算】民法所称的期间按照公历年、月、日、小时计算。

规定按照小时计算期间的，从规定时开始计算。规定按照日、月、年计算期间的，开始的当天不算入，从下一天开始计算。

期间的最后一天是星期日或者其他法定休假日的，以休假日的次日为期间的最后一天。

期间的最后一天的截止时间为二十四点。有业务时间的，到停止业务活动的时间截止。

第一百五十五条 【与期间计算有关的术语】民法所称的"以上"、"以下"、"以内"、"届满"，包括本数；所称的"不满"、"以外"，不包括本数。

第一百五十六条 【生效日期】本法自1987年1月1日起施行。

最高人民法院关于贯彻执行《中华人民共和国民法通则》若干问题的意见（试行）

1. 1988年4月2日公布
2. 法（办）发〔1988〕6号

《中华人民共和国民法通则》（以下简称民法通则）已于1987年1月1日起施行。现就民法通则在贯彻执行中遇到的问题提出以下意见。

一、公 民

（一）关于民事权利能力和民事行为能力问题

1. 公民的民事权利能力自出生时开始。出生的时间以户籍证明为准；没有户籍证明的，以医院出具的出生证明为准。没有医院证明的，参照其他有关证明认定。

2. 16周岁以上不满18周岁的公民，能够以自己的劳动取得收入，并能维持当地群众一般生活水平的，可以认定为以自己的劳动收入为主要生活来源的完全民事行为能力人。

3. 10周岁以上的未成年人进行的民事活动是否与其年龄、智力状况相适应，可以从行为与本人生活相关联的程度、本人的智力能否理解其行为，并预见相应的行为后果，以及行为标的数额等方面认定。

4. 不能完全辨认自己行为的精神病人进行的民事活动，是否与其精神健康状态相适应，可以从行为与本人生活相关联的程度、本人的精神状态能否理解其行为，并预见相应的行为后果，以及行为标的数额等方面认定。

5. 精神病人（包括痴呆症人）如果没有判断能力和自我保护能力，不知其行为后果的，可以认定为不能辨认自己行为的人；对于比较复杂的事物或者比较重大的行为缺乏判断能力和自我保护能力，并且不能预见其行为后果的，可以认定为不能完全辨认自己行为的人。

6. 无民事行为能力人、限制民事行为能力人接受奖励、赠与、报酬，他人不得以行为人无民事行为能力、限制民事行为能力为由，主张以上行为无效。

7. 当事人是否患有精神病，人民法院应当根据司法精神病学鉴定或者参照医院的诊断、鉴定确认。在不具备诊断、鉴定条件的情况下，也可以参照群众公认的当事人的精神状态认定，但应以利害关系人没有异议为限。

8. 在诉讼中，当事人及利害关系人提出一方当事人患有精神病（包括痴呆症），人民法院认为确有必要认定的，应当按照民事诉讼法（试行）规定的特别程序，先作出当事人有无民事行为能力的判决。

确认精神病人（包括痴呆症人）为限制民事行为能力人的，应当比照民事诉讼法（试行）规定的特别程序进行审理。

9. 公民离开住所地最后连续居住1年以上的地方，为经常居住地。但住医院治病的除外。

公民由其户籍所在地迁出后至迁入另一地之前，无经常居住地的，仍以其原户籍所在地为住所。

（二）关于监护问题

10. 监护人的监护职责包括：保护被监护人的身

体健康,照顾被监护人的生活,管理和保护被监护人的财产,代理被监护人进行民事活动,对被监护人进行管理和教育,在被监护人合法权益受到侵害或者与人发生争议时,代理其进行诉讼。

11. 认定监护人的监护能力,应当根据监护人的身体健康状况、经济条件,以及与被监护人在生活上的联系状况等因素确定。

12. 民法通则中规定的近亲属,包括配偶、父母、子女、兄弟姐妹、祖父母、外祖父母、孙子女、外孙子女。

13. 为患有精神病的未成年人设定监护人,适用民法通则第十六条的规定。

14. 人民法院指定监护人时,可以将民法通则第十六条第二款中的(一)、(二)、(三)项或者第十七条第一款中的(一)、(二)、(三)、(四)、(五)项规定视为指定监护人的顺序。前一顺序有监护资格的人无监护能力或者对被监护人明显不利的,人民法院可以根据对被监护人有利的原则,从后一顺序有监护资格的人中择优确定。被监护人有识别能力的,应视情况征求被监护人的意见。
　　监护人可以是一人,也可以是同一顺序中的数人。

15. 有监护资格的人之间协议确定监护人的,应当由协议确定的监护人对被监护人承担监护责任。

16. 对于担任监护人有争议的,应当按照民法通则第十六条第三款或者第十七条第二款的规定,由有关组织予以指定。未经指定而向人民法院起诉的,人民法院不予受理。

17. 有关组织依照民法通则规定指定监护人,以书面或者口头通知了被指定人的,应当认定指定成立。被指定人不服的,应当在接到通知的次日起30日内向人民法院起诉。逾期起诉的,按变更监护关系处理。

18. 监护人被指定后,不得自行变更。擅自变更的,由原被指定的监护人和变更后的监护人承担监护责任。

19. 被指定人对指定不服提起诉讼的,人民法院应当根据本意见第十四条的规定,作出维持或者撤销指定监护人的判决。如果判决是撤

销原指定的,可以同时另行指定监护人。此类案件,比照民事诉讼法(试行)规定的特别程序进行审理。
　　在人民法院作出判决前的监护责任,一般应当按照指定监护人的顺序,由有监护资格的人承担。

20. 监护人不履行监护职责,或者侵害了被监护人的合法权益,民法通则第十六条、第十七条规定的其他有监护资格的人或者单位向人民法院起诉,要求监护人承担民事责任的,按照普通程序审理;要求变更监护关系的,按照特别程序审理;既要求承担民事责任,又要求变更监护关系的,分别审理。

21. 夫妻离婚后,与子女共同生活的一方无权取消对方对该子女的监护权;但是,未与该子女共同生活的一方,对该子女有犯罪行为、虐待行为或者对该子女明显不利的,人民法院认为可以取消的除外。

22. 监护人可以将监护职责部分或者全部委托给他人。因被监护人的侵权行为需要承担民事责任的,应当由监护人承担,但另有约定的除外;被委托人确有过错的,负连带责任。

23. 夫妻一方死亡后,另一方将子女送给他人收养,如收养对子女的健康成长并无不利,又办了合法收养手续的,认定收养关系成立;其他有监护资格的人不得以收养未经其同意而主张收养关系无效。

(三)关于宣告失踪、宣告死亡问题

24. 申请宣告失踪的利害关系人,包括被申请宣告失踪人的配偶、父母、子女、兄弟姐妹、祖父母、外祖父母、孙子女、外孙子女以及其他与被申请人有民事权利义务关系的人。

25. 申请宣告死亡的利害关系人的顺序是:
　　(一)配偶;
　　(二)父母、子女;
　　(三)兄弟姐妹、祖父母、外祖父母、孙子女、外孙子女;
　　(四)其他有民事权利义务关系的人。
　　申请撤销死亡宣告不受上列顺序限制。

26. 下落不明是指公民离开最后居住地后没有音

讯的状况。对于在台湾或者在国外,无法正常通讯联系的,不得以下落不明宣告死亡。

27. 战争期间下落不明的,申请宣告死亡的期间适用民法通则第二十三条第一款第一项的规定。

28. 民法通则第二十条第一款、第二十三条第一款第一项中的下落不明的起算时间,从公民音讯消失之次日起算。

宣告失踪的案件,由被宣告失踪人住所地的基层人民法院管辖。住所地与居住地不一致的,由最后居住地的基层人民法院管辖。

29. 宣告失踪不是宣告死亡的必经程序。公民下落不明,符合申请宣告死亡的条件,利害关系人可以不经申请宣告失踪而直接申请宣告死亡。但利害关系人只申请宣告失踪的,应当宣告失踪;同一顺序的利害关系人,有的申请宣告死亡,有的不同意宣告死亡,则应当宣告死亡。

30. 人民法院指定失踪人的财产代管人,应当根据有利于保护失踪人财产的原则指定。没有民法通则第二十一条规定的代管人,或者他们无能力作代管人,或者不宜作代管人的,人民法院可以指定公民或者有关组织为失踪人的财产代管人。

无民事行为能力人、限制民事行为能力人失踪的,其监护人即为财产代管人。

31. 民法通则第二十一条第二款中的"其他费用",包括赡养费、扶养费、抚育费和因代管财产所需的管理费等必要的费用。

32. 失踪人的财产代管人拒绝支付失踪人所欠的税款、债务和其他费用,债权人提起诉讼的,人民法院应当将代管人列为被告。

失踪人的财产代管人向失踪人的债务人要求偿还债务的,可以作为原告提起诉讼。

33. 债务人下落不明,但未被宣告失踪,债权人起诉要求清偿债务的,人民法院可以在公告传唤后缺席判决或者按中止诉讼处理。

34. 人民法院审理宣告失踪的案件,比照民事诉讼法(试行)规定的特别程序进行。

人民法院审理宣告失踪的案件,应当查清被申请宣告失踪人的财产,指定临时管理人或者采取诉讼保全措施,发出寻找失踪人

的公告。公告期间为半年。公告期间届满,人民法院根据被宣告失踪人失踪的事实是否得到确认,作出宣告失踪的判决或者终结审理的裁定。如果判决宣告为失踪人,应当同时指定失踪人的财产代管人。

35. 失踪人的财产代管人以无力履行代管职责,申请变更代管人的,人民法院比照特别程序进行审理。

失踪人的财产代管人不履行代管职责或者侵犯失踪人财产权益的,失踪人的利害关系人可以向人民法院请求财产代管人承担民事责任。如果同时申请人民法院变更财产代管人的,变更之诉比照特别程序单独审理。

36. 被宣告死亡的人,判决宣告之日为其死亡的日期。判决书除发给申请人外,还应当在被宣告死亡的人住所地和人民法院所在地公告。

被宣告死亡和自然死亡的时间不一致的,被宣告死亡所引起的法律后果仍然有效,但自然死亡前实施的民事法律行为与被宣告死亡引起的法律后果相抵触的,则以其实施的民事法律行为为准。

37. 被宣告死亡的人与配偶的婚姻关系,自死亡宣告之日起消灭。死亡宣告被人民法院撤销,如果其配偶尚未再婚的,夫妻关系从撤销死亡宣告之日起自行恢复;如果其配偶再婚后又离婚或者再婚后配偶又死亡的,则不得认定夫妻关系自行恢复。

38. 被宣告死亡的人在被宣告死亡期间,其子女被他人依法收养,被宣告死亡的人在死亡宣告被撤销后,仅以未经本人同意而主张收养关系无效的,一般不应准许,但收养人和被收养人同意的除外。

39. 利害关系人隐瞒真实情况使他人被宣告死亡而取得其财产的,除应返还原物及孳息外,还应对造成的损失予以赔偿。

40. 被撤销死亡宣告的人请求返还财产,其原物已被第三人合法取得的,第三人可不予返还。但依继承法取得原物的公民或者组织,应当返还原物或者给予适当补偿。

（四）关于个体工商户、农村承包
经营户、个人合伙问题

41. 起字号的个体工商户，在民事诉讼中，应以营业执照登记的户主（业主）为诉讼当事人，在诉讼文书中注明系某字号的户主。

42. 以公民个人名义申请登记的个体工商户和个人承包的农村承包经营户，用家庭共有财产投资，或者收益的主要部分供家庭成员享用的，其债务应以家庭共有财产清偿。

43. 在夫妻关系存续期间，一方从事个体经营或者承包经营的，其收入为夫妻共有财产，债务亦应以夫妻共有财产清偿。

44. 个体工商户、农村承包经营户的债务，如以其家庭共有财产承担责任时，应当保留家庭成员的生活必需品和必要的生产工具。

45. 起字号的个人合伙，在民事诉讼中，应当以依法核准登记的字号为诉讼当事人，并由合伙负责人为诉讼代表人。合伙负责人的诉讼行为，对全体合伙人发生法律效力。

未起字号的个人合伙，合伙人在民事诉讼中为共同诉讼人。合伙人人数众多的，可以推举诉讼代表人参加诉讼。诉讼代表人的诉讼行为，对全体合伙人发生法律效力。推举诉讼代表人，应当办理书面手续。

46. 公民按照协议提供资金或者实物，并约定参与合伙盈余分配，但不参与合伙经营、劳动的，或者提供技术性劳务而不提供资金、实物，但约定参与盈余分配的，视为合伙人。

47. 全体合伙人对合伙经营的亏损额，对外应当负连带责任；对内则应按照协议约定的债务承担比例或者出资比例分担；协议未规定债务承担比例或者出资比例的，可以按照约定的或者实际的盈余分配比例承担。但是对造成合伙经营亏损有过错的合伙人，应当根据其过错程度相应的多承担责任。

48. 只提供技术性劳务，不提供资金、实物的合伙人，对于合伙经营的亏损额，对外也应当承担连带责任；对内则应当按照协议约定的债务承担比例或者技术性劳务折抵的出资比例分担；协议未规定债务承担比例或者出资比例的，可以按照约定的或者合伙人实际的盈余分配比例承担；没有盈余分配比例的，按照其

余合伙人平均投资比例承担。

49. 个人合伙或者个体工商户，虽经工商行政管理部门错误地登记为集体所有制的企业，但实际为个人合伙或者个体工商户的，应当按个人合伙或者个体工商户对待。

50. 当事人之间没有书面合伙协议，又未经工商行政管理部门核准登记，但具备合伙的其他条件，又有两个以上无利害关系人证明有口头合伙协议的，人民法院可以认定为合伙关系。

51. 在合伙经营过程中增加合伙人，书面协议有约定的，按照协议处理；书面协议未约定的，须经全体合伙人同意；未经全体合伙人同意的，应当认定入伙无效。

52. 合伙人退伙，书面协议有约定的，按书面协议处理；书面协议未约定的，原则上应予准许。但因其退伙给其他合伙人造成损失的，应当考虑退伙的原因、理由以及双方当事人的过错等情况，确定其应当承担的赔偿责任。

53. 合伙经营期间发生亏损，合伙人退出合伙时未按约定分担或者未合理分担合伙债务的，退伙人对原合伙的债务，应当承担清偿责任；退伙人已分担合伙债务的，对其参加合伙期间的全部债务仍负连带责任。

54. 合伙人退伙时分割的合伙财产，应当包括合伙时投入的财产和合伙期间积累的财产，以及合伙期间的债权和债务。入伙的原物退伙时原则上应予退还；一次清退有困难的，可以分批分期清退；退还原物确有困难的，可以折价处理。

55. 合伙终止时，对合伙财产的处理，有书面协议的，按协议处理；没有书面协议，又协商不成的，如果合伙人出资额相等，应当考虑多数人意见酌情处理；合伙人出资额不等的，可以按出资额占全部合伙额多的合伙人的意见处理，但要保护其他合伙人的利益。

56. 合伙人互相串通逃避合伙债务的，除应责令其承担清偿责任外，还可以按照民法通则第一百三十四条第三款的规定处理。

57. 民法通则第三十五条第一款中关于"以各自的财产承担清偿责任"，是指合伙人以个人财产出资的，以合伙人的个人财产承担；合伙人

以其家庭共有财产出资的，以其家庭共有财产承担；合伙人以个人财产出资，合伙的盈余分配所得用于其家庭成员生活的，应先以合伙人的个人财产承担，不足部分以合伙人的家庭共有财产承担。

二、法　　人

58. 企业法人的法定代表人和其他工作人员，以法人名义从事的经营活动，给他人造成经济损失的，企业法人应当承担民事责任。

59. 企业法人解散或者被撤销的，应当由其主管机关组织清算小组进行清算。企业法人被宣告破产的，应当由人民法院组织有关机关和有关人员成立清算组织进行清算。

60. 清算组织是以清算企业法人债权、债务为目的而依法成立的组织。它负责对终止的企业法人的财产进行保管、清理、估价、处理和清偿。

对于涉及终止的企业法人债权、债务的民事诉讼，清算组织可以用自己的名义参加诉讼。

以逃避债务责任为目的而成立的清算组织，其实施的民事行为无效。

61. 人民法院审理案件时，如果查明企业法人有民法通则第四十九条所列的 6 种情形之一的，除企业法人承担责任外，还可以根据民法通则第四十九条和第一百三十四条第三款的规定，对企业法定代表人直接给予罚款的处罚；对需要给予行政处分的，可以向有关部门提出司法建议，由有关部门决定处理；对构成犯罪需要依法追究刑事责任的，应当依法移送公安、检察机关。

62. 人民法院在审理案件中，依法对企业法定代表人或者其他人采用罚款、拘留制裁措施，必须经院长批准，另行制作民事制裁决定书。被制裁人对决定不服的，在收到决定书的次日起 10 日内可以向上一级人民法院申请复议一次。复议期间，决定暂不执行。

63. 对法定代表人直接处以罚款的数额一般在 2000 元以下。法律另有规定的除外。

64. 以提供土地使用权作为联营条件的一方，对联营企业的债务，应当按照书面协议的约定承担；书面协议未约定的，可以按照出资比例或者盈余分配比例承担。

三、民事法律行为和代理

65. 当事人以录音、录像等视听资料形式实施的民事行为，如有两个以上无利害关系人作为证人或者有其他证据证明该民事行为符合民法通则第五十五条的规定，可以认定有效。

66. 一方当事人向对方当事人提出民事权利的要求，对方未用语言或者文字明确表示意见，但其行为表明已接受的，可以认定为默示。不作为的默示只有在法律有规定或者当事人双方有约定的情况下，才可以视为意思表示。

67. 间歇性精神病人的民事行为，确能证明是在发病期间实施的，应当认定无效。

行为人在神志不清的状态下所实施的民事行为，应当认定无效。

68. 一方当事人故意告知对方虚假情况，或者故意隐瞒真实情况，诱使对方当事人作出错误意思表示的，可以认定为欺诈行为。

69. 以给公民及其亲友的生命健康、荣誉、名誉、财产等造成损害，或者以给法人的荣誉、名誉、财产等造成损害为要挟，迫使对方作出违背真实的意思表示的，可以认定为胁迫行为。

70. 一方当事人乘对方处于危难之机，为牟取不正当利益，迫使对方作出不真实的意思表示，严重损害对方利益的，可以认定为乘人之危。

71. 行为人因对行为的性质、对方当事人、标的物的品种、质量、规格和数量等的错误认识，使行为的后果与自己的意思相悖，并造成较大损失的，可以认定为重大误解。

72. 一方当事人利用优势或者利用对方没有经验，致使双方的权利与义务明显违反公平、等价有偿原则的，可以认定为显失公平。

73. 对于重大误解或者显失公平的民事行为，当事人请求变更的，人民法院应当予以变更；当事人请求撤销的，人民法院可以酌情予以变更或者撤销。

可变更或者可撤销的民事行为，自行为成立时起超过 1 年当事人才请求变更或者撤销的，人民法院不予保护。

74. 民法通则第六十一条第二款中的"双方取得的财产"，应当包括双方当事人已经取得和约定取得的财产。

75. 附条件的民事行为,如果所附的条件是违背法律规定或者不可能发生的,应当认定该民事行为无效。

76. 附期限的民事法律行为,在所附期限到来时生效或者解除。

77. 意思表示由第三人义务转达,而第三人由于过失转达错误或者没有转达,使他人造成损失的,一般可由意思表示人负赔偿责任。但法律另有规定或者双方另有约定的除外。

78. 凡是依法或者依双方的约定必须由本人亲自实施的民事行为,本人未亲自实施的,应当认定行为无效。

79. 数个委托代理人共同行使代理权的,如果其中一人或者数人未与其他委托代理人协商,所实施的行为侵害被代理人权益的,由实施行为的委托代理人承担民事责任。

   被代理人为数人时,其中一人或者数人未经其他被代理人同意而提出解除代理关系,因此造成损害的,由提出解除代理关系的被代理人承担。

80. 由于急病、通讯联络中断等特殊原因,委托代理人自己不能办理代理事项,又不能与被代理人及时取得联系,如不及时转托他人代理,会给被代理人的利益造成损失或者扩大损失的,属于民法通则第六十八条中的"紧急情况"。

81. 委托代理人转托他人代理的,比照民法通则第六十五条规定的条件办理转托手续。因委托代理人转托不明,给第三人造成损失的,第三人可以直接要求被代理人赔偿损失;被代理人承担民事责任后,可以要求委托代理人赔偿损失,转托代理人有过错,应当负连带责任。

82. 被代理人死亡后有下列情况之一的,委托代理人实施的代理行为有效:(1)代理人不知道被代理人死亡的;(2)被代理人的继承人均予承认的;(3)被代理人与代理人约定到代理事项完成时代理权终止的;(4)在被代理人死亡前已经进行、而在被代理人死亡后为了被代理人的继承人的利益继续完成的。

83. 代理人和被代理人对已实施的民事行为负连带责任的,在民事诉讼中,可以列为共同诉讼人。

四、民 事 权 利

(一)关于财产所有权和与财产所有权有关的财产权问题

84. 财产已经交付,但当事人约定财产所有权转移附条件的,在所附条件成就时,财产所有权方为转移。

85. 财产所有权合法转移后,一方翻悔的,不予支持。财产所有权尚未按原协议转移,一方翻悔并无正当理由,协议又能够履行的,应当继续履行;如果协议不能履行,给对方造成损失的,应当负赔偿责任。

86. 非所有权人在使用他人的财产上增添附属物,财产所有人同意增添,并就财产返还时附属物如何处理有约定的,按约定办理;没有约定又协商不成,能够拆除的,可以责令拆除;不能拆除的,也可以折价归财产所有人;造成财产所有人损失的,应当负赔偿责任。

87. 有附属物的财产,附属物随财产所有权的转移而转移。但当事人另有约定又不违法的,按约定处理。

88. 对于共有财产,部分共有人主张按份共有,部分共有人主张共同共有,如果不能证明财产是按份共有的,应当认定为共同共有。

89. 共同共有人对共有财产享有共同的权利,承担共同的义务。在共同共有关系存续期间,部分共有人擅自处分共有财产的,一般认定无效。但第三人善意、有偿取得该项财产的,应当维护第三人的合法权益;对其他共有人的损失,由擅自处分共有财产的人赔偿。

90. 在共同共有关系终止时,对共有财产的分割,有协议的,按协议处理;没有协议的,应当根据等分原则处理,并且考虑共有人对共有财产的贡献大小,适当照顾共有人生产、生活的实际需要等情况。但分割夫妻共有财产,应当根据婚姻法的有关规定处理。

91. 共有财产是特定物,而且不能分割或者分割有损其价值的,可以折价处理。

92. 共同共有财产分割后,一个或者数个原共有人出卖自己分得的财产时,如果出卖的财产与其他原共有人分得的财产属于一个整体或者配套使用,其他原共有人主张优先购买权的,应当予以支持。

93. 公民、法人对于挖掘、发现的埋藏物、隐藏物,如果能够证明其所有,而且根据现行的法律、政策又可以归其所有的,应当予以保护。

94. 拾得物灭失、毁损,拾得人没有故意的,不承担民事责任。拾得人将拾得物据为己有,拒不返还而引起诉讼的,按侵权之诉处理。

95. 公民和集体依法对集体所有的或者国家所有由集体使用的森林、土地、山岭、草原、荒地、滩涂、水面等承包经营的权利和义务。按承包合同的规定处理。承包人未经发包人同意擅自转包或者转让的无效。

96. 因土地、山岭、森林、草原、荒地、滩涂、水面等自然资源的所有权或者使用权发生权属争议的,应当由有关行政部门处理。对行政处理不服的,当事人可以依据有关法律和行政法规的规定,向人民法院提起诉讼;因侵权纠纷起诉的,人民法院可以直接受理。

97. 相邻一方因施工临时占用他方使用的土地,占用的一方如未按照双方约定的范围、用途和期限使用的,应当责令其及时清理现场,排除妨碍,恢复原状,赔偿损失。

98. 一方擅自堵截或者独占自然流水,影响他方正常生产、生活的,他方有权请求排除妨碍;造成他方损失的,应负赔偿责任。

99. 相邻一方必须使用另一方的土地排水的,应当予以准许;但应在必要限度内使用并采取适当的保护措施排水,如仍造成损失的,由受益人合理补偿。

　　相邻一方可以采取其他合理的措施排水而未采取,向他方土地排水毁损或者可能毁损他方财产,他方要求致害人停止侵害、消除危险、恢复原状、赔偿损失的,应当予以支持。

100. 一方必须在相邻一方使用的土地上通行的,应当予以准许;因此造成损失的,应当给予适当补偿。

101. 对于一方所有的或者使用的建筑物范围内历史形成的必经通道,所有权人或者使用权人不得堵塞。因堵塞影响他人生产、生活,他人要求排除妨碍或者恢复原状的,应当予以支持。但有条件另开通道的,也可以另开通道。

102. 处理相邻房屋滴水纠纷时,对有过错的一方造成他方损害的,应当责令其排除妨碍、赔偿损失。

103. 相邻一方在自己使用的土地上挖水沟、水池、地窖等或者种植的竹木根枝伸延,危及另一方建筑物的安全和正常使用的,应当分别情况,责令其消除危险,恢复原状,赔偿损失。

(二)关于债权问题

104. 债权人无正当理由拒绝债务人履行义务,债务人将履行的标的物向有关部门提存的,应当认定债务已经履行。因提存所支出的费用,应当由债权人承担。提存期间,财产收益归债权人所有,风险责任由债权人承担。

105. 依据民法通则第八十八条第二款第(一)项规定,合同对产品质量要求不明确,当事人未能达成协议,又没有国家质量标准的,按部颁标准或者专业标准处理;没有部颁标准或者专业标准的,按经过批准的企业标准处理;没有经过批准的企业标准的,按标的物产地同行业其他企业经过批准的同类产品质量标准处理。

106. 保证人应当是具有代偿能力的公民、企业法人以及其他经济组织。保证人即使不具备完全代偿能力,仍应以自己的财产承担保证责任。

　　国家机关不能担任保证人。

107. 不具有法人资格的企业法人的分支机构,以自己的名义对外签订的保证合同,一般应当认定无效。但因此产生的财产责任,分支机构如有偿付能力的,应当自行承担;如无偿付能力的,应由企业法人承担。

108. 保证人向债权人保证债务人履行债务的,应当与债权人订立书面保证合同,确定保证人对主债务的保证范围和保证期限。虽未单独订立书面保证合同,但在主合同中写明保证人的保证范围和保证期限,并由保证人签名盖章的,视为书面保证合同成立。公民间的口头保证,有两个以上无利害关系人证明的,也视为保证合同成立,法律另有规定的除外。

保证范围不明确的,推定保证人对全部主债务承担保证责任。

109. 在保证期限内,保证人的保证范围,可因主债务的减少而减少。新增加的债务,未经保证人同意担保的,保证人不承担保证责任。

110. 保证人为 2 人以上的,相互之间负连带保证责任。但是保证人与债权人约定按份承担保证责任的除外。

111. 被担保的经济合同确认无效后,如果被保证人应当返还财产或者赔偿损失的,除有特殊约定外,保证人仍应承担连带责任。

112. 债务人或者第三人向债权人提供抵押物时,应当订立书面合同或者在原债权文书中写明。没有书面合同,但是其他证据证明抵押物或者其权利证书已交给抵押权人的,可以认定抵押关系成立。

113. 以自己不享有所有权或者经营管理权的财产作抵押物的,应当认定抵押无效。

以法律限制流通的财产作为抵押物的,在清偿债务时,应当由有关部门收购,抵押权人可以从价款中优先受偿。

114. 抵押物在抵押权人保管期间灭失、毁损的,抵押权人如有过错,应当承担民事责任。

抵押物在抵押人处灭失、毁损的,应当认定抵押关系存在,并责令抵押人以其他财产代替抵押物。

115. 抵押物如由抵押人自己占有并负责保管,在抵押期间,非经债权人同意,抵押人将同一抵押物转让他人,或者就抵押物价值已设置抵押部分再作抵押的,其行为无效。

债务人以抵押物清偿债务时,如果一项抵押物有数个抵押权人的,应当按照设定抵押权的先后顺序受偿。

116. 有要求清偿银行贷款和其他债权等数个债权人的,有抵押权的债权人应享有优先受偿的权利;法律、法规另有规定的除外。

117. 债权人因合同关系占有债务人财物的,如果债务人到期不履行义务,债权人可以将相应的财物留置。经催告,债务人在合理期限内仍不履行义务,债权人依法将留置的财物以合理的价格变卖,并以变卖财物的价款优先受偿的,应予保护。

118. 出租人出卖出租房屋,应提前 3 个月通知承租人。承租人在同等条件下,享有优先购买权;出租人未按此规定出卖房屋的,承租人可以请求人民法院宣告该房屋买卖无效。

119. 承租户以一人名义承租私有房屋,在租赁期内,承租人死亡,该户共同居住人要求按原租约履行的,应当准许。

私有房屋在租赁期内,因买卖、赠与或者继承发生房屋所有权转移的,原租赁合同对承租人和新房主继续有效。

未定租期,房主要求收回房屋自住的,一般应当准许。承租人有条件搬迁的,应责令其搬迁;如果承租人搬迁确有困难的,可给一定期限让其找房或者腾让部分房屋。

120. 在房屋出典期间或者典期届满时,当事人之间约定延长典期或者增减典价的,应当准许。承典人要求出典人高于原典价回赎的,一般不予支持。以合法流通物作典价的,应当按照回赎的市场零售价格折算。

121. 公民之间的借贷,双方对返还期限有约定的,一般应按约定处理;没有约定的,出借人随时可以请求返还,借方应当根据出借人的请求及时返还;暂时无力返还的,可以根据实际情况责令其分期返还。

122. 公民之间的生产经营性借贷的利率,可以适当高于生活性借贷利率。如因利率发生纠纷,应本着保护合法借贷关系,考虑当地实际情况,有利于生产和稳定经济秩序的原则处理。

123. 公民之间的无息借款,有约定偿还期限而借款人不按期偿还,或者未约定偿还期限但经出借人催告后,借款人仍不偿还的,出借人要求借款人偿付逾期利息,应当予以准许。

124. 借款双方因利率发生争议,如果约定不明,又不能证明的,可以比照银行同类贷款利率计息。

125. 公民之间的借贷,出借人将利息计入本金计算复利的,不予保护;在借款时将利息扣除的,应当按实际出借款数计息。

126. 借用实物的,出借人要求归还原物或者同等数量、质量的实物,应当予以支持;如果确实无法归还实物的,可以按照或者适当高于归还时市场零售价格折价给付。

127. 借用人因管理、使用不善造成借用物毁损的,借用人应当负赔偿责任;借用物自身有缺陷的,可以减轻借用人的赔偿责任。

128. 公民之间赠与关系的成立;以赠与物的交付为准。赠与房屋,如根据书面赠与合同办理了过户手续的,应当认定赠与关系成立;未办理过户手续,但赠与人根据书面赠与合同已将产权证交与受赠人,受赠人根据赠与合同已占有、使用该房屋的,可以认定赠与有效,但应令其补办过户手续。

129. 赠与人明确表示将赠与物赠给未成年个人人的,应当认定该赠与物为未成年人的个人财产。

130. 赠与人为了逃避应履行的法定义务,将自己的财产赠与他人,如果利害关系人主张权利的,应当认定赠与无效。

131. 返还的不当利益,应当包括原物和原物所生的孳息。利用不当得利所取得的其他利益,扣除劳务管理费用后,应当予以收缴。

132. 民法通则第九十三条规定的管理人或者服务人可以要求受益人偿付的必要费用,包括在管理或者服务活动中直接支出的费用,以及在该活动中受到的实际损失。

(三)关于知识产权、人身权问题

133. 作品不论是否发表,作者均享有著作权(版权)。

134. 2 人以上按照约定共同创作作品的,不论各人的创作成果在作品中被采用多少,应当认定该项作品为共同创作。

135. 合著的作品,著作权(版权)应当认定为全体合著人共同享有;其中各组成部分可以分别独立存在的,各组成部分的著作权(版权)由各组成部分的作者分别享有。

136. 作者死亡后,著作权(版权)中由继承人继承的财产权利在法律规定的保护期限内受到侵犯,继承人依法要求保护的,人民法院应当予以支持。

137. 公民、法人通过申请专利取得的专利权,或者通过继承、受赠、受让等方式取得的专利权,应当予以保护。

转让专利权应当由国家专利局登记并公告,专利权自国家专利局公告之日起转移。

138. 法人、个体工商户、个人合伙通过申请商标注册或者受让等方式取得的商标专用权,除依法定程序撤销者外,应当予以保护。

转让商标专用权应当由国家工商行政管理局商标局核准,商标专用权自核准之日起转移。

139. 以营利为目的,未经公民同意利用其肖像做广告、商标、装饰橱窗等,应当认定为侵犯公民肖像权的行为。

140. 以书面、口头等形式宣扬他人的隐私,或者捏造事实公然丑化他人人格,以及用侮辱、诽谤等方式损害他人名誉,造成一定影响的,应当认定为侵害公民名誉权的行为。

以书面、口头等形式诋毁、诽谤法人名誉,给法人造成损害的,应当认定为侵害法人名誉权的行为。

141. 盗用、假冒他人姓名、名称造成损害的,应当认定为侵犯姓名权、名称权的行为。

五、民 事 责 任

142. 为维护国家、集体或者他人合法权益而使自己受到损害,在侵害人无力赔偿或者没有侵害人的情况下,如果受害人提出请求的,人民法院可以根据受害人受益的多少及其经济状况,责令受益人给予适当补偿。

143. 受害人的误工日期,应当按其实际损害程度、恢复状况并参照治疗医院出具的证明或者法医鉴定等认定。赔偿费用的标准,可以按照受害人的工资标准或者实际收入的数额计算。

受害人是承包经营户或者个体工商户的,其误工费的计算标准,可以参照受害人一定期限内的平均收入酌定。如果受害人承包经营的种植、养殖业季节性很强,不及时经营会造成更大损失的,除受害人应当采取措施防止损失扩大外,还可以裁定侵害人采取措施防止扩大损失。

144. 医药治疗费的赔偿,一般应以所在地治疗医院的诊断证明和医药费、住院费的单据为凭。应经医务部门批准而未获批准擅自另找医院治疗的费用,一般不予赔偿;擅自购买与损害无关的药品或者治疗其他疾病的，其费用则不予赔偿。

145. 经医院批准专事护理的人，其误工补助费可以按收入的实际损失计算。应得奖金一般可以计算在应赔偿的数额内。本人没有工资收入的，其补偿标准应以当地的一般临时工的工资标准为限。

146. 侵害他人身体致使其丧失全部或者部分劳动能力的，赔偿的生活费补助费一般应补足到不低于当地居民基本生活费的标准。

147. 侵害他人身体致人死亡或者丧失劳动能力的，依靠受害人实际扶养而又没有其他生活来源的人要求侵害人支付必要生活费的，应当予以支持，其数额根据实际情况确定。

148. 教唆、帮助他人实施侵权行为的人，为共同侵权人，应当承担连带民事责任。

教唆、帮助无民事行为能力人实施侵权行为的人，为侵权人，应当承担民事责任。

教唆、帮助限制民事行为能力人实施侵权行为的人，为共同侵权人，应当承担主要民事责任。

149. 盗用、假冒他人名义，以函、电等方式进行欺骗或者愚弄他人，并使其财产、名誉受到损害的，侵权人应当承担民事责任。

150. 公民的姓名权、肖像权、名誉权、荣誉权和法人的名称权、名誉权、荣誉权受到侵害，公民或者法人要求赔偿损失的，人民法院可以根据侵权人的过错程度、侵权行为的具体情节、后果和影响确定其赔偿责任。

151. 侵害他人的姓名权、名称权、肖像权、名誉权、荣誉权而获利的，侵权人除依法赔偿受害人的损失外，其非法所得应予以收缴。

152. 国家机关工作人员在执行职务中，给公民、法人的合法权益造成损害的，国家机关应当承担民事责任。

153. 消费者、用户因为使用质量不合格的产品造成本人或者第三人人身伤害、财产损失的，受害人可以向产品制造者或者销售者要求赔偿。因此提起的诉讼，由被告所在地或者侵权行为地人民法院管辖。

运输者和仓储者对产品质量负有责任，制造者或者销售者请求赔偿损失的，可以另

案处理，也可以将运输者和仓储者列为第三人，一并处理。

154. 从事高度危险作业，没有按有关规定采取必要的安全防护措施，严重威胁他人人身、财产安全的，人民法院应当根据他人的要求，责令作业人消除危险。

155. 因堆放物品倒塌造成他人损害的，如果当事人均无过错，应当根据公平原则酌情处理。

156. 因紧急避险造成他人损失的，如果险情是由自然原因引起，行为人采取的措施又无不当，则行为人不承担民事责任。受害人要求补偿的，可以责令受益人适当补偿。

157. 当事人对造成损害均无过错，但一方是在为对方的利益或者共同的利益进行活动的过程中受到损害的，可以责令对方或者受益人给予一定的经济补偿。

158. 夫妻离婚后，未成年子女侵害他人权益的，同该子女共同生活的一方应当承担民事责任；如果独立承担民事责任确有困难的，可以责令未与该子女共同生活的一方共同承担民事责任。

159. 被监护人造成他人损害的，有明确的监护人时，由监护人承担民事责任；监护人不明确的，由顺序在前的有监护能力的人承担民事责任。

160. 在幼儿园、学校生活、学习的无民事行为能力人或者在精神病院治疗的精神病人，受到伤害或者给他人造成损害，单位有过错的，可以责令这些单位适当给予赔偿。

161. 侵权行为发生时行为人不满18周岁，在诉讼时已满18周岁，并有经济能力的，应当承担民事责任；行为人没有经济能力的，应当由原监护人承担民事责任。

行为人致人损害时年满18周岁的，应当由本人承担民事责任；没有经济收入的，由扶养人垫付；垫付有困难的，也可以判决或者调解延期给付。

162. 在诉讼中遇有需要停止侵害、排除妨碍、消除危险的情况时，人民法院可以根据当事人的申请或者依职权先行作出裁定。

当事人在诉讼中用赔礼道歉方式承担了民事责任的，应当在判决中叙明。

163. 在诉讼中发现与本案有关的违法行为需要给予制裁的,可适用民法通则第一百三十四条第三款规定,予以训诫、责令具结悔过、收缴进行非法活动的财物和非法所得,或者依照法律规定处以罚款、拘留。

采用收缴、罚款、拘留制裁措施,必须经院长批准,另行制作民事制裁决定书。被制裁人对决定不服的,在收到决定书的次日起10日内可以向上一级人民法院申请复议一次。复议期间,决定暂不执行。

164. 适用民法通则第一百三十四条第三款对公民处以罚款的数额为500元以下,拘留为15日以下。

依法对法定代表人处以拘留制裁措施,为15日以下。

以上两款,法律另有规定的除外。

六、诉 讼 时 效

165. 在民法通则实施前,权利人知道或者应当知道其民事权利被侵害,民法通则实施后,向人民法院请求保护的诉讼时效期间,应当适用民法通则第一百三十五条和第一百三十六条的规定,从1987年1月1日起算。

166. 民法通则实施前,民事权利被侵害超过20年的,民法通则实施后,权利人向人民法院请求保护的诉讼时效期间,分别为民法通则第一百三十五条规定的2年或者第一百三十六条规定的1年,从1987年1月1日起算。

167. 民法通则实施后,属于民法通则第一百三十五条规定的2年诉讼时效期间,权利人自权利被侵害时起的第18年后至第20年期间才知道自己的权利被侵害的,或者属于民法通则第一百三十六条规定的1年诉讼时效期间,权利人自权利被侵害时起的第19年后至第20年期间才知道自己的权利被侵害的,提起诉讼请求的权利,应当在权利被侵害之日起的20年内行使;超过20年的,不予保护。

168. 人身损害赔偿的诉讼时效期间,伤害明显的,从受伤害之日起算;伤害当时未曾发现,后经检查确诊并能证明是由侵害引起的,从伤势确诊之日起算。

169. 权利人由于客观上的障碍在法定诉讼时效期间不能行使请求权的,属于民法通则第一百三十七条规定的"特殊情况"。

170. 未授权给公民、法人经营、管理的国家财产受到侵害的,不受诉讼时效期间的限制。

171. 过了诉讼时效期间,义务人履行义务后,又以超过诉讼时效为由翻悔的,不予支持。

172. 在诉讼时效期间的最后6个月内,权利被侵害的无民事行为能力人、限制民事行为能力人没有法定代理人,或者法定代理人死亡、丧失代理权,或者法定代理人本人丧失行为能力的,可以认定为因其他障碍不能行使请求权,适用诉讼时效中止。

173. 诉讼时效因权利人主张权利或者义务人同意履行义务而中断后,权利人在新的诉讼时效期间内,再次主张权利或者义务人再次同意履行义务的,可以认定为诉讼时效再次中断。

权利人向债务保证人、债务人的代理人或者财产代管人主张权利的,可以认定诉讼时效中断。

174. 权利人向人民调解委员会或者有关单位提出保护民事权利的请求,从提出请求时起,诉讼时效中断。经调处达不成协议的,诉讼时效期间即重新起算;如调处达成协议,义务人未按协议所定期限履行义务的,诉讼时效期间应从期限届满时重新起算。

175. 民法通则第一百三十五条、第一百三十六条规定的诉讼时效期间,可以适用民法通则有关中止、中断和延长的规定。

民法通则第一百三十七条规定的"20年"诉讼时效期间,可以适用民法通则有关延长的规定,不适用中止、中断的规定。

176. 法律、法规对索赔时间和对产品质量等提出异议的时间有特殊规定的,按特殊规定办理。

177. 继承的诉讼时效按继承法的规定执行。但继承开始后,继承人未明确表示放弃继承的,视为接受继承,遗产未分割的,即为共同共有。诉讼时效的中止、中断、延长,均适用民法通则的有关规定。

七、涉外民事关系的法律适用

178. 凡民事关系的一方或者双方当事人是外国人、无国籍人、外国法人的；民事关系的标的物在外国领域内的；产生、变更或者消灭民事权利义务关系的法律事实发生在外国的，均为涉外民事关系。

人民法院在审理涉外民事关系的案件时，应当按照民法通则第八章的规定来确定应适用的实体法。

179. 定居国外的我国公民的民事行为能力，如其行为是在我国境内所为，适用我国法律；在定居国所为，可以适用其定居国法律。

180. 外国人在我国领域内进行民事活动，如依其本国法律为无民事行为能力，而依我国法律为有民事行为能力，应当认定为有民事行为能力。

181. 无国籍人的民事行为能力，一般适用其定居国法律；如未定居的，适用其住所地法律。

182. 有双重或者多重国籍的外国人，以其有住所或者与其有最密切联系的国家的法律为其本国法。

183. 当事人的住所不明或者不能确定的，以其经常居住地为住所。当事人有几个住所的，以与产生纠纷的民事关系有最密切联系的住所为住所。

184. 外国法人以其注册登记地国家的法律为其本国法，法人的民事行为能力依其本国法确定。

外国法人在我国领域内进行的民事活动，必须符合我国的法律规定。

185. 当事人有两个以上营业所的，应以与产生纠纷的民事关系有最密切联系的营业所为准；当事人没有营业所的，以其住所或者经常居住地为准。

186. 土地、附着于土地的建筑物及其他定着物、建筑物的固定附属设备为不动产。不动产的所有权、买卖、租赁、抵押、使用等关系，均应适用不动产所在地法律。

187. 侵权行为地的法律包括侵权行为实施地法律和侵权结果发生地法律。如果两者不一致时，人民法院可以选择适用。

188. 我国法院受理的涉外离婚案件，离婚以及因离婚而引起的财产分割，适用我国法律。认定其婚姻是否有效，适用婚姻缔结地法律。

189. 父母子女相互之间的扶养、夫妻相互之间的扶养以及其他有扶养关系的人之间的扶养，应当适用与被扶养人有最密切联系国家的法律。扶养人和被扶养人的国籍、住所以及供养被扶养人的财产所在地，均可视为与被扶养人有最密切的联系。

190. 监护的设立、变更和终止，适用被监护人的本国法律。但是，被监护人在我国境内有住所的，适用我国的法律。

191. 在我国境内死亡的外国人，遗留在我国境内的财产如果无人继承又无人受遗赠的，依照我国法律处理，两国缔结或者参加的国际条约另有规定的除外。

192. 依法应当适用的外国法律，如果该外国不同地区实施不同的法律的，依该国法律关于调整国内法律冲突的规定，确定应适用的法律。该国法律未作规定的，直接适用与该民事关系有最密切联系的地区的法律。

193. 对于应当适用的外国法律，可通过下列途径查明：(1)由当事人提供；(2)由与我国订立司法协助协定的缔约对方的中央机关提供；(3)由我国驻该国使领馆提供；(4)由该国驻我国使馆提供；(5)由中外法律专家提供。通过以上途径仍不能查明的，适用中华人民共和国法律。

194. 当事人规避我国强制性或者禁止性法律规范的行为，不发生适用外国法律的效力。

195. 涉外民事法律关系的诉讼时效，依冲突规范确定的民事法律关系的准据法确定。

八、其　　他

196. 1987年1月1日以后受理的案件，如果民事行为发生在1987年以前，适用民事行为发生时的法律、政策；当时的法律、政策没有具体规定的，可以比照民法通则处理。

197. 处理申诉案件和按审判监督程序再审的案件，适用原审审结时应当适用的法律或者政策。

198. 当事人约定的期间不是以月、年第一天起算的，一个月为30日，一年为365日。

期间的最后一天是星期日或者其他法

定休假日,而星期日或者其他法定休假日有变通的,以实际休假日的次日为期间的最后一天。

199. 按照日、月、年计算期间,当事人对起算时间有约定的,按约定办。

200. 最高人民法院以前的有关规定,与民法通则和本意见抵触的,各级人民法院今后在审理一、二审民事案件和经济纠纷案件中不再适用。

《中华人民共和国物权法》导读

《物权法》是规范财产关系的民事基本法律。《中华人民共和国物权法》的起草工作始于1993年,2005年7月《物权法》(草案)向社会全文公布,共收到人民群众提出的意见1万多件。经对草案反复研究修改,十届全国人大第五次会议表决通过了《中华人民共和国物权法》。

《物权法》共五编,十九章,二百四十七条,包括以下主要内容:

(一)关于坚持社会主义基本经济制度。《物权法》第三条第一款、第二款明确规定:"国家在社会主义初级阶段,坚持公有制为主体、多种所有制经济共同发展的基本经济制度。""国家巩固和发展公有制经济,鼓励、支持和引导非公有制经济的发展。"

(二)关于平等保护国家、集体和私人的物权。《物权法》属于民法,民法的一项重要原则是对权利人的权利实行平等保护。作为物权主体,不论是国家、集体,还是私人,他们的物权都应当给予平等保护。

(三)关于国有财产。一是规定了哪些财产属于国有财产;二是规定专属于国家所有的不动产和动产,任何单位和个人不能取得所有权;用益物权人、担保物权人行使权利,不得损害所有权人的权益;三是规定国家所有的财产受法律保护,禁止任何单位和个人侵占、哄抢、私分、截留、破坏;四是针对国有企业财产流失的,规定几种应当依法承担法律责任的情形。

(四)关于集体财产。关于农村集体财产,以专章分别规定了"土地承包经营权"和"宅基地使用权"。关于城镇集体财产,规定可以依法由本集体享有占有、使用、收益和处分的权利,禁止任何单位和个人侵占、哄抢、私分、破坏。

(五)关于私有财产。《物权法》对私人所有权的规定主要有:一是私人不仅依法对生活资料享有所有权,而且对"生产工具、原材料"等生产资料享有所有权;二是私人合法的储蓄、投资及其收益受法律保护;三是私人的合法财产受法律保护。

(六)关于公共利益和征收补偿。对征收补偿,《物权法》第四十二条第二款、第三款就补偿原则和补偿内容作了明确规定,并规定任何单位和个人不得贪污、挪用、私分、截留、拖欠征收补偿费等费用。

(七)关于建设用地使用权。根据国家实行最严格的耕地保护制度的要求,《物权法》就严格控制建设用地,建设用地的出让方式,建设用地使用权人的权利和义务,作了明确规定。

(八)关于担保物权。《物权法》第四编"担保物权",是在《担保法》的基础上制定的,增加了以下规定:一是经当事人书面协议,企业、个体工商户、农业生产经营者可以将现有的以及将有的生产设备、原材料、半成品、产品抵押;二是正在建造的建筑物、船舶、航空器可以抵押;三是基金份额可以质押;四是应收账款可以质押。

(九)关于物权的保护。《物权法》专章对物权的保护途径、保护方法作了规定。

中华人民共和国物权法

1. 2007 年 3 月 16 日第十届全国人民代表大会第五次会议通过
2. 2007 年 3 月 16 日中华人民共和国主席令第 62 号公布
3. 自 2007 年 10 月 1 日起施行

第一编 总 则

第一章 基 本 原 则

第一条 【立法目的与依据】为了维护国家基本经济制度,维护社会主义市场经济秩序,明确物的归属,发挥物的效用,保护权利人的物权,根据宪法,制定本法。

第二条 【调整范围】因物的归属和利用而产生的民事关系,适用本法。

本法所称物,包括不动产和动产。法律规定权利作为物权客体的,依照其规定。

本法所称物权,是指权利人对特定的物享有直接支配和排他的权利,包括所有权、用益物权和担保物权。

第三条 【社会主义基本经济制度】国家在社会主义初级阶段,坚持公有制为主体、多种所有制经济共同发展的基本经济制度。

国家巩固和发展公有制经济,鼓励、支持和引导非公有制经济的发展。

国家实行社会主义市场经济,保障一切市场主体的平等法律地位和发展权利。

第四条 【平等保护原则】国家、集体、私人的物权和其他权利人的物权受法律保护,任何单位和个人不得侵犯。

[参见]

《宪法》第 8、11 - 13 条

《民法通则》第 5、73 - 75、77、80 - 82 条

《土地管理法》第 13、14 条

《城市房地产管理法》第 5 条

第五条 【物权法定原则】物权的种类和内容,由法律规定。

第六条 【物权公示原则】不动产物权的设立、变更、转让和消灭,应当依照法律规定登记。动产物权的设立和转让,应当依照法律规定交付。

第七条 【公序良俗原则】物权的取得和行使,应当遵守法律,尊重社会公德,不得损害公共利益和他人合法权益。

[参见]

《宪法》第 51 条

《民法通则》第 72 条

第八条 【本法与其他法律的关系】其他相关法律对物权另有特别规定的,依照其规定。

第二章 物权的设立、变更、转让和消灭

第一节 不动产登记

第九条 【不动产物权登记生效及其例外】不动产物权的设立、变更、转让和消灭,经依法登记,发生效力;未经登记,不发生效力,但法律另有规定的除外。

依法属于国家所有的自然资源,所有权可以不登记。

[参见]

《土地管理法》第 11、12 条

《城市房地产管理法》第 35、59 - 61 条

第十条 【登记机构与统一登记制度】不动产登记,由不动产所在地的登记机构办理。

国家对不动产实行统一登记制度。统一登记的范围、登记机构和登记办法,由法律、行政法规规定。

[参见]

《担保法》第 42、43 条

《土地管理法》第 11 条

《城市房地产管理法》第 60 - 62 条

第十一条 【申请登记必要材料】当事人申请登记,应当根据不同登记事项提供权属证明和不动产界址、面积等必要材料。

[参见]

《担保法》第 44 条

第十二条 【登记机构职责】登记机构应当履行下列职责:

(一)查验申请人提供的权属证明和其他必要材料;

(二)就有关登记事项询问申请人;

(三)如实、及时登记有关事项;

(四)法律、行政法规规定的其他职责。

申请登记的不动产的有关情况需要进一步证明的,登记机构可以要求申请人补充材料,必要时可以实地查看。

第十三条　【登记机构禁止从事的行为】登记机构不得有下列行为:

(一)要求对不动产进行评估;

(二)以年检等名义进行重复登记;

(三)超出登记职责范围的其他行为。

第十四条　【不动产物权登记生效的时间】不动产物权的设立、变更、转让和消灭,依照法律规定应当登记的,自记载于不动产登记簿时发生效力。

第十五条　【物权效力与合同效力的区分】当事人之间订立有关设立、变更、转让和消灭不动产物权的合同,除法律另有规定或者合同另有约定外,自合同成立时生效;未办理物权登记的,不影响合同效力。

第十六条　【不动产登记簿效力及其管理机构】不动产登记簿是物权归属和内容的根据。

不动产登记簿由登记机构管理。

第十七条　【不动产登记簿与权属证书的关系】不动产权属证书是权利人享有该不动产物权的证明。不动产权属证书记载的事项,应当与不动产登记簿一致;记载不一致的,除有证据证明不动产登记簿确有错误外,以不动产登记簿为准。

第十八条　【不动产登记资料查询、复制】权利人、利害关系人可以申请查询、复制登记资料,登记机构应当提供。

[参见]

《担保法》第45条

《土地管理法实施条例》第3条

第十九条　【更正登记与异议登记】权利人、利害关系人认为不动产登记簿记载的事项错误的,可以申请更正登记。不动产登记簿记载的权利人书面同意更正或者有证据证明登记确有错误的,登记机构应当予以更正。

不动产登记簿记载的权利人不同意更正的,利害关系人可以申请异议登记。登记机构予以异议登记的,申请人在异议登记之日起十五日内不起诉,异议登记失效。异议登记不

当,造成权利人损害的,权利人可以向申请人请求损害赔偿。

第二十条　【预告登记】当事人签订买卖房屋或者其他不动产物权的协议,为保障将来实现物权,按照约定可以向登记机构申请预告登记。预告登记后,未经预告登记的权利人同意,处分该不动产的,不发生物权效力。

预告登记后,债权消灭或者自能够进行不动产登记之日起三个月内未申请登记的,预告登记失效。

第二十一条　【登记错误赔偿责任】当事人提供虚假材料申请登记,给他人造成损害的,应当承担赔偿责任。

因登记错误,给他人造成损害的,登记机构应当承担赔偿责任。登记机构赔偿后,可以向造成登记错误的人追偿。

第二十二条　【登记收费】不动产登记费按件收取,不得按照不动产的面积、体积或者价款的比例收取。具体收费标准由国务院有关部门会同价格主管部门规定。

第二节　动 产 交 付

第二十三条　【动产物权交付生效】动产物权的设立和转让,自交付时发生效力,但法律另有规定的除外。

[参见]

《民法通则》第72条

《合同法》第133－135条

第二十四条　【特殊动产变动的登记】船舶、航空器和机动车等物权的设立、变更、转让和消灭,未经登记,不得对抗善意第三人。

第二十五条　【动产物权受让人先行占有】动产物权设立和转让前,权利人已经依法占有该动产的,物权自法律行为生效时发生效力。

[参见]

《合同法》第140条

第二十六条　【动产物权指示交付】动产物权设立和转让前,第三人依法占有该动产的,负有交付义务的人可以通过转让请求第三人返还原物的权利代替交付。

第二十七条　【动产物权占有改定】动产物权转让时,双方又约定由出让人继续占有该动产的,物权自该约定生效时发生效力。

第三节　其他规定

第二十八条　【法律文书、征收导致的物权变动】因人民法院、仲裁委员会的法律文书或者人民政府的征收决定等，导致物权设立、变更、转让或者消灭的，自法律文书或者人民政府的征收决定等生效时发生效力。

第二十九条　【继承或者受遗赠导致的物权变动】因继承或者受遗赠取得物权的，自继承或者受遗赠开始时发生效力。

第三十条　【合法事实行为导致的物权变动】因合法建造、拆除房屋等事实行为设立或者消灭物权的，自事实行为成就时发生效力。

第三十一条　【非依法律行为进行的不动产物权变动效力】依照本法第二十八条至第三十条规定享有不动产物权的，处分该物权时，依照法律规定需要办理登记的，未经登记，不发生物权效力。

第三章　物权的保护

第三十二条　【物权争议解决途径】物权受到侵害的，权利人可以通过和解、调解、仲裁、诉讼等途径解决。

第三十三条　【物权确认请求权】因物权的归属、内容发生争议的，利害关系人可以请求确认权利。

第三十四条　【返还原物请求权】无权占有不动产或者动产的，权利人可以请求返还原物。

［参见］

　　《民法通则》第117条

第三十五条　【消除危险、排除妨害请求权】妨害物权或者可能妨害物权的，权利人可以请求排除妨害或者消除危险。

［参见］

　　《民法通则》第134条

第三十六条　【修理、重作、更换、恢复原状请求权】造成不动产或者动产毁损的，权利人可以请求修理、重作、更换或者恢复原状。

［参见］

　　《民法通则》第117、134条

第三十七条　【损害赔偿与其他民事责任请求权】侵害物权，造成权利人损害的，权利人可以请求损害赔偿，也可以请求承担其他民事责任。

［参见］

　　《民法通则》第117条

第三十八条　【物权保护方式的适用及行政、刑事责任】本章规定的物权保护方式，可以单独适用，也可以根据权利被侵害的情形合并适用。

　　侵害物权，除承担民事责任外，违反行政管理规定的，依法承担行政责任；构成犯罪的，依法追究刑事责任。

［参见］

　　《民法通则》第134条

第二编　所　有　权
第四章　一　般　规　定

第三十九条　【所有权的含义与基本内容】所有权人对自己的不动产或者动产，依法享有占有、使用、收益和处分的权利。

［参见］

　　《民法通则》第71条

第四十条　【所有权人设定他物权】所有权人有权在自己的不动产或者动产上设立用益物权和担保物权。用益物权人、担保物权人行使权利，不得损害所有权人的权益。

［参见］

　　《民法通则》第80、81条

　　《土地管理法》第9、15条

　　《城市房地产管理法》第7、22、27条

第四十一条　【国家专属所有权】法律规定专属于国家所有的不动产和动产，任何单位和个人不能取得所有权。

［参见］

　　《宪法》第9、10条

　　《民法通则》第72条

　　《土地管理法》第2、8条

第四十二条　【征收】为了公共利益的需要，依照法律规定的权限和程序可以征收集体所有的土地和单位、个人的房屋及其他不动产。

　　征收集体所有的土地，应当依法足额支付土地补偿费、安置补助费、地上附着物和青苗的补偿费等费用，安排被征地农民的社会保障费用，保障被征地农民的生活，维护被征地农民的合法权益。

征收单位、个人的房屋及其他不动产,应当依法给予拆迁补偿,维护被征收人的合法权益;征收个人住宅的,还应当保障被征收人的居住条件。

任何单位和个人不得贪污、挪用、私分、截留、拖欠征收补偿费等费用。

[参见]

《宪法》第 10 条

《土地管理法》第 2、45－47、49、51 条

《城市房地产管理法》第 8 条

第四十三条　【保护耕地、禁止违法征地】国家对耕地实行特殊保护,严格限制农用地转为建设用地,控制建设用地总量。不得违反法律规定的权限和程序征收集体所有的土地。

[参见]

《土地管理法》第 3、31 条

第四十四条　【征用】因抢险、救灾等紧急需要,依照法律规定的权限和程序可以征用单位、个人的不动产或者动产。被征用的不动产或者动产使用后,应当返还被征用人。单位、个人的不动产或者动产被征用或者征用后毁损、灭失的,应当给予补偿。

第五章　国家所有权和集体所有权、私人所有权

第四十五条　【国有财产的范围、性质及其行使】法律规定属于国家所有的财产,属于国家所有即全民所有。

国有财产由国务院代表国家行使所有权;法律另有规定的,依照其规定。

[参见]

《宪法》第 9 条

《民法通则》第 73 条

《土地管理法》第 2、5 条

第四十六条　【矿藏、水流、海域国家所有权】矿藏、水流、海域属于国家所有。

[参见]

《宪法》第 9 条

第四十七条　【国有土地范围】城市的土地,属于国家所有。法律规定属于国家所有的农村和城市郊区的土地,属于国家所有。

[参见]

《宪法》第 10 条

《土地管理法》第 2、8 条

第四十八条　【自然资源国家专属所有权】森林、山岭、草原、荒地、滩涂等自然资源,属于国家所有,但法律规定属于集体所有的除外。

[参见]

《宪法》第 9 条

《民法通则》第 74 条第 1 款

第四十九条　【野生动植物资源国家专属所有权】法律规定属于国家所有的野生动植物资源,属于国家所有。

第五十条　【无线电频谱资源国家专属所有权】无线电频谱资源属于国家所有。

第五十一条　【文物国家专属所有权】法律规定属于国家所有的文物,属于国家所有。

第五十二条　【基础设施国家专属所有权】国防资产属于国家所有。

铁路、公路、电力设施、电信设施和油气管道等基础设施,依照法律规定为国家所有的,属于国家所有。

第五十三条　【国家机关的物权】国家机关对其直接支配的不动产和动产,享有占有、使用以及依照法律和国务院的有关规定处分的权利。

第五十四条　【国家举办的事业单位的物权】国家举办的事业单位对其直接支配的不动产和动产,享有占有、使用以及依照法律和国务院的有关规定收益、处分的权利。

第五十五条　【国家出资的企业出资人制度】国家出资的企业,由国务院、地方人民政府依照法律、行政法规规定分别代表国家履行出资人职责,享有出资人权益。

[参见]

《宪法》第 16 条

《民法通则》第 82 条

第五十六条　【国有财产的保护】国家所有的财产受法律保护,禁止任何单位和个人侵占、哄抢、私分、截留、破坏。

[参见]

《民法通则》第 73 条

第五十七条　【国有资产监管及相关法律责任】履行国有财产管理、监督职责的机构及其工作

人员,应当依法加强对国有财产的管理、监督、促进国有财产保值增值,防止国有财产损失;滥用职权,玩忽职守,造成国有财产损失的,应当依法承担法律责任。

违反国有财产管理规定,在企业改制、合并分立、关联交易等过程中,低价转让、合谋私分、擅自担保或者以其他方式造成国有财产损失的,应当依法承担法律责任。

第五十八条　【集体财产范围】集体所有的不动产和动产包括:

（一）法律规定属于集体所有的土地和森林、山岭、草原、荒地、滩涂;

（二）集体所有的建筑物、生产设施、农田水利设施;

（三）集体所有的教育、科学、文化、卫生、体育等设施;

（四）集体所有的其他不动产和动产。**【参见】**

《宪法》第9、10条

《民法通则》第74条

《土地管理法》第8条

第五十九条　【农民集体所有财产归属及重大事项决定程序】农民集体所有的不动产和动产,属于本集体成员集体所有。

下列事项应当依照法定程序经本集体成员决定:

（一）土地承包方案以及将土地发包给本集体以外的单位或者个人承包;

（二）个别土地承包经营权人之间承包地的调整;

（三）土地补偿费等费用的使用、分配办法;

（四）集体出资的企业的所有权变动等事项;

（五）法律规定的其他事项。

【参见】

《土地管理法》第14、15条

第六十条　【农民集体所有权的行使代表】对于集体所有的土地和森林、山岭、草原、荒地、滩涂等,依照下列规定行使所有权:

（一）属于村农民集体所有的,由村集体经济组织或者村民委员会代表集体行使所有权;

（二）分别属于村内两个以上农民集体所有的,由村内各该集体经济组织或者村民小组代表集体行使所有权;

（三）属于乡镇农民集体所有的,由乡镇集体经济组织代表集体行使所有权。

【参见】

《民法通则》第74条

《土地管理法》第10条

第六十一条　【城镇集体财产权利】城镇集体所有的不动产和动产,依照法律、行政法规的规定由本集体享有占有、使用、收益和处分的权利。

【参见】

《宪法》第8条

第六十二条　【集体财产状况公开】集体经济组织或者村民委员会、村民小组应当依照法律、行政法规、章程、村规民约向本集体成员公布集体财产的状况。

第六十三条　【集体财产权的保护】集体所有的财产受法律保护,禁止任何单位和个人侵占、哄抢、私分、破坏。

集体经济组织、村民委员会或者其负责人做出的决定侵害集体成员合法权益的,受侵害的集体成员可以请求人民法院予以撤销。

【参见】

《宪法》第17条

第六十四条　【私有财产范围】私人对其合法的收入、房屋、生活用品、生产工具、原材料等不动产和动产享有所有权。

【参见】

《宪法》第13条

《民法通则》第75条

第六十五条　【保护私人合法权益】私人合法的储蓄、投资及其收益受法律保护。

国家依照法律规定保护私人的财产继承权及其他合法权益。

【参见】

《宪法》第13条

《民法通则》第75条

第六十六条　【私有财产保护】私人的合法财产受法律保护,禁止任何单位和个人侵占、哄抢、破坏。

[参见]

《宪法》第 13 条

《民法通则》第 75 条

第六十七条 【企业出资人及其权利】国家、集体和私人依法可以出资设立有限责任公司、股份有限公司或者其他企业。国家、集体和私人所有的不动产或者动产,投到企业的,由出资人按照约定或者出资比例享有资产收益、重大决策以及选择经营管理者等权利并履行义务。

第六十八条 【法人财产权】企业法人对其不动产和动产依照法律和章程享有占有、使用、收益和处分的权利。

企业法人以外的法人,对其不动产和动产的权利,适用有关法律和章程的规定。

第六十九条 【社团财产的保护】社会团体依法所有的不动产和动产,受法律保护。

[参见]

《民法通则》第 77 条

第六章 业主的建筑物区分所有权

第七十条 【业主的建筑物区分所有权含义】业主对建筑物内的住宅、经营性用房等专有部分享有所有权,对专有部分以外的共有部分享有共有和共同管理的权利。

第七十一条 【业主对专有部分所有权的行使】业主对其建筑物专有部分享有占有、使用、收益和处分的权利。业主行使权利不得危及建筑物的安全,不得损害其他业主的合法权益。

第七十二条 【业主对专有部分以外的共有部分权利义务】业主对建筑物专有部分以外的共有部分,享有权利,承担义务;不得以放弃权利不履行义务。

业主转让建筑物内的住宅、经营性用房,其对建筑物共有部分享有的共有和共同管理的权利一并转让。

第七十三条 【建筑区划内共有的范围】建筑区划内的道路,属于业主共有,但属于城镇公共道路的除外。建筑区划内的绿地,属于业主共有,但属于城镇公共绿地或者明示属于个人的除外。建筑区划内的其他公共场所、公用设施和物业服务用房,属于业主共有。

[参见]

《物业管理条例》第 38 条

第七十四条 【车位、车库的归属与利用】建筑区划内,规划用于停放汽车的车位、车库应当首先满足业主的需要。

建筑区划内,规划用于停放汽车的车位、车库的归属,由当事人通过出售、附赠或者出租等方式约定。

占用业主共有的道路或者其他场地用于停放汽车的车位,属于业主共有。

第七十五条 【业主大会、业主委员会的设立】业主可以设立业主大会,选举业主委员会。

地方人民政府有关部门应当对设立业主大会和选举业主委员会给予指导和协助。

[参见]

《物业管理条例》第 8 - 10、15、16 条

第七十六条 【业主共同决定的事项】下列事项由业主共同决定:

(一)制定和修改业主大会议事规则;

(二)制定和修改建筑物及其附属设施的管理规约;

(三)选举业主委员会或者更换业主委员会成员;

(四)选聘和解聘物业服务企业或者其他管理人;

(五)筹集和使用建筑物及其附属设施的维修资金;

(六)改建、重建建筑物及其附属设施;

(七)有关共有和共同管理权利的其他重大事项。

决定前款第五项和第六项规定的事项,应当经专有部分占建筑物总面积三分之二以上的业主且占总人数三分之二以上的业主同意。决定前款其他事项,应当经专有部分占建筑物总面积过半数的业主且占总人数过半数的业主同意。

[参见]

《物业管理条例》第 11 - 14 条

第七十七条 【住宅变经营性用房的限制与条件】业主不得违反法律、法规以及管理规约,将住宅改变为经营性用房。业主将住宅改变为经营性用房的,除遵守法律、法规以及管理规约外,应当经有利害关系的业主同意。

[参见]

《物业管理条例》第50条

第七十八条　【业主大会、业主委员会决定的效力】业主大会或者业主委员会的决定，对业主具有约束力。

业主大会或者业主委员会做出的决定侵害业主合法权益的，受侵害的业主可以请求人民法院予以撤销。

[参见]

《物业管理条例》第12条

第七十九条　【建筑物及其附属设施的维修基金归属与使用】建筑物及其附属设施的维修资金，属于业主共有。经业主共同决定，可以用于电梯、水箱等共有部分的维修。维修资金的筹集、使用情况应当公布。

[参见]

《物业管理条例》第54条

第八十条　【建筑物及其附属设施费用分摊与收益分配】建筑物及其附属设施的费用分摊、收益分配等事项，有约定的，按照约定；没有约定或者约定不明确的，按照业主专有部分占建筑物总面积的比例确定。

[参见]

《物业管理条例》第55条

第八十一条　【建筑物及其附属设施管理】业主可以自行管理建筑物及其附属设施，也可以委托物业服务企业或者其他管理人管理。

对建设单位聘请的物业服务企业或者其他管理人，业主有权依法更换。

[参见]

《物业管理条例》第21－23、25、26条

第八十二条　【物业服务机构或者其他管理人与业主关系】物业服务企业或者其他管理人根据业主的委托管理建筑区划内的建筑物及其附属设施，并接受业主的监督。

[参见]

《物业管理条例》第35条

第八十三条　【业主义务与权益维护】业主应当遵守法律、法规以及管理规约。

业主大会和业主委员会，对任意弃置垃圾、排放污染物或者噪声、违反规定饲养动物、违章搭建、侵占通道、拒付物业费等损害他人合法权益的行为，有权依照法律、法规以及管理规约，要求行为人停止侵害、消除危险、排除妨害、赔偿损失。业主对侵害自己合法权益的行为，可以依法向人民法院提起诉讼。

[参见]

《物业管理条例》第51条

第七章　相邻关系

第八十四条　【相邻关系处理原则】不动产的相邻权利人应当按照有利生产、方便生活、团结互助、公平合理的原则，正确处理相邻关系。

[参见]

《民法通则》第83条

第八十五条　【处理相邻关系依据】法律、法规对处理相邻关系有规定的，依照其规定；法律、法规没有规定的，可以按照当地习惯。

第八十六条　【用水与排水相邻关系】不动产权利人应当为相邻权利人用水、排水提供必要的便利。

对自然流水的利用，应当在不动产的相邻权利人之间合理分配。对自然流水的排放，应当尊重自然流向。

[参见]

《最高人民法院关于贯彻执行〈民法通则〉的若干意见》第105、106、109条

第八十七条　【相邻关系中通行权】不动产权利人对相邻权利人因通行等必须利用其土地的，应当提供必要的便利。

[参见]

《最高人民法院关于贯彻执行〈民法通则〉的若干意见》第107、108条

第八十八条　【相邻土地、建筑物的利用】不动产权利人因建造、修缮建筑物以及铺设电线、电缆、水管、暖气和煤气管线等必须利用相邻土地、建筑物的，该土地、建筑物的权利人应当提供必要的便利。

[参见]

《最高人民法院关于贯彻执行〈民法通则〉的若干意见》第104条

第八十九条　【通风、采光和日照】建造建筑物，不得违反国家有关工程建设标准，妨碍相邻建筑物的通风、采光和日照。

第九十条　【相邻损害防免关系】不动产权利人

不得违反国家规定弃置固体废物,排放大气污染物、水污染物、噪声、光、电磁波辐射等有害物质。

第九十一条　【挖掘土地等危害的防免义务】不动产权利人挖掘土地、建造建筑物、铺设管线以及安装设备等,不得危及相邻不动产的安全。

[参见]

　　《建筑法》第39、40条

第九十二条　【损害的避免与补偿】不动产权利人因用水、排水、通行、铺设管线等利用相邻不动产的,应当尽量避免对相邻的不动产权利人造成损害;造成损害的,应当给予赔偿。

[参见]

　　《民法通则》第83条

第八章　共　　有

第九十三条　【共有的含义与共有的形式】不动产或者动产可以由两个以上单位、个人共有。共有包括按份共有和共同共有。

[参见]

　　《民法通则》第32、78条

第九十四条　【按份共有】按份共有人对共有的不动产或者动产按其份额享有所有权。

第九十五条　【共同共有】共同共有人对共有的不动产或者动产共同享有所有权。

[参见]

　　《民法通则》第32条

　　《最高人民法院关于贯彻执行〈民法通则〉的若干意见》第95条

第九十六条　【共有财产的管理】共有人按照约定管理共有的不动产或者动产;没有约定或者约定不明确的,各共有人都有管理的权利和义务。

第九十七条　【共有财产的处分或者重大修缮】处分共有的不动产或者动产以及对共有的不动产或者动产作重大修缮的,应当经占份额三分之二以上的按份共有人或者全体共同共有人同意,但共有人之间另有约定的除外。

[参见]

　　《最高人民法院关于贯彻执行〈民法通则〉的若干意见》第95、96条

第九十八条　【共有物管理费用的负担】对共有物的管理费用以及其他负担,有约定的,按照约定;没有约定或者约定不明确的,按份共有人按照其份额负担,共同共有人共同负担。

第九十九条　【共有物的分割原则】共有人约定不得分割共有的不动产或者动产,以维持共有关系的,应当按照约定,但共有人有重大理由需要分割的,可以请求分割;没有约定或者约定不明确的,按份共有人可以随时请求分割,共同共有人在共有的基础丧失或者有重大理由需要分割时可以请求分割。因分割对其他共有人造成损害的,应当给予赔偿。

[参见]

　　《最高人民法院关于贯彻执行〈民法通则〉的若干意见》第92条

第一百条　【共有物的分割方式】共有人可以协商确定分割方式。达不成协议,共有的不动产或者动产可以分割并且不会因分割减损价值的,应当对实物予以分割;难以分割或者因分割会减损价值的,应当对折价或者拍卖、变卖取得的价款予以分割。

　　共有人分割所得的不动产或者动产有瑕疵的,其他共有人应当分担损失。

[参见]

　　《最高人民法院关于贯彻执行〈民法通则〉的若干意见》第93、94条

第一百零一条　【应有份额的转让与优先购买权】按份共有人可以转让其享有的共有的不动产或者动产份额。其他共有人在同等条件下享有优先购买的权利。

[参见]

　　《民法通则》第78条

第一百零二条　【共有物上的债权债务】因共有的不动产或者动产产生的债权债务,在对外关系上,共有人享有连带债权、承担连带债务,但法律另有规定或者第三人知道共有人不具有连带债权债务关系的除外;在共有人内部关系上,除共有人另有约定外,按份共有人按照份额享有债权、承担债务,共同共有人共同享有债权、承担债务。偿还债务超过自己应当承担份额的按份共有人,有权向其他共有人追偿。

[参见]

　　《民法通则》第35条

第一百零三条　【共有关系性质不明时的推定】共有人对共有的不动产或者动产没有约定为按份共有或者共同共有，或者约定不明确的，除共有人具有家庭关系等外，视为按份共有。

[参见]

《最高人民法院关于贯彻执行〈民法通则〉的若干意见》第91条

第一百零四条　【按份共有人份额不明时的份额确定规则】按份共有人对共有的不动产或者动产享有的份额，没有约定或者约定不明确的，按照出资额确定；不能确定出资额的，视为等额享有。

第一百零五条　【他物权的准共有】两个以上单位、个人共同享有用益物权、担保物权的，参照本章规定。

第九章　所有权取得的特别规定

第一百零六条　【善意取得】无处分权人将不动产或者动产转让给受让人的，所有权人有权追回；除法律另有规定外，符合下列情形的，受让人取得该不动产或者动产的所有权：

（一）受让人受让该不动产或者动产时是善意的；

（二）以合理的价格转让；

（三）转让的不动产或者动产依照法律规定应当登记的已经登记，不需要登记的已经交付给受让人。

受让人依照前款规定取得不动产或者动产的所有权的，原所有权人有权向无处分权人请求赔偿损失。

当事人善意取得其他物权的，参照前两款规定。

第一百零七条　【遗失物的转让与善意取得】所有权人或者其他权利人有权追回遗失物。该遗失物通过转让被他人占有的，权利人有权向无处分权人请求损害赔偿，或者自知道或者应当知道受让人之日起二年内向受让人请求返还原物，但受让人通过拍卖或者向具有经营资格的经营者购得该遗失物的，权利人请求返还原物时应当支付受让人所付的费用。权利人向受让人支付所付费用后，有权向无处分权人追偿。

第一百零八条　【善意取得的动产上的原有权利】善意受让人取得动产后，该动产上的原有权利消灭，但善意受让人在受让时知道或者应当知道该权利的除外。

第一百零九条　【拾得遗失物的返还与送交义务】拾得遗失物，应当返还权利人。拾得人应当及时通知权利人领取，或者送交公安等有关部门。

[参见]

《民法通则》第79条

《最高人民法院关于贯彻执行〈民法通则〉若干问题的意见》第98条

第一百一十条　【收到遗失物的通知及公告义务】有关部门收到遗失物，知道权利人的，应当及时通知其领取；不知道的，应当及时发布招领公告。

第一百一十一条　【遗失物保管义务】拾得人在遗失物送交有关部门前，有关部门在遗失物被领取前，应当妥善保管遗失物。因故意或者重大过失致使遗失物毁损、灭失的，应当承担民事责任。

[参见]

《最高人民法院关于贯彻执行〈民法通则〉若干问题的意见》第98条

第一百一十二条　【保管费用和报酬请求权】权利人领取遗失物时，应当向拾得人或者有关部门支付保管遗失物等支出的必要费用。

权利人悬赏寻找遗失物的，领取遗失物时应当按照承诺履行义务。

拾得人侵占遗失物的，无权请求保管遗失物等支出的费用，也无权请求权利人按照承诺履行义务。

[参见]

《刑法》第270条

第一百一十三条　【无人认领的遗失物】遗失物自发布招领公告之日起六个月内无人认领的，归国家所有。

[参见]

《民事诉讼法》第175条

第一百一十四条　【拾得漂流物、发现埋藏物或者隐藏物】拾得漂流物、发现埋藏物或者隐藏物的，参照拾得遗失物的有关规定。文物保护法等法律另有规定的，依照其规定。

［参见］

《民法通则》第 79 条

《最高人民法院关于贯彻执行〈民法通则〉若干问题的意见》第 97 条

《刑法》第 270 条

《城镇土地使用权出让和转让暂行条例》第 2 条

第一百一十五条　【从物随主物转让】主物转让的,从物随主物转让,但当事人另有约定的除外。

［参见］

《合同法》第 164 条

《最高人民法院关于贯彻执行〈民法通则〉若干问题的意见》第 89 条

第一百一十六条　【孳息的归属】天然孳息,由所有权人取得;既有所有权人又有用益物权人的,由用益物权人取得。当事人另有约定的,按照约定。

法定孳息,当事人有约定的,按照约定取得;没有约定或者约定不明确的,按照交易习惯取得。

［参见］

《合同法》第 103、163 条

《担保法》第 47 条

《刑事诉讼法》第 198 条

第三编　用益物权
第十章　一般规定

第一百一十七条　【用益物权的基本权利】用益物权人对他人所有的不动产或者动产,依法享有占有、使用和收益的权利。

第一百一十八条　【国家集体自然资源的用益物权】国家所有或者国家所有由集体使用以及法律规定属于集体所有的自然资源,单位、个人依法可以占有、使用和收益。

［参见］

《民法通则》第 80、81 条

《土地管理法》第 9 条

第一百一十九条　【自然资源有偿使用制度】国家实行自然资源有偿使用制度,但法律另有规定的除外。

［参见］

《土地管理法》第 2、55 条

第一百二十条　【用益物权人的权利行使】用益物权人行使权利,应当遵守法律有关保护和合理开发利用资源的规定。所有权人不得干涉用益物权人行使权利。

［参见］

《宪法》第 9、10、26 条

《土地管理法》第 3 条

第一百二十一条　【用益物权人因征收、征用而获得补偿】因不动产或者动产被征收、征用致使用益物权消灭或者影响用益物权行使的,用益物权人有权依照本法第四十二条、第四十四条的规定获得相应补偿。

［参见］

《宪法》第 10 条

《土地管理法》第 2 条

第一百二十二条　【海域使用权】依法取得的海域使用权受法律保护。

第一百二十三条　【合法探矿权、采矿权、取水权、渔业养殖权受法律保护】依法取得的探矿权、采矿权、取水权和使用水域、滩涂从事养殖、捕捞的权利受法律保护。

［参见］

《民法通则》第 81 条

《土地管理法》第 11 条

《矿产资源法》第 3、5、6、39、40、42 条

第十一章　土地承包经营权

第一百二十四条　【双层经营体制】农村集体经济组织实行家庭承包经营为基础、统分结合的双层经营体制。

农民集体所有和国家所有由农民集体使用的耕地、林地、草地以及其他用于农业的土地,依法实行土地承包经营制度。

［参见］

《宪法》第 8 条

《土地管理法》第 10 条

第一百二十五条　【土地承包经营权人享有的基本权利】土地承包经营权人依法对其承包经营的耕地、林地、草地等享有占有、使用和收益的权利,有权从事种植业、林业、畜牧业等农业生产。

[参见]

　《民法通则》第80、81条

　《土地管理法》第14条

第一百二十六条　【土地承包期】耕地的承包期为三十年。草地的承包期为三十年至五十年。林地的承包期为三十年至七十年;特殊林木的林地承包期,经国务院林业行政主管部门批准可以延长。

　　前款规定的承包期届满,由土地承包经营权人按照国家有关规定继续承包。

[参见]

　《土地管理法》第14条

第一百二十七条　【土地承包经营权的设立和登记】土地承包经营权自土地承包经营权合同生效时设立。

　　县级以上地方人民政府应当向土地承包经营权人发放土地承包经营权证、林权证、草原使用权证,并登记造册,确认土地承包经营权。

[参见]

　《土地管理法》第11条

第一百二十八条　【土地承包经营权的流转】土地承包经营权人依照农村土地承包法的规定,有权将土地承包经营权采取转包、互换、转让等方式流转。流转的期限不得超过承包期的剩余期限。未经依法批准,不得将承包地用于非农建设。

第一百二十九条　【互换、转让的登记】土地承包经营权人将土地承包经营权互换、转让,当事人要求登记的,应当向县级以上地方人民政府申请土地承包经营权变更登记;未经登记,不得对抗善意第三人。

[参见]

　《土地管理法》第12条

第一百三十条　【承包地调整】承包期内发包人不得调整承包地。

　　因自然灾害严重毁损承包地等特殊情形,需要适当调整承包的耕地和草地的,应当依照农村土地承包法等法律规定办理。

[参见]

　《土地管理法》第14条

第一百三十一条　【承包地收回】承包期内发包人不得收回承包地。农村土地承包法等法律另有规定的,依照其规定。

第一百三十二条　【承包地被征收的补偿】承包地被征收的,土地承包经营权人有权依照本法第四十二条第二款的规定获得相应补偿。

[参见]

　《土地管理法》第46-49、51条

第一百三十三条　【依招标等其他方式的承包及其流转】通过招标、拍卖、公开协商等方式承包荒地等农村土地,依照农村土地承包法等法律和国务院的有关规定,其土地承包经营权可以转让、入股、抵押或者以其他方式流转。

[参见]

　《土地管理法》第15条

第一百三十四条　【国有农用地承包经营的法律适用】国家所有的农用地实行承包经营的,参照本法的有关规定。

[参见]

　《土地管理法》第15、40条

第十二章　建设用地使用权

第一百三十五条　【建设用地使用权的含义】建设用地使用权人依法对国家所有的土地享有占有、使用和收益的权利,有权利用该土地建造建筑物、构筑物及其附属设施。

[参见]

　《民法通则》第80条

　《土地管理法》第4、9条

　《城镇国有土地使用权出让和转让暂行条例》第2条

第一百三十六条　【建设用地使用权分层设立与限制】建设用地使用权可以在土地的地表、地上或者地下分别设立。新设立的建设用地使用权,不得损害已设立的用益物权。

第一百三十七条　【建设用地使用权出让方式】设立建设用地使用权,可以采取出让或者划拨等方式。

　　工业、商业、旅游、娱乐和商品住宅等经营性用地以及同一土地有两个以上意向用地者的,应当采取招标、拍卖等公开竞价的方式出让。

　　严格限制以划拨方式设立建设用地使用权。采取划拨方式的,应当遵守法律、行政法规关于土地用途的规定。

[参见]

　　《城市房地产管理法》第7、12、22、23条

　　《土地管理法》第54条

第一百三十八条　【建设用地使用权出让合同】采取招标、拍卖、协议等出让方式设立建设用地使用权的，当事人应当采取书面形式订立建设用地使用权出让合同。

　　建设用地使用权出让合同一般包括下列条款：

　　　　（一）当事人的名称和住所；

　　　　（二）土地界址、面积等；

　　　　（三）建筑物、构筑物及其附属设施占用的空间；

　　　　（四）土地用途；

　　　　（五）使用期限；

　　　　（六）出让金等费用及其支付方式；

　　　　（七）解决争议的方法。

[参见]

　　《城市房地产管理法》第14条

第一百三十九条　【建设用地使用权登记】设立建设用地使用权的，应当向登记机构申请建设用地使用权登记。建设用地使用权自登记时设立。登记机构应当向建设用地使用权人发放建设用地使用权证书。

[参见]

　　《土地管理法》第11条

　　《城市房地产管理法》第59、60条

第一百四十条　【土地的利用与用途变更】建设用地使用权人应当合理利用土地，不得改变土地用途；需要改变土地用途的，应当依法经有关行政主管部门批准。

[参见]

　　《宪法》第10条

　　《土地管理法》第4、56条

　　《城市房地产管理法》第17、43条

第一百四十一条　【土地出让金】建设用地使用权人应当依照法律规定以及合同约定支付出让金等费用。

[参见]

　　《城市房地产管理法》第15条

　　《土地管理法》第55条

第一百四十二条　【建筑物、构筑物及其附属物的权属】建设用地使用权人建造的建筑物、构筑物及其附属设施的所有权属于建设用地使用权人，但有相反证据证明的除外。

第一百四十三条　【建设用地使用权的流转方式】建设用地使用权人有权将建设用地使用权转让、互换、出资、赠与或者抵押，但法律另有规定的除外。

[参见]

　　《宪法》第10条

　　《土地管理法》第2条

　　《城市房地产管理法》第27、37 – 39、47、48、50条

　　《担保法》第34、36、56条

第一百四十四条　【处分建设用地使用权的合同形式与期限】建设用地使用权转让、互换、出资、赠与或者抵押的，当事人应当采取书面形式订立相应的合同。使用期限由当事人约定，但不得超过建设用地使用权的剩余期限。

[参见]

　　《城市房地产管理法》第40、42、49条

　　《城镇国有土地使用权出让和转让暂行条例》第22条

第一百四十五条　【建设用地使用权流转后的变更登记】建设用地使用权转让、互换、出资或者赠与的，应当向登记机构申请变更登记。

[参见]

　　《土地管理法》第12条

　　《城市房地产管理法》第60 – 62条

第一百四十六条　【建筑物等设施随建设用地使用权的流转而一并处分】建设用地使用权转让、互换、出资或者赠与的，附着于该土地上的建筑物、构筑物及其附属设施一并处分。

[参见]

　　《担保法》第36条

第一百四十七条　【建设用地使用权随建筑物等设施的流转而一并处分】建筑物、构筑物及其附属设施转让、互换、出资或者赠与的，该建筑物、构筑物及其附属设施占用范围内的建设用地使用权一并处分。

[参见]

　　《城市房地产管理法》第31条

《担保法》第36条

《城镇国有土地使用权出让和转让暂行条例》第24、33条

第一百四十八条　【建设用地使用权提前收回及其补偿】建设用地使用权期间届满前，因公共利益需要提前收回该土地的，应当依照本法第四十二条的规定对该土地上的房屋及其他不动产给予补偿，并退还相应的出让金。

第一百四十九条　【建设用地使用权续期与地上物归属】住宅建设用地使用权期间届满的，自动续期。

非住宅建设用地使用权期间届满后的续期，依照法律规定办理。该土地上的房屋及其他不动产的归属，有约定的，按照约定；没有约定或者约定不明确的，依照法律、行政法规的规定办理。

[参见]

《城市房地产管理法》第21条

第一百五十条　【建设用地使用权注销登记】建设用地使用权消灭的，出让人应当及时办理注销登记。登记机构应当收回建设用地使用权证书。

第一百五十一条　【集体所有的土地作为建设用地】集体所有的土地作为建设用地的，应当依照土地管理法等法律规定办理。

[参见]

《土地管理法》第11、60、61条

第十三章　宅基地使用权

第一百五十二条　【宅基地使用权的含义】宅基地使用权人依法对集体所有的土地享有占有和使用的权利，有权依法利用该土地建造住宅及其附属设施。

第一百五十三条　【宅基地使用权的取得、行使和转让适用法律衔接性规定】宅基地使用权的取得、行使和转让，适用土地管理法等法律和国家有关规定。

[参见]

《土地管理法》第62、63条

第一百五十四条　【宅基地灭失后的重新分配】宅基地因自然灾害等原因灭失的，宅基地使用权消灭。对失去宅基地的村民，应当重新分配宅基地。

第一百五十五条　【宅基地使用权的变更登记或注销登记】已经登记的宅基地使用权转让或者消灭的，应当及时办理变更登记或者注销登记。

第十四章　地役权

第一百五十六条　【地役权含义】地役权人有权按照合同约定，利用他人的不动产，以提高自己的不动产的效益。

前款所称他人的不动产为供役地，自己的不动产为需役地。

第一百五十七条　【地役权的设立与地役权合同】设立地役权，当事人应当采取书面形式订立地役权合同。

地役权合同一般包括下列条款：

（一）当事人的姓名或者名称和住所；

（二）供役地和需役地的位置；

（三）利用目的和方法；

（四）利用期限；

（五）费用及其支付方式；

（六）解决争议的方法。

第一百五十八条　【地役权效力与登记】地役权自地役权合同生效时设立。当事人要求登记的，可以向登记机构申请地役权登记；未经登记，不得对抗善意第三人。

第一百五十九条　【供役地权利人的允许与不作为义务】供役地权利人应当按照合同约定，允许地役权人利用其土地，不得妨害地役权人行使权利。

第一百六十条　【地役权人的义务】地役权人应当按照合同约定的利用目的和方法利用供役地，尽量减少对供役地权利人物权的限制。

第一百六十一条　【地役权的期限】地役权的期限由当事人约定，但不得超过土地承包经营权、建设用地使用权等用益物权的剩余期限。

[参见]

《农村土地承包法》第20条

《城镇国有土地使用权出让和转让暂行条例》第12条

第一百六十二条　【在享有或负担地役权的土地上设立承包经营权、宅基地使用权】土地所有权人享有地役权或者负担地役权的，设立土地承包经营权、宅基地使用权时，该土地承包经

营权人、宅基地使用权人继续享有或者负担已设立的地役权。

第一百六十三条　【在已经设立用益物权的土地上设立地役权的限制】土地上已设立土地承包经营权、建设用地使用权、宅基地使用权等权利的,未经用益物权人同意,土地所有权人不得设立地役权。

第一百六十四条　【地役权不得与需役地分离而单独转让】地役权不得单独转让。土地承包经营权、建设用地使用权等转让的,地役权一并转让,但合同另有约定的除外。

第一百六十五条　【地役权不得单独抵押】地役权不得单独抵押。土地承包经营权、建设用地使用权等抵押的,在实现抵押权时,地役权一并转让。

第一百六十六条　【需役地上的土地承包经营权、建设用地使用权部分转让】需役地以及需役地上的土地承包经营权、建设用地使用权部分转让时,转让部分涉及地役权的,受让人同时享有地役权。

第一百六十七条　【供役权上的土地承包经营权、建设用地使用权部分转让】供役地以及供役地上的土地承包经营权、建设用地使用权部分转让时,转让部分涉及地役权的,地役权对受让人具有约束力。

第一百六十八条　【地役权的消灭】地役权人有下列情形之一的,供役地权利人有权解除地役权合同,地役权消灭:

　　(一)违反法律规定或者合同约定,滥用地役权;

　　(二)有偿利用供役地,约定的付款期间届满后在合理期限内经两次催告未支付费用。

第一百六十九条　【地役权变更后的变更登记与注销登记】已经登记的地役权变更、转让或者消灭的,应当及时办理变更登记或者注销登记。

第四编　担　保　物　权
第十五章　一　般　规　定

第一百七十条　【担保物权的含义】担保物权人在债务人不履行到期债务或者发生当事人约定的实现担保物权的情形,依法享有就担保财产优先受偿的权利,但法律另有规定的除外。

第一百七十一条　【担保物权适用范围与反担保】债权人在借贷、买卖等民事活动中,为保障实现其债权,需要担保的,可以依照本法和其他法律的规定设立担保物权。

　　第三人为债务人向债权人提供担保的,可以要求债务人提供反担保。反担保适用本法和其他法律的规定。

[参见]

　　《担保法》第2、4条

第一百七十二条　【担保合同的从属性及担保合同无效后的责任】设立担保物权,应当依照本法和其他法律的规定订立担保合同。担保合同是主债权债务合同的从合同。主债权债务合同无效,担保合同无效,但法律另有规定的除外。

　　担保合同被确认无效后,债务人、担保人、债权人有过错的,应当根据其过错各自承担相应的民事责任。

[参见]

　　《担保法》第5条

第一百七十三条　【担保物权的担保范围】担保物权的担保范围包括主债权及其利息、违约金、损害赔偿金、保管担保财产和实现担保物权的费用。当事人另有约定的,按照约定。

[参见]

　　《担保法》第46、67、83条

第一百七十四条　【担保物权物上代位性】担保期间,担保财产毁损、灭失或者被征收等,担保物权人可以就获得的保险金、赔偿金或者补偿金等优先受偿。被担保债权的履行期未届满的,也可以提存该保险金、赔偿金或者补偿金等。

[参见]

　　《担保法》第58、73条

第一百七十五条　【未经担保人同意的债务转移】第三人提供担保,未经其书面同意,债权人允许债务人转移全部或者部分债务的,担保人不再承担相应的担保责任。

[参见]

　　《担保法》第23条

第一百七十六条　【物的担保与人的担保的关

系】被担保的债权既有物的担保又有人的担保的，债务人不履行到期债务或者发生当事人约定的实现担保物权的情形，债权人应当按照约定实现债权；没有约定或者约定不明确，债务人自己提供物的担保的，债权人应当先就该物的担保实现债权；第三人提供物的担保的，债权人可以就物的担保实现债权，也可以要求保证人承担保证责任。提供担保的第三人承担担保责任后，有权向债务人追偿。

[参见]

《担保法》第 28、57、72 条

《最高人民法院关于适用〈担保法〉若干问题的解释》第 38 条

第一百七十七条　【担保物权消灭的原因】有下列情形之一的，担保物权消灭：

　　（一）主债权消灭；

　　（二）担保物权实现；

　　（三）债权人放弃担保物权；

　　（四）法律规定担保物权消灭的其他情形。

[参见]

《担保法》第 52、58、73、74、88 条

第一百七十八条　【担保法与本法的效力衔接】担保法与本法的规定不一致的，适用本法。

第十六章　抵　押　权

第一节　一般抵押权

第一百七十九条　【一般抵押权的含义】为担保债务的履行，债务人或者第三人不转移财产的占有，将该财产抵押给债权人的，债务人不履行到期债务或者发生当事人约定的实现抵押权的情形，债权人有权就该财产优先受偿。

前款规定的债务人或者第三人为抵押人，债权人为抵押权人，提供担保的财产为抵押财产。

[参见]

《民法通则》第 89 条

《担保法》第 33 条

第一百八十条　【抵押财产的范围】债务人或者第三人有权处分的下列财产可以抵押：

　　（一）建筑物和其他土地附着物；

　　（二）建设用地使用权；

　　（三）以招标、拍卖、公开协商等方式取得

的荒地等土地承包经营权；

　　（四）生产设备、原材料、半成品、产品；

　　（五）正在建造的建筑物、船舶、航空器；

　　（六）交通运输工具；

　　（七）法律、行政法规未禁止抵押的其他财产。

抵押人可以将前款所列财产一并抵押。

[参见]

《担保法》第 34 条

《城市房地产管理法》第 47 条

第一百八十一条　【浮动抵押】经当事人书面协议，企业、个体工商户、农业生产经营者可以将现有的以及将有的生产设备、原材料、半成品、产品抵押，债务人不履行到期债务或者发生当事人约定的实现抵押权的情形，债权人有权就实现抵押权时的动产优先受偿。

第一百八十二条　【房地产抵押关系】以建筑物抵押的，该建筑物占用范围内的建设用地使用权一并抵押。以建设用地使用权抵押的，该土地上的建筑物一并抵押。

抵押人未依照前款规定一并抵押的，未抵押的财产视为一并抵押。

[参见]

《担保法》第 36 条

《城市房地产管理法》第 31、47 条

第一百八十三条　【乡镇、村企业的建设用地使用权及其建筑物的抵押】乡镇、村企业的建设用地使用权不得单独抵押。以乡镇、村企业的厂房等建筑物抵押的，其占用范围内的建设用地使用权一并抵押。

[参见]

《担保法》第 36 条

《城市房地产管理法》第 47 条

第一百八十四条　【禁止抵押的财产】下列财产不得抵押：

　　（一）土地所有权；

　　（二）耕地、宅基地、自留地、自留山等集体所有的土地使用权，但法律规定可以抵押的除外；

　　（三）学校、幼儿园、医院等以公益为目的的事业单位、社会团体的教育设施、医疗卫生设施和其他社会公益设施；

（四）所有权、使用权不明或者有争议的财产；

（五）依法被查封、扣押、监管的财产；

（六）法律、行政法规规定不得抵押的其他财产。

[参见]

《担保法》第37条

第一百八十五条　【设立抵押权与抵押合同】设立抵押权，当事人应当采取书面形式订立抵押合同。

抵押合同一般包括下列条款：

（一）被担保债权的种类和数额；

（二）债务人履行债务的期限；

（三）抵押财产的名称、数量、质量、状况、所在地、所有权归属或者使用权归属；

（四）担保的范围。

[参见]

《担保法》第38、39条

《城市房地产管理法》第49条

第一百八十六条　【流押的禁止】抵押权人在债务履行期届满前，不得与抵押人约定债务人不履行到期债务时抵押财产归债权人所有。

[参见]

《担保法》第40条

第一百八十七条　【不动产抵押登记】以本法第一百八十条第一款第一项至第三项规定的财产或者第五项规定的正在建造的建筑物抵押的，应当办理抵押登记。抵押权自登记时设立。

[参见]

《担保法》第41、42条

《城市房地产管理法》第61条

第一百八十八条　【动产抵押效力与登记对抗效力】以本法第一百八十条第一款第四项、第六项规定的财产或者第五项规定的正在建造的船舶、航空器抵押的，抵押权自抵押合同生效时设立；未经登记，不得对抗善意第三人。

[参见]

《担保法》第43条

第一百八十九条　【动产浮动抵押登记】企业、个体工商户、农业生产经营者以本法第一百八十一条规定的动产抵押的，应当向抵押人住所地

的工商行政管理部门办理登记。抵押权自抵押合同生效时设立；未经登记，不得对抗善意第三人。

依照本法第一百八十一条规定抵押的，不得对抗正常经营活动中已支付合理价款并取得抵押财产的买受人。

第一百九十条　【抵押权与租赁权关系】订立抵押合同前抵押财产已出租的，原租赁关系不受该抵押权的影响。抵押权设立后抵押财产出租的，该租赁关系不得对抗已登记的抵押权。

[参见]

《担保法》第48条

《最高人民法院关于适用〈担保法〉若干问题的解释》第65、66条

第一百九十一条　【抵押期间抵押物的转让】抵押期间，抵押人经抵押权人同意转让抵押财产的，应当将转让所得的价款向抵押权人提前清偿债务或者提存。转让的价款超过债权数额的部分归抵押人所有，不足部分由债务人清偿。

抵押期间，抵押人未经抵押权人同意，不得转让抵押财产，但受让人代为清偿债务消灭抵押权的除外。

[参见]

《担保法》第49条

第一百九十二条　【抵押权的转让或作为其他债权担保】抵押权不得与债权分离而单独转让或者作为其他债权的担保。债权转让的，担保该债权的抵押权一并转让，但法律另有规定或者当事人另有约定的除外。

[参见]

《合同法》第81条

《担保法》第50条

第一百九十三条　【抵押财产毁损或者价值减少时的处理】抵押人的行为足以使抵押财产价值减少的，抵押权人有权要求抵押人停止其行为。

抵押财产价值减少的，抵押权人有权要求恢复抵押财产的价值，或者提供与减少的价值相应的担保。抵押人不恢复抵押财产的价值也不提供担保的，抵押权人有权要求债务人提前清偿债务。

［参见］

《担保法》第51条

第一百九十四条　【抵押权及其顺位的放弃与抵押权变更】抵押权人可以放弃抵押权或者抵押权的顺位。抵押权人与抵押人可以协议变更抵押权顺位以及被担保的债权数额等内容，但抵押权的变更，未经其他抵押权人书面同意，不得对其他抵押权人产生不利影响。

债务人以自己的财产设定抵押，抵押权人放弃该抵押权、抵押权顺位或者变更抵押权的，其他担保人在抵押权人丧失优先受偿权益的范围内免除担保责任，但其他担保人承诺仍然提供担保的除外。

［参见］

《担保法》第28条

第一百九十五条　【抵押权实现的条件、方式和程序】债务人不履行到期债务或者发生当事人约定的实现抵押权的情形，抵押权人可以与抵押人协议以抵押财产折价或者以拍卖、变卖该抵押财产所得的价款优先受偿。协议损害其他债权人利益的，其他债权人可以在知道或者应当知道撤销事由之日起一年内请求人民法院撤销该协议。

抵押权人与抵押人未就抵押权实现方式达成协议的，抵押权人可以请求人民法院拍卖、变卖抵押财产。

抵押财产折价或者变卖的，应当参照市场价格。

［参见］

《民法通则》第89条

《担保法》第53条

第一百九十六条　【抵押财产的确定】依照本法第一百八十一条规定设定抵押的，抵押财产自下列情形之一发生时确定：

（一）债务履行期届满，债权未实现；

（二）抵押人被宣告破产或者被撤销；

（三）当事人约定的实现抵押权的情形；

（四）严重影响债权实现的其他情形。

第一百九十七条　【抵押财产孳息】债务人不履行到期债务或者发生当事人约定的实现抵押权的情形，致使抵押财产被人民法院依法扣押的，自扣押之日起抵押权人有权收取该抵押财产的天然孳息或者法定孳息，但抵押权人未通知应当清偿法定孳息的义务人的除外。

前款规定的孳息应当先充抵收取孳息的费用。

［参见］

《担保法》第47条

第一百九十八条　【抵押财产变价超过或不足债权数额的处理】抵押财产折价或者拍卖、变卖后，其价款超过债权数额的部分归抵押人所有，不足部分由债务人清偿。

［参见］

《担保法》第53条

第一百九十九条　【同一物上确定抵押权次序的规则】同一财产向两个以上债权人抵押的，拍卖、变卖抵押财产所得的价款依照下列规定清偿：

（一）抵押权已登记的，按照登记的先后顺序清偿；顺序相同的，按照债权比例清偿；

（二）抵押权已登记的先于未登记的受偿；

（三）抵押权未登记的，按照债权比例清偿。

［参见］

《担保法》第54条

第二百条　【建设用地使用权抵押的特别规定】建设用地使用权抵押后，该土地上新增的建筑物不属于抵押财产。该建设用地使用权实现抵押权时，应当将该土地上新增的建筑物与建设用地使用权一并处分，但新增建筑物所得的价款，抵押权人无权优先受偿。

［参见］

《担保法》第55条

《城市房地产管理法》第51条

第二百零一条　【土地承包经营权或者乡镇、村企业的建设用地使用权抵押的特别规定】依照本法第一百八十条第一款第三项规定的土地承包经营权抵押的，或者依照本法第一百八十三条规定以乡镇、村企业的厂房等建筑物占用范围内的建设用地使用权一并抵押的，实现抵押权后，未经法定程序，不得改变土地所有权的性质和土地用途。

［参见］

《担保法》第55条

第二百零二条　【抵押权存续期间】抵押权人应当在主债权诉讼时效期间行使抵押权;未行使的,人民法院不予保护。

[参见]

　　《最高人民法院关于适用〈担保法〉若干问题的解释》第12条

第二节　最高额抵押权

第二百零三条　【最高额抵押权的含义】为担保债务的履行,债务人或者第三人对一定期间内将要连续发生的债权提供担保财产的,债务人不履行到期债务或者发生当事人约定的实现抵押权的情形,抵押权人有权在最高债权额限度内就该担保财产优先受偿。

　　最高额抵押权设立前已经存在的债权,经当事人同意,可以转入最高额抵押担保的债权范围。

[参见]

　　《担保法》第59、60条

第二百零四条　【最高额抵押转让的限制】最高额抵押担保的债权确定前,部分债权转让的,最高额抵押权不得转让,但当事人另有约定的除外。

[参见]

　　《担保法》第61条

第二百零五条　【最高额抵押权的变更】最高额抵押担保的债权确定前,抵押权人与抵押人可以通过协议变更债权确定的期间、债权范围以及最高债权额,但变更的内容不得对其他抵押权人产生不利影响。

第二百零六条　【最高额抵押权所担保的债权确定】有下列情形之一的,抵押权人的债权确定:

　　(一)约定的债权确定期间届满;

　　(二)没有约定债权确定期间或者约定不明确,抵押权人或者抵押人自最高额抵押权设立之日起满二年后请求确定债权;

　　(三)新的债权不可能发生;

　　(四)抵押财产被查封、扣押;

　　(五)债务人、抵押人被宣告破产或者被撤销;

　　(六)法律规定债权确定的其他情形。

第二百零七条　【最高额抵押权法律适用依据】最高额抵押权除适用本节规定外,适用本章第

一节一般抵押权的规定。

[参见]

　　《担保法》第62条

第十七章　质　　权
第一节　动产质权

第二百零八条　【动产质权的含义与基本权利】为担保债务的履行,债务人或者第三人将其动产出质给债权人占有的,债务人不履行到期债务或者发生当事人约定的实现质权的情形,债权人有权就该动产优先受偿。

　　前款规定的债务人或者第三人为出质人,债权人为质权人,交付的动产为质押财产。

[参见]

　　《担保法》第63条

第二百零九条　【质押的禁止】法律、行政法规禁止转让的动产不得出质。

第二百一十条　【质权的设立与质押合同】设立质权,当事人应当采取书面形式订立质权合同。

　　质权合同一般包括下列条款:

　　(一)被担保债权的种类和数额;

　　(二)债务人履行债务的期限;

　　(三)质押财产的名称、数量、质量、状况;

　　(四)担保的范围;

　　(五)质押财产交付的时间。

[参见]

　　《担保法》第64、65条

第二百一十一条　【流质约款的禁止】质权人在债务履行期届满前,不得与出质人约定债务人不履行到期债务时质押财产归债权人所有。

[参见]

　　《担保法》第66条

第二百一十二条　【动产质权交付生效】质权自出质人交付质押财产时设立。

[参见]

　　《担保法》第64条

第二百一十三条　【质物孳息收取权】质权人有权收取质押财产的孳息,但合同另有约定的除外。

　　前款规定的孳息应当先充抵收取孳息的费用。

[参见]

　　《担保法》第68条

第二百一十四条 【**质权人对质物使用、处分的限制与法律责任**】质权人在质权存续期间，未经出质人同意，擅自使用、处分质押财产，给出质人造成损害的，应当承担赔偿责任。

第二百一十五条 【**质权人妥善保管义务**】质权人负有妥善保管质押财产的义务；因保管不善致使质押财产毁损、灭失的，应当承担赔偿责任。

质权人的行为可能使质押财产毁损、灭失的，出质人可以要求质权人将质押财产提存，或者要求提前清偿债务并返还质押财产。

[参见]

《担保法》第69条

第二百一十六条 【**质物保全**】因不能归责于质权人的事由可能使质押财产毁损或者价值明显减少，足以危害质权人权利的，质权人有权要求出质人提供相应的担保；出质人不提供的，质权人可以拍卖、变卖质押财产，并与出质人通过协议将拍卖、变卖所得的价款提前清偿债权或者提存。

[参见]

《担保法》第70条

第二百一十七条 【**转质权**】质权人在质权存续期间，未经出质人同意转质，造成质押财产毁损、灭失的，应当向出质人承担赔偿责任。

[参见]

《最高人民法院关于适用〈担保法〉若干问题的解释》第94条

第二百一十八条 【**质权的放弃**】质权人可以放弃质权。债务人以自己的财产出质，质权人放弃该质权的，其他担保人在质权人丧失优先受偿权益的范围内免除担保责任，但其他担保人承诺仍然提供担保的除外。

[参见]

《担保法》第28条

第二百一十九条 【**质物的返还与质权的实现**】债务人履行债务或者出质人提前清偿所担保的债权的，质权人应当返还质押财产。

债务人不履行到期债务或者发生当事人约定的实现质权的情形，质权人可以与出质人协议以质押财产折价，也可以就拍卖、变卖质押财产所得的价款优先受偿。

质押财产折价或者变卖的，应当参照市场价格。

[参见]

《担保法》第71条

第二百二十条 【**及时行使质权请求权及怠于行使质权的责任**】出质人可以请求质权人在债务履行期届满后及时行使质权；质权人不行使的，出质人可以请求人民法院拍卖、变卖质押财产。

出质人请求质权人及时行使质权，因质权人怠于行使权利造成损害的，由质权人承担赔偿责任。

[参见]

《最高人民法院关于适用〈担保法〉若干问题的解释》第12条

第二百二十一条 【**质押财产变价后的归属规则**】质押财产折价或者拍卖、变卖后，其价款超过债权数额的部分归出质人所有，不足部分由债务人清偿。

[参见]

《担保法》第71条

第二百二十二条 【**最高额质权**】出质人与质权人可以协议设立最高额质权。

最高额质权除适用本节有关规定外，参照本法第十六章第二节最高额抵押权的规定。

第二节 权利质权

第二百二十三条 【**可以质押的权利范围**】债务人或者第三人有权处分的下列权利可以出质：

（一）汇票、支票、本票；

（二）债券、存款单；

（三）仓单、提单；

（四）可以转让的基金份额、股权；

（五）可以转让的注册商标专用权、专利权、著作权等知识产权中的财产权；

（六）应收账款；

（七）法律、行政法规规定可以出质的其他财产权利。

[参见]

《担保法》第75条

第二百二十四条 【**以票据权利出质的权利质权的设立**】以汇票、支票、本票、债券、存款单、仓单、提单出质的，当事人应当订立书面合同。质权自权利凭证交付质权人时设立;没有权利凭证的,质权自有关部门办理出质登记时设立。

[参见]

《担保法》第 76 条

第二百二十五条 【质权人优先实现质权的权利】汇票、支票、本票、债券、存款单、仓单、提单的兑现日期或者提货日期先于主债权到期的,质权人可以兑现或者提货,并与出质人协议将兑现的价款或者提取的货物提前清偿债权或者提存。

[参见]

《担保法》第 77 条

第二百二十六条 【基金份额、股权质权的设定及质权限定效力】以基金份额、股权出质的,当事人应当订立书面合同。以基金份额、证券登记结算机构登记的股权出质的,质权自证券登记结算机构办理出质登记时设立;以其他股权出质的,质权自工商行政管理部门办理出质登记时设立。

基金份额、股权出质后,不得转让,但经出质人与质权人协商同意的除外。出质人转让基金份额、股权所得的价款,应当向质权人提前清偿债权或者提存。

[参见]

《担保法》第 78 条

第二百二十七条 【知识产权质权的设定】以注册商标专用权、专利权、著作权等知识产权中的财产权出质的,当事人应当订立书面合同。质权自有关主管部门办理出质登记时设立。

知识产权中的财产权出质后,出质人不得转让或者许可他人使用,但经出质人与质权人协商同意的除外。出质人转让或者许可他人使用出质的知识产权中的财产权所得的价款,应当向质权人提前清偿债务或者提存。

[参见]

《担保法》第 79、80 条

第二百二十八条 【应收账款质权的设定与限制】以应收账款出质的,当事人应当订立书面合同。质权自信贷征信机构办理出质登记时设立。

应收账款出质后,不得转让,但经出质人与质权人协商同意的除外。出质人转让应收账款所得的价款,应当向质权人提前清偿债权或者提存。

或者提存。

第二百二十九条 【权利质权的法律适用依据】权利质权除适用本节规定外,适用本章第一节动产质权的规定。

[参见]

《担保法》第 81 条

第十八章　留　置　权

第二百三十条 【留置权的含义】债务人不履行到期债务,债权人可以留置已经合法占有的债务人的动产,并有权就该动产优先受偿。

前款规定的债权人为留置权人,占有的动产为留置财产。

[参见]

《民法通则》第 89 条

《担保法》第 82、84 条

第二百三十一条 【留置权财产与债权关系】债权人留置的动产,应当与债权属于同一法律关系,但企业之间留置的除外。

第二百三十二条 【留置权适用范围的限制】法律规定或者当事人约定不得留置的动产,不得留置。

[参见]

《担保法》第 84 条

第二百三十三条 【可分物作为留置财产的特殊规定】留置财产为可分物的,留置财产的价值应当相当于债务的金额。

[参见]

《担保法》第 85 条

第二百三十四条 【留置物的妥善保管义务】留置权人负有妥善保管留置财产的义务;因保管不善致使留置财产毁损、灭失的,应当承担赔偿责任。

[参见]

《担保法》第 86 条

第二百三十五条 【留置物孳息的收取】留置权人有权收取留置财产的孳息。

前款规定的孳息应当先充抵收取孳息的费用。

第二百三十六条 【留置权实现的一般规定】留置权人与债务人应当约定留置财产后的债务履行期间;没有约定或者约定不明确的,留置权人应当给债务人两个月以上履行债务的期间,但鲜活易腐等不易保管的动产除外。债务人逾期未履行的,留置权人可以与债务人协议以留置财产折价,也可以就拍卖、变卖留置财产所得的价款优先受偿。

　　留置财产折价或者变卖的,应当参照市场价格。
[参见]
　　《担保法》第87条

第二百三十七条 【债务人请求留置权人行使留置权】债务人可以请求留置权人在债务履行期届满后行使留置权;留置权人不行使的,债务人可以请求人民法院拍卖、变卖留置财产。
[参见]
　　《最高人民法院关于适用〈担保法〉若干问题的解释》第12条

第二百三十八条 【留置财产变价后超过或不足债权数额的归属规则】留置财产折价或者拍卖、变卖后,其价款超过债权数额的部分归债务人所有,不足部分由债务人清偿。
[参见]
　　《担保法》第87条

第二百三十九条 【留置权与抵押权或者质权关系】同一动产上已设立抵押权或者质权,该动产又被留置的,留置权人优先受偿。
[参见]
　　《最高人民法院关于适用〈担保法〉若干问题的解释》第79条

第二百四十条 【留置权消灭的原因】留置权人对留置财产丧失占有或者留置权人接受债务人另行提供担保的,留置权消灭。
[参见]
　　《担保法》第88条

第五编 占 有
第十九章 占 有

第二百四十一条 【有权占有的法律适用】基于合同关系等产生的占有,有关不动产或者动产的使用、收益、违约责任等,按照合同约定;合同没有约定或者约定不明确的,依照有关法律规定。

第二百四十二条 【恶意占有人的赔偿责任】占有人因使用占有的不动产或者动产,致使该不动产或者动产受到损害的,恶意占有人应当承担赔偿责任。

第二百四十三条 【无权占有人原物及其孳息的返还义务与善意占有人的有关费用求偿权】不动产或者动产被占有人占有的,权利人可以请求返还原物及其孳息,但应当支付善意占有人因维护该不动产或者动产支出的必要费用。

第二百四十四条 【占有人对占有物毁损、灭失的责任】占有的不动产或者动产毁损、灭失,该不动产或者动产的权利人请求赔偿的,占有人应当将因毁损、灭失取得的保险金、赔偿金或者补偿金等返还给权利人;权利人的损害未得到足够弥补的,恶意占有人还应当赔偿损失。

第二百四十五条 【占有保护请求权与除斥期间】占有的不动产或者动产被侵占的,占有人有权请求返还原物;对妨害占有的行为,占有人有权请求排除妨害或者消除危险;因侵占或者妨害造成损害的,占有人有权请求损害赔偿。

　　占有人返还原物的请求权,自侵占发生之日起一年内未行使的,该请求权消灭。

附 则
第二百四十六条 【不动产登记制度的立法与过渡衔接规定】法律、行政法规对不动产统一登记的范围、登记机构和登记办法作出规定前,地方性法规可以依照本法有关规定作出规定。

第二百四十七条 【施行日期】本法自2007年10月1日起施行。

《中华人民共和国招标投标法》导读

　　为推行招标投标制度,规范招标投标行为,发挥招标投标的积极作用,九届全国人大常委会第十一次会议于1999年8月审议通过了《中华人民共和国招标投标法》,并于2000年1月1日正式实施。

《招标投标法》规定的主要内容有:

(一)关于必须进行招标的范围。《招标投标法》明确了将工程建设项目纳入必须进行招标的范围。规定:必须进行招标项目的具体范围和规模标准,由国务院发展计划部门分别会同国务院有关部门制定,报国务院批准。此外,从今后的发展方向看,实行招标投标制度的领域可能逐步扩大,不会仅限于工程建设项目。如果法律、行政法规和国务院规定其他一些项目必须进行招标,适用《招标投标法》。

(二)关于招标方式。目前存在的招标方式大体上有三种:公开招标,邀请招标,议标。公开招标、邀请招标比较规范,符合国际惯例,已为人们广泛接受。而议标至今仍有很大争议,实践中存在的问题比较多。因此,《招标投标法》仅规定了公开招标和邀请招标两种招标方式,没有规定议标。

(三)关于委托招标和招标代理机构。《招标投标法》规定,招标人可以委托招标代理机构办理招标事宜。任何单位和个人不得以任何方式为招标人指定招标代理机构。招标人具有编制招标文件和组织评标能力的,可以自行办理招标事宜。任何单位和个人不得强制其委托招标代理机构办理招标事宜。此外,《招标投标法》明确了招标代理机构的性质以及应当具备的条件。

(四)关于招标投标规则。为防止假招标、泄露有关招标投标情况等问题的出现,《招标投标法》规定了一些基本规则,包括招标项目的审批、招标人对潜在投标人进行资格审查、招标文件的内容等方面的规定。《招标投标法》还对投标人和投标活动作了规定。

(五)关于中标项目的转让、分包。《招标投标法》明确规定,中标人应当按照合同约定履行义务,完成中标项目。中标人不得向他人转让中标项目,也不得将中标项目肢解后分别向他人转让。中标人按照合同约定或者经招标人同意,可以将中标项目的部分非主体、非关键性工作分包给他人完成。接受分包的他人应当具备相应的资格条件,并不得再次分包。

(六)关于对招标投标活动的监督。《招标投标法》规定,招标投标活动及其当事人应当接受依法实施的监督。有关行政监督部门依法对招标投标活动实施监督,并依法查处招标投标活动中的违法行为。关于招标投标活动的行政监督及有关部门的具体职权划分,由国务院规定。

除《招标投标法》外,《建筑法》、《合同法》中的建设工程合同对招标投标的有关问题也作了规定。

中华人民共和国招标投标法

1. 1999 年 8 月 30 日第九届全国人民代表大会常务委员会第十一次会议通过
2. 1999 年 8 月 30 日中华人民共和国主席令第 21 号公布
3. 自 2000 年 1 月 1 日起施行

目　　录

第一章　总　　则

第一条　【立法目的】为了规范招标投标活动,保护国家利益、社会公共利益和招标投标活动当事人的合法权益,提高经济效益,保证项目质量,制定本法。

[条文注释]

本条是关于本法立法目的的规定。本法的立法目的是:

1. 规范招标投标活动。

2. 保护国家利益、社会公共利益和招标投标活动当事人的合法权益。制定《招标投标法》,有利于保障财政资金和其他国有资金的节约和合理有效使用,铲除国有资金采购活动中滋生腐败的土壤,防止国有资产的流失,创造公平竞争的市场环境,促进经济的健康发展,这也是国家的利益之所在。将大型基础设施、公用事业等关系社会公共利益、公众安全的建设项目纳入招标投标法的范围,充分运用招标投标制度的竞争作用,确保这类与公众利益直接有关的建设项目的质量,更体现了本法保护社会公共利益的立法宗旨。

招标投标活动的当事人,主要是指招标人和投标人。此外,招标方委托招标代理机构代为办理招标事宜的,招标投标活动的当事人还包括招标代理机构。在招标投标活动中,各方当事人的合法权益都受到法律的保护。

3.提高经济效益。

4.提高项目质量。依照法定的招标投标程序,通过竞争,选择技术强、信誉好、质量保障体系可靠的投标人中标,有利于保证采购项目的质量。

[参见]

《宪法》第5条

第二条　【适用范围】在中华人民共和国境内进行招标投标活动,适用本法。

[条文注释]

本条是关于本法适用范围和调整对象的规定。

本法适用的空间效力范围,是中华人民共和国境内。凡在我国境内进行的招标投标活动,均适用本法规定。当然,按照我国香港、澳门两个特别行政区基本法的规定,只有列入这两个基本法附件三的法律,才能在这两个特别行政区适用。本法没有列入这两个法的附件三中,因此不适用于香港和澳门两个特别行政区。

本法以招标投标活动中的关系为调整对象。凡在我国境内进行的招标投标活动,不论是属于本法规定的法定强制招标项目,还是属于当事人自愿采用招标方式进行采购的项目,其招标投标活动均适用本法。根据强制招标项目和非强制招标项目的不同情况,本法有关条文作了有所区别的规定。有关招标投标的规则和程序的强制性规定及法律责任中有关行政处罚的规定,主要

适用于法定强制招标的项目。是否属本法所称的招标投标活动,需按照国务院或国务院有关部门的规定来判断。

[参见]

《国家重大建设项目招标投标监督暂行办法》第1条

《工程建设项目招标范围和规模标准规定》第1条

《评标委员会和评标方法暂行规定》第1条

《招标公告发布暂行办法》第1条

《建设项目可行性研究报告增加招标内容以及核准招标事项暂行规定》第1条

《工程建设项目自行招标试行办法》第1条

第三条　【必须进行招标的建设工程项目】在中华人民共和国境内进行下列工程建设项目包括项目的勘察、设计、施工、监理以及与工程建设有关的重要设备、材料等的采购,必须进行招标:

(一)大型基础设施、公用事业等关系社会公共利益、公众安全的项目;

(二)全部或者部分使用国有资金投资或者国家融资的项目;

(三)使用国际组织或者外国政府贷款、援助资金的项目。

前款所列项目的具体范围和规模标准,由国务院发展计划部门会同国务院有关部门制订,报国务院批准。

法律或者国务院对必须进行招标的其他项目的范围有规定的,依照其规定。

[条文注释]

本条是关于依法必须招标的项目即法定强制招标项目的规定。

法定强制招标项目的范围有两类:一是本法已明确规定必须进行招标的项目;二是依照其他法律或者国务院的规定必须进行招标的项目,就是本条第1款和第2款规定范围内的项目,即有关的工程建设项目,包括项目的勘察、设计、施工、监理以及与工程建设项目有关的重要设备、材料等的采购。

[参见]

《招标投标法》第66、67条

《国家重大建设项目招标投标监督暂行办

法》第4条

《工程建设项目招标范围和规模标准规定》第2-7条

《建设项目可行性研究报告增加招标内容以及核准招标事项暂行规定》第5条

第四条 【规避招标的禁止】任何单位和个人不得将依法必须进行招标的项目化整为零或者以其他任何方式规避招标。

[条文注释]

本条是关于对依法应当强制招标的项目,禁止以任何方式规避招标的规定。

凡列入本法第3条第1款之规定,并属于国务院有关主管部门依照第3条第2款的授权制定的具体范围以内和规模标准以上的工程建设项目及有关的重要设备、材料等采购,除本法第66条另有规定的情形外,都必须进行招标。对违反本条规定规避招标的行为,将依照本法第49条的规定,依法追究其法律责任。

[参见]

《招标投标法》第49条

第五条 【招投标活动的原则】招标投标活动应当遵循公开、公平、公正和诚实信用的原则。

[条文注释]

本条是关于招标投标活动必须遵循的基本原则的规定。

公开、公平、公正和诚实信用,是招标投标活动必须遵循的最基本的原则,违反这一基本原则,招标投标活动就失去了本来的意义。本法有关招标投标的各项规定,都是为了保证这一基本原则的实现。所谓"公开",是指进行招标活动的信息、开标的程序、评标的标准和程序、中标的结果要公开。所谓"公平"和"公正",对招标方来说,就是要严格按照公开的招标条件和程序办事,同等地对待每一个投标竞争者。在招标投标活动中遵守诚实信用原则,要求招标投标各方要诚实守信,不得有欺骗、背信的行为。

[参见]

《评标委员会和评标方法暂行规定》第3条

第六条 【招投标活动不受地区和部门的限制】依法必须进行招标的项目,其招标投标活动不受地区或者部门的限制。任何单位和个人不得违法限制或者排斥本地区、本系统以外的法人或者其他组织参加投标,不得以任何方式非法干涉招标投标活动。

[条文注释]

本条是关于禁止在招标投标活动中搞行业垄断、地方保护,以及禁止以任何其他形式非法干预招标投标活动的规定。

我国实行社会主义市场经济,必须在全国范围内建立起统一、开放、竞争、有序的大市场。任何以地方保护、部门垄断等方式分割市场的行为,都会缩小市场规模,降低市场效率,阻碍经济的发展。大力推行招标投标制度,就是为了充分发挥市场竞争机制在公共资金采购中的作用。在招标投标活动中实行地方保护或行业垄断的做法,以及行政机关或领导人违法干涉正常的招标投标活动的做法,破坏了市场的统一性,违反了公平竞争的原则,严重影响招标投标活动的正常开展,也给腐败行为留下可乘之机。为此,本条明确予以禁止。

[参见]

《评标委员会和评标方法暂行规定》第4条

《招标公告发布暂行办法》第4条

第七条 【对招投标活动的监督】招标投标活动及其当事人应当接受依法实施的监督。

有关行政监督部门依法对招标投标活动实施监督,依法查处招标投标活动中的违法行为。

对招标投标活动的行政监督及有关部门的具体职权划分,由国务院规定。

[条文注释]

本条是关于对招标投标活动实施行政监督管理的规定。

本条包括两层意思:(1)招标投标活动及其当事人应当依法接受监督;(2)有关行政管理部门对招标投标活动的监督检查必须依法进行。

有关行政监督管理部门对招标投标活动实施监督管理的事项主要应包括:(1)对依照本法必须招标的项目是否进行招标进行监督。(2)对法定招标投标项目是否依照本法规定的规则和程序进行招标投标实施监督。凡属法定招标的项目,必须依照本法规定的规则、程序进行招标投标,以确保招标投标符合公开、公平、公正的原则,发挥其应有的优越性。(3)依法查处招标投标活动中的违法行为。

本条第 3 款规定,对招标投标活动的具体行政监督,以及有关行政部门在招标投标监督管理中的职权划分,由国务院规定。

[参见]

《国务院办公厅印发国务院有关部门实施招标投标活动行政监督职责分工意见的通知》第 5 条

《国家重大建设项目招标投标监督暂行办法》第 7、8、10 条

《评标委员会和评标方法暂行规定》第 6 条

第二章　招　标

第八条　【招标人】招标人是依照本法规定提出招标项目、进行招标的法人或者其他组织。

[条文注释]

本条是关于招标人定义的规定。

1. 招标人须是提出招标项目、进行招标的人。所谓"招标项目",即采用招标方式进行采购的工程、货物或服务项目。

2. 招标人须是法人或其他组织,自然人不能成为招标人。根据《民法通则》和本条的规定,各种所有制形式的有限责任公司和股份有限公司、国有独资公司,公司以外其他类型的国有企业和集体所有制企业,以及依法取得法人资格的中外合作经营企业、外资企业等,都具有作为招标人参加招标投标活动的权利能力;有独立经费的各级国家机关和依法取得法人资格的事业单位、社会团体等,也都具有作为招标人参加招标投标活动的权利能力。本法所称的其他组织是指除法人以外的其他实体,包括合伙企业、个人独资企业和外国企业以及企业的分支机构等。这些企业和机构也可以作为招标人参加招标投标活动。本法未赋予自然人成为招标人的权利,但这并不意味着个人投资的项目不能采用招标的方式进行采购。个人投资的项目,可以成立项目公司作为招标人。

[参见]

《工程建设项目自行招标试行办法》第 3、4 条

第九条　【招标项目的批准】招标项目按照国家有关规定需要履行项目审批手续的,应当先履行审批手续,取得批准。

招标人应当有进行招标项目的相应资金或者资金来源已经落实,并应当在招标文件中如实载明。

[条文注释]

本条是关于招标项目的预先批准和招标资金来源应当落实的规定。

本法第 3 条规定的依法必须进行招标的项目,大都关系国计民生,涉及全社会固定资产投资规模,因此,多数项目根据国家有关规定需要立项审批。该审批工作应当在招标前完成。

招标人应当有进行招标项目的相应资金或者有确定的资金来源,这是招标人对项目进行招标并最终完成该项目的物质保证。招标人在招标时必须确实拥有相应的资金或者有能证明其资金来源已经落实的合法性文件为保证,并应当将资金数额和资金来源在招标文件中如实载明。招标投标活动作为一种民事活动必须坚持诚实信用的原则,招标文件所载内容必须真实;其中关于资金数额和资金来源的情况必须如实载明,招标人不得做假。

第十条　【公开招标和邀请招标】招标分为公开招标和邀请招标。

公开招标,是指招标人以招标公告的方式邀请不特定的法人或者其他组织投标。

邀请招标,是指招标人以投标邀请书的方式邀请特定的法人或者其他组织投标。

[条文注释]

本条是关于招标方式的规定。

公开招标,也称无限竞争性招标,是指由招标方按照法定程序,在公开出版物上发布招标公告,所有符合条件的供应商或承包商都可以平等参加投标竞争,从中择优选择中标者的招标方式。

邀请招标,也称为有限竞争性招标,是指招标方选择若干供应商或承包商,向其发出投标邀请,由被邀请的供应商、承包商投标竞争,从中选定中标者的招标方式。

[参见]

《工程建设项目招标范围和规模标准规定》第 9 条

《招标公告发布暂行办法》第 5 条

第十一条　【适用邀请招标的情形】国务院发展

计划部门确定的国家重点项目和省、自治区、直辖市人民政府确定的地方重点项目不适宜公开招标的,经国务院发展计划部门或者省、自治区、直辖市人民政府批准,可以进行邀请招标。

第十二条 【自行办理招标和招标代理】招标人有权自行选择招标代理机构,委托其办理招标事宜。任何单位和个人不得以任何方式为招标人指定招标代理机构。

招标人具有编制招标文件和组织评标能力的,可以自行办理招标事宜。任何单位和个人不得强制其委托招标代理机构办理招标事宜。

依法必须进行招标的项目,招标人自行办理招标事宜的,应当向有关行政监督部门备案。

[条文注释]

本条是关于招标人有权自行招标或委托他人代为招标的规定。

在招标人委托招标代理机构时,招标人和招标代理机构的关系是委托代理关系。根据本条和我国民法通则的规定,这种委托代理关系表现为:招标代理机构受招标人委托,在招标代理权限范围内,以招标人的名义组织招标工作,招标人为委托人,招标代理机构为受托人,招标人对招标代理机构的代理行为承担民事责任。招标人委托招标代理机构从事招标工作的,应当与招标代理机构签订书面委托合同,明确规定招标代理机构的代理权限,以分清责任,避免越权代理和不必要的纠纷,保证招标代理工作的顺利进行。

[参见]

《工程建设项目自行招标试行办法》第5条

第十三条 【招标代理机构及条件】招标代理机构是依法设立、从事招标代理业务并提供相关服务的社会中介组织。

招标代理机构应当具备下列条件:

(一)有从事招标代理业务的营业场所和相应资金;

(二)有能够编制招标文件和组织评标的相应专业力量;

(三)有符合本法第三十七条第三款规定

条件、可以作为评标委员会成员人选的技术、经济等方面的专家库。

[条文注释]

本条是关于招标代理机构的性质及资格条件的规定。

招标代理机构的法律性质:(1)招标代理机构的性质既不是一级行政机关,也不是从事生产经营的企业,而是以自己的知识、智力为招标人提供服务的独立于任何行政机关的组织,可以以多种组织形式存在,从我国目前的情况看,自然人一般不能从事招标代理业务。(2)招标代理机构需依法登记设立,招标代理机构的设立不需有关行政机关的审批,但其从事有关招标代理业务的资格需要有关行政主管部门审查认定。(3)招标代理机构的业务范围包括从事招标代理业务。招标代理机构需具备本条规定的条件方能设立。

第十四条 【招标代理机构的认定】从事工程建设项目招标代理业务的招标代理机构,其资格由国务院或者省、自治区、直辖市人民政府的建设行政主管部门认定。具体办法由国务院建设行政主管部门会同国务院有关部门制定。从事其他招标代理业务的招标代理机构,其资格认定的主管部门由国务院规定。

招标代理机构与行政机关和其他国家机关不得存在隶属关系或者其他利益关系。

第十五条 【招标代理机构的代理范围】招标代理机构应当在招标人委托的范围内办理招标事宜,并遵守本法关于招标人的规定。

[条文注释]

本条是关于招标代理机构应当在代理权限范围内行使代理权的规定。

根据本法第13条的规定,招标人和招标代理机构之间在法律上是委托代理关系。因此,代理权是招标代理机构代理活动的基础,代理权限范围即是代理机构以被代理人名义进行活动的全部业务范围。其法律意义在于:招标代理机构在代理权限范围内从事招标活动,所造成的法律后果由被代理人即招标人承担;招标代理机构在没有代理权、超越代理权或代理权已终止的情况下的任何所为都不是代理行为,其所造成的后果应由招标代理机构自行负责。招标代理机构因其无权代理或超越代理权的行为给招标人造成损失的，还应当对招标人承担赔偿责任。根据招标代理机构的上述法律性质，本条规定，招标代理机构应当在招标人委托的范围内办理招标事宜。

[参见]

《民法通则》第63、64条

第十六条　【招标公告】招标人采用公开招标方式的，应当发布招标公告。依法必须进行招标的项目的招标公告，应当通过国家指定的报刊、信息网络或者其他媒介发布。

招标公告应当载明招标人的名称和地址、招标项目的性质、数量、实施地点和时间以及获取招标文件的办法等事项。

[条文注释]

本条是关于招标人发布招标公告和招标公告内容的规定。

招标公告是指招标人以公开方式邀请不特定的潜在投标人就某一项目进行投标的明确的意思表示。本条第1款包含如下三层含义：（1）公开招标的，招标人应发布公告。国内招标公告应使用中国文字；国际招标公告还应同时使用英文或相关国家的文字。国际招标还可以在发布招标公告的同时，向有关国家的使馆或驻招标国的外国机构发出通知。（2）依法必须进行招标的项目，招标公告应当在国家指定的报刊、信息网络等公共媒介发布。"国家指定"主要是指由法律、行政法规规定；在法律、行政法规没有作出规定时，也可以由国务院有关主管部门按照国务院规定的职责作出规定。（3）自愿公开招标的项目，原则上也应在有影响的公开出版物上刊登招标通告，但法律不做强制性要求。

[参见]

《招标公告发布暂行办法》

第十七条　【邀请招标方式的行使】招标人采用邀请招标方式的，应当向三个以上具备承担招标项目的能力、资信良好的特定的法人或者其他组织发出投标邀请书。

投标邀请书应当载明本法第十六条第二款规定的事项。

[条文注释]

本条是关于邀请招标方式下投标邀请书的发布范围及其内容的规定。

邀请招标是向特定的法人或其他组织发出投标邀请的一种招标方式。采用这种方式的招标人虽然可以根据项目的特点选择特定的潜在投标人，但在招标程序、评标标准等招标的重要环节上均与公开招标相同，邀请招标不是议标，不能因为其招标对象的特定性而取代了招标公开性、竞争性的本质特征。这就要求法律对邀请招标的招标范围有所限制。同时，由于邀请招标的招标对象毕竟是有限的、特定的，为了保证受邀请人的质量，本条第1款对受邀请人的资质也提出了相对严格的要求。

第十八条　【潜在投标人】招标人可以根据招标项目本身的要求，在招标公告或者投标邀请书中，要求潜在投标人提供有关资质证明文件和业绩情况，并对潜在投标人进行资格审查；国家对投标人的资格条件有规定的，依照其规定。

招标人不得以不合理的条件限制或者排斥潜在投标人，不得对潜在投标人实行歧视待遇。

[条文注释]

本条是关于招标人有权对投标人进行资格审查以及招标人不得排斥潜在投标人，对其实行歧视待遇的规定。

根据本条第1款的规定，招标人对投标人资格审查的权利包括两个方面：一是要求投标人提供其资质信息的权利，二是对其资质进行实际审查的权利。

审查投标人的投标资格是招标人的一项权利，但由于资格审查的结果直接导致潜在投标人或预选中标人投标或中标权利的丧失。因此，如果招标人滥用这一权利，将会直接侵害潜在投标人的合法权益，影响招标的公正性。为此，本条规定，招标人应当根据招标项目本身的要求对投标人进行资格审查，不得以不合理的条件限制或者排斥潜在投标人，不得对潜在投标人实行歧视待遇。

第十九条　【招标文件】招标人应当根据招标项目的特点和需要编制招标文件。招标文件应当包括招标项目的技术要求、对投标人资格审查的标准、投标报价要求和评标标准等所有实质性要求和条件以及拟签订合同的主要条款。

国家对招标项目的技术、标准有规定的,招标人应当按照其规定在招标文件中提出相应要求。

招标项目需要划分标段、确定工期的,招标人应当合理划分标段、确定工期,并在招标文件中载明。

[条文注释]

本条是关于招标文件的编制及其内容的规定。

招标文件是招标投标活动中最重要的法律文件,它不仅规定了完整的招标程序,而且还提出了各项具体的技术标准和交易条件,规定了拟订立的合同的主要内容,是投标人准备投标文件和参加投标的依据,是评审委员会评标的依据,也是拟订合同的基础。本条第1款对招标文件的编制及主要内容作了规定。本条第2款规定,某一招标项目如有国家强制性标准的,招标文件中应就这一标准对招标项目提出具体技术标准的要求。根据本条第3款的规定,招标人应当合理地划分标段、确定工期,即划分标段、确定工期必须符合项目施工的科学流程,以节约资金、保证质量为基本前提条件。

第二十条 【招标文件的限制】招标文件不得要求或者标明特定的生产供应者以及含有倾向或者排斥潜在投标人的其他内容。

第二十一条 【潜在投标人对项目现场的踏勘】招标人根据招标项目的具体情况,可以组织潜在投标人踏勘项目现场。

第二十二条 【已获取招标文件者及标底的保密】招标人不得向他人透露已获取招标文件的潜在投标人的名称、数量以及可能影响公平竞争的有关招标投标的其他情况。

招标人设有标底的,标底必须保密。

[条文注释]

本条是关于招标人对招标信息和标底保密的规定。

根据本条第1款的规定,招标人不得向他人透露已获取招标文件的潜在投标人的名称、数量和可能影响公平竞争的有关招标投标的其他情况。其中"招标人"包括招标单位、招标代理机构和参与招标工作的所有知情人员;"他人"指任何人。根据本条的规定,对可能影响公平竞争的信息予以保密是招标人的法定义务,本条第2款专门对标底的保密义务作了规定。标底即招标项目的底价,是招标人购买工程、货物、服务的预算。在整个招标活动过程中所有接触过标底的人员都有对其保密的义务。

第二十三条 【招标文件的澄清或修改】招标人对已发出的招标文件进行必要的澄清或者修改的,应当在招标文件要求提交投标文件截止时间至少十五日前,以书面形式通知所有招标文件收受人。该澄清或者修改的内容为招标文件的组成部分。

[条文注释]

本条是关于招标人对于招标文件进行澄清和修改的规定。

1. 招标人对于已经发出的招标文件可以进行必要的澄清或者修改。对于进行澄清或者修改的内容,法律没有加以限制,凡是招标人认为有必要进行澄清或者修改的内容,都应当允许进行澄清或者修改。

2. 招标人如需对招标文件进行必要的澄清或者修改的,应当在招标文件要求提交投标文件截止时间至少15日前将澄清和修改内容通知招标文件收受人。由于招标人对招标文件规定的截标时间也是可以修改的,因此,如果招标人发出修改或澄清的通知太晚,则招标人应推迟提交投标文件截止日期,对截标日期作相应修改。

3. 招标人对已发出的招标文件进行必要的澄清或者修改的,应当以书面形式通知所有招标文件收受人。

4. 招标人对于已发出的招标文件所进行的澄清或者修改的内容视为招标文件的组成部分,与已发出的招标文件具有同等的效力。

[参见]

《招标公告发布暂行办法》第12、13条

第二十四条 【编制投标文件的时间】招标人应当确定投标人编制投标文件所需要的合理时间;但是,依法必须进行招标的项目,自招标文件开始发出之日起至投标人提交投标文件截止之日止,最短不得少于二十日。

[条文注释]

本条是关于投标人编制投标文件期限的规定。

招标人应当确定投标人编制投标文件所需要的合理时间。投标人编制投标文件需要一定的时间。由于招标项目的性质不同、规模大小不同、复杂程度不同，法律不可能作出具体的统一规定，需要由招标人根据其招标项目的具体情况在招标文件中作出合理规定。从保证法定强制招标项目投标竞争的广泛性出发，法律为各类法定强制招标项目的投标人编制投标文件的最短时间作了规定，即自招标文件开始发出之日起至投标人提交投标文件截止之日止，最短不得少于20日。

第三章　投　标

第二十五条　【投标人】投标人是响应招标、参加投标竞争的法人或者其他组织。

依法招标的科研项目允许个人参加投标的，投标的个人适用本法有关投标人的规定。

[条文注释]

本条是关于投标主体的规定。

根据本条规定，可以参加招标项目投标竞争的主体包括以下三类：

1. 法人。法人分为企业法人、机关法人、事业单位法人、社会团体法人。参加投标竞争的法人应为企业法人或事业单位法人。

2. 法人以外的其他组织，即经合法成立、有一定的组织机构和财产，但又不具备法人资格的组织。包括：经依法登记领取营业执照的个人独资企业、合伙企业；依法登记领取营业执照的合伙型联营企业；依法登记领取我国营业执照的不具有法人资格的中外合作经营企业、外资企业；法人依法设立并领取营业执照的分支机构等。

3. 个人，即《民法通则》所讲的自然人（公民）。依照本条规定，个人作为投标人，只限于科研项目依法进行招标的情况。

第二十六条　【投标人的资格条件】投标人应当具备承担招标项目的能力；国家有关规定对投标人资格条件或者招标文件对投标人资格条件有规定的，投标人应当具备规定的资格条件。

[条文注释]

本条是关于投标人资格的规定。

1. 投标人应当具备承担招标项目的能力。

这里指的是，投标人在资金、技术、人员、装备等方面，要具备与完成招标项目的需要相适应的能力或者条件。

2. 国家有关规定对投标人资格条件或者招标文件对投标人资格条件有规定的，投标人应当具备规定的资格条件。

第二十七条　【投标文件的编制】投标人应当按照招标文件的要求编制投标文件。投标文件应当对招标文件提出的实质性要求和条件作出响应。

招标项目属于建设施工的，投标文件的内容应当包括拟派出的项目负责人与主要技术人员的简历、业绩和拟用于完成招标项目的机械设备等。

[条文注释]

本条是关于编制投标文件要求的规定。

根据本条第1款的规定，编制投标文件应当符合下述两项基本要求：

1. 按照招标文件的要求编制投标文件。招标文件是由招标人编制的希望投标人向自己发出要约的意思表示，从合同法的意义上讲，招标文件属于要约邀请。投标人只有按照招标文件载明的要求编制自己的投标文件，方有中标的可能。

2. 投标文件应当对招标文件提出的实质性要求和条件作出响应，即投标文件的内容应当与招标文件规定的实质要求和条件作出相对应的回答，不能存有遗漏或重大的偏离；否则将被视为废标，失去中标的可能。

根据本条第2款的规定，编制建设施工项目的投标文件，除符合上述两项基本要求外，还应当包括：拟派出的项目负责人和主要技术人员的简历、业绩、拟用于完成招标项目的机械设备及其他。

[参见]

《评标委员会和评标方法暂行规定》第19、28条

第二十八条　【投标文件的送达】投标人应当在招标文件要求提交投标文件的截止时间前，将投标文件送达投标地点。招标人收到投标文件后，应当签收保存，不得开启。投标人少于三个的，招标人应当依照本法重新招标。

在招标文件要求提交投标文件的截止时间后送达的投标文件,招标人应当拒收。

[条文注释]

本条是关于投标人送达投标文件的规定。

关于重新招标,按照本条第1款的规定,投标截止期满后,投标人少于三个的,招标人应当依照本法重新招标。这里需要说明的是,本条所讲"投标人少于三个",是指二个、一个或者没有的情况,不包括三个本数。

关于送达拒收,按照本条第2款的规定,投标人送达投标文件时已经超过了招标文件所确定的截止时间,招标人应当拒收。拒收的理由有二:一是投标人超过规定的时间送达投标文件,过错属于投标人,其不利的法律后果当然由过错人自己承担;二是按照本法规定,开标的时间应与截标的时间相一致,如果在开标后还允许接收迟到的投标文件,则可能会给有的投标人在掌握了已开标的其他投标人的投标的情况后再对自己的投标文件进行修改留下可乘之机,这显然是有悖于招标投标活动应当公平、公正的原则的。

第二十九条 【投标文件的补充、修改、撤回】投标人在招标文件要求提交投标文件的截止时间前,可以补充、修改或者撤回已提交的投标文件,并书面通知招标人。补充、修改的内容为投标文件的组成部分。

[条文注释]

本条是关于投标人可以补充、修改或者撤回投标文件的规定。

1.须在招标文件要求提交投标文件的截止时间前。这一规定同《合同法》规定的"撤回要约的通知应当在要约到达受要约人之前或者与要约同时到达受要约人"有所不同,根据本条规定,投标人只要是"在招标文件要求提交投标文件的截止时间前"提交撤回投标文件就属于合法有效。这是因为投标人的投标虽然可能在规定的时间前送达招标人,但按照本法的规定,在规定的开标时间(应与截标时间相一致)前,招标人不得开启,招标人尚不知道投标文件的内容,不会受到投标文件内容的影响,此时允许投标人补充、修改或者撤回投标文件,对招标人和其他投标人并无不利影响,反而体现了对投标人意志的尊重。

2.须书面通知招标人。

第三十条 【投标文件对拟分包项目的载明】投标人根据招标文件载明的项目实际情况,拟在中标后将中标项目的部分非主体、非关键性工作进行分包的,应当在投标文件中载明。

[条文注释]

本条是关于中标项目分包的规定。

本条所讲分包,是指投标人拟在中标后将自己中标的项目的一部分工作交由他人完成的行为。分包人和总包人具有合同关系,和招标人没有合同关系,招标人和总包人即投标人有合同关系。

根据本条的规定,投标人拟将中标的项目分包的,须遵守以下规定:

1.是否分包由投标人决定,招标人不得为投标人指定分包单位。

2.分包的内容为"中标项目的部分非主体、非关键性工作"。

3.分包应在投标文件中载明。

第三十一条 【共同投标】两个以上法人或者其他组织可以组成一个联合体,以一个投标人的身份共同投标。

联合体各方均应当具备承担招标项目的相应能力;国家有关规定或者招标文件对投标人资格条件有规定的,联合体各方均应当具备规定的相应资格条件。由同一专业的单位组成的联合体,按照资质等级较低的单位确定资质等级。

联合体各方应当签订共同投标协议,明确约定各方拟承担的工作和责任,并将共同投标协议连同投标文件一并提交招标人。联合体中标的,联合体各方应当共同与招标人签订合同,就中标项目向招标人承担连带责任。

招标人不得强制投标人组成联合体共同投标,不得限制投标人之间的竞争。

[条文注释]

本条是关于联合体投标的规定。

1.联合体是两个以上法人或者其他组织组成一个联合体,以一个投标人的身份共同投标。

联合体投标的特征:(1)联合体的主体包括两个以上的法人或者其他组织;(2)联合体是为了进行投标及中标后履行合同而组织起来的一

个临时性的组织;(3)联合体以一个投标人的身份共同投标。就中标项目,联合体各方对招标人承担连带责任。

2.联合体投标资质等级的确定:按照资质等级较低的同专业的单位确定联合体的资质等级。

3.联合体各方权利、义务:(1)在联合体内部,联合体各方应当签订共同投资协议,明确各方在招标项目中的权利、义务关系,并将共同投标协议连同投标文件一并提交招标人;(2)联合体中标后,应当由各方共同与招标人签订合同,就中标项目向招标人承担连带责任。此项规定的目的,在于避免出现问题时,联合体各方相互推诿,从而损害招标人的权益,不利于中标项目的完成。

第三十二条　【串通投标的禁止】投标人不得相互串通投标报价,不得排挤其他投标人的公平竞争,损害招标人或者其他投标人的合法权益。

投标人不得与招标人串通投标,损害国家利益、社会公共利益或者他人的合法权益。

禁止投标人以向招标人或者评标委员会成员行贿的手段谋取中标。

[条文注释]

本条是关于不得串通投标和以向招标人或者评标委员会成员行贿的手段谋取中标的规定。

串通投标包括两种情况:一是投标者之间的串通投标,即投标人"相互串通投标报价",是指投标人彼此之间以口头或者书面的形式,就投标报价的形式互相通气,达到避免相互竞争,共同损害招标人利益的行为。二是投标人"与招标人串通投标",是指投标人与招标人在招标投标活动中,以不正当的手段从事私下交易致使招标投标流于形式,共同损害国家利益、社会公共利益或者他人的合法权益的行为。

[参见]

《国务院办公厅印发国务院有关部门实施招标投标活动行政监督职责分工意见的通知》第4条

《评标委员会和评标方法暂行规定》第20条

第三十三条　【低于成本的报价竞标与骗取中标的禁止】投标人不得以低于成本的报价竞标,也不得以他人名义投标或者以其他方式弄虚作假,骗取中标。

[条文注释]

本条是关于投标人不得以低于成本的报价竞标、不得以他人名义投标或者以其他方式弄虚作假骗取中标的规定。

"低于成本",是指低于投标人的为完成投标项目所需支出的个别成本。本条所讲的"以他人名义投标",在实践中多表现为一些不具备法定的或者投标文件规定的资格条件的单位或者个人,采取"挂靠"甚至直接冒名顶替的方法,以其他具备资格条件的企业、事业单位的名义进行投标竞争。

投标活动中任何形式的弄虚作假行为都严重违背诚实信用的基本原则,严重破坏招标投标活动的正常秩序,必须予以禁止。弄虚作假的投标人不但丢失中标资格,还要依法承担相应的法律责任。

第四章　开标、评标和中标

第三十四条　【开标的时间与地点】开标应当在招标文件确定的提交投标文件截止时间的同一时间公开进行;开标地点应当为招标文件中预先确定的地点。

[条文注释]

本条是关于开标时间和开标地点的规定。

关于开标时间:

1.开标时间应当在提供给每一个投标人的招标文件中事先确定,以使每一投标人都能事先知道开标的准确时间,以便届时参加,确保开标过程的公开、透明。

2.开标时间应与提交投标文件的截止时间相一致,以防止招标人或者投标人利用提交投标文件的截止时间以后与开标时间之前的一段时间间隔进行暗箱操作。

3.开标应当公开进行,即开标活动应当向所有提交投标文件的投标人公开。只有公开开标,才能体现和维护公开透明、公平公正的原则。

关于开标地点:为了使所有投标人都能事先知道开标地点并按时到达,开标地点应当在招标文件中事先确定。招标人如果确有特殊原因,需要变动开标地点,则应当按照本法第23条的规定对招标文件作出修改,作为招标文件的补充文件,书面通知每一个提交投标文件的投标人。

第三十五条　【开标人与参加人】开标由招标人主持,邀请所有投标人参加。

[条文注释]

本条是关于开标主持人与参加人的规定。

1. 开标由招标人负责主持。招标人自行办理招标事宜的,当然得自行主持开标;招标人委托招标代理机构办理招标事宜的,可以由招标代理机构按照委托招标合同的约定负责主持开标事宜。对依法必须进行招标的项目,有关行政机关可以派人参加开标,以监督开标过程严格按照法定程序进行。但是,有关行政机关不得越俎代庖,代替招标人主持开标。

2. 招标人应邀请所有投标人参加开标,以确保开标在所有投标人的参与、监督下,按照公开、透明的原则进行。参加开标是每一投标人的法定权利,招标人不得以任何理由排斥、限制任何投标人参加开标。

第三十六条　【开标方式】开标时,由投标人或者其推选的代表检查投标文件的密封情况,也可以由招标人委托的公证机构检查并公证;经确认无误后,由工作人员当众拆封,宣读投标人名称、投标价格和投标文件的其他主要内容。

招标人在招标文件要求提交投标文件的截止时间前收到的所有投标文件,开标时都应当当众予以拆封、宣读。

开标过程应当记录,并存档备查。

第三十七条　【评标】评标由招标人依法组建的评标委员会负责。

依法必须进行招标的项目,其评标委员会由招标人的代表和有关技术、经济等方面的专家组成,成员人数为五人以上单数,其中技术、经济等方面的专家不得少于成员总数的三分之二。

前款专家应当从事相关领域工作满八年并具有高级职称或者具有同等专业水平,由招标人从国务院有关部门或者省、自治区、直辖市人民政府有关部门提供的专家名册或者招标代理机构的专家库内的相关专业的专家名单中确定;一般招标项目可以采取随机抽取方式,特殊招标项目可以由招标人直接确定。

与投标人有利害关系的人不得进入相关项目的评标委员会;已经进入的应当更换。

评标委员会成员的名单在中标结果确定前应当保密。

第三十八条　【评标的保密】招标人应当采取必要的措施,保证评标在严格保密的情况下进行。

任何单位和个人不得非法干预、影响评标的过程和结果。

第三十九条　【投标人对投标文件的说明义务】评标委员会可以要求投标人对投标文件中含义不明确的内容作必要的澄清或者说明,但是澄清或者说明不得超出投标文件的范围或者改变投标文件的实质性内容。

[参见]

《评标委员会和评标方法暂行规定》第19条

第四十条　【评标的方法】评标委员会应当按照招标文件确定的评标标准和方法,对投标文件进行评审和比较;设有标底的,应当参考标底。评标委员会完成评标后,应当向招标人提出书面评标报告,并推荐合格的中标候选人。

招标人根据评标委员会提出的书面评标报告和推荐的中标候选人确定中标人。招标人也可以授权评标委员会直接确定中标人。

国务院对特定招标项目的评标有特别规定的,从其规定。

第四十一条　【中标人的投标应符合的条件】中标人的投标应当符合下列条件之一:

(一)能够最大限度地满足招标文件中规定的各项综合评价标准;

(二)能够满足招标文件的实质性要求,并且经评审的投标价格最低;但是投标价格低于成本的除外。

[条文注释]

本条是关于中标条件的规定。中标条件应符合下列两项条件之一:

1. 能够最大限度地满足招标文件中规定的各项综合评价标准。投标文件的评价标准应按法律的规定都在招标文件中载明,评标委员会在对投标文件进行评审时,应当按照招标文件中规定的评标标准进行综合性评价和比较。

2. 能够满足招标文件的实质性要求,并且经评审的投标价格最低;但是投标价格低于成本的除外。

[参见]

《评标委员会和评标方法暂行规定》第46条

第四十二条　【对所有投标的否决】 评标委员会经评审，认为所有投标都不符合招标文件要求的，可以否决所有投标。

依法必须进行招标的项目的所有投标被否决的，招标人应当依照本法重新招标。

[条文注释]

本条是关于评标委员会可以否决所有投标以及投标被否决招标人应如何处理的规定。

本条第1款规定"所有投标文件都不符合招标文件的要求"，通常有以下几种情况：(1)最低评标价大大超过标底或合同估价，招标人无力接受投标；(2)所有投标人在实质上均未响应投标文件的要求；(3)投标人过少，没有达到预期的竞争性。

本条第2款规定，依法必须进行招标的项目的所有投标被否决的，招标人应当依照本法重新进行招标。如确因时间较紧来不及进行新的招标或确有其他特殊情况不宜再进行招标的，经批准，也可采用其他采购方式。对于招标人自愿选择招标采购方式的项目，则可不受本条规定必须重新招标的限制，招标人可以重新招标，也可以采用其他采购方式。

[参见]

《评标委员会和评标方法暂行规定》第22、27条

第四十三条　【确定中标人前对招标人与投标人进行谈判的禁止】 在确定中标人前，招标人不得与投标人就投标价格、投标方案等实质性内容进行谈判。

[条文注释]

本条是关于确定中标人以前，招标人不得与投标人就投标实质性内容进行谈判的规定。

招标投标应当是各投标人在公平、公正前提下进行竞争。在确定中标人以前，如果允许招标人与个别投标人就投标的实质性内容进行谈判，招标人可能会利用一个投标人提交的投标对另一个投标人施加压力，迫使其降低投标报价或作出对招标人更有利的让步。同时还有可能导致招标人与投标人的串通行为，投标人可能会借此机会根据从招标人处得到的信息对有关投标报价等实质性内容进行修改。这对于其他投标人显然是不公正的。因此，法律禁止招标人与投标人在确定中标人以前进行谈判。

本条对于招标人不得与投标人进行谈判的内容作了明确规定，即招标人与投标人不得就投标价格、投标方案等实质性内容进行谈判。实质性内容，还应包括技术要求等内容。

[参见]

《评标委员会和评标方法暂行规定》第47条

第四十四条　【评标委员会成员的义务】 评标委员会成员应当客观、公正地履行职务，遵守职业道德，对所提出的评审意见承担个人责任。

评标委员会成员不得私下接触投标人，不得收受投标人的财物或者其他好处。

评标委员会成员和参与评标的有关工作人员不得透露对投标文件的评审和比较、中标候选人的推荐情况以及与评标有关的其他情况。

[参见]

《评标委员会和评标方法暂行规定》

第四十五条　【中标通知书的发出】 中标人确定后，招标人应当向中标人发出中标通知书，并同时将中标结果通知所有未中标的投标人。

中标通知书对招标人和中标人具有法律效力。中标通知书发出后，招标人改变中标结果的，或者中标人放弃中标项目的，应当依法承担法律责任。

[条文注释]

本条是关于通知中标和中标通知书的法律效力的规定。

1.中标通知书的性质。中标以中标通知书的发出为标志，中标通知书实质上就是招标人对其选中的投标人的承诺，是招标人同意某投标人的要约的意思表示。

2.中标通知书的法律效力。中标通知书只要发出后即发生法律效力，这与《合同法》不同：《合同法》要求承诺通知到达要约人时才发生法律效力；而本条只要中标通知书发出，不要求到达即发生法律效力。中标通知书发出后，承诺虽然发生法律效力，但在书面合同订立之前，合同尚未成立。

3.在中标通知书发出后,招标人和中标人都不得违背其义务,即招标人不得改变中标结果,中标人不得放弃中标,否则应承担法律责任。

[参见]

《评标委员会和评标方法暂行规定》第49条

第四十六条　【按投标文件订立书面合同】招标人和中标人应当自中标通知书发出之日起三十日内,按照招标文件和中标人的投标文件订立书面合同。招标人和中标人不得再行订立背离合同实质性内容的其他协议。

招标文件要求中标人提交履约保证金的,中标人应当提交。

[条文注释]

本条是关于招标人和中标人订立书面合同以及中标人按照招标文件要求提交履约保证金的规定。

招标合同,是指招标人和中标人依照招标文件和投标文件订立的确定招标人和中标人之间的权利和义务关系的书面文件。要求:

(1)订立时间:中标通知书发出之日起30日内;

(2)表现形式:书面;

(3)不得再行订立违背合同实质性内容的其他协议;

(4)订立合同时,招标文件要求提交履约保证金的,中标人应当提交。

[参见]

《合同法》第42条

《国家重大建设项目招标投标监督暂行办法》第5条

《评标委员会和评标方法暂行规定》第51、52条

第四十七条　【向有关行政监督部门提交招投标情况报告的期限】依法必须进行招标的项目,招标人应当自确定中标人之日起十五日内,向有关行政监督部门提交招标投标情况的书面报告。

第四十八条　【中标人对合同义务的履行】中标人应当按照合同约定履行义务,完成中标项目。中标人不得向他人转让中标项目,也不得将中标项目肢解后分别向他人转让。

中标人按照合同约定或者经招标人同意,可以将中标项目的部分非主体、非关键性工作分包给他人完成。接受分包的人应当具备相应的资格条件,并不得再次分包。

中标人应当就分包项目向招标人负责,接受分包的人就分包项目承担连带责任。

[条文注释]

本条是关于中标人不得转让中标项目和违法分包中标项目的规定。

1.中标人应当亲自履行,不得转让或变相转让。

2.分包及其限制。中标项目虽然不能转让,但可以分包。所谓分包中标项目,是指对中标项目实行总承包的中标人,将中标项目的部分工作,再发包给其他人完成的行为。但是分包必须符合以下条件:(1)合同约定可以分包或者经中标人同意分包;(2)分包完成的只能是非主体、非关键性工作;(3)接受分包的人必须具备相应的资格条件;(4)分包的层次只能是一次,不得再次分包。

3.中标人应该就分包项目向招标人负责。

4.接受分包的人承担连带责任。分包项目出现问题时,招标人既可以要求中标人承担全部或者一部分责任,也可以直接请求分包人承担全部或者一部分责任。

第五章　法律责任

第四十九条　【必须进行招标的项目不招标的责任】违反本法规定,必须进行招标的项目而不招标的,将必须进行招标的项目化整为零或者以其他任何方式规避招标的,责令限期改正,可以处项目合同金额千分之五以上千分之十以下的罚款;对全部或者部分使用国有资金的项目,可以暂停项目执行或者暂停资金拨付;对单位直接负责的主管人员和其他直接责任人员依法给予处分。

第五十条　【招标代理机构的责任】招标代理机构违反本法规定,泄露应当保密的与招标投标活动有关的情况和资料的,或者与招标人、投标人串通损害国家利益、社会公共利益或者他人合法权益的,处五万元以上二十五万元以下的罚款,对单位直接负责的主管人员和其他直接责任人员处单位罚款数额百分之五以上百分之十以下的罚款;有违法所得的,并处没收

违法所得;情节严重的,暂停直至取消招标代理资格;构成犯罪的,依法追究刑事责任。给他人造成损失的,依法承担赔偿责任。

　　前款所列行为影响中标结果的,中标无效。

[条文注释]

　　本条是招标代理机构违法泄密或者与招标人、投标人串通应当承担的法律责任的规定。责任方式包括:

　　1.罚款。对招标代理机构的上述行为实行"双罚"原则,既对招标代理机构予以罚款,也对单位的相关人员处以罚款。

　　2.没收违法所得。

　　3.情节严重的,暂停直至取消招标代理资格。

　　4.构成犯罪的,依法追究刑事责任,主要是指按照《刑法》第219条、第220条关于侵犯商业秘密罪的规定追究刑事责任。

　　5.中标无效。招标代理机构的上述泄密行为或者与招标人、投标人串通影响中标结果的,中标无效。至于中标无效后的损失处理问题,应当依照《民法通则》第61条及《合同法》的有关规定办理。

[参见]

　　《民法通则》第61条

第五十一条　【限制或排斥潜在投标人的责任】招标人以不合理的条件限制或者排斥潜在投标人的,对潜在投标人实行歧视待遇的,强制要求投标人组成联合体共同投标的,或者限制投标人之间竞争的,责令改正,可以处一万元以上五万元以下的罚款。

[条文注释]

　　本条是关于招标人以不合理的条件限制或者排斥潜在投标人等行为应当承担法律责任的规定,即违反本法第18条所应承担的法律责任。

　　所谓"对潜在投标人实行歧视待遇",是指招标人不以公正的态度对待潜在投标人,实行区别对待,故意规定或者设置促使其倾向的潜在投标人中标的有利条件。"责令改正",是指由行政执法机关责令招标人改变其提出的不合理的条件,重新修正其招标文件,公正地对待所有的潜在投标人。这里所讲的可以罚款,是指是否处以罚

款,由行政执法机关根据项目资金的来源和违法行为的情节决定。

[参见]

　　《招标投标法》第18条

　　《招标公告发布暂行办法》第16条

第五十二条　【泄露招投标活动有关秘密的责任】依法必须进行招标的项目的招标人向他人透露已获取招标文件的潜在投标人的名称、数量或者可能影响公平竞争的有关招标投标的其他情况的,或者泄露标底的,给予警告,可以并处一万元以上十万元以下的罚款;对单位直接负责的主管人员和其他直接责任人员依法给予处分;构成犯罪的,依法追究刑事责任。

　　前款所列行为影响中标结果的,中标无效。

[条文注释]

　　本条是关于招标人向他人透露可能影响公平竞争的有关招标投标的情况或者泄露标底应当承担的法律责任的规定,即违反本法第22条所应承担的法律责任。其中,本条所讲的"追究刑事责任",主要是指需要依照《刑法》第219条、第220条追究侵犯商业秘密的犯罪。

[参见]

　　《刑法》第219、220条

　　《招标投标法》第22条

第五十三条　【串通投标的责任】投标人相互串通投标或者与招标人串通投标的,投标人以向招标人或者评标委员会成员行贿的手段谋取中标的,中标无效,处中标项目金额千分之五以上千分之十以下的罚款,对单位直接负责的主管人员和其他直接责任人员处单位罚款数额百分之五以上百分之十以下的罚款;有违法所得的,并处没收违法所得;情节严重的,取消其一年至二年内参加依法必须进行招标的项目的投标资格并予以公告,直至由工商行政管理机关吊销营业执照;构成犯罪的,依法追究刑事责任。给他人造成损失的,依法承担赔偿责任。

[条文注释]

　　本条是关于投标人相互串通投标、投标人与招标人串通投标以及投标人以行贿的手段谋取中标的违法行为应当承担的法律责任的规定,即

违反本法第32条所应承担的法律责任,包括:

1. 中标无效。

2. 罚款。

3. 没收违法所得。

4. 情节严重的,取消投标人一年至二年内参加依法必须招标项目的投标资格并予以公告,直至工商行政管理机关吊销营业执照。

5. 构成犯罪的,依法追究刑事责任。

6. 给他人造成损失的,依法承担赔偿责任。

第五十四条　【骗取中标的责任】投标人以他人名义投标或者以其他方式弄虚作假,骗取中标的,中标无效,给招标人造成损失的,依法承担赔偿责任;构成犯罪的,依法追究刑事责任。

依法必须进行招标的项目的投标人有前款所列行为尚未构成犯罪的,处中标项目金额千分之五以上千分之十以下的罚款,对单位直接负责的主管人员和其他直接责任人员处单位罚款数额百分之五以上百分之十以下的罚款;有违法所得的,并处没收违法所得;情节严重的,取消其一年至三年内参加依法必须进行招标的项目的投标资格并予以公告,直至由工商行政管理机关吊销营业执照。

[条文注释]

本条是关于投标人以他人名义投标或者以其他方式弄虚作假骗取中标的法律责任的规定,即违反本法第33条所应承担的法律责任。依照本条规定,投标人以他人名义投标或者以其他方式弄虚作假、骗取中标的法律责任,包括两种情形:一是所有招标项目的投标人有本条所列的违法行为所应承担的民事责任和刑事责任;二是依法必须进行招标的项目的投标人有本条所列的违法行为时所应承担的行政责任。

本条中"构成犯罪的,依法追究其刑事责任",主要是指《刑法》第224条规定的合同诈骗罪。

[参见]

《刑法》第224条

第五十五条　【招标人违规谈判的责任】依法必须进行招标的项目,招标人违反本法规定,与投标人就投标价格、投标方案等实质性内容进行谈判的,给予警告,对单位直接负责的主管人员和其他直接责任人员依法给予处分。

前款所列行为影响中标结果的,中标无效。

[条文注释]

本条是关于依法必须进行招标项目的招标人违反本法规定与投标人就投标价格、投标方案等实质性内容进行谈判的法律责任的规定,即违反本法第43条所应承担的法律责任,包括:

1. 给予警告。

2. 对单位直接负责的主管人员和其他直接责任人员依法给予处分。此处"直接负责的主管人员"是指在单位违法行为中负有领导责任的人员,包括违法行为的决策人,事后对单位违法行为予以认可和支持的领导人员,以及由于疏于管理或放任对单位违法行为负有不可推卸责任的领导人员。"其他直接责任人员"是指其他直接实施单位违法行为的人员。这里的处分包括行政处分和纪律处分。

3. 招标人的违法行为影响中标结果的,中标无效。

[参见]

《招标投标法》第43条

《行政处罚法》第8条

第五十六条　【评标委员会成员的责任】评标委员会成员收受投标人的财物或者其他好处的,评标委员会成员或者参加评标的有关工作人员向他人透露对投标文件的评审和比较、中标候选人的推荐以及与评标有关的其他情况的,给予警告,没收收受的财物,可以并处三千元以上五万元以下的罚款,对有所列违法行为的评标委员会成员取消担任评标委员会成员的资格,不得再参加任何依法必须进行招标的项目的评标;构成犯罪的,依法追究刑事责任。

[条文注释]

本条是关于评标委员会成员收受投标人的财物或者其他好处以及评标委员会成员或者参加评标的有关工作人员违反本法规定的保密义务的法律责任的规定,包括:

1. 给予警告。

2. 没收收受的财物。

3. 罚款。

4. 取消担任评标委员会成员的资格。

5. 不得再参加任何依法必须进行招标的项

目的评标。

6.构成犯罪的，依法追究刑事责任，主要是指《刑法》第398条规定的泄漏国家秘密罪和第219条规定的侵犯商业秘密罪。

[参见]

《刑法》第219、398条

《评标委员会和评标方法暂行规定》第54条

第五十七条　【招标人在中标候选之外确定中标人的责任】招标人在评标委员会依法推荐的中标候选人以外确定中标人的，依法必须进行招标的项目在所有投标被评标委员会否决后自行确定中标人的，中标无效，责令改正，可以处中标项目金额千分之五以上千分之十以下的罚款；对单位直接负责的主管人员和其他直接责任人员依法给予处分。

[条文注释]

本条是关于招标人在评标委员会依法推荐的中标候选人以外确定中标人，依法必须进行招标的项目在所有投标被评标委员会否决后自行确定中标人的法律责任的规定，明确了违反本法第40条、第42条的规定所应承担的法律责任。招标人除改正其违法行为外，还要承担下列法律责任：

1.中标无效。

2.罚款。

3.对单位直接负责的主管人员和其他直接责任人员给予处分。

[参见]

《招标投标法》第40、42条

第五十八条　【中标人转让、分包中标项目的责任】中标人将中标项目转让给他人的，将中标项目肢解后分别转让给他人的，违反本法规定将中标项目的部分主体、关键性工作分包给他人的，或者分包人再次分包的，转让、分包无效，处转让、分包项目金额千分之五以上千分之十以下的罚款；有违法所得的，并处没收违法所得；可以责令停业整顿；情节严重的，由工商行政管理机关吊销营业执照。

[条文注释]

本条是关于中标人将中标项目转包给他人或者违法分包给他人以及分包人再次分包的法律责任的规定。

1.转让、分包无效。中标人或分包人违反这些规定所签订的转让、分包合同属于《合同法》第52条规定的无效合同，转让、分包不具有法律效力。

2.罚款。本条的处罚对象是实施违法行为的中标人或分包人。

3.有违法所得的，没收违法所得。

4.可以责令停业整顿。

5.情节严重的，吊销营业执照。

[参见]

《合同法》第52条

第五十九条　【不按招投标文件订立合同的责任】招标人与中标人不按照招标文件和中标人的投标文件订立合同的，或者招标人、中标人订立背离合同实质性内容的协议的，责令改正；可以处中标项目金额千分之五以上千分之十以下的罚款。

[条文注释]

本条是关于招标人与中标人不按照招标文件和中标人的投标文件订立合同，或者招标人与中标人订立背离合同实质性内容的协议的法律责任的规定。

根据本条规定，招标人和中标人不按照招标文件和中标人的投标文件订立合同的，或者招标人和中标人订立背离合同实质性内容的协议的，首先应当依法限期责令改正。招标人不按照招标文件和中标人的投标文件订立合同的，应停止违法行为，并根据法律规定，按照招标文件和中标人的投标文件订立合同；招标人与中标人订立背离合同实质性内容的协议的，其订立的协议无效，并应按照招标文件和中标人的投标文件重新订立合同。

[参见]

《评标委员会和评标方法暂行规定》第56条

第六十条　【中标人不履行合同义务的责任】中标人不履行与招标人订立的合同的，履约保证金不予退还，给招标人造成的损失超过履约保证金数额的，还应当对超过部分予以赔偿；没有提交履约保证金的，应当对招标人的损失承担赔偿责任。

中标人不按照与招标人订立的合同履行义务，情节严重的，取消其二年至五年内参加依法必须进行招标的项目的投标资格并予以公告，直至由工商行政管理机关吊销营业执照。

因不可抗力不能履行合同的，不适用前两款规定。

[条文注释]

本条是关于中标人不履行与招标人签订的合同的法律责任的规定。

本法第48条规定：中标人应当按照合同约定履行义务，完成中标项目。中标人不履行与招标人签订的合同的，构成了违约，应承担相应的法律责任。

中标人不履行与招标人签订的合同的法律责任包括以下内容：

1. 履约保证金不予退还。

2. 赔偿招标人的损失。中标人不履行与招标人订立的合同，构成违约，给招标人造成损失的，应当按照《合同法》的规定，承担赔偿责任。中标人提交履约保证金的，首先履约保证金归招标人所有，招标人的损失超过履约保证金数额的，中标人还应当对超过部分予以赔偿。

3. 情节严重的，取消其2年至5年内参加依法必须招标的项目的投标资格并予以公告，直至由工商行政管理机关吊销营业执照。

本条第3款规定了例外情况，即如果中标人的违约是由于不可抗力造成的，则中标人不承担本条第1、2款规定的法律责任。

[参见]

《招标投标法》第48条

《评标委员会和评标方法暂行规定》第57条

第六十一条　【行政处罚的决定】 本章规定的行政处罚，由国务院规定的有关行政监督部门决定。本法已对实施行政处罚的机关作出规定的除外。

第六十二条　【干涉招投标活动的责任】 任何单位违反本法规定，限制或者排斥本地区、本系统以外的法人或者其他组织参加投标的，为招标人指定招标代理机构的，强制招标人委托招标代理机构办理招标事宜的，或者以其他方式干涉招标投标活动的，责令改正；对单位直接负责的主管人员和其他直接责任人员依法给予警告、记过、记大过的处分，情节较重的，依法给予降级、撤职、开除的处分。

个人利用职权进行前款违法行为的，依照前款规定追究责任。

第六十三条　【行政监督、机关工作人员的责任】 对招标投标活动依法负有行政监督职责的国家机关工作人员徇私舞弊、滥用职权或者玩忽职守，构成犯罪的，依法追究刑事责任；不构成犯罪的，依法给予行政处分。

[条文注释]

本条是关于对招标投标活动依法负有行政监督职责的国家机关工作人员徇私舞弊、滥用职权或者玩忽职守的法律责任的规定，即违反本法第7条第2款的规定所应承担的责任，包括以下内容：

1. 构成犯罪的，依法追究刑事责任。这里是指按照《刑法》第397条的规定追究刑事责任。

2. 不构成犯罪的，依法给予行政处分。

第六十四条　【中标无效的处理】 依法必须进行招标的项目违反本法规定，中标无效的，应当依照本法规定的中标条件从其余投标人中重新确定中标人或者依照本法重新进行招标。

[条文注释]

本条是关于依法必须进行招标的项目在根据本法规定中标无效后应当如何处理的规定。

本法关于中标无效的规定主要有以下几种情况：

1. 本法第50条规定的，招标代理机构违法泄露应当保密的与招标投标活动有关的情况和资料或者与招标人投标人串通损害国家利益、社会公共利益或者他人合法权益，并影响中标结果的，中标无效。

2. 本法第52条规定的，依法必须进行招标的项目的招标人向他人透露可能影响公平竞争的有关招标投标的情况，并影响中标结果的，中标无效。

3. 本法第53条规定的，投标人相互串通投标或者投标人与招标人串通投标的，中标无效。

4. 本法第54条规定的，投标人以他人名义投标或者以其他方式弄虚作假骗取中标的，中标无效。

5. 本法第55条规定的，依法必须进行招标的项目的招标人违法与投标人就投标价格、投标方案等实质性内容进行谈判，并影响中标结果的，中标无效。

6.本法第57条规定的，招标人在评标委员会依法推荐的中标候选人以外确定中标人的，依法必须进行招标的项目在所有投标被评标委员会否决后自行确定中标人的，中标无效。

第六章　附　则

第六十五条　【异议或投诉】投标人和其他利害关系人认为招标投标活动不符合本法有关规定的，有权向招标人提出异议或者依法向有关行政监督部门投诉。

［条文注释］

本条是关于对违法的招标投标活动提出异议或者进行投诉的规定。

对招标投标活动提出异议或者进行投诉的主体，限于与该项招标投标活动有直接利害关系的人，因为招标投标活动违反本法规定的规则和程序，已使或将会使其利益受到直接损害的人，包括投标人和其他利害关系人。提出异议或进行投诉的事由，是招标投标活动中不符合本法规定的行为。

第六十六条　【招标除外项目】涉及国家安全、国家秘密、抢险救灾或者属于利用扶贫资金实行以工代赈、需要使用农民工等特殊情况，不适宜进行招标的项目，按照国家有关规定可以不进行招标。

［条文注释］

本条是对依法必须进行招标的项目的除外规定。

依照本条规定，属于本法第3条规定范围内的必须招标的项目，有下列特殊情况之一的，可以不进行招标：

1.涉及国家安全、国家秘密的项目。

2.抢险救灾的项目。

3.属于利用扶贫资金实行以工代赈、需要使用农民工的项目。

4.因其他特殊情况不适宜进行招标的项目。

第六十七条　【适用除外】使用国际组织或者外国政府贷款、援助资金的项目进行招标，贷款方、资金提供方对招标投标的具体条件和程序有不同规定的，可以适用其规定，但违背中华人民共和国的社会公共利益的除外。

［条文注释］

本条是关于使用国际组织或者外国政府贷款、援助资金的项目进行招标时，其招标条件和招标程序的适用规范问题的特别规定。

提供贷款的有关国际组织或外国政府，通常对使用贷款的项目的招标事项提出了要求，世界银行和亚洲开发银行还分别制定了各自的贷款采购指南或贷款采购准则，对使用其贷款的项目的招标条件和招标程序作了规定，其中有些规定与我国招标投标法的规定有所不同。遇到这类不同规定时，依照本条规定，可以优先适用提供贷款或援助资金的有关国际组织或外国政府的规定。如果提供贷款或援助资金的国际组织或外国政府的规定违背我国的社会公共利益的，则不予适用。

第六十八条　【生效日期】本法自2000年1月1日起施行。

二、房地产开发用地

1. 土地管理

《中华人民共和国土地管理法》导读

人口多、耕地少,是我国的基本国情。但长期以来,由于对人口增长和耕地减少带来的后果认识不足,致使乱占滥用、浪费、破坏土地资源的现象相当普遍;买卖、租赁土地,侵害社会主义土地公有制的情况也有发生。在这种背景下,我国于1986年颁布了《中华人民共和国土地管理法》,并于1987年1月1日正式实施。1986年《土地管理法》对我国的基本土地制度、土地的所有权和使用权、土地的利用和保护、耕地保护、监督检查、法律责任等内容作了规定。之后,我国根据实际情况的变化和土地政策的需要分别于1988年、1998年、2004年对《土地管理法》作了修改。

为与宪法修正案的有关规定相衔接,加强对耕地的保护,1988年《土地管理法》修改的主要内容是:(一)国有土地和集体所有的土地的使用权可以依法转让。国家依法实行国有土地有偿使用制度。(二)强化对耕地的保护。

1998年的修改突出切实保护耕地这一主题,修改的重点是:(一)关于土地用途管制制度。1998年《土地管理法》对土地用途管制制度的主要环节作了以下规定:(1)明确规定了土地利用总体规划的地位、作用及审批程序。土地利用总体规划是土地用途管制的依据。(2)明确规定了农用地转为建设用地的审批权限。土地利用总体规划将土地分为农用地、建设用地和未利用地。根据土地用途管制制度的要求,建设用地必须符合土地利用总体规划所确定的用途,并且严格控制农用地转为建设用地。(3)上收征地审批权。(4)乡村建设要尽量不占或者少占耕地、节约使用土地,并须按照经批准的乡镇土地利用总体规划、村庄和集镇规划的要求合理布局,适当集中,依法办理用地手续的要求。(二)关于耕地特殊保护。1998年《土地管理法》突出了保证耕地总量动态平衡,加重了各级人民政府保护耕地的责任。(三)关于征用土地补偿标准。适当提高了最低补偿标准。同时规定,国务院根据社会、经济发展水平,可以调整征用耕地的土地补偿费和安置补助费的标准。禁止侵占、挪用被征收土地单位的征地补偿费用和其他有关费用。(四)关于法律责任和执法监督。1998年《土地管理法》对1988年《土地管理法》规定的法律责任作了充实、修改,加大了对土地违法行为的处罚力度障。

2004年8月立法机关根据宪法修正案的规定对《土地管理法》中有关土地"征用"的内容作了相应修改。这次修改,不涉及《土地管理法》其他内容的修改。

与《土地管理法》相关的法律主要有《城乡规划法》、《城市房地产管理法》、《森林法》、《草原法》、《农业法》、《渔业法》等。

中华人民共和国
土地管理法(节录)

1. 1986 年 6 月 25 日第六届全国人民代表大会常务委员会第十六次会议通过
2. 1988 年 12 月 29 日第七届全国人民代表大会常务委员会第五次会议第一次修正
3. 1998 年 8 月 29 日第九届全国人民代表大会常务委员会第四次会议修订
4. 2004 年 8 月 28 日第十届全国人民代表大会常务委员会第十一次会议第二次修正

目　录

第一章　总　则

第一条　【立法目的】为了加强土地管理,维护土地的社会主义公有制,保护、开发土地资源,合理利用土地,切实保护耕地,促进社会经济的可持续发展,根据宪法,制定本法。

第二条　【所有制形式】中华人民共和国实行土地的社会主义公有制,即全民所有制和劳动群众集体所有制。

全民所有,即国家所有土地的所有权由国务院代表国家行使。

任何单位和个人不得侵占、买卖或者以其他形式非法转让土地。土地使用权可以依法转让。

国家为了公共利益的需要,可以依法对土地实行征收或者征用并给予补偿。

国家依法实行国有土地有偿使用制度。但是,国家在法律规定的范围内划拨国有土地使用权的除外。

第三条　【基本国策】十分珍惜、合理利用土地和切实保护耕地是我国的基本国策。各级人民政府应当采取措施,全面规划,严格管理,保护、开发土地资源,制止非法占用土地的行为。

[参见]

《国务院关于加大工作力度进一步治理整顿土地市场秩序通知》

第四条　【土地用途】国家实行土地用途管制制度。

国家编制土地利用总体规划,规定土地用途,将土地分为农用地、建设用地和未利用地。严格限制农用地转为建设用地,控制建设用地总量,对耕地实行特殊保护。

前款所称农用地是指直接用于农业生产的土地,包括耕地、林地、草地、农田水利用地、养殖水面等;建设用地是指建造建筑物、构筑物的土地,包括城乡住宅和公共设施用地、工矿用地、交通水利设施用地、旅游用地、军事设施用地等;未利用地是指农用地和建设用地以外的土地。

使用土地的单位和个人必须严格按照土地利用总体规划确定的用途使用土地。

第五条　【主管部门】国务院土地行政主管部门统一负责全国土地的管理和监督工作。

县级以上地方人民政府土地行政主管部门的设置及其职责,由省、自治区、直辖市人民政府根据国务院有关规定确定。

第六条　【守法义务、检举控告权】任何单位和个人都有遵守土地管理法律、法规的义务,并有权对违反土地管理法律、法规的行为提出检举和控告。

[参见]

《国土资源信访规定》

第七条　【奖励】在保护和开发土地资源、合理利用土地以及进行有关的科学研究等方面成绩显著的单位和个人,由人民政府给予奖励。

第二章　土地的所有权和使用权

第八条　【所有权归属】城市市区的土地属于国家所有。

农村和城市郊区的土地,除由法律规定属于国家所有的以外,属于农民集体所有;宅基地和自留地、自留山,属于农民集体所有。

[参见]

《土地管理法实施条例》第2条

《确定土地所有权和使用权的若干规定》

第九条　【国有土地使用权】国有土地和农民集体所有的土地,可以依法确定给单位或者个人使用。使用土地的单位和个人,有保护、管理和合理利用土地的义务。

第十条　【集体所有土地经营、管理】农民集体所有的土地依法属于村农民集体所有的,由村集体经济组织或者村民委员会经营、管理;已经分别属于村内两个以上农村集体经济组织的农民集体所有的,由村内各该农村集体经济组织或者村民小组经营、管理;已经属于乡(镇)农民集体所有的,由乡(镇)农村集体经济组织经营、管理。

第十一条　【土地登记】农民集体所有的土地,由县级人民政府登记造册,核发证书,确认所有权。

农民集体所有的土地依法用于非农业建设的,由县级人民政府登记造册,核发证书,确认建设用地使用权。

单位和个人依法使用的国有土地,由县级以上人民政府登记造册,核发证书,确认使用权;其中,中央国家机关使用的国有土地的具体登记发证机关,由国务院确定。

确认林地、草原的所有权或者使用权,确认水面、滩涂的养殖使用权,分别依照《中华人民共和国森林法》、《中华人民共和国草原法》和《中华人民共和国渔业法》的有关规定办理。

[参见]

《土地管理法实施条例》第3-5条

《关于贯彻执行〈中华人民共和国土地管理法〉和〈中华人民共和国土地管理法实施条例〉若干问题的意见》

《土地登记规则》

《国土资源部关于进一步规范土地登记工作的通知》

第十二条　【变更登记】依法改变土地权属和用途的,应当办理土地变更登记手续。

[参见]

《土地管理法实施条例》第6条

第十三条　【登记保护】依法登记的土地的所有权和使用权受法律保护,任何单位和个人不得侵犯。

[参见]

《土地管理法实施条例》第3条

第十四条　【承包经营(一)】农民集体所有的土地由本集体经济组织的成员承包经营,从事种植业、林业、畜牧业、渔业生产。土地承包经营期限为三十年。发包方和承包方应当订立承包合同,约定双方的权利和义务。承包经营土地的农民有保护和按照承包合同约定的用途合理利用土地的义务。农民的土地承包经营权受法律保护。

在土地承包经营期限内,对个别承包经营者之间承包的土地进行适当调整的,必须经村民会议三分之二以上成员或者三分之二以上村民代表的同意,并报乡(镇)人民政府和县级人民政府农业行政主管部门批准。

[参见]

《农村土地承包法》

《最高人民法院关于审理农业承包合同纠纷案件若干问题的规定(试行)》

《农村土地承包经营权流转管理办法》

第十五条　【承包经营(二)】国有土地可以由单位或者个人承包经营,从事种植业、林业、畜牧业、渔业生产。农民集体所有的土地,可以由本集体经济组织以外的单位或者个人承包经营,从事种植业、林业、畜牧业、渔业生产。发包方和承包方应当订立承包合同,约定双方的权利和义务。土地承包经营的期限由承包合同约定。承包经营土地的单位和个人,有保护和按照承包合同约定的用途合理利用土地的义务。

农民集体所有的土地由本集体经济组织以外的单位或者个人承包经营的,必须经村民会议三分之二以上成员或者三分之二以上村民代表的同意,并报乡(镇)人民政府批准。

第十六条　【争议解决】土地所有权和使用权争议,由当事人协商解决;协商不成的,由人民政府处理。

单位之间的争议,由县级以上人民政府处理;个人之间、个人与单位之间的争议,由乡级人民政府或者县级以上人民政府处理。

当事人对有关人民政府的处理决定不服的,可以自接到处理决定通知之日起三十日内,向人民法院起诉。

在土地所有权和使用权争议解决前,任何一方不得改变土地利用现状。

[参见]

《土地权属争议调查处理办法》

《国土资源行政复议规定》

第三章　土地利用总体规划

第十七条　【规划要求、期限】各级人民政府应当依据国民经济和社会发展规划、国土整治和资源环境保护的要求、土地供给能力以及各项建设对土地的需求,组织编制土地利用总体规划。

土地利用总体规划的规划期限由国务院规定。

[参见]

《土地管理法实施条例》第9条

第十八条　【规划权限】下级土地利用总体规划应当依据上一级土地利用总体规划编制。

地方各级人民政府编制的土地利用总体规划中的建设用地总量不得超过上一级土地利用总体规划确定的控制指标,耕地保有量不得低于上一级土地利用总体规划确定的控制指标。

省、自治区、直辖市人民政府编制的土地利用总体规划,应当确保本行政区域内耕地总量不减少。

第十九条　【编制原则】土地利用总体规划按照下列原则编制:

(一)严格保护基本农田,控制非农业建设占用农用地;

(二)提高土地利用率;

(三)统筹安排各类、各区域用地;

(四)保护和改善生态环境,保障土地的可持续利用;

(五)占用耕地与开发复垦耕地相平衡。

[参见]

《土地利用总体规划编制审批规定》第6条

第二十条　【土地用途】县级土地利用总体规划应当划分土地利用区,明确土地用途。

乡(镇)土地利用总体规划应当划分土地利用区,根据土地使用条件,确定每一块土地的用途,并予以公告。

[参见]

《土地管理法实施条例》第10－11条

《土地利用总体规划编制审批规定》第20－23条

第二十一条　【分级审批】土地利用总体规划实行分级审批。

省、自治区、直辖市的土地利用总体规划,报国务院批准。

省、自治区人民政府所在地的市、人口在一百万以上的城市以及国务院指定的城市的土地利用总体规划,经省、自治区人民政府审查同意后,报国务院批准。

本条第二款、第三款规定以外的土地利用总体规划,逐级上报省、自治区、直辖市人民政府批准;其中,乡(镇)土地利用总体规划可以由省级人民政府授权的设区的市、自治州人民政府批准。

土地利用总体规划一经批准,必须严格执行。

[参见]

《土地管理法实施条例》第8条

第二十二条　【建设用地规模】城市建设用地规模应当符合国家规定的标准,充分利用现有建设用地,不占或者尽量少占农用地。

城市总体规划、村庄和集镇规划,应当与土地利用总体规划相衔接,城市总体规划、村庄和集镇规划中建设用地规模不得超过土地利用总体规划确定的城市和村庄、集镇建设用地规模。

在城市规划区内、村庄和集镇规划区内,城市和村庄、集镇建设用地应当符合城市规划、村庄和集镇规划。

[参见]

《建设用地计划管理办法》

第二十三条　【综合治理】江河、湖泊综合治理和开发利用规划,应当与土地利用总体规划相衔接。在江河、湖泊、水库的管理和保护范围以及蓄洪滞洪区内,土地利用应当符合江河、湖泊综合治理和开发利用规划,符合河道、湖泊行洪、蓄洪和输水的要求。

第二十四条 【计划管理】各级人民政府应当加强土地利用计划管理,实行建设用地总量控制。

土地利用年度计划,根据国民经济和社会发展计划、国家产业政策、土地利用总体规划以及建设用地和土地利用的实际状况编制。土地利用年度计划的编制审批程序与土地利用总体规划的编制审批程序相同,一经审批下达,必须严格执行。

[参见]

《土地管理法实施条例》第 13 条

《土地利用年度计划管理办法》

第二十五条 【计划执行情况报告】省、自治区、直辖市人民政府应当将土地利用年度计划的执行情况列为国民经济和社会发展计划执行情况的内容,向同级人民代表大会报告。

第二十六条 【修改规划】经批准的土地利用总体规划的修改,须经原批准机关批准;未经批准,不得改变土地利用总体规划确定的土地用途。

经国务院批准的大型能源、交通、水利等基础设施建设用地,需要改变土地利用总体规划的,根据国务院的批准文件修改土地利用总体规划。

经省、自治区、直辖市人民政府批准的能源、交通、水利等基础设施建设用地,需要改变土地利用总体规划的,属于省级人民政府土地利用总体规划批准权限内的,根据省级人民政府的批准文件修改土地利用总体规划。

[参见]

《土地管理法实施条例》第 12 条

第二十七条 【土地调查】国家建立土地调查制度。

县级以上人民政府土地行政主管部门会同同级有关部门进行土地调查。土地所有者或者使用者应当配合调查,并提供有关资料。

[参见]

《土地管理法实施条例》第 14 条

第二十八条 【土地等级评定】县级以上人民政府土地行政主管部门会同同级有关部门根据土地调查成果、规划土地用途和国家制定的统一标准,评定土地等级。

[参见]

《土地管理法实施条例》第 15 条

第二十九条 【土地统计】国家建立土地统计制度。

县级以上人民政府土地行政主管部门和同级统计部门共同制定统计调查方案,依法进行土地统计,定期发布土地统计资料。土地所有者或者使用者应当提供有关资料,不得虚报、瞒报、拒报、迟报。

土地行政主管部门和统计部门共同发布的土地面积统计资料是各级人民政府编制土地利用总体规划的依据。

第三十条 【动态监测】国家建立全国土地管理信息系统,对土地利用状况进行动态监测。

……

第五章　建设用地

第四十三条 【用地申请】任何单位和个人进行建设,需要使用土地的,必须依法申请使用国有土地;但是,兴办乡镇企业和村民建设住宅经依法批准使用本集体经济组织农民集体所有的土地的,或者乡(镇)村公共设施和公益事业建设经依法批准使用农民集体所有的土地的除外。

前款所称依法申请使用的国有土地包括国家所有的土地和国家征收的原属于农民集体所有的土地。

[参见]

《土地管理法实施条例》第 21、22 条

《国务院关于加强国有土地资产管理的通知》

第四十四条 【农用地转用审批】建设占用土地,涉及农用地转为建设用地的,应当办理农用地转用审批手续。

省、自治区、直辖市人民政府批准的道路、管线工程和大型基础设施建设项目、国务院批准的建设项目占用土地,涉及农用地转为建设用地的,由国务院批准。

在土地利用总体规划确定的城市和村庄、集镇建设用地规模范围内,为实施该规划而将农用地转为建设用地的,按土地利用年度计划分批次由原批准土地利用总体规划的机关批准。在已批准的农用地转用范围内,具体建设

项目用地可以由市、县人民政府批准。

本条第二款、第三款规定以外的建设项目占用土地，涉及农用地转为建设用地的，由省、自治区、直辖市人民政府批准。

［参见］
《土地管理法实施条例》第19、20、23条
《建设用地审查报批管理办法》
《关于贯彻执行〈中华人民共和国土地管理法〉和〈中华人民共和国土地管理法实施条例〉若干问题的意见》
《国务院关于国土资源部〈报国务院批准的建设用地审查办法〉的批复》
《关于报国务院批准的建设用地审查报批工作有关问题的通知》

第四十五条　【国务院特批】征收下列土地的，由国务院批准：

（一）基本农田；

（二）基本农田以外的耕地超过三十五公顷的；

（三）其他土地超过七十公顷的。

征收前款规定以外的土地，由省、自治区、直辖市人民政府批准，并报国务院备案。

征收农用地的，应当依照本法第四十四条的规定先行办理农用地转用审批。其中，经国务院批准农用地转用的，同时办理征地审批手续，不再另行办理征地审批；经省、自治区、直辖市人民政府在征地批准权限内批准农用地转用的，同时办理征地审批手续，不再另行办理征地审批，超过征地批准权限的，应当依照本条第一款的规定另行办理征地审批。

［参见］
《土地管理法实施条例》第20－22条
《关于加强征地管理工作的通知》
《关于切实维护被征地农民合法权益的通知》

第四十六条　【土地征用公告与实施】国家征收土地的，依照法定程序批准后，由县级以上地方人民政府予以公告并组织实施。

被征收土地的所有权人、使用权人应当在公告规定期限内，持土地权属证书到当地人民政府土地行政主管部门办理征地补偿登记。

［参见］
《土地管理法实施条例》第25条
《征用土地公告办法》

第四十七条　【征收补偿】征收土地的，按照被征收土地的原用途给予补偿。

征收耕地的补偿费用包括土地补偿费、安置补助费以及地上附着物和青苗的补偿费。征收耕地的土地补偿费，为该耕地被征收前三年平均年产值的六至十倍。征收耕地的安置补助费，按照需要安置的农业人口数计算。需要安置的农业人口数，按照被征收的耕地数量除以征地前被征收单位平均每人占有耕地的数量计算。每一个需要安置的农业人口的安置补助费标准，为该耕地被征收前三年平均年产值的四至六倍。但是，每公顷被征收耕地的安置补助费，最高不得超过被征收前三年平均年产值的十五倍。

征收其他土地的土地补偿费和安置补助费标准，由省、自治区、直辖市参照征收耕地的土地补偿费和安置补助费的标准规定。

被征收土地上的附着物和青苗的补偿标准，由省、自治区、直辖市规定。

征收城市郊区的菜地，用地单位应当按照国家有关规定缴纳新菜地开发建设基金。

依照本条第二款的规定支付土地补偿费和安置补助费，尚不能使需要安置的农民保持原有生活水平的，经省、自治区、直辖市人民政府批准，可以增加安置补助费。但是，土地补偿费和安置补助费的总和不得超过土地被征收前三年平均年产值的三十倍。

国务院根据社会、经济发展水平，在特殊情况下，可以提高征收耕地的土地补偿费和安置补助费的标准。

［参见］
《土地管理法实施条例》第25、26条
《建设用地审查报批管理办法》第19条
《国家建设征用菜地缴纳新菜地开发建设基金暂行管理办法》
《国土资源部关于贯彻执行〈中华人民共和国土地管理法〉和〈中华人民共和国土地管理法实施条例〉若干问题的意见》

第四十八条　【补偿安置方案公告】征地补偿安

置方案确定后,有关地方人民政府应当公告,并听取被征地的农村集体经济组织和农民的意见。

[参见]

　　《土地管理法实施条例》第25条
　　《建设用地审查报批管理办法》第19条

第四十九条　【补偿费用收支情况公布】被征地的农村集体经济组织应当将征收土地的补偿费用的收支状况向本集体经济组织的成员公布,接受监督。

　　禁止侵占、挪用被征收土地单位的征地补偿费用和其他有关费用。

[参见]

　　《土地管理法实施条例》第26条

第五十条　【兴办企业】地方各级人民政府应当支持被征地的农村集体经济组织和农民从事开发经营,兴办企业。

第五十一条　【大型工程征地】大中型水利、水电工程建设征收土地的补偿费标准和移民安置办法,由国务院另行规定。

[参见]

　　《大中型水利水电工程建设征地补偿和移民安置条例》
　　《长江三峡工程建设移民条例》

第五十二条　【审查可行性报告】建设项目可行性研究论证时,土地行政主管部门可以根据土地利用总体规划、土地利用年度计划和建设用地标准,对建设用地有关事项进行审查,并提出意见。

[参见]

　　《土地管理法实施条例》第22、23条
　　《建设用地审查报批管理办法》第4条
　　《建设项目用地预审管理办法》

第五十三条　【建设用地申请批准】经批准的建设项目需要使用国有建设用地的,建设单位应当持法律、行政法规规定的有关文件,向有批准权的县级以上人民政府土地行政主管部门提出建设用地申请,经土地行政主管部门审查,报本级人民政府批准。

[参见]

　　《土地管理法实施条例》第20-24条

第五十四条　【使用权取得方式】建设单位使用国有土地,应当以出让等有偿使用方式取得;但是,下列建设用地,经县级以上人民政府依法批准,可以以划拨方式取得:

　　(一)国家机关用地和军事用地;
　　(二)城市基础设施用地和公益事业用地;
　　(三)国家重点扶持的能源、交通、水利等基础设施用地;
　　(四)法律、行政法规规定的其他用地。

[参见]

　　《土地管理法实施条例》第29条
　　《建设用地审查报批管理办法》第21条
　　《城镇国有土地使用权出让和转让暂行条例》
　　《国家土地管理局关于对国务院第55号令中"动产"含义的请示的答复》
　　《协议出让国有土地使用权规定》
　　《国家土地管理局对〈中华人民共和国城镇国有土地使用权出让和转让暂行条例〉第47条解释的请示的批复》
　　《国务院办公厅关于加强土地转让管理严禁炒卖土地的通知》
　　《国家土地管理局关于对土地使用权出租、抵押有关政策问题的请示的答复》
　　《规范国有土地租赁若干意见》
　　《划拨土地使用权管理暂行办法》
　　《国有企业改革中划拨土地使用权管理暂行规定》
　　《国土资源部关于已购公有住房和经济适用住房上市出售中有关土地问题的通知》
　　《招标拍卖挂牌出让国有土地使用权规定》
　　《关于严格实行经营性土地使用权招标拍卖挂牌出让的通知》

第五十五条　【土地有偿使用费】以出让等有偿使用方式取得国有土地使用权的建设单位,按照国务院规定的标准和办法,缴纳土地使用权出让金等土地有偿使用费和其他费用后,方可使用土地。

　　自本法施行之日起,新增建设用地的土地有偿使用费,百分之三十上缴中央财政,百分之七十留给有关地方人民政府,都专项用于耕地开发。

[参见]
《土地管理法实施条例》第30条
《新增建设用地土地有偿使用费收缴使用管理办法》
《关于调整新增建设用地土地有偿使用费征收等级的通知》
《新增建设用地土地有偿使用费财务管理暂行办法》

第五十六条　【建设用途】建设单位使用国有土地的,应当按照土地使用权出让等有偿使用合同的约定或者土地使用权划拨批准文件的规定使用土地;确需改变该幅土地建设用途的,应当经有关人民政府土地行政主管部门同意,报原批准用地的人民政府批准。其中,在城市规划区内改变土地用途的,在报批前,应当先经有关城市规划行政主管部门同意。

第五十七条　【临时用地】建设项目施工和地质勘查需要临时使用国有土地或者农民集体所有的土地的,由县级以上人民政府土地行政主管部门批准。其中,在城市规划区内的临时用地,在报批前,应当先经有关城市规划行政主管部门同意。土地使用者应当根据土地权属,与有关土地行政主管部门或者农村集体经济组织、村民委员会签订临时使用土地合同,并按照合同的约定支付临时使用土地补偿费。

临时使用土地的使用者应当按照临时使用土地合同约定的用途使用土地,并不得修建永久性建筑物。

临时使用土地期限一般不超过二年。

[参见]
《土地管理法实施条例》第27、28、34、35条

第五十八条　【收回国有土地使用权】有下列情形之一的,由有关人民政府土地行政主管部门报经原批准用地的人民政府或者有批准权的人民政府批准,可以收回国有土地使用权:

(一)为公共利益需要使用土地的;

(二)为实施城市规划进行旧城区改建,需要调整使用土地的;

(三)土地出让等有偿使用合同约定的使用期限届满,土地使用者未申请续期或者申请续期未获批准的;

(四)因单位撤销、迁移等原因,停止使用

原划拨的国有土地的;

(五)公路、铁路、机场、矿场等经核准报废的。

依照前款第(一)项、第(二)项的规定收回国有土地使用权的,对土地使用权人应当给予适当补偿。

[参见]
《土地管理法实施条例》第7条
《国家土地管理局印发〈关于认定收回土地使用权行政决定法律性质的意见〉的通知》

第五十九条　【乡村建设用地规划及审批】乡镇企业、乡(镇)村公共设施、公益事业、农村村民住宅等乡(镇)村建设,应当按照村庄和集镇规划,合理布局,综合开发,配套建设;建设用地,应当符合乡(镇)土地利用总体规划和土地利用年度计划,并依照本法第四十四条、第六十条、第六十一条、第六十二条的规定办理审批手续。

第六十条　【乡镇企业用地审批】农村集体经济组织使用乡(镇)土地利用总体规划确定的建设用地兴办企业或者与其他单位、个人以土地使用权入股、联营等形式共同举办企业的,应当持有关批准文件,向县级以上地方人民政府土地行政主管部门提出申请,按照省、自治区、直辖市规定的批准权限,由县级以上地方人民政府批准;其中,涉及占用农用地的,依照本法第四十四条的规定办理审批手续。

按照前款规定兴办企业的建设用地,必须严格控制。省、自治区、直辖市可以按照乡镇企业的不同行业和经营规模,分别规定用地标准。

第六十一条　【公共设施公益事业建设用地审批】乡(镇)村公共设施、公益事业建设,需要使用土地的,经乡(镇)人民政府审核,向县级以上地方人民政府土地行政主管部门提出申请,按照省、自治区、直辖市规定的批准权限,由县级以上地方人民政府批准;其中,涉及占用农用地的,依照本法第四十四条的规定办理审批手续。

第六十二条　【宅基地】农村村民一户只能拥有一处宅基地,其宅基地的面积不得超过省、自治区、直辖市规定的标准。

农村村民建住宅,应当符合乡(镇)土地利用总体规划,并尽量使用原有的宅基地和村内空闲地。

农村村民住宅用地,经乡(镇)人民政府审核,由县级人民政府批准;其中,涉及占用农用地的,依照本法第四十四条的规定办理审批手续。

农村村民出卖、出租住房后,再申请宅基地的,不予批准。

[参见]

《最高人民法院关于公民对宅基地只有使用权没有所有权的批复》

《国家土地管理局关于城市宅基地所有权、使用权等问题的复函》

《最高人民法院关于任惠温与任乡锁地基纠纷一案如何处理的复函》

《最高人民法院关于同一土地登记在两个土地证上应如何确认权属的复函》

第六十三条　【使用权转移】农民集体所有的土地的使用权不得出让、转让或者出租用于非农业建设;但是,符合土地利用总体规划并依法取得建设用地的企业,因破产、兼并等情形致使土地使用权依法发生转移的除外。

第六十四条　【禁止重建、扩建】在土地利用总体规划制定前已建的不符合土地利用总体规划确定的用途的建筑物、构筑物,不得重建、扩建。

第六十五条　【收回集体土地使用权】有下列情形之一的,农村集体经济组织报经原批准用地的人民政府批准,可以收回土地使用权:

(一)为乡(镇)村公共设施和公益事业建设,需要使用土地的;

(二)不按照批准的用途使用土地的;

(三)因撤销、迁移等原因而停止使用土地的。

依照前款第(一)项规定收回农民集体所有的土地的,对土地使用权人应当给予适当补偿。

[参见]

《土地管理法实施条例》第7条

《闲置土地处理办法》第4－6、8－10条

第六章　监　督　检　查

第六十六条　【检查机关】县级以上人民政府土地行政主管部门对违反土地管理法律、法规的行为进行监督检查。

土地管理监督检查人员应当熟悉土地管理法律、法规,忠于职守、秉公执法。

[参见]

《土地管理法实施条例》第31条

《土地监察暂行规定》

《土地违法案件查处办法》

第六十七条　【监督措施】县级以上人民政府土地行政主管部门履行监督检查职责时,有权采取下列措施:

(一)要求被检查的单位或者个人提供有关土地权利的文件和资料,进行查阅或者予以复制;

(二)要求被检查的单位或者个人就有关土地权利的问题作出说明;

(三)进入被检查单位或者个人非法占用的土地现场进行勘测;

(四)责令非法占用土地的单位或者个人停止违反土地管理法律、法规的行为。

[参见]

《土地管理法实施条例》第32条

第六十八条　【出示检查证件】土地管理监督检查人员履行职责,需要进入现场进行勘测、要求有关单位或者个人提供文件、资料和作出说明的,应当出示土地管理监督检查证件。

第六十九条　【合作义务】有关单位和个人对县级以上人民政府土地行政主管部门就土地违法行为进行的监督检查应当支持与配合,并提供工作方便,不得拒绝与阻碍土地管理监督检查人员依法执行职务。

[参见]

《土地管理法实施条例》第37、45条

第七十条　【对国家工作人员的监督】县级以上人民政府土地行政主管部门在监督检查工作中发现国家工作人员的违法行为,依法应当给予行政处分的,应当依法予以处理;自己无权处理的,应当向同级或者上级人民政府的行政监察机关提出行政处分建议书,有关行政监察机关应当依法予以处理。

[参见]

《关于违反土地管理规定行为行政处分暂行

办法》

第七十一条　【案件移送】县级以上人民政府土地行政主管部门在监督检查工作中发现土地违法行为构成犯罪的，应当将案件移送有关机关，依法追究刑事责任；尚不构成犯罪的，应当依法给予行政处罚。

[参见]

　　《行政执法机关移送涉嫌犯罪案件的规定》

　　《人民检察院办理行政执法机关移送涉嫌犯罪案件的规定》

第七十二条　【上级监督下级】依照本法规定应当给予行政处罚，而有关土地行政主管部门不给予行政处罚的，上级人民政府土地行政主管部门有权责令有关土地行政主管部门作出行政处罚决定或者直接给予行政处罚，并给予有关土地行政主管部门的负责人行政处分。

[参见]

　　《土地管理法实施条例》第33条

第七章　法 律 责 任

第七十三条　【非法转让土地、将农用地改为建设用地责任】买卖或者以其他形式非法转让土地的，由县级以上人民政府土地行政主管部门没收违法所得；对违反土地利用总体规划擅自将农用地改为建设用地的，限期拆除在非法转让的土地上新建的建筑物和其他设施，恢复土地原状，对符合土地利用总体规划的，没收在非法转让的土地上新建的建筑物和其他设施；可以并处罚款；对直接负责的主管人员和其他直接责任人员，依法给予行政处分；构成犯罪的，依法追究刑事责任。

[参见]

　　《土地管理法实施条例》第38条

　　《关于违反土地管理规定行为行政处分暂行办法》第3条

　　《全国人民代表大会常务委员会关于〈中华人民共和国刑法〉第228、342、410条的解释》

　　《最高人民法院关于审理破坏土地资源刑事案件具体应用法律若干问题的解释》

第七十四条　【非法占用耕地责任】违反本法规定，占用耕地建窑、建坟或者擅自在耕地上建房、挖砂、采石、采矿、取土等，破坏种植条件的，或者因开发土地造成土地荒漠化、盐渍化

的，由县级以上人民政府土地行政主管部门责令限期改正或者治理，可以并处罚款；构成犯罪的，依法追究刑事责任。

[参见]

　　《土地管理法实施条例》第40条

　　《刑法》第342条

　　《最高人民法院关于审理破坏土地资源刑事案件具体应用法律若干问题的解释》第3条

第七十五条　【拒绝复垦土地责任】违反本法规定，拒不履行土地复垦义务的，由县级以上人民政府土地行政主管部门责令限期改正；逾期不改正的，责令缴纳复垦费，专项用于土地复垦，可以处以罚款。

[参见]

　　《土地管理法实施条例》第41条

第七十六条　【非法占用土地责任】未经批准或者采取欺骗手段骗取批准，非法占用土地的，由县级以上人民政府土地行政主管部门责令退还非法占用的土地，对违反土地利用总体规划擅自将农用地改为建设用地的，限期拆除在非法占用的土地上新建的建筑物和其他设施，恢复土地原状，对符合土地利用总体规划的，没收在非法占用的土地上新建的建筑物和其他设施，可以并处罚款；对非法占用土地单位的直接负责的主管人员和其他直接责任人员，依法给予行政处分；构成犯罪的，依法追究刑事责任。

　　超过批准的数量占用土地，多占的土地以非法占用土地论处。

[参见]

　　《土地管理法实施条例》第34、42条

　　《关于违反土地管理规定行为行政处分暂行办法》第4条

　　《刑法》第342条

第七十七条　【非法建住宅责任】农村村民未经批准或者采取欺骗手段骗取批准，非法占用土地建住宅的，由县级以上人民政府土地行政主管部门责令退还非法占用的土地，限期拆除在非法占用的土地上新建的房屋。

　　超过省、自治区、直辖市规定的标准，多占的土地以非法占用土地论处。

第七十八条　【非法批准责任】无权批准征收、使

用土地的单位或者个人非法批准占用土地的,超越批准权限非法批准占用土地的,不按照土地利用总体规划确定的用途批准用地的,或者违反法律规定的程序批准占用、征收土地的,其批准文件无效,对非法批准征收、使用土地的直接负责的主管人员和其他直接责任人员,依法给予行政处分;构成犯罪的,依法追究刑事责任。非法批准、使用的土地应当收回,有关当事人拒不归还的,以非法占用土地论处。

非法批准征收、使用土地,对当事人造成损失的,依法应当承担赔偿责任。

[参见]

《关于违反土地管理规定行为行政处分暂行办法》第 5 - 8 条

《刑法》第 410 条

《最高人民法院关于审理破坏土地资源刑事案件具体应用法律若干问题的解释》第 4、5 条

第七十九条 【非法侵占征地费责任】侵占、挪用被征收土地单位的征地补偿费用和其他有关费用,构成犯罪的,依法追究刑事责任;尚不构成犯罪的,依法给予行政处分。

[参见]

《刑法》第 271、272、382 - 384 条

《关于违反土地管理规定行为行政处分暂行办法》第 9 条

第八十条 【拒还土地责任】依法收回国有土地使用权当事人拒不交出土地的,临时使用土地期满拒不归还的,或者不按照批准的用途使用国有土地的,由县级以上人民政府土地行政主管部门责令交还土地,处以罚款。

[参见]

《土地管理法实施条例》第 43 条

第八十一条 【擅自转移土地使用权责任】擅自将农民集体所有的土地的使用权出让、转让或者出租用于非农业建设的,由县级以上人民政府土地行政主管部门责令限期改正,没收违法所得,并处罚款。

[参见]

《土地管理法实施条例》第 39 条

第八十二条 【不依法办理变更登记责任】不依照本法规定办理土地变更登记的,由县级以上人民政府土地行政主管部门责令其限期办理。

第八十三条 【不拆除责任】依照本法规定,责令限期拆除在非法占用的土地上新建的建筑物和其他设施的,建设单位或者个人必须立即停止施工,自行拆除;对继续施工的,作出处罚决定的机关有权制止。建设单位或者个人对责令限期拆除的行政处罚决定不服的,可以在接到责令限期拆除决定之日起十五日内,向人民法院起诉;期满不起诉又不自行拆除的,由作出处罚决定的机关依法申请人民法院强制执行,费用由违法者承担。

第八十四条 【渎职】土地行政主管部门的工作人员玩忽职守、滥用职权、徇私舞弊,构成犯罪的,依法追究刑事责任;尚不构成犯罪的,依法给予行政处分。

[参见]

《刑法》第 397、402、410 条

《最高人民法院关于审理破坏土地资源刑事案件具体应用法律若干问题的解释》第 6、7 条

《关于违反土地管理规定行为行政处分暂行办法》第 11 - 15 条

第八章 附 则

第八十五条 【三资企业】中外合资经营企业、中外合作经营企业、外资企业使用土地的,适用本法;法律另有规定的,从其规定。

[参见]

《外商投资开发经营成片土地暂行管理办法》

第八十六条 【生效日期】本法自 1999 年 1 月 1 日起施行。

[参见]

《关于查处土地违法行为如何适用〈土地管理法〉有关问题的通知》

中华人民共和国
土地管理法实施条例(节录)

1. 1998 年 12 月 24 日国务院第 12 次常务会议通过
2. 1998 年 12 月 27 日国务院令第 256 号发布

第一章 总 则

第一条 根据《中华人民共和国土地管理法》(以

下简称《土地管理法》），制定本条例。

第二章　土地的所有权和使用权

第二条　下列土地属于全民所有即国家所有：

（一）城市市区的土地；

（二）农村和城市郊区中已经依法没收、征收、征购为国有的土地；

（三）国家依法征用的土地；

（四）依法不属于集体所有的林地、草地、荒地、滩涂及其他土地；

（五）农村集体经济组织全部成员转为城镇居民的，原属于其成员集体所有的土地；

（六）因国家组织移民、自然灾害等原因，农民成建制地集体迁移后不再使用的原属于迁移农民集体所有的土地。

第三条　国家依法实行土地登记发证制度。依法登记的土地所有权和土地使用权受法律保护，任何单位和个人不得侵犯。

土地登记内容和土地权属证书式样由国务院土地行政主管部门统一规定。

土地登记资料可以公开查询。

确认林地、草原的所有权或者使用权，确认水面、滩涂的养殖使用权，分别依照《森林法》、《草原法》和《渔业法》的有关规定办理。

第四条　农民集体所有的土地，由土地所有者向土地所在地的县级人民政府土地行政主管部门提出土地登记申请，由县级人民政府登记造册，核发集体土地所有权证书，确认所有权。

农民集体所有的土地依法用于非农业建设的，由土地使用者向土地所在地的县级人民政府土地行政主管部门提出土地登记申请，由县级人民政府登记造册，核发集体土地使用权证书，确认建设用地使用权。

设区的市人民政府可以对市辖区内农民集体所有的土地实行统一登记。

第五条　单位和个人依法使用的国有土地，由土地使用者向土地所在地的县级以上人民政府土地行政主管部门提出土地登记申请，由县级以上人民政府登记造册，核发国有土地使用权证书，确认使用权。其中，中央国家机关使用的国有土地的登记发证，由国务院土地行政主管部门负责，具体登记发证办法由国务院土地行政主管部门会同国务院机关事务管理局等

有关部门制定。

未确定使用权的国有土地，由县级以上人民政府登记造册，负责保护管理。

第六条　依法改变土地所有权、使用权的，因依法转让地上建筑物、构筑物等附着物导致土地使用权转移的，必须向土地所在地的县级以上人民政府土地行政主管部门提出土地变更登记申请，由原土地登记机关依法进行土地所有权、使用权变更登记。土地所有权、使用权的变更，自变更登记之日起生效。

依法改变土地用途的，必须持批准文件，向土地所在地的县级以上人民政府土地行政主管部门提出土地变更登记申请，由原土地登记机关依法进行变更登记。

第七条　依照《土地管理法》的有关规定，收回用地单位的土地使用权的，由原土地登记机关注销土地登记。

土地使用权有偿使用合同约定的使用期限届满，土地使用者未申请续期或者虽申请续期未获批准的，由原土地登记机关注销土地登记。

第三章　土地利用总体规划

第八条　全国土地利用总体规划，由国务院土地行政主管部门会同国务院有关部门编制，报国务院批准。

省、自治区、直辖市的土地利用总体规划，由省、自治区、直辖市人民政府组织本级土地行政主管部门和其他有关部门编制，报国务院批准。

省、自治区人民政府所在地的市、人口在一百万以上的城市以及国务院指定的城市的土地利用总体规划，由各该市人民政府组织本级土地行政主管部门和其他有关部门编制，经省、自治区人民政府审查同意后，报国务院批准。

本条第一款、第二款、第三款规定以外的土地利用总体规划，由有关人民政府组织本级土地行政主管部门和其他有关部门编制，逐级上报省、自治区、直辖市人民政府批准；其中，乡（镇）土地利用总体规划，由乡（镇）人民政府编制，逐级上报省、自治区、直辖市人民政府或者省、自治区、直辖市人民政府授权的设区的

市、自治州人民政府批准。

第九条　土地利用总体规划的规划期限一般为十五年。

第十条　依照《土地管理法》规定,土地利用总体规划应当将土地划分为农用地、建设用地和未利用地。

县级和乡(镇)土地利用总体规划应当根据需要,划定基本农田保护区、土地开垦区、建设用地区和禁止开垦区等;其中,乡(镇)土地利用总体规划还应当根据土地使用条件,确定每一块土地的用途。

土地分类和划定土地利用区的具体办法,由国务院土地行政主管部门会同国务院有关部门制定。

第十一条　乡(镇)土地利用总体规划经依法批准后,乡(镇)人民政府应当在本行政区域内予以公告。

公告应当包括下列内容:

(一)规划目标;

(二)规划期限;

(三)规划范围;

(四)地块用途;

(五)批准机关和批准日期。

第十二条　依照《土地管理法》第二十六条第二款、第三款规定修改土地利用总体规划的,由原编制机关根据国务院或者省、自治区、直辖市人民政府的批准文件修改。修改后的土地利用总体规划应当报原批准机关批准。

上一级土地利用总体规划修改后,涉及修改下一级土地利用总体规划的,由上一级人民政府通知下一级人民政府作出相应修改,并报原批准机关备案。

第十三条　各级人民政府应当加强土地利用年度计划管理,实行建设用地总量控制。土地利用年度计划一经批准下达,必须严格执行。

土地利用年度计划应当包括下列内容:

(一)农用地转用计划指标;

(二)耕地保有量计划指标;

(三)土地开发整理计划指标。

第十四条　县级以上人民政府土地行政主管部门应当会同同级有关部门进行土地调查。

土地调查应当包括下列内容:

(一)土地权属;

(二)土地利用现状;

(三)土地条件。

地方土地利用现状调查结果,经本级人民政府审核,报上一级人民政府批准后,应当向社会公布;全国土地利用现状调查结果,报国务院批准后,应当向社会公布。土地调查规程,由国务院土地行政主管部门会同国务院有关部门制定。

第十五条　国务院土地行政主管部门会同国务院有关部门制定土地等级评定标准。

县级以上人民政府土地行政主管部门应当会同同级有关部门根据土地等级评定标准,对土地等级进行评定。地方土地等级评定结果,经本级人民政府审核,报上一级人民政府土地行政主管部门批准后,应当向社会公布。

根据国民经济和社会发展状况,土地等级每六年调整一次。

……

第五章　建设用地

第十九条　建设占用土地,涉及农用地转为建设用地的,应当符合土地利用总体规划和土地利用年度计划中确定的农用地转用指标;城市和村庄、集镇建设占用土地,涉及农用地转用的,还应当符合城市规划和村庄、集镇规划。不符合规定的,不得批准农用地转为建设用地。

第二十条　在土地利用总体规划确定的城市建设用地范围内,为实施城市规划占用土地的,按照下列规定办理:

(一)市、县人民政府按照土地利用年度计划拟订农用地转用方案、补充耕地方案、征用土地方案,分批次逐级上报有批准权的人民政府。

(二)有批准权的人民政府土地行政主管部门对农用地转用方案、补充耕地方案、征用土地方案进行审查,提出审查意见,报有批准权的人民政府批准;其中,补充耕地方案由批准农用地转用方案的人民政府在批准农用地转用方案时一并批准。

(三)农用地转用方案、补充耕地方案、征用土地方案经批准后,由市、县人民政府组织实施,按具体建设项目分别供地。

在土地利用总体规划确定的村庄、集镇建设用地范围内，为实施村庄、集镇规划占用土地的，由市、县人民政府拟订农用地转用方案、补充耕地方案，依照前款规定的程序办理。

第二十一条　具体建设项目需要使用土地的，建设单位应当根据建设项目的总体设计一次申请，办理建设用地审批手续；分期建设的项目，可以根据可行性研究报告确定的方案分期申请建设用地，分期办理建设用地有关审批手续。

第二十二条　具体建设项目需要占用土地利用总体规划确定的城市建设用地范围内的国有建设用地的，按照下列规定办理：

（一）建设项目可行性研究论证时，由土地行政主管部门对建设项目用地有关事项进行审查，提出建设项目用地预审报告；可行性研究报告报批时，必须附具土地行政主管部门出具的建设项目用地预审报告。

（二）建设单位持建设项目的有关批准文件，向市、县人民政府土地行政主管部门提出建设用地申请，由市、县人民政府土地行政主管部门审查，拟订供地方案，报市、县人民政府批准；需要上级人民政府批准的，应当报上级人民政府批准。

（三）供地方案经批准后，由市、县人民政府向建设单位颁发建设用地批准书。有偿使用国有土地的，由市、县人民政府土地行政主管部门与土地使用者签订国有土地有偿使用合同；划拨使用国有土地的，由市、县人民政府土地行政主管部门向土地使用者核发国有土地划拨决定书。

（四）土地使用者应当依法申请土地登记。

通过招标、拍卖方式提供国有建设用地使用权的，由市、县人民政府土地行政主管部门会同有关部门拟订方案，报市、县人民政府批准后，由市、县人民政府土地行政主管部门组织实施，并与土地使用者签订土地有偿使用合同。土地使用者应当依法申请土地登记。

第二十三条　具体建设项目需要使用土地的，必须依法申请使用土地利用总体规划确定的城市建设用地范围内的国有建设用地。能源、交通、水利、矿山、军事设施等建设项目确需使用土地利用总体规划确定的城市建设用地范围外的土地，涉及农用地的，按照下列规定办理：

（一）建设项目可行性研究论证时，由土地行政主管部门对建设项目用地有关事项进行审查，提出建设项目用地预审报告；可行性研究报告报批时，必须附具土地行政主管部门出具的建设项目用地预审报告。

（二）建设单位持建设项目的有关批准文件，向市、县人民政府土地行政主管部门提出建设用地申请，由市、县人民政府土地行政主管部门审查，拟订农用地转用方案、补充耕地方案、征用土地方案和供地方案（涉及国有农用地的，不拟订征用土地方案），经市、县人民政府审核同意后，逐级上报有批准权的人民政府批准；其中，补充耕地方案由批准农用地转用方案的人民政府在批准农用地转用方案时一并批准；供地方案由批准征用土地的人民政府在批准征用土地方案时一并批准（涉及国有农用地的，供地方案由批准农用地转用的人民政府在批准农用地转用方案时一并批准）。

（三）农用地转用方案、补充耕地方案、征用土地方案和供地方案经批准后，由市、县人民政府组织实施，向建设单位颁发建设用地批准书。有偿使用国有土地的，由市、县人民政府土地行政主管部门与土地使用者签订国有土地有偿使用合同；划拨使用国有土地的，由市、县人民政府土地行政主管部门向土地使用者核发国有土地划拨决定书。

（四）土地使用者应当依法申请土地登记。

建设项目确需使用土地利用总体规划确定的城市建设用地范围外的土地，涉及农民集体所有的未利用地的，只报批征用土地方案和供地方案。

第二十四条　具体建设项目需要占用土地利用总体规划确定的国有未利用地的，按照省、自治区、直辖市的规定办理；但是，国家重点建设项目、军事设施和跨省、自治区、直辖市行政区域的建设项目以及国务院规定的其他建设项目用地，应当报国务院批准。

第二十五条　征用土地方案经依法批准后，由被征用土地所在地的市、县人民政府组织实施，并将批准征地机关、批准文号、征用土地的用途、范围、面积以及征地补偿标准、农业人员安置办法和办理征地补偿的期限等，在被征用土地所在地的乡（镇）、村予以公告。

被征用土地的所有权人、使用权人应当在公告规定的期限内，持土地权属证书到公告指定的人民政府土地行政主管部门办理征地补偿登记。

市、县人民政府土地行政主管部门根据经批准的征用土地方案，会同有关部门拟订征地补偿、安置方案，在被征用土地所在地的乡（镇）、村予以公告，听取被征用土地的农村集体经济组织和农民的意见。征地补偿、安置方案报市、县人民政府批准后，由市、县人民政府土地行政主管部门组织实施。对补偿标准有争议的，由县级以上地方人民政府协调；协调不成的，由批准征用土地的人民政府裁决。征地补偿、安置争议不影响征用土地方案的实施。

征用土地的各项费用应当自征地补偿、安置方案批准之日起三个月内全额支付。

第二十六条　土地补偿费归农村集体经济组织所有；地上附着物及青苗补偿费归地上附着物及青苗的所有者所有。

征用土地的安置补助费必须专款专用，不得挪作他用。需要安置的人员由农村集体经济组织安置的，安置补助费支付给农村集体经济组织，由农村集体经济组织管理和使用；由其他单位安置的，安置补助费支付给安置单位；不需要统一安置的，安置补助费发放给被安置人员个人或者征得被安置人员同意后用于支付被安置人员的保险费用。

市、县和乡（镇）人民政府应当加强对安置补助费使用情况的监督。

第二十七条　抢险救灾等急需使用土地的，可以先行使用土地。其中，属于临时用地的，灾后应当恢复原状并交还原土地使用者使用，不再办理用地审批手续；属于永久性建设用地的，建设单位应当在灾情结束后六个月内申请补办建设用地审批手续。

第二十八条　建设项目施工和地质勘查需要临时占用耕地的，土地使用者应当自临时用地期满之日起一年内恢复种植条件。

第二十九条　国有土地有偿使用的方式包括：

（一）国有土地使用权出让；

（二）国有土地租赁；

（三）国有土地使用权作价出资或者入股。

第三十条　《土地管理法》第五十五条规定的新增建设用地的土地有偿使用费，是指国家在新增建设用地中应取得的平均土地纯收益。

第六章　监督检查

第三十一条　土地管理监督检查人员应当经过培训，经考核合格后，方可从事土地管理监督检查工作。

第三十二条　土地行政主管部门履行监督检查职责，除采取《土地管理法》第六十七条规定的措施外，还可以采取下列措施：

（一）询问违法案件的当事人、嫌疑人和证人；

（二）进入被检查单位或者个人非法占用的土地现场进行拍照、摄像；

（三）责令当事人停止正在进行的土地违法行为；

（四）对涉嫌土地违法的单位或者个人，停止办理有关土地审批、登记手续；

（五）责令违法嫌疑人在调查期间不得变卖、转移与案件有关的财物。

第三十三条　依照《土地管理法》第七十二条规定给予行政处分的，由责令作出行政处罚决定或者直接给予行政处罚决定的上级人民政府土地行政主管部门作出。对于警告、记过、记大过的行政处分决定，上级土地行政主管部门可以直接作出；对于降级、撤职、开除的行政处分决定，上级土地行政主管部门应当按照国家有关人事管理权限和处理程序的规定，向有关机关提出行政处分建议，由有关机关依法处理。

第七章　法律责任

第三十四条　违反本条例第十七条的规定，在土地利用总体规划确定的禁止开垦区内进行开垦的，由县级以上人民政府土地行政主管部门责令限期改正；逾期不改正的，依照《土地管理法》第七十六条的规定处罚。

第三十五条　在临时使用的土地上修建永久性建筑物、构筑物的，由县级以上人民政府土地行政主管部门责令限期拆除;逾期不拆除的,由作出处罚决定的机关依法申请人民法院强制执行。

第三十六条　对在土地利用总体规划制定前已建的不符合土地利用总体规划确定的用途的建筑物、构筑物重建、扩建的,由县级以上人民政府土地行政主管部门责令限期拆除;逾期不拆除的,由作出处罚决定的机关依法申请人民法院强制执行。

第三十七条　阻碍土地行政主管部门的工作人员依法执行职务的,依法给予治安管理处罚或者追究刑事责任。

第三十八条　依照《土地管理法》第七十三条的规定处以罚款的,罚款额为非法所得的50%以下。

第三十九条　依照《土地管理法》第八十一条的规定处以罚款的,罚款额为非法所得的5%以上20%以下。

第四十条　依照《土地管理法》第七十四条的规定处以罚款的,罚款额为耕地开垦费的二倍以下。

第四十一条　依照《土地管理法》第七十五条的规定处以罚款的,罚款额为土地复垦费的二倍以下。

第四十二条　依照《土地管理法》第七十六条的规定处以罚款的,罚款额为非法占用土地每平方米三十元以下。

第四十三条　依照《土地管理法》第八十条的规定处以罚款的,罚款额为非法占用土地每平方米十元以上三十元以下。

第四十四条　违反本条例第二十八条的规定,逾期不恢复种植条件的,由县级以上人民政府土地行政主管部门责令限期改正,可以处耕地复垦费二倍以下的罚款。

第四十五条　违反土地管理法律、法规规定,阻挠国家建设征用土地的,由县级以上人民政府土地行政主管部门责令交出土地;拒不交出土地的,申请人民法院强制执行。

第八章　附　　则

第四十六条　本条例自1999年1月1日起施行。1991年1月4日国务院发布的《中华人民共和国土地管理法实施条例》同时废止。

土地调查条例

1. 2008年2月7日国务院令第518号发布
2. 自2008年2月7日起施行

第一章　总　　则

第一条　为了科学、有效地组织实施土地调查,保障土地调查数据的真实性、准确性和及时性,根据《中华人民共和国土地管理法》和《中华人民共和国统计法》,制定本条例。

第二条　土地调查的目的,是全面查清土地资源和利用状况,掌握真实准确的土地基础数据,为科学规划、合理利用、有效保护土地资源,实施最严格的耕地保护制度,加强和改善宏观调控提供依据,促进经济社会全面协调可持续发展。

第三条　土地调查工作按照全国统一领导、部门分工协作、地方分级负责、各方共同参与的原则组织实施。

第四条　土地调查所需经费,由中央和地方各级人民政府共同负担,列入相应年度的财政预算,按时拨付,确保足额到位。

土地调查经费应当统一管理、专款专用、从严控制支出。

第五条　报刊、广播、电视和互联网等新闻媒体,应当及时开展土地调查工作的宣传报道。

第二章　土地调查的内容和方法

第六条　国家根据国民经济和社会发展需要,每10年进行一次全国土地调查;根据土地管理工作的需要,每年进行土地变更调查。

第七条　土地调查包括下列内容:

（一）土地利用现状及变化情况,包括地类、位置、面积、分布等状况;

（二）土地权属及变化情况,包括土地的所有权和使用权状况;

（三）土地条件,包括土地的自然条件、社会经济条件等状况。

进行土地利用现状及变化情况调查时,应当重点调查基本农田现状及变化情况,包括基本农田的数量、分布和保护状况。

第八条 土地调查采用全面调查的方法,综合运用实地调查统计、遥感监测等手段。

第九条 土地调查采用《土地利用现状分类》国家标准、统一的技术规程和按照国家统一标准制作的调查基础图件。

土地调查技术规程,由国务院国土资源主管部门会同国务院有关部门制定。

第三章 土地调查的组织实施

第十条 县级以上人民政府国土资源主管部门会同同级有关部门进行土地调查。

乡(镇)人民政府、街道办事处和村(居)民委员会应当广泛动员和组织社会力量积极参与土地调查工作。

第十一条 县级以上人民政府有关部门应当积极参与和密切配合土地调查工作,依法提供土地调查需要的相关资料。

社会团体以及与土地调查有关的单位和个人应当依照本条例的规定,配合土地调查工作。

第十二条 全国土地调查总体方案由国务院国土资源主管部门会同国务院有关部门拟订,报国务院批准。县级以上地方人民政府国土资源主管部门会同同级有关部门按照国家统一要求,根据本行政区域的土地利用特点,编制地方土地调查实施方案,报上一级人民政府国土资源主管部门会同同级有关部门核准后施行。

第十三条 在土地调查中,需要面向社会选择专业调查队伍承担的土地调查任务,应当通过招标投标方式组织实施。

承担土地调查任务的单位应当具备以下条件:

(一)具有法人资格;

(二)有与土地调查相关的资质和工作业绩;

(三)有完备的技术和质量管理制度;

(四)有经过培训且考核合格的专业技术人员。

国务院国土资源主管部门应当会同国务院有关部门加强对承担土地调查任务单位的管理,并公布符合本条第二款规定条件的单位名录。

第十四条 土地调查人员应当坚持实事求是,恪守职业道德,具有执行调查任务所需要的专业知识。

土地调查人员应当接受业务培训,经考核合格领取全国统一的土地调查员工作证。

第十五条 土地调查人员应当严格执行全国土地调查总体方案和地方土地调查实施方案、《土地利用现状分类》国家标准和统一的技术规程,不得伪造、篡改调查资料,不得强令、授意调查对象提供虚假的调查资料。

土地调查人员应当对其登记、审核、录入的调查资料与现场调查资料的一致性负责。

第十六条 土地调查人员依法独立行使调查、报告、监督和检查职权,有权根据工作需要进行现场调查,并按照技术规程进行现场作业。

土地调查人员有权就与调查有关的问题询问有关单位和个人,要求有关单位和个人如实提供相关资料。

土地调查人员进行现场调查、现场作业以及询问有关单位和个人时,应当出示土地调查员工作证。

第十七条 接受调查的有关单位和个人应当如实回答询问,履行现场指界义务,按照要求提供相关资料,不得转移、隐匿、篡改、毁弃原始记录和土地登记簿等相关资料。

第十八条 各地方、各部门、各单位的负责人不得擅自修改土地调查资料、数据,不得强令或者授意土地调查人员篡改调查资料、数据或者编造虚假数据,不得对拒绝、抵制篡改调查资料、数据或者编造虚假数据的土地调查人员打击报复。

第四章 调查成果处理和质量控制

第十九条 土地调查形成下列调查成果:

(一)数据成果;

(二)图件成果;

(三)文字成果;

(四)数据库成果。

第二十条 土地调查成果实行逐级汇交、汇总统计制度。

土地调查数据的处理和上报应当按照全国土地调查总体方案和有关标准进行。

第二十一条 县级以上地方人民政府对本行政

区域的土地调查成果质量负总责,主要负责人是第一责任人。

县级以上人民政府国土资源主管部门会同同级有关部门对调查的各个环节实行质量控制,建立土地调查成果质量控制岗位责任制,切实保证调查的数据、图件和被调查土地实际状况三者一致,并对其加工、整理、汇总的调查成果的准确性负责。

第二十二条 国务院国土资源主管部门会同国务院有关部门统一组织土地调查成果质量的抽查工作。抽查结果作为评价土地调查成果质量的重要依据。

第二十三条 土地调查成果实行分阶段、分级检查验收制度。前一阶段土地调查成果经检查验收合格后,方可开展下一阶段的调查工作。

土地调查成果检查验收办法,由国务院国土资源主管部门会同国务院有关部门制定。

第五章　调查成果公布和应用

第二十四条 国家建立土地调查成果公布制度。

土地调查成果应当向社会公布,并接受公开查询,但依法应当保密的除外。

第二十五条 全国土地调查成果,报国务院批准后公布。

地方土地调查成果,经本级人民政府审核,报上一级人民政府批准后公布。

全国土地调查成果公布后,县级以上地方人民政府方可逐级依次公布本行政区域的土地调查成果。

第二十六条 县级以上人民政府国土资源主管部门会同同级有关部门做好土地调查成果的保存、管理、开发、应用和为社会公众提供服务等工作。

国家通过土地调查,建立互联共享的土地调查数据库,并做好维护、更新工作。

第二十七条 土地调查成果是编制国民经济和社会发展规划以及从事国土资源规划、管理、保护和利用的重要依据。

第二十八条 土地调查成果应当严格管理和规范使用,不作为依照其他法律、行政法规对调查对象实施行政处罚的依据,不作为划分部门职责分工和管理范围的依据。

第六章　表彰和处罚

第二十九条 对在土地调查工作中做出突出贡献的单位和个人,应当按照国家有关规定给予表彰或者奖励。

第三十条 地方、部门、单位的负责人有下列行为之一的,依法给予处分;构成犯罪的,依法追究刑事责任:

(一)擅自修改调查资料、数据的;

(二)强令、授意土地调查人员篡改调查资料、数据或者编造虚假数据的;

(三)对拒绝、抵制篡改调查资料、数据或者编造虚假数据的土地调查人员打击报复的。

第三十一条 土地调查人员不执行全国土地调查总体方案和地方土地调查实施方案、《土地利用现状分类》国家标准和统一的技术规程,或者伪造、篡改调查资料,或者强令、授意接受调查的有关单位和个人提供虚假调查资料的,依法给予处分,并由县以上人民政府国土资源主管部门、统计机构予以通报批评。

第三十二条 接受调查的单位和个人有下列行为之一的,由县级以上人民政府国土资源主管部门责令限期改正,可以处5万元以下的罚款;构成违反治安管理行为的,由公安机关依法给予治安管理处罚;构成犯罪的,依法追究刑事责任:

(一)拒绝或者阻挠土地调查人员依法进行调查的;

(二)提供虚假调查资料的;

(三)拒绝提供调查资料的;

(四)转移、隐匿、篡改、毁弃原始记录、土地登记簿等相关资料的。

第三十三条 县级以上地方人民政府有下列行为之一的,由上级人民政府予以通报批评;情节严重的,对直接负责的主管人员和其他直接责任人员依法给予处分:

(一)未按期完成土地调查工作,被责令限期完成,逾期仍未完成的;

(二)提供的土地调查数据失真,被责令限期改正,逾期仍未改正的。

第七章　附　则

第三十四条 军用土地调查,由国务院国土资源主管部门会同军队有关部门按照国家统一规定和要求制定具体办法。

中央单位使用土地的调查数据汇总内容的确定和成果的应用管理，由国务院国土资源主管部门会同国务院管理机关事务工作的机构负责。

第三十五条 县级以上人民政府可以按照全国土地调查总体方案和地方土地调查实施方案成立土地调查领导小组，组织和领导土地调查工作。必要时，可以设立土地调查领导小组办公室负责土地调查日常工作。

第三十六条 本条例自公布之日起施行。

国务院关于深化改革
严格土地管理的决定

1. 2004 年 10 月 21 日发布
2. 国发〔2004〕28 号

各省、自治区、直辖市人民政府，国务院各部委、各直属机构：

实行最严格的土地管理制度，是由我国人多地少的国情决定的，也是贯彻落实科学发展观，保证经济社会可持续发展的必然要求。去年以来，各地区、各部门认真贯彻党中央、国务院部署，全面清理各类开发区，切实落实暂停审批农用地转用的决定，土地市场治理整顿取得了积极进展，有力地促进了宏观调控政策的落实。但是，土地市场治理整顿的成效还是初步的、阶段性的，盲目投资、低水平重复建设，圈占土地、乱占滥用耕地等问题尚未根本解决。因此，必须正确处理保障经济社会发展与保护土地资源的关系，严格控制建设用地增量，努力盘活土地存量，强化节约利用土地，深化改革，健全法制，统筹兼顾，标本兼治，进一步完善符合我国国情的最严格的土地管理制度。现决定如下：

一、严格执行土地管理法律法规

（一）牢固树立遵守土地法律法规的意识。各地区、各有关部门要深入持久地开展土地法律法规的学习教育活动，深刻认识我国国情和保护耕地的极端重要性，本着对人民、对历史负责的精神，严格依法管理土地，积极推进经济增长方式的转变，实现土地利用方式的转变，走符合中国国情的新型工业化、城市化道路。进一步提高依法管地用地的意识，要在法律法规允许的范围内合理用地。对违反法律法规批地、占地的，必须承担法律责任。

（二）严格依照法定权限审批土地。农用地转用和土地征收的审批权在国务院和省、自治区、直辖市人民政府，各省、自治区、直辖市人民政府不得违反法律和行政法规的规定下放土地审批权。严禁规避法定审批权限，将单个建设项目用地拆分审批。

（三）严格执行占用耕地补偿制度。各类非农业建设经批准占用耕地的，建设单位必须补充数量、质量相当的耕地，补充耕地的数量、质量实行按等级折算，防止占多补少、占优补劣。不能自行补充的，必须按照各省、自治区、直辖市的规定缴纳耕地开垦费。耕地开垦费要列入专户管理，不得减免和挪作他用。政府投资的建设项目也必须将补充耕地费用列入工程概算。

（四）禁止非法压低地价招商。省、自治区、直辖市人民政府要依照基准地价制定并公布协议出让土地最低价标准。协议出让土地除必须严格执行规定程序外，出让价格不得低于最低价标准。违反规定出让土地造成国有土地资产流失的，要依法追究责任；情节严重的，依照《中华人民共和国刑法》的规定，以非法低价出让国有土地使用权罪追究刑事责任。

（五）严格依法查处违反土地管理法律法规的行为。当前要着重解决有法不依、执法不严、违法不究和滥用行政权力侵犯农民合法权益的问题。要加大土地管理执法力度，严肃查处非法批地、占地等违法案件。建立国土资源与监察等部门联合办案和案件移送制度，既查处土地违法行为，又查处违法责任人。典型案件，要公开处理。对非法批准占用土地、征收土地和非法低价出让国有土地使用权的国家机关工作人员，依照《监察部国土资源部关于违反土地管理规定行为行政处分暂行办法》给予行政处分；构成犯罪的，依照《中华人民共和国刑法》、《中华人民共和国土地管理法》、《最高人民法院关于审理破坏土地资源刑事案件具体应用法律若干问题的解释》和最高人民检察院关于渎职犯罪案件立案标准的规定,追究刑事责任。对非法批准征收、使用土地,给当事人造成损失的,还必须依法承担赔偿责任。

二、加强土地利用总体规划、城市总体规划、村庄和集镇规划实施管理

(六)严格土地利用总体规划、城市总体规划、村庄和集镇规划修改的管理。在土地利用总体规划和城市总体规划确定的建设用地范围外,不得设立各类开发区(园区)和城市新区(小区)。对清理后拟保留的开发区,必须依据土地利用总体规划和城市总体规划,按照布局集中、用地集约和产业集聚的原则严格审核。严格土地利用总体规划的修改,凡涉及改变土地利用方向、规模、重大布局等原则性修改,必须报原批准机关批准。城市总体规划、村庄和集镇规划也不得擅自修改。

(七)加强土地利用计划管理。农用地转用的年度计划实行指令性管理,跨年度结转使用计划指标必须严格规范。改进农用地转用年度计划下达和考核办法,对国家批准的能源、交通、水利、矿山、军事设施等重点建设项目用地和城、镇、村的建设用地实行分类下达,并按照定额指标、利用效益等分别考核。

(八)从严从紧控制农用地转为建设用地的总量和速度。加强农用地转用审批的规划和计划审查,强化土地利用总体规划和土地利用年度计划对农用地转用的控制和引导,凡不符合规划、没有农用地转用年度计划指标的,不得批准用地。为巩固土地市场治理整顿成果,2004年农用地转用计划指标不再追加;对过去拖欠农民的征地补偿安置费在2004年年底前不能足额偿还的地方,暂缓下达该地区2005年农用地转用计划。

(九)加强建设项目用地预审管理。凡不符合土地利用总体规划、没有农用地转用计划指标的建设项目,不得通过项目用地预审。发展改革等部门要通过适当方式告知项目单位开展前期工作,项目单位提出用地预审申请后,国土资源部门要依法对建设项目用地进行审查。项目建设单位向发展改革等部门申报

核准或审批建设项目时,必须附国土资源部门预审意见;没有预审意见或预审未通过的,不得核准或批准建设项目。

(十)加强村镇建设用地的管理。要按照控制总量、合理布局、节约用地、保护耕地的原则,编制乡(镇)土地利用总体规划、村庄和集镇规划,明确小城镇和农村居民点的数量、布局和规模。鼓励农村建设用地整理,城镇建设用地增加要与农村建设用地减少相挂钩。农村集体建设用地,必须符合土地利用总体规划、村庄和集镇规划,并纳入土地利用年度计划,凡占用农用地的必须依法办理审批手续。禁止擅自通过"村改居"等方式将农民集体所有土地转为国有土地。禁止农村集体经济组织非法出让、出租集体土地用于非农业建设。改革和完善宅基地审批制度,加强农村宅基地管理,禁止城镇居民在农村购置宅基地。引导新办乡村工业向建制镇和规划确定的小城镇集中。在符合规划的前提下,村庄、集镇、建制镇中的农民集体所有建设用地使用权可以依法流转。

(十一)严格保护基本农田。基本农田是确保国家粮食安全的基础。土地利用总体规划修编,必须保证现有基本农田总量不减少,质量不降低。基本农田要落实到地块和农户,并在土地所有权证书和农村土地承包经营权证书中注明。基本农田保护图件备案工作,应在新一轮土地利用总体规划修编后三个月内完成。基本农田一经划定,任何单位和个人不得擅自占用,或者擅自改变用途,这是不可逾越的"红线"。符合法定条件,确需改变和占用基本农田的,必须报国务院批准;经批准占用基本农田的,征地补偿按法定最高标准执行,对以缴纳耕地开垦费方式补充耕地的,缴纳标准按当地最高标准执行。禁止占用基本农田挖鱼塘、种树和其他破坏耕作层的活动,禁止以建设"现代农业园区"或者"设施农业"等任何名义,占用基本农田变相从事房地产开发。

三、完善征地补偿和安置制度

(十二)完善征地补偿办法。县级以上地方人民政府要采取切实措施,使被征地农民生活水平不因征地而降低。要保证依法足额和

及时支付土地补偿费、安置补助费以及地上附着物和青苗补偿费。依照现行法律规定支付土地补偿费和安置补助费,尚不能使被征地农民保持原有生活水平的,不足以支付因征地而导致无地农民社会保障费用的,省、自治区、直辖市人民政府应当批准增加安置补助费。土地补偿费和安置补助费的总和达到法定上限,尚不足以使被征地农民保持原有生活水平的,当地人民政府可以用国有土地有偿使用收入予以补贴。省、自治区、直辖市人民政府要制订并公布各市县征地的统一年产值标准或区片综合地价,征地补偿做到同地同价,国家重点建设项目必须将征地费用足额列入概算。大型水利、水电工程建设征地的补偿费标准和移民安置办法,由国务院另行规定。

(十三)妥善安置被征地农民。县级以上地方人民政府应当制定具体办法,使被征地农民的长远生计有保障。对有稳定收益的项目,农民可以经依法批准的建设用地土地使用权入股。在城市规划区内,当地人民政府应当将因征地而导致无地的农民,纳入城镇就业体系,并建立社会保障制度;在城市规划区外,征收农民集体所有土地时,当地人民政府要在本行政区域内为被征地农民留有必要的耕作土地或安排相应的工作岗位;对不具备基本生产生活条件的无地农民,应当异地移民安置。劳动和社会保障部门要会同有关部门尽快提出建立被征地农民的就业培训和社会保障制度的指导性意见。

(十四)健全征地程序。在征地过程中,要维护农民集体土地所有权和农民土地承包经营权的权益。在征地依法报批前,要将拟征地的用途、位置、补偿标准、安置途径告知被征地农民;对拟征土地现状的调查结果须经被征地农村集体经济组织和农户确认;确有必要的,国土资源部门应当依照有关规定组织听证。要将被征地农民知情、确认的有关材料作为征地报批的必备材料。要加快建立和完善征地补偿安置争议的协调和裁决机制,维护被征地农民和用地者的合法权益。经批准的征地事项,除特殊情况外,应予以公示。

(十五)加强对征地实施过程监管。征地

补偿安置不落实的,不得强行使用被征土地。省、自治区、直辖市人民政府应当根据土地补偿费主要用于被征地农户的原则,制订土地补偿费在农村集体经济组织内部的分配办法。被征地的农村集体经济组织应当将征地补偿费用的收支和分配情况,向本集体经济组织成员公布,接受监督。农业、民政等部门要加强对农村集体经济组织内部征地补偿费用分配和使用的监督。

四、健全土地节约利用和收益分配机制

(十六)实行强化节约和集约用地政策。建设用地要严格控制增量,积极盘活存量,把节约用地放在首位,重点在盘活存量上下功夫。新上建设项目首先要利用现有建设用地,严格控制建设占用耕地、林地、草原和湿地。开展对存量建设用地资源的普查,研究制定鼓励盘活存量的政策措施。各地区、各有关部门要按照集约用地的原则,调整有关厂区绿化率的规定,不得圈占土地搞"花园式工厂"。在开发区(园区)推广多层标准厂房。对工业用地在符合规划、不改变原用途的前提下,提高土地利用率和增加容积率的,原则上不再收取或调整土地有偿使用费。基础设施和公益性建设项目,也要节约合理用地。今后,供地时要将土地用途、容积率等使用条件的约定写入土地使用合同。对工业项目用地必须有投资强度、开发进度等控制性要求。土地使用权人不按照约定条件使用土地的,要承担相应的违约责任。在加强耕地占用税、城镇土地使用税、土地增值税征收管理的同时,进一步调整和完善相关税制,加大对建设用地取得和保有环节的税收调节力度。

(十七)推进土地资源的市场化配置。严格控制划拨用地范围,经营性基础设施用地要逐步实行有偿使用。运用价格机制抑制多占、滥占和浪费土地。除按现行规定必须实行招标、拍卖、挂牌出让的用地外,工业用地也要创造条件逐步实行招标、拍卖、挂牌出让。经依法批准利用原有划拨土地进行经营性开发建设的,应当按照市场价补缴土地出让金。经依法批准转让原划拨土地使用权的,应当在土地有形市场公开交易,按照市场价补缴土地出让金;低于市场价交易的,政府应当行使优先购买权。

（十八）制订和实施新的土地使用标准。依照国家产业政策,国土资源部门对淘汰类、限制类项目分别实行禁止和限制用地,并会同有关部门制订工程项目建设用地定额标准,省、自治区、直辖市人民政府可以根据实际情况制订具体实施办法。继续停止高档别墅类房地产、高尔夫球场等用地的审批。

（十九）严禁闲置土地。农用地转用批准后,满两年未实施具体征地或用地行为的,批准文件自动失效;已实施征地,满两年未供地的,在下达下一年度的农用地转用计划时扣减相应指标,对具备耕作条件的土地,应当交原土地使用者继续耕种,也可以由当地人民政府组织耕种。对用地单位闲置的土地,严格依照《中华人民共和国土地管理法》的有关规定处理。

（二十）完善新增建设用地土地有偿使用费收缴办法。新增建设用地土地有偿使用费实行先缴后分,按规定的标准就地全额缴入国库,不得减免,并由国库按规定的比例就地分成划缴。审计部门要加强对新增建设用地土地有偿使用费征收和使用的监督检查。对减免和欠缴的,要依法追缴。财政部、国土资源部要适时调整新增建设用地土地有偿使用费收取标准。新增建设用地土地有偿使用费要严格按法定用途使用,由中央支配的部分,要向粮食主产区倾斜。探索建立国有土地收益基金,遏制片面追求土地收益的短期行为。

五、建立完善耕地保护和土地管理的责任制度

（二十一）明确土地管理的权力和责任。调控新增建设用地总量的权力和责任在中央,盘活存量建设用地的权力和利益在地方,保护和合理利用土地的责任在地方各级人民政府,省、自治区、直辖市人民政府应负主要责任。在确保严格实施土地利用总体规划,不突破土地利用年度计划的前提下,省、自治区、直辖市人民政府可以统筹本行政区域内的用地安排,依照法定权限对农用地转用和土地征收进行审批,按规定用途决定新增建设用地土地有偿

使用费地方分成部分的分配和使用,组织本行政区域内耕地占补平衡,并对土地管理法律法规执行情况进行监督检查。地方各级人民政府要对土地利用总体规划确定的本行政区域内的耕地保有量和基本农田保护面积负责,政府主要领导是第一责任人。地方各级人民政府都要建立相应的工作制度,采取多种形式,确保耕地保护目标落实到基层。

（二十二）建立耕地保护责任的考核体系。国务院定期向各省、自治区、直辖市下达耕地保护责任考核目标。各省、自治区、直辖市人民政府每年要向国务院报告耕地保护责任目标的履行情况。实行耕地保护责任考核的动态监测和预警制度。国土资源部会同农业部、监察部、审计署、统计局等部门定期对各省、自治区、直辖市耕地保护责任目标履行情况进行检查和考核,并向国务院报告。对认真履行责任目标,成效突出的,要给予表彰,并在安排中央支配的新增建设用地土地有偿使用费时予以倾斜。对没有达到责任目标的,要在全国通报,并责令限期补充耕地和补划基本农田。对土地开发整理补充耕地的情况也要定期考核。

（二十三）严格土地管理责任追究制。对违反法律规定擅自修改土地利用总体规划的、发生非法占用基本农田的、未完成耕地保护责任考核目标的、征地侵害农民合法权益引发群体性事件且未能及时解决的、减免和欠缴新增建设用地土地有偿使用费的、未按期完成基本农田图件备案工作的,要严肃追究责任,对有关责任人员由上级主管部门或监察机关依法定权限给予行政处分。同时,上级政府要责令限期整改,整改期间暂停农用地转用和征地审批。具体办法由国土资源部会同有关部门另行制订。实行补充耕地监督的责任追究制,国土资源部门和农业部门负责对补充耕地的数量和质量进行验收,并对验收结果承担责任。省、自治区、直辖市国土资源部门和农业部门要加强监督检查。

（二十四）强化对土地执法行为的监督。建立公开的土地违法立案标准。对有案不查、执法不严的,上级国土资源部门要责令其作出

行政处罚决定或直接给予行政处罚。坚决纠正违法用地只通过罚款就补办合法手续的行为。对违法用地及其建筑物和其他设施,按法律规定应当拆除或没收的,不得以罚款、补办手续取代;确需补办手续的,依法处罚后,从新从高进行征地补偿和收取土地出让金及有关规费。完善土地执法监察体制,建立国家土地督察制度,设立国家土地总督察,向地方派驻土地督察专员,监督土地执法行为。

(二十五)加强土地管理行政能力建设。2004 年年底以前要完成省级以下国土资源管理体制改革,理顺领导干部管理体制、工作机制和加强基层队伍建设。市、县人民政府要保证基层国土资源管理所机构、编制、经费到位,切实发挥基层国土资源管理所在土地管理执法中的作用。国土资源部要会同有关部门抓紧建立和完善统一的土地分类、调查、登记和统计制度,启动新一轮土地调查,保证土地数据的真实性。组织实施"金土工程"。充分利用现代高新技术加强土地利用动态监测,建立土地利用总体规划实施、耕地保护、土地市场的动态监测网络。

各地区、各有关部门要以"三个代表"重要思想为指导,牢固树立科学发展观和正确的政绩观,把落实好最严格的土地管理制度作为对执政能力和依法行政能力的检验。高度重视土地的保护和合理利用,认真总结经验,积极推进土地管理体制改革,不断完善土地法制,建立严格、科学、有效的土地管理制度,维护好广大人民群众的根本利益,确保经济社会的可持续发展。

土地利用年度计划管理办法

1. *1999 年 2 月 24 日国土资源部第 4 次部务会议通过*
2. *2004 年 10 月 29 日国土资源部第 9 次部务会议修订*
3. *2006 年 11 月 20 日国土资源部第 5 次部务会议第二次修订*

第一条　为加强土地管理和调控,严格实施土地用途管制,切实保护耕地,合理控制建设用地总量,根据《中华人民共和国土地管理法》、《中华人民共和国土地管理法实施条例》、《国务院关于深化改革严格土地管理的决定》和《国务院关于加强土地调控有关问题的通知》,制定本办法。

第二条　土地利用年度计划的编制、下达、执行、监督和考核,适用本办法。

本办法所称土地利用年度计划,是指国家对计划年度内新增建设用地量、土地开发整理补充耕地量和耕地保有量的具体安排。

前款规定的新增建设用地量,包括建设占用农用地和未利用地。

第三条　土地利用年度计划管理应当遵循下列原则:

(一)严格执行土地利用总体规划,合理控制建设用地总量,切实保护耕地特别是基本农田;

(二)运用土地政策参与宏观调控,以土地供应引导需求,促进经济增长方式转变,提高土地节约集约利用水平;

(三)建设占用耕地与补充耕地相平衡;

(四)优先保证国家重点建设项目和基础设施项目用地;

(五)城镇建设用地增加与农村建设用地减少相挂钩;

(六)保护和改善生态环境,保障土地的可持续利用。

第四条　土地利用年度计划指标包括:

(一)新增建设用地计划指标。包括新增建设用地总量和新增建设占用农用地及耕地指标。

(二)土地开发整理计划指标。包括土地开发补充耕地指标和土地整理复垦补充耕地指标。

(三)耕地保有量计划指标。

前款第(一)项规定的新增建设用地计划指标,分为城镇村建设用地指标和能源、交通、水利、矿山、军事设施等独立选址的重点建设项目用地指标。

各地可以根据实际需要,在上述分类的基础上增设控制指标。

第五条　土地利用年度计划中,新增建设用地计划指标依据国民经济和社会发展计划、国家宏观调控要求、土地利用总体规划、国家供地政策和土地利用的实际情况等因素确定。

土地开发整理计划指标依据土地利用总体规划、土地开发整理规划、建设占用耕地、实现耕地保有量目标等情况确定。

耕地保有量计划指标依据国务院向省、自治区、直辖市下达的耕地保护责任考核目标确定。

第六条　需国务院及国家发展和改革等部门审批、核准和备案的重点建设项目拟在计划年度内使用土地,涉及新增建设用地的,由行业主管部门于上一年九月二十五日前,按项目向国土资源部提出计划建议,同时抄送项目拟使用土地所在地的省、自治区、直辖市国土资源管理部门以及发展和改革部门。

第七条　县级以上地方人民政府国土资源管理部门会同有关部门,按照国家的统一部署,提出本地的土地利用年度计划建议,经同级人民政府审查后,报上一级人民政府国土资源管理部门。

省、自治区、直辖市的土地利用年度计划建议,应当于每年十月三十一日前报国土资源部,同时抄送国家发展和改革委员会。计划单列市、新疆生产建设兵团的土地利用年度计划建议在相关省、自治区的计划建议中单列。

第八条　国土资源部会同国家发展和改革委员会,依照本办法的有关规定,在省、自治区、直辖市和国务院有关部门提出的土地利用年度计划建议的基础上,提出全国土地利用年度计划总量控制指标建议。

第九条　国土资源部根据全国土地利用年度计划总量控制指标建议和省、自治区、直辖市提出的计划指标建议,编制全国土地利用年度计划草案,纳入年度国民经济和社会发展计划草案,上报国务院。经国务院审定后,下达各地参照执行。待全国人民代表大会审议通过国民经济和社会发展计划草案后,正式执行。

第十条　全国土地利用年度计划下达到省、自治区、直辖市以及计划单列市、新疆生产建设兵团。

新增建设用地计划指标只下达城镇村(包括独立工矿区)和由省及省以下审批、核准和备案的独立选址建设项目用地。国务院及国家发展和改革等部门审批、核准和备案的独立选址重点建设项目,新增建设用地计划指标不下达地方,在建设项目用地审批时直接核销。

第十一条　县级以上地方人民政府国土资源管理部门可以将上级下达的土地利用年度计划指标分解,经同级人民政府同意后下达。省级人民政府国土资源管理部门应当将分解下达的土地利用年度计划报国土资源部备案。

省级人民政府国土资源管理部门在分解下达计划指标时,对国务院批准土地利用总体规划的城市,应将中心城市的规划建设用地范围内新增建设用地计划指标单独列出。

省级人民政府国土资源管理部门在分解下达城镇村建设用地计划指标时,应当严格依据土地利用总体规划,按照城镇建设用地增加与农村建设用地减少相挂钩的原则,统筹城乡建设,合理安排城镇和农村建设用地,实现建设用地的总量控制。

第十二条　新增建设用地计划指标实行指令性管理,不得突破。

新增建设用地计划中城镇村建设用地指标和能源、交通、水利、矿山、军事设施等独立选址的重点项目建设用地指标不得混用。没有新增建设用地计划指标擅自批准用地的,或者没有新增建设占用农用地计划指标擅自批准农用地转用的,按非法批准用地追究法律责任。

土地开发整理补充耕地应当不低于土地开发整理计划确定的指标。

第十三条　土地利用年度计划一经批准下达,必须严格执行。

因特殊情况需增加全国土地利用年度计划中新增建设用地计划的,按规定程序报国务院审定。

第十四条　县级以上地方人民政府国土资源管理部门应当建立土地利用计划管理信息系统,实行土地利用年度计划台账管理,在建设用地审批的规划审查过程中确认并根据批准情况及时核销计划,对计划执行情况进行登记和统计,并按月上报,作为计划执行跟踪和监督的依据。

第十五条　省、自治区、直辖市国土资源管理部门应当加强对土地利用年度计划执行情况的跟踪检查,于每年九月份对计划执行情况进行中期检查,并形成报告报国土资源部。

第十六条　上级国土资源管理部门应当对下级国土资源管理部门土地利用年度计划的执行情况进行年度评估和考核。

年度评估和考核,以土地利用变更调查和监测数据为依据。

土地利用年度计划以每年一月一日至十二月三十一日为考核年度。

第十七条　土地利用年度计划执行情况年度评估和考核结果,作为下一年度计划编制和管理的依据。

对实际新增建设用地面积超过当年下达计划指标的,扣减下一年度相应的计划指标。

第十八条　省、自治区、直辖市及计划单列市、新疆生产建设兵团节余的新增建设用地计划指标,经国土资源部审核同意后,允许在规划期内按要求结转下一年度使用。

第十九条　本办法自发布之日起施行。

已购公有住房和经济适用住房上市出售土地出让金和收益分配管理的若干规定

1999 年 7 月 5 日财政部、国土资源部、建设部发布

为了深化城镇住房制度改革,培育和发展住房二级市场,规范已购公有住房和经济适用住房上市出售的收益分配和管理,根据《中华人民共和国城市房地产管理法》和《国务院关于深化城镇住房制度改革加快住房建设的通知》的有关规定,现对已购公有住房和经济适用住房上市出售土地出让金和收益分配管理问题规定如下:

一、职工个人购买的经济适用住房和按成本价购买的公有住房,房屋产权归职工个人所有。

二、已购公有住房和经济适用住房上市出售时,由购房者按规定缴纳土地出让金或相当于土地出让金的价款。缴纳标准按不低于所购买的已购公有住房或经济适用住房坐落位置的标定地价的 10% 确定。

购房者缴纳土地出让金或相当于土地出让金的价款后,按出让土地使用权的商品住宅办理产权登记。

三、职工个人上市出售已购公有住房取得的价款,扣除住房面积标准的经济适用住房价款和原支付超过住房面积标准的房价款以及有关税费后的净收益,按规定缴纳所得收益。其中,住房面积标准内的净收益按超额累进比例或一定比例缴纳;超过住房面积标准的净收益全额缴纳。

职工个人上市出售已购经济适用住房,原则上不再缴纳所得收益。

四、土地出让金按规定全额上交财政;相当于土地出让金的价款和所得收益,已购公有住房产权属行政机关的,全额上交财政;属事业单位的,50% 上交财政,50% 返还事业单位;属企业的,全额返还企业。

五、上交财政的相当于土地出让金的价款和所得收益,按已购公有住房原产权单位的财务隶属关系和财政体制,分别上交中央财政和地方财政,专项用于住房补贴;返还给企业和事业单位的相当于土地出让金的价款和所得收益,分别纳入企业和单位住房基金管理,专项用于住房补贴。

六、土地出让金、相当于土地出让金的价款和所得收益缴纳和返还的具体办法,由各地财政部门会同土地行政管理部门和房产行政主管部门制定。

七、本规定由财政部商国土资源部、建设部负责解释。

八、本规定自发布之日起执行。各地区、各部门有关文件与本规定有抵触的,一律以本规定为准。

国土资源部关于已购公有住房和经济适用住房上市出售中有关土地问题的通知

1. 1999 年 9 月 22 日发布
2. 国土资用发〔1999〕31 号

各省、自治区、直辖市及计划单列市土地（国土）管理局（厅），解放军土地管理局，新疆生产建设兵团土地管理局：

财政部、国土资源部、建设部《关于已购公有住房和经济适用住房上市出售补交土地出让金和收益分配管理的若干规定》（财综字〔1999〕113 号）下发后，各地纷纷对与该文有关的土地管理问题提出咨询。为加快工作进程，规范操作，现就有关问题通知如下：

一、关于标定地价与缴纳土地出让金额的测算

（一）已购公有住房和经济适用住房上市出售补交土地出让金或相当于土地出让金价款的计算公式为：补交土地价款（元）＝标定地价（元/平方米）×缴纳比例（≥10％）×上市房屋分摊土地面积（平方米）×年期修正系数 已有标定地价的城镇，不再另行评估；上市房屋尚未确定分摊土地面积的，可用上市房屋建筑面积（平方米）×整幢建筑总用地面积（平方米）/整幢建筑总建筑面积（平方米）计算分摊土地面积后，直接按上述公式确定应缴纳的土地出让金或相当于土地出让金价款。已有基准地价但未评估标定地价的城镇，可在简化修正系数体系后，采用基准地价系数修正法测算标定地价，测算公式为：标定地价（元/平方米）＝基准地价（元/平方米）×区位修正系数×容积率修正系数

（二）为满足已购公有住房和经济适用住房上市需要，加快工作进度，对没有基准地价修正系数体系的城镇，可暂采用以下简便方法确定已购公有住房和经济适用住房上市出售补交土地出让金或相当于土地出让金价款：补交土地价款（元）＝基准地价（元/平方米）×所在建筑总层数修正系数×缴纳比例（≥10％）×上市房屋建筑面积（平方米）×年期修正系数 对于建筑层数差异较小的城市，为便于土地出让金及相应价款的征收，也可采用如下公式确定：补交土地价款（元）＝基准地价（元/平方米）×所在区域建筑平均层数修正系数×缴纳比例（≥10％）×上市房屋建筑面积（平方米）×年期修正系数 上述公式中，区位修正系数由各地依据房屋所处的位置、交通便捷程度、基本生活设施和公用服务设施状况、环境质量等因素，对照基准地价因素修正体系具体确定，变动范围一般为 −20% 至 ＋20%；容积率修正系数根据基准地价修正系数体系确定；建筑总层数修正系数的参考标准见附表一；区域建筑平均层数修正系数的参考标准见附表二；年期修正系数的参考标准见附表三。各地土地行政主管部门应当以简明、直观的图、表等方式按等级或区域公布基准地价、标定地价的测算结果及有关修正系数，以方便房屋买卖双方能自行概算应缴纳的土地出让金数额或相当于土地出让金价款。有条件的地方，可建立计算机查询系统。

二、关于土地使用权出让年期的确定 已购公有住房和经济适用住房所在宗地为划拨土地的，从同一建筑的第一套房屋上市交易之日起计算土地出让年期，确定出让土地使用权截止日。此后其它各套房屋上市时，其土地出让年期相应缩短，以使同一宗地的出让土地使用权保持相同的截止日。土地出让年期可根据各地具体情况确定，但最高不超过 70 年。已购公有住房所在宗地为出让土地的，其土地出让年期仍以原《国有土地使用权出让合同》和《国有土地使用证》规定的出让年期为准，明确相应的剩余使用年期。

三、关于土地出让金和相当于土地出让金价款的区分 土地出让金或相当于土地出让金价款由购买方缴纳，购买方应在交易双方签订房屋买卖合同后，持房屋买卖合同、原房屋产权人的房屋所有权证及国有土地使用证或土地产权证明等材料到房屋所在地市、县土地行政主管部门办理有关手续。已购公有住房和经济适用住房所在宗地为划拨土地的，需缴纳出让金，办理土地出让手续；已购公有住房所在宗

地为出让土地的,需缴纳相当于土地出让金的价款,办理土地转让手续。购房者在缴纳了有关价款后,方可领取国有土地使用证,取得出让土地使用权。

四、关于土地出让合同签订 为完善土地使用权出让手续,降低成本,简化操作程序,已购公有住房和经济适用住房所在宗地为划拨土地的,只在同一建筑内第一套房屋上市交易时,购买方与土地行政主管部门签订土地使用权出让合同,确定土地的有关权益和土地权益人的权利义务后,其他各套房屋上市交易时,只履行相应手续,不必再重复签订合同。具体可按如下方式办理:同一建筑的第一套房屋上市交易时,土地行政主管部门应拟订上市房屋所在宗地的《国有土地使用权出让合同》,载明宗地位置、面积、建筑面积、土地用途、土地出让截止日期及土地使用者的权利、义务等,并在《国有土地使用权出让金缴纳通知单》(以下简称通知单)中载明住户姓名、交易日期、房屋面积、分摊的土地面积和权益、土地出让金额等,注明其权利义务源于该宗地的《国有土地使用权出让合同》。第一套房屋的购买方与土地行政主管部门签订出让合同后,其它各套房屋上市交易时,购买方签收了土地行政主管部门签发的《通知单》,并缴清了土地出让金后,即可视为认定了该宗地的《国有土地使用权出让合同》,注明其权利义务的《通知单》即可作为购买方取得出让土地使用权的权源文件。购买方领取国有土地使用证后,取得出让土地使用权。

2. 土地取得

中华人民共和国城镇国有土地使用权出让和转让暂行条例

1990 年 5 月 19 日国务院令第 55 号发布

第一章　总　　则

第一条　为了改革城镇国有土地使用制度,合理开发、利用、经营土地,加强土地管理,促进城

市建设和经济发展,制定本条例。

第二条　国家按照所有权与使用权分离的原则,实行城镇国有土地使用权出让、转让制度,但地下资源、埋藏物和市政公用设施除外。

前款所称城镇国有土地是指市、县城、建制镇、工矿区范围内属于全民所有的土地(以下简称土地)。

第三条　中华人民共和国境内外的公司、企业、其他组织和个人,除法律另有规定者外,均可依照本条例的规定取得土地使用权,进行土地开发、利用、经营。

第四条　依照本条例的规定取得土地使用权的土地使用者,其使用权在使用年限内可以转让、出租、抵押或者用于其他经济活动,合法权益受国家法律保护。

第五条　土地使用者开发、利用、经营土地的活动,应当遵守国家法律、法规的规定,并不得损害社会公共利益。

第六条　县级以上人民政府土地管理部门依法对土地使用权的出让、转让、出租、抵押、终止进行监督检查。

第七条　土地使用权出让、转让、出租、抵押、终止及有关的地上建筑物、其他附着物的登记,由政府土地管理部门、房产管理部门依照法律和国务院的有关规定办理。

登记文件可以公开查阅。

第二章　土地使用权出让

第八条　土地使用权出让是指国家以土地所有者的身份将土地使用权在一定年限内让与土地使用者,并由土地使用者向国家支付土地使用权出让金的行为。

土地使用权出让应当签订出让合同。

第九条　土地使用权的出让,由市、县人民政府负责,有计划、有步骤地进行。

第十条　土地使用权出让的地块、用途、年限和其他条件,由市、县人民政府土地管理部门会同城市规划和建设管理部门、房产管理部门共同拟定方案,按照国务院规定的批准权限报经批准后,由土地管理部门实施。

第十一条　土地使用权出让合同应当按照平等、自愿、有偿的原则,由市、县人民政府土地管理部门(以下简称出让方)与土地使用者签订。

第十二条　土地使用权出让最高年限按下列用途确定：

（一）居住用地七十年；

（二）工业用地五十年；

（三）教育、科技、文化、卫生、体育用地五十年；

（四）商业、旅游、娱乐用地四十年；

（五）综合或者其他用地五十年。

第十三条　土地使用权出让可以采取下列方式：

（一）协议；

（二）招标；

（三）拍卖。

依照前款规定方式出让土地使用权的具体程序和步骤，由省、自治区、直辖市人民政府规定。

第十四条　土地使用者应当在签订土地使用权出让合同后六十日内，支付全部土地使用权出让金。逾期未全部支付的，出让方有权解除合同，并可请求违约赔偿。

第十五条　出让方应当按照合同规定，提供出让的土地使用权。未按合同规定提供土地使用权的，土地使用者有权解除合同，并可请求违约赔偿。

第十六条　土地使用者在支付全部土地使用权出让金后，应当依照规定办理登记，领取土地使用证，取得土地使用权。

第十七条　土地使用者应当按照土地使用权出让合同的规定和城市规划的要求，开发、利用、经营土地。

未按合同规定的期限和条件开发、利用土地的，市、县人民政府土地管理部门应当予以纠正，并根据情节可以给予警告、罚款直至无偿收回土地使用权的处罚。

第十八条　土地使用者需要改变土地使用权出让合同规定的土地用途的，应当征得出让方同意并经土地管理部门和城市规划部门批准，依照本章的有关规定重新签订土地使用权出让合同，调整土地使用权出让金，并办理登记。

第三章　土地使用权转让

第十九条　土地使用权转让是指土地使用者将土地使用权再转移的行为，包括出售、交换和赠与。

未按土地使用权出让合同规定的期限和条件投资开发、利用土地的，土地使用权不得转让。

第二十条　土地使用权转让应当签订转让合同。

第二十一条　土地使用权转让时，土地使用权出让合同和登记文件中所载明的权利、义务随之转移。

第二十二条　土地使用者通过转让方式取得的土地使用权，其使用年限为土地使用权出让合同规定的使用年限减去原土地使用者已使用年限后的剩余年限。

第二十三条　土地使用权转让时，其地上建筑物、其他附着物所有权随之转让。

第二十四条　地上建筑物、其他附着物的所有人或者共有人，享有该建筑物、附着物使用范围内的土地使用权。

土地使用者转让地上建筑物、其他附着物所有权时，其使用范围内的土地使用权随之转让，但地上建筑物、其他附着物作为动产转让的除外。

第二十五条　土地使用权和地上建筑物、其他附着物所有权转让，应当依照规定办理过户登记。

土地使用权和地上建筑物、其他附着物所有权分割转让的，应当经市、县人民政府土地管理部门和房产管理部门批准，并依照规定办理过户登记。

第二十六条　土地使用权转让价格明显低于市场价格的，市、县人民政府有优先购买权。

土地使用权转让的市场价格不合理上涨时，市、县人民政府可以采取必要的措施。

第二十七条　土地使用权转让后，需要改变土地使用权出让合同规定的土地用途的，依照本条例第十八条的规定办理。

第四章　土地使用权出租

第二十八条　土地使用权出租是指土地使用者作为出租人将土地使用权随同地上建筑物、其他附着物租赁给承租人使用，由承租人向出租人支付租金的行为。

未按土地使用权出让合同规定的期限和条件投资开发、利用土地的，土地使用权不得出租。

第二十九条　土地使用权出租,出租人与承租人应当签订租赁合同。

租赁合同不得违背国家法律、法规和土地使用权出让合同的规定。

第三十条　土地使用权出租后,出租人必须继续履行土地使用权出让合同。

第三十一条　土地使用权和地上建筑物、其他附着物出租,出租人应当依照规定办理登记。

第五章　土地使用权抵押

第三十二条　土地使用权可以抵押。

第三十三条　土地使用权抵押时,其地上建筑物、其他附着物随之抵押。

地上建筑物、其他附着物抵押时,其使用范围内的土地使用权随之抵押。

第三十四条　土地使用权抵押,抵押人与抵押权人应当签订抵押合同。

抵押合同不得违背国家法律、法规和土地使用权出让合同的规定。

第三十五条　土地使用权和地上建筑物、其他附着物抵押,应当依照规定办理抵押登记。

第三十六条　抵押人到期未能履行债务或者在抵押合同期间宣告解散、破产的,抵押权人有权依照国家法律、法规和抵押合同的规定处分抵押财产。

因处分抵押财产而取得土地使用权和地上建筑物、其他附着物所有权的,应当依照规定办理过户登记。

第三十七条　处分抵押财产所得,抵押权人有优先受偿权。

第三十八条　抵押权因债务清偿或者其他原因而消灭的,应当依照规定办理注销抵押登记。

第六章　土地使用权终止

第三十九条　土地使用权因土地使用权出让合同规定的使用年限届满、提前收回及土地灭失等原因而终止。

第四十条　土地使用权期满,土地使用权及其地上建筑物、其他附着物所有权由国家无偿取得。土地使用者应当交还土地使用证,并依照规定办理注销登记。

第四十一条　土地使用权期满,土地使用者可以申请续期。需要续期的,应当依照本条例第二

章的规定重新签订合同,支付土地使用权出让金,并办理登记。

第四十二条　国家对土地使用者依法取得的土地使用权不提前收回。在特殊情况下,根据社会公共利益的需要,国家可以依照法律程序提前收回,并根据土地使用者已使用的年限和开发、利用土地的实际情况给予相应的补偿。

第七章　划拨土地使用权

第四十三条　划拨土地使用权是指土地使用者通过各种方式依法无偿取得的土地使用权。

前款土地使用者应当依照《中华人民共和国城镇土地使用税暂行条例》的规定缴纳土地使用税。

第四十四条　划拨土地使用权,除本条例第四十五条规定的情况外,不得转让、出租、抵押。

第四十五条　符合下列条件的,经市、县人民政府土地管理部门和房产管理部门批准,其划拨土地使用权和地上建筑物、其他附着物所有权可以转让、出租、抵押:

(一)土地使用者为公司、企业、其他经济组织和个人;

(二)领有国有土地使用证;

(三)具有地上建筑物、其他附着物合法的产权证明;

(四)依照本条例第二章的规定签订土地使用权出让合同,向当地市、县人民政府补交土地使用权出让金或者以转让、出租、抵押所获收益抵交土地使用权出让金。

转让、出租、抵押前款划拨土地使用权的,分别依照本条例第三章、第四章和第五章的规定办理。

第四十六条　对未经批准擅自转让、出租、抵押划拨土地使用权的单位和个人,市、县人民政府土地管理部门应当没收其非法收入,并根据情节处以罚款。

第四十七条　无偿取得划拨土地使用权的土地使用者,因迁移、解散、撤销、破产或者其他原因而停止使用土地的,市、县人民政府应当无偿收回其划拨土地使用权,并可依照本条例的规定予以出让。

对划拨土地使用权,市、县人民政府根据城市建设发展需要和城市规划的要求,可以无

偿收回,并可依照本条例的规定予以出让。

无偿收回划拨土地使用权时,对其地上建筑物、其他附着物,市、县人民政府应当根据实际情况给予适当补偿。

第八章　附　　则

第四十八条　依照本条例的规定取得土地使用权的个人,其土地使用权可以继承。

第四十九条　土地使用者应当依照国家税收法规的规定纳税。

第五十条　依照本条例收取的土地使用权出让金列入财政预算,作为专项基金管理,主要用于城市建设和土地开发。具体使用管理办法,由财政部另行制定。

第五十一条　各省、自治区、直辖市人民政府应当根据本条例的规定和当地的实际情况选择部分条件比较成熟的城镇先行试点。

第五十二条　外商投资从事开发经营成片土地的,其土地使用权的管理依照国务院的有关规定执行。

第五十三条　本条例由国家土地管理局负责解释;实施办法由省、自治区、直辖市人民政府制定。

第五十四条　本条例自发布之日起施行。

划拨土地使用权管理暂行办法

1992 年 2 月 24 日国家土地管理局发布

第一条　为了贯彻实施《中华人民共和国城镇国有土地使用权出让和转让暂行条例》(以下简称《条例》),加强对划拨土地使用权的管理,特制定本办法。

第二条　划拨土地使用权,是指土地使用者通过除出让土地使用权以外的其他各种方式依法取得的国有土地使用权。

第三条　划拨土地使用权(以下简称"土地使用权")的转让、出租、抵押活动,适用本办法。

第四条　县级以上人民政府土地管理部门依法对土地使用权转让、出租、抵押活动进行管理和监督检查。

第五条　未经市、县人民政府土地管理部门批准

并办理土地使用权出让手续,交付土地使用权出让金的土地使用者,不得转让、出租、抵押土地使用权。

第六条　符合下列条件的,经市、县人民政府土地管理部门批准,其土地使用权可以转让、出租、抵押:

(一)土地使用者为公司、企业、其他经济组织和个人;

(二)领有国有土地使用证;

(三)具有合法的地上建筑物、其他附着物产权证明;

(四)依照《条例》和本办法规定签订土地使用权出让合同,向当地市、县人民政府交付土地使用权出让金或者以转让、出租、抵押所获收益抵交土地使用权出让金。

第七条　土地使用权转让,是指土地使用者将土地使用权单独或者随同地上建筑物、其他附着物转移给他人的行为。

原拥有土地使用权的一方称为转让人,接受土地使用权的一方称为受让人。

第八条　土地使用权转让的方式包括出售、交换和赠与等。

出售是指转让人以土地使用权作为交易条件,取得一定收益的行为。

交换是指土地使用者之间互相转移土地使用权的行为。

赠与是指转让人将土地使用权无偿转移给受让人的行为。

第九条　土地使用权出租,是指土地使用者将土地使用权单独或者随同地上建筑物、其他附着物租赁给他人使用,由他人向其支付租金的行为。

原拥有土地使用权的一方称为出租人,承租土地使用权的一方称为承租人。

第十条　土地使用权抵押,是指土地使用者提供可供抵押的土地使用权作为按期清偿债务的担保的行为。

原拥有土地使用权的一方称为抵押人,抵押债权人称为抵押权人。

第十一条　转让、抵押土地使用权,其地上建筑物、其他附着物所有权随之转让、抵押;转让、抵押地上建筑物、其他附着物所有权,其使用

范围内的土地使用权随之转让、抵押。但地上建筑物、其他附着物作为动产转让的除外。

出租土地使用权,其地上建筑物、其他附着物使用权随之出租;出租地上建筑物、其他附着物使用权,其使用范围内的土地使用权随之出租。

第十二条 土地使用者需要转让、出租、抵押土地使用权的,必须持国有土地使用证以及地上建筑物、其他附着物产权证明等合法证件,向所在地市、县人民政府土地管理部门提出书面申请。

第十三条 市、县人民政府土地管理部门应当在接到转让、出租、抵押土地使用权书面申请书之日起十五日内给予回复。

第十四条 市、县人民政府土地管理部门与申请人经过协商后,签订土地使用权出让合同。

第十五条 土地使用权转让、出租、抵押行为的双方当事人应当依照有关法律、法规和土地使用权出让合同的规定,签订土地使用权转让、租赁、抵押合同。

第十六条 土地使用者应当在土地使用权出让合同签订后六十日内,向所在地市、县人民政府交付土地使用权出让金,到市、县人民政府土地管理部门办理土地使用权出让登记手续。

第十七条 双方当事人应当在办理土地使用权出让登记手续后十五日内,到所在地市、县人民政府土地管理部门办理土地使用权转让、出租、抵押登记手续。

办理登记手续,应当提交下列证明文件、材料:

(一)国有土地使用证;

(二)土地使用权出让合同;

(三)土地使用权转让、租赁、抵押合同;

(四)市、县人民政府土地管理部门认为有必要提交的其他证明文件、材料。

第十八条 土地使用权转让,土地使用权出让合同和登记文件中所载明的权利、义务随之转移。

第十九条 土地使用权出租、抵押,出租人、抵押人必须继续履行土地使用权出让合同。

第二十条 土地使用权转让后,受让人需要改变土地使用权出让合同规定内容的,应当征得所在地市、县人民政府土地管理部门同意,并按规定的审批权限经土地管理部门和城市规划部门批准,依照《条例》和本办法规定重新签订土地使用权出让合同,调整土地使用权出让金,并办理土地登记手续。

第二十一条 土地使用权出租后,承租人不得新建永久性建筑物、构筑物。需要建造临时性建筑物、构筑物的,必须征得出租人同意,并按照有关法律、法规的规定办理审批手续。

土地使用权出租后,承租人需要改变土地使用权出让合同规定内容的,必须征得出租人同意,并按规定的审批权限经土地管理部门和城市规划部门批准,依照《条例》和本办法规定重新签订土地使用权出让合同,调整土地使用权出让金,并办理土地登记手续。

第二十二条 土地使用权租赁合同终止后,出租人应当自租赁合同终止之日起十五日内,到原登记机关办理注销土地使用权出租登记手续。

第二十三条 土地使用权抵押合同终止后,抵押人应当自抵押合同终止之日起十五日内,到原登记机关办理注销土地使用权抵押登记手续。

第二十四条 抵押人到期未能履行债务或者在抵押合同期间宣告解散、破产的,抵押权人有权依照国家法律、法规和抵押合同的规定处分抵押财产。

因处分抵押财产而取得土地使用权的,土地使用者应当自权利取得之日起十五日内,到所在地市、县人民政府土地管理部门办理变更土地登记手续。

第二十五条 土地使用者转让、出租、抵押土地使用权,在办理土地使用权出让手续时,其土地使用权出让期由所在地市、县人民政府土地管理部门与土地使用者经过协商后,在土地使用权出让合同中订明,但不得超过《条例》规定的最高年限。

第二十六条 土地使用权出让金,区别土地使用权转让、出租、抵押等不同方式,按标定地价的一定比例收取,最低不得低于标定地价的40%。标定地价由所在地市、县人民政府土地管理部门根据基准地价,按土地使用权转让、出租、抵押期限和地块条件核定。

第二十七条 土地使用权出让金,由市、县人民政府土地管理部门代表政府收取，按国家有关规定管理。

第二十八条 土地使用权出让期届满，土地使用者必须在出让期满之日起十五日内持国有土地使用证和土地使用权出让合同，到原登记机关办理注销出让登记手续。

第二十九条 土地使用权出让期满后，土地使用者再转让、出租、抵押土地使用权时，须按本办法规定重新签订土地使用权出让合同，支付土地使用权出让金，并办理变更土地登记手续。

第三十条 土地使用权出让期间，国家在特殊情况下，根据社会公共利益的需要，可以依照法律程序收回土地使用权，并根据土地使用者已使用的年限和开发、利用土地的实际情况给予相应的补偿。

第三十一条 土地使用者未按土地使用权出让合同规定的期限支付全部出让金的，出让方有权解除合同，并可请求违约赔偿。

第三十二条 土地使用权转让、出租、抵押，当事人不办理土地登记手续的，其行为无效，不受法律保护。

第三十三条 对未经批准擅自转让、出租、抵押土地使用权的单位和个人，由所在地市、县人民政府土地管理部门依照《条例》第四十六条规定处理。

第三十四条 当事人对土地管理部门作出的行政处罚决定不服的，可以依照《中华人民共和国行政诉讼法》向人民法院提起诉讼。

第三十五条 县级以上人民政府土地管理部门应当加强对土地使用权转让、出租、抵押活动的监督检查工作，对违法行为，应当及时查处。

第三十六条 土地管理部门在对土地使用权转让、出租、抵押活动进行监督检查时，被检查的单位或者个人应当予以配合，如实反映情况，提供有关文件、资料，不得阻挠。

第三十七条 土地管理部门在监督检查中，可以采取下列措施：

（一）查阅、复制与土地监督检查事项有关的文件、资料；

（二）要求被监督检查的单位和个人提供或者报送与监督检查事项有关的文件、资料及其他必要情况；

（三）责令被监督检查的单位和个人停止正在进行的土地违法行为。

第三十八条 土地管理部门办理土地使用权出让等业务活动的经费，按照国家有关规定办理。

第三十九条 经济组织以外的其他组织从事土地使用权转让、出租、抵押活动的，可参照本办法办理。

第四十条 以土地使用权作为条件，与他人进行联建房屋、举办联营企业的，视为土地使用权转让行为，按照本办法办理。

第四十一条 对《条例》实施后，本办法实施前发生的未经批准擅自转让、出租、抵押土地使用权行为，市、县人民政府土地管理部门应当组织进行清理，并按《条例》规定处罚后，补办出让手续。

第四十二条 本办法由国家土地管理局负责解释。

第四十三条 本办法自发布之日起施行。

城市国有土地使用权出让转让规划管理办法

1992 年 12 月 4 日建设部发布

第一条 为了加强城市国有土地使用权出让、转让的规划管理，保证城市规划实施，科学、合理利用城市土地，根据《中华人民共和国城市规划法》、《中华人民共和国土地管理法》、《中华人民共和国城镇国有土地使用权出让和转让暂行条例》和《外商投资开发经营成片土地暂行管理办法》等制定本办法。

第二条 在城市规划区内城市国有土地使用权出让、转让必须符合城市规划，有利于城市经济社会的发展，并遵守本办法。

第三条 国务院城市规划行政主管部门负责全国城市国有土地使用权出让、转让规划管理的指导工作。

省、自治区、直辖市人民政府城市规划行政主管部门负责本省、自治区、直辖市行政区域内城市国有土地使用权出让、转让规划管理的指导工作。

直辖市、市和县人民政府城市规划行政主管部门负责城市规划区内城市国有土地使用权出让、转让的规划管理工作。

第四条　城市国有土地使用权出让的投放量应当与城市土地资源、经济社会发展和市场需求相适应。土地使用权出让、转让应当与建设项目相结合。城市规划行政主管部门和有关部门要根据城市规划实施的步骤和要求,编制城市国有土地使用权出让规划和计划,包括地块数量、用地面积、地块位置、出让步骤等,保证城市国有土地使用权的出让有规划、有步骤、有计划地进行。

第五条　出让城市国有土地使用权,出让前应当制定控制性详细规划。

出让的地块,必须具有城市规划行政主管部门提出的规划设计条件及附图。

第六条　规划设计条件应当包括:地块面积,土地使用性质,容积率,建筑密度,建筑高度,停车泊位,主要出入口,绿地比例,须配置的公共设施、工程设施,建筑界线,开发期限以及其他要求。

附图应当包括:地块区位和现状,地块坐标、标高,道路红线坐标、标高,出入口位置,建筑界线以及地块周围地区环境与基础设施条件。

第七条　城市国有土地使用权出让、转让合同必须附具规划设计条件及附图。

规划设计条件及附图,出让方和受让方不得擅自变更。在出让转让过程中确需变更的,必须经城市规划行政主管部门批准。

第八条　城市用地分等定级应当根据城市各地段的现状和规划要求等因素确定。土地出让金的测算应当把出让地块的规划设计条件作为重要依据之一。在城市政府的统一组织下,城市规划行政主管部门应当和有关部门进行城市用地分等定级和土地出让金的测算。

第九条　已取得土地出让合同的,受让方应当持出让合同依法向城市规划行政主管部门申请建设用地规划许可证。在取得建设用地规划许可证后,方可办理土地使用权属证明。

第十条　通过出让获得的土地使用权再转让时,受让方应当遵守原出让合同附具的规划设计条件,并由受让方向城市规划行政主管部门办理登记手续。

受让方如需改变原规划设计条件,应当先经城市规划行政主管部门批准。

第十一条　受让方在符合规划设计条件外为公众提供公共使用空间或设施的,经城市规划行政主管部门批准后,可给予适当提高容积率的补偿。

受让方经城市规划行政主管部门批准变更规划设计条件而获得的收益,应当按规定比例上交城市政府。

第十二条　城市规划行政主管部门有权对城市国有土地使用权出让、转让过程是否符合城市规划进行监督检查。

第十三条　凡持具未附具城市规划行政主管部门提供的规划设计条件及附图的出让、转让合同,或擅自变更的,城市规划行政主管部门不予办理建设用地规划许可证。

凡未取得或擅自变更建设用地规划许可证而办理土地使用权属证明的,土地权属证明无效。

第十四条　各级人民政府城市规划行政主管部门,应当对本行政区域内的城市国有土地使用权出让、转让规划管理情况逐项登记,定期汇总。

第十五条　城市规划行政主管部门应当深化城市土地利用规划,加强规划管理工作。城市规划行政主管部门必须提高办事效率,对申领规划设计条件及附图、建设用地规划许可证的应当在规定的期限内完成。

第十六条　各省、自治区、直辖市城市规划行政主管部门可以根据本办法制定实施细则,报当地人民政府批准后执行。

第十七条　本办法由建设部负责解释。

第十八条　本办法自 1993 年 1 月 1 日起施行。

划拨用地目录

2001 年 10 月 22 日国土资源部令第 9 号发布

一、根据《中华人民共和国土地管理法》和《中华人民共和国城市房地产管理法》的规定,制定本目录。

二、符合本目录的建设用地项目，由建设单位提出申请，经有批准权的人民政府批准，方可以划拨方式提供土地使用权。

三、对国家重点扶持的能源、交通、水利等基础设施用地项目，可以以划拨方式提供土地使用权。对以营利为目的，非国家重点扶持的能源、交通、水利等基础设施用地项目，应当以有偿方式提供土地使用权。

四、以划拨方式取得的土地使用权，因企业改制、土地使用权转让或者改变土地用途等不再符合本目录的，应当实行有偿使用。

五、本目录施行后，法律、行政法规和国务院的有关政策另有规定的，按有关规定执行。

六、本目录自发布之日起施行。原国家土地管理局颁布的《划拨用地项目目录》同时废止。

国家机关用地和军事用地

（一）党政机关和人民团体用地

1. 办公用地。

2. 安全、保密、通讯等特殊专用设施。

（二）军事用地

1. 指挥机关、地面和地下的指挥工程、作战工程。

2. 营区、训练场、试验场。

3. 军用公路、铁路专用线、机场、港口、码头。

4. 军用洞库、仓库、输电、输油、输气管线。

5. 军用通信、通讯线路、侦察、观测台站和测量、导航标志。

6. 国防军品科研、试验设施。

7. 其他军事设施。

城市基础设施用地和公益事业用地

（三）城市基础设施用地

1. 供水设施：包括水源地、取水工程、净水厂、输配水工程、水质检测中心、调度中心、控制中心。

2. 燃气供应设施：包括人工煤气生产设施、液化石油气气化站、液化石油气储配站、天然气输配气设施。

3. 供热设施：包括热电厂、热力网设施。

4. 公共交通设施：包括城市轻轨、地下铁路线路、公共交通车辆停车场、首末站（总站）、调度中心、整流站、车辆保养场。

5. 环境卫生设施：包括雨水处理设施、污水处理厂、垃圾（粪便）处理设施、其他环卫设施。

6. 道路广场：包括市政道路、市政广场。

7. 绿地：包括公共绿地（住宅小区、工程建设项目的配套绿地除外）、防护绿地。

（四）非营利性邮政设施用地

1. 邮件处理中心、邮政支局（所）。

2. 邮政运输、物流配送中心。

3. 邮件转运站。

4. 国际邮件互换局、交换站。

5. 集装容器（邮袋、报皮）维护调配处理场。

（五）非营利性教育设施用地

1. 学校教学、办公、实验、科研及校内文化体育设施。

2. 高等、中等、职业学校的学生宿舍、食堂、教学实习及训练基地。

3. 托儿所、幼儿园的教学、办公、园内活动场地。

4. 特殊教育学校（盲校、聋哑学校、弱智学校）康复、技能训练设施。

（六）公益性科研机构用地

1. 科学研究、调查、观测、实验、试验（站、场、基地）设施。

2. 科研机构办公设施。

（七）非营利性体育设施用地

1. 各类体育运动项目专业比赛和专业训练场（馆）、配套设施（高尔夫球场除外）。

2. 体育信息、科研、兴奋剂检测设施。

3. 全民健身运动设施（住宅小区、企业单位内配套的除外）。

（八）非营利性公共文化设施用地

1. 图书馆。

2. 博物馆。

3. 文化馆。

4. 青少年宫、青少年科技馆、青少年（儿童）活动中心。

（九）非营利性医疗卫生设施用地

1. 医院、门诊部（所）、急救中心（站）、城乡卫生院。

2. 各级政府所属的卫生防疫站(疾病控制中心)、健康教育所、专科疾病防治所(站)。

3. 各级政府所属的妇幼保健所(院、站)、母婴保健机构、儿童保健机构、血站(血液中心、中心血站)。

(十)非营利性社会福利设施用地

1. 福利性住宅。

2. 综合性社会福利设施。

3. 老年人社会福利设施。

4. 儿童社会福利设施。

5. 残疾人社会福利设施。

6. 收容遣送设施。

7. 殡葬设施。

国家重点扶持的能源、交通、水利等基础设施用地

(十一)石油天然气设施用地

1. 油(气、水)井场及作业配套设施。

2. 油(气、汽、水)计量站、转接站、增压站、热采站、处理厂(站)、联合站、注水(气、汽、化学助剂)站、配气(水)站、原油(气)库、海上油气陆上终端。

3. 防腐、防砂、钻井泥浆、三次采油制剂厂(站)、材料配制站(厂、车间)、预制厂(车间)。

4. 油(气)田机械、设备、仪器、管材加工和维修设施。

5. 油、气(汽)、水集输和长输管道、专用交通运输设施。

6. 油(气)田物资仓库(站)、露天货场、废旧料场、成品油(气)库(站)、液化气站。

7. 供排水设施、供配电设施、通讯设施。

8. 环境保护检测、污染治理、废旧料(物)综合处理设施。

9. 消防、安全、保卫设施。

(十二)煤炭设施用地

1. 矿井、露天矿、煤炭加工设施,共伴生矿物开采与加工场地。

2. 矿井通风、抽放瓦斯、煤层气开采、防火灌浆、井下热害防治设施。

3. 采掘场与疏干设施(含控制站)。

4. 自备发电厂、热电站、输变电设施。

5. 矿区内煤炭机电设备、仪器仪表、配件、器材供应与维修设施。

6. 矿区生产供水、供电、燃气、供气、通讯设施。

7. 矿山救护、消防防护设施。

8. 中心试验站。

9. 专用交通、运输设施。

(十三)电力设施用地

1. 发(变)电主厂房设施及配套库房设施。

2. 发(变)电厂(站)的专用交通设施。

3. 配套环保、安全防护设施。

4. 火力发电工程配电装置、网控楼、通信楼、微波塔。

5. 火力发电工程循环水管(沟)、冷却塔(池)、阀门井水工设施。

6. 火力发电工程燃料供应、供热设施,化学楼、输煤综合楼、启动锅炉房、空压机房。

7. 火力发电工程乙炔站、制氢(氧)站、化学水处理设施。

8. 核能发电工程应急给水储存室、循环水泵房、安全用水泵房、循环水进排水口及管沟、加氯间、配电装置。

9. 核能发电工程燃油储运及油处理设施。

10. 核能发电工程制氢站及相应设施。

11. 核能发电工程淡水水源设施、净水设施,污水、废水处理装置。

12. 新能源发电工程电机,厢变、输电(含专用送出工程)、变电站设施,资源观测设施。

13. 输配电线路塔(杆)、巡线站、线路工区,线路维护、检修道路。

14. 变(配)电装置,直流输电换流站及接地极。

15. 输变电、配电工程给排水、水处理等水工设施。

16. 输变电工区、高压工区。

(十四)水利设施用地

1. 水利工程用地:包括挡水、泄水建筑物、引水系统、尾水系统、分洪道及其附属建筑物,附属道路、交通设施,供电、供水、供风、供热及制冷设施。

2. 水库淹没区。

3. 堤防工程。

4. 河道治理工程。

5. 水闸、泵站、涵洞、桥梁、道路工程及其

管护设施。

6. 蓄滞洪区、防护林带、滩区安全建设工程。

7. 取水系统：包括水闸、堰、进水口、泵站、机电井及其管护设施。

8. 输(排)水设施(含明渠、暗渠、隧道、管道、桥、渡槽、倒虹、调蓄水库、水池等)、加压(抽、排)泵站、水厂。

9. 防汛抗旱通信设施，水文、气象测报设施。

10. 水土保持管理站、科研技术推广所(站)、试验地设施。

(十五)铁路交通设施用地

1. 铁路线路、车站及站场设施。

2. 铁路运输生产及维修、养护设施。

3. 铁路防洪、防冻、防雪、防风沙设施(含苗圃及植被保护带)、生产防疫、环保、水保设施。

4. 铁路给排水、供电、供暖、制冷、节能、专用通信、信号、信息系统设施。

5. 铁路轮渡、码头及相应的防风、防浪堤、护岸、栈桥、渡船整备设施。

6. 铁路专用物资仓库(场)。

7. 铁路安全守备、消防、战备设施。

(十六)公路交通设施用地

1. 公路线路、桥梁、交叉工程、隧道和渡口。

2. 公路通信、监控、安全设施。

3. 高速公路服务区(区内经营性用地除外)。

4. 公路养护道班(工区)。

5. 公路线路用地界外设置的公路防护、排水、防洪、防雪、防波、防风沙设施及公路环境保护、监测设施。

(十七)水路交通设施用地

1. 码头、栈桥、防波堤、防沙导流堤、引堤、护岸、围堰水工工程。

2. 人工开挖的航道、港池、锚地及停泊区工程。

3. 港口生产作业区。

4. 港口机械设备停放场地及维修设施。

5. 港口专用铁路、公路、管道设施。

6. 港口给排水、供电、供暖、节能、防洪设施。

7. 水上安全监督(包括沿海和内河)、救助打捞、港航消防设施。

8. 通讯导航设施、环境保护设施。

9. 内河航运管理设施、内河航运枢纽工程、通航建筑物及管理维修区。

(十八)民用机场设施用地

1. 机场飞行区。

2. 公共航空运输客、货业务设施：包括航站楼、机场场区内的货运库(站)、特殊货物(危险品)业务仓库。

3. 空中交通管理系统。

4. 航材供应、航空器维修、适航检查及校验设施。

5. 机场地面专用设备、特种车辆保障设施。

6. 油料运输、中转、储油及加油设施。

7. 消防、应急救援、安全检查、机场公用设施。

8. 环境保护设施：包括污水处理、航空垃圾处理、环保监测、防噪声设施。

9. 训练机场、通用航空机场、公共航运机场中的通用航空业务配套设施。

法律、行政法规规定的其他用地

(十九)特殊用地

1. 监狱。

2. 劳教所。

3. 戒毒所、看守所、治安拘留所、收容教育所。

征用土地公告办法

2001 年10 月22 日国土资源部令第10 号发布

第一条　为规范征用土地公告工作，保护农村集体经济组织、农村村民或者其他权利人的合法权益，保障经济建设用地，根据《中华人民共和国土地管理法》和《中华人民共和国土地管理法实施条例》，制定本办法。

第二条　征用土地公告和征地补偿、安置方案公告，适用本办法。

第三条 征用农民集体所有土地的,征用土地方案和征地补偿、安置方案应当在被征用土地所在地的村、组内以书面形式公告。其中,征用乡(镇)农民集体所有土地的,在乡(镇)人民政府所在地进行公告。

第四条 被征用土地所在地的市、县人民政府应当在收到征用土地方案批准文件之日起10个工作日内进行征用土地公告,该市、县人民政府土地行政主管部门负责具体实施。

第五条 征用土地公告应当包括下列内容:

(一)征地批准机关、批准文号、批准时间和批准用途;

(二)被征用土地的所有权人、位置、地类和面积;

(三)征地补偿标准和农业人员安置途径;

(四)办理征地补偿登记的期限、地点。

第六条 被征地农村集体经济组织、农村村民或者其他权利人应当在征用土地公告规定的期限内持土地权属证书到指定地点办理征地补偿登记手续。

被征地农村集体经济组织、农村村民或者其他权利人未如期办理征地补偿登记手续的,其补偿内容以有关市、县土地行政主管部门的调查结果为准。

第七条 有关市、县人民政府土地行政主管部门会同有关部门根据批准的征用土地方案,在征用土地公告之日起45日内以被征用土地的所有权人为单位拟订征地补偿、安置方案并予以公告。

第八条 征地补偿安置、方案公告应当包括下列内容:

(一)本集体经济组织被征用土地的位置、地类、面积,地上附着物和青苗的种类、数量,需要安置的农业人口的数量;

(二)土地补偿费的标准、数额、支付对象和支付方式;

(三)安置补助费的标准、数额、支付对象和支付方式;

(四)地上附着物和青苗的补偿标准和支付方式;

(五)农业人员的具体安置途径;

(六)其他有关征地补偿、安置的具体措施。

第九条 被征地农村集体经济组织、农村村民或者其他权利人对征地补偿、安置方案有不同意见的或者要求举行听证会的,应当在征地补偿、安置方案公告之日起10个工作日内向有关市、县人民政府土地行政主管部门提出。

第十条 有关市、县人民政府土地行政主管部门应当研究被征地农村集体经济组织、农村村民或者其他权利人对征地补偿、安置方案的不同意见。对当事人要求听证的,应当举行听证会。确需修改征地补偿、安置方案的,应当依照有关法律、法规和批准的征用土地方案进行修改。

有关市、县人民政府土地行政主管部门将征地补偿、安置方案报市、县人民政府审批时,应当附具被征地农村集体经济组织、农村村民或者其他权利人的意见及采纳情况,举行听证会的,还应当附具听证笔录。

第十一条 征地补偿、安置方案经批准后,由有关市、县人民政府土地行政主管部门组织实施。

第十二条 有关市、县人民政府土地行政主管部门将征地补偿、安置费用拨付给被征地农村集体经济组织后,有权要求该农村集体经济组织在一定时限内提供支付清单。

市、县人民政府土地行政主管部门有权督促有关农村集体经济组织将征地补偿、安置费用收支状况向本集体经济组织成员予以公布,以便被征地农村集体经济组织、农村村民或者其他权利人查询和监督。

第十三条 市、县人民政府土地行政主管部门应当受理对征用土地公告内容和征地补偿、安置方案公告内容的查询或者实施中问题的举报,接受社会监督。

第十四条 未依法进行征用土地公告的,被征地农村集体经济组织、农村村民或者其他权利人有权依法要求公告,有权拒绝办理征地补偿登记手续。

未依法进行征地补偿、安置方案公告的,被征地农村集体经济组织、农村村民或者其他权利人有权依法要求公告,有权拒绝办理征地补偿、安置手续。

第十五条 因未按照依法批准的征用土地方案

和征地补偿、安置方案进行补偿、安置引发争议的，由市、县人民政府协调；协调不成的，由上一级地方人民政府裁决。

征地补偿、安置争议不影响征用土地方案的实施。

第十六条　本办法自 2002 年 1 月 1 日起施行。

招标拍卖挂牌出让
国有土地使用权规定

1. 2002 年 4 月 3 日国土资源部第 4 次部务会议通过
2. 2002 年 5 月 9 日国土资源部令第 11 号公布

第一条　为规范国有土地使用权出让行为，优化土地资源配置，建立公开、公平、公正的土地使用制度，根据《中华人民共和国城市房地产管理法》、《中华人民共和国土地管理法》和《中华人民共和国土地管理法实施条例》等法律、法规，制定本规定。

第二条　在中华人民共和国境内以招标、拍卖或者挂牌方式出让国有土地使用权的，适用本规定。

本规定所称招标出让国有土地使用权，是指市、县人民政府土地行政主管部门（以下简称出让人）发布招标公告，邀请特定或者不特定的公民、法人和其他组织参加国有土地使用权投标，根据投标结果确定土地使用者的行为。

本规定所称拍卖出让国有土地使用权，是指出让人发布拍卖公告，由竞买人在指定时间、地点进行公开竞价，根据出价结果确定土地使用者的行为。

本规定所称挂牌出让国有土地使用权，是指出让人发布挂牌公告，按公告规定的期限将拟出让宗地的交易条件在指定的土地交易场所挂牌公布，接受竞买人的报价申请并更新挂牌价格，根据挂牌期限截止时的出价结果确定土地使用者的行为。

第三条　招标、拍卖或者挂牌出让国有土地使用权应当遵循公开、公平、公正和诚实信用的原则。

第四条　商业、旅游、娱乐和商品住宅等各类经营性用地，必须以招标、拍卖或者挂牌方式出让。

前款规定以外用途的土地的供地计划公布后，同一宗地有两个以上意向用地者的，也应当采用招标、拍卖或者挂牌方式出让。

第五条　国有土地使用权招标、拍卖或者挂牌出让活动，应当有计划地进行。

市、县人民政府土地行政主管部门根据社会经济发展计划、产业政策、土地利用总体规划、土地利用年度计划、城市规划和土地市场状况，编制国有土地使用权出让计划，报经同级人民政府批准后，及时向社会公开发布。

第六条　市、县人民政府土地行政主管部门应当按照出让计划，会同城市规划等有关部门共同拟订拟招标拍卖挂牌出让地块的用途、年限、出让方式、时间和其他条件等方案，报经市、县人民政府批准后，由市、县人民政府土地行政主管部门组织实施。

第七条　出让人应当根据招标拍卖挂牌出让地块的情况，编制招标拍卖挂牌出让文件。招标拍卖挂牌出让文件应当包括招标拍卖挂牌出让公告、投标或者竞买须知、宗地图、土地使用条件、标书或者竞买申请书、报价单、成交确认书、国有土地使用权出让合同文本。

第八条　出让人应当至少在投标、拍卖或者挂牌开始日前 20 日发布招标、拍卖或者挂牌公告，公布招标拍卖挂牌出让宗地的基本情况和招标拍卖挂牌的时间、地点。

第九条　招标拍卖挂牌公告应当包括下列内容：

（一）出让人的名称和地址；

（二）出让宗地的位置、现状、面积、使用年期、用途、规划设计要求；

（三）投标人、竞买人的资格要求及申请取得投标、竞买资格的办法；

（四）索取招标拍卖挂牌出让文件的时间、地点及方式；

（五）招标拍卖挂牌时间、地点、投标挂牌期限、投标和竞价方式等；

（六）确定中标人、竞得人的标准和方法；

（七）投标、竞买保证金；

（八）其他需要公告的事项。

第十条　市、县人民政府土地行政主管部门应当根据土地估价结果和政府产业政策综合确定标底或者底价。

确定招标标底,拍卖和挂牌的起叫价、起始价、底价、投标、竞买保证金,应当实行集体决策。

招标标底和拍卖挂牌的底价,在招标拍卖挂牌出让活动结束之前应当保密。

第十一条 出让人应当对投标申请人、竞买申请人进行资格审查。对符合招标拍卖挂牌公告规定条件的,应当通知其参加招标拍卖挂牌活动。

第十二条 市、县人民政府土地行政主管部门应当为投标人、竞买人查询拟出让土地的有关情况提供便利。

第十三条 投标、开标依照下列程序进行:

(一)投标人在投标截止时间前将标书投入标箱。招标公告允许邮寄标书的,投标人可以邮寄,但出让人在投标截止时间前收到的方为有效;

标书投入标箱后,不可撤回。投标人应对标书和有关书面承诺承担责任。

(二)出让人按照招标公告规定的时间、地点开标,邀请所有投标人参加。由投标人或者其推选的代表检查标箱的密封情况,当众开启标箱,宣布投标人名称、投标价格和投标文件的主要内容。投标人少于3人的,出让人应当依照本规定重新招标。

(三)评标小组进行评标。评标小组由出让人代表、有关专家组成,成员人数为5人以上的单数。

评标小组可以要求投标人对投标文件作出必要的澄清或者说明,但是澄清或者说明不得超出投标文件的范围或者改变投标文件的实质性内容。

评标小组应当按照招标文件确定的评标标准和方法,对投标文件进行评审。

(四)招标人根据评标结果,确定中标人。

第十四条 对能够最大限度地满足招标文件中规定的各项综合评价标准,或者能够满足招标文件的实质性要求且价格最高的投标人,应当确定为中标人。

第十五条 拍卖会依照下列程序进行:

(一)主持人点算竞买人;

(二)主持人介绍拍卖宗地的位置、面积、用途、使用年期、规划要求和其他有关事项;

(三)主持人宣布起叫价和增价规则及增价幅度。没有底价的,应当明确提示;

(四)主持人报出起叫价;

(五)竞买人举牌应价或者报价;

(六)主持人确认该应价后继续竞价;

(七)主持人连续3次宣布同一应价而没有再应价的,主持人落槌表示拍卖成交;

(八)主持人宣布最高应价者为竞得人。

第十六条 竞买人不足3人,或者竞买人的最高应价未达到底价时,主持人应当终止拍卖。

拍卖主持人在拍卖中可根据竞买人竞价情况调整拍卖增价幅度。

第十七条 挂牌依照以下程序进行:

(一)在挂牌公告规定的挂牌起始日,出让人将挂牌宗地的位置、面积、用途、使用年期、规划要求、起始价、增价规则及增价幅度等,在挂牌公告规定的土地交易场所挂牌公布;

(二)符合条件的竞买人填写报价单报价;

(三)出让人确认该报价后,更新显示挂牌价格;

(四)出让人继续接受新的报价;

(五)出让人在挂牌公告规定的挂牌截止时间确定竞得人。

第十八条 挂牌时间不得少于10个工作日。挂牌期间可根据竞买人竞价情况调整增价幅度。

第十九条 挂牌期限届满,按照下列规定确定是否成交:

(一)在挂牌期限内只有一个竞买人报价,且报价高于底价,并符合其他条件的,挂牌成交;

(二)在挂牌期限内有两个或者两个以上的竞买人报价的,出价最高者为竞得人;报价相同的,先提交报价单者为竞得人,但报价低于底价者除外;

(三)在挂牌期限内无应价者或者竞买人的报价均低于底价或均不符合其他条件的,挂牌不成交。

在挂牌期限截止时仍有两个或者两个以上的竞买人要求报价的,出让人应当对挂牌宗地进行现场竞价,出价最高者为竞得人。

第二十条　以招标、拍卖或者挂牌方式确定中标人、竞得人后,出让人应当与中标人、竞得人签订成交确认书。

成交确认书应当包括出让人和中标人、竞得人的名称、地址,出让标的,成交时间、地点、价款,以及签订《国有土地使用权出让合同》的时间、地点等内容。

成交确认书对出让人和中标人、竞得人具有合同效力。签订成交确认书后,出让人改变竞得结果,或者中标人、竞得人放弃中标宗地、竞得宗地的,应当依法承担责任。

第二十一条　中标人、竞得人应当按照成交确认书约定的时间,与出让人签订《国有土地使用权出让合同》。

中标人、竞得人支付的投标、竞买保证金,抵作国有土地使用权出让金,其他投标人、竞买人支付的投标、竞买保证金,出让人必须在招标拍卖挂牌活动结束后 5 个工作日内予以退还,不计利息。

第二十二条　招标拍卖挂牌活动结束后,出让人应在 10 个工作日内将招标拍卖挂牌出让结果在土地有形市场或者指定的场所、媒介公布。

出让人公布出让结果,不得向受让人收取费用。

第二十三条　受让人依照《国有土地使用权出让合同》的约定付清全部国有土地使用权出让金后,应当依法申请办理土地登记,领取国有土地使用权证书。

第二十四条　应当以招标拍卖挂牌方式出让国有土地使用权而擅自采用协议方式出让的,对直接负责的主管人员和其他直接责任人员依法给予行政处分。

第二十五条　中标人、竞得人有下列行为之一的,中标、竞得结果无效;造成损失的,中标人、竞得人应当依法承担赔偿责任:

(一)投标人、竞买人提供虚假文件隐瞒事实的;

(二)中标人、竞得人采取行贿、恶意串通等非法手段中标或者竞得的。

第二十六条　土地行政主管部门工作人员在招标拍卖挂牌出让活动中玩忽职守、滥用职权、

徇私舞弊的,依法给予行政处分;构成犯罪的,依法追究刑事责任。

第二十七条　以招标拍卖挂牌方式租赁国有土地使用权的,参照本规定执行。

第二十八条　本规定自 2002 年 7 月 1 日起施行。

协议出让国有土地使用权规定

1. 2003 年 6 月 11 日国土资源部令第 21 号发布

2. 自 2003 年 8 月 1 日起施行

第一条　为加强国有土地资产管理,优化土地资源配置,规范协议出让国有土地使用权行为,根据《中华人民共和国城市房地产管理法》、《中华人民共和国土地管理法》和《中华人民共和国土地管理法实施条例》,制定本规定。

第二条　在中华人民共和国境内以协议方式出让国有土地使用权的,适用本规定。

本规定所称协议出让国有土地使用权,是指国家以协议方式将国有土地使用权在一定年限内出让给土地使用者,由土地使用者向国家支付土地使用权出让金的行为。

第三条　出让国有土地使用权,除依照法律、法规和规章的规定应当采用招标、拍卖或者挂牌方式外,方可采取协议方式。

第四条　协议出让国有土地使用权,应当遵循公开、公平、公正和诚实信用的原则。

以协议方式出让国有土地使用权的出让金不得低于按国家规定所确定的最低价。

第五条　协议出让最低价不得低于新增建设用地的土地有偿使用费、征地(拆迁)补偿费用以及按照国家规定应当缴纳的有关税费之和;有基准地价的地区,协议出让最低价不得低于出让地块所在级别基准地价的 70%。

低于最低价时国有土地使用权不得出让。

第六条　省、自治区、直辖市人民政府国土资源行政主管部门应当依据本规定第五条的规定拟定协议出让最低价,报同级人民政府批准后公布,由市、县人民政府国土资源行政主管部门实施。

第七条　市、县人民政府国土资源行政主管部门应当根据经济社会发展计划、国家产业政策、

土地利用总体规划、土地利用年度计划、城市规划和土地市场状况,编制国有土地使用权出让计划,报同级人民政府批准后组织实施。

国有土地使用权出让计划经批准后,市、县人民政府国土资源行政主管部门应当在土地有形市场等指定场所,或者通过报纸、互联网等媒介向社会公布。

因特殊原因,需要对国有土地使用权出让计划进行调整的,应当报原批准机关批准,并按照前款规定及时向社会公布。

国有土地使用权出让计划应当包括年度土地供应总量、不同用途土地供应面积、地段以及供地时间等内容。

第八条 国有土地使用权出让计划公布后,需要使用土地的单位和个人可以根据国有土地使用权出让计划,在市、县人民政府国土资源行政主管部门公布的时限内,向市、县人民政府国土资源行政主管部门提出意向用地申请。

市、县人民政府国土资源行政主管部门公布计划接受申请的时间不得少于 30 日。

第九条 在公布的地段上,同一地块只有一个意向用地者的,市、县人民政府国土资源行政主管部门方可按照本规定采取协议方式出让;但商业、旅游、娱乐和商品住宅等经营性用地除外。

同一地块有两个或者两个以上意向用地者的,市、县人民政府国土资源行政主管部门应当按照《招标拍卖挂牌出让国有土地使用权规定》,采取招标、拍卖或者挂牌方式出让。

第十条 对符合协议出让条件的,市、县人民政府国土资源行政主管部门会同城市规划等有关部门,依据国有土地使用权出让计划、城市规划和意向用地者申请的用地项目类型、规模等,制订协议出让土地方案。

协议出让土地方案应当包括拟出让地块的具体位置、界址、用途、面积、年限、土地使用条件、规划设计条件、供地时间等。

第十一条 市、县人民政府国土资源行政主管部门应当根据国家产业政策和拟出让地块的情况,按照《城镇土地估价规程》的规定,对拟出让地块的土地价格进行评估,经市、县人民政府国土资源行政主管部门集体决策、合理确定

协议出让底价。

协议出让底价不得低于协议出让最低价。

协议出让底价确定后应当保密,任何单位和个人不得泄露。

第十二条 协议出让土地方案和底价经有批准权的人民政府批准后,市、县人民政府国土资源行政主管部门应当与意向用地者就土地出让价格等进行充分协商,协商一致且议定的出让价格不低于出让底价的,方可达成协议。

第十三条 市、县人民政府国土资源行政主管部门应当根据协议结果,与意向用地者签订《国有土地使用权出让合同》。

第十四条 《国有土地使用权出让合同》签订后 7 日内,市、县人民政府国土资源行政主管部门应当将协议出让结果在土地有形市场等指定场所,或者通过报纸、互联网等媒介向社会公布,接受社会监督。

公布协议出让结果的时间不得少于 15 日。

第十五条 土地使用者按照《国有土地使用权出让合同》的约定,付清土地使用权出让金、依法办理土地登记手续后,取得国有土地使用权。

第十六条 以协议出让方式取得国有土地使用权的土地使用者,需要将土地使用权出让合同约定的土地用途改变为商业、旅游、娱乐和商品住宅等经营性用途的,应当取得出让方和市、县人民政府城市规划部门的同意,签订土地使用权出让合同变更协议或者重新签订土地使用权出让合同,按变更后的土地用途,以变更时的土地市场价格补交相应的土地使用权出让金,并依法办理土地使用权变更登记手续。

第十七条 违反本规定,有下列行为之一的,对直接负责的主管人员和其他直接责任人员依法给予行政处分:

(一)不按照规定公布国有土地使用权出让计划或者协议出让结果的;

(二)确定出让底价时未经集体决策的;

(三)泄露出让底价的;

(四)低于协议出让最低价出让国有土地使用权的;

（五）减免国有土地使用权出让金的。

违反前款有关规定，情节严重构成犯罪的，依法追究刑事责任。

第十八条　国土资源行政主管部门工作人员在协议出让国有土地使用权活动中玩忽职守、滥用职权、徇私舞弊的，依法给予行政处分；构成犯罪的，依法追究刑事责任。

第十九条　采用协议方式租赁国有土地使用权的，参照本规定执行。

第二十条　本规定自 2003 年 8 月 1 日起施行。原国家土地管理局 1995 年 6 月 28 日发布的《协议出让国有土地使用权最低价确定办法》同时废止。

国土资源部关于完善征地补偿安置制度的指导意见

1. 2004 年 11 月 3 日发布
2. 国土资发〔2004〕238 号

为合理利用土地，保护被征地农民合法权益，维护社会稳定，根据法律有关规定和《国务院关于深化改革严格土地管理的决定》（国发〔2004〕28 号，以下简称《决定》）精神，现就完善征地补偿安置制度有关问题提出以下意见：

一、关于征地补偿标准

（一）统一年产值标准的制订。省级国土资源部门要会同有关部门制订省域内各县（市）耕地的最低统一年产值标准，报省级人民政府批准后公布执行。制订统一年产值标准可考虑被征收耕地的类型、质量、农民对土地的投入、农产品价格、农用地等级等因素。

（二）统一年产值倍数的确定。土地补偿费和安置补助费的统一年产值倍数，应按照保证被征地农民原有生活水平不降低的原则，在法律规定范围内确定；按法定的统一年产值倍数计算的征地补偿安置费用，不能使被征地农民保持原有生活水平，不足以支付因征地而导致无地农民社会保障费用的，经省级人民政府批准应当提高倍数；土地补偿费和安置补助费合计按 30 倍计算，尚不足以使被征地农民保持原有生活水平的，由当地人民政府统筹安排，从国有土地有偿使用收益中划出一定比例给予补贴。经依法批准占用基本农田的，征地补偿按当地人民政府公布的最高补偿标准执行。

（三）征地区片综合地价的制订。有条件的地区，省级国土资源部门可会同有关部门制订省域内各县（市）征地区片综合地价，报省级人民政府批准后公布执行，实行征地补偿。制订区片综合地价应考虑地类、产值、土地区位、农用地等级、人均耕地数量、土地供求关系、当地经济发展水平和城镇居民最低生活保障水平等因素。

（四）土地补偿费的分配。按照土地补偿费主要用于被征地农户的原则，土地补偿费应在农村集体经济组织内部合理分配。具体分配办法由省级人民政府制定。土地被全部征收，同时农村集体经济组织撤销建制的，土地补偿费应全部用于被征地农民生产生活安置。

二、关于被征地农民安置途径

（五）农业生产安置。征收城市规划区外的农民集体土地，应当通过利用农村集体机动地、承包农户自愿交回的承包地、承包地流转和土地开发整理新增加的耕地等，首先使被征地农民有必要的耕作土地，继续从事农业生产。

（六）重新择业安置。应当积极创造条件，向被征地农民提供免费的劳动技能培训，安排相应的工作岗位。在同等条件下，用地单位应优先吸收被征地农民就业。征收城市规划区内的农民集体土地，应当将因征地而导致无地的农民，纳入城镇就业体系，并建立社会保障制度。

（七）入股分红安置。对有长期稳定收益的项目用地，在农户自愿的前提下，被征地农村集体经济组织经与用地单位协商，可以以征地补偿安置费用入股，或以经批准的建设用地土地使用权作价入股。农村集体经济组织和农户通过合同约定以优先股的方式获取收益。

（八）异地移民安置。本地区确实无法为因征地而导致无地的农民提供基本生产生活条件的，在充分征求被征地农村集体经济组织和农户意见的前提下,可由政府统一组织,实行异地移民安置。

三、关于征地工作程序

(九)告知征地情况。在征地依法报批前,当地国土资源部门应将拟征地的用途、位置、补偿标准、安置途径等,以书面形式告知被征地农村集体经济组织和农户。在告知后,凡被征地农村集体经济组织和农户在拟征土地上抢栽、抢种、抢建的地上附着物和青苗,征地时一律不予补偿。

(十)确认征地调查结果。当地国土资源部门应对拟征土地的权属、地类、面积以及地上附着物权属、种类、数量等现状进行调查,调查结果应与被征地农村集体经济组织、农户和地上附着物产权人共同确认。

(十一)组织征地听证。在征地依法报批前,当地国土资源部门应告知被征地农村集体经济组织和农户,对拟征土地的补偿标准、安置途径有申请听证的权利。当事人申请听证的,应按照《国土资源听证规定》规定的程序和有关要求组织听证。

四、关于征地实施监管

(十二)公开征地批准事项。经依法批准征收的土地,除涉及国家保密规定等特殊情况外,国土资源部和省级国土资源部门通过媒体向社会公示征地批准事项。县(市)国土资源部门应按照《征用土地公告办法》规定,在被征地所在的村、组公告征地批准事项。

(十三)支付征地补偿安置费用。征地补偿安置方案经市、县人民政府批准后,应按法律规定的时限向被征地农村集体经济组织拨付征地补偿安置费用。当地国土资源部门应配合农业、民政等有关部门对被征地集体经济组织内部征地补偿安置费用的分配和使用情况进行监督。

(十四)征地批后监督检查。各级国土资源部门要对依法批准的征收土地方案的实施情况进行监督检查。因征地确实导致被征地农民原有生活水平下降的,当地国土资源部门应积极会同政府有关部门,切实采取有效措施,多渠道解决好被征地农民的生产生活,维护社会稳定。

最高人民法院关于审理涉及国有土地使用权合同纠纷案件适用法律问题的解释

1. *2004 年 11 月 23 日最高人民法院审判委员会第 1334 次会议通过*
2. *2005 年 6 月 18 日公布*
3. *自 2005 年 8 月 1 日起施行*
4. *法释〔2005〕5 号*

根据《中华人民共和国民法通则》、《中华人民共和国合同法》、《中华人民共和国土地管理法》、《中华人民共和国城市房地产管理法》等法律规定,结合民事审判实践,就审理涉及国有土地使用权合同纠纷案件适用法律的问题,制定本解释。

一、土地使用权出让合同纠纷

第一条 本解释所称的土地使用权出让合同,是指市、县人民政府土地管理部门作为出让方将国有土地使用权在一定年限内让与受让方,受让方支付土地使用权出让金的协议。

第二条 开发区管理委员会作为出让方与受让方订立的土地使用权出让合同,应当认定无效。

本解释实施前,开发区管理委员会作为出让方与受让方订立的土地使用权出让合同,起诉前经市、县人民政府土地管理部门追认的,可以认定合同有效。

第三条 经市、县人民政府批准同意以协议方式出让的土地使用权,土地使用权出让金低于订立合同时当地政府按照国家规定确定的最低价的,应当认定土地使用权出让合同约定的价格条款无效。

当事人请求按照订立合同时的市场评估价格交纳土地使用权出让金的,应予支持;受让方不同意按照市场评估价格补足,请求解除合同的,应予支持。因此造成的损失,由当事人按照过错承担责任。

第四条 土地使用权出让合同的出让方因未办理土地使用权出让批准手续而不能交付土地,

受让方请求解除合同的,应予支持。

第五条　受让方经出让方和市、县人民政府城市规划行政主管部门同意,改变土地使用权出让合同约定的土地用途,当事人请求按照起诉时同种用途的土地出让金标准调整土地出让金的,应予支持。

第六条　受让方擅自改变土地使用权出让合同约定的土地用途,出让方请求解除合同的,应予支持。

二、土地使用权转让合同纠纷

第七条　本解释所称的土地使用权转让合同,是指土地使用权人作为转让方将出让土地使用权转让于受让方,受让方支付价款的协议。

第八条　土地使用权人作为转让方与受让方订立土地使用权转让合同后,当事人一方以双方之间未办理土地使用权变更登记手续为由,请求确认合同无效的,不予支持。

第九条　转让方未取得出让土地使用权证书与受让方订立合同转让土地使用权,起诉前转让方已经取得出让土地使用权证书或者有批准权的人民政府同意转让的,应当认定合同有效。

第十条　土地使用权人作为转让方就同一出让土地使用权订立数个转让合同,在转让合同有效的情况下,受让方均要求履行合同的,按照以下情形分别处理:

（一）已经办理土地使用权变更登记手续的受让方,请求转让方履行交付土地等合同义务的,应予支持;

（二）均未办理土地使用权变更登记手续,已先行合法占有投资开发土地的受让方请求转让方履行土地使用权变更登记等合同义务的,应予支持;

（三）均未办理土地使用权变更登记手续,又未合法占有投资开发土地,先行支付土地转让款的受让方请求转让方履行交付土地和办理土地使用权变更登记等合同义务的,应予支持;

（四）合同均未履行,依法成立在先的合同受让方请求履行合同的,应予支持。

未能取得土地使用权的受让方请求解除合同、赔偿损失的,按照《中华人民共和国合同法》的有关规定处理。

第十一条　土地使用权人未经有批准权的人民政府批准,与受让方订立合同转让划拨土地使用权的,应当认定合同无效。但起诉前经有批准权的人民政府批准办理土地使用权出让手续的,应当认定合同有效。

第十二条　土地使用权人与受让方订立合同转让划拨土地使用权,起诉前经有批准权的人民政府同意转让,并由受让方办理土地使用权出让手续的,土地使用权人与受让方订立的合同可以按照补偿性质的合同处理。

第十三条　土地使用权人与受让方订立合同转让划拨土地使用权,起诉前经有批准权的人民政府决定不办理土地使用权出让手续,并将该划拨土地使用权直接划拨给受让方使用的,土地使用权人与受让方订立的合同可以按照补偿性质的合同处理。

三、合作开发房地产合同纠纷

第十四条　本解释所称的合作开发房地产合同,是指当事人订立的以提供出让土地使用权、资金等作为共同投资,共享利润、共担风险合作开发房地产为基本内容的协议。

第十五条　合作开发房地产合同的当事人一方具备房地产开发经营资质的,应当认定合同有效。

当事人双方均不具备房地产开发经营资质的,应当认定合同无效。但起诉前当事人一方已经取得房地产开发经营资质或者已依法合作成立具有房地产开发经营资质的房地产开发企业的,应当认定合同有效。

第十六条　土地使用权人未经有批准权的人民政府批准,以划拨土地使用权作为投资与他人订立合同合作开发房地产的,应当认定合同无效。但起诉前已经办理批准手续的,应当认定合同有效。

第十七条　投资数额超出合作开发房地产合同的约定,对增加的投资数额的承担比例,当事人协商不成的,按照当事人的过错确定;因不可归责于当事人的事由或者当事人的过错无法确定的,按照约定的投资比例确定;没有约定投资比例的,按照约定的利润分配比例确定。

第十八条　房屋实际建筑面积少于合作开发房地产合同的约定,对房屋实际建筑面积的分配比例,当事人协商不成的,按照当事人的过错确定;因不可归责于当事人的事由或者当事人过错无法确定的,按照约定的利润分配比例确定。

第十九条　在下列情形下,合作开发房地产合同的当事人请求分配房地产项目利益的,不予受理;已经受理的,驳回起诉:

(一)依法需经批准的房地产建设项目未经有批准权的人民政府主管部门批准;

(二)房地产建设项目未取得建设工程规划许可证;

(三)擅自变更建设工程规划。

因当事人隐瞒建设工程规划变更的事实所造成的损失,由当事人按照过错承担。

第二十条　房屋实际建筑面积超出规划建筑面积,经有批准权的人民政府主管部门批准后,当事人对超出部分的房屋分配比例协商不成的,按照约定的利润分配比例确定。对增加的投资数额的承担比例,当事人协商不成的,按照约定的投资比例确定;没有约定投资比例的,按照约定的利润分配比例确定。

第二十一条　当事人违反规划开发建设的房屋,被有批准权的人民政府主管部门认定为违法建筑责令拆除,当事人对损失承担协商不成的,按照当事人过错确定责任;过错无法确定的,按照约定的投资比例确定责任;没有约定投资比例的,按照约定的利润分配比例确定责任。

第二十二条　合作开发房地产合同约定仅以投资数额确定利润分配比例,当事人未足额交纳出资的,按照当事人的实际投资比例分配利润。

第二十三条　合作开发房地产合同的当事人要求将房屋预售款充抵投资参与利润分配的,不予支持。

第二十四条　合作开发房地产合同约定提供土地使用权的当事人不承担经营风险,只收取固定利益的,应当认定为土地使用权转让合同。

第二十五条　合作开发房地产合同约定提供资金的当事人不承担经营风险,只分配固定数量房屋的,应当认定为房屋买卖合同。

第二十六条　合作开发房地产合同约定提供资金的当事人不承担经营风险,只收取固定数额货币的,应当认定为借款合同。

第二十七条　合作开发房地产合同约定提供资金的当事人不承担经营风险,只以租赁或者其他形式使用房屋的,应当认定为房屋租赁合同。

四、其　它

第二十八条　本解释自 2005 年 8 月 1 日起施行;施行后受理的第一审案件适用本解释。

本解释施行前最高人民法院发布的司法解释与本解释不一致的,以本解释为准。

3. 土地开发管理

外商投资开发经营成片土地暂行管理办法

1990 年 5 月 19 日国务院令第 56 号发布

第一条　为了吸收外商投资从事开发经营成片土地(以下简称成片开发),以加强公用设施建设,改善投资环境,引进外商投资先进技术企业和产品出口企业,发展外向型经济,制定本办法。

第二条　本办法所称成片开发是指:在取得国有土地使用权后,依照规划对土地进行综合性的开发建设,平整场地、建设供排水、供电、供热、道路交通、通信等公用设施,形成工业用地和其他建设用地条件,然后进行转让土地使用权、经营公用事业;或者进而建设通用工业厂房以及相配套的生产和生活服务设施等地面建筑物,并对这些地面建筑物从事转让或出租的经营活动。

成片开发应确定明确的开发目标,应有明确意向的利用开发后土地的建设项目。

第三条　吸收外商投资进行成片开发的项目,应由市、县人民政府组织编制成片开发项目建议书(或初步可行性研究报告,下同)。

使用耕地一千亩以下、其他土地二千亩以下，综合开发投资额在省、自治区、直辖市人民政府（包括经济特区人民政府或者管理委员会，下同）审批权限内的成片开发项目，其项目建议书应报省、自治区、直辖市人民政府审批。

使用耕地超过一千亩、其他土地超过二千亩，或者综合开发投资额超过省、自治区、直辖市人民政府审批权限的成片开发项目，其项目建议书应经省、自治区、直辖市人民政府报国家计划委员会审核和综合平衡后，由国务院审批。

第四条　外商投资成片开发，应分别依照《中华人民共和国中外合资经营企业法》、《中华人民共和国中外合作经营企业法》、《中华人民共和国外资企业法》的规定，成立从事开发经营的中外合资经营企业，或者中外合作经营企业，或者外资企业（以下简称开发企业）。

开发企业受中国法律的管辖和保护，其一切活动应遵守中华人民共和国的法律、法规。

开发企业依法自主经营管理，但在其开发区域内没有行政管理权。开发企业与其他企业的关系是商务关系。

国家鼓励国营企业以国有土地使用权作为投资或合作条件，与外商组成开发企业。

第五条　开发企业应依法取得开发区域的国有土地使用权。

开发区域所在的市、县人民政府向开发企业出让国有土地使用权，应依照国家土地管理的法律和行政法规，合理确定地块范围、用途、年限、出让金和其他条件，签订国有土地使用权出让合同，并按出让国有土地使用权的审批权限报经批准。

第六条　国有土地使用权出让后，其地下资源和埋藏物仍属于国家所有。如需开发利用，应依照国家有关法律和行政法规管理。

第七条　开发企业应编制成片开发规划或者可行性研究报告，明确规定开发建设的总目标和分期目标，实施开发的具体内容和要求，以及开发后土地利用方案等。

成片开发规划或者可行性研究报告，经市、县人民政府审核后，报省、自治区、直辖市人民政府审批。审批机关应就有关公用设施

建设和经营，组织有关主管部门协调。

第八条　开发区域在城市规划区范围内的，各项开发建设必须符合城市规划要求，服从规划管理。

开发区域的各项建设，必须符合国家环境保护的法律、行政法规和标准。

第九条　开发企业必须在实施成片开发规划，并达到出让国有土地使用权合同规定的条件后，方可转让国有土地使用权。开发企业未按照出让国有土地使用权合同规定的条件和成片开发规划的要求投资开发土地的，不得转让国有土地使用权。

开发企业和其他企业转让国有土地使用权，或者抵押国有土地使用权，以及国有土地使用权终止，应依照国家土地管理的法律和行政法规办理。

第十条　开发企业可以吸引投资者到开发区域投资，受让国有土地使用权，举办企业。外商投资企业应分别依照《中华人民共和国中外合资经营企业法》、《中华人民共和国中外合作经营企业法》、《中华人民共和国外资企业法》的规定成立。

在开发区域举办企业，应符合国家有关投资产业政策的要求。国家鼓励举办先进技术企业和产品出口企业。

第十一条　开发区域的邮电通信事业，由邮电部门统一规划、建设与经营。也可以经省、自治区、直辖市邮电主管部门批准，由开发企业投资建设，或者开发企业与邮电部门合资建设通信设施，建成后移交邮电部门经营，并根据双方签订的合同，对开发企业给予经济补偿。

第十二条　开发企业投资建设区域内自备电站、热力站、水厂等生产性公用设施的，可以经营开发区域内的供电、供水、供热等业务，也可以交地方公用事业企业经营。公用设施能力有富余，需要供区域外，或者需要与区域外设施联网运行的，开发企业应与地方公用事业企业按国家有关规定签订合同，按合同规定的条件经营。

开发区域接引区域外水、电等资源的，应由地方公用事业企业经营。

第十三条　开发区域地块范围涉及海岸港湾或

者江河建港区段的，岸线由国家统一规划和管理。开发企业可以按照国家交通主管部门的统一规划建设和经营专用港区和码头。

第十四条　开发区域内不得从事国家法律和行政法规禁止的经营活动和社会活动。

第十五条　以举办出口加工企业为主的开发区域，需要在进出口管理、海关管理等方面采取特殊管理措施的，应经国务院批准，由国家有关主管部门制定具体管理办法。

第十六条　开发区域的行政管理、司法管理、口岸管理、海关管理等，分别由国家有关主管部门、所在的地方人民政府和有管辖权的司法机关组织实施。

第十七条　香港、澳门、台湾地区的公司、企业和其他经济组织或者个人投资从事成片开发，参照本办法执行。

第十八条　本办法自发布之日起在经济特区、沿海开放城市和沿海经济开放区范围内施行。

国家投资土地开发整理项目竣工验收暂行办法

2003 年 1 月 21 日国土资源部发布

第一条　为规范国家投资土地开发整理项目竣工验收工作，根据《国家投资土地开发整理项目管理暂行办法》（国土资发〔2000〕316 号）、《土地开发整理项目资金管理暂行办法》（国土资发〔2000〕282 号）等有关规定，制定本办法。

第二条　本办法适用于使用新增建设用地土地有偿使用费的国家投资土地开发整理项目竣工验收（以下简称"竣工验收"）。

　　国家投资土地开发整理项目是指国家投资土地开发整理重点项目、示范项目。

第三条　竣工验收依据确定的项目计划与预算、规划设计以及有关规定要求进行。

第四条　竣工验收内容主要包括：项目计划任务完成情况，项目规划设计与预算执行情况，工程建设质量、资金使用与管理情况，土地权属管理、档案资料管理情况以及工程管护措施等。

第五条　竣工验收技术标准参照国土资源部制定的《土地开发整理项目验收规程》（TD/T1013 - 2000）和其他相关规范执行。

第六条　国土资源部统一组织竣工验收。地方各级国土资源管理部门协助做好竣工验收工作。

第七条　县级国土资源管理部门根据项目承担单位提出的项目竣工申请，组织开展项目竣工自查；自查合格的项目，向省级国土资源管理部门提出竣工初验申请。

第八条　省级国土资源管理部门受理竣工初验申请后，及时组织竣工初验；竣工初验合格的项目，每年一次集中向国土资源部提出竣工验收申请。

第九条　申请竣工验收应提交以下材料：

　　（一）竣工验收申请；

　　（二）项目竣工报告，内容主要包括：项目建设任务完成情况、工程建设质量情况、资金使用与管理情况、土地权属调整情况、工程管护措施、投资预期效益分析、项目组织管理的主要措施与经验、存在问题与改进措施以及文档管理情况等；

　　（三）项目建设情况表、项目经费收支情况表、项目投资预期效益表、土地开发整理前后土地利用结构变化情况表；

　　（四）竣工验收图、土地开发整理后的土地利用现状图或地籍图；

　　（五）项目财务决算与审计报告；

　　（六）项目工程监理总结报告。

第十条　国土资源部受理竣工验收申请后，组织工程技术、财务、管理等有关专家，组成竣工验收组，开展竣工验收。竣工验收组对验收报告内容负责。

第十一条　竣工验收时，项目承担单位应向竣工验收组提供以下备查材料：

　　（一）项目竣工申请；

　　（二）项目竣工报告与有关表、图；

　　（三）项目财务决算与审计报告；

　　（四）项目工程监理总结报告；

　　（五）项目可行性研究报告；

　　（六）立项申请及有关批准文件；

　　（七）项目规划设计和预算书；

　　（八）项目实施方案；

（九）有关合同书、协议书和任务委托书；

（十）项目招投标有关材料；

（十一）项目工程质量监理、检验有关资料；

（十二）项目投资预期效益情况报告；

（十三）土地权属调整情况报告；

（十四）有关影像资料；

（十五）其他有关材料。

第十二条　竣工验收组应按下列步骤进行验收：

（一）听取项目建设情况报告。由项目承担单位、监理单位等分别向验收组报告，并接受对项目建设情况的质询；

（二）实地查验工程建设、新增耕地和土地权属调整等情况，听取项目区农民群众等方面的意见；

（三）查阅项目有关资料；

（四）反馈项目竣工验收情况。

第十三条　竣工验收组在验收中如发现截留、挪用、坐支项目资金等重大问题，应中止验收。

第十四条　竣工验收组在验收工作结束后，向国土资源部提交竣工验收报告。竣工验收报告主要内容包括：

（一）竣工验收工作概况；

（二）本办法规定的竣工验收内容的认定意见；

（三）项目实施存在问题和建议；

（四）竣工验收结论。

第十五条　国土资源部审定竣工验收合格的项目，由部批复有关省（自治区、直辖市）国土资源管理部门。

国土资源部审定竣工验收不合格的项目，由部提出整改意见，项目承担单位负责整改。地方各级国土资源管理部门负责项目整改的监督管理工作。整改结束后，按照本办法规定，就整改内容重新进行竣工验收。

第十六条　项目竣工验收费按财政部、国土资源部《新增建设用地土地有偿使用费财务管理暂行办法》（财建〔2001〕330号）有关规定执行。

第十七条　竣工验收有关人员应严格遵守本办法和廉政要求，客观公正地开展竣工验收工作。在竣工验收中，出现弄虚作假、徇私舞弊行为，按有关规定严肃查处；构成犯罪的，依法追究刑事责任。

第十八条　国家投资土地开发整理补助项目的竣工验收由省级国土资源管理部门组织进行。竣工验收的有关要求参照本办法执行。竣工验收结果报国土资源部备案。

第十九条　使用耕地开垦费、土地复垦费等完成的土地开发整理项目的竣工验收参照本办法规定执行。

第二十条　本办法自颁布之日起施行。

国家投资土地开发整理
项目实施管理暂行办法

2003年4月16日国土资源部发布

第一章　总　则

第一条　为保障国家投资土地开发整理项目顺利实施，全面完成项目建设任务，根据有关法律、法规和政策规定，制定本办法。

第二条　本办法适用于国家投资土地开发整理项目（以下简称"项目"），包括重点项目、示范项目和补助项目。

第三条　项目实施管理坚持下列基本原则：

（一）权利、义务和责任相统一的原则；

（二）公开、公平、公正的原则；

（三）简化程序、提高效率的原则。

第四条　国土资源部统一对项目实施进行监督管理；县级以上地方国土资源管理部门负责本行政区域内项目实施监督管理。

第五条　项目承担单位组织实施项目，并对项目建设履行项目法人责任，对投资方负责。

项目承担单位的管理和技术人员能够满足项目实施的需要。

第六条　项目实施推行项目法人制、招投标制、工程监理制、合同制、公告制。

第二章　实施准备

第七条　财政部、国土资源部下达项目计划与预算后，县级国土资源管理部门应当提请当地政府成立项目实施领导小组，负责协调解决项目实施中的有关问题。

县级国土资源管理部门按照有关规定核

实项目涉及土地地类、面积、界址、权属及补偿方案等，保证地类、面积准确，界址清楚，权属合法，权属调整方案和补偿方案等无争议，为施工创造条件。

第八条　项目承担单位对项目实施进行现场全程管理，并做好下列实施准备工作：

（一）组织招标、设备和材料采购等咨询服务；

（二）组织工程招投标，签订工程承包合同，委托工程监理；

（三）编制项目年度实施方案、项目建设进度计划和用款计划；

（四）组织编制施工设计图；

（五）建立工程工期、质量和资金使用管理等相关制度。

第九条　项目承担单位完成项目实施准备后，对项目实施情况进行总结，提出项目开工申请报告，经项目所在县级国土资源管理部门审核同意后，项目开始施工。

第十条　项目承担单位应发布项目公告，接受群众和社会监督。

项目公告内容包括：项目名称、建设位置、建设总规模、新增耕地面积、项目总投资、建设工期、土地权属状况、项目承担单位、项目施工单位、项目工程监理单位、项目设计单位等。

第十一条　有关单位和个人对项目实施有异议的，项目承担单位应负责解决；解决不了的，提请项目实施领导小组解决；属于重大问题的，由县级国土资源管理部门报上级国土资源管理部门研究解决。

第三章　工程施工

第十二条　工程开工后，项目承担单位在施工过程中要建立现场办公会制度，召集施工、工程监理、设计等单位协调解决施工过程中施工进度、工程质量、资金使用和项目规划设计执行中出现的问题。

第十三条　项目施工单位按照项目规划设计、施工设计和施工技术标准进行施工，对出现质量问题或竣工验收不合格的建设工程负责返修；项目施工单位应当建立质量责任制，确定工程项目经理、技术负责人和施工管理负责人；在施工过程中发现规划设计和施工设计有差错

的，项目施工单位应当及时提出意见和建议。

第十四条　项目工程监理单位应当依照法律、法规以及有关技术标准、规划设计和相关合同，代表项目承担单位对工程质量实施监理，并承担监理责任。项目工程监理单位应当选派具备相应资格的监理人员进驻施工现场；应当按照工程监理规范的要求，对项目建设工程实施监督，控制工程建设的投资、建设工期和工程质量。

单体工程任务完成后，项目工程监理单位应当签署意见。未经项目工程监理单位签署合格意见的，项目承担单位不得拨付工程款，项目施工单位不得进行下一道工序的施工。

第十五条　项目设计单位对项目实施中有关规划设计进行咨询、指导；规划设计需要变更的，负责按要求修改。

第十六条　在施工过程中，各有关单位要严格执行项目计划与支出预算和规划设计。确需变更规划设计的，按以下情形处理：

（一）不涉及项目建设位置、建设总规模、新增耕地面积和项目支出预算调整的，由项目承担单位研究解决；

（二）涉及项目建设位置、建设总规模、新增耕地面积或项目支出预算调整的，由项目承担单位报原批准机关批准。

第十七条　因规划设计变更，造成土地权属重新调整的，应按规定对原权属调整方案补充、说明，并报项目所在县级国土资源管理部门确定。

第四章　竣工验收准备

第十八条　项目建设任务完成后，项目承担单位按照合同规定，做好项目建设自检工作。项目建设自检应当具备下列条件：

（一）项目施工单位已提交交工报告、工程竣工图、工程保修书；

（二）项目工程监理单位已提交监理报告；

（三）有完整的技术档案和施工管理资料。

第十九条　项目承担单位应在项目自检后一个月之内向项目所在县级国土资源管理部门提出项目竣工自查申请报告，准备有关材料，为项目竣工验收做好准备。

项目竣工验收按照《国家投资土地开发整

理项目竣工验收暂行办法》（国土资发〔2003〕21号）有关规定执行。

第二十条　项目承担单位按照有关规定，及时收集、整理项目实施过程中的有关文件、资料、图件等；建立、健全项目档案，并在项目竣工验收后，及时向县级国土资源管理部门移交项目档案。

第五章　监　督　检　查

第二十一条　各级国土资源管理部门要建立监督检查制度，对项目施工进度、工程质量、资金使用、廉政建设等情况进行监督检查；研究解决项目实施中出现的重大问题。

第二十二条　各级国土资源管理部门按照有关法规，对项目实施中的不正当行为予以纠正；对违法违纪的责任人进行查处；情节严重、构成犯罪的，移交司法机关依照有关法律追究刑事责任。

第二十三条　任何单位和个人对项目建设工程的质量事故、质量缺陷有权检举、控告、投诉。

第六章　附　　则

第二十四条　地方政府投资土地开发整理项目实施管理参照本办法执行。

第二十五条　项目实施资金管理按照《土地开发整理项目资金管理暂行办法》（国土资发〔2000〕282号）有关规定执行。

第二十六条　本办法自颁布之日起施行。

4. 建设用地管理

建设用地审查报批管理办法

1999年3月2日国土资源部令第3号发布

第一条　为加强土地管理，规范建设用地审查报批工作，根据《中华人民共和国土地管理法》（以下简称《土地管理法》）、《中华人民共和国土地管理法实施条例》（以下简称《土地管理法实施条例》），制定本办法。

第二条　依法应当报国务院和省、自治区、直辖市人民政府批准的建设用地的申请、审查、报批和实施，适用本办法。

第三条　县级以上人民政府土地行政主管部门负责建设用地的申请受理、审查、报批工作。

第四条　建设项目可行性研究论证时，建设单位应当向建设项目批准机关的同级土地行政主管部门提出建设用地预申请。

受理预申请的土地行政主管部门应当依据土地利用总体规划和国家土地供应政策，对建设项目的有关事项进行预审，出具建设项目用地预审报告。

第五条　在土地利用总体规划确定的城市建设用地范围外单独选址的建设项目使用土地的，建设单位应当向土地所在地的市、县人民政府土地行政主管部门提出用地申请。

建设单位提出用地申请时，应当填写《建设用地申请表》，并附具下列材料：

（一）建设单位有关资质证明；

（二）项目可行性研究报告批复或者其他有关批准文件；

（三）土地行政主管部门出具的建设项目用地预审报告；

（四）初步设计或者其他有关批准文件；

（五）建设项目总平面布置图；

（六）占用耕地的，必须提出补充耕地方案；

（七）建设项目位于地质灾害易发区的，应当提供地质灾害危险性评估报告。

第六条　市、县人民政府土地行政主管部门对材料齐全、符合条件的建设用地申请，应当受理，并在收到申请之日起30日内拟订农用地转用方案、补充耕地方案、征用土地方案和供地方案，编制建设项目用地呈报说明书，经同级人民政府审核同意后，报上一级土地行政主管部门审查。

第七条　在土地利用总体规划确定的城市建设用地范围内，为实施城市规划占用土地的，由市、县人民政府土地行政主管部门拟订农用地转用方案、补充耕地方案和征用土地方案，编制建设项目用地呈报说明书，经同级人民政府审核同意后，报上一级土地行政主管部门审查。

在土地利用总体规划确定的村庄和集镇

建设用地范围内，为实施村庄和集镇规划占用土地的，由市、县人民政府土地行政主管部门拟订农用地转用方案、补充耕地方案，编制建设项目用地呈报说明书，经同级人民政府审核同意后，报上一级土地行政主管部门审查。

第八条　建设只占用国有农用地的，市、县人民政府土地行政主管部门只需拟订农用地转用方案、补充耕地方案和供地方案。

建设只占用农民集体所有建设用地的，市、县人民政府土地行政主管部门只需拟订征用土地方案和供地方案。

建设只占用国有未利用地，按照《土地管理法实施条例》第二十四条规定应由国务院批准的，市、县人民政府土地行政主管部门只需拟订供地方案；其他建设项目使用国有未利用地的，按照省、自治区、直辖市的规定办理。

第九条　建设项目用地呈报说明书应当包括项目用地安排情况、拟使用土地情况等，并应附具下列材料：

（一）经批准的市、县土地利用总体规划图和分幅土地利用现状图，占用基本农田的，还应当提供乡级土地利用总体规划图；

（二）由建设单位提交的、有资格的单位出具的勘测定界图及勘测定界技术报告书；

（三）地籍资料或者其他土地权属证明材料；

（四）以有偿方式供地的，还应当提供草签的土地有偿使用合同及说明和有关文件；

（五）为实施城市规划和村庄、集镇规划占用土地的，还应当提供城市规划图和村庄、集镇规划图。

第十条　农用地转用方案，应当包括占用农用地的种类、位置、面积、质量等。

补充耕地方案，应当包括补充耕地或者补划基本农田的位置、面积、质量，补充的期限，资金落实情况等，并附具相应的图件。

征用土地方案，应当包括征用土地的范围、种类、面积、权属，土地补偿费和安置补助费标准，需要安置人员的安置途径等。

供地方案，应当包括供地方式、面积、用途，土地有偿使用费的标准、数额等。

第十一条　有关土地行政主管部门收到上报的建设项目呈报说明书和有关方案后，对材料齐全、符合条件的，应当在 5 日内报经同级人民政府审核。同级人民政府审核同意后，逐级上报有批准权的人民政府，并将审查所需的材料及时送该级土地行政主管部门审查。

对依法应由国务院批准的建设项目呈报说明书和有关方案，省、自治区、直辖市人民政府必须提出明确的审查意见，并对报送材料的真实性、合法性负责。

省、自治区、直辖市人民政府批准农用地转用、国务院批准征用土地的，省、自治区、直辖市人民政府批准农用地转用方案后，应当将批准文件和下级土地行政主管部门上报的材料一并上报。

第十二条　有批准权的人民政府土地行政主管部门应当自收到上报的农用地转用方案、补充耕地方案、征用土地方案和供地方案并按规定征求有关方面意见后 30 日内审查完毕。

建设用地审查应当实行土地行政主管部门内部会审制度。

第十三条　农用地转用方案和补充耕地方案符合下列条件的，土地行政主管部门方可报人民政府批准：

（一）符合土地利用总体规划；

（二）确属必需占用农用地且符合土地利用年度计划确定的控制指标；

（三）占用耕地的，补充耕地方案符合土地整理开发专项规划且面积、质量符合规定要求；

（四）单独办理农用地转用的，必须符合单独选址条件。

第十四条　征用土地方案符合下列条件的，土地行政主管部门方可报人民政府批准：

（一）被征用土地界址、地类、面积清楚，权属无争议的；

（二）被征用土地的补偿标准符合法律、法规规定的；

（三）被征用土地上需要安置人员的安置途径切实可行。

建设项目施工和地质勘查需要临时使用农民集体所有的土地的，依法签订临时使用土地合同并支付临时使用土地补偿费，不得办理土地征用。

第十五条　供地方案符合下列条件的,土地行政主管部门方可报人民政府批准:

(一)符合国家的土地供应政策;

(二)申请用地面积符合建设用地标准和集约用地的要求;

(三)划拨方式供地的,符合法定的划拨用地条件;

(四)以有偿使用方式供地的,供地的方式、年限、有偿使用费的标准、数额符合规定;

(五)只占用国有未利用地的,必须符合规划、界址清楚、面积准确。

第十六条　农用地转用方案、补充耕地方案、征用土地方案和供地方案经有批准权的人民政府批准后,同级土地行政主管部门应当在收到批件后5日内将批复发出。

未按规定缴纳新增建设用地土地有偿使用费的,不予批准建设用地。

第十七条　经批准的农用地转用方案、补充耕地方案、征用土地方案和供地方案,由土地所在地的市、县人民政府组织实施。

第十八条　建设项目补充耕地方案经批准下达后,在土地利用总体规划确定的城市建设用地范围外单独选址的建设项目,由市、县人民政府土地行政主管部门负责监督落实;在土地利用总体规划确定的城市和村庄、集镇建设用地范围内,为实施城市规划和村庄、集镇规划占用土地的,由省、自治区、直辖市人民政府土地行政主管部门负责监督落实。

第十九条　征用土地方案经依法批准后,市、县人民政府应当自收到批准文件之日起10日内,在被征用土地所在地的乡、镇范围内,公告《土地管理法实施条例》第二十五条第一款规定的内容。

公告期满,市、县人民政府土地行政主管部门根据征用土地方案和征地补偿登记情况,拟订征地补偿、安置方案并在被征用土地所在地的乡、镇范围内公告。征地补偿、安置方案的内容,应当符合《土地管理法实施条例》第二十五条第三款的规定。

征地补偿、安置方案确定后,市、县人民政府土地行政主管部门应当依照征地补偿、安置方案向被征用土地的农村集体经济组织和农民支付土地补偿费、地上附着物和青苗补偿费,并落实需要安置农业人口的安置途径。

第二十条　在土地利用总体规划确定的城市建设用地范围内,为实施城市规划占用土地的,经依法批准后,市、县人民政府土地行政主管部门应当公布规划要求,设定使用条件,确定使用方式,并组织实施。

第二十一条　以有偿使用方式提供国有土地使用权的,由市、县人民政府土地行政主管部门与土地使用者签订土地有偿使用合同,并向建设单位颁发《建设用地批准书》。土地使用者缴纳土地有偿使用费后,依照规定办理土地登记。

以划拨方式提供国有土地使用权的,由市、县人民政府土地行政主管部门向建设单位颁发《国有土地划拨决定书》和《建设用地批准书》,依照规定办理土地登记。《国有土地划拨决定书》应当包括划拨土地面积、土地用途、土地使用条件等内容。

建设项目施工期间,建设单位应当将《建设用地批准书》公示于施工现场。

市、县人民政府土地行政主管部门应当将提供国有土地的情况定期予以公布。

第二十二条　各级土地行政主管部门应当对建设项目用地进行跟踪检查。

对违反本办法批准建设用地或者未经批准非法占用土地的,应当依法予以处罚。

第二十三条　本办法自发布之日起施行。1988年11月22日原国家土地管理局发布的《关于国家建设用地审批工作的暂行规定》和1990年4月29日原国家土地管理局发布的《出让国有土地使用权审批管理暂行规定》同时废止。

建设项目用地预审管理办法

2004年11月1日国土资源部令第27号修订

第一条　为保证土地利用总体规划的实施,充分发挥土地供应的宏观调控作用,控制建设用地总量,根据《中华人民共和国土地管理法》、《中华人民共和国土地管理法实施条例》和《国务院关于深化改革严格土地管理的决定》,制定本办法。

第二条 本办法所称建设项目用地预审,是指国土资源管理部门在建设项目审批、核准、备案阶段,依法对建设项目涉及的土地利用事项进行的审查。

第三条 预审应当遵循下列原则:

(一)符合土地利用总体规划;

(二)保护耕地,特别是基本农田;

(三)合理和集约利用土地;

(四)符合国家供地政策。

第四条 建设项目用地实行分级预审。

需人民政府或有批准权的人民政府发展和改革等部门审批的建设项目,由该人民政府的国土资源管理部门预审。

需核准和备案的建设项目,由与核准、备案机关同级的国土资源管理部门预审。

第五条 需审批的建设项目在可行性研究阶段,由建设用地单位提出预审申请。

需核准、备案的建设项目在申请核准、备案前,由建设用地单位提出预审申请。

第六条 依照本办法第四条规定应当由国土资源部预审的建设项目,国土资源部委托项目所在地的省级国土资源管理部门受理,但建设项目占用规划确定的城市建设用地范围内土地的,委托市级国土资源管理部门受理。受理后,提出初审意见,转报国土资源部。

涉密军事项目和国务院批准的特殊建设项目用地,建设用地单位可直接向国土资源部提出预审申请。

应当由国土资源部负责预审的输电线塔基、钻探井位、通讯基站等小面积零星分散建设项目用地,由省级国土资源管理部门预审,并报国土资源部备案。

第七条 建设用地单位申请预审,应当提交下列材料:

(一)建设项目用地预审申请表;

(二)预审的申请报告,内容包括拟建项目基本情况、拟选址情况、拟用地总规模和拟用地类型、补充耕地初步方案;

(三)需审批的建设项目还应提供项目建议书批复文件和项目可行性研究报告。项目建议书批复与项目可行性研究报告合一的,只提供项目可行性研究报告。

本条第一款规定的预审申请表,由国土资源部统一规定。

第八条 受国土资源部委托负责初审的国土资源管理部门在转报用地预审申请时,应当提供下列材料:

(一)初审意见,内容包括拟建设项目用地是否符合土地利用总体规划、是否符合国家供地政策、用地标准和总规模是否符合有关规定、补充耕地初步方案是否可行等;

(二)标注项目用地范围的县级以上土地利用总体规划图及相关图件;

(三)属于《土地管理法》第二十六条规定情形,建设项目用地需修改土地利用总体规划的,应当出具经相关部门和专家论证的规划修改方案、建设项目对规划实施影响评估报告和修改规划听证会纪要。

第九条 符合本办法第七条规定的预审申请和第八条规定的初审转报件,国土资源管理部门应当受理和接收。不符合的,应当场或在五日内书面通知申请人和转报人,逾期不通知的,视为受理和接收。

受国土资源部委托负责初审的国土资源管理部门应当自受理之日起二十日内完成初审工作,并转报国土资源部。

第十条 预审的主要内容:

(一)建设项目用地选址是否符合土地利用总体规划,是否符合土地管理法律、法规规定的条件;

(二)建设项目是否符合国家供地政策;

(三)建设项目用地标准和总规模是否符合有关规定;

(四)占用耕地的,补充耕地初步方案是否可行,资金是否有保障;

(五)属《土地管理法》第二十六条规定情形,建设项目用地需修改土地利用总体规划的,规划的修改方案、建设项目对规划实施影响评估报告等是否符合法律、法规的规定。

第十一条 国土资源管理部门应当自受理预审申请或者收到转报材料之日起二十日内,完成审查工作,并出具预审意见。二十日内不能出具预审意见的,经负责预审的国土资源管理部门负责人批准,可以延长十日。

第十二条 预审意见应当包括对本办法第十条规定内容的结论性意见和对建设用地单位的具体要求。

第十三条 预审意见是建设项目批准、核准的必备文件,预审意见提出的用地标准和总规模等方面的要求,建设项目初步设计阶段应当充分考虑。

建设用地单位应当认真落实预审意见,并在依法申请使用土地时出具落实预审意见的书面材料。

第十四条 建设项目用地预审文件有效期为两年,自批准之日起计算。已经预审的项目,如需对土地用途、建设项目选址等进行重大调整的,应当重新申请预审。

第十五条 核准或者批准建设项目前,应当依照本办法规定完成预审,未经预审或者预审未通过的,不得批准农用地转用、土地征收,不得办理供地手续。

第十六条 本办法自 2004 年 12 月 1 日起施行。

建设用地计划管理办法

1. 1996 年 9 月 18 日国家计委、国家土地管理局发布
2. 计国地〔1996〕1865 号

第一章 总 则

第一条 为贯彻"十分珍惜和合理利用每寸土地,切实保护耕地"的基本国策,对各项建设用地实行计划管理,根据《中华人民共和国土地管理法》(以下简称《土地管理法》)和国家有关规定,特制定本办法。

第二条 建设用地计划(以下简称用地计划)是国民经济和社会发展计划中土地利用计划的组成部分,是加强土地资源宏观管理、调控固定资产投资规模和实施产业政策的重要措施,是审核建设项目可行性研究报告评估和初步设计及审批建设用地的重要依据。

第三条 本办法所称建设用地,包括所有非农建设和农业建设用地。

农业建设用地是指农、林、牧、渔场,农村集体经济组织和个人投资修建的直接为农业生产服务的农村道路、农田水利、永久性晒场等常年性工程设施用地。

第四条 国家每年下达的建设用地计划中占用耕地指标,是国家指令性计划指标,并作为考评各级人民政府负责人落实保护耕地目标责任制的主要依据。

第五条 用地计划实行统一计划、分级管理的原则,进行总量控制,分中央和地方两级管理。

第二章 用地计划的编制与下达

第六条 用地计划分为国家、省(自治区、直辖市,下同)、省辖市(地区、自治州,下同)、县(县级市、区,下同)四级。县为基层计划单位。

第七条 用地计划的编制按国民经济和社会发展计划的编制程序执行。具体程序是:省及省以下用地计划的编制,先由各级土地管理部门根据同级计划部门的统一部署,按照国家编制年度计划的要求,报同级计划部门综合平衡后,分别由计划部门和土地管理部门将计划建议报上级计划部门和土地管理部门。

第八条 国务院各部门(含计划单列的大型工业联合企业和企业集团,下同)及军队建设项目的用地计划,报国务院计划部门和土地管理部门,同时抄报建设项目所在地的省级计划部门和土地管理部门。省级计划和土地管理部门在编报用地计划时,应把部门用地计划包括在内。其中,属于国家重点项目的用地指标和占用耕地 66.6 公顷(合 1000 亩)以上、其他土地 133.3 公顷(合 2000 亩)以上的项目的用地指标,应逐项列出上报国务院。

第九条 国务院土地管理部门在各地和有关部门报送用地计划建议的基础上,汇总提出全国用地计划建议,报国务院计划部门综合平衡;国务院计划部门提出全国用地计划草案,作为国民经济和社会发展计划草案的组成部分。

第十条 用地计划经批准后,由各级计划部门负责下达。各级土地管理部门按照用地计划下达执行计划,抄送同级计划部门。土地管理部门下达的执行计划必须与各级计划部门的计划相一致。

第十一条 计划单列市和新疆生产建设兵团的用地计划,实行单列。

第三章 用地计划管理

第十二条 各项建设用地必须纳入用地计划,必

须严格按用地计划程序和权限报批。凡未纳入年度用地计划的建设项目,不得批准用地,项目不得开工建设。

第十三条　建设项目在可行性研究报告评估和初步设计审查时,须有土地管理部门参加,并提出对项目用地的意见。土地管理部门对不符合土地管理法规和建设用地有关规定,不同意供应土地的建设项目不得批准。

第十四条　国家建设项目申请年度用地,必须持有国家主管部门批准的初步设计或其他文件。

乡(镇)村集体建设用地项目,必须有计划主管部门批准文件,方可申报用地。

农村个人建房用地,必须符合当地村(镇)总体规划,并经乡(镇)以上人民政府批准,方可申请用地。

第十五条　用地计划中的耕地指标属指令性,不得突破。国家在编制用地计划时,可适当留有机动指标(包括在总指标内)。各省、自治区、直辖市确需调整计划、增加指标时,按计划编报程序报批。

第四章　用地计划的监督检查

第十六条　各级计划部门和土地管理部门要加强对用地计划的管理,特别是加强计划执行过程中的监督检查,坚决杜绝计划外用地。

第十七条　建立用地计划执行情况报告制度。各级土地管理部门每半年必须将用地计划的执行情况向上级土地管理部门作出报告,同时抄报同级人民政府及其计划部门,并附计划执行情况分析报告。省级土地管理部门报告截止日期分别为7月20日和1月20日。

国务院土地管理部门综合逐级汇总的土地变更调查结果,于每年2月底前将上年的实际建设用地情况报告国务院,抄报计划主管部门。

对超出国家计划用地的地区和单位,由计划部门负责核减其下年度的用地计划指标,由土地管理部门负责注销其土地使用权,并根据情节轻重予以通报批评、追究当地政府和单位主要负责人的责任。

第五章　附　　则

第十八条　逐步建立土地利用总体规划、五年用地计划和年度用地计划的规划、计划体系。

土地利用总体规划是体现土地综合利用、保护耕地的纲要,是编制五年用地计划的重要依据;五年用地计划是分阶段落实土地利用总体规划的中间环节,是指导编制年度用地计划的依据;年度用地计划是按照五年用地计划编制的分年度执行计划。

第十九条　五年和年度用地计划的编制时间与国民经济和社会发展计划相同,按照国家计划委员会规定的计划表格编报。

第二十条　各省、自治区、直辖市可根据本办法制定实施细则。

第二十一条　本办法自发布之日起施行。1987年10月5日由国家计划委员会、国家土地管理局颁布的《建设用地计划管理暂行办法》同时废止。

招标拍卖挂牌出让
国有建设用地使用权规定

1. 2007年9月28日国土资源部令第39号发布
2. 自2007年11月1日起施行

第一条　为规范国有建设用地使用权出让行为,优化土地资源配置,建立公开、公平、公正的土地使用制度,根据《中华人民共和国物权法》、《中华人民共和国土地管理法》、《中华人民共和国城市房地产管理法》和《中华人民共和国土地管理法实施条例》,制定本规定。

第二条　在中华人民共和国境内以招标、拍卖或者挂牌出让方式在土地的地表、地上或者地下设立国有建设用地使用权的,适用本规定。

本规定所称招标出让国有建设用地使用权,是指市、县人民政府国土资源行政主管部门(以下简称出让人)发布招标公告,邀请特定或者不特定的自然人、法人和其他组织参加国有建设用地使用权投标,根据投标结果确定国有建设用地使用权人的行为。

本规定所称拍卖出让国有建设用地使用权,是指出让人发布拍卖公告,由竞买人在指定时间、地点进行公开竞价,根据出价结果确定国有建设用地使用权人的行为。

本规定所称挂牌出让国有建设用地使用权,是指出让人发布挂牌公告,按公告规定的期限将拟出让宗地的交易条件在指定的土地交易场所挂牌公布,接受竞买人的报价申请并更新挂牌价格,根据挂牌期限截止时的出价结果或者现场竞价结果确定国有建设用地使用权人的行为。

第三条　招标、拍卖或者挂牌出让国有建设用地使用权,应当遵循公开、公平、公正和诚信的原则。

第四条　工业、商业、旅游、娱乐和商品住宅等经营性用地以及同一宗地有两个以上意向用地者的,应当以招标、拍卖或者挂牌方式出让。

前款规定的工业用地包括仓储用地,但不包括采矿用地。

第五条　国有建设用地使用权招标、拍卖或者挂牌出让活动,应当有计划地进行。

市、县人民政府国土资源行政主管部门根据经济社会发展计划、产业政策、土地利用总体规划、土地利用年度计划、城市规划和土地市场状况,编制国有建设用地使用权出让年度计划,报经同级人民政府批准后,及时向社会公开发布。

第六条　市、县人民政府国土资源行政主管部门应当按照出让年度计划,会同城市规划等有关部门共同拟订拟招标拍卖挂牌出让地块的出让方案,报经市、县人民政府批准后,由市、县人民政府国土资源行政主管部门组织实施。

前款规定的出让方案应当包括出让地块的空间范围、用途、年限、出让方式、时间和其他条件等。

第七条　出让人应当根据招标拍卖挂牌出让地块的情况,编制招标拍卖挂牌出让文件。

招标拍卖挂牌出让文件应当包括出让公告、投标或者竞买须知、土地使用条件、标书或者竞买申请书、报价单、中标通知书或者成交确认书、国有建设用地使用权出让合同文本。

第八条　出让人应当至少在投标、拍卖或者挂牌开始日前20日,在土地有形市场或者指定的场所、媒介发布招标、拍卖或者挂牌公告,公布招标拍卖挂牌出让宗地的基本情况和招标拍卖挂牌的时间、地点。

第九条　招标拍卖挂牌公告应当包括下列内容:

(一)出让人的名称和地址;

(二)出让宗地的面积、界址、空间范围、现状、使用年期、用途、规划指标要求;

(三)投标人、竞买人的资格要求以及申请取得投标、竞买资格的办法;

(四)索取招标拍卖挂牌出让文件的时间、地点和方式;

(五)招标拍卖挂牌时间、地点、投标挂牌期限、投标和竞价方式等;

(六)确定中标人、竞得人的标准和方法;

(七)投标、竞买保证金;

(八)其他需要公告的事项。

第十条　市、县人民政府国土资源行政主管部门应当根据土地估价结果和政府产业政策综合确定标底或者底价。

标底或者底价不得低于国家规定的最低价标准。

确定招标标底,拍卖和挂牌的起叫价、起始价、底价,投标、竞买保证金,应当实行集体决策。

招标标底和拍卖挂牌的底价,在招标开标前和拍卖挂牌出让活动结束之前应当保密。

第十一条　中华人民共和国境内外的自然人、法人和其他组织,除法律、法规另有规定外,均可申请参加国有建设用地使用权招标拍卖挂牌出让活动。

出让人在招标拍卖挂牌出让公告中不得设定影响公平、公正竞争的限制条件。挂牌出让的,出让公告中规定的申请截止时间,应当为挂牌出让结束日前2天。对符合招标拍卖挂牌公告规定条件的申请人,出让人应当通知其参加招标拍卖挂牌活动。

第十二条　市、县人民政府国土资源行政主管部门应当为投标人、竞买人查询拟出让土地的有关情况提供便利。

第十三条　投标、开标依照下列程序进行:

(一)投标人在投标截止时间前将标书投入标箱。招标公告允许邮寄标书的,投标人可以邮寄,但出让人在投标截止时间前收到的方为有效。

标书投入标箱后,不可撤回。投标人应当

对标书和有关书面承诺承担责任。

（二）出让人按照招标公告规定的时间、地点开标，邀请所有投标人参加。由投标人或者其推选的代表检查标箱的密封情况，当众开启标箱，点算标书。投标人少于三人的，出让人应当终止招标活动。投标人不少于三人的，应当逐一宣布投标人名称、投标价格和投标文件的主要内容。

（三）评标小组进行评标。评标小组由出让人代表、有关专家组成，成员人数为五人以上的单数。

评标小组可以要求投标人对投标文件作出必要的澄清或者说明，但是澄清或者说明不得超出投标文件的范围或者改变投标文件的实质性内容。

评标小组应当按照招标文件确定的评标标准和方法，对投标文件进行评审。

（四）招标人根据评标结果，确定中标人。

按照价高者得的原则确定中标人的，可以不成立评标小组，由招标主持人根据开标结果，确定中标人。

第十四条　对能够最大限度地满足招标文件中规定的各项综合评价标准，或者能够满足招标文件的实质性要求且价格最高的投标人，应当确定为中标人。

第十五条　拍卖会依照下列程序进行：

（一）主持人点算竞买人；

（二）主持人介绍拍卖宗地的面积、界址、空间范围、现状、用途、使用年期、规划指标要求、开工和竣工时间以及其他有关事项；

（三）主持人宣布起叫价和增价规则及增价幅度。没有底价的，应当明确提示；

（四）主持人报出起叫价；

（五）竞买人举牌应价或者报价；

（六）主持人确认该应价或者报价后继续竞价；

（七）主持人连续三次宣布同一应价或者报价而没有再应价或者报价的，主持人落槌表示拍卖成交；

（八）主持人宣布最高应价或者报价者为竞得人。

第十六条　竞买人的最高应价或者报价未达到

底价时，主持人应当终止拍卖。

拍卖主持人在拍卖中可以根据竞买人竞价情况调整拍卖增价幅度。

第十七条　挂牌依照以下程序进行：

（一）在挂牌公告规定的挂牌起始日，出让人将挂牌宗地的面积、界址、空间范围、现状、用途、使用年期、规划指标要求、开工时间和竣工时间、起始价、增价规则及增价幅度等，在挂牌公告规定的土地交易场所挂牌公布；

（二）符合条件的竞买人填写报价单报价；

（三）挂牌主持人确认该报价后，更新显示挂牌价格；

（四）挂牌主持人在挂牌公告规定的挂牌截止时间确定竞得人。

第十八条　挂牌时间不得少于 10 日。挂牌期间可根据竞买人竞价情况调整增价幅度。

第十九条　挂牌截止应当由挂牌主持人主持确定。挂牌期限届满，挂牌主持人现场宣布最高报价及其报价者，并询问竞买人是否愿意继续竞价。有竞买人表示愿意继续竞价的，挂牌出让转入现场竞价，通过现场竞价确定竞得人。挂牌主持人连续三次报出最高挂牌价格，没有竞买人表示愿意继续竞价的，按照下列规定确定是否成交：

（一）在挂牌期限内只有一个竞买人报价，且报价不低于底价，并符合其他条件的，挂牌成交；

（二）在挂牌期限内有两个或者两个以上的竞买人报价的，出价最高者为竞得人；报价相同的，先提交报价单者为竞得人，但报价低于底价者除外；

（三）在挂牌期限内无应价者或者竞买人的报价均低于底价或者均不符合其他条件的，挂牌不成交。

第二十条　以招标、拍卖或者挂牌方式确定中标人、竞得人后，中标人、竞得人支付的投标、竞买保证金，转作受让地块的定金。出让人应当向中标人发出中标通知书或者与竞得人签订成交确认书。

中标通知书或者成交确认书应当包括出让人和中标人或者竞得人的名称、出让标的、成交时间、地点、价款以及签订国有建设用地使用权出让合同的时间、地点等内容。

　　中标通知书或者成交确认书对出让人和中标人或者竞得人具有法律效力。出让人改变竞得结果，或者中标人、竞得人放弃中标宗地、竞得宗地的，应当依法承担责任。

第二十一条　中标人、竞得人应当按照中标通知书或者成交确认书约定的时间，与出让人签订国有建设用地使用权出让合同。中标人、竞得人支付的投标、竞买保证金抵作土地出让价款；其他投标人、竞买人支付的投标、竞买保证金，出让人必须在招标拍卖挂牌活动结束后5个工作日内予以退还，不计利息。

第二十二条　招标拍卖挂牌活动结束后，出让人应在10个工作日内将招标拍卖挂牌出让结果在土地有形市场或者指定的场所、媒介公布。

　　出让人公布出让结果，不得向受让人收取费用。

第二十三条　受让人依照国有建设用地使用权出让合同的约定付清全部土地出让价款后，方可申请办理土地登记，领取国有建设用地使用权证书。

　　未按出让合同约定缴清全部土地出让价款的，不得发放国有建设用地使用权证书，也不得按出让价款缴纳比例分割发放国有建设用地使用权证书。

第二十四条　应当以招标拍卖挂牌方式出让国有建设用地使用权而擅自采用协议方式出让的，对直接负责的主管人员和其他直接责任人员依法给予处分；构成犯罪的，依法追究刑事责任。

第二十五条　中标人、竞得人有下列行为之一的，中标、竞得结果无效；造成损失的，应当依法承担赔偿责任：

　　（一）提供虚假文件隐瞒事实的；

　　（二）采取行贿、恶意串通等非法手段中标或者竞得的。

第二十六条　国土资源行政主管部门的工作人员在招标拍卖挂牌出让活动中玩忽职守、滥用职权、徇私舞弊的，依法给予处分；构成犯罪的，依法追究刑事责任。

第二十七条　以招标拍卖挂牌方式租赁国有建设用地使用权的，参照本规定执行。

第二十八条　本规定自2007年11月1日起施行。

5. 土地登记与权属

在京中央国家机关用地土地登记办法

2000年10月23日国土资源部令第6号发布

第一条　为规范在京中央国家机关用地土地登记，加强中央国家机关用地的管理，维护中央国家机关用地单位的合法权益，根据《中华人民共和国土地管理法》、《中华人民共和国土地管理法实施条例》，制定本办法。

第二条　本办法所称在京中央国家机关用地是指：

　　（一）中央党政机关使用的北京市范围内的国有土地；

　　（二）机关事务分别属于国务院机关事务管理局、中共中央直属机关事务管理局、全国人大办公厅机关事务管理局、全国政协办公厅机关事务管理局（以下简称机关事务管理局）归口管理的单位使用的北京市范围内的国有土地；

　　（三）按国家有关规定其他纳入中央国家机关用地管理的北京市范围内的国有土地。

第三条　国土资源部委托北京市国土资源和房屋管理局（以下简称北京市局）直接办理在京中央国家机关用地的土地登记和发证。

　　国土资源部对委托的土地登记事务有权依法监督、检查，对登记中的有关问题有权进行裁定，对违反有关规定的土地登记发证结果有权撤销，对委托的土地登记事务有权收回。

第四条　北京市局应当在办结在京中央国家机关用地注册登记之日起15日内将土地登记结果（土地登记审批表、土地登记卡）影印件报国土资源部备案。

　　在京中央国家机关用地单位在领取《国有土地使用证》之日起15日内应当将《国有土地使用证》影印件报送有关机关事务管理局

备案。

第五条　北京市初始地籍调查未进行到在京中央国家机关用地的,在京中央国家机关用地地籍调查工作可由有关机关事务管理局会同北京市局组织在京中央国家机关用地单位以宗地为单元进行;北京市初始地籍调查进行到在京中央国家机关用地的,由北京市局分别会同有关机关事务管理局统一组织。

初始地籍调查应当由具有土地调查资格的机构承担,按照国家统一的技术规程进行。

第六条　在京中央国家机关用地单位与其他单位或者个人发生土地权属争议的,由争议各方当事人协商解决;协商不成的,可以由北京市局会同有关机关事务管理局协调解决;协调不成的,可以由国土资源部商北京市人民政府处理;确属难以解决的,经国土资源部报国务院依法裁定后,由北京市局办理登记和发证。

两个或两个以上在京中央国家机关用地单位对同一宗地有权属争议的,可以由机关事务管理局先行协调解决。

第七条　在京中央国家机关用地单位申请土地登记时,应当提交《土地登记规则》规定的文件资料和有关机关事务管理局出具的土地登记申请审核意见。土地权属资料不齐全的,还应提交由有关机关事务管理局确认盖章的土地权属来源说明函。地籍调查由有关机关事务管理局会同北京市局组织进行的,还应提交申请登记宗地的地籍调查资料。

第八条　北京市局收到在京中央国家机关用地土地登记申请后,对符合规定的,应当受理。除本办法第九条、第十条规定的情形外,北京市局应按《土地登记规则》规定的期限,办理中央国家机关用地土地登记,颁发土地证书。

北京市局办理在京中央国家机关用地土地登记和发证时,应当使用国土资源部制发的"国土资源部土地登记专用章"。

在京中央国家机关用地进行土地登记时,应当按国家规定缴纳有关费用。

第九条　北京市局在办理在京中央国家机关用地土地登记时,能证明宗地权属不属于申请记的用地单位的,作出不予登记的决定,在发送申请单位的同时报国土资源部备案,同时通

知有关机关事务管理局。有争议的,按本办法第六条规定处理。

第十条　有下列情形之一的,北京市局可以作出暂缓登记的决定,并将载明暂缓登记理由的决定书发送申请人:

(一)土地权属争议尚未解决的;

(二)土地违法行为尚未处理或者正在处理的;

(三)依法限制土地权利或者因依法查封地上建筑物、其他附着物而限制土地权利的;

(四)法律、行政法规规定暂缓登记的其他情形。

作出暂缓登记决定的,北京市局应当报国土资源部备案,同时通知有关机关事务管理局。

第十一条　在京中央国家机关用地变更的,申请办理土地变更登记时,应当提交有关机关事务管理局出具的同意变更的意见。

第十二条　在京中央国家机关用地单位对办理土地登记的程序、结果或者其他事项有异议的,可以经由有关机关事务管理局向北京市局提出复查申请。北京市局应当在收到复查申请之日起15日内作出答复。

有关机关事务管理局对北京市局的答复仍有异议的,可以在收到答复之日起30日内向国土资源部申请复查。

第十三条　向国土资源部申请复查,应当提交土地登记复查申请、北京市局复查结果及其他有关材料。

土地登记复查申请应当载明复查的事项、理由、依据和要求等。

第十四条　国土资源部自收到土地登记复查申请之日7日内,应当将土地登记复查申请副本送北京市局。

北京市局自收到国土资源部转来的土地登记复查申请副本之日起15日内,将土地登记档案及审查意见报送国土资源部。

第十五条　国土资源部在收到北京市局报送的审查意见之日起30日内,分别情况作出决定:

(一)原土地登记程序和结果无误的,作出维持原土地登记结果的决定,并通知北京市局;

（二）原土地登记程序或者结果有误的，通知北京市局，北京市局应当自收到通知之日起30日内予以更正，并在注册登记之日起15日内将更正的土地登记结果复印件报国土资源部备案。

第十六条　在京中央国家机关用地的土地登记资料由北京市局管理，并负责保持辖区内地籍资料的完整性和现势性。

第十七条　北京市局依照本办法规定办理在京中央国家机关用地土地登记时，对已登记发证的在京中央国家机关用地应予以认可。对界址发生变化的，应予以更正。界址未变化，但初始地籍调查确认的面积与已登记发证宗地面积不一致的，以初始地籍调查面积为准，并在土地登记卡上进行注记，待宗地发生变更进行变更登记时予以更正，换发土地证书。

第十八条　本办法由国土资源部负责解释。

第十九条　本办法自发布之日起施行。

土地权属争议调查处理办法

2003年1月3日国土资源部令第17号发布

第一条　为依法、公正、及时地做好土地权属争议的调查处理工作，保护当事人的合法权益，维护土地的社会主义公有制，根据《中华人民共和国土地管理法》，制定本办法。

第二条　本办法所称土地权属争议，是指土地所有权或者使用权归属争议。

第三条　调查处理土地权属争议，应当以法律、法规和土地管理规章为依据。从实际出发，尊重历史，面对现实。

第四条　县级以上国土资源行政主管部门负责土地权属争议案件（以下简称争议案件）的调查和调解工作；对需要依法作出处理决定的，拟定处理意见，报同级人民政府作出处理决定。

县级以上国土资源行政主管部门可以指定专门机构或者人员负责办理争议案件有关事宜。

第五条　个人之间、个人与单位之间、单位与单位之间发生的争议案件，由争议土地所在地的县级国土资源行政主管部门调查处理。

前款规定的个人之间、个人与单位之间发生的争议案件，可以根据当事人的申请，由乡级人民政府受理和处理。

第六条　设区的市、自治州国土资源行政主管部门调查处理下列争议案件：

一、跨县级行政区域的；

二、同级人民政府、上级国土资源行政主管部门交办或者有关部门转送的。

第七条　省、自治区、直辖市国土资源行政主管部门调查处理下列争议案件：

一、跨设区的市、自治州行政区域的；

二、争议一方为中央国家机关或者其直属单位，且涉及土地面积较大的；

三、争议一方为军队，且涉及土地面积较大的；

四、在本行政区域内有较大影响的；

五、同级人民政府、国土资源部交办或者有关部门转送的。

第八条　国土资源部调查处理下列争议案件：

一、国务院交办的；

二、在全国范围内有重大影响的。

第九条　当事人发生土地权属争议，经协商不能解决的，可以依法向县级以上人民政府或者乡级人民政府提出处理申请，也可以依照本办法第五、六、七、八条的规定，向有关的国土资源行政主管部门提出调查处理申请。

第十条　申请调查处理土地权属争议的，应当符合下列条件：

一、申请人与争议的土地有直接利害关系；

二、有明确的请求处理对象、具体的处理请求和事实根据。

第十一条　当事人申请调查处理土地权属争议，应当提交书面申请书和有关证据材料，并按照被申请人数提交副本。

申请书应当载明以下事项：

一、申请人和被申请人的姓名或者名称、地址、邮政编码、法定代表人姓名和职务；

二、请求的事项、事实和理由；

三、证人的姓名、工作单位、住址、邮政编码。

第十二条　当事人可以委托代理人代为申请土

地权属争议的调查处理。委托代理人申请的，应当提交授权委托书。授权委托书应当写明委托事项和权限。

第十三条 对申请人提出的土地权属争议调查处理的申请，国土资源行政主管部门应当依照本办法第十条的规定进行审查，并在收到申请书之日起 7 个工作日内提出是否受理的意见。

认为应当受理的，在决定受理之日起 5 个工作日内将申请书副本发送被申请人。被申请人应当在接到申请书副本之日起 30 日内提交答辩书和有关证据材料。逾期不提交答辩书的，不影响案件的处理。

认为不应当受理的，应当及时拟定不予受理建议书，报同级人民政府作出不予受理决定。

当事人对不予受理决定不服的，可以依法申请行政复议或者提起行政诉讼。

同级人民政府、上级国土资源行政主管部门交办或者有关部门转办的争议案件，按照本条有关规定审查处理。

第十四条 下列案件不作为争议案件受理：

一、土地侵权案件；

二、行政区域边界争议案件；

三、土地违法案件；

四、农村土地承包经营权争议案件；

五、其他不作为土地权属争议的案件。

第十五条 国土资源行政主管部门决定受理后，应当及时指定承办人，对当事人争议的事实情况进行调查。

第十六条 承办人与争议案件有利害关系的，应当申请回避；当事人认为承办人与争议案件有利害关系的，有权请求该承办人回避。承办人是否回避，由受理案件的国土资源行政主管部门决定。

第十七条 承办人在调查处理土地权属争议过程中，可以向有关单位或者个人调查取证。被调查的单位或者个人应当协助，并如实提供有关证明材料。

第十八条 在调查处理土地权属争议过程中，国土资源行政主管部门认为有必要对争议的土地进行实地调查的，应当通知当事人及有关人员到现场。必要时，可以邀请有关部门派人协助调查。

第十九条 土地权属争议双方当事人对各自提出的事实和理由负有举证责任，应当及时向负责调查处理的国土资源行政主管部门提供有关证据材料。

第二十条 国土资源行政主管部门在调查处理争议案件时，应当审查双方当事人提供的下列证据材料：

一、人民政府颁发的确定土地权属的凭证；

二、人民政府或者主管部门批准征用、划拨、出让土地或者以其他方式批准使用土地的文件；

三、争议双方当事人依法达成的书面协议；

四、人民政府或者司法机关处理争议的文件或者附图；

五、其他有关证明文件。

第二十一条 对当事人提供的证据材料，国土资源行政主管部门应当查证属实，方可作为认定事实的根据。

第二十二条 在土地所有权和使用权争议解决之前，任何一方不得改变土地利用的现状。

第二十三条 国土资源行政主管部门对受理的争议案件，应当在查清事实、分清权属关系的基础上先行调解，促使当事人以协商方式达成协议。调解应当坚持自愿、合法的原则。

第二十四条 调解达成协议的，应当制作调解书。调解书应当载明以下内容：

一、当事人的姓名或者名称、法定代表人姓名、职务；

二、争议的主要事实；

三、协议内容及其他有关事项。

第二十五条 调解书经双方当事人签名或者盖章，由承办人署名并加盖国土资源行政主管部门的印章后生效。

生效的调解书具有法律效力，是土地登记的依据。

第二十六条 国土资源行政主管部门应当在调解书生效之日起 15 日内，依照民事诉讼法的有关规定，将调解书送达当事人，并同时抄报上一级国土资源行政主管部门。

第二十七条　调解未达成协议的,国土资源行政主管理部门应当及时提出调查处理意见,报同级人民政府作出处理决定。

第二十八条　国土资源行政主管部门应当自受理土地权属争议之日起6个月内提出调查处理意见。因情况复杂,在规定时间内不能提出调查处理意见的,经该国土资源行政主管部门的主要负责人批准,可以适当延长。

第二十九条　调查处理意见应当包括以下内容:

一、当事人的姓名或者名称、地址、法定代表人的姓名、职务;

二、争议的事实、理由和要求;

三、认定的事实和适用的法律、法规等依据;

四、拟定的处理结论。

第三十条　国土资源行政主管部门提出调查处理意见后,应当在5个工作日内报送同级人民政府,由人民政府下达处理决定。

国土资源行政主管部门的调查处理意见在报同级人民政府的同时,抄报上一级国土资源行政主管部门。

第三十一条　当事人对人民政府作出的处理决定不服的,可以依法申请行政复议或者提起行政诉讼。

在规定的时间内,当事人既不申请行政复议,也不提起行政诉讼,处理决定即发生法律效力。

生效的处理决定是土地登记的依据。

第三十二条　在土地权属争议调查处理过程中,国土资源行政主管部门的工作人员玩忽职守、滥用职权、徇私舞弊,构成犯罪的,依法追究刑事责任;不构成犯罪的,由其所在单位或者其上级机关依法给予行政处分。

第三十三条　乡级人民政府处理土地权属争议,参照本办法执行。

第三十四条　调查处理争议案件的文书格式,由国土资源部统一制定。

第三十五条　调查处理争议案件的费用,依照国家有关规定执行。

第三十六条　本办法自2003年3月1日起施行。1995年12月18日原国家土地管理局发布的《土地权属争议处理暂行办法》同时废止。

土地登记办法

1. 2007年12月30日国土资源部令第40号发布
2. 自2008年2月1日起施行

第一章　总　　则

第一条　为规范土地登记行为,保护土地权利人的合法权益,根据《中华人民共和国物权法》、《中华人民共和国土地管理法》、《中华人民共和国城市房地产管理法》和《中华人民共和国土地管理法实施条例》,制定本办法。

第二条　本办法所称土地登记,是指将国有土地使用权、集体土地所有权、集体土地使用权和土地抵押权、地役权以及依照法律法规规定需要登记的其他土地权利记载于土地登记簿公示的行为。

前款规定的国有土地使用权,包括国有建设用地使用权和国有农用地使用权;集体土地使用权,包括集体建设用地使用权、宅基地使用权和集体农用地使用权(不含土地承包经营权)。

第三条　土地登记实行属地登记原则。

申请人应当依照本办法向土地所在地的县级以上人民政府国土资源行政主管部门提出土地登记申请,依法报县级以上人民政府登记造册,核发土地权利证书。但土地抵押权、地役权由县级以上人民政府国土资源行政主管部门登记,核发土地他项权利证明书。

跨县级行政区域使用的土地,应当报土地所跨区域各级以上人民政府分别办理土地登记。

在京中央国家机关使用的土地,按照《在京中央国家机关用地土地登记办法》的规定执行。

第四条　国家实行土地登记人员持证上岗制度。从事土地权属审核和登记审查的工作人员,应当取得国务院国土资源行政主管部门颁发的土地登记上岗证书。

第二章　一般规定

第五条　土地以宗地为单位进行登记。

宗地是指土地权属界线封闭的地块或者

空间。

第六条 土地登记应当依照申请进行，但法律、法规和本办法另有规定的除外。

第七条 土地登记应当由当事人共同申请，但有下列情形之一的，可以单方申请：

（一）土地总登记；

（二）国有土地使用权、集体土地所有权、集体土地使用权的初始登记；

（三）因继承或者遗赠取得土地权利的登记；

（四）因人民政府已经发生法律效力的土地权属争议处理决定而取得土地权利的登记；

（五）因人民法院、仲裁机构已经发生法律效力的法律文书而取得土地权利的登记；

（六）更正登记或者异议登记；

（七）名称、地址或者用途变更登记；

（八）土地权利证书的补发或者换发；

（九）其他依照规定可以由当事人单方申请的情形。

第八条 两个以上土地使用权人共同使用一宗土地的，可以分别申请土地登记。

第九条 申请人申请土地登记，应当根据不同的登记事项提交下列材料：

（一）土地登记申请书；

（二）申请人身份证明材料；

（三）土地权属来源证明；

（四）地籍调查表、宗地图及宗地界址坐标；

（五）地上附着物权属证明；

（六）法律法规规定的完税或者减免税凭证；

（七）本办法规定的其他证明材料。

前款第（四）项规定的地籍调查表、宗地图及宗地界址坐标，可以委托有资质的专业技术单位进行地籍调查获得。

申请人申请土地登记，应当如实向国土资源行政主管部门提交有关材料和反映真实情况，并对申请材料实质内容的真实性负责。

第十条 未成年人的土地权利，应当由其监护人代为申请登记。申请办理未成年人土地登记的，除提交本办法第九条规定的材料外，还应

当提交监护人身份证明材料。

第十一条 委托代理人申请土地登记的，除提交本办法第九条规定的材料外，还应当提交授权委托书和代理人身份证明。

代理境外申请人申请土地登记的，授权委托书和被代理人身份证明应当经依法公证或者认证。

第十二条 对当事人提出的土地登记申请，国土资源行政主管部门应当根据下列情况分别作出处理：

（一）申请登记的土地不在本登记辖区的，应当当场作出不予受理的决定，并告知申请人向有管辖权的国土资源行政主管部门申请；

（二）申请材料存在可以当场更正的错误的，应当允许申请人当场更正；

（三）申请材料不齐全或者不符合法定形式的，应当当场或者在五日内一次告知申请人需要补正的全部内容；

（四）申请材料齐全、符合法定形式，或者申请人按照要求提交全部补正申请材料的，应当受理土地登记申请。

第十三条 国土资源行政主管部门受理土地登记申请后，认为必要的，可以就有关登记事项向申请人询问，也可以对申请登记的土地进行实地查看。

第十四条 国土资源行政主管部门应当对受理的土地登记申请进行审查，并按照下列规定办理登记手续：

（一）根据对土地登记申请的审核结果，以宗地为单位填写土地登记簿；

（二）根据土地登记簿的相关内容，以权利人为单位填写土地归户卡；

（三）根据土地登记簿的相关内容，以宗地为单位填写土地权利证书。对共有一宗土地的，应当为两个以上土地权利人分别填写土地权利证书。

国土资源行政主管部门在办理土地所有权和土地使用权登记手续前，应当报经同级人民政府批准。

第十五条 土地登记簿是土地权利归属和内容的根据。土地登记簿应当载明下列内容：

（一）土地权利人的姓名或者名称、地址；

（二）土地的权属性质、使用权类型、取得时间和使用期限、权利以及内容变化情况；

（三）土地的坐落、界址、面积、宗地号、用途和取得价格；

（四）地上附着物情况。

土地登记簿应当加盖人民政府印章。

土地登记簿采用电子介质的，应当每天进行异地备份。

第十六条　土地权利证书是土地权利人享有土地权利的证明。

土地权利证书记载的事项，应当与土地登记簿一致；记载不一致的，除有证据证明土地登记簿确有错误外，以土地登记簿为准。

第十七条　土地权利证书包括：

（一）国有土地使用证；

（二）集体土地所有证；

（三）集体土地使用证；

（四）土地他项权利证明书。

国有建设用地使用权和国有农用地使用权在国有土地使用证上载明；集体建设用地使用权、宅基地使用权和集体农用地使用权在集体土地使用证上载明；土地抵押权和地役权可以在土地他项权利证明书上载明。

土地权利证书由国务院国土资源行政主管部门统一监制。

第十八条　有下列情形之一的，不予登记：

（一）土地权属有争议的；

（二）土地违法违规行为尚未处理或者正在处理的；

（三）未依法足额缴纳土地有偿使用费和其他税费的；

（四）申请登记的土地权利超过规定期限的；

（五）其他依法不予登记的。

不予登记的，应当书面告知申请人不予登记的理由。

第十九条　国土资源行政主管部门应当自受理土地登记申请之日起二十日内，办结土地登记审查手续。特殊情况需要延期的，经国土资源行政主管部门负责人批准后，可以延长十日。

第二十条　土地登记形成的文件资料，由国土资源行政主管部门负责管理。

土地登记申请书、土地登记审批表、土地登记归户卡和土地登记簿的式样，由国务院国土资源行政主管部门规定。

第三章　土地总登记

第二十一条　本办法所称土地总登记，是指在一定时间内对辖区内全部土地或者特定区域内土地进行的全面登记。

第二十二条　土地总登记应当发布通告。通告的主要内容包括：

（一）土地登记区的划分；

（二）土地登记的期限；

（三）土地登记收件地点；

（四）土地登记申请人应当提交的相关文件材料；

（五）需要通告的其他事项。

第二十三条　对符合总登记要求的宗地，由国土资源行政主管部门予以公告。公告的主要内容包括：

（一）土地权利人的姓名或者名称、地址；

（二）准予登记的土地坐落、面积、用途、权属性质、使用权类型和使用期限；

（三）土地权利人及其他利害关系人提出异议的期限、方式和受理机构；

（四）需要公告的其他事项。

第二十四条　公告期满，当事人对土地总登记审核结果无异议或者异议不成立的，由国土资源行政主管部门报经人民政府批准后办理登记。

第四章　初始登记

第二十五条　本办法所称初始登记，是指土地总登记之外对设立的土地权利进行的登记。

第二十六条　依法以划拨方式取得国有建设用地使用权的，当事人应当持县级以上人民政府的批准用地文件和国有土地划拨决定书等相关证明材料，申请划拨国有建设用地使用权初始登记。

新开工的大中型建设项目使用划拨国有土地的，还应当提供建设项目竣工验收报告。

第二十七条　依法以出让方式取得国有建设用地使用权的，当事人应当在付清全部国有土地出让价款后，持国有建设用地使用权出让合同和土地出让价款缴纳凭证等相关证明材料，申请出让国有建设用地使用权初始登记。

第二十八条 划拨国有建设用地使用权已依法转为出让国有建设用地使用权的,当事人应当持原国有土地使用证、出让合同及土地出让价款缴纳凭证等相关证明材料,申请出让国有建设用地使用权初始登记。

第二十九条 依法以国有土地租赁方式取得国有建设用地使用权的,当事人应当持租赁合同和土地租金缴纳凭证等相关证明材料,申请租赁国有建设用地使用权初始登记。

第三十条 依法以国有土地使用权作价出资或者入股方式取得国有建设用地使用权的,当事人应当持原国有土地使用证、土地使用权出资或者入股批准文件和其他相关证明材料,申请作价出资或者入股国有建设用地使用权初始登记。

第三十一条 以国家授权经营方式取得国有建设用地使用权的,当事人应当持原国有土地使用证、土地资产处置批准文件和其他相关证明材料,申请授权经营国有建设用地使用权初始登记。

第三十二条 农民集体土地所有权人应当持集体土地所有权证明材料,申请集体土地所有权初始登记。

第三十三条 依法使用本集体土地进行建设的,当事人应当持有批准权的人民政府的批准用地文件,申请集体建设用地使用权初始登记。

第三十四条 集体土地所有权人依法以集体建设用地使用权入股、联营等形式兴办企业的,当事人应当持有批准权的人民政府的批准文件和相关合同,申请集体建设用地使用权初始登记。

第三十五条 依法使用本集体土地进行农业生产的,当事人应当持农用地使用合同,申请集体农用地使用权初始登记。

第三十六条 依法抵押土地使用权的,抵押权人和抵押人应当持土地权利证书、主债权债务合同、抵押合同以及相关证明材料,申请土地使用权抵押登记。

同一宗地多次抵押的,以抵押登记申请先后为序办理抵押登记。

符合抵押登记条件的,国土资源行政主管部门应当将抵押合同约定的有关事项在土地登记簿和土地权利证书上加以记载,并向抵押权人颁发土地他项权利证明书。申请登记的抵押为最高额抵押的,应当记载所担保的最高债权额、最高额抵押的期间等内容。

第三十七条 在土地上设定地役权后,当事人申请地役权登记的,供役地权利人和需役地权利人应当向国土资源行政主管部门提交土地权利证书和地役权合同等相关证明材料。

符合地役权登记条件的,国土资源行政主管部门应当将地役权合同约定的有关事项分别记载于供役地和需役地的土地登记簿和土地权利证书,并将地役权合同保存于供役地和需役地的宗地档案中。

供役地、需役地分属不同国土资源行政主管部门管辖的,当事人可以向负责供役地登记的国土资源行政主管部门申请地役权登记。负责供役地登记的国土资源行政主管部门完成登记后,应当通知负责需役地登记的国土资源行政主管部门,由其记载于需役地的土地登记簿。

第五章 变 更 登 记

第三十八条 本办法所称变更登记,是指因土地权利人发生改变,或者因土地权利人姓名或者名称、地址和土地用途等内容发生变更而进行的登记。

第三十九条 依法以出让、国有土地租赁、作价出资或者入股方式取得的国有建设用地使用权转让的,当事人应当持原国有土地使用证和土地权利发生转移的相关证明材料,申请国有建设用地使用权变更登记。

第四十条 因依法买卖、交换、赠与地上建筑物、构筑物及其附属设施涉及建设用地使用权转移的,当事人应当持原土地权利证书、变更后的房屋所有权证书及土地使用权发生转移的相关证明材料,申请建设用地使用权变更登记。涉及划拨土地使用权转移的,当事人还应当提供有批准权人民政府的批准文件。

第四十一条 因法人或者其他组织合并、分立、兼并、破产等原因致使土地使用权发生转移的,当事人应当持相关协议及有关部门的批准文件、原土地权利证书等相关证明材料,申请土地使用权变更登记。

第四十二条 因处分抵押财产而取得土地使用权的，当事人应当在抵押财产处分后，持相关证明文件，申请土地使用权变更登记。

第四十三条 土地使用权抵押期间，土地使用权依法发生转让的，当事人应当持抵押权人同意转让的书面证明、转让合同及其他相关证明材料，申请土地使用权变更登记。

已经抵押的土地使用权转让后，当事人应当持土地权利证书和他项权利证明书，办理土地抵押权变更登记。

第四十四条 经依法登记的土地抵押权因主债权被转让而转让的，主债权的转让人和受让人可以持原土地他项权利证明书、转让协议、已经通知债务人的证明等相关证明材料，申请土地抵押权变更登记。

第四十五条 因人民法院、仲裁机构生效的法律文书或者因继承、受遗赠取得土地使用权，当事人申请登记的，应当持生效的法律文书或者死亡证明、遗嘱等相关证明材料，申请土地使用权变更登记。

权利人在办理登记之前先行转让该土地使用权或者设定土地抵押权的，应当依照本办法先将土地权利申请登记到其名下后，再申请办理土地权利变更登记。

第四十六条 已经设定地役权的土地使用权转移后，当事人申请登记的，供役地权利人和需役地权利人应当持变更后的地役权合同及土地权利证书等相关证明材料，申请办理地役权变更登记。

第四十七条 土地权利人姓名或名称、地址发生变化的，当事人应当持原土地权利证书等相关证明材料，申请姓名或者名称、地址变更登记。

第四十八条 土地的用途发生变更的，当事人应当持有关批准文件和原土地权利证书，申请土地用途变更登记。

土地用途变更依法需要补交土地出让价款的，当事人还应当提交已补交土地出让价款的缴纳凭证。

第六章　注销登记

第四十九条 本办法所称注销登记，是指因土地权利的消灭等而进行的登记。

第五十条 有下列情形之一的，可直接办理注销登记：

（一）依法收回的国有土地；

（二）依法征收的农民集体土地；

（三）因人民法院、仲裁机构的生效法律文书致使原土地权利消灭，当事人未办理注销登记的。

第五十一条 因自然灾害等原因造成土地权利消灭的，原土地权利人应当持原土地权利证书及相关证明材料，申请注销登记。

第五十二条 非住宅国有建设用地使用权期限届满，国有建设用地使用权人未申请续期或者申请续期未获批准的，当事人应当在期限届满前十五日内，持原土地权利证书，申请注销登记。

第五十三条 已经登记的土地抵押权、地役权终止的，当事人应当在该土地抵押权、地役权终止之日起十五日内，持相关证明文件，申请土地抵押权、地役权注销登记。

第五十四条 当事人未按照本办法第五十一条、第五十二条和第五十三条的规定申请注销登记的，国土资源行政主管部门应当责令当事人限期办理；逾期不办理的，进行注销公告，公告期满后可直接办理注销登记。

第五十五条 土地抵押期限届满，当事人未申请土地使用权抵押注销登记的，除设定抵押权的土地使用权期限届满外，国土资源行政主管部门不得直接注销土地使用权抵押登记。

第五十六条 土地登记注销后，土地权利证书应当收回；确实无法收回的，应当在土地登记簿上注明，并经公告后废止。

第七章　其他登记

第五十七条 本办法所称其他登记，包括更正登记、异议登记、预告登记和查封登记。

第五十八条 国土资源行政主管部门发现土地登记簿记载的事项确有错误的，应当报经人民政府批准后进行更正登记，并书面通知当事人在规定期限内办理更换或者注销原土地权利证书的手续。当事人逾期不办理的，国土资源行政主管部门报经人民政府批准并公告后，原土地权利证书废止。

更正登记涉及土地权利归属的，应当对更

正登记结果进行公告。

第五十九条　土地权利人认为土地登记簿记载的事项错误的，可以持原土地权利证书和证明登记错误的相关材料，申请更正登记。

利害关系人认为土地登记簿记载的事项错误的，可以持土地权利人书面同意更正的证明文件，申请更正登记。

第六十条　土地登记簿记载的权利人不同意更正的，利害关系人可以申请异议登记。

对符合异议登记条件的，国土资源行政主管部门应当将相关事项记载于土地登记簿，并向申请人颁发异议登记证明，同时书面通知土地登记簿记载的土地权利人。

异议登记期间，未经异议登记权利人同意，不得办理土地权利的变更登记或者设定土地抵押权。

第六十一条　有下列情形之一的，异议登记申请人或者土地登记簿记载的土地权利人可以持相关材料申请注销异议登记：

（一）异议登记申请人在异议登记之日起十五日内没有起诉的；

（二）人民法院对异议登记申请人的起诉不予受理的；

（三）人民法院对异议登记申请人的诉讼请求不予支持的。

异议登记失效后，原申请人就同一事项再次申请异议登记的，国土资源行政主管部门不予受理。

第六十二条　当事人签订土地权利转让的协议后，可以按照约定持转让协议申请预告登记。

对符合预告登记条件的，国土资源行政主管部门应当将相关事项记载于土地登记簿，并向申请人颁发预告登记证明。

预告登记后，债权消灭或者自能够进行土地登记之日起三个月内当事人未申请土地登记的，预告登记失效。

预告登记期间，未经预告登记权利人同意，不得办理土地权利的变更登记或者土地抵押权、地役权登记。

第六十三条　国土资源行政主管部门应当根据人民法院提供的查封裁定书和协助执行通知书，报经人民政府批准后将查封或者预查封的

情况在土地登记簿上加以记载。

第六十四条　国土资源行政主管部门在协助人民法院执行土地使用权时，不对生效法律文书和协助执行通知书进行实体审查。国土资源行政主管部门认为人民法院的查封、预查封裁定书或者其他生效法律文书错误的，可以向人民法院提出审查建议，但不得停止办理协助执行事项。

第六十五条　对被执行人因继承、判决或者强制执行取得，但尚未办理变更登记的土地使用权的查封，国土资源行政主管部门依照执行查封的人民法院提交的被执行人取得财产所依据的继承证明、生效判决书或者执行裁定书及协助执行通知书等，先办理变更登记手续后，再行办理查封登记。

第六十六条　土地使用权在预查封期间登记在被执行人名下的，预查封登记自动转为查封登记。

第六十七条　两个以上人民法院对同一宗土地进行查封的，国土资源行政主管部门应当为先送达协助执行通知书的人民法院办理查封登记手续，对后送达协助执行通知书的人民法院办理轮候查封登记，并书面告知其该土地使用权已被其他人民法院查封的事实及查封的有关情况。

轮候查封登记的顺序按照人民法院送达协助执行通知书的时间先后进行排列。查封法院依法解除查封的，排列在先的轮候查封自动转为查封；查封法院对查封的土地使用权全部处理的，排列在后的轮候查封自动失效；查封法院对查封的土地使用权部分处理的，对剩余部分，排列在后的轮候查封自动转为查封。

预查封的轮候登记参照本条第一款和第二款的规定办理。

第六十八条　查封、预查封期限届满或者人民法院解除查封的，查封、预查封登记失效，国土资源行政主管部门应当注销查封、预查封登记。

第六十九条　对被人民法院依法查封、预查封的土地使用权，在查封、预查封期间，不得办理土地权利的变更登记或者土地抵押权、地役权登记。

第八章　土地权利保护

第七十条　依法登记的国有土地使用权、集体土地所有权、集体土地使用权和土地抵押权、地役权受法律保护,任何单位和个人不得侵犯。

第七十一条　县级以上人民政府国土资源行政主管部门应当加强土地登记结果的信息系统和数据库建设,实现国家和地方土地登记结果的信息共享和异地查询。

第七十二条　国家实行土地登记资料公开查询制度。土地权利人、利害关系人可以申请查询土地登记资料,国土资源行政主管部门应当提供。

　　土地登记资料的公开查询,依照《土地登记资料公开查询办法》的规定执行。

第九章　法　律　责　任

第七十三条　当事人伪造土地权利证书的,由县级以上人民政府国土资源行政主管部门依法没收伪造的土地权利证书;情节严重构成犯罪的,依法追究刑事责任。

第七十四条　国土资源行政主管部门工作人员在土地登记工作中玩忽职守、滥用职权、徇私舞弊的,依法给予行政处分;构成犯罪的,依法追究刑事责任。

第十章　附　　则

第七十五条　经省、自治区、直辖市人民政府确定,县级以上地方人民政府由一个部门统一负责土地和房屋登记工作的,其房地产登记中有关土地登记的内容应当符合本办法的规定,其房地产权证书的内容和式样应当报国务院国土资源行政主管部门核准。

第七十六条　土地登记中依照本办法需要公告的,应当在人民政府或者国土资源行政主管部门的门户网站上进行公告。

第七十七条　土地权利证书灭失、遗失的,土地权利人应当在指定媒体上刊登灭失、遗失声明后,方可申请补发。补发的土地权利证书应当注明"补发"字样。

第七十八条　本办法自 2008 年 2 月 1 日起施行。

确定土地所有权和使用权的若干规定

1995 年 3 月 11 日国家土地管理局发布

第一章　总　　则

第一条　为了确定土地所有权和使用权,依法进行土地登记,根据有关的法律、法规和政策,制订本规定。

第二条　土地所有权和使用权由县级以上人民政府确定,土地管理部门具体承办。

　　土地权属争议,由土地管理部门提出处理意见,报人民政府下达处理决定或报人民政府批准后由土地管理部门下达处理决定。

第二章　国家土地所有权

第三条　城市市区范围内的土地属于国家所有。

第四条　依据一九五〇年《中华人民共和国土地改革法》及有关规定,凡当时没有将土地所有权分配给农民的土地属于国家所有;实施一九六二年《农村人民公社工作条例修正草案》(以下简称《六十条》)未划入农民集体范围内的土地属于国家所有。

第五条　国家建设征用的土地,属于国家所有。

第六条　开发利用国有土地,开发利用者依法享有土地使用权,土地所有权仍属国家。

第七条　国有铁路线路、车站、货场用地以及依法留用的其他铁路用地属于国家所有。土改时已分配给农民所有的原铁路用地和新建铁路两侧未经征用的农民集体所有土地属于农民集体所有。

第八条　县级以上(含县级)公路线路用地属于国家所有。公路两侧保护用地和公路其他用地凡未经征用的农民集体所有的土地仍属于农民集体所有。

第九条　国有电力、通讯设施用地属于国家所有。但国有电力通讯杆塔占用农民集体所有的土地,未办理征用手续的,土地仍属于农民集体所有,对电力通讯经营单位可确定为他项权利。

第十条　军队接收的敌伪地产及解放后经人民

政府批准征用、划拨的军事用地属于国家所有。

第十一条　河道堤防内的土地和堤防外的护堤地,无堤防河道历史最高洪水位或者设计洪水位以下的土地,除土改时已将所有权分配给农民,国家未征用,且迄今仍归农民集体使用的外,属于国家所有。

第十二条　县级以上(含县级)水利部门直接管理的水库、渠道等水利工程用地属于国家所有。水利工程管理和保护范围内未经征用的农民集体土地仍属于农民集体所有。

第十三条　国家建设对农民集体全部进行移民安置并调剂土地后,迁移农民集体原有土地转为国家所有。但移民后原集体仍继续使用的集体所有土地,国家未进行征用的,其所有权不变。

第十四条　因国家建设征用土地,农民集体建制被撤销或其人口全部转为非农业人口,其未经征用的土地,归国家所有。继续使用原有土地的原农民集体及其成员享有国有土地使用权。

第十五条　全民所有制单位和城镇集体所有制单位兼并农民集体企业的,办理有关手续后,被兼并的原农民集体企业使用的集体所有土地转为国家所有。乡(镇)企业依照国家建设征用土地的审批程序和补偿标准使用的非本乡(镇)村农民集体所有的土地,转为国家所有。

第十六条　一九六二年九月《六十条》公布以前,全民所有制单位,城市集体所有制单位和集体所有制的华侨农场使用的原农民集体所有的土地(含合作化之前的个人土地),迄今没有退给农民集体的,属于国家所有。

《六十条》公布时起至一九八二年五月《国家建设征用土地条例》公布时止,全民所有制单位、城市集体所有制单位使用的原农民集体所有的土地,有下列情形之一的,属于国家所有:

1. 签订过土地转移等有关协议的;
2. 经县级以上人民政府批准使用的;
3. 进行过一定补偿或安置劳动力的;
4. 接受农民集体馈赠的;
5. 已购买原集体所有的建筑物的;

6. 农民集体所有制企事业单位转为全民所有制或者城市集体所有制单位的。

一九八二年五月《国家建设征用土地条例》公布时起至一九八七年《土地管理法》开始施行时止,全民所有制单位、城市集体所有制单位违反规定使用的农民集体土地,依照有关规定进行了清查处理后仍由全民所有制单位、城市集体所有制单位使用的,确定为国家所有。

凡属上述情况以外未办理征地手续使用的农民集体土地,由县级以上地方人民政府根据具体情况,按当时规定补办征地手续,或退还农民集体。一九八七年《土地管理法》施行后违法占用的农民集体土地,必须依法处理后,再确定土地所有权。

第十七条　一九八六年三月中共中央、国务院《关于加强土地管理、制止乱占耕地的通知》发布之前,全民所有制单位、城市集体所有制单位租用农民集体所有的土地,按照有关规定处理后,能够恢复耕种的,退还农民集体耕种,所有权仍属于农民集体;已建成永久性建筑物的,由用地单位按租用时的规定,补办手续,土地归国家所有。凡已经按照有关规定处理了的,可按处理决定确定所有权和使用权。

第十八条　土地所有权有争议,不能依法证明争议土地属于农民集体所有的,属于国家所有。

第三章　集体土地所有权

第十九条　土地改革时分给农民并颁发了土地所有证的土地,属于农民集体所有;实施《六十条》时确定为集体所有的土地,属农民集体所有。依照第二章规定属于国家所有的除外。

第二十条　村农民集体所有的土地,按目前该村农民集体实际使用的本集体土地所有权界线确定所有权。

根据《六十条》确定的农民集体土地所有权,由于下列原因发生变更的,按变更后的现状确定集体土地所有权。

(一)由于村、队、社、场合并或分割等管理体制的变化引起土地所有权变更的;

(二)由于土地开发、国家征地、集体兴办企事业或者自然灾害等原因进行过土地调整的;

（三）由于农田基本建设和行政区划变动等原因重新划定土地所有权界线的。行政区划变动未涉及土地权属变更的，原土地权属不变。

第二十一条　农民集体连续使用其他农民集体所有的土地已满二十年的，应视为现使用者所有；连续使用不满二十年，或者虽满二十年但在二十年期满之前所有者曾向现使用者或有关部门提出过归还的，由县级以上人民政府根据具体情况确定土地所有权。

第二十二条　乡（镇）或村在集体所有的土地上修建并管理的道路、水利设施用地，分别属于乡（镇）或村农民集体所有。

第二十三条　乡（镇）或村办企事业单位使用的集体土地，《六十条》公布以前使用的，分别属于该乡（镇）或村农民集体所有；《六十条》公布时起至一九八二年国务院《村镇建房用地管理条例》发布时止使用的，有下列情况之一的，分别属于该乡（镇）或村农民集体所有：

1. 签订过用地协议的（不含租借）；

2. 经县、乡（公社）、村（大队）批准或同意，并进行了适当的土地调整或者经过一定补偿的；

3. 通过购买房屋取得的；

4. 原集体企事业单位体制经批准变更的。

一九八二年国务院《村镇建房用地管理条例》发布时起至一九八七年《土地管理法》开始施行时止，乡（镇）、村办企事业单位违反规定使用的集体土地按照有关规定清查处理后，乡（镇）、村集体单位继续使用的，可确定为该乡（镇）或村集体所有。

乡（镇）、村办企事业单位采用上述以外的方式占用的集体土地，或虽采用上述方式，但目前土地利用不合理的，如荒废、闲置等，应将其全部或部分土地退还原村或乡农民集体，或按有关规定进行处理。一九八七年《土地管理法》施行后违法占用的土地，须依法处理后再确定所有权。

第二十四条　乡（镇）企业使用本乡（镇）、村集体所有的土地，依照有关规定进行补偿和安置的，土地所有权转为乡（镇）农民集体所有。经依法批准的乡（镇）、村公共设施、公益事业使用的农民集体土地，分别属于乡（镇）、村农民集体所有。

第二十五条　农民集体经依法批准以土地使用权作为联营条件与其他单位或个人举办联营企业的，或者农民集体经依法批准以集体所有的土地的使用权作价入股，举办外商投资企业和内联乡镇企业的，集体土地所有权不变。

第四章　国有土地使用权

第二十六条　土地使用权确定给直接使用土地的具有法人资格的单位或个人。但法律、法规、政策和本规定另有规定的除外。

第二十七条　土地使用者经国家依法划拨、出让或解放初期接收、沿用，或通过依法转让、继承、接受地上建筑物等方式使用国有土地的，可确定其国有土地使用权。

第二十八条　土地公有制之前，通过购买房屋或土地及租赁土地方式使用私有的土地，土地转为国有后迄今仍继续使用的，可确定现使用者国有土地使用权。

第二十九条　因原房屋拆除、改建或自然坍塌等原因，已经变更了实际土地使用者的，经依法审核批准，可将土地使用权确定给实际土地使用者；空地及房屋坍塌或拆除后两年以上仍未恢复使用的土地，由当地县级以上人民政府收回土地使用权。

第三十条　原宗教团体、寺观教堂宗教活动用地，被其他单位占用，原使用单位因恢复宗教活动需要退还使用的，应按有关规定予以退还。确属无法退还或土地使用权有争议的，经协商、处理后确定土地使用权。

第三十一条　军事设施用地（含靶场、试验场、训练场）依照解放初土地接收文件和人民政府批准征用或划拨土地的文件确定土地使用权。土地使用权有争议的，按照国务院、中央军委有关文件规定处理后，再确定土地使用权。

国家确定的保留或地方代管的军事设施用地的土地使用权确定给军队，现由其他单位使用的，可依照有关规定确定为他项权利。

经国家批准撤销的军事设施，其土地使用权依照有关规定由当地县级以上人民政府收回并重新确定使用权。

第三十二条　依法接收、征用、划拨的铁路线路用地及其他铁路设施用地，现仍由铁路单位使用的，其使用权确定给铁路单位。铁路线路路基两侧依法取得使用权的保护用地，使用权确定给铁路单位。

第三十三条　国家水利、公路设施用地依照征用、划拨文件和有关法律、法规划定用地界线。

第三十四条　驻机关、企事业单位内的行政管理和服务性单位，经政府批准使用的土地，可以由土地管理部门商被驻单位规定土地的用途和其他限制条件后分别确定实际土地使用者的土地使用权。但租用房屋的除外。

第三十五条　原由铁路、公路、水利、电力、军队及其他单位和个人使用的土地，一九八二年五月《国家建设征用土地条例》公布之前，已经转由其他单位或个人使用的，除按照国家法律和政策应当退还的外，其国有土地使用权可确定给实际土地使用者，但严重影响上述部门的设施安全和正常使用的，暂不确定土地使用权，按照有关规定处理后，再确定土地使用权。一九八二年五月以后非法转让的，经依法处理后再确定使用权。

第三十六条　农民集体使用的国有土地，其使用权按县级以上人民政府主管部门审批、划拨文件确定；没有审批、划拨文件的，依照当时规定补办手续后，按使用现状确定；过去未明确划定使用界线的，由县级以上人民政府参照土地实际使用情况确定。

第三十七条　未按规定用途使用的国有土地，由县级以上人民政府收回重新安排使用，或者按有关规定处理后确定使用权。

第三十八条　一九八七年一月《土地管理法》施行之前重复划拨或重复征用的土地，可按目前实际使用情况或者根据最后一次划拨或征用文件确定使用权。

第三十九条　以土地使用权为条件与其他单位或个人合建房屋的，根据批准文件、合建协议或者投资数额确定土地使用权，但一九八二年《国家建设征用土地条例》公布后合建的，应依法办理土地转让手续后再确定土地使用权。

第四十条　以出让方式取得的土地使用权或以划拨方式取得的土地使用权补办出让手续后作为资产入股的，土地使用权确定给股份制企业。

国家以土地使用权作价入股的，土地使用权确定给股份制企业。

国家将土地使用权租赁给股份制企业的，土地使用权确定给股份制企业。企业以出让方式取得的土地使用权或以划拨方式取得的土地使用权补办出让手续后，出租给股份制企业的，土地使用权不变。

第四十一条　企业以出让方式取得的土地使用权，企业破产后，经依法处置，确定给新的受让人；企业通过划拨方式取得的土地使用权，企业破产时，其土地使用权由县级以上人民政府收回后，根据有关规定进行处置。

第四十二条　法人之间合并，依法属于应当以有偿方式取得土地使用权的，原土地使用权应当办理有关手续，有偿取得土地使用权；依法可以以划拨形式取得土地使用权的，可以办理划拨土地权属变更登记，取得土地使用权。

第五章　集体土地建设用地使用权

第四十三条　乡（镇）村办企业事业单位和个人依法使用农民集体土地进行非农业建设的，可依法确定使用者集体土地建设用地使用权。对多占少用、占而不用的，其闲置部分不予确定使用权，并退还农民集体，另行安排使用。

第四十四条　依照本规定第二十五条规定的农民集体土地，集体土地建设用地使用权确定给联营或股份企业。

第四十五条　一九八二年二月国务院发布《村镇建房用地管理条例》之前农村居民建房占用的宅基地，超过当地政府规定的面积，在《村镇建房用地管理条例》施行后未经拆迁、改建、翻建的，可以暂按现有实际使用面积确定集体土地建设用地使用权。

第四十六条　一九八二年二月《村镇建房用地管理条例》发布时起至一九八七年一月《土地管理法》开始施行时止，农村居民建房占用的宅基地，其面积超过当地政府规定标准的，超过部分按一九八六年三月中共中央、国务院《关于加强土地管理、制止乱占耕地的通知》及地方人民政府的有关规定处理后，按处理后实际使用面积确定集体土地建设用地使用权。

第四十七条 符合当地政府分户建房规定而尚未分户的农村居民，其现有的宅基地没有超过分户建房用地合计面积标准的，可按现有宅基地面积确定集体土地建设用地使用权。

第四十八条 非农业户口居民（含华侨）原在农村的宅基地，房屋产权没有变化的，可依法确定其集体土地建设用地使用权。房屋拆除后没有批准重建的，土地使用权由集体收回。

第四十九条 接受转让、购买房屋取得的宅基地，与原有宅基地合计面积超过当地政府规定标准，按照有关规定处理后允许继续使用的，可暂确定其集体土地建设用地使用权。继承房屋取得的宅基地，可确定集体土地建设用地使用权。

第五十条 农村专业户宅基地以外的非农业建设用地与宅基地分别确定集体土地建设用地使用权。

第五十一条 按照本规定第四十五条至第四十九条的规定确定农村居民宅基地集体土地建设用地使用权时，其面积超过当地政府规定标准的，可在土地登记卡和土地证书内注明超过标准面积的数量。以后分户建房或现有房屋拆迁、改建、翻建或政府依法实施规划重新建设时，按当地政府规定的面积标准重新确定使用权，其超过部分退还集体。

第五十二条 空闲或房屋坍塌、拆除两年以上未恢复使用的宅基地，不确定土地使用权。已经确定使用权的，由集体报经县级人民政府批准，注销其土地登记，土地由集体收回。

第六章　附　　则

第五十三条 一宗地由两个以上单位或个人共同使用的，可确定为共有土地使用权。共有土地使用权面积可以在共有使用人之间分摊。

第五十四条 地面与空中、地面与地下立体交叉使用土地的（楼房除外），土地使用权确定给地面使用者，空中和地下可确定为他项权利。

　　平面交叉使用土地的，可以确定为共有土地使用权；也可以将土地使用权确定给主要用途或优先使用单位，次要和服从使用单位可确定为他项权利。

　　上述两款中的交叉用地，如属合法批准征用、划拨的，可按批准文件确定使用权，其他用地单位确定为他项权利。

第五十五条 依法划定的铁路、公路、河道、水利工程、军事设施、危险品生产和储存地、风景区等区域的管理和保护范围内的土地，其土地的所有权和使用权依照土地管理有关法规确定。但对上述范围内的土地的用途，可以根据有关的规定增加适当的限制条件。

第五十六条 土地所有权或使用权证明文件上的四至界线与实地一致，但实地面积与批准面积不一致的，按实地四至界线计算土地面积，确定土地的所有权或使用权。

第五十七条 他项权利依照法律或当事人约定设定。他项权利可以与土地所有权或使用权同时确定，也可在土地所有权或使用权确定之后增设。

第五十八条 各级人民政府或人民法院已依法处理的土地权属争议，按处理决定确定土地所有权或使用权。

第五十九条 本规定由国家土地管理局负责解释。

第六十条 本规定自一九九五年五月一日起施行。一九八九年七月五日国家土地管理局印发的《关于确定土地权属问题的若干意见》同时停止执行。

最高人民法院关于破产企业国有划拨土地使用权应否列入破产财产等问题的批复

1. 2002 年 10 月 11 日最高人民法院审判委员会第 1245 次会议通过
2. 2003 年 4 月 16 日公布
3. 自 2003 年 4 月 18 日起施行
4. 法释〔2003〕6 号

湖北省高级人民法院：

　　你院鄂高法〔2002〕158 号《关于破产企业国有划拨土地使用权应否列入破产财产以及有关抵押效力认定等问题的请示》收悉。经研究，答复如下：

一、根据《中华人民共和国土地管理法》第五十八条第一款第（四）项及《城镇国有土地使用权出让和转让暂行条例》第四十七条的规定，破产企业以划拨方式取得的国有土地使用权不属于破产财产，在企业破产时，有关人民政府可以予以收回，并依法处置。纳入国家兼并破产计划的国有企业，其依法取得的国有土地使用权，应依据国务院有关文件规定办理。

二、企业对其以划拨方式取得的国有土地使用权无处分权，以该土地使用权为标的物设定抵押，除依法办理抵押登记手续外，还应经具有审批权限的人民政府或土地行政管理部门批准。否则，应认定抵押无效。如果企业对以划拨方式取得的国有土地使用权设定抵押时，履行了法定的审批手续，并依法办理了抵押登记，应认定抵押有效。根据《中华人民共和国城市房地产管理法》第五十条和《中华人民共和国担保法》第五十六条的规定，抵押权人只有在以抵押标的物折价或拍卖、变卖所得价款缴纳相当于土地使用权出让金的款项后，对剩余部分方可享有优先受偿权。但纳入国家兼并破产计划的国有企业，其用以划拨方式取得的国有土地使用权设定抵押的，应依据国务院有关文件规定办理。

三、国有企业以关键设备、成套设备、厂房设定抵押的效力问题，应依据法释〔2002〕14 号《关于国有工业企业以机器设备等财产为抵押物与债权人签订的抵押合同的法律效力问题的批复》办理。

国有企业以建筑物设定抵押的效力问题，应区分两种情况处理：如果建筑物附着于以划拨方式取得的国有土地使用权之上，将该建筑物与土地使用权一并设定抵押的，对土地使用权的抵押需履行法定的审批手续，否则，应认定抵押无效；如果建筑物附着于以出让、转让方式取得的国有土地使用权之上，将该建筑物与土地使用权一并设定抵押的，即使未经有关主管部门批准，亦应认定抵押有效。

本批复自公布之日起施行，正在审理或者尚未审理的案件，适用本批复，但对提起再审的判决、裁定已经发生法律效力的案件除外。

此复

6. 土地抵押

最高人民法院关于能否将国有土地使用权折价抵偿给抵押权人问题的批复

1. 1998 年 9 月 1 日最高人民法院审判委员会第 1019 次会议通过
2. 自 1998 年 9 月 9 日起施行
3. 法释〔1998〕25 号

四川省高级人民法院：

你院川高法〔1998〕19 号《关于能否将国有土地使用权以国土部门认定的价格抵偿给抵押权人的请示》收悉。经研究，答复如下：

在依法以国有土地使用权作抵押的担保纠纷案件中，债务履行期届满抵押权人未受清偿的，可以通过拍卖的方式将土地使用权变现。如果无法变现，债务人又没有其他可供清偿的财产时，应当对国有土地使用权依法评估。人民法院可以参考政府土地管理部门确认的地价评估结果将土地使用权折价，经抵押权人同意，将折价后的土地使用权抵偿给抵押权人，土地使用权由抵押权人享有。

最高人民法院关于转发国土资源部《关于国有划拨土地使用权抵押登记有关问题的通知》的通知

1. 2004 年 3 月 23 日发布
2. 法发〔2004〕11 号

各省、自治区、直辖市高级人民法院，解放军军事法院，新疆维吾尔自治区高级人民法院生产建设兵团分院：

国土资源部于 2004 年 1 月 15 日发布了国土资发〔2004〕9 号《关于国有划拨土地使用权抵押登记有关问题的通知》。现将该《通知》转发给你们，在《通知》发布之日起，人民法院尚未审结的涉及国有划拨土地使用权抵押经过有审批权限的土地行政管理部门依法办理抵押登记手续的案件，不以国有划拨土地使用权抵押未经批准而认定抵押无效。已经审结的案件不应依据该《通知》提起再审。

特此通知。

附：

关于国有划拨土地使用权
抵押登记有关问题的通知

(2004 年 1 月 15 日国土资源部发布
国土资发〔2004〕9 号)

各省、自治区、直辖市国土资源厅（国土环境资源厅、国土资源和房屋管理局、房屋土地管理局、规划和国土资源局）：

根据国家有关法律法规的规定，现将国有划拨土地使用权抵押登记中的有关问题通知如下：

以国有划拨土地使用权为标的物设定抵押，土地行政管理部门依法办理抵押登记手续，即视同已经具有审批权限的土地行政管理部门批准，不必再另行办理土地使用权抵押的审批手续。

国家土地管理局
关于土地使用权抵押
登记有关问题的通知

1. *1997 年 1 月 3 日国家土地管理局发布*
2. *〔1997〕国土〔籍〕字第 2 号*

各省、自治区、直辖市及计划单列市土地（国土）管理局（厅），解放军土地管理局，新疆生产建设兵团土地管理局：

为加强土地使用权抵押登记的管理，规范抵押登记行为，保障抵押当事人的合法权益，根据《城市房地产管理法》、《担保法》和《城镇

国有土地使用权出让和转让暂行条例》的规定，现将土地使用权抵押登记的有关问题通知如下：

一、关于土地使用权抵押登记的法律效力

土地使用权抵押权的设立、变更和消灭应依法办理土地登记手续。土地使用权抵押合同经登记后生效，未经登记的土地使用权抵押权不受法律保护。

土地使用权抵押登记必须以土地使用权登记为基础，并遵循登记机关一致的原则，异地抵押的，必须到土地所在地的原土地使用权登记机关办理抵押登记。县级以上地方人民政府土地管理部门负责土地使用权抵押登记工作。

土地使用权抵押权的合法凭证是《土地他项权利证明书》，《国有土地使用证》、《集体土地所有证》和《集体土地使用证》不作为抵押权的法律凭证，抵押权人不得扣押抵押土地的土地证书。抵押权人扣押的土地证书无效，土地使用权人可以申请原土地证书作废，并办理补发新证手续。

二、关于土地使用权抵押的地价评估和合同签订

土地使用权抵押应当进行地价评估，并由抵押人和抵押权人签订抵押合同。地价评估收费标准按国家有关规定执行。

1. 以出让方式取得的国有土地使用权，由抵押权人进行地价评估或由具有土地估价资格的中介机构评估并经抵押权人认可后，由抵押人和抵押权人签订抵押合同。

2. 以划拨方式取得的国有土地使用权，由抵押人委托具有土地估价资格的中介机构进行地价评估，经土地管理部门确认，并批准抵押，核定出让金数额后，由抵押人和抵押权人签订抵押合同。

3. 乡（镇）村企业厂房等建筑物抵押涉及集体土地使用权抵押的，由抵押人委托具有土地估价资格的中介机构进行地价评估，经土地管理部门确认，并明确实现抵押权的方式，需要转为国有的，同时核定土地使用权出让金数额。然后，由抵押人和抵押权人签订抵押合同。

4. 以承包方式取得的荒山、荒沟、荒丘、荒滩等荒地的集体土地使用权，由抵押人委托具

有土地估价资格的中介机构进行地价评估,并经土地管理部门确认后,由抵押人和抵押权人签订抵押合同。

抵押出让土地使用权的,抵押权终止期限不得超过土地使用权出让终止期限。

三、关于土地使用权抵押登记申请

土地使用权设立抵押权的,抵押人和抵押权人应在抵押合同签订后十五日内,持被抵押土地的土地使用证、抵押合同、地价评估及确认报告、抵押人和抵押权人的身份证件共同到土地管理部门申请抵押登记。一方到场申请抵押登记的,必须持有对方授权委托文件。

申请抵押登记除提交前款所列材料外还应分别情况,提交下列材料:

1. 以划拨土地使用权抵押的,提交土地管理部门确认的抵押宗地的土地使用权出让金额的证明;

2. 以房屋及其占有范围内的土地使用权抵押的,提交房屋所有权证;

3. 抵押乡(镇)村企业厂房等建筑物涉及集体土地使用权抵押的,提交集体土地所有者同意抵押的证明;

4. 以承包方式取得的荒山、荒地、荒丘、荒滩等荒地的集体土地使用权抵押的,提交该集体土地所有者同意抵押的证明;

5. 抵押人和抵押权人委托他人办理抵押登记的,提交委托书和代理人身份证件;

6. 抵押权人为非金融机构,其抵押借款行为依法应当办理有关批准手续的,应当提交有关批准文件。

同一宗地多次抵押时,以收到抵押登记申请先后为序办理登记。

未按规定提交有关证明文件的土地使用权抵押登记申请,土地管理部门不予受理。

四、关于土地使用权抵押登记和变更登记

抵押登记申请经审查,符合规定要求的,准予登记,土地管理部门在抵押土地的土地登记卡上进行注册登记,同时在抵押人土地使用证内进行记录,并向抵押权人核发《土地他项权利证明书》,土地使用权抵押权正式生效。

土地使用权分割抵押的,由土地管理部门确定抵押土地的界线和面积。

抵押期间,抵押合同发生变更的,抵押当事人应当在抵押合同变更后十五日内,持有关文件到土地管理部门办理变更抵押登记手续。

因处分抵押财产转移土地使用权的,被处分土地使用权的受让方、抵押人和抵押权人应在抵押财产处分后三十日内,持有关证明文件到土地管理部门办理变更土地登记手续。处分抵押财产涉及集体土地所有权转为国有土地的,按土地管理的有关规定办理。

抵押合同解除或终止,抵押权人应出具解除或终止抵押合同的证明文件,与《土地他项权利证明书》一起交抵押人,抵押人自抵押合同终止或解除之日起十五日内,持有关文件到土地管理部门办理注销抵押登记手续。

五、关于抵押登记收费

办理抵押登记,申请人应向土地管理部门支付登记费用。抵押登记费按国家有关规定执行。

六、其他

我局1995年印发的《农村集体土地使用权抵押登记的若干规定》(〔1995〕国土〔籍〕字第134号)中与本通知内容不一致的,以本通知为准。

文书范本精选

国有土地使用权出让合同

第一章　总　　则

第一条　本合同当事人双方:

出让人:中华人民共和国_____省(自治区、直辖市)_____市(县)_____;

受让人:_____。

根据《中华人民共和国土地管理法》、《中华人民共和国合同法》和其他法律、行政法规、地方性法规，双方本着平等、自愿、有偿、诚实信用的原则，订立本合同。

第二条　出让人根据法律的授权出让土地使用权，出让土地的所有权属中华人民共和国，国家对其拥有宪法和法律授予的司法管辖权、行政管理权以及其他按中华人民共和国法律规定由国家行使的权力和因社会公众利益所必需的权益。地下资源、埋藏物和市政公用设施均不属于土地使用权出让范围。

第二章　出让土地的交付与出让金的缴纳

第三条　出让人出让给受让人的宗地位于＿＿＿＿＿＿，宗地编号为＿＿＿＿＿＿，宗地总面积大写＿＿＿＿＿＿＿＿＿＿平方米(小写＿＿＿＿＿平方米)。宗地四至及界址点坐标见附件《出让宗地界址图》(略)。

第四条　本合同项下出让宗地的用途为＿＿＿＿＿＿＿＿＿＿＿＿＿＿＿＿＿＿＿＿。

第五条　出让人同意在＿＿＿＿年＿＿＿月＿＿＿日前将出让宗地交付给受让人，出让方同意在交付土地时该宗地应达到本条第＿＿＿＿款规定的土地条件：

(一)达到场地平整和周围基础设施＿＿＿＿通，即通＿＿＿＿＿＿＿＿＿＿＿＿＿＿＿＿＿＿＿＿＿＿＿＿＿。

(二)周围基础设施达到＿＿＿＿通，即通＿＿＿＿＿＿＿＿＿＿＿＿＿＿＿＿＿，但场地尚未拆迁和平整，建筑物和其他地上物状况如下：＿＿＿＿＿＿＿＿＿＿＿＿＿＿＿＿＿。

(三)现状土地条件。

第六条　本合同项下的土地使用权出让年期为＿＿＿＿＿＿，自出让方向受让方实际交付土地之日起算，原划拨土地使用权补办出让手续的，出让年期自合同签订之日起算。

第七条　本合同项下宗地的土地使用权出让金为每平方米人民币大写＿＿＿＿＿＿元(小写＿＿＿＿＿＿元)；总额为人民币大写＿＿＿＿＿＿元(小写＿＿＿＿＿＿元)。

第八条　本合同经双方签字后＿＿＿＿＿日内，受让人须向出让人缴付人民币大写＿＿＿＿＿元(小写＿＿＿＿＿元)作为履行合同的定金，定金抵作土地使用权出让金。

第九条　受让人同意按照本条第＿＿＿＿＿款的规定向出让人支付上述土地使用权出让金。

(一)本合同签订之日起＿＿＿＿＿日内，一次性付清上述土地使用权出让金。

(二)按以下时间和金额分＿＿＿＿期向出让人支付上述土地使用权出让金。

第一期　人民币大写＿＿＿＿＿元(小写＿＿＿＿＿元)，付款时间：＿＿＿＿年＿＿＿月＿＿＿日之前。

第二期　人民币大写＿＿＿＿＿元(小写＿＿＿＿＿元)，付款时间：＿＿＿＿年＿＿＿月＿＿＿日之前。

第三期　人民币大写＿＿＿＿＿元(小写＿＿＿＿＿元)，付款时间：＿＿＿＿年＿＿＿月＿＿＿日之前。

第四期　人民币大写＿＿＿＿＿元(小写＿＿＿＿＿元)，付款时间：＿＿＿＿年＿＿＿月＿＿＿日之前。

分期支付土地出让金的，受让人在支付第二期及以后各期土地出让金时，按照银行同期贷款利率向出让人支付相应的利息。

第三章　土地开发建设与利用

第十条　本合同签订后＿＿＿＿＿日内，当事人双方应依附件《出让宗地界址图》所标示坐标实地验明各界址点界桩，受让人应妥善保护土地界桩，不得擅自改动，界桩遭受破坏或移动时，受让人应立即向出让人提出书面报告，申请复界测量，恢复界桩。

第十一条　受让人在本合同项下宗地范围内新建建筑物的,应符合下列要求:

主体建筑物性质＿＿＿＿＿＿＿＿＿＿＿＿＿＿＿＿＿;

附属建筑物性质＿＿＿＿＿＿＿＿＿＿＿＿＿＿＿＿＿;

建筑容积率＿＿＿＿＿＿＿＿＿＿＿＿＿＿＿＿＿＿＿;

建筑密度＿＿＿＿＿＿＿＿＿＿＿＿＿＿＿＿＿＿＿＿;

建筑限高＿＿＿＿＿＿＿＿＿＿＿＿＿＿＿＿＿＿＿＿;

绿地比例＿＿＿＿＿＿＿＿＿＿＿＿＿＿＿＿＿＿＿＿;

其他土地利用要求＿＿＿＿＿＿＿＿＿＿＿＿＿＿＿。

第十二条　受让人同意在本合同项下宗地范围内一并修建下列工程,并在建后无偿移交给政府:

(1)＿＿＿＿＿＿＿＿＿＿＿＿＿＿＿＿＿＿＿＿;

(2)＿＿＿＿＿＿＿＿＿＿＿＿＿＿＿＿＿＿＿＿;

(3)＿＿＿＿＿＿＿＿＿＿＿＿＿＿＿＿＿＿＿＿。

第十三条　受让人同意在＿＿＿＿年＿＿＿＿月＿＿＿＿日之前动工建设。

不能按期开工建设的,应提前30日向出让人提出延建申请,但延建时间最长不得超过一年。

第十四条　受让人在受让宗地内进行建设时,有关用水、用气、污水及其他设施同宗地外主管线、用电变电站接口和引入工程应按有关规定办理。

受让人同意政府为公用事业需要而敷设的各种管道与管线进山、通过、穿越受让宗地。

第十五条　受让人在按本合同约定支付全部土地使用权出让金之日起30日内,应持本合同和土地使用权出让金支付凭证,按规定向出让人申请办理土地登记,领取《国有土地使用证》,取得出让土地使用权。

出让人应在受理土地登记申请之日起30日内,依法为受让人办理出让土地使用权登记,颁发《国有土地使用证》。

第十六条　受让人必须依法合理利用土地,其在受让宗地上的一切活动,不得损害或者破坏周围环境和设施,使国家或他人遭受损失的受让人应负责赔偿。

第十七条　在出让期限内,受让人必须按照本合同规定的土地用途和土地使用条件利用土地,需要改变本合同规定的土地用途和土地使用条件的,必须依法办理有关批准手续,并向出让人申请,取得出让人同意,签订土地使用权出让合同变更协议或者重新签订土地使用权出让合同,相应调整土地使用权出让金,办理土地变更登记。

第十八条　政府保留对本合同项下宗地的城市规划调整权,原土地利用规划如有修改,该宗地已有的建筑物不受影响,但在使用期限内该宗地建筑物、附着物改建、翻建、重建或期限届满申请续期时,必须按届时有效的规划执行。

第十九条　出让人对受让人依法取得的土地使用权,在本合同约定的使用年限届满前不收回;在特殊情况下,根据社会公共利益需要提前收回土地使用权的,出让人应当依照法定程序报批,并根据收回时地上建筑物、其他附着物的价值和剩余年期土地使用权价格给予受让人相应的补偿。

第四章　土地使用权转让、出租、抵押

第二十条　受让人按照本合同约定已经支付全部土地使用出让金,领取《国有土地使用证》,取得出让土地使用权后,有权将本合同项下的全部或部分土地使用权转让、出租、抵押,但首次转让(包括出售、交换和赠与)剩余年期土地使用权时,应当经出让人认定符合下列第＿＿＿款规定之条件:

(一)按照本合同约定进行投资开发,完成开发投资总额的百分之二十五以上;

(二)按照本合同约定进行投资开发,形成工业用地或其他建设用地条件。

第二十一条　土地使用权转让、抵押,转让、抵押双方应当签订书面转让、抵押合同;土地使用权

出租期限超过六个月的,出租人和承租人也应当签订书面出租合同。

土地使用权的转让、抵押及出租合同,不得违背国家法律、法规和本合同的规定。

第二十二条　土地使用权转让,本合同和登记文件中载明的权利、义务随之转移,转让后,其土地使用权的使用年限为本合同约定的使用年限减去已经使用年限后的剩余年限。本合同项下的全部或部分土地使用权出租后,本合同和登记文件中载明的权利、义务仍由受让人承担。

第二十三条　土地使用权转让、出租、抵押,地上建筑物、其他附着物随之转让、出租、抵押;地上建筑物、其他附着物随之转让、出租、抵押,土地使用权随之转让、出租、抵押。

第二十四条　土地使用权转让、出租、抵押的,转让、出租、抵押双方应在相应的合同签订之日起30日内,持本合同和相应的转让、出租、抵押合同及《国有土地使用证》,到土地行政主管部门申请办理土地登记。

第五章　期　限　届　满

第二十五条　本合同约定的使用年限届满,土地使用者需要继续使用本合同项下宗地的,应当至迟于届满前一年向出让人提交续期申请书,除根据社会公共利益需要收回本合同项下土地的,出让人应当予以批准。

出让人同意续期的,受让人应当依法办理有偿用地手续,与出让人重新签订土地有偿使用合同,支付土地有偿使用费。

第二十六条　土地出让期限届满,受让人没有提出续期申请或者虽申请续期但依照本合同第二十五条规定未获批准的,受让人应当交回《国有土地使用证》,出让人代表国家收回土地使用权,并依照规定办理土地使用权注销登记。

第二十七条　土地出让期限届满,受让人未申请续期的,本合同项下土地使用权和地上建筑物及其他附着物由出让人代表国家无偿收回,受让人应当保持地上建筑物、其他附着物的正常使用功能,不得人为破坏,地上建筑物、其他附着物失去使用功能的,出让人可要求受让人移动或拆除地上建筑物、其他附着物,恢复场地平整。

第二十八条　土地出让期限届满,受让人提出续期申请而出让人根据本合同第二十五条之规定没有批准续期的,土地使用权由出让人代表国家无偿收回,但对于地上建筑物及其他附着物,出让人应当根据收回时地上建筑物、其他附着物的残余价值给予受让人相应补偿。

第六章　不　可　抗　力

第二十九条　任何一方对由于不可抗力造成的部分或全部不能履行本合同不负责任,但应在条件允许下采取一切必要的补救措施以减少因不可抗力造成的损失。当事人迟延履行后发生不可抗力的,不能免除责任。

第三十条　遇有不可抗力的一方,应在1小时内将事件的情况以信件、电报、电传、传真等书面形式通知另一方,并且在事件发生后1日内,向另一方提交合同不能履行或部分不能履行或需要延期履行理由的报告。

第七章　违　约　责　任

第三十一条　受让人必须按照本合同约定,按时支付土地使用权出让金。如果受让人不能按时支付土地使用权出让金的,自滞纳之日起,每日按迟延支付款项的_____‰向出让人缴纳滞纳金,延期付款超过6个月的,出让人有权解除合同,收回土地,受让人无权要求返还定金,出让人并可请求受让人赔偿因违约造成的其他损失。

第三十二条　受让人按合同约定支付土地使用权出让金的,出让人必须按照合同约定,按时提供出让土地。由于出让人未按时提供出让土地而致使受让人对本合同项下宗地占有延期的,每延期一日,出让人应当按受让人已经支付的土地使用权出让金的_____‰向受让人给付违约金。出让人延期交付土地超过6个月的,受让人有权解除合同,出让人应当双倍返还定金,并退还已经支付土地使用权出让金的其他部分,受让人并可请求出让人赔偿因违约造成的其他损失。

第三十三条　受让人应当按照合同约定进行开发建设,超过合同约定的动工开发日期满1年未动工开发的,出让人可以向受让人征收相当于土地使用权出让金20%以下的土地闲置费;满2年未动工开发的,出让人可以无偿收回土地使用权;但因不可抗力或者政府、政府有关部门的行为或者动工开发必需的前期工作造成开发迟延的除外。

第三十四条　出让人交付的土地未能达到合同约定的土地条件的,应视为违约。受让人有权要求出让人按照规定的条件履行义务,并且赔偿延误履行而给受让人造成的直接损失。

第八章　通知和说明

第三十五条　本合同要求或允许的通知和通讯,不论以何种方式传递,均自实际收到时起生效。

第三十六条　当事人变更通知、通讯地址或开户银行、帐号的,应在变更后15日内,将新的地址或开户银行、帐号通知另一方。因当事人一方迟延通知而造成的损失,由过错方承担责任。

第三十七条　在缔结本合同时,出让人有义务解答受让人对于本合同所提出的疑问。

第九章　适用法律及争议解决

第三十八条　本合同订立、效力、解释、履行及争议双方协商解决,协商不成的,按本条第____款规定的方式解决:

(一)提交_____仲裁委员会仲裁;

(二)依法向人民法院起诉。

第三十九条　因履行本合同发生争议,由争议双方协商解决,协商不成的,按本条第____款规定的方式解决:

(一)提交_____仲裁委员会仲裁;

(二)依法向人民法院起诉。

第十章　附　　则

第四十条　本合同依照本条第_____款之规定生效:

(一)本合同项下宗地出让方案业经_____人民政府批准,本合同自双方签订之日起生效。

(二)本合同项下宗地出让方案尚需经_____人民政府批准,本合同自_____人民政府批准之日起生效。

第四十一条　本合同一式_____份,具有同等法律效力,出让人、受让人各执_____份。

第四十二条　本合同和附件共_____页,以中文文书写为准。

第四十三条　本合同的金额、面积等项应当同时以大、小写表示,大小写数额应当一致,不一致的,以大写为准。

第四十四条　本合同于_____年____月____日在中华人民共和国_____省(自治区、直辖市)_____市(县)签订。

第四十五条　本合同未尽事宜,可由双方约定后作为合同附件,与本合同具有同等法律效力。

出让人(章):　　　　　　　　受让人(章):

住所:　　　　　　　　　　　住所:

法定代表人(委托代理人)　　　法定代表人(委托代理人)

(签字):　　　　　　　　　　(签字):

电话:　　　　　　　　　　　电话:

开户银行:　　　　　　　　　开户银行:

帐号:　　　　　　　　　　　帐号:

集体土地征用补偿安置协议

甲方：_____建设单位

乙方：_____省(自治区、直辖市)、_____市(县)_____乡(镇)_____村

甲、乙双方根据《中华人民共和国土地管理法》和省(自治区、直辖市)、市(县)政府的有关规定，就_____省(自治区、直辖市)、_____市(县)_____乡(镇)_____村征地补偿安置事宜达成如下协议：

一、征用土地面积及安置人数

甲方征用乙方集体所有、使用的土地，面积为_____平方米，四至(见附图)，常住户口_____人(其中应安置_____人)，由甲方依据_____确认。

二、手续的办理

乙方自签订本协议之日起_____日内办理_____手续，并将原所有、使用的_____所列项目完整地交给甲方，甲方应派员验收。验收中如发现与_____所列项目不符时，对意外情况，乙方应向甲方如实说明情况；对因乙方过错而造成的损失，乙方应负赔偿责任。

三、征地费用及其标准

征地费用包括_____费用，以《土地管理法》第40条第2款规定为基本标准(标准的数额应具体化)。

四、补偿、安置费的结算

土地补偿费和安置补助费的结算，按照财政部、国土资源部《新增建设用地土地有偿使用费收缴使用管理办法》和省(自治区、直辖市)、市(县)政府的有关规定，在_____年_____月_____日前到甲方所在地办理。

五、违约责任

违反本协议规定的，由违约方向对方支付违约金_____元人民币，并赔偿因此而造成的损失。

六、生效

本协议自甲、乙双方签字之日起生效。本协议一式_____份，甲乙双方各执_____份。

甲方：　　　　　　　　　　　　　　　　乙方：

_____建设单位(签章)　　　　　　　　　　_____乡(镇)_____村(签章)

附件 1

被征用土地有关证件_____件，其中土地所有权证，编号为_____；土地使用权证，编号为_____。

附件 2

地理位置图(略)

外商投资企业土地使用合同
（划拨土地使用权合同）

第一条　本合同双方当事人：

中华人民共和国_____省(自治区、直辖市)_____市(县)土地管理局(以下简称甲方)

法定代表人：姓名_____；职务_____

法定地址_____;邮政编码_____

_____(以下简称乙方)

法定代表人:姓名_____;职务_____

法定地址_____;邮政编码_____

根据中华人民共和国关于外商投资企业用地管理的法律、法规和国家有关规定,双方通过友好协商,订立本合同。

第二条 甲方提供给乙方使用的国有土地位于_____,面积为_____平方米。其位置与四至范围如本合同附图所示。该附图已经甲、乙双方确认。

第三条 本合同项下的土地使用年限为_____年,自本合同签字之日起算。

第四条 乙方同意向甲方支付场地使用费,包括土地开发费和土地使用费。

〔或:第四条 依据合资或合作企业合同,由乙方中的_____(注:中方合资者或合作者)向甲方支付场地使用费,包括土地开发费和土地使用费。〕

第五条 土地开发费为每平方米_____元人民币,总额为_____元人民币。乙方〔或中方合资者或合作者〕应于本合同签字之日起_____日内全部付清。

乙方(或中方合资者或合作者)支付了全部土地开发费后_____日内,甲方应为乙方办理土地登记(或变更登记)手续,颁发(换发)《中华人民共和国国有土地使用证》。

第六条 土地使用费为每年_____元人民币(美元或港币等),自_____年_____月_____日起,乙方(或中方合资者或合作者)应于每_____年_____月_____日前向甲方缴纳当年的土地使用费。

土地使用费收取标准五年后根据国家〔_____省(自治区、直辖市)_____市(县)〕有关规定由甲方作相应调整,调整后乙方应自调整年度起按新标准缴纳土地使用费。

〔或:土地使用费在合资(或合作)企业经营期限内不作调整。〕

(注:乙方依照有关规定可以享受减免优惠政策的,可依照减免规定拟定此条)。

第七条 除本合同另有规定外,乙方应在本合同规定的付款期限内将合同要求支付的费用汇入甲方银行帐号内。

银行名称:_____银行_____分行,帐号_____

甲方银行帐户如有变更,应在变更后_____天内以书面形式通知对方。由于甲方未及时通知此项变更而造成误期付款所引起的任何延迟收费,乙方概不承担违约责任。

第八条 该土地用于建设_____项目,乙方必须按规划要求和规定用途使用土地。

在本合同期限内,乙方确需改变土地用途的,经甲方同意后办理变更土地用途的手续。

第九条 甲方同意承担该土地的征地、拆迁、界址定点具体事务,并于_____年_____月_____日前交付土地。

乙方应妥善保护界桩,不得私自改动,界桩遭受破坏或移动时,应及时书面报告甲方,请求重新埋设,所需费用由乙方承担。

〔或:第九条 乙方利用合资(或合作)企业中方原有场地,原有场地的界桩应由甲方重新核实。〕

第十条 土地使用年限期满或乙方提前终止经营时,本合同同时终止履行。乙方应向甲方交还土地使用证,办理注销登记手续。乙方对该土地内投资建设的建筑物、附着物有权处置,但时间不得超过_____,逾期由甲方无偿取得。

如乙方需继续使用该土地,须在距期满六个月之前向甲方提交续期用地申请,经甲方同意后,须重新签订土地使用合同,方可使用。

第十一条 乙方依据本合同通过划拨方式取得的土地使用权不得转让、出租、抵押。如需转让、出租、抵押,必须按《中华人民共和国城镇国有土地使用权出让和转让暂行条例》规定办理出让手续,补交出让金。

第十二条　如果乙方(或中方合资者或合作者)不能按时支付土地使用费,从滞纳之日起,按日加收应缴费额_____％的滞纳金,滞纳期超过六个月的,甲方有权无偿收回土地使用权。

第十三条　如果由于甲方的过失,致使乙方延期占有土地使用权,则本合同项下的土地使用期限应相应推延,乙方有权请求赔偿。

第十四条　如果乙方在该土地上连续两年不投资建设,甲方有权收回该土地使用权。乙方已付土地费用不予返还。

第十五条　本合同订立、效力、解释、履行及争议的解决均受中华人民共和国法律的管辖。

第十六条　因执行本合同发生争议,由争议双方协商解决,协商不成的,双方同意向_____仲裁机构申请仲裁(或向有管辖权的人民法院起诉)。

第十七条　本合同经双方法定代表人(或经授权的委托代理人)签字后生效。

第十八条　本合同所有日期均为公历。

第十九条　本合同一式签署____份,甲乙双方各执____份。

第二十条　本合同于_____年_____月_____日在中华人民共和国_____省(自治区、直辖市)_____市(县)签订。

第二十一条　本合同未尽事宜,可由双方约定后作为合同附件。本合同附件是合同的组成部分,与本合同具有同等的法律效力。

甲方:中华人民共和国_____省_____ 　　　乙方:_____(章)

　　市(县)土地管理局(章)

法定代表人_____(签字或盖章) 　　　法定代表人_____(签字或盖章)

委托代理人_____(签字或盖章) 　　　委托代理人_____(签字或盖章)

土地使用权租赁合同
(订立合同单位)

_____(以下简称甲方)。

_____(以下简称乙方)。

为明确责任,恪守信用,特签订本合同,共同遵守。

合同内容如下:

_____

_____

_____

_____

_____

_____

_____

违约责任:

_____

其他:

_____
_____
_____
_____
_____
_____
_____

本合同附件有:_____
_____
_____

与本合同有同等效力。

本合同的修改,补充需经甲、乙双方签订变更合同协议书,作为合同的补充部分。

甲方:_____(公章)　　乙方:_____(公章)

地址:_____　　　　　地址:_____

法定代表人:_____签字　　　法定代表人:_____(签字)

开户银行及账号:_____　　　开户银行及账号:_____

订立合同日期:____年____月____日

建设工程征用土地合同

签订合同双方:

征用土地单位:_____,以下简称甲方。

被征土地单位:_____,以下简称乙方。

根据_____(审批权力机关)批准的_____建设项目的计划任务书和工程选点报告等文件,按照《国家建设征用土地条例》和_____省(或自治区、直辖市)政府的有关规定,经甲方向征地所在地的土地管理机关申请和_____县(或市、省)人民政府审查批准,经甲乙双方实地查看、反复协商,特签订本合同,以供双方共同遵守。

第一条　征用土地数量及方位

甲方征用乙方土地共____亩,其中,稻田____亩,水塘____亩,菜地____亩,坡地____亩,宅基地____亩,林木____亩,共有树木____株。所征土地东起_____,南起_____,西起_____,北起_____。(以上根据实际情况填写)

第二条　征用土地的各类补偿费和安置补助费

1. 根据_____省(或自治区、直辖市)政府关于征用土地的补偿规定,各类耕地(包括菜地)按该地年产值的_____倍(一般为该耕地年产值的三至六倍)补偿。征用无收益的土地,不予补偿。(征用园地、鱼塘、藕塘、苇塘、宅基地、林地、牧场草原等的补偿标准,按省、自治区、直辖市政府制定的办法执行,征用城市近郊区的菜地,还应按当地政府的有关规定,向国家缴纳新菜地开发基金。)

2. 根据_____省(自治区、直辖市)政府的规定,所征土地上的青苗按该地产值的____%补偿,所征土地上的水井、林木、水塘等附着物按_____办法补偿。房屋的补偿办法另订拆迁合同。乙方人员在开始协商征地方案以后抢种的作物、树木和抢建的设施,甲方一律不予补偿。

3. 各类耕地的年产值按耕地被征用前三年的平均年产量和国家规定的价格规定,稻田按平均亩产大米为____公斤,每公斤计价____元,年产值每亩核定____元;旱地按平均亩产玉米(或小麦)_____

公斤,每公斤计价＿＿＿元,年产值每亩核定为＿＿＿元,菜地按平均亩产大白菜＿＿＿公斤计算,每公斤计价＿＿＿元,年产值每亩核定为＿＿＿元。

4. 根据《国家建设征用土地条例》的规定,乙方需要安置的农业人口数,按征地前农业人口和耕地面积的比例及征地数量计算,共计＿＿＿人;甲方对乙方农业人口的安置补助费标准,按所征耕地每亩产值的二至三倍计算(年产值按被征用前三年的平均年产量和国家规定的价格计算,但每亩耕地的安置补助费,最高不得超过其年产值的十倍);征用宅基地不付安置补助费(征用园地、鱼塘、藕塘、林地、牧场、草原等土地的安置补助费,按省、市、自治区政府制定的标准计算)。

甲乙双方在本合同上签字,并实地勘验征用地界、订立永久性界桩后＿＿＿日内,甲方向乙方一次(或商定于某段时期内几次)支付全部各类补偿费、安置补助费共＿＿＿元(其中,土地补偿费和安置补助费的总和不得超过被征土地年产值的二十倍),付款均通过建设银行转账托付。

第三条　减免公、余粮交售任务

甲乙双方按照＿＿＿＿＿＿人民政府的规定,根据被征土地的亩数,向＿＿＿＿＿＿人民政府呈递减免公、余粮交售任务的申请报告。实际减免量,以＿＿＿＿＿人民政府的批文为准。

第四条　安置办法

乙方因被征用土地造成农业剩余劳力,甲方应向有关单位联系,采取以下第( )项办法解决:

1. 发展农业生产。甲方协助乙方改良土壤,兴修水利,改善耕作条件;在可能和合理的条件下,经县、市土地管理机关批准,适当开荒,扩大耕种面积;也可由甲方结合工程施工帮助造地,但要从安置补助费中扣除甲方的资助费用。

2. 发展社队工副业生产。在符合国家有关规定的条件下,甲方帮助乙方因地制宜,兴办对国计民生有利的工副业和服务性事业,但要从安置补助费中扣除甲方的资助费用。

3. 迁队或并队。土地已被征完或基本征完的生产队,在有条件的地方,可以组织迁队;也可按自愿互利的原则,与附近生产队合并,甲方要积极为乙方迁队或并队创造条件。

(按照上述途径确实安置不完的剩余劳动力,经＿＿＿省或自治区或直辖市人民政府批准,在劳动计划范围内,符合条件的可以安置到集体所有制单位就业,并将相应的安置补助费转拨给吸收劳动力的单位;甲方如有招工指标,经＿＿＿省或自治区或直辖市人民政府同意,也可以选招其中符合条件的当工人,并相应核减被征地单位的安置补助费。乙方的土地被征完,又不具备迁队、并队条件的,乙方原有的农业户口,经省或自治区、直辖市人民政府审查批准,可转为非农业户口或城镇户口,乙方原有集体所有的财产和所得的补偿费、安置补助费,由县市以上人民政府与有关乡村商定处理,用于组织生产和不能就业人员的生活补助。)

乙方用补偿费和安置补助费兴建生产生活设施所需建设物资,乡村能够解决的,由乡村自行解决;乡村不能解决的,由当地政府协助解决;地方无法解决的少数统配部管物资,经县(或市)土地管理机关审查核实后,由甲方随同建设项目向国家有关部门申请分配,物资价款由乙方支付。

第五条　甲方的责任

1. 甲方征用土地上有青苗的,在不影响工程正常进行的情况下,应当等待乙方收获,不得铲毁;凡在当地一个耕种收获期内尚不需要使用的土地,甲方应当与乙方签订协议,允许乙方耕种。

2. 甲方已征用二年还不使用的土地(铁路沿线以及因安全防护等特殊需要,符合国家规定的留用土地,不得视为征而未用的土地),除经原批准征地的机关同意延期使用的土地外,当地县(或市)人民政府有权收回处理,甲方均不得擅自侵占或处理。

3. 甲方如逾期不向乙方支付征地的各种补偿费和安置补助费,乙方可凭本合同正本申请建设银行从甲方银行账户内拨付,并可请求甲方按银行关于延期付款的规定偿付违约金。

第六条　乙方的责任

1. 自本合同订立之日起,乙方有责任告知所属村民不得在征用土地内种植作物,不得砍伐林木和损坏其他附着物，有违反者，乙方必须赔偿甲方的损失。经甲方同意在征地上种植作物的，乙方应统一安排，不得逾期。

2. 乙方在本合同订立后需在征用土地上架设电线、兴修沟渠等，应经甲方同意，乙方应在不影响建设工程的前提下动工，否则按侵犯公有财产报请有关机关处理。

第七条　工程临时用地

甲方在工程施工过程中，需要建设材料堆场、运输通路和其他临时设施的，应当尽量在征地范围内安排。确实需要另行增加临时用地的，由甲方向原批准工程项目用地的主管机关提出临时用地数量和期限的申请，经批准后，同乙方签订临时用地协议，并按乙方前三年土地平均年产值逐年给予补偿。甲方在临时用地上不得修建永久性建筑物。甲方使用期满，应当恢复乙方土地的耕种条件，及时归还乙方，或按恢复土地耕种条件的工作量向乙方支付费用。

第八条　其他＿＿＿＿＿＿

本合同自甲乙双方签字之日起生效，合同生效后，甲乙双方均不得擅自修改或解除合同。合同中如有未尽事宜，须经双方共同协商，作出补充规定。补充规定与本合同具有同等效力。合同执行中如发生纠纷，双方协商不能解决的，可报请建设工程管理部门和＿＿＿＿＿县（或市）政府调解，调解不成的，可报请合同管理机关仲裁，也可提请有管辖权的人民法院裁决。

本合同正本一式二份，甲乙双方各执一份；合同副本一式＿＿＿＿＿份，送＿＿＿＿＿人民政府、计委、建委、建设银行、农委……各留存一份。

征用土地单位（甲方）：＿＿＿＿　　　　被征土地单位（乙方）：＿＿＿＿
　　　　　　（盖章）　　　　　　　　　　　　　　（盖章）

地址：＿＿＿＿＿＿＿＿　　　　　　　地址：＿＿＿＿＿＿＿＿

法定代表人：＿＿＿＿＿＿（盖章）　　法定代表人：＿＿＿＿＿＿（盖章）

联系人：＿＿＿＿＿＿＿　　　　　　　联系人：＿＿＿＿＿＿＿

电话：＿＿＿＿＿＿＿　　　　　　　　电话：＿＿＿＿＿＿＿

银行账户：＿＿＿＿＿＿　　　　　　　银行账户：＿＿＿＿＿＿

　　　　　　　　　　　　　　　　　　　　　＿＿＿年＿＿月＿＿日

三、房地产开发

《中华人民共和国城乡规划法》导读

　　城乡规划是政府指导和调控城乡建设和发展的基本手段,也是政府履行经济调节、市场监管、社会管理和公共服务职责的重要依据。1989年颁布实施的《中华人民共和国城市规划法》和1993年颁布实施的《村庄和集镇规划建设管理条例》在实践中遇到了一些问题,主要体现在:城乡规划管理二元结构,乡村规划相对落后于建设发展的需要;规划的科学性和严肃性不够,任意修改规划、不按规划进行建设;一些地方城市建设脱离实际,盲目扩大城市建设规模;在长江三角洲、珠江三角洲、环渤海、成渝等地区飞速发展的密集城市群迫切需要统筹协调。为此,《城乡规划法》从如下几个方面对这些问题进行了规定:

　　(一)规定了城乡规划的体系。城乡规划是由城镇体系规划、城市规划、镇规划、乡规划和村庄规划组成的一个规划体系。

　　(二)明确了城乡规划制定的原则、编制主体、规划内容以及审批程序。原则上按照各级政府的事权,规定其编制规划的责任,是规划成为各级政府调节社会经济活动,履行管理职能的重要手段。规划的内容要体现特色,保护耕地,总体规划要规定强制性内容。规划编制过程应当发扬民主,采取多种形式广泛征求专家和社会公众的意见,并将意见采纳情况和理由作为城乡规划报送审批的必备材料。村庄规划在报请审批前,还要经村民会议讨论同意。

　　(三)规定了城乡规划实施的原则以及有关规划许可的条件和程序。各级人民政府有计划、分步骤地实施当地的总体规划,并根据当地的总体规划,制定近期建设规划。规范选址意见书、建设用地规划许可证和建设工程规划许可证的发放,明确了发放建设项目选址意见书的情形和环节,针对不同的建设用地取得方式规定领取建设用地规划许可证的程序,同时加强了对乡村建设的规划管理。

　　(四)规定了规划修改的条件和程序,严格控制规划修改。

　　(五)要求各级人民政府加强规划实施的层级监督,明确上级规划主管部门对下级规划主管部门的违法行为有权采取相应措施。

　　由于《城乡规划法》综合性强,涉及的社会关系复杂,与之配套的法律、法规也比较多,重要包括:涉及土地开发和利用的《土地管理法》、《城市房地产管理法》、《土地管理法实施条例》;对特定区域进行规划、管理的《风景名胜区条例》以及规范政府共同行为的《行政许可法》、《行政处罚法》等,此外,建设部还颁布了一系列与规划有关的部门规章,如《城镇体系规划编制审批办法》、《城市规划编制单位资质管理规定》等。同时,目前国务院正在按照有关要求制定历史文化名城规划管理的行政法规。

中华人民共和国城乡规划法

1. 2007 年 10 月 28 日中华人民共和国主席令第 74 号公布
2. 自 2008 年 1 月 1 日起施行

目　　录

第一章　总　　则

第一条　为了加强城乡规划管理,协调城乡空间布局,改善人居环境,促进城乡经济社会全面协调可持续发展,制定本法。

第二条　制定和实施城乡规划,在规划区内进行建设活动,必须遵守本法。

本法所称城乡规划,包括城镇体系规划、城市规划、镇规划、乡规划和村庄规划。城市规划、镇规划分为总体规划和详细规划。详细规划分为控制性详细规划和修建性详细规划。

本法所称规划区,是指城市、镇和村庄的建成区以及因城乡建设和发展需要,必须实行规划控制的区域。规划区的具体范围由有关人民政府在组织编制的城市总体规划、镇总体规划、乡规划和村庄规划中,根据城乡经济社会发展水平和统筹城乡发展的需要划定。

第三条　城市和镇应当依照本法制定城市规划和镇规划。城市、镇规划区内的建设活动应当符合规划要求。

县级以上地方人民政府根据本地农村经济社会发展水平,按照因地制宜、切实可行的原则,确定应当制定乡规划、村庄规划的区域。在确定区域内的乡、村庄,应当依照本法制定规划,规划区内的乡、村庄建设应当符合规划要求。

县级以上地方人民政府鼓励、指导前款规定以外的区域的乡、村庄制定和实施乡规划、村庄规划。

第四条　制定和实施城乡规划,应当遵循城乡统筹、合理布局、节约土地、集约发展和先规划后建设的原则,改善生态环境,促进资源、能源节约和综合利用,保护耕地等自然资源和历史文化遗产,保持地方特色、民族特色和传统风貌,防止污染和其他公害,并符合区域人口发展、国防建设、防灾减灾和公共卫生、公共安全的需要。

在规划区内进行建设活动,应当遵守土地管理、自然资源和环境保护等法律、法规的规定。

县级以上地方人民政府应当根据当地经济社会发展的实际,在城市总体规划、镇总体规划中合理确定城市、镇的发展规模、步骤和建设标准。

第五条　城市总体规划、镇总体规划以及乡规划和村庄规划的编制,应当依据国民经济和社会发展规划,并与土地利用总体规划相衔接。

第六条　各级人民政府应当将城乡规划的编制和管理经费纳入本级财政预算。

第七条　经依法批准的城乡规划,是城乡建设和规划管理的依据,未经法定程序不得修改。

第八条　城乡规划组织编制机关应当及时公布经依法批准的城乡规划。但是,法律、行政法规规定不得公开的内容除外。

第九条　任何单位和个人都应当遵守经依法批准并公布的城乡规划,服从规划管理,并有权就涉及其利害关系的建设活动是否符合规划的要求向城乡规划主管部门查询。

任何单位和个人都有权向城乡规划主管部门或者其他有关部门举报或者控告违反城乡规划的行为。城乡规划主管部门或者其他有关部门对举报或者控告,应当及时受理并组织核查、处理。

第十条　国家鼓励采用先进的科学技术,增强城乡规划的科学性,提高城乡规划实施及监督管理的效能。

第十一条　国务院城乡规划主管部门负责全国的城乡规划管理工作。

县级以上地方人民政府城乡规划主管部

门负责本行政区域内的城乡规划管理工作。

第二章　城乡规划的制定

第十二条　国务院城乡规划主管部门会同国务院有关部门组织编制全国城镇体系规划,用于指导省域城镇体系规划、城市总体规划的编制。

全国城镇体系规划由国务院城乡规划主管部门报国务院审批。

第十三条　省、自治区人民政府组织编制省域城镇体系规划,报国务院审批。

省域城镇体系规划的内容应当包括:城镇空间布局和规模控制,重大基础设施的布局,为保护生态环境、资源等需要严格控制的区域。

第十四条　城市人民政府组织编制城市总体规划。

直辖市的城市总体规划由直辖市人民政府报国务院审批。省、自治区人民政府所在地的城市以及国务院确定的城市的总体规划,由省、自治区人民政府审查同意后,报国务院审批。其他城市的总体规划,由城市人民政府报省、自治区人民政府审批。

第十五条　县人民政府组织编制县人民政府所在地镇的总体规划,报上一级人民政府审批。其他镇的总体规划由镇人民政府组织编制,报上一级人民政府审批。

第十六条　省、自治区人民政府组织编制的省域城镇体系规划,城市、县人民政府组织编制的总体规划,在报上一级人民政府审批前,应当先经本级人民代表大会常务委员会审议,常务委员会组成人员的审议意见交由本级人民政府研究处理。

镇人民政府组织编制的镇总体规划,在报上一级人民政府审批前,应当先经镇人民代表大会审议,代表的审议意见交由本级人民政府研究处理。

规划的组织编制机关报送审批省域城镇体系规划、城市总体规划或者镇总体规划,应当将本级人民代表大会常务委员会组成人员或者镇人民代表大会代表的审议意见和根据审议意见修改规划的情况一并报送。

第十七条　城市总体规划、镇总体规划的内容应

当包括:城市、镇的发展布局,功能分区,用地布局,综合交通体系,禁止、限制和适宜建设的地域范围,各类专项规划等。

规划区范围、规划区内建设用地规模、基础设施和公共服务设施用地、水源地和水系、基本农田和绿化用地、环境保护、自然与历史文化遗产保护以及防灾减灾等内容,应当作为城市总体规划、镇总体规划的强制性内容。

城市总体规划、镇总体规划的规划期限一般为二十年。城市总体规划还应当对城市更长远的发展作出预测性安排。

第十八条　乡规划、村庄规划应当从农村实际出发,尊重村民意愿,体现地方和农村特色。

乡规划、村庄规划的内容应当包括:规划区范围,住宅、道路、供水、排水、供电、垃圾收集、畜禽养殖场所等农村生产、生活服务设施、公益事业等各项建设的用地布局、建设要求,以及对耕地等自然资源和历史文化遗产保护、防灾减灾等的具体安排。乡规划还应当包括本行政区域内的村庄发展布局。

第十九条　城市人民政府城乡规划主管部门根据城市总体规划的要求,组织编制城市的控制性详细规划,经本级人民政府批准后,报本级人民代表大会常务委员会和上一级人民政府备案。

第二十条　镇人民政府根据镇总体规划的要求,组织编制镇的控制性详细规划,报上一级人民政府审批。县人民政府所在地镇的控制性详细规划,由县人民政府城乡规划主管部门根据镇总体规划的要求组织编制,经县人民政府批准后,报本级人民代表大会常务委员会和上一级人民政府备案。

第二十一条　城市、县人民政府城乡规划主管部门和镇人民政府可以组织编制重要地块的修建性详细规划。修建性详细规划应当符合控制性详细规划。

第二十二条　乡、镇人民政府组织编制乡规划、村庄规划,报上一级人民政府审批。村庄规划在报送审批前,应当经村民会议或者村民代表会议讨论同意。

第二十三条　首都的总体规划、详细规划应当统筹考虑中央国家机关用地布局和空间安排的

需要。

第二十四条　城乡规划组织编制机关应当委托具有相应资质等级的单位承担城乡规划的具体编制工作。

从事城乡规划编制工作应当具备下列条件，并经国务院城乡规划主管部门或者省、自治区、直辖市人民政府城乡规划主管部门依法审查合格，取得相应等级的资质证书后，方可在资质等级许可的范围内从事城乡规划编制工作：

（一）有法人资格；

（二）有规定数量的经国务院城乡规划主管部门注册的规划师；

（三）有规定数量的相关专业技术人员；

（四）有相应的技术装备；

（五）有健全的技术、质量、财务管理制度。

规划师执业资格管理办法，由国务院城乡规划主管部门会同国务院人事行政部门制定。

编制城乡规划必须遵守国家有关标准。

第二十五条　编制城乡规划，应当具备国家规定的勘察、测绘、气象、地震、水文、环境等基础资料。

县级以上地方人民政府有关主管部门应当根据编制城乡规划的需要，及时提供有关基础资料。

第二十六条　城乡规划报送审批前，组织编制机关应当依法将城乡规划草案予以公告，并采取论证会、听证会或者其他方式征求专家和公众的意见。公告的时间不得少于三十日。

组织编制机关应当充分考虑专家和公众的意见，并在报送审批的材料中附具意见采纳情况及理由。

第二十七条　省域城镇体系规划、城市总体规划、镇总体规划批准前，审批机关应当组织专家和有关部门进行审查。

第三章　城乡规划的实施

第二十八条　地方各级人民政府应当根据当地经济社会发展水平，量力而行，尊重群众意愿，有计划、分步骤地组织实施城乡规划。

第二十九条　城市的建设和发展，应当优先安排基础设施以及公共服务设施的建设，妥善处理新区开发与旧区改建的关系，统筹兼顾进城务工人员生活和周边农村经济社会发展、村民生产与生活的需要。

镇的建设和发展，应当结合农村经济社会发展和产业结构调整，优先安排供水、排水、供电、供气、道路、通信、广播电视等基础设施和学校、卫生院、文化站、幼儿园、福利院等公共服务设施的建设，为周边农村提供服务。

乡、村庄的建设和发展，应当因地制宜、节约用地，发挥村民自治组织的作用，引导村民合理进行建设，改善农村生产、生活条件。

第三十条　城市新区的开发和建设，应当合理确定建设规模和时序，充分利用现有市政基础设施和公共服务设施，严格保护自然资源和生态环境，体现地方特色。

在城市总体规划、镇总体规划确定的建设用地范围以外，不得设立各类开发区和城市新区。

第三十一条　旧城区的改建，应当保护历史文化遗产和传统风貌，合理确定拆迁和建设规模，有计划地对危房集中、基础设施落后等地段进行改建。

历史文化名城、名镇、名村的保护以及受保护建筑物的维护和使用，应当遵守有关法律、行政法规和国务院的规定。

第三十二条　城乡建设和发展，应当依法保护和合理利用风景名胜资源，统筹安排风景名胜区及周边乡、镇、村庄的建设。

风景名胜区的规划、建设和管理，应当遵守有关法律、行政法规和国务院的规定。

第三十三条　城市地下空间的开发和利用，应当与经济和技术发展水平相适应，遵循统筹安排、综合开发、合理利用的原则，充分考虑防灾减灾、人民防空和通信等需要，并符合城市规划，履行规划审批手续。

第三十四条　城市、县、镇人民政府应当根据城市总体规划、镇总体规划、土地利用总体规划和年度计划以及国民经济和社会发展规划，制定近期建设规划，报总体规划审批机关备案。

近期建设规划应当以重要基础设施、公共服务设施和中低收入居民住房建设以及生态环境保护为重点内容，明确近期建设的时序、发展方向和空间布局。近期建设规划的规划期限为五年。

第三十五条　城乡规划确定的铁路、公路、港口、机场、道路、绿地、输配电设施及输电线路走廊、通信设施、广播电视设施、管道设施、河道、水库、水源地、自然保护区、防汛通道、消防通道、核电站、垃圾填埋场及焚烧厂、污水处理厂和公共服务设施的用地以及其他需要依法保护的用地，禁止擅自改变用途。

第三十六条　按照国家规定需要有关部门批准或者核准的建设项目，以划拨方式提供国有土地使用权的，建设单位在报送有关部门批准或者核准前，应当向城乡规划主管部门申请核发选址意见书。

前款规定以外的建设项目不需要申请选址意见书。

第三十七条　在城市、镇规划区内以划拨方式提供国有土地使用权的建设项目，经有关部门批准、核准、备案后，建设单位应当向城市、县人民政府城乡规划主管部门提出建设用地规划许可申请，由城市、县人民政府城乡规划主管部门依据控制性详细规划核定建设用地的位置、面积、允许建设的范围，核发建设用地规划许可证。

建设单位在取得建设用地规划许可证后，方可向县级以上地方人民政府土地主管部门申请用地，经县级以上人民政府审批后，由土地主管部门划拨土地。

第三十八条　在城市、镇规划区内以出让方式提供国有土地使用权的，在国有土地使用权出让前，城市、县人民政府城乡规划主管部门应当依据控制性详细规划，提出出让地块的位置、使用性质、开发强度等规划条件，作为国有土地使用权出让合同的组成部分。未确定规划条件的地块，不得出让国有土地使用权。

以出让方式取得国有土地使用权的建设项目，在签订国有土地使用权出让合同后，建设单位应当持建设项目的批准、核准、备案文件和国有土地使用权出让合同，向城市、县人民政府城乡规划主管部门领取建设用地规划许可证。

城市、县人民政府城乡规划主管部门不得在建设用地规划许可证中，擅自改变作为国有土地使用权出让合同组成部分的规划条件。

第三十九条　规划条件未纳入国有土地使用权出让合同的，该国有土地使用权出让合同无效；对未取得建设用地规划许可证的建设单位批准用地的，由县级以上人民政府撤销有关批准文件；占用土地的，应当及时退回；给当事人造成损失的，应当依法给予赔偿。

第四十条　在城市、镇规划区内进行建筑物、构筑物、道路、管线和其他工程建设的，建设单位或者个人应当向城市、县人民政府城乡规划主管部门或者省、自治区、直辖市人民政府确定的镇人民政府申请办理建设工程规划许可证。

申请办理建设工程规划许可证，应当提交使用土地的有关证明文件、建设工程设计方案等材料。需要建设单位编制修建性详细规划的建设项目，还应当提交修建性详细规划。对符合控制性详细规划和规划条件的，由城市、县人民政府城乡规划主管部门或者省、自治区、直辖市人民政府确定的镇人民政府核发建设工程规划许可证。

城市、县人民政府城乡规划主管部门或者省、自治区、直辖市人民政府确定的镇人民政府应当依法将经审定的修建性详细规划、建设工程设计方案的总平面图予以公布。

第四十一条　在乡、村庄规划区内进行乡镇企业、乡村公共设施和公益事业建设的，建设单位或者个人应当向乡、镇人民政府提出申请，由乡、镇人民政府报城市、县人民政府城乡规划主管部门核发乡村建设规划许可证。

在乡、村庄规划区内使用原有宅基地进行农村村民住宅建设的规划管理办法，由省、自治区、直辖市制定。

在乡、村庄规划区内进行乡镇企业、乡村公共设施和公益事业建设以及农村村民住宅建设，不得占用农用地；确需占用农用地的，应当依照《中华人民共和国土地管理法》有关规定办理农用地转用审批手续后，由城市、县人民政府城乡规划主管部门核发乡村建设规划许可证。

建设单位或者个人在取得乡村建设规划许可证后，方可办理用地审批手续。

第四十二条　城乡规划主管部门不得在城乡规

划确定的建设用地范围以外作出规划许可。

第四十三条　建设单位应当按照规划条件进行建设;确需变更的,必须向城市、县人民政府城乡规划主管部门提出申请。变更内容不符合控制性详细规划的,城乡规划主管部门不得批准。城市、县人民政府城乡规划主管部门应当及时将依法变更后的规划条件通报同级土地主管部门并公示。

建设单位应当及时将依法变更后的规划条件报有关人民政府土地主管部门备案。

第四十四条　在城市、镇规划区内进行临时建设的,应当经城市、县人民政府城乡规划主管部门批准。临时建设影响近期建设规划或者控制性详细规划的实施以及交通、市容、安全等的,不得批准。

临时建设应当在批准的使用期限内自行拆除。

临时建设和临时用地规划管理的具体办法,由省、自治区、直辖市人民政府制定。

第四十五条　县级以上地方人民政府城乡规划主管部门按照国务院规定对建设工程是否符合规划条件予以核实。未经核实或者经核实不符合规划条件的,建设单位不得组织竣工验收。

建设单位应当在竣工验收后六个月内向城乡规划主管部门报送有关竣工验收资料。

第四章　城乡规划的修改

第四十六条　省域城镇体系规划、城市总体规划、镇总体规划的组织编制机关,应当组织有关部门和专家定期对规划实施情况进行评估,并采取论证会、听证会或者其他方式征求公众意见。组织编制机关应当向本级人民代表大会常务委员会、镇人民代表大会和原审批机关提出评估报告并附具征求意见的情况。

第四十七条　有下列情形之一的,组织编制机关方可按照规定的权限和程序修改省域城镇体系规划、城市总体规划、镇总体规划:

(一)上级人民政府制定的城乡规划发生变更,提出修改规划要求的;

(二)行政区划调整确需修改规划的;

(三)因国务院批准重大建设工程确需修改规划的;

(四)经评估确需修改规划的;

(五)城乡规划的审批机关认为应当修改规划的其他情形。

修改省域城镇体系规划、城市总体规划、镇总体规划前,组织编制机关应当对原规划的实施情况进行总结,并向原审批机关报告;修改涉及城市总体规划、镇总体规划强制性内容的,应当先向原审批机关提出专题报告,经同意后,方可编制修改方案。

修改后的省域城镇体系规划、城市总体规划、镇总体规划,应当依照本法第十三条、第十四条、第十五条和第十六条规定的审批程序报批。

第四十八条　修改控制性详细规划的,组织编制机关应当对修改的必要性进行论证,征求规划地段内利害关系人的意见,并向原审批机关提出专题报告,经原审批机关同意后,方可编制修改方案。修改后的控制性详细规划,应当依照本法第十九条、第二十条规定的审批程序报批。控制性详细规划修改涉及城市总体规划、镇总体规划的强制性内容的,应当先修改总体规划。

修改乡规划、村庄规划的,应当依照本法第二十二条规定的审批程序报批。

第四十九条　城市、县、镇人民政府修改近期建设规划的,应当将修改后的近期建设规划报总体规划审批机关备案。

第五十条　在选址意见书、建设用地规划许可证、建设工程规划许可证或者乡村建设规划许可证发放后,因依法修改城乡规划给被许可人合法权益造成损失的,应当依法给予补偿。

经依法审定的修建性详细规划、建设工程设计方案的总平面图不得随意修改;确需修改的,城乡规划主管部门应当采取听证会等形式,听取利害关系人的意见;因修改给利害关系人合法权益造成损失的,应当依法给予补偿。

第五章　监 督 检 查

第五十一条　县级以上人民政府及其城乡规划主管部门应当加强对城乡规划编制、审批、实施、修改的监督检查。

第五十二条　地方各级人民政府应当向本级人

民代表大会常务委员会或者乡、镇人民代表大会报告城乡规划的实施情况，并接受监督。

第五十三条　县级以上人民政府城乡规划主管部门对城乡规划的实施情况进行监督检查，有权采取以下措施：

（一）要求有关单位和人员提供与监督事项有关的文件、资料，并进行复制；

（二）要求有关单位和人员就监督事项涉及的问题作出解释和说明，并根据需要进入现场进行勘测；

（三）责令有关单位和人员停止违反有关城乡规划的法律、法规的行为。

城乡规划主管部门的工作人员履行前款规定的监督检查职责，应当出示执法证件。被监督检查的单位和人员应当予以配合，不得妨碍和阻挠依法进行的监督检查活动。

第五十四条　监督检查情况和处理结果应当依法公开，供公众查阅和监督。

第五十五条　城乡规划主管部门在查处违反本法规定的行为时，发现国家机关工作人员依法应当给予行政处分的，应当向其任免机关或者监察机关提出处分建议。

第五十六条　依照本法规定应当给予行政处罚，而有关城乡规划主管部门不给予行政处罚的，上级人民政府城乡规划主管部门有权责令其作出行政处罚决定或者建议有关人民政府责令其给予行政处罚。

第五十七条　城乡规划主管部门违反本法规定作出行政许可的，上级人民政府城乡规划主管部门有权责令其撤销或者直接撤销该行政许可。因撤销行政许可给当事人合法权益造成损失的，应当依法给予赔偿。

第六章　法律责任

第五十八条　对依法应当编制城乡规划而未组织编制，或者未按法定程序编制、审批、修改城乡规划的，由上级人民政府责令改正，通报批评；对有关人民政府负责人和其他直接责任人员依法给予处分。

第五十九条　城乡规划组织编制机关委托不具有相应资质等级的单位编制城乡规划的，由上级人民政府责令改正，通报批评；对有关人民政府负责人和其他直接责任人员依法给予

处分。

第六十条　镇人民政府或者县级以上人民政府城乡规划主管部门有下列行为之一的，由本级人民政府、上级人民政府城乡规划主管部门或者监察机关依据职权责令改正，通报批评；对直接负责的主管人员和其他直接责任人员依法给予处分：

（一）未依法组织编制城市的控制性详细规划、县人民政府所在地镇的控制性详细规划的；

（二）超越职权或者对不符合法定条件的申请人核发选址意见书、建设用地规划许可证、建设工程规划许可证、乡村建设规划许可证的；

（三）对符合法定条件的申请人未在法定期限内核发选址意见书、建设用地规划许可证、建设工程规划许可证、乡村建设规划许可证的；

（四）未依法对经审定的修建性详细规划、建设工程设计方案的总平面图予以公布的；

（五）同意修改修建性详细规划、建设工程设计方案的总平面图前未采取听证会等形式听取利害关系人的意见的；

（六）发现未依法取得规划许可或者违反规划许可的规定在规划区内进行建设的行为，而不予查处或者接到举报后不依法处理的。

第六十一条　县级以上人民政府有关部门有下列行为之一的，由本级人民政府或者上级人民政府有关部门责令改正，通报批评；对直接负责的主管人员和其他直接责任人员依法给予处分：

（一）对未依法取得选址意见书的建设项目核发建设项目批准文件的；

（二）未依法在国有土地使用权出让合同中确定规划条件或者改变国有土地使用权出让合同中依法确定的规划条件的；

（三）对未依法取得建设用地规划许可证的建设单位划拨国有土地使用权的。

第六十二条　城乡规划编制单位有下列行为之一的，由所在地城市、县人民政府城乡规划主管部门责令限期改正，处合同约定的规划编制费一倍以上二倍以下的罚款；情节严重的，责

令停业整顿，由原发证机关降低资质等级或者吊销资质证书；造成损失的，依法承担赔偿责任：

（一）超越资质等级许可的范围承揽城乡规划编制工作的；

（二）违反国家有关标准编制城乡规划的。

未依法取得资质证书承揽城乡规划编制工作的，由县级以上地方人民政府城乡规划主管部门责令停止违法行为，依照前款规定处以罚款；造成损失的，依法承担赔偿责任。

以欺骗手段取得资质证书承揽城乡规划编制工作的，由原发证机关吊销资质证书，依照本条第一款规定处以罚款；造成损失的，依法承担赔偿责任。

第六十三条　城乡规划编制单位取得资质证书后，不再符合相应的资质条件的，由原发证机关责令限期改正；逾期不改正的，降低资质等级或者吊销资质证书。

第六十四条　未取得建设工程规划许可证或者未按照建设工程规划许可证的规定进行建设的，由县级以上地方人民政府城乡规划主管部门责令停止建设；尚可采取改正措施消除对规划实施的影响的，限期改正，处建设工程造价百分之五以上百分之十以下的罚款；无法采取改正措施消除影响的，限期拆除，不能拆除的，没收实物或者违法收入，可以并处建设工程造价百分之十以下的罚款。

第六十五条　在乡、村庄规划区内未依法取得乡村建设规划许可证或者未按照乡村建设规划许可证的规定进行建设的，由乡、镇人民政府责令停止建设、限期改正；逾期不改正的，可以拆除。

第六十六条　建设单位或者个人有下列行为之一的，由所在地城市、县人民政府城乡规划主管部门责令限期拆除，可以并处临时建设工程造价一倍以下的罚款：

（一）未经批准进行临时建设的；

（二）未按照批准内容进行临时建设的；

（三）临时建筑物、构筑物超过批准期限不拆除的。

第六十七条　建设单位未在建设工程竣工验收后六个月内向城乡规划主管部门报送有关竣工验收资料的，由所在地城市、县人民政府城乡规划主管部门责令限期补报；逾期不补报的，处一万元以上五万元以下的罚款。

第六十八条　城乡规划主管部门作出责令停止建设或者限期拆除的决定后，当事人不停止建设或者逾期不拆除的，建设工程所在地县级以上地方人民政府可以责成有关部门采取查封施工现场、强制拆除等措施。

第六十九条　违反本法规定，构成犯罪的，依法追究刑事责任。

第七章　附　　则

第七十条　本法自 2008 年 1 月 1 日起施行。《中华人民共和国城市规划法》同时废止。

《中华人民共和国城市房地产管理法》导读

我国进行城镇国有土地有偿使用制度改革和房地产综合开发建设体制改革以来，房地产业迅速崛起。但同时也出现了建设用地供应总量失控、房地产开发投资结构不合理、房地产市场机制不健全等一些亟待解决的问题。从根本上解决这些问题，必须把房地产管理纳入法制的轨道。1994 年第八届全国人大常委会第八次会议审议通过了《中华人民共和国城市房地产管理法》，并于 1995 年 1 月 1 日起正式施行。

《城市房地产管理法》共七章七十三条，对以下主要问题作了规定：

（一）关于调整范围。在中国城市规划区国有土地范围内取得房地产开发用地的土地使用权，从事房地产开发、房地产交易，实施房地产管理，应当遵守本法。在城市规划区外的国有土地范围内取得房地产开发用地的土地使用权，从事房地产开发、交易活动以及实施房地产管理，参照本法执行。按照上述规定，房地产开发用地必须是国有土地。集体所有的土地，经依法征用转为国有土地后，该国有土地的使用权方可出让。

（二）关于房地产开发用地。《城市房地产管理法》对此设专章作了规定。明确规定了出让和划拨两种方式，但同时严格限制划拨范围。土地使用权出让，可以采取拍卖、招标或者双方协议的方式。

（三）关于房地产开发企业。对房地产开发企业的设立条件作了规定，强调房地产开发企业应当有自己的名称和组织机构，有固定的经营场所，有符合国务院规定的注册资本，有足够的专业技术人员和法律、行政法规规定的其他条件。

（四）关于规范房地产市场行为。（1）土地使用权出让，必须符合土地利用总体规划、城市规划和年度建设用地计划。（2）以出让方式取得土地使用权进行房地产开发的，必须按照土地使用权出让合同约定的土地用途、动工开发期限开发土地。（3）对房地产转让和抵押分出让方式和划拨方式作了规定。（4）对商品房预售的条件作了规定，制止炒地皮的行为。

（五）关于房地产登记发证问题。《城市房地产管理法》从我国目前大多数地方还是实行房、地分管的实际情况出发，仍按现行管理体制和部门分工对房地产登记发证作了规定；同时规定，经省、自治区、直辖市人民政府确定，县级以上地方人民政府由一个部门统一负责房产管理和土地管理工作的，可以制作、颁发统一的房地产权证书。

除《城市房地产管理法》外，《民法通则》、《担保法》、《土地管理法》、《农村土地承包法》、《合同法》等法律法规以及最高人民法院的司法解释也对房地产的有关问题作了规定。此外，《物权法》对房地产登记、房地产转让、房地产担保等问题作了规定。

中华人民共和国
城市房地产管理法

1. 1994 年 7 月 5 日第八届全国人民代表大会常务委员会第八次会议通过
2. 2007 年 8 月 30 日第十届全国人民代表大会常务委员会第二十九次会议修正

目 录

第一章 总 则

第一条 【立法目的】 为了加强对城市房地产的管理，维护房地产市场秩序，保障房地产权利人的合法权益，促进房地产业的健康发展，制定本法。

第二条 【适用范围及概念解释】 在中华人民共和国城市规划区国有土地（以下简称国有土地）范围内取得房地产开发用地的土地使用权，从事房地产开发、房地产交易，实施房地产管理，应当遵守本法。

本法所称房屋，是指土地上的房屋等建筑物及构筑物。

本法所称房地产开发，是指在依照本法取得国有土地使用权的土地上进行基础设施、房屋建设的行为。

本法所称房地产交易，包括房地产转让、房地产抵押和房屋租赁。

[条文注释]

本条第一款是本法适用范围的规定。本条第二款是房屋、房地产开发、房地产交易法律概念的规定。

这里所指的城市和城市规划区,是指《城市规划法》第3条界定的概念,即所称城市,是指国家按行政建制设立的直辖市、市、镇;所称城市规划区,是指城市市区、近郊区以及城市行政区域内因城市建设和发展需要实行规划控制的区域。

本法适用三种行为:(1)房地产开发,是指在依据本法取得国有土地使用权的土地上进行基础设施、房屋建设的行为。(2)房地产交易,包括房地产转让、房地产抵押和房屋租赁。(3)实施房地产管理,房地产管理是法律规定的国家机关对管理相对人从事的房地产开发、房地产交易活动以及房地产权属等实施的行政管理行为。

[参见]

《城乡规划法》第3条

第三条　【土地使用制度及例外】国家依法实行国有土地有偿、有限期使用制度。但是,国家在本法规定的范围内划拨国有土地使用权的除外。

[条文注释]

本条是关于国有土地有偿、有限期使用制度的规定。本法确定的国有土地有偿、有限期使用是国有土地使用的基本形式,划拨国有土地使用权是国有土地使用的特殊形式。所谓"有偿、有限期使用",根据本法规定,是指国有土地使用权的有偿、有限期出让,具体讲,是指国家将国有土地使用权在一定年限内出让给土地使用者,由土地使用者向国家支付土地使用权出让金的行为。

根据本条第二句和本法第23条的规定,除了对国家机关用地和军事用地,城市基础设施用地和公益事业用地,国家重点扶持的能源、交通、水利等项目用地以及法律、行政法规规定的其他用地确属必需的,可以由县级以上人民政府依法批准划拨外,其他使用国有土地都应当采取有偿、有限期使用的方式。

[参见]

《城市房地产管理法》第23条

第四条　【发展目标】国家根据社会、经济发展水平,扶持发展居民住宅建设,逐步改善居民的居住条件。

[条文注释]

本条是国家对居民住宅扶持政策的规定。

居民住宅,是居民生活的基本保障。本条规定对居民住宅建设实行扶持发展的政策,逐步改善居民的居住条件。根据《国务院关于深化城镇住房制度改革的决定》(国发〔1994〕43号文)规定,国家对居民建设的基本政策是加快经济适用住房的开发建设,解决中低收入家庭的住房问题,并要求在以下几个方面予以扶持发展:(1)对经济适用住房建设用地,经批准原则上采取行政划拨方式供应;(2)对经济适用住房建设项目,计划、规划、拆迁、税费等方面予以政策扶持;(3)金融单位在信贷等方面予以扶持;(4)在房地产开发公司每年的建房总量中,经济适用住房要占20%以上;(5)鼓励集资合作建房,充分发挥各方面的积极性,加快城镇危旧住房改造。

[参见]

《国务院关于深化城镇住房制度改革的决定》

《国务院关于进一步深化城镇住房制度改革加快住房建设的通知》

《城镇经济适用住房建设管理办法》

《关于大力发展经济适用住房的若干意见的通知》

《关于进一步加快经济适用住房(安居工程)建设有关问题的通知》

第五条　【权利人权利和义务】房地产权利人应当遵守法律和行政法规,依法纳税。房地产权利人的合法权益受法律保护,任何单位和个人不得侵犯。

[条文注释]

本条是关于房地产权利人义务和权益保护的规定。

目前我国法律、行政法规要求房地产权利人履行的纳税义务,主要包括:(1)在城市、县城、建制镇、工矿区范围内以划拨方式取得土地使用权的土地使用者,应当依照《城镇国有土地使用权暂行条例》缴纳土地使用税;(2)房地产权利人领取房屋所有权证书、土地使用权证书,应当依照《印花税条例》缴纳印花税;(3)房地产权利人有偿转让房地产,应当依照《土地增值税条例》缴纳土地增值税;(4)个人租赁房屋、转让房地产,应当依照《个人所得税法》缴纳个人所得税；(5)在城市、县城、建制镇和工矿区范围内，房产所有人应当依照《房产权暂行条例》缴纳房产税，等等。

[参见]

《城镇国有土地使用权暂行条例》

《印花税暂行条例》第2条

《土地增值税暂行条例》

第六条　【征收补偿】为了公共利益的需要，国家可以征收国有土地上单位和个人的房屋，并依法给予拆迁补偿，维护被征收人的合法权益；征收个人住宅的，还应当保障被征收人的居住条件。具体办法由国务院规定。

第七条　【房地产管理机构】国务院建设行政主管部门、土地管理部门依照国务院规定的职权划分，各司其职，密切配合，管理全国房地产工作。

　　县级以上地方人民政府房产管理、土地管理部门的机构设置及其职权由省、自治区、直辖市人民政府确定。

[条文注释]

　　本条是关于房地产管理机构设置的规定。

　　本条第一款是对国家房地产管理体制的规定。依照该款规定，国务院建设行政主管部门、土地管理部门依照国务院规定的职权，各司其职，密切配合，管理全国房地产工作。这里所指的国务院建设行政主管部门、土地管理部门，在当前是指国务院所属的国土资源部。

　　本条第二款是对地方房产管理、土地管理部门的机构设置及其职权的规定。依照该款规定，省、自治区、直辖市人民政府有权根据本地的实际情况，决定县级以上人民政府房产管理、土地管理部门的机构设置及其职权。

[参见]

《宪法》第89条

《国家土地管理局关于贯彻〈城市房地产管理法〉若干问题的批复》

第二章　房地产开发用地

第一节　土地使用权出让

第八条　【土地使用权出让】土地使用权出让，是指国家将国有土地使用权（以下简称土地使用权）在一定年限内出让给土地使用者，由土地使用者向国家支付土地使用权出让金的行为。

[条文注释]

　　本条是关于土地使用权出让法律定义的规定。

　　国家将国有土地使用权转让给土地使用者，是国家作为国有土地所有权人将其所有权权能中的使用权分离出来转让给土地使用者的一种权利转移方式，其实质是国家行使对国有土地财产的处分权。

　　土地使用权出让有以下几个特征：(1)土地使用权出让是以土地所有权与土地使用权的分离为基础的；(2)土地使用权出让是有年限的；(3)土地使用权出让是有偿的，土地使用者取得一定年限内的土地使用权，须以向土地所有者（国家）支付土地使用权出让金为代价；(4)土地使用者享有权利的效力不及于地下之物。土地使用者对地下的资源、埋藏物和市政公用设施等，不因其享有土地的使用权而对其享有权利。

第九条　【有偿出让】城市规划区内的集体所有的土地，经依法征用转为国有土地后，该幅国有土地的使用权方可有偿出让。

[条文注释]

　　本条是关于城市规划区内集体所有的土地出让的规定。

　　根据本条规定，城市规划区内集体所有土地出让的必要条件是：经依法征用转为国有土地后，方可有偿出让。城市规划区内集体所有的土地在未经依法征用转为国有土地之前，不得出让。农村集体经济组织不得利用集体所有的土地直接开发经营房地产。这实际上是法律对集体所有的土地出让的一种限制性规定。

　　征用权是一种专有的国家权力，行使征用权的主体是国家，也就是说，只有国家建设才能征用集体所有的土地。

[参见]

《民法通则》第74条

《土地管理法》第45－50条

《土地管理法实施细则》第23－26条

《城乡规划法》第3条

《城镇国有土地使用权出让和转让暂行条

例》第2条

第十条 【出让条件】土地使用权出让,必须符合土地利用总体规划、城市规划和年度建设用地计划。

[条文注释]

本条规定了土地使用权出让与土地利用总体规划、城市规划和年度建设用地计划的关系。

土地使用权出让,必须符合土地利用总体规划。具体到出让的地块,必须符合当地市、县或者乡(镇)的土地利用总体规划。土地使用权出让,必须符合城市规划,具体包括以下方面:(1)土地使用权出让的投放量,必须与城市土地资源、经济社会发展和市场需求相适应;(2)土地使用权出让地块的利用,必须符合城市规划的要求;(3)土地使用权出让的地块面积,必须符合城市详细规划的要求,不得超出详细规划所确定的各项建设的具体用地范围;(4)土地使用权出让地块上的建筑,必须符合规划设计条件。这些条件包括:建筑密度、容积率和建筑高度、绿地比例、须配置的公共设施、工程设置以及建筑界线等。土地使用权出让,必须符合年度建设用地计划,其含义包括两个方面的内容:(1)土地使用权出让,必须符合年度建设用地计划所确定的出让地块幅数;(2)土地使用权出让,必须符合年度建设用地计划所确定的出让土地总面积。

[参见]

《城市规划法》第29条

《城镇国有土地使用权出让和转让暂行条例》第10条

第十一条 【出让报批】县级以上地方人民政府出让土地使用权用于房地产开发的,须根据省级以上人民政府下达的控制指标拟订年度出让土地使用权总面积方案,按照国务院规定,报国务院或省级人民政府批准。

[条文注释]

本条是关于对房地产开发用地实行总量控制的规定。

根据本条规定,国家对县级以上地方人民政府出让土地使用权用于房地产开发的用地实行总量控制。具体措施包括以下两个方面:(1)房地产开发用地控制指标,是指省级以上人民政府根据国民经济和社会发展的需要以及房地产业

发展对土地的需求,在保证土地供需平衡的基础上提出的房地产开发用地计划控制指标。(2)年度出让土地使用权总面积方案,是指市、县人民政府根据省、自治区、直辖市人民政府下达的房地产开发用地控制指标,结合当地房地产开发对土地需求的实际情况,分年度拟订的出让土地使用权总面积方案。

本条规定,年度出让土地使用权总面积方案须报国务院或省级人民政府批准。在一般情况下,省、自治区、直辖市人民政府拟定的年度土地使用权总面积方案,应当报国务院批准;市、县人民政府拟定的出让土地使用权总面积方案,应当报省、自治区、直辖市人民政府批准。

第十二条 【出让步骤】土地使用权出让,由市、县人民政府有计划、有步骤地进行。出让的每幅地块、用途、年限和其他条件,由市、县人民政府土地管理部门会同城市规划、建设、房产管理部门共同拟定方案,按照国务院规定,报经有批准权的人民政府批准后,由市、县人民政府土地管理部门实施。

直辖市的县人民政府及其有关部门行使前款规定的权限,由直辖市人民政府规定。

[参见]

《城镇国有土地使用权出让和转让暂行条例》第9、10条

《城市国有土地使用权出让转让规划管理办法》

《关于出让国有土地使用权批准权限的通知》

第十三条 【出让方式】土地使用权出让,可以采取拍卖、招标或者双方协议的方式。

商业、旅游、娱乐和豪华住宅用地,有条件的,必须采取拍卖、招标方式;没有条件,不能采取拍卖、招标方式的,可以采取双方协议的方式。

采取双方协议方式出让土地使用权的出让金不得低于按国家规定所确定的最低价。

[条文注释]

本条第一款是关于土地使用权出让方式的规定;第二款是关于商业、旅游、娱乐、豪华住宅用地的出让方式规定;第三款是关于协议方式出让土地使用权的出让金的规定。

本条第二款所指的商业用地,是指为商业目的而占用的土地,包括商店、商场、市场、购物中心、饮食业、服务业等用地;所指的旅游用地,是指为旅游目的而占用的土地,包括旅游度假村、旅游度假区、旅游开发区、旅游度假中心、旅游景点等用地;所指的娱乐用地,是指为娱乐目的而占用的土地,包括娱乐园、娱乐场、娱乐宫、康乐宫、歌舞厅、赛马场等用地;所指的豪华住宅用地,是指别墅和其他建筑标准大大高于一般普通标准住宅用地,如高档公寓用地。

[参见]

《城镇国有土地使用权出让和转让暂行条例》第11-18条

《协议出让国有土地使用权最低价确定办法》

《国土资源部关于进一步推行招标拍卖出让国有土地使用权的通知》

《招标拍卖挂牌出让国有土地使用权规定》

第十四条 【年限规定】土地使用权出让最高年限由国务院规定。

[条文注释]

本条是关于土地使用权出让最高年限的授权性规定。

理解本条含义,应当注意把握以下几点:(1)本法颁布或者实施后,国务院根据本条规定,对土地使用权出让最高年限重新作出规定的,在确定土地使用权出让最高年限时,应当按国务院新的规定执行;(2)本法颁布或者实施后,国务院对土地使用权出让最高年限没有作出新的规定的,可以按国务院原有的规定执行;(3)土地使用权出让最高年限由国务院规定,而实际出让年限则应当由出让方与受让方在签订出让合同时约定,两者不是完全等同的概念。在不超过国务院规定的最高出让年限范围内,出让合同约定的实际出让年限可以是最高出让年限,也可以低于最高出让年限。

[参见]

《城镇国有土地使用权出让和转让暂行条例》第12条

第十五条 【出让合同签订】土地使用权出让,应当签订书面出让合同。

土地使用权出让合同由市、县人民政府土地管理部门与土地使用者签订。

[条文注释]

本条第一款规定了土地使用权出让合同的形式。合同是当事人确立、变更、终止权利义务关系的协议。合同的形式,是指订立合同的当事人之间所达成的协议的表现形式。通常,合同的形式有口头合同和书面合同两种。该款规定排除了口头合同形式,规定书面合同是土地使用权出让合同的法定形式。本条第二款规定了土地使用权出让合同的主体,即合同双方当事人。

[参见]

《合同法》第10、11条

《城镇国有土地使用权出让和转让暂行条例》第8-18条

第十六条 【出让金支付】土地使用者必须按照出让合同约定,支付土地使用权出让金;未按照出让合同约定支付土地使用权出让金的,土地管理部门有权解除合同,并可以请求违约赔偿。

[条文注释]

本条是关于受让方合同主要义务和违反合同义务时出让方享有的权利的规定。土地使用权出让基于出让方与受让方订立出让合同,明确双方的权利义务。受让方未按出让合同约定支付土地使用权出让金是一种不履行或不适当履行合同义务的违约行为,作为合同一方当事人的土地管理部门享有解除合同和请求违约赔偿的权利。解除合同,原有合同关系终止,违约一方应当承担违约赔偿责任;通常情况下,是赔偿因违约造成的损失。本条规定有利于维护出让方的合法权益。

从一般原理上讲,受让方未按出让合同约定支付土地使用权出让金的内涵,应当理解为未按出让合同约定的期限、方式、币种、金额总数等支付土地使用权出让金。但根据国家土地管理局、国家工商行政管理局发布的出让合同文本第9条规定,其界定的含义是指受让方未按出让合同约定的期限支付全部土地使用权出让金。后者是适用本条时应注意把握的含义。

[参见]

《民法通则》第111、115条

《土地管理法》第55条

第十七条　【出让土地的提供】土地使用者按照出让合同约定支付土地使用权出让金的,市、县人民政府土地管理部门必须按照出让合同约定,提供出让的土地;未按照出让合同约定提供出让的土地的,土地使用者有权解除合同,由土地管理部门返还土地使用权出让金,土地使用者并可以请求违约赔偿。

[条文注释]

　　本条是关于出让方主要义务和违反合同义务、受让方享有的权利的规定。

　　在土地使用权出让法律关系中,出让合同约定的出让方的义务也是多方面的,但最主要的是受让方按出让合同约定履行支付土地使用权出让金的义务后,及时提供出让的土地,以保证受让方取得土地,如期进行房地产开发经营活动。出让方违反合同义务,受让方享有解除合同和请求违约赔偿的权利,同时,出让方应承担返还已收取的土地使用权出让金的义务。本条规定体现了合同双方当事人权利义务对等的原则,有利于维护受让方的合法权益。

第十八条　【用途改变】土地使用者需要改变土地使用权出让合同约定的土地用途的,必须取得出让方和市、县人民政府城市规划行政主管部门的同意,签订土地使用权出让合同变更协议或者重新签订土地使用权出让合同,相应调整土地使用权出让金。

[条文注释]

　　本条是关于土地使用权出让合同约定的土地用途变更的规定。

　　本条所指的用途变更,是指城镇国有土地在下列用途之间的变更:(1)居民用地;(2)工业用地;(3)商业、旅游、娱乐用地;(4)教育、科技、文化、卫生、体育用地;(5)综合或者其他用地。

[参见]

　　《土地管理法》第56条

第十九条　【出让金使用】土地使用权出让金应当全部上缴财政,列入预算,用于城市基础设施建设和土地开发。土地使用权出让金上缴和使用的具体办法由国务院规定。

[条文注释]

　　本条是关于土地使用权出让金收入使用管理的规定。

　　土地使用权出让金是国有土地资产的具体表现形式之一,应当归国家所得。因此,本条规定土地使用权出让金应全部上缴政府财政,作为政府财政预算收入的组成部分,用于城市基础设施和土地开发。为了加强对土地使用权出让收入的使用管理,本条授权国务院制定具体管理办法。

[参见]

　　《新增建设用地土地有偿使用费收缴使用管理办法》

　　《关于国有土地使用权有偿使用收入征收管理的暂行规定》

　　《关于国有土地使用权有偿使用收入若干财政问题的暂行规定》

　　《财政部、国土资源部关于印发〈新增建设用地土地有偿使用费收缴使用管理办法〉的通知》

第二十条　【土地使用权的收回】国家对土地使用者依法取得的土地使用权,在出让合同约定的使用年限届满前不收回;在特殊情况下,根据社会公共利益的需要,可以依照法律程序提前收回,并根据土地使用者使用土地的实际年限和开发土地的实际情况给予相应的补偿。

[条文注释]

　　本条是关于提前收回土地使用权的规定。

　　适用本条,需正确把握普遍原则与特殊原则之间的关系。

　　特殊情况依照本条规定,是指出现因社会公共利益需要而收回土地使用权的情况。公共利益,可以认为是国家或者政府兴办的以公共利益为目的的事业,包括国防、交通、水利、教育、科研、公共卫生以及其他公共、公益事业。提前收回土地使用权的法律后果,是提前使土地使用者丧失土地权利,基于维护土地使用者的权益,必须考虑对此产生的损失并予以补偿,这也符合国际惯例。

[参见]

　　《城镇国有土地使用权出让和转让暂行条例》第39-42条

　　《国家土地管理局关于认定收回土地使用权行政决定法律性质的意见》

第二十一条　【使用权终止】土地使用权因土地灭失而终止。

[条文注释]

本条是关于土地使用权终止的规定。

依照本条规定,土地使用权因土地灭失而终止。土地灭失,是指土地作为自然和人工的物的绝对消灭,对于任何人而言,该土地均不复存在。土地灭失一般基于自然原因而发生,如湖泊淹没土地、洪水冲毁土地、河流改道淹没土地、地震使土地塌陷。土地灭失,基于土地而产生的权利自然终止。

第二十二条　【使用权续延】土地使用权出让合同约定的使用年限届满,土地使用者需要继续使用土地的,应当至迟于届满前一年申请续期,除根据社会公共利益需要收回该幅土地的,应当予以批准。经批准准予续期的,应当重新签订土地使用权出让合同,依照规定支付土地使用权出让金。

土地使用权出让合同约定的使用年限届满,土地使用者未申请续期或者虽申请续期但依照前款规定未获批准的,土地使用权由国家无偿收回。

[条文注释]

本条是关于土地使用权年限届满的规定。

依照本条规定,土地使用权年限届满,有以下三种情况:(1)土地使用者需要继续使用土地。在这种情况下,土地使用者应当在届满前一年申请续期;经批准准予续期的,须重新签订出让合同,支付出让金。(2)土地使用者申请续期未获批准的。土地使用权年限届满,土地使用者在主观上有续期使用土地的愿望,但在客观上由于发生了因社会公共利益需要收回该幅土地的法定事由,批准机关未予批准使用申请,在这种情况下,土地使用权由国家无偿收回。(3)土地使用者未申请续期的。在这种情况下,土地使用权由国家无偿收回。应当指出的是,国务院发布的《城镇国有土地使用权出让和转让暂行条例》规定,土地使用权期满,土地使用权及其地上建筑物、其他附着物由国家无偿取得。

[参见]

《城镇国有土地使用权出让和转让暂行条例》第 39–42 条

《国家土地管理局关于认定收回土地使用权行政决定法律性质的意见》

第二节　土地使用权划拨

第二十三条　【使用权划拨】土地使用权划拨,是指县级以上人民政府依法批准,在土地使用者缴纳补偿、安置等费用后将该幅土地交付其使用,或者将土地使用权无偿交付给土地使用者使用的行为。

依照本法规定以划拨方式取得土地使用权的,除法律、行政法规另有规定外,没有使用期限的限制。

[条文注释]

本条第一款是关于土地使用权划拨法律定义的规定;第二款是关于划拨土地使用权有无使用期限的规定。

土地使用权划拨,包括以下两个方面的含义:(1)土地使用权划拨,是指县级以上人民政府依法批准,在土地使用者缴纳补偿、安置等费用后将该幅土地交付其使用的行为。这种形式的划拨,具有两个最基本的特征:第一,须经县级以上人民政府批准;第二,土地使用者须缴纳补偿、安置等费用。(2)国有土地使用权划拨,是指县级以上人民政府依法批准,将国有土地使用权无偿交给土地使用者使用的行为。这种形式的划拨,具有两个最基本的特征:第一,须经县级以上人民政府依法批准;第二,土地使用者取得土地使用权是无偿的,也就是说,土地使用者取得土地使用权无须缴纳任何费用、支付任何经济上的代价。

[参见]

《土地管理法》第 54 条

《划拨土地使用权管理暂行办法》

第二十四条　【划拨土地类别】下列建设用地的土地使用权,确属必需的,可以由县级以上人民政府依法批准划拨:

(一)国家机关用地和军事用地;

(二)城市基础设施用地和公益事业用地;

(三)国家重点扶持的能源、交通、水利等项目用地;

(四)法律、行政法规规定的其他用地。

[条文注释]

本条是关于划拨土地范围的规定。

根据本条规定,国家机关用地,军事用地,城市基础设施用地,城市公益事业用地,国家重点扶持的能源、交通、水利等项目用地,由县级以上人民政府依照《土地管理法》的规定批准划拨。

国家机关用地,是指行使国家职能的各种机关用地的总称,包括国家权力机关、国家行政机关、国家审判机关、国家检察机关、国家军事和警察机关等用地。

军事用地,是指军事设施用地。根据《军事设施保护法》第2条规定,军事用地包括下列建筑、场地和设备用地:(1)指挥机关、地面和地下的指挥工程、作战工程;(2)军用机场、港口、码头;(3)营区、训练场、试验场;(4)军用洞库、仓库;(5)军用通信、侦察、导航、观测台站和测量、导航、助航标志;(6)军用公路、铁路专用线、军用通信、输电线路、军用输油、输水管道;(7)国务院和中央军事委员会规定的其他军事设施。

城市基础设施用地,是指城市给水、排水、污水的处理用地,供电、通信、煤气、热力、道路、桥涵用地等。

[参见]

《土地管理法》第54条

《国有企业改革中划拨土地使用权管理暂行规定》

《城市房地产转让管理规定》第11、12条

第三章　房地产开发

第二十五条　【开发原则和总体规划】房地产开发必须严格执行城市规划,按照经济效益、社会效益、环境效益相统一的原则,实行全面规划、合理布局、综合开发、配套建设。

[条文注释]

本条是关于房地产开发基本原则的规定。它明确了房地产开发与城市规划的关系,即出让土地的布局、用途必须符合城市规划,土地的使用性质必须根据城市规划来确定,出让的土地必须有规划地控制指标,在房地产开发的实施过程中必须严格执行城市规划。

[参见]

《城乡规划法》

《城市房地产开发经营管理条例》第3条

《关于规范房地产开发企业开发建设行为的通知》

第二十六条　【出让开发条件】以出让方式取得土地使用权进行房地产开发的,必须按照土地使用权出让合同约定的土地用途、动工开发期限开发土地。超过出让合同约定的动工开发日期满一年未动工开发的,可以征收相当于土地使用权出让金百分之二十以下的土地闲置费;满二年未动工开发的,可以无偿收回土地使用权;但是,因不可抗力或者政府、政府有关部门的行为或者动工开发必需的前期工作造成动工开发迟延的除外。

[参见]

《城镇国有土地使用权出让和转让暂行条例》第5、17、19条

《城市房地产开发经营管理条例》第15条

《国家土地管理局关于认定收回土地使用权行政决定法律性质的意见》

《国家土地管理局关于非农业建设用地清查有关问题处理的原则意见》

第二十七条　【项目总体要求】房地产开发项目的设计、施工,必须符合国家的有关标准和规范。

房地产开发项目竣工,经验收合格后,方可交付使用。

[参见]

《城市房地产开发经营管理条例》第10－19条

第二十八条　【土地使用权处置】依法取得的土地使用权,可以依照本法和有关法律、行政法规的规定,作价入股,合资、合作开发经营房地产。

[条文注释]

本条是关于土地使用权作价的规定。

以土地使用权出资入股,其出资作价必须由县级以上人民政府土地管理部门组织评估,并报县级以上人民政府审核批准,并办理相应的土地使用证。

[参见]

《规范股份有限公司土地估价结果确认工作若干规定》

第二十九条　【国家扶持】国家采取税收等方面的优惠措施鼓励和扶持房地产开发企业开发建设居民住宅。

[条文注释]

本条是关于国家对开发居民住宅的鼓励和

扶持的规定。应当注意,这里的居民住宅是普通标准住宅,指按所在地一般民用住宅标准建造的居用住宅;高级公寓、别墅、度假村等不属于普通标准住宅。此外,国家为鼓励经济适用住房的开发建设,还对开发者给予贷款等方面的优惠。

[参见]

《土地增值税暂行条例》第8条

《土地增值税暂行条例实施细则》第11条

《营业税暂行条例》

《契税暂行条例》第6条

《契税暂行条例细则》第12条

《国家税务总局、国家土地管理局关于契税征收管理有关问题的通知》

《财务部、国家税务总局关于调整房地产市场若干税收政策的通知》

《关于个人出售住房所得税征收个人所得税有关问题的通知》

《财政部和国家税务总局关于土地增值税若干问题的通知》

《建设部关于做好稳定住房价格工作意见的通知》

第三十条 【企业设立】房地产开发企业是以营利为目的,从事房地产开发和经营的企业。设立房地产开发企业,应当具备下列条件:

（一）有自己的名称和组织机构;

（二）有固定的经营场所;

（三）有符合国务院规定的注册资本;

（四）有足够的专业技术人员;

（五）法律、行政法规规定的其他条件。

设立房地产开发企业,应当向工商行政管理部门申请设立登记。工商行政管理部门对符合本法规定条件的,应当予以登记,发给营业执照;对不符合本法规定条件的,不予登记。

设立有限责任公司、股份有限公司,从事房地产开发经营的,还应当执行公司法的有关规定。

房地产开发企业在领取营业执照后的一个月内,应当到登记机关所在地的县级以上地方人民政府规定的部门备案。

[参见]

《公司法》第6条

《公司登记管理条例》第17-25条

《城市房地产开发经营管理条例》第5-9条

《建设部关于建设部机关直接实施的行政许可事项有关规定和内容的公告》

第三十一条 【注册资本和投资额】房地产开发企业的注册资本与投资总额的比例应当符合国家有关规定。

房地产开发企业分期开发房地产的,分期投资额应当与项目规模相适应,并按照土地使用权出让合同的约定,按期投入资金,用于项目建设。

[条文注释]

本条是关于房地产开发企业注册资本与投资总额的比例的规定。

根据《房地产开发企业资质管理规定》第5条的规定,房地产开发企业按照企业条件分为一、二、三、四四个资质等级,注册资本分别不低于5000万元,2000万元,800万元,100万元。

其中房地产开发企业是中外合资经营企业的,其注册资本与投资总额的比例应为:(1)总投资在300万美元以下的,注册资本至少应占其中的7/10;(2)300万以上、1000万以下的,至少应占1/2,其中投资总额在420万美元以下的,注册资本不得低于210万美元;(3)1000万以上、3000万以下的,至少应占2/5,其中投资总额在1250万美元以下,注册资本不得低于500万美元;(4)3000万以上的至少应占1/3,其中投资总额在3600万美元以下的,注册资本不得低于1200万美元。

应当注意,为抑制房地产开发企业利用银行贷款囤积土地和房源,对项目资本金比例达不到35%等贷款条件的房地产企业,商业银行不得发放贷款。

[参见]

《城市房地产开发经营管理条例》第13条

《房地产开发企业资质管理规定》

《国家工商行政管理局关于中外合资经营企业注册资本与投资总额比例的暂行规定》

《建设部、发展改革委、监察部、财政部、国土资源部、人民银行、税务总局、统计局、银监会关于调整住房供应结构稳定住房价格的意见》

第四章　房地产交易
第一节　一般规定

第三十二条　【房屋、土地所有权随转】房地产转让、抵押时,房屋的所有权和该房屋占用范围内的土地使用权同时转让、抵押。

[条文注释]

　　本条是关于房地产权利主体一致原则的规定。

　　由于房产所有权与房产所占土地使用权是不可分割地归属一个权利主体,因此,除以出让方式取得的土地使用权可以单独设立抵押外,房地产转让、抵押时,其房产所有权和该房产占用范围内的土地使用权必须同时转让、抵押。

[参见]

　　《城市房地产管理法》第34条

　　《担保法》第36条

第三十三条　【地价确定】基准地价、标定地价和各类房屋的重置价格应当定期确定并公布。具体办法由国务院规定。

[参见]

　　《协议出让国有土地使用权最低价确定办法》

　　《经济适用住房价格管理办法》

　　《经济适用住房管理办法》

　　《建设部、发展改革委、监察部、财政部、国土资源部、人民银行、税务总局、统计局、银监会关于调整住房供应结构稳定住房价格的意见》

第三十四条　【价格评估】国家实行房地产价格评估制度。

　　房地产价格评估,应当遵循公正、公平、公开的原则,按照国家规定的技术标准和评估程序,以基准地价、标定地价和各类房屋的重置价格为基础,参照当地的市场价格进行评估。

[条文注释]

　　本条是关于房地产评估的规定。

　　房地产价格评估,包括土地、建筑物、构筑物、在建工程、以房地产为主的企业整体资产、企业整体资产中的房地产等各类房地产评估,以及因转让、抵押、城镇房屋拆迁、司法鉴定、课税、公司上市、企业改制、企业清算、资产重组、资产处置等需要进行的房地产评估。

[参见]

　　《城市房地产市场评估管理暂行办法》

　　《房地产估价机构管理办法》

　　《国家土地管理局关于贯彻〈城市房地产管理法〉若干问题的批复》

　　《建设部关于建设部机关直接实施的行政许可事项有关规定和内容的公告》

第三十五条　【价格申报】国家实行房地产成交价格申报制度。

　　房地产权利人转让房地产,应当向县级以上地方人民政府规定的部门如实申报成交价,不得瞒报或者作不实的申报。

[条文注释]

　　本条是关于房地产成交价格申报的规定。

　　房地产转让应当以申报的房地产成交价格作为缴纳税费的依据。成交价格明显低于正常市场价格的,以评估价格作为缴纳税费的依据。

[参见]

　　《城市房地产转让管理规定》第14条

　　《国家土地管理局关于贯彻〈城市房地产管理法〉若干问题的批复》

第三十六条　【权属登记】房地产转让、抵押,当事人应当依照本法第五章的规定办理权属登记。

[条文注释]

　　本条是关于房地产权属登记的规定。所谓房地产权属登记,是指法律规定的管理机构对房地产的权属状况进行持续的记录,是对拥有房地产的人的权利进行的登记,包括对权利的种类、权利的范围等情况的记录。

第二节　房地产转让

第三十七条　【房地产转让】房地产转让,是指房地产权利人通过买卖、赠与或者其他合法方式将其房地产转移给他人的行为。

[条文注释]

　　本条是关于房地产转让的定义的规定。

　　房地产转让方式包括:(1)买卖;(2)赠与;(3)交换;(4)以房地产作价入股或者作为合作条件与他人成立法人或者其他组织,使房地产权属发生变更的;(5)因法人或者其他组织合并、分立,使房地产权属发生变更的;(6)以房地产清偿债务的;(7)法律、法规和规章规定的其他方式。

[参见]

　　《合同法》第130－195条

《城市房地产转让管理规定》

《已购公有住房和经济适用房上市出售管理暂行办法》

《已购公有住房和经济适用房上市出售土地出让金和收益分配管理的若干规定》

《国务院办公厅关于加强土地转让管理严禁炒卖土地的通知》

《建设部关于进一步搞好公有住房出售工作有关问题的通知》

《国土资源部关于已购公有住房和经济适用住房上市出售中有关土地问题的通知》

《最高人民法院关于审理商品房买卖合同纠纷案件适用法律若干问题的解释》

第三十八条　【禁止转让的房地产】下列房地产，不得转让：

（一）以出让方式取得土地使用权的，不符合本法第三十九条规定的条件的；

（二）司法机关和行政机关依法裁定、决定查封或者以其他形式限制房地产权利的；

（三）依法收回土地使用权的；

（四）共有房地产，未经其他共有人书面同意的；

（五）权属有争议的；

（六）未依法登记领取权属证书的；

（七）法律、行政法规规定禁止转让的其他情形。

[参见]

《城市房地产转让管理规定》第6条

第三十九条　【出让转让条件】以出让方式取得土地使用权，转让房地产时，应当符合下列条件：

（一）按照出让合同约定已经支付全部土地使用权出让金，并取得土地使用权证书；

（二）按照出让合同约定进行投资开发，属于房屋建设工程的，完成开发投资总额的百分之二十五以上，属于成片开发土地的，形成工业用地或者其他建设用地条件。

转让房地产时房屋已经建成的，还应当持有房屋所有权证书。

[条文注释]

本条是关于以出让方式取得土地使用权的房地产转让的规定。

所谓以出让方式取得的国有土地使用权，是指国家以国有土地所有人的身份将土地使用权在一定年限内让与土地使用者，并由土地使用者向国家交付土地使用权出让金后取得的国有土地使用权。

[参见]

《城市房地产开发经营管理条例》

《城市房地产转让管理规定》第9、10条

《确定土地所有权和使用权的若干规定》第40－42条

《建设部关于规范房地产开发企业开发建设行为的通知》

《最高人民法院关于土地转让方未按规定完成土地的开发投资即签订土地使用权转让合同的效力问题的答复》

第四十条　【划拨转让报批】以划拨方式取得土地使用权的，转让房地产时，应当按照国务院规定，报有批准权的人民政府审批。有批准权的人民政府准予转让的，应当由受让方办理土地使用权出让手续，并依照国家有关规定缴纳土地使用权出让金。

以划拨方式取得土地使用权的，转让房地产报批时，有批准权的人民政府按照国务院规定决定可以不办理土地使用权出让手续的，转让方应当按照国务院规定将转让房地产所获收益中的土地收益上缴国家或者作其他处理。

[条文注释]

本条是关于以划拨方式取得土地使用权的房地产转让的规定。

本法对划拨土地使用权的转让管理规定了两种方式：一是需要办理出让手续，变划拨土地为出让土地，由受让方缴纳出让金；二是不改变土地划拨性质，对转让方征收土地收益金。《城市房地产转让管理规定》规定以下情况可以不办理出让手续：（1）经城市规划主管部门批准，转让的土地用于《城市房地产管理法》第23条规定的项目，即国家机关用地和军事用地，城市基础设施用地和公益事业用地，国家重点扶持的能源、交通、水利等项目用地，法律、行政法规规定的其他用地；（2）私有住宅转让后仍用于居住的；（3）按照国务院住房制度改革有关规定出售公有住宅的；（4）同一宗土地上部分房屋转让而土地使用权不可分割转让的;(5)转让的房地产暂时难以确定土地使用权出让用途、年限和其他条件的;(6)根据城市规划土地使用权不宜出让的;(7)县级以上地方人民政府规定暂时无法或不需要采取土地使用权出让方式的其他情形。

对于转让的房地产再转让,需要办理出让手续、补交土地出让金的,应当扣除已缴纳的土地收益。

[参见]

《城市房地产管理法》第 37、50、55 条

《担保法》第 56 条

《城市房地产开发经营管理条例》

《城市房地产转让管理规定》第 11、12 条

《国家土地管理局关于执行〈城市房地产管理法〉和国务院 55 号令有关问题的批复》

《国家土地管理局关于划拨土地使用权管理有关问题的批复》

《国家土地管理局关于贯彻〈城市房地产管理法〉若干问题的批复》

《国家计委价格司关于土地收益有关问题的复函》

《建设部关于规范房地产开发企业开发建设行为的通知》

第四十一条　【转让合同】房地产转让,应当签订书面转让合同,合同中应当载明土地使用权取得的方式。

[条文注释]

本条是关于房地产转让合同的规定。所谓房地产转让合同,是指房地产的转让人与受让人为明确双方在房地产转让过程中各自的权利和义务而达成的书面一致意见。房地产转让合同的主体须是房地产所有人;客体是土地使用权和房屋所有权。在房地产转让合同中转让的房地产交付给受让方,并将土地使用权或房屋所有权以合法形式转给受让方,受让方的主要义务是接受房地产并向转让方支付有关费用。

[参见]

《城市房地产转让管理规定》第 7、8 条

《商品房销售管理办法》第 16－23 条

《城市房地产开发经营管理条例》第 28、29 条

第四十二条　【合同权利义务转移】房地产转让时,土地使用权出让合同载明的权利、义务随之转移。

[条文注释]

本条是关于房地产转让合同与土地使用权出让合同的关系的规定。具体表现为:(1)房地产转让合同以土地使用权出让合同为前提;(2)房地产转让合同约定的土地使用权的使用年限,通常要受到原土地使用权出让合同约定的制约;(3)房地产转让合同较土地使用权出让合同又有新的内容。

[参见]

《城市房地产转让管理规定》第 9 条

第四十三条　【出让转让使用权年限】以出让方式取得土地使用权的,转让房地产后,其土地使用权的使用年限为原土地使用权出让合同约定的使用年限减去原土地使用者已经使用年限后的剩余年限。

[条文注释]

本条是关于房地产转让后土地使用权的使用年限的规定。应当注意,房地产转让合同与国有土地使用权出让合同一样,都是要式合同,且法律明确规定合同登记是这两类合同生效之要件,故不适用《合同法》第 44 条第 2 款及《最高人民法院关于适用〈中华人民共和国合同法〉若干问题的解释(一)》第 9 条之规定。

房地产转让,引发国有土地使用权出让合同权利义务随之转移。

[参见]

《合同法》第 10 条第 2 款、44 条第 2 款、89 条

《城市房地产管理法》第 14 条第 1 款

第四十四条　【出让转让土地用途改变】以出让方式取得土地使用权的,转让房地产后,受让人改变原土地使用权出让合同约定的土地用途的,必须取得原出让方和市、县人民政府城市规划行政主管部门的同意,签订土地使用权出让合同变更协议或者重新签订土地使用权出让合同,相应调整土地使用权出让金。

第四十五条　【商品房预售条件】商品房预售,应当符合下列条件:

(一)已交付全部土地使用权出让金,取得土地使用权证书;

(二)持有建设工程规划许可证;

（三）按提供预售的商品房计算，投入开发建设的资金达到工程建设总投资的百分之二十五以上，并已经确定施工进度和竣工交付日期；

（四）向县级以上人民政府房产管理部门办理预售登记，取得商品房预售许可证明。

商品房预售人应当按照国家有关规定将预售合同报县级以上人民政府房产管理部门和土地管理部门登记备案。

商品房预售所得款项，必须用于有关的工程建设。

[条文注释]

本条是关于商品房预售的条件的规定。所谓商品房预售，是指房地产开发企业将正在建设中的房屋预先出售给承购人，由承购人支付定金或房屋价款的行为。

[参见]

《城市商品房预售管理办法》
《城市房地产转让管理规定》第6条
《商品房销售管理办法》第3－35条
《城市房地产开发经营管理条例》第23条
《国家土地管理局关于贯彻〈城市房地产管理法〉做好土地登记工作的通知》
《建设部关于明确城市商品房预售管理主管部门问题的复函》

第四十六条　【预售再转让规定】商品房预售的，商品房预购人将购买的未竣工的预售商品房再行转让的问题，由国务院规定。

[条文注释]

本条是关于商品房预售后的再行转让的规定。

预售商品房的再行转让，是指商品房的预购人将其已购买的但尚未竣工的房屋转让给第三人的行为。

商品房预售合同的双方当事人，经相关主管部门办理了有关手续后，在预售商品房尚未实际交付前，预购方将购买的未竣工的预售商品房转让他人，办理了转让手续的，可认定转让合同有效；没有办理转让手续的，在一审诉讼期间补办了转让手续的，也可认定转让合同有效。

[参见]

《民法通则》第91条
《合同法》第79、84、88条

《关于审理房地产管理法施行前房地产开发经营案件若干问题的解答》第29条

第三节　房地产抵押

第四十七条　【房地产抵押】房地产抵押，是指抵押人以其合法的房地产以不转移占有的方式向抵押权人提供债务履行担保的行为。债务人不履行债务时，抵押权人有权依法以抵押的房地产拍卖所得的价款优先受偿。

[参见]

《担保法》第33－62条
《城市房地产抵押管理办法》

第四十八条　【抵押权设定】依法取得的房屋所有权连同该房屋占用范围内的土地使用权，可以设定抵押权。

以出让方式取得的土地使用权，可以设定抵押权。

[参见]

《担保法》第53条
《城市房地产抵押管理办法》第4－24条

第四十九条　【抵押办理凭证】房地产抵押，应当凭土地使用权证书、房屋所有权证书办理。

[条文注释]

本条是关于房地产抵押登记的规定。房地产抵押合同自签订之日起30日内，抵押当事人应当到房地产所在地的房地产管理部门办理房地产抵押登记。房地产抵押合同自抵押登记之日起生效。登记机关应当对申请人的申请进行审核。凡权属清楚、证明材料齐全的，应当在受理登记之日起7日内决定是否予以登记；对不予登记的，应当书面通知申请人。以依法取得的房屋所有权证书的房地产抵押的，登记机关应当在原《房屋所有权证》上作他项权利记载后，由抵押人收执，并向抵押权人颁发《房屋他项权证》。以预售商品房或者在建工程抵押的，登记机关应当在抵押合同上作记载。抵押的房地产在抵押期间竣工的，当事人应当在抵押人领取房地产权属证书后，重新办理房地产抵押登记。抵押合同发生变更或者抵押关系终止时，抵押当事人应当在变更或者终止之日起15日内，到原登记机关办理变更或者注销抵押登记。因依法处分抵押房地产而取得土地使用权和土地建筑物、其他附着物所有权的，抵押当事人应当自处分行为生效之日起 30 日内,到县级以上地方人民政府房地产管理部门申请房屋所有权转移登记,并凭变更后的房屋所有权证书向同级人民政府土地管理部门申请土地使用权变更登记。

[参见]

《城市房地产抵押管理办法》第 6、7、30 - 35 条

第五十条 【抵押合同】房地产抵押,抵押人和抵押权人应当签订书面抵押合同。

[条文注释]

本条是关于房地产抵押合同的规定。应当注意,抵押权人要求抵押房地产的,以及要求在房地产抵押后限制抵押人出租、转让抵押房地产或者改变抵押房地产用途的,抵押当事人应当在抵押合同中载明。

[参见]

《城市房地产抵押管理办法》第 25 - 29 条

第五十一条 【抵押权人优先受偿限制】设定房地产抵押权的土地使用权是以划拨方式取得的,依法拍卖该房地产后,应当从拍卖所得的价款中缴纳相当于应缴纳的土地使用权出让金的款额后,抵押权人方可优先受偿。

[条文注释]

本条是关于以划拨土地使用权设定的房地产抵押权的实现的规定。

划拨取得的土地使用权抵押的,抵押权人的优先受偿权后于土地使用权出让金。

划拨取得的土地使用权之上的房屋以营利为目的出租的,应将其中的土地收益上缴国家。

[参见]

《城市房地产抵押管理办法》第 40 - 47 条

《最高人民法院关于破产企业国有划拨土地使用权应否列入破产财产等问题的批复》

《国家土地管理局关于贯彻〈城市房地产管理法〉做好土地登记工作的通知》

第五十二条 【新增房屋处理】房地产抵押合同签订后,土地上新增的房屋不属于抵押财产。需要拍卖该抵押的房地产时,可以依法将土地上新增的房屋与抵押财产一同拍卖,但对拍卖新增房屋所得,抵押权人无权优先受偿。

第四节　房屋租赁

第五十三条 【房屋租赁】房屋租赁,是指房屋所有权人作为出租人将其房屋出租给承租人使用,由承租人向出租人支付租金的行为。

[条文注释]

本条是关于房屋租赁的定义的规定。

依据《城市房屋租赁管理办法》的规定,供出租的房屋应当具备以下条件:(1)有合法的产权证件,如是共有产权须提供共有人同意的证明;(2)将住宅或其他用房改作经营用房出租的,应提交规划和房管部门同意的证明;(3)将房管部门直管公房内的场地出租时,应提交经房管部门同意的证明;(4)房屋能正常使用,不属于违章建筑之列;(5)符合公安、环保、卫生等主管部门规定的安全、卫生等要求,不属于司法、行政机关查封或者限制房地产权利,不存在法律法规规定禁止出租的其他情形。

同时,《城市房屋租赁管理办法》第 6 条规定,有下列情形之一的房屋不能出租:(1)未依法取得房屋所有权证的;(2)司法机关和行政机关依法裁定、决定查封或者以其他形式限制房权利的;(3)共有房屋未取得共有人同意的;(4)权属有争议的;(5)属于违法建筑的;(6)不符合安全标准的;(7)已抵押,未经抵押权人同意的;(8)不符合公安、环保、卫生等主管部门有关规定的;(9)有关法律法规规定禁止出租的其他情形。

[参见]

《合同法》第 212 - 236 条

《城市房屋租赁管理办法》

《城市廉租住房管理办法》

《建设部关于贯彻〈城市房屋租赁管理办法〉的通知》

《最高人民法院关于审理离婚案件中公房使用、承租若干问题的解答》

第五十四条 【租赁合同的签订与备案】房屋租赁,出租人和承租人应当签订书面租赁合同,约定租赁期限、租赁用途、租赁价格、修缮责任等条款,以及双方的其他权利和义务,并向房产管理部门登记备案。

[条文注释]

本条是关于房屋租赁合同的签订的规定。

《城市房屋租赁管理办法》第 13 条规定:"房屋租赁实行登记备案制度。签订、变更、终止租赁合同的,当事人应当向房屋所在地市、县人民

政府房地产管理部门登记备案。"第14条规定："房屋租赁当事人应当在租赁合同签订后30日内,持本办法第十五条规定的文件到市、县人民政府房地产管理部门办理登记备案手续。"

[参见]

《合同法》第44条第2款、52条

《城市房地产管理法》第40条

《城市房屋租赁管理办法》第7-18条

第五十五条　【住房租赁】住宅用房的租赁,应当执行国家和房屋所在城市人民政府规定的租赁政策。租用房屋从事生产、经营活动的,由租赁双方协商议定租金和其他租赁条款。

[参见]

《城市房屋租赁管理办法》第7条

第五十六条　【土地收益上缴】以营利为目的,房屋所有权人将以划拨方式取得使用权的国有土地上建成的房屋出租的,应当将租金中所含土地收益上缴国家。具体办法由国务院规定。

[条文注释]

本条是关于以划拨方式取得的国有土地上的房屋出租的特别规定。

《城市房屋租赁管理办法》第25条还规定,以营利为目的,房屋所有权人将以划拨方式取得使用权的国有土地建成房屋出租的,应当按照财政部《关于国有土地使用权有偿使用收入征收管理的暂行办法》和《关于国有土地使用权有偿使用收入若干财政问题的暂行规定》的规定,由直辖市、市、县人民政府房地产管理部门代缴。

《城镇国有土地使用权出让和转让暂行条例》第45、46条规定,在用划拨方式取得国有土地上建成的地上建筑物、其他附着物出租,必须经市、县人民政府土地管理部门和房产管理部门批准,并按该条例第二章的规定签订土地使用权出让合同,同当地市、县人民政府补交土地使用权出让金或以出租所获收益抵交土地使用权出让金。对未经批准擅自出租的单位和个人,市、县人民政府土地管理部门应当没收其非法收入,并根据情节处以罚款。

[参见]

《城市房屋租赁管理办法》第25条

《城镇国有土地使用权出让和转让暂行条例》第45、46条

《国家土地管理局关于执行〈城市房地产管理法〉和国务院55号令有关问题的批复》

《建设部关于贯彻实施〈城市房屋租赁管理办法〉的通知》

《国家计委价格司关于土地收益有关问题的复函》

《国家土地管理局关于划拨土地使用权管理有关问题的批复》

《关于解决在房地产交易中国有土地收益流失问题的通知》

第五节　中介服务机构

第五十七条　【中介机构类别】房地产中介服务机构包括房地产咨询机构、房地产价格评估机构、房地产经纪机构等。

[参见]

《城市房屋中介服务管理规定》

《中介服务收费管理办法》

《国家土地管理局、国家工商行政管理局关于对土地价格评估机构进行登记管理有关问题的通知》

第五十八条　【中介机构条件】房地产中介服务机构应当具备下列条件:

(一)有自己的名称和组织机构;

(二)有固定的服务场所;

(三)有必要的财产和经费;

(四)有足够数量的专业人员;

(五)法律、行政法规规定的其他条件。

设立房地产中介服务机构,应当向工商行政管理部门申请设立登记,领取营业执照后,方可开业。

[参见]

《城市房屋中介服务管理规定》第10-14条

《国家土地管理局、国家工商行政管理局关于对土地价格评估机构进行登记管理有关问题的通知》

第五十九条　【价格评估资格认证】国家实行房地产价格评估人员资格认证制度。

[参见]

《城市房屋中介服务管理规定》第5-7条

《房地产估价师执业资格制度暂行规定》

《房地产估价师注册管理规定》

第五章　房地产权属登记管理

第六十条　【登记发证制度】国家实行土地使用权和房屋所有权登记发证制度。

[参见]

《城市房屋权属登记管理办法》

《国务院法制办公室对建设部"关于请求解释〈城市房地产管理法〉中房产管理部门的函"的复函》

第六十一条　【使用权登记申请与权证颁发】以出让或者划拨方式取得土地使用权,应当向县级以上地方人民政府土地管理部门申请登记,经县级以上地方人民政府土地管理部门核实,由同级人民政府颁发土地使用权证书。

在依法取得的房地产开发用地上建成房屋的,应当凭土地使用权证书向县级以上地方人民政府房产管理部门申请登记,由县级以上地方人民政府房产管理部门核实并颁发房屋所有权证书。

房地产转让或者变更时,应当向县级以上地方人民政府房产管理部门申请房产变更登记,并凭变更后的房屋所有权证书向同级人民政府土地管理部门申请土地使用权变更登记,经同级土地管理部门核实,由同级人民政府更换或者更改土地使用权证书。

法律另有规定的,依照有关法律的规定办理。

[参见]

《土地登记规则》

《房屋测绘管理办法》

《建设部关于颁布全国统一房屋权属证书的规定》

《建设部办公厅关于进一步认真做好房屋权属证书印制工作的通知》

《关于房屋建筑面积计算与房屋权属登记有关问题的通知》

《国家土地管理局关于贯彻〈城市房地产管理法〉做好土地登记工作的通知》

《建设部关于进一步转变工作作风切实加强和改善房屋权属登记发证工作的通知》

《建设部关于重申房地产抵押登记必须由房地产行政主管部门办理的紧急通知》

第六十二条　【抵押登记】房地产抵押时,应当向县级以上地方人民政府规定的部门办理抵押登记。

因处分抵押房地产而取得土地使用权和房屋所有权的,应当依照本章规定办理过户登记。

[参见]

《城市房地产抵押管理办法》第6、30—35条

《国家土地管理局关于贯彻〈城市房地产管理法〉若干问题的批复》

《国家土地管理局关于贯彻〈城市房地产管理法〉做好土地登记工作的通知》

第六十三条　【产权证书的颁发】经省、自治区、直辖市人民政府确定,县级以上地方人民政府由一个部门统一负责房产管理和土地管理工作的,可以制作、颁发统一的房地产权证书,依照本法第六十一条的规定,将房屋的所有权和该房屋占用范围内的土地使用权的确认和变更,分别载入房地产权证书。

[参见]

《国家土地管理局关于贯彻〈城市房地产管理法〉做好土地登记工作的通知》

《国土资源部关于进一步加快城镇住房用地登记发证工作的通知》

第六章　法　律　责　任

第六十四条　【非法出让使用权处罚】违反本法第十一条、第十二条的规定,擅自批准出让或者擅自出让土地使用权用于房地产开发的,由上级机关或者所在单位给予有关责任人员行政处分。

第六十五条　【未取得营业执照从事房地产开发的处罚】违反本法第三十条的规定,未取得营业执照擅自从事房地产开发业务的,由县级以上人民政府工商行政管理部门责令停止房地产开发业务活动,没收违法所得,可以并处罚款。

[参见]

《行政处罚法》

《城市房地产开发经营管理条例》第34条

第六十六条　【违法转让土地使用权的处罚】违反本法第三十九条第一款的规定转让土地使用权的,由县级以上人民政府土地管理部门没收违法所得,可以并处罚款。

第六十七条　【违法转让房地产的处罚】违反本法第四十条第一款的规定转让房地产的，由县级以上人民政府土地管理部门责令缴纳土地使用权出让金，没收违法所得，可以并处罚款。

[参见]

《国家土地管理局关于执行〈城市房地产管理法〉和国务院55号令有关问题的批复》

第六十八条　【违法预售商品房的处罚】违反本法第四十五条第一款的规定预售商品房的，由县级以上人民政府房产管理部门责令停止预售活动，没收违法所得，可以并处罚款。

[参见]

《建设部建设行政处罚程序暂行规定》

第六十九条　【未取得营业执照从事房地产中介的处罚】违反本法第五十八条的规定，未取得营业执照擅自从事房地产中介服务业务的，由县级以上人民政府工商行政管理部门责令停止房地产中介服务业务活动，没收违法所得，可以并处罚款。

第七十条　【非法收费处理】没有法律、法规的依据，向房地产开发企业收费的，上级机关应当责令退回所收取的钱款；情节严重的，由上级机关或者所在单位给予直接责任人员行政处分。

第七十一条　【渎职、行贿、索贿处罚】房产管理部门、土地管理部门工作人员玩忽职守、滥用职权，构成犯罪的，依法追究刑事责任；不构成犯罪的，给予行政处分。

房产管理部门、土地管理部门工作人员利用职务上的便利，索取他人财物，或者非法收受他人财物为他人谋取利益，构成犯罪的，依照惩治贪污罪贿赂罪的补充规定追究刑事责任；不构成犯罪的，给予行政处分。

[参见]

《刑法》第382－397条

《最高人民检察院关于认真执行〈劳动法〉、〈城市房地产管理法〉和〈预算法〉的通知》

《关于违反土地管理法规定行为行政处分暂行办法》

第七章　附　　则

第七十二条　【适用范围】在城市规划区外的国有土地范围内取得房地产开发用地的土地使用权，从事房地产开发、交易活动以及实施房地产管理，参照本法执行。

第七十三条　【生效日期】本法自1995年1月1日起施行。

城市房地产开发经营管理条例

1998年7月20日国务院令第248号发布

第一章　总　　则

第一条　为了规范房地产开发经营行为，加强对城市房地产开发经营活动的监督管理，促进和保障房地产业的健康发展，根据《中华人民共和国城市房地产管理法》的有关规定，制定本条例。

第二条　本条例所称房地产开发经营，是指房地产开发企业在城市规划区内国有土地上进行基础设施建设、房屋建设，并转让房地产开发项目或者销售、出租商品房的行为。

第三条　房地产开发经营应当按照经济效益、社会效益、环境效益相统一的原则，实行全面规划、合理布局、综合开发、配套建设。

第四条　国务院建设行政主管部门负责全国房地产开发经营活动的监督管理工作。

县级以上地方人民政府房地产开发主管部门负责本行政区域内房地产开发经营活动的监督管理工作。

县级以上人民政府负责土地管理工作的部门依照有关法律、行政法规的规定，负责与房地产开发经营有关的土地管理工作。

第二章　房地产开发企业

第五条　设立房地产开发企业，除应当符合有关法律、行政法规规定的企业设立条件外，还应当具备下列条件：

（一）有100万元以上的注册资本；

（二）有4名以上持有资格证书的房地产专业、建筑工程专业的专职技术人员，2名以上持有资格证书的专职会计人员。

省、自治区、直辖市人民政府可以根据本地方的实际情况，对设立房地产开发企业的注册资本和专业技术人员的条件作出高于前款的规定。

第六条 外商投资设立房地产开发企业的,除应当符合本条例第五条的规定外,还应当依照外商投资企业法律、行政法规的规定,办理有关审批手续。

第七条 设立房地产开发企业,应当向县级以上人民政府工商行政管理部门申请登记。工商行政管理部门对符合本条例第五条规定条件的,应当自收到申请之日起 30 日内予以登记;对不符合条件不予登记的,应当说明理由。

工商行政管理部门在对设立房地产开发企业申请登记进行审查时,应当听取同级房地产开发主管部门的意见。

第八条 房地产开发企业应当自领取营业执照之日起 30 日内,持下列文件到登记机关所在地的房地产开发主管部门备案:

(一)营业执照复印件;

(二)企业章程;

(三)验资证明;

(四)企业法定代表人的身份证明;

(五)专业技术人员的资格证书和聘用合同。

第九条 房地产开发主管部门应当根据房地产开发企业的资产、专业技术人员和开发经营业绩等,对备案的房地产开发企业核定资质等级。房地产开发企业应当按照核定的资质等级,承担相应的房地产开发项目。具体办法由国务院建设行政主管部门制定。

第三章　房地产开发建设

第十条 确定房地产开发项目,应当符合土地利用总体规划、年度建设用地计划和城市规划、房地产开发年度计划的要求;按照国家有关规定需要经计划主管部门批准的,还应当报计划主管部门批准,并纳入年度固定资产投资计划。

第十一条 确定房地产开发项目,应当坚持旧区改建和新区建设相结合的原则,注重开发基础设施薄弱、交通拥挤、环境污染严重以及危旧房屋集中的区域,保护和改善城市生态环境,保护历史文化遗产。

第十二条 房地产开发用地应当以出让方式取得;但是,法律和国务院规定可以采用划拨方式的除外。

土地使用权出让或者划拨前,县级以上地方人民政府城市规划行政主管部门和房地产开发主管部门应当对下列事项提出书面意见,作为土地使用权出让或者划拨的依据之一:

(一)房地产开发项目的性质、规模和开发期限;

(二)城市规划设计条件;

(三)基础设施和公共设施的建设要求;

(四)基础设施建成后的产权界定;

(五)项目拆迁补偿、安置要求。

第十三条 房地产开发项目应当建立资本金制度,资本金占项目总投资的比例不得低于 20%。

第十四条 房地产开发项目的开发建设应当统筹安排配套基础设施,并根据先地下、后地上的原则实施。

第十五条 房地产开发企业应当按照土地使用权出让合同约定的土地用途、动工开发期限进行项目开发建设。出让合同约定的动工开发期限满 1 年未动工开发的,可以征收相当于土地使用权出让金 20% 以下的土地闲置费;满 2 年未动工开发的,可以无偿收回土地使用权。但是,因不可抗力或者政府、政府有关部门的行为或者动工开发必需的前期工作造成动工迟延的除外。

第十六条 房地产开发企业开发建设的房地产项目,应当符合有关法律、法规的规定和建筑工程质量、安全标准、建筑工程勘察、设计、施工的技术规范以及合同的约定。

房地产开发企业应当对其开发建设的房地产开发项目的质量承担责任。

勘察、设计、施工、监理等单位应当依照有关法律、法规的规定或者合同的约定,承担相应的责任。

第十七条 房地产开发项目竣工,经验收合格后,方可交付使用;未经验收或者验收不合格的,不得交付使用。

房地产开发项目竣工后,房地产开发企业应当向项目所在地的县级以上地方人民政府房地产开发主管部门提出竣工验收申请。房地产开发主管部门应当自收到竣工验收申请之日起 30 日内,对涉及公共安全的内容,组织工程质量监督、规划、消防、人防等有关部门或者单位进行验收。

第十八条 住宅小区等群体房地产开发项目竣工,应当依照本条例第十七条的规定和下列要求进行综合验收:

（一）城市规划设计条件的落实情况;

（二）城市规划要求配套的基础设施和公共设施的建设情况;

（三）单项工程的工程质量验收情况;

（四）拆迁安置方案的落实情况;

（五）物业管理的落实情况。

住宅小区等群体房地产开发项目实行分期开发的,可以分期验收。

第十九条 房地产开发企业应当将房地产开发项目建设过程中的主要事项记录在房地产开发项目手册中,并定期送房地产开发主管部门备案。

第四章 房地产经营

第二十条 转让房地产开发项目,应当符合《中华人民共和国城市房地产管理法》第三十八条、第三十九条规定的条件。

第二十一条 转让房地产开发项目,转让人和受让人应当自土地使用权变更登记手续办理完毕之日起 30 日内,持房地产开发项目转让合同到房地产开发主管部门备案。

第二十二条 房地产开发企业转让房地产开发项目时,尚未完成拆迁补偿安置的,原拆迁补偿安置合同中有关的权利、义务随之转移给受让人。项目转让人应当书面通知被拆迁人。

第二十三条 房地产开发企业预售商品房,应当符合下列条件:

（一）已交付全部土地使用权出让金,取得土地使用权证书;

（二）持有建设工程规划许可证和施工许可证;

（三）按提供的预售商品房计算,投入开发建设的资金达到工程建设总投资的 25% 以上,并已确定施工进度和竣工交付日期;

（四）已办理预售登记,取得商品房预售许可证明。

第二十四条 房地产开发企业申请办理商品房预售登记,应当提交下列文件:

（一）本条例第二十三条第（一）项至第（三）项规定的证明材料;

（二）营业执照和资质等级证书;

（三）工程施工合同;

（四）预售商品房分层平面图;

（五）商品房预售方案。

第二十五条 房地产开发主管部门应当自收到商品房预售申请之日起 10 日内,作出同意预售或者不同意预售的答复。同意预售的,应当核发商品房预售许可证明;不同意预售的,应当说明理由。

第二十六条 房地产开发企业不得进行虚假广告宣传,商品房预售广告中应当载明商品房预售许可证明的文号。

第二十七条 房地产开发企业预售商品房时,应当向预购人出示商品房预售许可证明。

房地产开发企业应当自商品房预售合同签订之日起 30 日内,到商品房所在地的县级以上人民政府房地产开发主管部门和负责土地管理工作的部门备案。

第二十八条 商品房销售,当事人双方应当签订书面合同。合同应当载明商品房的建筑面积和使用面积、价格、交付日期、质量要求、物业管理方式以及双方的违约责任。

第二十九条 房地产开发企业委托中介机构代理销售商品房的,应当向中介机构出具委托书。中介机构销售商品房时,应当向商品房购买人出示商品房的有关证明文件和商品房销售委托书。

第三十条 房地产开发项目转让和商品房销售价格,由当事人协商议定;但是,享受国家优惠政策的居民住宅价格,应当实行政府指导价或者政府定价。

第三十一条 房地产开发企业应当在商品房交付使用时,向购买人提供住宅质量保证书和住宅使用说明书。

住宅质量保证书应当列明工程质量监督单位核验的质量等级、保修范围、保修期和保修单位等内容。房地产开发企业应当按照住宅质量保证书的约定,承担商品房保修责任。

保修期内,因房地产开发企业对商品房进行维修,致使房屋原使用功能受到影响,给购买人造成损失的,应当依法承担赔偿责任。

第三十二条 商品房交付使用后,购买人认为主体结构质量不合格的,可以向工程质量监督单位申请重新核验。经核验,确属主体结构质量不合格的,购买人有权退房;给购买人造成损失的,房地产开发企业应当依法承担赔偿责任。

第三十三条 预售商品房的购买人应当自商品房交付使用之日起 90 日内,办理土地使用权变更和房屋所有权登记手续;现售商品房的购买人应当自销售合同签订之日起 90 日内,办理土地使用权变更和房屋所有权登记手续。房地产开发企业应当协助商品房购买人办理土地使用权变更和房屋所有权登记手续,并提供必要的证明文件。

第五章　法　律　责　任

第三十四条 违反本条例规定,未取得营业执照,擅自从事房地产开发经营的,由县级以上人民政府工商行政管理部门责令停止房地产开发经营活动,没收违法所得,可以并处违法所得 5 倍以下的罚款。

第三十五条 违反本条例规定,未取得资质等级证书或者超越资质等级从事房地产开发经营的,由县级以上人民政府房地产开发主管部门责令限期改正,处 5 万元以上 10 万元以下的罚款;逾期不改正的,由工商行政管理部门吊销营业执照。

第三十六条 违反本条例规定,将未经验收的房屋交付使用的,由县级以上人民政府房地产开发主管部门责令限期补办验收手续;逾期不补办验收手续的,由县级以上人民政府房地产开发主管部门组织有关部门和单位进行验收,并处 10 万元以上 30 万元以下的罚款。经验收不合格的,依照本条例第三十七条的规定处理。

第三十七条 违反本条例规定,将验收不合格的房屋交付使用的,由县级以上人民政府房地产开发主管部门责令限期返修,并处交付使用的房屋总造价 2% 以下的罚款;情节严重的,由工商行政管理部门吊销营业执照;给购买人造成损失的,应当依法承担赔偿责任;造成重大伤亡事故或者其他严重后果,构成犯罪的,依法追究刑事责任。

第三十八条 违反本条例规定,擅自转让房地产开发项目的,由县级以上人民政府负责土地管理工作的部门责令停止违法行为,没收违法所得,可以并处违法所得 5 倍以下的罚款。

第三十九条 违反本条例规定,擅自预售商品房的,由县级以上人民政府房地产开发主管部门责令停止违法行为,没收违法所得,可以并处已收取的预付款 1% 以下的罚款。

第四十条 国家机关工作人员在房地产开发经营监督管理工作中玩忽职守、徇私舞弊、滥用职权,构成犯罪的,依法追究刑事责任;尚不构成犯罪的,依法给予行政处分。

第六章　附　　则

第四十一条 在城市规划区外国有土地上从事房地产开发经营,实施房地产开发经营监督管理,参照本条例执行。

第四十二条 城市规划区内集体所有的土地,经依法征用转为国有土地后,方可用于房地产开发经营。

第四十三条 本条例自发布之日起施行。

城镇个人建造住宅管理办法

1. 1983 年 5 月 25 日国务院批准
2. 1983 年 6 月 4 日城乡建设环境保护部发布

第一条 为了鼓励城镇个人建造住宅,防止个人建造住宅的违法乱纪行为,特制定本办法。

第二条 本办法适用于市、镇和未设镇建制的县城、工矿区。

本办法所说的城镇个人建造住宅,包括以下几种形式:

(一)自筹自建:城镇居民或职工自己投资、投料、投工,新建或扩建住宅;

(二)民建公助:以城镇居民或职工自己投资、投料、投工为主,人民政府或职工所在单位在征地、资金、材料、运输、施工等方面给予适当帮助,新建或扩建住宅;

(三)互助自建:城镇居民或职工互相帮助,共同投资、投料、投工,新建或扩建住宅;

(四)所在地人民政府同意的其他形式。

第三条　凡在城镇有正式户口、住房确有困难的居民或职工，都可以申请建造住宅；但夫妇一方户口在农村的，一般不得申请在城镇建造住宅。

城镇个人建造住宅，须由建造人所在单位或所在地居民委员会开具证明，向所在地房地产管理机关提出申请，经审核同意后，才准建造住宅。

第四条　城镇个人建造住宅，必须十分珍惜和合理利用土地。要与改造旧城相结合，充分利用原有的宅基地和空闲地，提倡建造两层以上的住宅。禁止占用良田、菜田、道路和城市绿地建造住宅。有条件的城镇，应当由人民政府统一解决用地，统一规划。

城镇个人建造住宅需要征用土地的，必须按照国家有关规定，办理征地手续，禁止任何单位和个人未经批准擅自占地建造住宅。

第五条　城镇个人建造住宅的建筑面积，由各省、自治区、直辖市人民政府根据实际情况确定，但按城镇正式户口平均，每人建筑面积一般不得超过 20 平方米（包括在本城的异地住宅）。禁止用围墙筑院的方式扩大宅基地。

第六条　城镇个人建造住宅，必须符合城市规划的要求，不得妨碍交通、消防、市容、环境卫生和毗邻建筑的采光、通风。

城镇个人建造住宅，必须经城市规划管理机关审查批准，发给建设许可证后，方可施工。

第七条　城镇个人建造住宅的资金、材料、施工力量的来源必须正当，不得利用职权侵占国家、集体资财和平调劳动力、运输力。

城镇个人建造住宅所需要的主要建筑材料，应当列入地方物资供应计划。有条件的单位，应当在资金、材料、运输等方面给职工以支持和帮助，但补贴金额一般不得超过住宅造价的 20%。补贴应当从本单位自有资金中解决，不得列入生产成本或挤占行政、事业费。

第八条　城镇个人建造的住宅，属于本办法第二条第二款（一）、（二）、（三）项的，所有权归个人；属于本办法第二条第二款第（四）项的，所有权根据具体情况确定。

住宅竣工一个月内，建造人须持建筑许可证和建筑图纸，向房地产管理机关申请验查，经审查批准后，领取房屋所有权证。

第九条　违反本办法规定的，应视其情节轻重，给予行政处分、罚款。对违法建筑的住宅，予以拆除或没收。造成经济损失的，责令赔偿。触犯刑律的，依法追究刑事责任。

第十条　各省、自治区、直辖市人民政府可根据本办法制定实施细则。

第十一条　本办法自发布之日起施行。

房地产开发企业资质管理规定

2000 年 3 月 29 日建设部令第 77 号修正

第一条　为了加强房地产开发企业资质管理，规范房地产开发企业经营行为，根据《中华人民共和国城市房地产管理法》、《城市房地产开发经营管理条例》，制定本规定。

第二条　本规定所称房地产开发企业是指依法设立、具有企业法人资格的经济实体。

第三条　房地产开发企业应当按本规定申请核定企业资质等级。

未取得房地产开发资质等级证书（以下简称资质证书）的企业，不得从事房地产开发经营业务。

第四条　国务院建设行政主管部门负责全国房地产开发企业的资质管理工作；县级以上地方人民政府房地产开发主管部门负责本行政区域内房地产开发企业的资质管理工作。

第五条　房地产开发企业按照企业条件分为一、二、三、四四个资质等级。

各资质等级企业的条件如下：

（一）一级资质

1. 注册资本不低于 5000 万元；

2. 从事房地产开发经营 5 年以上；

3. 近 3 年房屋建筑面积累计竣工 30 万平方米以上，或者累计完成与此相当的房地产开发投资额；

4. 连续 5 年建筑工程质量合格率达 100%；

5. 上一年房屋建筑施工面积 15 万平方米以上，或者完成与此相当的房地产开发投资额；

6. 有职称的建筑、结构、财务、房地产及有关经济类的专业管理人员不少于 40 人，其中具有中级以上职称的管理人员不少于 20 人，持有资格证书的专职会计人员不少于 4 人；

7. 工程技术、财务、统计等业务负责人具有相应专业中级以上职称；

8. 具有完善的质量保证体系，商品住宅销售中实行了《住宅质量保证书》和《住宅使用说明书》制度；

9. 未发生过重大工程质量事故。

（二）二级资质：

1. 注册资本不低于 2000 万元；

2. 从事房地产开发经营 3 年以上；

3. 近 3 年房屋建筑面积累计竣工 15 万平方米以上，或者累计完成与此相当的房地产开发投资额；

4. 连续 3 年建筑工程质量合格率达 100%；

5. 上一年房屋建筑施工面积 10 万平方米以上，或者完成与此相当的房地产开发投资额；

6. 有职称的建筑、结构、财务、房地产及有关经济类的专业管理人员不少于 20 人，其中具有中级以上职称的管理人员不少于 10 人，持有资格证书的专职会计人员不少于 3 人；

7. 工程技术、财务、统计等业务负责人具有相应专业中级以上职称；

8. 具有完善的质量保证体系，商品住宅销售中实行了《住宅质量保证书》和《住宅使用说明书》制度；

9. 未发生过重大工程质量事故。

（三）三级资质：

1. 注册资本不低于 800 万元；

2. 从事房地产开发经营 2 年以上；

3. 房屋建筑面积累计竣工 5 万平方米以上，或者累计完成与此相当的房地产开发投资额；

4. 连续 2 年建筑工程质量合格率达 100%；

5. 有职称的建筑、结构、财务、房地产及有关经济类的专业管理人员不少于 10 人，其中具有中级以上职称的管理人员不少于 5 人，持

有资格证书的专职会计人员不少于 2 人；

6. 工程技术、财务等业务负责人具有相应专业中级以上职称，统计等其他业务负责人具有相应专业初级以上职称；

7. 具有完善的质量保证体系，商品住宅销售中实行了《住宅质量保证书》和《住宅使用说明书》制度；

8. 未发生过重大工程质量事故。

（四）四级资质：

1. 注册资本不低于 100 万元；

2. 从事房地产开发经营 1 年以上；

3. 已竣工的建筑工程质量合格率达 100%；

4. 有职称的建筑、结构、财务、房地产及有关经济类的专业管理人员不少于 5 人，持有资格证书的专职会计人员不少于 2 人；

5. 工程技术负责人具有相应专业中级以上职称，财务负责人具有相应专业初级以上职称，配有专业统计人员；

6. 商品住宅销售中实行了《住宅质量保证书》和《住宅使用说明书》制度；

7. 未发生过重大工程质量事故。

第六条　新设立的房地产开发企业应当自领取营业执照之日起 30 日内，持下列文件到房地产开发主管部门备案：

（一）营业执照复印件；

（二）企业章程；

（三）验资证明；

（四）企业法定代表人的身份证明；

（五）专业技术人员的资格证书和劳动合同；

（六）房地产开发主管部门认为需要出示的其他文件。

房地产开发主管部门应当在收到备案申请后 30 日内向符合条件的企业核发《暂定资质证书》。

《暂定资质证书》有效期 1 年。房地产开发主管部门可以视企业经营情况延长《暂定资质证书》有效期，但延长期限不得超过 2 年。

自领取《暂定资质证书》之日起 1 年内无开发项目的，《暂定资质证书》有效期不得延长。

第七条　房地产开发企业应当在《暂定资质证书》有效期满前 1 个月内向房地产开发主管部门申请核定资质等级。房地产开发主管部门应当根据其开发经营业绩核定相应的资质等级。

第八条　申请《暂定资质证书》的条件不得低于四级资质企业的条件。

第九条　临时聘用或者兼职的管理、技术人员不得计入企业管理、技术人员总数。

第十条　申请核定资质等级的房地产开发企业，应当提交下列证明文件：

（一）企业资质等级申报表；

（二）房地产开发企业资质证书（正、副本）；

（三）企业资产负债表和验资报告；

（四）企业法定代表人和经济、技术、财务负责人的职称证件；

（五）已开发经营项目的有关证明材料；

（六）房地产开发项目手册及《住宅质量保证书》、《住宅使用说明书》执行情况报告；

（七）其他有关文件、证明。

第十一条　房地产开发企业资质等级实行分级审批。

一级资质由省、自治区、直辖市人民政府建设行政主管部门初审，报国务院建设行政主管部门审批。

二级资质及二级资质以下企业的审批办法由省、自治区、直辖市人民政府建设行政主管部门制定。

经资质审查合格的企业，由资质审批部门发给相应等级的资质证书。

第十二条　资质证书由国务院建设行政主管部门统一制作。资质证书分为正本和副本，资质审批部门可以根据需要核发资质证书副本若干份。

第十三条　任何单位和个人不得涂改、出租、出借、转让、出卖资质证书。

企业遗失资质证书，必须在新闻媒体上声明作废后，方可补领。

第十四条　企业发生分立、合并的，应当在向工商行政管理部门办理变更手续后的 30 日内，到原资质审批部门申请办理资质证书注销手续，并重新申请资质等级。

第十五条　企业变更名称、法定代表人和主要管理、技术负责人，应当在变更 30 日内，向原资质审批部门办理变更手续。

第十六条　企业破产、歇业或者因其他原因终止业务时，应当在向工商行政管理部门办理注销营业执照后的 15 日内，到原资质审批部门注销资质证书。

第十七条　房地产开发企业的资质实行年检制度。对于不符合原定资质条件或者有不良经营行为的企业，由原资质审批部门予以降级或者注销资质证书。

一级资质房地产开发企业的资质年检由国务院建设行政主管部门或者其委托的机构负责。

二级资质及二级资质以下房地产开发企业的资质年检由省、自治区、直辖市人民政府建设行政主管部门制定办法。

房地产开发企业无正当理由不参加资质年检的，视为年检不合格，由原资质审批部门注销资质证书。

房地产开发主管部门应当将房地产开发企业资质年检结果向社会公布。

第十八条　一级资质的房地产开发企业承担房地产项目的建设规模不受限制，可以在全国范围承揽房地产开发项目。

二级资质及二级资质以下的房地产开发企业可以承担建筑面积 25 万平方米以下的开发建设项目，承担业务的具体范围由省、自治区、直辖市人民政府建设行政主管部门确定。

各资质等级企业应当在规定的业务范围内从事房地产开发经营业务，不得越级承担任务。

第十九条　企业未取得资质证书从事房地产开发经营的，由县级以上地方人民政府房地产开发主管部门责令限期改正，处 5 万元以上 10 万元以下的罚款；逾期不改正的，由房地产开发主管部门提请工商行政管理部门吊销营业执照。

第二十条　企业超越资质等级从事房地产开发经营的，由县级以上地方人民政府房地产开发主管部门责令限期改正，处 5 万元以上 10 万元以下的罚款；逾期不改正的，由原资质审批部门吊销资质证书,并提请工商行政管理部门吊销营业执照。

第二十一条　企业有下列行为之一的,由原资质审批部门公告资质证书作废,收回证书,并可处以 1 万元以上 3 万元以下的罚款:

(一)隐瞒真实情况、弄虚作假骗取资质证书的;

(二)涂改、出租、出借、转让、出卖资质证书的。

第二十二条　企业开发建设的项目工程质量低劣,发生重大工程质量事故的,由原资质审批部门降低资质等级;情节严重的吊销资质证书,并提请工商行政管理部门吊销营业执照。

第二十三条　企业在商品住宅销售中不按照规定发放《住宅质量保证书》和《住宅使用说明书》的,由原资质审批部门予以警告、责令限期改正、降低资质等级,并可处以 1 万元以上 2 万元以下的罚款。

第二十四条　企业不按照规定办理变更手续的,由原资质审批部门予以警告、责令限期改正,并可处以 5000 元以上 1 万元以下的罚款。

第二十五条　各级建设行政主管部门工作人员在资质审批和管理中玩忽职守、滥用职权、徇私舞弊的,由其所在单位或者上级主管部门给予行政处分;构成犯罪的,由司法机关依法追究刑事责任。

第二十六条　省、自治区、直辖市人民政府建设行政主管部门可以根据本规定制定实施细则。

第二十七条　本规定由国务院建设行政主管部门负责解释。

第二十八条　本规定自发布之日起施行。1993年 11 月 16 日建设部发布的《房地产开发企业资质管理规定》(建设部令第 28 号)同时废止。

城市地下空间
开发利用管理规定

1. 1997 年 10 月 27 日建设部令第 58 号发布
2. 2001 年 11 月 20 日修正

第一章　总　则

第一条　为了加强对城市地下空间开发利用的管理,合理开发城市地下空间资源,适应城市现代化和城市可持续发展建设的需要,依据《中华人民共和国城市规划法》及有关法律、法规,制定本规定。

第二条　编制城市地下空间规划,对城市规划区范围内的地下空间进行开发利用,必须遵守本规定。

本规定所称的城市地下空间,是指城市规划区内地表以下的空间。

第三条　城市地下空间的开发利用应贯彻统一规划、综合开发、合理利用、依法管理的原则,坚持社会效益、经济效益和环境效益相结合,考虑防灾和人民防空等需要。

第四条　国务院建设行政主管部门负责全国城市地下空间的开发利用管理工作。

省、自治区人民政府建设行政主管部门负责本行政区域内城市地下空间的开发利用管理工作。

直辖市、市、县人民政府建设行政主管部门和城市规划行政主管部门按照职责分工,负责本行政区域内城市地下空间的开发利用管理工作。

第二章　城市地下空间的规划

第五条　城市地下空间规划是城市规划的重要组成部分。各级人民政府在组织编制城市总体规划时,应根据城市发展的需要,编制城市地下空间开发利用规划。

各级人民政府在编制城市详细规划时,应当依据城市地下空间开发利用规划对城市地下空间开发利用作出具体规定。

第六条　城市地下空间开发利用规划的主要内容包括:地下空间现状及发展预测,地下空间开发战略,开发层次、内容、期限,规模与布局,以及地下空间开发实施步骤等。

第七条　城市地下空间的规划编制应注意保护和改善城市的生态环境,科学预测城市发展的需要,坚持因地制宜,远近兼顾,全面规划,分步实施,使城市地下空间的开发利用同国家和地方的经济技术发展水平相适应。城市地下空间规划应实行竖向分层立体综合开发,横向相关空间互相连通,地面建筑与地下工程协调配合。

第八条　编制城市地下空间规划必备的城市勘察、测量、水文、地质等资料应当符合国家有关规定。承担编制任务的单位,应当符合国家规定的资质要求。

第九条　城市地下空间规划作为城市规划的组成部分,依据《城市规划法》的规定进行审批和调整。

城市地下空间建设规划由城市人民政府城市规划行政主管部门负责审查后,报城市人民政府批准。

城市地下空间规划需要变更的,须经原批准机关审批。

第三章　城市地下空间的
工程建设

第十条　城市地下空间的工程建设必须符合城市地下空间规划,服从规划管理。

第十一条　附着地面建筑进行地下工程建设,应随地面建筑一并向城市规划行政主管部门申请办理选址意见书、建设用地规划许可证、建设工程规划许可证。

第十二条　独立开发的地下交通、商业、仓储、能源、通讯、管线、人防工程等设施,应持有关批准文件、技术资料,依据《城市规划法》的有关规定,向城市规划行政主管部门申请办理选址意见书、建设用地规划许可证、建设工程规划许可证。

第十三条　建设单位或者个人在取得建设工程规划许可证和其他有关批准文件后,方可向建设行政主管部门申请办理建设工程施工许可证。

第十四条　地下工程建设应符合国家有关规定、标准和规范。

第十五条　地下工程的勘察设计,应由具备相应资质的勘察设计单位承担。

第十六条　地下工程设计应满足地下空间对环境、安全和设施运行、维护等方面的使用要求,使用功能与出入口设计应与地面建设相协调。

第十七条　地下工程的设计文件应当按照国家有关规定进行设计审查。

第十八条　地下工程的施工应由具备相应资质的施工单位承担,确保工程质量。

第十九条　地下工程必须按照设计图纸进行施工。施工单位认为有必要改变设计方案的,应由原设计单位进行修改,建设单位应重新办理审批手续。

第二十条　地下工程的施工,应尽量避免因施工干扰城市正常的交通和生活秩序,不得破坏现有建筑物,对临时损坏的地表地貌应及时恢复。

第二十一条　地下工程施工应当推行工程监理制度。

第二十二条　地下工程的专用设备、器材的定型、生产应当执行国家统一标准。

第二十三条　地下工程竣工后,建设单位应当组织设计、施工、工程监理等有关单位进行竣工验收,经验收合格的方可交付使用。

建设单位应当自竣工验收合格之日起15日内,将建设工程竣工验收报告和规划、公安消防、环保等部门出具的认可文件或者准许使用文件报建设行政主管部门或者其他有关部门备案,并及时向建设行政主管部门或者其他有关部门移交建设项目档案。

第四章　城市地下空间的
工程管理

第二十四条　城市地下工程由开发利用的建设单位或者使用单位进行管理,并接受建设行政主管部门的监督检查。

第二十五条　地下工程应本着"谁投资、谁所有、谁受益、谁维护"的原则,允许建设单位对其投资开发建设的地下工程自营或者依法进行转让、租赁。

第二十六条　建设单位或者使用单位应加强地下空间开发利用工程的使用管理,做好工程的维护管理和设施维修、更新,并建立健全维护管理制度和工程维修档案,确保工程、设备处于良好状态。

第二十七条　建设单位或者使用单位应当建立健全地下工程的使用安全责任制度,采取可行的措施,防范发生火灾、水灾、爆炸及危害人身健康的各种污染。

第二十八条　建设单位或者使用单位在使用或者装饰装修中不得擅自改变地下工程的结构

设计,需改变原结构设计的,应当由具备相应资质的设计单位设计,并按照规定重新办理审批手续。

第二十九条　平战结合的地下工程,平时由建设或者使用单位进行管理,并应保证战时能迅速提供有关部门和单位使用。

第五章　罚　则

第三十条　进行城市地下空间的开发建设,违反城市地下空间的规划及法定实施管理程序规定的,由县级以上人民政府城市规划行政主管部门依法处罚。

第三十一条　有下列行为之一的,县级以上人民政府建设行政主管部门根据有关法律、法规处罚。

（一）未领取建设工程施工许可证擅自开工,进行地下工程建设的;

（二）设计文件未按照规定进行设计审查,擅自施工的;

（三）不按照工程设计图纸进行施工的;

（四）在使用或者装饰装修中擅自改变地下工程结构设计的;

（五）地下工程的专用设备、器材的定型、生产未执行国家统一标准的。

第三十二条　在城市地下空间的开发利用管理工作中,建设行政主管部门和城市规划行政主管部门工作人员玩忽职守、滥用职权、徇私舞弊,依法给予行政处分;构成犯罪,依法追究刑事责任。

第六章　附　则

第三十三条　省、自治区人民政府建设行政主管部门、直辖市人民政府建设行政主管部门和城市规划行政主管部门可根据本规定制定实施办法。

第三十四条　本规定由国务院建设行政主管部门负责解释。

第三十五条　本规定自1997年12月1日起施行。

城市紫线管理办法

2003 年 12 月 17 日发布

第一条　为了加强对城市历史文化街区和历史建筑的保护,根据《中华人民共和国城市规划法》、《中华人民共和国文物保护法》和国务院有关规定,制定本办法。

第二条　本办法所称城市紫线,是指国家历史文化名城内的历史文化街区和省、自治区、直辖市人民政府公布的历史文化街区的保护范围界线,以及历史文化街区外经县级以上人民政府公布保护的历史建筑的保护范围界线。本办法所称紫线管理是划定城市紫线和对城市紫线范围内的建设活动实施监督、管理。

第三条　在编制城市规划时应当划定保护历史文化街区和历史建筑的紫线。国家历史文化名城的城市紫线由城市人民政府在组织编制历史文化名城保护规划时划定。其他城市的城市紫线由城市人民政府在组织编制城市总体规划时划定。

第四条　国务院建设行政主管部门负责全国城市紫线管理工作。

省、自治区人民政府建设行政主管部门负责本行政区域内的城市紫线管理工作。

市、县人民政府城乡规划行政主管部门负责本行政区域内的城市紫线管理工作。

第五条　任何单位和个人都有权了解历史文化街区和历史建筑的紫线范围及其保护规划,对规划的制定和实施管理提出意见,对破坏保护规划的行为进行检举。

第六条　划定保护历史文化街区和历史建筑的紫线应当遵循下列原则:

（一）历史文化街区的保护范围应当包括历史建筑物、构筑物和其风貌环境所组成的核心地段,以及为确保该地段的风貌、特色完整性而必须进行建设控制的地区。

（二）历史建筑的保护范围应当包括历史建筑本身和必要的风貌协调区。

（三）控制范围清晰,附有明确的地理坐标及相应的界址地形图。

城市紫线范围内文物保护单位保护范围的划定,依据国家有关文物保护的法律、法规。

第七条　编制历史文化名城和历史文化街区保护规划,应当包括征求公众意见的程序。审查历史文化名城和历史文化街区保护规划,应当组织专家进行充分论证,并作为法定审批程序的组成部分。

市、县人民政府批准保护规划前，必须报经上一级人民政府主管部门审查同意。

第八条　历史文化名城和历史文化街区保护规划一经批准，原则上不得调整。因改善和加强保护工作的需要，确需调整的，由所在城市人民政府提出专题报告，经省、自治区、直辖市人民政府城乡规划行政主管部门审查同意后，方可组织编制调整方案。

调整后的保护规划在审批前，应当将规划方案公示，并组织专家论证。审批后应当报历史文化名城批准机关备案，其中国家历史文化名城报国务院建设行政主管部门备案。

第九条　市、县人民政府应当在批准历史文化街区保护规划后的一个月内，将保护规划报省、自治区人民政府建设行政主管部门备案。其中国家历史文化名城内的历史文化街区保护规划还应当报国务院建设行政主管部门备案。

第十条　历史文化名城、历史文化街区和历史建筑保护规划一经批准，有关市、县人民政府城乡规划行政主管部门必须向社会公布，接受公众监督。

第十一条　历史文化街区和历史建筑已经破坏，不再具有保护价值的，有关市、县人民政府应当向所在省、自治区、直辖市人民政府提出专题报告，经批准后方可撤销相关的城市紫线。

撤销国家历史文化名城中的城市紫线，应当经国务院建设行政主管部门批准。

第十二条　历史文化街区内的各项建设必须坚持保护真实的历史文化遗存，维护街区传统格局和风貌，改善基础设施、提高环境质量的原则。历史建筑的维修和整治必须保持原有外形和风貌，保护范围内的各项建设不得影响历史建筑风貌的展示。

市、县人民政府应当依据保护规划，对历史文化街区进行整治和更新，以改善人居环境为前提，加强基础设施、公共设施的改造和建设。

第十三条　在城市紫线范围内禁止进行下列活动：

（一）违反保护规划的大面积拆除、开发；

（二）对历史文化街区传统格局和风貌构成影响的大面积改建；

（三）损坏或者拆毁保护规划确定保护的建筑物、构筑物和其他设施；

（四）修建破坏历史文化街区传统风貌的建筑物、构筑物和其他设施；

（五）占用或者破坏保护规划确定保留的园林绿地、河湖水系、道路和古树名木等；

（六）其他对历史文化街区和历史建筑的保护构成破坏性影响的活动。

第十四条　在城市紫线范围内确定各类建设项目，必须先由市、县人民政府城乡规划行政主管部门依据保护规划进行审查，组织专家论证并进行公示后核发选址意见书。

第十五条　在城市紫线范围内进行新建或者改建各类建筑物、构筑物和其他设施，对规划确定保护的建筑物、构筑物和其他设施进行修缮和维修以及改变建筑物、构筑物的使用性质，应当依照相关法律、法规的规定，办理相关手续后方可进行。

第十六条　城市紫线范围内各类建设的规划审批，实行备案制度。

省、自治区、直辖市人民政府公布的历史文化街区，报省、自治区人民政府建设行政主管部门或者直辖市人民政府城乡规划行政主管部门备案。其中国家历史文化名城内的历史文化街区报国务院建设行政主管部门备案。

第十七条　在城市紫线范围内进行建设活动，涉及文物保护单位的，应当符合国家有关文物保护的法律、法规的规定。

第十八条　省、自治区建设行政主管部门和直辖市城乡规划行政主管部门，应当定期对保护规划执行情况进行检查监督，并向国务院建设行政主管部门提出报告。

对于监督中发现的擅自调整和改变城市紫线，擅自调整和违反保护规划的行政行为，或者由于人为原因，导致历史文化街区和历史建筑遭受局部破坏的，监督机关可以提出纠正决定，督促执行。

第十九条　国务院建设行政主管部门，省、自治区人民政府建设行政主管部门和直辖市人民政府城乡规划行政主管部门根据需要可以向有关城市派出规划监督员，对城市紫线的执行情况进行监督。

规划监督员行使下述职能:

(一)参与保护规划的专家论证,就保护规划方案的科学合理性向派出机关报告;

(二)参与城市紫线范围内建设项目立项的专家论证,了解公示情况,可以对建设项目的可行性提出意见,并向派出机关报告;

(三)对城市紫线范围内各项建设审批的可行性提出意见,并向派出机关报告;

(四)接受公众的投诉,进行调查,向有关行政主管部门提出处理建议,并向派出机关报告。

第二十条　违反本办法规定,未经市、县人民政府城乡规划行政主管部门批准,在城市紫线范围内进行建设活动的,由市、县人民政府城乡规划行政主管部门按照《城市规划法》等法律、法规的规定处罚。

第二十一条　违反本办法规定,擅自在城市紫线范围内审批建设项目和批准建设的,对有关责任人员给予行政处分;构成犯罪,依法追究刑事责任。

第二十二条　本办法自 2004 年 2 月 1 日起施行。

关于在房地产开发项目中
推行工程建设合同担保的
若干规定(试行)

1. 2004 年 8 月 6 日建设部发布

2. 建市〔2004〕137 号

第一章　总　则

第一条　为进一步规范建筑市场主体行为,降低工程风险,保障从事建设工程活动各方的合法权益和维护社会稳定,根据《中华人民共和国建筑法》、《中华人民共和国招投标法》、《中华人民共和国合同法》、《中华人民共和国担保法》及有关法律法规,制定本规定。

第二条　工程建设合同造价在 1000 万元以上的房地产开发项目(包括新建、改建、扩建的项目),适用本规定。其他建设项目可参照本规定执行。

第三条　本规定所称工程建设合同担保,是指在工程建设活动中,根据法律法规规定或合同约定,由担保人向债权人提供的,保证债务人不履行债务时,由担保人代为履行或承担责任的法律行为。

本规定所称担保的有效期,是指债权人要求担保人承担担保责任的权利存续期间。在有效期内,债权人有权要求担保人承担担保责任。有效期届满,债权人要求担保人承担担保责任的实体权利消灭,担保人免除担保责任。

第四条　保证人提供的保证方式为一般保证或连带责任保证。

第五条　本规定所称担保分为投标担保、业主工程款支付担保、承包商履约担保和承包商付款担保。投标担保可采用投标保证金或保证的方式。业主工程款支付担保,承包商履约担保和承包商支付担保应采用保证的方式。当事人对保证方式没有约定或者约定不明确的,按照连带责任保证承担保证责任。

第六条　工程建设合同担保的保证人应是中华人民共和国境内注册的有资格的银行业金融机构、专业担保公司。

本规定所称专业担保公司,是指以担保为主要经营范围和主要经营业务,依法登记注册的担保机构。

第七条　依法设立的专业担保公司可以承担工程建设合同担保。但是,专业担保公司担保余额的总额不得超过净资产的 10 倍;单笔担保金额不得超过该担保公司净资产的 50%。不符合该条件的,可以与其他担保公司共同提供担保。

第八条　工程建设合同担保的担保费用可计入工程造价。

第九条　国务院建设行政主管部门负责对工程建设合同担保工作实行统一监督管理,县级以上地方人民政府建设行政主管部门负责对本行政区域内的工程建设合同担保进行监督管理。

第十条　各级建设行政主管部门将业主(房地产开发商)、承包商违反本办法的行为记入房地产信息管理系统、建筑市场监督管理系统等不良行为记录及信用评估系统。

第二章　业主工程款支付担保

第十一条　业主工程款支付担保,是指为保证业主履行工程合同约定的工程款支付义务,由担保人为业主向承包商提供的,保证业主支付工程款的担保。

业主在签订工程建设合同的同时,应当向承包商提交业主工程款支付担保。未提交业主工程款支付担保的建设工程,视作建设资金未落实。

第十二条　业主工程款支付担保可以采用银行保函、专业担保公司的保证。

业主支付担保的担保金额应当与承包商履约担保的担保金额相等。

第十三条　业主工程款支付担保的有效期应当在合同中约定。合同约定的有效期截止时间为业主根据合同的约定完成了除工程质量保修金以外的全部工程结算款项支付之日起30天至180天。

第十四条　对于工程建设合同额超过1亿元人民币以上的工程,业主工程款支付担保可以按工程合同确定的付款周期实行分段滚动担保,但每段的担保金额为该段工程合同额的10—15%。

第十五条　业主工程款支付担保采用分段滚动担保的,在业主、项目监理工程师或造价工程师对分段工程进度签字确认或结算,业主支付相应的工程款后,当期业主工程款支付担保解除,并自动进入下一阶段工程的担保。

第十六条　业主工程款支付担保与工程建设合同应当由业主一并送建设行政主管部门备案。

第三章　投标担保

第十七条　投标担保是指由担保人为投标人向招标人提供的,保证投标人按照招标文件的规定参加招标活动的担保。投标人在投标有效期内撤回投标文件,或中标后不签署工程建设合同的,由担保人按照约定履行担保责任。

第十八条　投标担保可采用银行保函、专业担保公司的保证,或定金(保证金)担保方式,具体方式由招标人在招标文件中规定。

第十九条　投标担保的担保金额一般不超过投标总价的2%,最高不得超过80万元人民币。

第二十条　投标人采用保证金担保方式的,招标人与中标人签订合同后5个工作日内,应当向中标人和未中标的投标人退还投标保证金。

第二十一条　投标担保的有效期应当在合同中约定。合同约定的有效期截止时间为投标有效期后的30天至180天。

第二十二条　除不可抗力外,中标人在截标后的投标有效期内撤回投标文件,或者中标后在规定的时间内不与招标人签订承包合同的,招标人有权对该投标人所交付的保证金不予返还;或由保证人按照下列方式之一,履行保证责任:

　　(一)代承包商向招标人支付投标保证金,支付金额不超过双方约定的最高保证金额;

　　(二)招标人依法选择次低标价中标,保证人向招标人支付中标价与次低标价之间的差额,支付金额不超过双方约定的最高保证金额;

　　(三)招标人依法重新招标,保证人向招标人支付重新招标的费用,支付金额不超过双方约定的最高保证金额。

第四章　承包商履约担保

第二十三条　承包商履约担保,是指由保证人为承包商向业主提供的,保证承包商履行工程建设合同约定义务的担保。

第二十四条　承包商履约担保的担保金额不得低于工程建设合同价格(中标价格)的10%。采用经评审的最低投标价法中标的招标工程,担保金额不得低于工程合同价格的15%。

第二十五条　承包商履约担保的方式可采用银行保函、专业担保公司的保证。具体方式由招标人在招标文件中作出规定或者在工程建设合同中约定。

第二十六条　承包商履约担保的有效期应当在合同中约定。合同约定的有效期截止时间为工程建设合同约定的工程竣工验收合格之日后30天至180天。

第二十七条　承包商由于非业主的原因而不履行工程建设合同约定的义务时,由保证人按照下列方式之一,履行保证责任:

　　(一)向承包商提供资金、设备或者技术援助,使其能继续履行合同义务;

　　(二)直接接管该项工程或者另觅经业主同意的有资质的其他承包商,继续履行合同义务,业主仍按原合同约定支付工程款,超出原合同部分的，由保证人在保证额度内代为支付；

（三）按照合同约定，在担保额度范围内，向业主支付赔偿金。

第二十八条　业主向保证人提出索赔之前，应当书面通知承包商，说明其违约情况并提供项目总监理工程师及其监理单位对承包商违约的书面确认书。如果业主索赔的理由是因建筑工程质量问题，业主还需同时提供建筑工程质量检测机构出具的检测报告。

第二十九条　同一银行分支行或专业担保公司不得为同一工程建设合同提供业主工程款支付担保和承包商履约担保。

第五章　承包商付款担保

第三十条　承包商付款担保，是指担保人为承包商向分包商、材料设备供应商、建设工人提供的，保证承包商履行工程建设合同的约定向分包商、材料设备供应商、建设工人支付各项费用和价款，以及工资等款项的担保。

第三十一条　承包商付款担保可以采用银行保函、专业担保公司的保证。

第三十二条　承包商付款担保的有效期应当在合同中约定。合同约定的有效期截止时间为自各项相关工程建设分包合同（主合同）约定的付款截止日之后的30天至180天。

第三十三条　承包商不能按照合同约定及时支付分包商、材料设备供应商、工人工资等各项费用和价款的，由担保人按照担保函或保证合同的约定承担担保责任。

城市蓝线管理办法

1.　2005年11月28日建设部第80次常务会议讨论通过

2.　2005年12月20建设部令第145号发布

3.　自2006年3月1起施行

第一条　为了加强对城市水系的保护与管理，保障城市供水、防洪防涝和通航安全，改善城市人居生态环境，提升城市功能，促进城市健康、协调和可持续发展，根据《中华人民共和国城市规划法》、《中华人民共和国水法》，制定本

办法。

第二条　本办法所称城市蓝线，是指城市规划确定的江、河、湖、库、渠和湿地等城市地表水体保护和控制的地域界线。

城市蓝线的划定和管理，应当遵守本办法。

第三条　国务院建设主管部门负责全国城市蓝线管理工作。

县级以上地方人民政府建设主管部门（城乡规划主管部门）负责本行政区域内的城市蓝线管理工作。

第四条　任何单位和个人都有服从城市蓝线管理的义务，有监督城市蓝线管理、对违反城市蓝线管理行为进行检举的权利。

第五条　编制各类城市规划，应当划定城市蓝线。

城市蓝线由直辖市、市、县人民政府在组织编制各类城市规划时划定。

城市蓝线应当与城市规划一并报批。

第六条　划定城市蓝线，应当遵循以下原则：

（一）统筹考虑城市水系的整体性、协调性、安全性和功能性，改善城市生态和人居环境，保障城市水系安全；

（二）与同阶段城市规划的深度保持一致；

（三）控制范围界定清晰；

（四）符合法律、法规的规定和国家有关技术标准、规范的要求。

第七条　在城市总体规划阶段，应当确定城市规划区范围内需要保护和控制的主要地表水体，划定城市蓝线，并明确城市蓝线保护和控制的要求。

第八条　在控制性详细规划阶段，应当依据城市总体规划划定的城市蓝线，规定城市蓝线范围内的保护要求和控制指标，并附有明确的城市蓝线坐标和相应的界址地形图。

第九条　城市蓝线一经批准，不得擅自调整。

因城市发展和城市布局结构变化等原因，确实需要调整城市蓝线的，应当依法调整城市规划，并相应调整城市蓝线。调整后的城市蓝线，应当随调整后的城市规划一并报批。

调整后的城市蓝线应当在报批前进行公示，但法律、法规规定不得公开的除外。

第十条 在城市蓝线内禁止进行下列活动：

（一）违反城市蓝线保护和控制要求的建设活动；

（二）擅自填埋、占用城市蓝线内水域；

（三）影响水系安全的爆破、采石、取土；

（四）擅自建设各类排污设施；

（五）其他对城市水系保护构成破坏的活动。

第十一条 在城市蓝线内进行各项建设，必须符合经批准的城市规划。

在城市蓝线内新建、改建、扩建各类建筑物、构筑物、道路、管线和其他工程设施，应当依法向建设主管部门（城乡规划主管部门）申请办理城市规划许可，并依照有关法律、法规办理相关手续。

第十二条 需要临时占用城市蓝线内的用地或水域的，应当报经直辖市、市、县人民政府建设主管部门（城乡规划主管部门）同意，并依法办理相关审批手续；临时占用后，应当限期恢复。

第十三条 县级以上地方人民政府建设主管部门（城乡规划主管部门）应当定期对城市蓝线管理情况进行监督检查。

第十四条 违反本办法规定，在城市蓝线范围内进行各类建设活动的，按照《中华人民共和国城市规划法》等有关法律、法规的规定处罚。

第十五条 县级以上地方人民政府建设主管部门（城乡规划主管部门）违反本办法规定，批准在城市蓝线范围内进行建设的，对有关责任人员依法给予处分；构成犯罪的，依法追究刑事责任。

第十六条 本办法自 2006 年 3 月 1 日起施行。

城市黄线管理办法

1. 2005 年 11 月 8 日建设部第 78 次常务会议讨论通过

2. 2005 年 12 月 20 日建设部令第 144 号发布

3. 自 2006 年 3 月 1 日起施行

第一条 为了加强城市基础设施用地管理，保障城市基础设施的正常、高效运转，保证城市经济、社会健康发展，根据《城市规划法》，制定本办法。

第二条 城市黄线的划定和规划管理，适用本办法。

本办法所称城市黄线，是指对城市发展全局有影响的、城市规划中确定的、必须控制的城市基础设施用地的控制界线。

本办法所称城市基础设施包括：

（一）城市公共汽车首末站、出租汽车停车场、大型公共停车场；城市轨道交通线、站、车辆段、保养维修基地；城市水运码头；机场；城市交通综合换乘枢纽；城市交通广场等城市公共交通设施。

（二）取水工程设施（取水点、取水构筑物及一级泵站）和水处理工程设施等城市供水设施。

（三）排水设施；污水处理设施；垃圾转运站、垃圾码头、垃圾堆肥厂、垃圾焚烧厂、卫生填埋场（厂）；环境卫生车辆停车场和修造厂；环境质量监测站等城市环境卫生设施。

（四）城市气源和燃气储配站等城市供燃气设施。

（五）城市热源、区域性热力站、热力线走廊等城市供热设施。

（六）城市发电厂、区域变电所（站）、市区变电所（站）、高压线走廊等城市供电设施。

（七）邮政局、邮政通信枢纽、邮政支局；电信局、电信支局；卫星接收站、微波站；广播电台、电视台等城市通信设施。

（八）消防指挥调度中心、消防站等城市消防设施。

（九）防洪堤墙、排洪沟与截洪沟、防洪闸等城市防洪设施。

（十）避震疏散场地、气象预警中心等城市抗震防灾设施。

（十一）其他对城市发展全局有影响的城市基础设施。

第三条 国务院建设主管部门负责全国城市黄线管理工作。

县级以上地方人民政府建设主管部门（城乡规划主管部门）负责本行政区域内城市黄线的规划管理工作。

第四条 任何单位和个人都有保护城市基础设施用地、服从城市黄线管理的义务，有监督城市黄线管理、对违反城市黄线管理的行为进行检举的权利。

第五条 城市黄线应当在在制定城市总体规划和详细规划时划定。

直辖市、市、县人民政府建设主管部门(城乡规划主管部门)应当根据不同规划阶段的规划深度要求,负责组织划定城市黄线的具体工作。

第六条 城市黄线的划定,应当遵循以下原则:

(一)与同阶段城市规划内容及深度保持一致;

(二)控制范围界定清晰;

(三)符合国家有关技术标准、规范。

第七条 编制城市总体规划,应当根据规划内容和深度要求,合理布置城市基础设施,确定城市基础设施的用地位置和范围,划定其用地控制界线。

第八条 编制控制性详细规划,应当依据城市总体规划,落实城市总体规划确定的城市基础设施的用地位置和面积,划定城市基础设施用地界线,规定城市黄线范围内的控制指标和要求,并明确城市黄线的地理坐标。

修建性详细规划应当依据控制性详细规划,按不同项目具体落实城市基础设施用地界线,提出城市基础设施用地配置原则或者方案,并标明城市黄线的地理坐标和相应的界址地形图。

第九条 城市黄线应当作为城市规划的强制性内容,与城市规划一并报批。城市黄线上报审批前,应当进行技术经济论证,并征求有关部门意见。

第十条 城市黄线经批准后,应当与城市规划一并由直辖市、市、县人民政府予以公布;但法律、法规规定不得公开的除外。

第十一条 城市黄线一经批准,不得擅自调整。

因城市发展和城市功能、布局变化等,需要调整城市黄线的,应当组织专家论证,依法调整城市规划,并相应调整城市黄线。调整后的城市黄线,应当随调整后的城市规划一并报批。

调整后的城市黄线应当在报批前进行公示,但法律、法规规定不得公开的除外。

第十二条 在城市黄线内进行建设活动,必须贯彻安全、高效、经济的方针,处理好近远期关系,根据城市发展的实际需要,分期有序实施。

第十三条 在城市黄线范围内禁止进行下列活动:

(一)违反城市规划要求,进行建筑物、构筑物及其他设施的建设;

(二)违反国家有关技术标准和规范进行建设;

(三)未经批准,改装、迁移或拆毁原有城市基础设施;

(四)其他损坏城市基础设施或影响城市基础设施安全和正常运转的行为。

第十四条 在城市黄线内进行建设,应当符合经批准的城市规划。

在城市黄线内新建、改建、扩建各类建筑物、构筑物、道路、管线和其他工程设施,应当依法向建设主管部门(城乡规划主管部门)申请办理城市规划许可,并依据有关法律、法规办理相关手续。

迁移、拆除城市黄线内城市基础设施的,应当依据有关法律、法规办理相关手续。

第十五条 因建设或其他特殊情况需要临时占用城市黄线内土地的,必须依法办理相关审批手续。

第十六条 县级以上地方人民政府建设主管部门(城乡规划主管部门)应当定期对城市黄线管理情况进行监督检查。

第十七条 违反本办法规定,有下列行为之一的,依据《城市规划法》等法律、法规予以处罚:

(一)未经直辖市、市、县人民政府建设主管部门(城乡规划主管部门)批准在城市黄线范围内进行建设活动的;

(二)擅自改变城市黄线内土地用途的;

(三)未按规划许可的要求进行建设的。

第十八条 县级以上地方人民政府建设主管部门(城乡规划主管部门)违反本办法规定,批准在城市黄线范围内进行建设的,对有关责任人员依法给予处分;构成犯罪的,依法追究刑事责任。

第十九条 本办法自 2006 年 3 月 1 日起施行。

城市规划编制办法

1. 2005 年 10 月 28 日建设部第 76 次常务会议讨论通过
2. 2005 年 12 月 31 日建设部令第 146 号发布
3. 自 2006 年 4 月 1 日起施行

第一章 总 则

第一条 为了规范城市规划编制工作,提高城市规划的科学性和严肃性,根据国家有关法律法规的规定,制定本办法。

第二条 按国家行政建制设立的市,组织编制城市规划,应当遵守本办法。

第三条 城市规划是政府调控城市空间资源、指导城乡发展与建设、维护社会公平、保障公共安全和公众利益的重要公共政策之一。

第四条 编制城市规划,应当以科学发展观为指导,以构建社会主义和谐社会为基本目标,坚持五个统筹,坚持中国特色的城镇化道路,坚持节约和集约利用资源,保护生态环境,保护人文资源,尊重历史文化,坚持因地制宜确定城市发展目标与战略,促进城市全面协调可持续发展。

第五条 编制城市规划,应当考虑人民群众需要,改善人居环境,方便群众生活,充分关注中低收入人群,扶助弱势群体,维护社会稳定和公共安全。

第六条 编制城市规划,应当坚持政府组织、专家领衔、部门合作、公众参与、科学决策的原则。

第七条 城市规划分为总体规划和详细规划两个阶段。大、中城市根据需要,可以依法在总体规划的基础上组织编制分区规划。

城市详细规划分为控制性详细规划和修建性详细规划。

第八条 国务院建设主管部门组织编制的全国城镇体系规划和省、自治区人民政府组织编制的省域城镇体系规划,应当作为城市总体规划编制的依据。

第九条 编制城市规划,应当遵守国家有关标准和技术规范,采用符合国家有关规定的基础资料。

第十条 承担城市规划编制的单位,应当取得城市规划编制资质证书,并在资质等级许可的范围内从事城市规划编制工作。

第二章 城市规划编制组织

第十一条 城市人民政府负责组织编制城市总体规划和城市分区规划。具体工作由城市人民政府建设主管部门(城乡规划主管部门)承担。

城市人民政府应当依据城市总体规划,结合国民经济和社会发展规划以及土地利用总体规划,组织制定近期建设规划。

控制性详细规划由城市人民政府建设主管部门(城乡规划主管部门)依据已经批准的城市总体规划或者城市分区规划组织编制。

修建性详细规划可以由有关单位依据控制性详细规划及建设主管部门(城乡规划主管部门)提出的规划条件,委托城市规划编制单位编制。

第十二条 城市人民政府提出编制城市总体规划前,应当对现行城市总体规划以及各专项规划的实施情况进行总结,对基础设施的支撑能力和建设条件做出评价;针对存在问题和出现的新情况,从土地、水、能源和环境等城市长期的发展保障出发,依据全国城镇体系规划和省域城镇体系规划,着眼区域统筹和城乡统筹,对城市的定位、发展目标、城市功能和空间布局等战略问题进行前瞻性研究,作为城市总体规划编制的工作基础。

第十三条 城市总体规划应当按照以下程序组织编制:

(一)按照本办法第十二条规定组织前期研究,在此基础上,按规定提出进行编制工作的报告,经同意后方可组织编制。其中,组织编制直辖市、省会城市、国务院指定市的城市总体规划的,应当向国务院建设主管部门提出报告;组织编制其他市的城市总体规划的,应当向省、自治区建设主管部门提出报告。

(二)组织编制城市总体规划纲要,按规定提请审查。其中,组织编制直辖市、省会城市、国务院指定市的城市总体规划的,应当报请国务院建设主管部门组织审查;组织编制其他市的城市总体规划的,应当报请省、自治区建设主管部门组织审查。

(三)依据国务院建设主管部门或者省、自治区建设主管部门提出的审查意见,组织编制城市总体规划成果,按法定程序报请审查和批准。

第十四条　在城市总体规划的编制中,对于涉及资源与环境保护、区域统筹与城乡统筹、城市发展目标与空间布局、城市历史文化遗产保护等重大专题,应当在城市人民政府组织下,由相关领域的专家领衔进行研究。

第十五条　在城市总体规划的编制中,应当在城市人民政府组织下,充分吸取政府有关部门和军事机关的意见。

对于政府有关部门和军事机关提出意见的采纳结果,应当作为城市总体规划报送审批材料的专题组成部分。

组织编制城市详细规划,应当充分听取政府有关部门的意见,保证有关专业规划的空间落实。

第十六条　在城市总体规划报送审批前,城市人民政府应当依法采取有效措施,充分征求社会公众的意见。

在城市详细规划的编制中,应当采取公示、征询等方式,充分听取规划涉及的单位、公众的意见。对有关意见采纳结果应当公布。

第十七条　城市总体规划调整,应当按规定向规划审批机关提出调整报告,经认定后依照法律规定组织调整。

城市详细规划调整,应当取得规划批准机关的同意。规划调整方案,应当向社会公开,听取有关单位和公众的意见,并将有关意见的采纳结果公示。

第三章　城市规划编制要求

第十八条　编制城市规划,要妥善处理城乡关系,引导城镇化健康发展,体现布局合理、资源节约、环境友好的原则,保护自然与文化资源、体现城市特色,考虑城市安全和国防建设需要。

第十九条　编制城市规划,对涉及城市发展长期保障的资源利用和环境保护、区域协调发展、风景名胜资源管理、自然与文化遗产保护、公

共安全和公众利益等方面的内容,应当确定为必须严格执行的强制性内容。

第二十条　城市总体规划包括市域城镇体系规划和中心城区规划。

编制城市总体规划,应当先行组织编制总体规划纲要,研究确定总体规划中的重大问题,作为编制规划成果的依据。

第二十一条　编制城市总体规划,应当以全国城镇体系规划、省域城镇体系规划以及其他上层次法定规划为依据,从区域经济社会发展的角度研究城市定位和发展战略,按照人口与产业、就业岗位的协调发展要求,控制人口规模、提高人口素质,按照有效配置公共资源、改善人居环境的要求,充分发挥中心城市的区域辐射和带动作用,合理确定城乡空间布局,促进区域经济社会全面、协调和可持续发展。

第二十二条　编制城市近期建设规划,应当依据已经依法批准的城市总体规划,明确近期内实施城市总体规划的重点和发展时序,确定城市近期发展方向、规模、空间布局、重要基础设施和公共服务设施选址安排,提出自然遗产与历史文化遗产的保护、城市生态环境建设与治理的措施。

第二十三条　编制城市分区规划,应当依据已经依法批准的城市总体规划,对城市土地利用、人口分布和公共服务设施、基础设施的配置做出进一步的安排,对控制性详细规划的编制提出指导性要求。

第二十四条　编制城市控制性详细规划,应当依据已经依法批准的城市总体规划或分区规划,考虑相关专项规划的要求,对具体地块的土地利用和建设提出控制指标,作为建设主管部门(城乡规划主管部门)作出建设项目规划许可的依据。

编制城市修建性详细规划,应当依据已经依法批准的控制性详细规划,对所在地块的建设提出具体的安排和设计。

第二十五条　历史文化名城的城市总体规划,应当包括专门的历史文化名城保护规划。

历史文化街区应当编制专门的保护性详细规划。

第二十六条　城市规划成果的表达应当清晰、规

范,成果文件、图件与附件中说明、专题研究、分析图纸等表达应有区分。

城市规划成果文件应当以书面和电子文件两种方式表达。

第二十七条 城市规划编制单位应当严格依据法律、法规的规定编制城市规划,提交的规划成果应当符合本办法和国家有关标准。

第四章 城市规划编制内容

第一节 城市总体规划

第二十八条 城市总体规划的期限一般为二十年,同时可以对城市远景发展的空间布局提出设想。

确定城市总体规划具体期限,应当符合国家有关政策的要求。

第二十九条 总体规划纲要应当包括下列内容:

(一)市域城镇体系规划纲要,内容包括:提出市域城乡统筹发展战略;确定生态环境、土地和水资源、能源、自然和历史文化遗产保护等方面的综合目标和保护要求,提出空间管制原则;预测市域总人口及城镇化水平,确定各城镇人口规模、职能分工、空间布局方案和建设标准;原则确定市域交通发展策略。

(二)提出城市规划区范围。

(三)分析城市职能、提出城市性质和发展目标。

(四)提出禁建区、限建区、适建区范围。

(五)预测城市人口规模。

(六)研究中心城区空间增长边界,提出建设用地规模和建设用地范围;

(七)提出交通发展战略及主要对外交通设施布局原则。

(八)提出重大基础设施和公共服务设施的发展目标。

(九)提出建立综合防灾体系的原则和建设方针。

第三十条 市域城镇体系规划应当包括下列内容:

(一)提出市域城乡统筹的发展战略。其中位于人口、经济、建设高度聚集的城镇密集地区的中心城市,应当根据需要,提出与相邻行政区域在空间发展布局、重大基础设施和公共服务设施建设、生态环境保护、城乡统筹发展等方面进行协调的建议。

(二)确定生态环境、土地和水资源、能源、自然和历史文化遗产等方面的保护与利用的综合目标和要求,提出空间管制原则和措施。

(三)预测市域总人口及城镇化水平,确定各城镇人口规模、职能分工、空间布局和建设标准。

(四)提出重点城镇的发展定位、用地规模和建设用地控制范围。

(五)确定市域交通发展策略;原则确定市域交通、通讯、能源、供水、排水、防洪、垃圾处理等重大基础设施,重要社会服务设施,危险品生产储存设施的布局。

(六)根据城市建设、发展和资源管理的需要划定城市规划区。城市规划区的范围应当位于城市的行政管辖范围内。

(七)提出实施规划的措施和有关建议。

第三十一条 中心城区规划应当包括下列内容:

(一)分析确定城市性质、职能和发展目标。

(二)预测城市人口规模。

(三)划定禁建区、限建区、适建区和已建区,并制定空间管制措施。

(四)确定村镇发展与控制的原则和措施;确定需要发展、限制发展和不再保留的村庄,提出村镇建设控制标准。

(五)安排建设用地、农业用地、生态用地和其他用地。

(六)研究中心城区空间增长边界,确定建设用地规模,划定建设用地范围。

(七)确定建设用地的空间布局,提出土地使用强度管制区划和相应的控制指标(建筑密度、建筑高度、容积率、人口容量等)。

(八)确定市级和区级中心的位置和规模,提出主要的公共服务设施的布局。

(九)确定交通发展战略和城市公共交通的总体布局,落实公交优先政策,确定主要对外交通设施和主要道路交通设施布局。

(十)确定绿地系统的发展目标及总体布局,划定各种功能绿地的保护范围(绿线),划定河湖水面的保护范围(蓝线),确定岸线使用原则。

(十一)确定历史文化保护及地方传统特色保护的内容和要求,划定历史文化街区、历史建筑保护范围(紫线),确定各级文物保护单位的范围;研究确定特色风貌保护重点区域及保护措施。

(十二)研究住房需求,确定住房政策、建设标准和居住用地布局;重点确定经济适用房、普通商品住房等满足中低收入人群住房需求的居住用地布局及标准。

(十三)确定电信、供水、排水、供电、燃气、供热、环卫发展目标及重大设施总体布局。

(十四)确定生态环境保护与建设目标,提出污染控制与治理措施。

(十五)确定综合防灾与公共安全保障体系,提出防洪、消防、人防、抗震、地质灾害防护等规划原则和建设方针。

(十六)划定旧区范围,确定旧区有机更新的原则和方法,提出改善旧区生产、生活环境的标准和要求。

(十七)提出地下空间开发利用的原则和建设方针。

(十八)确定空间发展时序,提出规划实施步骤、措施和政策建议。

第三十二条 城市总体规划的强制性内容包括:

(一)城市规划区范围。

(二)市域内应当控制开发的地域。包括:基本农田保护区,风景名胜区,湿地、水源保护区等生态敏感区,地下矿产资源分布地区。

(三)城市建设用地。包括:规划期限内城市建设用地的发展规模,土地使用强度管制区划和相应的控制指标(建设用地面积、容积率、人口容量等);城市各类绿地的具体布局;城市地下空间开发布局。

(四)城市基础设施和公共服务设施。包括:城市干道系统网络、城市轨道交通网络、交通枢纽布局;城市水源地及其保护区范围和其他重大市政基础设施;文化、教育、卫生、体育等方面主要公共服务设施的布局。

(五)城市历史文化遗产保护。包括:历史文化保护的具体控制指标和规定;历史文化街区、历史建筑、重要地下文物埋藏区的具体位置和界线。

(六)生态环境保护与建设目标,污染控制与治理措施。

(七)城市防灾工程。包括:城市防洪标准、防洪堤走向;城市抗震与消防疏散通道;城市人防设施布局;地质灾害防护规定。

第三十三条 总体规划纲要成果包括纲要文本、说明、相应的图纸和研究报告。

城市总体规划的成果应当包括规划文本、图纸及附件(说明、研究报告和基础资料等)。在规划文本中应当明确表述规划的强制性内容。

第三十四条 城市总体规划应当明确综合交通、环境保护、商业网点、医疗卫生、绿地系统、河湖水系、历史文化名城保护、地下空间、基础设施、综合防灾等专项规划的原则。

编制各类专项规划,应当依据城市总体规划。

第二节 城市近期建设规划

第三十五条 近期建设规划的期限原则上应当与城市国民经济和社会发展规划的年限一致,并不得违背城市总体规划的强制性内容。

近期建设规划到期时,应当依据城市总体规划组织编制新的近期建设规划。

第三十六条 近期建设规划的内容应当包括:

(一)确定近期人口和建设用地规模,确定近期建设用地范围和布局。

(二)确定近期交通发展策略,确定主要对外交通设施和主要道路交通设施布局。

(三)确定各项基础设施、公共服务和公益设施的建设规模和选址。

(四)确定近期居住用地安排和布局;

(五)确定历史文化名城、历史文化街区、风景名胜区等的保护措施,城市河湖水系、绿化、环境等保护、整治和建设措施。

(六)确定控制和引导城市近期发展的原则和措施。

第三十七条 近期建设规划的成果应当包括规划文本、图纸,以及包括相应说明的附件。在规划文本中应当明确表达规划的强制性内容。

第三节　城市分区规划

第三十八条　编制分区规划,应当综合考虑城市总体规划确定的城市布局、片区特征、河流道路等自然和人工界限,结合城市行政区划,划定分区的范围界限。

第三十九条　分区规划应当包括下列内容:

(一)确定分区的空间布局、功能分区、土地使用性质和居住人口分布。

(二)确定绿地系统、河湖水面、供电高压线走廊、对外交通设施用地界线和风景名胜区、文物古迹、历史文化街区的保护范围,提出空间形态的保护要求。

(三)确定市、区、居住区级公共服务设施的分布、用地范围和控制原则;

(四)确定主要市政公用设施的位置、控制范围和工程干管的线路位置、管径,进行管线综合。

(五)确定城市干道的红线位置、断面、控制点坐标和标高,确定支路的走向、宽度,确定主要交叉口、广场、公交站场、交通枢纽等交通设施的位置和规模,确定轨道交通线路走向及控制范围,确定主要停车场规模与布局。

第四十条　分区规划的成果应当包括规划文本、图件,以及包括相应说明的附件。

第四节　详细规划

第四十一条　控制性详细规划应当包括下列内容:

(一)确定规划范围内不同性质用地的界线,确定各类用地内适建,不适建或者有条件地允许建设的建筑类型。

(二)确定各地块建筑高度、建筑密度、容积率、绿地率等控制指标;确定公共设施配套要求、交通出入口方位、停车泊位、建筑后退红线距离等要求。

(三)提出各地块的建筑体量、体型、色彩等城市设计指导原则;

(四)根据交通需求分析,确定地块出入口位置、停车泊位、公共交通场站用地范围和站点位置、步行交通以及其他交通设施。规定各级道路的红线、断面、交叉口形式及渠化措施、

控制点坐标和标高。

(五)根据规划建设容量,确定市政工程管线位置、管径和工程设施的用地界线,进行管线综合。确定地下空间开发利用具体要求。

(六)制定相应的土地使用与建筑管理规定。

第四十二条　控制性详细规划确定的各地块的主要用途、建筑密度、建筑高度、容积率、绿地率、基础设施和公共服务设施配套规定应当作为强制性内容。

第四十三条　修建性详细规划应当包括下列内容:

(一)建设条件分析及综合技术经济论证。

(二)建筑、道路和绿地等的空间布局和景观规划设计,布置总平面图。

(三)对住宅、医院、学校和托幼等建筑进行日照分析。

(四)根据交通影响分析,提出交通组织方案和设计。

(五)市政工程管线规划设计和管线综合。

(六)竖向规划设计。

(七)估算工程量、拆迁量和总造价,分析投资效益。

第四十四条　控制性详细规划成果应当包括规划文本、图件和附件。图件由图纸和图则两部分组成,规划说明、基础资料和研究报告收入附件。

修建性详细规划成果应当包括规划说明书、图纸。

第五章　附　　则

第四十五条　县人民政府所在地镇的城市规划编制,参照本办法执行。

第四十六条　对城市规划文本、图纸、说明、基础资料等的具体内容、深度要求和规格等,由国务院建设主管部门另行规定。

第四十七条　本办法自 2006 年 4 月 1 日起施行。1991 年 9 月 3 日建设部颁布的《城市规划编制办法》同时废止。

注册造价工程师管理办法

1. 2006 年 12 月 25 日建设部令第 150 号公布
2. 自 2007 年 3 月 1 日起施行

第一章　总　则

第一条　为了加强对注册造价工程师的管理,规范注册造价工程师执业行为,维护社会公共利益,制定本办法。

第二条　中华人民共和国境内注册造价工程师的注册、执业、继续教育和监督管理,适用本办法。

第三条　本办法所称注册造价工程师,是指通过全国造价工程师执业资格统一考试或者资格认定、资格互认,取得中华人民共和国造价工程师资格(以下简称执业资格),并按照本办法注册,取得中华人民共和国造价工程师注册证书(以下简称注册证书)和执业印章,从事工程造价活动的专业人员。

　　未取得注册证书和执业印章的人员,不得以注册造价工程师的名义从事工程造价活动。

第四条　国务院建设主管部门对全国注册造价工程师的注册、执业活动实施统一监督管理;国务院铁路、交通、水利、信息产业等有关部门按照国务院规定的职责分工,对有关专业注册造价工程师的注册、执业活动实施监督管理。

　　省、自治区、直辖市人民政府建设主管部门对本行政区域内注册造价工程师的注册、执业活动实施监督管理。

第五条　工程造价行业组织应当加强造价工程师自律管理。

　　鼓励注册造价工程师加入工程造价行业组织。

第二章　注　册

第六条　注册造价工程师实行注册执业管理制度。

　　取得执业资格的人员,经过注册方能以注册造价工程师的名义执业。

第七条　注册造价工程师的注册条件为:

　　(一)取得执业资格;

　　(二)受聘于一个工程造价咨询企业或者工程建设领域的建设、勘察设计、施工、招标代理、工程监理、工程造价管理等单位;

　　(三)无本办法第十二条不予注册的情形。

第八条　取得执业资格的人员申请注册的,应当向聘用单位工商注册所在地的省、自治区、直辖市人民政府建设主管部门(以下简称省级注册初审机关)或者国务院有关部门(以下简称部门注册初审机关)提出注册申请。

　　对申请初始注册的,注册初审机关应当自受理申请之日起 20 日内审查完毕,并将申请材料和初审意见报国务院建设主管部门(以下简称注册机关)。注册机关应当自受理之日起 20 日内作出决定。

　　对申请变更注册、延续注册的,注册初审机关应当自受理申请之日起 5 日内审查完毕,并将申请材料和初审意见报注册机关。注册机关应当自受理之日起 10 日内作出决定。

　　注册造价工程师的初始、变更、延续注册,逐步实行网上申报、受理和审批。

第九条　取得资格证书的人员,可自资格证书签发之日起 1 年内申请初始注册。逾期未申请者,须符合继续教育的要求后方可申请初始注册。初始注册的有效期为 4 年。

　　申请初始注册的,应当提交下列材料:

　　(一)初始注册申请表;

　　(二)执业资格证件和身份证件复印件;

　　(三)与聘用单位签订的劳动合同复印件;

　　(四)工程造价岗位工作证明;

　　(五)取得资格证书的人员,自资格证书签发之日起 1 年后申请初始注册的,应当提供继续教育合格证明;

　　(六)受聘于具有工程造价咨询资质的中介机构的,应当提供聘用单位为其交纳的社会基本养老保险凭证、人事代理合同复印件,或者劳动、人事部门颁发的离退休证复印件;

　　(七)外国人、台港澳人员应当提供外国人就业许可证书、台港澳人员就业证书复印件。

第十条　注册造价工程师注册有效期满需继续执业的,应当在注册有效期满 30 日前,按照本办法第八条规定的程序申请延续注册。延续注册的有效期为 4 年。

申请延续注册的,应当提交下列材料:

(一)延续注册申请表;

(二)注册证书;

(三)与聘用单位签订的劳动合同复印件;

(四)前一个注册期内的工作业绩证明;

(五)继续教育合格证明。

第十一条　在注册有效期内,注册造价工程师变更执业单位的,应当与原聘用单位解除劳动合同,并按照本办法第八条规定的程序办理变更注册手续。变更注册后延续原注册有效期。

申请变更注册的,应当提交下列材料:

(一)变更注册申请表;

(二)注册证书;

(三)与新聘用单位签订的劳动合同复印件;

(四)与原聘用单位解除劳动合同的证明文件;

(五)受聘于具有工程造价咨询资质的中介机构的,应当提供聘用单位为其交纳的社会基本养老保险凭证、人事代理合同复印件,或者劳动、人事部门颁发的离退休证复印件;

(六)外国人、台港澳人员应当提供外国人就业许可证书、台港澳人员就业证书复印件。

第十二条　有下列情形之一的,不予注册:

(一)不具有完全民事行为能力的;

(二)申请在两个或者两个以上单位注册的;

(三)未达到造价工程师继续教育合格标准的;

(四)前一个注册期内工作业绩达不到规定标准或未办理暂停执业手续而脱离工程造价业务岗位的;

(五)受刑事处罚,刑事处罚尚未执行完毕的;

(六)因工程造价业务活动受刑事处罚,自刑事处罚执行完毕之日起至申请注册之日止不满5年的;

(七)因前项规定以外原因受刑事处罚,自处罚决定之日起至申请注册之日止不满3年的;

(八)被吊销注册证书,自被处罚决定之日起申请注册之日止不满3年的;

(九)以欺骗、贿赂等不正当手段获准注册被撤销,自被撤销注册之日起至申请注册之日止不满3年的;

(十)法律、法规规定不予注册的其他情形。

第十三条　被注销注册或者不予注册者,在具备注册条件后重新申请注册的,按照本办法第八条第一款、第二款规定的程序办理。

第十四条　准予注册的,由注册机关核发注册证书和执业印章。

注册证书和执业印章是注册造价工程师的执业凭证,应当由注册造价工程师本人保管、使用。

造价工程师注册证书由注册机关统一印制。

注册造价工程师遗失注册证书、执业印章,应当在公众媒体上声明作废后,按照本办法第八条第一款、第三款规定的程序申请补发。

第三章　执　　业

第十五条　注册造价工程师执业范围包括:

(一)建设项目建议书、可行性研究投资估算的编制和审核,项目经济评价,工程概、预、结算、竣工结(决)算的编制和审核;

(二)工程量清单、标底(或者控制价)、投标报价的编制和审核,工程合同价款的签订及变更、调整、工程款支付与工程索赔费用的计算;

(三)建设项目管理过程中设计方案的优化、限额设计等工程造价分析与控制,工程保险理赔的核查;

(四)工程经济纠纷的鉴定。

第十六条　注册造价工程师享有下列权利:

(一)使用注册造价工程师名称;

(二)依法独立执行工程造价业务;

(三)在本人执业活动中形成的工程造价成果文件上签字并加盖执业印章;

(四)发起设立工程造价咨询企业;

(五)保管和使用本人的注册证书和执业印章;

(六)参加继续教育。

第十七条　注册造价工程师应当履行下列义务:

（一）遵守法律、法规、有关管理规定,恪守职业道德;

（二）保证执业活动成果的质量;

（三）接受继续教育,提高执业水平;

（四）执行工程造价计价标准和计价方法;

（五）与当事人有利害关系的,应当主动回避;

（六）保守在执业中知悉的国家秘密和他人的商业、技术秘密。

第十八条　注册造价工程师应当在本人承担的工程造价成果文件上签字并盖章。

第十九条　修改经注册造价工程师签字盖章的工程造价成果文件,应当由签字盖章的注册造价工程师本人进行;注册造价工程师本人因特殊情况不能进行修改的,应当由其他注册造价工程师修改,并签字盖章;修改工程造价成果文件的注册造价工程师对修改部分承担相应的法律责任。

第二十条　注册造价工程师不得有下列行为:

（一）不履行注册造价工程师义务;

（二）在执业过程中,索贿、受贿或者谋取合同约定费用外的其他利益;

（三）在执业过程中实施商业贿赂;

（四）签署有虚假记载、误导性陈述的工程造价成果文件;

（五）以个人名义承接工程造价业务;

（六）允许他人以自己名义从事工程造价业务;

（七）同时在两个或者两个以上单位执业;

（八）涂改、倒卖、出租、出借或者以其他形式非法转让注册证书或者执业印章;

（九）法律、法规、规章禁止的其他行为。

第二十一条　在注册有效期内,注册造价工程师因特殊原因需要暂停执业的,应当到注册初审机关办理暂停执业手续,并交回注册证书和执业印章。

第二十二条　注册造价工程师在每一注册期内应当达到注册机关规定的继续教育要求。

注册造价工程师继续教育分为必修课和选修课,每一注册有效期各为60学时。经继续教育达到合格标准的,颁发继续教育合格证明。

注册造价工程师继续教育,由中国建设工程造价管理协会负责组织。

第四章　监督管理

第二十三条　县级以上人民政府建设主管部门和其他有关部门应当依照有关法律、法规和本办法的规定,对注册造价工程师的注册、执业和继续教育实施监督检查。

第二十四条　注册机关应当将造价工程师注册信息告知注册初审机关。

省级注册初审机关应当将造价工程师注册信息告知本行政区域内市、县人民政府建设主管部门。

第二十五条　县级以上人民政府建设主管部门和其他有关部门依法履行监督检查职责时,有权采取下列措施:

（一）要求被检查人员提供注册证书;

（二）要求被检查人员所在聘用单位提供有关人员签署的工程造价成果文件及相关业务文档;

（三）就有关问题询问签署工程造价成果文件的人员;

（四）纠正违反有关法律、法规和本办法及工程造价计价标准和计价办法的行为。

第二十六条　注册造价工程师违法从事工程造价活动的,违法行为发生地县级以上地方人民政府建设主管部门或者其他有关部门应当依法查处,并将违法事实、处理结果告知注册机关;依法应当撤销注册的,应当将违法事实、处理建议及有关材料报注册机关。

第二十七条　注册造价工程师有下列情形之一的,其注册证书失效:

（一）已与聘用单位解除劳动合同且未被其他单位聘用的;

（二）注册有效期满且未延续注册的;

（三）死亡或者不具有完全民事行为能力的;

（四）其他导致注册失效的情形。

第二十八条　有下列情形之一的,注册机关或者其上级行政机关依据职权或者根据利害关系人的请求,可以撤销注册造价工程师的注册:

（一）行政机关工作人员滥用职权、玩忽职守作出准予注册许可的;

（二）超越法定职权作出准予注册许可的；

（三）违反法定程序作出准予注册许可的；

（四）对不具备注册条件的申请人作出准予注册许可的；

（五）依法可以撤销注册的其他情形。

申请人以欺骗、贿赂等不正当手段获准注册的，应当予以撤销。

第二十九条　有下列情形之一的，由注册机关办理注销注册手续，收回注册证书和执业印章或者公告其注册证书和执业印章作废：

（一）有本办法第二十七条所列情形发生的；

（二）依法被撤销注册的；

（三）依法被吊销注册证书的；

（四）受到刑事处罚的；

（五）法律、法规规定应当注销注册的其他情形。

注册造价工程师有前款所列情形之一的，注册造价工程师本人和聘用单位应当及时向注册机关提出注销注册申请；有关单位和个人有权向注册机关举报；县级以上地方人民政府建设主管部门或者其他有关部门应当及时告知注册机关。

第三十条　注册造价工程师及其聘用单位应当按照有关规定，向注册机关提供真实、准确、完整的注册造价工程师信用档案信息。

注册造价工程师信用档案应当包括造价工程师的基本情况、业绩、良好行为、不良行为等内容。违法违规行为、被投诉举报处理、行政处罚等情况应当作为造价工程师的不良行为记入其信用档案。

注册造价工程师信用档案信息按有关规定向社会公示。

第五章　法律责任

第三十一条　隐瞒有关情况或者提供虚假材料申请造价工程师注册的，不予受理或者不予注册，并给予警告，申请人在 1 年内不得再次申请造价工程师注册。

第三十二条　聘用单位为申请人提供虚假注册材料的，由县级以上地方人民政府建设主管部门或者其他有关部门给予警告，并可处以 1 万元以上 3 万元以下的罚款。

第三十三条　以欺骗、贿赂等不正当手段取得造价工程师注册的，由注册机关撤销其注册，3 年内不得再次申请注册，并由县级以上地方人民政府建设主管部门处以罚款。其中，没有违法所得的，处以 1 万元以下罚款；有违法所得的，处以违法所得 3 倍以下且不超过 3 万元的罚款。

第三十四条　违反本办法规定，未经注册而以注册造价工程师的名义从事工程造价活动的，所签署的工程造价成果文件无效，由县级以上地方人民政府建设主管部门或者其他有关部门给予警告，责令停止违法活动，并可处以 1 万元以上 3 万元以下的罚款。

第三十五条　违反本办法规定，未办理变更注册而继续执业的，由县级以上人民政府建设主管部门或者其他有关部门责令限期改正；逾期不改的，可处以 5000 元以下的罚款。

第三十六条　注册造价工程师有本办法第二十条规定行为之一的，由县级以上地方人民政府建设主管部门或者其他有关部门给予警告，责令改正，没有违法所得的，处以 1 万元以下罚款，有违法所得的，处以违法所得 3 倍以下且不超过 3 万元的罚款。

第三十七条　违反本办法规定，注册造价工程师或者其聘用单位未按照要求提供造价工程师信用档案信息的，由县级以上人民政府建设主管部门或者其他有关部门责令限期改正；逾期未改正的，可处以 1000 元以上 1 万元以下的罚款。

第三十八条　县级以上人民政府建设主管部门和其他有关部门工作人员，在注册造价工程师管理工作中，有下列情形之一的，依法给予处分；构成犯罪的，依法追究刑事责任：

（一）对不符合注册条件的申请人准予注册许可或者超越法定职权作出注册许可决定的；

（二）对符合注册条件的申请人不予注册许可或者不在法定期限内作出注册许可决定的；

（三）对符合法定条件的申请不予受理或者未在法定期限内初审完毕的；

（四）利用职务之便，收取他人财物或者其他好处的；

（五）不依法履行监督管理职责，或者发现违法行为不予查处的。

第六章　附　则

第三十九条　造价工程师执业资格考试工作按照国务院人事主管部门的有关规定执行。

第四十条　本办法自 2007 年 3 月 1 日起施行。2000 年 1 月 21 日发布的《造价工程师注册管理办法》（建设部令第 75 号）同时废止。

注册房地产估价师管理办法

1. *2006 年 12 月 25 日建设部令第 151 号公布*
2. *自 2007 年 3 月 1 日起实施*

第一章　总　则

第一条　为了加强对注册房地产估价师的管理，完善房地产价格评估制度和房地产价格评估人员资格认证制度，规范注册房地产估价师行为，维护公共利益和房地产估价市场秩序，根据《中华人民共和国城市房地产管理法》、《中华人民共和国行政许可法》等有关法律、行政法规，制定本办法。

第二条　中华人民共和国境内注册房地产估价师的注册、执业、继续教育和监督管理，适用本办法。

第三条　本办法所称注册房地产估价师，是指通过全国房地产估价师执业资格考试或者资格认定、资格互认，取得中华人民共和国房地产估价师执业资格（以下简称执业资格），并按照本办法注册，取得中华人民共和国房地产估价师注册证书（以下简称注册证书），从事房地产估价活动的人员。

第四条　注册房地产估价师实行注册执业管理制度。

　　取得执业资格的人员，经过注册方能以注册房地产估价师的名义执业。

第五条　国务院建设主管部门对全国注册房地产估价师注册、执业活动实施统一监督管理。

　　省、自治区、直辖市人民政府建设（房地产）主管部门对本行政区域内注册房地产估价师的注册、执业活动实施监督管理。

市、县、市辖区人民政府建设（房地产）主管部门对本行政区域内注册房地产估价师的执业活动实施监督管理。

第六条　房地产估价行业组织应当加强注册房地产估价师自律管理。

　　鼓励注册房地产估价师加入房地产估价行业组织。

第二章　注　册

第七条　注册房地产估价师的注册条件为：

　　（一）取得执业资格；

　　（二）达到继续教育合格标准；

　　（三）受聘于具有资质的房地产估价机构；

　　（四）无本办法第十四条规定不予注册的情形。

第八条　申请注册的，应当向聘用单位或者其分支机构工商注册所在地的省、自治区、直辖市人民政府建设（房地产）主管部门提出注册申请。

　　对申请初始注册的，省、自治区、直辖市人民政府建设（房地产）主管部门应当自受理申请之日起 20 日内审查完毕，并将申请材料和初审意见报国务院建设主管部门。国务院建设主管部门应当自受理之日起 20 日内作出决定。

　　对申请变更注册、延续注册的，省、自治区、直辖市人民政府建设（房地产）主管部门应当自受理申请之日起 5 日内审查完毕，并将申请材料和初审意见报国务院建设主管部门。国务院建设主管部门应当自受理之日起 10 日内作出决定。

　　注册房地产估价师的初始、变更、延续注册，逐步实行网上申报、受理和审批。

第九条　注册证书是注册房地产估价师的执业凭证。注册有效期为 3 年。

第十条　申请初始注册，应当提交下列材料：

　　（一）初始注册申请表；

　　（二）执业资格证件和身份证件复印件；

　　（三）与聘用单位签订的劳动合同复印件；

　　（四）取得执业资格超过 3 年申请初始注册的，应当提供达到继续教育合格标准的证明材料；

　　（五）聘用单位委托人才服务中心托管人

事档案的证明和社会保险缴纳凭证复印件；或者劳动、人事部门颁发的离退休证复印件；或者外国人就业证书、台港澳人员就业证书复印件。

第十一条　注册有效期满需继续执业的，应当在注册有效期满 30 日前，按照本办法第八条规定的程序申请延续注册；延续注册的，注册有效期为 3 年。

延续注册需要提交下列材料：

（一）延续注册申请表；

（二）与聘用单位签订的劳动合同复印件；

（三）申请人注册有效期内达到继续教育合格标准的证明材料。

第十二条　注册房地产估价师变更执业单位，应当与原聘用单位解除劳动合同，并按本办法第八条规定的程序办理变更注册手续，变更注册后延续原注册有效期。

变更注册需要提交下列材料：

（一）变更注册申请表；

（二）与新聘用单位签订的劳动合同复印件；

（三）与原聘用单位解除劳动合同的证明文件；

（四）聘用单位委托人才服务中心托管人事档案的证明和社会保险缴纳凭证复印件；或者劳动、人事部门颁发的离退休证复印件；或者外国人就业证书、台港澳人员就业证书复印件。

第十三条　取得执业资格的人员，申请在新设立房地产估价机构、分支机构执业的，应当在申报房地产估价机构资质或者分支机构备案的同时，办理注册手续。

第十四条　申请人有下列情形之一的，不予注册：

（一）不具有完全民事行为能力的；

（二）刑事处罚尚未执行完毕的；

（三）因房地产估价及相关业务活动受刑事处罚，自刑事处罚执行完毕之日起至申请注册之日止不满 5 年的；

（四）因前项规定以外原因受刑事处罚，自刑事处罚执行完毕之日起至申请注册之日止不满 3 年的；

（五）被吊销注册证书，自被处罚之日起至申请注册之日止不满 3 年的；

（六）以欺骗、贿赂等不正当手段获准的房地产估价师注册被撤销，自被撤销注册之日起至申请注册之日止不满 3 年的；

（七）申请在 2 个或者 2 个以上房地产估价机构执业的；

（八）为现职公务员的；

（九）年龄超过 65 周岁的；

（十）法律、行政法规规定不予注册的其他情形。

第十五条　注册房地产估价师有下列情形之一的，其注册证书失效：

（一）聘用单位破产的；

（二）聘用单位被吊销营业执照的；

（三）聘用单位被吊销或者撤回房地产估价机构资质证书的；

（四）已与聘用单位解除劳动合同且未被其他房地产估价机构聘用的；

（五）注册有效期满且未延续注册的；

（六）年龄超过 65 周岁的；

（七）死亡或者不具有完全民事行为能力的；

（八）其他导致注册失效的情形。

第十六条　有下列情形之一的，注册房地产估价师应当及时向国务院建设主管部门提出注销注册的申请，交回注册证书，国务院建设主管部门应当办理注销手续，公告其注册证书作废：

（一）有本办法第十五条所列情形发生的；

（二）依法被撤销注册的；

（三）依法被吊销注册证书的；

（四）受到刑事处罚的；

（五）法律、法规规定应当注销注册的其他情形。

注册房地产估价师有前款所列情形之一的，有关单位和个人有权向国务院建设主管部门举报；县级以上地方人民政府建设（房地产）主管部门应当及时报告国务院建设主管部门。

第十七条　被注销注册者或者不予注册者，在具备注册条件后，可以按照本办法第八条第一款、第二款规定的程序申请注册。

第十八条 注册房地产估价师遗失注册证书的,应当在公众媒体上声明后,按照本办法第八条第一款、第三款规定的程序申请补发。

第三章 执 业

第十九条 取得执业资格的人员,应当受聘于一个具有房地产估价机构资质的单位,经注册后方可从事房地产估价执业活动。

第二十条 注册房地产估价师可以在全国范围内开展与其聘用单位业务范围相符的房地产估价活动。

第二十一条 注册房地产估价师从事执业活动,由聘用单位接受委托并统一收费。

第二十二条 在房地产估价过程中给当事人造成经济损失,聘用单位依法应当承担赔偿责任的,可依法向负有过错的注册房地产估价师追偿。

第二十三条 注册房地产估价师在每一注册有效期内应当达到国务院建设主管部门规定的继续教育要求。

注册房地产估价师继续教育分为必修课和选修课,每一注册有效期各为60学时。经继续教育达到合格标准的,颁发继续教育合格证书。

注册房地产估价师继续教育,由中国房地产估价师与房地产经纪人学会负责组织。

第二十四条 注册房地产估价师享有下列权利:

(一)使用注册房地产估价师名称;

(二)在规定范围内执行房地产估价及相关业务;

(三)签署房地产估价报告;

(四)发起设立房地产估价机构;

(五)保管和使用本人的注册证书;

(六)对本人执业活动进行解释和辩护;

(七)参加继续教育;

(八)获得相应的劳动报酬;

(九)对侵犯本人权利的行为进行申诉。

第二十五条 注册房地产估价师应当履行下列义务:

(一)遵守法律、法规、行业管理规定和职业道德规范;

(二)执行房地产估价技术规范和标准;

(三)保证估价结果的客观公正,并承担相应责任;

(四)保守在执业中知悉的国家秘密和他人的商业、技术秘密;

(五)与当事人有利害关系的,应当主动回避;

(六)接受继续教育,努力提高执业水准;

(七)协助注册管理机构完成相关工作。

第二十六条 注册房地产估价师不得有下列行为:

(一)不履行注册房地产估价师义务;

(二)在执业过程中,索贿、受贿或者谋取合同约定费用外的其他利益;

(三)在执业过程中实施商业贿赂;

(四)签署有虚假记载、误导性陈述或者重大遗漏的估价报告;

(五)在估价报告中隐瞒或者歪曲事实;

(六)允许他人以自己的名义从事房地产估价业务;

(七)同时在2个或者2个以上房地产估价机构执业;

(八)以个人名义承揽房地产估价业务;

(九)涂改、出租、出借或者以其他形式非法转让注册证书;

(十)超出聘用单位业务范围从事房地产估价活动;

(十一)严重损害他人利益、名誉的行为;

(十二)法律、法规禁止的其他行为。

第四章 监 督 管 理

第二十七条 县级以上人民政府建设(房地产)主管部门,应当依照有关法律、法规和本办法的规定,对注册房地产估价师的注册、执业和继续教育情况实施监督检查。

第二十八条 国务院建设主管部门应当将注册房地产估价师注册信息告知省、自治区、直辖市建设(房地产)主管部门。

省、自治区人民政府建设(房地产)主管部门应当将注册房地产估价师注册信息告知本行政区域内市、县人民政府建设(房地产)主管部门。直辖市人民政府建设(房地产)主管部门应当将注册房地产估价师注册信息告知本行政区域内市、县、市辖区人民政府建设(房地产)主管部门。

第二十九条　县级以上人民政府建设（房地产）主管部门履行监督检查职责时，有权采取下列措施：

（一）要求被检查人员出示注册证书；

（二）要求被检查人员所在聘用单位提供有关人员签署的估价报告及相关业务文档；

（三）就有关问题询问签署估价报告的人员；

（四）纠正违反有关法律、法规和本办法及房地产估价规范和标准的行为。

第三十条　注册房地产估价师违法从事房地产估价活动的，违法行为发生地直辖市、市、县、市辖区人民政府建设（房地产）主管部门应当依法查处，并将违法事实、处理结果告知注册房地产估价师注册所在地的省、自治区、直辖市建设（房地产）主管部门；依法需撤销注册的，应当将违法事实、处理建议及有关材料报国务院建设主管部门。

第三十一条　有下列情形之一的，国务院建设主管部门依据职权或者根据利害关系人的请求，可以撤销房地产估价师注册：

（一）注册机关工作人员滥用职权、玩忽职守作出准予房地产估价师注册行政许可的；

（二）超越法定职权作出准予房地产估价师注册许可的；

（三）违反法定程序作出准予房地产估价师注册许可的；

（四）对不符合法定条件的申请人作出准予房地产估价师注册许可的；

（五）依法可以撤销房地产估价师注册的其他情形。

申请人以欺骗、贿赂等不正当手段获准房地产估价师注册许可的，应当予以撤销。

第三十二条　注册房地产估价师及其聘用单位应当按照要求，向注册机关提供真实、准确、完整的注册房地产估价师信用档案信息。

注册房地产估价师信用档案应当包括注册房地产估价师的基本情况、业绩、良好行为、不良行为等内容。违法违规行为、被投诉举报处理、行政处罚等情况应当作为注册房地产估价师的不良行为记入其信用档案。

注册房地产估价师信用档案信息按照有关规定向社会公示。

第五章　法律责任

第三十三条　隐瞒有关情况或者提供虚假材料申请房地产估价师注册的，建设（房地产）主管部门不予受理或者不予行政许可，并给予警告，在1年内不得再次申请房地产估价师注册。

第三十四条　聘用单位为申请人提供虚假注册材料的，由省、自治区、直辖市人民政府建设（房地产）主管部门给予警告，并可处以1万元以上3万元以下的罚款。

第三十五条　以欺骗、贿赂等不正当手段取得注册证书的，由国务院建设主管部门撤销其注册，3年内不得再次申请注册，并由县级以上地方人民政府建设（房地产）主管部门处以罚款，其中没有违法所得的，处以1万元以下罚款，有违法所得的，处以违法所得3倍以下且不超过3万元的罚款；构成犯罪的，依法追究刑事责任。

第三十六条　违反本办法规定，未经注册，擅自以注册房地产估价师名义从事房地产估价活动的，所签署的估价报告无效，由县级以上地方人民政府建设（房地产）主管部门给予警告，责令停止违法活动，并可处以1万元以上3万元以下的罚款；造成损失的，依法承担赔偿责任。

第三十七条　违反本办法规定，未办理变更注册仍执业的，由县级以上地方人民政府建设（房地产）主管部门责令限期改正；逾期不改正的，可处以5000元以下的罚款。

第三十八条　注册房地产估价师有本办法第二十六条行为之一的，由县级以上地方人民政府建设（房地产）主管部门给予警告，责令其改正，没有违法所得的，处以1万元以下罚款，有违法所得的，处以违法所得3倍以下且不超过3万元的罚款；造成损失的，依法承担赔偿责任；构成犯罪的，依法追究刑事责任。

第三十九条　违反本办法规定，注册房地产估价师或者其聘用单位未按照要求提供房地产估价师信用档案信息的，由县级以上地方人民政府建设（房地产）主管部门责令限期改正；逾期未改正的，可处以1000元以上1万元以下的罚款。

第四十条　县级以上地方人民政府建设（房地产）主管部门依法给予注册房地产估价师或其聘用单位行政处罚的，应当将行政处罚决定以及给予行政处罚的事实、理由和依据,报国务院建设主管部门备案。

第四十一条 县级以上人民政府建设(房地产)主管部门,在房地产估价师注册管理工作中,有下列情形之一的,由其上级行政机关或者监察机关责令改正,对直接负责的主管人员和其他直接责任人员依法给予处分;构成犯罪的,依法追究刑事责任:

　　(一)对不符合本办法规定条件的申请人准予房地产估价师注册的;

　　(二)对符合本办法规定条件的申请人不予房地产估价师注册或者不在法定期限内作出准予注册决定的;

　　(三)对符合法定条件的申请不予受理或者未在法定期限内初审完毕的;

　　(四)利用职务上的便利,收受他人财物或者其他好处的;

　　(五)不依法履行监督管理职责或者监督不力,造成严重后果的。

第六章　附　则

第四十二条 大专院校、科研院所从事房地产教学、研究的人员取得执业资格的,经所在单位同意,可以参照本办法注册,但不得担任房地产估价机构法定代表人或者执行合伙人。

第四十三条 本办法自2007年3月1日起施行。1998年8月20日发布的《房地产估价师注册管理办法》(建设部令第64号)、2001年8月15日发布的《建设部关于修改〈房地产估价师注册管理办法〉的决定》(建设部令第100号)同时废止。

最高人民法院关于审理房地产管理法施行前房地产开发经营案件若干问题的解答

1. 1995年12月27日发布
2. 法发[1996]2号

　　《中华人民共和国城市房地产管理法》(以下简称房地产管理法)已于1995年1月1日起施行。房地产管理法施行后发生的房地产开发经营案件,应当严格按照房地产管理法的规定处理。房地产管理法施行前发生的房地产开发经营行为,在房地产管理法施行前或施行后诉讼到人民法院的,人民法院应当依据该行为发生时的有关法律、政策规定,在查明事实、分清是非的基础上,从实际情况出发,实事求是、合情合理地处理。现就各地人民法院审理房地产开发经营案件提出的一些问题,解答如下:

一、关于房地产开发经营者的资格问题

1. 从事房地产的开发经营者,应当是具备企业法人条件、经工商行政管理部门登记并发给营业执照的房地产开发企业(含中外合资经营企业、中外合作经营企业和外资企业)。

2. 不具备房地产开发经营资格的企业与他人签订的以房地产开发经营为内容的合同,一般应当认定无效,但在一审诉讼期间依法取得房地产开发经营资格的,可认定合同有效。

二、关于国有土地使用权的出让问题

3. 国有土地使用权出让合同的出让方,依法是市、县人民政府土地管理部门。出让合同应由市、县人民政府土地管理部门与土地使用者签订,其他部门、组织和个人为出让方与他人签订的出让合同,应当认定无效。

4. 出让合同出让的只能是经依法批准的国有土地使用权,对于出让集体土地使用权或未经依法批准的国有土地使用权的,应当认定合同无效。

5. 出让合同出让的土地使用权未依法办理审批、登记手续的,一般应当认定合同无效,但在一审诉讼期间,对于出让集体土地使用权依法补办了征用手续转为国有土地,并依法补办了出让手续的,或者出让未经依法批准的国有土地使用权依法补办了审批、登记手续的,可认定合同有效。

三、关于国有土地使用权的转让问题

6. 国有土地使用权的转让合同,转让的土地使用

权未依法办理出让审批手续的,一般应当认定合同无效,但在一审诉讼期间,对于转让集体土地使用权,经有关主管部门批准补办了征用手续转为国有土地,并依法办理了出让手续的,或者转让未经依法批准的国有土地使用权依法办理了审批、登记手续的,可认定合同有效。

7. 转让合同的转让方,应当是依法办理了土地使用权登记或变更登记手续,取得土地使用证的土地使用者。未取得土地使用证的土地使用者为转让方与他人签订的合同,一般应当认定无效,但转让方已按出让合同约定的期限和条件投资开发利用了土地,在一审诉讼期间,经有关主管部门批准,补办了土地使用权登记或变更登记手续的,可认定合同有效。

8. 以出让方式取得土地使用权的土地使用者虽已取得土地使用证,但未按土地使用权出让合同约定的期限和条件对土地进行投资开发利用,与他人签订土地使用权转让合同的,一般应当认定合同无效;如土地使用者已投入一定资金,但尚未达到出让合同约定的期限和条件,与他人签订土地使用权转让合同,没有其他违法行为的,经有关主管部门认可,同意其转让的,可认定合同有效,责令当事人向有关主管部门补办土地使用权转让登记手续。

9. 享有土地使用权的土地使用者未按照项目建设的要求对土地进行开发建设,也未办理审批手续和土地使用权转让手续,转让建设项目的,一般应当认定项目转让和土地使用权转让的合同无效;如符合土地使用权转让条件的,可认定项目转让合同有效,责令当事人补办土地使用权转让登记手续。

10. 以转让方式取得的土地使用权的使用年限,应当是土地使用权出让合同约定的使用年限减去原土地使用者已使用的年限后的剩余年限。转让合同约定的土地使用年限超过剩余年限的,其超过部分无效。土地使用年限,一般应从当事人办理土地使用权登记或变更登记手续,取得土地使用证的次日起算,或者在合同中约定土地使用年限的起算时间。

11. 土地使用权转让合同擅自改变土地使用权出让合同约定的土地用途的,一般应当认定合

同无效,但在一审诉讼期间已补办批准手续的,可认定合同有效。

12. 转让合同签订后,双方当事人应按合同约定和法律规定,到有关主管部门办理土地使用权变更登记手续,一方拖延不办,并以未办理土地使用权变更登记手续为由主张合同无效的,人民法院不予支持,应责令当事人依法办理土地使用权变更登记手续。

13. 土地使用者与他人签订土地使用权转让合同后,未办理土地使用权变更登记手续之前,又另与他人就同一土地使用权签订转让合同,并依法办理了土地使用权变更登记手续的,土地使用权应由办理土地使用权变更登记手续的受让方取得。转让方给前一合同的受让方造成损失的,应当承担相应的民事责任。

14. 土地使用者就同一土地使用权分别与几方签订土地使用权转让合同,均未办理土地使用权变更登记手续的,一般应当认定各合同无效;如其中某一合同的受让方已实际占有和使用土地,并对土地投资开发利用的,经有关主管部门同意,补办了土地使用权变更登记手续的,可认定该合同有效。转让方给其他合同的受让方造成损失的,应当承担相应的民事责任。

四、关于国有土地使用权的抵押问题

15. 土地使用者未办理土地使用权抵押登记手续,将土地使用权进行抵押的,应当认定抵押合同无效。

16. 土地使用者未办理土地使用权抵押登记手续将土地使用权抵押后,又与他人就同一土地使用权签订抵押合同,并办理了抵押登记手续的,应当认定后一个抵押合同有效。

17. 以划拨方式取得的国有土地使用权为标的物签订的抵押合同,一般应当认定无效,但在一审诉讼期间,经有关主管部门批准,依法补办了出让手续的,可认定合同有效。

五、关于以国有土地使用权投资合作建房问题

18. 享有土地使用权的一方以土地使用权作为投资与他人合作建房,签订的合建合同是土地

使用权有偿转让的一种特殊形式，除办理合建审批手续外，还应依法办理土地使用权变更登记手续。未办理土地使用权变更登记手续的，一般应当认定合建合同无效，但双方已实际履行了合同，或房屋已基本建成，又无其他违法行为的，可认定合建合同有效，并责令当事人补办土地使用权变更登记手续。

19. 当事人签订合建合同，依法办理了合建审批手续和土地使用权变更登记手续的，不因合建一方没有房地产开发经营权而认定合同无效。

20. 以划拨方式取得国有土地使用权的一方，在《中华人民共和国城镇国有土地使用权出让和转让暂行条例》（以下简称《条例》）施行前，经有关主管部门批准，以其使用的土地作为投资与他人合作建房的，可认定合建合同有效。

21. 《条例》施行后，以划拨方式取得国有土地使用权的一方未办理土地使用权出让手续，以其土地使用权作为投资与他人合建房屋的，应认定合建合同无效，但在一审诉讼期间，经有关主管部门批准，依法补办了出让手续的，可认定合建合同有效。

22. 名为合作建房，实为土地使用权转让的合同，可按合同实际性质处理。如土地使用权的转让符合法律规定的，可认定合同有效，不因合作建房为名而认定合同无效。

23. 合建合同对房地产权属有约定的，按合同约定确认权属；约定不明确的，可依据双方投资以及对房屋管理使用等情况，确认土地使用权和房屋所有权的权属。

六、关于商品房的预售问题

24. 商品房的预售方，没有取得土地使用证，也没有投入开发建设资金进行施工建设，预售商品房的，应当认定商品房预售合同无效。

25. 商品房的预售方，没有取得土地使用证，但投入一定的开发建设资金，进行了施工建设，预售商品房的，在一审诉讼期间补办了土地使用证、商品房预售许可证明的，可认定预售合同有效。

26. 商品房的预售方，持有土地使用证，也投入一定的开发建设资金，进行了施工建设，预售商

品房的，在一审诉讼期间办理了预售许可证明的，可认定预售合同有效。

27. 预售商品房合同签订后，预购方尚未取得房屋所有权证之前，预售方未经预购方同意，又就同一预售商品房与他人签订预售合同的，应认定后一个预售合同无效；如后一个合同的预购方已取得房屋所有权证的，可认定后一个合同有效，但预售方给前一个合同的预购方造成损失的，应承担相应的民事责任。

七、关于预售商品房的转让问题

28. 商品房的预售合同无效的，预售商品房的转让合同，一般也应当认定无效。

29. 商品房预售合同的双方当事人，经有关主管部门办理了有关手续后，在预售商品房尚未实际交付前，预购方将购买的未竣工的预售商品房转让他人，办理了转让手续的，可认定转让合同有效；没有办理转让手续的，在一审诉讼期间补办了转让手续的，也可认定转让合同有效。

30. 商品房预售合同的预购方，在实际取得预购房屋产权并持有房屋所有权证后，将房屋再转让给他人的，按一般房屋买卖关系处理。

八、关于预售商品房的价格问题

31. 预售商品房的价格，除国家规定"微利房"、"解困房"等必须执行国家定价的以外，合同双方根据房地产市场行情约定的价格，也应当予以保护。一方以政府调整与房地产有关的税费为由要求变更合同约定价格的，可予以支持。一方以建筑材料或商品房的市场价格变化等为由，要求变更合同约定的价格或解除合同的，一般不予支持。

32. 合同双方约定了预售商品房价格，同时又约定了预售商品房的价格以有关主管部门的核定价格为准，一方要求按核定价格变更预售商品房价格的，应予以准许。

33. 合同双方约定的预售商品房价格不明确，或者在合同履行中发生不可抗力的情况，合同双方当事人可另行协商预售商品房价格。协商不成的，可参照当地政府公布的价格、房地

产部门认可的评估的价格,或者当地同期同类同质房屋的市场价格处理。

34. 在逾期交付房屋的期间,因预售商品房价格变化造成的损失,由过错方承担。

九、关于违反合同的责任

35. 经审查认定有效的合同,双方当事人应按照合同的约定或法律的规定履行。

36. 在合同履行过程中,由于不可抗力的原因,致使合同难以继续履行或继续履行将给一方造成重大损失,当事人提出变更或解除合同的,应予支持。因此造成的损失,由当事人双方合理负担。

37. 当事人以对合同内容有重大误解或合同内容显失公平为由,提出变更合同的,应予支持。但因下列情形之一要求变更合同的,不予支持:

（1）合同约定的出资额、价格虽与当时的市场行情有所不同,但差别不大,一方当事人以缺乏经验不了解市场行情为由,提出变更合同的。

（2）合同履行的结果不是合同签订时不能预见的,而是因当事人经营不善、管理不当或判断失误等原因造成的,一方当事人提出变更合同的。

38. 合同一方有充分证据证明确系不可抗力,致使合同不能按期履行或不能完全履行的,根据实际情况,可准予延期履行、部分履行或不履行,并部分或全部免予承担违约责任。

39. 合同一方违反合同,应向对方支付违约金。合同对违约金有具体约定的,应按约定的数额支付违约金。约定的违约金数额一般以不超过合同未履行部分的价金总额为限。对违约金无约定或约定不明确的,按没有约定处理。

40. 合同一方违反合同给对方造成损失,支付违约金不足以赔偿造成的损失与违约金的差额部分。

41. 合同一方违约致使合同无法履行的,应赔偿对方的损失。实际损失无法确定的,可参照违约方所获利润确定赔偿金额。

42. 合同约定了违约金和罚款的,或只约定罚款的,只要其金额不超过未履行部分总额的,可

将罚款视为违约金处理。

43. 合同一方未将对方的投资款用于履行合同而挪作他用,致使合同不能履行的,依法应承担违约责任,赔偿因不履行给对方造成的实际损失。

44. 违约方将对方的投资款挪作他用并获利的,如所获利润高于或等同于对方实际损失的,应将其所获利润作为对方的损失予以赔偿;如所获利润低于对方的实际损失的,应当赔偿对方的实际损失;如违约方所获利润无法确定的,可按银行同类贷款利率的四倍赔偿对方的损失。

十、关于无效合同的处理问题

45. 经审查认定无效的合同,一方依据无效合同取得的财产应当返还对方。因合同无效给对方造成损失的,应按过错责任原则由过错方赔偿损失。过错方承担赔偿责任的赔偿金数额,应相当于无过错方的实际损失。双方均有过错的,按过错责任大小各自承担相应的责任。双方故意严重违反有关法律、法规而致合同无效的,应追缴双方已经取得或约定取得的财产。

46. 合作建房合同被确认无效后,在建或已建成的房屋,其所有权可确认归以土地使用权作为投资的一方所有,对方的投资可根据资金的转化形态,分别处理:

（1）资金尚未投入实际建设的,可由以土地使用权作为投资的一方将对方投入的资金予以返还,并支付同期同类银行贷款的利息;

（2）资金已转化为在建中的建筑物,并有一定增值的,可在返还投资款的同时,参照当地房地产业的利润情况,由以土地使用权作为投资的一方给予对方相应比例的经济赔偿;

（3）房屋已建成的,可将约定出资方应分得的房产份额按现行市价估值或出资方实际出资占房屋造价的比例,认定出资方的经济损失,由以土地使用权作为投资的一方给予赔偿。

47. 预售商品房因预售方的过错造成合同无效的,应根据房地产市场价格变化和预购方交付房款等情况,由预售方承担返还财产、赔偿

损失的责任。房屋未建成或未交付的,参照签订合同时的房价和法院裁判、调解时的房价之间的差价,确定预购方的损失数额。

文书范本精选

(房地产项目开发)委托合同

甲方(委托方):【　　】房地产开发公司

乙方(受托方):

鉴于:

1. 甲方——【　　】房地产开发公司,系由【　　】公司与乙方合作投资的房地产开发公司,甲方已获得了【　　】房地产项目的开发权。

2. 项目概况:【　　】房地产项目规划占地面积约【　　】亩,建设用地面积约【　　】亩,代征地面积约【　　】亩,容积率约【　　】。

3. 根据乙方与【　　】公司于【　　】年【　　】月【　　】日签订的《股权转让协议》中约定:乙方应协助甲方尽量以协议出让的方式取得【　　】房地产项目的土地使用权和开发权。如该地块需按照有关规定进行招投标(挂牌),乙方承诺以等同于协议出让的价格条件协助甲方获得【　　】房地产项目的土地使用权和开发权。

4. 甲方经公司董事会决定,将开发【　　】房地产项目的所有政府批准文件及征地手续,包括土地补偿、拆迁、安置等工作,委托乙方进行办理。

经甲、乙双方友好协商达成如下协议,以兹共同遵照执行:

第1条　委托事项

1.1　授权乙方以甲方的名义取得开发【　　】房地产项目的所有政府文件的批复及项目征地、农民的安置补偿、拆迁等事宜。

第2条　委托费用

2.1　甲方应向乙方支付乙方完成第1条1.1款委托事项的委托费用适用包干原则,多不退少不补。

2.2　第1条1.1款委托事项,即【　　】房地产项目的委托费用按照建设规划用地每亩【　　】万元人民币、规划代征用地每亩【　　】万元人民币的标准计算,甲方应向乙方支付的委托费用共计【　　】万元人民币。

2.3　甲方支付的【　　】房地产项目的委托费用,包含征地补偿费、拆迁费、青苗补偿费,该费用应计入甲方的成本。

2.4　除上述所列费用之外产生的其他开发费用,包括但不限于土地出让金及相关税费、建设成本、管理费用等,由甲方——【　　】房地产开发公司的股东按照股权比例分别承担。

第3条　委托时间

3.1　开始时间:甲方原股东【　　】向【　　】转让股权完成的时间为准,即以甲方办理完毕工商变更登记,取得新的营业执照为委托事项开始之日。

3.2　完成时间:在【　　】年【　　】月【　　】日之前完成本合同第1.1款约定的委托事项。

第4条　付款时间

4.1　【　　】房地产项目的委托费用,由甲方按照实际征地交款(不包括土地出让金)的时间和金额予以按期足额支付。用款时乙方需提前申请用款,并将用款时间、用途填写清楚,甲方应按照急款急用、不影响项目开发进度的原则及时审核、及时支付。

第5条　委托溢价

5.1　经甲方财务核算,若【　】房地产项目的利润已经超过【　】万元(不含【　】万元)时,甲方应在财务报告出具之日起【　】日内向乙方支付利润的【　】%。

5.2　经甲方财务核算,若【　】房地产项目的利润在【　】万元(含【　】万元)以下时,甲方应按向乙方支付实际利润的【　】%。

第6条　违约责任

6.1　本协议生效后,甲、乙任何一方无故提出终止协议,应按委托费用总额的5%向对方支付违约金。

6.2　甲方未按约定支付委托包干费用的,应每日按当期应付费用的3‰向乙方支付违约金。如逾期超过30天,则乙方有权解除本合同,甲方应向乙方支付违约金【　】万元人民币,乙方有权不退还已为该项目支付的全部款项。若违约金不足以赔偿乙方因此所遭受的损失,乙方有权向甲方追偿赔偿款。

6.3　若乙方未按本合同第3条的约定完成委托事项,甲方除有权解除本合同,并有权要求乙方按委托费用总额的5%向甲方支付违约金。但是因为甲方逾期支付委托费用导致乙方未能按期完成委托事项的,应相应的免除乙方的违约责任。

6.4　若乙方非因甲方原因而不能完成委托事项,给甲方造成损失的,乙方同意在甲方按投资股权比例所分配的利润中予以直接扣除。

6.5　由于一方的过错造成本合同不能履行、不能完全履行或被政府有关部门认定为无效时,由过错的一方承担违约责任,双方均有过错的,则由双方按责任大小承担各自相应的责任。

第7条　争议的解决

7.1　如本合同各方就本合同之履行或解释发生任何争议的,应首先协商解决;若协商不成,应向北京仲裁委员会提请仲裁,仲裁适用该会之《仲裁规则》,仲裁裁决书终局对双方均有约束力。

第8条　其他

8.1　本协议一式二份,双方各执一份,具有同等的法律效力。

8.2　本协议经甲、乙双方法定代表人签字并盖章后,自乙方与【　】签订的《股权转让协议》生效之日起生效。

甲方:【　】房地产开发公司　　　　　乙方:

二〇〇五年　　月　　日　　　　　　二〇〇五年　　月　　日

案例精选

中信实业银行诉北京市京工房地产开发总公司保证合同纠纷案

原告:中信实业银行。住所地:北京市东城区朝阳门北大街。

法定代表人:窦建中,该行行长。

委托代理人:徐猛,北京市劳赛德律师事务所律师。

被告:北京市京工房地产开发总公司。住所地:北京市通州区甘棠工业区。

法定代表人:冯长辉,该公司总经理。

委托代理人:蒋历,北京市北斗律师事务所律师。

原告中信实业银行(以下简称中信银行)因与被告北京市京工房地产开发总公司(以下简称京工公司)发生保证合同纠纷,向北京市第二中级人民法院提起诉讼。

原告诉称:原告贷给北京金辉灯饰工程有限

公司（以下简称金辉公司）50 万美元，被告是这笔贷款的保证人，同意当金辉公司违约时，代金辉公司偿还全部应付款项。借款期限届满后，金辉公司未按期偿还借款本金及利息，被告也未履行保证责任。现金辉公司已被吊销企业法人营业执照，其资产、人员均不知去向，被告应依法承担保证责任。故请求判令被告偿还借款 50 万美元及利息、罚息，并负担本案的诉讼费用。

被告辩称：1. 金辉公司虽被吊销企业法人营业执照，但仍具备诉讼主体资格，故应追加其为本案被告。2. 原告给金辉公司提供贷款并开立外汇账户，违反了外汇管理的法律法规，该贷款协议应属无效。3. 本案所诉贷款事实已被北京市公安局立案审查，故本案应中止审理。4. 本案的立案时间为 1996 年 7 月 8 日，根据法律规定，法院审查立案的时间为 7 天，故原告向法院起诉的最早时间应是 1996 年 7 月 1 日。被告早于 1996 年 5 月 23 日就致函原告，要求其主张诉讼权利。而原告于 1 个月后才向法院起诉。依照最高人民法院在《关于审理经济合同纠纷案件有关保证的若干问题的规定》（法发〔1994〕8 号，以下简称"有关保证的规定"）第 11 条中关于"债权人在收到保证人的书面请求后 1 个月内未行使诉讼请求权的，保证人不再承担保证责任"的规定，被告依法不再承担保证责任。5. 法律规定的保证期间是主债务履行期届满之日起 6 个月。原告超过了 6 个月的保证期间以后才起诉，被告依法也不再承担保证责任。

北京市第二中级人民法院经审理查明：

1994 年 11 月 10 日，原告中信银行与金辉公司、被告京工公司签订〔94〕银贷字第 305 号贷款协议（以下简称"305 协议"），约定：中信银行向金辉公司提供贷款 50 万美元，用于购买原材料；本贷款采用浮动利率，年利率为每次提款日前两个银行工作日中国银行公布的一年期六个月浮动美元贷款利率上浮 5%，以后每年 6 月 20 日与 12 月 20 日各调整一次；金辉公司应自第一次提款之日起，每年 6 月 20 日与 12 月 20 日用美元现汇向中信银行支付应付利息；本贷款自签约之日起至 1995 年 11 月 10 日期满；金辉公司未能按本协议约定的时间还本付息，中信银行有权加收相当于原定利率 20% 的罚息；京工公司作为担保

方，同意当金辉公司违约时，在接到中信银行书面索偿通知 15 天内，代金辉公司用现金或现汇偿还全部应付款项。

"305 协议"签订后，原告中信银行按约履行了放贷义务。1995 年 11 月 10 日借款期限届满，金辉公司未按期偿还借款本金及利息，被告京工公司亦未履行保证义务。1996 年 5 月 13 日，中信银行致函京工公司，要求京工公司履行保证责任。同年 5 月 23 日，京工公司回函称：贵行致我司的函件收悉，我司的责任已解除，请贵行主张诉讼权利。

另查明，原告中信银行是于 1996 年 6 月 21 日向法院起诉的。

北京市第二中级人民法院认为：

原告中信银行与金辉公司、被告京工公司签订的"305 协议"，不违反国家法律、法规的规定，是当事人的真实意思表示，应当认定有效。最高人民法院在《关于适用〈中华人民共和国担保法〉若干问题的解释》（以下简称"担保法解释"）第一百三十三条第一款规定："担保法施行以前发生的担保行为，适用担保行为发生时的法律、法规和有关司法解释。"第三款规定："担保法施行以后因担保行为发生的纠纷案件，在本解释公布施行后尚在一审或二审阶段的，适用担保法和本解释。"《中华人民共和国担保法》自 1995 年 10 月 1 日起施行，京工公司的担保行为发生在"担保法"施行前，应当适用当时有效的、最高人民法院发布的《关于审理经济合同纠纷案件有关保证的若干问题的规定》（以下简称"有关保证的规定"）。

"有关保证的规定"第 7 条规定："保证合同没有约定保证人承担何种保证责任，或者约定不明确的，视为保证人承担赔偿责任。当被保证人不履行合同时，债权人应当首先请求被保证人清偿债务。强制执行被保证人的财产仍不足以清偿其债务的，由保证人承担赔偿责任。""担保法"第十七条第一款也规定："当事人在保证合同中约定，债务人不能履行债务时，由保证人承担保证责任的，为一般保证。""305 协议"中没有约定保证责任，因此被告京工公司应当承担一般保证责任。

"担保法"第十七条第二款规定："一般保证

的保证人在主合同纠纷未经审判或者仲裁，并就债务人财产依法强制执行仍不能履行债务前，对债权人可以拒绝承担保证责任。"这是法律赋予一般保证的保证人享有的先诉抗辩权。"担保法"第十七条第三款同时规定了一般保证的保证人不得行使先诉抗辩权的三种情形，其中之一是："债务人住所变更，致使债权人要求其履行债务发生重大困难的"。"有关保证的规定"中，对先诉抗辩权问题未作规定，故本案在解决这个问题时，应参照适用"担保法"的这一规定。由于借款人金辉公司已被吊销企业法人营业执照，其人员也不知去向，致使原告中信银行要求其履行债务发生重大困难，故被告京工公司作为一般保证的保证人，在这种情形下不得行使先诉抗辩权，中信银行有权直接请求京工公司承担保证责任。

"有关保证的规定"第11条关于债权人在收到保证人的书面请求后1个月内行使诉讼请求权的规定，应当以债权人诉至法院的时间为准。原告中信银行在收到被告京工公司1996年5月23日的回函后，已于同年6月21日提起诉讼，故中信银行的起诉未超过时效。

被告京工公司辩称本案所涉贷款合同已由公安局立案，法院应中止审理。对此，京工公司未提供相应证据，故不予采信。

"305协议"履行期限届满，金辉公司未按时还款，被告京工公司也未按约定履行保证义务，均属违约行为。原告中信银行起诉请求京工公司偿还借款本金50万美元及利息、罚息，有事实根据和法律依据，应当支持。

综上所述，北京市第二中级人民法院判决：

1. 原告中信银行与金辉公司、被告京工公司于1994年11月10日签订的〔94〕银贷字第305号贷款协议有效。

2. 被告京工公司于本判决生效后10日内，偿还原告中信银行借款本金50万美元及利息（自1994年11月10日起至1995年11月10日止，按中国银行公布的一年期六个月浮动美元贷款利率上浮5%计算）、罚息（自1995年11月11日起至本金付清之日止，按中国银行公布的一年期六个月浮动美元贷款利率上浮25%计算）。

第一审宣判后，被告京工公司不服，向北京市高级人民法院提出上诉。理由是：1."担保法"第二十五条规定："一般保证的保证人与债权人未约定保证期间的，保证期间为主债务履行期届满之日起六个月。""在合同约定的保证期间和前款规定的保证期间，债权人未对债务人提起诉讼或者申请仲裁的，保证人免除保证责任；债权人已提起诉讼或者申请仲裁的，保证期间适用诉讼时效中断的规定。"金辉公司的贷款于1995年11月10日即到期，而中信银行在1996年7月才起诉要求金辉公司还款并要求承担保证责任。根据"担保法"的规定，中信银行的起诉已超过6个月的保证期间。2. 一审认定中信银行是在1996年6月21日起诉，没有任何证据。中信银行的起诉时间，确实超过了"有关保证的规定"第11条规定的一个月期限。故保证期间已过，上诉人不应承担保证责任。

对京工公司的上诉，被上诉人中信银行答辩称：1. 本案的借款及担保行为均发生在1994年11月，根据"担保法解释"第一百三十三条的规定，对本案应适用"有关保证的规定"。2."有关保证的规定"第29条规定："保证合同未约定保证责任期限的，主债务的诉讼时效中断，保证债务的诉讼时效亦中断。"根据这一规定，京工公司认为被上诉人主张权利已超过6个月的保证期间，理由不能成立。3. 被上诉人于1996年6月21日提起诉讼，有人民法院的收案登记证实。京工公司不能提供相反的证据予以否定，应当认定这一事实。

北京市高级人民法院二审查明：

"305协议"中对保证部分的约定原文是："保证人同意当借款方违约时，在接到贷款方书面索函通知十五天内，代用现金或现汇偿还全部应付款项，包括逾期罚息及其他费用。如违反本条款规定的义务，则逾期一天，贷款方即对担保人收取相当于全部应付款项0.1%的罚金，直至上述款项全部还清为止。"

1997年1月20日，北京市工商行政管理局以京工商处字(1997)439号《处罚决定书》决定："吊销北京金辉灯饰工程有限公司《中华人民共和国企业法人营业执照》。"金辉公司在营业执照上登记的企业地址是北京市海淀区八里庄北洼村路32号。2002年5月13日，北京市恩济庄派出所所出具证明："本派出所辖区内无北京市海淀区八里庄北洼村路 32 号该地址。"金辉公司是中外合资经营企业。中方投资者是北京金宝精细化工新技术公司,投资额为人民币现金设备 60%;外方投资者是伟来实业有限公司(香港),投资额为设备美元现金 40%。1998 年 9 月 18 日,金辉公司的中方投资者北京金宝精细化工新技术公司被注销营业执照。除此以外,二审确认了一审认定的其他事实。

上述事实,有"305 协议"、借据、处罚决定书、金辉公司营业执照、北京市工商行政管理局的注销证明、派出所证明、往来函件及庭审笔录证实。

北京市高级人民法院认为:

"305 协议"合法有效。被上诉人中信银行已经依约发放贷款,金辉公司应到期偿还货款,上诉人京工公司应按照约定承担保证责任。"305 协议"于 1994 年 11 月 10 日签订,根据协议实施的借款和担保行为发生在"担保法"施行前,应适用担保行为发生时的法律、法规和司法解释,一审适用"有关保证的规定"处理本案纠纷,是正确的。

"305 协议"中没有约定保证方式,对保证期限的起止时间也没有明确界定,属保证责任限约定不明。"有关保证的规定"第 11 条规定:"保证合同中没有约定保证责任期限或者约定不明确的,保证人应当在被保证人承担责任的期限内承担保证责任。"被保证人承担责任的期限,是自其借款期满后的两年。被保证人承担责任的这两年,也是保证人承担保证责任的期间。保证期间是除斥期间,它与诉讼时效不同,不发生中止、中断的问题。本案被保证人金辉公司的借款期满日是 1995 年 11 月 10 日,因此上诉人京工公司承担一般保证责任的期间是从 1995 年 11 月 11 日起至 1997 年 11 月 10 日止的两年内。在此期间,只要作为债权人的被上诉人中信银行向作为保证人的京工公司主张权利,京工公司就应承担保证责任。事实证明,中信银行在 1996 年 5 月

13 日向京工公司主张权利,并于 1996 年 6 月 21 日以京工公司为被告提起诉讼。由此可见,中信银行主张权利,并未超过两年的保证期间。"担保法"第二十五条规定的六个月保证期间,对本案不适用。京工公司上诉称中信银行向其主张权利已超过六个月的保证期间,与法律不符,不予支持,京工公司作为保证人应当承担本案的保证责任。

上诉人京工公司在本案中承担的是一般保证责任,依法享有先诉抗辩权。只要主合同纠纷未经审判或仲裁,并就债务人财产依法强制执行仍不能履行债务前,一般保证的保证人都可以对债权人拒绝承担保证责任。但是,先诉抗辩权在遇到法律规定的情形时,不得行使。本案中,被保证人金辉公司的住所不明、营业执照被吊销,其中方投资者的营业执照也被注销,外方投资者的情况不明。这种情况,使被上诉人中信银行向金辉公司请求清偿债务发生很大困难,符合"担保法"第十七条第三款第一项规定的情形。因此,京工公司的先诉抗辩权不得行使。一审认定京工公司不再享有先诉抗辩权,判决其向中信银行承担保证责任,并无不当。

综上,上诉人京工公司的上诉理由不能成立,应当驳回。一审判决认定事实清楚、适用法律正确,应当维持。北京市高级人民法院依照《中华人民共和国民事诉讼法》第一百五十三条第一款第(一)项的规定,于 2002 年 5 月 20 日判决:

驳回上诉,维持原判。

一审案件受理费 33909 元,财产保全费 39304 元,由上诉人京工公司负担。二审案件受理费 33909 元,由上诉人京工公司负担。

——2002 年 12 月 15 日中华人民共和国最高人民法院公报第 6 期出版

四、房地产建设

《中华人民共和国建筑法》导读

改革开放以来,我国的城市建设、村镇建设、住宅建设等的规模不断扩大,建筑业在完成大量建设任务、保障经济发展和改善人民居住条件的同时,也出现了一些亟待解决的问题,如参与建筑活动的主体的行为不规范,发包方不按规定程序办事,承包方层层转包;建设工程质量事故不断发生;建筑安全生产事故多发;等等。为解决以上问题,1997年11月1日第八届全国人大常委会第二十八次会议审议通过了《中华人民共和国建筑法》,并于1998年3月1日起正式施行。

《建筑法》共八章八十五条,以规范建筑市场行为为起点,以建设工程质量和安全为主线,主要对以下问题作了规定:

(一)关于调整范围。在中国境内从事建筑活动,实施对建筑活动的监督管理,应当遵守本法。本法关于施工许可、建筑施工企业资质审查和建筑工程发包、承包、禁止转包,以及建筑工程监理、建筑工程安全和质量管理的规定,适用于其他专业建筑工程的建筑活动,具体办法由国务院规定。抢险救灾及其他临时性房屋建筑和农民自建低层住宅的建筑活动,不适用本法。军用房屋建筑工程建筑活动的具体管理办法,由国务院、中央军事委员会依据本法制定。

(二)关于建筑许可问题。《建筑法》设专章规定了建筑许可制度,包括建设工程施工许可和从业者许可,明确规定了建设工程施工许可的条件以及从事建筑活动的单位的资质审查制度和有关人员的资格审查制度等。

(三)关于建设工程发包与承包问题。《建筑法》规定了建设工程发包与承包应当遵循的基本原则及行为规范,如实行招标发包和直接发包的范围;不得违法肢解发包;总包单位分包时须经建设单位认可;禁止承包单位将其承包的工程转包给他人;招标方不得与任何投标方相互勾结,妨碍其他投标方的公平竞争;投标方不得串通投标,故意抬高或者压低标价;等等。

(四)关于建设工程监理问题。《建筑法》在总结实践经验的基础上,借鉴国际上的通行做法,对推行建设工程监理制度作了规定,明确了工程监理单位的资质审查、建设工程监理的任务及应当实行建设工程监理的范围和原则等。

(五)关于建设工程质量和安全问题。《建筑法》在建筑活动的各个阶段、各个环节中,都紧扣建设工程的质量和安全加以规范,规定了建筑活动各有关方面在保证建设工程质量和安全中的责任。

《建筑法》是规范建筑活动的主要法律规则,此外,《合同法》对建筑工程合同作了规定,《招标投标法》对建筑工程招标投标程序作了规定,《城乡规划法》对建筑规划作了规定,《城市房地产管理法》、《土地管理法》、《安全生产法》、《刑法》等法律法规也涉及建筑活动的相关法律规则。

中华人民共和国建筑法

1. *1997 年 11 月 1 日第八届全国人民代表大会常务委员会第二十八次会议通过*
2. *1997 年 11 月 1 日中华人民共和国主席令第 91 号公布*

目　　录

第一章　总　　则

第一条　【立法目的】为了加强对建筑活动的监督管理,维护建筑市场秩序,保证建筑工程的质量和安全,促进建筑业健康发展,制定本法。

[参见]

　　《宪法》第 8－13 条

第二条　【适用范围】在中华人民共和国境内从事建筑活动,实施对建筑活动的监督管理,应当遵守本法。

　　本法所称建筑活动,是指各类房屋建筑及其附属设施的建造和与其配套的线路、管道、设备的安装活动。

[参见]

　　《文物保护法》第 2－4、7、9、16－20 条

　　《建设部关于外商投资建筑业企业管理规定中有关资质管理的实施办法》

　　《住宅室内装饰装修管理办法》第 2 条

　　《文物保护法实施条例》第 9、10、13－15 条

　　《关于对防雷工程专业设计、施工资质和个人执业资格管理有关问题的复函》

　　《外商投资建筑业企业管理规定》第 3、4 条

第三条　【建筑活动要求】建筑活动应当确保建筑工程质量和安全,符合国家的建筑工程安全标准。

[参见]

　　《标准化法》

　　《住宅室内装饰装修管理办法》第 3 条

　　《标准化法实施条例》

　　《工程建设国家标准管理办法》

　　《工程建设行业标准管理办法》

　　《建设部关于实行工程建设行业标准和地方标准备案制度的通知》

第四条　【国家扶持】国家扶持建筑业的发展,支持建筑科学技术研究,提高房屋建筑设计水平,鼓励节约能源和保护环境,提倡采用先进技术、先进设备、先进工艺、新型建筑材料和现代管理方式。

[参见]

　　《促进科技成果转化法》

　　《节约能源法》

　　《建设部关于在建设系统贯彻实施〈全面推进依法行政实施纲要〉的五年规划》(七)

　　《建设领域推广应用新技术管理规定》

　　《建设部推广应用新技术管理细则》

　　《建设部建筑节能试点示范工程(小区)管理办法》

　　《建设部办公厅关于对河北省建设厅关于建筑节能工作有关问题请示的复函》

　　《建设部关于加强技术创新工作的指导意见》

　　《民用建筑节能管理规定》

　　《建设部建筑业新技术应用示范工程管理办法》

第五条　【从业要求】从事建筑活动应当遵守法律、法规,不得损害社会公共利益和他人的合法权益。

　　任何单位和个人都不得妨碍和阻挠依法进行的建筑活动。

[参见]

　　《公路管理条例实施细则》第 32 条

　　《建设工程勘察设计市场管理规定》第 6 条

第六条　【管理部门】国务院建设行政主管部门对全国的建筑活动实施统一监督管理。

［参见］

《住宅室内装饰装修管理办法》第4条

《建设部职能配置、内设机构和人员编制规定》

《建筑业企业资质管理规定》第4条

建设部《关于对国务院取消行政审批项目中涉及建设部有关项目的复函》

第二章　建筑许可

第一节　建筑工程施工许可

第七条　【许可证的领取】建筑工程开工前,建设单位应当按照国家有关规定向工程所在地县级以上人民政府建设行政主管部门申请领取施工许可证;但是,国务院建设行政主管部门确定的限额以下的小型工程除外。

按照国务院规定的权限和程序批准开工报告的建筑工程,不再领取施工许可证。

［参见］

《建筑工程施工许可管理办法》

《建设部关于加强建筑工程施工许可管理工作的通知》

《工程建设项目报建管理办法》

《住宅室内装饰装修管理办法》第13－21条

《楼堂馆所建设管理暂行条例》

《建筑业企业资质管理规定》第3条

《国务院关于严格控制高档房地产开发项目的通知(摘要)》

《关于简化基本建设项目审批手续的通知》

《国家计委关于重申严格执行基本建设程序和审批规定的通知》

第八条　【申领条件】申请领取施工许可证,应当具备下列条件:

(一)已经办理该建筑工程用地批准手续;

(二)在城市规划区的建筑工程,已经取得规划许可证;

(三)需要拆迁的,其拆迁进度符合施工要求;

(四)已经确定建筑施工企业;

(五)有满足施工需要的施工图纸及技术资料;

(六)有保证工程质量和安全的具体措施;

(七)建设资金已经落实;

(八)法律、行政法规规定的其他条件。

建设行政主管部门应当自收到申请之日起十五日内,对符合条件的申请颁发施工许可证。

［参见］

《建筑工程施工许可管理办法》第4、5条

《建设部关于加强建筑工程施工许可管理工作的通知》

《城市规划法》第5－7条、第4、5章

《土地管理法》第5章

《土地管理法实施条例》第19－30条

《城市房屋拆迁管理条例》

《建设部关于统一实行建设用地规划许可证和建设工程规则许可证的通知》

《消防法》第10条

《建设工程安全生产管理条例》第53条

《建设工程质量管理条例》第13、57条

《建筑施工企业安全生产许可证管理规定》第13条

《建筑施工企业安全生产许可证管理规定实施意见》

《关于规范房地产开发企业开发建设行为的通知》2、6、9、12

《建设部关于工程设计与工程监理有关问题的通知》

《建设工程勘察设计市场管理规定》第32条

《工程建设项目实施阶段程序管理暂行规定》第4、9条

《建设工程施工现场管理规定》第2、3、5章

第九条　【开工期限】建设单位应当自领取施工许可证之日起三个月内开工。因故不能按期开工的,应当向发证机关申请延期;延期以两次为限,每次不超过三个月。既不开工又不申请延期或者超过延期时限的,施工许可证自行废止。

［参见］

《建筑工程施工许可管理办法》第8条

第十条　【施工中止与恢复】在建的建筑工程因故中止施工的,建设单位应当自中止施工之日起一个月内,向发证机关报告,并按照规定做

好建筑工程的维护管理工作。

建筑工程恢复施工时，应当向发证机关报告；中止施工满一年的工程恢复施工前，建设单位应当报发证机关核验施工许可证。

[参见]

《建筑工程施工许可管理办法》第9条

第十一条　【不能按期施工处理】按照国务院有关规定批准开工报告的建筑工程，因故不能按期开工或者中止施工的，应当及时向批准机关报告情况。因故不能按期开工超过六个月的，应当重新办理开工报告的批准手续。

[参见]

《建设部、国家计委、国家经贸委、财政部、国土资源部、国家工商行政管理总局、监察部关于整顿和规范房地产市场秩序的通知》

第二节　从业资格

第十二条　【从业条件】从事建筑活动的建筑施工企业、勘察单位、设计单位和工程监理单位，应当具备下列条件：

（一）有符合国家规定的注册资本；

（二）有与其从事的建筑活动相适应的具有法定执业资格的专业技术人员；

（三）有从事相关建筑活动所应有的技术装备；

（四）法律、行政法规规定的其他条件。

[参见]

《民法通则》第3章

《外商投资建筑业企业管理规定》

《〈外商投资建筑业企业管理规定〉的补充规定》

《建设部办公厅关于加快建筑企业数据库建设的通知》

《乡村集体建筑企业管理办法》第2、4、7—11条

《关于建筑企业跨地区承包施工是否要在施工所在地办理营业登记问题的答复》

《劳动部关于对建筑企业实行安全资格认证的通知》

《建筑企业营业管理条例》第1章、第2章

第十三条　【资质等级】从事建筑活动的建筑施工企业、勘察单位、设计单位和工程监理单位，按照其拥有的注册资本、专业技术人员、技术装备和已完成的建筑工程业绩等资质条件，划分为不同的资质等级，经资质审查合格，取得相应等级的资质证书后，方可在其资质等级许可的范围内从事建筑活动。

[参见]

《建筑业企业资质管理规定》

《建筑业企业资质管理规定实施意见》

《建设部关于颁发工程勘察资质分级标准和工程设计资质分级标准的通知》

《建设部建筑市场管理司关于建筑业企业资质证书领取有关问题的通知》

《关于做好外商投资建筑业企业资质管理工作有关问题的通知》

《关于对宜兴市申达建设工程有限公司在建筑业企业资质申报中弄虚作假行为的通报》

《建设部关于外商投资建筑业企业管理规定中有关资质管理规定的实施办法》

《建设部关于对河南省建设厅监理资质问题的请示的复函》

《建设部办公厅关于对江西省建设厅〈关于取得单独的建筑工程设计类型设计资质的企业承接附建式人防工程问题的请示〉的复函》

《对工程勘察、设计、施工、监理和招标代理企业资质申报中弄虚作假行为的处理办法》

《建设部办公厅关于建筑业企业资质管理工作有关问题的补充意见》

《工程监理企业资质管理规定》

《建设工程勘察设计企业资质管理规定》

《房地产开发企业资质管理规定》第2—20条

《建设工程质量管理条例》第18、25、34、76条

第十四条　【执业资格的取得】从事建筑活动的专业技术人员，应当依法取得相应的执业资格证书，并在执业资格证书许可的范围内从事建筑活动。

[参见]

《关于建设行业生产操作人员实行职业资格证书制度有关问题的通知》

《注册建筑师条例》第2—7、20、21、25—28条

《注册结构工程师执业资格制度暂行规定》

第3、4、6、9、18－21、23－26条

《监理工程师资格考试和注册试行办法》第
2－4、15、16条

《造价工程师注册管理办法》第2－4、8－11、
14－16、20－24条

《房地产估价师注册管理办法》第2－6、12、
15、20、23、24、26、27条

《建设工程质量监督工程师资格管理暂行规
定》第2－4、9条、第4章

第三章　建筑工程发包与承包

第一节　一般规定

第十五条　【承包合同】建筑工程的发包单位与
承包单位应当依法订立书面合同，明确双方的
权利和义务。

发包单位和承包单位应当全面履行合同
约定的义务。不按照合同约定履行义务的，依
法承担违约责任。

[参见]

《合同法》第16章

《最高人民法院经济审判庭关于新疆医学院
第一附属医院与乌鲁木齐市一〇四团青年服务
公司建筑工程承包合同纠纷诉讼时效问题的复
函》

《最高人民法院经济审判庭关于国营黄羊河
农场与榆中县第二建筑工程公司签订的两份建
筑工程承包合同的效力认定问题的复函》

《建设工程价款结算办法》

《建设工程勘察设计市场管理规定》第4章

第十六条　【活动原则】建筑工程发包与承包的
招标投标活动，应当遵循公开、公正、平等竞争
的原则，择优选择承包单位。

建筑工程的招标投标，本法没有规定的，
适用有关招标投标法律的规定。

[参见]

《招标投标法》第2－48条

《建设工程质量管理条例》第10条

《国务院办公厅印发国务院有关部门实施招
标投标活动行政监督的职责分工意见的通知》

《工程建设项目货物招标投标办法》第2、8、
10、16、32、40条

《全面深化建筑市场体制改革的意见》

《工程建设项目招标投标活动投诉处理
办法》

《工程建设项目勘察设计招标投标办法》第
2、3、5、7、8、10、21、31、32条

《工程建设项目施工招标投标办法》第2－7、
9、10、35、49、50条

《国家重大建设项目招标投标监督暂行办
法》第1－5、8、10条

《建筑工程设计招标投标管理办法》第2、3、
5、14条

《建设部关于进一步加强工程招标投标管理
的规定》

第十七条　【禁止行贿、索贿】发包单位及其工作
人员在建筑工程发包中不得收受贿赂、回扣或
者索取其他好处。

承包单位及其工作人员不得利用向发包
单位及其工作人员行贿、提供回扣或者给予其
他好处等不正当手段承揽工程。

[参见]

《国家工商行政管理局关于以贿赂手段承包
建筑工程项目定性处理问题的答复》

《建筑施工企业安全生产许可证管理规定》
第27条

《建设工程勘察设计市场管理规定》第15条

《反不正当竞争法》第8、22条

第十八条　【造价约定】建筑工程造价应当按照
国家有关规定，由发包单位与承包单位在合同
中约定。公开招标发包的，其造价的约定，须
遵守招标投标法律的规定。

发包单位应当按照合同的约定，及时拨付
工程款项。

[参见]

《建筑工程施工发包与承包计价管理办法》

《最高人民法院关于审理建设工程施工合同
纠纷案件适用法律问题的解释》第16－18、22条

《中国农业银行基建管理办法》第27－36条

《关于调整工程造价价差的若干规定》

《关于控制建设工程造价的若干规定》

《国务院办公厅转发建设部等部门关于进一
步解决建设领域拖欠工程款问题意见的通知》

第二节　发　包

第十九条　【发包方式】建筑工程依法实行招标

发包,对不适于招标发包的可以直接发包。

[参见]

《建设工程勘察设计管理条例》第12－16条

《人民防空工程建设管理规定》第24、25条

第二十条 【公开招标、开标方式】建筑工程实行公开招标的,发包单位应当依照法定程序和方式,发布招标公告,提供载有招标工程的主要技术要求、主要的合同条款、评标的标准和方法以及开标、评标、定标的程序等内容的招标文件。

开标应当在招标文件规定的时间、地点公开进行。开标后应当按照招标文件规定的评标标准和程序对标书进行评价、比较,在具备相应资质条件的投标者中,择优选定中标者。

[参见]

《招标公告发布暂行办法》第2－7、9－11条

《建筑工程设计招标投标管理办法》

第二十一条 【招标组织和监督】建筑工程招标的开标、评标、定标由建设单位依法组织实施,并接受有关行政主管部门的监督。

[参见]

《建设部关于进一步加强工程招标投标管理的规定》

《国务院办公厅关于进一步规范招投标活动的若干意见》

《建设部办公厅关于建筑智能化工程招标有关问题的复函》

第二十二条 【发包约束】建筑工程实行招标发包的,发包单位应当将建筑工程发包给依法中标的承包单位。建筑工程实行直接发包的,发包单位应当将建筑工程发包给具有相应资质条件的承包单位。

[参见]

《建设工程质量管理条例》第54、60条

第二十三条 【禁止限定发包】政府及其所属部门不得滥用行政权力,限定发包单位将招标发包的建筑工程发包给指定的承包单位。

[参见]

《反不正当竞争法》第7条

第二十四条 【总承包原则】提倡对建筑工程实行总承包,禁止将建筑工程肢解发包。

建筑工程的发包单位可以将建筑工程的勘察、设计、施工、设备采购一并发包给一个工程总承包单位,也可以将建筑工程勘察、设计、施工、设备采购的一项或者多项发包给一个工程总承包单位;但是,不得将应当由一个承包单位完成的建筑工程肢解成若干部分发包给几个承包单位。

[参见]

《建设工程安全生产管理条例》第24条

《房屋建筑和市政基础设施工程施工分包管理办法》

《建设工程质量管理条例》第7、55、78条

《外商投资建筑业企业管理规定》第6－8条

《关于禁止在工程建设中垄断市场和肢解发包工程的通知》

《国务院办公厅转发建设部等部门关于开展建设工程项目执法监察意见的通知》

《建设工程项目管理试行办法》第14条

第二十五条 【建筑材料采购】按照合同约定,建筑材料、建筑构配件和设备由工程承包单位采购的,发包单位不得指定承包单位购入用于工程的建筑材料、建筑构配件和设备或者指定生产厂、供应商。

[参见]

《建设工程质量管理条例》第14条

第三节 承 包

第二十六条 【资质等级许可】承包建筑工程的单位应当持有依法取得的资质证书,并在其资质等级许可的业务范围内承揽工程。

禁止建筑施工企业超越本企业资质等级许可的业务范围或以任何形式用其他建筑施工企业的名义承揽工程。禁止建筑施工企业以任何形式允许其他单位或者个人使用本企业的资质证书、营业执照,以本企业的名义承揽工程。

[参见]

《建设工程质量管理条例》第18、25、34、61条

《关于建筑业企业资质就位期间资质证书使用问题的通知》

《最高人民法院关于审理建设工程施工合同纠纷案件适用法律问题的解释》第1、5条

第二十七条　【共同承包】大型建筑工程或者结构复杂的建筑工程，可以由两个以上的承包单位联合共同承包。共同承包的各方对承包合同的履行承担连带责任。

两个以上不同资质等级的单位实行联合共同承包的，应当按照资质等级低的单位的业务许可范围承揽工程。

第二十八条　【禁止转包、分包】禁止承包单位将其承包的全部建筑工程转包给他人，禁止承包单位将其承包的全部建筑工程肢解以后以分包的名义分别转包给他人。

［参见］

《关于加强大型公共建筑质量安全管理的通知》

《建设工程质量管理条例》第 62 条

《国家工商行政管理局关于在〈建筑法〉实施前发生的非法转包建筑工程行为工商行政管理机关能否依据〈建筑市场管理规定〉进行查处问题的答复》

《最高人民法院关于审理建设工程施工合同纠纷案件适用法律问题的解释》第 4、7、8、26 条

第二十九条　【分包认可和责任制】建筑工程总承包单位可以将承包工程中的部分工程发包给具有相应资质条件的分包单位；但是，除总承包合同中约定的分包外，必须经建设单位认可。施工总承包的，建筑工程主体结构的施工必须由总承包单位自行完成。

建筑工程总承包单位按照总承包合同的约定对建设单位负责；分包单位按照分包合同的约定对总承包单位负责。总承包单位和分包单位就分包工程对建设单位承担连带责任。

禁止总承包单位将工程分包给不具备相应资质条件的单位。禁止分包单位将其承包的工程再分包。

［参见］

《建设工程安全生产管理条例》第 24 条

《住宅室内装饰装修管理办法》第 22－25 条

《建设工程质量管理条例》第 27 条

第四章　建筑工程监理

第三十条　【监理制度推行】国家推行建筑工程监理制度。

国务院可以规定实行强制监理的建筑工程的范围。

［参见］

《建设部关于对河南省建设厅监理资质问题的请示的复函》

第三十一条　【监理委托】实行监理的建筑工程，由建设单位委托具有相应资质条件的工程监理单位监理。建设单位与其委托的工程监理单位应当订立书面委托监理合同。

［参见］

《合同法》第 396－413 条

《建设部关于发布国家标准〈建设工程监理规范〉的通知》1. 0. 3、3. 1. 1－3. 1. 4

第三十二条　【监理监督】建筑工程监理应当依照法律、行政法规及有关的技术标准、设计文件和建筑工程承包合同，对承包单位在施工质量、建设工期和建设资金使用等方面，代表建设单位实施监督。

工程监理人员认为工程施工不符合工程设计要求、施工技术标准和合同约定的，有权要求建筑施工企业改正。

工程监理人员发现工程设计不符合建筑工程质量标准或者合同约定的质量要求的，应当报告建设单位要求设计单位改正。

［参见］

《建设工程质量管理条例》第 36、37 条

《建设工程安全生产管理条例》第 39－46 条

《工程建设监理规定》第 9、13－16 条

《建设部关于工程设计与工程监理有关问题的通知》

《工程建设项目施工招标投标办法》第 67 条

《房屋建筑工程施工旁站监理管理办法（试行）》第 2、5、6、8－10 条

第三十三条　【监理事项通知】实施建筑工程监理前，建设单位应当将委托的工程监理单位、监理的内容及监理权限，书面通知被监理的建筑施工企业。

第三十四条　【监理范围与职责】工程监理单位应当在其资质等级许可的监理范围内，承担工程监理业务。

工程监理单位应当根据建设单位的委托，客观、公正地执行监理任务。

工程监理单位与被监理工程的承包单位

以及建筑材料、建筑构配件和设备供应单位不得有隶属关系或者其他利害关系。

工程监理单位不得转让工程监理业务。

[参见]

《工程建设监理规定》第17－21条

《建设工程质量管理条例》第34、35条

《工程监理企业资质管理规定》第2－5、8、17、20、21条

《建设工程安全生产管理条例》第14条

第三十五条　【违约责任】工程监理单位不按照委托监理合同的约定履行监理义务,对应当监督检查的项目不检查或者不按照规定检查,给建设单位造成损失的,应当承担相应的赔偿责任。

工程监理单位与承包单位串通,为承包单位谋取非法利益,给建设单位造成损失的,应当与承包单位承担连带赔偿责任。

[参见]

《建设工程安全生产管理条例》第57条

《建设工程质量管理条例》第67条

《实施工程建设强制性标准监督规定》第19条

第五章　建筑安全生产管理

第三十六条　【管理方针、目标】建筑工程安全生产管理必须坚持安全第一、预防为主的方针,建立健全安全生产的责任制度和群防群治制度。

[参见]

《建设工程安全生产管理条例》第2－7条

《安全生产法》第2－5、19、24、26、27、53条

《建筑安全生产监督管理规定》

《建设部关于加强建设系统安全生产工作的紧急通知》

《建设领域安全生产行政责任规定》第2、4－23条

《住宅室内装饰装修管理办法》第5－12条

第三十七条　【工程设计要求】建筑工程设计应当符合按照国家规定制定的建筑安全规程和技术规范,保证工程的安全性能。

[参见]

《建设部关于工程设计与工程监理有关问题的通知》

《关于加强大型公共建筑质量安全管理的通知》

《外商投资建设工程设计企业管理规定》第2－6条

《外商投资建设工程设计企业管理规定》

第三十八条　【安全措施编制】建筑施工企业在编制施工组织设计时,应当根据建筑工程的特点制定相应的安全技术措施;对专业性较强的工程项目,应当编制专项安全施工组织设计,并采取安全技术措施。

[参见]

《建筑工程施工图设计文件审理暂行办法》第2、3、6、7条

第三十九条　【现场安全防范】建筑施工企业应当在施工现场采取维护安全、防范危险、预防火灾等措施;有条件的,应当对施工现场实行封闭管理。

施工现场对毗邻的建筑物、构筑物和特殊作业环境可能造成损害的,建筑施工企业应当采取安全防护措施。

[参见]

《建设工程施工现场管理规定》第2、15－17、25、27、31、32条

第四十条　【地下管线保护】建设单位应当向建筑施工企业提供与施工现场相关的地下管线资料,建筑施工企业应当采取措施加以保护。

[参见]

《建设工程质量管理条例》第30条

《建筑工程预防坍塌事故若干规定》第6条

第四十一条　【污染控制】建筑施工企业应当遵守有关环境保护和安全生产的法律、法规的规定,采取控制和处理施工现场的各种粉尘、废气、废水、固体废物以及噪声、振动对环境的污染和危害的措施。

[参见]

《建设项目环境保护管理条例》

《建设项目竣工环境保护验收管理办法》第2－4、12、16条

《住宅室内装饰装修管理办法》第26－29条

第四十二条　【须审批事项】有下列情形之一的,建设单位应当按照国家有关规定办理申请批

准手续：

（一）需要临时占用规划批准范围以外场地的；

（二）可能损坏道路、管线、电力、邮电通讯等公共设施的；

（三）需要临时停水、停电、中断道路交通的；

（四）需要进行爆破作业的；

（五）法律、法规规定需要办理报批手续的其他情形。

[参见]

《土地管理法》第56、57条

《邮政法实施细则》第18条

《城市供水条例》第30－32条

《城市道路管理条例》第33、35条

第四十三条　【安全生产管理部门】建设行政主管部门负责建筑安全生产的管理，并依法接受劳动行政主管部门对建筑安全生产的指导和监督。

[参见]

《建筑安全生产监督管理规定》第2－5、8、9条

《关于请重点监控当前建筑施工安全生产薄弱环节的通知》

第四十四条　【施工企业安全责任】建筑施工企业必须依法加强对建筑安全生产的管理，执行安全生产责任制度，采取有效措施，防止伤亡和其他安全生产事故的发生。

建筑施工企业的法定代表人对本企业的安全生产负责。

[参见]

《建设工程安全生产管理条例》第20、21条

《建设部关于加强建筑系统安全生产工作的紧急通知》

《国务院办公厅关于加强中央企业安全生产工作的通知》

第四十五条　【现场安全责任单位】施工现场安全由建筑施工企业负责。实行施工总承包的，由总承包单位负责。分包单位向总承包单位负责，服从总承包单位对施工现场的安全生产管理。

[参见]

《房屋建筑和市政基础设施工程施工分包管

理办法》第17条

《建设部2005年安全生产工作要点》

《建设工程施工现场管理规定》第9条

第四十六条　【安全生产教育培训】建筑施工企业应当建立健全劳动安全生产教育培训制度，加强对职工安全生产的教育培训；未经安全生产教育培训的人员，不得上岗作业。

[参见]

《建设工程安全生产管理条例》第21条

《安全生产培训管理办法》第2、5、18、19、30条

第四十七条　【施工安全保障】建筑施工企业和作业人员在施工过程中，应当遵守有关安全生产的法律、法规和建筑行业安全规章、规程，不得违章指挥或者违章作业。作业人员有权对影响人身健康的作业程序和作业条件提出改进意见，有权获得安全生产所需的防护用品。作业人员对危及生命安全和人身健康的行为有权提出批评、检举和控告。

[参见]

《劳动法》第54、56条

第四十八条　【企业承保】建筑施工企业必须为从事危险作业的职工办理意外伤害保险，支付保险费。

[参见]

《建设部关于加强建筑意外伤害保险工作的指导意见》

《建设工程安全生产管理条例》第38条

第四十九条　【变动设计方案】涉及建筑主体和承重结构变动的装修工程，建设单位应当在施工前委托原设计单位或者具有相应资质条件的设计单位提出设计方案；没有设计方案的，不得施工。

[参见]

《建设工程质量管理条例》第15条

《建设部关于进一步整顿和规范建筑市场秩序的意见》

第五十条　【房屋拆除安全】房屋拆除应当由具备保证安全条件的建筑施工单位承担，由建筑施工单位负责人对安全负责。

[参见]

《建设工程安全生产管理条例》第11、20－38条

第五十一条 【事故应急处理】施工中发生事故时,建筑施工企业应当采取紧急措施减少人员伤亡和事故损失,并按照国家有关规定及时向有关部门报告。

[参见]

《建设工程质量管理条例》第52条

《工程建设重大事故报告和调查程序规定》第1、2、6、8、9条

《关于严肃工程建设重大质量事故报告和调查处理制度的通知》

《建设部关于〈工程建设重大事故报告和调查程序规定〉有关问题的说明》

《建设工程安全生产管理条例》第49、50条

第六章　建筑工程质量管理

第五十二条 【工程质量管理】建筑工程勘察、设计、施工的质量必须符合国家有关建筑工程安全标准的要求,具体管理办法由国务院规定。

有关建筑工程安全的国家标准不能适应确保建筑安全的要求时,应当及时修订。

[参见]

《工程建设国家标准管理办法》第2、3、16、30-32条

《建设部关于进一步加强建筑幕墙工程质量管理工作的通知》

《工程建设行业标准管理办法》第2-7条

《水利水电施工企业承包堤防工程资质等级暂行规定》

《实施工程建设强制性标准监督规定》第2-6条

第五十三条 【质量体系认证】国家对从事建筑活动的单位推行质量体系认证制度。从事建筑活动的单位根据自愿原则可以向国务院产品质量监督管理部门或者国务院产品质量监督管理部门授权的部门认可的认证机构申请质量体系认证。经认证合格的,由认证机构颁发质量体系认证证书。

[参见]

《认证认可条例》第2-6、9、12、17-21、37、38、40、51-53、78条

第五十四条 【工程质量保证】建设单位不得以任何理由,要求建筑设计单位或者建筑施工企业在工程设计或者施工作业中,违反法律、行政法规和建筑工程质量、安全标准,降低工程质量。

建筑设计单位和建筑施工企业对建设单位违反前款规定提出的降低工程质量的要求,应当予以拒绝。

[参见]

《建设工程质量管理条例》第10条

《建设工程项目管理试行办法》第14、15条

《建设工程质量责任主体和有关机构不良记录管理办法》(试行)第4条

第五十五条 【工程质量责任制】建筑工程实行总承包的,工程质量由工程总承包单位负责。总承包单位将建筑工程分包给其他单位的,应当对分包工程的质量与分包单位承担连带责任。分包单位应当接受总承包单位的质量管理。

[参见]

《建设工程安全生产管理条例》第24条

《建设工程质量管理条例》第26、27条

第五十六条 【工程勘察、设计职责】建筑工程的勘察、设计单位必须对其勘察、设计的质量负责。勘察、设计文件应当符合有关法律、行政法规的规定和建筑工程质量、安全标准、建筑工程勘察、设计技术规范以及合同的约定。设计文件选用的建筑材料、建筑构配件和设备,应当注明其规格、型号、性能等技术指标,其质量要求必须符合国家规定的标准。

[参见]

《建设工程勘察设计管理条例》第8-11、28-30条

《建设工程质量管理条例》第18、19条

《建筑工程施工图设计文件审查有关问题的指导意见》

第五十七条 【建筑材料供给】建筑设计单位对设计文件选用的建筑材料、建筑构配件和设备,不得指定生产厂、供应商。

[参见]

《建设工程质量管理条例》第22条

《建设部关于提高住宅工程质量的规定》3

第五十八条 【施工质量责任制】建筑施工企业对工程的施工质量负责。

建筑施工企业必须按照工程设计图纸和

施工技术标准施工,不得偷工减料。工程设计的修改由原设计单位负责,建筑施工企业不得擅自修改工程设计。

[参见]

《建设工程质量管理条例》第26、28、29条

第五十九条　【建筑材料设备检验】建筑施工企业必须按照工程设计要求、施工技术标准和合同的约定,对建筑材料、建筑构配件和设备进行检验,不合格的不得使用。

[参见]

《建设工程质量管理条例》第14、29、30、56 – 58、64、65、67条

第六十条　【地基和主体结构质量保证】建筑物在合理使用寿命内,必须确保地基基础工程和主体结构的质量。

建筑工程竣工时,屋顶、墙面不得留有渗漏、开裂等质量缺陷;对已发现的质量缺陷,建筑施工企业应当修复。

[参见]

《最高人民法院关于审理建设工程施工合同纠纷案件适用法律问题的解释》第12条

《房屋建筑工程质量保修办法》第3、9 – 17条

第六十一条　【工程验收】交付竣工验收的建筑工程,必须符合规定的建筑工程质量标准,有完整的工程技术经济资料和经签署的工程保修书,并具备国家规定的其他竣工条件。

建筑工程竣工经验收合格后,方可交付使用;未经验收或者验收不合格的,不得交付使用。

[参见]

《农业基本建设项目竣工验收管理规定》

《建设工程质量管理条例》第16、17条

《房屋建筑工程和市政基础设施工程竣工验收备案管理暂行办法》第2 – 4、6 – 15条

《国家环境保护总局关于建设项目环境保护设施竣工验收监测管理有关问题的通知》

《建设项目环境保护管理条例》第20 – 23条

《住宅室内装饰装修管理办法》第30 – 32条

第六十二条　【工程质量保修】建筑工程实行质量保修制度。

建筑工程的保修范围应当包括地基基础

工程、主体结构工程、屋面防水工程和其他土建工程,以及电气管线、上下水管线的安装工程,供热、供冷系统工程等项目;保修的期限应当按照保证建筑物合理寿命年限内正常使用,维护使用者合法权益的原则确定。具体的保修范围和最低保修期限由国务院规定。

[参见]

《建设工程质量管理条例》第39 – 42条

《商品房销售管理办法》第33条

《房屋建筑工程质量保修办法》第2 – 18条

第六十三条　【质量投诉】任何单位和个人对建筑工程的质量事故、质量缺陷都有权向建设行政主管部门或者其他有关部门进行检举、控告、投诉。

[参见]

《建设工程质量投诉处理暂行规定》

《建设领域违法违规行为举报管理办法》

第七章　法　律　责　任

第六十四条　【擅自施工处罚】违反本法规定,未取得施工许可证或者开工报告未经批准擅自施工的,责令改正,对不符合开工条件的责令停止施工,可以处以罚款。

[参见]

《建设工程质量管理条例》第57条

《国务院办公厅关于进一步整顿和规范建筑市场秩序的通知》

《关于整顿和规范房地产市场秩序的通知》

第六十五条　【非法发包、承揽处罚】发包单位将工程发包给不具有相应资质条件的承包单位的,或者违反本法规定将建筑工程肢解发包的,责令改正,处以罚款。

超越本单位资质等级承揽工程的,责令停止违法行为,处以罚款,可以责令停业整顿,降低资质等级;情节严重的,吊销资质证书;有违法所得的,予以没收。

未取得资质证书承揽工程的,予以取缔,并处罚款;有违法所得的,予以没收。

以欺骗手段取得资质证书的,吊销资质证书,处以罚款;构成犯罪的,依法追究刑事责任。

[参见]

《建设工程勘察设计管理条例》第35、38条

《建设工程质量管理条例》第 54、55、60 条

《建筑业企业资质管理规定》第 24 条

《工程监理企业资质管理规定》第 35 条

第六十六条　【非法转让承揽工程处罚】建筑施工企业转让、出借资质证书或者以其他方式允许他人以本企业的名义承揽工程的,责令改正,没收违法所得,并处罚款,可以责令停业整顿,降低资质等级;情节严重的,吊销资质证书。对因该项承揽工程不符合规定的质量标准造成的损失,建筑施工企业与使用本企业名义的单位或个人承担连带赔偿责任。

第六十七条　【转包处罚】承包单位将承包的工程转包的,或者违反本法规定进行分包的,责令改正,没收违法所得,并处罚款,可以责令停业整顿,降低资质等级;情节严重的,吊销资质证书。

　　承包单位有前款规定的违法行为的,对因转包工程或者违法分包的工程不符合规定的质量标准造成的损失,与接受转包或者分包的单位承担连带赔偿责任。

[参见]

《建设工程质量管理条例》第 62 条

《房屋建筑和市政基础设施工程施工分包管理办法》第 18 条

《建筑业企业资质管理规定》第 37 条

第六十八条　【行贿、索贿刑事责任】在工程发包与承包中索贿、受贿、行贿,构成犯罪的,依法追究刑事责任;不构成犯罪的,分别处以罚款,没收贿赂的财物,对直接负责的主管人员和其他直接责任人员给予处分。

　　对在工程承包中行贿的承包单位,除依照前款规定处罚外,可以责令停业整顿,降低资质等级或者吊销资质证书。

[参见]

《刑法》第 163、164、385 - 393 条

第六十九条　【非法监理处罚】工程监理单位与建设单位或者建筑施工企业串通,弄虚作假、降低工程质量的,责令改正,处以罚款,降低资质等级或者吊销资质证书;有违法所得的,予以没收;造成损失的,承担连带赔偿责任;构成犯罪的,依法追究刑事责任。

　　工程监理单位转让监理业务的,责令改

正,没收违法所得,可以责令停业整顿,降低资质等级;情节严重的,吊销资质证书。

[参见]

《刑法》第 137 条

《建设工程质量管理条例》第 62、67、68 条

第七十条　【擅自变动施工处罚】违反本法规定,涉及建筑主体或者承重结构变动的装修工程擅自施工的,责令改正,处以罚款;造成损失的,承担赔偿责任;构成犯罪的,依法追究刑事责任。

[参见]

《刑法》第 137 条

《建设工程质量管理条例》第 69 条

第七十一条　【安全事故处罚】建筑施工企业违反本法规定,对建筑安全事故隐患不采取措施予以消除的,责令改正,可以处以罚款;情节严重的,责令停业整顿,降低资质等级或者吊销资质证书;构成犯罪的,依法追究刑事责任。

　　建筑施工企业的管理人员违章指挥、强令职工冒险作业,因而发生重大伤亡事故或者造成其他严重后果的,依法追究刑事责任。

[参见]

《刑法》第 135 条

第七十二条　【质量降低处罚】建设单位违反本法规定,要求建筑设计单位或者建筑施工企业违反建筑工程质量、安全标准,降低工程质量的,责令改正,可以处以罚款;构成犯罪的,依法追究刑事责任。

[参见]

《刑法》第 137 条

《建设工程质量管理条例》第 56、74 条

《实施工程建设强制性标准监督规定》第 16 条

第七十三条　【非法设计处罚】建筑设计单位不按照建筑工程质量、安全标准进行设计的,责令改正,处以罚款;造成工程质量事故的,责令停业整顿,降低资质等级或者吊销资质证书,没收违法所得,并处罚款;造成损失的,承担赔偿责任;构成犯罪的,依法追究刑事责任。

[参见]

《建设工程勘察设计管理条例》第 40 条

《住宅室内装饰装修管理办法》第 33 - 43 条

《建设工程质量管理条例》第 63 条

第七十四条 【**非法施工处罚**】建筑施工企业在施工中偷工减料的，使用不合格的建筑材料、建筑构配件和设备的，或者有其他不按照工程设计图纸或者施工技术标准施工的行为，责令改正，处以罚款；情节严重的，责令停业整顿，降低资质等级或者吊销资质证书；造成建筑工程质量不符合规定的质量标准的，负责返工、修理，并赔偿因此造成的损失；构成犯罪的，依法追究刑事责任。

[参见]

《建设工程质量管理条例》第 64 条

第七十五条 【**不保修处罚及赔偿**】建筑施工企业违反本法规定，不履行保修义务或者拖延履行保修义务的，责令改正，可以处以罚款，并对在保修期内因屋顶、墙面渗漏、开裂等质量缺陷造成的损失，承担赔偿责任。

[参见]

《房屋建筑工程质量保修办法》第 19 条
《建设工程质量管理条例》第 66 条

第七十六条 【**行政处罚机关**】本法规定的责令停业整顿、降低资质等级和吊销资质证书的行政处罚，由颁发资质证书的机关决定；其他行政处罚，由建设行政主管部门或者有关部门依照法律和国务院规定的职权范围决定。

依照本法规定被吊销资质证书的，由工商行政管理部门吊销其营业执照。

[参见]

《建设工程质量管理条例》第 75 条

第七十七条 【**非法颁证处罚**】违反本法规定，对不具备相应资质等级条件的单位颁发该等级资质证书的，由其上级机关责令收回所发的资质证书，对直接负责的主管人员和其他直接责任人员给予行政处分；构成犯罪的，依法追究刑事责任。

[参见]

《建设工程质量管理条例》第 76 条
《刑法》第 397 条

第七十八条 【**限包处罚**】政府及其所属部门的工作人员违反本法规定，限定发包单位将招标发包的工程发包给指定的承包单位的，由上级机关责令改正；构成犯罪的，依法追究刑事

责任。

[参见]

《刑法》第 397 条

第七十九条 【**非法颁证、验收处罚**】负责颁发建筑工程施工许可证的部门及其工作人员对不符合施工条件的建筑工程颁发施工许可证的，负责工程质量监督检查或者竣工验收的部门及其工作人员对不合格的建筑工程出具质量合格文件或者按合格工程验收的，由上级机关责令改正，对责任人员给予行政处分；构成犯罪的，依法追究刑事责任；造成损失的，由该部门承担相应的赔偿责任。

[参见]

《刑法》第 397 条
《建设工程质量管理条例》第 76 条
《建筑工程施工许可管理办法》第 14 条

第八十条 【**损害赔偿**】在建筑物的合理使用寿命内，因建筑工程质量不合格受到损害的，有权向责任者要求赔偿。

[参见]

《最高人民法院关于审理建设工程施工合同纠纷案件适用法律问题的解释》第 13 条

第八章　附　　则

第八十一条 【**适用范围补充**】本法关于施工许可、建筑施工企业资质审查和建筑工程发包、承包、禁止转包，以及建筑工程监理、建筑工程安全和质量管理的规定，适用于其他专业建筑工程的建筑活动，具体办法由国务院规定。

[参见]

《铁路法》第 33 - 41 条
《公路法》第 20 - 34 条
《民用航空法》第 53 - 69 条

第八十二条 【**监管收费**】建设行政主管部门和其他有关部门在对建筑活动实施监督管理中，除按照国务院有关规定收取费用外，不得收取其他费用。

[参见]

《关于发布建设工程质量监督费的通知》

第八十三条 【**适用范围特别规定**】省。自治区、直辖市人民政府确定的小型房屋建筑工程的建筑活动，参照本法执行。

依法核定作为文物保护的纪念建筑物和

古建筑等的修缮,依照文物保护的有关法律规定执行。

抢险救灾及其他临时性房屋建筑和农民自建低层住宅的建筑活动,不适用本法。

[参见]

《文物保护法》第13—26条

第八十四条 【军用工程特别规定】军用房屋建筑工程建筑活动的具体管理办法,由国务院、中央军事委员会依据本法制定。

[参见]

《房屋建筑工程和市政基础设施工程竣工验收备案管理暂行办法》第15条

第八十五条 【生效日期】本法自1998年3月1日起施行。

中华人民共和国安全生产法

1. *2002年6月29日第九届全国人民代表大会常务委员会第二十八次会议通过*
2. *2002年6月29日中华人民共和国主席令第70号公布*
3. *自2002年11月1日起施行*

目　录

第一章　总　　则

第一条 【立法目的】为了加强安全生产监督管理,防止和减少生产安全事故,保障人民群众生命和财产安全,促进经济发展,制定本法。

第二条 【适用范围】在中华人民共和国领域内从事生产经营活动的单位(以下统称生产经营单位)的安全生产,适用本法;有关法律、行政法规对消防安全和道路交通安全、铁路交通安全、水上交通安全、民用航空安全另有规定的,适用其规定。

第三条 【管理方针】安全生产管理,坚持安全第一、预防为主的方针。

第四条 【安全生产要求】生产经营单位必须遵守本法和其他有关安全生产的法律、法规,加强安全生产管理,建立、健全安全生产责任制度,完善安全生产条件,确保安全生产。

第五条 【安全生产责任制】生产经营单位的主要负责人对本单位的安全生产工作全面负责。

第六条 【从业人员安全生产的权利、义务】生产经营单位的从业人员有依法获得安全生产保障的权利,并应当依法履行安全生产方面的义务。

第七条 【工会职责】工会依法组织职工参加本单位安全生产工作的民主管理和民主监督,维护职工在安全生产方面的合法权益。

第八条 【安全生产监管】国务院和地方各级人民政府应当加强对安全生产工作的领导,支持、督促各有关部门依法履行安全生产监督管理职责。

县级以上人民政府对安全生产监督管理中存在的重大问题应当及时予以协调、解决。

第九条 【监管部门及职责】国务院负责安全生产监督管理的部门依照本法,对全国安全生产工作实施综合监督管理;县级以上地方各级人民政府负责安全生产监督管理的部门依照本法,对本行政区域内安全生产工作实施综合监督管理。

国务院有关部门依照本法和其他有关法律、行政法规的规定,在各自的职责范围内对有关的安全生产工作实施监督管理;县级以上地方各级人民政府有关部门依照本法和其他有关法律、法规的规定,在各自的职责范围内对有关的安全生产工作实施监督管理。

第十条 【安全生产标准】国务院有关部门应当按照保障安全生产的要求,依法及时制定有关的国家标准或者行业标准,并根据科技进步和经济发展适时修订。

生产经营单位必须执行依法制定的保障安全生产的国家标准或者行业标准。

第十一条 【安全生产宣传】各级人民政府及其有关部门应当采取多种形式,加强对有关安全生产的法律、法规和安全生产知识的宣传,提高职工的安全生产意识。

第十二条　【安全生产的技术服务中介机构】依法设立的为安全生产提供技术服务的中介机构,依照法律、行政法规和执业准则,接受生产经营单位的委托为其安全生产工作提供技术服务。

第十三条　【事故责任追究制度】国家实行生产安全事故责任追究制度,依照本法和有关法律、法规的规定,追究生产安全事故责任人员的法律责任。

第十四条　【支持发展】国家鼓励和支持安全生产科学技术研究和安全生产先进技术的推广应用,提高安全生产水平。

第十五条　【奖励】国家对在改善安全生产条件、防止生产安全事故、参加抢险救护等方面取得显著成绩的单位和个人,给予奖励。

第二章　生产经营单位的安全生产保障

第十六条　【安全生产条件】生产经营单位应当具备本法和有关法律、行政法规和国家标准或者行业标准规定的安全生产条件;不具备安全生产条件的,不得从事生产经营活动。

第十七条　【单位负责人的职责】生产经营单位的主要负责人对本单位安全生产工作负有下列职责:

(一)建立、健全本单位安全生产责任制;

(二)组织制定本单位安全生产规章制度和操作规程;

(三)保证本单位安全生产投入的有效实施;

(四)督促、检查本单位的安全生产工作,及时消除生产安全事故隐患;

(五)组织制定并实施本单位的生产安全事故应急救援预案;

(六)及时、如实报告生产安全事故。

第十八条　【资金投入】生产经营单位应当具备的安全生产条件所必需的资金投入,由生产经营单位的决策机构、主要负责人或者个人经营的投资人予以保证,并对由于安全生产所必需的资金投入不足导致的后果承担责任。

第十九条　【安全生产管理人员】矿山、建筑施工

单位和危险物品的生产、经营、储存单位,应当设置安全生产管理机构或者配备专职安全生产管理人员。

前款规定以外的其他生产经营单位,从业人员超过三百人的,应当设置安全生产管理机构或者配备专职安全生产管理人员;从业人员在三百人以下的,应当配备专职或者兼职的安全生产管理人员,或者委托具有国家规定的相关专业技术资格的工程技术人员提供安全生产管理服务。

生产经营单位依照前款规定委托工程技术人员提供安全生产管理服务的,保证安全生产的责任仍由本单位负责。

第二十条　【知识能力的要求】生产经营单位的主要负责人和安全生产管理人员必须具备与本单位所从事的生产经营活动相应的安全生产知识和管理能力。

危险物品的生产、经营、储存单位以及矿山、建筑施工单位的主要负责人和安全生产管理人员,应当由有关主管部门对其安全生产知识和管理能力考核合格后方可任职。考核不得收费。

第二十一条　【从业人员教育和培训】生产经营单位应当对从业人员进行安全生产教育和培训,保证从业人员具备必要的安全生产知识,熟悉有关的安全生产规章制度和安全操作规程,掌握本岗位的安全操作技能。未经安全生产教育和培训合格的从业人员,不得上岗作业。

第二十二条　【技术更新的教育和培训】生产经营单位采用新工艺、新技术、新材料或者使用新设备,必须了解、掌握其安全技术特性,采取有效的安全防护措施,并对从业人员进行专门的安全生产教育和培训。

第二十三条　【特种作业人员的资格要求】生产经营单位的特种作业人员必须按照国家有关规定经专门的安全作业培训,取得特种作业操作资格证书,方可上岗作业。

特种作业人员的范围由国务院负责安全生产监督管理的部门会同国务院有关部门确定。

第二十四条　【建设项目的安全设施】生产经营

单位新建、改建、扩建工程项目(以下统称建设项目)的安全设施,必须与主体工程同时设计、同时施工、同时投入生产和使用。安全设施投资应当纳入建设项目概算。

第二十五条　【特殊建设项目的安全要求】矿山建设项目和用于生产、储存危险物品的建设项目,应当分别按照国家有关规定进行安全条件论证和安全评价。

第二十六条　【设计和审查人员的责任】建设项目安全设施的设计人、设计单位应当对安全设施设计负责。

矿山建设项目和用于生产、储存危险物品的建设项目的安全设施设计应当按照国家有关规定报经有关部门审查,审查部门及其负责审查的人员对审查结果负责。

第二十七条　【特殊建设项目的安全设计和验收】矿山建设项目和用于生产、储存危险物品的建设项目的施工单位必须按照批准的安全设施设计施工,并对安全设施的工程质量负责。

矿山建设项目和用于生产、储存危险物品的建设项目竣工投入生产或者使用前,必须依照有关法律、行政法规的规定对安全设施进行验收;验收合格后,方可投入生产和使用。验收部门及其验收人员对验收结果负责。

第二十八条　【安全警示标志】生产经营单位应当在有较大危险因素的生产经营场所和有关设施、设备上,设置明显的安全警示标志。

第二十九条　【安全设备标准及护养、检测】安全设备的设计、制造、安装、使用、检测、维修、改造和报废,应当符合国家标准或者行业标准。

生产经营单位必须对安全设备进行经常性维护、保养,并定期检测,保证正常运转。维护、保养、检测应当作好记录,并由有关人员签字。

第三十条　【特种设备的生产使用】生产经营单位使用的涉及生命安全、危险性较大的特种设备,以及危险物品的容器、运输工具,必须按照国家有关规定,由专业生产单位生产,并经取得专业资质的检测、检验机构检测、检验合格,取得安全使用证或者安全标志,方可投入使用。检测、检验机构对检测、检验结果负责。

涉及生命安全、危险性较大的特种设备的目录由国务院负责特种设备安全监督管理的部门制定,报国务院批准后执行。

第三十一条　【淘汰制度】国家对严重危及生产安全的工艺、设备实行淘汰制度。

生产经营单位不得使用国家明令淘汰、禁止使用的危及生产安全的工艺、设备。

第三十二条　【危险物品的监管】生产、经营、运输、储存、使用危险物品或者处置废弃危险物品的,由有关主管部门依照有关法律、法规的规定和国家标准或者行业标准审批并实施监督管理。

生产经营单位生产、经营、运输、储存、使用危险物品或者处置废弃危险物品,必须执行有关法律、法规和国家标准或者行业标准,建立专门的安全管理制度,采取可靠的安全措施,接受有关主管部门依法实施的监督管理。

第三十三条　【重大危险源的管理】生产经营单位对重大危险源应当登记建档,进行定期检测、评估、监控,并制定应急预案,告知从业人员和相关人员在紧急情况下应当采取的应急措施。

生产经营单位应当按照国家有关规定将本单位重大危险源及有关安全措施、应急措施报有关地方人民政府负责安全生产监督管理的部门和有关部门备案。

第三十四条　【生产经营场所和员工宿舍的安全要求】生产、经营、储存、使用危险物品的车间、商店、仓库不得与员工宿舍在同一座建筑物内,并应当与员工宿舍保持安全距离。

生产经营场所和员工宿舍应当设有符合紧急疏散要求、标志明显、保持畅通的出口。禁止封闭、堵塞生产经营场所或者员工宿舍的出口。

第三十五条　【危险作业的现场安全管理】生产经营单位进行爆破、吊装等危险作业,应当安排专门人员进行现场安全管理,确保操作规程的遵守和安全措施的落实。

第三十六条　【从业人员的安全管理】生产经营单位应当教育和督促从业人员严格执行本单位的安全生产规章制度和安全操作规程;并向从业人员如实告知作业场所和工作岗位存在

的危险因素、防范措施以及事故应急措施。

第三十七条　【劳动防护用品】生产经营单位必须为从业人员提供符合国家标准或者行业标准的劳动防护用品，并监督、教育从业人员按照使用规则佩戴、使用。

第三十八条　【安全生产检查】生产经营单位的安全生产管理人员应当根据本单位的生产经营特点，对安全生产状况进行经常性检查；对检查中发现的安全问题，应当立即处理；不能处理的，应当及时报告本单位有关负责人。检查及处理情况应当记录在案。

第三十九条　【经费保障】生产经营单位应当安排用于配备劳动防护用品、进行安全生产培训的经费。

第四十条　【生产经营单位间的安全生产管理协议】两个以上生产经营单位在同一作业区域内进行生产经营活动，可能危及对方生产安全的，应当签订安全生产管理协议，明确各自的安全生产管理职责和应当采取的安全措施，并指定专职安全生产管理人员进行安全检查与协调。

第四十一条　【生产经营单位内的安全生产管理协议】生产经营单位不得将生产经营项目、场所、设备发包或者出租给不具备安全生产条件或者相应资质的单位或者个人。

生产经营项目、场所有多个承包单位、承租单位的，生产经营单位应当与承包单位、承租单位签订专门的安全生产管理协议，或者在承包合同、租赁合同中约定各自的安全生产管理职责；生产经营单位对承包单位、承租单位的安全生产工作统一协调、管理。

第四十二条　【重大安全事故的处理】生产经营单位发生重大生产安全事故时，单位的主要负责人应当立即组织抢救，并不得在事故调查处理期间擅离职守。

第四十三条　【工伤社会保险】生产经营单位必须依法参加工伤社会保险，为从业人员缴纳保险费。

第三章　从业人员的权利和义务

第四十四条　【劳动合同的安全条款】生产经营单位与从业人员订立的劳动合同，应当载明有关保障从业人员劳动安全、防止职业危害的事项，以及依法为从业人员办理工伤社会保险的事项。

生产经营单位不得以任何形式与从业人员订立协议，免除或者减轻其对从业人员因生产安全事故伤亡依法应承担的责任。

第四十五条　【了解、建议权】生产经营单位的从业人员有权了解其作业场所和工作岗位存在的危险因素、防范措施及事故应急措施，有权对本单位的安全生产工作提出建议。

第四十六条　【批评、检举、控告权】从业人员有权对本单位安全生产工作中存在的问题提出批评、检举、控告；有权拒绝违章指挥和强令冒险作业。

生产经营单位不得因从业人员对本单位安全生产工作提出批评、检举、控告或者拒绝违章指挥、强令冒险作业而降低其工资、福利等待遇或者解除与其订立的劳动合同。

第四十七条　【紧急情况处置权】从业人员发现直接危及人身安全的紧急情况时，有权停止作业或者在采取可能的应急措施后撤离作业场所。

生产经营单位不得因从业人员在前款紧急情况下停止作业或者采取紧急撤离措施而降低其工资、福利等待遇或者解除与其订立的劳动合同。

第四十八条　【获得赔偿权】因生产安全事故受到损害的从业人员，除依法享有工伤社会保险外，依照有关民事法律尚有获得赔偿的权利的，有权向本单位提出赔偿要求。

第四十九条　【服从安全管理的义务】从业人员在作业过程中，应当严格遵守本单位的安全生产规章制度和操作规程，服从管理，正确佩戴和使用劳动防护用品。

第五十条　【接受教育和培训的义务】从业人员应当接受安全生产教育和培训，掌握本职工作所需的安全生产知识，提高安全生产技能，增强事故预防和应急处理能力。

第五十一条　【不安全因素报告义务】从业人员发现事故隐患或者其他不安全因素，应当立即向现场安全生产管理人员或者本单位负责人报告；接到报告的人员应当及时予以处理。

第五十二条　【工会监督】工会有权对建设项目

的安全设施与主体工程同时设计、同时施工、同时投入生产和使用进行监督,提出意见。

工会对生产经营单位违反安全生产法律、法规,侵犯从业人员合法权益的行为,有权要求纠正;发现生产经营单位违章指挥、强令冒险作业或者发现事故隐患时,有权提出解决的建议,生产经营单位应当及时研究答复;发现危及从业人员生命安全的情况时,有权向生产经营单位建议组织从业人员撤离危险场所,生产经营单位必须立即作出处理。

工会有权依法参加事故调查,向有关部门提出处理意见,并要求追究有关人员的责任。

第四章　安全生产的监督管理

第五十三条　【政府职责】县级以上地方各级人民政府应当根据本行政区域内的安全生产状况,组织有关部门按照职责分工,对本行政区域内容易发生重大生产安全事故的生产经营单位进行严格检查;发现事故隐患,应当及时处理。

第五十四条　【安全生产事项的审批】依照本法第九条规定对安全生产负有监督管理职责的部门(以下统称负有安全生产监督管理职责的部门)依照有关法律、法规的规定,对涉及安全生产的事项需要审查批准(包括批准、核准、许可、注册、认证、颁发证照等,下同)或者验收的,必须严格依照有关法律、法规和国家标准或者行业标准规定的安全生产条件和程序进行审查;不符合有关法律、法规和国家标准或者行业标准规定的安全生产条件的,不得批准或者验收通过。对未依法取得批准或者验收合格的单位擅自从事有关活动的,负责行政审批的部门发现或者接到举报后应当立即予以取缔,并依法予以处理。对已经依法取得批准的单位,负责行政审批的部门发现其不再具备安全生产条件的,应当撤销原批准。

第五十五条　【政府监管的限制】负有安全生产监督管理职责的部门对涉及安全生产的事项进行审查、验收,不得收取费用;不得要求接受审查、验收的单位购买其指定品牌或者指定生产、销售单位的安全设备、器材或者其他产品。

第五十六条　【监督检查的职权范围】负有安全生产监督管理职责的部门依法对生产经营单位执行有关安全生产的法律、法规和国家标准或者行业标准的情况进行监督检查,行使以下职权:

(一)进入生产经营单位进行检查,调阅有关资料,向有关单位和人员了解情况。

(二)对检查中发现的安全生产违法行为,当场予以纠正或者要求限期改正;对依法应当给予行政处罚的行为,依照本法和其他有关法律、行政法规的规定作出行政处罚决定。

(三)对检查中发现的事故隐患,应当责令立即排除;重大事故隐患排除前或者排除过程中无法保证安全的,应当责令从危险区域内撤出作业人员,责令暂时停产停业或者停止使用;重大事故隐患排除后,经审查同意,方可恢复生产经营和使用。

(四)对有根据认为不符合保障安全生产的国家标准或者行业标准的设施、设备、器材予以查封或者扣押,并应当在十五日内依法作出处理决定。

监督检查不得影响被检查单位的正常生产经营活动。

第五十七条　【监督检查的配合】生产经营单位对负有安全生产监督管理职责的部门的监督检查人员(以下统称安全生产监督检查人员)依法履行监督检查职责,应当予以配合,不得拒绝、阻挠。

第五十八条　【监督检查的要求】安全生产监督检查人员应当忠于职守,坚持原则,秉公执法。

安全生产监督检查人员执行监督检查任务时,必须出示有效的监督执法证件;对涉及被检查单位的技术秘密和业务秘密,应当为其保密。

第五十九条　【监督检查的记录】安全生产监督检查人员应当将检查的时间、地点、内容、发现的问题及其处理情况,作出书面记录,并由检查人员和被检查单位的负责人签字;被检查单位的负责人拒绝签字的,检查人员应当将情况记录在案,并向负有安全生产监督管理职责的部门报告。

第六十条　【联合检查与分别检查】负有安全生产监督管理职责的部门在监督检查中,应当互相配合,实行联合检查;确需分别进行检查的,应当互通情况,发现存在的安全问题应当由其他有关部门进行处理的,应当及时移送其他有关部门并形成记录备查,接受移送的部门应当及时进行处理。

第六十一条　【安全生产监察】监察机关依照行政监察法的规定,对负有安全生产监督管理职责的部门及其工作人员履行安全生产监督管理职责实施监察。

第六十二条　【检查机构的条件和责任】承担安全评价、认证、检测、检验的机构应当具备国家规定的资质条件,并对其作出的安全评价、认证、检测、检验的结果负责。

第六十三条　【举报制度】负有安全生产监督管理职责的部门应当建立举报制度,公开举报电话、信箱或者电子邮件地址,受理有关安全生产的举报;受理的举报事项经调查核实后,应当形成书面材料;需要落实整改措施的,报经有关负责人签字并督促落实。

第六十四条　【举报权】任何单位或者个人对事故隐患或者安全生产违法行为,均有权向负有安全生产监督管理职责的部门报告或者举报。

第六十五条　【举报义务】居民委员会、村民委员会发现其所在区域内的生产经营单位存在事故隐患或者安全生产违法行为时,应当向当地人民政府或者有关部门报告。

第六十六条　【奖励】县级以上各级人民政府及其有关部门对报告重大事故隐患或者举报安全生产违法行为的有功人员,给予奖励。具体奖励办法由国务院负责安全生产监督管理的部门会同国务院财政部门制定。

第六十七条　【舆论监督】新闻、出版、广播、电影、电视等单位有进行安全生产宣传教育的义务,有对违反安全生产法律、法规的行为进行舆论监督的权利。

第五章　生产安全事故的应急救援
　　　　与调查处理

第六十八条　【政府职责】县级以上地方各级人民政府应当组织有关部门制定本行政区域内特大生产安全事故应急救援预案,建立应急救援体系。

第六十九条　【组织和设备要求】危险物品的生产、经营、储存单位以及矿山、建筑施工单位应当建立应急救援组织;生产经营规模较小,可以不建立应急救援组织的,应当指定兼职的应急救援人员。

危险物品的生产、经营、储存单位以及矿山、建筑施工单位应当配备必要的应急救援器材、设备,并进行经常性维护、保养,保证正常运转。

第七十条　【生产经营单位的事故报告】生产经营单位发生生产安全事故后,事故现场有关人员应当立即报告本单位负责人。

单位负责人接到事故报告后,应当迅速采取有效措施,组织抢救,防止事故扩大,减少人员伤亡和财产损失,并按照国家有关规定立即如实报告当地负有安全生产监督管理职责的部门,不得隐瞒不报、谎报或者拖延不报,不得故意破坏事故现场、毁灭有关证据。

第七十一条　【安全监管部门的事故报告】负有安全生产监督管理职责的部门接到事故报告后,应当立即按照国家有关规定上报事故情况。负有安全生产监督管理职责的部门和有关地方人民政府对事故情况不得隐瞒不报、谎报或者拖延不报。

第七十二条　【事故抢救】有关地方人民政府和负有安全生产监督管理职责的部门的负责人接到重大生产安全事故报告后,应当立即赶到事故现场,组织事故抢救。

任何单位和个人都应当支持、配合事故抢救,并提供一切便利条件。

第七十三条　【事故调查和处理】事故调查处理应当按照实事求是、尊重科学的原则,及时、准确地查清事故原因,查明事故性质和责任,总结事故教训,提出整改措施,并对事故责任者提出处理意见。事故调查和处理的具体办法由国务院制定。

第七十四条　【事故责任】生产经营单位发生生产安全事故,经调查确定为责任事故,除了应当查明事故单位的责任并依法予以追究外,还应当查明对安全生产的有关事项负有审查批准和监督职责的行政部门的责任,对有失职、渎职行为的,依照本法第七十七条的规定追究法律责任。

第七十五条　【事故调查处理不得干涉】任何单位和个人不得阻挠和干涉对事故的依法调查处理。

第七十六条　【事故信息公布】县级以上地方各级人民政府负责安全生产监督管理的部门应当定期统计分析本行政区域内发生生产安全事故的情况，并定期向社会公布。

第六章　法 律 责 任

第七十七条　【审批监管工作人员违法】负有安全生产监督管理职责的部门的工作人员，有下列行为之一的，给予降级或者撤职的行政处分；构成犯罪的，依照刑法有关规定追究刑事责任：

（一）对不符合法定安全生产条件的涉及安全生产的事项予以批准或者验收通过的；

（二）发现未依法取得批准、验收的单位擅自从事有关活动或者接到举报后不予取缔或者不依法予以处理的；

（三）对已经依法取得批准的单位不履行监督管理职责，发现其不再具备安全生产条件而不撤销原批准或者发现安全生产违法行为不予查处的。

第七十八条　【监管部门违法】负有安全生产监督管理职责的部门，要求被审查、验收的单位购买其指定的安全设备、器材或者其他产品的，在对安全生产事项的审查、验收中收取费用的，由其上级机关或者监察机关责令改正，责令退还收取的费用；情节严重的，对直接负责的主管人员和其他直接责任人员依法给予行政处分。

第七十九条　【检评机构违法】承担安全评价、认证、检测、检验工作的机构，出具虚假证明，构成犯罪的，依照刑法有关规定追究刑事责任；尚不够刑事处罚的，没收违法所得，违法所得在五千元以上的，并处违法所得二倍以上五倍以下的罚款，没有违法所得或者违法所得不足五千元的，单处或者并处五千元以上二万元以下的罚款；对其直接负责的主管人员和其他直接责任人员处五千元以上五万元以下的罚款；给他人造成损害的，与生产经营单位承担连带赔偿责任。

对有前款违法行为的机构，撤销其相应

资格。

第八十条　【资金投入违法】生产经营单位的决策机构、主要负责人、个人经营的投资人不依照本法规定保证安全生产所必需的资金投入，致使生产经营单位不具备安全生产条件的，责令限期改正，提供必需的资金；逾期未改正的，责令生产经营单位停产停业整顿。

有前款违法行为，导致发生生产安全事故，构成犯罪的，依照刑法有关规定追究刑事责任；尚不够刑事处罚的，对生产经营单位的主要负责人给予撤职处分，对个人经营的投资人处二万元以上二十万元以下的罚款。

第八十一条　【单位负责人违法】生产经营单位的主要负责人未履行本法规定的安全生产管理职责的，责令限期改正；逾期未改正的，责令生产经营单位停产停业整顿。

生产经营单位的主要负责人有前款违法行为，导致发生生产安全事故，构成犯罪的，依照刑法有关规定追究刑事责任；尚不够刑事处罚的，给予撤职处分或者处二万元以上二十万元以下的罚款。

生产经营单位的主要负责人依照前款规定受刑事处罚或者撤职处分的，自刑罚执行完毕或者受处分之日起，五年内不得担任任何生产经营单位的主要负责人。

第八十二条　【生产经营单位安全管理违法】生产经营单位有下列行为之一的，责令限期改正；逾期未改正的，责令停产停业整顿，可以并处二万元以下的罚款：

（一）未按照规定设立安全生产管理机构或者配备安全生产管理人员的；

（二）危险物品的生产、经营、储存单位以及矿山、建筑施工单位的主要负责人和安全生产管理人员未按照规定经考核合格的；

（三）未按照本法第二十一条、第二十二条的规定对从业人员进行安全生产教育和培训，或者未按照本法第三十六条的规定如实告知从业人员有关的安全生产事项的；

（四）特种作业人员未按照规定经专门的安全作业培训并取得特种作业操作资格证书，上岗作业的。

第八十三条　【生产经营单位建设项目违法】生

产经营单位有下列行为之一的，责令限期改正；逾期未改正的，责令停止建设或者停产停业整顿，可以并处五万元以下的罚款；造成严重后果，构成犯罪的，依照刑法有关规定追究刑事责任：

（一）矿山建设项目或者用于生产、储存危险物品的建设项目没有安全设施设计或者安全设施设计未按照规定报经有关部门审查同意的；

（二）矿山建设项目或者用于生产、储存危险物品的建设项目的施工单位未按照批准的安全设施设计施工的；

（三）矿山建设项目或者用于生产、储存危险物品的建设项目竣工投入生产或者使用前，安全设施未经验收合格的；

（四）未在有较大危险因素的生产经营场所和有关设施、设备上设置明显的安全警示标志的；

（五）安全设备的安装、使用、检测、改造和报废不符合国家标准或者行业标准的；

（六）未对安全设备进行经常性维护、保养和定期检测的；

（七）未为从业人员提供符合国家标准或者行业标准的劳动防护用品的；

（八）特种设备以及危险物品的容器、运输工具未经取得专业资质的机构检测、检验合格，取得安全使用证或者安全标志，投入使用的；

（九）使用国家明令淘汰、禁止使用的危及生产安全的工艺、设备的。

第八十四条　【违法经营危险物品】未经依法批准，擅自生产、经营、储存危险物品的，责令停止违法行为或者予以关闭，没收违法所得，违法所得十万元以上的，并处违法所得一倍以上五倍以下的罚款，没有违法所得或者违法所得不足十万元的，单处或者并处二万元以上十万元以下的罚款；造成严重后果，构成犯罪的，依照刑法有关规定追究刑事责任。

第八十五条　【生产经营单位危险物品违法】生产经营单位有下列行为之一的，责令限期改正；逾期未改正的，责令停产停业整顿，可以并处二万元以上十万元以下的罚款；造成严重后

果，构成犯罪的，依照刑法有关规定追究刑事责任：

（一）生产、经营、储存、使用危险物品，未建立专门安全管理制度、未采取可靠的安全措施或者不接受有关主管部门依法实施的监督管理的；

（二）对重大危险源未登记建档，或者未进行评估、监控，或者未制定应急预案的；

（三）进行爆破、吊装等危险作业，未安排专门管理人员进行现场安全管理的。

第八十六条　【生产经营单位内安全管理协议】生产经营单位将生产经营项目、场所、设备发包或者出租给不具备安全生产条件或者相应资质的单位或者个人的，责令限期改正，没收违法所得；违法所得五万元以上的，并处违法所得一倍以上五倍以下的罚款；没有违法所得或者违法所得不足五万元的，单处或者并处一万元以上五万元以下的罚款；导致发生生产安全事故给他人造成损害的，与承包方、承租方承担连带赔偿责任。

生产经营单位未与承包单位、承租单位签订专门的安全生产管理协议或者未在承包合同、租赁合同中明确各自的安全生产管理职责，或者未对承包单位、承租单位的安全生产统一协调、管理的，责令限期改正；逾期未改正的，责令停产停业整顿。

第八十七条　【生产经营单位间的安全管理协议】两个以上生产经营单位在同一作业区域内进行可能危及对方安全生产的生产经营活动，未签订安全生产管理协议或者未指定专职安全生产管理人员进行安全检查与协调的，责令限期改正；逾期未改正的，责令停产停业。

第八十八条　【生产经营场所和宿舍违法】生产经营单位有下列行为之一的，责令限期改正；逾期未改正的，责令停产停业整顿；造成严重后果，构成犯罪的，依照刑法有关规定追究刑事责任：

（一）生产、经营、储存、使用危险物品的车间、商店、仓库与员工宿舍在同一座建筑内，或者与员工宿舍的距离不符合安全要求的；

（二）生产经营场所和员工宿舍未设有符合紧急疏散需要、标志明显、保持畅通的出口，

或者封闭、堵塞生产经营场所或者员工宿舍出口的。

第八十九条　【免责协议违法】生产经营单位与从业人员订立协议，免除或者减轻其对从业人员因生产安全事故伤亡依法应承担的责任的，该协议无效；对生产经营单位的主要负责人、个人经营的投资人处二万元以上十万元以下的罚款。

第九十条　【从业人员不服管理的责任】生产经营单位的从业人员不服从管理，违反安全生产规章制度或者操作规程的，由生产经营单位给予批评教育，依照有关规章制度给予处分；造成重大事故，构成犯罪的，依照刑法有关规定追究刑事责任。

第九十一条　【单位负责人事故处理违法】生产经营单位主要负责人在本单位发生重大生产安全事故时，不立即组织抢救或者在事故调查处理期间擅离职守或者逃匿的，给予降职、撤职的处分，对逃匿的处十五日以下拘留；构成犯罪的，依照刑法有关规定追究刑事责任。

生产经营单位主要负责人对生产安全事故隐瞒不报、谎报或者拖延不报的，依照前款规定处罚。

第九十二条　【政府部门事故处理违法】有关地方人民政府、负有安全生产监督管理职责的部门，对生产安全事故隐瞒不报、谎报或者拖延不报的，对直接负责的主管人员和其他直接责任人员依法给予行政处分；构成犯罪的，依照刑法有关规定追究刑事责任。

第九十三条　【不具备安全生产条件】生产经营单位不具备本法和其他有关法律、行政法规和国家标准或者行业标准规定的安全生产条件，经停产停业整顿仍不具备安全生产条件的，予以关闭；有关部门应当依法吊销其有关证照。

第九十四条　【行政处罚的决定】本法规定的行政处罚，由负责安全生产监督管理的部门决定；予以关闭的行政处罚由负责安全生产监督管理的部门报请县级以上人民政府按照国务院规定的权限决定；给予拘留的行政处罚由公安机关依照治安管理处罚条例的规定决定。有关法律、行政法规对行政处罚的决定机关另有规定的，依照其规定。

第九十五条　【赔偿责任】生产经营单位发生生产安全事故造成人员伤亡、他人财产损失的，应当依法承担赔偿责任；拒不承担或者其负责人逃匿的，由人民法院依法强制执行。

生产安全事故的责任人未依法承担赔偿责任，经人民法院依法采取执行措施后，仍不能对受害人给予足额赔偿的，应当继续履行赔偿义务；受害人发现责任人有其他财产的，可以随时请求人民法院执行。

第七章　附　　则

第九十六条　【用语解释】本法下列用语的含义：

危险物品，是指易燃易爆物品、危险化学品、放射性物品等能够危及人身安全和财产安全的物品。

重大危险源，是指长期地或者临时地生产、搬运、使用或者储存危险物品，且危险物品的数量等于或者超过临界量的单元（包括场所和设施）。

第九十七条　【生效日期】本法自2002年11月1日起施行。

中华人民共和国消防法

1. 1998年4月29日第九届全国人民代表大会常务委员会第二次会议通过
2. 2008年10月28日第十一届全国人民代表大会常务委员会第五次会议修订

目　　录

第一章　总　　则

第一条　为了预防火灾和减少火灾危害，加强应急救援工作，保护人身、财产安全，维护公共安全，制定本法。

第二条 消防工作贯彻预防为主、防消结合的方针,按照政府统一领导、部门依法监管、单位全面负责、公民积极参与的原则,实行消防安全责任制,建立健全社会化的消防工作网络。

第三条 国务院领导全国的消防工作。地方各级人民政府负责本行政区域内的消防工作。

各级人民政府应当将消防工作纳入国民经济和社会发展计划,保障消防工作与经济社会发展相适应。

第四条 国务院公安部门对全国的消防工作实施监督管理。县级以上地方人民政府公安机关对本行政区域内的消防工作实施监督管理,并由本级人民政府公安机关消防机构负责实施。军事设施的消防工作,由其主管单位监督管理,公安机关消防机构协助;矿井地下部分、核电厂、海上石油天然气设施的消防工作,由其主管单位监督管理。

县级以上人民政府其他有关部门在各自的职责范围内,依照本法和其他相关法律、法规的规定做好消防工作。

法律、行政法规对森林、草原的消防工作另有规定的,从其规定。

第五条 任何单位和个人都有维护消防安全、保护消防设施、预防火灾、报告火警的义务。任何单位和成年人都有参加有组织的灭火工作的义务。

第六条 各级人民政府应当组织开展经常性的消防宣传教育,提高公民的消防安全意识。

机关、团体、企业、事业等单位,应当加强对本单位人员的消防宣传教育。

公安机关及其消防机构应当加强消防法律、法规的宣传,并督促、指导、协助有关单位做好消防宣传教育工作。

教育、人力资源行政主管部门和学校、有关职业培训机构应当将消防知识纳入教育、教学、培训的内容。

新闻、广播、电视等有关单位,应当有针对性地面向社会进行消防宣传教育。

工会、共产主义青年团、妇女联合会等团体应当结合各自工作对象的特点,组织开展消防宣传教育。

村民委员会、居民委员会应当协助人民政府以及公安机关等部门,加强消防宣传教育。

第七条 国家鼓励、支持消防科学研究和技术创新,推广使用先进的消防和应急救援技术、设备;鼓励、支持社会力量开展消防公益活动。

对在消防工作中有突出贡献的单位和个人,应当按照国家有关规定给予表彰和奖励。

第二章　火灾预防

第八条 地方各级人民政府应当将包括消防安全布局、消防站、消防供水、消防通信、消防车通道、消防装备等内容的消防规划纳入城乡规划,并负责组织实施。

城乡消防安全布局不符合消防安全要求的,应当调整、完善;公共消防设施、消防装备不足或者不适应实际需要的,应当增建、改建、配置或者进行技术改造。

第九条 建设工程的消防设计、施工必须符合国家工程建设消防技术标准。建设、设计、施工、工程监理等单位依法对建设工程的消防设计、施工质量负责。

第十条 按照国家工程建设消防技术标准需要进行消防设计的建设工程,除本法第十一条另有规定的外,建设单位应当自依法取得施工许可之日起七个工作日内,将消防设计文件报公安机关消防机构备案,公安机关消防机构应当进行抽查。

第十一条 国务院公安部门规定的大型的人员密集场所和其他特殊建设工程,建设单位应当将消防设计文件报送公安机关消防机构审核。公安机关消防机构依法对审核的结果负责。

第十二条 依法应当经公安机关消防机构进行消防设计审核的建设工程,未经依法审核或者审核不合格的,负责审批该工程施工许可的部门不得给予施工许可,建设单位、施工单位不得施工;其他建设工程取得施工许可后经依法抽查不合格的,应当停止施工。

第十三条 按照国家工程建设消防技术标准需要进行消防设计的建设工程竣工,依照下列规定进行消防验收、备案:

(一)本法第十一条规定的建设工程,建设单位应当向公安机关消防机构申请消防验收;

(二)其他建设工程,建设单位在验收后应当报公安机关消防机构备案,公安机关消防机构应当进行抽查。

依法应当进行消防验收的建设工程,未经消防验收或者消防验收不合格的,禁止投入使用;其他建设工程经依法抽查不合格的,应当停止使用。

第十四条　建设工程消防设计审核、消防验收、备案和抽查的具体办法,由国务院公安部门规定。

第十五条　公众聚集场所在投入使用、营业前,建设单位或者使用单位应当向场所所在地的县级以上地方人民政府公安机关消防机构申请消防安全检查。

公安机关消防机构应当自受理申请之日起十个工作日内,根据消防技术标准和管理规定,对该场所进行消防安全检查。未经消防安全检查或者经检查不符合消防安全要求的,不得投入使用、营业。

第十六条　机关、团体、企业、事业等单位应当履行下列消防安全职责:

(一)落实消防安全责任制,制定本单位的消防安全制度、消防安全操作规程,制定灭火和应急疏散预案;

(二)按照国家标准、行业标准配置消防设施、器材,设置消防安全标志,并定期组织检验、维修,确保完好有效;

(三)对建筑消防设施每年至少进行一次全面检测,确保完好有效,检测记录应当完整准确,存档备查;

(四)保障疏散通道、安全出口、消防车通道畅通,保证防火防烟分区、防火间距符合消防技术标准;

(五)组织防火检查,及时消除火灾隐患;

(六)组织进行有针对性的消防演练;

(七)法律、法规规定的其他消防安全职责。

单位的主要负责人是本单位的消防安全责任人。

第十七条　县级以上地方人民政府公安机关消防机构应当将发生火灾可能性较大以及发生火灾可能造成重大的人身伤亡或者财产损失的单位,确定为本行政区域内的消防安全重点单位,并由公安机关报本级人民政府备案。

消防安全重点单位除应当履行本法第十六条规定的职责外,还应当履行下列消防安全职责:

(一)确定消防安全管理人,组织实施本单位的消防安全管理工作;

(二)建立消防档案,确定消防安全重点部位,设置防火标志,实行严格管理;

(三)实行每日防火巡查,并建立巡查记录;

(四)对职工进行岗前消防安全培训,定期组织消防安全培训和消防演练。

第十八条　同一建筑物由两个以上单位管理或者使用的,应当明确各方的消防安全责任,并确定责任人对共用的疏散通道、安全出口、建筑消防设施和消防车通道进行统一管理。

住宅区的物业服务企业应当对管理区域内的共用消防设施进行维护管理,提供消防安全防范服务。

第十九条　生产、储存、经营易燃易爆危险品的场所不得与居住场所设置在同一建筑物内,并应当与居住场所保持安全距离。

生产、储存、经营其他物品的场所与居住场所设置在同一建筑物内的,应当符合国家工程建设消防技术标准。

第二十条　举办大型群众性活动,承办人应当依法向公安机关申请安全许可,制定灭火和应急疏散预案并组织演练,明确消防安全责任分工,确定消防安全管理人员,保持消防设施和消防器材配置齐全、完好有效,保证疏散通道、安全出口、疏散指示标志、应急照明和消防车通道符合消防技术标准和管理规定。

第二十一条　禁止在具有火灾、爆炸危险的场所吸烟、使用明火。因施工等特殊情况需要使用明火作业的,应当按照规定事先办理审批手续,采取相应的消防安全措施;作业人员应当遵守消防安全规定。

进行电焊、气焊等具有火灾危险作业的人员和自动消防系统的操作人员,必须持证上岗,并遵守消防安全操作规程。

第二十二条　生产、储存、装卸易燃易爆危险品的工厂、仓库和专用车站、码头的设置,应当符合消防技术标准。易燃易爆气体和液体的充装站、供应站、调压站,应当设置在符合消防安全要求的位置,并符合防火防爆要求。

已经设置的生产、储存、装卸易燃易爆危险品的工厂、仓库和专用车站、码头,易燃易爆气体和液体的充装站、供应站、调压站,不再符合前款规定的,地方人民政府应当组织、协调有关部门、单位限期解决,消除安全隐患。

第二十三条　生产、储存、运输、销售、使用、销毁易燃易爆危险品,必须执行消防技术标准和管理规定。

进入生产、储存易燃易爆危险品的场所,必须执行消防安全规定。禁止非法携带易燃易爆危险品进入公共场所或者乘坐公共交通工具。

储存可燃物资仓库的管理,必须执行消防技术标准和管理规定。

第二十四条　消防产品必须符合国家标准;没有国家标准的,必须符合行业标准。禁止生产、销售或者使用不合格的消防产品以及国家明令淘汰的消防产品。

依法实行强制性产品认证的消防产品,由具有法定资质的认证机构按照国家标准、行业标准的强制性要求认证合格后,方可生产、销售、使用。实行强制性产品认证的消防产品目录,由国务院产品质量监督部门会同国务院公安部门制定并公布。

新研制的尚未制定国家标准、行业标准的消防产品,应当按照国务院产品质量监督部门会同国务院公安部门规定的办法,经技术鉴定符合消防安全要求的,方可生产、销售、使用。

依照本条规定经强制性产品认证合格或者技术鉴定合格的消防产品,国务院公安部门消防机构应当予以公布。

第二十五条　产品质量监督部门、工商行政管理部门、公安机关消防机构应当按照各自职责加强对消防产品质量的监督检查。

第二十六条　建筑构件、建筑材料和室内装修、装饰材料的防火性能必须符合国家标准;没有国家标准的,必须符合行业标准。

人员密集场所室内装修、装饰,应当按照消防技术标准的要求,使用不燃、难燃材料。

第二十七条　电器产品、燃气用具的产品标准,应当符合消防安全的要求。

电器产品、燃气用具的安装、使用及其线路、管路的设计、敷设、维护保养、检测,必须符合消防技术标准和管理规定。

第二十八条　任何单位、个人不得损坏、挪用或者擅自拆除、停用消防设施、器材,不得埋压、圈占、遮挡消火栓或者占用防火间距,不得占用、堵塞、封闭疏散通道、安全出口、消防车通道。人员密集场所的门窗不得设置影响逃生和灭火救援的障碍物。

第二十九条　负责公共消防设施维护管理的单位,应当保持消防供水、消防通信、消防车通道等公共消防设施的完好有效。在修建道路以及停电、停水、截断通信线路时有可能影响消防队灭火救援的,有关单位必须事先通知当地公安机关消防机构。

第三十条　地方各级人民政府应当加强对农村消防工作的领导,采取措施加强公共消防设施建设,组织建立和督促落实消防安全责任制。

第三十一条　在农业收获季节、森林和草原防火期间、重大节假日期间以及火灾多发季节,地方各级人民政府应当组织开展有针对性的消防宣传教育,采取防火措施,进行消防安全检查。

第三十二条　乡镇人民政府、城市街道办事处应当指导、支持和帮助村民委员会、居民委员会开展群众性的消防工作。村民委员会、居民委员会应当确定消防安全管理人,组织制定防火安全公约,进行防火安全检查。

第三十三条　国家鼓励、引导公众聚集场所和生产、储存、运输、销售易燃易爆危险品的企业投保火灾公众责任保险;鼓励保险公司承保火灾公众责任保险。

第三十四条　消防产品质量认证、消防设施检测、消防安全监测等消防技术服务机构和执业人员,应当依法获得相应的资质、资格;依照法律、行政法规、国家标准、行业标准和执业准则,接受委托提供消防技术服务,并对服务质量负责。

第三章　消防组织

第三十五条　各级人民政府应当加强消防组织建设,根据经济社会发展的需要,建立多种形式的消防组织,加强消防技术人才培养,增强火灾预防、扑救和应急救援的能力。

第三十六条 县级以上地方人民政府应当按照国家规定建立公安消防队、专职消防队,并按照国家标准配备消防装备,承担火灾扑救工作。

乡镇人民政府应当根据当地经济发展和消防工作的需要,建立专职消防队、志愿消防队,承担火灾扑救工作。

第三十七条 公安消防队、专职消防队按照国家规定承担重大灾害事故和其他以抢救人员生命为主的应急救援工作。

第三十八条 公安消防队、专职消防队应当充分发挥火灾扑救和应急救援专业力量的骨干作用;按照国家规定,组织实施专业技能训练,配备并维护保养装备器材,提高火灾扑救和应急救援的能力。

第三十九条 下列单位应当建立单位专职消防队,承担本单位的火灾扑救工作:

(一)大型核设施单位、大型发电厂、民用机场、主要港口;

(二)生产、储存易燃易爆危险品的大型企业;

(三)储备可燃的重要物资的大型仓库、基地;

(四)第一项、第二项、第三项规定以外的火灾危险性较大、距离公安消防队较远的其他大型企业;

(五)距离公安消防队较远、被列为全国重点文物保护单位的古建筑群的管理单位。

第四十条 专职消防队的建立,应当符合国家有关规定,并报当地公安机关消防机构验收。

专职消防队的队员依法享受社会保险和福利待遇。

第四十一条 机关、团体、企业、事业等单位以及村民委员会、居民委员会根据需要,建立志愿消防队等多种形式的消防组织,开展群众性自防自救工作。

第四十二条 公安机关消防机构应当对专职消防队、志愿消防队等消防组织进行业务指导;根据扑救火灾的需要,可以调动指挥专职消防队参加火灾扑救工作。

第四章 灭火救援

第四十三条 县级以上地方人民政府应当组织有关部门针对本行政区域内的火灾特点制定应急预案,建立应急反应和处置机制,为火灾扑救和应急救援工作提供人员、装备等保障。

第四十四条 任何人发现火灾都应当立即报警。任何单位、个人都应当无偿为报警提供便利,不得阻拦报警。严禁谎报火警。

人员密集场所发生火灾,该场所的现场工作人员应当立即组织、引导在场人员疏散。

任何单位发生火灾,必须立即组织力量扑救。邻近单位应当给予支援。

消防队接到火警,必须立即赶赴火灾现场,救助遇险人员,排除险情,扑灭火灾。

第四十五条 公安机关消防机构统一组织和指挥火灾现场扑救,应当优先保障遇险人员的生命安全。

火灾现场总指挥根据扑救火灾的需要,有权决定下列事项:

(一)使用各种水源;

(二)截断电力、可燃气体和可燃液体的输送,限制用火用电;

(三)划定警戒区,实行局部交通管制;

(四)利用临近建筑物和有关设施;

(五)为了抢救人员和重要物资,防止火势蔓延,拆除或者破损毗邻火灾现场的建筑物、构筑物或者设施等;

(六)调动供水、供电、供气、通信、医疗救护、交通运输、环境保护等有关单位协助灭火救援。

根据扑救火灾的紧急需要,有关地方人民政府应当组织人员、调集所需物资支援灭火。

第四十六条 公安消防队、专职消防队参加火灾以外的其他重大灾害事故的应急救援工作,由县级以上人民政府统一领导。

第四十七条 消防车、消防艇前往执行火灾扑救或者应急救援任务,在确保安全的前提下,不受行驶速度、行驶路线、行驶方向和指挥信号的限制,其他车辆、船舶以及行人应当让行,不得穿插超越;收费公路、桥梁免收车辆通行费。交通管理指挥人员应当保证消防车、消防艇迅速通行。

赶赴火灾现场或者应急救援现场的消防人员和调集的消防装备、物资，需要铁路、水路或者航空运输的，有关单位应当优先运输。

第四十八条　消防车、消防艇以及消防器材、装备和设施，不得用于与消防和应急救援工作无关的事项。

第四十九条　公安消防队、专职消防队扑救火灾、应急救援，不得收取任何费用。

单位专职消防队、志愿消防队参加扑救外单位火灾所损耗的燃料、灭火剂和器材、装备等，由火灾发生地的人民政府给予补偿。

第五十条　对因参加扑救火灾或者应急救援受伤、致残或者死亡的人员，按照国家有关规定给予医疗、抚恤。

第五十一条　公安机关消防机构有权根据需要封闭火灾现场，负责调查火灾原因，统计火灾损失。

火灾扑灭后，发生火灾的单位和相关人员应当按照公安机关消防机构的要求保护现场，接受事故调查，如实提供与火灾有关的情况。

公安机关消防机构根据火灾现场勘验、调查情况和有关的检验、鉴定意见，及时制作火灾事故认定书，作为处理火灾事故的证据。

第五章　监 督 检 查

第五十二条　地方各级人民政府应当落实消防工作责任制，对本级人民政府有关部门履行消防安全职责的情况进行监督检查。

县级以上地方人民政府有关部门应当根据本系统的特点，有针对性地开展消防安全检查，及时督促整改火灾隐患。

第五十三条　公安机关消防机构应当对机关、团体、企业、事业等单位遵守消防法律、法规的情况依法进行监督检查。公安派出所可以负责日常消防监督检查、开展消防宣传教育，具体办法由国务院公安部门规定。

公安机关消防机构、公安派出所的工作人员进行消防监督检查，应当出示证件。

第五十四条　公安机关消防机构在消防监督检查中发现火灾隐患的，应当通知有关单位或者个人立即采取措施消除隐患；不及时消除隐患可能严重威胁公共安全的，公安机关消防机构应当依照规定对危险部位或者场所采取临时

查封措施。

第五十五条　公安机关消防机构在消防监督检查中发现城乡消防安全布局、公共消防设施不符合消防安全要求，或者发现本地区存在影响公共安全的重大火灾隐患的，应当由公安机关书面报告本级人民政府。

接到报告的人民政府应当及时核实情况，组织或者责成有关部门、单位采取措施，予以整改。

第五十六条　公安机关消防机构及其工作人员应当按照法定的职权和程序进行消防设计审核、消防验收和消防安全检查，做到公正、严格、文明、高效。

公安机关消防机构及其工作人员进行消防设计审核、消防验收和消防安全检查等，不得收取费用，不得利用消防设计审核、消防验收和消防安全检查谋取利益。公安机关消防机构及其工作人员不得利用职务为用户、建设单位指定或者变相指定消防产品的品牌、销售单位或者消防技术服务机构、消防设施施工单位。

第五十七条　公安机关消防机构及其工作人员执行职务，应当自觉接受社会和公民的监督。

任何单位和个人都有权对公安机关消防机构及其工作人员在执法中的违法行为进行检举、控告。收到检举、控告的机关，应当按照职责及时查处。

第六章　法 律 责 任

第五十八条　违反本法规定，有下列行为之一的，责令停止施工、停止使用或者停产停业，并处三万元以上三十万元以下罚款：

（一）依法应当经公安机关消防机构进行消防设计审核的建设工程，未经依法审核或者审核不合格，擅自施工的；

（二）消防设计经公安机关消防机构依法抽查不合格，不停止施工的；

（三）依法应当进行消防验收的建设工程，未经消防验收或者消防验收不合格，擅自投入使用的；

（四）建设工程投入使用后经公安机关消防机构依法抽查不合格，不停止使用的；

（五）公众聚集场所未经消防安全检查或

者经检查不符合消防安全要求,擅自投入使用、营业的。

建设单位未依照本法规定将消防设计文件报公安机关消防机构备案,或者在竣工后未依照本法规定报公安机关消防机构备案的,责令限期改正,处五千元以下罚款。

第五十九条 违反本法规定,有下列行为之一的,责令改正或者停止施工,并处一万元以上十万元以下罚款:

(一)建设单位要求建筑设计单位或者建筑施工企业降低消防技术标准设计、施工的;

(二)建筑设计单位不按照消防技术标准强制性要求进行消防设计的;

(三)建筑施工企业不按照消防设计文件和消防技术标准施工,降低消防施工质量的;

(四)工程监理单位与建设单位或者建筑施工企业串通,弄虚作假,降低消防施工质量的。

第六十条 单位违反本法规定,有下列行为之一的,责令改正,处五千元以上五万元以下罚款:

(一)消防设施、器材或者消防安全标志的配置、设置不符合国家标准、行业标准,或者未保持完好有效的;

(二)损坏、挪用或者擅自拆除、停用消防设施、器材的;

(三)占用、堵塞、封闭疏散通道、安全出口或者有其他妨碍安全疏散行为的;

(四)埋压、圈占、遮挡消火栓或者占用防火间距的;

(五)占用、堵塞、封闭消防车通道,妨碍消防车通行的;

(六)人员密集场所在门窗上设置影响逃生和灭火救援的障碍物的;

(七)对火灾隐患经公安机关消防机构通知后不及时采取措施消除的。

个人有前款第二项、第三项、第四项、第五项行为之一的,处警告或者五百元以下罚款。

有本条第一款第三项、第四项、第五项、第六项行为,经责令改正拒不改正的,强制执行,所需费用由违法行为人承担。

第六十一条 生产、储存、经营易燃易爆危险品的场所与居住场所设置在同一建筑物内,或者

未与居住场所保持安全距离的,责令停产停业,并处五千元以上五万元以下罚款。

生产、储存、经营其他物品的场所与居住场所设置在同一建筑物内,不符合消防技术标准的,依照前款规定处罚。

第六十二条 有下列行为之一的,依照《中华人民共和国治安管理处罚法》的规定处罚:

(一)违反有关消防技术标准和管理规定生产、储存、运输、销售、使用、销毁易燃易爆危险品的;

(二)非法携带易燃易爆危险品进入公共场所或者乘坐公共交通工具的;

(三)谎报火警的;

(四)阻碍消防车、消防艇执行任务的;

(五)阻碍公安机关消防机构的工作人员依法执行职务的。

第六十三条 违反本法规定,有下列行为之一的,处警告或者五百元以下罚款;情节严重的,处五日以下拘留:

(一)违反消防安全规定进入生产、储存易燃易爆危险品场所的;

(二)违反规定使用明火作业或者在具有火灾、爆炸危险的场所吸烟、使用明火的。

第六十四条 违反本法规定,有下列行为之一,尚不构成犯罪的,处十日以上十五日以下拘留,可以并处五百元以下罚款;情节较轻的,处警告或者五百元以下罚款:

(一)指使或者强令他人违反消防安全规定,冒险作业的;

(二)过失引起火灾的;

(三)在火灾发生后阻拦报警,或者负有报告职责的人员不及时报警的;

(四)扰乱火灾现场秩序,或者拒不执行火灾现场指挥员指挥,影响灭火救援的;

(五)故意破坏或者伪造火灾现场的;

(六)擅自拆封或者使用被公安机关消防机构查封的场所、部位的。

第六十五条 违反本法规定,生产、销售不合格的消防产品或者国家明令淘汰的消防产品的,由产品质量监督部门或者工商行政管理部门依照《中华人民共和国产品质量法》的规定从重处罚。

人员密集场所使用不合格的消防产品或者国家明令淘汰的消防产品的,责令限期改正;逾期不改正的,处五千元以上五万元以下罚款,并对其直接负责的主管人员和其他直接责任人员处五百元以上二千元以下罚款;情节严重的,责令停产停业。

公安机关消防机构对于本条第二款规定的情形,除依法对使用者予以处罚外,应当将发现不合格的消防产品和国家明令淘汰的消防产品的情况通报产品质量监督部门、工商行政管理部门。产品质量监督部门、工商行政管理部门应当对生产者、销售者依法及时查处。

第六十六条　电器产品、燃气用具的安装、使用及其线路、管路的设计、敷设、维护保养、检测不符合消防技术标准和管理规定的,责令限期改正;逾期不改正的,责令停止使用,可以并处一千元以上五千元以下罚款。

第六十七条　机关、团体、企业、事业等单位违反本法第十六条、第十七条、第十八条、第二十一条第二款规定的,责令限期改正;逾期不改正的,对其直接负责的主管人员和其他直接责任人员依法给予处分或者给予警告处罚。

第六十八条　人员密集场所发生火灾,该场所的现场工作人员不履行组织、引导在场人员疏散的义务,情节严重,尚不构成犯罪的,处五日以上十日以下拘留。

第六十九条　消防产品质量认证、消防设施检测等消防技术服务机构出具虚假文件的,责令改正,处五万元以上十万元以下罚款,并对直接负责的主管人员和其他直接责任人员处一万元以上五万元以下罚款;有违法所得的,并处没收违法所得;给他人造成损失的,依法承担赔偿责任;情节严重的,由原许可机关依法责令停止执业或者吊销相应资质、资格。

前款规定的机构出具失实文件,给他人造成损失的,依法承担赔偿责任;造成重大损失的,由原许可机关依法责令停止执业或者吊销相应资质、资格。

第七十条　本法规定的行政处罚,除本法另有规定的外,由公安机关消防机构决定;其中拘留处罚由县级以上公安机关依照《中华人民共和国治安管理处罚法》的有关规定决定。

公安机关消防机构需要传唤消防安全违法行为人的,依照《中华人民共和国治安管理处罚法》的有关规定执行。

被责令停止施工、停止使用、停产停业的,应当在整改后向公安机关消防机构报告,经公安机关消防机构检查合格,方可恢复施工、使用、生产、经营。

当事人逾期不执行停产停业、停止使用、停止施工决定的,由作出决定的公安机关消防机构强制执行。

责令停产停业,对经济和社会生活影响较大的,由公安机关消防机构提出意见,并由公安机关报请本级人民政府依法决定。本级人民政府组织公安机关等部门实施。

第七十一条　公安机关消防机构的工作人员滥用职权、玩忽职守、徇私舞弊,有下列行为之一,尚不构成犯罪的,依法给予处分:

(一)对不符合消防安全要求的消防设计文件、建设工程、场所准予审核合格、消防验收合格、消防安全检查合格的;

(二)无故拖延消防设计审核、消防验收、消防安全检查,不在法定期限内履行职责的;

(三)发现火灾隐患不及时通知有关单位或者个人整改的;

(四)利用职务为用户、建设单位指定或者变相指定消防产品的品牌、销售单位或者消防技术服务机构、消防设施施工单位的;

(五)将消防车、消防艇以及消防器材、装备和设施用于与消防和应急救援无关的事项的;

(六)其他滥用职权、玩忽职守、徇私舞弊的行为。

建设、产品质量监督、工商行政管理等其他有关行政主管部门的工作人员在消防工作中滥用职权、玩忽职守、徇私舞弊,尚不构成犯罪的,依法给予处分。

第七十二条　违反本法规定,构成犯罪的,依法追究刑事责任。

第七章　附　　则

第七十三条　本法下列用语的含义:

(一)消防设施,是指火灾自动报警系统、自动灭火系统、消火栓系统、防烟排烟系统以及应急广播和应急照明、安全疏散设施等。

（二）消防产品，是指专门用于火灾预防、灭火救援和火灾防护、避难、逃生的产品。

（三）公众聚集场所，是指宾馆、饭店、商场、集贸市场、客运车站候车室、客运码头候船厅、民用机场航站楼、体育场馆、会堂以及公共娱乐场所等。

（四）人员密集场所，是指公众聚集场所，医院的门诊楼、病房楼，学校的教学楼、图书馆、食堂和集体宿舍，养老院，福利院，托儿所，幼儿园，公共图书馆的阅览室，公共展览馆、博物馆的展示厅，劳动密集型企业的生产加工车间和员工集体宿舍，旅游、宗教活动场所等。

第七十四条　本法自 2009 年 5 月 1 日起施行。

中华人民共和国节约能源法（节录）

1. 2007 年 10 月 28 日中华人民共和国主席令第 77 号发布
2. 自 2008 年 4 月 1 日起施行

……

第三十四条　国务院建设主管部门负责全国建筑节能的监督管理工作。

县级以上地方各级人民政府建设主管部门负责本行政区域内建筑节能的监督管理工作。

县级以上地方各级人民政府建设主管部门会同同级管理节能工作的部门编制本行政区域内的建筑节能规划。建筑节能规划应当包括既有建筑节能改造计划。

第三十五条　建筑工程的建设、设计、施工和监理单位应当遵守建筑节能标准。

不符合建筑节能标准的建筑工程，建设主管部门不得批准开工建设；已经开工建设的，应当责令停止施工、限期改正；已经建成的，不得销售或者使用。

建设主管部门应当加强对在建建筑工程执行建筑节能标准情况的监督检查。

第三十六条　房地产开发企业在销售房屋时，应当向购买人明示所售房屋的节能措施、保温工程保修期等信息，在房屋买卖合同、质量保证书和使用说明书中载明，并对其真实性、准确

性负责。

第三十七条　使用空调采暖、制冷的公共建筑应当实行室内温度控制制度。具体办法由国务院建设主管部门制定。

第三十八条　国家采取措施，对实行集中供热的建筑分步骤实行供热分户计量、按照用热量收费的制度。新建建筑或者对既有建筑进行节能改造，应当按照规定安装用热计量装置、室内温度调控装置和供热系统调控装置。具体办法由国务院建设主管部门会同国务院有关部门制定。

第三十九条　县级以上地方各级人民政府有关部门应当加强城市节约用电管理，严格控制公用设施和大型建筑物装饰性景观照明的能耗。

第四十条　国家鼓励在新建建筑和既有建筑节能改造中使用新型墙体材料等节能建筑材料和节能设备，安装和使用太阳能等可再生能源利用系统。

……

民用建筑节能条例

1. 2008 年 8 月 1 日国务院令第 530 号公布
2. 自 2008 年 10 月 1 日起施行

第一章　总　　则

第一条　为了加强民用建筑节能管理，降低民用建筑使用过程中的能源消耗，提高能源利用效率，制定本条例。

第二条　本条例所称民用建筑节能，是指在保证民用建筑使用功能和室内热环境质量的前提下，降低其使用过程中能源消耗的活动。

本条例所称民用建筑，是指居住建筑、国家机关办公建筑和商业、服务业、教育、卫生等其他公共建筑。

第三条　各级人民政府应当加强对民用建筑节能工作的领导，积极培育民用建筑节能服务市场，健全民用建筑节能服务体系，推动民用建筑节能技术的开发应用，做好民用建筑节能知识的宣传教育工作。

第四条　国家鼓励和扶持在新建建筑和既有建筑节能改造中采用太阳能、地热能等可再生

能源。

在具备太阳能利用条件的地区，有关地方人民政府及其部门应当采取有效措施，鼓励和扶持单位、个人安装使用太阳能热水系统、照明系统、供热系统、采暖制冷系统等太阳能利用系统。

第五条　国务院建设主管部门负责全国民用建筑节能的监督管理工作。县级以上地方人民政府建设主管部门负责本行政区域民用建筑节能的监督管理工作。

县级以上人民政府有关部门应当依照本条例的规定以及本级人民政府规定的职责分工，负责民用建筑节能的有关工作。

第六条　国务院建设主管部门应当在国家节能中长期专项规划指导下，编制全国民用建筑节能规划，并与相关规划相衔接。

县级以上地方人民政府建设主管部门应当组织编制本行政区域的民用建筑节能规划，报本级人民政府批准后实施。

第七条　国家建立健全民用建筑节能标准体系。国家民用建筑节能标准由国务院建设主管部门负责组织制定，并依照法定程序发布。

国家鼓励制定、采用优于国家民用建筑节能标准的地方民用建筑节能标准。

第八条　县级以上人民政府应当安排民用建筑节能资金，用于支持民用建筑节能的科学技术研究和标准制定、既有建筑围护结构和供热系统的节能改造、可再生能源的应用，以及民用建筑节能示范工程、节能项目的推广。

政府引导金融机构对既有建筑节能改造、可再生能源的应用，以及民用建筑节能示范工程等项目提供支持。

民用建筑节能项目依法享受税收优惠。

第九条　国家积极推进供热体制改革，完善供热价格形成机制，鼓励发展集中供热，逐步实行按照用热量收费制度。

第十条　对在民用建筑节能工作中做出显著成绩的单位和个人，按照国家有关规定给予表彰和奖励。

第二章　新建建筑节能

第十一条　国家推广使用民用建筑节能的新技术、新工艺、新材料和新设备，限制使用或者禁止使用能源消耗高的技术、工艺、材料和设备。国务院节能工作主管部门、建设主管部门应当制定、公布并及时更新推广使用、限制使用、禁止使用目录。

国家限制进口或者禁止进口能源消耗高的技术、材料和设备。

建设单位、设计单位、施工单位不得在建筑活动中使用列入禁止使用目录的技术、工艺、材料和设备。

第十二条　编制城市详细规划、镇详细规划，应当按照民用建筑节能的要求，确定建筑的布局、形状和朝向。

城乡规划主管部门依法对民用建筑进行规划审查，应当就设计方案是否符合民用建筑节能强制性标准征求同级建设主管部门的意见；建设主管部门应当自收到征求意见材料之日起 10 日内提出意见。征求意见时间不计算在规划许可的期限内。

对不符合民用建筑节能强制性标准的，不得颁发建设工程规划许可证。

第十三条　施工图设计文件审查机构应当按照民用建筑节能强制性标准对施工图设计文件进行审查；经审查不符合民用建筑节能强制性标准的，县级以上地方人民政府建设主管部门不得颁发施工许可证。

第十四条　建设单位不得明示或者暗示设计单位、施工单位违反民用建筑节能强制性标准进行设计、施工，不得明示或者暗示施工单位使用不符合施工图设计文件要求的墙体材料、保温材料、门窗、采暖制冷系统和照明设备。

按照合同约定由建设单位采购墙体材料、保温材料、门窗、采暖制冷系统和照明设备的，建设单位应当保证其符合施工图设计文件要求。

第十五条　设计单位、施工单位、工程监理单位及其注册执业人员，应当按照民用建筑节能强制性标准进行设计、施工、监理。

第十六条　施工单位应当对进入施工现场的墙体材料、保温材料、门窗、采暖制冷系统和照明设备进行查验；不符合施工图设计文件要求的，不得使用。

工程监理单位发现施工单位不按照民用

建筑节能强制性标准施工的,应当要求施工单位改正;施工单位拒不改正的,工程监理单位应当及时报告建设单位,并向有关主管部门报告。

墙体、屋面的保温工程施工时,监理工程师应当按照工程监理规范的要求,采取旁站、巡视和平行检验等形式实施监理。

未经监理工程师签字,墙体材料、保温材料、门窗、采暖制冷系统和照明设备不得在建筑上使用或者安装,施工单位不得进行下一道工序的施工。

第十七条 建设单位组织竣工验收,应当对民用建筑是否符合民用建筑节能强制性标准进行查验;对不符合民用建筑节能强制性标准的,不得出具竣工验收合格报告。

第十八条 实行集中供热的建筑应当安装供热系统调控装置、用热计量装置和室内温度调控装置;公共建筑还应当安装用电分项计量装置。居住建筑安装的用热计量装置应当满足分户计量的要求。

计量装置应当依法检定合格。

第十九条 建筑的公共走廊、楼梯等部位,应当安装、使用节能灯具和电气控制装置。

第二十条 对具备可再生能源利用条件的建筑,建设单位应当选择合适的可再生能源,用于采暖、制冷、照明和热水供应等;设计单位应当按照有关可再生能源利用的标准进行设计。

建设可再生能源利用设施,应当与建筑主体工程同步设计、同步施工、同步验收。

第二十一条 国家机关办公建筑和大型公共建筑的所有权人应当对建筑的能源利用效率进行测评和标识,并按照国家有关规定将测评结果予以公示,接受社会监督。

国家机关办公建筑应当安装、使用节能设备。

本条例所称大型公共建筑,是指单体建筑面积2万平方米以上的公共建筑。

第二十二条 房地产开发企业销售商品房,应当向购买人明示所售商品房的能源消耗指标、节能措施和保护要求、保温工程保修期等信息,并在商品房买卖合同和住宅质量保证书、住宅使用说明书中载明。

第二十三条 在正常使用条件下,保温工程的最低保修期限为5年。保温工程的保修期,自竣工验收合格之日起计算。

保温工程在保修范围和保修期内发生质量问题的,施工单位应当履行保修义务,并对造成的损失依法承担赔偿责任。

第三章　既有建筑节能

第二十四条 既有建筑节能改造应当根据当地经济、社会发展水平和地理气候条件等实际情况,有计划、分步骤地实施分类改造。

本条例所称既有建筑节能改造,是指对不符合民用建筑节能强制性标准的既有建筑的围护结构、供热系统、采暖制冷系统、照明设备和热水供应设施等实施节能改造的活动。

第二十五条 县级以上地方人民政府建设主管部门应当对本行政区域内既有建筑的建设年代、结构形式、用能系统、能源消耗指标、寿命周期等组织调查统计和分析,制定既有建筑节能改造计划,明确节能改造的目标、范围和要求,报本级人民政府批准后组织实施。

中央国家机关既有建筑的节能改造,由有关管理机关事务工作的机构制定节能改造计划,并组织实施。

第二十六条 国家机关办公建筑、政府投资和政府投资为主的公共建筑的节能改造,应当制定节能改造方案,经充分论证,并按照国家有关规定办理相关审批手续方可进行。

各级人民政府及其有关部门、单位不得违反国家有关规定和标准,以节能改造的名义对前款规定的既有建筑进行扩建、改建。

第二十七条 居住建筑和本条例第二十六条规定以外的其他公共建筑不符合民用建筑节能强制性标准的,在尊重建筑所有权人意愿的基础上,可以结合扩建、改建,逐步实施节能改造。

第二十八条 实施既有建筑节能改造,应当符合民用建筑节能强制性标准,优先采用遮阳、改善通风等低成本改造措施。

既有建筑围护结构的改造和供热系统的改造,应当同步进行。

第二十九条 对实行集中供热的建筑进行节能改造,应当安装供热系统调控装置和用热计量装置;对公共建筑进行节能改造,还应当安装室内温度调控装置和用电分项计量装置。

第三十条　国家机关办公建筑的节能改造费用,由县级以上人民政府纳入本级财政预算。

居住建筑和教育、科学、文化、卫生、体育等公益事业使用的公共建筑节能改造费用,由政府、建筑所有权人共同负担。

国家鼓励社会资金投资既有建筑节能改造。

第四章　建筑用能系统运行节能

第三十一条　建筑所有权人或者使用权人应当保证建筑用能系统的正常运行,不得人为损坏建筑围护结构和用能系统。

国家机关办公建筑和大型公共建筑的所有权人或者使用权人应当建立健全民用建筑节能管理制度和操作规程,对建筑用能系统进行监测、维护,并定期将分项用电量报县级以上地方人民政府建设主管部门。

第三十二条　县级以上地方人民政府节能工作主管部门应当会同同级建设主管部门确定本行政区域内公共建筑重点用电单位及其年度用电限额。

县级以上地方人民政府建设主管部门应当对本行政区域内国家机关办公建筑和公共建筑用电情况进行调查统计和评价分析。国家机关办公建筑和大型公共建筑采暖、制冷、照明的能源消耗情况应当依照法律、行政法规和国家其他有关规定向社会公布。

国家机关办公建筑和公共建筑的所有权人或者使用权人应当对县级以上地方人民政府建设主管部门的调查统计工作予以配合。

第三十三条　供热单位应当建立健全相关制度,加强对专业技术人员的教育和培训。

供热单位应当改进技术装备,实施计量管理,并对供热系统进行监测、维护,提高供热系统的效率,保证供热系统的运行符合民用建筑节能强制性标准。

第三十四条　县级以上地方人民政府建设主管部门应当对本行政区域内供热单位的能源消耗情况进行调查统计和分析,并制定供热单位能源消耗指标;对超过能源消耗指标的,应当要求供热单位制定相应的改进措施,并监督实施。

第五章　法律责任

第三十五条　违反本条例规定,县级以上人民政府有关部门有下列行为之一的,对负有责任的主管人员和其他直接责任人员依法给予处分;构成犯罪的,依法追究刑事责任:

(一)对设计方案不符合民用建筑节能强制性标准的民用建筑项目颁发建设工程规划许可证的;

(二)对不符合民用建筑节能强制性标准的设计方案出具合格意见的;

(三)对施工图设计文件不符合民用建筑节能强制性标准的民用建筑项目颁发施工许可证的;

(四)不依法履行监督管理职责的其他行为。

第三十六条　违反本条例规定,各级人民政府及其有关部门、单位违反国家有关规定和标准,以节能改造的名义对既有建筑进行扩建、改建的,对负有责任的主管人员和其他直接责任人员,依法给予处分。

第三十七条　违反本条例规定,建设单位有下列行为之一的,由县级以上地方人民政府建设主管部门责令改正,处20万元以上50万元以下的罚款:

(一)明示或者暗示设计单位、施工单位违反民用建筑节能强制性标准进行设计、施工的;

(二)明示或者暗示施工单位使用不符合施工图设计文件要求的墙体材料、保温材料、门窗、采暖制冷系统和照明设备的;

(三)采购不符合施工图设计文件要求的墙体材料、保温材料、门窗、采暖制冷系统和照明设备的;

(四)使用列入禁止使用目录的技术、工艺、材料和设备的。

第三十八条　违反本条例规定,建设单位对不符合民用建筑节能强制性标准的民用建筑项目出具竣工验收合格报告的,由县级以上地方人民政府建设主管部门责令改正,处民用建筑项目合同价款2%以上4%以下的罚款;造成损失的,依法承担赔偿责任。

第三十九条　违反本条例规定，设计单位未按照民用建筑节能强制性标准进行设计，或者使用列入禁止使用目录的技术、工艺、材料和设备的，由县级以上地方人民政府建设主管部门责令改正，处10万元以上30万元以下的罚款；情节严重的，由颁发资质证书的部门责令停业整顿，降低资质等级或者吊销资质证书；造成损失的，依法承担赔偿责任。

第四十条　违反本条例规定，施工单位未按照民用建筑节能强制性标准进行施工的，由县级以上地方人民政府建设主管部门责令改正，处民用建筑项目合同价款2%以上4%以下的罚款；情节严重的，由颁发资质证书的部门责令停业整顿，降低资质等级或者吊销资质证书；造成损失的，依法承担赔偿责任。

第四十一条　违反本条例规定，施工单位有下列行为之一的，由县级以上地方人民政府建设主管部门责令改正，处10万元以上20万元以下的罚款；情节严重的，由颁发资质证书的部门责令停业整顿，降低资质等级或者吊销资质证书；造成损失的，依法承担赔偿责任：

　　（一）未对进入施工现场的墙体材料、保温材料、门窗、采暖制冷系统和照明设备进行查验的；

　　（二）使用不符合施工图设计文件要求的墙体材料、保温材料、门窗、采暖制冷系统和照明设备的；

　　（三）使用列入禁止使用目录的技术、工艺、材料和设备的。

第四十二条　违反本条例规定，工程监理单位有下列行为之一的，由县级以上地方人民政府建设主管部门责令限期改正；逾期未改正的，处10万元以上30万元以下的罚款；情节严重的，由颁发资质证书的部门责令停业整顿，降低资质等级或者吊销资质证书；造成损失的，依法承担赔偿责任：

　　（一）未按照民用建筑节能强制性标准实施监理的；

　　（二）墙体、屋面的保温工程施工时，未采取旁站、巡视和平行检验等形式实施监理的。

　　对不符合施工图设计文件要求的墙体材料、保温材料、门窗、采暖制冷系统和照明设备，按照符合施工图设计文件要求签字的，依照《建设工程质量管理条例》第六十七条的规定处罚。

第四十三条　违反本条例规定，房地产开发企业销售商品房，未向购买人明示所售商品房的能源消耗指标、节能措施和保护要求、保温工程保修期等信息，或者向购买人明示的所售商品房能源消耗指标与实际能源消耗不符的，依法承担民事责任；由县级以上地方人民政府建设主管部门责令限期改正；逾期未改正的，处交付使用的房屋销售总额2%以下的罚款；情节严重的，由颁发资质证书的部门降低资质等级或者吊销资质证书。

第四十四条　违反本条例规定，注册执业人员未执行民用建筑节能强制性标准的，由县级以上人民政府建设主管部门责令停止执业3个月以上1年以下；情节严重的，由颁发资格证书的部门吊销执业资格证书，5年内不予注册。

第六章　附　　则

第四十五条　本条例自2008年10月1日起施行。

建设工程质量管理条例

1.　2000年1月10日国务院第25次常务会议通过
2.　2000年1月30日国务院令第279号发布

第一章　总　　则

第一条　为了加强对建设工程质量的管理，保证建设工程质量，保护人民生命和财产安全，根据《中华人民共和国建筑法》，制定本条例。

第二条　凡在中华人民共和国境内从事建设工程的新建、扩建、改建等有关活动及实施对建设工程质量监督管理的，必须遵守本条例。

　　本条例所称建设工程，是指土木工程、建筑工程、线路管道和设备安装工程及装修工程。

第三条　建设单位、勘察单位、设计单位、施工单位、工程监理单位依法对建设工程质量负责。

第四条　县级以上人民政府建设行政主管部门和其他有关部门应当加强对建设工程质量的

监督管理。

第五条　从事建设工程活动，必须严格执行基本建设程序，坚持先勘察、后设计、再施工的原则。

县级以上人民政府及其有关部门不得超越权限审批建设项目或者擅自简化基本建设程序。

第六条　国家鼓励采用先进的科学技术和管理方法，提高建设工程质量。

第二章　建设单位的质量责任和义务

第七条　建设单位应当将工程发包给具有相应资质等级的单位。

建设单位不得将建设工程肢解发包。

第八条　建设单位应当依法对工程建设项目的勘察、设计、施工、监理以及与工程建设有关的重要设备、材料等的采购进行招标。

第九条　建设单位必须向有关的勘察、设计、施工、工程监理等单位提供与建设工程有关的原始资料。

原始资料必须真实、准确、齐全。

第十条　建设工程发包单位不得迫使承包方以低于成本的价格竞标，不得任意压缩合理工期。

建设单位不得明示或者暗示设计单位或者施工单位违反工程建设强制性标准，降低建设工程质量。

第十一条　建设单位应当将施工图设计文件报县级以上人民政府建设行政主管部门或者其他有关部门审查。施工图设计文件审查的具体办法，由国务院建设行政主管部门会同国务院其他有关部门制定。

施工图设计文件未经审查批准的，不得使用。

第十二条　实行监理的建设工程，建设单位应当委托具有相应资质等级的工程监理单位进行监理，也可以委托具有工程监理相应资质等级并与被监理工程的施工承包单位没有隶属关系或者其他利害关系的该工程的设计单位进行监理。

下列建设工程必须实行监理：

（一）国家重点建设工程；

（二）大中型公用事业工程；

（三）成片开发建设的住宅小区工程；

（四）利用外国政府或者国际组织贷款、援助资金的工程；

（五）国家规定必须实行监理的其他工程。

第十三条　建设单位在领取施工许可证或者开工报告前，应当按照国家有关规定办理工程质量监督手续。

第十四条　按照合同约定，由建设单位采购建筑材料、建筑构配件和设备的，建设单位应当保证建筑材料、建筑构配件和设备符合设计文件和合同要求。

建设单位不得明示或者暗示施工单位使用不合格的建筑材料、建筑构配件和设备。

第十五条　涉及建筑主体和承重结构变动的装修工程，建设单位应当在施工前委托原设计单位或者具有相应资质等级的设计单位提出设计方案；没有设计方案的，不得施工。

房屋建筑使用者在装修过程中，不得擅自变动房屋建筑主体和承重结构。

第十六条　建设单位收到建设工程竣工报告后，应当组织设计、施工、工程监理等有关单位进行竣工验收。

建设工程竣工验收应当具备下列条件：

（一）完成建设工程设计和合同约定的各项内容；

（二）有完整的技术档案和施工管理资料；

（三）有工程使用的主要建筑材料、建筑构配件和设备的进场试验报告；

（四）有勘察、设计、施工、工程监理等单位分别签署的质量合格文件；

（五）有施工单位签署的工程保修书。

建设工程经验收合格的，方可交付使用。

第十七条　建设单位应当严格按照国家有关档案管理的规定，及时收集、整理建设项目各环节的文件资料，建立、健全建设项目档案，并在建设工程竣工验收后，及时向建设行政主管部门或者其他有关部门移交建设项目档案。

第三章　勘察、设计单位的质量责任和义务

第十八条　从事建设工程勘察、设计的单位应当

依法取得相应等级的资质证书，并在其资质等级许可的范围内承揽工程。

禁止勘察、设计单位超越其资质等级许可的范围或者以其他勘察、设计单位的名义承揽工程。禁止勘察、设计单位允许其他单位或者个人以本单位的名义承揽工程。

勘察、设计单位不得转包或者违法分包所承揽的工程。

第十九条 勘察、设计单位必须按照工程建设强制性标准进行勘察、设计，并对其勘察、设计的质量负责。

注册建筑师、注册结构工程师等注册执业人员应当在设计文件上签字，对设计文件负责。

第二十条 勘察单位提供的地质、测量、水文等勘察成果必须真实、准确。

第二十一条 设计单位应当根据勘察成果文件进行建设工程设计。

设计文件应当符合国家规定的设计深度要求，注明工程合理使用年限。

第二十二条 设计单位在设计文件中选用的建筑材料、建筑构配件和设备，应当注明规格、型号、性能等技术指标，其质量要求必须符合国家规定的标准。

除有特殊要求的建筑材料、专用设备、工艺生产线等外，设计单位不得指定生产厂、供应商。

第二十三条 设计单位应当就审查合格的施工图设计文件向施工单位作出详细说明。

第二十四条 设计单位应当参与建设工程质量事故分析，并对因设计造成的质量事故，提出相应的技术处理方案。

第四章　施工单位的质量责任和义务

第二十五条 施工单位应当依法取得相应等级的资质证书，并在其资质等级许可的范围内承揽工程。

禁止施工单位超越本单位资质等级许可的业务范围或者以其他施工单位的名义承揽工程。禁止施工单位允许其他单位或者个人以本单位的名义承揽工程。

施工单位不得转包或者违法分包工程。

第二十六条 施工单位对建设工程的施工质量负责。

施工单位应当建立质量责任制，确定工程项目的项目经理、技术负责人和施工管理负责人。

建设工程实行总承包的，总承包单位应对全部建设工程质量负责；建设工程勘察、设计、施工、设备采购的一项或者多项实行总承包的，总承包单位应当对其承包的建设工程或者采购的设备的质量负责。

第二十七条 总承包单位依法将建设工程分包给其他单位的，分包单位应当按照分包合同的约定对其分包工程的质量向总承包单位负责，总承包单位与分包单位对分包工程的质量承担连带责任。

第二十八条 施工单位必须按照工程设计图纸和施工技术标准施工，不得擅自修改工程设计，不得偷工减料。

施工单位在施工过程中发现设计文件和图纸有差错的，应当及时提出意见和建议。

第二十九条 施工单位必须按照工程设计要求、施工技术标准和合同约定，对建筑材料、建筑构配件、设备和商品混凝土进行检验，检验应当有书面记录和专人签字；未经检验或者检验不合格的，不得使用。

第三十条 施工单位必须建立、健全施工质量的检验制度，严格工序管理，作好隐蔽工程的质量检查和记录。隐蔽工程在隐蔽前，施工单位应当通知建设单位和建设工程质量监督机构。

第三十一条 施工人员对涉及结构安全的试块、试件以及有关材料，应当在建设单位或者工程监理单位监督下现场取样，并送具有相应资质等级的质量检测单位进行检测。

第三十二条 施工单位对施工中出现质量问题的建设工程或者竣工验收不合格的建设工程，应当负责返修。

第三十三条 施工单位应当建立、健全教育培训制度，加强对职工的教育培训；未经教育培训或者考核不合格的人员，不得上岗作业。

第五章　工程监理单位的质量责任和义务

第三十四条 工程监理单位应当依法取得相应

等级的资质证书,并在其资质等级许可的范围内承担工程监理业务。

禁止工程监理单位超越本单位资质等级许可的范围或者以其他工程监理单位的名义承担工程监理业务。禁止工程监理单位允许其他单位或者个人以本单位的名义承担工程监理业务。

工程监理单位不得转让工程监理业务。

第三十五条　工程监理单位与被监理工程的施工承包单位以及建筑材料、建筑构配件和设备供应单位有隶属关系或者其他利害关系的,不得承担该项建设工程的监理业务。

第三十六条　工程监理单位应当依照法律、法规以及有关技术标准、设计文件和建设工程承包合同,代表建设单位对施工质量实施监理,并对施工质量承担监理责任。

第三十七条　工程监理单位应当选派具备相应资格的总监理工程师和监理工程师进驻施工现场。

未经监理工程师签字,建筑材料、建筑构配件和设备不得在工程上使用或者安装,施工单位不得进行下一道工序的施工。未经总监理工程师签字,建设单位不拨付工程款,不进行竣工验收。

第三十八条　监理工程师应当按照工程监理规范的要求,采取旁站、巡视和平行检验等形式,对建设工程实施监理。

第六章　建设工程质量保修

第三十九条　建设工程实行质量保修制度。

建设工程承包单位在向建设单位提交工程竣工验收报告时,应当向建设单位出具质量保修书。质量保修书中应当明确建设工程的保修范围、保修期限和保修责任等。

第四十条　在正常使用条件下,建设工程的最低保修期限为:

(一)基础设施工程、房屋建筑的地基基础工程和主体结构工程,为设计文件规定的该工程的合理使用年限;

(二)屋面防水工程、有防水要求的卫生间、房间和外墙面的防渗漏,为5年;

(三)供热与供冷系统,为2个采暖期、供冷期;

(四)电气管线、给排水管道、设备安装和装修工程,为2年。

其他项目的保修期限由发包方与承包方约定。

建设工程的保修期,自竣工验收合格之日起计算。

第四十一条　建设工程在保修范围和保修期限内发生质量问题的,施工单位应当履行保修义务,并对造成的损失承担赔偿责任。

第四十二条　建设工程在超过合理使用年限后需要继续使用的,产权所有人应当委托具有相应资质等级的勘察、设计单位鉴定,并根据鉴定结果采取加固、维修等措施,重新界定使用期。

第七章　监督管理

第四十三条　国家实行建设工程质量监督管理制度。

国务院建设行政主管部门对全国的建设工程质量实施统一监督管理。国务院铁路、交通、水利等有关部门按照国务院规定的职责分工,负责对全国的有关专业建设工程质量的监督管理。

县级以上地方人民政府建设行政主管部门对本行政区域内的建设工程质量实施监督管理。县级以上地方人民政府交通、水利等有关部门在各自的职责范围内,负责对本行政区域内的专业建设工程质量的监督管理。

第四十四条　国务院建设行政主管部门和国务院铁路、交通、水利等有关部门应当加强对有关建设工程质量的法律、法规和强制性标准执行情况的监督检查。

第四十五条　国务院发展计划部门按照国务院规定的职责,组织稽查特派员,对国家出资的重大建设项目实施监督检查。

国务院经济贸易主管部门按照国务院规定的职责,对国家重大技术改造项目实施监督检查。

第四十六条　建设工程质量监督管理,可以由建设行政主管部门或者其他有关部门委托的建设工程质量监督机构具体实施。

从事房屋建筑工程和市政基础设施工程质量监督的机构,必须按照国家有关规定经国务院建设行政主管部门或者省、自治区、直辖市人民政府建设行政主管部门考核;从事专业建设工程质量监督的机构,必须按照国家有关规定经国务院有关部门或者省、自治区、直辖市人民政府有关部门考核。经考核合格后,方可实施质量监督。

第四十七条 县级以上地方人民政府建设行政主管部门和其他有关部门应当加强对有关建设工程质量的法律、法规和强制性标准执行情况的监督检查。

第四十八条 县级以上人民政府建设行政主管部门和其他有关部门履行监督检查职责时,有权采取下列措施:

(一)要求被检查的单位提供有关工程质量的文件和资料;

(二)进入被检查单位的施工现场进行检查;

(三)发现有影响工程质量的问题时,责令改正。

第四十九条 建设单位应当自建设工程竣工验收合格之日起 15 日内,将建设工程竣工验收报告和规划、公安消防、环保等部门出具的认可文件或者准许使用文件报建设行政主管部门或者其他有关部门备案。

建设行政主管部门或者其他有关部门发现建设单位在竣工验收过程中有违反国家有关建设工程质量管理规定行为的,责令停止使用,重新组织竣工验收。

第五十条 有关单位和个人对县级以上人民政府建设行政主管部门和其他有关部门进行的监督检查应当支持与配合,不得拒绝或者阻碍建设工程质量监督检查人员依法执行职务。

第五十一条 供水、供电、供气、公安消防等部门或者单位不得明示或者暗示建设单位、施工单位购买其指定的生产供应单位的建筑材料、建筑构配件和设备。

第五十二条 建设工程发生质量事故,有关单位应当在 24 小时内向当地建设行政主管部门和其他有关部门报告。对重大质量事故,事故发生地的建设行政主管部门和其他有关部门应当按照事故类别和等级向当地人民政府和上级建设行政主管部门和其他有关部门报告。

特别重大质量事故的调查程序按照国务院有关规定办理。

第五十三条 任何单位和个人对建设工程的质量事故、质量缺陷都有权检举、控告、投诉。

第八章 罚　则

第五十四条 违反本条例规定,建设单位将建设工程发包给不具有相应资质等级的勘察、设计、施工单位或者委托给不具有相应资质等级的工程监理单位,责令改正,处 50 万元以上 100 万元以下的罚款。

第五十五条 违反本条例规定,建设单位将建设工程肢解发包的,责令改正,处工程合同价款百分之零点五以上百分之一以下的罚款;对全部或者部分使用国有资金的项目,并可以暂停项目执行或者暂停资金拨付。

第五十六条 违反本条例规定,建设单位有下列行为之一的,责令改正,处 20 万元以上 50 万元以下的罚款:

(一)迫使承包方以低于成本的价格竞标的;

(二)任意压缩合理工期的;

(三)明示或者暗示设计单位或者施工单位违反工程建设强制性标准,降低工程质量的;

(四)施工图设计文件未经审查或者审查不合格,擅自施工的;

(五)建设项目必须实行工程监理而未实行工程监理的;

(六)未按照国家规定办理工程质量监督手续的;

(七)明示或者暗示施工单位使用不合格的建筑材料、建筑构配件和设备的;

(八)未按照国家规定将竣工验收报告、有关认可文件或者准许使用文件报送备案的。

第五十七条 违反本条例规定,建设单位未取得施工许可证或者开工报告未经批准,擅自施工的,责令停止施工,限期改正,处工程合同价款百分之一以上百分之二以下的罚款。

第五十八条 违反本条例规定,建设单位有下列行为之一的,责令改正,处工程合同价款百分之二以上百分之四以下的罚款;造成损失的,依法承担赔偿责任;

（一）未组织竣工验收，擅自交付使用的；

（二）验收不合格，擅自交付使用的；

（三）对不合格的建设工程按照合格工程验收的。

第五十九条 违反本条例规定，建设工程竣工验收后，建设单位未向建设行政主管部门或者其他有关部门移交建设项目档案的，责令改正，处 1 万元以上 10 万元以下的罚款。

第六十条 违反本条例规定，勘察、设计、施工、工程监理单位超越本单位资质等级承揽工程的，责令停止违法行为，对勘察、设计单位或者工程监理单位处合同约定的勘察费、设计费或者监理酬金 1 倍以上 2 倍以下的罚款；对施工单位处工程合同价款百分之二以上百分之四以下的罚款，可以责令停业整顿，降低资质等级；情节严重的，吊销资质证书；有违法所得的，予以没收。

未取得资质证书承揽工程的，予以取缔，依照前款规定处以罚款；有违法所得的，予以没收。

以欺骗手段取得资质证书承揽工程的，吊销资质证书，依照本条第一款规定处以罚款；有违法所得的，予以没收。

第六十一条 违反本条例规定，勘察、设计、施工、工程监理单位允许其他单位或者个人以本单位名义承揽工程的，责令改正，没收违法所得，对勘察、设计单位和工程监理单位处合同约定的勘察费、设计费和监理酬金 1 倍以上 2 倍以下的罚款；对施工单位处工程合同价款百分之二以上百分之四以下的罚款；可以责令停业整顿，降低资质等级；情节严重的，吊销资质证书。

第六十二条 违反本条例规定，承包单位将承包的工程转包或者违法分包的，责令改正，没收违法所得，对勘察、设计单位处合同约定的勘察费、设计费百分之二十五以上百分之五十以下的罚款；对施工单位处工程合同价款百分之零点五以上百分之一以下的罚款；可以责令停业整顿，降低资质等级；情节严重的，吊销资质证书。

工程监理单位转让工程监理业务的，责令改正，没收违法所得，处合同约定的监理酬金百分之二十五以上百分之五十以下的罚款；可以责令停业整顿，降低资质等级；情节严重的，吊销资质证书。

第六十三条 违反本条例规定，有下列行为之一的，责令改正，处 10 万元以上 30 万元以下的罚款：

（一）勘察单位未按照工程建设强制性标准进行勘察的；

（二）设计单位未根据勘察成果文件进行工程设计的；

（三）设计单位指定建筑材料、建筑构配件的生产厂、供应商的；

（四）设计单位未按照工程建设强制性标准进行设计的。

有前款所列行为，造成工程质量事故的，责令停业整顿，降低资质等级；情节严重的，吊销资质证书；造成损失的，依法承担赔偿责任。

第六十四条 违反本条例规定，施工单位在施工中偷工减料的，使用不合格的建筑材料、建筑构配件和设备的，或者有不按照工程设计图纸或者施工技术标准施工的其他行为的，责令改正，处工程合同价款百分之二以上百分之四以下的罚款；造成建设工程质量不符合规定的质量标准的，负责返工、修理，并赔偿因此造成的损失；情节严重的，责令停业整顿，降低资质等级或者吊销资质证书。

第六十五条 违反本条例规定，施工单位未对建筑材料、建筑构配件、设备和商品混凝土进行检验，或者未对涉及结构安全的试块、试件以及有关材料取样检测的，责令改正，处 10 万元以上 20 万元以下的罚款；情节严重的，责令停业整顿，降低资质等级或者吊销资质证书；造成损失的，依法承担赔偿责任。

第六十六条 违反本条例规定，施工单位不履行保修义务或者拖延履行保修义务的，责令改正，处 10 万元以上 20 万元以下的罚款，并对在保修期内因质量缺陷造成的损失承担赔偿责任。

第六十七条 工程监理单位有下列行为之一的，责令改正，处 50 万元以上 100 万元以下的罚款，降低资质等级或者吊销资质证书；有违法所得的，予以没收；造成损失的，承担连带赔偿责任：

（一）与建设单位或者施工单位串通、弄虚作假、降低工程质量的；

（二）将不合格的建设工程、建筑材料、建筑构配件和设备按照合格签字的。

第六十八条 违反本条例规定,工程监理单位与被监理工程的施工承包单位以及建筑材料、建筑构配件和设备供应单位有隶属关系或者其他利害关系承担该项建设工程的监理业务的,责令改正,处 5 万元以上 10 万元以下的罚款,降低资质等级或者吊销资质证书;有违法所得的,予以没收。

第六十九条 违反本条例规定,涉及建筑主体或者承重结构变动的装修工程,没有设计方案擅自施工的,责令改正,处 50 万元以上 100 万元以下的罚款;房屋建筑使用者在装修过程中擅自变动房屋建筑主体和承重结构的,责令改正,处 5 万元以上 10 万元以下的罚款。

有前款所列行为,造成损失的,依法承担赔偿责任。

第七十条 发生重大工程质量事故隐瞒不报、谎报或者拖延报告期限的,对直接负责的主管人员和其他责任人员依法给予行政处分。

第七十一条 违反本条例规定,供水、供电、供气、公安消防等部门或者单位明示或者暗示建设单位或者施工单位购买其指定的生产供应单位的建筑材料、建筑构配件和设备的,责令改正。

第七十二条 违反本条例规定,注册建筑师、注册结构工程师、监理工程师等注册执业人员因过错造成质量事故的,责令停止执业 1 年;造成重大质量事故的,吊销执业资格证书,5 年以内不予注册;情节特别恶劣的,终身不予注册。

第七十三条 依照本条例规定,给予单位罚款处罚的,对单位直接负责的主管人员和其他直接责任人员处单位罚款数额百分之五以上百分之十以下的罚款。

第七十四条 建设单位、设计单位、施工单位、工程监理单位违反国家规定,降低工程质量标准,造成重大安全事故,构成犯罪的,对直接责任人员依法追究刑事责任。

第七十五条 本条例规定的责令停业整顿,降低

资质等级和吊销资质证书的行政处罚,由颁发资质证书的机关决定;其他行政处罚,由建设行政主管部门或者其他有关部门依照法定职权决定。

依照本条例规定被吊销资质证书的,由工商行政管理部门吊销其营业执照。

第七十六条 国家机关工作人员在建设工程质量监督管理工作中玩忽职守、滥用职权、徇私舞弊,构成犯罪的,依法追究刑事责任;尚不构成犯罪的,依法给予行政处分。

第七十七条 建设、勘察、设计、施工、工程监理单位的工作人员因调动工作、退休等原因离开该单位后,被发现在该单位工作期间违反国家有关建设工程质量管理规定,造成重大工程质量事故的,仍应当依法追究法律责任。

第九章 附　　则

第七十八条 本条例所称肢解发包,是指建设单位将应当由一个承包单位完成的建设工程分解成若干部分发包给不同的承包单位的行为。

本条例所称违法分包,是指下列行为：

（一）总承包单位将建设工程分包给不具备相应资质条件的单位的；

（二）建设工程总承包合同中未有约定,又未经建设单位认可,承包单位将其承包的部分建设工程交由其他单位完成的；

（三）施工总承包单位将建设工程主体结构的施工分包给其他单位的；

（四）分包单位将其承包的建设工程再分包的。

本条例所称转包,是指承包单位承包建设工程后,不履行合同约定的责任和义务,将其承包的全部建设工程转给他人或者将其承包的全部建设工程肢解以后以分包的名义分别转给其他单位承包的行为。

第七十九条 本条例规定的罚款和没收的违法所得,必须全部上缴国库。

第八十条 抢险救灾及其他临时性房屋建筑和农民自建低层住宅的建设活动,不适用本条例。

第八十一条 军事建设工程的管理,按照中央军事委员会的有关规定执行。

第八十二条 本条例自发布之日起施行。

建设工程安全生产管理条例

2003 年 11 月 24 日国务院令第 393 号发布

第一章　总　　则

第一条　为了加强建设工程安全生产监督管理，保障人民群众生命和财产安全，根据《中华人民共和国建筑法》、《中华人民共和国安全生产法》，制定本条例。

第二条　在中华人民共和国境内从事建设工程的新建、扩建、改建和拆除等有关活动及实施对建设工程安全生产的监督管理，必须遵守本条例。

　　本条例所称建设工程，是指土木工程、建筑工程、线路管道和设备安装工程及装修工程。

第三条　建设工程安全生产管理，坚持安全第一、预防为主的方针。

第四条　建设单位、勘察单位、设计单位、施工单位、工程监理单位及其他与建设工程安全生产有关的单位，必须遵守安全生产法律、法规的规定，保证建设工程安全生产，依法承担建设工程安全生产责任。

第五条　国家鼓励建设工程安全生产的科学技术研究和先进技术的推广应用，推进建设工程安全生产的科学管理。

第二章　建设单位的安全责任

第六条　建设单位应当向施工单位提供施工现场及毗邻区域内供水、排水、供电、供气、供热、通信、广播电视等地下管线资料，气象和水文观测资料，相邻建筑物和构筑物、地下工程的有关资料，并保证资料的真实、准确、完整。

　　建设单位因建设工程需要，向有关部门或者单位查询前款规定的资料时，有关部门或者单位应当及时提供。

第七条　建设单位不得对勘察、设计、施工、工程监理等单位提出不符合建设工程安全生产法律、法规和强制性标准规定的要求，不得压缩合同约定的工期。

第八条　建设单位在编制工程概算时，应当确定建设工程安全作业环境及安全施工措施所需费用。

第九条　建设单位不得明示或者暗示施工单位购买、租赁、使用不符合安全施工要求的安全防护用具、机械设备、施工机具及配件、消防设施和器材。

第十条　建设单位在申请领取施工许可证时，应当提供建设工程有关安全施工措施的资料。

　　依法批准开工报告的建设工程，建设单位应当自开工报告批准之日起 15 日内，将保证安全施工的措施报送建设工程所在地的县级以上地方人民政府建设行政主管部门或者其他有关部门备案。

第十一条　建设单位应当将拆除工程发包给具有相应资质等级的施工单位。

　　建设单位应当在拆除工程施工 15 日前，将下列资料报送建设工程所在地的县级以上地方人民政府建设行政主管部门或者其他有关部门备案：

　　（一）施工单位资质等级证明；

　　（二）拟拆除建筑物、构筑物及可能危及毗邻建筑的说明；

　　（三）拆除施工组织方案；

　　（四）堆放、清除废弃物的措施。

　　实施爆破作业的，应当遵守国家有关民用爆炸物品管理的规定。

第三章　勘察、设计、工程监理及其他有关单位的安全责任

第十二条　勘察单位应当按照法律、法规和工程建设强制性标准进行勘察，提供的勘察文件应当真实、准确，满足建设工程安全生产的需要。

　　勘察单位在勘察作业时，应当严格执行操作规程，采取措施保证各类管线、设施和周边建筑物、构筑物的安全。

第十三条　设计单位应当按照法律、法规和工程建设强制性标准进行设计，防止因设计不合理导致生产安全事故的发生。

　　设计单位应当考虑施工安全操作和防护的需要，对涉及施工安全的重点部位和环节在

设计文件中注明,并对防范生产安全事故提出指导意见。

采用新结构、新材料、新工艺的建设工程和特殊结构的建设工程,设计单位应当在设计中提出保障施工作业人员安全和预防生产安全事故的措施建议。

设计单位和注册建筑师等注册执业人员应当对其设计负责。

第十四条　工程监理单位应当审查施工组织设计中的安全技术措施或者专项施工方案是否符合工程建设强制性标准。

工程监理单位在实施监理过程中,发现存在安全事故隐患的,应当要求施工单位整改;情况严重的,应当要求施工单位暂时停止施工,并及时报告建设单位。施工单位拒不整改或者不停止施工的,工程监理单位应当及时向有关主管部门报告。

工程监理单位和监理工程师应当按照法律、法规和工程建设强制性标准实施监理,并对建设工程安全生产承担监理责任。

第十五条　为建设工程提供机械设备和配件的单位,应当按照安全施工的要求配备齐全有效的保险、限位等安全设施和装置。

第十六条　出租的机械设备和施工机具及配件,应当具有生产(制造)许可证、产品合格证。

出租单位应当对出租的机械设备和施工机具及配件的安全性能进行检测,在签订租赁协议时,应当出具检测合格证明。

禁止出租检测不合格的机械设备和施工机具及配件。

第十七条　在施工现场安装、拆卸施工起重机械和整体提升脚手架、模板等自升式架设设施,必须由具有相应资质的单位承担。

安装、拆卸施工起重机械和整体提升脚手架、模板等自升式架设设施,应当编制拆装方案、制定安全施工措施,并由专业技术人员现场监督。

施工起重机械和整体提升脚手架、模板等自升式架设设施安装完毕后,安装单位应当自检,出具自检合格证明,并向施工单位进行安全使用说明,办理验收手续并签字。

第十八条　施工起重机械和整体提升脚手架、模板等自升式架设设施的使用达到国家规定的检验检测期限的,必须经具有专业资质的检验检测机构检测。经检测不合格的,不得继续使用。

第十九条　检验检测机构对检测合格的施工起重机械和整体提升脚手架、模板等自升式架设设施,应当出具安全合格证明文件,并对检测结果负责。

第四章　施工单位的安全责任

第二十条　施工单位从事建设工程的新建、扩建、改建和拆除等活动,应当具备国家规定的注册资本、专业技术人员、技术装备和安全生产等条件,依法取得相应等级的资质证书,并在其资质等级许可的范围内承揽工程。

第二十一条　施工单位主要负责人依法对本单位的安全生产工作全面负责。施工单位应当建立健全安全生产责任制度和安全生产教育培训制度,制定安全生产规章制度和操作规程,保证本单位安全生产条件所需资金的投入,对所承担的建设工程进行定期和专项安全检查,并做好安全检查记录。

施工单位的项目负责人应当由取得相应执业资格的人员担任,对建设工程项目的安全施工负责,落实安全生产责任制度、安全生产规章制度和操作规程,确保安全生产费用的有效使用,并根据工程的特点组织制定安全施工措施,消除安全事故隐患,及时、如实报告生产安全事故。

第二十二条　施工单位对列入建设工程概算的安全作业环境及安全施工措施所需费用,应当用于施工安全防护用具及设施的采购和更新、安全施工措施的落实、安全生产条件的改善,不得挪作他用。

第二十三条　施工单位应当设立安全生产管理机构,配备专职安全生产管理人员。

专职安全生产管理人员负责对安全生产进行现场监督检查。发现安全事故隐患,应当及时向项目负责人和安全生产管理机构报告;对违章指挥、违章操作的,应当立即制止。

专职安全生产管理人员的配备办法由国

务院建设行政主管部门会同国务院其他有关部门制定。

第二十四条　建设工程实行施工总承包的,由总承包单位对施工现场的安全生产负总责。

总承包单位应当自行完成建设工程主体结构的施工。

总承包单位依法将建设工程分包给其他单位的,分包合同中应当明确各自的安全生产方面的权利、义务。总承包单位和分包单位对分包工程的安全生产承担连带责任。

分包单位应当服从总承包单位的安全生产管理,分包单位不服从管理导致生产安全事故的,由分包单位承担主要责任。

第二十五条　垂直运输机械作业人员、安装拆卸工、爆破作业人员、起重信号工、登高架设作业人员等特种作业人员,必须按照国家有关规定经过专门的安全作业培训,并取得特种作业操作资格证书后,方可上岗作业。

第二十六条　施工单位应当在施工组织设计中编制安全技术措施和施工现场临时用电方案,对下列达到一定规模的危险性较大的分部分项工程编制专项施工方案,并附具安全验算结果,经施工单位技术负责人、总监理工程师签字后实施,由专职安全生产管理人员进行现场监督:

(一)基坑支护与降水工程;

(二)土方开挖工程;

(三)模板工程;

(四)起重吊装工程;

(五)脚手架工程;

(六)拆除、爆破工程;

(七)国务院建设行政主管部门或者其他有关部门规定的其他危险性较大的工程。

对前款所列工程中涉及深基坑、地下暗挖工程、高大模板工程的专项施工方案,施工单位还应当组织专家进行论证、审查。

本条第一款规定的达到一定规模的危险性较大工程的标准,由国务院建设行政主管部门会同国务院其他有关部门制定。

第二十七条　建设工程施工前,施工单位负责项目管理的技术人员应当对有关安全施工的技术要求向施工作业班组、作业人员作出详细说明,并由双方签字确认。

第二十八条　施工单位应当在施工现场入口处、施工起重机械、临时用电设施、脚手架、出入通道口、楼梯口、电梯井口、孔洞口、桥梁口、隧道口、基坑边沿、爆破物及有害危险气体和液体存放处等危险部位,设置明显的安全警示标志。安全警示标志必须符合国家标准。

施工单位应当根据不同施工阶段和周围环境及季节、气候的变化,在施工现场采取相应的安全施工措施。施工现场暂时停止施工的,施工单位应当做好现场防护,所需费用由责任方承担,或者按照合同约定执行。

第二十九条　施工单位应当将施工现场的办公、生活区与作业区分开设置,并保持安全距离;办公、生活区的选址应当符合安全性要求。职工的膳食、饮水、休息场所等应当符合卫生标准。施工单位不得在尚未竣工的建筑物内设置员工集体宿舍。

施工现场临时搭建的建筑物应当符合安全使用要求。施工现场使用的装配式活动房屋应当具有产品合格证。

第三十条　施工单位对因建设工程施工可能造成损害的毗邻建筑物、构筑物和地下管线等,应当采取专项防护措施。

施工单位应当遵守有关环境保护法律、法规的规定,在施工现场采取措施,防止或者减少粉尘、废气、废水、固体废物、噪声、振动和施工照明对人和环境的危害和污染。

在城市市区内的建设工程,施工单位应当对施工现场实行封闭围挡。

第三十一条　施工单位应当在施工现场建立消防安全责任制度,确定消防安全责任人,制定用火、用电、使用易燃易爆材料等各项消防安全管理制度和操作规程,设置消防通道、消防水源,配备消防设施和灭火器材,并在施工现场入口处设置明显标志。

第三十二条　施工单位应当向作业人员提供安全防护用具和安全防护服装,并书面告知危险岗位的操作规程和违章操作的危害。

作业人员有权对施工现场的作业条件、作业程序和作业方式中存在的安全问题提出批评、检举和控告,有权拒绝违章指挥和强令冒险作业。

在施工中发生危及人身安全的紧急情况时，作业人员有权立即停止作业或者在采取必要的应急措施后撤离危险区域。

第三十三条 作业人员应当遵守安全施工的强制性标准、规章制度和操作规程，正确使用安全防护用具、机械设备等。

第三十四条 施工单位采购、租赁的安全防护用具、机械设备、施工机具及配件，应当具有生产（制造）许可证、产品合格证，并在进入施工现场前进行查验。

施工现场的安全防护用具、机械设备、施工机具及配件必须由专人管理，定期进行检查、维修和保养，建立相应的资料档案，并按照国家有关规定及时报废。

第三十五条 施工单位在使用施工起重机械和整体提升脚手架、模板等自升式架设设施前，应当组织有关单位进行验收，也可以委托具有相应资质的检验检测机构进行验收；使用承租的机械设备和施工机具及配件的，由施工总承包单位、分包单位、出租单位和安装单位共同进行验收。验收合格的方可使用。

《特种设备安全监察条例》规定的施工起重机械，在验收前应当经有相应资质的检验检测机构监督检验合格。

施工单位应当自施工起重机械和整体提升脚手架、模板等自升式架设设施验收合格之日起30日内，向建设行政主管部门或者其他有关部门登记。登记标志应当置于或者附着于该设备的显著位置。

第三十六条 施工单位的主要负责人、项目负责人、专职安全生产管理人员应当经建设行政主管部门或者其他有关部门考核合格后方可任职。

施工单位应当对管理人员和作业人员每年至少进行一次安全生产教育培训，其教育培训情况记入个人工作档案。安全生产教育培训考核不合格的人员，不得上岗。

第三十七条 作业人员进入新的岗位或者新的施工现场前，应当接受安全生产教育培训。未经教育培训或者教育培训考核不合格的人员，不得上岗作业。

施工单位在采用新技术、新工艺、新设备、新材料时，应当对作业人员进行相应的安全生产教育培训。

第三十八条 施工单位应当为施工现场从事危险作业的人员办理意外伤害保险。

意外伤害保险费由施工单位支付。实行施工总承包的，由总承包单位支付意外伤害保险费。意外伤害保险期限自建设工程开工之日起至竣工验收合格止。

第五章 监督管理

第三十九条 国务院负责安全生产监督管理的部门依照《中华人民共和国安全生产法》的规定，对全国建设工程安全生产工作实施综合监督管理。

县级以上地方人民政府负责安全生产监督管理的部门依照《中华人民共和国安全生产法》的规定，对本行政区域内建设工程安全生产工作实施综合监督管理。

第四十条 国务院建设行政主管部门对全国的建设工程安全生产实施监督管理。国务院铁路、交通、水利等有关部门按照国务院规定的职责分工，负责有关专业建设工程安全生产的监督管理。

县级以上地方人民政府建设行政主管部门对本行政区域内的建设工程安全生产实施监督管理。县级以上地方人民政府交通、水利等有关部门在各自的职责范围内，负责本行政区域内的专业建设工程安全生产的监督管理。

第四十一条 建设行政主管部门和其他有关部门应当将本条例第十条、第十一条规定的有关资料的主要内容抄送同级负责安全生产监督管理的部门。

第四十二条 建设行政主管部门在审核发放施工许可证时，应当对建设工程是否有安全施工措施进行审查，对没有安全施工措施的，不得颁发施工许可证。

建设行政主管部门或者其他有关部门对建设工程是否有安全施工措施进行审查时，不得收取费用。

第四十三条 县级以上人民政府负有建设工程安全生产监督管理职责的部门在各自的职责范围内履行安全监督检查职责时，有权采取下

列措施:

(一)要求被检查单位提供有关建设工程安全生产的文件和资料;

(二)进入被检查单位施工现场进行检查;

(三)纠正施工中违反安全生产要求的行为;

(四)对检查中发现的安全事故隐患,责令立即排除;重大安全事故隐患排除前或者排除过程中无法保证安全的,责令从危险区域内撤出作业人员或者暂时停止施工。

第四十四条 建设行政主管部门或者其他有关部门可以将施工现场的监督检查委托给建设工程安全监督机构具体实施。

第四十五条 国家对严重危及施工安全的工艺、设备、材料实行淘汰制度。具体目录由国务院建设行政主管部门会同国务院其他有关部门制定并公布。

第四十六条 县级以上人民政府建设行政主管部门和其他有关部门应当及时受理对建设工程生产安全事故及安全事故隐患的检举、控告和投诉。

第六章　生产安全事故的应急救援和调查处理

第四十七条 县级以上地方人民政府建设行政主管部门应当根据本级人民政府的要求,制定本行政区域内建设工程特大生产安全事故应急救援预案。

第四十八条 施工单位应当制定本单位生产安全事故应急救援预案,建立应急救援组织或者配备应急救援人员,配备必要的应急救援器材、设备,并定期组织演练。

第四十九条 施工单位应当根据建设工程施工的特点、范围,对施工现场易发生重大事故的部位、环节进行监控,制定施工现场生产安全事故应急救援预案。实行施工总承包的,由总承包单位统一组织编制建设工程生产安全事故应急救援预案,工程总承包单位和分包单位按照应急救援预案,各自建立应急救援组织或者配备应急救援人员,配备救援器材、设备,并定期组织演练。

第五十条 施工单位发生生产安全事故,应当按照国家有关伤亡事故报告和调查处理的规定,及时、如实地向负责安全生产监督管理的部门、建设行政主管部门或者其他有关部门报告;特种设备发生事故的,还应当同时向特种设备安全监督管理部门报告。接到报告的部门应当按照国家有关规定,如实上报。

实行施工总承包的建设工程,由总承包单位负责上报事故。

第五十一条 发生生产安全事故后,施工单位应当采取措施防止事故扩大,保护事故现场。需要移动现场物品时,应当做出标记和书面记录,妥善保管有关证物。

第五十二条 建设工程生产安全事故的调查、对事故责任单位和责任人的处罚与处理,按照有关法律、法规的规定执行。

第七章　法　律　责　任

第五十三条 违反本条例的规定,县级以上人民政府建设行政主管部门或者其他有关行政管理部门的工作人员,有下列行为之一的,给予降级或者撤职的行政处分;构成犯罪的,依照刑法有关规定追究刑事责任:

(一)对不具备安全生产条件的施工单位颁发资质证书的;

(二)对没有安全施工措施的建设工程颁发施工许可证的;

(三)发现违法行为不予查处的;

(四)不依法履行监督管理职责的其他行为。

第五十四条 违反本条例的规定,建设单位未提供建设工程安全生产作业环境及安全施工措施所需费用的,责令限期改正;逾期未改正的,责令该建设工程停止施工。

建设单位未将保证安全施工的措施或者拆除工程的有关资料报送有关部门备案的,责令限期改正,给予警告。

第五十五条 违反本条例的规定,建设单位有下列行为之一的,责令限期改正,处20万元以上50万元以下的罚款;造成重大安全事故,构成犯罪的,对直接责任人员,依照刑法有关规定追究刑事责任;造成损失的,依法承担赔偿责任:

（一）对勘察、设计、施工、工程监理等单位提出不符合安全生产法律、法规和强制性标准规定的要求的；

（二）要求施工单位压缩合同约定的工期的；

（三）将拆除工程发包给不具有相应资质等级的施工单位的。

第五十六条　违反本条例的规定，勘察单位、设计单位有下列行为之一的，责令限期改正，处10万元以上30万元以下的罚款；情节严重的，责令停业整顿，降低资质等级，直至吊销资质证书；造成重大安全事故，构成犯罪的，对直接责任人员，依照刑法有关规定追究刑事责任；造成损失的，依法承担赔偿责任：

（一）未按照法律、法规和工程建设强制性标准进行勘察、设计的；

（二）采用新结构、新材料、新工艺的建设工程和特殊结构的建设工程，设计单位未在设计中提出保障施工作业人员安全和预防生产安全事故的措施建议的。

第五十七条　违反本条例的规定，工程监理单位有下列行为之一的，责令限期改正；逾期未改正的，责令停业整顿，并处10万元以上30万元以下的罚款；情节严重的，降低资质等级，直至吊销资质证书；造成重大安全事故，构成犯罪的，对直接责任人员，依照刑法有关规定追究刑事责任；造成损失的，依法承担赔偿责任：

（一）未对施工组织设计中的安全技术措施或者专项施工方案进行审查的；

（二）发现安全事故隐患未及时要求施工单位整改或者暂时停止施工的；

（三）施工单位拒不整改或者不停止施工，未及时向有关主管部门报告的；

（四）未依照法律、法规和工程建设强制性标准实施监理的。

第五十八条　注册执业人员未执行法律、法规和工程建设强制性标准的，责令停止执业3个月以上1年以下；情节严重的，吊销执业资格证书，5年内不予注册；造成重大安全事故的，终身不予注册；构成犯罪的，依照刑法有关规定追究刑事责任。

第五十九条　违反本条例的规定，为建设工程提供机械设备和配件的单位，未按照安全施工的要求配备齐全有效的保险、限位等安全设施和装置的，责令限期改正，处合同价款1倍以上3倍以下的罚款；造成损失的，依法承担赔偿责任。

第六十条　违反本条例的规定，出租单位出租未经安全性能检测或者经检测不合格的机械设备和施工机具及配件的，责令停业整顿，并处5万元以上10万元以下的罚款；造成损失的，依法承担赔偿责任。

第六十一条　违反本条例的规定，施工起重机械和整体提升脚手架、模板等自升式架设设施安装、拆卸单位有下列行为之一的，责令限期改正，处5万元以上10万元以下的罚款；情节严重的，责令停业整顿，降低资质等级，直至吊销资质证书；造成损失的，依法承担赔偿责任：

（一）未编制拆装方案、制定安全施工措施的；

（二）未由专业技术人员现场监督的；

（三）未出具自检合格证明或者出具虚假证明的；

（四）未向施工单位进行安全使用说明，办理移交手续的。

施工起重机械和整体提升脚手架、模板等自升式架设设施安装、拆卸单位有前款规定的第（一）项、第（三）项行为，经有关部门或者单位职工提出后，对事故隐患仍不采取措施，因而发生重大伤亡事故或者造成其他严重后果，构成犯罪的，对直接责任人员，依照刑法有关规定追究刑事责任。

第六十二条　违反本条例的规定，施工单位有下列行为之一的，责令限期改正；逾期未改正的，责令停业整顿，依照《中华人民共和国安全生产法》的有关规定处以罚款；造成重大安全事故，构成犯罪的，对直接责任人员，依照刑法有关规定追究刑事责任：

（一）未设立安全生产管理机构、配备专职安全生产管理人员或者分部分项工程施工时无专职安全生产管理人员现场监督的；

（二）施工单位的主要负责人、项目负责人、专职安全生产管理人员、作业人员或者特种作业人员，未经安全教育培训或者经考核不合格即从事相关工作的；

（三）未在施工现场的危险部位设置明显的安全警示标志，或者未按照国家有关规定在施工现场设置消防通道、消防水源、配备消防设施和灭火器材的；

（四）未向作业人员提供安全防护用具和安全防护服装的；

（五）未按照规定在施工起重机械和整体提升脚手架、模板等自升式架设设施验收合格后登记的；

（六）使用国家明令淘汰、禁止使用的危及施工安全的工艺、设备、材料的。

第六十三条　违反本条例的规定，施工单位挪用列入建设工程概算的安全生产作业环境及安全施工措施所需费用的，责令限期改正，处挪用费用 20% 以上 50% 以下的罚款；造成损失的，依法承担赔偿责任。

第六十四条　违反本条例的规定，施工单位有下列行为之一的，责令限期改正；逾期未改正的，责令停业整顿，并处 5 万元以上 10 万元以下的罚款；造成重大安全事故，构成犯罪的，对直接责任人员，依照刑法有关规定追究刑事责任：

（一）施工前未对有关安全施工的技术要求作出详细说明的；

（二）未根据不同施工阶段和周围环境及季节、气候的变化，在施工现场采取相应的安全施工措施，或者在城市市区内的建设工程的施工现场未实行封闭围挡的；

（三）在尚未竣工的建筑物内设置员工集体宿舍的；

（四）施工现场临时搭建的建筑物不符合安全使用要求的；

（五）未对因建设工程施工可能造成损害的毗邻建筑物、构筑物和地下管线等采取专项防护措施的。

施工单位有前款规定第（四）项、第（五）项行为，造成损失的，依法承担赔偿责任。

第六十五条　违反本条例的规定，施工单位有下列行为之一的，责令限期改正；逾期未改正的，责令停业整顿，并处 10 万元以上 30 万元以下的罚款；情节严重的，降低资质等级，直至吊销资质证书；造成重大安全事故，构成犯罪的，对

直接责任人员，依照刑法有关规定追究刑事责任；造成损失的，依法承担赔偿责任：

（一）安全防护用具、机械设备、施工机具及配件在进入施工现场前未经查验或者查验不合格即投入使用的；

（二）使用未经验收或者验收不合格的施工起重机械和整体提升脚手架、模板等自升式架设设施的；

（三）委托不具有相应资质的单位承担施工现场安装、拆卸施工起重机械和整体提升脚手架、模板等自升式架设设施的；

（四）在施工组织设计中未编制安全技术措施、施工现场临时用电方案或者专项施工方案的。

第六十六条　违反本条例的规定，施工单位的主要负责人、项目负责人未履行安全生产管理职责的，责令限期改正；逾期未改正的，责令施工单位停业整顿；造成重大安全事故、重大伤亡事故或者其他严重后果，构成犯罪的，依照刑法有关规定追究刑事责任。

作业人员不服管理、违反规章制度和操作规程冒险作业造成重大伤亡事故或者其他严重后果，构成犯罪的，依照刑法有关规定追究刑事责任。

施工单位的主要负责人、项目负责人有前款违法行为，尚不够刑事处罚的，处 2 万元以上 20 万元以下的罚款或者按照管理权限给予撤职处分；自刑罚执行完毕或者受处分之日起，5 年内不得担任任何施工单位的主要负责人、项目负责人。

第六十七条　施工单位取得资质证书后，降低安全生产条件的，责令限期改正；经整改仍未达到与其资质等级相适应的安全生产条件的，责令停业整顿，降低其资质等级直至吊销资质证书。

第六十八条　本条例规定的行政处罚，由建设行政主管部门或者其他有关部门依照法定职权决定。

违反消防安全管理规定的行为，由公安消防机构依法处罚。

有关法律、行政法规对建设工程安全生产违法行为的行政处罚决定机关另有规定的，从

其规定。

第八章　附　则

第六十九条　抢险救灾和农民自建低层住宅的安全生产管理，不适用本条例。

第七十条　军事建设工程的安全生产管理，按照中央军事委员会的有关规定执行。

第七十一条　本条例自 2004 年 2 月 1 日起施行。

安全生产许可证条例

1. 2004 年 1 月 7 日国务院第 34 次常务会议通过

2. 2004 年 1 月 13 日国务院令第 397 号公布

3. 自 2004 年 1 月 13 日起施行

第一条　为了严格规范安全生产条件，进一步加强安全生产监督管理，防止和减少生产安全事故，根据《中华人民共和国安全生产法》的有关规定，制定本条例。

第二条　国家对矿山企业、建筑施工企业和危险化学品、烟花爆竹、民用爆破器材生产企业（以下统称企业）实行安全生产许可制度。

　　企业未取得安全生产许可证的，不得从事生产活动。

第三条　国务院安全生产监督管理部门负责中央管理的非煤矿矿山企业和危险化学品、烟花爆竹生产企业安全生产许可证的颁发和管理。

　　省、自治区、直辖市人民政府安全生产监督管理部门负责前款规定以外的非煤矿矿山企业和危险化学品、烟花爆竹生产企业安全生产许可证的颁发和管理，并接受国务院安全生产监督管理部门的指导和监督。

　　国家煤矿安全监察机构负责中央管理的煤矿企业安全生产许可证的颁发和管理。

　　在省、自治区、直辖市设立的煤矿安全监察机构负责前款规定以外的其他煤矿企业安全生产许可证的颁发和管理，并接受国家煤矿安全监察机构的指导和监督。

第四条　国务院建设主管部门负责中央管理的建筑施工企业安全生产许可证的颁发和管理。

　　省、自治区、直辖市人民政府建设主管部门负责前款规定以外的建筑施工企业安全生产许可证的颁发和管理，并接受国务院建设主管部门的指导和监督。

第五条　国务院国防科技工业主管部门负责民用爆破器材生产企业安全生产许可证的颁发和管理。

第六条　企业取得安全生产许可证，应当具备下列安全生产条件：

　　（一）建立、健全安全生产责任制，制定完备的安全生产规章制度和操作规程；

　　（二）安全投入符合安全生产要求；

　　（三）设置安全生产管理机构，配备专职安全生产管理人员；

　　（四）主要负责人和安全生产管理人员经考核合格；

　　（五）特种作业人员经有关业务主管部门考核合格，取得特种作业操作资格证书；

　　（六）从业人员经安全生产教育和培训合格；

　　（七）依法参加工伤保险，为从业人员缴纳保险费；

　　（八）厂房、作业场所和安全设施、设备、工艺符合有关安全生产法律、法规、标准和规程的要求；

　　（九）有职业危害防治措施，并为从业人员配备符合国家标准或者行业标准的劳动防护用品；

　　（十）依法进行安全评价；

　　（十一）有重大危险源检测、评估、监控措施和应急预案；

　　（十二）有生产安全事故应急救援预案、应急救援组织或者应急救援人员，配备必要的应急救援器材、设备；

　　（十三）法律、法规规定的其他条件。

第七条　企业进行生产前，应当依照本条例的规定向安全生产许可证颁发管理机关申请领取安全生产许可证，并提供本条例第六条规定的相关文件、资料。安全生产许可证颁发管理机关应当自收到申请之日起 45 日内审查完毕，经审查符合本条例规定的安全生产条件的，颁发安全生产许可证；不符合本条例规定的安全生产条件的，不予颁发安全生产许可证，书面通知企业并说明理由。

　　煤矿企业应当以矿（井）为单位，在申请领

取煤炭生产许可证前，依照本条例的规定取得安全生产许可证。

第八条 安全生产许可证由国务院安全生产监督管理部门规定统一的式样。

第九条 安全生产许可证的有效期为3年。安全生产许可证有效期满需要延期的，企业应当于期满前3个月向原安全生产许可证颁发管理机关办理延期手续。

企业在安全生产许可证有效期内，严格遵守有关安全生产的法律法规，未发生死亡事故的，安全生产许可证有效期届满时，经原安全生产许可证颁发管理机关同意，不再审查，安全生产许可证有效期延期3年。

第十条 安全生产许可证颁发管理机关应当建立、健全安全生产许可证档案管理制度，并定期向社会公布企业取得安全生产许可证的情况。

第十一条 煤矿企业安全生产许可证颁发管理机关、建筑施工企业安全生产许可证颁发管理机关、民用爆破器材生产企业安全生产许可证颁发管理机关，应当每年向同级安全生产监督管理部门通报其安全生产许可证颁发和管理情况。

第十二条 国务院安全生产监督管理部门和省、自治区、直辖市人民政府安全生产监督管理部门对建筑施工企业、民用爆破器材生产企业、煤矿企业取得安全生产许可证的情况进行监督。

第十三条 企业不得转让、冒用安全生产许可证或者使用伪造的安全生产许可证。

第十四条 企业取得安全生产许可证后，不得降低安全生产条件，并应当加强日常安全生产管理，接受安全生产许可证颁发管理机关的监督检查。

安全生产许可证颁发管理机关应当加强对取得安全生产许可证的企业的监督检查，发现其不再具备本条例规定的安全生产条件的，应当暂扣或者吊销安全生产许可证。

第十五条 安全生产许可证颁发管理机关工作人员在安全生产许可证颁发、管理和监督检查工作中，不得索取或者接受企业的财物，不得谋取其他利益。

第十六条 监察机关依照《中华人民共和国行政监察法》的规定，对安全生产许可证颁发管理机关及其工作人员履行本条例规定的职责实施监察。

第十七条 任何单位或者个人对违反本条例规定的行为，有权向安全生产许可证颁发管理机关或者监察机关等有关部门举报。

第十八条 安全生产许可证颁发管理机关工作人员有下列行为之一的，给予降级或者撤职的行政处分；构成犯罪的，依法追究刑事责任：

（一）向不符合本条例规定的安全生产条件的企业颁发安全生产许可证的；

（二）发现企业未依法取得安全生产许可证擅自从事生产活动，不依法处理的；

（三）发现取得安全生产许可证的企业不再具备本条例规定的安全生产条件，不依法处理的；

（四）接到对违反本条例规定行为的举报后，不及时处理的；

（五）在安全生产许可证颁发、管理和监督检查工作中，索取或者接受企业的财物，或者谋取其他利益的。

第十九条 违反本条例规定，未取得安全生产许可证擅自进行生产的，责令停止生产，没收违法所得，并处10万元以上50万元以下的罚款；造成重大事故或者其他严重后果，构成犯罪的，依法追究刑事责任。

第二十条 违反本条例规定，安全生产许可证有效期满未办理延期手续，继续进行生产的，责令停止生产，限期补办延期手续，没收违法所得，并处5万元以上10万元以下的罚款；逾期仍不办理延期手续，继续进行生产的，依照本条例第十九条的规定处罚。

第二十一条 违反本条例规定，转让安全生产许可证的，没收违法所得，处10万元以上50万元以下的罚款，并吊销其安全生产许可证；构成犯罪的，依法追究刑事责任；接受转让的，依照本条例第十九条的规定处罚。

冒用安全生产许可证或者使用伪造的安全生产许可证的，依照本条例第十九条的规定处罚。

第二十二条 本条例施行前已经进行生产的企

业,应当自本条例施行之日起 1 年内,依照本条例的规定向安全生产许可证颁发管理机关申请办理安全生产许可证;逾期不办理安全生产许可证,或者经审查不符合本条例规定的安全生产条件,未取得安全生产许可证,继续进行生产的,依照本条例第十九条的规定处罚。

第二十三条 本条例规定的行政处罚,由安全生产许可证颁发管理机关决定。

第二十四条 本条例自公布之日起施行。

建筑工程设计招标投标管理办法

2000 年 10 月 18 日建设部令第 82 号发布

第一条 为规范建筑工程设计市场,优化建筑工程设计,促进设计质量的提高,根据《中华人民共和国招标投标法》,制定本办法。

第二条 符合《工程建设项目招标范围和规模标准规定》的各类房屋建筑工程,其设计招标投标适用本办法。

第三条 建筑工程的设计,采用特定专利技术、专有技术,或者建筑艺术造型有特殊要求的,经有关部门批准,可以直接发包。

第四条 国务院建设行政主管部门负责全国建筑工程设计招标投标的监督管理。

县级以上地方人民政府建设行政主管部门负责本行政区域内建筑工程设计招标投标的监督管理。

第五条 建筑工程设计招标依法可以公开招标或者邀请招标。

第六条 招标人具备下列条件的,可以自行组织招标:

(一)有与招标项目工程规模及复杂程度相适应的工程技术、工程造价、财务和工程管理人员,具备组织编写招标文件的能力;

(二)有组织评标的能力。

招标人不具备前款规定条件的,应当委托具有相应资格的招标代理机构进行招标。

第七条 依法必须招标的建筑工程项目,招标人自行组织招标的,应当在发布招标公告或者发出招标邀请书 15 日前,持有关材料到县级以上地方人民政府建设行政主管部门备案;招标人委托招标代理机构进行招标的,招标人应当在委托合同鉴定后 15 日内,持有关材料到县级以上地方人民政府建设行政主管部门备案。

备案机关应当在接受备案之日起 5 日内进行审核,发现招标人不具备自行招标条件、代理机构无相应资格、招标前期条件不具备、招标公告或者招标邀请书有重大瑕疵的,可以责令招标人暂时停止招标活动。

备案机关逾期未提出异议的,招标人可以实施招标活动。

第八条 公开招标的,招标人应当发布招标公告。邀请招标的,招标人应当向三个以上设计单位发出招标邀请书。

招标公告或者招标邀请书应当载明招标人名称和地址、招标项目的基本要求、投标人的资质要求以及获取招标文件的办法等事项。

第九条 招标文件应当包括以下内容:

(一)工程名称、地址、占地面积、建筑面积等;

(二)已批准的项目建议书或者可行性研究报告;

(三)工程经济技术要求;

(四)城市规划管理部门确定的规划控制条件和用地红线图;

(五)可供参考的工程地质、水文地质、工程测量等建设场地勘察成果报告;

(六)供水、供电、供气、供热、环保、市政道路等方面的基础资料;

(七)招标文件答疑、踏勘现场的时间和地点;

(八)投标文件编制要求及评标原则;

(九)投标文件送达的截止时间;

(十)拟签订合同的主要条款;

(十一)未中标方案的补偿办法。

第十条 招标文件一经发出,招标人不得随意变更。确需进行必要的澄清或者修改,应当在提交投标文件截止日期 15 日前,书面通知所有招标文件收受人。

第十一条 招标人要求投标人提交投标文件的时限为:特级和一级建筑工程不少于 45 日;二级以下建筑工程不少于 30 日;进行概念设计

招标的,不少于20日。

第十二条　投标人应当具有与招标项目相适应的工程设计资质。

境外设计单位参加国内建筑工程设计投标的,应当经省、自治区、直辖市人民政府建设行政主管部门批准。

第十三条　投标人应当按照招标文件、建筑方案设计文件编制深度规定的要求编制投标文件;进行概念设计招标的,应当按照招标文件要求编制投标文件。

投标文件应当由具有相应资格的注册建筑师签章,加盖单位公章。

第十四条　评标由评标委员会负责。

评标委员会由招标人代表和有关专家组成。评标委员会人数一般为五人以上单数,其中技术方面的专家不得少于成员总数的三分之二。

投标人或者与投标人有利害关系的人员不得参加评标委员会。

第十五条　国务院建设行政主管部门,省、自治区、直辖市人民政府建设行政主管部门应当建立建筑工程设计评标专家库。

第十六条　有下列情形之一的,投标文件作废:

(一)投标文件未经密封的;

(二)无相应资格的注册建筑师签字的;

(三)无投标人公章的;

(四)注册建筑师受聘单位与投标人不符的。

第十七条　评标委员会应当在符合城市规划、消防、节能、环保的前提下,按照投标文件的要求,对投标设计方案的经济、技术、功能和造型等进行比选、评价,确定符合招标文件要求的最优设计方案。

第十八条　评标委员会应当在评标完成后,向招标人提出书面评标报告。

采用公开招标方式的,评标委员会应当向招标人推荐2～3个中标候选方案。

采用邀请招标方式的,评标委员会应当向招标人推荐1～2个中标候选方案。

第十九条　招标人根据评标委员会的书面评标报告和推荐的中标候选方案,结合投标人的技术力量和业绩确定中标方案。

招标人也可以委托评标委员会直接确定中标方案。

招标人认为评标委员会推荐的所有候选方案均不能最大限度满足招标文件规定要求的,应当依法重新招标。

第二十条　招标人应当在中标方案确定之日起7日内,向中标人发出中标通知,并将中标结果通知所有未中标人。

第二十一条　依法必须进行招标的项目,招标人应当在中标方案确定之日起15日内,向县级以上地方人民政府建设行政主管部门提交招标投标情况的书面报告。

第二十二条　对达到招标文件规定要求的未中标方案,公开招标的,招标人应当在招标公告中明确是否给予未中标单位经济补偿及补偿金额;邀请招标的,应当给予未中标单位经济补偿,补偿金额应当在招标邀请书中明确。

第二十三条　招标人应当在中标通知书发出之日起30日内与中标人签订工程设计合同。确需另择设计单位承担施工图设计的,应当在招标公告或招标邀请书中明确。

第二十四条　招标人、中标人使用未中标方案的,应当征得提交方案的招标人同意并付给使用费。

第二十五条　依法必须招标的建筑工程项目,招标人自行组织招标的,未在发布招标公告的或招标邀请书15日前到县级以上地方人民政府建设行政主管部门备案,或者委托招标代理机构进行招标的,招标人未在委托合同签订后15日内到县级以上地方人民政府建设行政主管部门备案的,由县级以上地方人民政府建设行政主管部门责令改正,并可处以1万元以上3万元以下罚款。

第二十六条　招标人未在中标方案确定之日起15日内,向县级以上地方人民政府建设行政主管部门提交招标投标情况的书面报告的,由县级以上地方人民政府建设行政主管部门责令改正,并可处以1万元以上3万元以下的罚款。

第二十七条　招标人将必须进行设计招标的项目不招标的、或将必须进行招标的项目化整为零或者以其他方式规避招标的,由县级以上地方人民政府建设行政主管部门责令其限期改正,并可处以项目合同金额千分之五以上千分之十以下的罚款。

第二十八条 招标代理机构有下列行为之一的,由省、自治区、直辖市地方人民政府建设行政主管部门处5万元以上25万元以下的罚款;有违法所得的,并处没收违法所得;情节严重的,由国务院建设行政主管部门或者省、自治区、直辖市地方人民政府建设行政主管部门暂停直至取消代理机构资格;构成犯罪的,依法追究刑事责任。给他人造成损失的,依法承担赔偿责任:

(一)在开标前泄漏应当保密的与招标有关的情况和资料的;

(二)与招标人或者投标人串通损害国家利益、社会公众利益或投标人利益的。

前款所列行为影响中标结果的,中标结果无效。

第二十九条 投标人相互串通投标,或者以向招标人、评标委员会成员行贿的手段谋取中标的,中标无效,由县级以上地方人民政府建设行政主管部门处中标项目金额千分之五以上千分之十以下的罚款;情节严重的,取消一至二年内参加依法必须进行招标的工程项目设计招标的投标资格,并予以公告。

第三十条 评标委员会成员收受投标人财物或其他好处,或者向他人透露投标方案评审有关情况的,由县级以上地方人民政府建设行政主管部门给予警告,没收收受财物,并可处以3000元以上5万元以下的罚款。

评标委员会成员有前款所列行为的,由国务院建设行政主管部门或者省、自治区、直辖市人民政府建设行政主管部门取消担任评标委员会成员的资格,不得再参加任何依法进行的建筑工程设计招投标的评标,构成犯罪的,依法追究刑事责任。

第三十一条 建设行政主管部门或者有关职能部门的工作人员徇私舞弊、滥用职权,干预正常招标投标活动的,由所在单位给予行政处分;构成犯罪的,依法追究刑事责任。

第三十二条 省、自治区、直辖市人民政府建设行政主管部门,可以根据本办法制定实施细则。

第三十三条 城市市政公用工程设计招标投标参照本办法执行。

第三十四条 本办法由国务院建设行政主管部门解释。

第三十五条 本办法自发布之日起施行。

最高人民法院关于建设工程价款优先受偿权问题的批复

1. 2002年6月20日公布
2. 自2002年6月27日起施行
3. 法释〔2002〕16号

上海市高级人民法院:

你院沪高法〔2001〕14号《关于合同法第286条理解与适用问题的请示》收悉。经研究,答复如下:

一、人民法院在审理房地产纠纷案件和办理执行案件中,应当依照《中华人民共和国合同法》第二百八十六条的规定,认定建筑工程的承包人的优先受偿权优于抵押权和其他债权。

二、消费者交付购买商品房的全部或者大部分款项后,承包人就该商品房享有的工程价款优先受偿权不得对抗买受人。

三、建筑工程价款包括承包人为建设工程应当支付的工作人员报酬、材料款等实际支出的费用,不包括承包人因发包人违约所造成的损失。

四、建设工程承包人行使优先权的期限为六个月,自建设工程竣工之日或者建设工程合同约定的竣工之日起计算。

五、本批复第一条至第三条自公布之日起施行,第四条自公布之日起六个月后施行。

此复

最高人民法院关于审理建设工程施工合同纠纷案件适用法律问题的解释

1. 2004年10月25日公布
2. 法释〔2004〕14号

根据《中华人民共和国民法通则》、《中华

人民共和国合同法》、《中华人民共和国招标投标法》、《中华人民共和国民事诉讼法》等法律规定,结合民事审判实际,就审理建设工程施工合同纠纷案件适用法律的问题,制定本解释。

第一条 建设工程施工合同具有下列情形之一的,应当根据合同法第五十二条第(五)项的规定,认定无效:

(一)承包人未取得建筑施工企业资质或者超越资质等级的;

(二)没有资质的实际施工人借用有资质的建筑施工企业名义的;

(三)建设工程必须进行招标而未招标或者中标无效的。

第二条 建设工程施工合同无效,但建设工程经竣工验收合格,承包人请求参照合同约定支付工程价款的,应予支持。

第三条 建设工程施工合同无效,且建设工程经竣工验收不合格,按照以下情形分别处理:

(一)修复后的建设工程经竣工验收合格,发包人请求承包人承担修复费用的,应予支持;

(二)修复后的建设工程经竣工验收不合格,承包人请求支付工程价款的,不予支持。

因建设工程不合格造成的损失,发包人有过错的,也应承担相应的民事责任。

第四条 承包人非法转包、违法分包建设工程或者没有资质的实际施工人借用有资质的建筑施工企业名义与他人签订建设工程施工合同的行为无效。人民法院可以根据民法通则第一百三十四条规定,收缴当事人已经取得的非法所得。

第五条 承包人超越资质等级许可的业务范围签订建设工程施工合同,在建设工程竣工前取得相应资质等级,当事人请求按照无效合同处理的,不予支持。

第六条 当事人对垫资和垫资利息有约定,承包人请求按照约定返还垫资及其利息的,应予支持,但是约定的利息计算标准高于中国人民银行发布的同期同类贷款利率的部分除外。

当事人对垫资没有约定的,按照工程欠款处理。

当事人对垫资利息没有约定,承包人请求支付利息的,不予支持。

第七条 具有劳务作业法定资质的承包人与总承包人、分包人签订的劳务分包合同,当事人以转包建设工程违反法律规定为由请求确认无效的,不予支持。

第八条 承包人具有下列情形之一,发包人请求解除建设工程施工合同的,应予支持:

(一)明确表示或者以行为表明不履行合同主要义务的;

(二)合同约定的期限内没有完工,且在发包人催告的合理期限内仍未完工的;

(三)已经完成的建设工程质量不合格,并拒绝修复的;

(四)将承包的建设工程非法转包、违法分包的。

第九条 发包人具有下列情形之一,致使承包人无法施工,且在催告的合理期限内仍未履行相应义务,承包人请求解除建设工程施工合同的,应予支持:

(一)未按约定支付工程价款的;

(二)提供的主要建筑材料、建筑构配件和设备不符合强制性标准的;

(三)不履行合同约定的协助义务的。

第十条 建设工程施工合同解除后,已经完成的建设工程质量合格的,发包人应当按照约定支付相应的工程价款;已经完成的建设工程质量不合格的,参照本解释第三条规定处理。

因一方违约导致合同解除的,违约方应当赔偿因此而给对方造成的损失。

第十一条 因承包人的过错造成建设工程质量不符合约定,承包人拒绝修理、返工或者改建,发包人请求减少支付工程价款的,应予支持。

第十二条 发包人具有下列情形之一,造成建设工程质量缺陷,应当承担过错责任:

(一)提供的设计有缺陷;

(二)提供或者指定购买的建筑材料、建筑构配件、设备不符合强制性标准的;

(三)直接指定分包人分包专业工程的。

承包人有过错的,也应当承担相应的过错责任。

第十三条 建设工程未经竣工验收,发包人擅自使用后,又以使用部分质量不符合约定为由主张权利的,不予支持;但是承包人应当在建设工程的合理使用寿命内对地基基础工程和主体结构质量承担民事责任。

第十四条 当事人对建设工程实际竣工日期有争议的,按照以下情形分别处理:

(一)建设工程经竣工验收合格的,以竣工验收合格之日为竣工日期;

(二)承包人已经提交竣工验收报告,发包人拖延验收的,以承包人提交验收报告之日为竣工日期;

(三)建设工程未经竣工验收,发包人擅自使用的,以转移占有建设工程之日为竣工日期。

第十五条 建设工程竣工前,当事人对工程质量发生争议,工程质量经鉴定合格的,鉴定期间为顺延工期期间。

第十六条 当事人对建设工程的计价标准或者计价方法有约定的,按照约定结算工程价款。

因设计变更导致建设工程的工程量或者质量标准发生变化,当事人对该部分工程价款不能协商一致的,可以参照签订建设工程施工合同时当地建设行政主管部门发布的计价方法或者计价标准结算工程价款。

建设工程施工合同有效,但建设工程经竣工验收不合格,工程价款结算参照本解释第三条规定处理。

第十七条 当事人对欠付工程价款利息计付标准有约定的,按照约定处理;没有约定的,按照中国人民银行发布的同期同类贷款利率计息。

第十八条 利息从应付工程价款之日计付。当事人对付款时间没有约定或者约定不明的,下列时间视为应付款时间:

(一)建设工程已实际交付的,为交付之日;

(二)建设工程没有交付的,为提交竣工结算文件之日;

(三)建设工程未交付,工程价款也未结算的,为当事人起诉之日。

第十九条 当事人对工程量有争议的,按照施工过程中形成的签证等书面文件确认。承包人能够证明发包人同意其施工,但未能提供签证文件证明工程量发生的,可以按照当事人提供的其他证据确认实际发生的工程量。

第二十条 当事人约定,发包人收到竣工结算文件后,在约定期限内不予答复,视为认可竣工结算文件的,按照约定处理。承包人请求按照竣工结算文件结算工程价款的,应予支持。

第二十一条 当事人就同一建设工程另行订立的建设工程施工合同与经过备案的中标合同实质性内容不一致的,应当以备案的中标合同作为结算工程价款的根据。

第二十二条 当事人约定按照固定价结算工程价款,一方当事人请求对建设工程造价进行鉴定的,不予支持。

第二十三条 当事人对部分案件事实有争议的,仅对有争议的事实进行鉴定,但争议事实范围不能确定,或者双方当事人请求对全部事实鉴定的除外。

第二十四条 建设工程施工合同纠纷以施工行为地为合同履行地。

第二十五条 因建设工程质量发生争议的,发包人可以以总承包人、分包人和实际施工人为共同被告提起诉讼。

第二十六条 实际施工人以转包人、违法分包人为被告起诉的,人民法院应当依法受理。

实际施工人以发包人为被告主张权利的,人民法院可以追加转包人或者违法分包人为本案当事人。发包人只在欠付工程价款范围内对实际施工人承担责任。

第二十七条 因保修人未及时履行保修义务,导致建筑物毁损或者造成人身、财产损害的,保修人应当承担赔偿责任。

保修人与建筑物所有人或者发包人对建筑物毁损均有过错的,各自承担相应的责任。

第二十八条 本解释自 2005 年 1 月 1 日起施行。

施行后受理的第一审案件适用本解释。

施行前最高人民法院发布的司法解释与本解释相抵触的,以本解释为准。

最高人民法院、国土资源部、建设部关于依法规范人民法院执行和国土资源房地产管理部门协助执行若干问题的通知

1. 2004 年 2 月 10 日发布
2. 法发〔2004〕5 号

各省、自治区、直辖市高级人民法院，解放军军事法院，新疆维吾尔自治区高级人民法院生产建设兵团分院；各省、自治区、直辖市国土资源厅（国土环境资源厅、国土资源和房屋管理局、房屋土地资源管理局、规划和国土资源局），新疆生产建设兵团国土资源局；各省、自治区建设厅，新疆生产建设兵团建设局，各直辖市房地产管理局：

为保证人民法院生效判决、裁定及其他生效法律文书依法及时执行，保护当事人的合法权益，根据《中华人民共和国民事诉讼法》、《中华人民共和国土地管理法》、《中华人民共和国城市房地产管理法》等有关法律规定，现就规范人民法院执行和国土资源、房地产管理部门协助执行的有关问题通知如下：

一、人民法院在办理案件时，需要国土资源、房地产管理部门协助执行的，国土资源、房地产管理部门应当按照人民法院的生效法律文书和协助执行通知书办理协助执行事项。

国土资源、房地产管理部门依法协助人民法院执行时，除复制有关材料所必需的工本费外，不得向人民法院收取其他费用。登记过户的费用按照国家有关规定收取。

二、人民法院对土地使用权、房屋实施查封或者进行实体处理前，应当向国土资源、房地产管理部门查询该土地、房屋的权属。

人民法院执行人员到国土资源、房地产管理部门查询土地、房屋权属情况时，应当出示本人工作证和执行公务证，并出具协助查询通知书。

人民法院执行人员到国土资源、房地产管

理部门办理土地使用权或者房屋查封、预查封登记手续时，应当出示本人工作证和执行公务证，并出具查封、预查封裁定书和协助执行通知书。

三、对人民法院查封或者预查封的土地使用权、房屋，国土资源、房地产管理部门应当及时办理查封或者预查封登记。

国土资源、房地产管理部门在协助人民法院执行土地使用权、房屋时，不对生效法律文书和协助执行通知书进行实体审查。国土资源、房地产管理部门认为人民法院查封、预查封或者处理的土地、房屋权属错误的，可以向人民法院提出审查建议，但不应当停止办理协助执行事项。

四、人民法院在国土资源、房地产管理部门查询并复制或者抄录的书面材料，由土地、房屋权属的登记机构或者其所属的档案室（馆）加盖印章。无法查询或者查询无结果的，国土资源、房地产管理部门应当书面告知人民法院。

五、人民法院查封时，土地、房屋权属的确认以国土资源、房地产管理部门的登记或者出具的权属证明为准。权属证明与权属登记不一致的，以权属登记为准。

在执行人民法院确认土地、房屋权属的生效法律文书时，应当按照人民法院生效法律文书所确认的权利人办理土地、房屋权属变更、转移登记手续。

六、土地使用权和房屋所有权归属同一权利人的，人民法院应当同时查封；土地使用权和房屋所有权归属不一致的，查封被执行人名下的土地使用权或者房屋。

七、登记在案外人名下的土地使用权、房屋，登记名义人（案外人）书面认可该土地、房屋实际属于被执行人时，执行法院可以采取查封措施。

如果登记名义人否认该土地、房屋属于被执行人，而执行法院、申请执行人认为登记为虚假时，须经当事人另行提起诉讼或者通过其他程序，撤销该登记并登记在被执行人名下之后，才可以采取查封措施。

八、对被执行人因继承、判决或者强制执行取得，但尚未办理过户登记的土地使用权、房屋的查封，执行法院应当向国土资源、房地产管理部

门提交被执行人取得财产所依据的继承证明、生效判决或者执行裁定书及协助执行通知书，由国土资源、房地产管理部门办理过户登记手续后，办理查封登记。

九、对国土资源、房地产管理部门已经受理被执行人转让土地使用权、房屋的过户登记申请，尚未核准登记的，人民法院可以进行查封，已核准登记的，不得进行查封。

十、人民法院对可以分割处分的房屋应当在执行标的额的范围内分割查封，不可分割的房屋可以整体查封。

分割查封的，应当在协助执行通知书中明确查封房屋的具体部位。

十一、人民法院对土地使用权、房屋的查封期限不得超过二年。期限届满可以续封一次，续封时应当重新制作查封裁定书和协助执行通知书，续封的期限不得超过一年。确有特殊情况需要再续封的，应当经过所属高级人民法院批准，且每次再续封的期限不得超过一年。

查封期限届满，人民法院未办理继续查封手续的，查封的效力消灭。

十二、人民法院在案件执行完毕后，对未处理的土地使用权、房屋需要解除查封的，应当及时作出裁定解除查封，并将解除查封裁定书和协助执行通知书送达国土资源、房地产管理部门。

十三、被执行人全部缴纳土地使用权出让金但尚未办理土地使用权登记的，人民法院可以对该土地使用权进行预查封。

十四、被执行人部分缴纳土地使用权出让金但尚未办理土地使用权登记的，对可以分割的土地使用权，按已缴付的土地使用权出让金，由国土资源管理部门确认被执行人的土地使用权，人民法院可以对确认后的土地使用权裁定预查封。对不可以分割的土地使用权，可以全部进行预查封。

被执行人在规定的期限内仍未全部缴纳土地出让金的，在人民政府收回土地使用权的同时，应当将被执行人缴纳的按照有关规定应当退还的土地出让金交由人民法院处理，预查封自动解除。

十五、下列房屋虽未进行房屋所有权登记，人民法院也可以进行预查封：

（一）作为被执行人的房地产开发企业，已办理了商品房预售许可证且尚未出售的房屋；

（二）被执行人购买的已由房地产开发企业办理了房屋权属初始登记的房屋；

（三）被执行人购买的办理了商品房预售合同登记备案手续或者商品房预告登记的房屋。

十六、国土资源、房地产管理部门应当依据人民法院的协助执行通知书和所附的裁定书办理预查封登记。土地、房屋权属在预查封期间登记在被执行人名下的，预查封登记自动转为查封登记，预查封转为正式查封后，查封期限从预查封之日起开始计算。

十七、预查封的期限为二年。期限届满可以续封一次，续封时应当重新制作预查封裁定书和协助执行通知书，预查封的续封期限为一年。确有特殊情况需要再续封的，应当经过所属高级人民法院批准，且每次再续封的期限不得超过一年。

十八、预查封的效力等同于正式查封。预查封期限届满之日，人民法院未办理预查封续封手续的，预查封的效力消灭。

十九、两个以上人民法院对同一宗土地使用权、房屋进行查封的，国土资源、房地产管理部门为首先送达协助执行通知书的人民法院办理查封登记手续后，对后来办理查封登记的人民法院作轮候查封登记，并书面告知该土地使用权、房屋已被其他人民法院查封的事实及查封的有关情况。

二十、轮候查封登记的顺序按照人民法院送达协助执行通知书的时间先后进行排列。查封法院依法解除查封的，排列在先的轮候查封自动转为查封；查封法院对查封的土地使用权、房屋全部处理的，排列在后的轮候查封自动失效；查封法院对查封的土地使用权、房屋部分处理的，对剩余部分，排列在后的轮候查封自动转为查封。

预查封的轮候登记参照第十九条和本条第一款的规定办理。

二十一、已被人民法院查封、预查封并在国土资源、房地产管理部门办理了查封、预查封登记手续的土地使用权、房屋,被执行人隐瞒真实情况,到国土资源、房地产管理部门办理抵押、转让等手续的,人民法院应当依法确认其行为无效,并可视情节轻重,依法追究有关人员的法律责任。国土资源、房地产管理部门应当按照人民法院的生效法律文书撤销不合法的抵押、转让等登记,并注销所颁发的证照。

二十二、国土资源、房地产管理部门对被人民法院依法查封、预查封的土地使用权、房屋,在查封、预查封期间不得办理抵押、转让等权属变更、转移登记手续。

　　国土资源、房地产管理部门明知土地使用权、房屋已被人民法院查封、预查封,仍然办理抵押、转让等权属变更、转移登记手续的,对有关的国土资源、房地产管理部门和直接责任人可以依照民事诉讼法第一百零二条的规定处理。

二十三、在变价处理土地使用权、房屋时,土地使用权、房屋所有权同时转移;土地使用权与房屋所有权归属不一致的,受让人继受原权利人的合法权利。

二十四、人民法院执行集体土地使用权时,经与国土资源管理部门取得一致意见后,可以裁定予以处理,但应当告知权利受让人到国土资源管理部门办理土地征用和国有土地使用权出让手续,缴纳土地使用权出让金及有关税费。

　　对处理农村房屋涉及集体土地的,人民法院应当与国土资源管理部门协商一致后再行处理。

二十五、人民法院执行土地使用权时,不得改变原土地用途和出让年限。

二十六、经申请执行人和被执行人协商同意,可以不经拍卖、变卖,直接裁定将被执行人以出让方式取得的国有土地使用权及其地上房屋经评估作价后交由申请执行人抵偿债务,但应当依法向国土资源和房地产管理部门办理土地、房屋权属变更、转移登记手续。

二十七、人民法院制作的土地使用权、房屋所有权转移裁定送达权利受让人时即发生法律效力,人民法院应当明确告知权利受让人及时到国土资源、房地产管理部门申请土地、房屋权属变更、转移登记。

　　国土资源、房地产管理部门依据生效法律文书进行权属登记时,当事人的土地、房屋权利应当追溯到相关法律文书生效之时。

二十八、人民法院进行财产保全和先予执行时适用本通知。

二十九、本通知下发前已经进行的查封,自本通知实施之日起计算期限。

三十、本通知自 2004 年 3 月 1 日起实施。

五、房地产交易

1. 房地产交易管理

商品房销售管理办法

2001 年 4 月 4 日建设部令第 88 号发布

第一章　总　　则

第一条　为了规范商品房销售行为,保障商品房交易双方当事人的合法权益,根据《中华人民共和国城市房地产管理法》、《城市房地产开发经营管理条例》,制定本办法。

第二条　商品房销售及商品房销售管理应当遵守本办法。

第三条　商品房销售包括商品房现售和商品房预售。

本办法所称商品房现售,是指房地产开发企业将竣工验收合格的商品房出售给买受人,并由买受人支付房价款的行为。

本办法所称商品房预售,是指房地产开发企业将正在建设中的商品房预先出售给买受人,并由买受人支付定金或者房价款的行为。

第四条　房地产开发企业可以自行销售商品房,也可以委托房地产中介服务机构销售商品房。

第五条　国务院建设行政主管部门负责全国商品房的销售管理工作。

省、自治区人民政府建设行政主管部门负责本行政区域内商品房的销售管理工作。

直辖市、市、县人民政府建设行政主管部门、房地产行政主管部门(以下统称房地产开发主管部门)按照职责分工,负责本行政区域内商品房的销售管理工作。

第二章　销售条件

第六条　商品房预售实行预售许可制度。

商品房预售条件及商品房预售许可证明的办理程序,按照《城市房地产开发经营管理

条例》和《城市商品房预售管理办法》的有关规定执行。

第七条　商品房现售,应当符合以下条件:

(一)现售商品房的房地产开发企业应当具有企业法人营业执照和房地产开发企业资质证书;

(二)取得土地使用权证书或者使用土地的批准文件;

(三)持有建设工程规划许可证和施工许可证;

(四)已通过竣工验收;

(五)拆迁安置已经落实;

(六)供水、供电、供热、燃气、通讯等配套基础设施具备交付使用条件,其他配套基础设施和公共设施具备交付使用条件或者已确定施工进度和交付日期;

(七)物业管理方案已经落实。

第八条　房地产开发企业应当在商品房现售前将房地产开发项目手册及符合商品房现售条件的有关证明文件报送房地产开发主管部门备案。

第九条　房地产开发企业销售设有抵押权的商品房,其抵押权的处理按照《中华人民共和国担保法》、《城市房地产抵押管理办法》的有关规定执行。

第十条　房地产开发企业不得在未解除商品房买卖合同前,将作为合同标的物的商品房再行销售给他人。

第十一条　房地产开发企业不得采取返本销售或者变相返本销售的方式销售商品房。

房地产开发企业不得采取售后包租或者变相售后包租的方式销售未竣工商品房。

第十二条　商品住宅按套销售,不得分割拆零销售。

第十三条　商品房销售时,房地产开发企业选聘了物业管理企业的,买受人应当在订立商品房买卖合同时与房地产开发企业选聘的物业管

理企业订立有关物业管理的协议。

第三章　广告与合同

第十四条　房地产开发企业、房地产中介服务机构发布商品房销售宣传广告,应当执行《中华人民共和国广告法》、《房地产广告发布暂行规定》等有关规定,广告内容必须真实、合法、科学、准确。

第十五条　房地产开发企业、房地产中介服务机构发布的商品房销售广告和宣传资料所明示的事项,当事人应当在商品房买卖合同中约定。

第十六条　商品房销售时,房地产开发企业和买受人应当订立书面商品房买卖合同。

商品房买卖合同应当明确以下主要内容:

(一)当事人名称或者姓名和住所;

(二)商品房基本状况;

(三)商品房的销售方式;

(四)商品房价款的确定方式及总价款、付款方式、付款时间;

(五)交付使用条件及日期;

(六)装饰、设备标准承诺;

(七)供水、供电、供热、燃气、通讯、道路、绿化等配套基础设施和公共设施的交付承诺和有关权益、责任;

(八)公共配套建筑的产权归属;

(九)面积差异的处理方式;

(十)办理产权登记有关事宜;

(十一)解决争议的方法;

(十二)违约责任;

(十三)双方约定的其他事项。

第十七条　商品房销售价格由当事人协商议定,国家另有规定的除外。

第十八条　商品房销售可以按套(单元)计价,也可以按套内建筑面积或者建筑面积计价。

商品房建筑面积由套内建筑面积和分摊的共有建筑面积组成,套内建筑面积部分为独立产权,分摊的共有建筑面积部分为共有产权,买受人按照法律、法规的规定对其享有权利,承担责任。

按套(单元)计价或者按套内建筑面积计价的,商品房买卖合同中应当注明建筑面积和分摊的共有建筑面积。

第十九条　按套(单元)计价的现售房屋,当事人对现售房屋实地勘察后可以在合同中直接约定总价款。

按套(单元)计价的预售房屋,房地产开发企业应当在合同中附所售房屋的平面图。平面图应当标明详细尺寸,并约定误差范围。房屋交付时,套型与设计图纸一致,相关尺寸也在约定的误差范围内,维持总价款不变;套型与设计图纸不一致或者相关尺寸超出约定的误差范围,合同中未约定处理方式的,买受人可以退房或者与房地产开发企业重新约定总价款。买受人退房的,由房地产开发企业承担违约责任。

第二十条　按套内建筑面积或者建筑面积计价的,当事人应当在合同中载明合同约定面积与产权登记面积发生误差的处理方式。

合同未作约定的,接以下原则处理:

(一)面积误差比绝对值在 3% 以内(含 3%)的,据实结算房价款;

(二)面积误差比绝对值超出 3% 时,买受人有权退房。买受人退房的,房地产开发企业应当在买受人提出退房之日起 30 目内将买受人已付房价款退还给买受人,同时支付已付房价款利息。买受人不退房的,产权登记面积大于合同约定面积时,面积误差比在 3% 以内(含 3%)部分的房价款由买受人补足;超出 3% 部分的房价款由房地产开发企业承担,产权归买受人。产权登记面积小于合同约定面积时,面积误差比绝对值在 3% 以内(含 3%)部分的房价款由房地产开发企业返还买受人;绝对值超出 3% 部分的房价款由房地产开发企业双倍返还买受人。

面积误差比 =

$$\frac{产权登记面积 - 合同约定面积}{合同约定面积} \times 100\%$$

因本办法第二十四条规定的规划设计变更造成面积差异,当事人不解除合同的,应当签署补充协议。

第二十一条　按建筑面积计价的,当事人应当在合同中约定套内建筑面积和分摊的共有建筑面积,并约定建筑面积不变而套内建筑面积发生误差以及建筑面积与套内建筑面积均发生误差时的处理方式。

第二十二条 不符合商品房销售条件的,房地产开发企业不得销售商品房,不得向买受人收取任何预订款性质费用。

符合商品房销售条件的,房地产开发企业在订立商品房买卖合同之前向买受人收取预订款性质费用的,订立商品房买卖合同时,所收费用应当抵作房价款;当事人未能订立商品房买卖合同的,房地产开发企业应当向买受人返还所收费用;当事人之间另有约定的,从其约定。

第二十三条 房地产开发企业应当在订立商品房买卖合同之前向买受人明示《商品房销售管理办法》和《商品房买卖合同示范文本》;预售商品房的,还必须明示《城市商品房预售管理办法》。

第二十四条 房地产开发企业应当按照批准的规划、设计建设商品房。商品房销售后,房地产开发企业不得擅自变更规划、设计。

经规划部门批准的规划变更、设计单位同意的设计变更导致商品房的结构型式、户型、空间尺寸、朝向变化,以及出现合同当事人约定的其他影响商品房质量或者使用功能情形的,房地产开发企业应当在变更确立之日起10日内,书面通知买受人。

买受人有权在通知到达之日起15日内做出是否退房的书面答复。买受人在通知到达之日起15日内未作书面答复的,视同接受规划、设计变更以及由此引起的房价款的变更。房地产开发企业未在规定时限内通知买受人的,买受人有权退房;买受人退房的,由房地产开发企业承担违约责任。

第四章 销售代理

第二十五条 房地产开发企业委托中介服务机构销售商品房的,受托机构应当是依法设立并取得工商营业执照的房地产中介服务机构。

房地产开发企业应当与受托房地产中介服务机构订立书面委托合同,委托合同应当载明委托期限、委托权限以及委托人和被委托人的权利、义务。

第二十六条 受托房地产中介服务机构销售商品房时,应当向买受人出示商品房的有关证明文件和商品房销售委托书。

第二十七条 受托房地产中介服务机构销售商品房时,应当如实向买受人介绍所代理销售商品房的有关情况。

受托房地产中介服务机构不得代理销售不符合销售条件的商品房。

第二十八条 受托房地产中介服务机构在代理销售商品房时不得收取佣金以外的其他费用。

第二十九条 商品房销售人员应当经过专业培训,方可从事商品房销售业务。

第五章 交 付

第三十条 房地产开发企业应当按照合同约定,将符合交付使用条件的商品房按期交付给买受人。未能按期交付的,房地产开发企业应当承担违约责任。

因不可抗力或者当事人在合同中约定的其他原因,需延期交付的,房地产开发企业应当及时告知买受人。

第三十一条 房地产开发企业销售商品房时设置样板房的,应当说明实际交付的商品房质量、设备及装修与样板房是否一致,未作说明的,实际交付的商品房应当与样板房一致。

第三十二条 销售商品住宅时,房地产开发企业应当根据《商品住宅实行质量保证书和住宅使用说明书制度的规定》(以下简称《规定》),向买受人提供《住宅质量保证书》、《住宅使用说明书》。

第三十三条 房地产开发企业应当对所售商品房承担质量保修责任。当事人应当在合同中就保修范围、保修期限、保修责任等内容做出约定。保修期从交付之日起计算。

商品住宅的保修期限不得低于建设工程承包单位向建设单位出具的质量保修书约定保修期的存续期;存续期少于《规定》中确定的最低保修期限的,保修期不得低于《规定》中确定的最低保修期限。

非住宅商品房的保修期限不得低于建设工程承包单位向建设单位出具的质量保修书约定保修期的存续期。

在保修期限内发生的属于保修范围的质量问题,房地产开发企业应当履行保修义务,并对造成的损失承担赔偿责任。因不可抗力或者使用不当造成的损坏,房地产开发企业不承担责任。

第三十四条　房地产开发企业应当在商品房交付使用前按项目委托具有房产测绘资格的单位实施测绘,测绘成果报房地产行政主管部门审核后用于房屋权属登记。

房地产开发企业应当在商品房交付使用之日起 60 日内,将需要由其提供的办理房屋权属登记的资料报送房屋所在地房地产行政主管部门。

房地产开发企业应当协助商品房买受人办理土地使用权变更和房屋所有权登记手续。

第三十五条　商品房交付使用后,买受人认为主体结构质量不合格的,可以依照有关规定委托工程质量检测机构重新核验。经核验,确属主体结构质量不合格的,买受人有权退房;给买受人造成损失的,房地产开发企业应当依法承担赔偿责任。

第六章　法律责任

第三十六条　未取得营业执照,擅自销售商品房的,由县级以上人民政府工商行政管理部门依照《城市房地产开发经营管理条例》的规定处罚。

第三十七条　未取得房地产开发企业资质证书,擅自销售商品房的,责令停止销售活动,处 5 万元以上 10 万元以下的罚款。

第三十八条　违反法律、法规规定,擅自预售商品房的,责令停止违法行为,没收违法所得;收取预付款的,可以并处已收取的预付款 1% 以下的罚款。

第三十九条　在未解除商品房买卖合同前,将作为合同标的物的商品房再行销售给他人的,处以警告,责令限期改正,并处 2 万元以上 3 万元以下罚款;构成犯罪的,依法追究刑事责任。

第四十条　房地产开发企业将未组织竣工验收、验收不合格或者对不合格按合格验收的商品房擅自交付使用的,按照《建设工程质量管理条例》的规定处罚。

第四十一条　房地产开发企业未按规定将测绘成果或者需要由其提供的办理房屋权属登记的资料报送房地产行政主管部门的,处以警告,责令限期改正,并可处 2 万元以上 3 万元以下罚款。

第四十二条　房地产开发企业在销售商品房中有下列行为之一的,处以警告,责令限期改正,并可处 1 万元以上 3 万元以下罚款:

（一）未按照规定的现售条件现售商品房的;

（二）未按照规定在商品房现售前将房地产开发项目手册及符合商品房现售条件的有关证明文件报送房地产开发主管部门备案的;

（三）返本销售或者变相返本销售商品房的;

（四）采取售后包租或者变相售后包租方式销售未竣工商品房的;

（五）分割拆零销售商品住宅的;

（六）不符合商品房销售条件,向买受人收取预订款性质费用的;

（七）未按照规定向买受人明示《商品房销售管理办法》、《商品房买卖合同示范文本》、《城市商品房预售管理办法》的;

（八）委托没有资格的机构代理销售商品房的。

第四十三条　房地产中介服务机构代理销售不符合销售条件的商品房的,处以警告,责令停止销售,并可处 2 万元以上 3 万元以下罚款。

第四十四条　国家机关工作人员在商品房销售管理工作中玩忽职守、滥用职权、徇私舞弊,依法给予行政处分;构成犯罪的,依法追究刑事责任。

第七章　附　　则

第四十五条　本办法所称返本销售,是指房地产开发企业以定期向买受人返还购房款的方式销售商品房的行为。

本办法所称售后包租,是指房地产开发企业以在一定期限内承租或者代为出租买受人所购该企业商品房的方式销售商品房的行为。

本办法所称分割拆零销售,是指房地产开发企业以将成套的商品住宅分割为数部分分别出售给买受人的方式销售商品住宅的行为。

本办法所称产权登记面积,是指房地产行政主管部门确认登记的房屋面积。

第四十六条　省、自治区、直辖市人民政府建设行政主管部门可以根据本办法制定实施细则。

第四十七条　本办法由国务院建设行政主管部门负责解释。

第四十八条　本办法自 2001 年 6 月 1 日起施行。

城市房地产转让管理规定

1. 1995 年 8 月 7 日建设部令第 45 号发布
2. 2001 年 8 月 15 日修正

第一条　为了加强对城市房地产转让的管理,维护房地产市场秩序,保障房地产转让当事人的合法权益,根据《中华人民共和国城市房地产管理法》,制定本规定。

第二条　凡在城市规划区国有土地范围内从事房地产转让,实施房地产转让管理,均应遵守本规定。

第三条　本规定所称房地产转让,是指房地产权利人通过买卖、赠与或者其他合法方式将其房地产转移给他人的行为。

前款所称其他合法方式,主要包括下列行为:

(一)以房地产作价入股、与他人成立企业法人,房地产权属发生变更的;

(二)一方提供土地使用权,另一方或者多方提供资金,合资、合作开发经营房地产,而使房地产权属发生变更的;

(三)因企业被收购、兼并或合并,房地产权属随之转移的;

(四)以房地产抵债的;

(五)法律、法规规定的其他情形。

第四条　国务院建设行政主管部门归口管理全国城市房地产转让工作。

省、自治区人民政府建设行政主管部门归口管理本行政区域内的城市房地产转让工作。

直辖市、市、县人民政府房地产行政主管部门(以下简称房地产管理部门)负责本行政区域内的城市房地产转让管理工作。

第五条　房地产转让时,房屋所有权和该房屋占用范围内的土地使用权同时转让。

第六条　下列房地产不得转让:

(一)以出让方式取得土地使用权但不符合本规定第十条规定的条件的;

(二)司法机关和行政机关依法裁定,决定查封或者以其他形式限制房地产权利的;

(三)依法收回土地使用权的;

(四)共有房地产,未经其他共有人书面同意的;

(五)权属有争议的;

(六)未依法登记领取权属证书的;

(七)法律、行政法规规定禁止转让的其他情形。

第七条　房地产转让,应当按照下列程序办理:

(一)房地产转让当事人签订书面转让合同;

(二)房地产转让当事人在房地产转让合同签订后 90 日内持房地产权属证书、当事人的合法证明、转让合同等有关文件向房地产所在地的房地产管理部门提出申请,并申报成交价格;

(三)房地产管理部门对提供的有关文件进行审查,并在 7 日内作出是否受理申请的书面答复,7 日内未作书面答复的,视为同意受理;

(四)房地产管理部门核实申报的成交价格,并根据需要对转让的房地产进行现场查勘和评估;

(五)房地产转让当事人按照规定缴纳有关税费;

(六)房地产管理部门办理房屋权属登记手续,核发房地产权属证书。

第八条　房地产转让合同应当载明下列主要内容:

(一)双方当事人的姓名或者名称、住所;

(二)房地产权属证书名称和编号;

(三)房地产坐落位置、面积、四至界限;

(四)土地宗地号、土地使用权取得的方式及年限;

(五)房地产的用途或使用性质;

(六)成交价格及支付方式;

(七)房地产交付使用的时间;

(八)违约责任;

(九)双方约定的其他事项。

第九条　以出让方式取得土地使用权的,房地产转让时,土地使用权出让合同载明的权利、义务随之转移。

第十条 以出让方式取得土地使用权的,转让房地产时,应当符合下列条件:

(一)按照出让合同约定已经支付全部土地使用权出金金,并取得土地使用权证书;

(二)按照出让合同约定进行投资开发,属于房屋建设工程的,应完成开发投资总额的25%以上;属于成片开发土地的,依照规划对土地进行开发建设,完成供排水、供电、供热、道路交通、通信等市政基础设施、公用设施的建设,达到场地平整,形成工业用地或者其他建设用地条件。

转让房地产时房屋已经建成的,还应当持有房屋所有权证书。

第十一条 以划拨方式取得土地使用权的,转让房地产时,按照国务院的规定,报有批准权的人民政府审批。有批准权的人民政府准予转让的,除符合本规定第十二条所列的可以不办理土地使用权出让手续的情形外,应当由受让方办理土地使用权出让手续,并依照国家有关规定缴纳土地使用权出金金。

第十二条 以划拨方式取得土地使用权的,转让房地产时,属于下列情形之一的,经有批准权的人民政府批准,可以不办理土地使用权出让手续,但应当将转让房地产所获收益中的土地收益上缴国家或者作其他处理。土地收益的缴纳和处理的办法按照国务院规定办理。

(一)经城市规划行政主管部门批准,转让的土地用于建设《中华人民共和国城市房地产管理法》第二十三条规定的项目的;

(二)私有住宅转让后仍用于居住的;

(三)按照国务院住房制度改革有关规定出售公有住宅的;

(四)同一宗土地上部分房屋转让而土地使用权不可分割转让的;

(五)转让的房地产暂时难以确定土地使用权出让用途、年限和其他条件的;

(六)根据城市规划土地使用权不宜出让的;

(七)县级以上人民政府规定暂时无法或不需要采取土地使用权出让方式的其他情形。

依照前款规定缴纳土地收益或作其他处理的,应当在房地产转让合同中注明。

第十三条 依照本规定第十二条规定转让的房地产再转让,需要办理出让手续、补交土地使用权出让金的,应当扣除已经缴纳的土地收益。

第十四条 国家实行房地产成交价格申报制度。

房地产权利人转让房地产,应当如实申报成交价格,不得瞒报或者作不实的申报。

房地产转让应当以申报的房地产成交价格作为缴纳税费的依据。成交价格明显低于正常市场价格的,以评估价格作为缴纳税费的依据。

第十五条 商品房预售按照建设部《城市商品房预售管理办法》执行。

第十六条 房地产管理部门在办理房地产转让时,其收费的项目和标准,必须经有批准权的物价部门和建设行政主管部门批准,不得擅自增加收费项目和提高收费标准。

第十七条 违反本规定第十条第一款和第十一条,未办理土地使用权出让手续,交纳土地使用权出让金的,按照《中华人民共和国城市房地产管理法》的规定进行处罚。

第十八条 房地产管理部门工作人员玩忽职守、滥用职权、徇私舞弊、索贿受贿的,依法给予行政处分;构成犯罪的,依法追究刑事责任。

第十九条 在城市规划区外的国有土地范围内进行房地产转让的,参照本规定执行。

第二十条 省、自治区人民政府建设行政主管部门、直辖市房地产行政主管部门可以根据本规定制定实施细则。

第二十一条 本规定由国务院建设行政主管部门负责解释。

第二十二条 本规定自1995年9月1日起施行。

城市商品房预售管理办法

1. 1994年11月15日建设部令第40号发布

2. 2001年8月15日第一次修正

3. 2004年7月20日第二次修正

第一条 为加强商品房预售管理,维护商品房交易双方的合法权益,根据《中华人民共和国城市房地产管理法》《城市房地产开发经营管理条例》,制定本办法。

第二条 本办法所称商品房预售是指房地产开发企业(以下简称开发企业)将正在建设中的房屋预先出售给承购人,由承购人支付定金或房价款的行为。

第三条 本办法适用于城市商品房预售的管理。

第四条 国务院建设行政主管部门归口管理全国城市商品房预售管理;

省、自治区建设行政主管部门归口管理本行政区域内城市商品房预售管理;

市、县人民政府建设行政主管部门或房地产行政主管部门(以下简称房地产管理部门)负责本行政区域内城市商品房预售管理。

第五条 商品房预售应当符合下列条件:

(一)已交付全部土地使用权出让金,取得土地使用权证书;

(二)持有建设工程规划许可证和施工许可证;

(三)按提供预售的商品房计算,投入开发建设的资金达到工程建设总投资的25%以上,并已经确定施工进度和竣工交付日期。

第六条 商品房预售实行许可制度。开发企业进行商品房预售,应当向房地产管理部门申请预售许可,取得《商品房预售许可证》。

未取得《商品房预售许可证》的,不得进行商品房预售。

第七条 开发企业申请预售许可,应当提交下列证件(复印件)及资料:

(一)商品房预售许可申请表;

(二)开发企业的《营业执照》和资质证书;

(三)土地使用权证、建设工程规划许可证、施工许可证;

(四)投入开发建设的资金占工程建设总投资的比例符合规定条件的证明;

(五)工程施工合同及关于施工进度的说明;

(六)商品房预售方案。预售方案应当说明预售商品房的位置、面积、竣工交付日期等内容,并应当附预售商品房分层平面图。

第八条 商品房预售许可依下列程序办理:

(一)受理。开发企业按本办法第七条的规定提交有关材料,材料齐全的,房地产管理部门应当当场出具受理通知书;材料不齐的,应当当场或者5日内一次性书面告知需要补充的材料。

(二)审核。房地产管理部门对开发企业提供的有关材料是否符合法定条件进行审核。

开发企业对所提交材料实质内容的真实性负责。

(三)许可。经审查,开发企业的申请符合法定条件的,房地产管理部门应当在受理之日起10日内,依法作出准予预售的行政许可书面决定,发送开发企业,并自作出决定之日起10日内向开发企业颁发、送达《商品房预售许可证》。

经审查,开发企业的申请不符合法定条件的,房地产管理部门应当在受理之日起10日内,依法作出不予许可的书面决定。书面决定应当说明理由,告知开发企业享有依法申请行政复议或者提起行政诉讼的权利,并送达开发企业。

商品房预售许可决定书、不予商品房预售许可决定书应当加盖房地产管理部门的行政许可专用印章,《商品房预售许可证》应当加盖房地产管理部门的印章。

(四)公示。房地产管理部门作出的准予商品房预售许可的决定,应当予以公开,公众有权查阅。

第九条 开发企业进行商品房预售,应当向承购人出示《商品房预售许可证》。售楼广告和说明书应当载明《商品房预售许可证》的批准文号。

第十条 商品房预售,开发企业应当与承购人签订商品房预售合同。开发企业应当自签约之日起30日内,向房地产管理部门和市、县人民政府土地管理部门办理商品房预售合同登记备案手续。

房地产管理部门应当积极应用网络信息技术,逐步推行商品房预售合同网上登记备案。

商品房预售合同登记备案手续可以委托代理人办理。委托代理人办理的,应当有书面委托书。

第十一条　开发企业预售商品房所得款项应当用于有关的工程建设。

商品房预售款监管的具体办法,由房地产管理部门制定。

第十二条　预售的商品房交付使用之日起 90 日内,承购人应当依法到房地产管理部门和市、县人民政府土地管理部门办理权属登记手续。开发企业应当予以协助,并提供必要的证明文件。

由于开发企业的原因,承购人未能在房屋交付使用之日起 90 日内取得房屋权属证书的,除开发企业和承购人有特殊约定外,开发企业应当承担违约责任。

第十三条　开发企业未取得《商品房预售许可证》预售商品房的,依照《城市房地产开发经营管理条例》第三十九条的规定处罚。

第十四条　开发企业不按规定使用商品房预售款项的,由房地产管理部门责令限期纠正,并可处以违法所得 3 倍以下但不超过 3 万元的罚款。

第十五条　开发企业隐瞒有关情况、提供虚假材料,或者采用欺骗、贿赂等不正当手段取得商品房预售许可的,由房地产管理部门责令停止预售,撤销商品房预售许可,并处 3 万元罚款。

第十六条　省、自治区建设行政主管部门、直辖市建设行政主管部门或房地产行政管理部门可以根据本办法制定实施细则。

第十七条　本办法由国务院建设行政主管部门负责解释。

第十八条　本办法自 1995 年 1 月 1 日起施行。

商品房销售面积计算及公用建筑面积分摊规则(试行)

1995 年 9 月 8 日建设部发布

第一条　根据国家有关技术标准,制定《商品房销售面积计算及公用建筑面积分摊规则》(试行)。

第二条　本规则适用于商品房的销售和产权登记。

第三条　商品房销售以建筑面积为面积计算单位。建筑面积应按国家现行《建筑面积计算规则》进行计算。

第四条　商品房整栋销售,商品房的销售面积即为整栋商品房的建筑面积(地下室作为人防工程的,应从整栋商品房的建筑面积中扣除)。

第五条　商品房按"套"或"单元"出售,商品房的销售面积即为购房者所购买的套内或单元内建筑面积(以下简称套内建筑面积)与应分摊的公用建筑面积之和。

商品房销售面积 = 套内建筑面积 + 分摊的公用建筑面积

第六条　套内建筑面积由以下三部分组成:

1. 套(单元)内的使用面积;

2. 套内墙体面积;

3. 阳台建筑面积。

第七条　套内建筑面积各部分的计算原则如下:

1. 套(单元)内的使用面积

住宅按《住宅建筑设计规范》(GBJ96—86)规定的方法计算。其他建筑,按照专用建筑设计规范规定的方法或参照《住宅建筑设计规范》计算。

2. 套内墙体面积

商品房各套(单元)内使用空间周围的维护或承重墙体,有共用墙及非共用墙两种。

商品房各套(单元)之间的分隔墙、套(单元)与公用建筑空间之间的分隔墙以及外墙(包括山墙)均为共用墙,共用墙墙体水平投影面积的一半计入套内墙体面积。

非共用墙墙体水平投影面积全部计入套内墙体面积。

3. 阳台建筑面积

按国家现行《建筑面积计算规则》进行计算。

4. 套内建筑面积的计算公式为:

套内建筑面积 = 套内使用面积 + 套内墙体面积 + 阳台建筑面积

第八条　公用建筑面积由以下两部分组成:

1. 电梯井、楼梯间、垃圾道、变电室、设备间、公共门厅和过道、地下室、值班警卫室以及其他功能的为整栋建筑服务的公共用房和管

理用房建筑面积;

2. 套(单元)与公用建筑空间之间的分隔墙以及外墙(包括山墙)墙体水平投影面积的一半。

第九条　公用建筑面积计算原则

凡已作为独立使用空间销售或出租的地下室、车棚等,不应计入公用建筑面积部分。作为人防工程的地下室也不计入公用建筑面积。

公用建筑面积按以下方法计算:

整栋建筑物的建筑面积扣除整栋建筑物各套(单元)套内建筑面积之和,并扣除已作为独立使用空间销售或出租的地下室、车棚及人防工程等建筑面积,即为整栋建筑物的公用建筑面积。

第十条　公用建筑面积分摊系数计算

将整栋建筑物的公用建筑面积除以整栋建筑物的各套套内建筑面积之和,得到建筑物的公用建筑面积分摊系数

$$公用建筑面积分摊系数 = \frac{公用建筑面积}{套内建筑面积之和}$$

第十一条　公用建筑面积分摊计算

各套(单元)的套内建筑面积乘以公用建筑面积分摊系数,得到购房者应合理分摊的公用建筑面积。

分摊的公用建筑面积 = 公用建筑面积分摊系数×套内建筑面积

第十二条　其他房屋的买卖和房地产权属登记,可参照本规则执行。

第十三条　本规则由建设部解释。

第十四条　本规则自 1995 年 12 月 1 日起施行。

关于规范住房交易手续费
有关问题的通知

1.　2002 年 1 月 31 日国家发展计划委员会、建设部发布

2.　计价格〔2002〕121 号

各省、自治区、直辖市及计划单列市、副省级省会城市计委、物价局,建设厅(房地产管理局):

根据经国务院批准的国家计委、财政部《关于全面整顿住房建设收费取消部分收费项目的通知》要求,现就规范住房交易手续费的有关问题通知如下:

一、住房交易手续费属经营服务性收费,应坚持公开、公平、质价相符的原则,由经批准建立的房地产交易中心提供交易服务,办理交易时收取。

二、住房交易手续费包括住房转让手续费和住房租赁手续费。在办理住房交易手续过程中,除住房转让手续费和住房租赁手续费外,不得以任何名义收取其他费用。

三、住房交易手续费按以下标准计收:

(一)住房转让手续费。按住房建筑面积收取。收费标准为:新建商品住房每平米 3 元,存量住房每平方米 6 元。新建商品房转让手续费由转让方承担,经济适用房减半计收;存量住房转让手续费由转让双方各承担 50%。

(二)住房租赁手续费。按套收取,收费标准为每套 100 元,由出租人承担。

以上收费标准为最高限额。省、自治区、直辖市价格主管部门可根据本地区住房交易量及经济发展状况确定具体收费标准。

四、房地产交易中心应当按规定提供交易场所、市场信息、核实产权、代办产权过户、租赁合同备案以及其他与住房交易有关的服务。

五、房地产交易中心应当按照国家有关规定在交易场所实行明码标价,公布收费依据、收费项目、收费标准。

六、住房交易手续费主要用于房地产交易中心人员经费、房屋、设备等固定资产折旧、维护和购置费用,办公费用及交纳税金等,其他任何部门、单位不得平调、扣缴、截留。

七、住房以外的其他房地产交易手续费收费标准由各省、自治区、直辖市价格主管部门会同建设(房地产)行政主管部门参照本通知规定制定。

八、上述规定自 2002 年 3 月 1 日起执行。各地此前制发的有关住房交易手续费的规定同时废止。

关于整顿和规范房地产
市场秩序的通知

1. *2002 年 5 月 23 日建设部、国家计委、国家经贸委、财政部、国土资源部、国家工商行政管理总局、监察部发布*

2. 建住房[2002]123 号

各省、自治区、直辖市人民政府,国务院各部门、各直属机构:

近年来,在住房制度改革及其相关政策的推动下,居民住房消费得到有效启动,房地产市场日趋活跃。这对于改善居民的居住条件,带动相关产业发展,拉动经济增长做出了重要贡献。但是,房地产市场不规范问题在不少地区还比较突出,违规开发、广告虚假、面积"短斤缺两"、中介市场混乱、物业管理不规范等问题时有发生,群众反映强烈。为促进房地产市场健康发展,整顿和规范房地产市场秩序,经国务院同意,现就有关问题通知如下:

一、提高认识,加强领导

整顿和规范房地产市场秩序是整顿和规范市场经济秩序的重要组成部分,对于保护居民住房消费积极性、促进房地产市场持续健康发展、营造良好的市场环境具有十分重要的意义。各地要从实践"三个代表"重要思想的高度,充分认识这项工作的重要性,增强做好工作的责任感和紧迫感,切实把整顿和规范房地产市场秩序工作抓紧、抓好。通过专项整治,使房地产市场各种违法、违规行为大幅度下降,房地产市场秩序明显好转。

整顿和规范房地产市场秩序工作,必须坚持深化改革与加强法制并举的指导思想,标本兼治、重在治本。

整顿和规范房地产市场秩序工作,由各省、自治区、直辖市人民政府负责,各城市人民政府具体组织实施。各城市人民政府要明确牵头单位,将整顿和规范房地产市场秩序工作的任务,分解到具体部门,并加强监督检查。

建设部会同国家计委、国家经贸委、财政部、国土资源部、国家工商行政管理总局、监察部等部门负责监督、指导和协调。各有关部门明确分工、各司其职、密切配合。

二、突出工作重点,加大打击力度,依法查处违法、违规行为

各地区、各部门要针对当前房地产市场存在的主要问题,突出工作重点,加大查处力度。对影响恶劣、后果严重的大案、要案,要依法从严惩处,切实解决群体上访、重复上访等问题,维护社会稳定。

(一)加强房地产开发项目管理,依法查处违法、违规开发建设行为

各地要严格执行房地产开发项目审批程序,并加强项目的跟踪管理。房地产开发企业取得出让土地使用权后,必须按照出让合同约定支付出让金,并按照出让合同约定的条件和期限开发、利用土地。未按约定支付出让金的,土地管理部门有权解除合同,并可以请求违约赔偿;未按约定的条件和期限开发、利用土地的,市、县人民政府土地管理部门应当予以纠正,并可处以警告、罚款直至无偿收回土地使用权。确需改变出让合同约定条件的,必须取得土地出让方和市、县人民政府城市规划行政主管部门同意,并签订土地使用权出让合同变更协议或者重新签订土地使用权出让合同。

房地产开发企业应当严格按照有关规定办理用地、立项、规划、建设和销售等手续。对经营性房地产开发项目,要适应政府按年度计划采取招标、拍卖和挂牌方式统一供应土地的要求,通过竞争取得土地使用权。房地产开发项目规划方案一经批准,任何单位和个人不得擅自变更。确需变更的,必须按原审批程序报批;城市规划行政主管部门在批准其变更前,应当进行听证。对于擅自变更规划的房地产开发企业,城市规划主管部门应当依据《中华人民共和国城市规划法》,责令停止建设、限期改正,并处以罚款;严重影响城市规划的,责令拆除违法建筑物。

未取得施工许可证或者开工报告未经批准擅自施工的,建设行政主管部门应当依据《建筑工程质量管理条例》第五十七条规定,责令停止施工,限期改正,并处工程合同价款 1%

以上2%以下的罚款。

未取得预售许可证明擅自预售商品房的，房地产管理部门应当依据《城市房地产开发经营管理条例》第三十九条规定，责令停止违法行为，没收违法所得，可以并处收取的预付款1%以下的罚款；对于擅自挪用预售款项的，房地产管理部门应当依据《城市商品房预售管理办法》第十四条规定，责令限期纠正，并处以违法所得3倍以下但不超过3万元的罚款；构成犯罪的，依法追究刑事责任。

各地房地产管理部门、工商行政管理部门要严格按照有关规定，把好市场准入关，依法严厉打击抽逃注册资本（金）、项目资本金、无证或者超范围从事房地产开发经营等行为。对于自有资金不足、行为不规范的房地产开发企业，房地产管理部门应当报当地人民政府及时通知各有关部门不得审批或同意其新开建设项目。

（二）规范商品房面积计算标准和办法，依法查处面积"短斤缺两"行为

要积极推行按套或套内建筑面积销售商品房的计价方式。按建筑面积计价的，房地产开发企业应当向消费者明示套内建筑面积及分摊的共有建筑面积。已纳入分摊面积的共用部位的产权，属业主共有，房地产开发企业不得擅自另行出租、出售。

各地要加大查处力度，依法打击面积计算、面积分摊中弄虚作假、故意侵害购房者利益以及擅自出租、出售共用部位牟利等行为。

商品房销售合同约定面积与实际面积发生差异的，按照合同约定处理；合同未作约定的，面积误差比绝对值超出3%时，买受人有权退房。买受人不退房的，产权登记面积大于合同约定面积时，面积误差比在3%以内（含3%）部分的房价款由买受人补足；超出3%部分的房价款由房地产开发企业承担，产权归买受人。产权登记面积小于合同约定面积时，面积误差比绝对值在3%以内的（含3%）部分的房价款由房地产开发企业返还买受人；绝对值超过3%部分的房价款由房地产开发企业双倍返还买受人。

（三）强化合同管理，依法查处合同欺诈行为

《商品房买卖合同示范文本》对于规范合同内容、避免合同纠纷、保护购房者合法权益有着十分重要的作用。各地要积极宣传并推广使用。未使用示范文本的，房地产管理部门在核发商品房预售许可证时，应当审核房地产开发企业提供的合同文本是否包含法律、法规规定的必备内容。未包含的，房地产管理部门应当要求房地产开发企业进行调整；拒不调整的，不予发放预售许可证。

已预售的房地产开发项目，因规划、设计调整导致商品房结构型式、户型、空间尺寸、朝向变化以及出现合同当事人约定的其他影响商品房质量或者使用功能情形的，房地产开发企业应当在批准变更后10日内通知买受人。未在规定时限内通知买受人的，买受人有权退房，并有权要求开发企业承担违约责任。

各地房地产管理部门、工商行政管理部门要加强对合同的监管，依法查处房地产市场合同欺诈行为，切实保护住房消费者的合法权益。

（四）强化竣工验收制度，切实把好交付使用关

各地要严把交付使用关，坚决杜绝不合格的商品房进入市场。所有商品住宅开发项目，未经竣工综合验收不得交付使用。未按规定进行竣工综合验收或将竣工综合验收不合格的商品住宅交付使用的房地产开发企业，房地产管理部门应当责令其限期补办验收手续，并在资质年检中予以降级或注销资质证书。给买受人造成损失的，应当依法承担赔偿责任。

房地产开发企业在商品住宅交付使用时，应当向买受人提供《住宅质量保证书》和《住宅使用说明书》，并按《住宅质量保证书》的约定承担保修责任。未按规定提供《住宅质量保证书》和《住宅使用说明书》或者未按《住宅质量保证书》的规定进行保修的，房地产管理部门应当在资质年检中予以降级或者注销资质证书。

（五）规范物业管理服务与收费，依法查处物业管理中的不规范行为

要通过完善物业管理立法，规范物业管理合同等措施，明确业主、业主会和物业管理企

业在物业管理活动中的权利和义务,加快建立业主自治与物业管理企业专业管理相结合的社会化、专业化、市场化的物业管理体制。物业管理企业接受业主或业主会委托,应当依照合同约定,对物业进行专业化维修、养护,对相关区域内的环境、公共秩序等进行管理,并提供相关服务。

要完善物业管理前期介入和承接验收制度。在物业管理企业与房地产开发企业签订的物业管理合同中,应当明确交付使用后的质量责任及双方的权利义务,切实做好建设和管理的衔接。要引入竞争机制,大力推行物业管理项目的招投标,通过优胜劣汰,促进管理水平的提高。

各地价格管理部门和房地产管理部门要按照《城市住宅小区物业管理服务收费暂行办法》规定的原则,制定、完善本地区物业管理收费具体实施办法,并加强对物业管理收费的监管。对违反规定多收费、少服务以及收费不规范等行为,政府价格管理部门应当依据有关法律、法规予以处罚。

房地产管理部门要采取切实有效措施,加强对物业管理企业服务行为的管理与监督。对于管理不到位、侵犯业主合法权益的物业管理企业,经业主大会讨论通过,可以提前解除合同,另行选聘物业管理企业。对于经营中有劣迹的物业管理公司,房地产管理部门应当在资质年检中予以降级或注销资质证书,并记入企业信用档案;情节严重的,要在媒体上曝光。

(六)加强房地产广告管理,依法查处违法广告行为

各地要把加强房地产广告管理作为集中整治广告市场秩序的重点。对违法发布房地产广告和不兑现广告承诺内容的房地产企业,房地产管理部门应当责令限期改正;逾期不改正的,在资质年检中予以降级或注销资质证书,并在新闻媒体上曝光。工商行政管理部门要加强对房地产广告的监测,对违法房地产广告依法予以查处。

房地产开发企业、房地产中介服务机构应当严格按照有关规定,将房地产广告和宣传资料中明示及承诺的主要内容和事项在合同中明确。房地产广告和宣传资料承诺的内容与实际交付不一致,侵害消费者合法权益的,由工商行政管理部门依据有关规定处罚。

房地产开发企业销售商品房时设置样板房的,应当说明实际交付的商品房质量、设备、装修与样板房是否一致;未作说明的,实际交付的商品房应当与样板房一致。

(七)完善相关制度,规范中介行为

加快实施房地产经纪人执业资格制度,积极推行房地产中介服务人员持证上岗制度。对于伪造、涂改、转让房地产中介服务人员职业资格证书的,房地产管理部门应当依据有关规定收回其资格证书或者公告资格证书作废,并处1万元以下的罚款;对于在房地产中介活动中收受委托合同以外财物、允许他人以自己的名义执业、发布虚假或不实信息、在两个以上机构执业、与一方当事人串通损害另一方当事人利益以及违法收取佣金等违规、违法行为,房地产管理部门应当收回资格证书或者公告资格证书作废,并处1万元以上3万元以下的罚款;构成犯罪的,依法追究刑事责任。

在本通知下发前,未按有关规定完成脱钩改制的房地产估价机构,一律取消其从事评估业务的资质,并追究有关行政主管部门的行政责任。对出具不实报告的房地产估价机构,房地产管理部门应当依据有关规定予以降级或注销资质证书;对负有责任的估价师,依法追究其责任,情节严重的,撤销注册。

房地产中介服务应当按照《中介服务收费管理办法》的有关规定收取费用。对违反规定收取费用的中介服务机构,价格管理部门应当依据《中华人民共和国价格法》和《价格违法行为行政处罚规定》进行处罚。

各地要全面清理、整顿房地产中介服务机构,依法查处未取得资质证书、未履行备案手续、超范围从事中介业务以及中介行为不规范的房地产中介服务机构。

三、建立网上公示制度,促进诚信制度的建立

要充分利用网络信息手段,将各类房地产企业和中介服务机构及相关人员的基本情况,经营业绩,经营中违规、违法劣迹以及受到的处罚等记入企业和个人的信用档案,向社会公

示，接受社会监督。

各地要推行商品房销售人员持证上岗制度。所有从事商品房销售的人员应当具备经纪人或经纪人协理资格。无相应资格的，必须经培训并取得合格证书后，方可从事商品房销售业务。取得合格证书的销售人员也要逐步实行网上公示制度。

推广电子政务，实行政务公开。各级房地产管理部门要将各种办事程序、审查要件、办事时限、收费标准以及商品房预售许可、预售合同备案等内容在网上公示，接受社会监督。

各地要建立能进能出、能升能降的动态资质管理制度。要把是否有不良记录作为资质年检和晋级审批的条件。凡在经营活动中有不良行为的，房地产管理部门应当在资质年检中予以降级或者注销资质证书。

各省（区、市）建设行政主管部门要在每个季度末，把对房地产开发企业、中介服务机构、物业管理企业和有关责任人员的处理情况报建设部备案。建设部将不定期在有关媒体上曝光。要营造强大的舆论攻势，使有不良记录者付出代价。

四、加强法制建设，提高经营者依法经营和消费者自我保护意识

各有关部门、各地区要加快制订和完善规范房地产市场的法规、政策，加大执法力度，依法查处房地产市场中的违法、违规行为，切实做到有法可依、有法必依、执法必严、违法必究。各地要集中一段时间，对所有从事房地产开发经营、房地产中介服务和物业管理的企业进行全面培训，提高房地产企业依法经营的意识和自觉性；要组织开展形式多样的普法宣传活动，让房地产市场的各方主体，特别是购房者充分了解法律、法规规定的各项制度，依法保护自身的合法权益。

五、转变政府职能，实行政务公开

各级政府及其主管部门要主动适应转变政府职能的要求，减少事前的行政审批，加强事后监督。要全面清理房地产开发、销售和管理环节的各种审批，必须审批的要规范操作，简化程序，透明公开，明确责任；要建立错案行政责任追究制度，坚持"谁审批、谁负责"的原则。对违反审批程序，越权、越级审批的，要追究其主管领导、直接责任人的行政责任；要通过推行房地产交易与权属登记一体化、推行服务承诺等措施，切实简化办事程序，方便购房人办理房地产交易和房屋权属登记手续。

要建立行政责任追究制度。对不依法行政的，由上级机关追究有关责任人的行政责任。对国家机关工作人员在房地产市场管理中，玩忽职守、徇私舞弊的，要依据有关法规作出严肃处理。

各地要公布整顿和规范房地产市场投诉电话，指派专人负责处理房地产投诉。对不认真处理投诉的房地产企业，有关主管部门应当依据有关规定进行处罚。

关于加强房地产市场宏观调控促进房地产市场健康发展的若干意见

1. *2002 年 8 月 26 日建设部、国家计委、财政部、国土资源部、中国人民银行、国家税务总局发布*

2. 建住房〔2002〕217 号

各省、自治区、直辖市人民政府、国务院各部委、各直属机构：

近年来，在国家一系列鼓励住房消费政策的推动下，房地产投资持续保持较快的增长速度，居民住房消费得到有效启动，呈现供求两旺的发展势头。房地产市场的活跃，对于改善居民居住条件、带动相关产业发展，拉动经济增长作出了重要贡献。但是，局部地区出现了房地产投资增幅过大、土地供应过量、市场结构不尽合理、价格增长过快等问题。为了落实九届人大五次会议《政府工作报告》提出的鼓励居民扩大住房消费，培育新的经济增长点的精神，经国务院原则同意，现就加强房地产市场宏观调控，促进房地产市场健康发展，提出如下意见：

一、充分发挥政府职能，加强房地产市场宏观调控

各地要在充分分析房地产市场需求的基础上，确定与当地经济发展、市场需求相适应的房地产开发建设规模和各类商品房的供应比例,实现房地产市场总供给与总需求的平衡。商品房空置量较大、空置比例过高、增长过快的城市,要采取切实可行的措施,加强房地产项目的审批管理,严格控制新开工项目,加大空置商品房的处置力度,加快消化空置商品房。

要加强房地产市场信息系统的建设,完善市场信息披露制度。各级地方人民政府及其职能部门要采用信息技术和互联网等技术手段,及时、准确、全面地采集房地产业运行中的动态数据,并通过科学的分析、整理,对市场状况和发展趋势作出准确判断,对存在的问题及时处理和解决,使市场供求基本平衡,结构基本合理,避免市场的大起大落。同时,要以适当的方式,及时向社会发布市场信息,引导房地产开发企业理性投资。建设部要会同有关部门在各地房地产市场信息系统建设的基础上,通过全国联网,尽快建立全国房地产市场预警、预报体系,及时对市场进行宏观调控。要加强对重点地区房地产市场的监控和指导,防止出现新的房地产"过热"。

二、强化土地供应管理,严格控制土地供应总量

要充分发挥土地供应对房地产市场的调控作用,坚持城市人民政府对土地的集中统一供应和管理,防止出现多头无序供地现象。要严格执行土地利用总体规划和年度土地利用计划,控制新增建设用地供应总量。要采取切实可行的措施,调整土地利用结构,鼓励利用存量土地进行房地产开发建设,鼓励危旧住房的改造。要重点加强对经营性房地产开发项目用地供应管理,根据房地产市场供求状况,制定土地供应计划,逐步实现按计划供地。

加大监管力度,依法查处越权批地、利用集体土地变相搞房地产开发以及房地产开发企业与集体经济组织私下协议圈占土地等违法、违规行为。对经过批准但尚未开工建设的项目用地,各地要集中进行一次清理,依法应当收回的土地,要坚决予以收回。

三、充分发挥城市规划职能,规范建设用地管理,促进土地的合理使用

要充分发挥城市规划对房地产开发的调控和引导作用。所有列入建设用地范围的土地,必须严格按照城市规划的要求进行建设。市、县人民政府城市规划主管部门要及时将近期拟开发建设区块的规划条件向社会公开,接受社会监督。未按规划要求完成配套设施建设的住房,不得交付使用;商业银行不得提供个人住房贷款。

在城市建设用地范围内,土地供应必须符合城市规划。商业、旅游、娱乐和商品住宅等各类经营性用地,必须按照法定的规划条件,采取招标、拍卖和挂牌方式供应。其他用途土地的供应计划公布后,同一宗土地有两个以上意向用地者的,也应当采取招标、拍卖或者挂牌方式出让。

人均住房面积低于全国平均水平的城市,在审批城市总体规划时,要适当增加居住用地的比例,确保中低收入家庭住房用地的供应,切实改善居民居住条件,提高居住水平。

四、严格控制自有资金不足、行为不规范的房地产开发企业新开工项目

各地要贯彻落实《城市房地产开发经营管理条例》(国务院令第248号),强化房地产开发项目资本金制度和项目手册制度,加强对房地产开发建设全过程的监控。对资本金达不到规定标准、违反合同约定拖欠工程款的房地产开发企业,不得审批或同意其新开工项目,防止"半拉子"工程的产生。

五、大力发展经济适用住房,调整房地产市场供应结构

经济适用住房是解决中低收入家庭住房问题的重要举措。各地要采取切实可行的措施,进一步完善经济适用住房政策,要加强经济适用住房建设计划的管理,完善计划编制工作,提高计划的科学性和适用性。对于列入经济适用住房计划的项目,要确保各项配套优惠政策的落实。

要严格限制经济适用住房销售对象,控制建设标准。各地要尽快明确并公布经济适用房购买对象的收入标准和其他条件以及购房面积标准和超面积的处理办法。有关部门对购房对象要严格审核,对销售价格要严格审批并加强监督,对违规销售经济适用住房的开发企业要严肃查处,确保经济适用住房政策切实

落实到符合条件的中低收入家庭。未制订相应监督管理办法或未按规定进行审核的城市,不得以行政划拨方式提供建设用地。

继续鼓励工矿区和企事业单位利用自用土地,在符合城市规划和建设用地计划的前提下,组织职工集资、合作建房,多渠道、多层次解决中低收入家庭的住房问题。

六、加快落实住房补贴,提高职工购房的支付能力

各地要按照城镇住房制度改革的总体部署,加快推进住房分配货币化进程,切实落实住房补贴资金来源。住房补贴以财政和单位原有住房建设资金的转化为主,房价收入比在4倍以上,且财政、单位原有住房建设资金可转化为住房补贴的地区,应尽快将其转换为对无房和住房面积未达到规定标准职工的住房补贴,并在以后年份保证补贴资金来源的稳定性。要抓紧对公有住房出售收入的清理和转化,各地区、各单位出售直管公房、自管公房收入,在按规定留足住宅共用部位、共用设施和设备维修基金以及房管所转制资金后,全部用于发放住房补贴。要进一步完善公有住房出售收入管理办法。各地要加大对前几年用公有住房出售收入发放项目贷款的清理力度,制定切实可行的计划,按期收回;对于拒不执行国家政策,挤占、挪用公有住房出售收入的,要追究有关负责人和直接责任人的责任。

七、充分发挥金融对房地产市场的调控作用

当前既要发展房地产金融,又要防范金融风险,充分发挥金融对房地产市场的调控作用。要完善个人住房贷款管理办法,规范个人贷款审查的程序和标准,推行个人住房贷款业务的标准化,逐步建立并完善个人征信系统。要严格审核房地产开发项目贷款条件,切实加强对房地产开发贷款使用的监管。对未取得土地使用权证书、建设用地规划许可证、建设工程规划许可证和施工许可证(开工报告)的项目,商业银行不得发放任何形式贷款。要完善住房保险政策,合理确定保险费率,明确保险赔付责任,减轻借款人负担。要认真贯彻《住房公积金管理条例》(国务院令第350号)和《国务院关于进一步加强住房公积金管理的通知》(国发〔2002〕12号),完善住房公积金管理体制和监督机制,充分发挥住房公积金支持个人购房的作用。要健全个人住房贷款担保制度,加快完善住房贷款担保办法,加强对担保机构的业务规范和监管,推行标准化的担保合同示范文本,以提高居民个人住房贷款的信用度,保障银行对个人住房贷款的回收,有效地防范贷款风险。

八、继续加大对住房建设和消费环节不合理收费的清理力度

要认真落实国家已出台的各项清理收费政策,全面清理房地产开发建设和消费环节的各种不合理收费,降低开发建设成本、减轻购房人负担、支持住房消费。对于国家已明令禁止的收费项目,各地不得继续征收或变相征收,仍在继续征收或变相征收的,各地主管部门要依法严厉查处。

九、加强房屋拆迁管理,维护社会稳定

各地要认真贯彻《城市房屋拆迁管理条例》(国务院令第305号),严格按照条例规定的标准对被拆迁人进行补偿。要严格执行房屋拆迁许可制度,完善房屋拆迁补偿资金监管办法,切实保护被拆迁人的合法权益。各地房屋拆迁主管部门要加强宣传,通过细致耐心的工作,使被拆迁人了解拆迁政策,支持房屋拆迁工作。对被拆迁人意见较大的项目,要及时进行调解,防止群体上访事件的发生。

文书范本精选

商品房买卖合同(示范文本)

合同编号:＿＿＿＿＿＿＿＿＿＿

合同双方当事人:＿＿＿＿＿＿＿＿＿

出卖人:＿＿＿＿＿＿＿＿＿＿＿＿＿＿＿

注册地址：＿＿＿＿＿＿＿＿＿＿＿＿＿＿＿＿＿＿＿＿＿＿＿＿＿＿＿＿＿＿＿

营业执照注册号：＿＿＿＿＿＿＿＿＿＿＿＿＿＿＿＿＿＿＿＿＿＿＿＿＿＿＿

企业资质证书号：＿＿＿＿＿＿＿＿＿＿＿＿＿＿＿＿＿＿＿＿＿＿＿＿＿＿＿

法定代表人：＿＿＿＿＿＿＿＿联系电话：＿＿＿＿＿＿＿＿＿＿＿＿＿＿＿

邮政编码＿＿＿＿＿＿＿＿＿＿＿＿＿＿＿＿＿＿＿＿＿＿＿＿＿＿＿＿＿＿

委托代理人：＿＿＿＿＿＿＿＿地址：＿＿＿＿＿＿＿＿＿＿＿＿＿＿＿＿＿

邮政编码：＿＿＿＿＿＿＿＿联系电话：＿＿＿＿＿＿＿＿＿＿＿＿＿＿＿

委托代理机构：＿＿＿＿＿＿＿＿＿＿＿＿＿＿＿＿＿＿＿＿＿＿＿＿＿＿＿

注册地址：＿＿＿＿＿＿＿＿＿＿＿＿＿＿＿＿＿＿＿＿＿＿＿＿＿＿＿＿＿

营业执照注册号：＿＿＿＿＿＿＿＿＿＿＿＿＿＿＿＿＿＿＿＿＿＿＿＿＿＿＿

法定代表人：＿＿＿＿＿＿＿＿联系电话：＿＿＿＿＿＿＿＿＿＿＿＿＿＿＿

邮政编码：＿＿＿＿＿＿＿＿＿＿＿＿＿＿＿＿＿＿＿＿＿＿＿＿＿＿＿＿＿

买受人：＿＿＿＿＿＿＿＿＿＿＿＿＿＿＿＿＿＿＿＿＿＿＿＿＿＿＿＿＿＿

【本人】【法定代表人】姓名：＿＿＿＿＿＿＿＿国籍：＿＿＿＿＿＿＿＿＿

【身份证】【护照】【营业执照注册号】【　　】＿＿＿＿＿＿＿＿＿＿＿＿＿

地址：＿＿＿＿＿＿＿＿＿＿＿＿＿＿＿＿＿＿＿＿＿＿＿＿＿＿＿＿＿＿＿

邮政编码：＿＿＿＿＿＿＿＿联系电话：＿＿＿＿＿＿＿＿＿＿＿＿＿＿＿

【委托代理人】【　　】姓名：＿＿＿＿＿＿＿＿国籍：＿＿＿＿＿＿＿＿＿

地址：＿＿＿＿＿＿＿＿＿＿＿＿＿＿＿＿＿＿＿＿＿＿＿＿＿＿＿＿＿＿＿

邮政编码：＿＿＿＿＿＿＿＿电话：＿＿＿＿＿＿＿＿＿＿＿＿＿＿＿＿＿

根据《中华人民共和国合同法》、《中华人民共和国城市房地产管理法》及其他有关法律、法规之规定，买受人和出卖人在平等、自愿、协商一致的基础上就买卖商品房达成如下协议：

第一条　项目建设依据

出卖人以＿＿＿＿＿＿＿方式取得位于＿＿＿＿＿＿＿＿＿＿、编号为＿＿＿＿＿＿＿＿＿＿的地块的土地使用权。【土地使用权出让合同号】【土地使用权划拨批准文件号】【划拨土地使用权转让批准文件号】为＿＿＿＿＿＿＿＿＿＿＿。

该地块土地面积为＿＿＿＿＿＿，规划用途为＿＿＿＿＿＿，土地使用年限自＿＿＿年＿＿＿月＿＿＿日至＿＿＿年＿＿＿月＿＿＿日。

出卖人经批准，在上述地块上建设商品房，【现定名】【暂定名】＿＿＿＿＿＿＿＿＿＿。建设工程规划许可证号为＿＿＿＿＿＿＿＿＿＿，施工许可证号为＿＿＿＿＿＿＿＿。

＿＿＿＿＿＿＿＿＿＿＿＿＿＿＿＿＿＿＿＿＿＿＿＿＿＿＿＿＿＿＿＿＿＿

＿＿＿＿＿＿＿＿＿＿＿＿＿＿＿＿＿＿＿＿＿＿＿＿＿＿＿＿＿＿＿＿。

第二条　商品房销售依据

买受人购买的商品房为【现房】【预售商品房】。预售商品房批准机关为＿＿＿＿＿＿＿＿＿＿＿＿＿＿＿，商品房预售许可证号为＿＿＿＿＿＿＿＿＿。

＿＿＿＿＿＿＿＿＿＿＿＿＿＿＿＿＿＿＿＿＿＿＿＿＿＿＿＿＿＿＿＿＿＿

＿＿＿＿＿＿＿＿＿＿＿＿＿＿＿＿＿＿＿＿＿＿＿＿＿＿＿＿＿＿＿＿。

第三条　买受人所购商品房的基本情况

买受人购买的商品房（以下简称该商品房，其房屋平面图见本合同附件一，房号以附件一上表示为准）为本合同第一条规定的项目中的：

第＿＿＿＿＿【幢】【座】＿＿＿＿＿【单元】【层】＿＿＿＿＿号房。

该商品房的用途为＿＿＿＿＿＿＿＿＿，属＿＿＿＿＿＿＿＿结构，层高为＿＿＿＿＿＿，建筑层数地上＿＿＿层,地下＿＿＿层。

该商品房阳台是【封闭式】【非封闭式】。

该商品房【合同约定】【产权登记】建筑面积共＿＿＿＿＿＿平方米,其中,套内建筑面积＿＿＿＿＿＿平方米,公共部位与公用房屋分摊建筑面积＿＿＿＿＿＿平方米(有关公共部位与公用房屋分摊建筑面积构成说明见附件二)。

＿＿

＿＿。

第四条　计价方式与价款

出卖人与买受人约定按下述第＿＿＿种方式计算该商品房价款:

1. 按建筑面积计算,该商品房单价为(＿＿＿币)每平方米＿＿＿元,总金额(＿＿＿币)＿＿＿千＿＿＿百＿＿＿拾＿＿＿万＿＿＿千＿＿＿百＿＿＿拾＿＿＿元整。

2. 按套内建筑面积计算,该商品房单价为(＿＿＿币)每平方米＿＿＿元,总金额(＿＿＿币)＿＿＿千＿＿＿百＿＿＿拾＿＿＿万＿＿＿千＿＿＿百＿＿＿拾＿＿＿元整。

3. 按套(单元)计算,该商品房总价款为(＿＿＿币)＿＿＿千＿＿＿百＿＿＿拾＿＿＿万＿＿＿千＿＿＿百＿＿＿拾＿＿＿元整。

4. ＿＿

＿＿。

第五条　面积确认及面积差异处理

根据当事人选择的计价方式,本条规定以【建筑面积】【套内建筑面积】(本条款中均简称面积)为依据进行面积确认及面积差异处理。

当事人选择按套计价的,不适用本条约定。

合同约定面积与产权登记面积有差异的,以产权登记面积为准。

商品房交付后,产权登记面积与合同约定面积发生差异,双方同意按第＿＿＿种方式进行处理:

1. 双方自行约定:

(1)＿＿

＿＿;

(2)＿＿

＿＿;

(3)＿＿

＿＿;

(4)＿＿

＿＿。

2. 双方同意按以下原则处理:

(1)面积误差比绝对值在3%以内(含3%)的,据实结算房价款;

(2)面积误差比绝对值超出3%时,买受人有权退房。

买受人退房的,出卖人在买受人提出退房之日起30天内将买受人已付款退还给买受人,并按＿＿＿＿＿＿＿＿＿利率付给利息。

买受人不退房的,产权登记面积大于合同约定面积时,面积误差比在3%以内(含3%)部分的房价款由买受人补足;超出3%部分的房价款由出卖人承担,产权归买受人。产权登记面积小于合同约定记面积时,面积误差比绝对值在3%以内(含3%)部分的房价款由出卖人返还买受人;绝对值超出3%部分的房价款由出卖人双倍返还买受人。

$$面积误差比 = \frac{产权登记面积 - 合同约定面积}{合同约定面积} \times 100\%$$

因设计变更造成面积差异,双方不解除合同的,应当签署补充协议。

第六条　付款方式及期限

买受人按下列第_____种方式按期付款:

1. 一次性付款

_____。

2. 分期付款

_____。

3. 其他方式

_____

_____。

第七条　买受人逾期付款的违约责任

买受人如未按本合同规定的时间付款,按下列第_____种方式处理:

1. 按逾期时间,分别处理(不作累加)

(1)逾期在_____日之内,自本合同规定的应付款期限之第二天起至实际全额支付应付款之日止,买受人按日向出卖人支付逾期应付款万分之_____的违约金,合同继续履行;

(2)逾期超过_____日后,出卖人有权解除合同。出卖人解除合同的,买受人按累计应付款的_____%向出卖人支付违约金。买受人愿意继续履行合同的,经出卖人同意,合同继续履行,自本合同规定的应付款期限之第二天起至实际全额支付应付款之日止,买受人按日向出卖人支付逾期应付款万分之_____(该比率应不小于第(1)项中的比率)的违约金。

本条中的逾期应付款指依照本合同第六条规定的到期应付款与该期实际已付款的差额;采取分期付款的,按相应的分期应付款与该期的实际已付款的差额确定。

2. _____

_____

_____。

第八条　交付期限

出卖人应当在_____年_____月_____日前,依照国家和地方人民政府的有关规定,将具备下列第_____种条件,并符合本合同约定的商品房交付买受人使用:

1. 该商品房经验收合格。

2. 该商品房经综合验收合格。

3. 该商品房经分期综合验收合格。

4. 该商品房取得商品住宅交付使用批准文件。

5. _____。

但如遇下列特殊原因,除双方协商同意解除合同或变更合同外,出卖人可据实予以延期:

1. 遭遇不可抗力,且出卖人在发生之日起_____日内告知买受人的;

2. _____;

3. _____。

第九条　出卖人逾期交房的违约责任

除本合同第八条规定的特殊情况外,出卖人如未按本合同规定的期限将该商品房交付买受人使

用,按下列第＿＿＿种方式处理:

1. 按逾期时间,分别处理(不作累加)

(1)逾期不超过＿＿＿日,自本合同第八条规定的最后交付期限的第二天起至实际交付之日止,出卖人按日向买受人支付已交付房价款万分之＿＿＿的违约金,合同继续履行;

(2)逾期超过＿＿＿日后,买受人有权解除合同。买受人解除合同的,出卖人应当自买受人解除合同通知到达之日起＿＿＿天内退还全部已付款,并按买受人累计已付款的＿＿＿%向买受人支付违约金。买受人要求继续履行合同的,合同继续履行,自本合同第八条规定的最后交付期限的第二天起至实际交付之日止,出卖人按日向买受人支付已交付房价款万分之＿＿＿(该比率应不小于第(1)项中的比率)的违约金。

2. ＿＿。

第十条　规划、设计变更的约定

经规划部门批准的规划变更、设计单位同意的设计变更导致下列影响到买受人所购商品房质量或使用功能的,出卖人应当在有关部门批准同意之日起10日内,书面通知买受人:

(1)该商品房结构形式、户型、空间尺寸、朝向;

(2)＿＿＿＿＿＿＿＿＿＿＿＿＿＿＿＿＿＿＿＿＿＿＿＿＿＿＿＿＿＿＿＿＿＿＿＿＿＿；

(3)＿＿＿＿＿＿＿＿＿＿＿＿＿＿＿＿＿＿＿＿＿＿＿＿＿＿＿＿＿＿＿＿＿＿＿＿＿＿；

(4)＿＿＿＿＿＿＿＿＿＿＿＿＿＿＿＿＿＿＿＿＿＿＿＿＿＿＿＿＿＿＿＿＿＿＿＿＿＿；

(5)＿＿＿＿＿＿＿＿＿＿＿＿＿＿＿＿＿＿＿＿＿＿＿＿＿＿＿＿＿＿＿＿＿＿＿＿＿＿；

(6)＿＿＿＿＿＿＿＿＿＿＿＿＿＿＿＿＿＿＿＿＿＿＿＿＿＿＿＿＿＿＿＿＿＿＿＿＿＿；

(7)＿＿＿＿＿＿＿＿＿＿＿＿＿＿＿＿＿＿＿＿＿＿＿＿＿＿＿＿＿＿＿＿＿＿＿＿＿＿。

买受人有权在通知到达之日起15日内做出是否退房的书面答复。买受人在通知到达之日起15日内未作书面答复的,视同接受变更。出卖人未在规定时限内通知买受人的,买受人有权退房。

买受人退房的,出卖人须在买受人提出退房要求之日起＿＿＿天内将买受人已付款退还给买受人,并按＿＿＿＿＿＿＿＿＿利率付给利息。买受人不退房的,应当与出卖人另行签订补充协议。

＿＿

第十一条　交接

商品房达到交付使用条件后,出卖人应当书面通知买受人办理交付手续。双方进行验收交接时,出卖人应当出示本合同第八条规定的证明文件,并签署房屋交接单。所购商品房为住宅的,出卖人还需提供《住宅质量保证书》和《住宅使用说明书》。出卖人不出示证明文件或出示证明文件不齐全,买受人有权拒绝交接,由此产生的延期交房责任由出卖人承担。

由于买受人原因,未能按期交付的,双方同意按以下方式处理:

＿＿

第十二条　出卖人保证销售的商品房没有产权纠纷和债权债务纠纷。因出卖人原因,造成该商品房不能办理产权登记或发生债权债务纠纷的,由出卖人承担全部责任。

＿＿

_____。

第十三条　出卖人关于装饰、设备标准承诺的违约责任

出卖人交付使用的商品房的装饰、设备标准应符合双方约定(附件三)的标准。达不到约定标准的,买受人有权要求出卖人按照下述第____种方式处理:

1. 出卖人赔偿双倍的装饰、设备差价。

2. _____

3. _____

第十四条　出卖人关于基础设施、公共配套建筑正常运行的承诺

出卖人承诺与该商品房正常使用直接关联的下列基础设施、公共配套建筑按以下日期达到使用条件:

1. _____;

2. _____;

3. _____;

4. _____;

5. _____

如果在规定日期内未达到使用条件,双方同意按以下方式处理:

1. _____;

2. _____;

3. _____。

第十五条　关于产权登记的约定

出卖人应当在商品房交付使用后____日内,将办理权属登记需由出卖人提供的资料报产权登记机关备案。如因出卖人的责任,买受人不能在规定期限内取得房地产权属证书的,双方同意按下列第____项处理:

1. 买受人退房,出卖人在买受人提出退房要求之日起____日内将买受人已付房价款退还给买受人,并按已付房价款的____%赔偿买受人损失。

2. 买受人不退房,出卖人按已付房价款的____%向买受人支付违约金。

3. _____

_____。

第十六条　保修责任

买受人购买的商品房为商品住宅的,《住宅质量保证书》作为本合同的附件。出卖人自商品住宅交付使用之日起,按照《住宅质量保证书》承诺的内容承担相应的保修责任。

买受人购买的商品房为非商品住宅的,双方应当以合同附件的形式详细约定保修范围、保修期限和保修责任等内容。

在商品房保修范围和保修期限内发生质量问题,出卖人应当履行保修义务。因不可抗力或者非出卖人原因造成的损坏,出卖人不承担责任,但可协助维修,维修费用由购买人承担。

_____

_____

第十七条　双方可以就下列事项约定:

1. 该商品房所在楼宇的屋面使用权_____

_____;

2. 该商品房所在楼宇的外墙面使用权_____

_____;

3. 该商品房所在楼宇的命名权_____

_____;

4. 该商品房所在小区的命名权_____

_____;

5._____

_____;

6._____

_____。

第十八条　买受人的房屋仅作_____使用,买受人使用期间不得擅自改变该商品房的建筑主体结构、承重结构和用途。除本合同及其附件另有规定者外,买受人在使用期间有权与其他权利人共同享用与该商品房有关联的公共部位和设施,并按占地和公共部位与公用房屋分摊面积承担义务。

出卖人不得擅自改变与该商品房有关联的公共部位和设施的使用性质。

_____

_____

第十九条　本合同在履行过程中发生的争议,由双方当事人协商解决;协商不成的,按下述第____种方式解决:

1. 提交_____仲裁委员会仲裁。

2. 依法向人民法院起诉。

第二十条　本合同未尽事项,可由双方约定后签订补充协议(附件四)。

第二十一条　合同附件与本合同具有同等法律效力。本合同及其附件内,空格部分填写的文字与印刷文字具有同等效力。

第二十二条　本合同连同附件共____页,一式____份,具有同等法律效力,合同持有情况如下:出卖人____份,买受人____份,_____份,_____份。

第二十三条　本合同自双方签订之日起生效。

第二十四条　商品房预售的,自本合同生效之日起30天内,由出卖人向_____申请登记备案。

出卖人:(签章)　　　　　　　买受人:(签章)

【法定代表人】:　　　　　　　【法定代表人】:

【委托代理人】:　　　　　　　【委托代理人】:

　　(签章)　　　　　　　　　　(签章)

_____年____月____日　　　　_____年____月____日

签于_____　　　　签于_____

2. 住房公积金管理

住房公积金管理条例

1. 1999 年 4 月 3 日国务院令第 262 号发布
2. 2002 年 3 月 24 日修订

第一章　总　　则

第一条　为了加强对住房公积金的管理,维护住房公积金所有者的合法权益,促进城镇住房建设,提高城镇居民的居住水平,制定本条例。

第二条　本条例适用于中华人民共和国境内住房公积金的缴存、提取、使用、管理和监督。

本条例所称住房公积金,是指国家机关、国有企业、城镇集体企业、外商投资企业、城镇私营企业及其他城镇企业、事业单位、民办非企业单位、社会团体(以下统称单位)及其在职职工缴存的长期住房储金。

第三条　职工个人缴存的住房公积金和职工所在单位为职工缴存的住房公积金,属于职工个人所有。

第四条　住房公积金的管理实行住房公积金管理委员会决策、住房公积金管理中心运作、银行专户存储、财政监督的原则。

第五条　住房公积金应当用于职工购买、建造、翻建、大修自住住房,任何单位和个人不得挪作他用。

第六条　住房公积金的存、贷利率由中国人民银行提出,经征求国务院建设行政主管部门的意见后,报国务院批准。

第七条　国务院建设行政主管部门会同国务院财政部门、中国人民银行拟定住房公积金政策,并监督执行。

省、自治区人民政府建设行政主管部门会同同级财政部门以及中国人民银行分支机构,负责本行政区域内住房公积金管理法规、政策执行情况的监督。

第二章　机构及其职责

第八条　直辖市和省、自治区人民政府所在地的市以及其他设区的市(地、州、盟),应当设立住房公积金管理委员会,作为住房公积金管理的决策机构。住房公积金管理委员会的成员中,人民政府负责人和建设、财政、人民银行等有关部门负责人以及有关专家占 1/3,工会代表和职工代表占 1/3,单位代表占 1/3。

住房公积金管理委员会主任应当由具有社会公信力的人士担任。

第九条　住房公积金管理委员会在住房公积金管理方面履行下列职责:

(一)依据有关法律、法规和政策,制定和调整住房公积金的具体管理措施,并监督实施;

(二)根据本条例第十八条的规定,拟订住房公积金的具体缴存比例;

(三)确定住房公积金的最高贷款额度;

(四)审批住房公积金归集、使用计划;

(五)审议住房公积金增值收益分配方案;

(六)审批住房公积金归集、使用计划执行情况的报告。

第十条　直辖市和省、自治区人民政府所在地的市以及其他设区的市(地、州、盟)应当按照精简、效能的原则,设立一个住房公积金管理中心,负责住房公积金的管理运作。县(市)不设立住房公积金管理中心。

前款规定的住房公积金管理中心可以在有条件的县(市)设立分支机构。住房公积金管理中心与其分支机构应当实行统一的规章制度,进行统一核算。

住房公积金管理中心是直属城市人民政府的不以营利为目的的独立的事业单位。

第十一条　住房公积金管理中心履行下列职责:

(一)编制、执行住房公积金的归集、使用计划;

(二)负责记载职工住房公积金的缴存、提取、使用等情况;

(三)负责住房公积金的核算;

(四)审批住房公积金的提取、使用;

(五)负责住房公积金的保值和归还;

(六)编制住房公积金归集、使用计划执行情况的报告;

(七)承办住房公积金管理委员会决定的其他事项。

第十二条 住房公积金管理委员会应当按照中国人民银行的有关规定,指定受委托办理住房公积金金融业务的商业银行(以下简称受委托银行);住房公积金管理中心应当委托受委托银行办理住房公积金贷款、结算等金融业务和住房公积金账户的设立、缴存、归还等手续。

住房公积金管理中心应当与受委托银行签订委托合同。

第三章　缴　　存

第十三条 住房公积金管理中心应当在受委托银行设立住房公积金专户。

单位应当到住房公积金管理中心办理住房公积金缴存登记,经住房公积金管理中心审核后,到受委托银行为本单位职工办理住房公积金账户设立手续。每个职工只能有一个住房公积金账户。

住房公积金管理中心应当建立职工住房公积金明细账,记载职工个人住房公积金的缴存、提取等情况。

第十四条 新设立的单位应当自设立之日起30日内到住房公积金管理中心办理住房公积金缴存登记,并自登记之日起20日内持住房公积金管理中心的审核文件,到受委托银行为本单位职工办理住房公积金账户设立手续。

单位合并、分立、撤销、解散或者破产的,应当自发生上述情况之日起30日内由原单位或者清算组织到住房公积金管理中心办理变更登记或者注销登记,并自办妥变更登记或者注销登记之日起20日内持住房公积金管理中心的审核文件,到受委托银行为本单位职工办理住房公积金账户转移或者封存手续。

第十五条 单位录用职工的,应当自录用之日起30日内到住房公积金管理中心办理缴存登记,并持住房公积金管理中心的审核文件,到受委托银行办理职工住房公积金账户的设立或者转移手续。

单位与职工终止劳动关系的,单位应当自劳动关系终止之日起30日内到住房公积金管理中心办理变更登记,并持住房公积金管理中心的审核文件,到受委托银行办理职工住房公积金账户转移或者封存手续。

第十六条 职工住房公积金的月缴存额为职工本人上一年度月平均工资乘以职工住房公积金缴存比例。

单位为职工缴存的住房公积金的月缴存额为职工本人上一年度月平均工资乘以单位住房公积金缴存比例。

第十七条 新参加工作的职工从参加工作的第二个月开始缴存住房公积金,月缴存额为职工本人当月工资乘以职工住房公积金缴存比例。

单位新调入的职工从调入单位发放工资之日起缴存住房公积金,月缴存额为职工本人当月工资乘以职工住房公积金缴存比例。

第十八条 职工和单位住房公积金的缴存比例均不得低于职工上一年度月平均工资的5%;有条件的城市,可以适当提高缴存比例。具体缴存比例由住房公积金管理委员会拟订,经本级人民政府审核后,报省、自治区、直辖市人民政府批准。

第十九条 职工个人缴存的住房公积金,由所在单位每月从其工资中代扣代缴。

单位应当于每月发放职工工资之日起5日内将单位缴存的和为职工代缴的住房公积金汇缴到住房公积金专户内,由受委托银行计入职工住房公积金账户。

第二十条 单位应当按时、足额缴存住房公积金,不得逾期缴存或者少缴。

对缴存住房公积金确有困难的单位,经本单位职工代表大会或者工会讨论通过,并经住房公积金管理中心审核,报住房公积金管理委员会批准后,可以降低缴存比例或者缓缴;待单位经济效益好转后,再提高缴存比例或者补缴缓缴。

第二十一条 住房公积金自存入职工住房公积金账户之日起按照国家规定的利率计息。

第二十二条 住房公积金管理中心应当为缴存住房公积金的职工发放缴存住房公积金的有效凭证。

第二十三条 单位为职工缴存的住房公积金,按照下列规定列支:

(一)机关在预算中列支;

(二)事业单位由财政部门核定收支后,在预算或者费用中列支;

(三)企业在成本中列支。

第四章　提取和使用

第二十四条　职工有下列情形之一的,可以提取职工住房公积金账户内的存储余额:

（一）购买、建造、翻建、大修自住住房的;

（二）离休、退休的;

（三）完全丧失劳动能力,并与单位终止劳动关系的;

（四）出境定居的;

（五）偿还购房贷款本息的;

（六）房租超出家庭工资收入的规定比例的。

依照前款第（二）、（三）、（四）项规定,提取职工住房公积金的,应当同时注销职工住房公积金账户。

职工死亡或者被宣告死亡的,职工的继承人、受遗赠人可以提取职工住房公积金账户内的存储余额;无继承人也无受遗赠人的,职工住房公积金账户内的存储余额纳入住房公积金的增值收益。

第二十五条　职工提取住房公积金账户内的存储余额的,所在单位应当予以核实,并出具提取证明。

职工应当持提取证明向住房公积金管理中心申请提取住房公积金。住房公积金管理中心应当自受理申请之日起 3 日内作出准予提取或者不准提取的决定,并通知申请人;准予提取的,由受委托银行办理支付手续。

第二十六条　缴存住房公积金的职工,在购买、建造、翻建、大修自住住房时,可以向住房公积金管理中心申请住房公积金贷款。

住房公积金管理中心应当自受理申请之日起 15 日内作出准予贷款或者不准贷款的决定,并通知申请人;准予贷款的,由受委托银行办理贷款手续。

住房公积金贷款的风险,由住房公积金管理中心承担。

第二十七条　申请人申请住房公积金贷款的,应当提供担保。

第二十八条　住房公积金管理中心在保证住房公积金提取和贷款的前提下,经住房公积金管理委员会批准,可以将住房公积金用于购买国债。

住房公积金管理中心不得向他人提供担保。

第二十九条　住房公积金的增值收益应当存入住房公积金管理中心在受委托银行开立的住房公积金增值收益专户,用于建立住房公积金贷款风险准备金、住房公积金管理中心的管理费用和建设城市廉租住房的补充资金。

第三十条　住房公积金管理中心的管理费用,由住房公积金管理中心按照规定的标准编制全年预算支出总额,报本级人民政府财政部门批准后,从住房公积金增值收益中上交本级财政,由本级财政拨付。

住房公积金管理中心的管理费用标准,由省、自治区、直辖市人民政府建设行政主管部门会同同级财政部门按照略高于国家规定的事业单位费用标准制定。

第五章　监　督

第三十一条　地方有关人民政府财政部门应当加强对本行政区域内住房公积金归集、提取和使用情况的监督,并向本级人民政府的住房公积金管理委员会通报。

住房公积金管理中心在编制住房公积金归集、使用计划时,应当征求财政部门的意见。

住房公积金管理委员会在审批住房公积金归集、使用计划和计划执行情况的报告时,必须有财政部门参加。

第三十二条　住房公积金管理中心编制的住房公积金年度预算、决算,应当经财政部门审核后,提交住房公积金管理委员会审议。

住房公积金管理中心应当每年定期向财政部门和住房公积金管理委员会报送财务报告,并将财务报告向社会公布。

第三十三条　住房公积金管理中心应当依法接受审计部门的审计监督。

第三十四条　住房公积金管理中心和职工有权督促单位按时履行下列义务:

（一）住房公积金的缴存登记或者变更、注销登记;

（二）住房公积金账户的设立、转移或者封存;

（三）足额缴存住房公积金。

第三十五条　住房公积金管理中心应当督促受

委托银行及时办理委托合同约定的业务。

受委托银行应当按照委托合同的约定,定期向住房公积金管理中心提供有关的业务资料。

第三十六条　职工、单位有权查询本人、本单位住房公积金的缴存、提取情况,住房公积金管理中心、受委托银行不得拒绝。

职工、单位对住房公积金账户内的存储余额有异议的,可以申请受委托银行复核;对复核结果有异议的,可以申请住房公积金管理中心重新复核。受委托银行、住房公积金管理中心应当自收到申请之日起5日内给予书面答复。

职工有权揭发、检举、控告挪用住房公积金的行为。

第六章　罚　则

第三十七条　违反本条例的规定,单位不办理住房公积金缴存登记或者不为本单位职工办理住房公积金账户设立手续的,由住房公积金管理中心责令限期办理;逾期不办理的,处1万元以上5万元以下的罚款。

第三十八条　违反本条例的规定,单位逾期不缴或者少缴住房公积金的,由住房公积金管理中心责令限期缴存;逾期仍不缴存的,可以申请人民法院强制执行。

第三十九条　住房公积金管理委员会违反本条例规定审批住房公积金使用计划的,由国务院建设行政主管部门会同国务院财政部门或者由省、自治区人民政府建设行政主管部门会同同级财政部门,依据管理职权责令限期改正。

第四十条　住房公积金管理中心违反本条例规定,有下列行为之一的,由国务院建设行政主管部门或者省、自治区人民政府建设行政主管部门依据管理职权,责令限期改正;对负有责任的主管人员和其他直接责任人员,依法给予行政处分:

(一)未按照规定设立住房公积金专户的;

(二)未按照规定审批职工提取、使用住房公积金的;

(三)未按照规定使用住房公积金增值收益的;

(四)委托住房公积金管理委员会指定的银行以外的机构办理住房公积金金融业务的;

(五)未建立职工住房公积金明细账的;

(六)未为缴存住房公积金的职工发放缴存住房公积金的有效凭证的;

(七)未按照规定用住房公积金购买国债的。

第四十一条　违反本条例规定,挪用住房公积金的,由国务院建设行政主管部门或者省、自治区人民政府建设行政主管部门依据管理职权,追回挪用的住房公积金,没收违法所得;对挪用或者批准挪用住房公积金的人民政府负责人和政府有关部门负责人以及住房公积金管理中心负有责任的主管人员和其他直接责任人员,依照刑法关于挪用公款罪或者其他罪的规定,依法追究刑事责任;尚不够刑事处罚的,给予降级或者撤职的行政处分。

第四十二条　住房公积金管理中心违反财政法规的,由财政部门依法给予行政处罚。

第四十三条　违反本条例规定,住房公积金管理中心向他人提供担保的,对直接负责的主管人员和其他直接责任人员依法给予行政处分。

第四十四条　国家机关工作人员在住房公积金监督管理工作中滥用职权、玩忽职守、徇私舞弊,构成犯罪的,依法追究刑事责任;尚不构成犯罪的,依法给予行政处分。

第七章　附　则

第四十五条　住房公积金财务管理和会计核算的办法,由国务院财政部门商国务院建设行政主管部门制定。

第四十六条　本条例施行前尚未办理住房公积金缴存登记和职工住房公积金账户设立手续的单位,应当自本条例施行之日起60日内到住房公积金管理中心办理缴存登记,并到受委托银行办理职工住房公积金账户设立手续。

第四十七条　本条例自发布之日起施行。

住房公积金行政监督办法

1. 2004年3月2日建设部、财政部、中国人民银行、中国银行业监督管理委员会发布

2. 建金管〔2004〕34号

第一条　为了加强住房公积金行政监督,规范监督行为,保证住房公积金规范管理和安全运作,根据《住房公积金管理条例》等国家有关法律、法规,制定本办法。

第二条　建设部和省(自治区)建设厅分别会同同级财政、中国人民银行(分支机构)、中国银行业监督管理委员会(派出机构)等有关部门(以下简称监督部门,分为部级监督部门和省(自治区)监督部门),依据管理职权,对住房公积金管理法规、政策执行情况实施的监督,适用本办法。

第三条　建设部会同有关部门,制定住房公积金行政监督的制度措施,并组织实施和监督执行。

省(自治区)监督部门负责本行政区域内的住房公积金行政监督工作,并向部级监督部门报告。

建设部、省(自治区)建设厅住房公积金监督管理机构,负责住房公积金行政监督的日常具体工作。

第四条　住房公积金行政监督应当遵循合法、客观、公正、效率的原则。

第五条　住房公积金行政监督包括以下内容:

(一)贯彻执行住房公积金管理法规和政策情况;

(二)住房公积金管理委员会履行决策职责情况;

(三)住房公积金管理中心履行职责情况,以及依法接受监督情况;

(四)受委托银行承办住房公积金有关金融业务和相关手续情况;

(五)住房公积金管理中的其他事项。

第六条　住房公积金行政监督方式包括现场监督和非现场监督。

现场监督是指监督部门对被监督单位实施的实地检查。必要时,监督部门可以聘请会计师事务所等社会中介机构协助检查或者审计。

非现场监督是指监督部门对被监督单位报送的住房公积金管理有关文件和数据资料进行的检查、分析。非现场监督分为常规监督和专项监督。常规监督是监督部门对被监督单位按要求上报有关文件和定期报送数据资料实施的监督;专项监督是监督部门对被监督

单位就专项问题按要求报送文件和数据资料实施的监督。

第七条　现场监督实行定期检查和不定期检查相结合的制度。

省(自治区)监督部门和部级监督部门应在职责范围内拟定年度计划,定期对一定比例的设区城市(包括地、州、盟,以下同)或者省(区、市)进行检查。建设部会同有关部门拟定全国现场检查年度计划和比例,经由部级监督部门及相关部门组成的住房公积金工作联席会议审定后实施。

根据需要,监督部门可以不定期就一个或者一个以上专门问题进行专项检查。

第八条　监督部门实施现场检查,依照下列程序进行:

(一)根据检查计划或者专项检查需要,组成检查组,确定检查项目和检查内容,制定检查方案,在实施检查3日前通知被监督单位。监督部门认为必要,也可以在到达检查现场时出示检查通知,检查人员应当出具证件表明执法检查身份。

(二)检查组就检查事项听取被监督单位的汇报,查阅有关文件、资料,检查被监督单位有关会计凭证、会计账簿、会计报表、统计报表以及现金、实物、有价证券,向有关单位和个人调查取证等。

(三)检查组应在现场检查结束后,写出检查报告,送被监督单位征求意见。被监督单位有异议的,可以在接到检查报告15日内提出书面意见。逾期未提出书面意见的,视同无异议。

(四)检查组征求被监督单位意见后,将检查报告报监督部门审定。监督部门对检查事项做出评价,形成检查意见书,送被监督单位。对经查证存在问题的,监督部门还可以依照本办法做出监督决定或者监督建议。

第九条　监督部门及其工作人员在履行检查职责时,有权采取以下措施:

(一)要求被监督单位提供与监督事项有关的管理文件、财务账目、原始凭证及其他资料,进行查阅或者予以复制;

(二)向有关单位和个人进行调查,要求就

监督事项涉及的问题做出解释和说明,并取得有关证明材料;

(三)对被监督单位和人员隐匿、伪造、篡改、毁弃会计凭证、会计账簿、会计报表,转移、隐匿住房公积金资产以及其他违反法律、法规和行政纪律的行为,责令停止和予以纠正;

(四)建议暂停有严重妨碍检查工作的人员执行公务。

第十条 在监督检查中,被监督单位、人员有权向监督部门进行陈述和申辩。

第十一条 监督部门实施非现场监督,依照下列程序进行:

(一)根据监督工作需要,提出报送文件和数据资料的内容、格式、报送方式及时限,通知被监督单位;

(二)审核被监督单位报送的文件和数据资料,对不符合要求的,通知被监督单位补报或重新报送;

(三)分析被监督单位报送的文件和数据资料,通过住房公积金监督管理信息系统查询有关信息,评估住房公积金管理和使用状况及存在的问题,必要时写出监督报告。

第十二条 有关部门、单位应当在以下事项发生后15日内,按照管理权限,报省(自治区)监督部门或部级监督部门备案:

(一)为贯彻执行国家关于住房公积金监督和管理规定,拟定的具体办法和措施;

(二)住房公积金管理委员会组成情况、章程、决策制度以及做出的决议;

(三)有关住房公积金管理中心设立、编制和分支机构、业务经办网点、内设机构设置的文件及法人授权书;

(四)住房公积金管理中心与受委托银行签订的办理住房公积金金融业务和住房公积金账户设立等有关手续的委托合同;

(五)监督部门认为需要备案的其他事项。

监督部门发现备案事项违反国家有关规定的,有权责令改正。

第十三条 住房公积金管理委员会应当每年就住房公积金决策、管理和使用情况写出年度报告,并于下一年度2月底前向监督部门报告。

省(自治区)监督部门应当每年就本省(自治区)住房公积金决策、管理和使用情况写出年度报告,并于下一年度3月底前向部级监督部门报告。

第十四条 住房公积金管理中心应当按规定,按时向上级建设行政主管部门、财政部门报送住房公积金统计报表、会计报表,保证数据准确、完整、真实。纸质报表须由经办人和单位负责人签字,加盖单位公章。

省(自治区)建设行政主管部门、财政部门要对本行政区域内住房公积金管理中心的统计报表和会计报表进行汇总,按时向建设部、财政部报送。

第十五条 公民、法人和其他社会组织对住房公积金管理和使用方面的违法违规行为进行检举和控告的,监督部门应当及时受理,依法办理。部级监督部门接到举报的,可以批转省(自治区)监督部门办理,案情重大或复杂的也可以直接组织查处。对部级监督部门批转的事项,省(自治区)监督部门应当及时向部级监督部门报告办理情况。

实名举报的,监督部门应当承担对举报人有关情况的保密责任。

第十六条 建设部依托现有网络,建立健全国家、省(自治区)和设区城市三级联通的住房公积金监督管理信息系统,对全国住房公积金管理和使用情况进行适时监督。省(自治区)建设厅负责本行政区域内住房公积金监管信息系统的建设和正常运行。设区城市住房公积金管理中心业务管理信息系统应与监管信息系统保持联通,保证数据传输的及时、准确、完整和真实。

第十七条 建设部会同财政部等有关部门拟定统一的考核办法和标准,建立考核评价体系,组织、指导对住房公积金管理中心工作业绩、管理水平、服务质量和风险控制能力的考核工作;对直辖市、新疆生产建设兵团住房公积金管理中心进行考核。

省(自治区)建设厅会同财政等有关部门,负责对本行政区域内的住房公积金管理中心进行考核。

第十八条 住房公积金管理中心负责人必须符合建设部会同有关部门拟定的任职基本条件。

住房公积金管理中心的关键岗位应当按规定持证上岗。

第十九条 监督部门要加强对住房公积金管理中心负责人的监督,发现问题及时向设区城市人民政府反映。住房公积金管理中心负责人有下列情形之一的,监督部门可以提出撤换或者给予其他行政处分的建议:

(一)对应当由住房公积金管理委员会决策的事项自行决策,或者不执行住房公积金管理委员会依法做出的决策,情节较严重的;

(二)违反《住房公积金管理条例》规定挪用住房公积金,或者对批准挪用住房公积金行为不予抵制,也没有向监督部门及时报告的;

(三)住房公积金管理中心违反《住房公积金管理条例》第四十条规定,情节较严重的;

(四)住房公积金管理中心向他人提供担保;

(五)拒绝或者阻扰监督部门依法实施监督的;

(六)有贪污、贿赂行为,查证属实的;

(七)住房公积金管理中心连续三年未通过监督部门工作考核的;

(八)不同意辞去兼任的其他行政、事业单位和经济组织职务的;

(九)有其他违法违规行为的。

第二十条 实施监督过程中,监督部门发现被监督单位和有关个人有违法违规行为嫌疑,需要进行调查,应当按照以下程序执行:

(一)对需要调查的事项予以立项;

(二)组织调查,收集证据;

(三)有证据证明违法违规行为属实的,依法做出监督决定或者监督建议;

(四)调查认定不存在违法违规行为或者不需要追究行政纪律责任的,应当将调查结果告知被监督单位和有关个人。

调查人员在调查时应当出具证件表明身份。

省(自治区)监督部门对重大、复杂事项的调查结果,应当向部级监督部门报告。

第二十一条 监督部门建立通报制度,定期或者不定期通报住房公积金管理法规、政策贯彻执行情况以及存在问题。对于贯彻执行较好的,可以通报表扬;对于存在问题较多或者较严重的,应当通报批评。

第二十二条 监督部门对被监督单位查证属实的违法违规行为,可以根据有关规定提出以下监督决定或者监督建议:

(一)责令被监督单位限期改正;

(二)建议按照干部管理权限对有关责任人给予行政处分;

(三)建议解聘住房公积金管理委员会委员或者撤换住房公积金管理中心负责人;

(四)建议住房公积金管理中心按规定解除与有关商业银行分支机构经办住房公积金金融业务和相关手续的委托关系;

(五)构成犯罪的,建议移送司法机关依法追究刑事责任;

(六)其他决定或建议。

第二十三条 建设部和省(自治区)建设厅对住房公积金管理和使用中查证属实的违法、违规行为,有权直接处理的,可以做出监督决定。应当由被监督单位处理,或者依照管理权限由有关部门处理,或者应当移送司法机关处理的,可以提出监督建议。监督决定和监督建议应当以统一的书面格式做出。

第二十四条 对监督部门做出的监督决定,被监督单位应当认真执行,并向监督部门报告执行情况。无正当理由的,不得拒绝执行。监督部门应当对监督决定的执行情况进行检查。

对监督部门做出的监督建议,有关单位、部门应当积极采纳;未采纳的,应当说明理由。

第二十五条 财政部门对住房公积金管理中执行财政法规情况进行监督,对违反财政法规行为依法给予行政处分。

国务院财政部门负责拟定住房公积金财务管理和会计核算制度,并监督执行;省(自治区)财政部门负责本行政区域内住房公积金管理中心(包括分中心)执行《住房公积金财务管理办法》(财综字〔1999〕59号)和《住房公积金会计核算办法》(财会字〔1999〕33号)情况的监督检查,并组织设区城市财政部门建立对住房公积金管理和使用的全过程监督机制;设区城市财政部门负责对本行政区域内住房公积金管理和使用情况进行监督。

第二十六条　建设行政主管部门、财政部门、中国人民银行及其分支机构依据管理职权,对住房公积金管理中心在受委托银行设立住房公积金账户进行监督。

第二十七条　中国银行业监督管理委员会及其派出机构依照有关法规和《商业银行中间业务管理暂行规定》,对受委托银行承办的住房公积金金融业务和相关手续进行监督。

第二十八条　住房公积金管理中心应当认真接受审计部门依法对其财务收支的真实、合法、效益进行审计监督,住房公积金管理中心负责人应当接受经济责任审计。

第二十九条　建设部会同财政部、中国人民银行、中国银行业监督管理委员会等有关部门,依照本办法规定直接对直辖市和新疆生产建设兵团住房公积金决策、管理和使用情况实施监督。

第三十条　被监督单位有下列行为之一的,监督部门可以建议有权部门,对负有责任的主管人员和其他直接责任人员给予行政处分;构成犯罪的,由司法机关依法追究刑事责任:

(一)拒绝、阻挠监督人员进行监督的;

(二)拒绝或者故意拖延提供与监督事项有关文件、数据和资料的;

(三)隐瞒事实真相、出具伪证或者隐匿、转移、篡改、毁灭证据的;

(四)拒绝就监督部门所提问题做出解释和说明的;

(五)无正当理由,拒不执行监督决定的。

第三十一条　被监督单位和有关个人对控告人、检举人、监督人员进行报复陷害的,由有权部门对直接责任人给予行政处分;构成犯罪的,由司法机关依法追究刑事责任。

第三十二条　省(自治区)监督部门以及设区城市有关监督部门未按照有关规定履行监督职责的,上级主管部门应依据管理职权责令限期改正;造成资金损失的,对有关责任人给予行政处分。

第三十三条　监督人员滥用职权、徇私舞弊、玩忽职守的,由监督部门给予行政处分;构成犯罪的,由司法机关依法追究刑事责任。

第三十四条　各省(自治区)可以根据本办法,结合本地实际,制订实施细则贯彻执行。

第三十五条　本办法自2004年5月1日起实施。

关于住房公积金管理若干具体问题的指导意见

2005年1月10日建设部、财政部、中国人民银行公布

各省、自治区建设厅、财政厅,人民银行各分支机构,直辖市、新疆生产建设兵团住房公积金管理委员会、住房公积金管理中心:

为进一步完善住房公积金管理,规范归集使用业务,健全风险防范机制,维护缴存人的合法权益,发挥住房公积金制度的作用,现就住房公积金管理若干具体问题提出如下意见:

一、国家机关、国有企业、城镇集体企业、外商投资企业、城镇私营企业及其他城镇企业、事业单位、民办非企业单位、社会团体(以下简称单位)及其在职职工,应当按《住房公积金管理条例》(国务院令第350号,以下简称《条例》)的规定缴存住房公积金。有条件的地方,城镇单位聘用进城务工人员,单位和职工可缴存住房公积金;城镇个体工商户、自由职业人员可申请缴存住房公积金,月缴存额的工资基数按照缴存人上一年度月平均纳税收入计算。

二、设区城市(含地、州、盟,下同)应当结合当地经济、社会发展情况,统筹兼顾各方面承受能力,严格按照《条例》规定程序,合理确定住房公积金缴存比例。单位和职工缴存比例不低于5%,原则上不高于12%。采取提高单位住房公积金缴存比例方式发放职工住房补贴的,应当在个人账户中予以注明。未按照规定程序报省、自治区、直辖市人民政府批准的住房公积金缴存比例,应予以纠正。

三、缴存住房公积金的月工资基数,原则上不应超过职工工作地所在设区城市统计部门公布的上一年度职工月平均工资的2倍或3倍。具体标准由各地根据实际情况确定。职工月平均工资应按国家统计局规定列入工资总额统计的项目计算。

四、各地要按照《条例》规定,建立健全单位降低缴存比例或者缓缴住房公积金的审批制度,明确具体条件、需要提供的文件和办理程序。未经本单位职工代表大会或者工会讨论通过的，住房公积金管理委员会和住房公积金管理中心（以下简称管理中心）不得同意降低缴存比例或者缓缴。

五、单位发生合并、分立、撤销、破产、解散或者改制等情形的，应当为职工补缴以前欠缴（包括未缴和少缴）的住房公积金。单位合并、分立和改制时无力补缴住房公积金的，应当明确住房公积金缴存责任主体，才能办理合并、分立和改制等有关事项。新设立的单位，应当按照规定及时办理住房公积金缴存手续。

六、单位补缴住房公积金（包括单位自行补缴和人民法院强制补缴）的数额，可根据实际采取不同方式确定：单位从未缴存住房公积金的，原则上应当补缴自《条例》（国务院令第262号）发布之月起欠缴职工的住房公积金。单位未按照规定的职工范围和标准缴存住房公积金的，应当为职工补缴。单位不提供职工工资情况或者职工对提供的工资情况有异议的，管理中心可依据当地劳动部门、司法部门核定的工资，或所在设区城市统计部门公布的上年职工平均工资计算。

七、职工符合规定情形，申请提取本人住房公积金账户内存储余额的，所在单位核实后，应出具提取证明。单位不为职工出具住房公积金提取证明的，职工可以凭规定的有效证明材料，直接到管理中心或者受委托银行申请提取住房公积金。

八、职工购买、建造、翻建、大修自住住房，未申请个人住房公积金贷款的，原则上职工本人及其配偶在购建和大修住房一年内，可以凭有效证明材料，一次或者分次提取住房公积金账户内的存储余额。夫妻双方累计提取总额不能超过实际发生的住房支出。

九、进城务工人员、城镇个体工商户、自由职业人员购买自住住房或者在户口所在地购建自住住房的，可以凭购房合同、用地证明及其他有效证明材料，提取本人及其配偶住房公积金账户内的存储余额。

十、职工享受城镇最低生活保障；与单位终止劳动关系未再就业、部分或者全部丧失劳动能力以及遇到其他突发事件，造成家庭生活严重困难的，提供有效证明材料，经管理中心审核，可以提取本人住房公积金账户内的存储余额。

十一、职工调动工作，原工作单位不按规定为职工办理住房公积金变更登记和账户转移手续的，职工可以向管理中心投诉，或者凭有效证明材料，直接向管理中心申请办理账户转移手续。

十二、职工调动工作到另一设区城市的，调入单位为职工办理住房公积金账户设立手续后，新工作地的管理中心应当向原工作地管理中心出具新账户证明及个人要求转账的申请。原工作地管理中心向调出单位核实后，办理变更登记和账户转移手续；原账户已经封存的，可直接办理转移手续。账户转移原则上采取转账方式，不能转账的，也可以电汇或者信汇到新工作地的管理中心。调入单位未建立住房公积金制度的，原工作地管理中心可将职工账户暂时封存。

十三、职工购买、建造、翻修和大修自住住房需申请个人住房贷款的，受委托银行应当首先提供住房公积金贷款。管理中心或者受委托银行要一次性告知职工需要提交的文件和资料，职工按要求提交文件资料后，应当在15个工作日内办完贷款手续。15日内未办完手续的，经管理中心负责人批准，可以延长5个工作日，并应当将延长期限的理由告知申请人。职工没有还清贷款前，不得再次申请住房公积金贷款。

十四、进城务工人员、城镇个体工商户和自由职业人员购买自住住房时，可按规定申请住房公积金贷款。

十五、管理中心和受委托银行应按照委托贷款协议的规定，严格审核借款人身份、还款能力和个人信用，以及购建住房的合法性和真实性，加强对抵押物和保证人担保能力审查。要逐笔审批贷款，逐笔委托银行办理贷款手续。

十六、贷款资金应当划入售房单位（售房人）或者建房、修房承担方在银行开设的账户内，不得直接划入借款人账户或者支付现金给借款人。

十七、借款人委托他人或者中介机构代办手续的，应当签订书面委托书。管理中心要建立借款人面谈制度，核实有关情况，指导借款人在借款合同、担保合同等有关文件上当面签字。

十八、各地要根据当地经济适用住房或者普通商品住房平均价格和居民家庭平均住房水平，拟订住房公积金贷款最高额度。职工个人贷款具体额度的确定，要综合考虑购建房价格、借款人还款能力及其住房公积金账户存储余额等因素。

十九、职工使用个人住房贷款（包括商业性贷款和住房公积金贷款）的，职工本人及其配偶可按规定提取住房公积金账户内的余额，用于偿还贷款本息。每次提取额不得超过当期应还款付息额，提前还款的提取额不得超过住房公积金贷款余额。

二十、职工在缴存住房公积金所在地以外的设区城市购买自住房的，可以向住房所在地管理中心申请住房公积金贷款，缴存住房公积金所在地管理中心要积极协助提供职工缴存住房公积金证明，协助调查还款能力和个人信用等情况。

　　本意见自发布之日起实施。各地可以结合实际制订具体办法。

建设部关于调整个人住房公积金存款利率的通知

1. 2007 年 12 月 20 日发布
2. 建金管〔2007〕285 号

各省、自治区建设厅，直辖市、新疆生产建设兵团住房公积金管理委员会、住房公积金管理中心：

　　根据 2007 年 12 月 20 日《中国人民银行关于调整金融机构人民币存贷款基准利率及上调人民银行对金融机构再贷款（再贴现）浮息水平的通知》（银发〔2007〕467 号），现就个人住房公积金存款利率调整的有关事项通知如下：

　　一、从 2007 年 12 月 21 日起，上年结转的个人住房公积金存款利率上调 0.45 个百分点，由现行的 2.88% 调整为 3.33%。当年归集的个人住房公积金存款利率下调 0.09 个百分点，由现行的 0.81% 调整为 0.72%。

　　二、个人住房公积金贷款利率保持不变。

关于调整个人住房公积金贷款利率的通知

1. 2008 年 9 月 16 日住房和城乡建设部发布
2. 建金〔2008〕169 号

各省、自治区建设厅，直辖市、新疆生产建设兵团住房公积金管理委员会、住房公积金管理中心：

　　根据 2008 年 9 月 14 日《中国人民银行关于调整金融机构人民币贷款基准利率的通知》（银发〔2008〕249 号），现就个人住房公积金贷款利率调整的有关事项通知如下：

　　从 2008 年 9 月 16 日起，下调个人住房公积金贷款利率。五年期以下（含五年）由现行的 4.77% 调整到 4.59%，下调 0.18 个百分点；五年期以上由现行的 5.22% 调整到 5.13%，下调 0.09 个百分点。

　　请各省、自治区建设厅立即将本通知转发住房公积金管理委员会、住房公积金管理中心执行。对利率调整后各方面的反应及出现的新情况、新问题要及时处理并上报我部。

附表：

个人住房公积金贷款利率调整表

单位：%

项　　目	调整前利率	调整后利率
五年以下（含五年）	4.77	4.59
五年以上	5.22	5.13

3. 房屋贷款管理

贷 款 通 则

1996 年 6 月 28 日中国人民银行发布

第一章　总　　则

第一条　为了规范贷款行为，维护借贷双方的合法权益，保证信贷资产的安全，提高贷款使用的整体效益,促进社会经济的持续发展,根据《中华人民共和国中国人民银行法》、《中华人民共和国商业银行法》等有关法律规定,制定本通则。

第二条　本通则所称贷款人,系指在中国境内依法设立的经营贷款业务的中资金融机构。

本通则所称借款人,系指从经营贷款业务的中资金融机构取得贷款的法人、其他经济组织、个体工商户和自然人。

本通则中所称贷款系指贷款人对借款人提供的并按约定的利率和期限还本付息的货币资金。

本通则中的贷款币种包括人民币和外币。

第三条　贷款的发放和使用应当符合国家的法律、行政法规和中国人民银行发布的行政规章,应当遵循效益性、安全性和流动性的原则。

第四条　借款人与贷款人的借贷活动应当遵循平等、自愿、公平和诚实信用的原则。

第五条　贷款人开展贷款业务,应当遵循公平竞争、密切协作的原则,不得从事不正当竞争。

第六条　中国人民银行及其分支机构是实施《贷款通则》的监管机关。

第二章　贷款种类

第七条　自营贷款、委托贷款和特定贷款:

自营贷款,系指贷款人以合法方式筹集的资金自主发放的贷款,其风险由贷款人承担,并由贷款人收回本金和利息。

委托贷款,系指由政府部门、企事业单位及个人等委托人提供资金,由贷款人(即受托人)根据委托人确定的贷款对象、用途、金额、期限、利率等代为发放、监督使用并协助收回的贷款。贷款人(受托人)只收取手续费,不承担贷款风险。

特定贷款,系指经国务院批准并对贷款可能造成的损失采取相应补救措施后责成国有独资商业银行发放的贷款。

第八条　短期贷款、中期贷款和长期贷款:

短期贷款,系指贷款期限在1年以内(含1年)的贷款。

中期贷款,系指贷款期限在1年以上(不含1年)5年以下(含5年)的贷款。

长期贷款,系指贷款期限在5年(不含5年)以上的贷款。

第九条　信用贷款、担保贷款和票据贴现:

信用贷款,系指以借款人的信誉发放的贷款。

担保贷款,系指保证贷款、抵押贷款、质押贷款。

保证贷款,系指按《中华人民共和国担保法》规定的保证方式以第三人承诺在借款人不能偿还贷款时,按约定承担一般保证责任或者连带责任而发放的贷款。

抵押贷款,系指按《中华人民共和国担保法》规定的抵押方式以借款人或第三人的财产作为抵押物发放的贷款。

质押贷款,系指按《中华人民共和国担保法》规定的质押方式以借款人或第三人的动产或权利作为质物发放的贷款。

票据贴现,系指贷款人以购买借款人未到期商业票据的方式发放的贷款。

第十条　除委托贷款以外,贷款人发放贷款,借款人应当提供担保。贷款人应当对保证人的偿还能力,抵押物、质物的权属和价值以及实现抵押权、质权的可行性进行严格审查。

经贷款审查、评估,确认借款人资信良好,确能偿还贷款的,可以不提供担保。

第三章　贷款期限和利率

第十一条　贷款期限:

贷款期限根据借款人的生产经营周期、还款能力和贷款人的资金供给能力由借贷双方共同商议后确定,并在借款合同中载明。

自营贷款期限最长一般不得超过10年,超过10年应当报中国人民银行备案。

票据贴现的贴现期限最长不得超过6个月,贴现期限为从贴现之日起到票据到期日止。

第十二条　贷款展期:

不能按期归还贷款的,借款人应当在贷款到期日之前,向贷款人申请贷款展期。是否展期由贷款人决定。申请保证贷款、抵押贷款、质押贷款展期的,还应当由保证人、抵押人、出质人出具同意的书面证明。已有约定的,按照约定执行。

短期贷款展期期限累计不得超过原贷款

期限;中期贷款展期期限累计不得超过原贷款
期限的一半;长期贷款展期期限累计不得超过
3 年。国家另有规定者除外。借款人未申请展
期或申请展期未得到批准,其贷款从到期日次
日起,转入逾期贷款账户。

第十三条　贷款利率的确定:

贷款人应当按照中国人民银行规定的贷
款利率的上下限,确定每笔贷款利率,并在借
款合同中载明。

第十四条　贷款利息的计收:

贷款人和借款人应当按借款合同和中国
人民银行有关计息规定按期计收或交付利息。

贷款的展期期限加上原期限达到新的利
率期限档次时,从展期之日起,贷款利息按新
的期限档次利率计收。

逾期贷款按规定计收罚息。

第十五条　贷款的贴息:

根据国家政策,为了促进某些产业和地区
经济的发展,有关部门可以对贷款补贴利息。

对有关部门贴息的贷款,承办银行应当自
主审查发放,并根据本通则有关规定严格管
理。

第十六条　贷款停息、减息、缓息和免息:

除国务院决定外,任何单位和个人无权决
定停息、减息、缓息和免息。贷款人应当依据
国务院决定,按照职责权限范围具体办理停
息、减息、缓息和免息。

第四章　借　款　人

**第十七条　**借款人应当是经工商行政管理机关
(或主管机关)核准登记的企(事)业法人、其他
经济组织、个体工商户或具有中华人民共和国
国籍的具有完全民事行为能力的自然人。

借款人申请贷款,应当具备产品有市场、
生产经营有效益、不挤占挪用信贷资金、恪守
信用等基本条件,并且应当符合以下要求:

一、有按期还本付息的能力,原应付贷款
利息和到期贷款已清偿;没有清偿的,已经做
了贷款人认可的偿还计划。

二、除自然人和不需要经工商部门核准登
记的事业法人外,应当经过工商部门办理年检
手续。

三、已开立基本账户或一般存款账户。

四、除国务院规定外,有限责任公司和股
份有限公司对外股本权益性投资累计额未超
过其净资产总额的50%。

五、借款人的资产负债率符合贷款人的要
求。

六、申请中期、长期贷款的,新建项目的企
业法人所有者权益与项目所需总投资的比例
不低于国家规定的投资项目的资本金比例。

第十八条　借款人的权利:

一、可以自主向主办银行或者其他银行的
经办机构申请贷款并依条件取得贷款;

二、有权按合同约定提取和使用全部贷
款;

三、有权拒绝借款合同以外的附加条件;

四、有权向贷款人的上级和中国人民银行
反映、举报有关情况;

五、在征得贷款人同意后,有权向第三人
转让债务。

第十九条　借款人的义务:

一、应当如实提供贷款人要求的资料(法
律规定不能提供者除外),应当向贷款人如实
提供所有开户行、账号及存贷款余额情况,配
合贷款人的调查、审查和检查;

二、应当接受贷款人对其使用信贷资金情
况和有关生产经营、财务活动的监督;

三、应当按借款合同约定用途使用贷款;

四、应当按借款合同约定及时清偿贷款本
息;

五、将债务全部或部分转让给第三人的,
应当取得贷款人的同意;

六、有危及贷款人债权安全情况时,应当
及时通知贷款人,同时采取保全措施。

第二十条　对借款人的限制:

一、不得在一个贷款人同一辖区内的两个
或两个以上同级分支机构取得贷款。

二、不得向贷款人提供虚假的或者隐瞒重
要事实的资产负债表、损益表等。

三、不得用贷款从事本股权益性投资,国
家另有规定的除外。

四、不得用贷款在有价证券、期货等方面
从事投机经营。

五、除依法取得经营房地产资格的借款人

以外，不得用贷款经营房地产业务；依法取得经营房地产资格的借款人，不得用贷款从事房地产投机。

六、不得套取贷款用于借贷牟取非法收入。

七、不得违反国家外汇管理规定使用外币贷款。

八、不得采取欺诈手段骗取贷款。

第五章　贷　款　人

第二十一条　贷款人必须经中国人民银行批准经营贷款业务，持有中国人民银行颁发的《金融机构法人许可证》或《金融机构营业许可证》，并经工商行政管理部门核准登记。

第二十二条　贷款人的权利：

根据贷款条件和贷款程序自主审查和决定贷款，除国务院批准的特定贷款外，有权拒绝任何单位和个人强令其发放贷款或者提供担保。

一、要求借款人提供与借款有关的资料；

二、根据借款人的条件，决定贷与不贷、贷款金额、期限和利率等；

三、了解借款人的生产经营活动和财务活动；

四、依合同约定从借款人账户上划收贷款本金和利息；

五、借款人未能履行借款合同规定义务的，贷款人有权依合同约定要求借款人提前归还贷款或停止支付借款人尚未使用的贷款；

六、在贷款将受或已受损失时，可依据合同规定，采取使贷款免受损失的措施。

第二十三条　贷款人的义务：

一、应当公布所经营的贷款的种类、期限和利率，并向借款人提供咨询。

二、应当公开贷款审查的资信内容和发放贷款的条件。

三、贷款人应当审议借款人的借款申请，并及时答复贷与不贷。短期贷款答复时间不得超过1个月，中期、长期贷款答复时间不超过6个月；国家另有规定者除外。

四、应当对借款人的债务、财务、生产、经营情况保密，但对依法查询者除外。

第二十四条　对贷款人的限制：

一、贷款的发放必须严格执行《中华人民共和国商业银行法》第三十九条关于资产负债比例管理的有关规定，第四十条关于不得向关系人发放信用贷款、向关系人发放担保贷款的条件不得优于其他借款人同类贷款条件的规定。

二、借款人有下列情形之一者，不得对其发放贷款：

（一）不具备本通则第四章第十七条所规定的资格和条件的；

（二）生产、经营或投资国家明文禁止的产品、项目的；

（三）违反国家外汇管理规定的；

（四）建设项目按国家规定应当报有关部门批准而未取得批准文件的；

（五）生产经营或投资项目未取得环境保护部门许可的；

（六）在实行承包、租赁、联营、合并（兼并）、合作、分立、产权有偿转让、股份制改造等体制变更过程中，未清偿原有贷款债务、落实原有贷款债务或提供相应担保的；

（七）有其他严重违法经营行为的。

三、未经中国人民银行批准，不得对自然人发放外币币种的贷款。

四、自营贷款和特定贷款，除按中国人民银行规定计收利息之外，不得收取其他任何费用；委托贷款，除按中国人民银行规定计收手续费之外，不得收取其他任何费用。

五、不得给委托人垫付资金，国家另有规定的除外。

六、严格控制信用贷款，积极推广担保贷款。

第六章　贷　款　程　序

第二十五条　贷款申请：

借款人需要贷款，应当向主办银行或者其他银行的经办机构直接申请。

借款人应当填写包括借款金额、借款用途、偿还能力及还款方式等主要内容的《借款申请书》并提供以下资料：

一、借款人及保证人基本情况；

二、财政部门或会计（审计）事务所核准的上年度财务报告，以及申请借款前一期的财务报告；

　　三、原有不合理占用的贷款的纠正情况；

　　四、抵押物、质物清单和有处分权人的同意抵押、质押的证明及保证人拟同意保证的有关证明文件；

　　五、项目建议书和可行性报告；

　　六、贷款人认为需要提供的其他有关资料。

第二十六条　对借款人的信用等级评估：

　　应当根据借款人的领导者素质、经济实力、资金结构、履约情况、经营效益和发展前景等因素，评定借款人的信用等级。评级可由贷款人独立进行，内部掌握，也可由有权部门批准的评估机构进行。

第二十七条　贷款调查：

　　贷款人受理借款人申请后，应当对借款人的信用等级以及借款的合法性、安全性、盈利性等情况进行调查，核实抵押物、质物、保证人情况，测定贷款的风险度。

第二十八条　贷款审批：

　　贷款人应当建立审贷分离、分级审批的贷款管理制度。审查人员应当对调查人员提供的资料进行核实、评定、复测贷款风险度，提出意见，按规定权限报批。

第二十九条　签订借款合同：

　　所有贷款应当由贷款人与借款人签订借款合同。借款合同应当约定借款种类、借款用途、金额、利率、借款期限、还款方式、借、贷双方的权利、义务、违约责任和双方认为需要约定的其他事项。

　　保证贷款应当由保证人与贷款人签订保证合同，或保证人在借款合同上载明与贷款人协商一致的保证条款，加盖保证人的法人公章，并由保证人的法定代表人或其授权代理人签署姓名。抵押贷款、质押贷款应当由抵押人、出质人与贷款人签订抵押合同、质押合同，需要办理登记的，应依法办理登记。

第三十条　贷款发放：

　　贷款人要按借款合同规定按期发放贷款。贷款人不按合同约定按期发放贷款的，应偿付违约金。借款人不按合同约定用款的，应偿付违约金。

第三十一条　贷后检查：

　　贷款发放后，贷款人应当对借款人执行借款合同情况及借款人的经营情况进行追踪调查和检查。

第三十二条　贷款归还：

　　借款人应当按照借款合同规定按时足额归还贷款本息。

　　贷款人在短期贷款到期1个星期之前、中长期贷款到期1个月之前，应当向借款人发送还本付息通知单；借款人应当及时筹备资金，按期还本付息。

　　贷款人对逾期的贷款要及时发出催收通知单，做好逾期贷款本息的催收工作。

　　贷款人对不能按借款合同约定期限归还的贷款，应当按规定加罚利息；对不能归还或者不能落实还本付息事宜的，应当督促归还或者依法起诉。

　　借款人提前归还贷款，应当与贷款人协商。

第七章　不良贷款监管

第三十三条　贷款人应当建立和完善贷款的质量监管制度，对不良贷款进行分类、登记、考核和催收。

第三十四条　不良贷款系指呆账贷款、呆滞贷款、逾期贷款。

　　呆账贷款，系指按财政部有关规定列为呆账的贷款。

　　呆滞贷款，系指按财政部有关规定，逾期（含展期后到期）超过规定年限以上仍未归还的贷款，或虽未逾期或逾期不满规定年限但生产经营已终止、项目已停建的贷款（不含呆账贷款）。

　　逾期贷款，系指借款合同约定到期（含展期后到期）未归还的贷款（不含呆滞贷款和呆账贷款）。

第三十五条　不良贷款的登记：

　　不良贷款由会计、信贷部门提供数据，由稽核部门负责审核并按规定权限认定，贷款人应当按季填报不良贷款情况表。在报上级行的同时，应报中国人民银行当地分支机构。

第三十六条　不良贷款的考核：

　　贷款人的呆帐贷款、呆滞贷款、逾期贷款

不得超过中国人民银行规定的比例。贷款人应当对所属分支机构下达和考核呆帐贷款、呆滞贷款和逾期贷款的有关指标。

第三十七条 不良贷款的催收和呆帐贷款的冲销：

信贷部门负责不良贷款的催收，稽核部门负责对催收情况的检查。贷款人应当按照国家有关规定提取呆帐准备金，并按照呆帐冲销的条件和程序冲销呆帐贷款。

未经国务院批准，贷款人不得豁免贷款。除国务院批准外，任何单位和个人不得强令贷款人豁免贷款。

第八章 贷款管理责任制

第三十八条 贷款管理实行行长（经理、主任，下同）负责制。

贷款实行分级经营管理，各级行长应当在授权范围内对贷款的发放和收回负全部责任。行长可以授权副行长或贷款管理部门负责审批贷款，副行长或贷款管理部门负责人应当对行长负责。

第三十九条 贷款人各级机构应当建立有行长或副行长（经理、主任，下同）和有关部门负责人参加的贷款审查委员会（小组），负责贷款的审查。

第四十条 建立审贷分离制：

贷款调查评估人员负责贷款调查评估，承担调查失误和评估失准的责任；贷款审查人员负责贷款风险的审查，承担审查失误的责任；贷款发放人员负责贷款的检查和清收，承担检查失误、清收不力的责任。

第四十一条 建立贷款分级审批制：

贷款人应当根据业务量大小、管理水平和贷款风险度确定各级分支机构的审批权限，超过审批权限的贷款，应当报上级审批。各级分支机构应当根据贷款种类、借款人的信用等级和抵押物、质物、保证人等情况确定每一笔贷款的风险度。

第四十二条 建立和健全信贷工作岗位责任制：

各级贷款管理部门应将贷款管理的每一个环节的管理责任落实到部门、岗位、个人，严格划分各级信贷工作人员的职责。

第四十三条 贷款人对大额借款人建立驻厂信贷员制度。

第四十四条 建立离职审计制：

贷款管理人员在调离原工作岗位时，应当对其在任职期间和权限内所发放的贷款风险情况进行审计。

第九章 贷款债权保全和清偿的管理

第四十五条 借款人不得违反法律规定，借兼并、破产或者股份制改造等途径，逃避银行债务，侵吞信贷资金；不得借承包、租赁等途径逃避贷款人的信贷监管以及偿还贷款本息的责任。

第四十六条 贷款人有权参与处于兼并、破产或股份制改造等过程中的借款人的债务重组，应当要求借款人落实贷款还本付息事宜。

第四十七条 贷款人应当要求实行承包、租赁经营的借款人，在承包、租赁合同中明确落实原贷款债务的偿还责任。

第四十八条 贷款人对实行股份制改造的借款人，应当要求其重新签订借款合同，明确原贷款债务的清偿责任。

对实行整体股份制改造的借款人，应当明确其所欠贷款债务由改造后公司全部承担；对实行部分股份制改造的借款人，应当要求改造后的股份公司按占用借款人的资本金或资产的比例承担原借款人的贷款债务。

第四十九条 贷款人对联营后组成新的企业法人的借款人，应当要求其依据所占用的资本金或资产的比例将贷款债务落实到新的企业法人。

第五十条 贷款人对合并（兼并）的借款人，应当要求其在合并（兼并）前清偿贷款债务或提供相应的担保。

借款人不清偿贷款债务或未提供相应担保，贷款人应当要求合并（兼并）企业或合并后新成立的企业承担归还原借款人贷款的义务，并与之重新签订有关合同或协议。

第五十一条 贷款人对与外商合资（合作）的借款人，应当要求其继续承担合资（合作）前的贷款归还责任，并要求其将所得收益优先归还贷款。借款人用已作为贷款抵押、质押的财产与外商合资(合作)时必须征求贷款人同意。

第五十二条 贷款人对分立的借款人,应当要求其在分立前清偿贷款债务或提供相应的担保。

借款人不清偿贷款债务或未提供相应担保,贷款人应当要求分立后的各企业,按照分立时所占资本或资产比例或协议,对原借款人所欠贷款承担清偿责任。对设立子公司的借款人,应当要求其子公司按所得资本或资产的比例承担和偿还母公司相应的贷款债务。

第五十三条 贷款人对产权有偿转让或申请解散的借款人,应当要求其在产权转让或解散前必须落实贷款债务的清偿。

第五十四条 贷款人应当按照有关法律参与借款人破产财产的认定与债权债务的处置,对于破产借款人已设定财产抵押、质押或其他担保的贷款债权,贷款人依法享有优先受偿权;无财产担保的贷款债权按法定程序和比例受偿。

第十章　贷款管理特别规定

第五十五条 建立贷款主办行制度:

借款人应按中国人民银行的规定与其开立基本帐户的贷款人建立贷款主办行关系。

借款人发生企业分立、股份制改造、重大项目建设等涉及信贷资金使用和安全的重大经济活动,事先应当征求主办行的意见。一个借款人只能有一个贷款主办行,主办行应当随基本帐户的变更而变更。

主办行不包资金,但应当按规定有计划地对借款人提供贷款,为借款人提供必要的信息咨询、代理等金融服务。

贷款主办行制度与实施办法,由中国人民银行另行规定。

第五十六条 银团贷款应当确定一个贷款人为牵头行,并签订银团贷款协议,明确各贷款人的权利和义务,共同评审贷款项目。牵头行应当按协议确定的比例监督贷款的偿还。银团贷款管理办法由中国人民银行另行规定。

第五十七条 特定贷款管理:

国有独资商业银行应当按国务院规定发放和管理特定贷款。

特定贷款管理办法另行规定。

第五十八条 非银行金融机构贷款的种类、对象、范围,应当符合中国人民银行规定。

第五十九条 贷款人发放异地贷款,或者接受异地存款,应当报中国人民银行当地分支机构备案。

第六十条 信贷资金不得用于财政支出。

第六十一条 各级行政部门和企事业单位、供销合作社等合作经济组织、农村合作基金会和其他基金会,不得经营存贷款等金融业务。企业之间不得违反国家规定办理借贷或者变相贷款融资业务。

第十一章　罚　则

第六十二条 贷款人违反资产负债比例管理有关规定发放贷款的,应当依照《中华人民共和国商业银行法》第七十五条,由中国人民银行责令改正,处以罚款,有违法所得的没收违法所得,并且应当依照第七十六条对直接负责的主管人员和其他直接责任人员给予处罚。

第六十三条 贷款人违反规定向关系人发放信用贷款或者发放担保贷款的条件优于其他借款人同类贷款条件的,应当依照《中华人民共和国商业银行法》第七十四条处罚,并且应当依照第七十六条对有关直接责任人员给予处罚。

第六十四条 贷款人的工作人员对单位或者个人强令其发放贷款或者提供担保未予拒绝的,应当依照《中华人民共和国商业银行法》第八十五条给予纪律处分,造成损失的应当承担相应的赔偿责任。

第六十五条 贷款人的有关责任人员违反本通则有关规定,应当给予纪律处分和罚款;情节严重或屡次违反的,应当调离工作岗位,取消任职资格;造成严重经济损失或者构成其他经济犯罪的,应当依照有关法律规定追究刑事责任。

第六十六条 贷款人有下列情形之一,由中国人民银行责令改正;逾期不改正的,中国人民银行可以处以 5 千元以上 1 万元以下罚款:

一、没有公布所经营贷款的种类、期限、利率的;

二、没有公开贷款条件和发放贷款时要审查的内容的;

三、没有在规定期限内答复借款人贷款申请的。

第六十七条 贷款人有下列情形之一，由中国人民银行责令改正；有违法所得的，没收违法所得，并处以违法所得1倍以上3倍以下罚款；没有违法所得的，处以5万元以上30万元以下罚款；构成犯罪的，依法追究刑事责任：

一、贷款人违反规定代垫委托贷款资金的；

二、未经中国人民银行批准，对自然人发放外币贷款的；

三、贷款人违反中国人民银行规定，对自营贷款或者特定贷款在计收利息之外收取其他任何费用的，或者对委托贷款在计收手续费之外收取其他任何费用的。

第六十八条 任何单位和个人强令银行发放贷款或者提供担保的，应当依照《中华人民共和国商业银行法》第八十五条，对直接负责的主管人员和其他直接责任人员或者个人给予纪律处分；造成经济损失的，承担全部或者部分赔偿责任。

第六十九条 借款人采取欺诈手段骗取贷款，构成犯罪的，应当依照《中华人民共和国商业银行法》第八十条等法律规定处以罚款并追究刑事责任。

第七十条 借款人违反本通则第九章第四十二条规定，蓄意通过兼并、破产或者股份制改造等途径侵吞信贷资金的，应当依据有关法律规定承担相应部分的赔偿责任并处以罚款；造成贷款人重大经济损失的，应当依照有关法律规定追究直接责任人员的刑事责任。

借款人违反本通则第九章其他条款规定，致使贷款债务落空，由贷款人停止发放新贷款，并提前收回原发放的贷款。造成信贷资产损失的，借款人及其主管人员或其他个人，应当承担部分或全部赔偿责任。在未履行赔偿责任之前，其他任何贷款人不得对其发放贷款。

第七十一条 借款人有下列情形之一，由贷款人对其部分或全部贷款加收利息；情节特别严重的，由贷款人停止支付借款人尚未使用的贷款，并提前收回部分或全部贷款：

一、不按借款合同规定用途使用贷款的。

二、用贷款进行股本权益性投资的。

三、用贷款在有价证券、期货等方面从事投机经营的。

四、未依法取得经营房地产资格的借款人用贷款经营房地产业务的；依法取得经营房地产资格的借款人，用贷款从事房地产投机的。

五、不按借款合同规定清偿贷款本息的。

六、套取贷款相互借贷牟取非法收入的。

第七十二条 借款人有下列情形之一，由贷款人责令改正。情节特别严重或逾期不改正的，由贷款人停止支付借款人尚未使用的贷款，并提前收回部分或全部贷款：

一、向贷款人提供虚假或者隐瞒重要事实的资产负债表、损益表等资料的；

二、不如实向贷款人提供所有开户行、帐号及存贷款余额等资料的；

三、拒绝接受贷款人对其使用信贷资金情况和有关生产经营、财务活动监督的。

第七十三条 行政部门、企事业单位、股份合作经济组织、供销合作社、农村合作基金会和其他基金会擅自发放贷款的；企业之间擅自办理借贷或者变相借贷的，由中国人民银行对出借方按违规收入处以1倍以上至5倍以下罚款，并由中国人民银行予以取缔。

第七十四条 当事人对中国人民银行处罚决定不服的，可按《中国人民银行行政复议办法（试行）》的规定申请复议，复议期间仍按原处罚执行。

第十二章　附　　则

第七十五条 国家政策性银行、外资金融机构（含外资、中外合资、外资金融机构的分支机构等）的贷款管理办法，由中国人民银行另行制定。

第七十六条 有关外国政府贷款、出口信贷、外商贴息贷款、出口信贷项下的对外担保以及与上述贷款配套的国际商业贷款的管理办法，由中国人民银行另行制定。

第七十七条 贷款人可根据本通则制定实施细则，报中国人民银行备案。

第七十八条 本通则自实施之日起，中国人民银行和各贷款人在此以前制定的各种规定，与本通则有抵触者，以本通则为准。

第七十九条 本通则由中国人民银行负责解释。

第八十条　本通则自 1996 年 8 月 1 日起施行。

个人住房贷款管理办法

1. 1998 年 5 月 9 日中国人民银行发布
2. 银发[1998]190 号

第一章　总　　则

第一条　为支持城镇居民购买自用普通住房,规范个人住房贷款管理,维护借贷双方的合法权益,根据《中华人民共和国商业银行法》、《中华人民共和国担保法》和《贷款通则》,制定本办法。

第二条　个人住房贷款(以下简称贷款)是指贷款人向借款人发放的用于购买自用普通住房的贷款。贷款人发放个人住房贷款时,借款人必须提供担保,借款人到期不能偿还贷款本息的,贷款人有权依法处理其抵押物或质物,或由保证人承担偿还本息的连带责任。

第三条　本办法适用于经中国人民银行批准设立的商业银行和住房储蓄银行。

第二章　贷款对象和条件

第四条　贷款对象应是具有完全民事行为能力的自然人。

第五条　借款人同时具备以下条件:

一、具有城镇常住户口或有效居留身份;

二、有稳定的职业和收入,信用良好,有偿还贷款本息的能力;

三、具有购买住房的合同或协议;

四、无住房补贴的以不低于所购住房全部价款的 30%作为购房的首期付款;有住房补贴的以个人承担部分的 30%作为购房的首期付款;

五、有贷款人认可的资产作为抵押或质押,或有足够代偿能力的单位或个人作为保证人;

六、贷款人规定的其他条件。

第六条　借款人应向贷款人提供下列资料:

一、身份证件(指居民身份证、户口本和其他有效居留证件);

二、有关借款人家庭稳定的经济收入的证明;

三、符合规定的购买住房合同意向书、协议或其他批准文件;

四、抵押物或质物清单、权属证明以及有处分权人同意抵押或质押的证明;有权部门出具的抵押物估价证明;保证人同意提供担保的书面文件和保证人资信证明;

五、申请住房公积金贷款的,需持有住房公积金管理部门出具的证明;

六、贷款人要求提供的其他文件资料。

第三章　贷款程序

第七条　借款人应直接向贷款人提出借款申请,贷款人自收到贷款申请及符合要求的资料之日起,应在三周内向借款人正式答复。贷款人审查同意后,按照《贷款通则》的有关规定,向借款人发放住房贷款。

第八条　贷款人发放贷款的数额,不得大于房地产评估机构评估的拟购买住房的价值。

第九条　申请使用住房公积金贷款购买住房的,在借款申请批准后,按借款合同约定的时间,由贷款人以转账方式将资金划转到售房单位在银行开立的账户。住房公积金贷款额度最高不得超过借款家庭成员退休年龄内所交纳住房公积金数额的 2 倍。

第四章　贷款期限与利率

第十条　贷款人应根据实际情况合理确定贷款期限,但最长不得超过 20 年。

第十一条　借款人应与贷款银行制定还本付息计划,贷款期限在 1 年以内(含 1 年)的,实行到期一次还本付息,利随本清;贷款期限在 1 年以上的按月归还贷款本息。

第十二条　用信贷资金发放的个人住房贷款利率按法定贷款利率(不含浮动)减档执行。即贷款期限为 1 年期以下(含 1 年)的,执行半年以下(含半年)法定贷款利率;期限为 1 至 3 年(含 3 年)的,执行 6 个月至 1 年期(含 1 年)法定贷款利率;期限为 3 至 5 年(含 5 年)的,执行 1 至 3 年期(含 3 年)法定贷款利率;期限为 5 至 10 年(含 10 年)的,执行 3 至 5 年(含 5 年)法定贷款利率;期限为 10 年以上的,在 3 至 5 年(含 5 年)法定贷款利率基础上适当上浮,上浮幅度最高不得超过 5%。

第十三条　用住房公积金发放的个人住房贷款利率在3个月整存整取存款利率基础上加点执行。贷款期限为1年至3年(含3年)的,加1.8个百分点;期限为3至5年(含5年)的,加2.16个百分点;期限为5至10年(含10年)的,加2.34个百分点;期限为10至15年(含15年)的,加2.88个百分点;期限为15年至20年(含20年)的,加3.42个百分点。

第十四条　个人住房贷款期限在1年以内(含1年)的,实行合同利率,遇法定利率调整,不分段计算;贷款期限在1年以上的,遇法定利率调整,于下年初开始,按相应利率档次执行新的利率规定。

第五章　抵　　押

第十五条　贷款抵押物应当符合《中华人民共和国担保法》第三十四条的规定。《中华人民共和国担保法》第三十七条规定不得抵押的财产不得用于贷款抵押。

第十六条　借款人以所购自用住房作为贷款抵押物的,必须将住房价值全额用于贷款抵押。

第十七条　以房地产作抵押的,抵押人和抵押权人应当签订书面抵押合同,并于放款前向县级以上地方人民政府规定的部门办理抵押登记手续,并于放款前向县级以上地方人民政府规定的部门办理抵押登记手续。抵押合同的有关内容按照《中华人民共和国担保法》第三十九条规定确定。

第十八条　借款人对抵押的财产在抵押期内必须妥善保管,负有维修、保养、保证完好无损的责任,并随时接受贷款人的监督检查。对设定的抵押物,在抵押期届满之前,贷款人不得擅自处分。

第十九条　抵押期间,未经贷款人同意,抵押人不得将抵押物再次抵押或出租、转让、变卖、馈赠。

第二十条　抵押合同自抵押物登记之日起生效,至借款人还清全部贷款本息时终止。抵押合同终止后,当事人应按合同的约定,解除设定的抵押权。以房地产作为抵押物的,解除抵押权时,应到原登记部门办理抵押注销登记手续。

第六章　质押和保证

第二十一条　采取质押方式的,出质人和质权人必须签订书面质押合同,《中华人民共和国担保法》规定需要办理登记的,应当办理登记手续。质押合同的有关内容,按照《中华人民共和国担保法》第六十五条的规定执行。生效日期按第七十六条至七十九条的规定执行。质押合同至借款人还清全部贷款本息时终止。

第二十二条　对设定的质物,在质押期届满之前,贷款人不得擅自处分。质押期间,质物如有损坏、遗失,贷款人应承担责任并负责赔偿。

第二十三条　借款人不能足额提供抵押(质押)时,应有贷款人认可的第三方提供承担连带责任的保证。保证人是法人,必须具有代为偿还全部贷款本息的能力,且在银行开立有存款账户。保证人为自然人的,必须有固定经济来源,具有足够代偿能力,并且在贷款银行存有一定数额的保证金。

第二十四条　保证人与债权人应当以书面形式订立保证合同。保证人发生变更的,必须按照规定办理变更担保手续,未经贷款人认可,原保证合同不得撤销。

第七章　房屋保险

第二十五条　以房产作为抵押的,借款人需在合同签订前办理房屋保险或委托贷款人代办有关保险手续。抵押期内,保险单由贷款人保管。

第二十六条　抵押期内,借款人不得以任何理由中断或撤销保险;在保险期内,如发生保险责任范围以外的因借款人过错毁损,由借款人负全部责任。

第八章　借款合同的变更和终止

第二十七条　借款合同需要变更的,必须经借贷双方协商同意,并依法签订变更协议。

第二十八条　借款人死亡、宣告失踪或丧失民事行为能力,其财产合法继承人继续履行借款人所签订的借款合同。

第二十九条　保证人失去担保资格和能力,或发生合并、分立或破产时,借款人应变更保证人并重新办理担保手续。

第三十条 抵押人或出质人按合同规定偿还全部贷款本息后,抵押物或质物返还抵押人或出质人,借款合同终止。

第九章　抵押物或质物的处分

第三十一条 借款人在还款期限内死亡、失踪或丧失民事行为能力后无继承人或受遗赠人,或其法定继承人、受遗赠人拒绝履行借款合同的,贷款人有权依照《中华人民共和国担保法》的规定处分抵押物或质物。

第三十二条 处分抵押物或质物,其价款不足以偿还贷款本息的,贷款人有权向债务人追偿;其价款超过应偿还部分,贷款人应退还抵押人或出质人。

第三十三条 拍卖划拨的国有土地使用权所得的价款,在依法缴纳相当于应缴纳的土地使用权出让金的款项后,抵押权人有优先受偿权。

第三十四条 借款合同发生纠纷时,借贷双方应及时协商解决,协商不成的,任何一方均可依法申请仲裁或向人民法院提起诉讼。

第三十五条 借款人有下列情形之一的,贷款人按中国人民银行《贷款通则》的有关规定,对借款人追究违约责任:

一、借款人不按期归还贷款本息的;

二、借款人提供虚假文件或资料,已经或可能造成贷款损失的;

三、未经贷款人同意,借款人将设定抵押权或质押权财产或权益拆迁、出售、转让、赠与或重复抵押的;

四、借款人擅自改变贷款用途,挪用贷款的;

五、借款人拒绝或阻挠贷款人对贷款使用情况进行监督检查的;

六、借款人与其他法人或经济组织签订有损贷款人权益的合同或协议的;

七、保证人违反保证合同或丧失承担连带责任能力,抵押物因意外损毁不足以清偿贷款本息,质物明显减少影响贷款人实现质权,而借款未按要求落实新保证或新抵押(质押)的。

第十章　附　　则

第三十六条 个人住房贷款不得用于购买豪华住房。城镇居民修房、自建住房贷款,参照本办法执行。

第三十七条 贷款可根据本办法制定实施细则,并报中国人民银行备案。

第三十八条 本办法由中国人民银行负责解释和修改。

第三十九条 本办法自公布之日起施行。与本办法相抵触的有关规定同时废止。

商业银行房地产
贷款风险管理指引

2004 年 9 月 2 日中国银行业监督管理委员会发布

第一章　总　　则

第一条 为提高商业银行房地产贷款的风险管理能力,根据有关银行监管法律法规和银行审慎监管要求,制定本指引。

第二条 本指引所称房地产贷款是指与房产或地产的开发、经营、消费活动有关的贷款。主要包括土地储备贷款、房地产开发贷款、个人住房贷款、商业用房贷款等。

本指引所称土地储备贷款是指向借款人发放的用于土地收购及土地前期开发、整理的贷款。土地储备贷款的借款人仅限于负责土地一级开发的机构。

房地产开发贷款是指向借款人发放的用于开发、建造向市场销售、出租等用途的房地产项目的贷款。

个人住房贷款是指向借款人发放的用于购买、建造和大修理各类型住房的贷款。

商业用房贷款是指向借款人发放的用于购置、建造和大修理以商业为用途的各类型房产的贷款。

第二章　风险控制

第三条 商业银行应建立房地产贷款的风险政策及其不同类型贷款的操作审核标准,明确不同类型贷款的审批标准、操作程序、风险控制、贷后管理以及中介机构的选择等内容。

商业银行办理房地产业务,要对房地产市场风险、法律风险、操作风险等予以关注,建立相应的风险管理及内控制度。

第四条　商业银行应建立相应的监控流程，确保工作人员遵守上述风险政策及不同类型贷款的操作审核标准。

第五条　商业银行应根据房地产贷款的专业化分工，按照申请的受理、审核、审批、贷后管理等环节分别制定各自的职业道德标准和行为规范，明确相应的权责和考核标准。

第六条　商业银行应对内部职能部门和分支机构房地产贷款进行年度专项稽核，并形成稽核报告。稽核报告应包括以下内容：

（一）内部职能部门和分支机构上年度发放贷款的整体情况；

（二）稽核中发现的主要问题及处理意见；

（三）内部职能部门和分支机构对上次稽核报告中所提建议的整改情况。

第七条　商业银行对于介入房地产贷款的中介机构的选择，应着重于其企业资质、业内声誉和业务操作程序等方面的考核，择优选用，并签订责任条款，对于因中介机构的原因造成的银行业务损失应有明确的赔偿措施。

第八条　商业银行应建立房地产行业风险预警和评估体系，对房地产行业市场风险予以关注。

第九条　商业银行应建立完善的房地产贷款统计分析平台，对所发放贷款的情况进行详细记录，并及时对相关信息进行整理分析，保证贷款信息的准确性、真实性、完整性，以有效监控整体贷款状况。

第十条　商业银行应逐笔登记房地产贷款详细情况，以确保该信息可以准确录入银行监管部门及其他相关部门的统计或信贷登记咨询系统，以利于各商业银行之间、商业银行与社会征信机构之间的信息沟通，使各行充分了解借款人的整体情况。

第三章　土地储备贷款的风险管理

第十一条　商业银行对资本金没有到位或资本金严重不足、经营管理不规范的借款人不得发放土地储备贷款。

第十二条　商业银行发放土地储备贷款时，应对土地的整体情况调查分析，包括该土地的性质、权属关系、测绘情况、土地契约限制、在城市整体综合规划中的用途与预计开发计划是否相符等。

第十三条　商业银行应密切关注政府有关部门及相关机构对土地经济环境、土地市场发育状况、土地的未来用途及有关规划、计划等方面的政策和研究，实时掌握土地价值状况，避免由于土地价值虚增或其他情况而导致的贷款风险。

第十四条　商业银行应对发放的土地储备贷款设立土地储备机构资金专户，加强对土地经营收益的监控。

第四章　房地产开发贷款的风险管理

第十五条　商业银行对未取得国有土地使用证、建设用地规划许可证、建设工程规划许可证、建筑工程施工许可证的项目不得发放任何形式的贷款。

第十六条　商业银行对申请贷款的房地产开发企业，应要求其开发项目资本金比例不低于35%。

第十七条　商业银行在办理房地产开发贷款时，应建立严格的贷款项目审批机制，对该贷款项目进行尽职调查，以确保该项目符合国家房地产发展总体方向，有效满足当地城市规划和房地产市场的需求，确认该项目的合法性、合规性、可行性。

第十八条　商业银行应对申请贷款的房地产开发企业进行深入调查审核：包括企业的性质、股东构成、资质信用等级等基本背景，近三年的经营管理和财务状况，以往的开发经验和开发项目情况，与关联企业的业务往来等。对资质较差或以往开发经验较差的房地产开发企业，贷款应审慎发放；对经营管理存在问题、不具备相应资金实力或有不良经营记录的，贷款发放应严格限制。对于依据项目而成立的房地产开发项目公司，应根据其自身特点对其业务范围、经营管理和财务状况，以及股东及关联公司的上述情况以及彼此间的法律关系等进行深入调查审核。

第十九条 商业银行应严格落实房地产开发企业贷款的担保，确保担保真实、合法、有效。

第二十条 商业银行应建立完备的贷款发放、使用监控机制和风险防范机制。在房地产开发企业的自有资金得到落实后，可根据项目的进度和进展状况，分期发放贷款，并对其资金使用情况进行监控，防止贷款挪作他用。同时，积极采取措施应对项目开发过程中出现的项目自身的变化、房地产开发企业的变化、建筑施工企业的变化等，及时发现并制止违规使用贷款情况。

第二十一条 商业银行应严密监控建筑施工企业流动资金贷款使用情况，防止用流动资金贷款为房地产开发项目垫资。

第二十二条 商业银行应对有逾期未还款或有欠息现象的房地产开发企业销售款进行监控，在收回贷款本息之前，防止将销售款挪作他用。

第二十三条 商业银行应密切关注房地产开发企业的开发情况，确保对购买主体结构已封顶住房的个人发放个人住房贷款后，该房屋能够在合理期限内正式交付使用。

第二十四条 商业银行应密切关注建筑工程款优于抵押权受偿等潜在的法律风险。

第二十五条 商业银行应密切关注国家政策及市场的变化对房地产开发项目的影响，利用市场风险预警预报机制、区域市场分类的指标体系，建立针对市场风险程度和风险类型的阶段监测方案，并积极采取措施化解因此产生的各种风险。

第五章 个人住房贷款的风险管理

第二十六条 商业银行应严格遵照相关个人住房贷款政策规定，不得违反有关贷款年限和贷款与房产价值比率等方面的规定。

第二十七条 商业银行制定的个人住房贷款申请文件应包括借款人基本情况、借款人收支情况、借款人资产表、借款人现住房情况、借款人购房贷款资料、担保方式、借款人声明等要素（其中具体项目内容参见附件1〔略〕）。

第二十八条 商业银行应确保贷款经办人员向借款人说明其所提供的个人信息（包括借款人所提交的所有文件资料和个人资产负债情况）将经过贷款审核人员的调查确认，并要求借款人据此签署书面声明。

第二十九条 商业银行应将经贷款审核人员确认后的所有相关信息以风险评估报告的形式记录存档。上述相关信息包括个人信息的确认、银行对申请人偿还能力、偿还意愿的风险审核及对抵押品的评估情况（具体内容参见附件2〔略〕）。

第三十条 商业银行的贷款经办人员对借款人的借款申请初审同意后，应由贷款审核人员对借款人提交文件资料的完整性、真实性、准确性及合法性进行复审。

第三十一条 商业银行应通过借款人的年龄、学历、工作年限、职业、在职年限等信息判断借款人目前收入的合理性及未来行业发展对收入水平的影响；应通过借款人的收入水平、财务情况和负债情况判断其贷款偿付能力；应通过了解借款人目前居住情况及此次购房的首付支出判断其对于所购房产的目的及拥有意愿等因素，并据此对贷款申请做整体分析。

第三十二条 商业银行应对每一笔贷款申请做内部的信息调查，包括了解借款人在本行的贷款记录及存款情况。

第三十三条 商业银行应通过对包括借款人的聘用单位、税务部门、工商管理部门以及征信机构等独立的第三方进行调查，审核贷款申请的真实性及借款人的信用情况，以了解其本人及家庭的资产、负债情况、信用记录等。

商业银行对自雇人士（即自行成立法人机构或其他经济组织，或在上述机构内持有超过10%股份，或其个人收入的主要来源为上述机构的经营收入者）申请个人住房贷款进行审核时，不能仅凭个人开具的收入证明来判断其还款能力，应通过要求其提供有关资产证明、银行对账单、财务报表、税单证明和实地调查等方式，了解其经营情况和真实财务状况，全面分析其还款能力。

第三十四条 对以个人身份申请的商业用房贷款，如借款人是自雇人士或公司的股东、董事，商业银行应要求借款人提供公司财务报表、业务资料并进行审核。

第三十五条 商业银行应根据各地市场情况的不同制定合理的贷款成数上限,但所有住房贷款的贷款成数不超过80%。

第三十六条 商业银行应着重考核借款人还款能力。应将借款人住房贷款的月房产支出与收入比控制在50%以下(含50%),月所有债务支出与收入比控制在55%以下(含55%)。

房产支出与收入比的计算公式为:(本次贷款的月还款额+月物业管理费)/月均收入

所有债务与收入比的计算公式为:(本次贷款的月还款额+月物业管理费+其他债务月均偿付额)/月均收入

上述计算公式中提到的收入应该是指申请人自身的可支配收入,即单一申请为申请人本人可支配收入,共同申请为主申请人和共同申请人的可支配收入。但对于单一申请的贷款,如商业银行考虑将申请人配偶的收入计算在内,则应该先予以调查核实,同时对于已将配偶收入计算在内的贷款也应相应的把配偶的债务一并计入。

第三十七条 商业银行应通过调查非国内长期居住借款人在国外的工作和收入背景,了解其在华购房的目的,并在对各项信息调查核实的基础上评估借款人的偿还能力和偿还意愿。

第三十八条 商业银行应区别判断抵押物状况。抵押物价值的确定以该房产在该次买卖交易中的成交价或评估价的较低者为准。

商业银行在发放个人住房贷款前应对新建房进行整体性评估,可根据各行实际情况选择内部评估,但要由具有房地产估价师执业资格的专业人士出具意见书,或委托独立的具有房地产价格评估资质的评估机构进行评估;对于精装修楼盘以及售价明显高出周边地区售价的楼盘的评估要重点关注。

对再交易房,应对每个用作贷款抵押的房屋进行独立评估。

第三十九条 商业银行在对贷款申请做出最终审批前,贷款经办人员须至少直接与借款人面谈一次,从而基本了解借款人的基本情况及其贷款用途。对于借款人递交的贷款申请表和

贷款合同需有贷款经办人员的见证签署。

商业银行应向房地产管理部门查询拟抵押房屋的权属状况,决定发放抵押贷款的,应在贷款合同签署后及时到房地产管理部门办理房地产抵押登记。

第四十条 商业银行对未完全按照前述要求发放的贷款,应有专门的处理方法,除将发放原因和理由记录存档外,还应密切关注及监控该笔贷款的还款记录。

第四十一条 商业银行应建立逾期贷款的催收系统和催收程序。应将本行内相关的个人信用资料包括逾期客户名单等实行行内共享。

第六章 风险监管措施

第四十二条 银监会及其派出机构定期对商业银行房地产贷款发放规模、资产质量、偿付状况及催收情况、风险管理和内部贷款审核控制进行综合评价,并确定监管重点。

第四十三条 银监会及其派出机构根据非现场监管情况,每年至少选择两家商业银行,对房地产贷款的下列事项进行全面或者专项检查:

(一)贷款质量;

(二)偿付状况及催收情况;

(三)内部贷款审核控制;

(四)贷后资产的风险管理;

(五)遵守法律及相关规定;

(六)需要进行检查的其他事项。

第四十四条 银监会及其派出机构对现场检查中发现的房地产贷款管理存在严重问题的商业银行,将组织跟踪检查。

第四十五条 银监会及其派出机构或银行业自律组织对介入房地产贷款的中介机构,一旦发现其有违背行业规定和职业道德的行为,将及时予以通报。

第七章 附 则

第四十六条 本指引由银监会负责解释。

第四十七条 本指引自发布之日起施行。

4. 房地产中介服务

城市房地产中介服务管理规定

1. 1996 年 1 月 8 日建设部令第 50 号发布
2. 2001 年 8 月 15 日修正

第一章　总　　则

第一条　为了加强房地产中介服务管理，维护房地产市场秩序，保障房地产活动当事人的合法权益，根据《中华人民共和国城市房地产管理法》，制定本规定。

第二条　凡从事城市房地产中介服务的，应遵守本规定。

　　本规定所称房地产中介服务，是指房地产咨询、房地产价格评估、房地产经纪等活动的总称。

　　本规定所称房地产咨询，是指为房地产活动当事人提供法律法规、政策、信息、技术等方面服务的经营活动。

　　本规定所称房地产价格评估，是指对房地产进行测算，评定其经济价值和价格的经营活动。

　　本规定所称房地产经纪，是指为委托人提供房地产信息和居间代理业务的经营活动。

第三条　国务院建设行政主管部门归口管理全国房地产中介服务工作。

　　省、自治区建设行政主管部门归口管理本行政区域内的房地产中介服务工作。

　　直辖市、市、县人民政府房地产行政主管部门（以下简称房地产管理部门）管理本行政区域内的房地产中介服务工作。

第二章　中介服务人员
资格管理

第四条　从事房地产咨询业务的人员，必须是具有房地产及相关专业中等以上学历，有与房地产咨询业务相关的初级以上专业技术职称并取得考试合格证书的专业技术人员。

　　房地产咨询人员的考试办法，由省、自治区人民政府建设行政主管部门和直辖市房地产管理部门制订。

第五条　国家实行房地产价格评估人员资格认证制度。

　　房地产价格评估人员分为房地产估价师和房地产估价员。

第六条　房地产估价师必须是经国家统一考试、执业资格认证，取得《房地产估价师执业资格证书》，并经注册登记取得《房地产估价师注册证》的人员。未取得《房地产估价师注册证》的人员，不得以房地产估价师的名义从事房地产估价业务。

　　房地产估价师的考试办法，由国务院建设行政主管部门和人事主管部门共同制定。

第七条　房地产估价员必须是经过考试并取得《房地产估价员岗位合格证》的人员。未取得《房地产估价员岗位合格证》的人员，不得从事房地产估价业务。

　　房地产估价员的考试办法，由省、自治区人民政府建设行政主管部门和直辖市房地产管理部门制订。

第八条　房地产经纪人必须是经过考试、注册并取得《房地产经纪人资格证》的人员。未取得《房地产经纪人资格证》的人员，不得从事房地产经纪业务。

　　房地产经纪人的考试和注册办法另行制定。

第九条　严禁伪造、涂改、转让《房地产估价师执业资格证书》、《房地产估价师注册证》、《房地产估价员岗位合格证》、《房地产经纪人资格证》。

　　遗失《房地产估价师执业资格证书》、《房地产估价师注册证》、《房地产估价员岗位合格证》、《房地产经纪人资格证》的，应当向原发证机关申请补发。

第三章　中介服务机构管理

第十条　从事房地产中介业务，应当设立相应的房地产中介服务机构。

　　房地产中介服务机构，应是具有独立法人资格的经济组织。

第十一条　设立房地产中介服务机构应具备下列条件：

　　（一）有自己的名称、组织机构；

（二）有固定的服务场所；

（三）有规定数量的财产和经费；

（四）从事房地产咨询业务的，具有房地产及相关专业中等以上学历、初级以上专业技术职称人员须占总人数的50%以上；从事房地产评估业务的，须有规定数量的房地产估价师；从事房地产经纪业务的，须有规定数量的房地产经纪人。

跨省、自治区、直辖市从事房地产估价业务的机构，应到该业务发生地省、自治区人民政府建设行政主管部门或者直辖市人民政府房地产行政主管部门备案。

第十二条　设立房地产中介服务机构，应当向当地的工商行政管理部门申请设立登记。房地产中介服务机构在领取营业执照后的1个月内，应当到登记机关所在地的县级以上人民政府房地产管理部门备案。

第十三条　房地产管理部门应当每年对房地产中介服务机构的专业人员条件进行一次检查，并于每年年初公布检查合格的房地产中介服务机构名单。检查不合格的，不得从事房地产中介业务。

第十四条　房地产中介服务机构必须履行下列义务：

（一）遵守有关的法律、法规和政策；

（二）遵守自愿、公平、诚实信用的原则；

（三）按照核准的业务范围从事经营活动；

（四）按规定标准收取费用；

（五）依法交纳税费；

（六）接受行业主管部门及其他有关部门的指导、监督和检查。

第四章　中介业务管理

第十五条　房地产中介服务人员承办业务，由其所在中介机构统一受理并与委托人签订书面中介服务合同。

第十六条　经委托人同意，房地产中介服务机构可以将委托的房地产中介业务转让委托给具有相应资格的中介服务机构代理，但不得增加佣金。

第十七条　房地产中介服务合同应当包括下列主要内容：

（一）当事人姓名或者名称、住所；

（二）中介服务项目的名称、内容、要求和标准；

（三）合同履行期限；

（四）收费金额和支付方式、时间；

（五）违约责任和纠纷解决方式；

（六）当事人约定的其他内容。

第十八条　房地产中介服务费用由房地产中介服务机构统一收取，房地产中介服务机构收取费用应当开具发票，依法纳税。

第十九条　房地产中介服务机构开展业务应当建立业务记录，设立业务台账。业务记录和业务台账应当载明业务活动中的收入、支出等费用，以及省、自治区建设行政主管部门和直辖市房地产管理部门要求的其他内容。

第二十条　房地产中介服务人员执行业务，可以根据需要查阅委托人的有关资料和文件，查看现场。委托人应当协助。

第二十一条　房地产中介服务人员在房地产中介活动中不得有下列行为：

（一）索取、收受委托合同以外的酬金或其他财物，或者利用工作之便，牟取其他不正当的利益；

（二）允许他人以自己的名义从事房地产中介业务；

（三）同时在两个或两个以上中介服务机构执行业务；

（四）与一方当事人串通损害另一方当事人利益；

（五）法律、法规禁止的其他行为。

第二十二条　房地产中介服务人员与委托人有利害关系的，应当回避。委托人有权要求其回避。

第二十三条　因房地产中介服务人员过失，给当事人造成经济损失的，由所在中介服务机构承担赔偿责任。所在中介服务机构可以对有关人员追偿。

第五章　罚　　则

第二十四条　违反本规定，有下列行为之一的，由直辖市、市、县人民政府房地产管理部门会同有关部门对责任者给予处罚：

（一）未取得房地产中介资格擅自从事房地产中介业务的，责令停止房地产中介业务，并可处以1万元以上3万元以下的罚款；

（二）违反本规定第九条第一款规定的，收回资格证书或者公告资格证书作废，并可处以1万元以下的罚款；

（三）违反本规定第二十一条规定的，收回资格证书或者公告资格证书作废，并可处以1万元以上3万元以下的罚款；

（四）超过营业范围从事房地产中介活动的，处以1万元以上3万元以下的罚款。

第二十五条　因委托人的原因，给房地产中介服务机构或人员造成经济损失的，委托人应当承担赔偿责任。

第二十六条　房地产中介服务人员违反本规定，构成犯罪的，依法追究刑事责任。

第二十七条　房地产管理部门工作人员在房地产中介服务管理中以权谋私、贪污受贿的，依法给予行政处分；构成犯罪的，依法追究刑事责任。

第六章　附　则

第二十八条　省、自治区建设行政主管部门、直辖市房地产行政主管部门可以根据本规定制定实施细则。

第二十九条　本规定由国务院建设行政主管部门负责解释。

第三十条　本规定自1996年2月1日起施行。

房地产广告发布暂行规定

1. *1996年12月30日国家工商行政管理局令第71号发布*
2. *1998年12月3日修正*

第一条　发布房地产广告，应当遵守《中华人民共和国广告法》、《中华人民共和国城市房地产管理法》、《中华人民共和国土地管理法》及国家有关广告监督管理和房地产管理的规定。

第二条　本规定所称房地产广告，指房地产开发企业、房地产权利人、房地产中介服务机构发布的房地产项目预售、预租、出售、出租、项目转让以及其他房地产项目介绍的广告。

居民私人及非经营性售房、租房、换房广告，不适用本规定。

第三条　房地产广告必须真实、合法、科学、准确，符合社会主义精神文明建设要求，不得欺骗和误导公众。

第四条　凡下列情况的房地产，不得发布广告：

（一）在未经依法取得国有土地使用权的土地上开发建设的；

（二）在未经国家征用的集体所有的土地上建设的；

（三）司法机关和行政机关依法规定、决定查封或者以其他形式限制房地产权利的；

（四）预售房地产，但未取得该项目预售许可证的；

（五）权属有争议的；

（六）违反国家有关规定建设的；

（七）不符合工程质量标准，经验收不合格的；

（八）法律、行政法规规定禁止的其他情形。

第五条　发布房地产广告，应当具有或者提供下列相应真实、合法、有效的证明文件：

（一）房地产开发企业、房地产权利人、房地产中介服务机构的营业执照或者其他主体资格证明；

（二）建设主管部门颁发的房地产开发企业资质证书；

（三）土地主管部门颁发的项目土地使用权证明；

（四）工程竣工验收合格证明；

（五）发布房地产项目预售、出售广告，应当具有地方政府建设主管部门颁发的预售、销售许可证证明；出租、项目转让广告，应当具有相应的产权证明；

（六）中介机构发布所代理的房地产项目广告，应当提供业主委托证明；

（七）工商行政管理机关规定的其他证明。

第六条　房地产预售、销售广告，必须载明以下事项：

（一）开发企业名称；

（二）中介服务机构代理销售的，载明该机构名称；

（三）预售或者销售许可证书号。

广告中仅介绍房地产项目名称的，可以不必载明上述事项。

第七条　房地产广告不得含有风水、占卜等封建迷信内容,对项目情况进行的说明、渲染,不得有悖社会良好风尚。

第八条　房地产广告中涉及所有权或者使用权的,所有或者使用的基本单位应当是有实际意义的完整的生产、生活空间。

第九条　房地产广告中对价格有表示的,应当清楚表示为实际的销售价格,明示价格的有效期限。

第十条　房地产中表现项目位置,应以从该项目到达某一具体参照物的现有交通干道的实际距离表示,不得以所需时间来表示距离。

房地产广告中的项目位置示意图,应当准确、清楚,比例恰当。

第十一条　房地产广告中涉及交通、商业、文化教育设施及其他市政条件等,如在规划或者建设中,应当在广告中注明。

第十二条　房地产广告中涉及面积的,应当表明是建筑面积或者使用面积。

第十三条　房地产广告涉及内部结构、装修装饰的,应当真实、准确。

预售、预租商品房广告,不得涉及装修装饰内容。

第十四条　房地产广告中不得利用其他项目的形象、环境作为本项目的效果。

第十五条　房地产广告中使用建筑设计效果图或者模型照片的,应当在广告中注明。

第十六条　房地产广告中不得出现融资或者变相融资的内容,不得含有升值或者投资回报的承诺。

第十七条　房地产广告中涉及贷款服务的,应当载明提供贷款的银行名称及贷款额度、年期。

第十八条　房地产广告中不得含有广告主能够为入住者办理户口、就业、升学等事项的承诺。

第十九条　房地产广告中涉及物业管理内容的,应当符合国家有关规定;涉及尚未实现的物业管理内容,应当在广告中注明。

第二十条　房地产广告中涉及资产评估的,应当表明评估单位、估价师和评估时间;使用其他数据、统计资料、文摘、引用语的,应当真实、准确,表明出处。

第二十一条　违反本规定发布广告,依照《广告法》有关条款处罚,《广告法》无具体处罚条款的,由广告监督管理机关责令停止发布,视其情节予以通报批评,处以违法所得额三倍以下的罚款,但最高不超过三万元,没有违法所得的,处以一万元以下的罚款。

第二十二条　本规定自公布之日起施行。

注册房地产估价师管理办法

1. *2006 年 12 月 25 日建设部令第 151 号公布*
2. *自 2007 年 3 月 1 日起施行*

第一章　总　　则

第一条　为了加强对注册房地产估价师的管理,完善房地产价格评估制度和房地产价格评估人员资格认证制度,规范注册房地产估价师行为,维护公共利益和房地产估价市场秩序,根据《中华人民共和国城市房地产管理法》、《中华人民共和国行政许可法》等有关法律、行政法规,制定本办法。

第二条　中华人民共和国境内注册房地产估价师的注册、执业、继续教育和监督管理,适用本办法。

第三条　本办法所称注册房地产估价师,是指通过全国房地产估价师执业资格考试或者资格认定、资格互认,取得中华人民共和国房地产估价师执业资格(以下简称执业资格),并按照本办法注册,取得中华人民共和国房地产估价师注册证书(以下简称注册证书),从事房地产估价活动的人员。

第四条　注册房地产估价师实行注册执业管理制度。

取得执业资格的人员,经过注册方能以注册房地产估价师的名义执业。

第五条　国务院建设主管部门对全国注册房地产估价师注册、执业活动实施统一监督管理。

省、自治区、直辖市人民政府建设(房地产)主管部门对本行政区域内注册房地产估价师的注册、执业活动实施监督管理。

市、县、市辖区人民政府建设(房地产)主管部门对本行政区域内注册房地产估价师的执业活动实施监督管理。

第六条　房地产估价行业组织应当加强注册房地产估价师自律管理。

鼓励注册房地产估价师加入房地产估价行业组织。

第二章　注　册

第七条　注册房地产估价师的注册条件为：

（一）取得执业资格；

（二）达到继续教育合格标准；

（三）受聘于具有资质的房地产估价机构；

（四）无本办法第十四条规定不予注册的情形。

第八条　申请注册的，应当向聘用单位或者其分支机构工商注册所在地的省、自治区、直辖市人民政府建设（房地产）主管部门提出注册申请。

对申请初始注册的，省、自治区、直辖市人民政府建设（房地产）主管部门应当自受理申请之日起20日内审查完毕，并将申请材料和初审意见报国务院建设主管部门。国务院建设主管部门应当自受理之日起20日内作出决定。

对申请变更注册、延续注册的，省、自治区、直辖市人民政府建设（房地产）主管部门应当自受理申请之日起5日内审查完毕，并将申请材料和初审意见报国务院建设主管部门。国务院建设主管部门应当自受理之日起10日内作出决定。

注册房地产估价师的初始、变更、延续注册，逐步实行网上申报、受理和审批。

第九条　注册证书是注册房地产估价师的执业凭证。注册有效期为3年。

第十条　申请初始注册，应当提交下列材料：

（一）初始注册申请表；

（二）执业资格证件和身份证件复印件；

（三）与聘用单位签订的劳动合同复印件；

（四）取得执业资格超过3年申请初始注册的，应当提供达到继续教育合格标准的证明材料；

（五）聘用单位委托人才服务中心托管人事档案的证明和社会保险缴纳凭证复印件；或者劳动、人事部门颁发的离退休证复印件；或者外国人就业证、台港澳人员就业证书复印件。

第十一条　注册有效期满需继续执业的，应当在注册有效期满30日前，按照本办法第八条规定的程序申请延续注册；延续注册的，注册有效期为3年。

延续注册需要提交下列材料：

（一）延续注册申请表；

（二）与聘用单位签订的劳动合同复印件；

（三）申请人注册有效期内达到继续教育合格标准的证明材料。

第十二条　注册房地产估价师变更执业单位，应当与原聘用单位解除劳动合同，并按本办法第八条规定的程序办理变更注册手续，变更注册后延续原注册有效期。

变更注册需要提交下列材料：

（一）变更注册申请表；

（二）与新聘用单位签订的劳动合同复印件；

（三）与原聘用单位解除劳动合同的证明文件；

（四）聘用单位委托人才服务中心托管人事档案的证明和社会保险缴纳凭证复印件；或者劳动、人事部门颁发的离退休证复印件；或者外国人就业证、台港澳人员就业证书复印件。

第十三条　取得执业资格的人员，申请在新设立房地产估价机构、分支机构执业的，应当在申报房地产估价机构资质或者分支机构备案的同时，办理注册手续。

第十四条　申请人有下列情形之一的，不予注册：

（一）不具有完全民事行为能力的；

（二）刑事处罚尚未执行完毕的；

（三）因房地产估价及相关业务活动受刑事处罚，自刑事处罚执行完毕之日至申请注册之日止不满5年的；

（四）因前项规定以外原因受刑事处罚，自刑事处罚执行完毕之日至申请注册之日止不满3年的；

（五）被吊销注册证书，自被处罚之日起至申请注册之日止不满3年的；

（六）以欺骗、贿赂等不正当手段获准的房

地产估价师注册被撤销，自被撤销注册之日起至申请注册之日止不满 3 年的；

　　（七）申请在 2 个或者 2 个以上房地产估价机构执业的；

　　（八）为现职公务员的；

　　（九）年龄超过 65 周岁的；

　　（十）法律、行政法规规定不予注册的其他情形。

第十五条　注册房地产估价师有下列情形之一的，其注册证书失效：

　　（一）聘用单位破产的；

　　（二）聘用单位被吊销营业执照的；

　　（三）聘用单位被吊销或者撤回房地产估价机构资质证书的；

　　（四）已与聘用单位解除劳动合同且未被其他房地产估价机构聘用的；

　　（五）注册有效期满且未延续注册的；

　　（六）年龄超过 65 周岁的；

　　（七）死亡或者不具有完全民事行为能力的；

　　（八）其他导致注册失效的情形。

第十六条　有下列情形之一的，注册房地产估价师应当及时向国务院建设主管部门提出注销注册的申请，交回注册证书，国务院建设主管部门应当办理注销手续，公告其注册证书作废：

　　（一）有本办法第十五条所列情形发生的；

　　（二）依法被撤销注册的；

　　（三）依法被吊销注册证书的；

　　（四）受到刑事处罚的；

　　（五）法律、法规规定应当注销注册的其他情形。

　　注册房地产估价师有前款所列情形之一的，有关单位和个人有权向国务院建设主管部门举报；县级以上地方人民政府建设（房地产）主管部门应当及时报告国务院建设主管部门。

第十七条　被注销注册者或者不予注册者，在具备注册条件后，可以按照本办法第八条第一款、第二款规定的程序申请注册。

第十八条　注册房地产估价师遗失注册证书的，应当在公众媒体上声明后，按照本办法第八条第一款、第三款规定的程序申请补发。

第三章　执　　业

第十九条　取得执业资格的人员，应当受聘于一个具有房地产估价机构资质的单位，经注册后方可从事房地产估价执业活动。

第二十条　注册房地产估价师可以在全国范围内开展与其聘用单位业务范围相符的房地产估价活动。

第二十一条　注册房地产估价师从事执业活动，由聘用单位接受委托并统一收费。

第二十二条　在房地产估价过程中给当事人造成经济损失，聘用单位依法应当承担赔偿责任的，可依法向负有过错的注册房地产估价师追偿。

第二十三条　注册房地产估价师在每一注册有效期内应当达到国务院建设主管部门规定的继续教育要求。

　　注册房地产估价师继续教育分为必修课和选修课，每一注册有效期各为 60 学时。经继续教育达到合格标准的，颁发继续教育合格证书。

　　注册房地产估价师继续教育，由中国房地产估价师与房地产经纪人学会负责组织。

第二十四条　注册房地产估价师享有下列权利：

　　（一）使用注册房地产估价师名称；

　　（二）在规定范围内执行房地产估价及相关业务；

　　（三）签署房地产估价报告；

　　（四）发起设立房地产估价机构；

　　（五）保管和使用本人的注册证书；

　　（六）对本人执业活动进行解释和辩护；

　　（七）参加继续教育；

　　（八）获得相应的劳动报酬；

　　（九）对侵犯本人权利的行为进行申诉。

第二十五条　注册房地产估价师应当履行下列义务：

　　（一）遵守法律、法规、行业管理规定和职业道德规范；

　　（二）执行房地产估价技术规范和标准；

　　（三）保证估价结果的客观公正，并承担相应责任；

　　（四）保守在执业中知悉的国家秘密和他人的商业、技术秘密；

(五)与当事人有利害关系的,应当主动回避;

(六)接受继续教育,努力提高执业水准;

(七)协助注册管理机构完成相关工作。

第二十六条　注册房地产估价师不得有下列行为:

(一)不履行注册房地产估价师义务;

(二)在执业过程中,索贿、受贿或者谋取合同约定费用外的其他利益;

(三)在执业过程中实施商业贿赂;

(四)签署有虚假记载、误导性陈述或者重大遗漏的估价报告;

(五)在估价报告中隐瞒或者歪曲事实;

(六)允许他人以自己的名义从事房地产估价业务;

(七)同时在 2 个或者 2 个以上房地产估价机构执业;

(八)以个人名义承揽房地产估价业务;

(九)涂改、出租、出借或者以其他形式非法转让注册证书;

(十)超出聘用单位业务范围从事房地产估价活动;

(十一)严重损害他人利益、名誉的行为;

(十二)法律、法规禁止的其他行为。

第四章　监督管理

第二十七条　县级以上人民政府建设(房地产)主管部门,应当依照有关法律、法规和本办法的规定,对注册房地产估价师的注册、执业和继续教育情况实施监督检查。

第二十八条　国务院建设主管部门应当将注册房地产估价师注册信息告知省、自治区、直辖市建设(房地产)主管部门。

省、自治区人民政府建设(房地产)主管部门应当将注册房地产估价师注册信息告知本行政区域内市、县人民政府建设(房地产)主管部门。直辖市人民政府建设(房地产)主管部门应当将注册房地产估价师注册信息告知本行政区域内市、县、市辖区人民政府建设(房地产)主管部门。

第二十九条　县级以上人民政府建设(房地产)主管部门履行监督检查职责时,有权采取下列措施:

(一)要求被检查人员出示注册证书;

(二)要求被检查人员所在聘用单位提供有关人员签署的估价报告及相关业务文档;

(三)就有关问题询问签署估价报告的人员;

(四)纠正违反有关法律、法规和本办法及房地产估价规范和标准的行为。

第三十条　注册房地产估价师违法从事房地产估价活动的,违法行为发生地直辖市、市、县、市辖区人民政府建设(房地产)主管部门应当依法查处,并将违法事实、处理结果告知注册房地产估价师注册所在地的省、自治区、直辖市建设(房地产)主管部门;依法需撤销注册的,应当将违法事实、处理建议及有关材料报国务院建设主管部门。

第三十一条　有下列情形之一的,国务院建设主管部门依据职权或者根据利害关系人的请求,可以撤销房地产估价师注册:

(一)注册机关工作人员滥用职权、玩忽职守作出准予房地产估价师注册行政许可的;

(二)超越法定职权作出准予房地产估价师注册许可的;

(三)违反法定程序作出准予房地产估价师注册许可的;

(四)对不符合法定条件的申请人作出准予房地产估价师注册许可的;

(五)依法可以撤销房地产估价师注册的其他情形。

申请人以欺骗、贿赂等不正当手段获准房地产估价师注册许可的,应当予以撤销。

第三十二条　注册房地产估价师及其聘用单位应当按照要求,向注册机关提供真实、准确、完整的注册房地产估价师信用档案信息。

注册房地产估价师信用档案应当包括注册房地产估价师的基本情况、业绩、良好行为、不良行为等内容。违法违规行为、被投诉举报处理、行政处罚等情况应当作为注册房地产估价师的不良行为记入其信用档案。

注册房地产估价师信用档案信息按照有关规定向社会公示。

第五章　法律责任

第三十三条　隐瞒有关情况或者提供虚假材料申

请房地产估价师注册的，建设（房地产）主管部门不予受理或者不予行政许可，并给予警告，在1年内不得再次申请房地产估价师注册。

第三十四条　聘用单位为申请人提供虚假注册材料的，由省、自治区、直辖市人民政府建设（房地产）主管部门给予警告，并可处以1万元以上3万元以下的罚款。

第三十五条　以欺骗、贿赂等不正当手段取得注册证书的，由国务院建设主管部门撤销其注册，3年内不得再次申请注册，并由县级以上地方人民政府建设（房地产）主管部门处以罚款，其中没有违法所得的，处以1万元以下罚款，有违法所得的，处以违法所得3倍以下且不超过3万元的罚款；构成犯罪，依法追究刑事责任。

第三十六条　违反本办法规定，未经注册，擅自以注册房地产估价师名义从事房地产估价活动的，所签署的估价报告无效，由县级以上地方人民政府建设（房地产）主管部门给予警告，责令停止违法活动，并可处以1万元以上3万元以下的罚款；造成损失的，依法承担赔偿责任。

第三十七条　违反本办法规定，未办理变更注册仍执业的，由县级以上地方人民政府建设（房地产）主管部门责令限期改正；逾期不改正的，可处以5000元以下的罚款。

第三十八条　注册房地产估价师有本办法第二十六条行为之一的，由县级以上地方人民政府建设（房地产）主管部门给予警告，责令其改正，没有违法所得的，处以1万元以下罚款，有违法所得的，处以违法所得3倍以下且不超过3万元的罚款；造成损失的，依法承担赔偿责任；构成犯罪，依法追究刑事责任。

第三十九条　违反本办法规定，注册房地产估价师或者其聘用单位未按照要求提供房地产估价师信用档案信息的，由县级以上地方人民政府建设（房地产）主管部门责令限期改正；逾期未改正的，可处以1000元以上1万元以下的罚款。

第四十条　县级以上地方人民政府建设（房地产）主管部门依法给予注册房地产估价师或其聘用单位行政处罚的，应当将行政处罚决定以及给予行政处罚的事实、理由和依据，报国务院建设主管部门备案。

第四十一条　县级以上人民政府建设（房地产）主管部门，在房地产估价师注册管理工作中，有下列情形之一的，由其上级行政机关或者监察机关责令改正，对直接负责的主管人员和其他直接责任人员依法给予处分；构成犯罪的，依法追究刑事责任：

（一）对不符合本办法规定条件的申请人准予房地产估价师注册的；

（二）对符合本办法规定条件的申请人不予房地产估价师注册或者不在法定期限内作出准予注册决定的；

（三）对符合法定条件的申请不予受理或者未在法定期限内初审完毕的；

（四）利用职务上的便利，收受他人财物或者其他好处的；

（五）不依法履行监督管理职责或者监督不力，造成严重后果的。

第六章　附　　则

第四十二条　大专院校、科研院所从事房地产教学、研究的人员取得执业资格的，经所在单位同意，可以参照本办法注册，但不得担任房地产估价机构法定代表人或者执行合伙人。

第四十三条　本办法自2007年3月1日起施行。1998年8月20日发布的《房地产估价师注册管理办法》（建设部令第64号）、2001年8月15日发布的《建设部关于修改〈房地产估价师注册管理办法〉的决定》（建设部令第100号）同时废止。

房地产估价机构管理办法

2005年10月12日建设部令第142号发布

第一章　总　　则

第一条　为了规范房地产估价机构行为，维护房地产估价市场秩序，保障房地产估价活动当事人合法权益，根据《中华人民共和国城市房地产管理法》、《中华人民共和国行政许可法》和《国务院对确需保留的行政审批项目设定行政许可的决定》等法律、行政法规，制定本办法。

第二条 在中华人民共和国境内申请房地产估价机构资质，从事房地产估价活动，对房地产估价机构实施监督管理，适用本办法。

第三条 本办法所称房地产估价机构，是指依法设立并取得房地产估价机构资质，从事房地产估价活动的中介服务机构。

本办法所称房地产估价活动，包括土地、建筑物、构筑物、在建工程、以房地产为主的企业整体资产、企业整体资产中的房地产等各类房地产评估，以及因转让、抵押、城镇房屋拆迁、司法鉴定、课税、公司上市、企业改制、企业清算、资产重组、资产处置等需要进行的房地产评估。

第四条 房地产估价机构从事房地产估价活动，应当坚持独立、客观、公正的原则，执行房地产估价规范和标准。

房地产估价机构依法从事房地产估价活动，不受行政区域、行业限制。任何组织或者个人不得非法干预房地产估价活动和估价结果。

第五条 国务院建设行政主管部门负责全国房地产估价机构的监督管理工作。

省、自治区人民政府建设行政主管部门、直辖市人民政府房地产行政主管部门负责本行政区域内房地产估价机构的监督管理工作。

市、县人民政府房地产行政主管部门负责本行政区域内房地产估价机构的监督管理工作。

第六条 房地产估价行业组织应当加强房地产估价行业自律管理。

鼓励房地产估价机构加入房地产估价行业组织。

第二章 估价机构资质核准

第七条 房地产估价机构资质等级分为一、二、三级。

国务院建设行政主管部门负责一级房地产估价机构资质许可。

省、自治区人民政府建设行政主管部门、直辖市人民政府房地产行政主管部门负责二、三级房地产估价机构资质许可，并接受国务院建设行政主管部门的指导和监督。

第八条 房地产估价机构应当由自然人出资，以有限责任公司或者合伙企业形式设立。

第九条 各资质等级房地产估价机构的条件如下：

（一）一级资质

1. 机构名称有房地产估价或者房地产评估字样；

2. 从事房地产估价活动连续6年以上，且取得二级房地产估价机构资质3年以上；

3. 有限责任公司的注册资本人民币200万元以上，合伙企业的出资额人民币120万元以上；

4. 有15名以上专职注册房地产估价师；

5. 在申请核定资质等级之日前3年平均每年完成估价标的物建筑面积50万平方米以上或者土地面积25万平方米以上；

6. 法定代表人或者执行合伙人是注册后从事房地产估价工作3年以上的专职注册房地产估价师；

7. 有限责任公司的股东中有3名以上、合伙企业的合伙人中有2名以上专职注册房地产估价师，股东或者合伙人中有一半以上是注册后从事房地产估价工作3年以上的专职注册房地产估价师；

8. 有限责任公司的股份或者合伙企业的出资额中专职注册房地产估价师的股份或者出资额合计不低于60%；

9. 有固定的经营服务场所；

10. 估价质量管理、估价档案管理、财务管理等各项企业内部管理制度健全；

11. 随机抽查的1份房地产估价报告符合《房地产估价规范》的要求；

12. 在申请核定资质等级之日前3年内无本办法第三十二条禁止的行为。

（二）二级资质

1. 机构名称有房地产估价或者房地产评估字样；

2. 取得三级房地产估价机构资质后从事房地产估价活动连续4年以上；

3. 有限责任公司的注册资本人民币100万元以上，合伙企业的出资额人民币60万元以上；

4. 有8名以上专职注册房地产估价师；

5. 在申请核定资质等级之日前 3 年平均每年完成估价标的物建筑面积 30 万平方米以上或者土地面积 15 万平方米以上；

6. 法定代表人或者执行合伙人是注册后从事房地产估价工作 3 年以上的专职注册房地产估价师；

7. 有限责任公司的股东中有 3 名以上、合伙企业的合伙人中有 2 名以上专职注册房地产估价师，股东或者合伙人中有一半以上是注册后从事房地产估价工作 3 年以上的专职注册房地产估价师；

8. 有限责任公司的股份或者合伙企业的出资额中专职注册房地产估价师的股份或者出资额合计不低于 60%；

9. 有固定的经营服务场所；

10. 估价质量管理、估价档案管理、财务管理等各项企业内部管理制度健全；

11. 随机抽查的 1 份房地产估价报告符合《房地产估价规范》的要求；

12. 在申请核定资质等级之日前 3 年内无本办法第三十二条禁止的行为。

（三）三级资质

1. 机构名称有房地产估价或者房地产评估字样；

2. 有限责任公司的注册资本人民币 50 万元以上，合伙企业的出资额人民币 30 万元以上；

3. 有 3 名以上专职注册房地产估价师；

4. 在暂定期内完成估价标的物建筑面积 8 万平方米以上或者土地面积 3 万平方米以上；

5. 法定代表人或者执行合伙人是注册后从事房地产估价工作 3 年以上的专职注册房地产估价师；

6. 有限责任公司的股东中有 2 名以上、合伙企业的合伙人中有 2 名以上专职注册房地产估价师，股东或者合伙人中有一半以上是注册后从事房地产估价工作 3 年以上的专职注册房地产估价师；

7. 有限责任公司的股份或者合伙企业的出资额中专职注册房地产估价师的股份或者出资额合计不低于 60%；

8. 有固定的经营服务场所；

9. 估价质量管理、估价档案管理、财务管理等各项企业内部管理制度健全；

10. 随机抽查的 1 份房地产估价报告符合《房地产估价规范》的要求；

11. 在申请核定资质等级之日前 3 年内无本办法第三十二条禁止的行为。

第十条　申请核定房地产估价机构资质等级，应当如实向资质许可机关提交下列材料：

（一）房地产估价机构资质等级申请表（一式两份，加盖申报机构公章）；

（二）房地产估价机构原资质证书正本复印件、副本原件；

（三）营业执照正、副本复印件（加盖申报机构公章）；

（四）出资证明复印件（加盖申报机构公章）；

（五）法定代表人或者执行合伙人的任职文件复印件（加盖申报机构公章）；

（六）专职注册房地产估价师证明；

（七）固定经营服务场所的证明；

（八）经工商行政管理部门备案的公司章程或者合伙协议复印件（加盖申报机构公章）及有关估价质量管理、估价档案管理、财务管理等企业内部管理制度的文件、申报机构信用档案信息；

（九）随机抽查的在申请核定资质等级之日前 3 年内申报机构所完成的 1 份房地产估价报告复印件（一式二份，加盖申报机构公章）。

申请人应当对其提交的申请材料实质内容的真实性负责。

第十一条　新设立的中介服务机构申请房地产估价机构资质的，应当提供第十条第（一）项、第（三）项至第（八）项材料。

新设立中介服务机构的房地产估价机构资质等级应当核定为三级资质，设 1 年的暂定期。

第十二条　申请核定一级房地产估价机构资质的，应当向省、自治区人民政府建设行政主管部门、直辖市人民政府房地产行政主管部门提出申请，并提交本办法第十条规定的材料。

省、自治区人民政府建设行政主管部门、

直辖市人民政府房地产行政主管部门应当自受理申请之日起 20 日内审查完毕,并将初审意见和全部申请材料报国务院建设行政主管部门。

国务院建设行政主管部门应当自受理申请材料之日起 20 日内作出决定。

第十三条 二、三级房地产估价机构资质由设区的市人民政府房地产行政主管部门初审,具体许可程序及办理期限由省、自治区人民政府建设行政主管部门、直辖市人民政府房地产行政主管部门依法确定。

省、自治区人民政府建设行政主管部门、直辖市人民政府房地产行政主管部门应当在作出资质许可决定之日起 10 日内,将准予资质许可的决定报国务院建设行政主管部门备案。

第十四条 房地产估价机构资质证书分为正本和副本,由国务院建设行政主管部门统一印制,正、副本具有同等法律效力。

房地产估价机构遗失资质证书的,应当在公众媒体上声明作废后,申请补办。

第十五条 房地产估价机构资质有效期为 3 年。

资质有效期届满,房地产估价机构需要继续从事房地产估价活动的,应当在资质有效期届满 30 日前向资质许可机关提出资质延续申请。资质许可机关应当根据申请作出是否准予延续的决定。准予延续的,有效期延续 3 年。

在资质有效期内遵守有关房地产估价的法律、法规、规章、技术标准和职业道德的房地产估价机构,经原资质许可机关同意,不再审查,有效期延续 3 年。

第十六条 房地产估价机构的名称、法定代表人或者执行合伙人、注册资本或者出资额、组织形式、住所等事项发生变更的,应当在工商行政管理部门办理变更手续后 30 日内,到资质许可机关办理资质证书变更手续。

第十七条 房地产估价机构合并的,合并后存续或者新设立的房地产估价机构可以承继合并前各方中较高的资质等级,但应当符合相应的资质等级条件。

房地产估价机构分立的,只能由分立后的

一方房地产估价机构承继原房地产估价机构资质,但应当符合原房地产估价机构资质等级条件。承继原房地产估价机构资质的一方由各方协商确定;其他各方按照新设立的中介服务机构申请房地产估价机构资质。

第十八条 房地产估价机构的工商登记注销后,其资质证书失效。

第三章 分支机构的设立

第十九条 一级资质房地产估价机构可以按照本办法第二十条的规定设立分支机构。二、三级资质房地产估价机构不得设立分支机构。

分支机构应当以设立该分支机构的房地产估价机构的名义出具估价报告,并加盖该房地产估价机构公章。

第二十条 分支机构应当具备下列条件:

(一)名称采用"房地产估价机构名称 + 分支机构所在地行政区划名 + 分公司(分所)"的形式;

(二)分支机构负责人应当是注册后从事房地产估价工作 3 年以上并无不良执业记录的专职注册房地产估价师;

(三)在分支机构所在地有 3 名以上专职注册房地产估价师;

(四)有固定的经营服务场所;

(五)估价质量管理、估价档案管理、财务管理等各项内部管理制度健全。

注册于分支机构的专职注册房地产估价师,不计入设立分支机构的房地产估价机构的专职注册房地产估价师人数。

第二十一条 新设立的分支机构,应当自领取分支机构营业执照之日起 30 日内,到分支机构工商注册所在地的省、自治区人民政府建设行政主管部门、直辖市人民政府房地产行政主管部门备案。

省、自治区人民政府建设行政主管部门、直辖市人民政府房地产行政主管部门应当在接受备案后 10 日内,告知分支机构工商注册所在地的市、县人民政府房地产行政主管部门,并报国务院建设行政主管部门备案。

第二十二条 分支机构备案,应当提交下列材料:

(一)分支机构的营业执照复印件;

（二）房地产估价机构资质证书正本复印件；

（三）分支机构及设立该分支机构的房地产估价机构负责人的身份证明；

（四）拟在分支机构执业的专职注册房地产估价师注册证书复印件。

第二十三条　分支机构变更名称、负责人、住所等事项或房地产估价机构撤销分支机构，应当在工商行政管理部门办理变更或者注销登记手续后30日内，报原备案机关备案。

第四章　估价管理

第二十四条　从事房地产估价活动的机构，应当依法取得房地产估价机构资质，并在其资质等级许可范围内从事估价业务。

一级资质房地产估价机构可以从事各类房地产估价业务。

二级资质房地产估价机构可以从事除公司上市、企业清算以外的房地产估价业务。

三级资质房地产估价机构可以从事除公司上市、企业清算、司法鉴定以外的房地产估价业务。

暂定期内的三级资质房地产估价机构可以从事除公司上市、企业清算、司法鉴定、城镇房屋拆迁、在建工程抵押以外的房地产估价业务。

第二十五条　房地产估价业务应当由房地产估价机构统一接受委托，统一收取费用。

房地产估价师不得以个人名义承揽估价业务，分支机构应当以设立该分支机构的房地产估价机构名义承揽估价业务。

第二十六条　房地产估价机构及执行房地产估价业务的估价人员与委托人或者估价业务相对人有利害关系的，应当回避。

第二十七条　房地产估价机构承揽房地产估价业务，应当与委托人签订书面估价委托合同。

估价委托合同应当包括下列内容：

（一）委托人的名称或者姓名和住所；

（二）估价机构的名称和住所；

（三）估价对象；

（四）估价目的；

（五）估价时点；

（六）委托人的协助义务；

（七）估价服务费及其支付方式；

（八）估价报告交付的日期和方式；

（九）违约责任；

（十）解决争议的方法。

第二十八条　房地产估价机构未经委托人书面同意，不得转让受托的估价业务。

经委托人书面同意，房地产估价机构可以与其他房地产估价机构合作完成估价业务，以合作双方的名义共同出具估价报告。

第二十九条　委托人及相关当事人应当协助房地产估价机构进行实地查勘，如实向房地产估价机构提供估价所需的资料，并对其所提供资料的真实性负责。

第三十条　房地产估价机构和注册房地产估价师因估价需要向房地产行政主管部门查询房地产交易、登记信息时，房地产行政主管部门应当提供查询服务，但涉及国家秘密、商业秘密和个人隐私的内容除外。

第三十一条　房地产估价报告应当由房地产估价机构出具，加盖房地产估价机构公章，并有至少2名专职注册房地产估价师签字。

第三十二条　房地产估价机构不得有下列行为：

（一）涂改、倒卖、出租、出借或者以其他形式非法转让资质证书；

（二）超越资质等级业务范围承接房地产估价业务；

（三）以迎合高估或者低估要求、给予回扣、恶意压低收费等方式进行不正当竞争；

（四）违反房地产估价规范和标准；

（五）出具有虚假记载、误导性陈述或者重大遗漏的估价报告；

（六）擅自设立分支机构；

（七）未经委托人书面同意，擅自转让受托的估价业务；

（八）法律、法规禁止的其他行为。

第三十三条　房地产估价机构应当妥善保管房地产估价报告及相关资料。

房地产估价报告及相关资料的保管期限自估价报告出具之日起不得少于10年。保管期限届满而估价服务的行为尚未结束的，应当保管到估价服务的行为结束为止。

第三十四条　除法律、法规另有规定外，未经委托人书面同意,房地产估价机构不得对外提供估价过程中获知的当事人的商业秘密和业务资料。

第三十五条 房地产估价机构应当加强对执业人员的职业道德教育和业务培训,为本机构的房地产估价师参加继续教育提供必要的条件。

第三十六条 县级以上人民政府房地产行政主管部门应当依照有关法律、法规和本办法的规定,对房地产估价机构和分支机构的设立、估价业务及执行房地产估价规范和标准的情况实施监督检查。

第三十七条 县级以上人民政府房地产行政主管部门履行监督检查职责时,有权采取下列措施:

(一)要求被检查单位提供房地产估价机构资质证书、房地产估价师注册证书,有关房地产估价业务的文档,有关估价质量管理、估价档案管理、财务管理等企业内部管理制度的文件;

(二)进入被检查单位进行检查,查阅房地产估价报告以及估价委托合同、实地查勘记录等估价相关资料;

(三)纠正违反有关法律、法规和本办法及房地产估价规范和标准的行为。

县级以上人民政府房地产行政主管部门应当将监督检查的处理结果向社会公布。

第三十八条 县级以上人民政府房地产行政主管部门进行监督检查时,应当有两名以上监督检查人员参加,并出示执法证件,不得妨碍被检查单位的正常经营活动,不得索取或者收受财物、谋取其他利益。

有关单位和个人对依法进行的监督检查应当协助与配合,不得拒绝或者阻挠。

第三十九条 房地产估价机构违法从事房地产估价活动的,违法行为发生地的县级以上地方人民政府房地产行政主管部门应当依法查处,并将违法事实、处理结果及处理建议及时报告该估价机构资质的许可机关。

第四十条 有下列情形之一的,资质许可机关或者其上级机关,根据利害关系人的请求或者依据职权,可以撤销房地产估价机构资质:

(一)资质许可机关工作人员滥用职权、玩忽职守作出准予房地产估价机构资质许可的;

(二)超越法定职权作出准予房地产估价机构资质许可的;

(三)违反法定程序作出准予房地产估价机构资质许可的;

(四)对不符合许可条件的申请人作出准予房地产估价机构资质许可的;

(五)依法可以撤销房地产估价机构资质的其他情形。

房地产估价机构以欺骗、贿赂等不正当手段取得房地产估价机构资质的,应当予以撤销。

第四十一条 房地产估价机构取得房地产估价机构资质后,不再符合相应资质条件的,资质许可机关根据利害关系人的请求或者依据职权,可以责令其限期改正;逾期不改的,可以撤回其资质。

第四十二条 有下列情形之一的,资质许可机关应当依法注销房地产估价机构资质:

(一)房地产估价机构资质有效期届满未延续的;

(二)房地产估价机构依法终止的;

(三)房地产估价机构资质被撤销、撤回,或者房地产估价资质证书依法被吊销的;

(四)法律、法规规定的应当注销房地产估价机构资质的其他情形。

第四十三条 资质许可机关或者房地产估价行业组织应当建立房地产估价机构信用档案。

房地产估价机构应当按照要求提供真实、准确、完整的房地产估价信用档案信息。

房地产估价机构信用档案应当包括房地产估价机构的基本情况、业绩、良好行为、不良行为等内容。违法行为、被投诉举报处理、行政处罚等情况应当作为房地产估价机构的不良记录记入其信用档案。

房地产估价机构的不良行为应当作为该机构法定代表人或者执行合伙人的不良行为记入其信用档案。

任何单位和个人有权查阅信用档案。

第五章 法律责任

第四十四条 申请人隐瞒有关情况或者提供虚假材料申请房地产估价机构资质的,资质许可机关不予受理或者不予行政许可，并给予警告，申请人在1年内不得再次申请房地产估价机构资质。

第四十五条 以欺骗、贿赂等不正当手段取得房地产估价机构资质的，由资质许可机关给予警告，并处1万元以上3万元以下的罚款，申请人3年内不得再次申请房地产估价机构资质。

第四十六条 未取得房地产估价机构资质从事房地产估价活动或者超越资质等级承揽估价业务的，出具的估价报告无效，由县级以上人民政府房地产行政主管部门给予警告，责令限期改正，并处1万元以上3万元以下的罚款；造成当事人损失的，依法承担赔偿责任。

第四十七条 违反本办法第十六条规定，房地产估价机构不及时办理资质证书变更手续的，由资质许可机关责令限期办理；逾期不办理的，可处1万元以下的罚款。

第四十八条 有下列行为之一的，由县级以上人民政府房地产行政主管部门给予警告，责令限期改正，并处1万元以上2万元以下的罚款：

（一）违反本办法第十九条第一款规定设立分支机构的；

（二）违反本办法第二十条规定设立分支机构的；

（三）违反本办法第二十一条第一款规定，新设立的分支机构不备案的。

第四十九条 有下列行为之一的，由县级以上人民政府房地产行政主管部门给予警告，责令限期改正；逾期未改正的，可处5千元以上2万元以下的罚款；给当事人造成损失的，依法承担赔偿责任：

（一）违反本办法第二十五条规定承揽业务的；

（二）违反本办法第二十八条第一款规定，擅自转让受托的估价业务的；

（三）违反本办法第十九条第二款、第二十八条第二款、第三十一条规定出具估价报告的。

第五十条 违反本办法第二十六条规定，房地产估价机构及其估价人员应当回避未回避的，由县级以上人民政府房地产行政主管部门给予警告，责令限期改正，并处1万元以下的罚款；给当事人造成损失的，依法承担赔偿责任。

第五十一条 违反本办法第三十条规定，房地产行政主管部门拒绝提供房地产交易、登记信息查询服务的，由其上级房地产行政主管部门责令改正。

第五十二条 房地产估价机构有本办法第三十二条行为之一的，由县级以上人民政府房地产行政主管部门给予警告，责令限期改正，并处1万元以上3万元以下的罚款；给当事人造成损失的，依法承担赔偿责任；构成犯罪的，依法追究刑事责任。

第五十三条 违反本办法第三十四条规定，房地产估价机构擅自对外提供估价过程中获知的当事人的商业秘密和业务资料，给当事人造成损失的，依法承担赔偿责任；构成犯罪的，依法追究刑事责任。

第五十四条 资质许可机关有下列情形之一的，由其上级行政主管部门或者监察机关责令改正，对直接负责的主管人员和其他直接责任人员依法给予处分；构成犯罪的，依法追究刑事责任：

（一）对不符合法定条件的申请人准予房地产估价机构资质许可或者超越职权作出准予房地产估价机构资质许可决定的；

（二）对符合法定条件的申请人不予房地产估价机构资质许可或者不在法定期限内作出准予房地产估价机构资质许可决定的；

（三）利用职务上的便利，收受他人财物或者其他利益的；

（四）不履行监督管理职责，或者发现违法行为不予查处的。

第六章 附 则

第五十五条 本办法自2005年12月1日起施行。1997年1月9日建设部颁布的《关于房地产价格评估机构资格等级管理的若干规定》（建房〔1997〕12号）同时废止。

本办法施行前建设部发布的规章与本办法的规定不一致的，以本办法为准。

房地产经纪人员
职业资格制度暂行规定

1. 2001 年 12 月 18 日发布
2. 人发[2001]128 号

第一章　总　　则

第一条　为了加强对房地产经纪人员的管理,提高房地产经纪人员的职业水平,规范房地产经纪活动秩序,根据国家职业资格制度的有关规定,制定本规定。

第二条　本规定适用于房地产交易中从事居间、代理等经纪活动的人员。

第三条　国家对房地产经纪人员实行职业资格制度,纳入全国专业技术人员职业资格制度统一规划。凡从事房地产经纪活动的人员,必须取得房地产经纪人员相应职业资格证书并经注册生效。未取得职业资格证书的人员,一律不得从事房地产经纪活动。

第四条　本规定所称房地产经纪人员职业资格包括房地产经纪人执业资格和房地产经纪人协理从业资格。

　　取得房地产经纪人执业资格是进入房地产经纪活动关键岗位和发起设立房地产经纪机构的必备条件。取得房地产经纪人协理从业资格,是从事房地产经纪活动的基本条件。

第五条　人事部、建设部共同负责全国房地产经纪人员职业资格制度的政策制定、组织协调、资格考试、注册登记和监督管理工作。

第二章　考　　试

第六条　房地产经纪人执业资格实行全国统一大纲、统一命题、统一组织的考试制度,由人事部、建设部共同组织实施,原则上每年举行一次。

第七条　建设部负责编制房地产经纪人执业资格考试大纲。编写考试教材和组织命题工作,统一规划、组织或授权组织房地产经纪人执业资格的考前培训等有关工作。

　　考前培训工作按照培训与考试分开,自愿参加的原则进行。

第八条　人事部负责审定房地产经纪人执业资格考试科目。考试大纲和考试试题,组织实施考务工作。会同建设部对房地产经纪人执业资格考试进行检查、监督、指导和确定合格标准。

第九条　凡中华人民共和国公民,遵守国家法律、法规,已取得房地产经纪人协理资格并具备以下条件之一者,可以申请参加房地产经纪人执业资格考试:

　　(一)取得大专学历,工作满 6 年,其中从事房地产经纪业务工作满 3 年。

　　(二)取得大学本科学历,工作满 4 年,其中从事房地产经纪业务工作满 2 年。

　　(三)取得双学士学位或研究生班毕业,工作满 3 年,其中从事房地产经纪业务工作满 1 年。

　　(四)取得硕士学位,工作满 2 年,从事房地产经纪业务工作满 1 年。

　　(五)取得博士学位,从事房地产经纪业务工作满 1 年。

第十条　房地产经纪人执业资格考试合格,由各省、自治区、直辖市人事部门颁发人事部统一印制,人事部、建设部用印的《中华人民共和国房地产经纪人执业资格证书》。该证书全国范围有效。

第十一条　房地产经纪人协理从业资格实行全国统一大纲,各省、自治区、直辖市命题并组织考试的制度。

第十二条　建设部负责拟定房地产经纪人协理从业资格考试大纲。人事部负责审定考试大纲。

　　各省、自治区、直辖市人事厅(局)、房地产管理局,按照国家确定的考试大纲和有关规定,在本地区组织实施房地产经纪人协理从业资格考试。

第十三条　凡中华人民共和国公民,遵守国家法律、法规,具有高中以上学历,愿意从事房地产经纪活动的人员,均可申请参加房地产经纪人协理从业资格考试。

第十四条　房地产经纪人协理从业资格考试合格,由各省、自治区、直辖市人事部门颁发人事部、建设部统一格式的《中华人民共和国房地产经纪人协理从业资格证书》。该证书在所在行政区域内有效。

第三章　注　册

第十五条　取得《中华人民共和国房地产经纪人执业资格证书》的人员，必须经过注册登记才能以注册房地产经纪人名义执业。

第十六条　建设部或其授权的机构为房地产经纪人执业资格的注册管理机构。

第十七条　申请注册的人员必须同时具备以下条件：

（一）取得房地产经纪人执业资格证书。

（二）无犯罪记录。

（三）身体健康，能坚持在注册房地产经纪人岗位上工作。

（四）经所在经纪机构考核合格。

第十八条　房地产经纪人执业资格注册，由本人提出申请，经聘用的房地产经纪机构送省、自治区、直辖市房地产管理部门（以下简称省级房地产管理部门）初审合格后，统一报建设部或其授权的部门注册。准予注册的申请人，由建设部或其授权的注册管理机构核发《房地产经纪人注册证》。

第十九条　人事部和各级人事部门对房地产经纪人员执业资格注册和使用情况有检查、监督的责任。

第二十条　房地产经纪人执业资格注册有效期一般为三年，有效期满前三个月，持证者应到原注册管理机构办理再次注册手续。在注册有效期内，变更执业机构者，应当及时办理变更手续。

再次注册者，除符合本规定第十七条规定外，还须提供接受继续教育和参加业务培训的证明。

第二十一条　经注册的房地产经纪人有下列情况之一的，由原注册机构注销注册：

（一）不具有完全民事行为能力。

（二）受刑事处罚。

（三）脱离房地产经纪工作岗位连续2年（含2年）以上。

（四）同时在2个及以上房地产经纪机构进行房地产经纪活动。

（五）严重违反职业道德和经纪行业管理

规定。

第二十二条　建设部及省级房地产管理部门，应当定期公布房地产经纪人执业资格的注册和注销情况。

第二十三条　各省级房地产管理部门或其授权的机构负责房地产经纪人协理从业资格注册登记管理工作。每年度房地产经纪人协理从业资格注册登记情况应报建设部备案。

第四章　职　责

第二十四条　房地产经纪人和房地产经纪人协理，在经纪活动中，必须严格遵守法律、法规和行业管理的各项规定，坚持公开、公平、公正的原则，恪守职业道德。

第二十五条　房地产经纪人有权依法发起设立或加入房地产经纪机构，承担房地产经纪机构关键岗位工作，指导房地产经纪人协理进行各种经纪业务，经所在机构授权订立房地产经纪合同等重要业务文书，执行房地产经纪业务并获得合理佣金。

在执行房地产经纪业务时，房地产经纪人员有权要求委托人提供与交易有关的资料，支付因开展房地产经纪活动而发生的成本费用，并有权拒绝执行委托人发出的违法指令。

第二十六条　房地产经纪人协理有权加入房地产经纪机构，协助房地产经纪人处理经纪有关事务并获得合理的报酬。

第二十七条　房地产经纪人和房地产经纪人协理经注册后，只能受聘于一个经纪机构，并以房地产经纪机构的名义从事经纪活动，不得以房地产经纪人或房地产经纪人协理的身份从事经纪活动或在其他经纪机构兼职。

房地产经纪人和房地产经纪人协理必须利用专业知识和职业经验处理或协助处理房地产交易中的细节问题，向委托人披露相关信息，诚实信用，恪守合同，完成委托业务，并为委托人保守商业秘密，充分保障委托人的权益。

房地产经纪人和房地产经纪人协理必须接受职业继续教育，不断提高业务水平。

第二十八条　房地产经纪人的职业技术能力：

（一）具有一定的房地产经济理论和相关经济理论水平，并具有丰富的房地产专业知识。

（二）能够熟练掌握和运用与房地产经纪业务相关的法律。法规和行业管理的各项规定。

（三）熟悉房地产市场的流通环节,具有熟练的实务操作的技术和技能。

（四）具有丰富的房地产经纪实践经验和一定资历,熟悉市场行情变化,有较强的创新和开拓能力,能创立和提高企业的品牌。

（五）有一定的外语水平。

第二十九条　房地产经纪人协理的职业技术能力：

（一）了解房地产的法律、法规及有关行业管理的规定。

（二）具有一定的房地产专业知识。

（三）掌握一定的房地产流通的程序和实务操作技术及技能。

第五章　附　则

第三十条　本规定发布前已长期从事房地产经纪工作并具有较高理论水平和丰富实践经验的人员,可通过考试认定的办法取得房地产经纪人执业资格,考试认定办法由建设部、人事部另行规定。

第三十一条　通过全国统一考试,取得房地产经纪人执业资格证书的人员,用人单位可根据工作需要聘任经济师职务。

第三十二条　经国家有关部门同意,获准在中华人民共和国境内就业的外籍人员及港、澳、台地区的专业人员,符合本规定要求的,也可报名参加房地产经纪职业资格考试以及申请注册。

第三十三条　房地产经纪人协理从业资格的管理,由省、自治区、直辖市人事厅（局）、房地产管理部门根据国家有关规定,制定具体办法,组织实施。各地所制定的管理办法,分别报人事部、建设部备案。

第三十四条　本规定由人事部和建设部按职责分工负责解释。

第三十五条　本规定自发布之日起施行。

5. 房地产纠纷

最高人民法院 关于非所有权人将他人房屋 投资入股应如何处理问题的批复

1. 1987 年 2 月 23 日发布
2. 〔1986〕民他字第 29 号

四川省高级人民法院：

你院〔86〕川法民示字第 6 号《关于非所有权人将他人房屋投资入股案件如何处理的请示》收悉。

据你院调查了解,曹桂芳在铜梁县平滩街上有铺面房计 67.65 平方米。1964 年其侄女曹碧玉擅自将该铺面房折价 120 元投资入股,并领取股息,直至"文化大革命"中断。该房现由铜梁县供销社平滩区综合商店使用。1979 年曹桂芳得知此情况后,向当地政府申请落实房屋产权。1983 年 5 月,平滩区区公所决定将铺面房退还给曹桂芳,因县供销社对该决定坚持异议,房未退成。曹桂芳遂向铜梁县人民法院起诉,请求保护自有房屋的所有权。

经研究,我们同意你院审判委员会对本案的处理意见,即曹碧玉擅自将曹桂芳的房屋入股是一种侵权行为,非产权人的入股属无效的民事行为,人民法院应依法保护曹桂芳的房屋所有权。

最高人民法院关于私房改造中 典当双方都是被改造户的回赎 案件应如何处理问题的批复

1. 1990 年 7 月 25 日发布
2. 法民〔1990〕6 号

山东省高级人民法院：

你院〔1990〕鲁法民字第 4 号《关于处理房屋典当回赎问题的请示报告》收悉。

经研究,答复如下：

在私房社会主义改造中,房屋典当关系的双方都属于私房被改造户,承典人的私房被全部改造,而将承典的房屋作为自住房留下的,不论房管部门何时明确作为自住房,均应视为承典房和私房合并纳入改造后所留下的自住房。参照国家房产管理局〔65〕国房局字第105号《关于私房改造中处理典当房屋问题的意见》,此类房屋出典人要求回赎的,不予准许。

最高人民法院关于非产权人擅自出卖他人房屋其买卖协议应属无效的复函

1. 1991年3月22日发布
2. 〔90〕民他字第36号

福建省高级人民法院:

你院〔1989〕闽法民上字第30号关于蔡敏卿与蔡奕新、柯碧莲等人房屋买卖纠纷上诉案的请示收悉。经研究,并征求了有关部门意见,原则上同意你院审判委员会的倾向性意见,即:蔡奕新擅自与柯碧莲签订的房屋买卖协议原则上应认定无效。柯碧莲、陈庆雄、陈庆法在讼争宅基地上所建房屋,亦不予保护为宜,但处理时要考虑柯碧莲、陈庆雄、陈庆法等人住房困难等实际情况,采取适当方式妥善解决,以防止矛盾激化。

以上意见,供参考。

最高人民法院关于国营企业购买私房已经使用多年何时补办批准手续方可承认买卖关系有效的复函

1. 1995年1月6日发布
2. 〔1994〕法民字第28号

江西省高级人民法院:

你院《关于国营企业购买私房已经使用多年何时补办批准手续方可承认买卖关系有效的请示报告》收悉。经研究认为,处理此类案件,应本着实事求是的原则,根据案件的具体情况具体分析。如果当事人双方订立买卖协议时意思表示真实,买方已交付房款并使用房屋多年,在诉讼前或诉讼中补办了批准手续,经人民法院审查,补办的手续符合法律规定,依照我院〔1985〕法民字第14号批复的精神,可承认双方的买卖关系有效。

最高人民法院关于审理离婚案件中公房使用、承租若干问题的解答

1996年2月5日最高人民法院审判委员会第791次会议讨论通过发布

人民法院审理离婚案件对公房使用、承租问题应当依照《中华人民共和国民法通则》、《中华人民共和国婚姻法》、《中华人民共和国妇女权益保障法》和其他有关法律规定,坚持男女平等和保护妇女、儿童合法权益等原则,考虑双方的经济收入,实事求是,合情合理地予以解决。现将审判实践中提出的一些问题,根据有关法律的规定,解答如下:

一、问:在离婚案件中,当事人对公房的使用、承租问题发生争议,人民法院可否予以处理?

答:在离婚案件中,当事人对公房的使用、承租问题发生争议,自行协商不成,或者经当事人双方单位或有关部门调解不成的,人民法院应根据案件的具体情况,依法予以妥善处理。

二、问:夫妻共同居住的公房,在什么情况下,离婚后双方均可承租?

答:夫妻共同居住的公房,具有下列情形之一的,离婚后,双方均可承租:

(一)婚前由一方承租的公房,婚姻关系存续5年以上的;

(二)婚前一方承租的本单位的房屋,离婚时,双方均为本单位职工的;

(三)一方婚前借款投资建房取得的公房承租权,婚后夫妻共同偿还借款的;

(四)婚后一方或双方申请取得公房承租权的;

（五）婚前一方承租的公房，婚后因该承租房屋拆迁而取得房屋承租权的；

（六）夫妻双方单位投资联建或联合购置的共有房屋的；

（七）一方将其承租的本单位的房屋，交回本单位或交给另一方单位后，另一方单位另给调换房屋的；

（八）婚前双方均租有公房，婚后合并调换房屋的；

（九）其他应当认定为夫妻双方均可承租的情形。

三、问：对夫妻双方均可承租的公房，应依照什么原则处理？

答：对夫妻双方均可承租的公房，应依照下列原则予以处理：

（一）照顾抚养子女的一方；

（二）男女双方在同等条件下，照顾女方；

（三）照顾残疾或生活困难的一方；

（四）照顾无过错一方。

四、问：对夫妻双方均可承租的公房而由一方承租的，承租方对另一方是否给予经济补偿？

答：对夫妻双方均可承租的公房而由一方承租的，承租方对另一方可给予适当的经济补偿。

五、问：夫妻双方均可承租的公房能够隔开分室居住使用的，可否由双方分别租住？

答：夫妻双方均可承租的公房，如其面积较大能够隔开分室居住使用的，可由双方分别租住；对可以另调房屋分别租住或承租方给另一方解决住房的，可予准许。

六、问：离婚时，一方对另一方婚前承租的公房无权承租的，可否暂时居住？

答：离婚时，一方对另一方婚前承租的公房无权承租而解决住房确有困难的，人民法院可调解或判决其暂时居住，暂住期限一般不超过两年。暂住期间，暂住方应交纳与房屋租金等额的使用费及其他必要的费用。

七、问：离婚时，一方对另一方婚前承租的公房无权承租而另行租房经济上确有困难的，如何处理？

答：离婚时，一方对另一方婚前承租的公房无权承租，另行租房经济上确有困难的，如承租公房一方有负担能力，应给予一次性经济帮助。

八、问：在调整和变更单位自管房屋租赁关系时，是否需征得自管房单位的同意？

答：人民法院在调整和变更单位自管房屋（包括单位委托房地产管理部门代管的房屋）的租赁关系时，应征求自管房单位的意见。经调解或判决变更房屋租赁关系的，承租人应依照有关规定办理房屋变更登记手续。

九、问：对夫妻双方共同出资而取得"部分产权"的房屋，应如何处理？

答：对夫妻共同出资而取得"部分产权"的房屋，人民法院可参照上述有关解答，予以妥善处理。但分得房屋"部分产权"的一方，一般应按所得房屋产权的比例，依照离婚时当地政府有关部门公布的同类住房标准价，给予对方一半价值的补偿。

十、问：对夫妻双方均争房屋"部分产权"的，可否采取竞价方式解决？

答：对夫妻双方均争房屋"部分产权"的，如双方同意或者双方经济、住房条件基本相同，可采取竞价方式解决。

最高人民法院关于审理商品房买卖合同纠纷案件适用法律若干问题的解释

1. *2003 年 3 月 24 日最高人民法院审判委员会第 1267 次会议通过*

2. *2003 年 4 月 28 日发布*

3. *法释〔2003〕7 号*

为正确、及时审理商品房买卖合同纠纷案件，根据《中华人民共和国民法通则》、《中华人民共和国合同法》、《中华人民共和国城市房地产管理法》、《中华人民共和国担保法》等相关法律，结合民事审判实践，制定本解释。

第一条　本解释所称的商品房买卖合同，是指房地产开发企业（以下统称为出卖人）将尚未建成或者已竣工的房屋向社会销售并转移房屋所有权于买受人，买受人支付价款的合同。

第二条　出卖人未取得商品房预售许可证明，与买受人订立的商品房预售合同,应当认定无效,但是在起诉前取得商品房预售许可证明的,可以认定有效。

第三条　商品房的销售广告和宣传资料为要约邀请,但是出卖人就商品房开发规划范围内的房屋及相关设施所作的说明和允诺具体确定,并对商品房买卖合同的订立以及房屋价格的确定有重大影响的,应当视为要约。该说明和允诺即使未载入商品房买卖合同,亦应当视为合同内容,当事人违反的,应当承担违约责任。

第四条　出卖人通过认购、订购、预订等方式向买受人收受定金作为订立商品房买卖合同担保的,如果因当事人一方原因未能订立商品房买卖合同,应当按照法律关于定金的规定处理;因不可归责于当事人双方的事由,导致商品房买卖合同未能订立的,出卖人应当将定金返还买受人。

第五条　商品房的认购、订购、预订等协议具备《商品房销售管理办法》第十六条规定的商品房买卖合同的主要内容,并且出卖人已经按照约定收受购房款的,该协议应当认定为商品房买卖合同。

第六条　当事人以商品房预售合同未按照法律、行政法规规定办理登记备案手续为由,请求确认合同无效的,不予支持。

当事人约定以办理登记备案手续为商品房预售合同生效条件的,从其约定,但当事人一方已经履行主要义务,对方接受的除外。

第七条　拆迁人与被拆迁人按照所有权调换形式订立拆迁补偿安置协议,明确约定拆迁人以位置、用途特定的房屋对被拆迁人予以补偿安置,如果拆迁人将该补偿安置房屋另行出卖给第三人,被拆迁人请求优先取得补偿安置房屋的,应予支持。

被拆迁人请求解除拆迁补偿安置协议的,按照本解释第八条的规定处理。

第八条　具有下列情形之一,导致商品房买卖合同目的不能实现的,无法取得房屋的买受人可以请求解除合同、返还已付购房款及利息、赔偿损失,并可以请求出卖人承担不超过已付房款一倍的赔偿责任:

(一)商品房买卖合同订立后,出卖人未告

知买受人又将该房屋抵押给第三人;

(二)商品房买卖合同订立后,出卖人又将该房屋出卖给第三人。

第九条　出卖人订立商品房买卖合同时,具有下列情形之一,导致合同无效或者被撤销、解除的,买受人可以请求返还已付购房款及利息、赔偿损失,并可以请求出卖人承担不超过已付购房款一倍的赔偿责任:

(一)故意隐瞒没有取得商品房预售许可证明的事实或者提供虚假商品房预售许可证明;

(二)故意隐瞒所售房屋已经抵押的事实;

(三)故意隐瞒所售房屋已经出卖给第三人或者为拆迁补偿安置房屋的事实。

第十条　买受人以出卖人与第三人恶意串通,另行订立商品房买卖合同并将房屋交付使用,导致其无法取得房屋为由,请求确认出卖人与第三人订立的商品房买卖合同无效的,应予支持。

第十一条　对房屋的转移占有,视为房屋的交付使用,但当事人另有约定的除外。

房屋毁损、灭失的风险,在交付使用前由出卖人承担,交付使用后由买受人承担;买受人接到出卖人的书面交房通知,无正当理由拒绝接收的,房屋毁损、灭失的风险自书面交房通知确定的交付使用之日起由买受人承担,但法律另有规定或者当事人另有约定的除外。

第十二条　因房屋主体结构质量不合格不能交付使用,或者房屋交付使用后,房屋主体结构质量经核验确属不合格,买受人请求解除合同和赔偿损失的,应予支持。

第十三条　因房屋质量问题严重影响正常居住使用,买受人请求解除合同和赔偿损失的,应予支持。

交付使用的房屋存在质量问题,在保修期内,出卖人应当承担修复责任;出卖人拒绝修复或者在合理期限内拖延修复的,买受人可以自行或者委托他人修复。修复费用及修复期间造成的其他损失由出卖人承担。

第十四条　出卖人交付使用的房屋套内建筑面积或者建筑面积与商品房买卖合同约定面积不符,合同有约定的,按照约定处理;合同没有约定或者约定不明确的，按照以下原则处理：

（一）面积误差比绝对值在 3% 以内（含 3%），按照合同约定的价格据实结算，买受人请求解除合同的，不予支持；

（二）面积误差比绝对值超出 3%，买受人请求解除合同、返还已付购房款及利息的，应予支持。买受人同意继续履行合同，房屋实际面积大于合同约定面积的，面积误差比在 3% 以内（含 3%）部分的房价款由买受人按照约定的价格补足，面积误差比超出 3% 部分的房价款由出卖人承担，所有权归买受人；房屋实际面积小于合同约定面积的，面积误差比在 3% 以内（含 3%）部分的房价款及利息由出卖人返还买受人，面积误差比超过 3% 部分的房价款由出卖人双倍返还买受人。

第十五条　根据《合同法》第九十四条的规定，出卖人迟延交付房屋或者买受人迟延支付购房款，经催告后在三个月的合理期限内仍未履行，当事人一方请求解除合同的，应予支持，但当事人另有约定的除外。

法律没有规定或者当事人没有约定，经对方当事人催告后，解除权行使的合理期限为三个月。对方当事人没有催告的，解除权应当在解除权发生之日起一年内行使；逾期不行使的，解除权消灭。

第十六条　当事人以约定的违约金过高为由请求减少的，应当以违约金超过造成的损失 30% 为标准适当减少；当事人以约定的违约金低于造成的损失为由请求增加的，应当以违约造成的损失确定违约金数额。

第十七条　商品房买卖合同没有约定违约金数额或者损失赔偿额计算方法，违约金数额或者损失赔偿额可以参照以下标准确定：

逾期付款的，按照未付购房款总额，参照中国人民银行规定的金融机构计收逾期贷款利息的标准计算。

逾期交付使用房屋的，按照逾期交付使用房屋期间有关主管部门公布或者有资格的房地产评估机构评定的同地段同类房屋租金标准确定。

第十八条　由于出卖人的原因，买受人在下列期限届满未能取得房屋权属证书的，除当事人有特殊约定外，出卖人应当承担违约责任：

（一）商品房买卖合同约定的办理房屋所有权登记的期限；

（二）商品房买卖合同的标的物为尚未建成房屋的，自房屋交付使用之日起 90 日；

（三）商品房买卖合同的标的物为已竣工房屋的，自合同订立之日起 90 日。

合同没有约定违约金或者损失数额难以确定的，可以按照已付购房款总额，参照中国人民银行规定的金融机构计收逾期贷款利息的标准计算。

第十九条　商品房买卖合同约定或者《城市房地产开发经营管理条例》第三十三条规定的办理房屋所有权登记的期限届满后超过一年，由于出卖人的原因，导致买受人无法办理房屋所有权登记，买受人请求解除合同和赔偿损失的，应予支持。

第二十条　出卖人与包销人订立商品房包销合同，约定出卖人将其开发建设的房屋交由包销人以出卖人的名义销售的，包销期满未销售的房屋，由包销人按照合同约定的包销价格购买，但当事人另有约定的除外。

第二十一条　出卖人自行销售已经约定由包销人包销的房屋，包销人请求出卖人赔偿损失的，应予支持，但当事人另有约定的除外。

第二十二条　对于买受人因商品房买卖合同与出卖人发生的纠纷，人民法院应当通知包销人参加诉讼；出卖人、包销人和买受人对各自的权利义务有明确约定的，按照约定的内容确定各方的诉讼地位。

第二十三条　商品房买卖合同约定，买受人以担保贷款方式付款，因当事人一方原因未能订立商品房担保贷款合同并导致商品房买卖合同不能继续履行的，对方当事人可以请求解除合同和赔偿损失。因不可归责于当事人双方的事由未能订立商品房担保贷款合同并导致商品房买卖合同不能继续履行的，当事人可以请求解除合同，出卖人应当将收受的购房款本金及其利息或者定金返还买受人。

第二十四条　因商品房买卖合同被确认无效或者被撤销、解除，致使商品房担保贷款合同的目的无法实现，当事人请求解除商品房担保贷款合同的,应予支持。

第二十五条　以担保贷款为付款方式的商品房买卖合同的当事人一方请求确认商品房买卖合同无效或者撤销、解除合同,如果担保权人作为有独立请求权第三人提出诉讼请求,应当与商品房担保贷款合同纠纷合并审理;未提出诉讼请求的,仅处理商品房买卖合同纠纷。担保权人就商品房担保贷款合同纠纷另行起诉的,可以与商品房买卖合同纠纷合并审理。

商品房买卖合同被确认无效或者被撤销、解除后,商品房担保贷款合同也被解除的,出卖人应当将收受的购房贷款和购房款的本金及利息分别返还担保权人和买受人。

第二十六条　买受人未按照商品房担保贷款合同的约定偿还贷款,亦未与担保权人办理商品房抵押登记手续,担保权人起诉买受人,请求处分商品房买卖合同项下买受人合同权利的,应当通知出卖人参加诉讼;担保权人同时起诉出卖人时,如果出卖人为商品房担保贷款合同提供保证的,应当列为共同被告。

第二十七条　买受人未按照商品房担保贷款合同的约定偿还贷款,但是已经取得房屋权属证书并与担保权人办理了商品房抵押登记手续,抵押权人请求买受人偿还贷款或者就抵押的房屋优先受偿的,不应当追加出卖人为当事人,但出卖人提供保证的除外。

第二十八条　本解释自 2003 年 6 月 1 日起施行。

《中华人民共和国城市房地产管理法》施行后订立的商品房买卖合同发生的纠纷案件,本解释公布施行后尚在一审、二审阶段的,适用本解释。

《中华人民共和国城市房地产管理法》施行后订立的商品房买卖合同发生的纠纷案件,在本解释公布施行前已经终审,当事人申请再审或者按照审判监督程序决定再审的,不适用本解释。

《中华人民共和国城市房地产管理法》施行前发生的商品房买卖行为,适用当时的法律、法规和《最高人民法院〈关于审理房地产管理法施行前房地产开发经营案件若干问题的解答〉》。

最高人民法院关于人民法院民事执行中查封、扣押、冻结财产的规定

1. 2004 年 11 月 4 日公布
2. 法释〔2004〕15 号

为了进一步规范民事执行中的查封、扣押、冻结措施,维护当事人的合法权益,根据《中华人民共和国民事诉讼法》等法律的规定,结合人民法院民事执行工作的实践经验,制定本规定。

第一条　人民法院查封、扣押、冻结被执行人的动产、不动产及其他财产权,应当作出裁定,并送达被执行人和申请执行人。

采取查封、扣押、冻结措施需要有关单位或者个人协助的,人民法院应当制作协助执行通知书,连同裁定书副本一并送达协助执行人。查封、扣押、冻结裁定书和协助执行通知书送达时发生法律效力。

第二条　人民法院可以查封、扣押、冻结被执行人占有的动产、登记在被执行人名下的不动产、特定动产及其他财产权。

未登记的建筑物和土地使用权,依据土地使用权的审批文件和其他相关证据确定权属。

对于第三人占有的动产或者登记在第三人名下的不动产、特定动产及其他财产权,第三人书面确认该财产属于被执行人的,人民法院可以查封、扣押、冻结。

第三条　作为执行依据的法律文书生效后至申请执行前,债权人可以向有执行管辖权的人民法院申请保全债务人的财产。人民法院可以参照民事诉讼法第九十二条的规定作出保全裁定,保全裁定应当立即执行。

第四条　诉讼前、诉讼中及仲裁中采取财产保全措施的,进入执行程序后,自动转为执行中的查封、扣押、冻结措施,并适用本规定第二十九条关于查封、扣押、冻结期限的规定。

第五条　人民法院对被执行人下列的财产不得查封、扣押、冻结:

（一）被执行人及其所扶养家属生活所必需的衣服、家具、炊具、餐具及其他家庭生活必需的物品；

（二）被执行人及其所扶养家属所必需的生活费用。当地有最低生活保障标准的，必需的生活费用依照该标准确定；

（三）被执行人及其所扶养家属完成义务教育所必需的物品；

（四）未公开的发明或者未发表的著作；

（五）被执行人及其所扶养家属用于身体缺陷所必需的辅助工具、医疗物品；

（六）被执行人所得的勋章及其他荣誉表彰的物品；

（七）根据《中华人民共和国缔结条约程序法》，以中华人民共和国、中华人民共和国政府或者中华人民共和国政府部门名义同外国、国际组织缔结的条约、协定和其他具有条约、协定性质的文件中规定免于查封、扣押、冻结的财产；

（八）法律或者司法解释规定的其他不得查封、扣押、冻结的财产。

第六条　对被执行人及其所扶养家属生活所必需的居住房屋，人民法院可以查封，但不得拍卖、变卖或者抵债。

第七条　对于超过被执行人及其所扶养家属所必需的房屋和生活用品，人民法院根据申请执行人的申请，在保障被执行人及其所扶养家属最低生活标准所必需的居住房屋和普通生活必需品后，可予以执行。

第八条　查封、扣押动产的，人民法院可以直接控制该项财产。人民法院将查封、扣押的动产交付其他人控制的，应当在该动产上加贴封条或者采取其他足以公示查封、扣押的适当方式。

第九条　查封不动产的，人民法院应当张贴封条或者公告，并可以提取保存有关财产权证照。

查封、扣押、冻结已登记的不动产、特定动产及其他财产权，应当通知有关登记机关办理登记手续。未办理登记手续的，不得对抗其他已经办理了登记手续的查封、扣押、冻结行为。

第十条　查封尚未进行权属登记的建筑物时，人民法院应当通知其管理人或者该建筑物的实际占有人，并在显著位置张贴公告。

第十一条　扣押尚未进行权属登记的机动车辆时，人民法院应当在扣押清单上记载该机动车辆的发动机编号。该车辆在扣押期间权利人要求办理权属登记手续的，人民法院应当准许并及时办理相应的扣押登记手续。

第十二条　查封、扣押的财产不宜由人民法院保管的，人民法院可以指定被执行人负责保管；不宜由被执行人保管的，可以委托第三人或者申请执行人保管。

由人民法院指定被执行人保管的财产，如果继续使用对该财产的价值无重大影响，可以允许被执行人继续使用；由人民法院保管或者委托第三人、申请执行人保管的，保管人不得使用。

第十三条　查封、扣押、冻结担保物权人占有的担保财产，一般应当指定该担保物权人作为保管人；该财产由人民法院保管的，质权、留置权不因转移占有而消灭。

第十四条　对被执行人与其他人共有的财产，人民法院可以查封、扣押、冻结，并及时通知共有人。

共有人协议分割共有财产，并经债权人认可的，人民法院可以认定有效。查封、扣押、冻结的效力及于协议分割后被执行人享有份额内的财产；对其他共有人享有份额内的财产的查封、扣押、冻结，人民法院应当裁定予以解除。

共有人提起析产诉讼或者申请执行人代位提起析产诉讼的，人民法院应当准许。诉讼期间中止对该财产的执行。

第十五条　对第三人为被执行人的利益占有的被执行人的财产，人民法院可以查封、扣押、冻结；该财产被指定给第三人继续保管的，第三人不得将其交付给被执行人。

对第三人为自己的利益依法占有的被执行人的财产，人民法院可以查封、扣押、冻结，第三人可以继续占有和使用该财产，但不得将其交付给被执行人。

第三人无偿借用被执行人的财产的，不受前款规定的限制。

第十六条　被执行人将其财产出卖给第三人，第三人已经支付部分价款并实际占有该财产，但根据合同约定被执行人保留所有权的，人民法院可以查封、扣押、冻结；第三人要求继续履行合同的，应当由第三人在合理期限内向人民法院交付全部余款后，裁定解除查封、扣押、冻结。

第十七条　被执行人将其所有的需要办理过户登记的财产出卖给第三人，第三人已经支付部分或者全部价款并实际占有该财产，但尚未办理产权过户登记手续的，人民法院可以查封、扣押、冻结；第三人已经支付全部价款并实际占有，但未办理过户登记手续的，如果第三人对此没有过错，人民法院不得查封、扣押、冻结。

第十八条　被执行人购买第三人的财产，已经支付部分价款并实际占有该财产，但第三人依合同约定保留所有权，申请执行人已向第三人支付剩余价款或者第三人书面同意剩余价款从该财产变价款中优先支付的，人民法院可以查封、扣押、冻结。

第三人依法解除合同的，人民法院应当准许，已经采取的查封、扣押、冻结措施应当解除，但人民法院可以依据申请执行人的申请，执行被执行人因支付价款而形成的对该第三人的债权。

第十九条　被执行人购买需要办理过户登记的第三人的财产，已经支付部分或者全部价款并实际占有该财产，虽未办理产权过户登记手续，但申请执行人已向第三人支付剩余价款或者第三人同意剩余价款从该财产变价款中优先支付的，人民法院可以查封、扣押、冻结。

第二十条　查封、扣押、冻结被执行人的财产时，执行人员应当制作笔录，载明下列内容：

（一）执行措施开始及完成的时间；

（二）财产的所在地、种类、数量；

（三）财产的保管人；

（四）其他应当记明的事项。

执行人员及保管人应当在笔录上签名，有民事诉讼法第二百二十四条规定的人员到场的，到场人员也应当在笔录上签名。

第二十一条　查封、扣押、冻结被执行人的财产，以其价额足以清偿法律文书确定的债权额及

执行费用为限，不得明显超标的额查封、扣押、冻结。

发现超标的额查封、扣押、冻结的，人民法院应当根据被执行人的申请或者依职权，及时解除对超标的额部分财产的查封、扣押、冻结，但该财产为不可分物且被执行人无其他可供执行的财产或者其他财产不足以清偿债务的除外。

第二十二条　查封、扣押的效力及于查封、扣押物的从物和天然孳息。

第二十三条　查封地上建筑物的效力及于该地上建筑物使用范围内的土地使用权，查封土地使用权的效力及于地上建筑物，但土地使用权与地上建筑物的所有权分属被执行人与他人的除外。

地上建筑物和土地使用权的登记机关不是同一机关的，应当分别办理查封登记。

第二十四条　查封、扣押、冻结的财产灭失或者毁损的，查封、扣押、冻结的效力及于该财产的替代物、赔偿款。人民法院应当及时作出查封、扣押、冻结该替代物、赔偿款的裁定。

第二十五条　查封、扣押、冻结协助执行通知书在送达登记机关时，登记机关已经受理被执行人转让不动产、特定动产及其他财产的过户登记申请，尚未核准登记的，应当协助人民法院执行。人民法院不得对登记机关已经核准登记的被执行人已转让的财产实施查封、扣押、冻结措施。

查封、扣押、冻结协助执行通知书在送达登记机关时，其他人民法院已向该登记机关送达了过户登记协助执行通知书的，应当优先办理过户登记。

第二十六条　被执行人就已经查封、扣押、冻结的财产所作的移转、设定权利负担或者其他有碍执行的行为，不得对抗申请执行人。

第三人未经人民法院准许占有查封、扣押、冻结的财产或者实施其他有碍执行的行为的，人民法院可以依据申请执行人的申请或者依职权解除其占有或者排除其妨害。

人民法院的查封、扣押、冻结没有公示的，其效力不得对抗善意第三人。

第二十七条　人民法院查封、扣押被执行人设定

最高额抵押权的抵押物的,应当通知抵押权人。抵押权人受抵押担保的债权数额自收到人民法院通知时起不再增加。

人民法院虽然没有通知抵押权人,但有证据证明抵押权人知道查封、扣押事实的,受抵押担保的债权数额从其知道该事实时起不再增加。

第二十八条 对已被人民法院查封、扣押、冻结的财产,其他人民法院可以进行轮候查封、扣押、冻结。查封、扣押、冻结解除的,登记在先的轮候查封、扣押、冻结即自动生效。

其他人民法院对已登记的财产进行轮候查封、扣押、冻结的,应当通知有关登记机关协助进行轮候登记,实施查封、扣押、冻结的人民法院应当允许其他人民法院查阅有关文书和记录。

其他人民法院对没有登记的财产进行轮候查封、扣押、冻结的,应当制作笔录,并经实施查封、扣押、冻结的人民法院执行人员及被执行人签字,或者书面通知实施查封、扣押、冻结的人民法院。

第二十九条 人民法院冻结被执行人的银行存款及其他资金的期限不得超过六个月,查封、扣押动产的期限不得超过一年,查封不动产、冻结其他财产权的期限不得超过二年。法律、司法解释另有规定的除外。

申请执行人申请延长期限的,人民法院应当在查封、扣押、冻结期限届满前办理续行查封、扣押、冻结手续,续行期限不得超过前款规定期限的二分之一。

第三十条 查封、扣押、冻结期限届满,人民法院未办理延期手续的,查封、扣押、冻结的效力消灭。

查封、扣押、冻结的财产已经被执行拍卖、变卖或者抵债的,查封、扣押、冻结的效力消灭。

第三十一条 有下列情形之一的,人民法院应当作出解除查封、扣押、冻结裁定,并送达申请执行人、被执行人或者案外人:

(一)查封、扣押、冻结案外人财产的;

(二)申请执行人撤回执行申请或者放弃债权的;

(三)查封、扣押、冻结的财产流拍或者变卖不成,申请执行人和其他执行债权人又不同意接受抵债的;

(四)债务已经清偿的;

(五)被执行人提供担保且申请执行人同意解除查封、扣押、冻结的;

(六)人民法院认为应当解除查封、扣押、冻结的其他情形。

解除以登记方式实施的查封、扣押、冻结的,应当向登记机关发出协助执行通知书。

第三十二条 财产保全裁定和先予执行裁定的执行适用本规定。

第三十三条 本规定自2005年1月1日起施行。施行前本院公布的司法解释与本规定不一致的,以本规定为准。

最高人民法院关于人民法院民事执行中拍卖、变卖财产的规定

1. 2004年10月26日最高人民法院审判委员会第1330次会议通过

2. 2004年11月15日公布

3. 法释〔2004〕16号

为了进一步规范民事执行中的拍卖、变卖措施,维护当事人的合法权益,根据《中华人民共和国民事诉讼法》等法律的规定,结合人民法院民事执行工作的实践经验,制定本规定。

第一条 在执行程序中,被执行人的财产被查封、扣押、冻结后,人民法院应当及时进行拍卖、变卖或者采取其他执行措施。

第二条 人民法院对查封、扣押、冻结的财产进行变价处理时,应当首先采取拍卖的方式,但法律、司法解释另有规定的除外。

第三条 人民法院拍卖被执行人财产,应当委托具有相应资质的拍卖机构进行,并对拍卖机构的拍卖进行监督,但法律、司法解释另有规定的除外。

第四条 对拟拍卖的财产,人民法院应当委托具有相应资质的评估机构进行价格评估。对于财产价值较低或者价格依照通常方法容易确

定的,可以不进行评估。

当事人双方及其他执行债权人申请不进行评估的,人民法院应当准许。

对被执行人的股权进行评估时,人民法院可以责令有关企业提供会计报表等资料;有关企业拒不提供的,可以强制提取。

第五条　评估机构由当事人协商一致后经人民法院审查确定;协商不成的,从负责执行的人民法院或者被执行人财产所在地的人民法院确定的评估机构名册中,采取随机的方式确定;当事人双方申请通过公开招标方式确定评估机构的,人民法院应当准许。

第六条　人民法院收到评估机构作出的评估报告后,应当在五日内将评估报告发送当事人及其他利害关系人。当事人或者其他利害关系人对评估报告有异议的,可以在收到评估报告后十日内以书面形式向人民法院提出。

当事人或者其他利害关系人有证据证明评估机构、评估人员不具备相应的评估资质或者评估程序严重违法而申请重新评估的,人民法院应当准许。

第七条　拍卖机构由当事人协商一致后经人民法院审查确定;协商不成的,从负责执行的人民法院或者被执行人财产所在地的人民法院确定的拍卖机构名册中,采取随机的方式确定;当事人双方申请通过公开招标方式确定拍卖机构的,人民法院应当准许。

第八条　拍卖应当确定保留价。

拍卖保留价由人民法院参照评估价确定;未作评估的,参照市价确定,并应当征询有关当事人的意见。

人民法院确定的保留价,第一次拍卖时,不得低于评估价或者市价的百分之八十;如果出现流拍,再行拍卖时,可以酌情降低保留价,但每次降低的数额不得超过前次保留价的百分之二十。

第九条　保留价确定后,依据本次拍卖保留价计算,拍卖所得价款在清偿优先债权和强制执行费用后无剩余可能的,应当在实施拍卖前将有关情况通知申请执行人。申请执行人于收到通知后五日内申请继续拍卖的,人民法院应当准许,但应当重新确定保留价;重新确定的保

留价应当大于该优先债权及强制执行费用的总额。

依照前款规定流拍的,拍卖费用由申请执行人负担。

第十条　执行人员应当对拍卖财产的权属状况、占有使用情况等进行必要的调查,制作拍卖财产现状的调查笔录或者收集其他有关资料。

第十一条　拍卖应当先期公告。

拍卖动产的,应当在拍卖七日前公告;拍卖不动产或者其他财产权的,应当在拍卖十五日前公告。

第十二条　拍卖公告的范围及媒体由当事人双方协商确定;协商不成的,由人民法院确定。拍卖财产具有专业属性的,应当同时在专业性报纸上进行公告。

当事人申请在其他新闻媒体上公告或者要求扩大公告范围的,应当准许,但该部分的公告费用由其自行承担。

第十三条　拍卖不动产、其他财产权或者价值较高的动产的,竞买人应当于拍卖前向人民法院预交保证金。申请执行人参加竞买的,可以不预交保证金。保证金的数额由人民法院确定,但不得低于评估价或者市价的百分之五。

应当预交保证金而未交纳的,不得参加竞买。拍卖成交后,买受人预交的保证金充抵价款,其他竞买人预交的保证金应当在三日内退还;拍卖未成交的,保证金应当于三日内退还竞买人。

第十四条　人民法院应当在拍卖五日前以书面或者其他能够确认收悉的适当方式,通知当事人和已知的担保物权人、优先购买权人或者其他优先权人于拍卖日到场。

优先购买权人经通知未到场的,视为放弃优先购买权。

第十五条　法律、行政法规对买受人的资格或者条件有特殊规定的,竞买人应当具备规定的资格或者条件。

申请执行人、被执行人可以参加竞买。

第十六条　拍卖过程中,有最高应价时,优先购买权人可以表示以该最高价买受,如无更高应价,则拍归优先购买权人;如有更高应价,而优先购买权人不作表示的,则拍归该应价最高的

竞买人。

顺序相同的多个优先购买权人同时表示买受的，以抽签方式决定买受人。

第十七条 拍卖多项财产时，其中部分财产卖得的价款足以清偿债务和支付被执行人应当负担的费用的，对剩余的财产应当停止拍卖，但被执行人同意全部拍卖的除外。

第十八条 拍卖的多项财产在使用上不可分，或者分别拍卖可能严重减损其价值的，应当合并拍卖。

第十九条 拍卖时无人竞买或者竞买人的最高应价低于保留价，到场的申请执行人或者其他执行债权人申请或者同意以该次拍卖所定的保留价接受拍卖财产的，应当将该财产交其抵债。

有两个以上执行债权人申请以拍卖财产抵债的，由法定受偿顺位在先的债权人优先承受；受偿顺位相同的，以抽签方式决定承受人。承受人应受清偿的债权额低于抵债财产的价额的，人民法院应当责令其在指定的期间内补交差额。

第二十条 在拍卖开始前，有下列情形之一的，人民法院应当撤回拍卖委托：

（一）据以执行的生效法律文书被撤销的；

（二）申请执行人及其他执行债权人撤回执行申请的；

（三）被执行人全部履行了法律文书确定的金钱债务的；

（四）当事人达成了执行和解协议，不需要拍卖财产的；

（五）案外人对拍卖财产提出确有理由的异议的；

（六）拍卖机构与竞买人恶意串通的；

（七）其他应当撤回拍卖委托的情形。

第二十一条 人民法院委托拍卖后，遇有依法应当暂缓执行或者中止执行的情形的，应当决定暂缓执行或者裁定中止执行，并及时通知拍卖机构和当事人。拍卖机构收到通知后，应当立即停止拍卖，并通知竞买人。

暂缓执行期限届满或者中止执行的事由消失后，需要继续拍卖的，人民法院应当在十五日内通知拍卖机构恢复拍卖。

第二十二条 被执行人在拍卖日之前向人民法院提交足额金钱清偿债务，要求停止拍卖的，人民法院应当准许，但被执行人应当负担因拍卖支出的必要费用。

第二十三条 拍卖成交或者以流拍的财产抵债的，人民法院应当作出裁定，并于价款或者需要补交的差价全额交付后十日内，送达买受人或者承受人。

第二十四条 拍卖成交后，买受人应当在拍卖公告确定的期限或者人民法院指定的期限内将价款交付到人民法院或者汇入人民法院指定的账户。

第二十五条 拍卖成交或者以流拍的财产抵债后，买受人逾期未支付价款或者承受人逾期未补交差价而使拍卖、抵债的目的难以实现的，人民法院可以裁定重新拍卖。重新拍卖时，原买受人不得参加竞买。

重新拍卖的价款低于原拍卖价款造成的差价、费用损失及原拍卖中的佣金，由原买受人承担。人民法院可以直接从其预交的保证金中扣除。扣除后保证金有剩余的，应当退还原买受人；保证金数额不足的，可以责令原买受人补交；拒不补交的，强制执行。

第二十六条 拍卖时无人竞买或者竞买人的最高应价低于保留价，到场的申请执行人或者其他执行债权人不申请以该次拍卖所定的保留价抵债的，应当在六十日内再行拍卖。

第二十七条 对于第二次拍卖仍流拍的动产，人民法院可以依照本规定第十九条的规定将其作价交申请执行人或者其他执行债权人抵债。申请执行人或者其他执行债权人拒绝接受或者依法不能交付其抵债的，人民法院应当解除查封、扣押，并将该动产退还被执行人。

第二十八条 对于第二次拍卖仍流拍的不动产或者其他财产权，人民法院可以依照本规定第十九条的规定将其作价交申请执行人或者其他执行债权人抵债。申请执行人或者其他执行债权人拒绝接受或者依法不能交付其抵债的，应当在六十日内进行第三次拍卖。

第三次拍卖流拍且申请执行人或者其他执行债权人拒绝接受或者依法不能接受该不动产或者其他财产权抵债的，人民法院应当于第三次拍卖终结之日起七日内发出变卖公告。自公告之日起六十日内没有买受人愿意以第三次拍卖的保留价买受该财产，且申请执行人、其他执行债权人仍不表示接受该财产抵债的，应当解除查封、冻结，将该财产退还被执行人，但对该财产可以采取其他执行措施的除外。

第二十九条 动产拍卖成交或者抵债后，其所有权自该动产交付时起转移给买受人或者承受人。

不动产、有登记的特定动产或者其他财产权拍卖成交或者抵债后，该不动产、特定动产的所有权、其他财产权自拍卖成交或者抵债裁定送达买受人或者承受人时起转移。

第三十条 人民法院裁定拍卖成交或者以流拍的财产抵债后，除有依法不能移交的情形外，应当于裁定送达后十五日内，将拍卖的财产移交买受人或者承受人。被执行人或者第三人占有拍卖财产应当移交而拒不移交的，强制执行。

第三十一条 拍卖财产上原有的担保物权及其他优先受偿权，因拍卖而消灭，拍卖所得价款，应当优先清偿担保物权人及其他优先受偿权人的债权，但当事人另有约定的除外。

拍卖财产上原有的租赁权及其他用益物权，不因拍卖而消灭，但该权利继续存在于拍卖财产上，对在先的担保物权或者其他优先受偿权的实现有影响的，人民法院应当依法将其除去后进行拍卖。

第三十二条 拍卖成交的，拍卖机构可以按照下列比例向买受人收取佣金：

拍卖成交价200万元以下的，收取佣金的比例不得超过5%；超过200万元至1000万元的部分，不得超过3%；超过1000万元至5000万元的部分，不得超过2%；超过5000万元至1亿元的部分，不得超过1%；超过1亿元的部分，不得超过0.5%。

采取公开招标方式确定拍卖机构的，按照中标方案确定的数额收取佣金。

拍卖未成交或者非因拍卖机构的原因撤回拍卖委托的，拍卖机构为本次拍卖已经支出的合理费用，应当由被执行人负担。

第三十三条 在执行程序中拍卖上市公司国有股和社会法人股的，适用最高人民法院《关于冻结、拍卖上市公司国有股和社会法人股若干问题的规定》。

第三十四条 对查封、扣押、冻结的财产，当事人双方及有关权利人同意变卖的，可以变卖。

金银及其制品、当地市场有公开交易价格的动产、易腐烂变质的物品、季节性商品、保管困难或者保管费用过高的物品，人民法院可以决定变卖。

第三十五条 当事人双方及有关权利人对变卖财产的价格有约定的，按照其约定价格变卖；无约定价格但有市价的，变卖价格不得低于市价；无市价但价值较大、价格不易确定的，应当委托评估机构进行评估，并按照评估价格进行变卖。

按照评估价格变卖不成的，可以降低价格变卖，但最低的变卖价不得低于评估价的二分之一。

变卖的财产无人应买的，适用本规定第十九条的规定将该财产交申请执行人或者其他执行债权人抵债；申请执行人或者其他执行债权人拒绝接受或者依法不能交付抵债的，人民法院应当解除查封、扣押，并将该财产退还被执行人。

第三十六条 本规定自2005年1月1日起施行。施行前本院公布的司法解释与本规定不一致的，以本规定为准。

6. 房屋租赁、抵押

城市房屋租赁管理办法

1. 1995年5月9日建设部令第42号发布
2. 自1995年6月1日起施行

第一章 总 则

第一条 为加强城市房屋租赁管理，维护房地产市场秩序，保障房屋租赁当事人的合法权益，根据《中华人民共和国城市房地产管理法》，制定本办法。

第二条 本办法适用于直辖市、市、建制镇的房屋租赁。

第三条 房屋所有权人将房屋出租给承租人居住或提供给他人从事经营活动及以合作方式与他人从事经营活动的,均应遵守本办法。

承租人经出租人同意,可以依照本办法将承租房屋转租。

第四条 公民、法人或其他组织对享有所有权的房屋和国家授权管理和经营的房屋可以依法出租。

第五条 房屋租赁当事人应当遵循自愿、平等、互利的原则。

第六条 有下列情形之一的房屋不得出租:

(一)未依法取得房屋所有权证的;

(二)司法机关和行政机关依法裁定、决定查封或者以其他形式限制房地产权利的;

(三)共有房屋未取得共有人同意的;

(四)权属有争议的;

(五)属于违法建筑的;

(六)不符合安全标准的;

(七)已抵押,未经抵押权人同意的;

(八)不符合公安、环保、卫生等主管部门有关规定的;

(九)有关法律、法规规定禁止出租的其他情形。

第七条 住宅用房的租赁,应当执行国家和房屋所在地城市人民政府规定的租赁政策。

租用房屋从事生产、经营活动的,由租赁双方协商议定租金和其他租赁条款。

第八条 国务院建设行政主管部门主管全国城市房屋租赁管理工作。

省、自治区建设行政主管部门主管本行政区域内城市房屋租赁管理工作。

市、县人民政府房地产行政主管部门(以下简称房地产管理部门)主管本行政区域内的城市房屋租赁管理工作。

第二章　租赁合同

第九条 房屋租赁,当事人应当签订书面租赁合同,租赁合同应当具备以下条款:

(一)当事人姓名或者名称及住所;

(二)房屋的坐落、面积、装修及设施状况;

(三)租赁用途;

(四)租赁期限;

(五)租金及交付方式;

(六)房屋修缮责任;

(七)转租的约定;

(八)变更和解除合同的条件;

(九)违约责任;

(十)当事人约定的其他条款。

第十条 房屋租赁期限届满,租赁合同终止。承租人需要继续租用的,应当在租赁期限届满前3个月提出,并经出租人同意,重新签订租赁合同。

第十一条 租赁期限内,房屋出租人转让房屋所有权的,房屋受让人应当继续履行原租赁合同的规定。

出租人在租赁期限内死亡的,其继承人应当继续履行原租赁合同。

住宅用房承租人在租赁期限内死亡的,其共同居住两年以上的家庭成员可以继续承租。

第十二条 有下列情形之一的,房屋租赁当事人可以变更或者解除租赁合同:

(一)符合法律规定或者合同约定可以变更或解除合同条款的;

(二)因不可抗力致使租赁合同不能继续履行的;

(三)当事人协商一致的。

因变更或者解除租赁合同使一方当事人遭受损失的,除依法可以免除责任的以外,应当由责任方负责赔偿。

第三章　租赁登记

第十三条 房屋租赁实行登记备案制度。

签订、变更、终止租赁合同的,当事人应当向房屋所在地市、县人民政府房地产管理部门登记备案。

第十四条 房屋租赁当事人应当在租赁合同签订后30日内,持本办法第十五条规定的文件到市、县人民政府房地产管理部门办理登记备案手续。

第十五条 申请房屋租赁登记备案应当提交下列文件:

(一)书面租赁合同;

(二)房屋所有权证书;

(三)当事人的合法证件;

（四）城市人民政府规定的其他文件。

出租共有房屋，还须提交其他共有人同意出租的证明。

出租委托代管房屋，还须提交委托代管人授权出租的证明。

第十六条　房屋租赁申请经市、县人民政府房地产管理部门审查合格后，颁发《房屋租赁证》。

县人民政府所在地以外的建制镇的房屋租赁申请，可由市、县人民政府房地产管理部门委托的机构审查，并颁发《房屋租赁证》。

第十七条　《房屋租赁证》是租赁行为合法有效的凭证。租用房屋从事生产、经营活动的，《房屋租赁证》作为经营场所合法的凭证。租用房屋用于居住的，《房屋租赁凭证》可作为公安部门办理户口登记的凭证之一。

第十八条　严禁伪造、涂改、转借、转让《房屋租赁证》。遗失《房屋租赁证》应当向原发证机关申请补发。

第四章　当事人的权利和义务

第十九条　房屋租赁当事人按照租赁合同的约定，享有权利，并承担相应的义务。

出租人在租赁期限内，确需提前收回房屋时，应当事先商得承租人同意，给承租人造成损失的，应当予以赔偿。

第二十条　出租人应当依照租赁合同约定的期限将房屋交付承租人，不能按期交付的，应当支付违约金；给承租人造成损失的，应当承担赔偿责任。

第二十一条　出租住宅用房的自然损坏或合同约定由出租人修缮的，由出租人负责修复；不及时修复，致使房屋发生破坏性事故，造成承租人财产损失或者人身伤害的，应当承担赔偿责任。

租赁房屋从事生产、经营活动的，修缮责任由双方当事人在租赁合同中约定。

第二十二条　承租人必须按期缴纳租金，违约的，应当支付违约金。

第二十三条　承租人应当爱护并合理使用所承租的房屋及附属设施，不得擅自拆改、扩建或增添。确需变动的，必须征得出租人的同意，并签订书面合同。

因承租人过错造成房屋损坏的，由承租人负责修复或者赔偿。

第二十四条　承租人有下列行为之一的，出租人有权终止合同，收回房屋，因此而造成损失的，由承租人赔偿：

（一）将承租的房屋擅自转租的；

（二）将承租的房屋擅自转让、转借他人或擅自调换使用的；

（三）将承租的房屋擅自拆改结构或改变用途的；

（四）拖欠租金累计6个月以上的；

（五）公用住宅用房无正当理由闲置6个月以上的；

（六）利用承租房屋进行违法活动的；

（七）故意损坏承租房屋的；

（八）法律、法规规定其他可以收回的。

第二十五条　以营利为目的，房屋所有权人将以划拨方式取得使用权的国有土地上建成的房屋出租的，应当将租金中所含土地收益上缴国家。土地收益的上缴办法，应当按照财政部《关于国有土地使用权有偿使用收入征收管理的暂行办法》和《关于国有土地使用权有偿使用收入若干财政问题的暂行规定》的规定，由市、县人民政府房地产管理部门代收代缴。国务院颁布有新的规定时，从其规定。

第五章　转　　租

第二十六条　房屋转租，是指房屋承租人将承租的房屋再出租的行为。

第二十七条　承租人在租赁期限内，征得出租人同意，可以将承租房屋的部分或全部转租给他人。

出租人可以从转租中获得收益。

第二十八条　房屋转租，应当订立转租合同。转租合同必须经原出租人书面同意，并按照本办法的规定办理登记备案手续。

第二十九条　转租合同的终止日期不得超过原租赁合同规定的终止日期，但出租人与转租双方协商约定的除外。

第三十条　转租合同生效后，转租人享有并承担转租合同规定的出租人的权利和义务，并且应当履行原租赁合同规定的承租人的义务，但出租人与转租双方另有约定的除外。

第三十一条　转租期间，原租赁合同变更、解除或者终止,转租合同也随之相应的变更、解除或者终止。

第六章　法律责任

第三十二条　违反本办法有下列行为之一的,由人民政府房地产管理部门对责任者给予行政处罚;

（一）伪造、涂改《房屋租赁证》的,注销其证书,并可处以罚款;

（二）不按期申报、领取《房屋租赁证》的,责令限期补办手续,并可处以罚款;

（三）未征得出租人同意和未办理登记备案,擅自转租房屋的,其租赁行为无效,没收其非法所得,并可处以罚款。

第三十三条　违反本办法,情节严重,构成犯罪的,由司法机关依法追究刑事责任。

第三十四条　房屋租赁管理工作人员徇私舞弊、贪污受贿的,由所在机关给予行政处分;情节严重、构成犯罪的,由司法机关依法追究刑事责任。

第七章　附　则

第三十五条　未设镇建制的工矿区、国有农场。林场等房屋租赁,参照本办法执行。

第三十六条　省、自治区建设行政主管部门,直辖市人民政府房地产管理部门可以根据本办法制定实施细则。

第三十七条　本办法由建设部负责解释。

第三十八条　本办法自1995年6月1日起施行。

国务院关于解决城市低收入家庭住房困难的若干意见

1.　2007年8月7日发布
2.　国发〔2007〕24号

住房问题是重要的民生问题。党中央、国务院高度重视解决城市居民住房问题,始终把改善群众居住条件作为城市住房制度改革和房地产业发展的根本目的。20多年来,我国住房制度改革不断深化,城市住宅建设持续快速发展,城市居民住房条件总体上有了较大改善。但也要看到,城市廉租住房制度建设相对滞后,经济适用住房制度不够完善,政策措施还不配套,部分城市低收入家庭住房还比较困难。为切实加大解决城市低收入家庭住房困难工作力度,现提出以下意见:

一、明确指导思想、总体要求和基本原则

（一）指导思想。以邓小平理论和"三个代表"重要思想为指导,深入贯彻落实科学发展观,按照全面建设小康社会和构建社会主义和谐社会的目标要求,把解决城市(包括县城,下同)低收入家庭住房困难作为维护群众利益的重要工作和住房制度改革的重要内容,作为政府公共服务的一项重要职责,加快建立健全以廉租住房制度为重点、多渠道解决城市低收入家庭住房困难的政策体系。

（二）总体要求。以城市低收入家庭为对象,进一步建立健全城市廉租住房制度,改进和规范经济适用住房制度,加大棚户区、旧住宅区改造力度,力争到"十一五"期末,使低收入家庭住房条件得到明显改善,农民工等其他城市住房困难群体的居住条件得到逐步改善。

（三）基本原则。解决低收入家庭住房困难,要坚持立足国情,满足基本住房需要;统筹规划,分步解决;政府主导,社会参与;统一政策,因地制宜;省级负总责,市县抓落实。

二、进一步建立健全城市廉租住房制度

（四）逐步扩大廉租住房制度的保障范围。城市廉租住房制度是解决低收入家庭住房困难的主要途径。2007年底前,所有设区的城市要对符合规定住房困难条件、申请廉租住房租赁补贴的城市低保家庭基本做到应保尽保;2008年底前,所有县城要基本做到应保尽保。"十一五"期末,全国廉租住房制度保障范围由城市最低收入住房困难家庭扩大到低收入住房困难家庭;2008年底前,东部地区和其他有条件的地区要将保障范围扩大到低收入住房困难家庭。

（五）合理确定廉租住房保障对象和保障标准。廉租住房保障对象的家庭收入标准和住房困难标准,由城市人民政府按照当地统计部门公布的家庭人均可支配收入和人均住房水平的一定比例,结合城市经济发展水平和住房价格水平确定。廉租住房保障面积标准,由城市人民政府根据当地家庭平均住房水平及财政承受能力等因素统筹研究确定。廉租住房保障对象的家庭收入标准、住房困难标准和保障面积标准实行动态管理，由城市人民政府每年向社会公布一次。

（六）健全廉租住房保障方式。城市廉租住房保障实行货币补贴和实物配租等方式相结合，主要通过发放租赁补贴，增强低收入家庭在市场上承租住房的能力。每平方米租赁补贴标准由城市人民政府根据当地经济发展水平、市场平均租金、保障对象的经济承受能力等因素确定。其中，对符合条件的城市低保家庭，可按当地的廉租住房保障面积标准和市场平均租金给予补贴。

（七）多渠道增加廉租住房房源。要采取政府新建、收购、改建以及鼓励社会捐赠等方式增加廉租住房供应。小户型租赁住房短缺和住房租金较高的地方，城市人民政府要加大廉租住房建设力度。新建廉租住房套型建筑面积控制在50平方米以内，主要在经济适用住房以及普通商品住房小区中配建，并在用地规划和土地出让条件中明确规定建成后由政府收回或回购；也可以考虑相对集中建设。积极发展住房租赁市场，鼓励房地产开发企业开发建设中小户型住房面向社会出租。

（八）确保廉租住房保障资金来源。地方各级人民政府要根据廉租住房工作的年度计划，切实落实廉租住房保障资金：一是地方财政要将廉租住房保障资金纳入年度预算安排。二是住房公积金增值收益在提取贷款风险准备金和管理费用之后全部用于廉租住房建设。三是土地出让净收益用于廉租住房保障资金的比例不得低于10%，各地还可根据实际情况进一步适当提高比例。四是廉租住房租金收入实行收支两条线管理，专项用于廉租住房的维护和管理。对中西部财政困难地区，通过中央预算内投资补助和中央财政廉租住房保障专项补助资金等方式给予支持。

三、改进和规范经济适用住房制度

（九）规范经济适用住房供应对象。经济适用住房供应对象为城市低收入住房困难家庭，并与廉租住房保障对象衔接。经济适用住

房供应对象的家庭收入标准和住房困难标准，由城市人民政府确定，实行动态管理，每年向社会公布一次。低收入住房困难家庭要求购买经济适用住房的，由该家庭提出申请，有关单位按规定的程序进行审查，对符合标准的，纳入经济适用住房供应对象范围。过去享受过福利分房或购买过经济适用住房的家庭不得再购买经济适用住房。已经购买了经济适用住房的家庭又购买其他住房的，原经济适用住房由政府按规定回购。

（十）合理确定经济适用住房标准。经济适用住房套型标准根据经济发展水平和群众生活水平，建筑面积控制在60平方米左右。各地要根据实际情况，每年安排建设一定规模的经济适用住房。房价较高、住房结构性矛盾突出的城市，要增加经济适用住房供应。

（十一）严格经济适用住房上市交易管理。经济适用住房属于政策性住房，购房人拥有有限产权。购买经济适用住房不满5年，不得直接上市交易，购房人因各种原因确需转让经济适用住房的，由政府按照原价格并考虑折旧和物价水平等因素进行回购。购买经济适用住房满5年，购房人可转让经济适用住房，但应按照届时同地段普通商品住房与经济适用住房差价的一定比例向政府交纳土地收益等价款，具体交纳比例由城市人民政府确定，政府可优先回购；购房人向政府交纳土地收益等价款后，也可以取得完全产权。上述规定应在经济适用住房购房合同中予以明确。政府回购的经济适用住房，继续向符合条件的低收入住房困难家庭出售。

（十二）加强单位集资合作建房管理。单位集资合作建房只能在距离城区较远的独立工矿企业和住房困难户较多的企业，在符合城市规划前提下，经城市人民政府批准，并利用自用土地组织实施。单位集资合作建房纳入当地经济适用住房供应计划，其建设标准、供应对象、产权关系等均按照经济适用住房的有关规定执行。在优先满足本单位住房困难职工购买基础上房源仍有多余的，由城市人民政府统一向符合经济适用住房购买条件的家庭出售，或以成本价收购后用作廉租住房。各级

国家机关一律不得搞单位集资合作建房;任何单位不得新征用或新购买土地搞集资合作建房;单位集资合作建房不得向非经济适用住房供应对象出售。

四、逐步改善其他住房困难群体的居住条件

(十三)加快集中成片棚户区的改造。对集中成片的棚户区,城市人民政府要制定改造计划,因地制宜进行改造。棚户区改造要符合以下要求:困难住户的住房得到妥善解决;住房质量、小区环境、配套设施明显改善;困难家庭的负担控制在合理水平。

(十四)积极推进旧住宅区综合整治。对可整治的旧住宅区要力戒大拆大建。要以改善低收入家庭居住环境和保护历史文化街区为宗旨,遵循政府组织、居民参与的原则,积极进行房屋维修养护、配套设施完善、环境整治和建筑节能改造。

(十五)多渠道改善农民工居住条件。用工单位要向农民工提供符合基本卫生和安全条件的居住场所。农民工集中的开发区和工业园区,应按照集约用地的原则,集中建设向农民工出租的集体宿舍,但不得按商品住房出售。城中村改造时,要考虑农民工的居住需要,在符合城市规划和土地利用总体规划的前提下,集中建设向农民工出租的集体宿舍。有条件的地方,可比照经济适用住房建设的相关优惠政策,政府引导,市场运作,建设符合农民工特点的住房,以农民工可承受的合理租金向农民工出租。

五、完善配套政策和工作机制

(十六)落实解决城市低收入家庭住房困难的经济政策和建房用地。一是廉租住房和经济适用住房建设、棚户区改造、旧住宅区整治一律免收城市基础设施配套费等各种行政事业性收费和政府性基金。二是廉租住房和经济适用住房建设用地实行行政划拨方式供应。三是对廉租住房和经济适用住房建设用地,各地要切实保证供应。要根据住房建设规划,在土地供应计划中予以优先安排,并在申报年度用地指标时单独列出。四是社会各界向政府捐赠廉租住房房源的,执行公益性捐赠税收扣除的有关政策。五是社会机构投资廉

租住房或经济适用住房建设、棚户区改造、旧住宅区整治的,可同时给予相关的政策支持。

(十七)确保住房质量和使用功能。廉租住房和经济适用住房建设、棚户区改造以及旧住宅区整治,要坚持经济、适用的原则。要提高规划设计水平,在较小的户型内实现基本的使用功能。要按照发展节能省地环保型住房的要求,推广新材料、新技术、新工艺。要切实加强施工管理,确保施工质量。有关住房质量和使用功能等方面的要求,应在建设合同中予以明确。

(十八)健全工作机制。城市人民政府要抓紧开展低收入家庭住房状况调查,于2007年底之前建立低收入住房困难家庭住房档案,制订解决城市低收入家庭住房困难的工作目标、发展规划和年度计划,纳入当地经济社会发展规划和住房建设规划,并向社会公布。要按照解决城市低收入家庭住房困难的年度计划,确保廉租住房保障的各项资金落实到位;确保廉租住房、经济适用住房建设用地落实到位,并合理确定区位布局。要规范廉租住房保障和经济适用住房供应的管理,建立健全申请、审核和公示办法,并于2007年9月底之前向社会公布;要严格做好申请人家庭收入、住房状况的调查审核,完善轮候制度,特别是强化廉租住房的年度复核工作,健全退出机制。要严肃纪律,坚决查处弄虚作假等违纪违规行为和有关责任人员,确保各项政策得以公开、公平、公正实施。

(十九)落实工作责任。省级人民政府对本地区解决城市低收入家庭住房困难工作负总责,要对所属城市人民政府实行目标责任制管理,加强监督指导。有关工作情况,纳入对城市人民政府的政绩考核之中。解决城市低收入家庭住房困难是城市人民政府的重要责任。城市人民政府要把解决城市低收入家庭住房困难摆上重要议事日程,加强领导,落实相应的管理工作机构和具体实施机构,切实抓好各项工作;要接受人民群众的监督,每年在向人民代表大会所作的《政府工作报告》中报告解决城市低收入家庭住房困难年度计划的完成情况。

　　房地产市场宏观调控部际联席会议负责研究提出解决城市低收入家庭住房困难的有关政策,协调解决工作实施中的重大问题。国务院有关部门要按照各自职责,加强对各地工作的指导,抓好督促落实。建设部会同发展改革委、财政部、国土资源部等有关部门抓紧完善廉租房管理办法和经济适用住房管理办法。民政部会同有关部门抓紧制定城市低收入家庭资格认定办法。财政部会同建设部、民政部等有关部门抓紧制定廉租住房保障专项补助资金的实施办法。发展改革委会同建设部抓紧制定中央预算内投资对中西部财政困难地区新建廉租住房项目的支持办法。财政部、税务总局抓紧研究制定廉租住房建设、经济适用住房建设和住房租赁的税收支持政策。人民银行会同建设部、财政部等有关部门抓紧研究提出对廉租住房和经济适用住房建设的金融支持意见。

　　(二十)加强监督检查。2007年底前,直辖市、计划单列市和省会(首府)城市要把解决城市低收入家庭住房困难的发展规划和年度计划报建设部备案,其他城市报省(区、市)建设主管部门备案。建设部会同监察部等有关部门负责本意见执行情况的监督检查,对工作不落实、措施不到位的地区,要通报批评,限期整改,并追究有关领导责任。对在解决城市低收入家庭住房困难工作中以权谋私、玩忽职守的,要依法依规追究有关责任人的行政和法律责任。

　　(二十一)继续抓好国务院关于房地产市场各项调控政策措施的落实。各地区、各有关部门要在认真解决城市低收入家庭住房困难的同时,进一步贯彻落实国务院关于房地产市场各项宏观调控政策措施。要加大住房供应结构调整力度,认真落实《国务院办公厅转发建设部等部门关于调整住房供应结构稳定住房价格意见的通知》(国办发〔2006〕37号),重点发展中低价位、中小套型普通商品住房,增加住房有效供应。城市新审批、新开工的住房建设,套型建筑面积90平方米以下住房面积所占比重,必须达到开发建设总面积的70%以上。廉租住房、经济适用住房和中低价位、中小套型普通商品住房建设用地的年度供应量不得低于居住用地供应总量的70%。要加大住房需求调节力度,引导合理的住房消费,建立符合国情的住房建设和消费模式。要加强市场监管,坚决整治房地产开发、交易、中介服务、物业管理及房屋拆迁中的违法违规行为,维护群众合法权益。要加强房地产价格的监管,抑制房地产价格过快上涨,保持合理的价格水平,引导房地产市场健康发展。

　　(二十二)凡过去文件规定与本意见不一致的,以本意见为准。

城镇廉租住房租金管理办法

1.　2005年3月14日国家发展改革委、建设部发布
2.　发改价格〔2005〕405号

第一条　为规范城镇廉租住房租金管理,保障城镇最低收入家庭的基本住房权益,根据《价格法》及相关规定,制定本办法。

第二条　本办法适用于城镇规划区内城镇廉租住房的租金管理。

第三条　本办法所称廉租住房租金,是指享受廉租住房待遇的城镇最低收入家庭承租廉租住房应当交纳的住房租金。

第四条　县级以上地方人民政府价格主管部门是廉租住房租金的主管部门,依法对本地区廉租住房租金实施管理。

　　县级以上地方人民政府房地产行政主管部门应协助价格主管部门做好廉租住房租金管理工作。

第五条　廉租住房租金实行政府定价。具体定价权限按照地方定价目录的规定执行。

第六条　廉租住房租金标准原则上由房屋的维修费和管理费两项因素构成,并与城镇最低收入家庭的经济承受能力相适应。

　　维修费是指维持廉租住房在预定使用期限内正常使用所必需的修理、养护等费用。

　　管理费是指实施廉租住房管理所需的人员、办公等正常开支费用。

第七条　廉租住房的计租单位应当与当地公有住房租金计租单位一致。

第八条 制定和调整廉租住房租金标准，应当遵循公正、公开的原则，充分听取社会各有关方面的意见。

第九条 廉租住房租金标准制定或调整，应当在媒体上公布，并通过政府公报、政府网站或政府信息公告栏等方式进行公示。

第十条 因收入等情况变化而不再符合租住廉租住房条件而继续租住的，应当按商品住房的市场租金补交租金差额。

第十一条 廉租住房管理单位应严格按照规定或合同约定提供相应的服务，政府价格主管部门要加强对廉租住房租金的监督检查。廉租住房管理单位违反价格法律、法规和本办法规定的价格行为，由政府价格主管部门依据《价格法》和《价格违法行为行政处罚规定》予以处罚。

第十二条 本办法由国家发展改革委会同建设部负责解释。

第十三条 各省、自治区、直辖市政府价格主管部门可会同房地产行政主管部门根据本办法制定实施细则，并抄报国家发展改革委、建设部。

第十四条 本办法自 2005 年 5 月 1 日起施行。

城镇最低收入家庭廉租住房申请、审核及退出管理办法

1. 2005 年 7 月 7 日发布
2. 建住房〔2005〕122 号

第一条 为规范城镇最低收入家庭廉租住房管理，完善廉租住房工作机制，根据《城镇最低收入家庭廉租住房管理办法》（建设部令第 120 号），制定本办法。

第二条 城镇最低收入家庭廉租住房的申请、审核及退出管理，适用本办法。

第三条 市、县人民政府房地产行政主管部门负责城镇最低收入家庭廉租住房的申请、审核及退出管理工作。

第四条 申请廉租住房的家庭（以下简称申请家庭）应当同时具备下列条件：

（一）申请家庭人均收入符合当地廉租住房政策确定的收入标准；

（二）申请家庭人均现住房面积符合当地廉租住房政策确定的面积标准；

（三）申请家庭成员中至少有 1 人为当地非农业常住户口；

（四）申请家庭成员之间有法定的赡养、扶养或者抚养关系；

（五）符合当地廉租住房政策规定的其他标准。

第五条 申请廉租住房，应当由申请家庭的户主作为申请人；户主不具有完全民事行为能力的，申请家庭推举具有完全民事行为能力的家庭成员作为申请人。

申请人应当向户口所在地街道办事处或乡镇人民政府（以下简称受理机关）提出书面申请，并提供下列申请材料：

（一）民政部门出具的最低生活保障、救助证明或政府认定有关部门或单位出具的收入证明；

（二）申请家庭成员所在单位或居住地街道办事处出具的现住房证明；

（三）申请家庭成员身份证和户口簿；

（四）地方政府或房地产行政主管部门规定需要提交的其他证明材料。

申请人为非户主的，还应当出具其他具有完全行为能力的家庭成员共同签名的书面委托书。

第六条 受理机关收到廉租住房申请材料后，应当及时作出是否受理的决定，并向申请人出具书面凭证。申请资料不齐全或者不符合法定形式的，应当在 5 日内书面告知申请人需要补正的全部内容，受理时间从申请人补齐资料的次日起计算；逾期不告知的，自收到申请材料之日起即为受理。

材料齐备后，受理机关应当及时签署意见并将全部申请资料移交房地产行政主管部门。

第七条 接到受理机关移交的申请资料后，房地产行政主管部门应当会同民政等部门组成审核小组予以审核。并可以通过查档取证、入户调查、邻里访问以及信函索证等方式对申请家

庭收入、家庭人口和住房状况进行调查。申请家庭及有关单位、组织或者个人应当如实提供有关情况。房地产行政主管部门应当自收到申请材料之日起15日内向申请人出具审核决定。

经审核不符合条件的，房地产行政主管部门应当书面通知申请人，说明理由。经审核符合条件的，房地产行政主管部门应当在申请人的户口所在地、居住地或工作单位将审核决定予以公示，公示期限为15日。

第八条 经公示无异议或者异议不成立的，由房地产行政主管部门予以登记，并书面通知申请人。

经公示有异议的，房地产行政主管部门应在10日内完成核实。经核实异议成立的，不予登记。对不予登记的，应当书面通知申请人，说明不予登记的理由。

第九条 对于已登记的、申请租赁住房补贴或者实物配租的家庭，由房地产行政主管部门按照规定条件排队轮候。经民政等部门认定的由于无劳动能力、无生活来源、无法定赡养人、扶养人或抚养人、优抚对象、重度残疾等原因造成困难的家庭可优先予以解决。

轮候期间，申请家庭收入、人口、住房等情况发生变化，申请人应当及时告知房地产行政主管部门，经审核后，房地产行政主管部门应对变更情况进行变更登记，不再符合廉租住房条件的，由房地产行政主管部门取消资格。

第十条 已准予租赁住房补贴的家庭，应当与房地产行政主管部门签订《廉租住房租赁补贴协议》。协议应当明确租赁住房补贴标准、停止廉租住房补贴的规定及违约责任。租赁补贴家庭根据协议约定，可以根据居住需要，选择适当的住房，在与出租人达成租赁意向后，报房地产行政主管部门审查。经审查同意后，方可与出租人签订房屋租赁合同，并报房地产行政主管部门备案。房地产行政主管部门按规定标准向该家庭发放租赁补贴，用于冲减房屋租金。

第十一条 已准予实物配租的家庭，应当与廉租住房产权人签订廉租住房租赁合同。合同应当明确廉租住房情况、租金标准、腾退住房方式及违约责任等内容。承租人应当按照合同约定的标准缴纳租金，并按约定的期限腾退原有住房。

确定实物配租的最低收入家庭不接受配租方案的，原则上不再享有实物配租资格，房地产行政主管部门可视情况采取发放租赁住房补贴或其它保障方式对其实施住房保障。

第十二条 已准予租金核减的家庭，由房地产行政主管部门出具租金核减认定证明，到房屋产权单位办理租金核减手续。

第十三条 房地产行政主管部门应当在发放租赁住房补贴、配租廉租住房或租金核减后一个月内将结果在一定范围内予以公布。

第十四条 享受廉租住房保障的最低收入家庭应当按年度向房地产行政主管部门如实申报家庭收入、人口及住房变动情况。

房地产行政主管部门应当每年会同民政等相关部门对享受廉租住房保障家庭的收入、人口及住房等状况进行复核，并根据复核结果对享受廉租住房保障的资格、方式、额度等进行及时调整并书面告知当事人。

第十五条 享受廉租住房保障的家庭有下列情况之一的，由房地产行政主管部门作出取消保障资格的决定，收回承租的廉租住房，或者停止发放租赁补贴，或者停止租金核减：

（一）未如实申报家庭收入、家庭人口及住房状况的；

（二）家庭人均收入连续一年以上超出当地廉租住房政策确定的收入标准的；

（三）因家庭人数减少或住房面积增加，人均住房面积超出当地廉租住房政策确定的住房标准的；

（四）擅自改变房屋用途的；

（五）将承租的廉租住房转借、转租的；

（六）连续六个月以上未在廉租住房居住的。

第十六条 房地产行政主管部门作出取消保障资格的决定后，应当在5日内书面通知当事人，说明理由。享受实物配租的家庭应当将承租的廉租住房在规定的期限内退回。逾期不退回的，房地产行政主管部门可以依法申请人民法院强制执行。

第十七条　房地产行政主管部门或者其他有关行政管理部门工作人员，违反本办法规定，在廉租住房管理工作中利用职务上的便利，收受他人财物或者其他好处的，对已批准的廉租住房不依法履行监督管理职责的，或者发现违法行为不予查处的，依法给予行政处分；构成犯罪的，依法追究刑事责任。

第十八条　各地可根据当地的实际情况制定具体细则。

第十九条　纳入廉租住房管理的其它家庭的申请、审核及退出管理办法，由各地结合当地实际情况，比照本办法自行制定。

第二十条　本办法自 2005 年 10 月 1 日之日起施行。

城镇廉租住房档案管理办法

1. 2006 年 8 月 19 日建设部发布
2. 自 2006 年 10 月 1 日起施行
3. 建住房〔2006〕205 号

第一条　为了加强和规范城镇廉租住房档案管理，确保其完整、安全和有效利用，根据《中华人民共和国档案法》、《城镇最低收入家庭廉租住房管理办法》、《城镇最低收入家庭廉租住房申请、审核及退出管理办法》，结合城镇廉租住房管理的实际情况，制定本办法。

第二条　廉租住房档案是廉租住房管理机构在实施住房保障过程中直接形成的具有保存价值的各种文字、图表、声像等不同形式的历史记录，包括纸质、电子两种档案。

第三条　廉租住房档案真实记录廉租住房政策落实情况，反映廉租住房保障家庭状况，是城镇廉租住房管理工作的基础。

第四条　廉租住房档案管理按照相关规定执行，纸质档案中的文书档案、会计档案等分别按有关规定管理，电子文件的整理归档执行《电子文件归档与管理规范》(GB/T18894—2002)要求。

第五条　各省、自治区建设厅，直辖市建委(房地局)负责对本地区内的廉租住房档案工作进行指导、监督和检查。各市、县(区)房地产管理部门具体负责本地区内廉租住房档案的收集、整理、归档、保管和利用。

第六条　配备适应工作需要的专(兼)职廉租住房档案管理工作人员，其职责是：

(一)执行城镇廉租住房管理的政策法规及业务技术规范。

(二)对实施廉租住房保障过程中形成的文件材料进行收集、整理、归档、统计、利用、销毁等，确保档案的完整、安全。

(三)维护档案信息，提供档案利用。

第七条　廉租住房档案管理工作与城镇廉租住房管理工作实行同时布置、检查、验收。

第八条　廉租住房档案应一户一档，包括申请、审核、实施保障及年度复核等有关材料。

(一)申请材料。包括廉租住房申请书，申请人身份证、户口簿、家庭收入证明、家庭住房情况证明及其他相关证明。

(二)审核材料。包括廉租住房审核表，工作人员入户核查记录，公示内容及反馈记录，群众举报、来访记录等。

(三)实施保障材料。包括廉租住房保障家庭登记通知单，实物配租入住通知书，租金补贴发放通知书，租金补贴变更、停发通知书，房屋租赁合同，廉租住房租金补贴合同或实物配租合同，廉租住房保障家庭终止保障通知书等。

(四)复核材料。根据年度复核结果对档案及时进行调整变更，包括家庭收入、住房状况变更记录和年度复核记录等。

第九条　建立廉租住房管理档案。管理档案包括申请家庭名单清册(台帐)，租赁住房补贴资金发放名单清册(台账)，银行对帐单，廉租住房保障家庭统计月(季)报表，实物配租家庭租金收缴情况及廉租住房管理工作文件、表、图、册等相关资料。

第十条　用于实物配租的廉租住房建设项目，应保留项目前期各项审批手续及相关图纸资料，账目及资金使用情况，项目招投标合同、协议，项目竣工及后期管理等相关材料。通过收购方式筹集的廉租住房，应保留收购协议等相关材料。

第十一条　要运用计算机等现代化手段对廉租

住房数据进行统计、分析,并建立相应的电子档案。根据申请、审核、登记、年度复核、终止退出等有关情况,及时更新廉租住房管理系统的有关数据。

第十二条　保障对象档案应以户为单位进行整理,按实施廉租住房保障过程中材料形成的先后或重要程度顺序排列归档。

第十三条　廉租住房档案由各地廉租住房管理机构负责保管,在廉租住房保障家庭停止享受住房保障一定时限后,及时移交本单位综合档案室统一管理,电子档案同时移交。

第十四条　健全廉租住房档案检索体系,做好档案的收进、保管、利用、移出等情况的详细记录。

第十五条　对保管期满的廉租住房档案,应由廉租住房管理工作人员、档案管理工作人员按规定程序予以销毁。

第十六条　档案保管部门要根据廉租住房档案的数量配备相应的库房和档案柜等设施,做到妥善保管、存放有序、查找方便。

为电子档案的保管配备专用的数据存储设备,定期备份。通过网络管理的,还须做好网络安全防护,确保数据的完整、安全。

第十七条　对违反本办法规定,造成廉租住房档案丢失、损毁等不良后果的,按照《档案法》及有关规定处理。

第十八条　各地可根据当地实际情况制定具体实施办法。

第十九条　本办法自 2006 年 10 月 1 日起施行。

廉租住房保障资金管理办法

1. *2007 年 10 月 30 日财政部发布*
2. *财综〔2007〕64 号*

第一章　总　　则

第一条　为规范廉租住房保障资金管理,提高廉租住房保障资金使用效益,确保廉租住房保障资金专款专用,根据《国务院关于解决城市低收入家庭住房困难的若干意见》(国发〔2007〕24 号)的规定,制定本办法。

第二条　本办法所称廉租住房保障资金是指按照国家规定筹集并用于廉租住房保障的专项资金。

第三条　各级财政部门是廉租住房保障资金的主管部门,负责廉租住房保障资金的筹集、管理、预算分配、拨付和监督检查。

财政部商建设部、国家发展改革委、国土资源部、民政部负责制定全国性廉租住房保障资金管理政策,分配和拨付中央廉租住房保障专项补助资金,拨付中央预算内投资补助资金。国家发展改革委负责安排新建廉租住房中央预算内投资补助资金。

省、自治区、直辖市、计划单列市(以下简称省级)财政部门商同级建设、发展改革、国土资源、民政等部门负责制定本地区廉租住房保障资金管理实施办法,安排本地区廉租住房保障补助资金,督促市县财政部门落实廉租住房保障资金。

市县财政部门具体负责廉租住房保障资金的筹集、拨付、管理和预决算审核以及监督检查工作。

市县廉租住房行政主管部门负责廉租住房保障资金的预决算编制,严格按照财政部门规定安排和使用廉租住房保障资金。

第四条　廉租住房保障资金的筹集、拨付、使用和管理依法接受审计机关的审计监督。

第二章　资金来源

第五条　地方各级财政部门要结合当地财力,积极参与制定廉租住房保障计划,并按照年度廉租住房保障计划以及国发〔2007〕24 号文件规定的来源渠道筹集廉租住房保障资金。

第六条　廉租住房保障资金来源于下列渠道:

(一)住房公积金增值收益扣除计提贷款风险准备金和管理费用后的全部余额;

(二)从土地出让净收益中按照不低于 10% 的比例安排用于廉租住房保障的资金;

(三)市县财政预算安排用于廉租住房保障的资金;

(四)省级财政预算安排的廉租住房保障补助资金;

(五)中央预算内投资中安排的补助资金;

(六)中央财政安排的廉租住房保障专项补助资金;

　　（七）社会捐赠的廉租住房保障资金；

　　（八）其他资金。

第七条　土地出让净收益为当年实际收取的土地出让总价款扣除实际支付的征地补偿费（含土地补偿费、安置补助费、地上附着物和青苗补偿费）、拆迁补偿费、土地开发费、计提用于农业土地开发的资金以及土地出让业务费等费用后的余额。

第八条　中央预算内投资安排的补助资金，按照国家发展改革委会同建设部、财政部制定的《中央预算内投资对中西部财政困难地区新建廉租住房项目支持办法》规定执行。

第九条　中央财政安排的廉租住房保障专项补助资金按照财政部商建设部、民政部制定的《中央廉租住房保障专项补助资金实施办法》规定执行。

第十条　廉租住房租金收入严格按照财政部规定实行"收支两条线"管理，专项用于廉租住房维护和管理，不足部分在一般预算中安排。廉租住房租金与廉租住房保障资金不得混同安排使用。

第三章　资金使用

第十一条　廉租住房保障资金实行专项管理、分账核算、专款专用，专项用于廉租住房保障开支，包括收购、改建和新建廉租住房开支以及向符合廉租住房保障条件的低收入家庭发放租赁补贴开支，不得用于其他开支。

第十二条　收购廉租住房开支，指利用廉租住房保障资金收购房屋用于廉租住房保障的支出，包括支付的房屋价款等开支。

第十三条　改建廉租住房开支，指对已收购的旧有住房和腾空的公有住房进行维修改造后用于廉租住房保障的支出。

第十四条　新建廉租住房开支，指利用廉租住房保障资金新建廉租住房的开支，包括新建廉租住房需要依法支付的土地补偿费、拆迁补偿费以及支付廉租住房建设成本支出。

第十五条　发放租赁补贴开支，指利用廉租住房保障资金向符合廉租住房保障条件的低收入家庭发放的租赁补贴支出。

第四章　预算管理

第十六条　廉租住房保障资金实行项目预算管理。市县廉租住房行政主管部门应当会同有关部门于每年第三季度根据下年度廉租住房保障计划，编制下年度廉租住房保障支出项目预算，经同级财政部门审核，并报经同级人民政府提请同级人大批准后实施。

　　市县财政部门要商有关部门根据当地年度廉租住房保障计划，指导同级廉租住房行政主管部门科学、合理测算廉租住房保障资金需求，并根据年度廉租住房保障资金来源情况，做好年度廉租住房保障支出项目预算编制工作。

第十七条　市县财政部门在安排年度廉租住房保障支出项目预算时，首先要按照《住房公积金管理条例》（国务院令第350号）的规定，确保将住房公积金增值收益计提贷款风险准备金和管理费用后的余额全部用于廉租住房保障；其次要按规定将土地出让净收益不低于10%的比例用于廉租住房保障。上述两项资金不足的，可以适当提高土地出让净收益用于廉租住房保障的比例，仍不足的由市县财政通过本级预算以及上级补助（包括中央预算内投资补助以及中央财政和省级财政专项补助）予以安排。

第十八条　年度廉租住房保障支出项目预算中涉及购建廉租住房的，必须符合固定资产投资管理程序。

第十九条　年度廉租住房保障支出项目预算经批准后，市县廉租住房行政主管部门应当严格按照批准的预算执行，原则上不得突破预算。

第五章　资金拨付

第二十条　市县财政部门按照批准的廉租住房保障支出项目预算，根据廉租住房保障计划和投资计划，以及实施进度拨付廉租住房保障资金，确保廉租住房保障资金切实落实到廉租住房购建项目以及符合廉租住房保障条件的低收入家庭。

第二十一条　廉租住房保障资金原则上实行国库集中支付。申请租赁补贴的符合廉租住房保障条件的低收入家庭，经市县廉租住房行政主管部门、民政部门公示和审核确认无误后，由市县财政部门根据市县廉租住房行政主管部门、民政部门的审核意见和年度预算安排，将租赁补贴资金直接支付给符合廉租住房保障条件的低收入家庭或向廉租住房保障对象出租住房的租赁方。暂未实施国库集中支付制度的地区，市县财政部门按照地方财政国库管理制度有关规定拨付租赁补贴资金，确保租赁补贴资金落实到人、到户。

第二十二条　收购、改建和新建廉租住房，由市县廉租住房行政主管部门根据工程合同和进度、购房合同以及年度预算，提出预算拨款申请，经同级财政部门审核后，由同级财政部门将资金直接支付给廉租住房建设单位或销售廉租住房的单位和个人。

第六章　决算管理

第二十三条　每年年度终了，市县廉租住房行政主管部门应当按照同级财政部门规定，报送年度廉租住房保障支出项目决算。年度廉租住房保障支出项目出现资金结余，经同级财政部门批准后，可以继续滚存下年安排使用。

第二十四条　市县廉租住房行政主管部门在向同级财政部门报送年度廉租住房保障支出项目决算时，还应当会同民政部门提交年度廉租住房保障工作实施进展情况，包括当年租赁补贴发放户数、发放标准、发放金额，当年购建廉租住房套数、面积、位置、金额，当年廉租住房实物配租户数、面积、金额等相关资料。

第二十五条　市县财政部门应当会同廉租住房行政主管部门、发展改革部门、民政部门将市县年度廉租住房保障工作实施进展情况报省级财政等相关部门备案。省级财政部门应当会同建设、发展改革、民政部门汇总本地区年度廉租住房保障工作实施进展情况，于次年2月28日前报财政部等相关部门备案。具体报表格式详见附表《＿＿＿省（自治区、直辖市、计划单列市、新疆兵团）＿＿＿年廉租住房保障情况表》。

第七章　监督检查

第二十六条　市县财政部门应当配合同级廉租住房行政主管部门会同民政部门建立廉租住房保障对象的动态监管机制，对于年度享受廉租住房保障的低收入家庭的收入状况进行跟踪复核，确认其是否可以继续享受廉租住房保障制度。对于不符合廉租住房保障条件的，应当停止发放租赁补贴，按照市场租金收取廉租住房租金或收回配租的廉租住房。

第二十七条　各级财政部门要加强对廉租住房保障资金筹集和使用情况的监督检查。对于不按照规定筹集、安排使用和管理廉租住房保障资金的，要严格按照《财政违法行为处罚处分条例》（国务院令第427号）等有关规定进行处理，并依法追究有关责任人员的行政责任。构成犯罪的，依法追究刑事责任。

第八章　附　则

第二十八条　本办法自2008年1月1日起实施。

第二十九条　本办法由财政部负责解释。

第三十条　各省、自治区、直辖市、计划单列市财政部门可以根据本办法，结合各地实际，会同有关部门制定具体实施办法，并报财政部等相关部门备案。

第三十一条　新疆生产建设兵团廉租住房保障资金管理办法参照上述规定执行。

廉租住房保障办法

1. 2007年11月8日建设部、国家发展和改革委员会、监察部、民政部、财政部、国土资源部、中国人民银行、国家税务总局、国家统计局令第162号公布
2. 自2007年12月1日起施行

第一章　总　则

第一条　为促进廉租住房制度建设，逐步解决城市低收入家庭的住房困难，制定本办法。

第二条　城市低收入住房困难家庭的廉租住房保障及其监督管理，适用本办法。

　　本办法所称城市低收入住房困难家庭，是指城市和县人民政府所在地的镇范围内，家庭收入、住房状况等符合市、县人民政府规定条件的家庭。

第三条　市、县人民政府应当在解决城市低收入家庭住房困难的发展规划及年度计划中，明确廉租住房保障工作目标、措施，并纳入本级国

民经济与社会发展规划和住房建设规划。

第四条　国务院建设主管部门指导和监督全国廉租住房保障工作。县级以上地方人民政府建设(住房保障)主管部门负责本行政区域内廉租住房保障管理工作。廉租住房保障的具体工作可以由市、县人民政府确定的实施机构承担。

县级以上人民政府发展改革(价格)、监察、民政、财政、国土资源、金融管理、税务、统计等部门按照职责分工,负责廉租住房保障的相关工作。

第二章　保障方式

第五条　廉租住房保障方式实行货币补贴和实物配租等相结合。货币补贴是指县级以上地方人民政府向申请廉租住房保障的城市低收入住房困难家庭发放租赁住房补贴,由其自行承租住房。实物配租是指县级以上地方人民政府向申请廉租住房保障的城市低收入住房困难家庭提供住房,并按照规定标准收取租金。

实施廉租住房保障,主要通过发放租赁补贴,增强城市低收入住房困难家庭承租住房的能力。廉租住房紧缺的城市,应当通过新建和收购等方式,增加廉租住房实物配租的房源。

第六条　市、县人民政府应当根据当地家庭平均住房水平、财政承受能力以及城市低收入住房困难家庭的人口数量、结构等因素,以户为单位确定廉租住房保障面积标准。

第七条　采取货币补贴方式的,补贴额度按照城市低收入住房困难家庭现住房面积与保障面积标准的差额、每平方米租赁住房补贴标准确定。

每平方米租赁住房补贴标准由市、县人民政府根据当地经济发展水平、市场平均租金、城市低收入住房困难家庭的经济承受能力等因素确定。其中对城市居民最低生活保障家庭,可以按照当地市场平均租金确定租赁住房补贴标准;对其他城市低收入住房困难家庭,可以根据收入情况等分类确定租赁住房补贴标准。

第八条　采取实物配租方式的,配租面积为城市低收入住房困难家庭现住房面积与保障面积

标准的差额。

实物配租的住房租金标准实行政府定价。实物配租住房的租金,按照配租面积和市、县人民政府规定的租金标准确定。有条件的地区,对城市居民最低生活保障家庭,可以免收实物配租住房中住房保障面积标准内的租金。

第三章　保障资金及房屋来源

第九条　廉租住房保障资金采取多种渠道筹措。廉租住房保障资金来源包括:

(一)年度财政预算安排的廉租住房保障资金;

(二)提取贷款风险准备金和管理费用后的住房公积金增值收益余额;

(三)土地出让净收益中安排的廉租住房保障资金;

(四)政府的廉租住房租金收入;

(五)社会捐赠及其他方式筹集的资金。

第十条　提取贷款风险准备金和管理费用后的住房公积金增值收益余额,应当全部用于廉租住房建设。

土地出让净收益用于廉租住房保障资金的比例,不得低于10%。

政府的廉租住房租金收入应当按照国家财政预算支出和财务制度的有关规定,实行收支两条线管理,专项用于廉租住房的维护和管理。

第十一条　对中西部财政困难地区,按照中央预算内投资补助和中央财政廉租住房保障专项补助资金的有关规定给予支持。

第十二条　实物配租的廉租住房来源主要包括:

(一)政府新建、收购的住房;

(二)腾退的公有住房;

(三)社会捐赠的住房;

(四)其他渠道筹集的住房。

第十三条　廉租住房建设用地,应当在土地供应计划中优先安排,并在申报年度用地指标时单独列出,采取划拨方式,保证供应。

廉租住房建设用地的规划布局,应当考虑城市低收入住房困难家庭居住和就业的便利。

廉租住房建设应当坚持经济、适用原则,提高规划设计水平,满足基本使用功能,应当按照发展节能省地环保型住宅的要求,推广新

材料、新技术、新工艺。廉租住房应当符合国家质量安全标准。

第十四条　新建廉租住房，应当采取配套建设与相对集中建设相结合的方式，主要在经济适用住房、普通商品住房项目中配套建设。

新建廉租住房，应当将单套的建筑面积控制在 50 平方米以内，并根据城市低收入住房困难家庭的居住需要，合理确定套型结构。

配套建设廉租住房的经济适用住房或者普通商品住房项目，应当在用地规划、国有土地划拨决定书或者国有土地使用权出让合同中，明确配套建设的廉租住房总建筑面积、套数、布局、套型以及建成后的移交或回购等事项。

第十五条　廉租住房建设免征行政事业性收费和政府性基金。

鼓励社会捐赠住房作为廉租住房房源或捐赠用于廉租住房的资金。

政府或经政府认定的单位新建、购买、改建住房作为廉租住房，社会捐赠廉租住房房源、资金，按照国家规定的有关税收政策执行。

第四章　申请与核准

第十六条　申请廉租住房保障，应当提供下列材料：

（一）家庭收入情况的证明材料；

（二）家庭住房状况的证明材料；

（三）家庭成员身份证和户口簿；

（四）市、县人民政府规定的其他证明材料。

第十七条　申请廉租住房保障，按照下列程序办理：

（一）申请廉租住房保障的家庭，应当由户主向户口所在地街道办事处或者镇人民政府提出书面申请；

（二）街道办事处或者镇人民政府应当自受理申请之日起 30 日内，就申请人的家庭收入、家庭住房状况是否符合规定条件进行审核，提出初审意见并张榜公布，将初审意见和申请材料一并报送市（区）、县人民政府建设（住房保障）主管部门；

（三）建设（住房保障）主管部门应当自收到申请材料之日起 15 日内，就申请人的家庭

住房状况是否符合规定条件提出审核意见，并将符合条件的申请人的申请材料转同级民政部门；

（四）民政部门应当自收到申请材料之日起 15 日内，就申请人的家庭收入是否符合规定条件提出审核意见，并反馈同级建设（住房保障）主管部门；

（五）经审核，家庭收入、家庭住房状况符合规定条件的，由建设（住房保障）主管部门予以公示，公示期限为 15 日；对经公示无异议或者异议不成立的，作为廉租住房保障对象予以登记，书面通知申请人，并向社会公开登记结果。

经审核，不符合规定条件的，建设（住房保障）主管部门应当书面通知申请人，说明理由。申请人对审核结果有异议的，可以向建设（住房保障）主管部门申诉。

第十八条　建设（住房保障）主管部门、民政等有关部门以及街道办事处、镇人民政府，可以通过入户调查、邻里访问以及信函索证等方式对申请人的家庭收入和住房状况等进行核实。申请人及有关单位和个人应当予以配合，如实提供有关情况。

第十九条　建设（住房保障）主管部门应当综合考虑登记的城市低收入住房困难家庭的收入水平、住房困难程度和申请顺序以及个人申请的保障方式等，确定相应的保障方式及轮候顺序，并向社会公开。

对已经登记为廉租住房保障对象的城市居民最低生活保障家庭，凡申请租赁住房货币补贴的，要优先安排发放补贴，基本做到应保尽保。

实物配租应当优先面向已经登记为廉租住房保障对象的孤、老、病、残等特殊困难家庭，城市居民最低生活保障家庭以及其他急需救助的家庭。

第二十条　对轮候到位的城市低收入住房困难家庭，建设（住房保障）主管部门或者具体实施机构应当按照已确定的保障方式，与其签订租赁住房补贴协议或者廉租住房租赁合同，予以发放租赁住房补贴或者配租廉租住房。

发放租赁住房补贴和配租廉租住房的结

果,应当予以公布。

第二十一条　租赁住房补贴协议应当明确租赁住房补贴额度、停止发放租赁住房补贴的情形等内容。

廉租住房租赁合同应当明确下列内容:

（一）房屋的位置、朝向、面积、结构、附属设施和设备状况;

（二）租金及其支付方式;

（三）房屋用途和使用要求;

（四）租赁期限;

（五）房屋维修责任;

（六）停止实物配租的情形,包括承租人已不符合规定条件的,将所承租的廉租住房转借、转租或者改变用途,无正当理由连续6个月以上未在所承租的廉租住房居住或者未交纳廉租住房租金等;

（七）违约责任及争议解决办法,包括退回廉租住房、调整租金、依照有关法律法规处理等;

（八）其他约定。

第五章　监督管理

第二十二条　国务院建设主管部门、省级建设（住房保障）主管部门应当会同有关部门,加强对廉租住房保障工作的监督检查,并公布监督检查结果。

市、县人民政府应当定期向社会公布城市低收入住房困难家庭廉租住房保障情况。

第二十三条　市（区）县人民政府建设（住房保障）主管部门应当按户建立廉租住房档案,并采取定期走访、抽查等方式,及时掌握城市低收入住房困难家庭的人口、收入及住房变动等有关情况。

第二十四条　已领取租赁住房补贴或者配租廉租住房的城市低收入住房困难家庭,应当按年度向所在地街道办事处或者镇人民政府如实申报家庭人口、收入及住房等变动情况。

街道办事处或者镇人民政府可以对申报情况进行核实、张榜公布,并将申报情况及核实结果报建设（住房保障）主管部门。

建设（住房保障）主管部门应当根据城市低收入住房困难家庭人口、收入、住房等变化情况,调整租赁住房补贴额度或实物配租面

积、租金等;对不再符合规定条件的,应当停止发放租赁住房补贴,或者由承租人按照合同约定退回廉租住房。

第二十五条　城市低收入住房困难家庭不得将所承租的廉租住房转借、转租或者改变用途。

城市低收入住房困难家庭违反前款规定或者有下列行为之一的,应当按照合同约定退回廉租住房:

（一）无正当理由连续6个月以上未在所承租的廉租住房居住的;

（二）无正当理由累计6个月以上未交纳廉租住房租金的。

第二十六条　城市低收入住房困难家庭未按照合同约定退回廉租住房的,建设（住房保障）主管部门应当责令其限期退回;逾期未退回的,可以按照合同约定,采取调整租金等方式处理。

城市低收入住房困难家庭拒绝接受前款规定的处理方式的,由建设（住房保障）主管部门或者具体实施机构依照有关法律法规处理。

第二十七条　城市低收入住房困难家庭的收入标准、住房困难标准等以及住房保障面积标准,实行动态管理,由市、县人民政府每年向社会公布一次。

第二十八条　任何单位和个人有权对违反本办法规定的行为进行检举和控告。

第六章　法律责任

第二十九条　城市低收入住房困难家庭隐瞒有关情况或者提供虚假材料申请廉租住房保障的,建设（住房保障）主管部门不予受理,并给予警告。

第三十条　对以欺骗等不正当手段,取得审核同意或者获得廉租住房保障的,由建设（住房保障）主管部门给予警告;对已经登记但尚未获得廉租住房保障的,取消其登记;对已经获得廉租住房保障的,责令其退还已领取的租赁住房补贴,或者退出实物配租的住房并按市场价格补交以前房租。

第三十一条　廉租住房保障实施机构违反本办法规定,不执行政府规定的廉租住房租金标准的,由价格主管部门依法查处。

第三十二条　违反本办法规定,建设(住房保障)主管部门及有关部门的工作人员或者市、县人民政府确定的实施机构的工作人员,在廉租住房保障工作中滥用职权、玩忽职守、徇私舞弊的,依法给予处分;构成犯罪的,依法追究刑事责任。

第七章　附　　则

第三十三条　对承租直管公房的城市低收入家庭,可以参照本办法有关规定,对住房保障面积标准范围内的租金予以适当减免。

第三十四条　本办法自 2007 年 12 月 1 日起施行。2003 年 12 月 31 日发布的《城镇最低收入家庭廉租住房管理办法》(建设部、财政部、民政部、国土资源部、国家税务总局令第 120 号)同时废止。

中华人民共和国
担保法(节录)

1. 1995 年 6 月 30 日第八届全国人民代表大会常务委员会第十四次会议通过
2. 1995 年 6 月 30 日中华人民共和国主席令第 50 号公布
3. 自 1995 年 10 月 1 日起施行

目　　录

第一章　总　　则

第一条　【立法目的】为促进资金融通和商品流通,保障债权的实现,发展社会主义市场经济,制定本法。

第二条　【适用范围及担保方式】在借贷、买卖、货物运输、加工承揽等经济活动中,债权人需要以担保方式保障其债权实现的,可以依照本法规定设定担保。

本法规定的担保方式为保证、抵押、质押、留置和定金。

第三条　【担保活动基本原则】担保活动应当遵循平等、自愿、公平、诚实信用的原则。

第四条　【反担保】第三人为债务人向债权人提供担保时,可以要求债务人提供反担保。

反担保适用本法担保的规定。

第五条　【担保合同与主合同的关系以及担保合同无效后的法律后果】担保合同是主合同的从合同,主合同无效,担保合同无效。担保合同另有约定的,按照约定。

担保合同被确认无效后,债务人、担保人、债权人有过错的,应当根据其过错各自承担相应的民事责任。

……

第三章　抵　　押
第一节　抵押和抵押物

第三十三条　【抵押、抵押人、抵押权人和抵押物】本法所称抵押,是指债务人或者第三人不转移对本法第三十四条所列财产的占有,将该财产作为债权的担保。债务人不履行债务时,债权人有权依照本法规定以该财产折价或者以拍卖、变卖该财产的价款优先受偿。

前款规定的债务人或者第三人为抵押人,债权人为抵押权人,提供担保的财产为抵押物。

第三十四条　【抵押财产的范围】下列财产可以抵押:

(一)抵押人所有的房屋和其他地上定着物;

(二)抵押人所有的机器、交通运输工具和

其他财产;

（三）抵押人依法有权处分的国有的土地使用权、房屋和其他地上定着物;

（四）抵押人依法有权处分的国有的机器、交通运输工具和其他财产;

（五）抵押人依法承包并经发包方同意抵押的荒山、荒沟、荒丘、荒滩等荒地的土地使用权;

（六）依法可以抵押的其他财产。

抵押人可以将前款所列财产一并抵押。

第三十五条 【超额抵押之禁止】抵押人所担保的债权不得超出其抵押物的价值。

财产抵押后,该财产的价值大于所担保债权的余额部分,可以再次抵押,但不得超出其余额部分。

第三十六条 【设定抵押时房屋与土地使用权间的关系】以依法取得的国有土地上的房屋抵押的,该房屋占用范围内的国有土地使用权同时抵押。

以出让方式取得的国有土地使用权抵押的,应当将抵押时该国有土地上的房屋同时抵押。

乡(镇)、村企业的土地使用权不得单独抵押。以乡(镇)、村企业的厂房等建筑物抵押的,其占用范围内的土地使用权同时抵押。

第三十七条 【不得设定抵押的财产】下列财产不得抵押:

（一）土地所有权;

（二）耕地、宅基地、自留地、自留山等集体所有的土地使用权,但本法第三十四条第(五)项、第三十六条第三款规定的除外;

（三）学校、幼儿园、医院等以公益为目的的事业单位、社会团体的教育设施、医疗卫生设施和其他社会公益设施;

（四）所有权、使用权不明或者有争议的财产;

（五）依法被查封、扣押、监管的财产;

（六）依法不得抵押的其他财产。

第二节　抵押合同和
抵押物登记

第三十八条 【抵押合同的订立】抵押人和抵押权人应当以书面形式订立抵押合同。

[参见]

《城市房地产管理法》第49条

《个人住房贷款管理办法》第20条

第三十九条 【抵押合同内容】抵押合同应当包括以下内容:

（一）被担保的主债权种类、数额;

（二）债务人履行债务的期限;

（三）抵押物的名称、数量、质量、状况、所在地、所有权权属或者使用权权属;

（四）抵押担保的范围;

（五）当事人认为需要约定的其他事项。

抵押合同不完全具备前款规定内容的,可以补正。

第四十条 【抵押合同的禁止】订立抵押合同时,抵押权人和抵押人在合同中不得约定在债务履行期届满抵押权人未受清偿时,抵押物的所有权转移为债权人所有。

第四十一条 【抵押物登记及其效力】当事人以本法第四十二条规定的财产抵押的,应当办理抵押物登记,抵押合同自登记之日起生效。

第四十二条 【抵押物登记机关】办理抵押物登记的部门如下:

（一）以无地上定着物的土地使用权抵押的,为核发土地使用权证书的土地管理部门;

（二）以城市房地产或者乡(镇)、村企业的厂房等建筑物抵押的,为县级以上地方人民政府规定的部门;

（三）以林木抵押的,为县级以上林木主管部门;

（四）以航空器、船舶、车辆抵押的,为运输工具的登记部门;

（五）以企业的设备和其他动产抵押的,为财产所在地的工商行政管理部门。

第四十三条 【抵押物的自愿登记】当事人以其他财产抵押的,可以自愿办理抵押物登记,抵押合同自签订之日起生效。

当事人未办理抵押物登记的,不得对抗第三人。当事人办理抵押物登记的,登记部门为抵押人所在地的公证部门。

第四十四条 【办理抵押物登记应提交的文件】办理抵押物登记,应当向登记部门提供下列文件或者其复印件：

（一）主合同和抵押合同；

（二）抵押物的所有权或者使用权证书。

第四十五条　【抵押登记资料的公开】登记部门登记的资料，应当允许查阅、抄录或者复印。

第三节　抵押的效力

第四十六条　【抵押担保的范围】抵押担保的范围包括主债权及利息、违约金、损害赔偿金和实现抵押权的费用。抵押合同另有约定的，按照约定。

第四十七条　【抵押权对抵押物所生孳息的效力】债务履行期届满，债务人不履行债务致使抵押物被人民法院依法扣押的，自扣押之日起抵押权人有权收取由抵押物分离的天然孳息以及抵押人就抵押物可以收取的法定孳息。抵押权人未将扣押抵押物的事实通知应当清偿法定孳息的义务人的，抵押权的效力不及于该孳息。

前款孳息应当先充抵收取孳息的费用。

第四十八条　【抵押权对抵押物上已存在的租赁权的效力】抵押人将已出租的财产抵押的，应当书面告知承租人，原租赁合同继续有效。

第四十九条　【抵押权的效力对抵押物处分权的影响】抵押期间，抵押人转让已办理登记的抵押物的，应当通知抵押权人并告知受让人转让物已经抵押的情况；抵押人未通知抵押权人或者未告知受让人的，转让行为无效。

转让抵押物的价款明显低于其价值的，抵押权人可以要求抵押人提供相应的担保；抵押人不提供的，不得转让抵押物。

抵押人转让抵押物所得的价款，应当向抵押权人提前清偿所担保的债权或者向与抵押权人约定的第三人提存。超过债权数额的部分，归抵押人所有，不足部分由债务人清偿。

参见】

《个人住房贷款管理办法》第23条

第五十条　【抵押权转移的从属性】抵押权不得与债权分离而单独转让或者作为其他债权的担保。

参见】

《个人住房贷款管理办法》第22条

第五十一条　【抵押权人在抵押权受侵害时的权利】抵押人的行为足以使抵押物价值减少的，抵押权人有权要求抵押人停止其行为。抵押物价值减少时，抵押权人有权要求抵押人恢复抵押物的价值，或者提供与减少的价值相当的担保。

抵押人对抵押物价值减少无过错的，抵押权人只能在抵押人因损害而得到的赔偿范围内要求提供担保。抵押物价值未减少部分，仍作为债权的担保。

第五十二条　【抵押权消灭的从属性】抵押权与其担保的债权同时存在，债权消灭的，抵押权也消灭。

第四节　抵押权的实现

第五十三条　【抵押权实现的条件和方式】债务履行期届满抵押权人未受清偿的，可以与抵押人协议以抵押物折价或者以拍卖、变卖该抵押物所得的价款受偿；协议不成的，抵押权人可以向人民法院提起诉讼。

抵押物折价或者拍卖、变卖后，其价款超过债权数额的部分归抵押人所有，不足部分由债务人清偿。

第五十四条　【抵押权的次序】同一财产向两个以上债权人抵押的，拍卖、变卖抵押物所得的价款按照以下规定清偿：

（一）抵押合同以登记生效的，按照抵押物登记的先后顺序清偿；顺序相同的，按照债权比例清偿；

（二）抵押合同自签订之日起生效的，该抵押物已登记的，按照本条第（一）项规定清偿；未登记的，按照合同生效时间的先后顺序清偿，顺序相同的，按照债权比例清偿。抵押物已登记的先于未登记的受偿。

第五十五条　【房地产抵押权的实现】城市房地产抵押合同签订后，土地上新增的房屋不属于抵押物。需要拍卖该抵押的房地产时，可以依法将该土地上新增的房屋与抵押物一同拍卖，但对拍卖新增房屋所得，抵押权人无权优先受偿。

依照本法规定以承包的荒地的土地使用权抵押的，或者以乡（镇）、村企业的厂房等建筑物占用范围内的土地使用权抵押的，在实现抵押权后，未经法定程序不得改变土地集体所有和土地用途。

第五十六条 【划拨国有土地使用权后抵押权的实现】拍卖划拨的国有土地使用权所得的价款,在依法缴纳相当于应缴纳的土地使用权出让金的款额后,抵押权人有优先受偿权。

第五十七条 【物上保证人的追偿权】为债务人抵押担保的第三人,在抵押权人实现抵押权后,有权向债务人追偿。

第五十八条 【抵押物灭失的法律后果】抵押权因抵押物灭失而消灭。因灭失所得的赔偿金,应当作为抵押财产。

第五节　最高额抵押

第五十九条 【最高额抵押的定义】本法所称最高额抵押,是指抵押人与抵押权人协议,在最高债权额限度内,以抵押物对一定期间内连续发生的债权作担保。

第六十条 【最高额抵押适用范围】借款合同可以附最高额抵押合同。

债权人与债务人就某项商品在一定期间内连续发生交易而签订的合同,可以附最高额抵押合同。

第六十一条 【最高额抵押的主债权转让的禁止】最高额抵押的主合同债权不得转让。

第六十二条 【最高额抵押的法律适用】最高额抵押除适用本节规定外,适用本章其他规定。

第四章　质　　押
第一节　动　产　质　押

第六十三条 【动产质押的定义】本法所称动产质押,是指债务人或者第三人将其动产移交债权人占有,将该动产作为债权的担保。债务人不履行债务时,债权人有权依照本法规定以该动产折价或者以拍卖、变卖该动产的价款优先受偿。

前款规定的债务人或者第三人为出质人,债权人为质权人,移交的动产为质物。

第六十四条 【质押合同的订立及其生效】出质人和质权人应当以书面形式订立质押合同。

质押合同自质物移交于质权人占有时生效。

[参见]

《个人住房贷款管理办法》第26条

第六十五条 【质押合同内容】质押合同应当包括以下内容:

(一)被担保的主债权种类、数额;

(二)债务人履行债务的期限;

(三)质物的名称、数量、质量、状况;

(四)质押担保的范围;

(五)质物移交的时间;

(六)当事人认为需要约定的其他事项。

质押合同不完全具备前款规定内容的,可以补正。

第六十六条 【留质契约的禁止】出质人和质权人在合同中不得约定在债务履行期满质权人未受清偿时,质物的所有权转移为质权人所有。

第六十七条 【质押担保的范围】质押担保的范围包括主债权及利息、违约金、损害赔偿金、质物保管费用和实现质权的费用。质押合同另有约定的,按照约定。

第六十八条 【质物孳息的收取权】质权人有权收取质物所生的孳息。质押合同另有约定的,按照约定。

前款孳息应当先充抵收取孳息的费用。

第六十九条 【质物的保管义务】质权人负有妥善保管质物的义务。因保管不善致使质物灭失或者毁损的,质权人应当承担民事责任。

质权人不能妥善保管质物可能致使其灭失或者毁损的,出质人可以要求质权人将质物提存,或者要求提前清偿债权而返还质物。

[参见]

《个人住房贷款管理办法》第28条

第七十条 【质权人的物上代位权】质物有损坏或者价值明显减少的可能,足以危害质权人权利的,质权人可以要求出质人提供相应的担保。出质人不提供的,质权人可以拍卖或者变卖质物,并与出质人协议将拍卖或者变卖所得的价款用于提前清偿所担保的债权或者向与出质人约定的第三人提存。

第七十一条 【质权人返还质物的义务、质权人的优先受偿权及质权的实现】债务履行期届满债务人履行债务的,或者出质人提前清偿所担保的债权的,质权人应当返还质物。

债务履行期届满质权人未受清偿的,可以

与出质人协议以质物折价，也可以依法拍卖、变卖质物。

质物折价或者拍卖、变卖后，其价款超过债权数额的部分归出质人所有，不足部分由债务人清偿。

第七十二条　【物上保证人的追偿权】为债务人质押担保的第三人，在质权人实现质权后，有权向债务人追偿。

第七十三条　【质物灭失的法律后果】质权因质物灭失而消灭。因灭失所得的赔偿金，应当作为出质财产。

第七十四条　【质权消灭的从属性】质权与其担保的债权同时存在，债权消灭的，质权也消灭。

……

第七章　附　　则

第九十二条　【动产与不动产】本法所称不动产是指土地以及房屋、林木等地上定着物。

本法所称动产是指不动产以外的物。

第九十三条　【担保合同的表现形式】本法所称保证合同、抵押合同、质押合同、定金合同可以是单独订立的书面合同，包括当事人之间的具有担保性质的信函、传真等，也可以是主合同中的担保条款。

第九十四条　【担保物折价或变卖的价格确定】抵押物、质物、留置物折价或者变卖，应当参照市场价格。

第九十五条　【本法适用的例外】海商法等法律对担保有特别规定的，依照其规定。

第九十六条　【生效日期】本法自 1995 年 10 月 1 日起施行。

城市房地产抵押管理办法

1. 1997 年 5 月 9 日建设部令第 56 号发布
2. 2001 年 8 月 15 日修正

第一章　总　　则

第一条　为了加强房地产抵押管理，维护房地产市场秩序，保障房地产抵押当事人的合法权益，根据《中华人民共和国城市房地产管理法》、《中华人民共和国担保法》，制定本办法。

第二条　凡在城市规划区国有土地范围内从事房地产抵押活动的，应当遵守本办法。

地上无房屋（包括建筑物、构筑物及在建工程）的国有土地使用权设定抵押的，不适用本办法。

第三条　本办法所称房地产抵押，是指抵押人以其合法的房地产以不转移占有的方式向抵押权人提供债务履行担保的行为。债务人不履行债务时，债权人有权依法以抵押的房地产拍卖所得的价款优先受偿。

本办法所称抵押人，是将依法取得的房地产提供给抵押权人，作为本人或者第三人履行债务担保的公民、法人或者其他组织。

本办法所称抵押权人，是指接受房地产抵押作为债务人履行债务担保的公民、法人或者其他组织。

本办法所称预购商品房贷款抵押，是指购房人在支付首期规定的房价款后，由贷款银行代其支付其余的购房款，将所购商品房抵押给贷款银行作为偿还贷款履行担保的行为。

本办法所称在建工程抵押，是指抵押人为取得在建工程继续建造资金的贷款，以其合法方式取得的土地使用权连同在建工程的投入资产，以不转移占有的方式抵押给贷款银行作为偿还贷款履行担保的行为。

第四条　以依法取得的房屋所有权抵押的，该房屋占用范围内的土地使用权必须同时抵押。

第五条　房地产抵押，应当遵循自愿、互利、公平和诚实信用的原则。

依法设定的房地产抵押，受国家法律保护。

第六条　国家实行房地产抵押登记制度。

第七条　国务院建设行政主管部门归口管理全国城市房地产抵押管理工作。

省、自治区建设行政主管部门归口管理本行政区域内的城市房地产抵押管理工作。

直辖市、市、县人民政府房地产行政主管部门（以下简称房地产管理部门）负责管理本行政区域内的房地产抵押管理工作。

第二章　房地产抵押权的设定

第八条　下列房地产不得设定抵押：

（一）权属有争议的房地产；

（二）用于教育、医疗、市政等公共福利事

业的房地产；

（三）列入文物保护的建筑物和有重要纪念意义的其他建筑物；

（四）已依法公告列入拆迁范围的房地产；

（五）被依法查封、扣押、监管或者以其他形式限制的房地产；

（六）依法不得抵押的其他房地产。

第九条　同一房地产设定两个以上抵押权的，抵押人应当将已经设定过的抵押情况告知抵押权人。

抵押人所担保的债权不得超出其抵押物的价值。

房地产抵押后，该抵押房地产的价值大于所担保债权的余额部分，可以再次抵押，但不得超出余额部分。

第十条　以两宗以上房地产设定同一抵押权的，视为同一抵押房地产。但抵押当事人另有约定的除外。

第十一条　以在建工程已完工部分抵押的，其土地使用权随之抵押。

第十二条　以享受国家优惠政策购买的房地产抵押的，其抵押额以房地产权利人可以处分和收益的份额比例为限。

第十三条　国有企业、事业单位法人以国家授予其经营管理的房地产抵押的，应当符合国有资产管理的有关规定。

第十四条　以集体所有制企业的房地产抵押的，必须经集体所有制企业职工（代表）大会通过，并报其上级主管机关备案。

第十五条　以中外合资企业、合作经营企业和外商独资企业的房地产抵押的，必须经董事会通过，但企业章程另有规定的除外。

第十六条　以有限责任公司、股份有限公司的房地产抵押的，必须经董事会或者股东大会通过，但企业章程另有规定的除外。

第十七条　有经营期限的企业以其所有的房地产设定抵押的，所担保债务的履行期限不应当超过该企业的经营期限。

第十八条　以具有土地使用年限的房地产设定抵押的，所担保债务的履行期限不得超过土地使用权出让合同规定的使用年限减去已经使用年限后的剩余年限。

第十九条　以共有的房地产抵押的，抵押人应当事先征得其他共有人的书面同意。

第二十条　预购商品房贷款抵押的，商品房开发项目必须符合房地产转让条件并取得商品房预售许可证。

第二十一条　以已出租的房地产抵押的，抵押人应当将租赁情况告知抵押权人，并将抵押情况告知承租人。原租赁合同继续有效。

第二十二条　设定房地产抵押时，抵押房地产的价值可以由抵押当事人协商议定，也可以由房地产价格评估机构评估确定。

法律、法规另有规定的除外。

第二十三条　抵押当事人约定对抵押房地产保险的，由抵押人为抵押的房地产投保，保险费由抵押人负担。抵押房地产投保的，抵押人应当将保险单移送抵押权人保管。在抵押期间，抵押权人为保险赔偿的第一受益人。

第二十四条　企业、事业单位法人分立或者合并后，原抵押合同继续有效，其权利和义务由变更后的法人享有和承担。

抵押人死亡、依法被宣告死亡或者被宣告失踪时，其房地产合法继承人或者代管人应当继续履行原抵押合同。

第三章　房地产抵押
合同的订立

第二十五条　房地产抵押，抵押当事人应当签订书面抵押合同。

第二十六条　房地产抵押合同应当载明下列主要内容：

（一）抵押人、抵押权人的名称或者个人姓名、住所；

（二）主债权的种类、数额；

（三）抵押房地产的处所、名称、状况、建筑面积、用地面积以及四至等；

（四）抵押房地产的价值；

（五）抵押房地产的占用管理人、占用管理方式、占用管理责任以及意外损毁、灭失的责任；

（六）债务人履行债务的期限；

（七）抵押权灭失的条件；

（八）违约责任；

（九）争议解决方式；

（十）抵押合同订立的时间与地点；

（十一）双方约定的其他事项。

第二十七条　以预购商品房贷款抵押的，须提交生效的预购房屋合同。

第二十八条　以在建工程抵押的，抵押合同还应当载明以下内容：

（一）《国有土地使用权证》、《建设用地规划许可证》和《建设工程规划许可证》编号；

（二）已交纳的土地使用权出让金或需交纳的相当于土地使用权出让金的款额；

（三）已投入的在建工程的工程款；

（四）施工进度及工程竣工日期；

（五）已完成的工作量和工程量。

第二十九条　抵押权人要求抵押房地产保险的，以及要求在房地产抵押后限制抵押人出租、转让抵押房地产或者改变抵押房地产用途的，抵押当事人应当在抵押合同中载明。

第四章　房地产抵押登记

第三十条　房地产抵押合同自签订之日起30日内，抵押当事人应当到房地产所在地的房地产管理部门办理房地产抵押登记。

第三十一条　房地产抵押合同自抵押登记之日起生效。

第三十二条　办理房地产抵押登记，应当向登记机关交验下列文件：

（一）抵押当事人的身份证明或法人资格证明；

（二）抵押登记申请书；

（三）抵押合同；

（四）《国有土地使用权证》、《房屋所有权证》或《房地产权证》，共有的房屋还必须提交《房屋共有权证》和其他共有人同意抵押的证明；

（五）可以证明抵押人有权设定抵押权的文件与证明材料；

（六）可以证明抵押房地产价值的资料；

（七）登记机关认为必要的其他文件。

第三十三条　登记机关应当对申请人的申请进行审核。凡权属清楚、证明材料齐全的，应当在受理登记之日起7日内决定是否予以登记，对不予登记的，应当书面通知申请人。

第三十四条　以依法取得的房屋所有权证书的房地产抵押的，登记机关应当在原《房屋所有权证》上作他项权利记载后，由抵押人收执。并向抵押权人颁发《房屋他项权证》。

以预售商品房或者在建工程抵押的，登记机关应当在抵押合同上作记载。抵押的房地产在抵押期间竣工的，当事人应当在抵押人领取房地产权属证书后，重新办理房地产抵押登记。

第三十五条　抵押合同发生变更或者抵押关系终止时，抵押当事人应当在变更或者终止之日起15日内，到原登记机关办理变更或者注销抵押登记。

因依法处分抵押房地产而取得土地使用权和土地建筑物、其他附着物所有权的，抵押当事人应当自处分行为生效之日起30日内，到县级以上地方人民政府房地产管理部门申请房屋所有权转移登记，并凭变更后的房屋所有权证书向同级人民政府土地管理部门申请土地使用权变更登记。

第五章　抵押房地产的占用与管理

第三十六条　已作抵押的房地产，由抵押人占用与管理。

抵押人在抵押房地产占用与管理期间应当维护抵押房地产的安全与完好。抵押权人有权按照抵押合同的规定监督、检查抵押房地产的管理情况。

第三十七条　抵押权可以随债权转让。抵押权转让时，应当签订抵押权转让合同，并办理抵押权变更登记。抵押权转让后，原抵押权人应当告知抵押人。

经抵押权人同意，抵押房地产可以转让或者出租。

抵押房地产转让或者出租所得价款，应当向抵押权人提前清偿所担保的债权。超过债权数额的部分，归抵押人所有，不足部分由债务人清偿。

第三十八条　因国家建设需要，将已设定抵押权的房地产列入拆迁范围的，抵押人应当及时书面通知抵押权人；抵押双方可以重新设定抵押房地产,也可以依法清理债权债务,解除抵押合同。

第三十九条　抵押人占用与管理的房地产发生损毁、灭失的,抵押人应当及时将情况告知抵押权人,并应当采取措施防止损失的扩大。抵押的房地产因抵押人的行为造成损失使抵押房地产价值不足以作为履行债务的担保时,抵押权人有权要求抵押人重新提供或者增加担保以弥补不足。

抵押人对抵押房地产价值减少无过错的,抵押权人只能在抵押人因损害而得到的赔偿的范围内要求提供担保。抵押房地产价值未减少的部分,仍作为债务的担保。

第六章　抵押房地产的处分

第四十条　有下列情况之一的,抵押权人有权要求处分抵押的房地产:

(一)债务履行期满,抵押权人未受清偿的,债务人又未能与抵押权人达成延期履行协议的;

(二)抵押人死亡,或者被宣告死亡而无人代为履行到期债务的;或者抵押人的合法继承人、受遗赠人拒绝履行到期债务的;

(三)抵押人被依法宣告解散或者破产的;

(四)抵押人违反本办法的有关规定,擅自处分抵押房地产的;

(五)抵押合同约定的其他情况。

第四十一条　有本办法第四十条规定情况之一的,经抵押当事人协商可以通过拍卖等合法方式处分抵押房地产。协议不成的,抵押权人可以向人民法院提起诉讼。

第四十二条　抵押权人处分抵押房地产时,应当事先书面通知抵押人;抵押房地产为共有或者出租的,还应当同时书面通知共有人或承租人;在同等条件下,共有人或承租人依法享有优先购买权。

第四十三条　同一房地产设定两个以上抵押权时,以抵押登记的先后顺序受偿。

第四十四条　处分抵押房地产时,可以依法将土地上新增的房屋与抵押财产一同处分,但对处分新增房屋所得,抵押权人无权优先受偿。

第四十五条　以划拨方式取得的土地使用权连同地上建筑物设定的房地产抵押进行处分时,应当从处分所得的价款中缴纳相当于应当缴纳的土地使用权出让金的款额后,抵押权人方可优先受偿。

法律、法规另有规定的依照其规定。

第四十六条　抵押权人对抵押房地产的处分,因下列情况而中止:

(一)抵押权人请求中止的;

(二)抵押人申请愿意并证明能够及时履行债务,并经抵押权人同意的;

(三)发现被拍卖抵押物有权属争议的;

(四)诉讼或仲裁中的抵押房地产;

(五)其他应当中止的情况。

第四十七条　处分抵押房地产所得金额,依下列顺序分配:

(一)支付处分抵押房地产的费用;

(二)扣除抵押房地产应缴纳的税款;

(三)偿还抵押权人债权本息及支付违约金;

(四)赔偿由债务人违反合同而对抵押权人造成的损害;

(五)剩余金额交还抵押人。

处分抵押房地产所得金额不足以支付债务和违约金、赔偿金时,抵押权人有权向债务人追索不足部分。

第七章　法　律　责　任

第四十八条　抵押人隐瞒抵押的房地产存在共有、产权争议或者被查封、扣押等情况的,抵押人应当承担由此产生的法律责任。

第四十九条　抵押人擅自出售、出租、交换、赠与或者以其他方式处分抵押房地产的,其行为无效;造成第三人损失的,由抵押人予以赔偿。

第五十条　抵押当事人因履行抵押合同或者处分抵押房地产发生争议的,可以协商解决;协商不成的,抵押当事人可以根据双方达成的仲裁协议向仲裁机构申请仲裁;没有仲裁协议的,也可以直接向人民法院提起诉讼。

第五十一条　因国家建设需要,将已设定抵押的房地产列入拆迁范围时,抵押人违反前述第三十八条的规定,不依法清理债务,也不重新设定抵押房地产的,抵押权人可以向人民法院提起诉讼。

第五十二条　登记机关工作人员玩忽职守、滥用职权,或者利用职务上的便利,索取他人财物,或者非法收受他人财物为他人谋取利益的,依法给予行政处分;构成犯罪的,依法追究刑事责任。

第八章　附　则

第五十三条　在城市规划区外国有土地上进行房地产抵押活动的,参照本办法执行。

第五十四条　本办法由国务院建设行政主管部门负责解释。

第五十五条　本办法自 1997 年 6 月 1 日起施行。

住房置业担保管理试行办法

1. 2000 年 5 月 11 日发布
2. 建住房[2000]108 号

第一章　总　则

第一条　为支持城镇个人住房消费,发展个人住房贷款业务,保障债权实现,根据《中华人民共和国担保法》、《中华人民共和国城市房地产管理法》以及《城市房地产抵押管理办法》、《个人住房贷款管理办法》等法律、法规、规章,制定本办法。

第二条　本办法所称住房置业担保,是指依照本办法设立的住房置业担保公司(以下简称担保公司),在借款人无法满足贷款人要求提供担保的情况下,为借款人申请个人住房贷款而与贷款人签订保证合同,提供连带责任保证担保的行为。

第三条　住房置业担保,应当遵循平等、自愿、公平、诚实信用的原则。任何单位和个人不得干预贷款人及担保公司的正常经营活动。

第四条　借款人向担保公司申请提供住房置业担保的,应当将其本人或者第三人的合法房屋依法向担保公司进行抵押反担保。

第五条　贷款人与借款人依法签订的个人住房借款合同为主合同,担保公司、贷款人依法签订的保证合同是其从合同。主合同无效,从合同无效。保证合同另有约定的,从其约定。

保证合同被依法确认无效后,担保公司、借款人和贷款人有过错的,应当根据其过错各

自承担相应的民事责任。

第六条　国务院建设行政主管部门归口管理全国住房置业担保管理工作。

省、自治区建设行政主管部门归口管理本行政区域内住房置业担保管理工作。

直辖市、市人民政府房地产行政主管部门负责管理本行政区域内住房置业担保管理工作。

第二章　担　保　公　司

第七条　担保公司是为借款人办理个人住房贷款提供专业担保,收取服务费用,具有法人地位的房地产中介服务企业。

第八条　设立担保公司,应当报经城市房地产行政主管部门审核,并经城市人民政府批准后,方可向工商行政管理部门申请设立登记,领取营业执照。

第九条　担保公司的组织形式为有限责任公司或者股份有限公司。

第十条　设立担保公司应当具备下列条件:

(一)有自己的名称和组织机构;

(二)有固定的服务场所;

(三)有不少于 1000 万元人民币的实有资本;

(四)有一定数量的周转住房;

(五)有适应工作需要的专业管理人员;

(六)有符合《公司法》要求的公司章程;

(七)符合《公司法》和相关法律、法规规定的其他条件。

第十一条　担保公司的实有资本以政府预算资助、资产划拨以及房地产骨干企业认股为主。

第十二条　贷款人不得在担保公司中持有股份,其工作人员也不得在担保公司中兼职。

第十三条　一个城市原则上只设一个担保公司,以行政区内的城镇个人为服务对象。

县(区)一般不设立担保公司,个人住房贷款量大的县(区)可以设立担保公司的分支机构。

第十四条　担保服务收费标准应报经同级物价部门批准。担保服务费由借款人向担保公司支付。

第十五条　担保公司应当设立内部监督机构,负责对内部担保经营状况的监督。

第三章　担保的设立

第十六条　借款人向担保公司申请住房置业担保，应当具备下列条件：

（一）具有完全民事行为能力；

（二）有所在城镇正式户口或者有效居留的身份证件；

（三）收入来源稳定，无不良信用记录，且有偿还贷款本息的能力；

（四）已订立合法有效的住房购销合同；

（五）已足额交纳购房首付款；

（六）符合贷款人和担保公司规定的其他条件。

第十七条　担保公司提供住房置业担保，应当严格评估借款人的资信。对于资信不良的借款人，担保公司可以拒绝提供担保。

第十八条　住房置业担保当事人应当签订书面保证合同。保证合同一般应当包括以下内容：

（一）被担保的主债权种类、数额；

（二）债务人履行债务的期限；

（三）保证的方式；

（四）保证担保的范围；

（五）保证期间；

（六）其他约定事项。

第十九条　住房置业担保的保证期间，由担保公司与贷款人约定，但不得短于借款合同规定的还款期限，且不得超过担保公司的营业期限。

第二十条　设定住房置业担保的，借款人未按借款合同约定偿还贷款本息的，贷款人可以依保证合同约定要求担保公司在其保证范围内承担债务清偿责任。

第二十一条　借款人向担保公司申请提供住房置业担保的，担保公司有权要求借款人以其自己或者第三人合法所有的房屋向担保公司进行抵押反担保。

第二十二条　房屋抵押应当订立书面合同。抵押合同一般包括以下内容：

（一）抵押当事人的姓名、名称、住所；

（二）债权的种类、数额、履行债务的期限；

（三）房屋的权属和其他基本情况；

（四）抵押担保的范围；

（五）担保公司清算时，抵押权的处置；

（六）其他约定事项。

第二十三条　抵押当事人应当自抵押合同订立之日起 30 日内向房屋所在地的房地产行政主管部门办理抵押登记。

抵押合同发生变更或者抵押关系终止时，抵押当事人应当在变更或者终止之日起 15 日内，到原登记机关办理变更或者注销登记。

第二十四条　房屋抵押权与其担保的债权同时存在。借款人依照借款合同还清全部贷款本息后，房屋抵押权方可终止。

第二十五条　抵押权人要求抵押人办理抵押房屋保险的，抵押人应当在抵押合同订立前办理保险手续，并在保证合同订立后将保险单正本移交抵押权人保管。抵押期间，抵押权人为保险赔偿的第一受益人。

第二十六条　抵押期间，抵押人不得以任何理由中断或者撤销保险。抵押的房屋因抵押人的行为造成损失致使其价值不足作为履行债务担保时，抵押权人有权要求抵押人重新提供或者增加担保以弥补不足。

第四章　担保的解除

第二十七条　借款人依照借款合同还清全部贷款本息，借款合同终止后，保证合同和房屋抵押合同即行终止。

第二十八条　借款人到期不能偿还贷款本息时，依照保证合同约定，担保公司按贷款人要求先行代为清偿债务后，保证合同自然终止。

保证合同终止后，担保公司有权就代为清偿的债务部分向借款人进行追偿，并要求行使房屋抵押权，处置抵押房屋。

第二十九条　抵押房屋的处置，可以由抵押当事人协议以该抵押房屋折价或者拍卖、变卖该抵押房屋的方式进行；协议不成的，抵押权人可以向人民法院提起诉讼。

处置抵押房屋时，抵押人居住确有困难的，担保公司应当予以协助。

第五章　风　险　防　范

第三十条　担保公司的资金运用，应当遵循稳健、安全的原则，确保资产的保值增值。

担保公司只能从事住房置业担保和房地产经营业务(房地产开发除外)，不得经营财政信用业务、金融业务等其他业务，也不得提供其他担保。

第三十一条　担保公司应当从其资产中按照借款人借款余额的一定比例提留担保保证金,并存入借款人的贷款银行。担保公司未按规定或合同约定履行担保义务时,贷款人有权从保证金账户中予以扣收。

保证金的提留比例,由贷款人与担保公司协商确定。

第三十二条　担保公司应当建立担保风险基金,用于担保公司清算时对其所担保债务的清偿。

担保风险基金由担保公司按照公司章程规定的比例从营业收入中提取,专户存储,不得挪用。

第三十三条　担保公司担保贷款余额的总额,不得超过其实有资本的30倍;超过30倍的,应当追加实有资本。

第三十四条　担保公司清算时,房屋抵押权可转移给贷款人,并由贷款人与借款人重新签订抵押合同。但抵押合同另有约定的,从其约定。

第六章　附　则

第三十五条　住房置业担保可在直辖市、省会城市、计划单列市及有条件的设区城市先行试点。试点期间,住房置业担保公司经批准设立后,应当报建设部备案。

第三十六条　本办法由国务院建设行政主管部门负责解释。

第三十七条　本办法自发布之日起施行。

最高人民法院
关于人民法院执行
设定抵押的房屋的规定

1. 2005 年 11 月 14 日最高人民法院审判委员会第1371 次会议通过
2. 2005 年 12 月 14 日公布
3. 法释〔2005〕14 号

根据《中华人民共和国民事诉讼法》等法律的规定,结合人民法院民事执行工作的实践,对人民法院根据抵押权人的申请,执行设定抵押的房屋的问题规定如下:

第一条　对于被执行人所有的已经依法设定抵押的房屋,人民法院可以查封,并可以根据抵押权人的申请,依法拍卖、变卖或者抵债。

第二条　人民法院对已经依法设定抵押的被执行人及其所扶养家属居住的房屋,在裁定拍卖、变卖或者抵债后,应当给予被执行人六个月的宽限期。在此期限内,被执行人应当主动腾空房屋,人民法院不得强制被执行人及其所扶养家属迁出该房屋。

第三条　上述宽限期届满后,被执行人仍未迁出的,人民法院可以作出强制迁出裁定,并按照民事诉讼法第二百二十九条的规定执行。

强制迁出时,被执行人无法自行解决居住问题的,经人民法院审查属实,可以由申请执行人为被执行人及其所扶养家属提供临时住房。

第四条　申请执行人提供的临时住房,其房屋品质、地段可以不同于被执行人原住房,面积参照建设部、财政部、民政部、国土资源部和国家税务总局联合发布的《城镇最低收入家属廉租住房管理办法》所规定的人均廉租住房面积标准确定。

第五条　申请执行人提供的临时住房,应当计收租金。租金标准由申请执行人和被执行人双方协商确定;协商不成的,由人民法院参照当地同类房屋租金标准确定,当地无同类房屋租金标准可以参照的,参照当地房屋租赁市场平均租金标准确定。

已经产生的租金,可以从房屋拍卖或者变卖价款中优先扣除。

第六条　被执行人属于低保对象且无法自行解决居住问题的,人民法院不应强制迁出。

第七条　本规定自公布之日起施行。施行前本院已公布的司法解释与本规定不一致的,以本规定为准。

个人住房贷款借款合同范本

提示

为了维护您的利益，请您在签署本合同前，仔细阅读如下注意事项：

1. 本合同文本仅适用于贷款担保由贷款所购房屋做抵押，在尚未办妥抵押登记前，由售房者（开发商或售房单位）提供连带责任保证的贷款形式；

2. 您已经具有向银行借款购房和担保的法律常识；

3. 您已阅读本合同的所有条款，并已悉知其含义；

4. 您已确保提交给银行的有关证件及资料是真实、合法、有效的；

5. 您已确认自己有权在本合同上签字；

6. 您已确知任何欺诈、违约行为将要承担的相应法律后果；

7. 您将本着诚实、信用的原则，善意签订并依约履行本合同；

8. 请您使用钢笔、毛笔或签字笔工整地填写需要您填写的内容。

甲方（借款人、抵押人）：

身份证件名称及号码：

住　　所：

联系电话：

邮政编码：

开户金融机构：

账　　号：

乙方（贷款人、抵押权人）：

住　　所：

联系电话：

邮政编码：

丙方（保证人，即开发商或售房单位）：

住　　所：

联系电话：

邮政编码：

开户金融机构：

账　　号：

目　　录

＊　参见陈文主编：《房地产开发经营法律实务》，法律出版社 2005 年版。

第一章　总　　则

第一条　签订合同依据

《中华人民共和国民法通则》、《中华人民共和国合同法》、《中华人民共和国担保法》、《贷款通则》、《中国人民银行个人住房贷款管理办法》等法律、法规和规章制度。

第二条　当事人各方本着平等自愿、诚实信用的原则,经协商一致,签订本合同,并承诺严格履约。

第三条　本合同包括借款、抵押、保证等内容。

第二章　贷　　款

第四条　借款用途

见本合同第四十六条。

第五条　借款金额

见本合同第四十七条。

第六条　借款期限

见本合同第四十八条。

第七条　贷款利率

见本合同第四十九条。

本合同项下贷款利率在借款期限内,遇国家法定利率调整时,于下年1月1日开始,按相应期限档次利率执行新的利率;但借款期限在1年以内(含1年)的,执行本合同利率,遇法定利率调整不调整合同利率。

国家法定利率调整时,乙方有义务直接执行中国人民银行有关规定,不再另行通知甲方。

第八条　划款方式

甲乙双方约定采用专项划款方式即乙方将贷款款项直接划入丙方在乙方开立的存款账户内。账户名及账号见本合同第五十条。

第三章　还　　款

第九条　还款原则

借款期限在1年以内(含1年),实行到期一次还本付息。

借款期限在1年以上的,甲方从贷款发放的次月起偿还贷款本息。在还款期内每月偿还一次贷款本金及利息,最后一次还款不能迟于本合同期限届满日。

甲、乙双方同意遵循先还息后还本、息随本清的原则,甲方还入款项按照"期前欠息—当期利息—本金"的顺序依次入账。

第十条　还款总期数

甲、乙双方约定甲方按月还款,确定还款总期数,具体约定见本合同第五十一条。

第十一条　还款方法

甲方借款期限在1年以内(含1年)的,实行到期本息一次性清偿的还款方法。

甲方借款期限在1年以上的,甲、乙双方约定采用以下两种还款方法中的一种,具体约定见本合同第五十二条。

一、等额本息还款法,即甲方按月以相等的金额偿还贷款本息。

每月还款额＝月利率×(1＋月利率)还款总期数－1×贷款本金

二、等额本金还款法，即甲方每月等额偿还本金，贷款利息随本金逐月递减。

每月还款额＝贷款本金还款总期数＋(贷款本金－累计已还本金)×月利率

第十二条　还款方式

甲乙双方约定采取以下两种还款方式中的一种，具体约定见本合同第五十三条。

一、委托扣款方式即甲方委托乙方在每月扣划日从甲方在建设银行北京市分行开立的活期存款账户中直接扣划还款。活期存款账户是指储蓄卡账户、信用卡账户、储蓄存折账户之一。采取委托扣款方式的，须签订《代扣还款委托书》，并在乙方指定的营业网点开立还款专用的活期存款账户。

如甲方提供的个人账户出现冻结、扣划、变更等情况而造成乙方无法扣收本息的，甲方须及时向乙方提供新的活期存款账户用于扣收贷款本息。

如甲方在借款期内要变更指定还款账户，须提前天向乙方提出申请，经乙方同意并重新签订《代扣还款委托书》，约定新账户启用日期后方可实施。

二、柜面还款方式即甲方在还款期内的任何一个工作日直接到乙方规定的营业柜台以现金、支票或信用卡、储蓄卡办理还款。甲方前期如有拖欠的，应将所有拖欠款项和当期还款额一并交纳。

第十三条　提前还款

甲方提出提前还款时，须于预定的提前还款日前_____个工作日向乙方提出书面申请，经乙方审核同意，可提前偿还部分或全部贷款。

甲方申请提前部分还本，经乙方审核确认甲方未有拖欠本息及已还清当期本息后方可提前还款。

提前归还的部分贷款本金必须是1万元的整数倍，并必须在还款前由甲乙双方签订《变更协议》，在还款期限不变的前提下，就提前归还部分贷款本金甲方每月还款额作出约定。

甲方申请提前清偿全部贷款，经乙方同意，应先归还当月应还贷款本息，再还清全部剩余贷款。

乙方按合同约定的利率已计收的利息不随还款期限、国家法定利率的调整而调整。

第十四条　延长还款期限

甲方在本合同履行期间，如因客观原因导致不能按照合同约定按期归还借款，须提前_____个工作日向乙方申请延长借款期限，经乙方批准后，双方签订延期还款协议并办理延长还款期限等有关手续。甲方申请借款延期只限一次。原借款期限与延长期限之和最长不超过30年。原借款期限加上延长期限达到新的利率期限档次时，从延期之日起，贷款利率按新的期限档次利率执行，并根据贷款余额、剩余期限及新利率重新计算月均还款额。已计收的利息不再调整。

第四章　贷款担保

第十五条　本合同项下的贷款担保为抵押加阶段性保证。

抵押加阶段性保证指本合同项下贷款以本合同项下贷款资金所购房屋作抵押，在甲方取得该房屋《房屋所有权证》、并办妥抵押登记之前，由丙方提供连带责任保证。

第十六条　本合同项下担保条款的效力独立于本合同。

第十七条　抵押物

抵押物是指甲方以本合同项下贷款资金所购买的房屋，具体内容见本合同第五十四条。

第十八条　抵押担保范围

抵押担保的范围包括本合同项下的贷款金额、利息(包括罚息)、甲方应支付的违约金、赔偿金以及乙方为实现债权而发生的费用(包括处分抵押物的费用等)。

第十九条　本合同项下抵押物的共有人同意将本合同项下的抵押物作抵押，并同意受本合同约束，见本合同第五十五条。

第二十条　甲方取得所购房屋的《房屋所有权证》后，必须立即依照法律规定办妥抵押物的登记手续。抵押登记费用由甲方承担。

第二十一条　抵押期限

抵押担保的期限自所购房屋取得房屋所有权证并办妥抵押登记之日起至担保的债权全部清偿之日止。

第二十二条　抵押期间,甲方应将《房屋他项权证》及其他有关资料交乙方,由乙方代为保管。

第二十三条　抵押期间,如果因第三人的行为导致抵押物价值减少的,甲方应将损害赔偿金存入乙方指定的账户。该损害赔偿金有以下几种处理方法可供选择:

一、提前清偿贷款;

二、转为定期存款,存单用于质押;

三、用于修复抵押物,以恢复抵押物价值。

具体约定见本合同第五十六条。

在借款人未足额清偿债务或抵押物价值未恢复之前,甲方不得动用此笔款项。抵押物价值未减少的部分,仍作为债权的担保。

第二十四条　抵押关系终止

甲方还清全部借款本息及其他应付款项后,则抵押关系终止。抵押终止后,当事人应到原登记部门办理抵押注销登记手续。

第二十五条　保证范围

保证担保的范围包括甲方的借款本金、利息(包括罚息)、甲方应支付的违约金、赔偿金以及乙方为实现债权而发生的相关费用等。

第二十六条　保证方式

在保证期间,丙方愿对甲方的债务承担连带责任,如甲方未能依照合同约定按时偿还贷款本息或相关费用,乙方有权要求丙方就全部债务承担保证责任,丙方同意乙方从其在乙方开立的存款账户中直接扣划。

第二十七条　保证期间

保证期间自借款合同生效之日起至抵押的房屋取得《房屋所有权证》,办妥房产保险和抵押登记,并将《房屋他项权证》及其他有关资料交乙方代为保管之日止。

第二十八条　除以下情况外,甲方与乙方协议变更借款合同的,无需得到丙方的同意:

一、延长借款期限;

二、增加借款金额。

第二十九条　保证期间,遇国家法定利率调整而变更借款合同利率的,无需得到丙方的任何事前的书面或口头的同意或事后的追认。

第五章　保　　险

第三十条　保险

一、本合同签订以后,甲方须办理抵押财产保险。有关保险手续可到乙方认可的保险公司或委托乙方办理。保险期限届满日不能迟于本合同项下的借款期限届满日。保险期满,甲方未能清偿本合同项下全部债务时,甲方须对抵押物续办保险,在债务存续期间,不得以任何理由中断或撤销保险。投保金额不得低于贷款本息,保险费由甲方负担。

二、甲方应将保险单正本交由乙方保管。

保险期间,抵押房屋如发生保险责任以外的毁损而不足以清偿本合同项下全部债务时,甲方应重新提供乙方认可的抵押物,并办妥保险手续。

三、保险单必须注明乙方为保险第一受益人,并在保险单中特别约定,一旦发生保险事故,保险人应将保险赔偿金直接划付至乙方指定的账户。该保险赔偿金有以下几种处理方法可供选择:

（一）提前清偿贷款；

（二）转为定期存款，存单用于质押；

（三）用于修复抵押物，恢复抵押物价值。

具体约定见本合同第五十七条。

第六章　权利和义务

第三十一条　甲方的权利和义务

一、甲方有了解、咨询、知悉购房借款有关事项的权利；

二、甲方有义务保证其向乙方提供的借款有关资料、文件的真实性；

三、甲方有权依本合同的约定获得相应的借款；

四、在甲方借款清偿前并正常还款的情况下，甲方有权自行居住，或者征得乙方书面同意后，将抵押房屋转让、出租、重复抵押或作其他处分；

五、甲方在还清借款后，有权从乙方取回《房屋他项权证》及其他有关文件资料，办理抵押登记注销手续；

六、甲方应按本合同的约定按期归还借款本息；

七、甲方必须按本合同约定用途使用借款，不得将借款挪作他用，甲方无条件接受乙方对贷款使用情况进行检查；

八、甲方承担抵押物的评估、保险、鉴定、登记等费用；

九、甲方的通讯地址（如住址、联系电话等）发生变更，须在变更后10天内书面通知乙方。

十、抵押期间，甲方应妥善保管抵押物，保持抵押物完好无损，并随时接受乙方的检查。如果抵押物发生毁损、灭失或其他使抵押物价值减损的情况时，应及时恢复抵押物价值，或在30天内重新提供相应的经乙方认可的其他等值抵押物；

十一、抵押期间，甲方转让抵押物所得价款应优先用于向乙方提前清偿所担保的债权。

第三十二条　乙方的权利和义务

一、乙方有权对甲方提供的资料、文件的合法性、真实性进行调查；

二、乙方及其授权代理人有权对甲方所购买的房屋进行查询和认证；

三、乙方有权检查贷款的使用情况；

四、乙方有权依照本合同规定对抵押物进行处分，并获得优先受偿；

五、设定的抵押物意外毁损或灭失，以及因甲方的行为导致抵押物价值减少，足以影响借款合同项下的贷款本息清偿的，乙方有权要求甲方提供新的担保或恢复抵押物价值；

六、保证期间，乙方有权对丙方的资金和财产状况进行监督，有权要求丙方如实提供其财务报表等资料；

七、乙方应按本合同约定的时间及时发放贷款；

八、乙方有妥善保管《房屋他项权证》及其他有关文件资料的责任，若有遗失或毁损，乙方负责补办；造成损失的，乙方将承担民事责任。

第三十三条　丙方的权利和义务

一、丙方有了解、咨询、知悉本合同有关事项的权利；

二、保证期间，丙方失去担保能力或发生承包、租赁、合并和兼并、合资、分立、联营、股份制改造、撤销等行为，丙方应提前30天书面通知乙方。本合同项下的全部义务由变更后的机构或由对丙方作出撤销决定的机构承担。如乙方认为变更后的机构不具备完全的保证能力，由丙方或作出撤销决定的机构落实为乙方所接受的保证人，并重新签订保证合同；

三、保证期间，丙方有义务接受乙方对其资金和财产状况进行监督，并向乙方如实提供其财务报表等资料；

四、保证期间,丙方不得向第三方提供超出其自身负担能力的担保;

五、丙方的通信地址发生变更,须在变更后10天内书面通知乙方。

第七章　合同的变更

第三十四条　本合同生效后,任何一方不得擅自变更和解除本合同。

第三十五条　甲方因转让用本合同项下的借款所购买的房屋而将本合同项下的权利、义务转让给他人时,应事先经乙方书面同意,并征得丙方认同,方可由受让人与乙方和丙方重新签订借款合同。

第三十六条　甲方在合同履行期间死亡(包括宣告死亡)、宣告失踪或丧失民事行为能力,除其遗产或财产的继承人、受遗赠人、监护人、财产代管人同意继续履行甲方签订的借款合同外,乙方在其债权未获清偿时,有权请求人民法院取消继承人、受遗赠人、监护人、财产代管人接受甲方所购房屋的权利,并将该房屋折价、拍卖、变卖以清偿甲方的债务。

甲方遗产的继承人、受遗赠人同意继续履行本合同义务的,应持经公证的继承协议、文件与乙方签订债务承担协议。

第三十七条　甲方申请延长贷款期限,经乙方同意后,甲乙双方应签订延期还款协议,同时重新办理公证、保险、抵押登记和贷款担保变更手续。

第八章　违　约　责　任

第三十八条　甲方的违约责任

一、甲方未按合同约定用途使用借款,乙方对挪用部分从挪用之日起按本合同第五十八条规定之利率收利息;

二、甲方未按本合同约定清偿贷款本息,乙方从贷款逾期之日起按本合同第五十九条规定之利率对逾期本息计收利息;

上述两项违约责任中,若甲方的借款既逾期又挤占挪用,乙方只择其重者采用,而不并处。

三、发生下列情况之一时,乙方有权停止向甲方发放贷款,有权解除本合同,提前收回已发放贷款本息,并有权依法处分抵押物或要求保证人履行保证责任:

1. 甲方向乙方提供虚假的证明材料而取得贷款的;

2. 甲方未按本合同约定用途使用贷款的;

3. 借款期间,甲方累计六个月(包括计划还款当月)未偿还贷款本息和相关费用的;

4. 借款到期,甲方未按期归还贷款本息,并自乙方发出催还通知书之日起30天内(以挂号寄出时间为准)仍未清偿的;

5. 甲方拒绝或阻碍乙方对贷款使用情况实施监督检查的;

6. 甲方未经乙方书面同意,将设定抵押物拆除、转让、出租、重复抵押或作其他处分的;

7. 抵押期间,甲方转让抵押物所得价款未优先用于向乙方提前清偿借款的;

8. 甲方拒绝或阻碍乙方对抵押物使用情况实施监督检查的;

9. 甲方与他方签订有损乙方权益的合同的;

10. 甲方在借款期内间断或撤销保险或拒不续办保险的;

11. 甲方在合同履行期间死亡、宣告失踪或丧失民事行为能力后,其继承人、受遗赠人、监护人、财产代管人拒绝继续履行借款合同的;

12. 甲方卷入或即将卷入重大的诉讼或仲裁程序及其他法律纠纷,足以影响其偿债能力的;

13. 丙方违反保证合同或丧失承担连带保证责任能力,抵押物因意外毁损不足以清偿贷款本息,而甲方未按乙方要求落实新的保证人或提供新抵押的;

14. 甲方发生其他足以影响其偿还债务能力的事件。

四、甲方因隐瞒抵押物存在共有、争议、被查封、被扣压或已设定抵押等情况,而给乙方造成损失的,应向乙方予以足额赔偿。乙方有权就甲方应承担的赔偿金直接从甲方在乙方开立的存款账户中扣划。

第三十九条　乙方的违约责任

乙方未按合同约定及时足额发放贷款,影响甲方按本合同规定使用借款,乙方应对未发放的贷款金额和违约天数按本合同第六十条约定的违约金率向甲方支付违约金。

第四十条　丙方的违约责任

保证期间,丙方发生下列情况之一的,乙方有权停止向甲方发放贷款,有权解除借款合同,提前收回已发放贷款本息:

一、丙方拒绝乙方对其资金和财产状况进行监督的;

二、丙方向第三人提供超出其自身负担能力的担保的。

第四十一条　处分抵押物所得价款的清偿顺序

乙方对处分抵押物所得价款按下列顺序和原则清偿:

一、支付处分抵押物的有关费用;

二、清偿甲方所欠乙方贷款本息(包括罚息);

三、清偿甲方应给付乙方而未给付的违约金和赔偿金等;

四、所得价款在支付上述款项后的剩余部分,乙方应返还甲方;若所得价款不足清偿甲方所欠乙方贷款,乙方可向甲方继续追偿,甲方仍承担相应还款义务。

第九章　其他约定事项

第四十二条　合同争议解决方式

本合同在履行过程中,当事人各方发生争议,可协商解决,协商不成,可以向乙方所在地人民法院或有专属管辖权的人民法院起诉。在协商或诉讼期间,本合同不涉及争议部分的条款仍需履行。

第四十三条　合同的生效和终止

本合同经甲方签字、乙方和丙方签字并加盖公章后生效,至本合同项下贷款本息和相关费用全部清偿完毕后终止。

第四十四条　其他约定事项

具体约定见本合同第六十一条。

第四十五条　合同文本份数

见本合同第六十二条。

第十章　特别签订条款

第四十六条　对第四条的约定

本借款用于购买。

第四十七条　对第五条的约定

乙方向甲方提供人民币贷款(大写)_____　　(小写:_____元)。

第四十八条　对第六条的约定

本合同约定借款期限共计(大写)　　月,自乙方将借款划入到甲方所指定并经乙方认可的账户之日起计算,即从____年____月____日起至____年____月____日。

第四十九条　对第七条的约定

贷款月利率为____‰,以乙方实际划款当日国家法定利率为准。

第五十条　对第八条的约定

甲方的借款由乙方直接划入丙方在乙方开立的存款账户内。账户名称:_____,账号:_____。

第五十一条　对第十条的约定

甲方应从贷款发放的次月开始,按月偿还贷款本息,还款总期数为____期。

第五十二条　对第十一条的约定

甲、乙双方约定采用本合同第十一条确认的第____种还款方法。

在当前利率水平下,若采用第一种还款方法,则每月归还本息金额为人民币_____元;若采用第二种还款方法,则每月归还本金金额为人民币____元,利息逐月结算还清。

借款期内,如遇国家法定利率调整,由乙方按中国人民银行有关文件规定相应调整每月还款额。

第五十三条　对第十二条的约定

甲、乙双方约定采用本合同第十二条所述的第____种还款方式。

第五十四条　对第十七条的约定

甲方借款所购买并作为抵押物的住房具体内容如下:

房地产坐落地号

抵押房地产评估总价值(元)大写_____小写_____

抵押土地面积(平方米)

土地使用年限(年)

土地来源

《国有土地使用证》号_____

抵押土地评估价值(元)大写_____小写_____

抵押房屋

现房抵押抵押房屋建筑面积(平方米)

《房屋所有权证》号

房屋所有权人

《房屋共有权证》号

共有房屋面积(平方米)

共有权人及其共有权份额

1. ____

2. ____

3. ____

4. _____抵押房屋评估价值(元)大写_____小写_____

期房抵押

抵押房屋建筑面积(平方米)

房屋所有权人

《北京市内(外)销商品房预售契约》号

抵押房屋评估价值(元)大写_____小写_____

抵押人身份证号

保证人

抵押权人

抵押人代理人身份证号

抵押权人代理人身份证号

借款人

贷款金额(元)_____

贷款用途

抵押率(%)

本次:_____

累计:_____

抵押期限自___年___月___日起至___年___月___日止

第五十五条　对第十九条的约定

共有人_____同意将本合同项下的房屋用于抵押。

共有人:_____(签字)　　(盖章)

共有人:_____(签字)　　(盖章)

第五十六条　对第二十三条的约定

甲乙双方约定采用第____种处理方式,即_____。

第五十七条　对第三十条第三款的约定

甲乙双方约定采用第____种处理方式,即_____。

第五十八条　对第三十八条第一款的约定

挪用贷款部分按每日万分之____计收利息。

第五十九条　对第三十八条第二款的约定

逾期贷款部分按每日万分之____计收利息。

第六十条　对第三十九条的约定

由于乙方未按借款合同约定及时、足额向借款人提供贷款,乙方应对未发放的贷款金额和违约天数按每日万分之____的违约金率支付违约金。

第六十一条　对第四十四条的约定

一、

二、

三、

第六十二条　对第四十五条的约定

本合同正本一式____份。

甲方(签字):　　　　　　　　　　　　乙方(公章):

　　年　　月　　日

法定代表人或授权代理人(签字):

　　年　　月　　日

丙方(公章):

法定代表人或授权代理人(签字):

　　年　　月　　日

个人住房贷款法律事务委托代理协议范本

委托人(甲方):

代理人(乙方):　　　　　律师事务所

甲、乙双方经平等协商,就委托与代理甲方办理_____房屋该(物业)个人住房贷款之法律事务达成如下协议:

一、乙方接受甲方的委托,指派_____律师事务所_____律师或其他工作人员作为甲方办理上述有关手续的代理人。

二、甲方委托乙方办理之事项为：

1. 就申请个人住房贷款事宜解答申请人之法律咨询；

2. 指导申请人正确填写《中国银行北京市分行个人购房借款申请书》，并准备相关申请文件；

3. 对申请人提交的申请文件进行审查；

4. 为申请人之借款资格出具法律意见书；

5. 申请人借款申请被银行接受后，安排申请人签署《个人住房贷款借款合同》、抵押协议及相关协议文件；

6. 在申请人签署《个人住房贷款借款合同》时，安排申请人签署与该合同相关的承诺书、授权委托书及其他法律文件；

7. 代表申请人在房地产抵押登记主管机关办理抵押物的期得权益抵押登记、正式房地产抵押登记以及质物需办理登记的出质登记手续；

8. 在办理上述手续时，代收并代为缴付政府部门收取的登记规费。

三、乙方应保证其指定之律师及有关工作人员认真、负责、高效率地完成甲方委托之事项。

四、甲方在此保证其向乙方提交之各种证件、文件（包括复印件）均为合法、有效，并保证其支付该物业之房款来源合法。

五、甲方应于签署本协议之同时按甲方申请借款额的_____‰向乙方支付代理费，计元人民币_____。

六、甲方若违反本协议第四、五条规定之义务，乙方有权终止代理甲方手续之事项，且所收代理费概不退还。

七、乙方指定之律师或其他工作人员违反本协议第三条规定之义务或无故终止代理甲方委托之事项，甲方有权要求返还全部或部分代理费。

八、如甲方在借款申请仍未获银行批准之前终止与发展商签订的购房契约，乙方根据本协议第五条所收之代理费不予退还。

九、非因乙方之原因甲方与银行之个人住房贷款借款合同被终止或被解除，乙方根据本协议第五条所收之代理费不予退还。

十、本协议自甲方有权代表及乙方指定律师签字之日起生效。

甲方：　　　　　　　　　乙方：　　律师事务所

律师：

　年　　月　　日

房地产抵押合同范本

抵押人（甲方）：

住所：

法定代表人：

电话：　　　　　　　邮政编码：　　　　　　　传真：

抵押权人（乙方）：

住所：

法定代表人：

电话：　　　　　　　邮政编码：　　　　　　　传真：

____年____月____日乙方与借款人（以下简称"借款人"）签订了____号借款合同（以下简称"借款合同"），乙方向借款人提供（币种）____元贷款。为保障乙方向借款人发放的全部贷款债权的实现,甲方愿意向乙方提供抵押担保。甲、乙双方经平等协商,共同订立本合同。

　　第一条　甲方抵押担保的范围为乙方依据借款合同向借款人发放的全部贷款本金及利息(包括因借款人违约计收的复利和加收的利息)、借款人违约金和实现抵押权的费用。

　　第二条　甲方以其有权处分的财产作抵押,抵押财产由本合同项下的抵押物清单载明(见附件),该清单为本合同的组成部分。

　　第三条　甲方承诺:

　　(一)保证对其抵押物依法享有所有权或处分权;

　　(二)在抵押期间甲方应妥善保管抵押财产,并负责维修、保养、保证抵押财产的完好无损。乙方如需对抵押财产的状况进行了解,甲方应给予合作;

　　(三)对乙方要求保险的抵押物,甲方应在本合同生效前办妥抵押财产保险手续并保证到期续保;

　　(四)甲方负责办理本合同项下有关评估、公证、保险、鉴定、登记、运输及保管等事宜并承担全部费用;

　　(五)依法向抵押物登记部门办理抵押物登记。

　　第四条　抵押期间,由于甲方的行为造成抵押物价值减少,甲方应在抵押物价值减少情况发生后30天内向乙方增补与减少的价值相当的财产抵押或有效担保。

　　第五条　抵押期间,抵押物如发生投保范围内的损失,或因第三人的行为导致抵押物价值的减少,保险赔偿金或损害赔偿金应(选择):

　　(一)存入乙方指定账户,抵押期间甲方不得动用;

　　(二)甲方同意提前归还贷款。

　　第六条　在抵押期间,甲方出租抵押物应征得乙方同意。

　　第七条　在抵押期间,经乙方书面同意,甲方转让抵押物所得价款应(选择):

　　(一)存入乙方指定的账户,抵押期间甲方不得动用;

　　(二)甲方同意提前归还贷款。

　　第八条　甲方有下列情形之一,应及时书面通知乙方:

　　(一)经营机制发生变化,如实行承包、租赁、联营、合并(兼并)、分立、股份制改造、与外商合资(合作)等;

　　(二)涉及重大经济纠纷的诉讼;

　　(三)抵押的权利发生争议;

　　(四)破产、歇业、解散、被停业整顿、被吊销营业执照、被撤销;

　　(五)法人代表、住所、电话发生变更。

　　甲方发生前款(一)的情形应提前30天通知乙方;发生前款其他情形在事后7日内通知乙方。

　　第九条　甲方违反第四条、第五条、第七条、第八条约定给乙方造成损失的,应承担赔偿责任。

　　第十条　如发生依据借款合同的约定提前收回贷款,其借款合同项下的债权未得到足额清偿,乙方有权提前处置抵押物收回贷款本息。

　　第十一条　本合同生效后,借款人与乙方协议延长借款合同履行期限,应事先取得甲方书面同意。甲方有义务向登记机关变更登记,延长抵押期间。

　　第十二条　借款合同履行期限届满,借款人未清偿债务,乙方有权拍卖、变卖抵押物并以所得价款优先受偿;或经双方协商以抵押物折价实现抵押权。

　　第十三条　本合同自办理抵押物登记之日起生效。

　　第十四条　本合同一式两份,由抵押人、抵押权人各执一份,副本____份,登记部门一份,由____各执一份。

抵押人(公章)：

法定代表人(签字)：

(或授权代理人)

抵押权人(公章)：

负责人(签字)：

(或授权代理人)

签订合同地点：

签订合同时间＿＿年＿＿月＿＿日

附件：抵押物清单

抵押合同编号：

序号抵押物

种类抵押物

凭证编号单位数量自报价值(万元)

评估值(万元)

(银行认可)抵押率(％)

抵押价值(％)

保险单保险号码起止时间

　　经抵押权人评估认定,清单所列抵押物抵押价值总额为＿＿万元,抵押人对此无异议,并将下列文件交抵押权人保管：

1. ＿＿＿＿　2. ＿＿＿＿　3. ＿＿＿＿　4. ＿＿＿＿

　　本清单正本一式两份,由抵押人和抵押权人各执一份,副本＿＿＿份,由＿＿＿各执一份,作为＿＿＿号借款合同附件。

抵押人(公章)：　　　　　　抵押权人(公章)：

法定代表人(签字)：　　　　法定代表人(签字)：

(或授权代理人)　　　　　　(或授权代理人)

年　　　月　　　日

房屋租赁合同范本

编号：

　　本租约由下列双方于＿＿＿年＿＿＿月＿＿＿日在＿＿＿市签订。

出租方(甲方)：

姓名或名称：

国籍或注册地：

证件种类与号码：

法定地址：

电　　话：

传　　真：

法定代表人：

承租方(乙方)：

姓名或名称：

国籍或注册地：

证件种类与号码:

法定地址:

电　话:

传　真:

法定代表人:

甲、乙双方经平等协商,就出租与承租坐落于北京市＿＿区＿＿街＿＿座＿＿层＿＿室(该房屋)达成如下协议。

第一条　该房屋

1. 该房屋建筑面积(含共有共用面积、分摊面积)为＿＿＿＿平方米,国有土地使用面积(含共有共用面积)＿＿＿＿平方米。

2. 该房屋应包括《市外销商品房预售契约》规定的设备、设施及甲方提供的装修、家具,该房屋平面图、装修、家具及房屋状况见本租约附件一。

第二条　租赁用途

乙方同意只将该房屋作住宅之用,乙方如确需改变该房屋用途,应提前一个月征得甲方同意,并按有关规定办理变更手续。

第三条　租赁期限

1. 起租日

甲、乙双方一致同意起租日为＿＿年＿＿月＿＿日,甲方于起租日将该房屋交付乙方使用。

2. 租赁期

甲、乙双方一致同意租赁期为＿＿年,自起租日起计算。

3. 续租

房屋租赁期限届满,租约自动终止。乙方如需要继续租用的,应当在租赁期限届满前3个月提出,并经甲方同意后,重新签订租约。

第四条　租金及支付

1. 该房屋每月租金为＿＿＿＿元,即(大写)＿＿币＿＿万＿＿仟＿＿佰＿＿拾＿＿角＿＿分;

2. 租金支付方式为＿＿＿＿。

第五条　税费

如因该房屋租赁而发生下列税费,由双方分别按以下约定承担:

1. 印花税由甲乙双方各自承担一半;

2. 因办理该房屋租赁登记而发生的房屋登记费、房屋租赁手续费和房屋租赁凭证工本费等费用由甲乙双方按有关部门规定各自承担。

第六条　市政设施使用费及物业管理费

1. 除租金外,乙方同意按其实际使用量依《＿＿＿物业管理公约》规定缴纳应缴费用,包括但不限于水费、电费、燃气费、电话费,乙方须在收到缴费通知单后10日内缴付。

2. 乙方并同意向该房屋的物业管理部门按其所签订的有关协议支付物业管理费。

第七条　付款方法

乙方依本租约将应付的租金、押租、市政设施使用费保证金、管理费保证金及其他所有费用、开支均以＿＿币种存入甲方书面指定的账户。乙方须遵守甲方有关该账户的所有书面指令。

甲方指定银行行为:

开户行:

账号:

户名:

第八条　保证金

1. 租金保证金(押租)

本租约签订时,乙方须向甲方支付相当于＿＿＿月租金的押租,计人民币＿＿＿元。

2. 市政设施使用费及物业管理费的保证金

本租约签订时,乙方并须向甲方支付＿＿＿元作为市政设施使用费及物业管理费的保证金。

3. 上述保证金均由甲方保管至租赁期满,倘若乙方违反本租约的规定给甲方造成经济损失,甲方有权根据本租约规定扣除部分或全部保证金,并于扣除次日书面通知乙方。

甲方有权在扣除相应数额后,将租赁保证金余额退还乙方;保证金不足时,甲方将书面通知乙方要求补足,乙方在收到甲方通知15日内应将款项汇至甲方指定账户。

第九条　房屋维修

1. 租赁期内,甲方须保持该房屋包括主体结构、排水系统、各种管道、电线、电缆及其他各种设施均处于完好、清洁及可供使用的状态。

2. 非经甲方书面同意,乙方不得改动该房屋内部结构、设计,但甲方不合理地拒绝发出此同意除外。

3. 乙方须对其本人、家属、朋友、访客对该房屋或设施造成的损害负责。

4. 租赁期满后,如乙方决定不购买该房屋,乙方应按其接收时的状态将该房屋交还给甲方,正常损耗除外。

第十条　电话线路及电讯费用

1. 甲方将提供＿＿＿条＿＿＿电话线路并负责所有安装费用。

2. 乙方须准时缴付电话/或其他电讯服务费用。

第十一条　甲方保证、权利与义务

甲方保证:

1. 甲方保证其为该房屋合法所有人;

2. 甲方保证该房屋的出租已获必要的政府批准;

3. 甲方保证该房屋权利及相应土地使用权未受到司法机关或行政机关依法裁定、决定查封或者以其他形式进行任何限制;

4. 甲方保证该房屋如为共有房屋,则该房屋出租已取得其共有人同意;

5. 甲方保证该房屋不存在权属争议;

6. 甲方保证该房屋符合安全标准及公安、环保、卫生等主管部门有关规定;

7. 甲方保证该房屋未作全部或部分抵押,或虽已作抵押,但该房屋出租已经抵押权人同意。

甲方权利:

1. 甲方可在租赁期满以前3个月内,陪同意欲承租该房屋的人员,在通知乙方并征得乙方同意的情况下进入该房屋内进行察看;

2. 乙方同意在乙方违反本租约的情况下,甲方在此已作出授权而届时无需另行通知,即可由物业管理公司至少以中断该房屋的水、电、煤气、热力、电话供应等方式敦促乙方更正其违约行为,赔偿相应的损失;

3. 若本租约期满或提前终止与解除后5日内,乙方仍未将其全部或部分私有财产和自置设备、物品搬出该房屋,则作乙方放弃权利处理,届时甲方(或甲方授权的代理人)有权委派人员将乙方的上述财产与物品予以处理,并无需给予乙方任何补偿;

4. 甲方有权授权代理人并由甲方授权的代理人代为交付该房屋、收回房屋、收取租金及行使甲方赋予的其他权利。

甲方义务:

1. 甲方应依据租约规定期限将该房屋交付给乙方；

2. 甲方负责于本租约签订后30日内向房地产管理部门提出登记；

3. 甲方将依据本租约规定及法律规定缴付其作为该房屋出租人应缴付的税费；

4. 该房屋的自然损坏应由甲方负责修复，但乙方擅自改变该房屋用途，如从事生产或经营活动，则修缮责任由乙方承担；

5. 甲方在租赁期限内确需提前收回该房屋时，应当事先商得乙方同意。

第十二条　乙方权利与义务

1. 乙方应按本租约规定按期足额缴纳租金；

2. 乙方如发现该房屋及设施有任何损坏或险情，须及时通知甲方或管理公司，采取适当措施防止损坏或险情扩大，并予以积极配合；

3. 乙方未明确续租或购买该房屋的情况下，乙方应允许甲方在租赁期届满前3个月内在适当时间，并提前通知的条件下带有承租、购买意向的人参观该房屋；

4. 未经甲方书面同意，乙方不得转让、转租或与他人互换使用或共同使用该房屋；

5. 乙方应按本租约规定正当使用及妥善保管该房屋及有关设施；

6. 未经甲方书面同意，乙方不得安装、改建、加建供排水设备、电线、水管、燃气管或安装任何设备、装置以致需要额外的电线、燃气总管道、水管，也不得于该房屋内安置、堆放、悬挂任何物件以致超出该房屋的承重限度。

第十三条　违约责任

甲方违约责任：

1. 如甲方不能保证该房屋及其出租的合法性和适租性而引致乙方正常使用受到干扰或行政处罚等损失概由甲方承担。

2. 如甲方逾期_____天仍不能将该房屋交付乙方使用，乙方有权解除本租约或要求将起租日顺延相应天数。在乙方选择解除本租约的情况下，甲方须于收到乙方的书面通知后_____日内将乙方所支付的全部款项及利息(按活期存款利率计)返还给乙方，并将所收定金双倍返还乙方作为甲方违约金。

3. 如甲方未能对该房屋及其附着物进行定期检查或因甲方延误该房屋维修而致使该房屋发生破坏性事故，造成乙方或第三人财产损失或者人身伤害的，甲方应赔偿一切经济损失。

4. 如甲方未经乙方同意即提前收回该房屋，无论自用或者转租，均按违约处理，违约金相当于_____个月租金；因此给乙方造成经济损失的，甲方应予以赔偿。

乙方违约责任：

1. 乙方逾期交付租金的，每逾期一日，由甲方按月租金额的1‰向乙方加收违约金。如乙方逾期20日仍未缴纳前述违约金，或如在接到甲方通知后未在规定期限内补足保证金，则除按本租约规定向甲方补交保证金及违约金外，甲方有权解除本租约。

2. 如因乙方本人或其应负责的其他人的过错造成了该房屋或设施的损坏，乙方应负责赔偿或维修至甲方满意的程度。

3. 乙方自行转让该房屋，或未经甲方同意擅自转租、转借或与他人互换使用该房屋的，除乙方因此所得收入全部归甲方所有外，乙方还应向甲方支付相当于_____个月租金的违约金，甲方有权解除本租约。

4. 乙方违反本租约规定的其他义务且经两次书面通知后未纠正，甲方即有权解除本租约或从乙方支付的保证金中扣除乙方应承担的款项(包括但不限于欠付租金、费用)。在甲方因乙方违约而解除本租约时，甲方应将所收乙方款项扣除乙方应支付的租金、费用、赔偿、违约金(按_____个月租金计)后在本租约解除后_____日内返还给乙方，如乙方所支付的保证金尚不足弥补甲方应收取的款项，甲方有权向乙方追索。

第十四条　转让与转租

1. 该房屋所有权在租赁期限内发生转让、继承的，该房屋受让人或继承人应当继续履行本租约的规定；

2. 乙方在租赁期限内可以将该房屋的部分或全部转租给他人，但须事先征得甲方书面同意，并按有关规定办理登记备案手续；

3. 除非经甲方书面同意，该转租的租金收入不得低于本租约规定的租金标准；

4. 转租契约的终止日期不得超过本租约规定的终止日期，但甲方与转租双方另有约定的除外；

5. 转租契约生效后，乙方享有并承担转租契约规定的出租人的权利和义务，但乙方仍应履行本租约规定乙方应承担的义务；

6. 转租期间，如本租约变更、解除或者终止，则转租契约也随之相应地变更、解除或者终止。

第十五条　契约变更与终止

有下列情形之一的，甲乙双方可以变更或者终止本租约：

1. 甲乙双方协商一致的；

2. 因不可抗力致使本租约不能继续履行的；

3. 因政府房屋租赁政策或法律规定必须终止的。

乙方有下列行为之一的，甲方有权终止本租约并收回该房屋，因此而造成的损失，由乙方赔偿：

1. 将该房屋擅自转让、转租、转借或擅自与他人调换使用的；

2. 将承租的房屋擅自拆改结构或改变用途的；

3. 利用该房屋进行违法活动的；

4. 故意损坏该房屋的。

第十六条　不可抗力

由于地震、台风、暴雨、大火、战争以及其他不能预见，并且对其发生和后果不能防止或避免的人力不可抗拒事件，而影响任何一方不能履行本租约或不能按本租约约定的条件履行本租约时，遇有上述不可抗力的一方，应立即以电报或传真方式通知另一方，并在15日内提供不可抗力详情及本租约不能履行，或部分不能履行，或者需要延期履行的理由的有效证明文件。此项证明文件应由不可抗力发生地区的公证机构出具，按该不可抗力事件对履行本租约的影响程度，由双方协议决定是否解除本租约，或者部分免除履行本租约的责任，或者延期履行本租约。

第十七条　适用法律

本租约的订立、效力、解释、履行、争议解决均适用中华人民共和国现行有效的法律。

第十八条　争议的解决

凡因执行本租约而发生的或与本租约有关的一切争议，双方均以友好协商的方法解决，如协商未果，任何一方有权将争议提请北京仲裁委员会仲裁，仲裁裁决是终局的，双方均应自动履行，仲裁费用由仲裁庭指定方承担。

第十九条　其他

1. 本租约项下通知除另有规定外均须以书面通知方式进行。通知可以传真、邮寄、面交方式送达本租约之首所列双方地址。如以传真方式送达，则以传真发出的时间为送达时间；如以面交方式送达，则以接收方收到的时间为送达时间；如以邮寄(包括特快专递)方式送达，则以寄出后15日为送达时间。

2. 本租约以中文为准，任何外文译本仅供参考。

3. 本租约自甲乙双方签字之日起生效。

4. 本租约正本一式四份，由甲方及其代理人各执一份，乙方执一份，交有关行政管理部门登记备案一份。

(此页无正文)

有关各方签章:

甲方:

法定代表人:

甲方代理人:＿＿＿＿＿房地产发展有限公司

法定代表人:

(或授权代理人)

乙方:

法定代表人:

(或授权代理人)

　　年　　月　　日

商品房以租代售租赁合同范本

出租人:北京＿＿＿＿房地产有限公司(下称:"甲方")

法定代表人:

职　　务:

法定地址:

邮政编码:

电　　话:

传　　真:

承租人:

(下称:"乙方")

住　　所:

邮政编码:

电　　话:

传　　真:

　　鉴于按如下条款和条件甲方同意出租,乙方同意承租＿＿＿＿花园别墅之物业,甲、乙双方根据国家法律、法规,建设部和北京市有关规定,经友好协商,于＿＿＿年＿＿＿月＿＿＿日订立本租赁合同书(下称"本合同")。

第一章　出租之物业

第一条　出租物业之坐落

甲方同意出租,乙方同意承租坐落于北京市朝阳区北四环东路＿＿＿＿＿＿＿花园别墅＿＿＿区＿＿＿座之物业(下称"该物业")。该物业之平面图见本合同之附件一。

第二条　该物业之面积

该物业之建筑面积为＿＿＿平方米,土地使用面积为＿＿＿平方米(含共有共用面积)。

第三条　该物业之装修及设施状况

该物业之装修及设施状况详见本合同之附件二。

第四条　该物业之用途

乙方租赁该物业,用于＿＿＿住宅

第二章　　租　赁　期　限

第五条　该物业之租赁期限为____年,自____年____月____日(下称"起租日")起至____年____月____日(下称"止租日")止。

第三章　　该物业之交付

第六条　交付与签收

甲方应于起租日前____天,即于____年____月____日向乙方发出书面出租交付通知,交付符合本合同要求之该物业。乙方收到该交付通知时,办理书面签收手续。

第七条　承诺与保证

甲方在签署本合同及向乙方交付该物业时,不可撤销地向乙方承诺并保证:

(一)甲方开发该物业之法律手续齐备。

(二)该物业未受到司法机关和行政机关裁定、决定查封或者其他形式的限制。

(三)甲方系该物业之惟一、合法的所有权人,且该物业之权属无任何争议。

(四)该物业之开发、建设符合国家及北京市的有关规定,符合安全标准,并符合公安、环保、卫生等主管部门之有关规定,符合该物业租赁之使用要求。

(五)乙方承诺同意于本合同租赁期限内,甲方有权对该物业设置抵押。

第四章　　租金及其他费用

第八条　租金及物业管理费

(一)乙方同意向甲方支付租金,并同意向甲方指定的物业管理公司(下称"物业管理公司")支付物业管理费。

(二)本合同签订当日,乙方向甲方支付租金押金_____元。甲、乙双方商定,该物业租金之支付标准与方式详见本合同之附件三(以租代售付款表)。该物业之物业管理费(与市政设施使用费以下又合称为"其他费用")标准为每建筑平方米____币____元/月(甲方有权根据北京市有关主管部门的审批进行调整)。首期租金与物业管理费于____年____月____日分别向甲方和物业管理公司支付,其余当月租金与物业管理费于每____的第____日之前分别向甲方和物业管理公司支付。乙方并同意在付清首期租金与物业管理费同时,向物业管理公司支付相当于3个月的物业管理费基金及水、电、燃气基金和维修基金。

第九条　市政设施使用费

甲方或物业管理公司保证按国家及北京市有关规定,代为收取包括但不限于水、电、煤气、暖气、电话、传真、有线电视等市政设施使用费。乙方将于收到甲方或物业管理公司转交之市政设施使用费缴费通知后____天内缴付有关费用。甲方或物业管理公司并承诺不向乙方收取任何市政设施使用费之手续费或附加费。

第十条　租金及其他费用之支付方式

乙方将按本合同第八条、第九条之规定以____方式向甲方或物业管理公司之银行账号支付该物业之租金及其他费用。甲方或物业管理公司之银行账号见本合同之附件四。

第五章　　以租代售之条件与实施

第十一条　乙方之购买权

甲方向乙方出租该物业,系按以租代售方式进行的。乙方基于本合同享有于本合同租赁期限届满时购买该物业之权利,即于本合同租赁期限届满时,乙方已付清本合同附件三之各期与全部款项,即为乙方正式购买该物业之明确的意思表示。

第十二条　以租代售之条件

(一)以租代售之价格

甲、乙双方同意该物业之以租代售价格（包括含租金之价格）为每建筑平方米____币____元，并以该价格作为该物业之出售价格，即甲、乙双方就该物业签署之《北京市外销商品房买卖契约》（下称"该契约"）规定的甲方向乙方出售之价格。该物业购房价款总计为____币_____元。

（二）该契约之付款方式

将本合同之租金支付作为该契约之购房价款支付之组成部分。由于甲方给予乙方分期付款的优惠，乙方于签署该契约的同时向甲方支付延期付款补偿金，该补偿金的计算期间为____年____月____日至____年____月____日，以各该期应付租金为本金，按各该期中国人民银行同期固定资产贷款利率计算。

（三）该契约文本

甲、乙双方同意采用市房地局制定之《北京市外销商品房买卖契约》文本或市房地局新文本。

第十三条　以租代售之实施

（一）乙方按本合同第十一条作出购买该物业的明确意思表示后或于1999年8月一次付清全部购房价款后，甲乙双方于____日内，按本合同第十二条规定之条件签署该契约及其补充协议。

（二）乙方按该契约及其补充协议之规定向甲方付清该物业之购房价款后，甲方该物业之权属证件即开始办理。

第六章　该物业之修缮与室内装修

第十四条　该物业之修缮

甲方对该物业不符合本合同附件二之装修及设施状况的部分，应于该物业起租日起_____天内予以修缮至符合上述要求。

在本合同履行期内，负责按《建筑工程质量管理办法》的规定，负责对该物业承担保修责任。

第十五条　该物业之室内装修

甲方向乙方交付符合本合同要求的该物业后，乙方有权对该物业进行室内装修。本合同依约终止时，乙方应及时将该物业交还甲方。乙方应于交还该物业时，将其恢复原状或按甲方要求对装修予以保留。乙方对该物业之装修费用，甲方不予退还或作出任何补偿。

第七章　双方责任

第十六条　甲方责任

（一）甲方应当按本合同约定的期限将该物业交付乙方。在本合同有效期内，甲方不得收回该物业。

（二）甲方负责该物业之保修，负责对该物业及其设备、设施和附着物等进行日常维修，以保证该物业处于良好的使用状态。甲方保证该物业公用部位的清洁卫生及24小时的保安工作。

（三）乙方选择履行该契约时，甲方应按该契约规定履行该物业卖方之义务。

第十七条　乙方责任

（一）按本合同规定，按期向甲方或物业管理公司支付租金和其他费用。

（二）乙方应当爱护并合理使用该物业及其附属设施，乙方在租赁期间或将来购房后，不得随意更改该物业的结构、外观、设备和用途，亦不得在亭院内搭设任何建筑物等，否则，由此产生的一切后果由乙方负责。

（三）乙方应当遵守该物业之《物业管理公约》。

（四）对于甲方对该物业进行之日常维修，乙方得给予甲方进出该物业之方便，并给予适当协助。

第八章　不可抗力

第十八条　不可抗力之事由

甲、乙双方一致同意，不可抗力事件包括：

（一）人力所不能预见、不能避免并不能克服的自然灾害；

（二）人力所不能预见、不能避免并不能克服的其他事件。

第十九条　不可抗力事由之主张

本合同双方在向对方提供有关主管部门之证明文件后，方可作为主张本合同免责的事由。

第九章　违约责任

第二十条　甲方之违约责任

（一）在本合同履行期间，若发生与甲方有关或与该物业有关的产权纠纷或债务纠纷，概由甲方负责清理，并承担相应责任。

（二）甲方未能于本合同规定的该物业之交付日期向乙方交付该物业，甲方应当向乙方支付违约金。违约金计算期间自该物业应交付之日第二日起到实际交付日止，以该期间甲方应收之租金金额的日万分之＿＿＿进行计算。逾期超过＿＿＿天，甲方未交付该物业，则乙方有权终止本合同，本合同终止自乙方书面通知送达甲方之日起生效。同时，甲方应向乙方返还全部已付的租金及其他费用，并按中国人民银行同期贷款利率，向乙方支付自乙方实际付款日起至甲方将全部款项实际退还乙方之日止的全部利息。由此给乙方造成损失的，甲方应负责赔偿。

第二十一条　乙方之违约责任

（一）乙方如不按期支付租金，应当按未付之租金部分的日万分之＿＿＿向甲方支付违约金。逾期超过＿＿＿天，乙方未支付租金，则甲方有权终止本合同，本合同终止自甲方书面通知送达乙方之日起生效。同时，乙方应向甲方支付所拖欠之全部租金及其他费用。乙方除向甲方继续支付上述违约金外，并应按中国人民银行同期贷款利率，向甲方支付自乙方应付款日起至乙方将全部款项实际支付甲方之日止的全部利息。由此给甲方造成损失的，乙方应负责赔偿。租金押金作为乙方履约的保证。在租赁期限内，如乙方单方中止合同，该押金不予退回；如至＿＿＿年＿＿＿月，履约正常，乙方无任何违约行为，则该押金充抵租金。

（二）因乙方过错造成房屋损坏的，由乙方负责修复或者赔偿。

第十章　附则及其他

第二十二条　税费

本合同所发生之税费，由甲方和乙方分别按政府规定缴纳。

第二十三条　合同效力与法律适用

（一）本合同自甲、乙双方签章之日起，即对甲、乙双方产生法律效力。

（二）本合同及其附件之手写与印刷文字经甲、乙双方确认后具有同等法律效力。如有更改，须经甲、乙双方附签。

（三）本合同的订立、效力、解释、履行和争议的解决均受中华人民共和国法律的管辖。

第二十四条　合同的变更或解除

有下列情形之一的，甲、乙双方可以变更或者解除本合同：

（一）符合法律规定或者本合同约定可以变更或解除合同条款的；

（二）因不可抗力使本合同不能继续履行的；

（三）甲、乙双方协商一致的。

因变更或者解除本合同使一方当事人遭受损失的，除依法可以免除责任的以外，应当由责任方负责赔偿。

第二十五条　文字

本合同及其附件均用中文书写，任何译本只做参考，其他文字文本之条款或意思表示与中文文本不一致者，均以中文文本为准。

第二十六条　通知与送达

（一）所有通知可用电传、传真或挂号邮件发出。各方相互发出的通知及书信须按照本合同所列的各方地址发出。

（二）每一方在任何时候更改其通讯地址时，可用电传、传真或挂号邮件通知另一方。

（三）任何用电传或传真发出的重要通知或书信应该使用信件挂号寄出加以确认（但未能发出此种确认不得使电传或传真发出的通知或书信失效）。

（四）任何用电传或传真发出的每一通知或书信，发出时间须被视为收到时间（但如果发出当日并非一营业日，则下一营业日开始营业时须被视为收到时间，以及用传真发出时，发出的电传机自动显示出收件人的电传号码及接收代号时须被视为收到时间）；如用信件发出，在人手交递时或在出寄后14天，须被视为收到时间。

第二十七条　争议的解决

因本合同引起的或与本合同有关的任何争议，均提请北京仲裁委员会按照该会仲裁规则进行仲裁。仲裁裁决是终局的，对双方均有约束力。

第二十八条　文本

本合同正本一式两份，甲、乙双方各执一份，具有同等法律效力。副本两份，由见证律师事务所及有关机关备案各一份。

甲方：＿＿＿＿＿＿＿　　　　　乙方：＿＿＿＿＿＿＿

（签章）　　　　　　　　　　　（签章）

法定代表人：

授权代表：

　　年　　月　　日

见证人：北京市律师事务所

律　师：

　　年　　月　　日

写字楼租赁合同

目　录

租赁合同

出租方(下称"甲方")：

承租方(下称"乙方")：

甲、乙双方经协商，就乙方向甲方承租〔　〕大厦(下称"大厦")的单元达成一致意见，特立此租赁合同为证。详细内容如下：

第一章　定义及释义

本合同中除文义需另作解释外，下列用语所指意义如下：

"承租单元"指本合同附件一第 2 条所述的物业；

"承租期"指本合同附件一第 3 条所述的期限；

"免租期"指本合同附件一第 4 条所述的期限；

"租金"指本合同附件一第 5 条所述的租金；

"公共区域"指大厦入口、大堂、公共卫生间、电梯、楼梯间、通道、行人道、行车道、绿化区域、设备机房、洒水系统泵房、消防泵房、风道井、水箱间、自动扶梯、管理处办公用房等处及设施，还包括为大厦的业主、租户、用户及其客户、雇主、被邀者、被许可者及与业主拥有相似使用权的所有其他人员而设并供其使用的其他地方及设施，但不包括任何业主、租户、用户拥有独自使用权的地方；

"公共设施"指为大厦的利益而安装的机器、设备、仪器、装置、管道、机房、电缆、电线及种植的树木、草坪、花卉等，但任何只供个别业主、租户、用户使用的设施不包括在内；

"管理机构"指甲方所指定负责管理大厦、公共区域及公共设施等事宜的具有专业资质的物业管理机构；

"管理费"指本合同附件一第 6 条所述的费用；

"物业管理规定"指甲方或管理机构就管理大厦、公共区域及公共设施所制定的物业管理公约及依据公约和大厦实际制订的规章制度；

"装修守则"指甲方或管理机构就乙方在为承租单元进行装修时所须遵守的规定及程序所制定的规则；

"使用人"指乙方的职员和雇员、代理人、被邀人、客人、承包商、来访者和其他占用或使用承租单元的人士；

"特定业务"指乙方进行与其经营范围相关的特定营业活动的业务。

第二章　承租单元

2.1　甲方兹按本合同的条件出租、且乙方兹按本合同的条件承租承租单元。

2.2　除承租单元外，乙方将享有与甲方以及大厦的其他租户和用户共同使用公共区域及公共设施的权利，但应遵守本合同、《使用、管理、维修公约》、《装修守则》等物业管理规定以及甲方和管理机构就公共区域及公共设施的使用所制定的规定。

第三章　租　　期

3.1　乙方于承租期内向甲方承租承租单元。承租期应包含免租期在内。

3.2　在各免租期内乙方免向甲方缴付房屋租金,但须缴付本合同所规定的物业管理费及各项公用设施费(不包括电和电话费)等其他费用。

第四章　租　　金

4.1　承租期内,乙方须于装修免租期后每月首五个工作日之前预先向甲方缴付当月的全额租金。

4.2　租金不包含本合同所规定的各项公用设施费(包括电和电话费)等其他费用。

4.3　甲乙双方同意按以下方式支付租金:租金以[　]元计算,乙方以[　]元支付租金,由管理机构统一收取。

4.4　若乙方未能按本合同的规定向甲方支付租金,每逾期一日应按逾缴总额的万分之二(0.02%)向甲方支付滞纳金,直至乙方全数付清其所应付的租金(包括滞纳金)之日为止。

第五章　管理费及其他费用

5.1　甲方可自行管理或委托管理机构管理大厦、公共区域及公共设施并按公约及相关规定向乙方提供物业管理服务。

5.2　在承租期内,乙方须于每月首五个工作日之前预先向管理机构缴付当月全额管理费。

5.3　管理费的支付办法,包括货币、兑换率与本合同第四章有关租金的相应规定相同。

5.4　管理费的使用范围详见物业公约所定。

5.5　在承租期内,管理机构可因提供管理服务的运作成本的变动以及根据市场情况合理调整管理费,但应事先通知乙方并说明合理调整理由。乙方应按调整后的金额支付管理费。

5.6　若乙方未能按本合同的规定向管理机构支付管理费或其他乙方应付的费用,每逾期一日应按逾缴总额的万分之二(0.02%)向管理机构支付滞纳金,直至乙方全数付清其所应付的管理费和其他费用(包括滞纳金)之日为止。

第六章　押　　金

6.1　在签订本合同后五日内,乙方应付给甲方附件一第7条所述的押金,以作为乙方遵守和履行本合同所有义务和规定的保障。

6.2　如乙方在整个承租期内未违反本合同的主要相关规定,且全额缴清应付租金、管理费,则甲方须于承租期结束后的十五日内一并无息退还将乙方所支付的押金。

6.3　在承租期内,若乙方拖欠甲方及/或管理机构任何租金、管理费,或因乙方违反本合同、《使用、管理、维修公约》或《装修守则》等物业管理规定给甲方造成损失,甲方有权在预先书面通知乙方并随附充分证据的情况下从押金中扣除一笔相等于该欠缴之款项。乙方须在甲方提出书面通知后十个工作日内补足所扣除部分押金,否则按违约论处。

第七章　承租单元用途

7.1　承租单元仅作为办公用途。如经政府部门同意变更或增加经营范围,乙方书面通知甲方后方可变更承租单元的用途。

7.2　乙方不得将承租单元及其任何部分作为演播室或用于宗教或其他仪式,或用于赌博或其他非法或不道德的用途;不得以任何方式使甲方或其他业主、租户或用户受到骚扰、不便或对之造成损害或危险的方式使用承租单元。

7.3　除甲方或管理机构统一设计所提供,或书面认可的指示牌及名牌,乙方不得在承租单元外设置或展示任何能在大厦外面看见的广告宣传、灯箱、装饰、旗帜。

7.4　未经甲方书面同意,乙方除了用大厦名称为其营业地址外,不得在其他方面使用大厦名称或其标志。若乙方经甲方批准在法定名称内使用大厦的名称,乙方须在本合同终止时向有关政府部门申请更换其法定名称。

7.5　甲方有权随时更改大厦的名称或其任何标记，但须事先通知乙方变更的名称和理由。

第八章　装修或改建

8.1　乙方须遵守甲方或管理机构就承租单元的装修或装饰所制定的装修守则，向甲方递交承租单元的内部装修、设备安装及陈设的设计图(包括需要额外电力、空调、防火设备之要求)和详细说明。

8.2　在未获得甲方的书面同意及完成办理有关手续前，乙方不得在承租单元内进行任何内部装修、设备安装及陈设。甲方保证乙方递交设计方案后五个工作日内予以答复，并协助该设计方案尽快得到消防部门正式批复。

8.3　未经甲方事先书面同意，乙方不得对承租单元进行任何重大改动或附加装置，以及对电线、照明或其他装置以及由甲方提供的空调系统及公共设施进行任何改动或附加装置，或割损任何门窗、墙体、结构材料或大厦其他构造。

第九章　维护与修理

9.1　管理机构负责承租单元内和大厦外的玻璃幕墙、建筑结构和中央空调、新风、电梯、公共区域水电、大厦原配通讯、消防等系统的管理和维修保养，并承担有关的费用和责任。

9.2　承租单元的内部装修及由乙方安装的各种设备由乙方自行维修保养，并由乙方承担有关费用。

第十章　损　　坏

10.1　在承租期内，如因不可抗力导致承租单元发生全部或部分损坏以致承租单元完全不能使用，或损坏严重而根本不能修复，在上述损坏发生后的 90 日内，甲方有权选择：

(1)宣布由于上述损坏而终止本合同；或

(2)修缮承租单元并书面通知乙方所需的时间。在修缮期间，乙方不需支付租金及其他费用直至重建或重修结束之日。

如甲方选择修缮承租单元但承租单元在进行重建或重修后 180 日内仍旧未能修复完毕时，乙方有权经书面预先通知甲方后终止本合同。

10.2　如承租单元因不可抗力的情况原因只是轻度损坏，部分可以使用，并能满足乙方特定业务的需要，甲方应予以即时修缮，直至承租单元全面恢复使用条件为止。在此同时，租金可相应按损坏比率予以部分减免，有关的租金减免应依据承租单元的修缮期按天数计算。

第十一章　续　　约

若甲、乙双方在离承租期终止日 3 个月之前未达成续约协议，甲方或其代表、授权人，可在承租期终止前 3 个月经提前通知乙方，可陪同准租户进入承租单元视察。如乙方此间愿继续承租此物业，则双方将参照当时合理的市场价格制定续约后的租金，甲方给予适当优惠。

第十二章　法 律 费 用

12.1　本合同的、印花税、登记费及附带手续费用应依据中国的法律、法规和北京市政府的有关规定由双方各自支付。

12.2　若一方有任何违约行为以致对方需采取法律或其他行动来维护其在本合同下的利益或强制执行本合同下的任何条款，一切有关费用(包括律师费及诉讼费)应由败诉方承担，并由败诉方向胜诉方作出全面赔偿。

第十三章　甲方责任及保证条款

甲方向乙方声明及保证如下，且除本合同另有规定外，甲方应就其违反本章所述的责任对乙方或其使用人直接作出赔偿或承担责任：

13.1　中央空调及单元空气

甲方应向乙方按正常办公时间(目前为早八点至晚八点)提供承租单元的中央空调。如乙方有意于上述时间以外享有中央空调，应预先通知甲方或管理机构并支付超时空调费。

13.2　公共区域、公共设施的检查及维修

管理机构负责对大厦的公共区域、公共设施进行定期安全检查及日常维修，使其连续处于良好、适用状态。

13.3　保安、防火、环境、卫生

管理机构负责公共区域及其公共设施的保安、防火、环境、卫生等事项并承担相应责任。

13.4　大厦配套

管理机构应使大厦配套之电力线路、机械设备(含电梯)、水管、通讯及线路、废水排放系统和其他公共设施处于畅通适用状态。

13.5　大厦水牌和标识

甲方承诺并责成管理机构，在广告牌位、大堂水牌和其他指示物(如有)上的明显位置，以显著字体为乙方制作名称、标识和单元说明，且租期内不收任何费用，但标牌制作费应由乙方承担。

13.6　大厦转让和纠纷

甲方承诺如发生房屋转让或抵押、债务或纠纷等情况，应事先通知乙方；凡涉及承租单元权利或乙方其它利益的事项，均应征得乙方同意方为有效。

13.7　承租单元平静使用权

甲方保证并责成管理机构依据公约及有关法规认真履行管理职责，保障承租单元得以安全、静和洁净地正常使用。

第十四章　乙方责任及保证条款

乙方向甲方和管理机构声明及保证如下：

14.1　支付租金及有关费用

在承租单元达到正常使用条件下，依据本合同所规定的时间和方式及时支付租金、押金、管理费、各种设施收费等。

14.2　转让、分租

除非得到甲方的书面同意，乙方不得以任何形式或方式将承租单元及其任何部分进行转让、分租、或以其他方式让与使用权，但乙方可将承租单元用于其关联公司办公用途和地址，同时应由乙方向甲方统一承担本合同所述责任。

14.3　物业管理规定及保安、保险条例

遵守并促使其使用人遵守《使用、管理、维修公约》，《装修守则》等物业管理规定以及甲方或管理机构就大厦和公共区域的管理、使用、保安、保险等所制定的规定。

14.4　遵守防火及安全规则

在对承租单元的使用期间，须遵守中国政府及北京市政府与防火相关的法律法规及甲方或管理机构所制定的安全规则，并由乙方自费在承租单元配置除甲方按规定已经配置之外的足够有效的便携式灭火器。

第十五章　交　还

15.1　在承租期期满或提前终止时，乙方应立即将承租单元之装置、装配和设备恢复至交付乙方时的原来状态(正常折旧、磨损除外)，并在良好、清洁、坚固及维修适宜的状态下将承租单元交还甲方。

15.2 在承租期期满或提前终止时,乙方负责拆除其对承租单元所进行的任何附加装置或改动。

15.3 在承租期期满或提前终止时,乙方应搬走其属于自己的物品。否则,甲方有权自行处理承租单元内的留置物品,处理留置物品引致费用将由乙方支付。

第十六章 违 约 责 任

16.1 本合同各方应遵守本合同的各项约定,如任何一方违反本合同的约定,应承担违约责任并赔偿另外一方因此所蒙受的损失。

16.2 如因甲方违约或侵权给乙方造成损失,乙方可凭有效裁决从下期应付甲方租金或管理费中相应扣除作为赔偿且不构成乙方违约行为。

第十七章 终 止 租 约

在不影响本合同其他规定的前提下,如一方违反本合同任何条款或条件,或一方在本合同内所作的任何声明或保证为不正确或不真实,并在接到对方书面通知后七日内不予纠正时,守约方有权终止本合同并向违约方追讨因其违约给守约方造成的损失。

第十八章 通   知

18.1 与本合同有关的通知或要求均须采用书面形式发出,并由挂号或专人送至对方的法定地址或对方最后书面通知的营业地点;挂号寄出第7日或送达日(以较早日为准)为文件的生效日,除非文件内对生效日期另有规定。

18.2 甲方对乙方发出的通知可送至承租单元或附件一第1条所述的地址。

第十九章 仲   裁

19.1 恩笨合同有关的一切争议,应尽量通过友好协商解决,若任何一方不愿意协商或进行协商30日后仍不能达成一致意见时,任何一方可将该争议提交北京仲裁委员会进行仲裁。

19.2 在解决争议的期间,除正在进行仲裁的部分外,双方应继续遵守及履行本合同。

第二十章 其 他 规 定

20.1 双方可经协商后修订本合同的条款。本合同的附件及双方所签订的补充协议为本合同不可分割的组成部分,与本合同具有同等法律效力。

20.2 本合同项下的产权变更适用于民法房屋买卖合同不破租赁原则。

20.3 本合同的构成、效力、解释、履行、修改及终止均受中国法律管辖。

20.4 若本合同的规定与《使用、管理、维修公约》或《装修守则》等物业管理规定有任何不一致之处,应以本合同的规定为准。

20.5 本合同一式三份,甲方两份、乙方一份,具有同等的法律效力。本合同自甲乙双方盖章或授权代表签字之日起生效。

房地产委托代理销售协议范本

委托方(甲方):

受托方(乙方):

甲乙双方经过友好协商,就乙方代理销售甲方所开发建设的大厦(花园、别墅、公寓等)事宜达成一致协议。

一、甲方责任

1. 提供营业执照复印件,法人代表证明书。

2. 提供所委托销售项目的有关批文,包括物业名称证明、立项批复、土地使用证、土地出让合同、建设用地规划许可证、建设工程规划许可证、建设工程开工许可证、商品房预售或销售许可证等文件的复印件。

3. 提供上述项目的设计图纸、装修标准及技术指标文件,提供上述项目周围环境及土地使用情况、建设情况及交通状况等资料和文件。

二、乙方责任

1. 根据市场情况制定销售计划,安排销售时间表。

2. 在甲方帮助下,安排客户实地考察并介绍项目当地环境。

3. 乙方与客户接洽之后,以传真方式与甲方联系,确认客户。凡经甲方确认后的客户,成交后均视为乙方成交。

4. 在甲方与客户正式签署售楼合同之前,以代理人身份与客户签署有关认购意向书,并在规定时间内安排客户与甲方正式签署买卖合同。

三、销售价格

本物业第一期销售价格暂定为每平方米_____元。

四、代理佣金

甲乙双方同意代理佣金为房价的2%,佣金在客户与甲方正式签署买卖合同时全部支付。

五、代理期限与销售面积

甲方同意乙方的代理期限为半年,从双方签订本协议之日起计算,在代理期间,乙方须售出平方米。

六、违约责任

如在代理期限内乙方未按合同规定销售出平方米的物业即构成违约,双方另行确定对违约行为的处理。

七、广告宣传

甲方同意支付所有与销售有关的广告费用,广告分为三期,分别在报和报上刊出。

八、争议解决

甲乙双方同意由本代理协议产生的一切纠纷,均采用友好协商的方法予以解决,如果协商的方法不能解决,双方一致同意将争议提到北京仲裁委员会予以仲裁,仲裁的裁决是终局的。

本合同一式两份,甲乙双方各持一份,自双方代表盖章签字之日起生效。

甲方:　　　　　　　　　乙方:

一九九　年　　月　　日

房屋出租委托合同范本

编　　号:

委托人(下称甲方):

姓名/公司名称:

地　　址:

证件种类及号码:

电　　话:

传　　真:

受托人(下称乙方):

公司名称:

地　　址：

电　　话：

传　　真：

甲、乙双方经友好协商,达成协议如下:

1. 甲方委托乙方出租其拥有之位于北京市＿＿＿＿区＿＿＿＿街＿＿＿号第＿＿＿座＿＿＿＿层单位房产(下称"该房产"),有关买卖契约或产权证明见附件,委托期限两年。该房产的建筑面积为＿＿＿＿平方米(需以产权证所载数为准)。甲方合法拥有该房产的所有权及其占用土地的土地使用权,且甲方愿将房产出租。

2. 甲方出租房产的条件如下:

(1)租约年期:

(2)租金:

(3)租金支付:

(4)按金:

(5)其他:

3. 乙方应积极为甲方寻找适合租户并最大限度地满足甲方要求。

4. 甲方同意乙方为甲方介绍客户完成该房产租赁后,乙方可获得相当于该房产租约中所签订之全年租金总额的平均租金作为代理费。甲方授权乙方可在签署正式房产租约前收取订金,此订金可作为之后乙方应得之代理费的一部分,不足部分由甲方在甲方与承租人签署该房产正式租赁合约(包括甲方应收之租房订金到位)之日起7日内缴付乙方。

5. 当乙方向甲方介绍可能承租人时,甲方应积极配合,自行与承租方签约,并尽快办理签署租约所需的有关手续。

6. 甲方亦可授权乙方作为代理人代理签署有关租约,有关事宜将在授权书中另行约定。

7. 甲方除委托乙方代为出租该房产外,亦可自行寻求或委托他人寻求该房产的可能承租人。如甲乙双方中任何一方最先寻求到该房产的承租人,均须以书面形式通知对方,否则将赔偿因此给对方造成的损失。

8. 在委托期及委托期终止后6个月内,若甲方私下与乙方所介绍的承租方签订租约,甲方也须将按照本协议订明的代理费支付给乙方。

9. 本协议书在以下情形下即告失效:

(1)委托期满且双方并无续约;

(2)甲方与经乙方介绍的承租方签约且付清应付乙方之代理费;

(3)甲、乙双方书面同意提前终止本协议。

10. 甲、乙双方均须为本协议书内容予以保密,未经双方许可不得将有关内容泄露给任何第三方。

11. 本委托书依照中华人民共和国法律拟定,如有未尽事宜,双方可另拟补充条款。如有争议而双方不能协商解决将依照中华人民共和国有关法律通过北京仲裁委员会仲裁解决。

12. 本委托书一式两份,甲、乙双方各执一份,自双方签字之日起即行生效。

甲方:　　　　　　乙方:北京房地产发展有限公司

　　　　　　　　　　　　　　　年　　月　　日

案例精选

于存库诉董成斌、董成珍
房屋买卖纠纷案

原告(反诉被告):于存库,男,67岁,退休职工,住四川省广汉市雒城镇上东街。

委托代理人:舟启发,四川省德阳市雒鹏律师事务所律师。

被告(反诉原告):董成斌,男,35岁,无业,住四川省广汉市雒城镇桂花街。

被告(反诉原告):董成珍,女,42岁,工人,住四川省巴中市东城街。

委托代理人:杨军,四川省广汉市法律事务所法律工作者。

原告于存库因与被告董成斌、董成珍发生房屋买卖纠纷,向四川省广汉市人民法院提起诉讼,董成斌、董成珍同时反诉。

原告于存库诉称:原告按照与二被告签订的房屋买卖协议,在收到二被告交付的房价款并由二被告占用房屋后,曾依约多次找过二被告都未找到,致使至今仍未办理房屋产权转移变更登记手续。鉴于该房屋占用的土地是划拨土地,依法不能转让,且房屋产权仍未变更,请求确认原、被告之间的房屋买卖协议无效,判令二被告给原告返还房屋和占用该房期间收取的租金3.3万元,并负担本案诉讼费用。

二被告答辩并反诉称:被告已经按照与原告签订的房屋买卖协议履行了交付价款的义务,后因原告搬家不通知被告,导致与原告失去联系,致使该房屋的产权和土地使用权变更登记手续至今仍未办理。原告的违约行为,侵害了二被告合法权益,所诉房屋买卖协议无效的理由不能成立,协议应当继续履行。反诉请求判令原告给二被告支付违约金5000元,赔偿二被告的其他损失,并承担办理该房屋的占用土地的使用权变更登记义务。按照协议的约定,土地使用权出让金应当由原告缴纳。

四川省广汉市人民法院经审理查明:

1997年12月11日,原告于存库与被告董成斌、董成珍签订了一份房屋买卖协议,约定:坐落在广汉市雒城镇桂花街103幢10—11轴底层的门面营业房一间,是于存库私有财产,现由杨军租用;在征求杨军同意后,于存库现将此房作价12.2万元卖给董成斌、董成珍;房屋买卖中发生的土地使用权出让金,由于存库负担;税金及过户费,由董成斌、董成珍负担;公证费双方各负担一半;房屋出卖后,原租赁协议继续有效;双方应当遵守协议,如一方违约,应向对方支付违约金5000元。

12月11日,双方办理了房屋买卖协议的公证手续。同日,被告董成斌、董成珍付给原告于存库现金12.2万元,于存库出具收条后将房屋交给董成斌、董成珍。董成斌、董成珍以出租人身份,继续出租该房至今。

涉案房屋是1993年9月原告于存库从广汉市建设开发总公司购买的商品房。该房屋占用的土地,是划拨取得。广汉市土地管理部门证实,广汉市人民政府允许在办理了土地使用权出让手续后,转让该土地上的房产。在于存库和被告董成斌、董成珍办理房屋买卖协议的公证时,于存库尚未取得该房屋占用土地的使用权证。办理公证手续10日后,于存库以自己的名义取得了面积为8.30平方米的划拨土地使用权证。由于双方当事人在签订房屋买卖协议后都搬家,而且互不通知,以至失去联系,该房屋的产权和土地使用权变更登记手续未能按约定办理。1999年3月2日,董成斌、董成珍单方到房屋行政管理部门申请办理房屋产权变更登记手续时,因于存库阻止,未能办成。

上述事实,有房屋买卖协议、公证书、现金收条、划拨土地使用权证等书证和证人证言、双方当事人陈述证实。

四川省广汉市人民法院认为:

《中华人民共和国民法通则》第五十五条规定:"民事法律行为应当具备下列条件:(一)行为人具有相应的民事行为能力;(二)意思表示真实;(三)不违反法律或者社会公共利益。"第五十七条规定:"民事法律行为从成立时起具有法律约束力。行为人非依法律规定或者取得对方同意,不得擅自变更或者解除。"坐落在广汉市雒城镇桂花街103幢10—11轴底层的门面营业房一间，是原告于存库的私有财产。该房屋占用的土地虽然是划拨取得，但当地有批准权的人民政府允许在办理了土地使用权出让手续后，转让该土地上的房产。于存库通过与被告董成斌、董成珍签订协议转让房屋，签订协议时双方都具有相应的民事行为能力，意思表示真实，协议内容为买卖法律允许买卖的私有财产，且对办理土地出让手续作了约定，不损害国家和社会公共利益，因此双方所签协议依法成立，对双方当事人具有法律约束力，任何一方未取得对方同意，都不能擅自解除该协议。

《中华人民共和国城市房地产管理法》第五十九条规定："国家实行土地使用权和房屋所有权登记发证制度。"第六十条第三款规定："房地产转让或者变更时，应当向县级以上地方人民政府房产管理部门申请房产变更登记，并凭变更后的房屋所有权证书向同级人民政府土地管理部门申请土地使用权变更登记，经同级人民政府土地管理部门核实，由同级人民政府更换或者更改土地使用权证书。"原告于存库与被告董成斌、董成珍签订的房屋买卖协议虽然依法成立，但在没有办理上述规定要求的手续之前，不具有将协议指向的房产权属变更的效力。双方当事人应当按照法律的规定和协议的约定，为办理权属变更手续履行自己的义务。

应当指出，所谓"房屋的转让应进行变更登记方为有效"一语，是指双方通过签订协议，虽然买卖房产的意向能够成立，但是若不登记，则不发生房产所有权转移的效力，不是指买卖协议本身不能成立。在房屋买卖协议成立后，房产所有权没有转移前，双方当事人依协议建立的债权债务关系依然存在。原告于存库以产权没有变更为由主张房屋买卖协议无效，其理由不能成立。

城市房地产管理法第三十一条规定："房地产转让、抵押时，房屋的所有权和该房屋占用范围内的土地使用权同时转让、抵押。"原告于存库出卖的房屋，是依法经批准开发的商品房，国家允许在办理了土地使用权出让手续后转让该土地上的房产。对此情况，签约双方都非常了解，因此在协议中有由于存库交纳土地使用权出让金，办理该宗土地使用权合法转让手续的约定。

签订房屋买卖协议时，于存库虽然尚未取得该房产占用土地的使用权证，但这仅仅是取得迟早，并非不应或者不能取得的问题。况且事实证明，在协议签订后仅仅10天，于存库就取得了划拨土地使用权证。虽然此时于存库对该土地还只有划拨土地使用权，但不影响他在补办土地出让手续后出售私有房产。于存库以签订协议时尚未取得土地使用权以及该宗土地是划拨取得不能转让为由，主张房屋买卖协议无效，其理由也不能成立。

综上所述，原告于存库与被告董成斌、董成珍签订的房屋买卖协议，依法成立。最高人民法院在《关于贯彻执行〈中华人民共和国民法通则〉若干问题的意见（试行）》第八十五条规定："财产所有权合法转移后，一方翻悔的，不予支持。财产所有权尚未按原协议转移，一方翻悔并无正当理由，协议又能够履行的，应当继续履行；如果协议不能履行，给对方造成损失的，应当负赔偿责任。"于存库在房产所有权未依法转移的情况下，以各种不正当理由表示翻悔，有悖诚实信用的原则，有损交易的安全，不予支持。双方在协议依法成立后，因搬家时不履行相互通知的义务以至失去联系，不能及时按约定办理房地产权属变更登记手续。对此，双方都有过错。董成斌、董成珍反诉请求判令于存库承担违约责任，亦不予支持。双方当事人应当依照法律的规定，按照协议的约定继续履行。据此，四川省广汉市人民法院判决：

一、原告于存库与被告董成斌、董成珍订立的房屋买卖协议依法成立。

二、原告于存库于判决生效后30日内，履行房地产转让中卖方应承担的转让登记义务。

三、转让房屋占用范围内的土地使用权出让金，先由被告董成斌、董成珍垫付，然后按照约定凭有效票据，由原告于存库在10日内一次性给二被告付清。其他费用，由二被告负担。

四、驳回原告于存库与被告董成斌、董成珍的其他诉讼请求。

本诉和反诉案件受理费、其他诉讼费共计9160元，由原告于存库负担8000元，被告董成斌、董成珍共同负担1160元。

于存库不服一审判决，仍以原起诉的理由向

四川省德阳市中级人民法院提起上诉。被上诉人董成斌、董成珍则答辩要求维持原判。

四川省德阳市中级人民法院经审理认为,最高人民法院在《关于适用〈中华人民共和国合同法〉若干问题的解释(一)》第九条中规定:"依照合同法第四十四条第二款的规定,法律、行政法规规定合同应当办理批准手续,或者办理批准、登记等手续才生效,在一审法庭辩论终结前当事人仍未办理批准手续的,或者仍未办理批准、登记等手续的,人民法院应当认定该合同未生效;法律、行政法规规定合同应当办理登记手续,但未规定登记后生效的,当事人未办理登记手续不影响合同的效力,合同标的物所有权及其他物权不能转移。"参照这一规定,上诉人于存库在一审提起诉讼之前,早已分别办理了涉案房屋的产权证和土地使用权证,成为该房屋的合法产权人。

于存库以合法产权人的身份与被上诉人董成斌、董成珍签订的房屋买卖协议,依法成立。根据"地随房走"的原则,于存库在出售自己的房产时,其以划拨方式取得的土地使用权,在依法补办相应手续后,也是可以转让的,故于存库的上诉理由不能成立,应予驳回。原审认定事实清楚,证据充分,适用法律正确,判处恰当,审判程序合法,应予维持。据此,该院依照《中华人民共和国民事诉讼法》第一百五十三条第一款(一)项的规定判决:

驳回上诉人于存库的上诉,维持原判。

二审案件受理费8660元,由上诉人于存库负担。

——选自《最高人民法院公报》2001年第4期

六、房产管理

1. 房屋权属管理

城市私有房屋管理条例

1983 年 12 月 17 日国务院发布

第一章　总　　则

第一条　为了加强对城市私有房屋的管理,保护房屋所有人和使用人的合法权益,发挥私有房屋的作用,以适应社会主义现代化建设和人民生活的需要,特制定本条例。

第二条　本条例适用于直辖市、市、镇和未设镇建制的县城、工矿区内的一切私有房屋。

前款私有房屋是指个人所有、数人共有的自用或出租的住宅和非住宅用房。

第三条　国家依法保护公民城市私有房屋的所有权。任何单位或个人都不得侵占、毁坏城市私有房屋。

城市私有房屋所有人必须在国家规定的范围内行使所有权,不得利用房屋危害公共利益、损害他人合法权益。

第四条　城市私有房屋因国家建设需要征用拆迁时,建设单位应当给予房屋所有人合理的补偿,并按房屋所在地人民政府的规定对使用人予以妥善安置。

被征用拆迁房屋的所有人或使用人应当服从国家建设的需要,按期搬迁,不得借故拖延。

第五条　城市私有房屋由房屋所在地人民政府房地产管理机关(以下简称房管机关)依照本条例管理。

第二章　所有权登记

第六条　城市私有房屋的所有人,须到房屋所在地房管机关办理所有权登记手续,经审查核实后,领取房屋所有权证;房屋所有权转移或房屋现状变更时,须到房屋所在地房管机关办理所有权转移或房屋现状变更登记手续。

数人共有的城市私有房屋,房屋所有人应当领取共同共有或按份共有的房屋所有权证。

第七条　办理城市私有房屋所有权登记或转移、变更登记手续时,须按下列要求提交证件:

(一)新建、翻建和扩建的房屋,须提交房屋所在地规划管理部门批准的建设许可证和建筑图纸;

(二)购买的房屋,须提交原房屋所有权证、买卖合同和契证;

(三)受赠的房屋,须提交原房屋所有权证、赠与书和契证;

(四)交换的房屋,须提交双方的房屋所有权证、双方签订的协议书和契证;

(五)继承的房屋,须提交原房屋所有权证、遗产继承证件和契证;

(六)分家析产、分割的房屋,须提交原房屋所有权证、分家析产单或分割单和契证;

(七)获准拆除的房屋,须提交原房屋所有权证和批准拆除证件。

证件不全或房屋所有权不清楚的,暂缓登记,待条件成熟后办理。

第八条　严禁涂改、伪造城市私有房屋所有权证。

遗失城市私有房屋所有权证,应当及时向房屋所在地房管机关报告,申请补发。

第三章　买　　卖

第九条　买卖城市私有房屋,卖方须持房屋所有权证和身份证明,买方须持购买房屋证明信和身份证明,到房屋所在地房管机关办理手续。

任何单位或个人都不得私买私卖城市私有房屋。严禁以城市私有房屋进行投机倒把活动。

第十条　房屋所有人出卖共有房屋,须提交共有人同意的证明书。在同等条件下,共有人有优先购买权。

第十一条 房屋所有人出卖租出房屋,须提前3个月通知承租人。在同等条件下,承租人有优先购买权。

第十二条 买卖城市私有房屋,双方应当本着按质论价的原则,参照房屋所在地人民政府规定的私房评价标准议定价格,经房屋所在地房管机关同意后才能成交。

第十三条 机关、团体、部队、企业事业单位不得购买或变相购买城市私有房屋。如因特殊需要必须购买,须经县以上人民政府批准。

第十四条 凡享受国家或企业事业单位补贴,廉价购买或建造的城市私有房屋,需要出卖时,只准卖给原补贴单位或房管机关。

第四章 租　　赁

第十五条 租赁城市私有房屋,须由出租人和承租人签订租赁合同,明确双方的权利和义务,并报房屋所在地房管机关备案。

第十六条 房屋租金,由租赁双方按照房屋所在地人民政府规定的私有房屋租金标准,协商议定;没有规定标准的,由租赁双方根据公平合理的原则,参照房屋所在地租金的实际水平协商议定,不得任意抬高。

出租人除收取租金外,不得收取押租或其他额外费用。承租人应当按照合同规定交租,不得拒交或拖欠。

第十七条 承租人需要与第三者互换住房时,应当事先征得出租人同意;出租人应当支持承租人的合理要求。换房后,原租赁合同即行终止,新承租人与出租人应当另行签订租赁合同。

第十八条 出租人、承租人共同使用的房屋及其设备,使用人应当本着互谅互让、照顾公共利益的原则,共同合理使用和维护。

第十九条 修缮出租房屋是出租人的责任。出租人对房屋及其设备,应当及时、认真地检查、修缮,保障住房安全。

房屋出租人对出租房屋确实无力修缮的,可以和承租人合修。承租人付出的修缮费用可以折抵租金或由出租人分期偿还。

第二十条 租赁合同终止时,承租人应当将房屋退还出租人,如承租人到期确实无法找到房

屋,出租人应当酌情延长租赁期限。

第二十一条 承租人有下列行为之一的,出租人有权解除租赁合同:

(一)承租人擅自将承租的房屋转租、转让或转借的;

(二)承租人利用承租的房屋进行非法活动,损害公共利益的;

(三)承租人累计6个月不交租金的。

第二十二条 机关、团体、部队、企业事业单位不得租用或变相租用城市私有房屋。如因特殊需要必须租用,须经县以上人民政府批准。

第五章 代　　管

第二十三条 城市私有房屋所有人因不在房屋所在地或其他原因不能管理其房屋时,可出具委托书委托代理人代为管理。代理人须按照代理权限行使代理权并履行应尽的义务。

第二十四条 所有人下落不明又无合法代理人或所有权不清楚的城市私有房屋,由房屋所在地房管机关代管。

前款代管房屋因天灾或其他不可抗力遭受损失的,房管机关不负赔偿责任。

第二十五条 城市私有房屋所有人申请发还由房管机关代管的房屋,必须证件齐备、无所有权纠纷,经审查核实后,才能发还。

第六章 附　　则

第二十六条 各省、自治区、直辖市人民政府可根据本条例,结合本地区具体情况,制定实施细则。

第二十七条 本条例由城乡建设环境保护部负责解释。

第二十八条 本条例自发布之日起施行。

中国人民解放军
房地产管理条例

1990年4月20日中央军事委员会发布

第一章 总　　则

第一条 为了合理有效管理使用军队房地产,保证国防建设的需要,制定本条例。

第二条 本条例所称房地产,是指由军队管理、

使用的土地、房屋及附属设施、设备,以及林木等。

第三条　军队房地产是国防设施的重要组成部分,必须统一规划、统一调配,合理使用,加强管理和维修,保持良好的环境,提高使用效益,以适应军队建设的需要。

第四条　军队房地产的权属统归于军委、总部。其产权产籍由各级后勤基建营房部门归口管理,按其用途分别由有关业务部门具体负责使用和管护。

第五条　管理好和使用好军队房地产,是军队各级领导、管理部门和每个成员的权利和义务。各单位应当经常进行珍惜和爱护军队房地产的教育,搞好房地产的使用、管护、开发工作,充分发挥其效益。

第二章　调整与审批

第六条　军队房地产应当根据作战、战备、训练、生活和生产的需要,通盘安排,合理调整。军委、总部有权调整任何单位的房地产(利用外资或与地方合建的房屋除外)。被调整的单位必须服从大局,保质、保量、按时移交所调整的房地产,不得以任何理由和借口拖延时限。

第七条　军队平时调整部署和新组建单位所需房地产,应当尽量从现有和空余房地产中调整解决。因情况特殊需调整部署或新组建单位需要新建营房的,审批时应当从严掌握。

第八条　军队房地产调整,实行分级审批,严格履行手续。军区、军兵种、国防科工委等各大单位(以下简称各大单位)之间房地产的余缺调整由总部视情下达调整计划,或者由需要一方商房地产所在大单位后提出申请,报总部审批;各大单位内的房地产余缺调整,团(含)以上单位和各种导弹营的,报总部审批;营(含)以下单位的,由各大单位审批,报总部备案。

第九条　用于军事设施的房地产,其权属不得改变,如改变需经国务院、中央军委批准。

第十条　军队下列房地产的转移变更由总后勤部审批:

　　(一)不论数量多少,凡军队房地产同地方有偿转让或者无偿移交的;

　　(二)不论数量多少,凡军队房地产与地方换建,或者利用军用土地与地方、港澳台、华

侨、外商合作及合资建房的;

　　(三)军队房地产与地方兑换,换回的房地产数量、质量不相当的;

　　(四)军队房地产用于离退休干部建房的;

　　(五)整座落营房拆除销号或零星拆除营房3000平方米(含)以上的;

　　(六)团(含)以上单位整座落空余营房借给地方的;

　　(七)有期借给地方土地20亩(含)以上的。

第十一条　军队下列房地产的转移、变更由各大单位审批,报送总后勤部备案:

　　(一)军队房地产与地方兑换,换回的房地产数量、质量相当的;

　　(二)不足3000平方米零星营房拆除销号的;

　　(三)营(含)以下单位整座落空余营房借给地方的;

　　(四)有期借给地方土地不足20亩的。

第十二条　军队房地产的调整和处理,凡涉及到团级(含)以上单位部署的,由总后勤部根据中央军委或总参谋部的部署调整命令办理;不涉及部署的,由总后勤部办理。

第十三条　军队房地产的调整和处理,应当按照国家和军队的规定,办理房产产权和土地地籍登记、变更、移交手续。涉及地方单位的应当办理公证手续。

第三章　管　理

第十四条　军队房地产必须根据国家有关规定,由各使用单位向当地县级以上人民政府办理登记注册,领取房屋所有权证和国有土地使用证,并认真负责管理和维护。

第十五条　军队营房按编制实行限额住用,依据全军各类单位人均营房建筑面积综合控制指标核定需求量,发放营房维修经费和安排缺房新建。

第十六条　军队营产实行责任管理,采用行政与经济手段相结合的办法,把管理责任落实到单位和个人。当单位和人员变动时,应当及时办理交接手续,如果交接中出现问题,由交接双方或者上级单位协商解决,协商不成时,由双方的共同上级处理。

第十七条　军队内部房地产调整实行无偿调拨，任何单位不得以任何借口索取补偿。但调整给军内企业化单位的房地产，实行有偿转让，按固定资产折旧办法核定金额，一次或逐年偿还。

第十八条　军队向地方有偿转让、换建、合建房地产所得经费，总部提取管理基金，其数额和使用管理办法由总后勤部另行规定。

第十九条　军队营区应当逐步创造条件，划分为军事行政区和家属生活区。家属生活区的房地产随着住房制度和土地管理制度的改革，采用经济办法进行管理，有条件的逐步向社会化过渡。

第二十条　军队的营区和厂矿区消防工作，应当贯彻"预防为主，防消结合"的方针，搞好防火宣传，严格消防制度，配备消防器材，定期进行防火安全检查。对重大火灾事要及时上报，查明原因，严肃处理。

第二十一条　军队各种营房必须按用途正确使用，未经营房部门批准，不得改变用途或者随意拆改。

空余房地产应当组织人员看管和维护，对地处偏僻且无保留价值的空余营房，可依照本条例第十条第五项和第十一条第二项规定办理。

第二十二条　团以上部队应当按其营房数量组织精干的专业维修队伍，同时发动群众开展自修活动，搞好维护保养和计划轮修，使营房经常处于良好状态。

第二十三条　军队各级营房部门必须建立房地产档案。总后勤部和各大单位设立图档库(室)，其他单位设立图档室(柜)。房地产资料正本，按本条例第四条规定的分工，由各大单位有关业务部门分别保管；房地产资料副本由直接使用单位保管。

第二十四条　应当选配经过专业训练的干部做好军队房地产的管理工作，并保持相对稳定，不断提高其业务素质和管理水平。

第二十五条　军用土地，有关单位应依法管理好、使用好和保护好，不得随意丢弃、出租和买卖。军队农场、马场、养殖场等用地不得荒芜，不得擅自改变耕地用途，确需改变用途的，需

报总后勤部审批。

第二十六条　军用土地有计划地实行定额管理，依据军队建设项目用地定额指标核定需求量，进行用地规划，审批用地计划。

第二十七条　军队必须认真保护环境，有计划地开展植树造林活动，绿化、美化营区，扩大军用土地的绿化植被面积，防止水土流失。采伐林木时，应当严格按照国家和军队有关法规执行。

第四章　开发经营

第二十八条　军队房地产在保证战备和部队住用并保守军事秘密的前提下，可以对空余房地产依法进行开发经营活动。

凡利用军队空余房地产开展经营业务，都必须纳入军队房地产管理部门归口管理。

第二十九条　军队房地产开发经营的主要方式：

（一）利用空余房屋或者场地租赁；

（二）办理空余房屋出售；

（三）军用土地有偿转让、合作经营；

（四）与地方换建及合资建房；

（五）开办经济实体。

第三十条　军队房地产开发经营必须严格履行报批手续，办理登记注册，按规定征收房地产使用费。

房地产开发经营项目的收益分配，按总后勤部有关规定执行。

第三十一条　对房地产承租人必须实行严格审查制度，不得租赁给既无法人地位，又无经济保障的人员和民间组织。

第三十二条　军事禁区内的房地产，严禁经营。其他范围的房地产对外经营时，如涉及到军事设施安全保密、影响军事设施使用效能或防碍军事活动正常进行的，必须上报总参谋部审批。

第五章　奖　惩

第三十三条　对于军队房地产管理成绩突出的单位和个人，应按照《纪律条令》的规定，给予精神和物质奖励。

第三十四条　对于违反本条例的分别给予以下处罚：

（一）对于不服从房地产调整的单位，按照

被调整房地产的面积数,扣减其年度基建指标和用地计划,并给予主管负责人适当的行政处分。

（二）对于越权擅自处理军队房地产的单位,没收其全部收入,擅自处理的房地产应全部收回,并给予主管负责人或直接责任者行政处分。

（三）对于因管理不善、失职造成军队房地产严重损失的,根据情节轻重给予有关人员行政处分、经济处罚;构成犯罪的,依法追究其刑事责任。

（四）对于擅自在军事禁区内开发经营项目或危害军事设施安全保密、影响军事设施使用效能、妨碍军事活动正常进行的责任者,依照国家有关法律追究其法律责任。

第六章　附　则

第三十五条　军队房地产管理条件的实施细则,由总参谋部、总后勤部制定。

第三十六条　本条例自批准之日起生效,以往有关军队房地产的管理规定,与本条例不一致的,均以本条例为准。

房屋登记办法

1.　2008 年 2 月 15 日建设部令第 168 号发布
2.　自 2008 年 7 月 1 日起施行

第一章　总　则

第一条　为了规范房屋登记行为,维护房地产交易安全,保护权利人的合法权益,依据《中华人民共和国物权法》、《中华人民共和国城市房地产管理法》、《村庄和集镇规划建设管理条例》等法律、行政法规,制定本办法。

第二条　本办法所称房屋登记,是指房屋登记机构依法将房屋权利和其他应当记载的事项在房屋登记簿上予以记载的行为。

第三条　国务院建设主管部门负责指导、监督全国的房屋登记工作。

省、自治区、直辖市人民政府建设(房地产)主管部门负责指导、监督本行政区域内的房屋登记工作。

第四条　房屋登记,由房屋所在地的房屋登记机构办理。

本办法所称房屋登记机构,是指直辖市、市、县人民政府建设(房地产)主管部门或者其设置的负责房屋登记工作的机构。

第五条　房屋登记机构应当建立本行政区域内统一的房屋登记簿。

房屋登记簿是房屋权利归属和内容的根据,由房屋登记机构管理。

第六条　房屋登记人员应当具备与其岗位相适应的专业知识。

从事房屋登记审核工作的人员,应当取得国务院建设主管部门颁发的房屋登记上岗证书,持证上岗。

第二章　一般规定

第七条　办理房屋登记,一般依照下列程序进行:

（一）申请;

（二）受理;

（三）审核;

（四）记载于登记簿;

（五）发证。

房屋登记机构认为必要时,可以就登记事项进行公告。

第八条　办理房屋登记,应当遵循房屋所有权和房屋占用范围内的土地使用权权利主体一致的原则。

第九条　房屋登记机构应当依照法律、法规和本办法规定,确定申请房屋登记需要提交的材料,并将申请登记材料目录公示。

第十条　房屋应当按照基本单元进行登记。房屋基本单元是指有固定界限、可以独立使用并且有明确、唯一的编号(幢号、室号等)的房屋或者特定空间。

国有土地范围内成套住房,以套为基本单元进行登记;非成套住房,以房屋的幢、层、间等有固定界限的部分为基本单元进行登记。集体土地范围内村民住房,以宅基地上独立建筑为基本单元进行登记;在共有宅基地上建造的村民住房,以套、间等有固定界限的部分为基本单元进行登记。

非住房以房屋的幢、层、套、间等有固定界

限的部分为基本单元进行登记。

第十一条　申请房屋登记,申请人应当向房屋所在地的房屋登记机构提出申请,并提交申请登记材料。

申请登记材料应当提供原件。不能提供原件的,应当提交经有关机关确认与原件一致的复印件。

申请人应当对申请登记材料的真实性、合法性、有效性负责,不得隐瞒真实情况或者提供虚假材料申请房屋登记。

第十二条　申请房屋登记,应当由有关当事人双方共同申请,但本办法另有规定的除外。

有下列情形之一,申请房屋登记的,可以由当事人单方申请:

(一)因合法建造房屋取得房屋权利;

(二)因人民法院、仲裁委员会的生效法律文书取得房屋权利;

(三)因继承、受遗赠取得房屋权利;

(四)有本办法所列变更登记情形之一;

(五)房屋灭失;

(六)权利人放弃房屋权利;

(七)法律、法规规定的其他情形。

第十三条　共有房屋,应当由共有人共同申请登记。

共有房屋所有权变更登记,可以由相关的共有人申请,但因共有性质或者共有人份额变更申请房屋登记的,应当由共有人共同申请。

第十四条　未成年人的房屋,应当由其监护人代为申请登记。监护人代为申请未成年人房屋登记的,应当提交证明监护人身份的材料;因处分未成年人房屋申请登记的,还应当提供为未成年人利益的书面保证。

第十五条　申请房屋登记的,申请人应当使用中文名称或者姓名。申请人提交的证明文件原件是外文的,应当提供中文译本。

委托代理人申请房屋登记的,代理人应当提交授权委托书和身份证明。境外申请人委托代理人申请房屋登记的,其授权委托书应当按照国家有关规定办理公证或者认证。

第十六条　申请房屋登记的,申请人应当按照国家有关规定缴纳登记费。

第十七条　申请人提交的申请登记材料齐全且符合法定形式的,应当予以受理,并出具书面凭证。

申请人提交的申请登记材料不齐全或者不符合法定形式的,应当不予受理,并告知申请人需要补正的内容。

第十八条　房屋登记机构应当查验申请登记材料,并根据不同登记申请就申请登记事项是否是申请人的真实意思表示、申请登记房屋是否为共有房屋、房屋登记簿记载的权利人是否同意更正,以及申请登记材料中需进一步明确的其他有关事项询问申请人。询问结果应当经申请人签字确认,并归档保留。

房屋登记机构认为申请登记房屋的有关情况需要进一步证明的,可以要求申请人补充材料。

第十九条　办理下列房屋登记,房屋登记机构应当实地查看:

(一)房屋所有权初始登记;

(二)在建工程抵押权登记;

(三)因房屋灭失导致的房屋所有权注销登记;

(四)法律、法规规定的应当实地查看的其他房屋登记。

房屋登记机构实地查看时,申请人应当予以配合。

第二十条　登记申请符合下列条件的,房屋登记机构应当予以登记,将申请登记事项记载于房屋登记簿:

(一)申请人与依法提交的材料记载的主体一致;

(二)申请初始登记的房屋与申请人提交的规划证明材料记载一致,申请其他登记的房屋与房屋登记簿记载一致;

(三)申请登记的内容与有关材料证明的事实一致;

(四)申请登记的事项与房屋登记簿记载的房屋权利不冲突;

(五)不存在本办法规定的不予登记的情形。

登记申请不符合前款所列条件的,房屋登记机构应当不予登记,并书面告知申请人不予登记的原因。

第二十一条　房屋登记机构将申请登记事项记载于房屋登记簿之前,申请人可以撤回登记申请。

第二十二条　有下列情形之一的,房屋登记机构应当不予登记:

（一）未依法取得规划许可、施工许可或者未按照规划许可的面积等内容建造的建筑申请登记的;

（二）申请人不能提供合法、有效的权利来源证明文件或者申请登记的房屋权利与权利来源证明文件不一致的;

（三）申请登记事项与房屋登记簿记载冲突的;

（四）申请登记房屋不能特定或者不具有独立利用价值的;

（五）房屋已被依法征收、没收,原权利人申请登记的;

（六）房屋被依法查封期间,权利人申请登记的;

（七）法律、法规和本办法规定的其他不予登记的情形。

第二十三条　自受理登记申请之日起,房屋登记机构应当于下列时限内,将申请登记事项记载于房屋登记簿或者作出不予登记的决定:

（一）国有土地范围内房屋所有权登记,30个工作日,集体土地范围内房屋所有权登记,60个工作日;

（二）抵押权、地役权登记,10个工作日;

（三）预告登记、更正登记,10个工作日;

（四）异议登记,1个工作日。

公告时间不计入前款规定时限。因特殊原因需要延长登记时限的,经房屋登记机构负责人批准可以延长,但最长不得超过原时限的一倍。

法律、法规对登记时限另有规定的,从其规定。

第二十四条　房屋登记簿应当记载房屋自然状况、权利状况以及其他依法应当登记的事项。

房屋登记簿可以采用纸介质,也可以采用电子介质。采用电子介质的,应当有唯一、确定的纸介质转化形式,并应当定期异地备份。

第二十五条　房屋登记机构应当根据房屋登记簿的记载,缮写并向权利人发放房屋权属证书。

房屋权属证书是权利人享有房屋权利的证明,包括《房屋所有权证》、《房屋他项权证》等。申请登记房屋为共有房屋的,房屋登记机构应当在房屋所有权证上注明“共有”字样。

预告登记、在建工程抵押权登记以及法律、法规规定的其他事项在房屋登记簿上予以记载后,由房屋登记机构发放登记证明。

第二十六条　房屋权属证书、登记证明与房屋登记簿记载不一致的,除有证据证明房屋登记簿确有错误外,以房屋登记簿为准。

第二十七条　房屋权属证书、登记证明破损的,权利人可以向房屋登记机构申请换发。房屋登记机构换发前,应当收回原房屋权属证书、登记证明,并将有关事项载于房屋登记簿。

房屋权属证书、登记证明遗失、灭失的,权利人在当地公开发行的报刊上刊登遗失声明后,可以申请补发。房屋登记机构予以补发的,应当将有关事项在房屋登记簿上予以记载。补发的房屋权属证书、登记证明上应当注明“补发”字样。

在补发集体土地范围内村民住房的房屋权属证书、登记证明前,房屋登记机构应当就补发事项在房屋所在地农村集体经济组织内公告。

第二十八条　房屋登记机构应当将房屋登记资料及时归档并妥善管理。

申请查询、复制房屋登记资料的,应当按照规定的权限和程序办理。

第二十九条　县级以上人民政府建设（房地产）主管部门应当加强房屋登记信息系统建设,逐步实现全国房屋登记簿信息共享和异地查询。

第三章　国有土地范围内房屋登记
第一节　所有权登记

第三十条　因合法建造房屋申请房屋所有权初始登记的,应当提交下列材料:

（一）登记申请书;

（二）申请人身份证明;

（三）建设用地使用权证明;

（四）建设工程符合规划的证明;

(五)房屋已竣工的证明;

(六)房屋测绘报告;

(七)其他必要材料。

第三十一条　房地产开发企业申请房屋所有权初始登记时,应当对建筑区划内依法属于全体业主共有的公共场所、公用设施和物业服务用房等房屋一并申请登记,由房屋登记机构在房屋登记簿上予以记载,不颁发房屋权属证书。

第三十二条　发生下列情形之一的,当事人应当在有关法律文件生效或者事实发生后申请房屋所有权转移登记:

(一)买卖;

(二)互换;

(三)赠与;

(四)继承、受遗赠;

(五)房屋分割、合并,导致所有权发生转移的;

(六)以房屋出资入股;

(七)法人或者其他组织分立、合并,导致房屋所有权发生转移的;

(八)法律、法规规定的其他情形。

第三十三条　申请房屋所有权转移登记,应当提交下列材料:

(一)登记申请书;

(二)申请人身份证明;

(三)房屋所有权证书或者房地产权证书;

(四)证明房屋所有权发生转移的材料;

(五)其他必要材料。

前款第(四)项材料,可以是买卖合同、互换合同、赠与合同、受遗赠证明、继承证明、分割协议、合并协议、人民法院或者仲裁委员会生效的法律文书,或者其他证明房屋所有权发生转移的材料。

第三十四条　抵押期间,抵押人转让抵押房屋的所有权,申请房屋所有权转移登记的,除提供本办法第三十三条规定材料外,还应当提交抵押权人的身份证明、抵押权人同意抵押房屋转让的书面文件、他项权利证书。

第三十五条　因人民法院或者仲裁委员会生效的法律文书、合法建造房屋、继承或者受遗赠取得房屋所有权,权利人转让该房屋所有权或者以该房屋设定抵押权时,应当将房屋登记到权利人名下后,再办理房屋所有权转移登记或者房屋抵押权设立登记。

因人民法院或者仲裁委员会生效的法律文书取得房屋所有权,人民法院协助执行通知书要求房屋登记机构予以登记的,房屋登记机构应当予以办理。房屋登记机构予以登记的,应当在房屋登记簿上记载基于人民法院或者仲裁委员会生效的法律文书予以登记的事实。

第三十六条　发生下列情形之一的,权利人应当在有关法律文件生效或者事实发生后申请房屋所有权变更登记:

(一)房屋所有权人的姓名或者名称变更的;

(二)房屋坐落的街道、门牌号或者房屋名称变更的;

(三)房屋面积增加或者减少的;

(四)同一所有权人分割、合并房屋的;

(五)法律、法规规定的其他情形。

第三十七条　申请房屋所有权变更登记,应当提交下列材料:

(一)登记申请书;

(二)申请人身份证明;

(三)房屋所有权证书或者房地产权证书;

(四)证明发生变更事实的材料;

(五)其他必要材料。

第三十八条　经依法登记的房屋发生下列情形之一的,房屋登记簿载的所有权人应当自事实发生后申请房屋所有权注销登记:

(一)房屋灭失的;

(二)放弃所有权的;

(三)法律、法规规定的其他情形。

第三十九条　申请房屋所有权注销登记的,应当提交下列材料:

(一)登记申请书;

(二)申请人身份证明;

(三)房屋所有权证书或者房地产权证书;

(四)证明房屋所有权消灭的材料;

(五)其他必要材料。

第四十条　经依法登记的房屋上存在他项权利时,所有权人放弃房屋所有权申请注销登记的,应当提供他项权利人的书面同意文件。

第四十一条　经登记的房屋所有权消灭后,原权利人未申请注销登记的,房屋登记机构可以依据人民法院、仲裁委员会的生效法律文书或者人民政府的生效征收决定办理注销登记,将注销事项记载于房屋登记簿,原房屋所有权证收回或者公告作废。

第二节　抵押权登记

第四十二条　以房屋设定抵押的,当事人应当申请抵押权登记。

第四十三条　申请抵押权登记,应当提交下列文件:

(一)登记申请书;

(二)申请人的身份证明;

(三)房屋所有权证书或者房地产权证书;

(四)抵押合同;

(五)主债权合同;

(六)其他必要材料。

第四十四条　对符合规定条件的抵押权设立登记,房屋登记机构应当将下列事项记载于房屋登记簿:

(一)抵押当事人、债务人的姓名或者名称;

(二)被担保债权的数额;

(三)登记时间。

第四十五条　本办法第四十四条所列事项发生变化或者发生法律、法规规定变更抵押权的其他情形的,当事人应当申请抵押权变更登记。

第四十六条　申请抵押权变更登记,应当提交下列材料:

(一)登记申请书;

(二)申请人的身份证明;

(三)房屋他项权证书;

(四)抵押人与抵押权人变更抵押权的书面协议;

(五)其他必要材料。

因抵押当事人姓名或者名称发生变更,或者抵押房屋坐落的街道、门牌号发生变更申请变更登记的,无需提交前款第(四)项材料。

因被担保债权的数额发生变更申请抵押权变更登记的,还应当提交其他抵押权人的书面同意文件。

第四十七条　经依法登记的房屋抵押权因主债权转让而转让,申请抵押权转移登记的,主债

权的转让人和受让人应当提交下列材料:

(一)登记申请书;

(二)申请人的身份证明;

(三)房屋他项权证书;

(四)房屋抵押权发生转移的证明材料;

(五)其他必要材料。

第四十八条　经依法登记的房屋抵押权发生下列情形之一的,权利人应当申请抵押权注销登记:

(一)主债权消灭;

(二)抵押权已经实现;

(三)抵押权人放弃抵押权;

(四)法律、法规规定抵押权消灭的其他情形。

第四十九条　申请抵押权注销登记的,应当提交下列材料:

(一)登记申请书;

(二)申请人的身份证明;

(三)房屋他项权证书;

(四)证明房屋抵押权消灭的材料;

(五)其他必要材料。

第五十条　以房屋设定最高额抵押的,当事人应当申请最高额抵押权设立登记。

第五十一条　申请最高额抵押权设立登记,应当提交下列材料:

(一)登记申请书;

(二)申请人的身份证明;

(三)房屋所有权证书或房地产权证书;

(四)最高额抵押合同;

(五)一定期间内将要连续发生的债权的合同或者其他登记原因证明材料;

(六)其他必要材料。

第五十二条　当事人将最高额抵押权设立前已存在债权转入最高额抵押担保的债权范围,申请登记的,应当提交下列材料:

(一)已存在债权的合同或者其他登记原因证明材料;

(二)抵押人与抵押权人同意将该债权纳入最高额抵押权担保范围的书面材料。

第五十三条　对符合规定条件的最高额抵押设立登记,除本办法第四十四条所列事项外,登记机构还应当将最高债权额、债权确定的期

间记载于房屋登记簿,并明确记载其为最高额抵押权。

第五十四条 变更最高额抵押权登记事项或者发生法律、法规规定变更最高额抵押权的其他情形,当事人应当申请最高额抵押权变更登记。

第五十五条 申请最高额抵押权变更登记,应当提交下列材料:

(一)登记申请书;

(二)申请人的身份证明;

(三)房屋他项权证书;

(四)最高额抵押权担保的债权尚未确定的证明材料;

(五)最高额抵押权发生变更的证明材料;

(六)其他必要材料。

因最高债权额、债权确定的期间发生变更而申请变更登记的,还应当提交其他抵押权人的书面同意文件。

第五十六条 最高额抵押权担保的债权确定前,最高额抵押权发生转移,申请最高额抵押权转移登记的,转让人和受让人应当提交下列材料:

(一)登记申请书;

(二)申请人的身份证明;

(三)房屋他项权证书;

(四)最高额抵押权担保的债权尚未确定的证明材料;

(五)最高额抵押权发生转移的证明材料;

(六)其他必要材料。

最高额抵押权担保的债权确定前,债权人转让部分债权的,除当事人另有约定外,房屋登记机构不得办理最高额抵押权转移登记。当事人约定最高额抵押权随同部分债权的转让而转移的,应当在办理最高额抵押权确定登记之后,依据本办法第四十七条的规定办理抵押权转移登记。

第五十七条 经依法登记的最高额抵押权担保的债权确定,申请最高额抵押权确定登记的,应当提交下列材料:

(一)登记申请书;

(二)申请人的身份证明;

(三)房屋他项权证书;

(四)最高额抵押权担保的债权已确定的证明材料;

(五)其他必要材料。

第五十八条 对符合规定条件的最高额抵押权确定登记,登记机构应当将最高额抵押权担保的债权已经确定的事实记载于房屋登记簿。

当事人协议确定或者人民法院、仲裁委员会生效的法律文书确定了债权数额的,房屋登记机构可以依照当事人一方的申请将债权数额确定的事实记载于房屋登记簿。

第五十九条 以在建工程设定抵押的,当事人应当申请在建工程抵押权设立登记。

第六十条 申请在建工程抵押权设立登记的,应当提交下列材料:

(一)登记申请书;

(二)申请人的身份证明;

(三)抵押合同;

(四)主债权合同;

(五)建设用地使用权证书或者记载土地使用权状况的房地产权证书;

(六)建设工程规划许可证;

(七)其他必要材料。

第六十一条 已经登记在建工程抵押权变更、转让或者消灭的,当事人应当提交下列材料,申请变更登记、转移登记、注销登记:

(一)登记申请书;

(二)申请人的身份证明;

(三)登记证明;

(四)证明在建工程抵押权发生变更、转移或者消灭的材料;

(五)其他必要材料。

第六十二条 在建工程竣工并经房屋所有权初始登记后,当事人应当申请将在建工程抵押权登记转为房屋抵押权登记。

第三节　地役权登记

第六十三条 在房屋上设立地役权的,当事人可以申请地役权设立登记。

第六十四条 申请地役权设立登记,应当提交下列材料:

(一)登记申请书;

(二)申请人的身份证明;

（三）地役权合同；

（四）房屋所有权证书或者房地产权证书；

（五）其他必要材料。

第六十五条 对符合规定条件的地役权设立登记，房屋登记机构应当将有关事项记载于需役地和供役地房屋登记簿，并可将地役权合同附于供役地和需役地房屋登记簿。

第六十六条 已经登记的地役权变更、转让或者消灭的，当事人应当提交下列材料，申请变更登记、转移登记、注销登记：

（一）登记申请书；

（二）申请人的身份证明；

（三）登记证明；

（四）证明地役权发生变更、转移或者消灭的材料；

（五）其他必要材料。

第四节　预告登记

第六十七条 有下列情形之一的，当事人可以申请预告登记：

（一）预购商品房；

（二）以预购商品房设定抵押；

（三）房屋所有权转让、抵押；

（四）法律、法规规定的其他情形。

第六十八条 预告登记后，未经预告登记的权利人书面同意，处分该房屋申请登记的，房屋登记机构应当不予办理。

预告登记后，债权消灭或者自能够进行相应的房屋登记之日起三个月内，当事人申请房屋登记的，房屋登记机构应当按照预告登记事项办理相应的登记。

第六十九条 预售人和预购人订立商品房买卖合同后，预售人未按照约定与预购人申请预告登记，预购人可以单方申请预告登记。

第七十条 申请预购商品房预告登记，应当提交下列材料：

（一）登记申请书；

（二）申请人的身份证明；

（三）已登记备案的商品房预售合同；

（四）当事人关于预告登记的约定；

（五）其他必要材料。

预购人单方申请预购商品房预告登记，预售人与预购人在商品房预售合同中对预告登记附有条件和期限的，预购人应当提交相应的证明材料。

第七十一条 申请预购商品房抵押权预告登记，应当提交下列材料：

（一）登记申请书；

（二）申请人的身份证明；

（三）抵押合同；

（四）主债权合同；

（五）预购商品房预告登记证明；

（六）当事人关于预告登记的约定；

（七）其他必要材料。

第七十二条 申请房屋所有权转移预告登记，应当提交下列材料：

（一）登记申请书；

（二）申请人的身份证明；

（三）房屋所有权转让合同；

（四）转让方的房屋所有权证书或者房地产权证书；

（五）当事人关于预告登记的约定；

（六）其他必要材料。

第七十三条 申请房屋抵押权预告登记的，应当提交下列材料：

（一）登记申请书；

（二）申请人的身份证明；

（三）抵押合同；

（四）主债权合同；

（五）房屋所有权证书或房地产权证书，或者房屋所有权转移登记的预告证明；

（六）当事人关于预告登记的约定；

（七）其他必要材料。

第五节　其他登记

第七十四条 权利人、利害关系人认为房屋登记簿记载的事项有错误的，可以提交下列材料，申请更正登记：

（一）登记申请书；

（二）申请人的身份证明；

（三）证明房屋登记簿记载错误的材料。

利害关系人申请更正登记的，还应当提供权利人同意更正的证明材料。

房屋登记簿记载确有错误的，应当予以更正；需要更正房屋权属证书内容的，应当书面通知权利人换领房屋权属证书；房屋登记簿记载无误的,应当不予更正,并书面通知申请人。

第七十五条　房屋登记机构发现房屋登记簿的记载错误,不涉及房屋权利归属和内容的,应当书面通知有关权利人在规定期限内办理更正登记;当事人无正当理由逾期不办理更正登记的,房屋登记机构可以依据申请登记材料或者有效的法律文件对房屋登记簿的记载予以更正,并书面通知当事人。

对于涉及房屋权利归属和内容的房屋登记簿的记载错误,房屋登记机构应当书面通知有关权利人在规定期限内办理更正登记;办理更正登记期间,权利人因处分其房屋权利申请登记的,房屋登记机构应当暂缓办理。

第七十六条　利害关系人认为房屋登记簿记载的事项错误,而权利人不同意更正的,利害关系人可以持登记申请书、申请人的身份证明、房屋登记簿记载错误的证明文件等材料申请异议登记。

第七十七条　房屋登记机构受理异议登记的,应当将异议事项记载于房屋登记簿。

第七十八条　异议登记期间,房屋登记簿记载的权利人处分房屋申请登记的,房屋登记机构应当暂缓办理。

权利人处分房屋申请登记,房屋登记机构受理登记申请但尚未将申请登记事项记载于房屋登记簿之前,第三人申请异议登记的,房屋登记机构应当中止办理原登记申请,并书面通知申请人。

第七十九条　异议登记期间,异议登记申请人起诉,人民法院不予受理或者驳回其诉讼请求的,异议登记申请人或者房屋登记簿记载的权利人可以持登记申请书、申请人的身份证明、相应的证明文件等材料申请注销异议登记。

第八十条　人民法院、仲裁委员会的生效法律文书确定的房屋权利归属或者权利内容与房屋登记簿记载的权利状况不一致的,房屋登记机构应当按照当事人的申请或者有关法律文书,办理相应的登记。

第八十一条　司法机关、行政机关、仲裁委员会发生法律效力的文件证明当事人以隐瞒真实情况、提交虚假材料等非法手段获取房屋登记的,房屋登记机构可以撤销原房屋登记,收回

房屋权属证书、登记证明或者公告作废,但房屋权利为他人善意取得的除外。

第四章　集体土地范围内房屋登记

第八十二条　依法利用宅基地建造的村民住房和依法利用其他集体所有建设用地建造的房屋,可以依照本办法的规定申请房屋登记。

法律、法规对集体土地范围内房屋登记另有规定的,从其规定。

第八十三条　因合法建造房屋申请房屋所有权初始登记的,应当提交下列材料:

(一)登记申请书;

(二)申请人的身份证明;

(三)宅基地使用权证明或者集体所有建设用地使用权证明;

(四)申请登记房屋符合城乡规划的证明;

(五)房屋测绘报告或者村民住房平面图;

(六)其他必要材料。

申请村民住房所有权初始登记的,还应当提交申请人属于房屋所在地农村集体经济组织成员的证明。

农村集体经济组织申请房屋所有权初始登记的,还应当提交经村民会议同意或者由村民会议授权经村民代表会议同意的证明材料。

第八十四条　办理村民住房所有权初始登记、农村集体经济组织所有房屋所有权初始登记,房屋登记机构受理登记申请后,应当将申请登记事项在房屋所在地农村集体经济组织内进行公告。经公告无异议或者异议不成立的,方可予以登记。

第八十五条　发生下列情形之一的,权利人应当在有关法律文件生效或者事实发生后申请房屋所有权变更登记:

(一)房屋所有权人的姓名或者名称变更的;

(二)房屋坐落变更的;

(三)房屋面积增加或者减少的;

(四)同一所有权人分割、合并房屋的;

(五)法律、法规规定的其他情形。

第八十六条　房屋所有权依法发生转移,申请房屋所有权转移登记的,应当提交下列材料:

(一)登记申请书;

(二)申请人的身份证明;

（三）房屋所有权证书；

（四）宅基地使用权证明或者集体所有建设用地使用权证明；

（五）证明房屋所有权发生转移的材料；

（六）其他必要材料。

申请村民住房所有权转移登记的，还应当提交农村集体经济组织同意转移的证明材料。

农村集体经济组织申请房屋所有权转移登记的，还应当提交经村民会议同意或者由村民会议授权经村民代表会议同意的证明材料。

第八十七条　申请农村村民住房所有权转移登记，受让人不属于房屋所在地农村集体经济组织成员的，除法律、法规另有规定外，房屋登记机构应当不予办理。

第八十八条　依法以乡镇、村企业的厂房等建筑物设立抵押，申请抵押权登记的，应当提交下列材料：

（一）登记申请书；

（二）申请人的身份证明；

（三）房屋所有权证书；

（四）集体所有建设用地使用权证明；

（五）主债权合同和抵押合同；

（六）其他必要材料。

第八十九条　房屋登记机构对集体土地范围内的房屋予以登记的，应当在房屋登记簿和房屋权属证书上注明"集体土地"字样。

第九十条　办理集体土地范围内房屋的地役权登记、预告登记、更正登记、异议登记等房屋登记，可以参照适用国有土地范围内房屋登记的有关规定。

第五章　法　律　责　任

第九十一条　非法印制、伪造、变造房屋权属证书或者登记证明，或者使用非法印制、伪造、变造的房屋权属证书或者登记证明的，由房屋登记机构予以收缴；构成犯罪的，依法追究刑事责任。

第九十二条　申请人提交错误、虚假的材料申请房屋登记，给他人造成损害的，应当承担相应的法律责任。

房屋登记机构及其工作人员违反本办法规定办理房屋登记，给他人造成损害的，由房屋登记机构承担相应的法律责任。房屋登记

机构承担赔偿责任后，对故意或者重大过失造成登记错误的工作人员，有权追偿。

第九十三条　房屋登记机构工作人员有下列行为之一的，依法给予处分；构成犯罪的，依法追究刑事责任：

（一）擅自涂改、毁损、伪造房屋登记簿；

（二）对不符合登记条件的登记申请予以登记，或者对符合登记条件的登记申请不予登记；

（三）玩忽职守、滥用职权、徇私舞弊。

第六章　附　　则

第九十四条　房屋登记簿的内容和管理规范，由国务院建设主管部门另行制定。

第九十五条　房屋权属证书、登记证明，由国务院建设主管部门统一制定式样，统一监制，统一编号规则。

县级以上地方人民政府由一个部门统一负责房屋和土地登记工作的，可以制作、颁发统一的房地产权证书。房地产权证书的式样应当报国务院建设主管部门备案。

第九十六条　具有独立利用价值的特定空间以及码头、油库等其他建筑物、构筑物的登记，可以参照本办法执行。

第九十七条　省、自治区、直辖市人民政府建设（房地产）主管部门可以根据法律、法规和本办法的规定，结合本地实际情况，制定房屋登记实施细则。

第九十八条　本办法自 2008 年 7 月 1 日起施行。《城市房屋权属登记管理办法》（建设部令第 57 号）、《建设部关于修改〈城市房屋权属登记管理办法〉的决定》（建设部令第 99 号）同时废止。

城市房地产权属
档案管理办法

2001 年 8 月 29 日建设部令第 101 号发布

第一章　总　　则

第一条　为了加强城市房地产权属档案管理，保障房地产权利人的合法权益，有效保护和利用城市房地产权属档案，根据《中华人民共和国

城市房地产管理法》、《中华人民共和国档案法》、《中华人民共和国档案法实施办法》等法律法规,制定本办法。

第二条　本办法适用于城市规划区国有土地范围内房地产权属档案的管理。

第三条　房地产权属档案是城市房地产行政主管部门在房地产权属登记、调查、测绘、权属转移、变更等房地产权属管理工作中直接形成的有保存价值的文字、图表、声像等不同形式的历史记录,是城市房地产权属登记管理工作的真实记录和重要依据,是城市建设档案的组成部分。

第四条　国务院建设行政主管部门负责全国城市房地产权属档案管理工作。

省、自治区人民政府建设行政主管部门负责本行政区域内的房地产权属档案的管理工作。

直辖市、市、县人民政府房地产行政主管部门负责本行政区域内的房地产权属档案的具体管理工作。

房地产权属档案管理业务上受同级城建档案管理部门的监督和指导。

第五条　市(县)人民政府房地产行政主管部门应当根据房地产权属档案管理工作的需要,建立房地产权属档案管理机构,配备专职档案管理人员,健全工作制度,配备必要的安全保护设施,确保房地产权属档案的完整、准确、安全和有效利用。

第六条　从事房地产权属档案管理的工作人员经过业务培训后,方可上岗。

第二章　房地产权属档案的收集、整理和归档

第七条　房地产权属登记管理部门应当建立健全房地产权属文件材料的收集、整理、归档制度。

第八条　下列文件材料属于房地产权属档案的归档范围:

一、房地产权利人、房地产权属登记确权、房地产权属转移及变更、设定他项权利等有关的证明和文件:

(一)房地产权利人(自然人或法人)的身份(资格)证明、法人代理人的身份证明、授权委托书等;

(二)建设工程规划许可证,建设用地规划许可证,土地使用权证书或者土地来源证明,房屋拆迁批件及补偿安置协议书,联建或者统建合同,翻改扩建及固定资产投资批准文件,房屋竣工验收有关材料等;

(三)房地产买卖合同书、房产继承书、房产赠与书、房产析产协议书、房产交换协议书、房地产调拨凭证、有关房产转移的上级批件、有关房产的判决、裁决、仲裁文书及公证文书等;

(四)设定房地产他项权利的有关合同、文件等。

二、房屋及其所占用的土地使用权权属界定位置图;房地产分幅平面图、分丘平面图、分层分户平面图等。

三、房地产产权登记工作中形成的各种文件材料,包括房产登记申请书、收件收据存根、权属变更登记表、房地产状况登记表、房地产勘测调查表、墙界表、房屋面积计算表、房地产登记审批表、房屋灭籍申请表、房地产税费数据存根等。

四、反映和记载房地产权属状况的信息资料,包括统计报表、摄影片、照片、录音带、录像带、缩微胶片、计算机软盘、光盘等。

五、其他有关房地产权属的文件资料,包括房地产权属冻结文件、房屋权属代管文件、历史形成的各种房地产权证、契证、账、册、表、卡等。

第九条　每件(宗)房地产权属登记工作完成后,权属登记人员应当及时将整理好的权属文件材料,经权属登记负责人审查后,送交房地产权属档案管理机构立卷归档。任何单位和个人都不得将房地产权属文件材料据为己有或者拒不归档。国家规定不得归档的材料,禁止归档。

第十条　归档的有关房地产权属的资料,应当是原件;原件已存城市建设档案馆或者经房地产管理部门批准认定的,可以是复印、复制件。复印、复制件应当由经办人与原件校对、签章,并注明校对日期及原件的存放处。

第十一条 归档的房地产权属资料,应当做到书写材料合乎标准、字迹工整、内容规范、图形清晰、数据准确、符合档案保护的要求。

第十二条 房地产权属档案管理机构应当按照档案管理的规定对归档的各种房地产权属档案材料进行验收,不符合要求的,不予归档。

第三章　房地产权属
档案的管理

第十三条 房地产权属档案管理机构对归档的房地产权属文件材料应当及时进行登记、整理、分类编目、划分密级、编制检索工具。

第十四条 房地产权属档案应当以丘为单元建档。丘号的编定按照国家《房产测量规范》标准执行。

第十五条 房地产权属档案应当以房地产权利人(即权属单元)为宗立卷。卷内文件排列,应当按照房地产权属变化、产权文件形成时间及权属文件主次关系为序。

第十六条 房地产权属档案管理机构应当掌握房地产权属变化情况,及时补充有关权属档案材料,保持房地产权属档案与房地产权属现状的一致。

第十七条 房地产权属档案管理人员应当严格执行权属档案管理的有关规定,不得擅自修改房地产权属档案。确需变更和修改的,应当经房地产权属登记机关批准,按照规定程序进行。

第十八条 房地产权属档案应当妥善保存,定期检查和鉴定。对破损或者变质的档案,应当及时修复;档案毁损或者丢失,应当采取补救措施。未经批准,任何人不得以任何借口擅自销毁房地产权属档案。

第十九条 保管房地产权属档案应当配备符合设计规范的专用库房,并按照国家《档案库房技术管理暂行规定》实施管理。

第二十条 房地产权属档案管理应当逐步采用新技术、新设备,实现管理现代化。

第二十一条 房地产权属档案管理机构应当与城市建设档案管理机构密切联系,加强信息沟通,逐步实现档案信息共享。

第二十二条 房地产权属档案管理机构的隶属关系及档案管理人员发生变动,应当及时办理房地产权属档案的交接手续。

第二十三条 房屋自然灭失或者依法被拆除后,房地产权属档案管理机构应当自档案整理归档完毕之日起15日内书面通知城市建设档案馆。

第四章　房地产权属
档案的利用

第二十四条 房地产权属档案管理机构应当充分利用现有的房地产权属档案,及时为房地产权属登记、房地产交易、房地产纠纷仲裁、物业管理、房屋拆迁、住房制度改革、城市规划、城市建设等各项工作提供服务。

第二十五条 房地产权属档案管理机构应当严格执行国家档案管理的保密规定,防止房地产权属档案的散失、泄密;定期对房地产权属档案的密级进行审查,根据有关规定,及时调整密级。

第二十六条 查阅、抄录和复制房地产权属档案材料应当履行审批手续,并登记备案。

涉及军事机密和其他保密的房地产权属档案,以及向境外团体和个人提供的房地产权属档案应当按照国家安全、保密等有关规定保管和利用。

第二十七条 向社会提供利用房地产权属档案,可以按照国家有关规定,实行有偿服务。

第五章　法　律　责　任

第二十八条 有下列行为之一的,由县级以上人民政府房地产行政主管部门对直接负责的主管人员或者其他直接责任人员依法给予行政处分;构成犯罪的,依法追究刑事责任:

(一)损毁、丢失房地产权属档案的;

(二)擅自提供、抄录、公布、销毁房地产权属档案的;

(三)涂改、伪造房地产权属档案的;

(四)擅自出卖或者转让房地产权属档案的;

(五)违反本办法第九条规定,不按照规定归档的;

(六)档案管理工作人员玩忽职守,造成房地产权属档案损失的。

第二十九条 违反《中华人民共和国档案法》、《中华人民共和国档案法实施办法》以及本办法的规定，造成房地产权属档案损失的，由县级以上人民政府房地产行政主管部门根据损失档案的价值，责令赔偿损失。

第三十条 有下列行为之一的，按照有关法律法规的规定处罚：

（一）在利用房地产权属档案的过程中，损毁、丢失、涂改、伪造房地产权属档案或者擅自提供、抄录、公布、销毁房地产权属档案的；

（二）企事业组织或者个人擅自出卖或者转让房地产权属档案的。

第六章 附 则

第三十一条 房地产权属档案管理机构的设置、编制、经费，房地产权属档案管理工作人员的职称、奖惩办法等参照国家档案管理的有关规定执行。

第三十二条 城市规划区集体土地范围内和城市规划区外土地上的房地产权属档案管理可以参照本办法执行。

第三十三条 各省、自治区人民政府建设行政主管部门、直辖市房地产行政主管部门可以根据本办法制定实施细则。

第三十四条 本办法由国务院建设行政主管部门负责解释。

第三十五条 本办法自2001年12月1日起施行。

关于房屋建筑面积计算与房屋权属登记有关问题的通知

1. 2002年3月27日建设部发布
2. 建住房〔2002〕74号

各省、自治区建设厅，直辖市建委及有关部门：

为了切实做好房屋面积计算和房屋权属登记工作，保护当事人合法权益，现就有关问题通知如下：

一、在房屋权属证书附图中应注明施测的房产测绘单位名称、房屋套内建筑面积（在图上标注尺寸）和房屋分摊的共有建筑面积。

二、根据《房产测绘管理办法》的有关规定，由房产测绘单位对其完成的房产测绘成果的质量负责。

三、房屋权属登记涉及的有关房屋建筑面积计算问题，《房产测量规范》未作规定或规定不明确的，暂按下列规定执行：

（一）房屋层高

计算建筑面积的房屋，层高（高度）均应在2.20米以上（含2.20米，以下同）。

（二）外墙墙体

同一楼层外墙，既有主墙，又有玻璃幕墙的，以主墙为准计算建筑面积，墙厚按主墙体厚度计算。

各楼层墙体厚度不同时，分层分别计算。

金属幕墙及其他材料幕墙，参照玻璃幕墙的有关规定处理。

（三）斜面结构屋顶

房屋屋顶为斜面结构（坡屋顶）的，层高（高度）2.20米以上的部位计算建筑面积。

（四）不规则围护物

阳台、挑廊、架空通廊的外围水平投影超过其底板外沿的，以底板水平投影计算建筑面积。

（五）变形缝

与室内任意一边相通，具备房屋的一般条件，并能正常利用的伸缩缝、沉降缝应计算建筑面积。

（六）非垂直墙体

对倾斜、弧状等非垂直墙体的房屋，层高（高度）2.20米以上的部位计算建筑面积。

房屋墙体向外倾斜，超出底板外沿的，以底板投影计算建筑面积。

（七）楼梯下方空间

楼梯已计算建筑面积的，其下方空间不论是否利用均不再计算建筑面积。

（八）公共通道

临街楼房、挑廊下的底层作为公共道路街巷通行的，不论其是否有柱，是否有维护结构，均不计算建筑面积。

（九）二层及二层以上的房屋建筑面积均按《房产测量规范》中多层房屋建筑面积计算的有关规定执行。

（十）与室内不相通的类似于阳台、挑廊、檐廊的建筑，不计算建筑面积。

（十一）室外楼梯的建筑面积，按其在各楼层水平投影面积之和计算。

四、房屋套内具有使用功能但层高（高度）低于2.20米的部分，在房屋权属登记中应明确其相应权利的归属。

五、本通知自2002年5月1日起执行。

各地在执行中有何问题，请及时告我部住宅与房地产业司。

房屋权属登记
信息查询暂行办法

1. 2006年10月8日建设部发布
2. 自2007年1月1日起施行
3. 建住房〔2006〕244号

第一条 为发挥房屋权属登记的公示作用，保障房屋交易安全，维护房屋交易秩序，保护房屋权利人及相关当事人的合法权益，根据《中华人民共和国城市房地产管理法》、《中华人民共和国档案法》等有关规定，制定本办法。

第二条 本办法适用于城市房屋权属登记机关已登记的房屋权属登记信息的查询。

第三条 本办法所称房屋权属登记信息，包括原始登记凭证和房屋权属登记机关对房屋权利的记载信息。

第四条 房屋原始登记凭证包括房屋权利登记申请表，房屋权利设立、变更、转移、消灭或限制的具体依据，以及房屋权属登记申请人提交的其他资料。

第五条 房屋权属登记机关对房屋权利的记载信息，包括房屋自然状况（坐落、面积、用途等），房屋权利状况（所有权情况、他项权情况和房屋权利的其他限制等），以及登记机关记载的其他必要信息。

已建立房屋权属登记簿（登记册）的地方，登记簿（登记册）所记载的信息为登记机关对房屋权利的记载信息。

第六条 房屋权属登记机关、房屋权属档案管理机构（以下统称查询机构）应妥善保管房屋权属登记资料，及时更新对房屋权利记载的有关信息，保证信息的完整性、准确性和安全性。

查询机构应建立房屋权属登记信息查询制度，方便当事人查询有关信息。

第七条 房屋权属登记机关对房屋权利的记载信息，单位和个人可以公开查询。

第八条 原始登记凭证可按照下列范围查询：

（一）房屋权利人或者其委托人可以查询与该房屋权利有关的原始登记凭证；

（二）房屋继承人、受赠人和受遗赠人可以查询与该房屋有关的原始登记凭证；

（三）国家安全机关、公安机关、检察机关、审判机关、纪检监察部门和证券监管部门可以查询与调查、处理的案件直接相关的原始登记凭证；

（四）公证机构、仲裁机构可以查询与公证事项、仲裁事项直接相关的原始登记凭证；

（五）仲裁事项、诉讼案件的当事人可以查询与仲裁事项、诉讼案件直接相关的原始登记凭证；

（六）涉及本法第九条规定情形的，可以在国家安全、军事等机关同意查询范围内查询有关原始登记凭证。

第九条 涉及国家安全、军事等需要保密的房屋权属登记信息，须经国家安全、军事等机关同意后方可查询。

法律法规及有关规定不宜公开的房屋权属登记信息，其查询范围和方式按法律法规和有关规定办理。

第十条 房屋权属登记信息，单位和个人可以自己查询，也可以委托他人查询。

第十一条 查询房屋权属登记信息，应填写《房屋权属登记信息查询申请表》，明确房屋坐落（室号、部位）或权属证书编号，以及需要查询的事项，并出具查询人的身份证明或单位法人资格证明。

查询房屋原始登记凭证的，除提交前款规定的材料外，还应当分别按照下列规定提交有关证明文件：

（一）房屋权利人应提交其权利凭证；

（二）继承人、受赠人和受遗赠人应当提交

发生继承、赠与和受遗赠事实的证明材料；

（三）国家安全机关、公安机关、检察机关、审判机关、纪检监察部门、证券监管部门应当提交本单位出具的查询证明以及执行查询任务的工作人员的工作证件；

（四）公证机构、仲裁机构应当提交本单位出具的查询证明、当事人申请公证或仲裁的证明，以及执行查询任务的工作人员的工作证件；

（五）仲裁、诉讼案件的当事人应当提交仲裁机构或者审判机关受理案件的证明，受理的案件须与当事人所申请查询的事项直接相关；

（六）涉及本法第九条规定情形的，应当提交国家安全、军事等机关同意查询的证明。

委托查询的，除按上述规定提交材料外，受托人还应当提交载明查询事项的授权委托书和本人身份证明。

第十二条　符合本办法规定的查询申请，查询机构应及时提供查询服务。不能及时提供查询服务或无法提供查询的，应向查询人说明理由。

第十三条　查询房屋权属登记信息，应当在查询机构指定场所内进行。查询人不得损坏房屋权属登记信息的载体，不得损坏查询设备。

查询原始登记凭证，应由查询机构指定专人负责查询，查询人不能直接接触原始登记凭证。

第十四条　查询人要求出具查询结果证明的，查询机构经审核后，可以出具查询结果证明。查询结果证明应注明查询日期及房屋权属信息利用用途。

有下列不能查询情形的，查询机构可以出具无查询结果的书面证明：

（一）按查询人提供的房屋坐落或权属证书编号无法查询的；

（二）要求查询的房屋尚未进行权属登记的；

（三）要求查询的事项、资料不存在的。

第十五条　查询机构及其工作人员应当对房屋权属登记信息的内容保密，不得擅自扩大登记信息的查询范围。

第十六条　查询人对查询中涉及的国家机密、个人隐私和商业秘密负有保密义务，不得泄露给他人，也不得不正当使用。

第十七条　房屋权属登记信息的查询按照国家有关规定收取相关费用。

第十八条　各省、自治区、直辖市房地产主管部门可以根据本办法，制定实施细则。

第十九条　本办法自2007年1月1日起实行。

最高人民法院关于土改时部分确权、部分未确权的祖遗房产应如何继承问题的批复

1. 1987年4月25日发布
2. 〔1987〕民他字第48号

湖南省高级人民法院：

你院〔1986〕湘字第1号《关于处理房屋纠纷的有关问题的请示报告》及1987年2月24日补充报告收悉。

据你院报告称：双方讼争的4间房屋系刘验福（1927年故）、田二妹（1960年故）夫妇于1912年所建。1952年土改时，将其中3间房屋确权为田二妹及养子刘志国（1982年故）、儿媳向翠莲、孙儿刘射仁4人所有，另1间房屋未确权。田二妹之女刘志珍1927年出嫁。1953年刘志珍迁回与其母田二妹一起生活，对田二妹的生养死葬等尽了主要义务。1983年刘志珍以4间房屋系父母遗产，她应继承1/2为由，诉讼到法院。

经研究，同意你院审判委员会的意见，即处理这类案件一般应以土改时确定的产权为准。1952年确权的3间房屋，应归田二妹与其养子刘志国、儿媳向翠莲、孙儿刘射仁4人所共有。该共有房屋中属于田二妹的那一部分房屋和土改未登记的1间房屋，可以作为田二妹的遗产，由其法定继承人共同继承。因刘志珍与其母同生活，尽了主要赡养义务，分配遗产时可以多分。

此复

最高人民法院关于对土改时祖遗房产填写土地房产证后的产权确认问题的复函

1990 年 2 月 5 日发布

河北省高级人民法院:

你院冀民〔1989〕150 号《关于孙世界、孙世明与孙洪武、孙洪德、孙淑芹房屋继承申诉一案,对土改时祖遗房产填写土地房产所有证后的产权确认问题的请示报告》收悉。经研究,我们同意你院的第一种意见,即双方诉争之 6 间房产系祖遗房产,其父辈孙履忠、孙履坦兄弟二人未曾分家析产。在土改填发土地房产所有证时,孙履坦将该房产填写在自己名下,但未载明家庭人数,据土改干部证明:"该房是哥俩的,土地证谁写谁的名都行。"因此,该房产应视为孙履忠、孙履坦之父遗产,按先析产后继承的原则处理为宜。具体如何分割,请根据实际情况酌定。

以上意见,供参考。

最高人民法院关于购房人之一在购房时不完全具备条件,但购房后长期共同居住管理使用,纠纷时已具备完全购房条件的应认定产权共有的复函

1. *1991 年 8 月 7 日发布*
2. *〔91〕民他字第 14 号*

海南省高级人民法院:

你院《关于符振清诉颜香芬房屋纠纷申诉一案的请示报告》收悉。经研究认为,该案当事人双方 1971 年 6 月合买府城镇达士巷 7 号第 2 进梁先觉、黄秀珍夫妇的正屋 1 间和横屋 2 眼的事实清楚、证据确凿。双方购买后又长期各半居住、管理、使用,颜香芬也曾承认是与符振清合买。在买房时,符振清虽在昌江县工作,户口不在琼山县府城镇,但符是离休干部,并非农村户籍,且符的妻子及其本人的户口已先后于 1974

年、1977 年均迁入琼山县府城镇,房产部门亦同意给符办理房产契证。据此,同意你院审判委员会多数人的倾向性意见,即认定府城镇达士巷 7 号第 2 进正屋 1 间、横屋 2 眼系属符振清、颜香芬两人合资购买,产权应当共有。

国家计委、财政部关于规范房屋所有权登记费计费方式和收费标准等有关问题的通知

1. *2001 年 4 月 12 日发布*
2. *计价格〔2002〕595 号*

各省、自治区、直辖市计委、物价局、财政厅(局),新疆生产建设兵团计委、财务局:

根据《国家计委、财政部关于全面整顿住房建设收费取消部分收费项目的通知》(计价格〔2001〕585 号)的规定,现就规范房屋所有权登记费计费方式和收费标准等有关问题通知如下:

一、房屋所有权登记费是指县级以上地方人民政府行使房产行政管理职能的部门依法对房屋所有权进行登记,并核发房屋所有权证书时,向房屋所有权人收取的登记费,不包括房产测绘机构收取的房产测绘(或勘丈)费用。

二、房屋所有权登记包括所有权初始登记、变更登记、转移登记、注销登记等内容。

三、房屋所有权登记费的计费方式和收费标准,按下列规定执行:

(一)对住房收取的,从现行按房屋价值量定率计收、按房屋建筑面积定率或定额计收、按套定额计收等,统一规范为按套收取,每套收费标准为 80 元。住房以外其他房屋所有权登记费,统一规范为按宗定额收取,具体收费标准由省、自治区、直辖市价格、财政部门核定。农民建房收费按照《国家计委、财政部、农业部、国土资源部、建设部、国务院纠风办关于开展农民建房收费专项治理工作的通知》(计价格〔2001〕1531 号)规定执行。

(二)注销登记不得收费。

各地按照规定管理权限批准收取的房屋

他项权利(包括抵押权、典权等)登记费,比照上述规定执行。

四、行使房产行政管理职能的部门按规定核发一本房屋所有权证书免于收取工本费;向一个以上房屋所有权人核发房屋所(共)有权证书时,每增加一本证书可按每本10元收取工本费。

权利人因丢失、损坏等原因申请补办证书,以及按规定需要更换证书且权属状况没有发生变化的,收取证书工本费每本10元。

五、房屋所有权登记费项目由财政部会同国家计委负责审批,收费标准由国家计委会同财政部负责核定。除本通知规定的收费项目和收费标准外,房产行政主管部门在房屋所有权登记过程中不得收取房屋勘丈费等其他任何费用。

六、收取房屋所有权登记费,应按照国家有关规定到指定的价格主管部门办理收费许可证,并使用各省、自治区、直辖市财政部门统一印制的行政事业性收费票据。执收单位要公布规定的收费项目和收费标准,实行亮证收费,自觉接受价格、财政部门的监督检查。

七、房屋所有权登记费等收费属于行政性收费,应当按照《财政部关于行政收费纳入预算管理有关问题的通知》(财预〔1994〕37号)的有关规定,纳入同级地方财政预算,实行"收支两条线"管理。即:房产行政主管部门,应在取得以上收入后的3日内,就地将房屋所有权登记费等收费收入全额上缴同级地方国库,缴库时使用"一般缴款书",并填列政府预算科目"一般预算收支"科目第42类"行政性收费收入"第4203款"建设行政性收费收入"科目,支出按批准的预算安排使用。

八、本通知自2002年5月1日起执行,原国家物价局、财政部《关于发布中央管理的建设系统行政事业性收费项目及标准的通知》(价费字〔1992〕179号)中第四条有关房屋所有权登记费的规定,以及各地有关房屋所有权登记费的规定同时废止。

2. 房屋物业管理

《物业管理条例》导读

随着我国城镇住房制度改革的不断深化,房屋的所有权结构发生了重大变化,越来越多的公有住房逐渐转变成个人所有,物业管理这一新兴行业应运而生。随着物业管理行业的发展,物业管理实践中也出现了一系列问题:业主的权利义务不明确,物业管理各主体之间的法律关系不明确;物业服务企业的行为不规范;业主大会、业主委员会的成立、组成、运作等缺少监督和制约;物业开发建设遗留的质量问题,使得物业服务企业承担了本应由开发商承担的一部分责任;等等。为规范物业服务行为,国务院于2003年6月8日通过了《物业管理条例》。

《物业管理条例》共七章七十条,主要规定了业主和业主大会、前期物业管理、物业管理服务以及物业的使用与维护等内容。

根据条例的规定,如果业主选择物业服务企业对其物业进行管理,则适用条例的规定,也就是说,条例并不强制要求业主必须选择物业服务企业进行物业管理。同时,条例明确了业主,即房屋的所有权人在物业管理中的主体地位,物业服务企业接受业主委托,具体实施物业管理有关事项的原则。

条例规定了业主的权利和义务,业主通过业主大会行使在物业管理中的各项权利,业主委员会是业主大会的执行机构,具体负责执行业主大会在物业管理中作出的决定。业主大会选聘物业服务企业进行管理,业主委员会代表业主与物业服务企业签订物业服务合同。物业服务企业根据合同的约定提供服务,并收取相应的报酬。

在业主成立业主大会,并选聘物业服务企业之前,物业的建设单位可以选聘物业服务企业实施前期物业管理,业主签订的购房合同中必须包含前期物业管理的内容,建设单位要向业主说明业主临时公约的内容。前期物业服务合同在业主大会与其选聘的物业服务企业签订物业服务合同时终止。

业主在物业的使用中必须遵守业主大会制定的业主规约,尊重其他业主的权利,不能损害公共利益。同时物业服务企业也不能擅自处分业主的权利。物业服务企业未能履行合同义务,造成业主人身、财产损失的,必须依法承担赔偿责任。业主不按时缴纳物业服务费的,业主委员会应当督促其缴纳。同时,条例还确立了物业共用部位、共用设备设施的维修基金制度。

2007 年 3 月,《物权法》颁布,其中建筑物区分所有权一章的规定,为物业管理提供了法律上的依据。2007 年 8 月,国务院根据《物权法》的规定,对《物业管理条例》进行了相应的修订,对业主权利的内容、行使方式以及救济进行了必要的修改。同时发挥基层政权在物业管理中的作用,规定了其监督责任。条例的配套规定包括《物业服务企业资质管理办法》、《业主大会规程》、《物业服务收费管理办法》、《住宅共用部位共用设施设备维修基金管理办法》等。

物业管理条例

1. 2003 年 6 月 8 日国务院令第 379 号公布
2. 2007 年 8 月 26 日修订

第一章　总　则

第一条　为了规范物业管理活动,维护业主和物业服务企业的合法权益,改善人民群众的生活和工作环境,制定本条例。

[参见]

《国务院关于进一步深化城镇住房制度改革加快住房建设的通知》

第二条　本条例所称物业管理,是指业主通过选聘物业服务企业,由业主和物业服务企业按照物业服务合同约定,对房屋及配套的设施设备和相关场地进行维修、养护、管理,维护物业管理区域内的环境卫生和相关秩序的活动。

[条文注释]

本条是关于物业管理定义的规定。

条例对物业管理下定义,实际上是要解决条例的调整范围问题。(1)物业管理是由业主通过选聘物业管理企业的方式来实现的活动。对于房屋等建筑物的管理,业主可以采取自己管理、委托不同的专业服务公司管理、选聘物业管理企业等方式。本条例调整的物业管理,仅指业主通过选聘物业管理企业对物业进行管理这种方式。

必须说明的是,业主有权选择适合自己的方式来管理自己的物业。条例并不强制业主必须选择物业管理企业来实施物业管理。(2)物业管理活动的基础是物业服务合同。物业服务合同是业主和物业管理企业订立的关于双方在物业管理活动中的权利义务的协议。物业管理企业根据物业服务合同内容提供物业管理服务,业主根据物业服务合同交纳相应的物业服务费用,双方是平等的民事法律关系。(3)物业管理的内容是业主和物业管理企业对物业进行维修养护、管理,对相关区域内的环境卫生和秩序进行维护。主要由业主和物业管理企业在物业服务合同中约定。

此外还需明确的有:(1)条例既调整住宅物业的物业管理活动,也调整非住宅物业的物业管理活动。(2)条例的适用范围,既包括城市,也涵盖乡村。

[参见]

《房地产统计指标解释(试行)》第八章

第三条　国家提倡业主通过公开、公平、公正的市场竞争机制选择物业服务企业。

[条文注释]

本条是倡导性条款。物业管理活动本质上是一项民事法律活动。物业管理企业和业主大会之间不是依附或隶属的关系,而是作为两个平等的民事主体,平等地作出意思表示达成民事法律关系的结果。相对一个物业管理区域来说,业主选择哪一个物业管理企业来提供物业管理服务,完全是一个市场行为。

业主选择物业管理企业,可以通过物业管理招标投标方式来进行。本条规定属于倡导性规范,因此,业主可以采用招标投标方式来选择物业管理企业,也可以采取协议等其他方式来选择物业管理企业。

[参见]

《合同法》第3－8条

《招标投标法》第5条

《前期物业管理招标投标管理暂行办法》第4条

《建设部关于宣传贯彻〈物业管理条例〉的通知》

第四条　国家鼓励采用新技术、新方法,依靠科技进步提高物业管理和服务水平。

第五条　国务院建设行政主管部门负责全国物业管理活动的监督管理工作。

县级以上地方人民政府房地产行政主管部门负责本行政区域内物业管理活动的监督管理工作。

[条文注释]

物业管理监督管理体制是指由物业管理监督管理机构及其管理职责、管理程序、相互关系等组成的有机整体。

本条第一款规定了国家一级的物业管理主管机构及其职责。国家一级的物业管理主管机构是指国务院建设行政主管部门,管理职责是负责全国物业管理活动的监督管理工作。

本条第二款规定了地方一级的物业管理活动的监督管理机构及其职责。各地物业管理主管机构是指县级以上地方人民政府房地产行政主管部门,管理职责是对本行政区域内的物业管理活动实施监督管理。需要说明的是,这里所称"房地产行政主管部门"是一个笼统和灵活的称呼,各地房地产行政主管部门的名称或设置并不完全相同。

[参见]

《建设部关于宣传、贯彻〈物业管理条例〉的通知》五

第二章　业主及业主大会

第六条　房屋的所有权人为业主。

业主在物业管理活动中,享有下列权利:

(一)按照物业服务合同的约定,接受物业服务企业提供的服务;

(二)提议召开业主大会会议,并就物业管理的有关事项提出建议;

(三)提出制定和修改管理规约、业主大会议事规则的建议;

(四)参加业主大会会议,行使投票权;

(五)选举业主委员会成员,并享有被选举权;

(六)监督业主委员会的工作;

(七)监督物业服务企业履行物业服务合同;

(八)对物业共用部位、共用设施设备和相关场地使用情况享有知情权和监督权;

(九)监督物业共用部位、共用设施设备专项维修资金(以下简称专项维修资金)的管理和使用;

(十)法律、法规规定的其他权利。

[条文注释]

本条第一款规定了业主的概念。从条例第二条的规定中可以看出,"物业"实际上指的是"房屋及与之相配套的设备、设施和相关场地",将业主定义为"房屋的所有权人",并没有排除业主对与房屋相配套的设备、设施和相关场地拥有的相关权利。

第二款规定了业主在物业管理活动中享有的权利。在物业管理活动中,业主基于对房屋的所有权享有对物业和相关共同事务进行管理的权利。这些权利有些由单个业主享有和行使,有些只能通过业主大会来实现。

[参见]

《房地产统计指标解释(试行)》第八章

第七条　业主在物业管理活动中,履行下列义务:

(一)遵守管理规约、业主大会议事规则;

(二)遵守物业管理区域内物业共用部位和共用设施设备的使用、公共秩序和环境卫生的维护等方面的规章制度;

(三)执行业主大会的决定和业主大会授

权业主委员会作出的决定;

（四）按照国家有关规定交纳专项维修资金;

（五）按时交纳物业服务费用;

（六）法律、法规规定的其他义务。

第八条　物业管理区域内全体业主组成业主大会。

业主大会应当代表和维护物业管理区域内全体业主在物业管理活动中的合法权益。

[参见]

《业主大会规程》第2、3条

第九条　一个物业管理区域成立一个业主大会。

物业管理区域的划分应当考虑物业的共用设施设备、建筑物规模、社区建设等因素。具体办法由省、自治区、直辖市制定。

[参见]

《业主大会规程》第3条

《建设部关于宣传、贯彻〈物业管理条例〉的通知》二

第十条　同一个物业管理区域内的业主,应当在物业所在地的区、县人民政府房地产行政主管部门或者街道办事处、乡镇人民政府的指导下成立业主大会,并选举产生业主委员会。但是,只有一个业主的,或者业主人数较少且经全体业主一致同意,决定不成立业主大会的,由业主共同履行业主大会、业主委员会职责。

[条文注释]

本条第一款是对业主成立业主大会的规定。(1)业主大会成立的主体是业主,而不强制要求必须由建设单位、物业管理企业或者政府房地产行政主管部门组织召开。(2)成立业主大会也并非业主唯一可以选择的自我管理的形式,在只有一个业主,或者业主人数较少的情况下,业主完全可以自行或者通过全体协商的方式对共同事项作出决定,没有必要成立业主大会。(3)业主大会的成立应当接受物业所在地的区、县人民政府房地产行政主管部门的指导。(4)业主大会成立时应当选举产生业主委员会。

第二款规定了业主在首次业主大会会议上投票权的确定方式。至于业主在首次会议召开以后的业主大会会议上的投票权,应当按照首次业主大会会议上通过的业主大会议事规则中约

定的投票权确定办法确定,以保证业主在这个问题上也拥有充分的自主权。

[参见]

《业主大会规程》第3、4、7条

《建设部关于宣传、贯彻〈物业管理条例〉的通知》二

第十一条　下列事项由业主共同决定:

（一）制定和修改业主大会议事规则;

（二）制定和修改管理规约;

（三）选举业主委员会或者更换业主委员会成员;

（四）选聘和解聘物业服务企业;

（五）筹集和使用专项维修资金;

（六）改建、重建建筑物及其附属设施;

（七）有关共有和共同管理权利的其他重大事项。

[参见]

《业主大会规程》第9、17、32条

第十二条　业主大会会议可以采用集体讨论的形式,也可以采用书面征求意见的形式;但是,应当有物业管理区域内专有部分占建筑物总面积过半数的业主且占总人数过半数的业主参加。

业主可以委托代理人参加业主大会会议。

业主大会决定本条例第十一条第(五)项和第(六)项规定的事项,应当经专有部分占建筑物总面积2/3以上的业主且占总人数2/3以上的业主同意;决定本条例第十一条规定的其他事项,应当经专有部分占建筑物总面积过半数的业主且占总人数过半数的业主同意。

业主大会或者业主委员会的决定,对业主具有约束力。

业主大会或者业主委员会作出的决定侵害业主合法权益的,受侵害的业主可以请求人民法院予以撤销。

[条文注释]

本条第一款规定了业主大会会议的召开形式。召开业主大会一般采用召集全体业主开会集体讨论的形式。但在业主人数较多的情况下,可以考虑其他的会议召开形式,如发放会议材料和选票等书面征求意见的形式等。不管采取何种形式,必须有物业管理区域内持1/2以上投票

权的业主参加,业主大会会议才可召开。

第二款规定了业主参加业主大会会议的委托代理人制度。代理人根据业主的授权在业主大会会议上行使业主的权利,视同业主本人行使权利。

第三款规定了业主大会作出决定的方式。包括:(1)普通多数决定方式,即业主大会作出的决定,必须经与会业主所持投票权1/2以上通过。对于一般常规性的物业管理事项决定的通过可以采取此方式。(2)特别多数决定方式,即业主大会作出制定和修改业主公约、业主大会议事规则、选聘、解聘物业管理企业、专项维修资金使用、续筹方案的决定,必须经物业管理区域内全体业主所持投票权2/3以上通过。

第四款规定了业主大会决定的法律效力。业主大会决定的地域效力及于业主大会所在的物业管理区域,对人的效力及于物业管理区域内的全体业主。

[参见]

《业主大会规程》第14、15、17、19条

第十三条 业主大会会议分为定期会议和临时会议。

业主大会定期会议应当按照业主大会议事规则的规定召开。经20%以上的业主提议,业主委员会应当组织召开业主大会临时会议。

[参见]

《业主大会规程》第12-18条

第十四条 召开业主大会会议,应当于会议召开15日以前通知全体业主。

住宅小区的业主大会会议,应当同时告知相关的居民委员会。

业主委员会应当做好业主大会会议记录。

[参见]

《业主大会规程》第13、17-19条

第十五条 业主委员会执行业主大会的决定事项,履行下列职责:

(一)召集业主大会会议,报告物业管理的实施情况;

(二)代表业主与业主大会选聘的物业服务企业签订物业服务合同;

(三)及时了解业主、物业使用人的意见和建议,监督和协助物业服务企业履行物业服务合同;

(四)监督管理规约的实施;

(五)业主大会赋予的其他职责。

[条文注释]

本条将业主委员会明确定位为业主大会的执行机构,从而建立了一种业主大会和业主委员会并存,业主决策机构和执行机构分离的管理模式。在过去单纯的业主委员会制度下,业主大会只是名义上的权力机构,业主委员会实际上集决策和执行的职能于一身,同时缺乏必要的监督机制,容易发生侵害大多数业主合法权益的情况。将业主委员会界定为业主大会的执行机构较好地解决了这一问题。业主委员会由业主通过业主大会会议选举产生,是业主大会的常设性执行机构,对业主大会负责,具体负责执行业主大会交办的各项物业管理事宜。

[参见]

《业主大会规程》第23-31条

第十六条 业主委员会应当自选举产生之日起30日内,向物业所在地的区、县人民政府房地产行政主管部门和街道办事处、乡镇人民政府备案。

业主委员会委员应当由热心公益事业、责任心强、具有一定组织能力的业主担任。

业主委员会主任、副主任在业主委员会成员中推选产生。

[参见]

《业主大会规程》第21、22条

第十七条 管理规约应当对有关物业的使用、维护、管理,业主的共同利益,业主应当履行的义务,违反管理规约应当承担的责任等事项依法作出约定。

管理规约应当尊重社会公德,不得违反法律、法规或者损害社会公共利益。

管理规约对全体业主具有约束力。

[参见]

《业主大会规程》第11条

第十八条 业主大会议事规则应当就业主大会的议事方式、表决程序、业主委员会的组成和成员任期等事项作出约定。

[条文注释]

业主大会议事规则是业主大会组织、运作的

规程,是对业主大会宗旨、组织体制、活动方式、成员的权利义务等内容进行记载的业主自律性文件。业主大会议事规则是全体业主意志的集中体现,是业主大会运作的基本准则和依据,业主大会、业主委员会和所属的成员都必须严格遵守。除条文中列举的事项以外,业主大会议事规则还可以对其他有关业主大会活动的事项作出规定,如业主大会的宗旨、权利与义务、活动范围、经费来源、业主委员会的权利与义务等。

[参见]

《业主大会规程》第 10、17、35、36 条

第十九条 业主大会、业主委员会应当依法履行职责,不得作出与物业管理无关的决定,不得从事与物业管理无关的活动。

业主大会、业主委员会作出的决定违反法律、法规的,物业所在地的区、县人民政府房地产行政主管部门或者街道办事处、乡镇人民政府,应当责令限期改正或者撤销其决定,并通告全体业主。

[参见]

《业主大会规程》第 33 条

第二十条 业主大会、业主委员会应当配合公安机关,与居民委员会相互协作,共同做好维护物业管理区域内的社会治安等相关工作。

在物业管理区域内,业主大会、业主委员会应当积极配合相关居民委员会依法履行自治管理职责,支持居民委员会开展工作,并接受其指导和监督。

住宅小区的业主大会、业主委员会作出的决定,应当告知相关的居民委员会,并认真听取居民委员会的建议。

[参见]

《城市居民委员会组织法》

《业主大会规程》第 34 条

第三章 前期物业管理

第二十一条 在业主、业主大会选聘物业服务企业之前,建设单位选聘物业服务企业的,应当签订书面的前期物业服务合同。

[条文注释]

通常状况下,业主、业主大会选聘物业管理企业开展工作,物业服务合同在业主大会和物业管理企业之间签订。但常常在物业建成之后、业主大会成立之前,就需要进行物业管理活动。由于业主大会尚未成立,只能由建设单位选聘物业管理企业对物业实施管理服务,物业服务合同在建设单位和物业管理企业之间签订。这时的物业服务合同称为前期物业服务合同。

前期物业服务合同有以下特征:(1)前期物业服务合同具有过渡性。一旦业主大会成立或者全体业主选聘了物业管理企业,业主与物业管理企业签订的合同发生效力,就意味着前期物业管理阶段结束。(2)前期物业服务合同由建设单位和物业管理企业签订。(3)前期物业服务合同是要式合同,即法律要求必须具备一定形式的合同。前期物业服务合同必须以书面的形式签订。

[参见]

《合同法》第 2—16、21、22、36—43 条

《建设部关于印发〈前期物业服务合同(示范文本)〉的通知》

《建设部关于印发〈前期物业管理服务协议(示范文本)〉的通知》

第二十二条 建设单位应当在销售物业之前,制定临时管理规约,对有关物业的使用、维护、管理,业主的共同利益,业主应当履行的义务,违反临时管理规约应当承担的责任等事项依法作出约定。

建设单位制定的临时管理规约,不得侵害物业买受人的合法权益。

[条文注释]

本条例第二章第十七条对业主公约的内容和法律效力作出了规定。但很多情况下,物业建成后,业主的入住是一个逐渐的过程,业主大会并不能立即成立。而业主公约在物业买受人购买物业时就须存在,这种在业主大会制定业主公约之前存在的业主公约,称为业主临时公约。

第一款规定了业主临时公约的制定,包括以下几个方面的内容:(1)业主临时公约制定的主体是建设单位。(2)业主临时公约制定的时间为物业销售之前。(3)业主临时公约制定的内容应当包含本条例第十七条正式业主公约同样的内容,即对有关物业的使用、维护、管理,业主的共同利益,业主应当履行的义务,违反公约应当承担的责任等事项依法作出约定。

第二款规定了业主临时公约内容的限制。

为了保障物业买受人的利益,本款对业主临时公约的内容进行了原则上的限制,规定建设单位制定的业主临时公约,不得侵害物业买受人的合法权益。

第二十三条　建设单位应当在物业销售前将临时管理规约向物业买受人明示,并予以说明。

物业买受人在与建设单位签订物业买卖合同时,应当对遵守临时管理规约予以书面承诺。

第二十四条　国家提倡建设单位按照房地产开发与物业管理相分离的原则,通过招投标的方式选聘具有相应资质的物业服务企业。

住宅物业的建设单位,应当通过招投标的方式选聘具有相应资质的物业服务企业;投标人少于3个或者住宅规模较小的,经物业所在地的区、县人民政府房地产行政主管部门批准,可以采用协议方式选聘具有相应资质的物业服务企业。

[条文注释]

本条第一款是关于前期物业管理招投标的倡导性规定。招投标制度的推行,打破了"谁开发、谁管理"界限模糊的旧有管理模式,增加了前期物业管理的透明性,为物业管理企业创造了公平、公正、公开的市场竞争环境。

第二款是对住宅物业前期物业管理实施招投标进行的强制性规定。住宅物业的建设单位,应当以招投标的方式选聘物业管理企业。而非住宅物业是否以招投标方式选聘物业管理企业,目前不做强制性要求。

同时,对于规模较小的住宅物业,采用招标投标的程序相对复杂,费时较多,费用也较高,建设单位可以采用协议的方式选聘物业管理企业;投标人少于3个的,由于缺乏足够的竞标,进行招投标的意义不大,也可以采用协议的方式选聘物业管理企业。但是,应当经过物业所在地的区、县房地产行政主管部门的批准才可以进行。另外,不管是采用招投标方式还是采用协议方式,都应当选聘具有相应资质的物业管理企业。

[参见]

《招标投标法》

《前期物业管理招标投标管理暂行办法》

第二十五条　建设单位与物业买受人签订的买卖合同应当包含前期物业服务合同约定的内容。

[参见]

《物业服务收费管理办法》第10条

第二十六条　前期物业服务合同可以约定期限;但是,期限未满、业主委员会与物业服务企业签订的物业服务合同生效的,前期物业服务合同终止。

[条文注释]

本条规定了两层意思。首先,前期物业服务合同可以约定期限。其次,前期物业服务合同是一种附终止条件的合同。虽然期限未满,但业主委员会与物业管理企业签订的物业服务合同生效的,前期物业服务合同仍然终止。也就是说,前期物业服务合同按照约定的期限履行结束,只有在合同期内没有业主大会选聘的物业服务合同生效才能实现。这是由前期物业管理本身的过渡性决定的。一旦业主组成了代表和维护自己利益的业主大会,选聘了物业管理企业,进入了正常的物业管理阶段,则前期物业管理就不再有存在的必要,自动终止,终止的时间以业主委员会与物业管理企业签订的物业服务合同生效时为准。

第二十七条　业主依法享有的物业共用部位、共用设施设备的所有权或者使用权,建设单位不得擅自处分。

[条文注释]

本条是对物业共用部位、共用功能设施设备所有权或者使用权转让的限制性规定。

物业共用部位、共用设施设备是物业管理区域内,业主专有房屋以外的,属于全体业主共同所有、共同使用的建筑物的部位、场所、设施、设备。根据我国目前的有关规定,共用部位是指住宅主体承重结构部位(包括基础、内外承重墙体、柱、梁、楼板、屋顶等)、户外墙面、门厅、楼梯间、走廊通道等。共用设施设备是指住宅小区或单幢住宅内,共用的上下水管道、落水管、水箱、加压水泵、电梯、天线、供电线路、照明、锅炉、暖气线路、燃气线路、消防设施、绿地、道路、路灯、沟渠、池、井、非经营性车场车库、公益性文体设施和共用设施设备使用的房屋等。

物业共用部位、共用设施设备为全体业主共

同所有或者使用,建设单位无权对之擅自进行处分。但是在实践中,建设单位擅自处分归业主所有者或者使用的物业共用部位、共用设施设备,侵害业主合法的财产权利的情况比较突出,因此本条专门规定建设单位不得将业主依法享有的物业共用部位、共用设施设备的所有权或者使用权转让给他人。

第二十八条　物业服务企业承接物业时,应当对物业共用部位、共用设施设备进行查验。

第二十九条　在办理物业承接验收手续时,建设单位应当向物业服务企业移交下列资料:

(一)竣工总平面图、单体建筑、结构、设备竣工图,配套设施、地下管网工程竣工图等竣工验收资料;

(二)设施设备的安装、使用和维护保养等技术资料;

(三)物业质量保修文件和物业使用说明文件;

(四)物业管理所必需的其他资料。

物业服务企业应当在前期物业服务合同终止时将上述资料移交给业主委员会。

[参见]

《房屋接管验收标准》

第三十条　建设单位应当按照规定在物业管理区域内配置必要的物业管理用房。

第三十一条　建设单位应当按照国家规定的保修期限和保修范围,承担物业的保修责任。

[条文注释]

物业保修责任是指建设单位有对物业竣工验收后在保修期内出现不符合工程建筑强制性标准和合同约定的质量缺陷,予以保证修复的责任。虽然物业管理企业按照物业服务合同对物业进行维修、养护、管理,但前期物业管理一般处于建设单位的物业保修期间内,在保修期间与范围内的房屋维修由建设单位承担首要责任。1998年《城市房地产开发经营管理条例》第十六条明确规定:"房地产开发企业应当对其开发建设的房地产开发项目的质量承担责任。"为了区别物业管理企业和建设单位对物业的维修的不同责任,本条在此进一步明确建设单位对物业的保修责任,保修责任应当按照国家规定的保修期限和保修范围承担,保修期限与范围以外的物业

维修、保养由物业管理企业按照物业服务合同的约定承担。

[参见]

《建筑法》第6章

《房屋建筑工程质量保修办法》

《建设工程质量管理条例》第6章

第四章　物业管理服务

第三十二条　从事物业管理活动的企业应当具有独立的法人资格。

国家对从事物业管理活动的企业实行资质管理制度。具体办法由国务院建设行政主管部门制定。

[条文注释]

本条第一款是关于物业管理企业性质、地位的规定。物业管理企业属于从事经营活动的市场主体。作为市场主体,应当具有相应的主体资格,享有完全的民事权利能力和行为能力,能够独立的承担民事责任。物业管理企业应当具有独立的法人资格,意味着物业管理企业应当具备下列条件:(1)依法成立。即物业管理企业的设立程序要符合法律法规的规定。(2)有必要的财产或者经费。按照《公司法》规定,物业管理企业为有限责任公司的,注册资本不得低于10万元;为股份有限公司的,注册资本不得低于1000万元。(3)有自己的名称、组织机构和场所。(4)能够独立承担民事责任。

第二款是关于物业管理企业资质管理制度的规定。物业管理企业资质的条件、分级、申请、审批、年审、动态管理等均应当属于物业管理企业资质管理制度的内容。本条例没有对资质管理制度的内容作具体规定,而是授权国务院建设行政主管部门制定具体办法。

[参见]

《民法通则》第36-49条

《物业管理企业资质管理办法》

《物业管理企业财务管理规定》

《建设部关于物业管理企业资质管理有关问题的通知》

第三十三条　从事物业管理的人员应当按照国家有关规定,取得职业资格证书。

[参见]

《物业管理师制度暂行规定》

《物业管理师资格考试实施办法》

《物业管理师资格认定考试办法》

《全国物业管理从业人员岗位证书管理办法》

第三十四条 一个物业管理区域由一个物业服务企业实施物业管理。

第三十五条 业主委员会应当与业主大会选聘的物业服务企业订立书面的物业服务合同。

物业服务合同应当对物业管理事项、服务质量、服务费用、双方的权利义务、专项维修资金的管理与使用、物业管理用房、合同期限、违约责任等内容进行约定。

[条文注释]

物业服务合同是确立业主和物业管理企业在物业管理活动中的权利义务的法律依据。在物业管理活动中,物业服务合同的地位非常重要。物业服务合同属于民事合同的范畴,是业主、物业管理企业设立物业服务关系的协议。物业服务合同的当事人中,物业管理企业具有独立的法人资格,业主是分散的具有独立法律人格的自然人、法人或者其他组织。业主和物业管理企业之间是平等的民事主体的关系,不存在领导者与被领导者、管理者与被管理者的关系。

物业服务合同的内容应当由当事人约定。本条第二款规定属于指引性规范,意在引导物业管理当事人在订立物业服务合同时约定一些必要的内容,以利于合同的履行。物业服务合同一般应当具备以下主要内容:(1)物业管理事项,主要包括物业共用部位的维护与管理,物业共用设备设施及其运行的维护和管理,环境卫生、绿化管理服务,物业管理区域内公共秩序、消防、交通等协助管理事项的服务,物业装饰装修管理服务,专项维修资金的代管服务,物业档案资料的管理。(2)服务质量,即对物业管理企业提供的服务在质量上的具体要求。(3)服务费用,目前主要有两种计算方式:一是按照每平方米多少元来计算;二是按照每户多少元来计算。(4)双方的权利义务。(5)专项维修资金的管理和使用。(6)物业管理用房。(7)合同期限,期限条款应当尽量明确、具体,或者明确规定计算期限的方法。(8)违约责任,即物业服务合同当事人一方或者双方不履行合同或者不适当履行合同,依照法律

的规定或者按照当事人的约定应当承担的法律责任。此外,物业服务合同一般还应当载明双方当事人的基本情况、物业管理区域的范围、合同终止和解除的约定、解决合同争议的方法以及当事人约定的其他事项等内容。

[参见]

《合同法》第10、11条

《物业服务收费管理办法》第2、15条

《物业服务收费明码标价规定》第2条

第三十六条 物业服务企业应当按照物业服务合同的约定,提供相应的服务。

物业服务企业未能履行物业服务合同的约定,导致业主人身、财产安全受到损害的,应当依法承担相应的法律责任。

[条文注释]

本条是关于物业管理企业提供约定服务的义务和不履行合同约定时的责任的规定。

第一款规定了物业管理企业的主要义务,即按照合同约定提供相应的服务是物业管理企业的主要合同义务。第二款对物业管理企业不履行合同约定,造成业主人身和财产损害的法律责任作了原则规定。物业管理企业就业主受到的人身和财产损害承担责任有一个前提条件,就是物业管理企业未能履行物业服务合同的约定,即物业管理企业存在违约行为。

值得注意的是,物业管理企业未能履行物业服务合同中的约定,导致业主人身、财产受到损害的,"依法"承担的是"相应"的法律责任。所谓"依法",主要是指依照《民法通则》、《合同法》、《刑法》以及本条例等法律、法规的规定。所谓"相应",有两层含义:一是根据不同的情况,承担不同类型的责任;二是根据物业服务合同的不同约定,承担不同的责任。

[参见]

《合同法》第8、60、107－122条

《民法通则》第106、117条

第三十七条 物业服务企业承接物业时,应当与业主委员会办理物业验收手续。

业主委员会应当向物业服务企业移交本条例第二十九条第一款规定的资料。

第三十八条 物业管理用房的所有权依法属于业主。未经业主大会同意,物业服务企业不得

改变物业管理用房的用途。

[条文注释]

　　物业管理用房一般包括物业办公用房、物业清洁用房、物业储藏用房、业主委员会活动用房等。本条规定确定了一个基本原则：物业管理用房的所有权依法属于业主，而不能属于建设单位、物业管理企业抑或是国家。

　　物业管理用房的用途是特定的。一般而言，在规划设计中，就对物业管理用房的面积、布局作了明确规定。物业管理企业实施物业管理的，可以使用物业管理用房，但无权改变物业管理用房的用途。在特定条件下，有些物业管理区域内的物业管理用房确有空余，如不能改变用途，实属资源浪费，则经业主大会同意，并依法到有关部门办理相应的手续，也可以改变用途。

[参见]

　　《民法通则》第71、72条

第三十九条　物业服务合同终止时，物业服务企业应当将物业管理用房和本条例第二十九条第一款规定的资料交还给业主委员会。

　　物业服务合同终止时，业主大会选聘了新的物业服务企业的，物业服务企业之间应当做好交接工作。

[参见]

　　《合同法》第91、92条

第四十条　物业服务企业可以将物业管理区域内的专项服务业务委托给专业性服务企业，但不得将该区域内的全部物业管理一并委托给他人。

[条文注释]

　　本条规定由两层含义：(1)物业管理企业可以将专项服务业务委托给专业化公司。这里的专项服务业务，是指保安、保洁、绿化、电梯等共用设施设备的维护等服务业务；专业服务企业，是指专门为客户提供某项服务业务的专业化公司。例如保洁公司、保安服务公司、设备维修公司、绿化公司等。在专项服务业务委托之后，物业管理企业和业主之间，仍然是物业服务合同关系；物业管理企业和专业服务企业之间，属于委托服务合同关系。委托服务合同的内容不得与物业服务合同的内容相抵触。专业服务企业与业主之间不存在合同关系，但是，专业服务企业在履行委托服务合同时，应当遵守物业管理区域

内的规章制度，不得侵害业主的合法权益。物业管理企业就专业服务企业提供的服务向业主负责。(2)物业管理企业不得把整体服务业务委托给他人。

[参见]

　　《合同法》第21章

第四十一条　物业服务收费应当遵循合理、公开以及费用与服务水平相适应的原则，区别不同物业的性质和特点，由业主和物业服务企业按照国务院价格主管部门会同国务院建设行政主管部门制定的物业服务收费办法，在物业服务合同中约定。

[条文注释]

　　本条规定有几层含义：(1)物业服务费用应当由业主和物业管理企业协商确定。(2)不同性质和特点的物业，其物业服务费用也应有所不同。例如，住宅物业和非住宅物业的业主、普通住宅物业与高档住宅物业的业主，对物业管理企业提供的物业服务的内容、质量会有不同的要求，而物业服务费用是与物业服务的内容、质量密切相关的。(3)物业服务收费，应当遵循合理、公开以及费用与服务水平相适应的原则。物业服务收费的项目、标准、程序等应当公开，不能暗箱操作；物业服务收费应当按质论价，质价相符，既不能只收费不服务，也不能多收费少服务。(4)业主和物业管理企业应当按照物业服务收费办法来确定物业服务费用。条例规定由国务院价格主管部门和国务院建设主管部门制定物业服务收费的具体管理办法，来规范物业服务收费行为。

[参见]

　　《价格法》第3、13、14条

　　《物业服务收费明码标价规定》

　　《物业服务收费管理办法》

　　《建设部关于宣传、贯彻〈物业管理条例〉的通知》三

　　《国家计委办公厅关于物业管理服务收费管理权限有关问题的复函》

第四十二条　业主应当根据物业服务合同的约定交纳物业服务费用。业主与物业使用人约定由物业使用人交纳物业服务费用的，从其约定，业主负连带交纳责任。

已竣工但尚未出售或者尚未交给物业买受人的物业,物业服务费用由建设单位交纳。

[参见]

《物业服务收费管理办法》第15、16条

第四十三条　县级以上人民政府价格主管部门会同同级房地产行政主管部门,应当加强对物业服务收费的监督。

[参见]

《物业服务收费管理办法》第4、21条

第四十四条　物业服务企业可以根据业主的委托提供物业服务合同约定以外的服务项目,服务报酬由双方约定。

[条文注释]

物业服务合同的标的是物业管理企业提供的物业服务,物业服务的对象是物业管理区域内的全体业主。由于每个业主都是独立的民事主体,情况各异,在有着全体业主均有的共同需求之外,单个业主不可避免的会发生不同于他人的特殊需求。例如,业主张先生夫妇均在外企工作,没有时间接送上小学的儿子。于是,张先生自然产生了请人接送小孩的需求。而在张先生所在物业管理区域内,并非每一个业主均有这种需求。因此,这一需求无法通过业主大会与物业管理企业订立的物业服务合同解决。如果张先生需要物业管理企业提供接送其小孩的服务,则可以与物业管理企业就该事项订立协议。

理解本条规定,还需注意以下几点:(1)特约服务属于派生服务的范畴,提供特约服务并不是物业管理企业的法定义务。(2)特约服务事项需由特定的业主和物业管理企业进行约定。(3)特约服务是一种有偿服务。

[参见]

《合同法》第3-13条

《物业服务收费管理办法》第20条

《物业服务收费明码标价规定》第9条

第四十五条　物业管理区域内,供水、供电、供气、供热、通讯、有线电视等单位应当向最终用户收取有关费用。

物业服务企业接受委托代收前款费用的,不得向业主收取手续费等额外费用。

[条文注释]

一般而言,业主和供水、供电、供气、供热、通讯、有线电视等单位之间,是一种合同关系。向业主收取相应的水、电、气、热、通讯、有线电视费是供水、供电、供气、供热、通讯、有线电视等公用事业单位的权利。物业管理企业并不是合同的当事人,没有义务向公用事业单位支付这些费用,也没有权利向业主收取这些费用。

同时,按照本条规定,物业管理企业可以接受供水、供电、供气、供热、通讯、有线电视等单位的委托,代收有关费用。物业管理企业有权根据自身经营状况,决定是否接受供水、供电、供气、供热、通讯、有线电视等单位的委托,这些单位无权强制要求物业管理企业代收有关费用。

为了保护业主的合法权益,本条还明确规定,在物业管理企业接受供水、供电、供气、供热、通讯、有线电视等单位委托,代其收取有关费用时,物业管理企业不得以各种名目向业主收取额外费用。

[参见]

《物业服务收费管理办法》第17条

《物业服务收费明码标价规定》第8条

《国家税务总局关于物业管理企业的代收费用有关营业税问题的通知》

第四十六条　对物业管理区域内违反有关治安、环保、物业装饰装修和使用等方面法律、法规规定的行为,物业服务企业应当制止,并及时向有关行政管理部门报告。

有关行政管理部门在接到物业服务企业的报告后,应当依法对违法行为予以制止或者依法处理。

第四十七条　物业服务企业应当协助做好物业管理区域内的安全防范工作。发生安全事故时,物业服务企业在采取应急措施的同时,应当及时向有关行政管理部门报告,协助做好救助工作。

物业服务企业雇请保安人员的,应当遵守国家有关规定。保安人员在维护物业管理区域内的公共秩序时,应当履行职责,不得侵害公民的合法权益。

[条文注释]

本条第一款是关于物业管理企业的安全防范义务的规定。有两层含义:(1)物业管理企业具有协助做好安全防范工作的义务。(2)当物业管理区域内发生安全事故时，物业管理企业负有采取紧急措施、报告和协助救助的义务。

本条第二款是关于物业保安人员的规定。

从实际情况来看，物业管理企业需要物业保安人员时，往往从专业的保安服务公司聘请。根据《公安部关于保安服务公司规范管理的若干规定》，保安服务公司只能由公安机关审批和组建，其他任何单位、部门和个人均不得擅自组建。保安服务公司在招聘保安人员时，必须经过严格政审，即由当地公安机关出具证明材料，证明被录用人员没有前科和劣迹，并统一正规培训，方可上岗。

值得注意的是，条例并没有规定物业管理企业必须雇请保安人员。物业管理企业可以雇请保安人员，也可以不雇请保安人员。在实践中，一些物业管理企业根据企业情况和业主需求，不雇请保安人员，而是由企业员工（如企业安护人员）协助维护物业管理区域内的秩序，这与本条规定并不矛盾。

[参见]

《消防法》第10、11、14、20－22、32条

《房地产统计指标解释（试行）》第八章

《城市居民住宅安全防范设施建设管理规定》

《高层居民住宅楼防火管理规则》

第四十八条　物业使用人在物业管理活动中的权利义务由业主和物业使用人约定，但不得违反法律、法规和管理规约的有关规定。

物业使用人违反本条例和管理规约的规定，有关业主应当承担连带责任。

[条文注释]

物业使用人是指物业承租人和其他实际使用物业的非所有权人。其中，物业承租人是指与物业所有权人订有物业租赁合同因而对物业享有使用权的人；其他实际使用物业的非所有权人，包括物业所有权人的亲属、朋友、雇工等因为某种原因而实际使用物业的人。

本条第二款是关于业主连带责任的规定。所谓连带责任，是指依照法律规定或者当事人的约定，具有一定民事法律关系的两个或者两个以上当事人对其共同债务、共同民事责任或他人债务、他人的民事责任全部承担或部分承担，并能

因此引起其内部债务关系的一种民事责任。

[参见]

《合同法》第4、7、8、107、120条

第四十九条　县级以上地方人民政府房地产行政主管部门应当及时处理业主、业主委员会、物业使用人和物业服务企业在物业管理活动中的投诉。

[条文注释]

本条是关于物业投诉制度的规定。

房地产行政主管部门作为物业管理活动的监督管理部门，有责任及时处理物业管理活动当事人之间的投诉。投诉内容在本部门职责范围内的，房地产管理部门受理投诉后，应当及时进行调查、核实，并应当在合理时间内将处理意见回复投诉人；投诉内容涉及其他行政管理部门职责的，应当及时移交有关行政管理部门处理，并告知投诉人。

本条是一条原则性的规定，各地可以根据实际情况做出具体规定。

第五章　物业的使用与维护

第五十条　物业管理区域内按照规划建设的公共建筑和共用设施，不得改变用途。

业主依法确需改变公共建筑和共用设施用途的，应当在依法办理有关手续后告知物业服务企业；物业服务企业确需改变公共建筑和共用设施用途的，应当提请业主大会讨论决定同意后，由业主依法办理有关手续。

第五十一条　业主、物业服务企业不得擅自占用、挖掘物业管理区域内的道路、场地，损害业主的共同利益。

因维修物业或者公共利益，业主确需临时占用、挖掘道路、场地的，应当征得业主委员会和物业服务企业的同意；物业服务企业确需临时占用、挖掘道路、场地的，应当征得业主委员会的同意。

业主、物业服务企业应当将临时占用、挖掘的道路、场地，在约定期限内恢复原状。

第五十二条　供水、供电、供气、供热、通信、有线电视等单位，应当依法承担物业管理区域内相关管线和设施设备维修、养护的责任。

前款规定的单位因维修、养护等需要，临时占用、挖掘道路、场地的，应当及时恢复

原状。

第五十三条　业主需要装饰装修房屋的,应当事先告知物业服务企业。

物业服务企业应当将房屋装饰装修中的禁止行为和注意事项告知业主。

[条文注释]

本条规定旨在规范房屋装饰装修行为。我国的房屋,尤其是住宅,多数属于群体式类型。不当的房屋装饰装修活动会导致共用部位、共用设施设备的损坏,不仅影响到装修房屋的结构安全和装修人自身的生命财产安全,还会影响到相邻房屋的结构安全和其他居民的生命财产安全。

本条第一款规定了业主装饰装修房屋前对物业管理企业的告知义务。第二款规定了物业管理企业对业主的告知义务。

装饰装修房屋是业主的权利,但这一权利的行使应以不损害他人利益和社会公共利益为前提。在一个存在多业主的物业管理区域内,业主装饰装修房屋的行为有可能会对其他业主造成影响。同时,物业管理企业有义务根据物业服务合同的约定对物业进行管理,而对物业及其共用部位、共用设施设备的结构、功能、使用等情况的了解是完成这一义务的前提。有鉴于此,条例设定了业主装修房屋前对物业管理企业的告知义务。

业主装饰装修房屋时,不得有违反法规规定以及业主公约明文禁止的行为,并应该尽到合理的注意义务。考虑到业主对相关法律法规并不一定很了解,对房屋装饰装修中的禁止行为和注意事项并不一定都清楚。条例规定物业管理企业在知道业主装修后应当将相关禁止行为和注意事项告知业主。

[参见]

《住宅室内装饰装修管理办法》第5-7、33、34条

第五十四条　住宅物业、住宅小区内的非住宅物业或者与单幢住宅楼结构相连的非住宅物业的业主,应当按照国家有关规定交纳专项维修资金。

专项维修资金属于业主所有,专项用于物业保修期满后物业共用部位、共用设施设备的维修和更新、改造,不得挪作他用。

专项维修资金收取、使用、管理的办法由国务院建设行政主管部门会同国务院财政部门制定。

[条文注释]

由于我国的住宅绝大多数属于群体式类型,且多以住宅小区的方式开发建设,住宅单体间以及单幢住宅内部存在共用部位。这些共用部位、共用设施设备是否完好、运行是否正常关系到相邻住宅,甚至整栋楼、整个小区住宅的正常使用和安全,关系到全体业主和社会公共利益。因此,由所有业主预先交纳一定费用,建立住房专项维修资金,专门用于共用部位共用设施设备的维修、改造、更新的制度应运而生。

本条第一款是关于住房专项维修资金交纳范围的规定。根据本款规定,三类物业的业主应当按照国家有关规定交纳专项维修资金:(1)住宅物业的业主;(2)住宅小区内的非住宅物业的业主;(3)与单幢住宅楼结构相连的非住宅物业的业主。

本条第二款是关于住房专项维修资金的权属和用途的规定。根据本款规定,住房专项维修资金属于业主所有,专项用于物业保修期满后物业共用部位、共用设施设备的维修和更新、改造,不得挪作他用。但专项维修资金属于业主所有,并不意味着业主个人可以随意支配维修资金。专项维修资金制度是基于全体业主的公共利益而确立的制度,有关其使用、过户、帐户等必须符合国家有关规定。

本条第三款是关于专项维修资金收取使用管理办法的规定。条例并没有就住房专项维修资金的收取、使用和管理做出具体规定,而是在规定总的原则之后,授权国务院建设行政主管部门和国务院财政部门制定相应的办法。

[参见]

《建设部关于宣传、贯彻〈物业管理条例〉的通知》三

《建设部、财政部住宅共用部位共用设施设备维修基金管理办法》

《物业服务收费管理办法》第11条

《国家税务总局关于住房专项维修基金征营业税问题的通知》

第五十五条　利用物业共用部位、共用设施设备

进行经营的,应当在征得相关业主、业主大会、物业服务企业的同意后,按照规定办理有关手续。业主所得收益应当主要用于补充专项维修资金,也可以按照业主大会的决定使用。

[条文注释]

规定本条的目的有三个方面:一是原则规定了利用物业共用部位、共用设施设备进行经营的办理程序;二是明确相关业主、业主大会、物业管理企业对利用物业共用部位、共用设施设备进行经营的事前否决权;三是确定业主由于物业共用部位、共用设施设备经营所得收益的使用方向。

利用共用部位、共用设施设备经营需要征得相关业主的同意,这是因为经营行为可能对其权益造成影响。例如,在业主窗户下设置霓红灯广告,就可能会影响业主的休息。这里的相关业主,主要是指直接受到经营行为影响的业主。利用共用部位、共用设施设备经营所得经营收益的使用,应当优先用于补充住房专项维修资金。此外,利用共用部位、共用设施设备经营的前提是必须符合国家、地方有关共用部位、共用设施设备安全使用、管理等相关要求及规定。在征得相关业主、业主大会、物业管理企业的同意后,还必须按照国家有关法律法规的规定办理有关合法经营等手续。

[参见]

《物业服务收费管理办法》第18条

第五十六条 物业存在安全隐患,危及公共利益及他人合法权益时,责任人应当及时维修养护,有关业主应当给予配合。

责任人不履行维修养护义务的,经业主大会同意,可以由物业服务企业维修养护,费用由责任人承担。

[条文注释]

本条是关于物业存在安全隐患时的维修养护责任的规定。

本条所指的物业安全隐患主要是指物业在使用过程中由于人为、自然或突发事件等因素作用出现的潜在的结构、使用等方面的危险。本条所说的责任人主要是指房屋的产权人或者说按照合同约定承担相关部位维修责任的单位和个人,还包括由于历史等特殊原因造成的房屋的实际使用者或维修责任的承担者。

本条首先明确规定物业存在安全隐患,危及公共利益及他人合法权益时,责任人应当及时维修养护。同时,由于物业结构整体性、系统性的特点,对物业某一部位、设施的安全隐患的维修养护往往会影响到相邻居民甚至整个物业管理区域内相关部位、设施的停用、占用等情况,需要这些业主的配合。为了保障及时做好存在安全隐患、危及公共利益及他人合法权益的物业的维修养护工作,本条明确规定有关业主应当对维修养护工作给予配合。

此外,考虑到相关责任人无法或者不愿履行维修养护义务的特殊情形,本条提出经业主大会同意,可以由物业管理企业维修养护,费用由责任人承担。

[参见]

《城市危险房屋管理规定》

《建设部关于加强公有住房售后维修养护管理工作的通知》

第六章　法　律　责　任

第五十七条 违反本条例的规定,住宅物业的建设单位未通过招投标的方式选聘物业服务企业或者未经批准,擅自采用协议方式选聘物业服务企业的,由县级以上地方人民政府房地产行政主管部门责令限期改正,给予警告,可以并处10万元以下的罚款。

[条文注释]

本条涉及的违法行为有两种情况:

(1)住宅物业的建设单位未通过招投标的方式选聘物业管理企业。一般而言,住宅物业的建设单位应当通过招投标方式选聘物业管理企业,这是因为住宅物业涉及的利益主体比较多,为了保证公共利益,必须保证选聘行为的公开和透明。这是国家的强制规定,建设单位必须遵守。

(2)特殊的住宅物业建设单位,未经批准,擅自采用协议方式选聘物业管理企业。这是针对投标人少于3个或者住宅规模较小的,经物业所在地的区、县人民政府房地产行政主管部门批准,可以采用协议方式选聘具有相应资质的物业管理企业的规定而言的。虽然这两种类型的物业可以不采用招投标的方式选聘物业管理企业,但是必须经过一定的行政机关批准,如果没有履行批准手续,擅自采用协议方式选聘物业管理企业，就是一种违法行为。

第五十八条　违反本条例的规定，建设单位擅自处分属于业主的物业共用部位、共用设施设备的所有权或者使用权的，由县级以上地方人民政府房地产行政主管部门处 5 万元以上 20 万元以下的罚款；给业主造成损失的，依法承担赔偿责任。

[参见]

《民法通则》第 106 条

第五十九条　违反本条例的规定，不移交有关资料的，由县级以上地方人民政府房地产行政主管部门责令限期改正；逾期仍不移交有关资料的，对建设单位、物业服务企业予以通报，处 1 万元以上 10 万元以下的罚款。

第六十条　违反本条例的规定，未取得资质证书从事物业管理的，由县级以上地方人民政府房地产行政主管部门没收违法所得，并处 5 万元以上 20 万元以下的罚款；给业主造成损失的，依法承担赔偿责任。

　　以欺骗手段取得资质证书的，依照本条第一款规定处罚，并由颁发资质证书的部门吊销资质证书。

[参见]

《物业管理企业资质管理办法》

第六十一条　违反本条例的规定，物业服务企业聘用未取得物业管理职业资格证书的人员从事物业管理活动的，由县级以上地方人民政府房地产行政主管部门责令停止违法行为，处 5 万元以上 20 万元以下的罚款；给业主造成损失的，依法承担赔偿责任。

[条文注释]

　　条例第三十三条规定，从事物业管理的人员应当按照国家有关规定，取得职业资格证书。

　　（1）本条规定的违法行为是物业管理企业聘用未取得物业管理职业资格证书的人员从事物业管理活动。违法行为的主体是物业管理企业，而不是未取得职业资格证书的人员本身。这是因为物业管理企业应当对其聘用人员的行为负责。（2）本条规定的法律责任分两种：第一，行政法律责任。首先行政机关应当责令其停止违法行为，即解聘相应的人员，重新聘用有资格的人员从事物业管理。由于聘用不具有资格证书的

人员的行为本身已经构成违法后果，因此，本条规定只要是聘请了未取得职业资格证书的人员从事物业管理，就应当处以罚款。第二，民事法律责任。本条规定的民事法律责任，是对于给业主造成损失的情况而言的。如果因为物业管理企业聘用没有取得职业资格证书的人员从事物业管理，属于一种违反物业服务合同约定的行为，由此给业主造成了损失的，应当承担相应的赔偿责任。民事赔偿责任和行政处罚并不能互相代替，但是在侵权人财产不足以既承担民事赔偿责任，又接受行政处罚时，应当优先保证民事赔偿责任的实现。

[参见]

《民法通则》第 106 条

《合同法》第 107 条

第六十二条　违反本条例的规定，物业服务企业将一个物业管理区域内的全部物业管理一并委托给他人的，由县级以上地方人民政府房地产行政主管部门责令限期改正，处委托合同价款 30% 以上 50% 以下的罚款；情节严重的，由颁发资质证书的部门吊销资质证书。委托所得收益，用于物业管理区域内物业共用部位、共用设施设备的维修、养护，剩余部分按照业主大会的决定使用；给业主造成损失的，依法承担赔偿责任。

第六十三条　违反本条例的规定，挪用专项维修资金的，由县级以上地方人民政府房地产行政主管部门追回挪用的专项维修资金，给予警告，没收违法所得，可以并处挪用数额 2 倍以下的罚款；物业服务企业挪用专项维修资金，情节严重的，并由颁发资质证书的部门吊销资质证书；构成犯罪的，依法追究直接负责的主管人员和其他直接责任人员的刑事责任。

[条文注释]

　　条例第五十四条规定，专项维修资金属业主所有，专项用于物业保修期满后物业共用部位、共用设施设备的维修和更新、改造，不得挪作他用。房屋的专项维修资金只能用于特定的用途，是房屋维护和保养基金，挪用专项维修资金不仅侵犯了业主的权利，还破坏了行政管理秩序，所以条例规定了行政处罚。

　　本条规定的违法行为是挪用专项维修资金。

从主体不同来分，挪用专项维修资金有三种情况：(1)房地产行政主管部门挪用。目前，有些地方规定在业主大会成立以前，专项维修资金由房地产行政主管部门代管，因此，房地产行政主管部门可能成为挪用专项维修资金的主体；(2)物业管理企业挪用。物业管理企业具体负责物业管理区域内的维修和养护，实际使用专项维修资金的，也是物业管理企业，因此，物业管理企业可能成为挪用专项维修资金的主体；(3)个别业主挪用。维修资金归业主所有，这种所有是共同所有而不是个别业主所有，但在实践中总是由具体的业主负责管理维修资金，因此，个别业主也可能成为挪用专项维修资金的主体。无论是哪一种主体挪用了专项维修资金，都应当按照本条的规定给予处罚。

发生挪用行为以后，行政机关首先有追回被挪用资金的义务，然后再给予违法行为人行政处罚。具体的处罚措施包括警告，没收违法所得，即通过挪用专项维修资金所得的收益。行政机关可以根据情况决定给予挪用资金2倍以下的罚款。

[参见]

《刑法》第272条

第六十四条 违反本条例的规定，建设单位在物业管理区域内不按照规定配置必要的物业管理用房的，由县级以上地方人民政府房地产行政主管部门责令限期改正，给予警告，没收违法所得，并处10万元以上50万元以下的罚款。

第六十五条 违反本条例的规定，未经业主大会同意，物业服务企业擅自改变物业管理用房的用途的，由县级以上地方人民政府房地产行政主管部门责令限期改正，给予警告，并处1万元以上10万元以下的罚款；有收益的，所得收益用于物业管理区域内物业共用部位、共用设施设备的维修、养护，剩余部分按照业主大会的决定使用。

第六十六条 违反本条例的规定，有下列行为之一的，由县级以上地方人民政府房地产行政主管部门责令限期改正，给予警告，并按照本条第二款的规定处以罚款；所得收益，用于物业管理区域内物业共用部位、共用设施设备的维修、养护，剩余部分按照业主大会的决定使用：

(一)擅自改变物业管理区域内按照规划建设的公共建筑和共用设施用途的；

(二)擅自占用、挖掘物业管理区域内道路、场地，损害业主共同利益的；

(三)擅自利用物业共用部位、共用设施设备进行经营的。

个人有前款规定行为之一的，处1000元以上1万元以下的罚款；单位有前款规定行为之一的，处5万元以上20万元以下的罚款。

第六十七条 违反物业服务合同约定，业主逾期不交纳物业服务费用的，业主委员会应当督促其限期交纳；逾期仍不交纳的，物业服务企业可以向人民法院起诉。

[条文注释]

本条规定的违法行为是业主逾期不交纳物业服务费，这一违法行为有双重的性质。首先，对于物业管理企业而言，业主享受了服务而不交纳服务费，是一种违约行为；其次，对于物业管理区域内其他业主而言，是一种"搭便车"的行为，实际上是侵害了按时交费的业主的权益，是对业主共同利益的侵犯。业主可以在业主公约中对这类行为约定相应的处理办法。

由于不交纳物业费实际上是侵犯了业主共同利益，所以本条规定，业主逾期不交纳物业服务费用的，由业主委员会代表全体业主督促其限期交纳，体现业主的自我管理、自我监督。对于仍不交纳的，按照《民事诉讼法》的规定，物业管理企业可以向法院提起诉讼，追究其违约责任，强制其交纳。

应当注意的是，本条规定督促欠费业主交费的是业主委员会，但是物业管理企业起诉的对象只能是单个业主。

[参见]

《物业服务收费管理办法》第15条

第六十八条 业主以业主大会或者业主委员会的名义，从事违反法律、法规的活动，构成犯罪的，依法追究刑事责任；尚不构成犯罪的，依法给予治安管理处罚。

第六十九条 违反本条例的规定，国务院建设行政主管部门、县级以上地方人民政府房地产行政主管部门或者其他有关行政管理部门的工作人员利用职务上的便利，收受他人财物或者其他好处，不依法履行监督管理职责，或者发现违法行为不予查处，构成犯罪的，依法追究刑事责任；尚不构成犯罪的，依法给予行政处分。

[条文注释]

本条是对行政机关工作人员在行政管理中的违法行为的法律责任的规定。

一般而言，行政机关在行政管理中的违法行为包括作为和不作为。作为的违法，是行政机关在行政管理活动中的管理行为违反法律规范或者行政行为违反了为其设定的不为某种行为的义务，作为的违法通常体现为一定的积极的违法行为。不作为的违法，是行政机关不履行法律规范或者行政行为违反了为其设定的为某种行为的义务，不作为的违法通常体现为一种消极的状态。无论是作为的违法，还是不作为的违法，都违反了法定的义务，都对管理相对人、国家管理秩序造成损害。因此，都应当承担法律责任。

本条所规定的违法行为包括：（1）利用职务上的便利，收受他人财物或者其他好处。（2）不依法履行监督管理职责。（3）发现违法行为不予查处。

[参见]

《刑法》第386、388、389、397条

《建设部关于宣传、贯彻〈物业管理条例〉的通知》五

第七章　附　则

第七十条　本条例自2003年9月1日起施行。

公有住宅售后维修养护
管理暂行办法

1992年6月15日建设部令第19号发布

第一条　为加强公有住宅售后的维修和养护管理，保障住宅所有人的合法权利和住用安全，特制定本办法。

第二条　本办法适用于直辖市、市、镇和未设镇建制的工矿区范围内，在住房制度改革中向个人出售的公有住宅的售后维修和养护管理。

第三条　各级人民政府房地产行政主管部门依照《城市私有房屋管理条例》、本办法及其他有关法规、对本行政区域向个人出售的公有住宅的维修和养护进行指导、监督和管理。

第四条　本办法所称住宅的自用部位和自用设备，是指户门以内的部位和设备，包括水、电、气户表以内的管线和自用阳台。

住宅的共用部位，是指承重结构部位（包括楼盖、屋顶、梁、柱、内外墙体和基础等）、外墙面、楼梯间、走廊通道、门厅、楼内自行车存车库等。

住宅的共用设施设备，是指共用的上下水管道、落水管、邮政信箱、垃圾道、烟囱、供电干线、共用照明、天线、暖气干线、供暖锅炉房、高压水泵房、消防设施和电梯等。

第五条　公有住宅出售后，住宅自用部位和自用设备的维修养护，由住宅所有人承担维修养护责任，住宅所有人可以自行维修养护，也可以委托代修。

第六条　公有住宅出售后，住宅共用部位和共用设施设备的维修养护由售房单位承担维修养护责任，也可以由售房单位在售房时委托房地产经营管理单位承担维修养护责任。

第七条　住宅共用部位和共用设施设备的维修养护费用，可以由售房单位按照规定比例向购房人收取，维修养护费用不足时，暂由原售房单位承担。具体收取标准和办法由省、自治区、直辖市人民政府规定。

维修养护费用应当专户存入银行，由维修养护责任单位专项用于住宅共用部位和共用设施设备的维修养护。维修养护费用的使用受该幢住宅各所有人的共同监督。

第八条　电梯、高压水泵房、供暖锅炉房等共用设施设备的运行、维护和更新，可以按照国家和地方原有规定执行。

第九条　住宅的共用部位和共用设施设备，凡属人为损坏的，由责任人负责修复或者赔偿。

第十条　住宅建筑以外的市政公用设施（道路、上下水管道、窨井、化粪池、室外泵房、绿化等），按照现行规定的职责分工负责维修和管理。

第十一条　凡需要对住宅进行中修以上的，应当依照《城市房屋修缮管理规定》执行。

第十二条 住宅所有人和维修养护责任单位,应当定期对住宅的自用部位、自用设备或者共用部位、共用设施设备进行维修养护,保证居住安全和设备的正常使用,并接受房屋所在地人民政府房地产行政主管部门的指导、监督和管理。

第十三条 住宅所有人不得擅自侵占住宅的共用部位和共用设施设备,不得擅自增加或者减少对整幢住宅共用设施设备正常运行有影响的自用设备。

第十四条 在当地人民政府房地产行政主管部门的指导下,由原售房单位、有关管理部门及相关住宅所有人协商成立民主管理性质的住宅管理委员会,负责组织落实住宅维修养护管理工作;监督维修养护费用的使用;组织制订相关所有人共同遵守的协议;并协助有关部门调解相关所有人之间的住宅纠纷。

第十五条 当事人因住宅的维修养护发生纠纷时,应当协商解决。协商不成的,当事人可以向房屋所在地房地产仲裁机构申请仲裁,也可以向人民法院起诉。

第十六条 个人购买的其他住宅的维修养护管理,参照本办法执行。

已实行物业管理、委托管理等维修养护管理模式的按照相关规定执行。

第十七条 省、自治区、直辖市人民政府房地产行政主管部门可以根据本办法制定实施细则。

第十八条 本办法由建设部负责解释。

第十九条 本办法自 1992 年 7 月 1 日起施行。

城市异产毗连房屋管理规定

1. 1989 年 11 月 21 日建设部令第 5 号发布
2. 2001 年 8 月 15 日修正

第一条 为加强城市异产毗连房屋的管理,维护房屋所有人、使用人的合法权益,明确管理、修缮责任,保障房屋的正常使用,特制定本规定。

第二条 本规定适用于城市(指直辖市、市、建制镇,下同)内的异产毗连房屋。

本规定所称异产毗连房屋,系指结构相连或具有共有、共用设备和附属建筑,而为不同所有人所有的房屋。

第三条 异产毗连房屋的所有人按照城市房地产行政主管部门核发的所有权证规定的范围行使权利,并承担相应的义务。

第四条 国务院建设行政主管部门负责全国的城市异产毗连房屋管理工作。

县级以上地方人民政府房地产行政主管部门负责本辖区的城市异产毗连房屋管理工作。

第五条 所有人和使用人对房屋的使用和修缮,必须符合城市规划、房地产管理、消防和环境保护等部门的要求,并应按照有利使用、共同协商、公平合理的原则,正确处理毗连关系。

第六条 所有人和使用人对共有、共用的门厅、阳台、屋面、楼道、厨房、厕所以及院路、上下水设施等,应共同合理使用并承担相应的义务;除另有约定外,任何一方不得多占、独占。

所有人和使用人在房屋共有、共用部位,不得有损害他方利益的行为。

第七条 异产毗连房屋所有人以外的人如需使用异产毗连房屋的共有部位时,应取得各所有人一致同意,并签订书面协议。

第八条 一方所有人如需改变共有部位的外形或结构时,除须经城市规划部门批准外,还须征得其他所有人的书面同意。

第九条 异产毗连房屋发生自然损坏(因不可抗力造成的损坏,视同自然损坏),所需修缮费用依下列原则处理:

(一)共有房屋主体结构中的基础、柱、梁、墙的修缮,由共有房屋所有人按份额比例分担。

(二)共有墙体的修缮(包括因结构需要而涉及的相邻部位的修缮),按两侧均分后,再由每侧房屋所有人按份额比例分担。

(三)楼盖的修缮,其楼面与顶棚部位,由所在层房屋所有人负责;其结构部位,由毗连层上下房屋所有人按份额比例分担。

(四)屋盖的修缮:

1. 不上人房盖,由修缮所及范围覆盖下各层的房屋所有人按份额比例分担。

2. 可上人屋盖(包括屋面和周边护栏),如为各层所共用,由修缮所及范围覆盖下各层的房屋所有人按份额比例分担;如仅为若干层使用,使用层的房屋所有人分担一半,其余一半由修缮所及范围覆盖下层房屋所有人按份额比例分担。

(五)楼梯及楼梯间(包括出屋面部分)的修缮:

1. 各层共用楼梯,由房屋所有人按份额比例分担。

2. 为某些层所专用的楼梯,由其专用的房屋所有人按份额比例分担。

(六)房屋共用部位必要的装饰,由受益的房屋所有人按份额比例分担。

(七)房屋共有、共用的设备和附属建筑(如电梯、水泵、暖气、水卫、电照、沟管、垃圾道、化粪池等)的修缮,由所有人按份额比例分担。

第十条　异产毗连房屋的自然损坏,应当按照本规定及时修缮,不得拖延或者拒绝。

第十一条　因使用不当造成异产毗连房屋损坏的,由责任人负责修缮。

第十二条　异产毗连房屋的一方所有人或使用人有造成房屋危险行为的,应当及时排除危险;他方有权采取必要措施,防止危险发生;造成损失的,责任方应当负责赔偿。

第十三条　异产毗连房屋的一方所有人或使用人超越权利范围,侵害他方权益的,应停止侵害,并赔偿由此而造成的损失。

第十四条　异产毗连房屋的所有人或使用人发生纠纷的,可以协商解决。不愿协商或者协商不成的,可以依法申请仲裁或者向人民法院起诉。

第十五条　异产毗连房屋经房屋安全鉴定机构鉴定为危险房屋的,房屋所有人必须按有关规定及时治理。

第十六条　异产毗连房屋的所有人可组成房屋管理组织,也可委托其他组织,在当地房地产行政主管部门的指导下,负责房屋的使用、修缮等管理工作。

第十七条　售给个人的异产毗连公有住房,其共有部位和共用设备的维修办法另行规定。

第十八条　县级以上地方人民政府房地产行政主管部门可依据本规定,结合当地情况,制定实施细则,经同级人民政府批准后,报上一级主管部门备案。

第十九条　未设镇建制的工矿区可参照本规定执行。

第二十条　本规定由国务院建设行政主管部门负责解释。

第二十一条　本规定自1990年1月1日起施行。

城市房屋便器水箱
应用监督管理办法

1. 1992年4月17日建设部令第17号发布
2. 2001年9月4日修正

第一条　为加强对城市房屋便器水箱质量和应用的监督管理,节约用水,根据《城市节约用水管理规定》,制定本办法。

第二条　各有关部门应当按照职责分工,加强对房屋便器水箱和配件产品生产、销售以及设计、施工、安装、使用等全过程的监督管理。

各级人民政府城市建设行政主管部门依照本办法,对城市规划区内的房屋便器水箱和配件的应用实施统一的监督管理。

第三条　新建房屋建筑必须安装符合国家标准的便器水箱和配件。凡新建房屋继续安装经国家有关行政主管部门已通知淘汰的便器水箱和配件(以下简称淘汰便器水箱和配件)的,不得竣工验收交付使用,供水部门不予供水,由城市建设行政主管部门责令限期更换。

第四条　原有房屋安装使用淘汰便器水箱和配件的,房屋产权单位应当制定更新改造计划,报城市建设行政主管部门批准,分期分批进行改造。

第五条　公有房屋淘汰便器水箱和配件所需的更新改造资金,由房屋产权单位和使用权单位共同负担,并与房屋维修改造相结合,逐步推广使用节水型水箱配件和克漏阀等节水型产品。

第六条　建设单位未按照本办法规定仍安装淘汰便器水箱和配件的,应当追究责任者的责任,经主管部门认定属于设计或者施工单位责任的,由责任方赔偿房屋产权单位全部更换费用和相关的经济损失。

第七条 城市建设行政主管部门对漏水严重的房屋便器水箱和配件,应当责令房屋产权单位限期维修或者更新。

第八条 房屋产权单位安装使用符合国家标准的便器水箱和配件出现质量问题,在质量保证期限内生产企业应当对产品质量负责。由于产品质量原因引起漏水的,生产企业应当包修或者更换,并赔偿由此造成的经济损失。

第九条 违反本办法有下列行为之一的,由城市建设行政主管部门责令限期改正、按测算漏水量月累计征收 3—5 倍的加价水费,并可按每套便器水箱配件处以 30—100 元的罚款,最高不超过 30,000 元:

(一)将安装有淘汰便器水箱和配件的新建房屋验收交付使用的;

(二)未按更新改造计划更换淘汰便器水箱和配件的;

(三)在限定的期限内未更换淘汰便器水箱和配件的;

(四)对漏水严重的房屋便器水箱和配件未按期进行维修或者更新的。

第十条 按本办法征收的加价水费按国家规定管理,专项用于推广应用符合国家标准的便器水箱和更新改造淘汰便器水箱,不得挪用。

第十一条 城市建设行政主管部门的工作人员在房屋便器水箱应用监督工作中玩忽职守,滥用职权,徇私舞弊的,由其所在单位或者上级主管部门给予行政处分。构成犯罪的,由司法机关依法追究刑事责任。

第十二条 城市建设行政主管部门可以委托供水和节水管理部门对本办法具体组织实施。

第十三条 各省、自治区、直辖市城市建设行政主管部门可以根据本办法制定实施细则,报建设部备案。

第十四条 本办法由建设部负责解释。

第十五条 本办法自 1992 年 6 月 1 日起施行。

物业服务企业资质管理办法

1. 2004 年 3 月 17 日建设部令第 125 号公布
2. 2007 年 11 月 26 日修正

第一条 为了加强对物业管理活动的监督管理,规范物业管理市场秩序,提高物业管理服务水平,根据《物业管理条例》,制定本办法。

第二条 在中华人民共和国境内申请物业服务企业资质,实施对物业服务企业资质管理,适用本办法。

本办法所称物业服务企业,是指依法设立、具有独立法人资格,从事物业管理服务活动的企业。

第三条 物业服务企业资质等级分为一、二、三级。

第四条 国务院建设主管部门负责一级物业服务企业资质证书的颁发和管理。

省、自治区人民政府建设主管部门负责二级物业服务企业资质证书的颁发和管理,直辖市人民政府房地产主管部门负责二级和三级物业服务企业资质证书的颁发和管理,并接受国务院建设主管部门的指导和监督。

设区的市的人民政府房地产主管部门负责三级物业服务企业资质证书的颁发和管理,并接受省、自治区人民政府建设主管部门的指导和监督。

第五条 各资质等级物业服务企业的条件如下:

(一)一级资质:

1. 注册资本人民币 500 万元以上;

2. 物业管理专业人员以及工程、管理、经济等相关专业类的专职管理和技术人员不少于 30 人。其中,具有中级以上职称的人员不少于 20 人,工程、财务等业务负责人具有相应专业中级以上职称;

3. 物业管理专业人员按照国家有关规定取得职业资格证书;

4. 管理两种类型以上物业,并且管理各类物业的房屋建筑面积分别占下列相应计算基数的百分比之和不低于 100%:

(1)多层住宅 200 万平方米;

(2)高层住宅 100 万平方米;

(3)独立式住宅(别墅)15 万平方米;

(4)办公楼、工业厂房及其他物业 50 万平方米。

5.建立并严格执行服务质量、服务收费等企业管理制度和标准,建立企业信用档案系统,有优良的经营管理业绩。

(二)二级资质:

1.注册资本人民币 300 万元以上;

2.物业管理专业人员以及工程、管理、经济等相关专业类的专职管理和技术人员不少于 20 人。其中,具有中级以上职称的人员不少于 10 人,工程、财务等业务负责人具有相应专业中级以上职称;

3.物业管理专业人员按照国家有关规定取得职业资格证书;

4.管理两种类型以上物业,并且管理各类物业的房屋建筑面积分别占下列相应计算基数的百分比之和不低于 100%:

(1)多层住宅 100 万平方米;

(2)高层住宅 50 万平方米;

(3)独立式住宅(别墅)8 万平方米;

(4)办公楼、工业厂房及其他物业 20 万平方米。

5.建立并严格执行服务质量、服务收费等企业管理制度和标准,建立企业信用档案系统,有良好的经营管理业绩。

(三)三级资质:

1.注册资本人民币 50 万元以上;

2.物业管理专业人员以及工程、管理、经济等相关专业类的专职管理和技术人员不少于 10 人。其中,具有中级以上职称的人员不少于 5 人,工程、财务等业务负责人具有相应专业中级以上职称;

3.物业管理专业人员按照国家有关规定取得职业资格证书;

4.有委托的物业管理项目;

5.建立并严格执行服务质量、服务收费等企业管理制度和标准,建立企业信用档案系统。

第六条　新设立的物业服务企业应当自领取营业执照之日起 30 日内,持下列文件向工商注册所在地直辖市、设区的市的人民政府房地产主管部门申请资质:

(一)营业执照;

(二)企业章程;

(三)验资证明;

(四)企业法定代表人的身份证明;

(五)物业管理专业人员的职业资格证书和劳动合同,管理和技术人员的职称证书和劳动合同。

第七条　新设立的物业服务企业,其资质等级按照最低等级核定,并设一年的暂定期。

第八条　一级资质物业服务企业可以承接各种物业管理项目。

二级资质物业服务企业可以承接 30 万平方米以下的住宅项目和 8 万平方米以下的非住宅项目的物业管理业务。

三级资质物业服务企业可以承接 20 万平方米以下住宅项目和 5 万平方米以下的非住宅项目的物业管理业务。

第九条　申请核定资质等级的物业服务企业,应当提交下列材料:

(一)企业资质等级申报表;

(二)营业执照;

(三)企业资质证书正、副本;

(四)物业管理专业人员的职业资格证书和劳动合同,管理和技术人员的职称证书和劳动合同,工程、财务负责人的职称证书和劳动合同;

(五)物业服务合同复印件;

(六)物业管理业绩材料。

第十条　资质审批部门应当自受理企业申请之日起 20 个工作日内,对符合相应资质等级条件的企业核发资质证书;一级资质审批前,应当由省、自治区人民政府建设主管部门或者直辖市人民政府房地产主管部门审查,审查期限为 20 个工作日。

第十一条　物业服务企业申请核定资质等级,在申请之日前一年内有下列行为之一的,资质审批部门不予批准:

(一)聘用未取得物业管理职业资格证书的人员从事物业管理活动的;

(二)将一个物业管理区域内的全部物业

管理业务一并委托给他人的；

（三）挪用专项维修资金的；

（四）擅自改变物业管理用房用途的；

（五）擅自改变物业管理区域内按照规划建设的公共建筑和共用设施用途的；

（六）擅自占用、挖掘物业管理区域内道路、场地，损害业主共同利益的；

（七）擅自利用物业共用部位、共用设施设备进行经营的；

（八）物业服务合同终止时，不按照规定移交物业管理用房和有关资料的；

（九）与物业管理招标人或者其他物业管理投标人相互串通，以不正当手段谋取中标的；

（十）不履行物业服务合同，业主投诉较多，经查证属实的；

（十一）超越资质等级承接物业管理业务的；

（十二）出租、出借、转让资质证书的；

（十三）发生重大责任事故的。

第十二条　资质证书分为正本和副本，由国务院建设主管部门统一印制，正、副本具有同等法律效力。

第十三条　任何单位和个人不得伪造、涂改、出租、出借、转让资质证书。

企业遗失资质证书，应当在新闻媒体上声明后，方可申请补领。

第十四条　企业发生分立、合并的，应当在向工商行政管理部门办理变更手续后 30 日内，到原资质审批部门申请办理资质证书注销手续，并重新核定资质等级。

第十五条　企业的名称、法定代表人等事项发生变更的，应当在办理变更手续后 30 日内，到原资质审批部门办理资质证书变更手续。

第十六条　企业破产、歇业或者因其他原因终止业务活动的，应当在办理营业执照注销手续后 15 日内，到原资质审批部门办理资质证书注销手续。

第十七条　物业服务企业取得资质证书后，不得降低企业的资质条件，并应当接受资质审批部门的监督检查。

资质审批部门应当加强对物业服务企业的监督检查。

第十八条　有下列情形之一的，资质审批部门或者其上级主管部门，根据利害关系人的请求或者根据职权可以撤销资质证书：

（一）审批部门工作人员滥用职权、玩忽职守作出物业服务企业资质审批决定的；

（二）超越法定职权作出物业服务企业资质审批决定的；

（三）违反法定程序作出物业服务企业资质审批决定的；

（四）对不具备申请资格或者不符合法定条件的物业服务企业颁发资质证书的；

（五）依法可以撤销审批的其他情形。

第十九条　物业服务企业超越资质等级承接物业管理业务的，由县级以上地方人民政府房地产主管部门予以警告，责令限期改正，并处 1 万元以上 3 万元以下的罚款。

第二十条　物业服务企业出租、出借、转让资质证书的，由县级以上地方人民政府房地产主管部门予以警告，责令限期改正，并处 1 万元以上 3 万元以下的罚款。

第二十一条　物业服务企业不按照本办法规定及时办理资质变更手续的，由县级以上地方人民政府房地产主管部门责令限期改正，可处 2 万元以下的罚款。

第二十二条　资质审批部门有下列情形之一的，由其上级主管部门或者监察机关责令改正，对直接负责的主管人员和其他直接责任人员依法给予行政处分；构成犯罪的，依法追究刑事责任：

（一）对不符合法定条件的企业颁发资质证书的；

（二）对符合法定条件的企业不予颁发资质证书的；

（三）对符合法定条件的企业未在法定期限内予以审批的；

（四）利用职务上的便利，收受他人财物或者其他好处的；

（五）不履行监督管理职责，或者发现违法行为不予查处的。

第二十三条　本办法自 2004 年 5 月 1 日起施行。

城市危险房屋管理规定

1. 1989 年 11 月 21 日建设部令第 4 号发布
2. 2004 年 7 月 20 日修正

第一章　总　　则

第一条　为加强城市危险房屋管理，保障居住和使用安全，促进房屋有效利用，制定本规定。

第二条　本规定适用于城市（指直辖市、市、建制镇，下同）内各种所有制的房屋。

　　本规定所称危险房屋，系指结构已严重损坏或承重构件已属危险构件，随时有可能丧失结构稳定和承载能力，不能保证居住和使用安全的房屋。

第三条　房屋所有人、使用人，均应遵守本规定。

第四条　房屋所有人和使用人，应当爱护和正确使用房屋。

第五条　建设部负责全国的城市危险房屋管理工作。

　　县级以上地方人民政府房地产行政主管部门负责本辖区的城市危险房屋管理工作。

第二章　鉴　　定

第六条　市、县人民政府房地产行政主管部门应设立房屋安全鉴定机构（以下简称鉴定机构），负责房屋的安全鉴定，并统一启用"房屋安全鉴定专用章"。

第七条　房屋所有人或使用人向当地鉴定机构提供鉴定申请时，必须持有证明其具备相关民事权利的合法证件。

　　鉴定机构接到鉴定申请后，应及时进行鉴定。

第八条　鉴定机构进行房屋安全鉴定应按下列程序进行：

　　（一）受理申请；

　　（二）初始调查，摸清房屋的历史和现状；

　　（三）现场查勘、测试、记录各种损坏数据和状况；

　　（四）检测验算，整理技术资料；

　　（五）全面分析，论证定性，作出综合判断，提出处理建议；

　　（六）签发鉴定文书。

第九条　对被鉴定为危险房屋的，一般可分为以下四类进行处理：

　　（一）观察使用。适用于采取适当安全技术措施后，尚能短期使用，但需继续观察的房屋。

　　（二）处理使用。适用于采取适当技术措施后，可解除危险的房屋。

　　（三）停止使用。适用于已无修缮价值，暂时不便拆除，又不危及相邻建筑和影响他人安全的房屋。

　　（四）整体拆除。适用于整幢危险且无修缮价值，需立即拆除的房屋。

第十条　进行安全鉴定，必须有两名以上鉴定人员参加。对特殊复杂的鉴定项目，鉴定机构可另外聘请专业人员或邀请有关部门派员参与鉴定。

第十一条　房屋安全鉴定应使用统一术语，填写鉴定文书，提出处理意见。

　　经鉴定属危险房屋的，鉴定机构必须及时发出危险房屋通知书；属于非危险房屋的，应在鉴定文书上注明在正常使用条件下的有效时限，一般不超过一年。

第十二条　房屋经安全鉴定后，鉴定机构可以收取鉴定费。鉴定费的收取标准，可根据当地情况，由鉴定机构提出，经市、县人民政府房地产行政主管部门会同物价部门批准后执行。

　　房屋所有人和使用人都可提出鉴定申请。经鉴定为危险房屋的，鉴定费由所有人承担；经鉴定为非危险房屋的，鉴定费由申请人承担。

第十三条　受理涉及危险房屋纠纷案件的仲裁或审判机关，可指定纠纷案件的当事人申请房屋安全鉴定；必要时，亦可直接提出房屋安全鉴定的要求。

第十四条　鉴定危险房屋执行部颁《危险房屋鉴定标准》（CJ—86）。对工业建筑、公共建筑、高层建筑及文物保护建筑等的鉴定，还应参照有关专业技术标准、规范和规程进行。

第三章　治　　理

第十五条　房屋所有人应定期对其房屋进行安全检查。在暴风、雨雪季节，房屋所有人应做好排险解危的各项准备;市、县人民政府房地产行政主管部门要加强监督检查,并在当地政府统一领导下,做好抢险救灾工作。

第十六条 房屋所有人对危险房屋能解危的,要及时解危;解危暂时有困难的,应采取安全措施。

第十七条 房屋所有人对经鉴定的危险房屋,必须按照鉴定机构的处理建议,及时加固或修缮治理;如房屋所有人拒不按照处理建议修缮治理,或使用人有阻碍行为的,房地产行政主管部门有权指定有关部门代修,或采取其他强制措施。发生的费用由责任人承担。

第十八条 房屋所有人进行抢险解危需要办理各项手续时,各有关部门应给予支持,及时办理,以免延误时间发生事故。

第十九条 治理私有危险房屋,房屋所有人确有经济困难无力治理时,其所在单位可给予借贷;如系出租房屋,可以和承租人合资治理,承租人付出的修缮费用可以折抵租金或由出租人分期偿还。

第二十条 经鉴定机构鉴定为危险房屋,并需要拆除重建时,有关部门应酌情给予政策优惠。

第二十一条 异产毗连危险房屋的各所有人,应按照国家对异产毗连房屋的有关规定,共同履行治理责任。拒不承担责任的,由房屋所在地房地产行政主管部门调处;当事人不服的,可向当地人民法院起诉。

第四章　法律责任

第二十二条 因下列原因造成事故的,房屋所有人应承担民事或行政责任:

　　(一)有险不查或损坏不修;

　　(二)经鉴定机构鉴定为危险房屋而未采取有效的解危措施。

第二十三条 因下列原因造成事故的,使用人、行为人应承担民事责任:

　　(一)使用人擅自改变房屋结构、构件、设备或使用性质;

　　(二)使用人阻碍房屋所有人对危险房屋采取解危措施;

　　(三)行为人由于施工、堆物、碰撞等行为危及房屋。

第二十四条 有下列情况的,鉴定机构应承担民事或行政责任:

　　(一)因故意把非危险房屋鉴定为危险房屋而造成损失;

　　(二)因过失把危险房屋鉴定为非危险房屋,并在有效时限内发生事故;

　　(三)因拖延鉴定时间而发生事故。

第二十五条 有本章第二十二、二十三、二十四条所列行为,给他人造成生命财产损失,已构成犯罪的,由司法机关依法追究刑事责任。

第五章　附　　则

第二十六条 县级以上地方人民政府房地产行政主管部门可依据本规定,结合当地情况,制定实施细则,经同级人民政府批准后,报上一级主管部门备案。

第二十七条 未设镇建制的工矿区可参照本规定执行。

第二十八条 本规定由建设部负责解释。

第二十九条 本规定自1990年1月1日起施行。

城市居民住宅安全防范
设施建设管理规定

1996 年 1 月 5 日建设部、公安部发布

第一条 为加强城市居民住宅安全防范设施的建设和管理,提高居民住宅安全防范功能,保护居民人身财产安全,制定本规定。

第二条 在中华人民共和国境内从事城市居民住宅安全防范设施的建设和管理,应当遵守本规定。

第三条 本规定所称城市,是指国家按行政建制设立的直辖市、市、镇。

　　本规定所称居民住宅安全防范设施,是指附属于住宅建筑主体并具有安全防范功能的防盗门、防盗锁、防踹板、防护墙、监控和报警装置,以及居民住宅或住宅区内附设的治安值班室。

第四条 城市居民住宅安全防范设施,必须具备防撬、防踹、防攀缘、防跨越、防爬人等安全防范功能。

第五条 城市居民住宅安全防范设施的建设,应

当遵循下列原则:

(一)适用、安全、经济、美观;

(二)符合消防法规、技术规范、标准的要求和城市容貌规定;

(三)符合当地居民习俗;

(四)因地制宜。

第六条 城市居民住宅安全防范设施的建设,应当纳入住宅建设的规划,并同时设计、同时施工,同时投入使用。

第七条 设计单位应当依据与住宅安全防范设施建设有关的规范、标准、规定进行设计。

第八条 建设行政主管部门组织审批的有关住宅建筑设计文件应当包括城市居民住宅安全防范设施部分。对不符合安全防范设施规范、标准、规定的设计文件,应责成原设计单位修改。

第九条 施工单位应当严格按照安全防范设计要求进行施工,不得擅自改动。必须修改的,应当由原设计单位出具变更设计通知书及相应的图纸并报设计审批部门重新审批后方可进行。

第十条 城市居民住宅安全防范设施所用产品、设备和材料,必须是符合有关标准规定并经鉴定合格的产品。未经鉴定和不合格的产品不得采用。

第十一条 城市居民住宅竣工后,工程质量监督部门和住宅管理单位必须按规定对安全防范设施进行验收,不合格的不得交付使用。

第十二条 城市居民住宅安全防范设施建设所需费用,由产权人或使用人承担。

第十三条 城市居民住宅安全防范设施的管理,由具体管理住宅的单位实施。

公安机关负责城市居民住宅安全防范设施管理的监督检查。

第十四条 居民住宅区的防护墙、治安值班室等公共安全防范设施应由产权人和使用人妥善使用与保护,不得破坏或挪作他用。

第十五条 公民和单位有责任保护居民住宅安全防范设施,对破坏居民住宅安全防范设施的行为有权向公安机关举报。

第十六条 违反本规定,有下列行为之一的,由城市人民政府建设行政主管部门责令增补、修

改、停工、返工、恢复原状,或采取其他补救措施,并可处以罚款:

(一)未按有关规范、标准、规定进行设计的;

(二)擅自改动设计文件中安全防范设施内容的;

(三)使用未经鉴定和鉴定不合格的产品、材料、设备的;

(四)安全防范设施未经验收或验收不合格而交付使用的。

有(三)、(四)行为之一,造成经济损失的,由责任者负责赔偿损失。

第十七条 违反本规定,破坏居民住宅安全防范设施,由公安机关责令其改正、恢复原状,并依据《治安管理处罚条例》的规定予以处罚;构成犯罪的,依法追究刑事责任。

第十八条 本规定由建设部、公安部负责解释。

第十九条 省、自治区、直辖市人民政府建设行政主管部门、公安行政主管部门,可根据本规定制定实施细则。

第二十条 本规定自1996年2月1日起施行。

住宅专项维修资金管理办法

1. 2007 年 12 月 4 日建设部、财政部令第 165 号发布

2. 自 2008 年 2 月 1 日起施行

第一章 总 则

第一条 为了加强对住宅专项维修资金的管理,保障住宅共用部位、共用设施设备的维修和正常使用,维护住宅专项维修资金所有者的合法权益,根据《物权法》、《物业管理条例》等法律、行政法规,制定本办法。

第二条 商品住宅、售后公有住房住宅专项维修资金的交存、使用、管理和监督,适用本办法。本办法所称住宅专项维修资金,是指专项用于住宅共用部位、共用设施设备保修期满后的维修和更新、改造的资金。

第三条 本办法所称住宅共用部位,是指根据法律、法规和房屋买卖合同,由单幢住宅内业主或者单幢住宅内业主及与之结构相连的非住宅业主共有的部位,一般包括:住宅的基础、承

重墙体、柱、梁、楼板、屋顶以及户外的墙面、门厅、楼梯间、走廊通道等。

本办法所称共用设施设备,是指根据法律、法规和房屋买卖合同,由住宅业主或者住宅业主及有关非住宅业主共有的附属设施设备,一般包括电梯、天线、照明、消防设施、绿地、道路、路灯、沟渠、池、井、非经营性车场车库、公益性文体设施和共用设施设备使用的房屋等。

第四条 住宅专项维修资金管理实行专户存储、专款专用、所有权人决策、政府监督的原则。

第五条 国务院建设主管部门会同国务院财政部门负责全国住宅专项维修资金的指导和监督工作。

县级以上地方人民政府建设(房地产)主管部门会同同级财政部门负责本行政区域内住宅专项维修资金的指导和监督工作。

第二章 交 存

第六条 下列物业的业主应当按照本办法的规定交存住宅专项维修资金:

(一)住宅,但一个业主所有且与其他物业不具有共用部位、共用设施设备的除外;

(二)住宅小区内的非住宅或者住宅小区外与单幢住宅结构相连的非住宅。

前款所列物业属于出售公有住房的,售房单位应当按照本办法的规定交存住宅专项维修资金。

第七条 商品住宅的业主、非住宅的业主按照所拥有物业的建筑面积交存住宅专项维修资金,每平方米建筑面积交存首期住宅专项维修资金的数额为当地住宅建筑安装工程每平方米造价的5%至8%。

直辖市、市、县人民政府建设(房地产)主管部门应当根据本地区情况,合理确定、公布每平方米建筑面积交存首期住宅专项维修资金的数额,并适时调整。

第八条 出售公有住房的,按照下列规定交存住宅专项维修资金:

(一)业主按照所拥有物业的建筑面积交存住宅专项维修资金,每平方米建筑面积交存首期住宅专项维修资金的数额为当地房改成本价的2%。

(二)售房单位按照多层住宅不低于售房款的20%、高层住宅不低于售房款的30%,从售房款中一次性提取住宅专项维修资金。

第九条 业主交存的住宅专项维修资金属于业主所有。

从公有住房售房款中提取的住宅专项维修资金属于公有住房售房单位所有。

第十条 业主大会成立前,商品住宅业主、非住宅业主交存的住宅专项维修资金,由物业所在地直辖市、市、县人民政府建设(房地产)主管部门代管。

直辖市、市、县人民政府建设(房地产)主管部门应当委托所在地一家商业银行,作为本行政区域内住宅专项维修资金的专户管理银行,并在专户管理银行开立住宅专项维修资金专户。

开立住宅专项维修资金专户,应当以物业管理区域为单位设账,按房屋户门号设分户账;未划定物业管理区域的,以幢为单位设账,按房屋户门号设分户账。

第十一条 业主大会成立前,已售公有住房住宅专项维修资金,由物业所在地直辖市、市、县人民政府财政部门或者建设(房地产)主管部门负责管理。

负责管理公有住房住宅专项维修资金的部门应当委托所在地一家商业银行,作为本行政区域内公有住房住宅专项维修资金的专户管理银行,并在专户管理银行开立公有住房住宅专项维修资金专户。

开立公有住房住宅专项维修资金专户,应当按照售房单位设账,按幢设分账;其中,业主交存的住宅专项维修资金,按房屋户门号设分户账。

第十二条 商品住宅的业主应当在办理房屋入住手续前,将首期住宅专项维修资金存入住宅专项维修资金专户。

已售公有住房的业主应当在办理房屋入住手续前,将首期住宅专项维修资金存入公有住房住宅专项维修资金专户或者交由售房单位存入公有住房住宅专项维修资金专户。

公有住房售房单位应当在收到售房款之日起30日内,将提取的住宅专项维修资金存入公有住房住宅专项维修资金专户。

第十三条 未按本办法规定交存首期住宅专项维修资金的,开发建设单位或者公有住房售房单位不得将房屋交付购买人。

第十四条 专户管理银行、代收住宅专项维修资金的售房单位应当出具由财政部或者省、自治区、直辖市人民政府财政部门统一监制的住宅专项维修资金专用票据。

第十五条 业主大会成立后,应当按照下列规定划转业主交存的住宅专项维修资金:

(一)业主大会应当委托所在地一家商业银行作为本物业管理区域内住宅专项维修资金的专户管理银行,并在专户管理银行开立住宅专项维修资金专户。

开立住宅专项维修资金专户,应当以物业管理区域为单位设账,按房屋门号设分户账。

(二)业主委员会应当通知所在地直辖市、市、县人民政府建设(房地产)主管部门;涉及已售公有住房的,应当通知负责管理公有住房住宅专项维修资金的部门。

(三)直辖市、市、县人民政府建设(房地产)主管部门或者负责管理公有住房住宅专项维修资金的部门应当在收到通知之日起30日内,通知专户管理银行将该物业管理区域内业主交存的住宅专项维修资金账面余额划转至业主大会开立的住宅专项维修资金账户,并将有关账目等移交业主委员会。

第十六条 住宅专项维修资金划转后的账目管理单位,由业主大会决定。业主大会应当建立住宅专项维修资金管理制度。

业主大会开立的住宅专项维修资金账户,应当接受所在地直辖市、市、县人民政府建设(房地产)主管部门的监督。

第十七条 业主分户账面住宅专项维修资金余额不足首期交存额30%的,应当及时续交。

成立业主大会的,续交方案由业主大会决定。

未成立业主大会的,续交的具体管理办法由直辖市、市、县人民政府建设(房地产)主管部门会同同级财政部门制定。

第三章 使 用

第十八条 住宅专项维修资金应当专项用于住宅共用部位、共用设施设备保修期满后的维修和更新、改造,不得挪作他用。

第十九条 住宅专项维修资金的使用,应当遵循方便快捷、公开透明、受益人和负担人相一致的原则。

第二十条 住宅共用部位、共用设施设备的维修和更新、改造费用,按照下列规定分摊:

(一)商品住宅之间或者商品住宅与非住宅之间共用部位、共用设施设备的维修和更新、改造费用,由相关业主按照各自拥有物业建筑面积的比例分摊。

(二)售后公有住房之间共用部位、共用设施设备的维修和更新、改造费用,由相关业主和公有住房售房单位按照所交存住宅专项维修资金的比例分摊;其中,应由业主承担的,再由相关业主按照各自拥有物业建筑面积的比例分摊。

(三)售后公有住房与商品住宅或者非住宅之间共用部位、共用设施设备的维修和更新、改造费用,先按照建筑面积比例分摊到各相关物业。其中,售后公有住房应分摊的费用,再由相关业主和公有住房售房单位按照所交存住宅专项维修资金的比例分摊。

第二十一条 住宅共用部位、共用设施设备维修和更新、改造,涉及尚未售出的商品住宅、非住宅或者公有住房的,开发建设单位或者公有住房售房单位应当按照尚未售出商品住宅或者公有住房的建筑面积,分摊维修和更新、改造费用。

第二十二条 住宅专项维修资金划转业主大会管理前,需要使用住宅专项维修资金的,按照以下程序办理:

(一)物业服务企业根据维修和更新、改造项目提出使用建议;没有物业服务企业的,由相关业主提出使用建议;

(二)住宅专项维修资金列支范围内专有部分占建筑物总面积三分之二以上的业主且占总人数三分之二以上的业主讨论通过使用建议;

(三)物业服务企业或者相关业主组织实施使用方案;

(四)物业服务企业或者相关业主持有关材料,向所在地直辖市、市、县人民政府建设

(房地产)主管部门申请列支;其中,动用公有住房住宅专项维修金的,向负责管理公有住房住宅专项维修金的部门申请列支;

(五)直辖市、市、县人民政府建设(房地产)主管部门或者负责管理公有住房住宅专项维修金的部门审核同意后,向专户管理银行发出划转住宅专项维修资金的通知;

(六)专户管理银行将所需住宅专项维修资金划转至维修单位。

第二十三条　住宅专项维修资金划转业主大会管理后,需要使用住宅专项维修资金的,按照以下程序办理:

(一)物业服务企业提出使用方案,使用方案应当包括拟维修和更新、改造的项目、费用预算、列支范围、发生危及房屋安全等紧急情况以及其他需临时使用住宅专项维修资金的情况的处置办法等;

(二)业主大会依法通过使用方案;

(三)物业服务企业组织实施使用方案;

(四)物业服务企业持有关材料向业主委员会提出列支住宅专项维修资金;其中,动用公有住房住宅专项维修资金的,向负责管理公有住房住宅专项维修金的部门申请列支;

(五)业主委员会依据使用方案审核同意,并报直辖市、市、县人民政府建设(房地产)主管部门备案;动用公有住房住宅专项维修资金的,经负责管理公有住房住宅专项维修资金的部门审核同意;直辖市、市、县人民政府建设(房地产)主管部门或者负责管理公有住宅专项维修资金的部门发现不符合有关法律、法规、规章和使用方案的,应当责令改正;

(六)业主委员会、负责管理公有住房住宅专项维修资金的部门向专户管理银行发出划转住宅专项维修资金的通知;

(七)专户管理银行将所需住宅专项维修资金划转至维修单位。

第二十四条　发生危及房屋安全等紧急情况,需要立即对住宅共用部位、共用设施设备进行维修和更新、改造的,按照以下规定列支住宅专项维修资金:

(一)住宅专项维修资金划转业主大会管理前,按照本办法第二十二条第四项、第五项、

第六项的规定办理;

(二)住宅专项维修资金划转业主大会管理后,按照本办法第二十三条第四项、第五项、第六项和第七项的规定办理。

发生前款情况后,未按规定实施维修和更新、改造的,直辖市、市、县人民政府建设(房地产)主管部门可以组织代修,维修费用从相关业主住宅专项维修资金分户账中列支;其中,涉及已售公有住房的,还应当从公有住房住宅专项维修资金中列支。

第二十五条　下列费用不得从住宅专项维修金中列支:

(一)依法应当由建设单位或者施工单位承担的住宅共用部位、共用设施设备维修、更新和改造费用;

(二)依法应当由相关单位承担的供水、供电、供气、供热、通讯、有线电视等管线和设施设备的维修、养护费用;

(三)应当由当事人承担的因人为损坏住宅共用部位、共用设施设备所需的修复费用;

(四)根据物业服务合同约定,应当由物业服务企业承担的住宅共用部位、共用设施设备的维修和养护费用。

第二十六条　在保证住宅专项维修资金正常使用的前提下,可以按照国家有关规定将住宅专项维修资金用于购买国债。

利用住宅专项维修资金购买国债,应当在银行间债券市场或者商业银行柜台市场购买一级市场新发行的国债,并持有到期。

利用业主交存的住宅专项维修资金购买国债的,应当经业主大会同意;未成立业主大会的,应当经专有部分占建筑物总面积三分之二以上的业主且占总人数三分之二以上业主同意。

利用从公有住房售房款中提取的住宅专项维修资金购买国债的,应当根据售房单位的财政隶属关系,报经同级财政部门同意。

禁止利用住宅专项维修资金从事国债回购、委托理财业务或者将购买的国债用于质押、抵押等担保行为。

第二十七条　下列资金应当转入住宅专项维修资金滚存使用:

（一）住宅专项维修资金的存储利息；

（二）利用住宅专项维修资金购买国债的增值收益；

（三）利用住宅共用部位、共用设施设备进行经营的，业主所得收益，但业主大会另有决定的除外；

（四）住宅共用设施设备报废后回收的残值。

第四章　监督管理

第二十八条　房屋所有权转让时，业主应当向受让人说明住宅专项维修资金交存和结余情况并出具有效证明，该房屋分户账中结余的住宅专项维修资金随房屋所有权同时过户。

受让人应当持住宅专项维修资金过户的协议、房屋权属证书、身份证等到专户管理银行办理分户账更名手续。

第二十九条　房屋灭失的，按照以下规定返还住宅专项维修资金：

（一）房屋分户账中结余的住宅专项维修资金返还业主；

（二）售房单位交存的住宅专项维修资金账面余额返还售房单位；售房单位不存在的，按照售房单位财务隶属关系，收缴同级国库。

第三十条　直辖市、市、县人民政府建设（房地产）主管部门，负责管理公有住房住宅专项维修资金的部门及业主委员会，应当每年至少一次与专户管理银行核对住宅专项维修资金账目，并向业主、公有住房售房单位公布下列情况：

（一）住宅专项维修资金交存、使用、增值收益和结存的总额；

（二）发生列支的项目、费用和分摊情况；

（三）业主、公有住房售房单位分户账中住宅专项维修资金交存、使用、增值收益和结存的金额；

（四）其他有关住宅专项维修资金使用和管理的情况。

业主、公有住房售房单位对公布的情况有异议的，可以要求复核。

第三十一条　专户管理银行应当每年至少一次向直辖市、市、县人民政府建设（房地产）主管部门，负责管理公有住房住宅专项维修资金的部门及业主委员会发送住宅专项维修资金对账单。

直辖市、市、县建设（房地产）主管部门，负责管理公有住房住宅专项维修资金的部门及业主委员会对资金账户变化情况有异议的，可以要求专户管理银行进行复核。

专户管理银行应当建立住宅专项维修资金查询制度，接受业主、公有住房售房单位对其分户账中住宅专项维修资金使用、增值收益和账面余额的查询。

第三十二条　住宅专项维修资金的管理和使用，应当依法接受审计部门的审计监督。

第三十三条　住宅专项维修资金的财务管理和会计核算应当执行财政部有关规定。

财政部门应当加强对住宅专项维修资金收支财务管理和会计核算制度执行情况的监督。

第三十四条　住宅专项维修资金专用票据的购领、使用、保存、核销管理，应当按照财政部以及省、自治区、直辖市人民政府财政部门的有关规定执行，并接受财政部门的监督检查。

第五章　法律责任

第三十五条　公有住房售房单位有下列行为之一的，由县级以上地方人民政府财政部门会同同级建设（房地产）主管部门责令限期改正：

（一）未按本办法第八条、第十二条第三款规定交存住宅专项维修资金的；

（二）违反本办法第十三条规定将房屋交付买受人的；

（三）未按本办法第二十一条规定分摊维修、更新和改造费用的。

第三十六条　开发建设单位违反本办法第十三条规定将房屋交付买受人的，由县级以上地方人民政府建设（房地产）主管部门责令限期改正；逾期不改正的，处以3万元以下的罚款。

开发建设单位未按本办法第二十一条规定分摊维修、更新和改造费用的，由县级以上地方人民政府建设（房地产）主管部门责令限期改正；逾期不改正的，处以1万元以下的罚款。

第三十七条　违反本办法规定，挪用住宅专项维修资金的,由县级以上地方人民政府建设(房地产)主管部门追回挪用的住宅专项维修资金,没收违法所得,可以并处挪用金额2倍以下的罚款;构成犯罪的,依法追究直接负责的主管人员和其他直接责任人员的刑事责任。

物业服务企业挪用住宅专项维修资金,情节严重的,除按前款规定予以处罚外,还应由颁发资质证书的部门吊销资质证书。

直辖市、市、县人民政府建设(房地产)主管部门挪用住宅专项维修资金的,由上一级人民政府建设(房地产)主管部门追回挪用的住宅专项维修资金,对直接负责的主管人员和其他直接责任人员依法给予处分;构成犯罪的,依法追究刑事责任。

直辖市、市、县人民政府财政部门挪用住宅专项维修资金的,由上一级人民政府财政部门追回挪用的住宅专项维修资金,对直接负责的主管人员和其他直接责任人员依法给予处分;构成犯罪的,依法追究刑事责任。

第三十八条　直辖市、市、县人民政府建设(房地产)主管部门违反本办法第二十六条规定的,由上一级人民政府建设(房地产)主管部门责令限期改正,对直接负责的主管人员和其他直接责任人员依法给予处分;造成损失的,依法赔偿;构成犯罪的,依法追究刑事责任。

直辖市、市、县人民政府财政部门违反本办法第二十六条规定的,由上一级人民政府财政部门责令限期改正,对直接负责的主管人员和其他直接责任人员依法给予处分;造成损失的,依法赔偿;构成犯罪的,依法追究刑事责任。

业主大会违反本办法第二十六条规定的,由直辖市、市、县人民政府建设(房地产)主管部门责令改正。

第三十九条　对违反住宅专项维修资金专用票据管理规定的行为,按照《财政违法行为处罚处分条例》的有关规定追究法律责任。

第四十条　县级以上人民政府建设(房地产)主管部门、财政部门及其工作人员利用职务上的便利,收受他人财物或者其他好处,不依法履行监督管理职责,或者发现违法行为不予查处的,依法给予处分;构成犯罪的,依法追究刑事责任。

第六章　附　则

第四十一条　省、自治区、直辖市人民政府建设(房地产)主管部门会同同级财政部门可以依据本办法,制定实施细则。

第四十二条　本办法实施前,商品住宅、公有住房已经出售但未建立住宅专项维修资金的,应当补建。具体办法由省、自治区、直辖市人民政府建设(房地产)主管部门会同同级财政部门依据本办法制定。

第四十三条　本办法由国务院建设主管部门、财政部门共同解释。

第四十四条　本办法自2008年2月1日起施行,1998年12月16日建设部、财政部发布的《住宅共用部位共用设施设备维修基金管理办法》(建住房〔1998〕213号)同时废止。

房地产统计指标解释(试行)

1. *2002年3月20日建设部发布*
2. *建住房〔2002〕66号*

目　录

第一章　房　屋

一般指上有屋顶，周围有墙，能防风避雨，御寒保温，供人们在其中工作、生活、学习、娱乐和储藏物资，并具有固定基础，层高一般在2.2米以上的永久性场所。但根据某些地方的生活习惯，可供人们常年居住的窑洞、竹楼等也应包括在内。

【商品房】是指由房地产开发企业开发建设并出售、出租的房屋。

【经济适用住房】是指根据国家经济适用住房建设计划安排建设的住宅。由国家统一下达计划，用地一般实行行政划拨的方式，免收土地出让金，对各种经批准的收费实行减半征收，出售价格实行政府指导价，按保本微利的原则确定。

【廉租住房】是指政府和单位在住房领域实施社会保障职能，向具有城镇常住居民户口的最低收入家庭提供的租金相对低廉的普通住房。

【存量房】是指已被购买或自建并取得所有权证书的房屋。

【再上市房】是指职工按照房改政策购买的公有住房或经济适用房首次上市出售的房屋。

一、房屋分类

（一）按房屋用途分类

房屋用途应按设计所规定的用途进行划分。如果与住宅、商业经营用房有关的兼有两种以上用途的房屋，应按设计规定的用途分别计算建筑面积。如一栋住宅楼的地下室不住人，一层为商店，其余为家属住宅，则应将地下室面积计入其他用途，商店面积计入商业营业用房，其余面积计入住宅，如一座厂房带有生活间、办公室，可都计入厂房面积。

1. 住宅

【住宅】是指专供居住的房屋，包括别墅、公寓、职工家属宿舍和集体宿舍（包括职工单身宿舍和学生宿舍）等。但不包括住宅楼中作为人防用、不住人的地下室等，也不包括托儿所、病房、疗养院、旅馆等具有专门用途的房屋。

【成套住宅】是指由若干卧室、起居室、厨房、卫生间、室内走道或客厅等组成的供一户使用的房屋。

住宅按套统计。两户合用一套的住宅，按一套统计；一户用两套或两套以上的应按实际套数统计。

【非成套住宅】是指供人们生活居住的但不成套的房屋。

【集体宿舍】是指机关、学校、企事业单位的单身职工、学生居住的房屋。

2. 工业、交通、仓储用房

【工业用房】是指独立设置的各类工厂、车间、手工作坊、发电厂等从事生产活动的房屋。

【公用设施用房】是指自来水、泵站、污水处理、变电、燃气、供热、垃圾处理、环卫、公厕、殡葬、消防等市政公用设施的房屋。

【铁路用房】是指铁路系统从事铁路运输的房屋。

【民航用房】是指民航系统从事民航运输的房屋。

【航运用房】是指航运系统从事水路运输的房屋。

【公交运输用房】是指公路运输、公共交通系统从事客、货运输、装卸、搬运的房屋。

【仓储用房】是指用于储备、中转、外贸、供应等各种仓库、油库用房。

3. 商业、金融和信息用房

【商业服务用房】是指各类商店、门市部、饮食店、粮油店、菜场、理发店、照相馆、浴室、旅社、招待所等从事商业和为居民生活服务所用的房屋。

【经营用房】是指各种开发、装饰、中介公司等从事各类经营业务活动所用的房屋。

【旅游用房】是指宾馆、饭店、乐园、俱乐部、旅行社等主要从事旅游服务所用的房屋。

【金融保险用房】是指银行、储蓄所信用社、信托公司、证券公司、保险公司等从事金融服务所用的房屋。

【电讯信息用房】是指各种邮电、电讯部门、信息产业部门，从事电讯与信息工作所用的房屋。

4. 教育、医疗卫生和科研用房

【教育用房】是指大专院校、中等专业学校、中学、小学、幼儿园、托儿所、职业学校、业余学校、干校、党校、进修院校、工读学校、电视大学等从事教育所用的房屋。

【医疗卫生用房】是指各类医院、门诊部、卫生所（站）、检（防）疫站、保健院（站）、疗养院、医学化验、药品检验等医疗卫生机构从事医疗、保健、防疫、检验所用的房屋。

【科研用房】是指各类从事自然科学、社会科学等研究设计、开发所用的房屋。

5. 文化、新闻、娱乐、园林绿化、体育用房

【文化用房】是指文化馆、图书馆、展览馆、博物馆、纪念馆等从事文化活动所用的房屋。

【新闻用房】是指广播电视台、电台、出版社、报社、杂志社、通讯社、记者站等从事新闻出版所用的房屋。

【娱乐用房】是指影剧院、游乐场、俱乐部、剧团等从事文娱演出所用的房屋。

【园林绿化用房】是指公园、动物园、植物园、陵园、苗圃、花圃、花园、风景名胜、防护林等所用的房屋。

【体育用房】是指体育场、馆、游泳池、射击场、跳伞塔等从事体育所用的房屋。

6. 机关事业办公用房

【机关事业办公用房】是指党、政机关、群众团体、行政事业单位等行政、事业单位等所用的房屋。

7. 军事用房

【军事用房】是指中国人民解放军军事机关、营房、阵地、基地、机场、码头、工厂、学校等所用的房屋。

8. 其他用房

【涉外用房】是指外国使、领馆、驻华办处等涉外所用的房屋。

【宗教用房】是指寺庙、教堂等从事宗教活动所用的房屋。

【监狱用房】是指监狱、看守所、劳改场（所）等所用的房屋。

（二）按房屋产别分类

【国有房产】是指归国家所有的房产。包括由政府接管、国家经租、收购、新建以及由国有单位用自筹资金建设或购买的房产。国有房产分为直管产、自管产、军产三种。

【直管产】是指由政府接管、国家经租、收购、新建、扩建的房产（房屋所有权已正式划拨给单位的除外），大多数由政府房地产管理部门直接管理、出租、维修，少部分免租拨借给单位使用。

【自管产】是指国家划拨给全民所有制单位所有以及全民所有制单位自筹资金购建的房产。

【军产】是指中国人民解放军部队所有的房产。包括由国家划拨的房产、利用军费开支或军队自筹资金购建的房产。

【集体所有房产】是指城市集体所有制单位所有的房产。即集体所有制单位投资建造、购买的房产。

【私有（自有）房产】是指私人所有的房产，

包括中国公民、港澳台同胞、海外侨胞、在华外国侨民、外国人所投资建造、购买的房产,以及中国公民投资的私营企业(私营独资企业、私营合伙企业和私营有限责任公司)所投资建造、购买的房屋。其中部分产权:指按照房改政策,职工个人以标准价购买的住房,拥有部分产权。

【联营企业房产】是指不同的所有制性质的单位之间共同组成新的法人型经济实体所投资建造、购买的房产。

【股份制企业房产】是指股份制企业所投资建造或购买的房产。

【港、澳、台投资房产】是指港、澳、台地区投资者以合资、合作或独资在祖国大陆举办的企业所投资建造或购买的房产。

【涉外房产】是指中外合资经营企业、中外合作经营企业和外资企业、外国政府、社会团体、国际性机构所投资建造或购买的房产。

【其他房产】是指凡不属于以上各类别的房屋,都归在这一类,包括因所有权人不明,由政府房地产管理部门、全民所有制单位、军队代为管理的房屋以及宗教、寺庙等房屋。

(三)按房屋建筑结构分类

【钢结构】是指承重的主要构件是用钢材料建造的,包括悬索结构。

【钢、钢筋混凝土结构】是指承重的主要构件是用钢、钢筋混凝土建造的。

【钢筋混凝土结构】是指承重的主要构件是用钢筋混凝土建造的。包括薄壳结构、大模板现浇结构及使用滑模、升板等建造的钢筋混凝土结构的建筑物。

【混合结构】是指承重的主要构件是用钢筋混凝土和砖木建造的。如一幢房屋的梁是用钢筋混凝土制成,以砖墙为承重墙,或者梁是用木材建造,柱是用钢筋混凝土建造。

【砖木结构】是指承重的主要构件是用砖、木材建造的。如一幢房屋是木制房架、砖墙、木柱建造的。

【其他结构】是指凡不属于上述结构的房屋都归此类。如竹结构、砖拱结构、窑洞等。

(四)按房屋建筑楼层分类

【房屋层数】房屋层数是指房屋的自然层数,一般按室内地坪±0以上计算;采光窗在室外地坪以上的半地下室,其室内层高在2.20m以上(不含2.20m)的,计算自然层数。房屋总层数为房屋地上层数与地下层数之和。

假层、附层(夹层)、插层、阁楼(暗楼)、装饰性塔楼,以及突出屋面的楼梯间、水箱间不计层数。

【地下室】是指房屋全部或部分在室外地坪以下的部分(包括层高在2.2m以下的半地下室)。

【假层】是指建房时建造的,一般比较低矮的楼层。其前后沿的高度大于1.7m,面积不足底层的二分之一的部分。附层(夹层)是房屋内部空间的局部层次。

【搁楼(暗楼)】一般是房屋建成后,因各种需要,利用房间内部空间上部搭建的楼层。

【低层住宅】指一层至三层的住宅。

【多层住宅】指四层至六层的住宅。

【中高层住宅】指七层至九层的住宅。

【高层住宅】指十层及十层以上的住宅。

(五)按房屋建筑年代分类

房屋建成年份是按房屋实际竣工年份计算,拆除翻建的,按翻建竣工的年份计算;扩建的房屋,面积超原房屋面积的,按扩建竣工年份计算,未超过的按原房屋竣工年份填写。

【1949年以前的房屋】指1949年(含1949年)以前建成的房屋。

【五十年代的房屋】指1950年至1959年期间建成的房屋。

【六十年代的房屋】指1960年至1969年期间建成的房屋。

【七十年代的房屋】指1970年至1979年期间建成的房屋。

【八十年代的房屋】指1980年至1989年期间建成的房屋。

【九十年代的房屋】指1990年至1999年期间建成的房屋。

(六)按房屋建筑质量分类

【完好房屋】指主体结构完好。不倒、不塌、不漏。庭院不积水、门窗设备完整,上下水道通畅,室内地面平整,能保证居住安全和正常使用的房屋,或者虽有一些漏雨和轻微破损,或缺乏油漆保养,经过小修能及时修复。

【基本完好房屋】指主体结构完好,少数部件虽有损坏,但不严重,经过维修就能修复的房屋。

【一般损坏房屋】指主体结构基本完好,屋面不平整,经常漏雨,门窗有的腐朽变形,下水道经常阻塞,内粉刷部分脱落,地板松动,墙体轻度倾斜、开裂,需要进行正常修理的房屋。

【严重损坏房屋】指年久失修,破损严重,但无倒塌危险,需进行大修或有计划翻修、改建的房屋。

【危险房屋】是指结构已严重损坏或承重构件已属危险构件,随时有可能丧失结构稳定和承载能力,不能保证居住和使用安全的房屋。

二、房屋面积

(一)建筑面积

【房屋建筑面积】是指含自有(私有)房屋在内的各类房屋建筑面积之和。指房屋外墙(柱)勒脚以上各层的外围水平投影面积,包括阳台、挑廊、地下室、室外楼梯等,且具备有上盖,结构牢固,层高2.20m以上(含2.20m)的永久性建筑。

【住宅建筑面积】是指供人居住使用的房屋建筑面积,包括企事业、机关、团体等的集体宿舍和家属宿舍。

【成套住宅建筑面积】是指成套住宅的建筑面积总和。

【危险房屋建筑面积】是指结构已严重损坏或承重构件已属危险构件,随时有可能丧失结构稳定和承载能力,不能保证居住和使用安全的房屋建筑面积。

【房屋减少建筑面积】指报告期由于拆除、倒塌和因各种灾害等原因实际减少的房屋建筑面积(包括私有房屋)。

(二)房屋建筑面积计算规则

1. 计算全部建筑面积的范围

a)永久性结构的单层房屋,按一层计算建筑面积;多层房屋按各层建筑面积的总和计算。

b)房屋内的夹层、插层、技术层及其梯间、电梯间等其高度在2.20m以上部位计算建

筑面积。

c)穿过房屋的通道,房屋内的门厅、大厅,均按一层计算面积。门厅、大厅内的回廊部分,层高在2.20m以上的,按其水平投影面积计算。

d)楼梯间、电梯(观光梯)井、提物井、垃圾道、管道井等均按房屋自然层计算面积。

e)房屋天面上,属永久性建筑,层高2.20m以上的楼梯间、水箱间、电梯机房及斜面结构屋顶高度在2.20m以上的部位,按其外围水平投影面积计算。

f)挑楼、全封闭的阳台按其外围水平投影面积计算。

g)属永久性结构有上盖的室外楼梯,按各层水平投影面积计算。

h)与房屋相连的有柱走廊,两房屋间有上盖和柱的走廊,均按其柱的外围水平投影面积计算。

i)房屋间永久性的封闭的架空通廊,按外围水平投影面积计算。

j)地下室、半地下室及其相应出入口,层高在2.20m以上的,按其外墙(不包括采光井、防潮层及保护墙)外围水平投影面积计算。

k)有柱或有围护结构的门廊、门斗,按其柱或围护结构的外围水平投影面积计算。

l)玻璃幕墙等作为房屋外墙的,按其外围水平投影面积计算。

m)属永久性建筑有柱的车棚、货棚等按柱的外围水平投影面积计算。

n)依坡地建筑的房屋,利用吊脚做架空层,有围护结构的,按其高度在2.20m以上部位的外围水平面积计算。

o)有伸缩缝的房屋,若其与室内相通的,伸缩缝计算建筑面积。

2. 计算一半建筑面积的范围

a)与房屋相连有上盖无柱的走廊、檐廊,按其围护结构外围水平投影面积的一半计算。

b)独立柱、单排柱的门廊、车棚、货棚等属永久性建筑的,按其上盖水平投影面积的一半计算。

c)未封闭的阳台、挑廊,按其围护结构外围水平投影面积的一半计算。

d)无顶盖的室外楼梯按各层水平投影面积的一半计算。

e)有顶盖不封闭的永久性的架空通廊,按外围水平投影面积的一半计算。

3.不计算建筑面积的范围

a)层高小于2.20m以下的夹层、插层、技术层和层高小于2.20m的地下和半地下室。

b)突出房屋墙面的构件、配件、装饰柱、装饰性的玻璃幕墙、垛、勒脚、台阶、无柱雨篷等。

c)房屋之间无上盖的架空通廊。

d)房屋的天面、挑台、天面上的花园、泳池。

e)建筑物内的操作平台、上料平台及利用建筑物的空间安置箱、罐的平台。

f)骑楼、过街楼的底层用作道路街巷通行的部分。

g)利用引桥、高架路、高架桥、路面作为顶盖建造的房屋。

h)活动房屋、临时房屋、简易房屋。

i)独立烟囱、亭、塔、罐、池、地下人防干、支线。

j)与房屋室内不相通的房屋间伸缩缝。

(三)房屋使用面积

【房屋使用面积】是指房屋户内全部可供使用的空间面积,按房屋的内墙面水平投影计算。

【住宅使用面积】是指住宅中以户(套)为单位的分户(套)门内全部可供使用的空间面积。包括日常生活起居使用的卧室、起居室和客厅(堂屋)、亭子间、厨房、卫生间、室内走道、楼梯、壁橱、阳台、地下室、假层、附层(夹层)、阁楼、(暗楼)等面积。住宅使用面积按住宅的内墙线计算。

第二章　房屋用地

【房屋用地】是指房屋以及按照规划要求的配套设施所占用的土地,包括房屋占用的土地和按照规划要求的配套设施占用的土地。

一、房屋用地面积

【房屋用地面积】房屋用地面积是以丘(地表上一块有界空间的地块)为单位进行测算。下列土地不计入用地面积:

(1)无明确使用权属的冷巷、巷道或间隙地;

(2)市政管辖的道路、街道、巷道等公共用地;

(3)已征用、划拨或者属于原房地产证记载范围,经规划部门核定需要作市政建设的用地;

(4)其他按规定不计入用地的面积。

二、房屋用地按用途分类

1.住宅用地

【住宅用地】是指供居住的各类房屋用地。

2.工业仓储用地

【工业用地】是指独立设置的工厂、车间、手工业作坊、建筑安装的生产场地、排渣(灰)场地等用地。

【仓储用地】是指国家、省(自治区、直辖市)及地方的储备、中转、外贸、供应等各种仓库、油库、材料堆场及其附属设备等用地。

3.商业金融业用地

【商业服务业用地】是指各种商店、公司、修理服务部、生产资料供应站、饭店、旅社、对外经营的食堂、文印誊写社、报刊门市部、蔬菜购销转运站等用地。

【旅游业用地】是指主要为旅游业服务的宾馆、饭店、大厦、乐园、俱乐部、旅行社、旅游商店、友谊商店等用地。

【金融保险业用地】是指银行、储蓄所、信用社、信托公司、证券交易所、保险公司等用地。

4.市政用地

【市政公用设施用地】是指自来水厂、泵站、污水处理厂、变电(所)站、煤气站、供热中心、环卫所、公共厕所、火葬场、消防队、邮电局(所)及各种管线工程专用地段等用地。

【绿化用地】是指公园、动植物园、陵园、风景名胜、防护林、水源保护林以及其他公共绿地等用地。

5.公共建筑用地

【公共建筑用地】是指文化、体育、娱乐、机关、科研、设计、教育、医卫等用地。其中:

【文、体、娱用地】是指文化馆、博物馆、图书馆、展览馆、纪念馆、体育场馆、俱乐部、影剧院、游乐场、文艺体育团体等用地。

【机关、宣传用地】是指行政及事业机关、党、政、工、青、妇、群众组织驻地、广播电台、电视台、出版社、报社、杂志社等用地。

【科研设计用地】是指科研、设计机构用地。如研究院（所）、设计院及其试验室、试验场等科研、设计用地。

【教育用地】是指大专院校、中等专业学校、职业学校、干校、党校、中小学校、幼儿园、托儿所、业余进修院（校）、工读学校等用地。

【医卫用地】是指医院、门诊部、保健院（站、所）疗养院（所）、救护站、血站、卫生院、防治所、检疫站、防疫站、医学化验、药品检验等用地。

6．交通用地

【交通用地】是指铁路、民用机场、港口码头及其他交通用地。其中：

【铁路用地】是指铁路及场站、地铁出入口等用地。

【民用机场用地】是指民用机场及其附属设施用地。

【港口码头用地】是指专供客、货运船停靠的场所用地。

【其他交通用地】是指车场（站）、广场、公路、街、巷、小区内的道路等用地。

7．其他用地

包括军事设施、涉外、宗教、监狱类特殊用地、水域用地、水田菜地旱地园地类农用地和各种未利用土地、空闲地等其他用地。

三、土地管理

【土地管理】是指国家用于维护土地所有制，调整土地关系，合理组织土地利用，以及贯彻执行国家在土地开发、利用、保护、改造等方面的政策而采取的行政、经济、法律和工程技术的综合性措施。现阶段我国土地管理的实质是政府处理土地事务、协调土地关系的活动，即行使国家权力的过程。

【地籍】是指反映土地的位置（地界、地号）、数量、质量、权属和用途（地类）等基本状况的簿籍（或清册），也称土地的户籍。

【地籍管理】是指国家为取得有关地籍资料和为全面研究土地的权属、自然和经济状况而采取的以地籍调查（测量）、土地登记、土地统计和土地分等定级等为主要内容的国家措施。

【土地使用权划拨】是指县级以上人民政府依法批准，在土地使用者缴纳补偿、安置等费用后将该幅土地交付其使用，或者将土地使用权无偿交付给土地使用者使用的行为。

【土地使用权出让】是指国家将国有土地使用权在一定年限内出让给土地使用者，由土地使用者向国家支付土地使用权出让金的行为。

第三章　房屋及居住状况

一、房屋状况

【实有房屋】是指已建成并达到入住或使用条件的、含自有（私有）房屋在内的各类房屋。

【实有住宅】是指已建成并达到入住及使用条件的、含自有（私有）住宅在内的住宅。

【住宅套数】是指按照设计要求已建成并达到入住、使用条件的成套住宅的套数。

【成套住宅】是指由若干卧室、起居室、厨房、卫生间、室内走道或客厅等组成的供一户使用的住宅。

二、房屋建设状况

【房屋施工面积】是指报告期内施工的房屋建筑面积，包括本期新开工面积和上年开发跨入本期继续施工的房屋面积，以及上期已停建在本期复工的房屋面积。本期竣工和本期施工后又停建缓建的房屋面积仍包括在施工面积中，多层建筑应填各层建筑面积之和。

【房屋新开工面积】是指在报告期内新开工建设的房屋建筑面积，不包括上期跨入报告期继续施工的房屋面积和上期停缓建而在本期恢复施工的房屋面积。房屋的开工应以房屋正式开始破土创槽（地基处理或打永久桩）的日期为准。

【房屋竣工面积】是指房屋按照设计要求已全部完工，达到入住和使用条件，经验收鉴定合格（或达到竣工验收标准），可正式移交使用的房屋建筑面积总和。

【竣工房屋价值】是指在报告期内竣工房屋本身的建造价值。竣工房屋价值按房屋设计和预算规定的内容计算。包括竣工房屋本身的基础、结构、屋面、装修以及水、电、暖、卫等附属工程的造价值，也包括作为房屋建筑组成部分而列入房屋建筑工程预算内的设备（如电梯、通风设备等）的购置和安装费用；不包括厂房内的工艺设备、工艺管线的购置和安装，工艺设备基础的建造，办公及生活用品等家具的购置等费用，购置土地的费用，迁移补偿费和场地平整的费用，以及城市建设配套的投资。竣工房屋价值一般按结算价格计算。

三、居住状况

【居住人口】是指与住宅统计范围一致的居住人口。以公安局的统计数据为准。

【居住户数】是指与居住人口数相应的户数。"户"以公安派出所核发的户口簿为准，一个户簿即一户。

【人均住宅建筑面积】（新增指标）是指按居住人口计算的平均每人拥有的住宅建筑面积。计算公式：

人均住宅建筑面积（平方米/人）＝住宅建筑面积/居住人口

【人均住宅使用面积】是指按居住人口计算的平均每人拥有的住宅使用面积。计算公式：

人均住宅使用面积（平方米/人）＝住宅使用面积/居住人口

【户均住宅套数】（新增指标）是指按居住户数计算的平均每户拥有的住宅套数。计算公式：

户均住宅套数（套/户）＝住宅套数/居住户数

【住宅成套率】（新增指标）是指成套住宅建筑面积与实有住宅建筑面积的比例。计算公式：

住宅成套率（%）＝成套住宅建筑面积/实有住宅建筑面积×100%

【住宅自有（私有）率】（新增指标）是指自有（私人所有）的住宅建筑面积与实有住宅建筑面积的比例。计算公式：

住宅自有率（%）＝自有（私有）住宅建筑面积/实有住宅建筑面积×100%

【住房困难户数】（新增指标）是指报告期末符合当地人民政府规定的住房困难标准的户数。

第四章　房地产开发

一、房地产开发经营

【房地产开发经营】是指房地产开发企业在城市规划区内国有土地上进行基础设施建设、房屋建设，并转让房地产开发项目或者销售、出租商品房的行为。

【基础设施建设】是指给水、排水、供电、供热、供气、通讯和道路等设施建设和土地的平整。

【房屋建设】是指在完成基础设施建设的土地上建设房屋等建筑物，包括住宅楼、工业厂房、商业楼宇、写字楼以及其他专用房屋。

二、基本情况指标

【单位名称】填写房地产开发企业（单位）在工商行政管理部门登记的名称，要填全称，不得使用简称，即与企业（单位）公章所使用的名称一致。

【企业（单位）代码】采用国家统一规定的企业（单位）法人代码。代码由8位无属性的数字和一位校验码组成，标识在各级技术监督部门颁发的《单位代码证书》上，并按《单位代码证书》的代码填写。暂无法人代码的，从临时码段中提取代码。

【详细地址】填写由邮政部门认可的单位所在地地址。不要填写通讯信箱号。行政区划代码指企业（单位）所在地的行政区划代码，不是邮政编码。代码为六位阿拉伯数字，按国家标准《中华人民共和国行政区划代码》（GB2260—1999）填写，其中代码的第一、二位表示省（自治区、直辖市）；第三、四位表示地区（省辖市、州、盟及直辖市所属市辖区和县）；第五、六位表示县（省辖市辖区、地辖市、省辖县级市、旗）。

【通讯号码】包括邮政编码、电话号码、电报挂号、传真号码。在填写时，从右向左填写方框，空位划"×"。"－"后方框内填写分机号码，没有分机号码的划"×"，分机超过4位时，向方框外右面扩充。电报挂号超过4位时，也向方框外右面扩充。

【隶属关系】指企业（单位）直接隶属于哪一级行政管理单位领导。按房地产企业（单位)主管上级机关确定。隶属关系分为：

【中央】指中共中央、人大常委会和国务院各部、委、局、总公司以及直属机构直接领导和管理的房地产开发企业(单位)。

【省(自治区、直辖市)】指由各省、自治区、直辖市政府及业务主管部门直接领导和管理的房地产开发企业(单位)。

【地区(州、盟、省辖市)】指地区、自治州、盟、省辖市直接领导和管理的房地产开发企业(单位)。

【县(旗、县级市)】指县、区、自治旗、县级市直接领导和管理的房地产开发企业(单位)。

【乡镇】指乡、镇政府及乡镇企业管理局直接领导和管理的房地产开发企业(单位)。

【其他】不属于以上各级政府及主管部门管理的房地产开发企业(单位)。

【资质等级】企业按建设主管部门颁发的房地产开发资质等级证书填写。

【企业营业状况】指企业的生产经营状态。

【营业】指正常开业的企业，包括部分投产的新建企业。

【停业】指由于某种原因已处于停止生产经营活动状态，待条件改变后仍需恢复生产经营的企业。"停业"不包括临时性停业、季节性停业。

【筹建】一般指企业未经工商部门登记开工，正在进行生产经营前的筹建工作。

【当年撤销】指当年关闭、撤销的企业。

【其他】指上述情况以外的其他企业。

三、房地产投资完成情况

【本年完成投资】是指从本年1月1日起至本年最后一天止完成的全部用于房屋建设工程、土地开发工程的投资额以及公益性建设和土地购置费等的投资。其中土地购置费在实际统计工作中如难以区分，可放在"商品房建设投资额"中。

【商品房建设投资额】是指房地产开发企业(单位)开发建设的供出售、出租用的商品住宅、厂房、仓库、饭店、度假村、写字楼、办公楼等房屋工程及其配套的服务设施所完成的投资额(含拆迁、回迁还建用房)。

【商品住宅】是指房地产开发企业(单位)建设并出售、出租给使用者，仅供居住用的房屋。

【土地开发投资额】是指房地产开发企业完成的前期工程投资，即路通、水通、电通、场地平整等(也称七通一平)所完成的投资。一般指生地开发成熟地的投资。在旧城区(老区拆迁)的开发中，如果有统一的规划，如政府有关部门批准的小区建设的前期工程中，有场地平整，原有建筑物、构筑物拆除，供水供电工程等工作量也可计算。未进行开发工程、只进行单纯的土地交易活动不作为土地开发投资统计。土地开发投资额在房屋用途分组中能分摊的部分就分摊，不能分摊的全部计入其他。

【国有单位投资】包括登记注册类型中的国有(国有企业)、联营中的国有联营企业、有限责任公司中的国有独资的有限责任公司。

【集体、私营个体投资】包括登记注册类型中集体、集体联营、股份合作、私营、个体经营企业的投资。

【建筑工程】是指各种房屋、建筑物的建造工程，又称建筑工作量。这部分投资额必须兴工动料，通过施工活动才能实现。

【安装工程】是指各种设备、装置的安装工程，又称安装工作量。

【设备、工器具购置】是指工业企业生产的产品转化为固定资产的购置活动，包括建设单位或企、事业单位购置或自制的，达到固定资产标准的设备、工具、器具的价值。

【其他费用】是指在固定资产建造和购置过程中发生的，除上述几项以外的各种应分摊计入固定资产的费用，不是指经营中财务上的其他费用。包括土地出让金、大市政费、四源费(煤、热、自来水、污水)、不可预见费等。

【土地购置费】是指房地产开发企业为取得土地使用权而支付的费用。土地购置费按当期发生数计入投资，如土地购置费为分期付款的，可分期计入投资；不计入新增固定资产。土地购置费包括：(1)通过划拨方式取得的土地使用权所支付的土地补偿费、附着物和青苗补偿费、安置补偿费及土地征收管理费等；(2)通过出让方式取得土地使用权所支付的出让金。

【旧建筑物购置费】指购置已使用过的各种旧房屋及其他建筑物,即对旧房屋及其他建筑物的赔偿费。

【投资额按房屋工程用途分组】指投资额中用于各类房屋建设的投资。

【住宅】是指专供居住的房屋,包括别墅、公寓、职工家属宿舍和集体宿舍(包括职工单身宿舍和学生宿舍)等。但不包括住宅楼中作为人防用、不住人的地下室等。

【经济适用房】是指根据国家经济适用房计划安排建设的住宅。由国家统一下达计划,用地一般实行行政划拨的方式,免收土地出让金,对各种经批准的收费实行减半征收;出售价格实行政府指导价,按保本微利的原则确定。

【办公楼】指企业、事业、机关、团体、学校、医院等单位使用的各类办公用房(又称写字楼)。

【商业营业用房】是指商业、粮食、供销、饮食服务业等部门对外营业的用房,如度假村、饭店、商店、门市部、粮店、书店、供销店、饮食店、菜店、加油站、日杂等房屋。

【其他】凡不属于上述各项用途的房屋建筑物,如中小学教学用房、托儿所、幼儿园、图书馆、体育馆等。

【本年新增固定资产】是指在报告期已经完成建造和开发过程并交付使用的房屋和土地开发面积的价值。是指房地产开发公司进行开发经营活动的最终成果,即为社会提供的固定资产,而且是在报告期内新增加的。不是反映房地产开发企业本身固定资产的增加。

四、资金来源

【本年资金来源合计】是指房地产开发企业(单位)在本年内收到的可用于房地产开发和经营的各种资金来源数之和,包括上年末结余资金、本年度内拨入、借入或以各种方式筹集的资金。

【上年末结余资金】是上年资金来源中没有形成投资额而结余的资金。包括尚未用到工程上去的材料价值、未开始安装的需要安装设备价值及结存的现金和银行存款等。可根据有关财务数字填报。上年末结余资金不

能出现负数,即不能把上年应付工程、材料款作为上年末结余资金的负数来处理。

【本年资金来源小计】是指房地产开发企业(单位)实际拨入的,用于房地产开发的各种货币资金。包括国家预算内资金、国内贷款、债券、利用外资、自筹资金和其他资金。

【国家预算内资金】分为财政拨款和财政安排的贷款两部分。包括中央财政的基本建设基金(分经营性基金和非经营性基金两部分)、专项支出(如煤代油专项等)、收回再贷、贴息资金,财政安排的挖潜改造和新产品试制支出、城建支出、商业部门简易建筑支出、不发达地区发展基金等资金中用于固定资产投资的资金;地方财政中由国家统筹安排的用于房地产开发的资金。

【国内贷款】指报告期房地产开发企业(单位)向银行及非银行金融机构借入的用于房地产开发与经营的各种国内借款,包括银行利用自有资金及吸收的存款发放的贷款、上级主管部门拨入的国内贷款、国家专项贷款(包括煤代油贷款、劳改煤矿专项贷款等),地方财政专项资金安排的贷款、国内储备贷款、周转贷款等。

【银行贷款】指向各商业银行、政策性银行借入的用于房地产开发与经营的各项贷款。

【非银行金融机构贷款】是指向除上述银行之外从事金融业务的机构借入的用于房地产开发与经营的各项贷款。非银行金融机构包括城市信用社、农村信用社、保险公司、金融信托投资公司、证券公司、财务公司、金融租赁公司、融资公司(中心)等。

【债券】是房地产开发企业(公司)或金融机构通过发行各种债券,筹集用于房地产开发与经营的资金,包括由银行代理国家专业投资公司发行的重点企业债券和基本建设债券。

【利用外资】是指报告期收到的用于房地产开发与经营的境外资金(包括外国及港澳台地区),包括外商直接投资、对外借款(外国政府贷款、国际金融组织贷款、出口信贷、外国银行商业贷款、对外发行债券和股票)及外商其他投资(包括补偿贸易和加工装配由外商提供的设备价款、国际租赁)。不包括我国自有外

汇资金(包括国家外汇、地方外汇、留成外汇、调剂外汇和中国银行自有资金发行的外汇贷款等)。

【外商直接投资】是指外国投资商在与中国企业(政府)合资、合作或独资中以外汇现金、设备(或实物)、技术、专利或其他方式投入的资金总量。

【对外借款】是指通过中国政府(包括中央、各个部门、地方政府)、银行或非银行金融机构等中介机构引进,最终用于房地产开发与经营的外国资金(含设备、技术、专利等折算款)。其中:国家统借统还的外资,是指由我国政府出面同外国政府、团体或金融组织签订贷款协议,并负责偿还本息的国外贷款。

【自筹资金】是指各地区、各部门及企事业单位筹集用于房地产开发与经营的预算外资金。

【自有资金】指凡属于房地产企业(单位)所有者权益范围内所包括的资金,是按财务制度规定归企业支配的各种自有资金。包括企业折旧资金、资本金、资本公积金、企业盈余公积金及其他自有资金,也包括通过发行股票筹集的资金。

【其他资金来源】是指在报告期收到的除以上各种资金之外其他用于房地产开发与经营的资金。包括社会集资、个人资金、无偿捐赠的资金及用征地迁移补偿费、移民费等进行房地产开发的资金。

【集资】指房地产开发企业(单位)在单位内部或向社会筹集的用于房地产开发投资的各种资金。

【定金及预收款】指房地产开发企业(单位)预收的购买者用于买房的定金及预收款。定金是为了使签订合同的甲乙双方履行经济合同,根据有关规定由购房单位在报告期交纳的押金。预收款是甲乙双方签订购销房屋合同后,由于经营活动的需要,在报告期由购房单位提前交付的购房款(包括预收购房款中的外汇)。

【本年各项应付投资款】指在房地产开发过程中应付未付的投资款。包括应付工程款、应付器材款、应付工资、应付有偿调入器材及

工程款、其他应付款、应交税金、应交基建收入、应交投资包干结余、应交能源交通建设基金、应交预算调节基金及其他应交款。各项应付款填报本报告期实际增加数(或发生数),不是填报开始建设以来的累计数。

【利用外资按国家或地区分】指资金来源的利用外资中,外资来自的国家或地区的划分。各个国家或地区的利用外资相加应等于利用外资总计。各类外资按报告期的外汇牌价(中间价)折成人民币"万元"计算。

五、土地购置和开发情况

【本年完成开发土地面积】是指报告期内对土地进行开发并已完成七通一平等前期开发工程,具备进行房屋建筑物施工或出让条件的土地面积。

【正在开发的土地面积】是指已开始七通一平等前期开发工程,但尚未完工,不具备进行房屋建筑物施工或出让条件的土地面积。

【待开发土地面积】指经有关部门批准,通过各种方式获得土地使用权,但尚未进行开发的土地面积。

【本年购置土地面积】是指在本年内通过各种方式获得土地使用权的土地面积。

六、房屋面积及价值指标

【房屋施工面积】是指报告期内施工的全部房屋建筑面积。包括本期新开工的面积和上年开工跨入本期继续施工的房屋面积,以及上期已停建在本期恢复施工的房屋面积。本期竣工和本期施工后又停建缓建的房屋面积仍包括在施工面积中,多层建筑应填各层建筑面积之和。

【房屋新开工面积】是指在报告期内新开工建设的房屋面积。不包括上期跨入报告期继续施工的房屋面积和上期停缓建而在本期恢复施工的房屋面积。房屋的开工应以房屋正式开始破土刨槽(地基处理或打永久桩)的日期为准。

【竣工房屋面积】是指报告期内房屋建筑按照设计要求已全部完工,达到住人和使用条件,经验收鉴定合格(或达到竣工验收标准),可正式移交使用的各栋房屋建筑面积的总和。

【竣工房屋价值】指在报告期内竣工房屋

本身的建造价值。竣工房屋的价值一般按房屋设计和预算规定的内容计算。包括竣工房屋本身的基础、结构、屋面、装修以及水、电、卫等附属工程的建筑价值，也包括作为房屋建筑组成部分而列入房屋建筑工程预算内的设备（如电梯、通风设备等）的购置和安装费用；不包括厂房内的工艺设备、工艺管线的购置和安装，工艺设备基础的建造；办公和生活用家具的购置等费用；购置土地的费用；迁移补偿费和场地平整的费用及城市建设配套投资。竣工房屋价值一般按结算价格计算。

七、商品房屋销售与出租情况

【实际销售面积】是指报告期已竣工的房屋面积中已正式交付给购房者或已签订（正式）销售合同的商品房屋面积。不包括已签订预售合同正在建设的商品房屋面积，但包括报告期或报告期以前签订了预售合同，在报告期又竣工的商品房屋面积。

【外销（租）】经有关部门批准，销售（或出租）给境外企业和个人，包括外国人、外籍华人、华侨及港澳台同胞的商品房屋面积。

【销售给个人】是指实际销售给国内私人的商品房屋面积。不包括外销中销售给个人的部分。

【预售面积】是指报告期末仍未竣工交付使用，但已签订预售合同的正在建设的商品房屋面积。报告期预售又在报告期转正式或协议销售的商品房屋的面积应列入实际销售面积，同时统计为销售收入。

【空置面积】是指报告期末已竣工的可供销售或出租的商品房屋建筑面积中，尚未销售或出租的商品房屋建筑面积，包括以前年度竣工和本期竣工的房屋面积，但不包括报告期已竣工的拆迁还建、统建代建、公共配套建筑、房地产公司自用及周转房等不可销售或出租的房屋面积。

【出租面积】是指在报告期期末房屋开发单位出租的商品房屋的全部面积。

【出租给个人】指实际出租给国内个人的商品房屋面积，不包括外租部分。

【实际销售额】指报告期内出售房屋的总收入（即双方签署的正式买卖合同中所确定的合同总价）。该指标与实际销售面积同口径，包括正式交付的商品房屋在建设前期预收的定金、预收的款项及结算尾款和拖欠款。不包括未交付的商品房所预收的款项。收取的外汇按当时外汇调节市场价折算在其中。如果商品房是跨年完成的，应包括以前年度所收的定金及预收款。

八、开发经营情况

1. 实收资本情况

【实收资本】是指企业实际收到的所有投资人投入的资本，包括以实物形式、货币形式、发明创造或技术成果等无形资产形式投入企业的资本。该指标根据会计"资产负债表"中"实收资本"项目的期末数填列。

【国家资本】是指有权代表国家投资的政府部门或机构以国有资产投入企业形成的资本。该指标根据会计"实收资本"明细科目填列。

2. 资产负债情况

【资产】指企业拥有或控制的能以货币计量的经济资源，包括各种财产、债权和其他权利。

【资产总计】指企业拥有或控制的全部资产。包括流动资产、长期投资、固定资产、无形及递延资产、其他长期资产。该指标根据会计"资产负债表"中"资产总计"项的期末数填列。

【固定资产累计折旧】指企业在报告期提取的各年固定资产折旧累计数。该指标按会计"资产负债表"中"累计折旧"项的期末数填列。

【本年折旧】指企业在本年度内累计提取的固定资产折旧。该指标根据会计"财务状况变动表"中"固定资产折旧"项的数值填列。

【负债总计】指企业所承担的能以货币计量，将以资产或劳务偿付的债务。其偿还形式可以用货币，也可以用资产或提供劳务的方式偿还。负债一般按其偿还期长短分为流动负债和长期负债。

【流动负债】指企业在一年或超过一年的一个营业周期内偿还的债务，其中包括短期借款、应付款项、预付货款及贷款应付未付利息、应付工资、应交税金和应交利润等。

【长期负债】指偿还期在一年以上或者超过一年的一个营业周期以上的债务，其中包括长期借款、应付债务、长期应付款项等。该指标根据会计"资产负债表"中"长期负债合计"项的期末数填列。

【所有者权益合计】指企业投资人对企业净资产的所有权。企业净资产等于企业全部资产减去全部负债后的余额，其中包括企业投资人对企业的最初投入以及资本公积金、盈余公积金和未分配利润。对股份制企业，所有者权益即为股东权益。该指标允许小于零，当数额小于零时用"－"号表示，其资料根据会计"资产负债表"中"所有者权益合计"项的期末数填列。

【损益情况】根据会计"损益表"中相对应的科目填报。

【经营收入总计】是企业对外转让、销售、结算和出租开发产品所取得的经营收入。具体包括：

【土地转让收入】是指房地产开发企业（单位）按国家规定转让经开发的土地和未经开发的土地所得到的收入。

【商品房屋销售收入】是指房地产开发企业（单位）在报告期售出商品房屋的收入，一次收清的，一次全部计入销售收入，按合同规定分期收款的，可按合同规定的时间分次计入收入。

【房屋出租收入】是指房地产开发企业（单位）在报告期内，在不改变现有财产所有权关系的条件下，将企业的全部或部分房屋出租给其他单位或个人使用所得到的租金收入。

【其他收入】是指房地产开发企业（单位）在报告期内从事除以上收入外的收入，包括配套设施销售收入、代建工程结算收入、出租产品租金收入等。

【经营成本】指企业从事主要业务活动而发生的成本。房产开发企业成本包括：土地转让成本、商品房销售成本、配套设施销售成本、代建工程结算成本、出租产品经营成本等。

【销售费用】指企业在从事主要经营业务过程中所发生的各项销售费用，包括转让、销售、结算和出租开发产品等。

【经营税金及附加】指企业因从事生产经营活动按税法规定交纳的应从经营收入中抵扣的税金和附加，包括营业税、城市维护建设税和教育费附加等。

【其他业务利润】指企业除主营业务外的其他业务收入扣除其他业务成本、费用、税金后的净收入。

【管理费用及财务费用】指企业行政管理部门为组织和管理房地产开发经营活动而发生的管理费用，包括工资、各种税金、劳动待业保险费等以及企业在房地产开发经营过程中为进行资金筹集等财务活动而发生的财务费用，包括利息支出（减利息收入）、汇兑损失（减汇兑收益）以及相关的手续费等。

【投资收益及营业外收入】指企业对外投资所取得的收益，包括股利、利息收入和利润及收回投资时发生的收益等，以及企业经营业务以外的收入。

【营业外支出】指企业经营业务外的支出。

【利润总额】指企业在一定时期内实现的盈亏总额，反映企业最终的财务成果。根据会计"损益表"中的"利润总额"项的本年累计数填列。

九、其他指标

【竣工房屋住宅套数】指报告期内房屋按照设计要求已全部完工，经验收合格，达到住人或使用条件的正式交给开发公司的成套住宅数量（以设计图纸为准）。

【拆迁还建房屋竣工面积】指报告期房地产开发公司竣工的用于拆迁还建的房屋面积。

【统建代建房屋竣工面积】指报告期房地产公司接受委托、定向开发建设，并收取一定的管理费所建设的房屋竣工面积。

【公益性建筑竣工面积】指报告期房地产开发公司竣工的学校、幼儿园、派出所、居委会、商店等公益设施建筑面积。

【年平均从业人员数】指报告期内每天平均拥有的从业人员数。计算方法为：

$$\text{年平均从业人员数} = \frac{\text{报告年内 12 个月平均人数之和}}{12}$$ 或：

$$\text{年平均从业人员数} = \frac{\text{年初人数 + 年末人数}}{2}$$

【年末从业人员数】指报告期末最后一天的实有人数(包括在岗职工、离退休返聘人员、兼职人员、借用外单位人员和第二职业者等)。

【全年从业人员劳动报酬】指房地产开发企业在本年实际支付给本企业在岗职工的工资总额(包括计时工资、计件工资、奖金、津贴和补贴、加班加点工资、特殊情况下支付的工资)和支付给其他从业人员的劳动报酬。

第五章　房地产交易

一、房地产交易

【房地产交易】是指房地产转让、房地产抵押和房屋租赁等市场行为。

(一)房地产转让

【房地产转让】是指房地产权利人通过买卖、赠与或者其他合法方式将其房地产转移给他人的行为。

1. 新建商品房登记备案

【交易过户套数】是指报告期内已办理交易过户手续的商品房屋总套数。

【交易过户面积】是指报告期内已办理交易过户手续的商品房屋总建筑面积。

【交易过户金额】是指报告期内已办理交易过户手续的商品房屋交易总金额。

【可预售面积】是指报告期内,经批准预售仍未竣工的商品房面积连同上期结转的可预售总建筑面积之和。

【合同备案套数】是指报告期内,向市、县房地产管理部门办理预售合同登记备案的预售商品房屋总套数。

【合同备案面积】是指报告期内,向市、县房地产管理部门办理预售合同登记备案的预售商品房屋总建筑面积。

【合同金额】是指报告期内,向市、县房地产管理部门办理预售合同登记备案的预售商品房屋总交易总金额。

2. 存量房买卖

【成交套数】是指报告期内,已办理交易过户手续的存量房屋总套数。

【成交面积】是指报告期内,已办理交易过户手续的存量房屋总建筑面积。

【成交金额】是指报告期内,已办理交易过户手续的存量房屋的交易总金额。

(二)房地产抵押

【房地产抵押】是指抵押人以其合法的房地产以不转移占有的方式向抵押权人提供债务履行担保的行为。债务人不履行债务时,债权人有权依法以抵押的房地产拍卖所得的价款优先受偿。

【现房抵押】是指抵押人以自有房屋以不转移占有的方式向抵押权人提供债务履行担保的行为。

【在建工程抵押】是指抵押人以其合法方式取得的土地使用权连同在建工程的投入资产以不转移占有的方式向抵押权人提供债务履行担保的行为。

【购房贷款抵押】是指购房人在支付首期规定的房价款后,由金融机构代其支付剩余的购房款,将所购商品房抵押给该金融机构作为偿还贷款履行担保的行为。

【抵押金额】是指抵押物的实际价值。

(三)房屋租赁

【房屋租赁】是指房屋所有权人作为出租人将其房屋出租给承租人使用,由承租人向出租人支付租金的行为。

【租赁面积】是指已办理租赁登记备案的各类房屋的建筑面积。

【租赁金额】是指已办理租赁登记备案的各类房屋的租金金额。

二、房地产交易税费

(一)税费类别

【契税】是指由于土地使用权出让、转让、房屋买卖、交换或赠与等发生房地产权属转移时向产权承受人征收的一种税赋。

【营业税】指对销售房地产的单位和个人,就其营业额按率计征的一种税。

【房产税】是以房屋为征税对象、按照房屋的原值或房产租金向产权所有人征收的一种税。

【营业税附加】是指对交纳营业税的单位和个人,就其实缴的营业税为计税依据而征收的城市维护建设税与教育费附加。

【印花税】指对在经济活动中或经济交往中书立的或领受的房地产凭证征收的一种税赋。

【个人所得税】指个人将拥有合法产权的房屋转让、出租或其他活动并取得收入，就其所得计算征收的一种税赋。

【保证金】指按照有关规定，个人将拥有合法产权的住房转让时，就其应纳税所得，按照个人所得税率计算的，个人所得税纳税保证金。

【房地产交易手续费】是指由政府依法设立的，由房地产主管部门设立的房地产交易机构为房屋权利人办理交易过户等手续所收取的费用。

【房屋权属登记费】是指房地产管理部门在办理产权登记时按照国家政策收取的费用。

【其他】指不属于以上类别的其他税费，如土地收益金、土地出让金等。

（二）税费征收

【应征】是指按照有关政策法规规定各单位及个人应该交纳的税费金额。

【实征】指由有关部门收取或由房地产管理部门代征实际收到的税费金额。

第六章　房地产中介

一、房地产中介服务

【房地产中介服务】是指房地产咨询、房地产价格评估、房地产经纪等活动的总称。

【房地产中介服务机构】是指按国家及地方有关法律、法规注册的具有独立法人资格的经济组织。包括：房地产评估、房地产咨询和房地产经纪等机构。

【从业人员】是指报告期末，在房地产价格评估、经纪等领域从事房地产中介服务业务的人员。

【执业资格人员】是指报告期末，取得房地产估价师和房地产经纪人执业资格的人员。

【从业资格人员】是指报告期末，取得房地产估价员和房地产经纪人协理资格的人员。

【业务量】是指报告期内，专营或兼营房地产价格评估、经纪等业务所涉及的估价额、交易额等。

二、房地产咨询

【房地产咨询】是指为房地产活动当事人提供法律法规、政策、信息、技术等方面服务的经营活动。

三、房地产价格评估

【房地产价格评估】是指对房地产进行测算，评定其经济价值和价格的经营活动。

【房地产价格评估总收入】是指房地产专业估价机构从事土地、房产价格等评估业务所得的评估费收入。

【评估标底物总价值】是指房地产专业估价机构从事土地、房产价格评估的各类标底物的价值合计。具体包括土地、居住房地产、商业房地产、工业房地产、其他用途房地产等。

【利润】是指房地产中介服务机构从事经营活动所产生的利润。

四、房地产经纪

【房地产经纪】是指为委托人提供房地产信息和居间代理业务的经营活动。

【经纪总收入】是指房地产中介机构从事经纪业务活动所得的中介服务费收入。

【新建房经纪收入】是指房地产中介服务机构为开发商所开发的房地产项目进行策划、包装、销售、招租等经纪业务，并按一定比例收取的中介服务费总计。

【存量房经纪收入】是指房地产中介服务机构从事存量房销售、招租等经纪业务，并按一定比例收取的中介服务费总计。

【代理交易总面积】是指房地产中介机构代理各类房屋交易的面积合计。

【新建房代理销售面积】是指各类新建房代理销售面积的合计，包括住宅、办公用房、商业用房、厂房仓库及其他房屋的销售面积。

【新建房代理租赁面积】是指各类新建房代理租赁面积的合计，包括住宅、办公用房、商业用房、厂房仓库及其他房屋的租赁面积。

【存量房代理销售面积】是指各类存量房代理销售面积的合计，包括住宅、办公用房、商业用房、厂房仓库及其他房屋的销售面积。

【存量房代理租赁面积】是指各类存量房代理租赁面积的合计，包括住宅、办公用房、商业用房、厂房仓库及其他房屋的租赁面积。

【其他代理交易面积】是指除以上四项代理交易面积以外的其他房地产代理交易面积，包括赠与和继承等的成交面积。

【代理销售成交合同金额】是指房地产中

介机构对商品房及以外的所有房产进行代理销售并签销售合同的成交金额。

【新建房代理销售成交合同金额】是指房地产中介服务机构为开发商所开发的房地产项目进行代理销售,并签订销售合同的商品房成交金额,包括住宅、办公用房、商业用房、厂房仓库及其他房屋的销售成交金额。

【存量房代理销售成交合同金额】是指房地产中介服务机构从事存量房市场代理销售,并签订销售合同的商品房成交金额,包括住宅、办公用房、商业用房、厂房仓库及其他房屋的销售成交金额。

五、住房置业担保

1. 单位基本情况

【成立时间】是指工商行政管理部门登记核准设立或当地编制委员会办公室批准成立住房置业担保机构的日期。

【单位人数】是指统计期末,在住房置业担保机构中工作,取得工资或其他形式的劳动报酬的全部人员。包括:在岗职工、再就业的离退休人员、在企业中工作的外方人员和港澳台方人员、兼职人员、借用的外单位人员和第二职业者。不包括离开本单位仍保留劳动关系的职工。

【单位登记注册类型代码】是指住房置业担保机构所属类型的代码,如国有企业代码为11,代码:( )填11。

2. 注册资本金

【注册资本金额】是指住房置业担保机构注册资本金总额,包括实物资本和货币资本。

【政府预算资助】是指住房置业担保机构注册资本金中,来源于政府财政预算资金投入的部分。

【资产划拨】是指住房置业担保机构注册资本金中,来源于政府或政府部门以实物资产投入的部分。

【企业入股】是指住房置业担保机构注册资本金中,来源于企业以资金或实物资产投入的部分。

【其他】是指住房置业担保机构注册资本金中,来源于除政府预算资助、资产划拨和企业入股以外的其他资金或实物资产投入的

部分。

3. 经营情况

【本期担保户数】是指统计期内,住房置业担保机构提供担保服务的户数。

【累计担保户数】是指住房置业担保机构从成立到统计期末,提供担保服务的累计户数。

【本期担保面积】是指统计期内,由住房置业担保机构提供担保的贷款所购住房的面积总和。

【累计担保面积】是指住房置业担保机构从成立到统计期末,由住房置业担保机构提供担保的贷款所购住房的总面积。

【本期担保金额】是指统计期内,由住房置业担保机构提供担保的住房贷款金额。

【累计担保金额】是指住房置业担保机构从成立到统计期末,由住房置业担保机构提供担保的住房贷款金额的累计值。

【担保余额】是指住房置业担保机构从成立到统计期末,由住房置业担保机构提供担保的住房贷款余额。

4. 担保业务构成

【住房置业担保】是指住房置业担保公司,在借款人无法满足贷款人要求提供担保的情况下,为借款人申请个人住房贷款而与贷款人签订保证合同,提供连带责任保证担保的行为。

【公积金贷款】是指统计期末,住房置业担保机构担保余额中,为公积金贷款提供担保所占的比例。

【商业贷款】是指统计期末,住房置业担保机构担保余额中,为商业贷款提供担保所占的比例。

【组合贷款】是指统计期末,住房置业担保机构担保余额中,为组合贷款提供担保所占的比例。

5. 收费标准

【10 万元贷款担保收费标准】是指住房置业担保机构为 10 万元贷款提供不同年限担保业务时,所收取的担保服务费金额。

6. 收入状况

【本期总收入】是指统计期内,住房置业担

保机构的全部收入。

【累计总收入】是指住房置业担保机构从成立到统计期末,住房置业担保机构的累计全部收入。

【本期担保收入】是指统计期内,住房置业担保机构从事担保业务的收入。

【累计担保收入】是指住房置业担保机构从成立到统计期末,住房置业担保机构从事担保业务的累计收入。

【本期其他收入】是指统计期内,住房置业担保机构从事其他中介业务的收入。

【累计其他收入】是指住房置业担保机构住房置业担保机构从成立到统计期末,从事其他中介业务所获得的累计收入。

7. 担保保证金

【担保保证金】是指住房置业担保机构按其提供担保的借款人借款余额的一定比例,从其资产中提留并存入贷款银行,作为承担连带责任的保证资金。

【提取比例】是指住房置业担保机构以担保余额为基数提取担保保证金的比例。

8. 风险基金

【风险基金】是指住房置业担保机构按其担保业务收入的一定比例提取的,用于其清算时对其所担保债务的清偿基金。

【提取比例】是指统计期内,住房置业担保机构从本期担保收入中提取风险基金的比例。

【本期使用金额】是指统计期内,住房置业担保机构从风险基金中支出的金额。

【累计使用金额】是指住房置业担保机构从成立到统计期末,累计从风险基金中支出的金额。

9. 承担连带责任情况

【承担连带责任】是指住房置业担保机构按规定或合同约定承担连带责任的行为。

【本期承担连带责任户数】是指统计期内,住房置业担保机构对其担保的住房贷款提供承担连带责任的户数。

【累计承担连带责任户数】是指住房置业担保机构从成立到统计期末,对其担保的住房贷款提供承担连带责任的累计户数。

【本期承担连带责任金额】是指统计期内,

住房置业担保机构对其保的住房贷款提供承担连带责任的金额。

【累计承担连带责任金额】是指住房置业担保机构从成立到统计期末,对其担保的住房贷款提供承担连带责任的累计金额。

第七章　房屋权属

一、房屋权属登记

【房屋权属登记】是指房地产行政主管部门代表政府对房屋所有权以及由上述权利产生的抵押权、典权等房屋他项权利进行登记,并依法确认房屋产权归属关系的行为。

【房屋权利人】是指依法享有房屋所有权和该房屋占用范围内的土地使用权、房地产他项权利的法人、其他组织和自然人。

【房屋权利申请人】是指已获得了房屋并提出房屋登记申请,但尚未取得房屋所有权证书的法人、其他组织和自然人。

【房屋所有权登记发证】是指申请人按照国家规定到房屋所在地的人民政府房地产行政主管部门申请房屋权属登记,领取房屋权属证书的行为。

二、房屋权属登记分类

【总登记】是指县级以上人民政府根据需要,在一定期限内对本行政区域内的房屋进行统一的权属登记。

【初始登记】是指新建房屋(竣工)或集体土地上的房屋转为国有土地上的房屋所进行的房屋所有权登记。

【转移登记】是指因房屋买卖、交换、赠与、继承、划拨、转让、分割、合并、裁决等原因致使其权属发生转移后所进行的房屋所有权登记。

【变更登记】是指权利人名称变更和房屋现状发生下列情形之一的所进行的房屋所有权登记。

——房屋坐落的街道、门牌号或者房屋名称发生变更的;

——房屋面积增加或者减少的;

——房屋翻建的;

——法律、法规规定的其他情形。

【他项权利登记】是指设定房屋抵押权、典权等他项权利所进行的房屋所有权登记。

【注销登记】是指因房屋灭失、土地使用年

限届满、他项权利终止等进行的房屋权属登记。

三、房屋权属证书

【房屋权属证书】是权利人依法拥有房屋所有权并对房屋行使占有、使用、收益和处分权利的惟一合法凭证,房屋权属证书受到国家法律保护。

房屋权属证书包括《房屋所有权证》、《房屋共有权证》、《房屋他项权证》或者《房地产权证》、《房地产共有权证》、《房地产他项权证》。

【所有权证】是指由县级以上房产管理部门向房屋所有人核发的对房屋拥有合法所有权利的证书。

【共有权证】是指由县级以上房产管理部门对共有的房屋向共有权人核发,每个共有权人各持一份的权利证书。

【他项权证】是指在他项权利登记后,由房管部门核发、由抵押权人持有的权利证书。

四、房地产权属档案

【房地产权属档案】是指房地产行政主管部门在房地产权属登记、调查、测绘、权属转移、变更等房地产权属管理工作中直接形成的有价值的文字、图表、声像等。

【房地产权属档案管理】是指房地产行政主管部门对归档的房地产权属文件材料进行登记、整理、分类编目、划分密级、编制检索工具等的管理。

第八章　物业管理及房屋修缮

一、物业管理

（一）物业管理

【物业管理】是指物业管理企业接受业主委托,依照合同约定,对物业进行专业化维修、养护、管理,对相关区域内的环境、公共秩序等进行管理,并提供相关服务的活动。

【物业】是指房屋及与之相配套的设备、设施和相关场地。

【业主】指物业的所有权人。

【业主会】指由物业管理区域内全体业主组成、在物业管理活动中代表和维护全体业主合法利益的组织。

【在管物业】指物业管理企业按委托合同进行管理服务的各类房屋。具体按用途分为住宅、办公用房、商业用房、厂房仓库、其他用房。

【在管物业建筑面积】指物业管理企业按委托合同进行管理服务的各类房屋的建筑面积(含在管物业范围内的配套建筑物的建筑面积)。

【5万平方米以上的住宅小区】是指总建筑面积超过5万平方米的,被居住区级道路或自然分界线所围合,配建有公共服务设施的居民生活聚居地。

【整治、改造后的旧住宅小区】是指经整治、改造并实施物业管理的旧住宅小区。

【物业管理房屋覆盖率】是指报告期内实施物业管理房屋的建筑面积与全部房屋建筑面积之比。计算公式:

物业管理房屋覆盖率(%) = 物业管理房屋建筑面积全部房屋建筑面积×100%

（二）企业从业人员情况

【企业从业人员总数】是指统计期末在物业管理企业中工作,取得工资或者其他形式的劳动报酬的全部人员。包括:在岗职工、再就业的离退休人员、在企业中工作的外方人员和港澳台方人员、兼职人员、借用的外单位人员和第二职业者。不包括离开本单位仍保留劳动关系的职工。

【经营管理人员】是指物业管理企业中从事市场分析、项目开发、招投标策划、服务内容扩展、企业形象设计和人力资源管理、质量管理、技术管理、财务管理等活动的人员。

【管理处主任(项目经理)】是指对确定的物业项目进行全面管理运作,为项目委托人提供专业物业管理服务的项目负责人。包括管理处主任(项目经理)、管理处副主任(项目副经理)。

【房屋及设备维护人员】是指从事房屋及其配套设备维修养护、操作、监控运行等工作的人员,不包括专门从事业务管理的人员。

【保洁人员】是指物业管理企业中从事环境卫生清洁的人员。包括清洁工、清运工,不包括专门从事业务管理的人员。

【保安人员】是指物业管理企业中从事协助维护治安秩序的服务人员,不包括专门从事业务管理的人员。

【绿化人员】是指物业管理企业中从事环境绿化剪修、养护等的工作人员,不包括专门从事业务管理的人员。

【其他人员】是指物业管理企业中从事上述工作以外的服务人员。

（三）企业经营情况

企业经营情况栏有关指标,依据《物业管理企业财务管理规定》(财政部基字〔1998〕7号)的规定和要求填报。(附件1)

（四）项目分包工程合同金额

【项目分包工程合同金额】是指物业管理企业将专项服务业务(如电梯维护、绿化养护)分包给专业专营公司,双方正式签订合同中写明的金额总计。

二、房屋修缮

【房屋修缮】是指对已建成的房屋进行拆改、翻修和维护,以保障房屋的住用安全,保持和提高房屋的完好程度与使用功能。

【房屋完好率】是指完好房屋和基本完好房屋建筑面积与全部房屋建筑面积之比。计算公式:

房屋完好率=(完好房屋建筑面积+基本完好房屋建筑面积)÷房屋建筑总面积×100%

【危房率】是指危险房屋的建筑面积与房屋建筑总面积之比。计算公式:

危房率=危险房屋建筑面积÷总的房屋建筑面积×100%

【翻修工程】是指凡需全部拆除、另行设计、重新建造的工程。翻修后的房屋必须符合完好房屋标准的要求。

【大修工程】是指凡需牵动或拆换部分主体构件,但不需要全部拆除的工程。大修后的房屋必须符合基本完好或完好标准的要求。

【中修工程】是指凡需牵动或拆换少量主体构件,但保持原房屋的规模和结构的工程。中修后的房屋70%以上必须符合基本完好或完好的要求。

【小修工程】是指凡以及时修复小损小坏,保持房屋原来完损等级为目的的日常养护工程。

【综合维修工程】是凡成片多幢(大楼为单幢)大、中、小修一次性应修尽修的工程。综合维修后的房屋必须符合基本完好或完好标准的要求。

【房屋修缮投资】是指对房屋进行各项修缮的投资。

【住宅共用部位共用设施设备维修基金】是指商品住房和公有住房出售后建立的住宅共用部位、共用设施设备的维修基金(简称公共维修基金),专项用于物业保修期满后,共用部位、共用设备设施的大中修和更新改造。

【保修期】是指物业开发建设单位在物业交付使用后,对业主承担保修责任的期限。

【公共维修基金额】是指商品住房和公有住房出售后建立的住宅共用部位、共用设施设备维修基金总额。

【共用部位】是指住宅主体承重结构部位(包括基础、内外承重墙体、柱、梁、楼板、屋顶等)、户外墙面、门厅、楼梯间、走廊通道等。

【共用设施设备】是指住宅小区或单幢住宅内,建设费用已分摊进入住房销售价格的共用的上下水管道、落水管、水箱、加压水泵、电梯、天线、供电线路、照明、锅炉、暖气线路、煤气线路、消防设施、绿地、道路、路灯、沟渠、池、井、非经营性车库、公益性文体设施和共用设施设备使用的房屋等。

三、住宅共用部位共用设施设备维修基金

【住宅共用部位共用设施设备维修基金】(简称维修基金)是指按建设部《住宅共用部位共用设施设备维修基金管理办法》(建住房〔1998〕213号)的规定,新建商品住宅(包括经济适用住房)和公有住房出售后建立的共用部位、共用设施设备维修基金。

【商品房维修基金】是指按建设部《住宅共用部位共用设施设备维修基金管理办法》(建住房〔1998〕213号)的规定,新建商品住宅(包括经济适用住房)出售后建立的共用部位、共用设施设备维修基金。

【房改房维修基金】是指按建设部《住宅共用部位共用设施设备维修基金管理办法》(建住房〔1998〕213号)的规定,公有住房出售后建立的共用部位、共用设施设备维修基金。

【上年末累计缴存余额】是指截至上年末住宅公共维修基金缴存总额扣除上年末累计使用额后的数额。

【本年缴存额】是指本年缴存的住宅公共维修基金的数额。

【本年使用额】是指本年使用的住宅公共维修基金的数额。

【自建立基金至上年末累计缴存总额】是指自建立基金起至上年末,住宅公共维修基金累计缴存的数额。

【自建立基金至上年末累计缴存总额】是指自建立基金起至上年末,住宅公共维修基金累计使用的数额。

第九章　房屋拆迁

【拆迁人】是指取得房屋拆迁许可证的单位。

【被拆迁人】是指被拆迁房屋的所有人。

【房屋拆迁补偿】是指拆迁人对被拆除房屋的所有人,依照《城市房屋拆迁管理条例》的规定给予的补偿。拆迁补偿的方式,可以实行货币补偿,也可以实行房屋产权调换。

【拆除量】是指报告期末在批准的拆迁范围内实际拆除的各类房屋建筑面积。

第十章　房地产行业学会、协会

【房地产业协会】是指经社会团体登记管理机关注册登记、隶属于行业行政主管部门、主要由房地产开发企业和相关人员自愿参加组成的行业自律性组织。

【房地产估价师学会】是指经社会团体登记管理机关注册登记、隶属于行业行政主管部门、主要由房地产估价人员和房地产估价机构自愿参加组成的行业自律性组织。

【物业管理协会】是指经社会团体登记管理机关注册登记、隶属于行业行政主管部门、主要由物业管理企业和相关人员自愿参加组成的行业自律性组织。

第十一章　住房制度改革

城镇住房制度改革的基本内容是:把住房建设投资由国家、单位统包的体制改变为国家、单位、个人三者合理负担的体制;把各单位建设、分配、维修、管理住房的体制改变为社会化、专业化运行的体制;改住房实物福利分配为住房分配货币化;建立以中低收入家庭为对象、具有社会保障性质的经济适用住房供应体系和以高收入家庭为对象的商品房供应体系,建立以最低收入居民为对象的廉租住房制度;建立住房公积金制度;发展住房金融和住房保险,建立政策性和商业性并存的住房信贷体系;建立规范化的房地产交易市场和发展社会化的房屋维修、管理市场,逐步实现住房资金投入产出的良性循环,促进房地产业和相关产业的发展。

一、房改及住房保障政策落实情况

(一)公有住房改革情况

【公有住房平均租金】是指本行政辖区内公有住房的平均租金水平。见《国务院关于深化城镇住房制度改革的决定》(国发〔1994〕43号文件,以下简称《决定》)。

【廉租住房租金标准】是指由当地人民政府确定的应由低收入居民家庭负担的廉租住房租金标准。见《通知》及《城镇廉租住房管理办法》(建设部令第70号)。

【现有公有住房总量】是指本辖区内机关、团体和企事业单位所有的尚未出售的公有住房的总建筑面积。见《通知》、《决定》及《建设部关于进一步推进现有公有住房改革的通知》(建住房〔1999〕209号)。

【公有住房已出售总量】是指已经按标准价、房改成本价、经济适用住房价格或市场价等向承租人出售的公有住房总建筑面积。

【当年出售量】是指报告期内按标准价、房改成本价、经济适用住房价格或市场价等向承租人出售的公有住房总面积。

【当地人民政府公布的当年房改成本价】是指当地人民政府公布的当年出售公有住房的房改成本价。见《决定》、《通知》。

【公有住房售房款累计总额】是指出售公有住房所得房价款的总额。

【售房款累计余额】是指出售公有住房所得价款的帐面现存剩余总额。

【售房款累计使用】是指按规定提取公共维修基金、提取房管所转制资金、提取房管所转制资金、发放住房补贴的总数额。

【提取公共维修基金】是指按规定所提取的公共维修基金数额。

【提取房管所转制资金】是指按规定所提取的房管所转制资金数额。

【发放住房补贴】是指用于发放无房和住房未达标职工的住房补贴资金数额。

(二)财政拨款单位住房补贴资金

【本年实发单位数】是指本年内实际发放住房补贴的单位个数。

【本年实发人数】是指年末实际发放住房补贴的职工人数。

【上年末累计实发总额】是指截至上年末住房补贴累计发放的数额。

【本年实发额】是指本年住房补贴资金专户内新增的缴存额。

【本年末累计实发总额】是指截至本年末住房补贴累计发放的总数额。

【上年末累计提取总额】是指截至上年末住房补贴累计提取的总数额。

【本年提取额】是指本年内职工提取的住房补贴数额。

【本年末累计提取总额】是指截至本年末职工住房补贴累计提取数额。

(三)廉租住房保障情况

【廉租住房】是指政府和单位在住房领域实施社会保障职能,向具有城镇常住居民户口的最低收入家庭提供的租金相对低廉的普通住房。

【廉租住房对象】是指符合当地政府规定的申请廉租住房条件的家庭数。

【实物配租方式】是一种对符合双困家庭标准的家庭实施廉租住房保障的方式,即由政府以低廉的租金向其提供符合一定标准的普通住房。

双困家庭标准:是指由当地人民政府规定的最低收入住房困难家庭标准。

【租金补贴方式】是一种对符合双困家庭标准的家庭实施廉租住房保障的方式,即由双困家庭自行到市场租赁住房,由政府按照一定标准给予租金补贴。

【其他解决方式】是除租金补贴和实物配租以外的,对符合双困家庭标准的家庭实施廉租住房保障的其他方式。

【廉租住房资金来源】是指当地政府从财政划拨、住房公积金增值收益分配和其他渠道筹集的用于廉租住房保障的资金数额。

【廉租住房资金使用】是指实物配租、租金补贴和其他方式,已经使用的廉租住房资金的数额。

二、住房公积金

【住房公积金】是指国家机关、国有企业、城镇集体企业、外商投资企业、城镇私营企业及其他城镇企业、事业单位及其在职职工缴存的长期住房储金。职工个人缴存的住房公积金和职工所在单位为职工缴存的住房公积金属于职工个人所有。住房公积金由在职职工个人及其所在单位,按职工个人月工资总额的一定比例缴纳,存入个人公积金帐户,用于购买、建造、翻建、大修自住房屋,任何单位和个人不得挪作他用。

(一)住房公积金来源

【缴存比例】是指经当地政府批准的报告期内职工和职工所在单位正在执行的住房公积金缴存比例。

【本期应缴职工人数】是指当地统计部门公布的上一年度所辖区域内的城镇在职职工人数。

【本期实缴职工人数】是指期末实际缴存住房公积金的职工人数。

【上期末缴存余额】是指截至上期末住房公积金缴存总额扣除上期末累计提取额后的数额。

【本期应缴存额】是指已设立住房公积金帐户的职工本期应缴存的住房公积金数额。

即,应缴住房公积金数额=已设立住房公积金帐户的职工人数×当地上年职工年平均工资总额×(当年职工缴存比例+当年单位缴存比例)。

【本期实缴存额】是指本期住房公积金专户内新增的缴存额。6月30日结算后应加上结算利息。

【上期末个人提取额】是指截至上期末职工住房公积金的累计提取数额。

【结转利息】是指每年6月30日公积金管

理中心按照中国人民银行有关规定为职工结算的利息。

【本期末缴存总额】是指截至报告期末住房公积金的累计缴存数额。

【本期末缴存余额】是指截至报告期末住房公积金缴存总额扣除上期末和本期个人住房公积金提取额后的余额。

(二)住房公积金增值收益及分配

【本年业务收入】是指本年度管理中心各项业务收入的实际发生数额。

【本年业务支出】是指本年度管理中心各项业务支出的实际发生数额。

【本年增值收益】是指住房公积金运作过程中的各项业务收入与各项业务支出的差额。

【本年管理费用】是指本年度按规定提取的管理中心的管理费用数额。

【本年末风险准备总额】是指截至本年末按规定累计提取的住房公积金贷款风险准备的数额。

【本年末风险准备余额】是指截至本年末住房公积金贷款风险准备的余额。

【本年末廉租住房补充资金总额】是指截至本年末累计提取的廉租住房补充资金的数额。

【本年末廉租住房补充资金余额】是指截至本年末提取的廉租住房补充资金的余额。

(三)住房公积金使用

【上期末贷款余额】是指上期末利用住房公积金发放的贷款余额。

【本期发放额】是指本期发放的贷款数额。

【本期回收额】是指本期回收的贷款数额。

【本期贷款总额】是指截至本期末累计贷款数额

【本期末贷款余额】是指期初贷款余额(即上期末贷款余额)加上本期新增贷款发放额减去本期贷款回收额。

【逾期贷款额】是指借款合同约定到期(含展期后到期)后未归还的贷款余额。

【本期放贷户数】是指本期发放贷款的户数。

【期末累计放贷户数】是指截至本期末发放贷款的总户数。

【本期末逾期贷款户数】是指截止本期末未按期归还公积金贷款的户数。

【本期国债购买额】是指本期购买国债的数额。

【本期末国债余额】是指截至本期末利用住房公积金购买国债的余额数。

前期物业管理招标投标
管理暂行办法

1. 2003 年 6 月 26 日建设部发布
2. 建住房〔2003〕130 号

第一章　总　　则

第一条　为了规范前期物业管理招标投标活动,保护招标投标当事人的合法权益,促进物业管理市场的公平竞争,制定本办法。

第二条　前期物业管理,是指在业主、业主大会选聘物业管理企业之前,由建设单位选聘物业管理企业实施的物业管理。

建设单位通过招投标的方式选聘具有相应资质的物业管理企业和行政主管部门对物业管理招投标活动实施监督管理,适用本办法。

第三条　住宅及同一物业管理区域内非住宅的建设单位,应当通过招投标的方式选聘具有相应资质的物业管理企业;投标人少于 3 个或者住宅规模较小的,经物业所在地的区、县人民政府房地产行政主管部门批准,可以采用协议方式选聘具有相应资质的物业管理企业。

国家提倡其他物业的建设单位通过招投标的方式,选聘具有相应资质的物业管理企业。

第四条　前期物业管理招标投标应当遵循公开、公平、公正和诚实信用的原则。

第五条　国务院建设行政主管部门负责全国物业管理招标投标活动的监督管理。

省、自治区人民政府建设行政主管部门负责本行政区域内物业管理招标投标活动的监督管理。

直辖市、市、县人民政府房地产行政主管部门负责本行政区域内物业管理招标投标活动的监督管理。

第六条　任何单位和个人不得违反法律、行政法规规定,限制或者排斥具备投标资格的物业管理企业参加投标,不得以任何方式非法干涉物业管理招标投标活动。

第二章　招　标

第七条　本办法所称招标人是指依法进行前期物业管理招标的物业建设单位。

前期物业管理招标由招标人依法组织实施。招标人不得以不合理条件限制或者排斥潜在投标人,不得对潜在投标人实行歧视待遇,不得向潜在投标人提出与招标物业管理项目实际要求不符的过高的资格等要求。

第八条　前期物业管理招标分为公开招标和邀请招标。

招标人采取公开招标方式的,应当在公共媒介上发布招标公告,并同时在中国住宅与房地产信息网和中国物业管理协会网上发布免费招标公告。

招标公告应当载明招标人的名称和地址,招标项目的基本情况以及获取招标文件的办法等事项。

招标人采取邀请招标方式的,应当向3个以上物业管理企业发出投标邀请书,投标邀请书应当包含前款规定的事项。

第九条　招标人可以委托招标代理机构办理招标事宜;有能力组织和实施招标活动的,也可以自行组织实施招标活动。

物业管理招标代理机构应当在招标人委托的范围内办理招标事宜,并遵守本办法对招标人的有关规定。

第十条　招标人应当根据物业管理项目的特点和需要,在招标前完成招标文件的编制。

招标文件应包括以下内容:

(一)招标人及招标项目简介,包括招标人名称、地址、联系方式、项目基本情况、物业管理用房的配备情况等;

(二)物业管理服务内容及要求,包括服务内容、服务标准等;

(三)对投标人及投标书的要求,包括投标人的资格、投标书的格式、主要内容等;

(四)评标标准和评标方法;

(五)招标活动方案,包括招标组织机构、开标时间及地点等;

(六)物业服务合同的签订说明;

(七)其他事项的说明及法律法规规定的其他内容。

第十一条　招标人应当在发布招标公告或者发出投标邀请书的10日前,提交以下材料报物业项目所在地的县级以上地方人民政府房地产行政主管部门备案:

(一)与物业管理有关的物业项目开发建设的政府批件;

(二)招标公告或者招标邀请书;

(三)招标文件;

(四)法律、法规规定的其他材料。

房地产行政主管部门发现招标有违反法律、法规规定的,应当及时责令招标人改正。

第十二条　公开招标的招标人可以根据招标文件的规定,对投标申请人进行资格预审。

实行投标资格预审的物业管理项目,招标人应当在招标公告或者投标邀请书中载明资格预审的条件和获取资格预审文件的办法。

资格预审文件一般应当包括资格预审申请书格式、申请人须知,以及需要投标申请人提供的企业资格文件、业绩、技术装备、财务状况和拟派出的项目负责人与主要管理人员的简历、业绩等证明材料。

第十三条　经资格预审后,公开招标的招标人应当向资格预审合格的投标申请人发出资格预审合格通知书,告知获取招标文件的时间、地点和方法,并同时向资格不合格的投标申请人告知资格预审结果。

在资格预审合格的投标申请人过多时,可以由招标人从中选择不少于5家资格预审合格的投标申请人。

第十四条　招标人应当确定投标人编制投标文件所需要的合理时间。公开招标的物业管理项目,自招标文件发出之日起至投标人提交投标文件截止之日止,最短不得少于20日。

第十五条　招标人对已发出的招标文件进行必要的澄清或者修改的,应当在招标文件要求提交投标文件截止时间至少15日前,以书面形式通知所有的招标文件收受人。该澄清或者修改的内容为招标文件的组成部分。

第十六条 招标人根据物业管理项目的具体情况,可以组织潜在的投标申请人踏勘物业项目现场,并提供隐蔽工程图纸等详细资料。对投标申请人提出的疑问应当予以澄清并以书面形式发送给所有的招标文件收受人。

第十七条 招标人不得向他人透露已获取招标文件的潜在投标人的名称、数量以及可能影响公平竞争的有关招标投标的其他情况。

招标人设有标底的,标底必须保密。

第十八条 在确定中标人前,招标人不得与投标人就投标价格、投标方案等实质内容进行谈判。

第十九条 通过招标投标方式选择物业管理企业的,招标人应当按照以下规定时限完成物业管理招标投标工作:

(一)新建现售商品房项目应当在现售前30日完成;

(二)预售商品房项目应当在取得《商品房预售许可证》之前完成;

(三)非出售的新建物业项目应当在交付使用前90日完成。

第三章　投　　标

第二十条 本办法所称投标人是指响应前期物业管理招标、参与投标竞争的物业管理企业。

投标人应当具有相应的物业管理企业资质和招标文件要求的其他条件。

第二十一条 投标人对招标文件有疑问需要澄清的,应当以书面形式向招标人提出。

第二十二条 投标人应当按照招标文件的内容和要求编制投标文件,投标文件应当对招标文件提出的实质性要求和条件作出响应。

投标文件应当包括以下内容:

(一)投标函;

(二)投标报价;

(三)物业管理方案;

(四)招标文件要求提供的其他材料。

第二十三条 投标人应当在招标文件要求提交投标文件的截止时间前,将投标文件密封送达投标地点。招标人收到投标文件后,应当向投标人出具标明签收人和签收时间的凭证,并妥善保存投标文件。在开标前,任何单位和个人

均不得开启投标文件。在招标文件要求提交投标文件的截止时间后送达的投标文件,为无效的投标文件,招标人应当拒收。

第二十四条 投标人在招标文件要求提交投标文件的截止时间前,可以补充、修改或者撤回已提交的投标文件,并书面通知招标人。补充、修改的内容为投标文件的组成部分,并应当按照本办法第二十三条的规定送达、签收和保管。在招标文件要求提交投标文件的截止时间后送达的补充或者修改的内容无效。

第二十五条 投标人不得以他人名义投标或者以其他方式弄虚作假,骗取中标。

投标人不得相互串通投标,不得排挤其他投标人的公平竞争,不得损害招标人或者其他投标人的合法权益。

投标人不得与招标人串通投标,损害国家利益、社会公共利益或者他人的合法权益。

禁止投标人以向招标人或者评标委员会成员行贿等不正当手段谋取中标。

第四章　开标、评标和中标

第二十六条 开标应当在招标文件确定的提交投标文件截止时间的同一时间公开进行;开标地点应当为招标文件中预先确定的地点。

第二十七条 开标由招标人主持,邀请所有投标人参加。开标应当按照下列规定进行:

由投标人或者其推选的代表检查投标文件的密封情况,也可以由招标人委托的公证机构进行检查并公证。经确认无误后,由工作人员当众拆封,宣读投标人名称、投标价格和标文件的其他主要内容。

招标人在招标文件要求提交投标文件的截止时间前收到的所有投标文件,开标时都应当当众予以拆封。

开标过程应当记录,并由招标人存档备查。

第二十八条 评标由招标人依法组建的评标委员会负责。

评标委员会由招标人代表和物业管理方面的专家组成,成员为5人以上单数,其中招标人代表以外的物业管理方面的专家不得少于成员总数的2/3。

评标委员会的专家成员,应当由招标人从

房地产行政主管部门建立的专家名册中采取随机抽取的方式确定。

与投标人有利害关系的人不得进入相关项目的评标委员会。

第二十九条　房地产行政主管部门应当建立评标的专家名册。省、自治区、直辖市人民政府房地产行政主管部门可以将专家数量少的城市的专家名册予以合并或者实行专家名册计算机联网。

房地产行政主管部门应当对进入专家名册的专家进行有关法律和业务培训，对其评标能力、廉洁公正等进行综合考评，及时取消不称职或者违法违规人员的评标专家资格。被取消评标专家资格的人员，不得再参加任何评标活动。

第三十条　评标委员会成员应当认真、公正、诚实、廉洁地履行职责。

评标委员会成员不得与任何投标人或者与招标结果有利害关系的人进行私下接触，不得收受投标人、中介人、其他利害关系人的财物或者其他好处。

评标委员会成员和与评标活动有关的工作人员不得透露对投标文件的评审和比较、中标候选人的推荐情况以及与评标有关的其他情况。

前款所称与评标活动有关的工作人员，是指评标委员会成员以外的因参与评标监督工作或者事务性工作而知悉有关评标情况的所有人员。

第三十一条　评标委员会可以用书面形式要求投标人对投标文件中含义不明确的内容作必要的澄清或者说明。投标人应当采用书面形式进行澄清或者说明，其澄清或者说明不得超出投标文件的范围或者改变投标文件的实质性内容。

第三十二条　在评标过程中召开现场答辩会的，应当事先在招标文件中说明，并注明所占的评分比重。

评标委员会应当按照招标文件的评标要求，根据标书评分、现场答辩等情况进行综合评标。

除了现场答辩部分外，评标应当在保密的情况下进行。

第三十三条　评标委员会应当按照招标文件确定的评标标准和方法，对投标文件进行评审和比较，并对评标结果签字确认。

第三十四条　评标委员会经评审，认为所有投标文件都不符合招标文件要求的，可以否决所有投标。

依法必须进行招标的物业管理项目的所有投标被否决的，招标人应当重新招标。

第三十五条　评标委员会完成评标后，应当向招标人提出书面评标报告，阐明评标委员会对各投标文件的评审和比较意见，并按照招标文件规定的评标标准和评标方法，推荐不超过3名有排序的合格的中标候选人。

招标人应当按照中标候选人的排序确定中标人。当确定中标的中标候选人放弃中标或者因不可抗力提出不能履行合同的，招标人可以依序确定其他中标候选人为中标人。

第三十六条　招标人应当在投标有效期截止时限30日前确定中标人。投标有效期应当在招标文件中载明。

第三十七条　招标人应当向中标人发出中标通知书，同时将中标结果通知所有未中标的投标人，并应当退还其投标书。

招标人应当自确定中标人之日起15日内，向物业项目所在地的县级以上地方人民政府房地产行政主管部门备案。备案资料应当包括开标评标过程、确定中标人的方式及理由、评标委员会的评标报告、中标人的投标文件等资料。委托代理招标的，还应当附招标代理委托合同。

第三十八条　招标人和中标人应当自中标通知书发出之日起30日内，按照招标文件和中标人的投标文件订立书面合同；招标人和中标人不得再行订立背离合同实质性内容的其他协议。

第三十九条　招标人无正当理由不与中标人签订合同，给中标人造成损失的，招标人应当给予赔偿。

第五章　附　则

第四十条　投标人和其他利害关系人认为招标投标活动不符合本办法有关规定的，有权向招标人提出异议，或者依法向有关部门投诉。

第四十一条 招标文件或者投标文件使用两种以上语言文字的，必须有一种是中文；如对不同文本的解释发生异议的，以中文文本为准。用文字表示的数额与数字表示的金额不一致的，以文字表示的金额为准。

第四十二条 本办法第三条规定住宅规模较小的，经物业所在地的区、县人民政府房地产行政主管部门批准，可以采用协议方式选聘物业管理企业的，其规模标准由省、自治区、直辖市人民政府房地产行政主管部门确定。

第四十三条 业主和业主大会通过招投标的方式选聘具有相应资质的物业管理企业的，参照本办法执行。

第四十四条 本办法自 2003 年 9 月 1 日起施行。

业主大会规程

1. 2003 年 6 月 26 日建设部发布

2. 建住房〔2003〕131 号

第一条 为了规范业主大会的活动，维护业主的合法权益，根据《物业管理条例》，制定本规程。

第二条 业主大会应当代表和维护物业管理区域内全体业主在物业管理活动中的合法权益。

第三条 一个物业管理区域只能成立一个业主大会。

业主大会由物业管理区域内的全体业主组成。

业主大会应当设立业主委员会作为执行机构。

业主大会自首次业主大会会议召开之日起成立。

第四条 只有一个业主，或者业主人数较少且经全体业主同意，决定不成立业主大会的，由业主共同履行业主大会、业主委员会职责。

第五条 业主筹备成立业主大会的，应当在物业所在地的区、县人民政府房地产行政主管部门和街道办事处（乡镇人民政府）的指导下，由业主代表、建设单位（包括公有住房出售单位）组成业主大会筹备组（以下简称筹备组），负责业主大会筹备工作。

筹备组成员名单确定后，以书面形式在物业管理区域内公告。

第六条 筹备组应当做好下列筹备工作：

（一）确定首次业主大会会议召开的时间、地点、形式和内容；

（二）参照政府主管部门制订的示范文本，拟定《业主大会议事规则》（草案）和《业主公约》（草案）；

（三）确认业主身份，确定业主在首次业主大会会议上的投票权数；

（四）确定业主委员会委员候选人产生办法及名单；

（五）做好召开首次业主大会会议的其他准备工作。

前款（一）、（二）、（三）、（四）项的内容应当在首次业主大会会议召开 15 日前以书面形式在物业管理区域内公告。

第七条 业主在首次业主大会会议上的投票权数，按照省、自治区、直辖市制定的具体办法确定。

第八条 筹备组应当自组成之日起 30 日内在物业所在地的区、县人民政府房地产行政主管部门的指导下，组织业主召开首次业主大会会议，并选举产生业主委员会。

第九条 业主大会履行以下职责：

（一）制定、修改业主公约和业主大会议事规则；

（二）选举、更换业主委员会委员，监督业主委员会的工作；

（三）选聘、解聘物业管理企业；

（四）决定专项维修资金使用、续筹方案，并监督实施；

（五）制定、修改物业管理区域内物业共用部位和共用设施设备的使用、公共秩序和环境卫生的维护等方面的规章制度；

（六）法律、法规或者业主大会议事规则规定的其他有关物业管理的职责。

第十条 业主大会议事规则应当就业主大会的议事方式、表决程序、业主投票权确定办法、业主委员会的组成和委员任期等事项依法作出约定。

第十一条 业主公约应当对有关物业的使用、维护、管理,业主的共同利益,业主应当履行的义务,违反公约应当承担的责任等事项依法作出约定。

业主公约对全体业主具有约束力。

第十二条　业主大会会议分为定期会议和临时会议。

业主大会定期会议应当按照业主大会议事规则的规定由业主委员会组织召开。

有下列情况之一的,业主委员会应当及时组织召开业主大会临时会议:

(一)20%以上业主提议的;

(二)发生重大事故或者紧急事件需要及时处理的;

(三)业主大会议事规则或者业主公约规定的其他情况。

发生应当召开业主大会临时会议的情况,业主委员会不履行组织召开会议职责的,区、县人民政府房地产行政主管部门应当责令业主委员会限期召开。

第十三条　业主委员会应当在业主大会会议召开15日前将会议通知及有关材料以书面形式在物业管理区域内公告。

住宅小区的业主大会会议,应当同时告知相关的居民委员会。

第十四条　业主因故不能参加业主大会会议的,可以书面委托代理人参加。

第十五条　业主大会会议可以采用集体讨论的形式,也可以采用书面征求意见的形式;但应当有物业管理区域内持有1/2以上投票权的业主参加。

第十六条　物业管理区域内业主人数较多的,可以幢、单元、楼层等为单位,推选一名业主代表参加业主大会会议。

推选业主代表参加业主大会会议的,业主代表应当于参加业主大会会议3日前,就业主大会会议拟讨论的事项书面征求其所代表的业主意见,凡需投票表决的,业主的赞同、反对及弃权的具体票数经本人签字后,由业主代表在业主大会投票时如实反映。

业主代表因故不能参加业主大会会议的,其所代表的业主可以另外推选一名业主代表参加。

第十七条　业主大会作出决定,必须经与会业主所持投票权1/2以上通过。

业主大会作出制定和修改业主公约、业主大会议事规则、选聘、解聘物业管理企业、专项维修资金使用、续筹方案的决定,必须经物业管理区域内全体业主所持投票权2/3以上通过。

第十八条　业主大会会议应当由业主委员会作书面记录并存档。

第十九条　业主大会作出的决定对物业管理区域内的全体业主具有约束力。

业主大会的决定应当以书面形式在物业管理区域内及时公告。

第二十条　业主委员会应当自选举产生之日起3日内召开首次业主委员会会议,推选产生业主委员会主任1人,副主任1—2人。

第二十一条　业主委员会委员应当符合下列条件:

(一)本物业管理区域内具有完全民事行为能力的业主;

(二)遵守国家有关法律、法规;

(三)遵守业主大会议事规则、业主公约,模范履行业主义务;

(四)热心公益事业,责任心强,公正廉洁,具有社会公信力;

(五)具有一定组织能力;

(六)具备必要的工作时间。

第二十二条　业主委员会应当自选举产生之日起30日内,将业主大会的成立情况、业主大会议事规则、业主公约及业主委员会委员名单等材料向物业所在地的区、县人民政府房地产行政主管部门备案。

业主委员会备案的有关事项发生变更的,依照前款规定重新备案。

第二十三条　业主委员会履行以下职责:

(一)召集业主大会会议,报告物业管理的实施情况;

(二)代表业主与业主大会选聘的物业管理企业签订物业服务合同;

(三)及时了解业主、物业使用人的意见和建议,监督和协助物业管理企业履行物业服务合同;

（四）监督业主公约的实施；

（五）业主大会赋予的其他职责。

第二十四条　业主委员会应当督促违反物业服务合同约定逾期不交纳物业服务费用的业主，限期交纳物业服务费用。

第二十五条　经 1/3 以上业主委员会委员提议或者业主委员会主任认为有必要的，应当及时召开业主委员会会议。

第二十六条　业主委员会会议应当作书面记录，由出席会议的委员签字后存档。

第二十七条　业主委员会会议应当有过半数委员出席，作出决定必须经全体委员人数半数以上同意。

业主委员会的决定应当以书面形式在物业管理区域内及时公告。

第二十八条　业主委员会任期届满 2 个月前，应当召开业主大会会议进行业主委员会的换届选举；逾期未换届的，房地产行政主管部门可以指派工作人员指导其换届工作。

原业主委员会应当在其任期届满之日起10 日内，将其保管的档案资料、印章及其他属于业主大会所有的财物移交新一届业主委员会，并做好交接手续。

第二十九条　经业主委员会或者 20% 以上业主提议，认为有必要变更业主委员会委员的，由业主大会会议作出决定，并以书面形式在物业管理区域内公告。

第三十条　业主委员会委员有下列情形之一的，经业主大会会议通过，其业主委员会委员资格终止：

（一）因物业转让、灭失等原因不再是业主的；

（二）无故缺席业主委员会会议连续三次以上的；

（三）因疾病等原因丧失履行职责能力的；

（四）有犯罪行为的；

（五）以书面形式向业主大会提出辞呈的；

（六）拒不履行业主义务的；

（七）其他原因不宜担任业主委员会委员的。

第三十一条　业主委员会委员资格终止的，应当自终止之日起 3 日内将其保管的档案资料、印

章及其他属于业主大会所有的财物移交给业主委员会。

第三十二条　因物业管理区域发生变更等原因导致业主大会解散的，在解散前，业主大会、业主委员会应当在区、县人民政府房地产行政主管部门和街道办事处（乡镇人民政府）的指导监督下，做好业主共同财产清算工作。

第三十三条　业主大会、业主委员会应当依法履行职责，不得作出与物业管理无关的决定，不得从事与物业管理无关的活动。

业主大会、业主委员会作出的决定违反法律、法规的，物业所在地的区、县人民政府房地产行政主管部门，应当责令限期改正或者撤销其决定，并通告全体业主。

第三十四条　业主大会、业主委员会应当配合公安机关，与居民委员会相互协作，共同做好维护物业管理区域内的社会治安等相关工作。

在物业管理区域内，业主大会、业主委员会应当积极配合相关居民委员会依法履行自治管理职责，支持居民委员会开展工作，并接受其指导和监督。

住宅小区的业主大会、业主委员会作出的决定，应当告知相关的居民委员会，并听取居民委员会的建议。

第三十五条　业主大会和业主委员会开展工作的经费由全体业主承担；经费的筹集、管理、使用具体由业主大会议事规则规定。

业主大会和业主委员会工作经费的使用情况应当定期以书面形式在物业管理区域内公告，接受业主的质询。

第三十六条　业主大会和业主委员会的印章依照有关法律法规和业主大会议事规则的规定刻制、使用、管理。

违反印章使用规定，造成经济损失或者不良影响的，由责任人承担相应的责任。

物业服务收费管理办法

1. 2003 年11 月13 日国家发展改革委、建设部发布

2. 发改价格〔2003〕1864 号

第一条　为规范物业服务收费行为，保障业主和

物业管理企业的合法权益，根据《中华人民共和国价格法》和《物业管理条例》，制定本办法。

第二条　本办法所称物业服务收费，是指物业管理企业按照物业服务合同的约定，对房屋及配套的设施设备和相关场地进行维修、养护、管理，维护相关区域内的环境卫生和秩序，向业主所收取的费用。

第三条　国家提倡业主通过公开、公平、公正的市场竞争机制选择物业管理企业；鼓励物业管理企业开展正当的价格竞争，禁止价格欺诈，促进物业服务收费通过市场竞争形成。

第四条　国务院价格主管部门会同国务院建设行政主管部门负责全国物业服务收费的监督管理工作。

县级以上地方人民政府价格主管部门会同同级房地产行政主管部门负责本行政区域内物业服务收费的监督管理工作。

第五条　物业服务收费应当遵循合理、公开以及费用与服务水平相适应的原则。

第六条　物业服务收费应当区分不同物业的性质和特点分别实行政府指导价和市场调节价。具体定价形式由省、自治区、直辖市人民政府价格主管部门会同房地产行政主管部门确定。

第七条　物业服务收费实行政府指导价的，有定价权限的人民政府价格主管部门应当会同房地产行政主管部门根据物业管理服务等级标准等因素，制定相应的基准价及其浮动幅度，并定期公布。具体收费标准由业主与物业管理企业根据规定的基准价和浮动幅度在物业服务合同中约定。

实行市场调节价的物业服务收费，由业主与物业管理企业在物业服务合同中约定。

第八条　物业管理企业应当按照政府价格主管部门的规定实行明码标价，在物业管理区域内的显著位置，将服务内容、服务标准以及收费项目、收费标准等有关情况进行公示。

第九条　业主与物业管理企业可以采取包干制或者酬金制等形式约定物业服务费用。

包干制是指由业主向物业管理企业支付固定物业服务费用，盈余或者亏损均由物业管理企业享有或者承担的物业服务计费方式。

酬金制是指在预收的物业服务资金中按约定比例或者约定数额提取酬金支付给物业管理企业，其余全部用于物业服务合同约定的支出，结余或者不足均由业主享有或者承担的物业服务计费方式。

第十条　建设单位与物业买受人签订的买卖合同，应当约定物业管理服务内容、服务标准、收费标准、计费方式及计费起始时间等内容，涉及物业买受人共同利益的约定应当一致。

第十一条　实行物业服务费用包干制的，物业服务费用的构成包括物业服务成本、法定税费和物业管理企业的利润。

实行物业服务费用酬金制的，预收的物业服务资金包括物业服务支出和物业管理企业的酬金。

物业服务成本或者物业服务支出构成一般包括以下部分：

1. 管理服务人员的工资、社会保险和按规定提取的福利费等；

2. 物业共用部位、共用设施设备的日常运行、维护费用；

3. 物业管理区域清洁卫生费用；

4. 物业管理区域绿化养护费用；

5. 物业管理区域秩序维护费用；

6. 办公费用；

7. 物业管理企业固定资产折旧；

8. 物业共用部位、共用设施设备及公众责任保险费用；

9. 经业主同意的其他费用。

物业共用部位、共用设施设备的大修、中修和更新、改造费用，应当通过专项维修资金予以列支，不得计入物业服务支出或者物业服务成本。

第十二条　实行物业服务费用酬金制的，预收的物业服务支出属于代管性质，为所交纳的业主所有，物业管理企业不得将其用于物业服务合同约定以外的支出。

物业管理企业应当向业主大会或者全体业主公布物业服务资金年度预决算并每年不少于一次公布物业服务资金的收支情况。

业主或者业主大会对公布的物业服务资金年度预决算和物业服务资金的收支情况提出质询时，物业管理企业应当及时答复。

第十三条　物业服务收费采取酬金制方式,物业管理企业或者业主大会可以按照物业服务合同约定聘请专业机构对物业服务资金年度预决算和物业服务资金的收支情况进行审计。

第十四条　物业管理企业在物业服务中应当遵守国家的价格法律法规,严格履行物业服务合同,为业主提供质价相符的服务。

第十五条　业主应当按照物业服务合同的约定按时足额交纳物业服务费用或者物业服务资金。业主违反物业服务合同约定逾期不交纳服务费用或者物业服务资金的,业主委员会应当督促其限期交纳;逾期仍不交纳的,物业管理企业可以依法追缴。

业主与物业使用人约定由物业使用人交纳物业服务费用或者物业服务资金的,从其约定,业主负连带交纳责任。

物业发生产权转移时,业主或者物业使用人应当结清物业服务费用或者物业服务资金。

第十六条　纳入物业管理范围的已竣工但尚未出售,或者因开发建设单位原因未按时交给物业买受人的物业,物业服务费用或者物业服务资金由开发建设单位全额交纳。

第十七条　物业管理区域内,供水、供电、供气、供热、通讯、有线电视等单位应当向最终用户收取有关费用。物业管理企业接受委托代收上述费用的,可向委托单位收取手续费,不得向业主收取手续费等额外费用。

第十八条　利用物业共用部位、共用设施设备进行经营的,应当在征得相关业主、业主大会、物业管理企业的同意后,按照规定办理有关手续。业主所得收益应当主要用于补充专项维修资金,也可以按照业主大会的决定使用。

第十九条　物业管理企业已接受委托实施物业服务并相应收取服务费用的,其他部门和单位不得重复收取性质和内容相同的费用。

第二十条　物业管理企业根据业主的委托提供物业服务合同约定以外的服务,服务收费由双方约定。

第二十一条　政府价格主管部门会同房地产行政主管部门,应当加强对物业管理企业的服务内容、标准和收费项目、标准的监督。物业管理企业违反价格法律、法规和规定,由政府价格主管部门依据《中华人民共和国价格法》和《价格违法行为行政处罚规定》予以处罚。

第二十二条　各省、自治区、直辖市人民政府价格主管部门、房地产行政主管部门可以依据本办法制定具体实施办法,并报国家发展和改革委员会、建设部备案。

第二十三条　本办法由国家发展和改革委员会会同建设部负责解释。

第二十四条　本办法自 2004 年 1 月 1 日起执行,原国家计委、建设部印发的《城市住宅小区物业管理服务收费暂行办法》(计价费〔1996〕266号)同时废止。

物业服务收费明码标价规定

1.　2004 年 7 月 19 日发布
2.　发改价检〔2004〕1428 号

第一条　为进一步规范物业服务收费行为,提高物业服务收费透明度,维护业主和物业管理企业的合法权益,促进物业管理行业的健康发展,根据《中华人民共和国价格法》、《物业管理条例》和《关于商品和服务实行明码标价的规定》,制定本规定。

第二条　物业管理企业向业主提供服务(包括按照物业服务合同约定提供物业服务以及根据业主委托提供物业服务合同约定以外的服务),应当按照本规定实行明码标价,标明服务项目、收费标准等有关情况。

第三条　物业管理企业实行明码标价,应当遵循公开、公平和诚实信用的原则,遵守国家价格法律、法规、规章和政策。

第四条　政府价格主管部门应当会同同级房地产主管部门对物业服务收费明码标价进行管理。政府价格主管部门对物业管理企业执行明码标价规定的情况实施监督检查。

第五条　物业管理企业实行明码标价应当做到价目齐全,内容真实,标示醒目,字迹清晰。

第六条　物业服务收费明码标价的内容包括:物业管理企业名称、收费对象、服务内容、服务标准、计费方式、计费起始时间、收费项目、收费标准、价格管理形式、收费依据、价格举报电话

12358 等。

实行政府指导价的物业服务收费应当同时标明基准收费标准、浮动幅度，以及实际收费标准。

第七条 物业管理企业在其服务区域内的显著位置或收费地点，可采取公示栏、公示牌、收费表、收费清单、收费手册、多媒体终端查询等方式实行明码标价。

第八条 物业管理企业接受委托代收供水、供电、供气、供热、通讯、有线电视等有关费用的，也应当依照本规定第六条、第七条的有关内容和方式实行明码标价。

第九条 物业管理企业根据业主委托提供的物业服务合同约定以外的服务项目，其收费标准在双方约定后应当以适当的方式向业主进行明示。

第十条 实行明码标价的物业服务收费的标准等发生变化时，物业管理企业应当在执行新标准前一个月，将所标示的相关内容进行调整，并应标示新标准开始实行的日期。

第十一条 物业管理企业不得利用虚假的或者使人误解的标价内容、标价方式进行价格欺诈。不得在标价之外，收取任何未予标明的费用。

第十二条 对物业管理企业不按规定明码标价或者利用标价进行价格欺诈的行为，由政府价格主管部门依照《中华人民共和国价格法》、《价格违法行为行政处罚规定》、《关于商品和服务实行明码标价的规定》、《禁止价格欺诈行为的规定》进行处罚。

第十三条 本规定自 2004 年 10 月 1 日起施行。

中央国家机关办公用房维修管理办法（试行）

1. *2006 年 8 月 8 日国务院机关事务管理局发布*
2. *国管房地〔2006〕288 号*

第一章 总 则

第一条 为规范中央国家机关办公用房（以下简称"办公用房"）维修管理工作，根据《国务院办公厅转发国务院机关事务管理局关于改进和加强中央国家机关办公用房管理意见及其实施细则的通知》（国办发〔2001〕58 号）和《中央国家机关建设项目管理办法（试行）》（国管房地〔2004〕153 号）及有关规定，制定本办法。

第二条 本办法所称办公用房维修，是指使用中央预算内维修资金、行政事业费对归口国务院机关事务管理局（以下简称"国管局"）管理的办公用房（含房屋本身及其设施设备）进行的维修。

房屋本身和设施设备定义及分类参见《中央国家机关办公用房维修标准（试行）》（国管房地〔2004〕85 号）（以下简称《标准》）有关规定。

第三条 国管局根据房屋建筑年代、使用年限、危旧老化损坏程度、使用功能调整等因素，结合经费预算安排情况，统筹兼顾，突出重点，合理安排办公用房维修项目，负责项目审批、计划编制安排、组织实施和监督管理等。

中央国家机关各部门、各单位（以下简称"各使用单位"），根据办公用房的完好情况和实际需求，提出维修项目申请，参与或受国管局委托组织项目设计、建设管理、竣工验收等。

第四条 办公用房的维修，应在保证安全、卫生、节能、环保的前提下，科学组织，严格控制标准，注重维护和完善使用功能，做到经济、简朴、适用。

第五条 根据损坏程度和修缮工作量的大小，办公用房维修分为大修、中修和日常维修。

大修：指对办公用房及其设施进行的全面修复，以及建筑面积调整不超过原建筑总面积15% 的小型扩建等；

中修：指对办公用房及其设施进行的局部修复；

日常维修：指对办公用房及其设施进行的及时修复和日常维护、保养。

第六条 办公用房维修的程序主要包括检查鉴定、项目确立、计划安排、项目实施、竣工验收等，必须严格执行，并按顺序逐步实施。

第二章 检查鉴定

第七条 已投入使用的办公用房必须按照《标准》规定的时限和内容进行日常检查、详细检查和专门检查。必要时应进行不定期检查。

第八条　日常检查由各使用单位指派受过培训的管理人员或委托有资质的专业机构组织实施,并建立检查档案。

第九条　详细检查和专门检查由各使用单位组织或提请国管局共同组织,结合实际情况委托专业机构进行,并形成鉴定报告。必要时,可会同安检、质检、卫生、环保、消防等专业机构进行检查和评定。

第三章　项目确立

第十条　根据详细检查和专门检查鉴定报告,确需进行大修或中修的,各使用单位应适时向国管局报送维修申请,并提交项目建议书和鉴定报告,必要时还须报送可行性研究报告。

第十一条　国管局收到各使用单位的申请后,应对维修项目的必要性和可行性进行研究和论证,必要时组织专家或委托具有专业资质的中介机构进行项目评审,及时予以批复,并根据本办法第五章第十八条有关规定确定项目组织实施单位。

第十二条　确定立项的项目纳入办公用房维修项目库,作为年度维修计划编制的主要依据。

第十三条　项目确立后,项目组织实施单位应公开招标选择或委托有资质的设计单位进行维修改造初步设计,国管局按照中央国家机关建设项目评估、评审有关规定对初步设计进行评审,明确初步设计的内容和概算等,并及时办理批复。

第四章　计划安排

第十四条　办公用房年度维修计划包括年度基本维修计划和专项维修计划。办公用房大中修项目纳入年度基本维修计划;因情况特殊,确需维修,年度基本维修计划难以安排的维修项目,纳入专项维修计划。

年度基本维修计划投资规模应与办公用房资产存量相适应,并根据办公用房使用状况和实际需求适时调整。

第十五条　纳入年度维修投资计划的维修项目,应具备以下条件:

(一)项目立项已经批复;

(二)除中央财政预算内投资外,其他投资

已落实。

第十六条　国管局统一编制年度维修计划。年度基本维修计划安排的投资,列入项目组织实施单位的部门预算,专项维修计划安排的投资列入国管局部门预算,分别报财政部审批。

第十七条　国管局统一制定办公用房日常维修经费定额标准。各使用单位根据定额标准,编报日常维修经费预算,报国管局审核,并经财政部批准后,列入本单位部门预算。

第五章　项目实施

第十八条　年度维修计划安排的维修项目由国管局统一组织实施。

年度基本维修计划安排的维修项目,也可视情况委托各使用单位组织实施。各使用单位应与国管局签订工程建设责任书,明确责任和权限,严格按照工程建设责任书要求组织项目实施与管理。国管局负责监督检查。

第十九条　大中修项目资金支付,应根据国库集中支付的有关规定办理,严禁各使用单位利用自有资金垫付。

第六章　竣工验收

第二十条　大中修项目工程竣工后,项目组织实施单位必须按照有关规定组织工程竣工验收,编报维修总结报告,作为项目绩效评价的参考依据。

第二十一条　大中修项目应编制财务决算,涉及房屋、设施价值变更的,项目组织实施单位按照中央国家机关行政事业单位国有资产管理有关规定,办理资产账目调整。

第二十二条　项目组织实施单位须对项目实施过程进行详细、准确记录,连同设计、施工及验收等文件一并归档,制作纸质和电子档案,报国管局备案。

第七章　附　　则

第二十三条　本办法自印发之日起试行,以往有关规定与本办法相抵触的,以本办法为准。

第二十四条　本办法由国管局负责解释。

物业服务定价成本
监审办法（试行）

1. 2007 年 9 月 10 日国家发展改革委、建设部发布

2. 发改价格〔2007〕2285 号

第一条 为提高政府制定物业服务收费的科学性、合理性，根据《政府制定价格成本监审办法》、《物业服务收费管理办法》等有关规定，制定本办法。

第二条 本办法适用于政府价格主管部门制定或者调整实行政府指导价的物业服务收费标准，对相关物业服务企业实施定价成本监审的行为。

本办法所称物业服务，是指物业服务企业按照物业服务合同的约定，对房屋及配套的设施设备和相关场地进行维修、养护、管理，维护物业管理区域内的环境卫生和秩序的活动。

本办法所称物业服务定价成本，是指价格主管部门核定的物业服务社会平均成本。

第三条 物业服务定价成本监审工作由政府价格主管部门负责组织实施，房地产主管部门应当配合价格主管部门开展工作。

第四条 在本行政区域内物业服务企业数量众多的，可以选取一定数量、有代表性的物业服务企业进行成本监审。

第五条 物业服务定价成本监审应当遵循以下原则：

（一）合法性原则。计入定价成本的费用应当符合有关法律、行政法规和国家统一的会计制度的规定。

（二）相关性原则。计入定价成本的费用应当为与物业服务直接相关或者间接相关的费用。

（三）对应性原则。计入定价成本的费用应当与物业服务内容及服务标准相对应。

（四）合理性原则。影响物业服务定价成本各项费用的主要技术、经济指标应当符合行业标准或者社会公允水平。

第六条 核定物业服务定价成本，应当以经会计师事务所审计的年度财务会计报告、原始凭证与账册或者物业服务企业提供的真实、完整、有效的成本资料为基础。

第七条 物业服务定价成本由人员费用、物业共用部位共用设施设备日常运行和维护费用、绿化养护费用、清洁卫生费用、秩序维护费用、物业共用部位共用设施设备及公众责任保险费用、办公费用、管理费分摊、固定资产折旧以及经业主同意的其它费用组成。

第八条 人员费用是指管理服务人员工资、按规定提取的工会经费、职工教育经费，以及根据政府有关规定应当由物业服务企业缴纳的住房公积金和养老、医疗、失业、工伤、生育保险等社会保险费用。

第九条 物业共用部位共用设施设备日常运行和维护费用是指为保障物业管理区域内共用部位共用设施设备的正常使用和运行、维护保养所需的费用。不包括保修期内应由建设单位履行保修责任而支出的维修费、应由住宅专项维修资金支出的维修和更新、改造费用。

第十条 绿化养护费是指管理、养护绿化所需的绿化工具购置费、绿化用水费、补苗费、农药化肥费等。不包括应由建设单位支付的种苗种植费和前期维护费。

第十一条 清洁卫生费是指保持物业管理区域内环境卫生所需的购置工具费、消杀防疫费、化粪池清理费、管道疏通费、清洁用料费、环卫所需费用等。

第十二条 秩序维护费是指维护物业管理区域秩序所需的器材装备费、安全防范人员的人身保险费及由物业服务企业支付的服装费等。其中器材装备不包括共用设备中已包括的监控设备。

第十三条 物业共用部位共用设施设备及公众责任保险费用是指物业管理企业购买物业共用部位共用设施设备及公众责任保险所支付的保险费用，以物业服务企业与保险公司签订的保险单和所交纳的保险费为准。

第十四条 办公费是指物业服务企业为维护管理区域正常的物业管理活动所需的办公用品费、交通费、房租、水电费、取暖费、通讯费、书报费及其它费用。

第十五条 管理费分摊是指物业服务企业在管

理多个物业项目情况下,为保证相关的物业服务正常运转而由各物业服务小区承担的管理费用。

第十六条 固定资产折旧是指按规定折旧方法计提的物业服务固定资产的折旧金额。物业服务固定资产指在物业服务小区内由物业服务企业拥有的、与物业服务直接相关的、使用年限在一年以上的资产。

第十七条 经业主同意的其它费用是指业主或者业主大会按规定同意由物业服务费开支的费用。

第十八条 物业服务定价成本相关项目按本办法第十九条至第二十二条规定的方法和标准审核。

第十九条 工会经费、职工教育经费、住房公积金以及医疗保险费、养老保险费、失业保险费、工伤保险费、生育保险费等社会保险费的计提基数按照核定的相应工资水平确定;工会经费、职工教育经费的计提比例按国家统一规定的比例确定,住房公积金和社会保险费的计提比例按当地政府规定比例确定,超过规定计提比例的不得计入定价成本。医疗保险费用应在社会保险费中列支,不得在其它项目中重复列支;其他应在工会经费和职工教育经费中列支的费用,也不得在相关费用项目中重复列支。

第二十条 固定资产折旧采用年限平均法,折旧年限根据固定资产的性质和使用情况合理确定。企业确定的固定资产折旧年限明显低于实际可使用年限的,成本监审时应当按照实际可使用年限调整折旧年限。固定资产残值率按3%—5%计算;个别固定资产残值较低或者较高的,按照实际情况合理确定残值率。

第二十一条 物业服务企业将专业性较强的服务内容外包给有关专业公司的,该项服务的成本按外包合同所确定的金额核定。

第二十二条 物业服务企业只从事物业服务的,其所发生费用按其所管辖的物业项目的物业服务计费面积或者应收物业服务费加权分摊;物业服务企业兼营其它业务的,应先按实现收入的比重在其它业务和物业服务之间分摊,然后按上述方法在所管辖的各物业项目之间分摊。

第二十三条 本办法未具体规定审核标准的其他费用项目按照有关财务制度和政策规定审核,原则上据实核定,但应符合一定范围内社会公允的平均水平。

第二十四条 各省、自治区、直辖市价格主管部门可根据本办法,结合本地实际制定具体实施细则。

第二十五条 本办法由国家发展和改革委员会解释。

第二十六条 本办法自 2007 年 10 月 1 日起施行。

文书范本精选*

前期物业管理服务合同(示范文本)

委托方(以下简称甲方):

名称:＿＿＿＿＿＿＿＿＿＿＿＿＿＿＿＿＿＿

法定代表人:＿＿＿＿＿＿＿＿＿＿＿＿＿＿

注册地:＿＿＿＿＿＿＿＿＿＿＿＿＿＿＿＿＿

住所地:＿＿＿＿＿＿＿＿＿＿＿＿＿＿＿＿＿

邮编:＿＿＿＿＿＿＿＿＿＿＿＿＿＿＿＿＿＿

联系电话:＿＿＿＿＿＿＿＿＿＿＿＿＿＿＿＿

受托方(以下简称乙方):

名称:＿＿＿＿＿＿＿＿＿＿＿＿＿＿＿＿＿＿

* 参见陈文主编:《房地产开发经营法律实务》,法律出版社 2005 年版。

法定代表人：_____

注册地：_____

住所地：_____

邮编：_____

联系电话：_____

甲、乙双方根据有关法律、法规的规定，在自愿、平等、协商一致的基础上，就甲方将_____（物业名称）委托乙方实行物业管理有关事宜，达成一致意见，特订立本合同。

第一章　总　　则

第一条　物业基本状况

物业名称：_____

物业类型：_____

坐落位置：_____（市）_____区_____

四　至：东_____南_____西_____北_____

占地面积：_____平方米

建筑面积：_____平方米

委托管理的物业构成细目详见本合同附件一。

第二条　乙方提供服务的受益人为本物业的全体业主和物业使用人。

第三条　乙方应参与本物业的竣工验收，并在本物业移交接管时，与甲方共同办理物业管理书面交接手续。

第四条　本物业交付使用后的质量责任，按国家《建设工程质量管理条例》和《房屋建筑工程质量保修办法》等有关法律、法规的规定承担。

第二章　委托管理服务事项

乙方接受甲方委托，提供以下物业管理服务：

第五条　房屋建筑共用部位的维修、养护和管理，包括：楼盖、屋顶、外墙面、承重结构、楼梯间、走廊通道、门厅、_____；

第六条　共用设施、设备的维修、养护、运行和管理，包括：共用的上下水管道、落水管、垃圾道、烟囱、共用照明天线、中央空调、暖气干线、供暖锅炉房、高压泵房、楼内消防设施设备、电梯、中央监控设备、建筑物防雷设施、_____；

第七条　附属建筑物、构筑物的维修、养护和管理，包括道路、室外上下水管道、化粪池、沟渠、池、井、自行车棚、停车场、_____；

第八条　共用绿地、花木的养护与管理、_____；

第九条　附属配套建筑和设施的维修、养护和管理，包括商业网点、文化体育娱乐场所、_____；

第十条　公共环境卫生：包括公共场所、房屋共用部位的清洁卫生、垃圾的归集、清运、_____；

第十一条　交通与车辆停放秩序的管理、_____；

本物业管理区域内的业主在本物业管理区域的公共场地停放车辆的，停放人应与乙方签订专项合同，并按该专项合同的约定承担各项责任和义务。

第十二条　维护公共秩序，包括安全监控、巡视、门岗执勤、_____；前款约定的事项不包含业主的人身与财产保险和财产保管责任，乙方与业主另行签订人身、财产保险和财产保管等专项合同的，按该专项合同的约定承担各项责任和义务。

第十三条　管理与本物业相关的工程图纸、住用户档案与竣工验收资料、_____；

第十四条　协助组织开展本物业管理区域内的文化娱乐活动；

第十五条　业主和物业使用人房屋的自管部位、自用设施及设备的维修、养护,在业主和物业使用人提出委托时,乙方原则上应接受委托,具体收费事宜应按照乙方制订并公布的收费标准由当事人双方另行协商;

第十六条　对业主和物业使用人违反业主临时公约或物业使用守则的行为,针对具体行为并根据情节轻重采取报告、规劝、制止、_____等措施;

第十七条　其他委托事项:

1. _____；

2. _____；

3. _____。

第三章　委托管理服务期限

第十八条　本合同规定的物业管理委托期限暂定为_____年,自本合同生效之日起至_____年_____月_____日止。本合同期限届满,若需要续签合同,双方另行签订书面合同。

第十九条　本合同期限届满或业主委员会成立与业主大会所选聘的物业管理公司签订的物业管理服务合同生效时,本合同自然终止。

第四章　甲、乙双方的权利和义务

第二十条　甲方的权利和义务

1. 应当在销售物业之前,制定《业主临时公约》,对有关物业的使用、维护、管理,业主的共同利益,业主应当履行的义务,违反公约应当承担的责任等事项依法作出约定。

2. 应当在物业销售前将《业主临时公约》向物业买受人明示,并要求物业买受人在订立物业买卖合同时,做出遵守《业主临时公约》的书面承诺。

3. 在物业竣工交付使用时,负责向物业买受人提供房屋质量保证书和房屋使用说明书。

4. 审定乙方拟定的物业管理方案并在乙方提交上述物业管理方案之日起_____日内出具书面审定意见。

5. 检查监督乙方管理工作的实施及制度的执行情况并每年进行一次考核评定;并将管理情况报物业管理主管部门备案。

6. 审定乙方提出的物业管理服务年度计划、财务预算及决算报告并在乙方提交上述材料之日起_____日内出具书面审定意见。

7. 保证委托乙方管理的房屋、设施、设备达到国家验收标准及要求。在保修责任内,如存在质量问题,按以下第_____种方式处理:

(1)甲方负责返修;

(2)委托乙方返修,由甲方支出全部费用;

(3)_____。

8. 在本合同生效之日起_____日内向乙方提供经营性商业用房(指非住宅房屋),由乙方按每月每平方米_____元的标准租用,其租金收入仅用于_____。

9. 在本合同生效之日起_____日内向乙方提供_____平方米建筑面积的物业管理用房,由乙方按下列第_____项方式使用:

(1)无偿使用;

(2)按建筑面积每月每平方米_____元的标准租用,其租金收入仅用于_____。

10. 在物业管理交接验收时,负责向乙方移交下列资料:

（1）竣工总平面图，单体建筑、结构、设备竣工图，附属配套设施、地下管网工程竣工图等竣工验收资料；

（2）设备设施的安装、使用和维护保养技术资料；

（3）物业质量保修文件和物业使用说明文件；

（4）物业管理所必需的其他资料。

11. 为实现本合同约定的物业管理服务要求而发生的物业管理服务费用，除由业主、物业使用人按规定缴纳外，不足部分由甲方承担。

12. 协调、处理本合同生效前发生的管理遗留问题，包括但不限于以下事项：

（1）_____；

（2）_____。

13. 协助乙方做好物业管理工作和宣传教育、文化活动。

14. 及时缴纳空置房屋的物业管理服务费；依法提供物业维修专项资金。

15. 甲方有权指定专业审计机构，对本合同约定的物业管理服务费用收支状况进行审计。

16. _____。

第二十一条　乙方的权利和义务

1. 据有关法律、法规及本合同的约定，制定物业管理方案；自主开展物业经营管理服务活动。

2. 对项目设计和施工提供管理方面的整改和完善建议。

3. 配备工作人员参与物业管理区域内的共用部位、共用设施设备调试、验收和交接。

4. 对业主和物业使用人违反法规、规章的行为，提请有关部门处理。

5. 按本合同的约定，对业主和物业使用人违反业主临时公约或物业使用守则及相关管理规定的行为进行制止和处理。

6. 可以将物业管理区域内的专项服务业务委托给专业性服务企业，但不得将本区域内的全部物业管理一并委托给第三方。乙方将物业管理区域内的专项服务业务委托给专业性服务企业的，相关的物业管理责任仍由乙方向甲方、业主及物业使用人承担。

7. 负责编制房屋及其附属建筑物、构筑物、设施、设备、绿化等的年度维修养护计划和保修期满后的大修、中修、更新、改造方案，经甲、乙双方议定后由乙方组织实施。

8. 向业主和物业使用人告知物业使用的有关规定，当业主和物业使用人装修物业时，告知有关注意事项和禁止行为，与业主和物业使用人订立书面约定，并负责监督。

9. 负责编制物业管理年度管理计划，资金使用计划及决算报告，并最迟于每年_____月之前以_____方式向甲方提出上述计划和报告；经甲方审定后组织实施。

10. 负责每_____个月向全体业主和物业使用人公布一次物业管理服务费用收支账目；并将物业管理服务收费项目和收费标准以及向业主和物业使用人提供专项服务的收费项目和收费标准在本物业管理区域内以书面方式公示。

11. 对本物业的公共设施不得擅自占用和改变使用功能，如需在本物业内改、扩建或改善配套项目，须与甲方协商经甲方同意后报有关部门批准方可实施；不得擅自改变房屋共用部位的用途。

12. 不得擅自在物业管理区域内从事物业服务以外的经营活动；不得在处理物业管理事务活动中侵犯业主及物业使用人的合法权益。

13. 建立、妥善保管和正确使用本物业的管理档案，并负责及时记载有关变更情况。

14. 本合同终止时，乙方必须在本合同终止之日起_____日内向甲方移交甲方提供的全部经营性商业用房、管理用房及物业管理的全部档案资料。

15. 接受业主、物业使用人、甲方和物业管理主管部门等的监督，不断完善物业管理服务，定期以书面方式向甲方报告本合同履行情况。

16.　_____。

第五章　物业管理服务质量标准

第二十二条　乙方须按下列标准,完成本合同约定的物业管理事项:

1. 房屋外观:完好整洁;每_____年组织实施清洗外墙_____次(费用由业主承担);公共内墙、走廊楼梯等每_____年粉饰_____次;公共防盗门每_____年刷新_____次。

2. 设备运行:电梯按规定时间_____运行;水泵、发电机等设备_____日检查_____次;

3. 房屋及设施、设备的维修、养护:屋面及房屋渗漏_____日修好;

4. 公共环境:道路:_____;室内外排水_____;沙井_____清理一次;

5. 清洁卫生:

(1)公共场地每天以_____标准清扫_____次;

(2)电梯卫生每天清扫、保洁_____次;

(3)定期组织实施化粪池清掏(费用由业主承担);

(4)_____;

6. 绿化:绿地完好率达到_____%以上;

7. 交通秩序:室内(外)停车场一天_____小时保管;

8. 保安:实行_____小时保安制度,岗位设置_____个,_____小时轮流值守;

9. 急修:停水不超过_____小时;停电不超过_____小时;下水道、沙井堵塞不超过_____小时内开工;小修:报修_____小时内开工;

10. 业主和物业使用人对乙方的满意率达到:_____%。

有关上述物业管理服务质量标准的约定详见本合同附件二。

第六章　物业管理服务费用

第二十三条　物业管理服务费

1. 本物业的管理服务费用执行国家及北京市有关物业管理服务费用的相关规定。

2. 本物业管理服务费,住宅房屋由业主按其拥有建筑面积每月每平方米_____元向乙方交纳;非住宅房屋由业主按其拥有建筑面积每月每平方米_____元向乙方交纳。本物业管理费包括如下费用:_____。

3. 本物业管理服务费每_____〔月〕/〔季〕/〔半年〕)交纳一次,每次交纳费用时间为_____。

4. 空置房屋的物业管理服务费,分别由_____按其拥有建筑面积每月每平方米_____元向乙方交纳。

5. 本物业管理服务费标准的调整,按_____调整。

6. 业主出租其拥有的物业,其应承担的物业管理服务费由业主交纳,业主与承租人另有约定的,从其约定,但业主应将此约定送乙方备案并就物业管理服务费的缴纳负有连带责任。

7. 业主转让物业时,须交清转让之前该业主应承担的物业管理服务费。

8. 物业管理服务费中未计入的共用设施设备运行、能耗费用,按_____〔该幢〕/〔该物业〕住户实际用量共同分摊。

9. 业主和物业使用人逾期交纳物业管理服务费的,按以下第_____项方式处理:

(1)从逾期之日起按每天_____元交纳滞纳金;

(2)从逾期之日起每天按应付物业管理服务费的万分之_____交纳滞纳金;

(3)_____

第二十四条　车位使用费不得高于有权核定部门规定的现行标准,由车位使用人按下列标准向乙方交纳：

  1. 露天车位:每日＿＿＿＿元,每月＿＿＿＿元,每年＿＿＿＿元;

  2. 车　库:每日＿＿＿＿元,每月＿＿＿＿元,每年＿＿＿＿元;

  3. 摩托车:每日＿＿＿＿元,每月＿＿＿＿元,每年＿＿＿＿元;

  4. 自行车:每日＿＿＿＿元,每月＿＿＿＿元,每年＿＿＿＿元;

  5.＿＿＿＿＿＿＿＿＿＿＿＿＿＿＿＿＿＿＿＿＿＿＿＿＿＿＿＿＿＿＿＿＿＿。

    第二十五条　乙方受业主、物业使用人的委托对其房屋自用部位、自用设备的维修、养护及其他特约服务的费用,由当事人自行约定。

    第二十六条　乙方向业主和物业使用人提供的其他服务项目和收费标准如下:

  1.＿＿＿＿＿＿＿＿＿＿＿＿＿＿＿＿＿＿＿＿＿＿＿＿＿＿＿＿＿＿＿＿＿;

  2.＿＿＿＿＿＿＿＿＿＿＿＿＿＿＿＿＿＿＿＿＿＿＿＿＿＿＿＿＿＿＿＿＿;

  3.＿＿＿＿＿＿＿＿＿＿＿＿＿＿＿＿＿＿＿＿＿＿＿＿＿＿＿＿＿＿＿＿＿。

    第二十七条　房屋的共用部位、共用设施、设备、公共场地的维修、养护费用:

  1. 保修期内属保修范围内的房屋共用部位、共用设施设备、公共场地的维修、养护费用由甲方承担。

  2. 不属保修范围内的＿＿＿＿＿、＿＿＿＿＿、＿＿＿＿＿维修、养护费用,由业主按其拥有的权属份额或＿＿＿＿＿承担。

  3. 保修期满后,本物业共用部位、共用设施设备的大修、中修、更新、改造费用,在本物业维修专项资金中列支。

第七章　违约责任

    第二十八条　甲方违反本合同第二十条的约定,使乙方未完成约定管理目标,乙方有权要求甲方在一定期限内解决,逾期未解决的,乙方有权终止合同;由于甲方违约给乙方造成经济损失的,甲方应给予乙方经济赔偿。

    第二十九条　乙方违反本合同第五章的约定,未能达到约定的管理目标,甲方有权要求乙方限期整改并达到本合同约定的标准;逾期未整改的,或整改不符合本合同约定的,甲方有权终止合同;由于乙方违约给甲方造成经济损失的,乙方应给予甲方经济赔偿。

    第三十条　乙方违反本合同第六章的约定,擅自提高收费标准的,甲方有权督促和要求乙方清退所收费用,退还利息并按＿＿＿＿＿支付违约金;由此给甲方造成经济损失的,乙方应给予甲方经济赔偿。

    第三十一条　甲、乙双方任何一方无正当理不得提前终止本合同,否则应向对方支付＿＿＿＿元的违约金;由此给对方造成的经济损失超出违约金的,对超出部分还应给予赔偿。

    第三十二条　因房屋建筑质量、设备设施质量或安装技术等原因,达不到使用功能,造成重大事故的,由甲方承担责任并作善后处理。因乙方管理不善或操作不当等原因造成重大事故的,由乙方承担责任并负责善后处理。产生质量事故的直接原因,以相关主管部门的鉴定为准。

    第三十三条　甲、乙双方任何一方如通过不正当竞争手段而取得管理权或致使对方失去管理权的,或由此给对方造成经济损失的,应当由施加损害的一方承担全部责任。

    第三十四条　由于一方违约而致使本合同提前终止的,提出解除合同的一方应及时通知对方,合同自上述书面通知送达对方时即行终止。

    第三十五条　本合同期限届满或本合同提前终止的,甲乙双方应在本合同终止之日起＿＿＿＿日内办理完毕全部物业管理交接手续。

第八章　附　则

    第三十六条　自本合同生效之日起＿＿＿＿＿天内,根据甲方委托管理事项,办理完交接验收手续。

　　第三十七条　为维护公众、业主、物业使用人的切身利益,在不可预见情况下,如发生煤气泄漏;漏电、火灾、水管破裂、救助人命、协助公安机关执行任务等突发事件,乙方因采取紧急避险措施造成业主必要的财产损失的,当事双方按有关法律规定处理。

　　第三十八条　甲、乙双方经协商一致,可对本合同的条款进行补充,以书面形式签订补充协议,补充协议与本合同具有同等效力。

　　第三十九条　本合同之附件均为本合同有效组成部分。本合同及其附件内,空格部分填写的文字与印刷文字具有同等效力。

　　第四十条　本合同及其附件和补充协议中未规定的事宜,均遵照中华人民共和国有关法律、法规和规章执行。

　　第四十一条　本合同正本连同附件共_____页,一式三份,甲、乙双方及物业管理行政主管部门(备案)各执一份,具有同等法律效力。

　　第四十二条　本合同执行期间,如遇不可抗力,致使本合同无法履行时,甲、乙双方应按有关法律规定及时协商处理。

　　第四十三条　本合同在履行中如发生争议,甲、乙双方应友好协商解决,协商不成的,甲、乙双方同意按下列第_____方式解决:

　　(1)提交_____仲裁委员会仲裁;

　　(2)依法向有管辖权的人民法院起诉。

　　第四十四条　本合同自_____起生效。

　　第四十五条　本合同约定的相关内容若与现行有效的法律、法规、规章以及政府文件相抵触时,该约定无效。若在本合同的履行中,遇国家相关法律、法规、规章以及政府文件发生变化时,自然也应按变化后国家相关法律、法规、规章以及政府文件执行。

　　甲方签章:　　　　　　　　　　　　乙方签章:

　　法定代表人:　　　　　　　　　　　法定代表人:

　　授权代表:　　　　　　　　　　　　授权代表:

　　日　期:　　年　月　日　　　　　日　期:　　年　月　日

　　合同签订地:

　　附件:

　　一、本物业构成细目

　　二、本物业管理质量目标

　　三、本物业的管理方案

物业管理服务合同(示范文本)

　　委托方(以下简称甲方):全体业主

　　全体业主代表:_____业主委员会

　　负责人:_____

　　办公场所:_____

　　联系电话:_____

　　受托方(以下简称乙方):

　　名称:_____物业公司

法定代表人：＿＿＿＿＿＿＿＿＿

注册地：＿＿＿＿＿＿＿＿＿

住所地：＿＿＿＿＿＿＿＿＿

邮编：＿＿＿＿＿＿＿＿＿

联系电话：＿＿＿＿＿＿＿＿＿

甲、乙双方根据有关法律、法规的规定，在自愿、平等、协商一致的基础上，就甲方将＿＿＿＿＿（物业名称）委托乙方实行物业管理有关事宜，达成一致意见，特订立本合同。

第一章　总　则

第一条　物业基本状况

物业名称：＿＿＿＿＿＿＿＿＿＿＿＿＿＿＿＿＿＿＿＿＿＿

物业类型：＿＿＿＿＿＿＿＿＿＿＿＿＿＿＿＿＿＿＿＿＿＿

坐落位置：＿＿＿＿＿＿（市）＿＿＿＿＿区＿＿＿＿＿

四　至：东＿＿＿＿南＿＿＿＿西＿＿＿＿北＿＿＿＿

占地面积：＿＿＿＿＿＿＿＿平方米

建筑面积：＿＿＿＿＿＿＿＿平方米

委托管理的物业构成细目详见本合同附件一。

第二条　乙方提供服务的受益人为本物业的全体业主。甲方应当要求本物业的全体业主根据业主公约履行本合同中的相应义务，承担相应责任，并遵守本物业共用部位和共用设施设备的使用、公共秩序和环境卫生的维护等方面的管理制度。

第三条　乙方应参与本物业的交接，并在本物业移交接管时，与甲方共同办理物业管理书面交接手续。

第四条　本物业交付使用后的质量责任，按国家《建设工程质量管理条例》和《房屋建筑工程质量保修办法》等有关法律、法规的规定承担。

第二章　委托管理服务事项

乙方接受甲方委托，提供以下物业管理服务：

第五条　房屋建筑共用部位的维修、养护和管理，包括：楼盖、屋顶、外墙面、承重结构、楼梯间、走廊通道、门厅、＿＿＿＿＿＿＿＿＿＿＿＿＿＿＿＿＿＿＿＿＿＿＿＿；

第六条　共用设施、设备的维修、养护、运行和管理，包括：共用的上下水管道、落水管、垃圾道、烟囱、共用照明天线、中央空调、暖气干线、供暖锅炉房、高压泵房、楼内消防设施设备、电梯、中央监控设备、建筑物防雷设施、＿＿＿＿＿＿＿＿＿＿＿＿＿＿＿＿＿＿＿＿＿＿＿＿；

第七条　附属建筑物、构筑物的维修、养护和管理，包括道路、室外上下水管道、化粪池、沟渠、池、井、自行车棚、停车场、＿＿＿＿＿＿＿＿＿＿＿＿＿＿＿＿＿＿＿＿＿；

第八条　共用绿地、花木的养护与管理、＿＿＿＿＿＿＿＿＿＿＿＿＿＿＿＿＿＿；

第九条　附属配套建筑和设施的维修、养护和管理，包括商业网点、文化体育娱乐场所、＿＿＿＿＿；

第十条　公共环境卫生：包括公共场所、房屋共用部位的清洁卫生、垃圾的归集、清运、＿＿＿＿＿＿＿＿＿＿＿；

第十一条　交通与车辆停放秩序的管理、＿＿＿＿＿＿＿＿＿＿＿＿＿＿＿＿＿

本物业管理区域内的业主在本物业管理区域的公共场地停放车辆的，停放人应与乙方签订专项合同，并按该专项合同的约定承担各项责任和义务。

第十二条　维护公共秩序，包括安全监控、巡视、门岗执勤、＿＿＿＿＿＿＿＿＿＿＿＿；前款约定的事项不包含业主的人身与财产保险和财产保管责任，乙方与业主另行签订人身、财产保险和财产保管等专项合同的,按该专项合同的约定承担各项责任和义务。

第十三条 管理与本物业相关的工程图纸、住用户档案与竣工验收资料、

_____;

第十四条 根据甲方的委托组织开展本物业管理区域内的文化娱乐活动;

第十五条 业主和物业使用人房屋的自管部位、自用设施及设备的维修、养护,在业主和物业使用人提出委托时,乙方原则上应接受委托,具体收费事宜应按照乙方制订并公布的收费标准由当事人双方另行协商;

第十六条 对业主和物业使用人违反业主临时公约或物业使用守则的行为,针对具体行为并根据情节轻重采取报告、规劝、制止、_____等措施;

第十七条 其他委托事项:

1. _____;

2. _____;

3. _____。

第三章　委托管理服务期限

第十八条 本合同规定的物业管理委托期限为_____年,自本合同生效之日起至_____年_____月_____日止。本合同期限届满,如需续签,双方另行签订书面合同。

第四章　甲、乙双方的权利和义务

第十九条 甲方的权利和义务

1. 代表和维护业主的合法权益;经常听取业主的意见和建议,并及时将上述意见和建议反馈给乙方;协调业主与乙方之间的关系。

2. 监督业主遵守业主公约及物业共用部位和共用设施设备的使用、公共秩序和环境卫生的维护等方面的管理制度;采取措施督促业主按时交纳物业管理公共服务费用。

3. 审定乙方拟定的物业管理方案并在乙方提交上述物业管理方案之日起_____日内出具书面审定意见。

4. 检查监督乙方管理工作的实施及制度的执行情况。

5. 审定乙方提出的物业管理服务年度计划、财务预算及决算报告并在乙方提交上述材料之日起_____日内出具书面审定意见。

6. 审批物业维修专项资金的使用预算,并监督物业共用部位、共用设施设备大中修、更新、改造的竣工验收;审查乙方提供的物业共用部位、共用设施设备大中修、更新、改造的书面报告。

7. 在本合同生效之日起_____日内向乙方提供经营性商业用房(指非住宅房屋),由乙方按每月每平方米_____元的标准租用,其租金收入仅用于_____。

8. 在本合同生效之日起_____日内向乙方提供_____平方米建筑面积的物业管理用房,由乙方按下列第_____项方式使用:

(1)无偿使用;

(2)按建筑面积每月每平方米_____元的标准租用,其租金收入仅用于_____。

9. 应在本合同生效之日起_____日内,向乙方移交下列资料:

(1)竣工总平面图,单体建筑、结构、设备竣工图,附属配套设施、地下管网工程竣工图等竣工验收资料;

(2)设备设施的安装、使用和维护保养技术资料;

(3)物业质量保修文件和物业使用说明文件;

(4)物业管理所必需的其他资料。

10. 协调、处理本合同生效前发生的管理遗留问题,包括但不限于以下事项:

(1) _____ ;

(2) _____ 。

11. 协助乙方做好物业管理工作和宣传教育、文化活动。

12. 负责本物业维修专项资金的筹集,督促业主缴纳物业维修专项资金。

13. 甲方有权指定专业审计机构,对本合同约定的物业管理公共服务费收支状况进行审计。

14. 经本物业管理区域内全体业主所持投票权 2/3 以上通过,有权代表业大会提前终止本合同。

15. _____ 。

第二十条　乙方的权利和义务

1. 根据有关法律、法规及本合同的约定,制定物业管理方案。自主开展物业经营管理服务活动。

2. 对业主违反法规、规章的行为,提请有关部门处理。

3. 按本合同的约定,对业主违反业主临时公约或物业使用守则及相关管理规定的行为进行制止和处理。

4. 可以将物业管理区域内的专项服务业务委托给专业性服务企业,但不得将本区域内的全部物业管理一并委托给第三方。乙方将物业管理区域内的专项服务业务委托给专业性服务企业的,相关的物业管理责任仍由乙方向甲方、业主承担。

5. 负责编制房屋及其附属建筑物、构筑物、设施、设备、绿化等的年度维修养护计划和保修期满后的大修、中修、更新、改造方案,经甲、乙双方议定后由乙方组织实施。

6. 向业主告知物业使用的有关规定,当业主装修物业时,告知有关注意事项和禁止行为,与业主订立书面约定,并负责监督。

7. 按养护计划和操作规程,对房屋共用部位、共用设施设备状况进行检查,发现不安全隐患或险情及时排除。

8. 负责编制物业管理年度管理计划,资金使用计划及决算报告,并最迟于每年 _____ 月之前以 _____ 方式向甲方提出上述计划和报告;经甲方审定后组织实施。

9. 负责每 _____ 个月向全体业主公布一次物业管理服务费用收支账目和物业维修专项资金使用情况;并将物业管理服务收费项目和收费标准以及向业主提供专项服务的收费项目和收费标准在本物业管理区域内以书面方式公示。

10. 对本物业的公共设施不得擅自占用和改变使用功能,如需在本物业内改、扩建或改善配套项目,须与甲方协商经甲方同意后报有关部门批准方可实施;不得擅自改变房屋共用部位的用途。

11. 不得擅自在物业管理区域内从事物业服务以外的经营活动;不得在处理物业管理事务活动中侵犯业主的合法权益。

12. 建立、妥善保管和正确使用本物业的管理档案,并负责及时记载有关变更情况。

13. 本合同终止时,乙方必须在本合同终止之日起 _____ 日内向甲方移交甲方提供的全部经营性商业用房、管理用房及物业管理的全部档案资料。

14. 接受业主、甲方和物业管理主管部门等的监督,不断完善物业管理服务,定期以书面方式向甲方报告本合同履行情况。

15. _____ 。

第五章　物业管理服务质量标准

第二十一条　乙方须按下列标准,完成本合同约定的物业管理事项:

1. 房屋外观:完好整洁;每 _____ 年组织实施清洗外墙 _____ 次(费用由业主承担);公共内墙、走廊楼梯等每 _____ 年粉饰 _____ 次;公共防盗门每 _____ 年刷新 _____ 次;

2. 设备运行:电梯按规定时间_____运行;水泵、发电机等设备_____日检查_____次;

3. 房屋及设施、设备的维修、养护:屋面及房屋渗漏_____日修好;

4. 公共环境:道路:_____;室内外排水_____;沙井_____清理一次;

5. 清洁卫生:

(1)公共场地每天以_____标准清扫_____次;

(2)电梯卫生每天清扫、保洁_____次;

(3)定期组织实施化粪池清掏(费用由业主承担);

(4)_____。

6. 绿化:绿地完好率达到_____%以上;

7. 交通秩序:室内(外)停车场一天_____小时保管;

8. 保安:实行小时保安制度,岗位设置_____个,_____小时轮流值守;

9. 急修:停水不超过_____小时;停电不超过_____小时;下水道、沙井堵塞不超过____小时内开工;小修:报修_____小时内开工;

10. 业主和物业使用人对乙方的满意率达到:_____%。

有关上述物业管理服务质量标准的约定详见本合同附件二。

第六章　物业管理服务费用

第二十二条　物业管理服务费

1. 本物业的管理服务费用执行国家及北京市有关物业管理服务费用的相关规定。

2. 本物业管理服务费,住宅房屋由业主按其拥有建筑面积每月每平方米_____元向乙方交纳;非住宅房屋由业主按其拥有建筑面积每月每平方米_____元向乙方交纳。本物业管理服务费包括如下费用:_____。

3. 本物业管理服务费每_____〔月〕/〔季〕/〔半年〕交纳一次,每次交纳费用时间为_____。

4. 空置房屋的物业管理服务费,分别由_____按其拥有建筑面积每月每平方米_____元向乙方交纳。

5. 本物业管理服务费标准的调整,按以下第_____种方式调整:

(1)由甲方召开业主大会讨论决定,乙方据此向物价主管部门申报并依核定的标准进行调整;

(2)甲方召开业主大会决定新的收费标准,甲、乙双方协商后调整。

6. 业主出租其拥有的物业,其应承担的物业管理服务费由业主交纳,业主与承租人另有约定的,从其约定,但业主应将此约定送乙方备案并就物业管理服务费的缴纳负由连带责任。

7. 业主转让物业时,须交清转让之前该业主应承担的物业管理服务费。

8. 物业管理服务费中未计入的共用设施设备运行、能耗费用,按_____〔该幢〕/〔该物业〕住户实际用量共同分摊。

9. 业主和物业使用人逾期交纳物业管理服务费的,按以下第_____项方式处理:

(1)从逾期之日起按每天_____元交纳滞纳金;

(2)从逾期之日起每天按应付物业管理服务费的万分之_____交纳滞纳金;

(3)_____

第二十三条　车位使用费不得高于有权核定部门规定的现行标准,由车位使用人按下列标准向乙方交纳:

1. 露天车位:每日_____元,每月_____元,每年_____元;

2. 车库:每日_____元,每月_____元,每年_____元;

3. 摩托车:每日_____元,每月_____元,每年_____元;

4. 自行车:每日_____元,每月_____元,每年_____元;

5. _____。

第二十四条　乙方受业主、物业使用人的委托对其房屋自用部位、自用设备的维修、养护及其他特约服务的费用,由当事人自行约定。

第二十五条　乙方向业主和物业使用人提供的其他服务项目和收费标准如下:

1. _____;

2. _____;

3. _____。

第二十六条　房屋的共用部位、共用设施、设备、公共场地的维修、养护费用:

1. 本物业的房屋共用部位、共用设施设备保修期满后的日常养护费用,由乙方在收取的物业管理服务费中列支。

2. 保修期满后,本物业共用部位、共用设施设备的大修、中修、更新、改造费用,在本物业维修专项资金中列支。

3. 共用的专项设备运行的能耗,应设独立计量表核算,根据实际用量合理分摊计收费用。

第二十七条　经甲方同意,物业管理主管部门将本物业当年度需用维修专项资金移交给乙方代管,乙方应当定期接受甲方的检查与监督。

第二十八条　乙方发生变更时,代管的维修专项资金账目经甲方审核无误后,应当办理账户转移手续。账户转移手续应当自双方签字盖章起10日内送当地物业管理主管部门和甲方备案。

第二十九条　房屋共用部位、共用设施设备的保险由乙方代行办理,保险费用由全体业主按各自所占有的房屋建筑面积比例分摊。业主、物业使用人的家庭财产与人身安全的保险由业主自行办理;_____。

第七章　违约责任

第三十条　甲方违反本合同第二十条的约定,使乙方未完成约定管理目标,乙方有权要求甲方在一定期限内解决,逾期未解决的,乙方有权终止合同;由于甲方违约给乙方造成经济损失的,甲方应给予乙方经济赔偿。

第三十一条　乙方违反本合同第五章的约定,未能达到约定的管理目标,甲方有权要求乙方限期整改并达到本合同约定的标准;逾期未整改的,或整改不符合本合同约定的,甲方有权终止合同;由于乙方违约给甲方造成经济损失的,乙方应给予甲方经济赔偿。

第三十二条　乙方违反本合同第六章的约定,擅自提高收费标准的,甲方有权督促和要求乙方清退所收费用,退还利息并按_____支付违约金;由此给甲方造成经济损失的,乙方应给予甲方经济赔偿。

第三十三条　甲方违反本合同规定,未能敦促业主按其拥有的房屋建筑面积按本合同约定的物业管理服务费标准和时间交纳费用,乙方有权要求甲方向业主催促补交并从逾期之日起按_____交纳违约金或_____。

第三十四条　甲、乙双方任何一方无正当理由不得提前终止本合同,否则应向对方支付_____元的违约金;由此给对方造成的经济损失超出违约金的,对超出部分还应给予赔偿。

第三十五条　因房屋建筑质量、设备设施质量或安装技术等原因,达不到使用功能,造成重大事故的,由甲乙双方向开发建设单位索赔。

第三十六条　因乙方管理不善或操作不当等原因造成重大事故的,由乙方承担责任并负责善后处理。产生质量事故的直接原因,以相关主管部门的鉴定为准。

第三十七条　甲、乙双方任何一方如通过不正当竞争手段而取得管理权或致使对方失去管理权,或由此给对方造成经济损失的,应当由施加损害的一方承担全部责任。

第三十八条　由于一方违约而致使本合同提前终止的，提出解除合同的一方应及时通知对方，合同自上述书面通知送达对方时即行终止。

第三十九条　本合同期限届满或本合同提前终止的，甲乙双方应在本合同终止之日起＿＿＿日内办理完毕全部物业管理交接手续。

第八章　附　　则

第四十条　自本合同生效之日起＿＿＿＿＿＿＿天内，根据甲方委托管理事项，办理完交接验收手续。

第四十一条　本合同期限届满前＿＿＿＿＿＿＿个月内，乙方以书面方式向甲方提出续签本合同的意向的，可以参加甲方的管理招投标，并有权在同等条件下优先获得管理权，但根据法规政策或主管部门规定被取消投标资格或优先管理资格的除外。

第四十二条　为维护公众、业主、物业使用人的切身利益，在不可预见情况下，如发生煤气泄漏、漏电、火灾、水管破裂、救助人命、协助公安机关执行任务等突发事件，乙方因采取紧急避险措施造成业主必要的财产损失的，当事双方按有关法律规定处理。

第四十三条　甲、乙双方经协商一致，可对本合同的条款进行补充，以书面形式签订补充协议，补充协议与本合同具有同等效力。

第四十四条　本合同之附件均为本合同有效组成部分。本合同及其附件内，空格部分填写的文字与印刷文字具有同等效力。

第四十五条　本合同及其附件和补充协议中未规定的事宜，均遵照中华人民共和国有关法律、法规和规章执行。

第四十六条　本合同正本连同附件共＿＿＿＿＿＿＿＿页，一式三份，甲、乙双方及物业管理行政主管部门（备案）各执一份，具有同等法律效力。

第四十七条　本合同执行期间，如遇不可抗力，致使本合同无法履行时，甲、乙双方应按有关法律规定处理。

第四十八条　本合同在履行中如发生争议，甲、乙双方应友好协商解决，协商不成的，甲、乙双方同意按下列第＿＿＿＿＿＿＿＿方式解决：

（1）提交＿＿＿＿＿＿＿＿仲裁委员会仲裁；

（2）依法向有管辖权的人民法院起诉。

第四十九条　本合同自＿＿＿＿＿＿＿＿起生效。

甲方签章：　　　　　　　　　　　　乙方签章：

法定代表人：　　　　　　　　　　　法定代表人：

授权代表：　　　　　　　　　　　　授权代表：

日期：　　年　月　日　　　　　　　日期：　　年　月　日

合同签订地：　　　　　　　　　　　合同签订地：

附件：

一、本物业构成细目

二、本物业管理质量目标

三、本物业的管理方案

四、业主公约

业主大会章程(示范文本)

第一章　总　则

第一条　为了维护_____小区业主的合法权益,明确业主与建设单位、物业管理公司三方的权利义务关系,规范业主、业主大会与业主委员会的组织与行为,根据国务院颁布的《物业管理条例》及建设部颁布的《业主大会规程》制定本章程。

第二条　_____业主大会由该小区全体业主组成,于____年____月____日在_____小区经政府有关部门指导下成立。

第三条　_____业主大会下设_____业主委员会于____年____月____日在_____小区由第____届业主大会选举产生。

第四条　业主委员会全称:_____。

第五条　业主委员会地址:_____。

第六条　业主委员会主任为_____小区业主委员会的代表人,对内行使业主大会所授予的权力,对外代表业主大会和业主委员。

第七条　本章程的宗旨是代表和维护本物业全体业主、使用人的合法权益,保障物业的合理与安全使用,维护本物业区域内的公共秩序,创造整洁、优美、安全、舒适、文明的居住环境。

第八条　本章程自生效之日起,即成为规范业主大会、业主委员会的组织与行为,业主、业主大会与业主委员会之间权利义务关系的,具有法律约束力的文件。业主委员会依据本章程的规定,行使权利,履行义务。

第二章　业主和业主大会
第一节　业　主

第九条　_____小区的房屋所有权人为_____小区业主,包括享有物业产权的个人、公司或其他组织。建设单位以不予出售的自营部分产权可成为业主。房屋所有权人为两人以上时,房屋所有权共有人共同作为物业业主。经房屋所有权人授权,房屋承租人可以行使业主依据本章程所享有的权利。

业主按照其拥有的投票权享有权利,承担义务。

第十条　房屋产权证书是证明房屋所有人为业主的充分证据,在_____小区开发商未协助房屋所有人办理房屋产权证之前,购房合同或其他房屋所有权证明是证明房屋购买人为业主的证据。

第十一条　业主享有下列权利:

(一)按照物业服务合同的约定,接受物业管理企业提供的服务;

(二)提议召开业主大会会议,并就物业管理的有关事项提出建议;

(三)提出制定和修改业主公约、业主大会议事规则的建议;

(四)参加业主大会会议,行使投票权;

(五)选举和罢免业主委员会委员,并享有被选举权;

(六)监督业主委员会的工作;

(七)监督物业管理企业履行物业服务合同;

(八)对物业共用部位、共用设施设备和相关场地使用情况享有知情权和监督权;

(九)监督物业共用部位、共用设施设备专项维修资金(以下简称专项维修资金)的管理和使用;

(十)法律、法规规定的其他权利。

第十二条　业主在物业管理活动中,履行下列义务:

(一)遵守业主公约、业主大会议事规则;

(二)遵守物业管理区域内物业共用部位和共用设施设备的使用、公共秩序和环境卫生的维护等方面的规章制度;

(三)执行业主大会的决定和业主大会授权业主委员会作出的决定;

(四)按照国家有关规定交纳专项维修资金;

(五)按时交纳物业服务费用;

(六)法律、法规规定的其他义务。

第十三条　业主依照法律和本章程的规定,有权获得下列信息和资料:

(一)缴付成本费用后得到本章程;

(二)有权查阅和缴付成本费用后复印:

1. 业主委员会与物业管理公司签订的物业委托管理合同;

2. 业主大会、业主委员会会议记录;

3. 物业共用部位、共用设施设备和相关场地使用情况的记录;

4. 物业共用部位、共用设施设备专项维修资金部分的账册。

业主提出查阅前条所述有关信息或者索取资料的,应当向业主委员会提供证明其为业主的书面文件,业主委员会经核实业主身份后按照业主的要求予以提供。

第十四条　业主大会、业主委员会的决议违反法律、行政法规的或者与物业管理公司签订的物业委托管理合同权利义务明显不对等的,侵犯业主合法权益的,业主有权向房地产管理部门投诉,要求停止或撤销该违法行为和侵害行为。

第二节　业　主　大　会

第十五条　业主大会是_____小区物业管理的最高权力机构,由小区内全体业主组成。代表和维护全体业主在物业管理活动中的合法权益。

第十六条　业主大会分为定期会议和临时会议。

定期会议每年两次,并应于每年____月____日之前召开。

有下列情形之一的,应在事实发生之日起两个月以内召开临时业主大会:

(1)委员人数少于章程所定人数的三分之二时;

(2)距物业管理合同到期日三个月时;

(3)业主委员会任期届满两个月前;

(4)业主委员会认为必要时;

(5)经20%以上的业主书面请求时;

(6)发生重大事故或者紧急事件需要及时处理的;

(7)业主大会议事规则或者业主公约规定的其他情况。

临时业主大会只对通知中列明的事项做出决议。

第十七条　业主大会会议由业主委员会依法召集,由委员会主任主持。业主委员会主任因故不能履行职务时,由业主委员会主任指定的副主任或其他委员主持;主任和副主任均不能出席会议,主任也未指定会议主持人的,由出席会议的业主共同推举一名业主主持会议。

第十八条　召开业主大会,业主委员会应当在会议召开15日以前通知全体业主,通知可以采用书面或公告形式。经业主委员会决定也可以采用包括书面或公告形式在内的多种形式。

第十九条　业主可以亲自参加,也可以书面委托代理人参加业主大会。住宅类房屋业主为房屋所有权共有人的,任何一共有人均可行使依照本章程享有的投票表决权,其他共有人在该共有人行使投票表决权后,不再享有表决权。商业性房屋业主为房屋所有权共有人的,需全体共有人共同书面指定或委托一人行使依照本章程享有的投票表决权。

第二十条　业主(包括业主代理人)以其所代表的房屋套数行使表决权,每一房屋拥有一票投票表决权。

如业主房屋超过_____平方米的,(此数额为所有业主房屋建筑面积的平均数)每超过前述1倍的业主多拥有一票投票表决权,拥有表决权的票数依此类推。同一业主(包括同一房屋的多个房屋共有人作为业主的)拥有多票投票表决权的,不得分开行使。

第二十一条　业主大会会议可以采用集体讨论的形式,也可以采用书面征求意见的形式。但应当有本小区内持有1/2以上投票表决权的业主参加。

第二十二条　物业管理区域内业主人数较多的,可以幢、单元、楼层等为单位,推选一名业主代表参加业主大会会议。

推选业主代表参加业主大会会议的,业主代表应当于参加业主大会会议3日前,就业主大会会议拟讨论的事项书面征求其所代表的业主意见,凡需投票表决的,业主的赞同、反对及弃权的具体票数经本人签字后,由业主代表在业主大会投票时如实反映。

业主代表因故不能参加业主大会会议的,其所代表的业主可以另外推选一名业主代表参加。

第二十三条　业主大会决议分为普通决议和特别决议。

业主大会做出普通决议,应当经代表1/2以上投票表决权的业主通过。业主大会做出特别决议,应当经代表2/3以上投票表决权的业主通过。(鉴于业主大会章程初始制定时,小区入住率低,可经达代表1/2投票表决权的业主通过即可)

第二十四条　下列事项由业主大会以普通决议通过:

(1)选举、更换业主委员会委员;

(2)监督业主委员会工作;

(3)监督物业公司的工作;

(4)监督实施专项维修资金的使用及续筹方案;

(5)需要聘请会计师或律师时;

(6)法律、法规或者业主大会议事规则规定的其他有关物业管理的职责。

第二十五条　下列事项由业主大会以特别决议通过:

(1)修改本章程;

(2)制定和修改业主公约、业主大会议事规则;

(3)选聘、解聘物业管理企业;

(4)决定专项维修资金的使用和续筹方案;

(5)决定业主交纳业主大会、业主委员会的办公经费的具体数额时;

(6)需要确定业主委员会每位成员的津贴数额时;

(7)需要提起审批业主委员会制订的年度经费计划时;

(8)法律法规规定的其他重要事宜。

第二十六条　业主大会议事规则应当就业主大会的议事方式、表决程序、业主投票权确定办法、业主委员会的组成和委员任期等事项依法做出约定。

第二十七条　业主公约应当对有关物业的使用、维护、管理、业主的共同利益,业主应当履行的义务,违反公约应当承担的责任等事项依法做出约定。

第二十八条　业主大会会议应当由业主委员会作书面记录并存档。

第二十九条　业主大会做出的决定对物业管理区域内的全体业主具有约束力。业主大会的决定应当以书面形式在物业管理区域内及时公告。

第三章　业主委员会
第一节　委　员

第三十条　委员必须是本小区业主或与本小区业主同一家庭人员。

第三十一条　委员由业主大会选举或更换,任期两年。委员任期届满可连选连任。委员任期从业主大会决议通过之日起计算,至本届业主委员会任期届满时为止。

业主＿＿＿人以上联名,可向业主大会推荐委员候选人。推荐者应向大会介绍委员候选人的情况。

首届业主委员会的选举时,业主大会筹备组成员中符合委员条件并且愿意竞选委员的,可直接向大会提交自荐书,无须经过业主联名推选。

第三十二条　采取差额选举方式选举委员,在本章程规定数额内,获得票数多的委员候选人的当选为正式委员,差额部分为候补委员。候补委员为正式委员候补人选,当正式委员因故不能履行职责而辞职或被解任时,候补委员按顺序自动补任为正式委员。

候补委员可自愿参加业主委员会会议,但不享有投票表决权。

第三十三条　业主委员会委员应当符合下列条件:

(一)本物业管理区域内具有完全民事行为能力的业主;

(二)遵守国家有关法律、法规;

(三)遵守业主大会议事规则、业主公约,模范履行业主义务;

(四)热心公益事业,责任心强,公正廉洁,具有社会公信力;

(五)具有一定组织能力;

(六)具备必要的工作时间。

第三十四条　委员应当忠实履行职责,维护业主利益。当其自身的利益与业主的整体利益相冲突时,应当以业主的整体利益为行为准则。

第三十五条　业主委员会委员有下列情形之一的,经业主大会会议通过,其业主委员会委员资格终止:

(一)因物业转让、灭失等原因不再是业主的;

(二)因身体上或精神上的疾病而丧失履行职责的能力;

(三)无故缺席会议连续三次以上,或累计缺席会议五次以上的;

(四)有犯罪行为的;

(五)以书面形式向业主大会提出辞呈的;

(六)拒不履行业主义务的;

(七)有其他不适宜担任业主委员会委员的情形。

第三十六条　任何委员停任时,必须在停任后三日内将由其管理、保存的业主委员会文件、资料、账簿、档案、印鉴以及属于业主委员会所有的其他财物交还给业主委员会。

第三十七条　委员非经业主大会同意不得直接或间接从建设单位、物业管理公司取得个人利益。如委员违反本条从上述单位取得的个人利益,应归全体业主所有,委员为取得个人利益而损害业主权利的,应当承担法律责任。

第二节　业主委员会

第三十八条　业主委员会为业主大会的常设执行机构,对业主大会负责。

第三十九条　业主委员会由5至9名委员组成,设主任1人,副主任1—2人,业主委员会秘书(委员兼任或外聘专职秘书)1人。

第四十条　业主委员会行使下列职权:

（一）负责召集业主大会，并向大会报告物业管理的实施情况；

（二）执行业主大会的决议；

（三）考察、选择并组织实施对物业公司的招标或协商工作，代表业主与业主大会选聘的物业管理企业签订物业服务合同；

（四）根据物业服务合同，审议批准物业管理企业对社区的年度管理计划；

（五）根据物业服务合同，监督物业管理企业的履约情况，以及服务质量。在物业管理合同到期日两个月前，征集业主对物业管理企业的满意度。在物业管理合同到期日一个月前，根据物业管理企业的履约情况、服务质量以及业主满意度向业主大会提出报告，该报告向全体业主公布；

（六）审议社区年度费用预算及决算报告，并向业主大会提出建议；

（七）制定或审议批准物业管理企业制订的物业管理规章制度；

（八）监督业主公约的实施；

（九）对损害业主整体利益的行为，可代表全体业主提起诉讼；

（十）督促违反物业服务合同约定逾期不交纳物业服务费用的业主，限期交纳物业服务费用；

（十一）业主大会赋予的其他职责。

第四十一条　业主委员会制定业主委员会议事规则，以确保业主委员会的工作效率和科学决策。

第四十二条　业主委员会主任行使下列职权：

（一）主持业主大会和召集、主持业主委员会会议；

（二）督促、检查业主委员会决议的执行；

（三）签署业主委员会重要文件和其他应由业主委员会代表人签署的文件；

（四）行使业主委员会代表人职权；

（五）业主委员会授予的其他职权。

第四十三条　业主委员会秘书的主要职责是：

（一）筹备业主委员会会议和业主大会，并负责会议的记录和会议文件、记录的保管；

（二）保管与本小区物业管理有关的各种文件；

（三）负责向业主公告有关物业管理的各项信息，负责接待查阅上述信息的业主。

第四十四条　业主委员会主任不能履行职权时，业主委员会主任应当指定业主委员会委员代行其职权。

第四十五条　业主委员会以业主委员会会议决议方式作出决定。业主委员会会议决议应当向全体业主公布。

第四十六条　业主委员会会议每3个月召开一次，有1/3委员书面提议，或主任认为有必要时，可召开业主委员会临时会议。

第四十七条　由业主委员会秘书做好每次业主委员会会议记录，并由与会全体委员签字后存档保存。

第四十八条　业主委员会任期届满2个月前，应当召开业主大会会议进行业主委员会的换届选举；逾期未换届的，业主或业主大会可以请求房地产行政主管部门指派工作人员指导其换届工作。

原业主委员会应当在其任期届满之日起10日内，将其保管的档案资料、印章及其他属于业主大会所有的财物移交新一届业主委员会，并做好交接手续。

第四十九条　业主大会和业主委员会的印章依照有关法律法规和业主大会议事规则的规定刻制、使用、管理。

违反印章使用规定，造成经济损失或者不良影响的，由责任人承担相应的责任。

第四章　聘用物业管理公司程序

第五十条　业主大会以招标形式选择具有相应资质的物业管理公司。

第五十一条　业主大会应当在确定选择物业管理公司的因素(包括物业管理内容、范围、收费及服务要求,对投标单位要求等)及评比标准后,授权业主委员会或委托律师、物业顾问等专家组成招标委员会进行具体的选聘物业管理公司的事务。

第五十二条　招标委员会应当根据业主大会的授权并按照相关法律规定的程序选择物业管理公司。

第五十三条　如招标委员会发出招标邀请书后,投标的物业管理公司不足三家的,招标委员会可以协议方式选聘物业管理公司。但应当将投标的物业管理公司不足三家这一情况向全体业主公告说明。

第五十四条　招标委员会以协议方式选聘物业管理公司的,应至少与三家物业管理公司发出要约邀请,根据经谈判后物业管理公司发出的要约并结合业主大会确定的评比标准确定其中最合适的物业管理企业。

第五章　维 权 程 序

第五十五条　发生下列情形之一的,业主委员会应当与有关方面协商。如协商不成时,业主委员会应当向政府有关部门申诉或经业主大会通过代表业主以业主名义向人民法院起诉,以维护业主的共同利益:

(一)建设单位擅自处分物业共用部位、共用设施设备的所有权或者使用权的;

(二)建设单位未按照规定在物业管理区域内配置必要的物业管理用房的;

(三)建设单位未按照规定的保修期限和保修范围,承担物业的保修责任的;

(四)物业管理公司未按照物业服务合同的约定,提供相应服务的;

(五)物业管理公司擅自改变物业管理用房的用途的;

(六)物业管理公司在物业服务合同终止时未将物业管理资料移交业主委员会;

(七)个别业主、物业管理公司擅自占用、挖掘道路、场地的;

(八)擅自改变物业管理区域内按照规划建设的公共建筑和共用设施用途的;

(九)其他损害业主共同利益的行为,需要业主委员会依法维权的。

第五十六条　业主委员会可以聘请律师等专业人员处理前条纠纷,费用在业主委员会经费中支出。

第五十七条　如发生本章程第五十五条所列情况时,业主委员会在合理期限内未采取有效措施维护业主权益的,业主可以向业主委员会发出书面通知,请求其依法维护业主权益。业主委员会在收到通知时起应采取有效措施维护业主权益。如业主委员会在收到业主维权通知30日内仍未采取有效措施的,业主有权自行采取维权措施。业主的维权措施合法且获得政府有关部门或人民法院支持的,业主为维护业主共同利益支付的合理费用由业主委员会在其经费中负担。

第六章　业主委员会经费

第五十八条　业主委员会经费由下列几部分组成:

(一)小区顶楼和外墙的广告收入减去合理支出后的净收益中归全体业主所有的部分;

(二)小区全体共用部位作为经营场所所得的经营收入减去合理支出后的净收益;

(三)违反《物业管理条例》规定,取得非法收益中用于物业管理区域内物业共用部位、共用设施设备的维修、养护后的剩余部分;

(四)业主交纳的业主委员会经费。

第五十九条　业主委员会的经费开支包括:

(一)业主大会和业主委员会会议支出;

(二)有关人员的津贴;

（三）必要的日常办公费用；

（四）维护业主共同利益所支出的费用；

（五）聘请会计师、律师、物业管理顾问及专职秘书支出的费用；

（六）业主大会依法决定的其他费用。

第六十条　业主委员会经费单笔支出在＿＿＿＿元以下的，由业主委员会主任依据本章程规定使用，并由业主委员会秘书签字备案。单笔支出在＿＿＿＿＿＿＿元以上的，或某一单个项目需累计支出＿＿＿＿元以上的，由业主委员会讨论决定。

业主大会和业主委员会经费的使用情况应当定期以书面形式在物业管理区域内公告，接受业主的质询。

第六十一条　经费中由业主交纳的数额由业主委员会负责拟订，经业主大会批准后向业主收取。如依本章程第五十八条（一）—（三）项取得的经费能够保证业主委员会正常工作需要的，不得向业主另行收取业主委员会经费。

第六十二条　业主委员会的经费中由业主交纳的部分由业主在物业管理费用之外另行缴纳，经业主大会授权也可由物业管理公司在收取物业管理费时一并收取，然后向业主委员会移交。由物业管理公司收取的，应向业主明示该项费用的用途及性质。

第七章　通知与公告
第一节　通　　知

第六十三条　本章程所涉及的通知以下列形式发出：

（一）以专人送出；

（二）以投递方式送出；

（三）以公告方式进行；

（四）章程规定的其他形式。

第六十四条　发出通知，以公告方式进行的，一经公告，视为所有相关人员收到通知。

第六十五条　召开业主大会的会议通知，以投递方式和公告方式进行。

第六十六条　召开业主委员会的会议通知，以专人送出的方式进行。

第六十七条　通知以专人送出方式进行的，由被送达人在送达回执上签名，被送达人签收日期为送达日期。通知以投递方式送出的，送至被通知人信箱时视为送达日期，通知以公告方式送出的，第一次公告刊登日为送达日期。

第六十八条　因意外遗漏未向个别有权得到通知的人送出会议通知或者该等人没有收到会议通知，会议及会议做出的决议并不因此无效。

第二节　公　　告

第六十九条　业主委员会秘书负责在小区公告栏刊登公告和其他需要披露的信息。

第八章　附　　则

第七十条　有下列情形之一的，应当修改章程：

（一）有关法律、行政法规修改后，章程规定的事项与修改后的法律、行政法规相抵触的；

（二）业主大会决定修改的。

第七十一条　本章程所称"以上"、"以内"、"以下"都含本数；"不满"、"以外"不含本数。

第七十二条　本章程由业主大会筹备组拟订，并经出席＿＿＿＿＿＿小区第＿＿＿＿＿＿次业主大会的业主及业主授权的代表达＿＿＿＿＿＿的投票表决权通过。

第七十三条　本章程一经通过即对业主大会、业主委员会及全体业主发生效力，任何人不得违反。

第七十四条　本章程由业主委员会负责解释。

第七十五条　本章程在业主委员会成立后30日内,由业主委员会报房地产行政主管部门备案。

业主公约(示范文本)

目　录

第一章　总　　则

第一条　立约目的

本公约的立约目的如下所列:

1. 阐明本小区(公寓、别墅、大厦)业主、开发企业、物业管理企业的权利和义务。

2. 规定对本小区(公寓、别墅、大厦)内各单元及共用部位及共用设施设备的管理、保养、保险、维修,达到对本小区(公寓、别墅、大厦)的统一管理,使各业主有效享有其购置的单元,使得小区(公寓、别墅、大厦)内环境整齐、卫生、清洁、美观,使得建筑物的使用期限延长。

3. 规定业主大会及业主委员会的设立及职责,以保障民主决策、维护业主的合法权益。

第二条　本公约在各方签署列为本公约附件的承诺书后生效。因此,本小区(公寓、别墅、大厦)的所有业主(包括其受让人)、开发企业、物业管理企业均受本公约的约束。

第二章　物　业　状　况

第三条　物业名称:

第四条　物业坐落:

第五条　物业四至:

第六条　土地使用权面积及使用期限:

第七条　国有土地使用权证文号:

第八条　总建筑面积及划分单元:

第九条　共用部位:

第十条　共用设施设备:

第三章　公约中各主体情况

第十一条　开发企业:

名　　称：

注册地址：

邮　　编：

法定代表人：

注册资本：

联系电话：

联系人：

第十二条　业主投票权分配原则：

1. 业主指在小区(公寓、别墅、大厦)中拥有全部或部分房屋所有权及相应土地使用权的公民、法人或其他组织。

业主(包括业主代理人)以其所代表的房屋套数行使表决权,每一套房屋拥有一票投票表决权。

2. 如业主房屋超过_____平方米的,(此数额为所有业主房屋建筑面积的平均数)每超过前述1倍的业主多拥有一票投票表决权,拥有表决权的票数依此类推。同一业主(包括同一房屋的多个房屋共有人作为业主的)拥有多票投票表决权的,不得分开行使。

第十三条　物业管理企业：

1. 开发企业在物业销售前选聘的物业管理企业名称为：

2. 物业管理资质证书号：

3. 注册地址：

4. 邮　　编：

5. 法定代表人：

6. 注册资本：

7. 联系电话：

8. 联　系　人：

9. 在业主委员会成立前,除下列情况外,开发企业不得变更物业管理企业：

A. 该企业被取消物业管理资质；

B. 该企业被吊销营业执照；

C. 该企业宣布解散或进入破产清算程序；

D. 该企业与其他企业合并或分立。

10. 业主委员会成立后可以按国家及当地有关规定解聘和重新选聘物业管理企业,重新选聘的物业管理企业应签署本公约附件的承诺书(届时可以调整),本公约在其签署承诺书后对其产生约束力。

第四章　业主的权利和义务

第十四条　业主的权利：

1. 对其购置的房屋享有占有、使用、收益和处分权；

2. 有权按规定和设置目的使用共用部位和共用设施设备,对共用部位、共用设施设备和相关场地使用情况有知情权和监督权；

3. 有权提出制定和修改业主公约、业主大会议事规则的建议；

4. 有权要求召开、参加业主大会,享有业主委员会委员的选举权和被选举权；

5. 对物业管理的重大事项享有表决权；

6. 有权监督业主委员会、物业管理企业的工作,并向业主委员会、物业管理企业就物业管理的有关问题提出意见、建议和要求；

7. 有权向物业管理行政主管部门投诉；

8. 有权按有关规定进行房屋自用部位的装饰装修;

9. 有权自行聘请他人对物业自用部位设施设备进行维修、养护;

10. 有权根据房屋建筑共用部位、共用设施设备的状况,建议物业管理企业及时修缮;

11. 有权监督共用部位、共用设施设备专项维修基金的管理和使用;

12. 有权监督物业管理的收费情况,并要求业主委员会和物业管理企业按照规定的期限公布物业管理服务费用收支账目,并接受审核;

13. 有权要求异产毗连部位的其他维修责任人承担维修养护责任。对方拒不维修并造成他人损失的,可向业主委员会投诉直至提请有关部门调解、仲裁或诉讼;

14. 法律、法规规定的其他权利。

第十五条　业主的义务:

1. 签署本公约所附《承诺书》(见附件),承诺遵守本公约的所有条款;

2. 转让或出租所拥有的独立单元时,应提前30日书面通知物业管理企业,并要求受让人或承租人签署《承诺书》(见附件),承诺遵守本公约的所有条款;(其他物业使用人亦应遵守)

3. 遵守物业管理法律、法规、规章、政策和本公约规定,接受物业管理企业的管理;遵守物业管理企业依有关规定和公约订立的本物业管理区域内的规章制度;

4. 执行业主大会决定及业主大会授权业主委员会做出的决定;

5. 按规定和约定缴纳物业管理服务费、共用部位、共用设施设备维修基金及水、电、天然气等能源费用;

6. 爱护并合理使用共用部位和共用设施设备;

7. 在获得物业管理企业书面同意前,不得在房屋的外墙上安装任何户外遮光帘、遮篷、花架、旗杆、招牌或其他任何伸出物或结构,亦不得堵塞任何窗户、外墙采光通风口;不得在窗户或外墙上安装任何空调或其他固定设施;

8. 不得做出与本公约相违背,或引致小区的保险无效或使该保险金提高的行为。如有前述事情发生,则违约的业主对因此而产生的所有损失、损害、费用、诉讼、索赔及要求,或因此引起的额外增加的保险金对物业管理企业及其他业主负责。因该业主违约行为引致小区被损毁或侵害,则违约业主须立即将全部重建或修复损毁部份的重建或修复的一切费用支付给物业管理企业;

9. 不得在小区内任何部分存放武器、弹药、烟花、危险及易燃物品、存放触犯或可能触犯任何法规或对其他业主及使用者构成损害、滋扰或危险的物品;

10. 不得妨碍、阻塞或堵塞任何共用部位、放置或弃置任何垃圾、弃置物或物件于共用部位或共用设施;

11. 在获得物业管理企业书面同意前,不得在其房屋内饲养任何宠物;

12. 无权直接惩罚或处分物业管理企业所属员工;如对员工作出投诉,须向物业管理企业提出,由物业管理企业采取其认为合适的行动;

13. 如果业主所有的房屋长期无人居住或使用,业主应在物业管理企业登记,说明管理费等费用的支付方式;留下有效通讯地址,以便物业管理企业送达有关通知、函件等;同时应关好门、窗、水、电、天然气总阀门等,以确保安全;

14. 产权人应约定与使用人之间的权利义务关系、要求使用人遵守本公约的约定,并对其违约行为承担连带责任;

15. 法律、法规规定的其他义务。

第五章　开发企业的权利和义务

第十六条　开发企业的权利:

1. 开发企业对其拥有的或尚未售出的物业,享有与其他业主同等的权利;

2. 业主委员会成立前,开发企业有权选聘物业管理企业对本物业进行管理,与物业管理企业签订《物业管理委托合同》,并依法制定本公约。

第十七条 开发企业义务:

1. 开发企业对其拥有的或尚未售出的物业,承担与其他产权人同等的义务。对已竣工尚未出售或尚未交给物业买受人的物业应由开发企业缴纳物业管理费;

2. 在保修期间,开发企业应按有关规定承担保修范围内的维修责任,及时处理有关保修事宜;或委托物业管理企业进行处理,而发生的费用由开发企业负责;

3. 开发企业应保证在其转让、抵押、出租、批准占有或以其他任何方式处理该物业的任何部分时(已售出部分除外),其受让人、抵押权人或承租人等均应履行开发企业对外已经做出的承诺;

4. 物业交付使用时,开发企业应当向物业管理企业移交下列材料:

(1)竣工总平面图;

(2)单体建筑、结构、设备竣工图;

(3)附属公共建筑配套设施、地下管网工程竣工图;

(4)有关设施、设备安装、使用和维护保养技术资料;

(5)各单项工程竣工验收证明材料;

(6)房屋质量保证文件和房屋使用说明文件;

(7)房屋销售清单和产权资料;

(8)公共配套设施的产权及收益归属清单;

(9)物业管理所必须的其他资料。

5. 开发企业应按照规定在物业管理区域内配置必要的物业管理用房。

第六章 物业管理企业的权利和义务

第十八条 物业管理企业的权利:

1. 按照有关法律、法规和《物业管理委托合同》的约定,制定、实施物业管理的制度包括但不限于《装修守则》、《住户手册》、《房屋使用手册》、《车位管理规定》等;

2. 对物业实施管理;

3. 按照有关法规、规章和《物业管理委托合同》收取物业管理服务费用;

4. 维护物业公共安全环境和秩序,制止违反物业管理制度的行为;

5. 协助有关部门对物业的治安、交通、消防等事项进行管理;

6. 委托他人协助专项管理。

第十九条 物业管理企业的义务

1. 听取业主及使用人的意见和建议,接受业主及业主大会、业主委员会的监督;

2. 接受政府有关主管部门的监督指导;

3. 重大维护管理事项和年度维护计划应与委托人协商;

4. 定期公布共用部位、共用设施设备维修基金收支账目,接受质询和审计;

5. 定期公布物业管理费收支账目,接受质询和审计。

第七章 物业管理服务内容

第二十条 物业管理服务的基本内容:

1. 小区内房屋建筑及公共服务设施的使用管理、维修养护、巡视检查;

2. 共用部位园林绿地的管理养护;

3. 共用部位环境卫生的管理服务;

4. 公共秩序的维护;

5. 参与物业竣工交付使用时的验收交接;

6. 入住管理;

7. 物业装饰装修施工监督管理;

8. 车辆行驶、停放管理及其场地的维修养护;

9. 物业档案资料的管理;

10. 接受供水、供电、供气、供热、通讯、有线电视等单位委托代收相关费用;

11. 接受产权人委托,提供物业管理委托合同以外的服务项目。

第二十一条　在下列非物业管理企业原因的情况下,物业管理企业不承担管理责任:

1. 无法避免的水、电、天然气等燃料或材料短缺,火灾、水灾、地震等不可抗力导致的服务中断;

2. 涉及产权人和其他房屋使用人双方的纠纷,而造成的损失;

3. 涉及刑事责任、无意或蓄意破坏而造成的损失;

4. 涉及业主财物,包括但不限于机动车或非机动车失窃、损坏的;

5. 在小区内使用共用设施设备时,因自身原因造成身体伤亡或财产损坏的;

6. 物业管理企业无法控制的其他一切原因。

第八章　物业管理费与公共维修基金

第二十二条　物业管理费(以下简称"管理费"):

1. 管理费标准为:＿＿＿元/平方米/月(依据物业管理委托合同的约定)。

2. 管理费包括:

物业管理企业酬金;

物业管理企业成本和费用(员工薪金、行政费、税费、固定资产折旧等);

共用区域的保安费、保洁费、绿化费、保险费、公用事业费(水、电费等);

共用设施设备的维修、保养费等;

双方约定的其他费用。

3. 物业管理企业应在每月第一日从管理费账户内提取当月的物业管理企业酬金,数额不超过物业管理实际支出的＿＿＿%。

4. 业主应在每季度(1月、4月、7月、10月)第一个工作日前向物业管理企业预付当季度管理费。

5. 自物业交付使用之日起,无论物业是否占用、出租或空置,业主均须缴付100%的管理费和其他应付费用。

第二十三条　共用部位、共用设施设备维修基金:

1. 业主在购买房屋时,须按购房款2%的比例缴交共用部位、共用设施设备维修基金。

2. 共用部位、共用设施设备维修基金使用和管理按政府有关文件执行。

3. 共用部位、共用设施设备维修基金不敷使用时,经房地产行政主管部门或业主委员会研究决定,按建筑面积比例向业主续筹。

4. 业主在出售、转让、抵押或馈赠其房屋时,所缴交的共用部位、共用设施设备维修基金不予退还,随房屋所有权同时过户。

第九章　房屋使用、管理、维修的具体规定

第二十四条　业主、使用人应当遵守法律、法规和规章的规定,按照有利于小区外貌保持、使用安全等原则,妥善处理供水、排污、通行、通风、采光、维修、装饰装修、环境卫生、环境保护等方面的相邻关系。

第二十五条　小区内禁止下列行为:

1. 未经政府有关部门批准和业主委员会、物业管理企业同意,擅自改变房屋结构、外貌和用途;

2. 擅自移动共用设施设备;

3. 在庭院、平台、绿地、道路或其他共用部位、场地搭建建筑物、构筑物;

4. 侵占或损坏道路、绿地、花卉树木、艺术景观和文娱、体育及休闲设施;

5. 随意倾倒或抛弃垃圾、杂物;

6. 堆放易燃、易爆、剧毒、放射性物品,排放有毒害物质或者发出超过规定标准的噪声;

7. 私设摊点;

8. 利用物业从事危害公共利益、有违社会公共道德的活动;

9. 法律、法规及规章禁止的其他行为。

第二十六条　业主或其使用人装饰装修房屋,应当事先将装饰装修方案报经物业管理企业认可,并签订《装饰装修管理协议》。物业管理企业应当将房屋装饰装修的禁止行为和注意事项告知业主或使用人。装饰装修房屋,不得影响共用部位、共用设备设施的正常使用和维修养护以及相邻业主的合法权益,因装饰装修导致共用部位、共用设备设施以及其他业主利益受损,业主或使用人应当承担修复及赔偿责任。

第二十七条　房屋应当按设计用途使用。因特殊情况需要改变使用性质的,应征得业主委员会的书面同意,并报政府有关主管部门批准。物业管理区域内按照规划建设的公共建筑和公共设施,不得改变用途,确需改变用途的,由业主大会讨论决定并办理有关手续。

第二十八条　因房屋维修或公共利益需要临时占用、挖掘道路、场地的,应当与业主委员会和物业管理企业签订书面协议,并在约定的期限内恢复原状,造成损失的,应作相应赔偿。

第二十九条　利用物业设置广告等经营性设施的,应当在征得业主委员会的书面同意后,方可向有关部门办理报批手续。

第三十条　利用共用部位、共用设施设备经营的应征得业主大会、物业管理企业同意后,按规定办理有关手续,所得收益应补充共用部位、共用设施设备维修基金。

第三十一条　业主转让或者出租房屋时,应当将本公约作为转让合同或租赁合同的必要附件。当事人应将房屋转让或出租情况书面告知物业管理企业。

第三十二条　房屋及其配套设施应当定期维修养护,出现危害物业安全、影响外观或妨碍公共利益的情况时,业主委员会、物业管理企业应督促责任人维修养护。

第三十三条　物业管理企业实施对物业共用部位、共用设施设备进行维修养护时,有关业主和使用人应当给予配合。业主、使用人阻挠维修造成物业损坏及财产损失的,应当负责修复或者赔偿。

第三十四条　物业管理企业进入业主或使用人的单元进行维修工作,应事先通知业主或使用人并取得其同意。紧急情况下无法通知业主或使用人的,物业管理企业可在第三方机构的监督下,进入单元内部,但事后应及时通知业主或使用人。

第三十五条　如房屋因火灾、台风、地震、地陷或其他原因而破坏,以致大部分不能使用,则业主委员会应该召开特别业主大会,决定房屋是否修复或重建以及修复或重建费用的筹集办法;如业主大会决定放弃修复和重建,则业主委员会应拍卖剩余房产,并将拍卖所得与共有部位、共用设施设备维修基金及业主其他共有财产按建筑面积比例返还给各业主。

第十章　业主大会及业主委员会

第三十六条　业主大会的召开与业主委员会:

1. 在业主入住率达到＿＿＿％及以上时,业主代表、开发企业或物业管理企业应在物业所在区县房地产行政主管部门和街道办事处(乡镇人民政府)的指导下、监督下组成业主大会筹备组,在规定的时间内,组织召开业主大会(或业主代表大会)第一次全体会议,选举产生业主委员会。

2. 开发企业、物业管理企业逾期不组织召开业主大会的,＿＿＿区小区办可以指定业主代表自行组织召开业主大会,选举产生业主委员会。

第三十七条　业主大会的职责:

1. 制定、修改业主公约和业主大会议事规则;

2. 选举、更换业主委员会委员;

3. 制定、修改业主委员会章程;

4. 监督业主委员会的工作;

5. 选聘、解聘物业管理企业;

6. 审议、批准物业管理企业的年度工作计划;

7. 决定共用部位、共用设施设备维修基金的使用、续筹方案,并监督实施;

8. 决定物业管理的其他重大事项。

第三十八条　业主委员会的职责:

1. 组织召开业主大会;

2. 代表业主与业主大会选聘的物业管理企业签订或解除物业管理合同;

3. 监督公共维修基金的使用和管理;

4. 听取业主、使用人的意见和建议,监督物业管理企业的管理服务活动;

5. 执行业主大会的决议、决定;

6. 协助物业管理企业开展各项工作;

7. 公约、会议记录、签到簿、出席委托书及有关文件由业主委员会保管,业主或利害关系人如有书面请求阅览,业主委员会不得拒绝。

第十一章　违约责任

第三十九条　业主、开发企业、物业管理企业执行本公约产生的纠纷和争议,可通过协商和调解的方式解决,也可向____市仲裁委员会申请仲裁(或向物业所在地人民法院提起诉讼)。

第四十条　业主、使用人违反本公约和物业使用管理维修规定的,应承担相应的民事责任。对违反本公约的,业主委员会、相关业主及使用人、物业管理企业可依照本公约向物业管理行政主管部门投诉,也可直接向有管辖权的人民法院(或仲裁机构)提起诉讼(或仲裁)。

第四十一条　业主、使用人未按照本公约或《物业管理委托合同》缴纳物业管理费用的,物业管理企业可按每日加收应缴纳费用的____‰的滞纳金或按约定加收滞纳金。对于超过18个月不缴纳物业管理费的业主,业主委员会、物业管理企业可向房地产行政主管部门申请禁止该业主所欠费物业的转让、出租和抵押,也可向人民法院申请追缴。

第四十二条　业主大会、业主委员会做出的决定违反本公约或公共利益的,业主、物业管理企业可以向政府物业管理行政主管部门或人民法院申请撤销业主大会、业主委员会的决定。

第四十三条　开发企业未履行工程质量保修责任的,业主及业主委员会可要求其赔偿损失。

第四十四条　物业管理企业违反《物业管理委托合同》规定或本公约的,业主及业主委员会可依照合同或本公约追究其经济责任。

第十二章　附　　则

第四十五条　本公约的效力及于开发企业、业主和物业管理企业。

第四十六条　本公司适用中华人民共和国法律、法规、政府规章有关政策以及____市法规、政府规章和有关政策。公约不得与前述法律、法规、规章、政策相抵触,如有抵触,该条款无效,但不影响其他条款的有效性。

第四十七条　业主委员会拥有对公约的解释权,但在业主委员会成立前,由开发企业解释。业主委员会成立前,开发企业不得对已核准的公约进行修改。业主委员会成立后,可由业主委员会根据业主大会决议对公约进行修改。修改后的公约，应重新申请核准。

第四十八条　本公约报＿＿＿＿市国土资源和房屋管理局备案。

第四十九条　本公约向市国土资源和房屋管理局报审一式六份，经核准后，市国土资源和房屋管理局备案两份，＿＿＿＿区小区办备案一份，开发企业留存一份，物业管理企业一份，业主委员会一份。

业主大会议事规则(示范文本)

第一章　总　　则

第一条　为了规范业主大会的活动，维护业主的合法权益，根据《物业管理条例》、《业主大会规程》及《＿＿＿＿＿＿业主大会章程》制定本业主大会议事规则。

第二章　业主大会中业主投票权的确定办法

第二条　业主在业主大会会议上的投票表决权，按业主拥有房屋的套数行使，业主每拥有一套房屋拥有一票投票表决权。

如业主房屋超过＿＿＿＿＿＿＿＿平方米(此数额为所有业主房屋建筑面积的平均数)，每超过前述平均数1倍的业主，其拥有二票投票表决权，若超过前述平均数2倍的业主，其拥有三票投票表决权，房屋面积若超出3倍以上的，按此方法依次类推，若房屋面积虽然超过前述平均数，但实际面积不是平均数的倍数，则超过部分的投票表决权忽略不计。

第三条　业主大会会议召开之前，业主委员会的秘书应将小区内每一位业主的姓名、住址、通讯地址、联系电话、拥有的投票表决权的票数登记造册，同时要提前3天将每一位业主在今后所有的业主大会会议中拥有的投票表决权的票数书面通知每一位业主。

每一位业主收到秘书的书面通知后，对所持有的投票数持有异议，应在15日以内向业主委员会申请复议一次，逾期申请或未申请复议，均视为其同意秘书所登记的其所拥有的投票数。

第三章　业主委员会委员的组成和委员的任期及业主委员会会议的方式

第四条　业主委员会系业主大会的执行机构。首次业主大会会议由业主大会筹备组组织召开，业主委员会的委员由首次业主大会选举产生。以后的业主大会由业主委员会组织召开。

第五条　业主委员会经业主大会选举共有5至9名委员组成，委员名单为：＿＿＿＿＿＿＿＿。每名委员的任期为2年，可以连选连任。

第六条　业主委员会应当自选举产生之日起3日内召开首次业主委员会会议，推选产生业主委员会主任1人，副主任1—2人，秘书1人，业主委员会的委员均享有同等的投票权。业主委员会的主任为：＿＿＿＿＿＿　副主任为：＿＿＿＿＿＿　秘书为：＿＿＿＿＿＿。

第七条　业主委员会会议应当有过半数委员出席，做出决定必须经全体委员人数半数以上同意。

第八条　业主委员会的会议方式可以是电话会议、也可以到小区的固定场所集体讨论，也可以采取互发电子邮件等方式召开，但业主委员会会议应当由秘书在当时或事后作书面记录，由参与或出席会议的委员签字后存档。

业主委员会的决定应当由秘书以书面形式在物业管理区域内及时公告。

第九条　经三分之一以上业主委员会委员提议或者业主委员会主任认为有必要的，应当及时召开业主委员会会议。会议召开3天前，由秘书电话通知每位委员。

第四章　业主大会的议事方式

第十条　业主大会会议由业主委员会依法召集,由委员会主任主持。业主委员会主任因故不能履行职务时,由业主委员会主任指定的副主任或其他委员主持。主任和副主任均不能出席会议,主任也未指定会议主持人的,由出席会议的业主共同推举一名业主主持会议,会后应及时将会议内容告知未出席的委员,并且要书面记录该委员的具体意见。

第十一条　业主委员会应当在业主大会会议召开10日前,由业主委员会的秘书将会议通知及会议拟讨论的事项以书面挂号信的形式寄往每一位业主所登记的通讯地址,该挂号信寄出三天后即视为送达,具体时间从挂号信寄出后的第二天开始计算。此外,业主委员会的秘书同时要将会议通知在物业管理区域内提前10日公告。

住宅小区的业主大会会议,业主委员会的秘书应当同时告知相关的居民委员会。

第十二条　业主在收到业主委员会秘书面的召开大会的通知后,本人未亲自到会,也未委托他人出席会议的,视为其放弃了自己的投票表决权,但该次业主大会形成的决议其必须服从。若该业主提前三天向业主委员会秘书提出请假申请,则在业主大会闭会后的三天内,秘书必须将大会会议内容通知该业主,该业主仍可在当天内以书面形式对会议内容进行投票,秘书必须将该业主大会业主的投票数重新进行整理。若该业主没有在规定的期限内发表书面意见,则视为其同意业主大会的决议。

第十三条　物业管理区域内业主人数较多的,可以幢、单元、楼层等为单位,推选一名业主代表参加业主大会会议。

推选业主代表参加业主大会会议的,业主代表应当于参加业主大会会议3日前,就业主大会会议拟讨论的事项书面征求其所代表的业主意见,凡需投票表决的,业主的赞同、反对及弃权的具体票数经本人签字后,由业主代表在业主大会投票时如实反映。业主代表出席会议时,须向业主大会提供业主书面的委托书。

业主代表因故不能参加业主大会会议的,其所代表的业主可以另外推选一名业主代表参加。

第十四条　业主大会会议的地点可以是固定的,也可以是不固定的,会议形式可以采用集体讨论的形式,当场由业主委员会秘书记录,最后形成决议,也可以是业主委员会秘书给每位业主送达书面征求意见函,随后根据业主的书面答复进行整理,最后按本规则所约定的计票方法统计业主的投数,最后形成大会决议,该决议在3天之内,秘书必须在公告栏内公告。

每次业主大会的召开必须有本小区内持有1/2以上投票表决权的业主参加方为有效。

第十五条　业主大会会议分为定期会议和临时会议。

业主大会应当每年召开两次定期会议,由业主委员会组织召开,召开的时间可以确定为每年年初的____月____日和年末的____月____日。特殊情况时间若有变化,秘书另行书面通知。

有下列情形之一的,随时可以召开临时业主大会:

(1)委员人数少于章程所定人数的三分之二时;

(2)需要向业主收取业主大会、业主委员会的办公经费时;

(3)需要确定业主委员会每位委员的津贴数额时;

(4)需要审批业主委员会制订的年度经费预算计划时;

(5)需要审议业主委员会上一年度的经费开支是否合理时;

(6)距物业管理合同到期日三个月前;

(7)业主委员会任期届满两个月前;

(8)小区业主的公共利益遭到侵害时,需要聘请会计师审查物业公司的账目时,或为了维护公共利益,需要聘请律师以全体业主名义提起诉讼时;

(9)经20%以上的业主书面请求时;

（10）发生重大事故或者紧急事件需要及时处理的；

（11）业主委员会认为有必要时；

（12）业主大会章程或者业主公约规定的其他情况。

临时业主大会只对通知中列明的事项做出决议。

第五章　业主大会的表决程序

第十六条　业主大会决议分为普通决议和特别决议。

业主大会做出普通决议，应当经代表1/2以上投票表决权的业主通过。业主大会做出特别决议，应当经代表2/3以上投票表决权的业主通过。

第十七条　下列事项由业主大会以普通决议通过：

（1）选举、更换业主委员会委员；

（2）监督物业公司的工作；

（3）监督实施专项维修资金的使用及续筹方案；

（4）需要聘请会计师或律师时。

第十八条　下列事项由业主大会以特别决议通过：

（1）修改业主大会章程；

（2）制定和修改业主公约及本业主大会议事规则；

（3）选聘、解聘物业管理企业；

（4）决定专项维修资金的使用和续筹方案；

（5）决定业主交纳业主大会、业主委员会的办公经费的具体数额时；

（6）需要确定业主委员会每位成员的津贴数额时；

（7）需要提审审批业主委员会制订的年度经费计划时；

（8）法律、法规或者业主大会章程规定的其他重要事宜。

第十九条　业主大会会议应当由业主委员会秘书作书面记录并存档。

第二十条　业主的投票由业主委员会的秘书统计，业主大会的决定应当以书面形式在物业管理区域内及时公告。若业主认为投票的统计数额有误，可以到业主委员会秘书处查看投票的书面凭证。

第六章　业主大会及业主委员会的办公经费

第二十一条　业主大会和业主委员会开展工作的经费由全体业主承担。

第二十二条　业主大会及业主委员会的办公经费的来源及组成：

（1）小区顶楼和外墙的广告收入；

（2）小区全体共用部位作为经营场所所得的经营收入；

（3）业主大会或业主委员会依据《业主公约》及《业主大会章程》等对违反公共利益的相关业主要求其支付的违约金；

（4）业主交纳的业主大会及业主委员会的办公经费。

第二十三条　在没有第二十二条的前三项的费用之前，由业主委员会组织召开临时业主大会，决定每位业主先行交纳前述费用的具体数额，并有业主委员会秘书负责收取。如第二十二条前三项的费用已经实际存在，并且能够保证业主大会及业主委员会正常工作需要的，不得向业主另行收取任何前述经费。

第二十四条　业主大会及业主委员会的办公经费中由业主交纳的部分由业主在物业管理费之外另行缴纳，经业主大会授权也可由物业管理公司在收取物业费时一并收取，并在收款收据上加盖业主大会的公章，然后将其所代收的经费向业主委员会移交。

第二十五条　业主大会及业主委员会的办公经费由业主委员会设置专用活期存折进行统一管理,该经费的开支由业主委员会主任签字方可开支。

第二十六条　业主大会及业主委员会的经费开支包括:

(1)业主大会和业主委员会会议支出;

(2)业主委员会人员的津贴;

(3)必要的日常办公费用;

(4)维护业主共同利益所支出的费用;

(5)聘请会计师、律师所支出的费用;

(6)业主大会决定的其他须开支的费用。

第二十七条　业主大会和业主委员会工作经费的使用情况业主委员会秘书应当定期以书面形式在物业管理区域内公告,接受业主的质询。并且该经费的使用情况,业主委员会必须在年终业主大会上向全体参加会议的代表汇报。第2年经费的使用额度由前1年年终业主大会上由业主代表讨论,最后制订一个预算方案,第2年经费必须在预算内支出。

第七章　业主大会及业主委员会的印章

第二十八条　业主大会和业主委员会的印章由业主委员会负责到有关部门各刻制一枚,并到相关的政府部门登记备案。

第二十九条　上述两枚印章均由业主委员会负责管理,业主委员会内部实行主任负责制。

第三十条　上述两枚印章的使用必须是业主大会和业主委员会按业主大会章程的规定履行其应尽职责时方能使用。印章的使用每次必须有业主委员会主任的书面签字方能使用,使用人须在秘书处做书面登记,且盖章的文件必须在秘书处备案一份。

第三十一条　违反印章使用规定,造成经济损失或者不良影响的,由责任人承担相应的责任。

第八章　效　　力

第三十二条　本业主大会议事规则由业主大会筹备组成员2/3投票权的业主通过即产生法律效力。

第三十三条　本业主大会议事规则不得与现行或将来国家法律、法规、部门规章及政府文件相抵触,否则,相抵触的相关条款无效。

物业管理招标书
招标须知(示范文本)

1　物业概述

1.1　物业名称(以下简称该项目):

1.2　物业地点:＿＿＿市＿＿＿区＿＿＿街＿＿号

1.3　物业规模:＿＿＿＿＿＿＿＿＿

1.3.1　建筑面积＿＿＿万平方米,其中地上占＿＿＿万平方米,地下占＿＿＿万平方米;

1.3.2　停车场规模＿＿＿个车位;

1.3.3　物业管理区内人口＿＿＿人;

1.3.4　物业管理区占地面积＿＿＿万平方米;

1.3.5　物业管理区内的其他设施:＿＿＿＿＿＿＿＿＿＿＿＿。

1.4　物业管理合同形式:小区业主委员会委托物业公司管理,签订专业的委托管理合同。

1.5　招标范围:

1.6　招标方式:邀请招标。

1.7　本次招标将按照《中华人民共和国招投标法》和北京市的有关规定遵循公开、公平、公正的原则进行。

2　合格条件与资格要求

2.1　投标人应至少满足以下合格条件

a　具有物业管理＿＿＿级资质;

b　有独立法人资格;

c　有相关小区管理经验;

d　信誉良好、实力雄厚、管理科学、能使本小区管理上一档次,满足小区居民的要求。

2.2　为了被授予签订合同的资格,投标单位应按招投标书附表格式提供令招标人满意的资格文件。为此,所提交投标文件中至少应包括下列资料:

a　有关确立投标单位法律地位的原始文件的复印件(包括营业执照、资质等级证书等其他相关资料);

b　投标单位近年完成小区管理和现在正在管理小区的情况;

c　提供小区物业管理经理、各部门主要负责人(物业经理)简历及拟投入本项目的其他管理和主要人员情况;

d　提供为完成本小区管理拟采用的主要经营策略;

e　投标银行保函;

f　投标保证金契约担保书;

g　投标人保证书;

h　授权书。

2.3　由两个或两个以上单位组成联合体共同投标时,除按本条上述要求提供参加联合体的每一成员资料外,还应符合下列要求:

a　投标人的投标文件及中标后签署的合同协议书对联合体的每一成员均有法律约束力;

b　联合体的各成员应签订联合体协议书,明确所有联合体成员按合同条件实施合同所共同和分别承担的责任、义务及连带责任,联合体协议书须由所有成员的合法代表共同签署,该协议书副本应随投标文件一同提交招标人;

c　在联合体协议书中必须明确一家联合体成员作为主办人,该主办人被授权代表任何或全部联合体成员承担合同中的一切责任和接受指示,合同的整个实施应由该主办人负责,联合体主办人授权书应由联合体所有成员的合法代表共同签署,并附在联合体协议书中;

d　尽管委托了联合体主办人,但联合体各成员在投标、签订合同协议书及履行合同的过程中,仍负有共同和分别的法律责任;

e　参加联合体的各成员不得再以自己的名义单独投标,否则,有关投标将被拒绝。

2.4　除非另有规定或说明,本须知中“投标人”一词亦指联合体各成员。

3　投标费用

3.1　投标人应自行承担编制、递交投标文件所涉及的一切费用。招标人无须对投标人因本次招标事宜引起的任何费用或损失负责。

4　管理目标

该项目无论从设计上、建筑上以及规模上,都可在本地及乃至全国名列前茅,因此在管理上也应达到与之相匹配的水平,具体管理目标是:

4.1　树立正确的物业管理观念,以“服务至上,客户第一”为管理宗旨,从而达到一流的管理、一流的形象、一流的效益,以提高整个物业的档次和社会形象。

4.2　该物业入伙开园后 1 年内，使该物业的管理水平达到本地区先进。

4.3　2 年内使该物业达到省（直辖市）内先进水平。

4.4　3 年内力争达到全国物业管理优秀的标准。

5　投标文件的组成内容

5.1　投标人准备的投标文件至少应包括以下各项内容：

a　投标书及其附录、附表格式；

b　授权书（法定代表人及项目经理授权书）；

c　物业管理建议书；

d　合同协议书格式；

e　履约担保格式；

f　证明合格条件和资格的其他材料。

5.2　投标人应认真阅读招标文件的全部内容。如果投标文件不能满足招标文件要求，责任由投标人自负。

5.3　凡获得招标文件者，无论投标人中标与否，均应对招标文件保密，并承担因其泄密而引起的一切责任。

6　招标文件的修改

6.1　招标人在投标截止日期前的任何时候，可因任何原因对招标文件进行修改，并以向投标人发出补充招标文件的形式做出。

6.2　招标补充文件将以书面形式发给所有获得招标文件的投标人。投标人收到招标补充文件后，应在 24 小时内以书面形式向招标人确认收到。

6.3　如果招标人对招标文件进行了修改，当他认为必要时，可以通知投标人延长投标截止日期。

7　现场考察

7.1　投标人应按投标邀请书规定的时间和地点，参加由招标人组织的对现场及周围环境进行的考察，有关费用由投标人自理。

7.2　招标人组织的现场考察仅是对招标物业现场基本情况的初步考察，并不承担满足投标人获取投标所须全部资料的责任。投标人应自负其责地获得与编制投标文件有关的一切必须材料。

7.3　现场考察后，投标人将被认为已了解该物业的基本情况，物业的地理环境、各种配套设施、文化背景、市政配套情况、通讯、交通、周边物业状况、工作环境及一切可能对该物业管理构成影响的现场和周围环境情况，并已充分认识到自己应承担的义务、责任和风险，以便将所有因现场环境因素产生的费用包括在投标报价中。招标人不再接受任何与现场环境有关的索赔。

7.4　在现场考察过程中，投标人如发生人身伤亡、财产或其他损失，不论何种原因所造成，招标人均不负责。

8　语言

8.1　投标文件及投标人与招标人之间的一切往来函件均应使用中文。投标人随投标书提供的证明文件和印刷品可以使用其他语言，但必须附中文译本。投标书的解释以中文为准。

8.2　投标人准备的投标文件必须毫无例外地使用招标文件所提供的投标文件格式。

9　报价编制要求

9.1　投标单位按物业管理目标及管理预算方案、北京市有关规定、结合市场实际情况编制该项目管理费用概（预）算书。

9.2　该物业业主保留对中标人某项报价偏高且明显不合理而无法接受的单价进行调整的权利，并以此作为签订合同协议书的条件之一。

9.3　该投标价将被认为是全面达到本招标文件中已明确的优质物业管理标准的报价。

10　投标货币

10.1　本招标物业项目采用人民币。

11　投标书有效期

11.1　自递交投标书截止日算起60天。

11.2　在原定投标书有效期届满之前,招标人可向投标人提出延长投标书有效期的要求。这种要求和答复应以书面形式进行。拒绝延期的投标人将失去中标资格,但不会失去投标保证金或保函。接受延期的投标人,不需要也不允许修改它的投标文件,但必须相应地延长投标保证的有效期。

12　投标文件的形式和签署

12.1　投标人应按本投标书第5条的规定,向招标人递交一式五份投标文件,正本一份,副本四份,并应在文件封面上标明"正本"和"副本"字样,当正本与副本不一致时,以正本为准。

12.2　所有文件均应打印(签字除外)。

12.3　"投标书"应由投标人的合法代表(法定代表人或其授权的代理人)签署。投标文件中正本的任何一页,都要由"投标书"签署人小签。投标文件不应有任何改动,否则应由"投标书"签署人在改动处签字并加盖投标单位公章。

13　投标文件的密封与标识

13.1　投标人应将投标文件的正本和副本分别密封在内、外两层信封中,并在内、外两层信封上均标明"正本"、"副本"字样。

13.2　递交投标文件时,正、副本应分别包装在两个密封袋中。

内层信封上应分别写明投标人(作为收件人)和招标人(作为发件人)的名称及地址,以便因标书迟到或其他原因宣布不能接受时,招标人得以将标书原封退回。内层信封的封口外应加盖投标单位公章和法定代表人名章。

13.3　投标密封必须在投标文件袋背面上方开口外密封,并填写密封日期。封条上加盖投标单位公章和法人代表印鉴各两枚。投标文件袋正面按照规定加盖投标单位公章和法定代表人印鉴各一枚。

14　投标截止时间

14.1　投标人应在投标邀请书规定的递交投标书截止时间之前,将投标文件送到招标人指定地点。未密封的投标文件将不予接受。迟到的投标文件将被原封退回。

14.2　投标人在递交投标文件的同时必须退回全部资料。否则,投标文件将不被接收。

15　开标

15.1　本招标项目将按投标邀请书中规定的时间和地点,对所有已签收的投标文件进行开标。投标人应派法定代表人(持本人身份证明)或其授权代表(携本人身份证明及授权书)出席。

15.2　在开标时,招标人将当场对已签收的所有投标文件的正本进行开封,并核查每一份投标文件的密封、签署、投标书内容等有关情况,以确定其完备性。

15.3　在进行上述核查后,将宣布不符合要求的投标人的名称,并同时宣布符合要求的投标单位名称。

15.4　开标结果宣布完后,由各投标人的合法代表人对开标结果当场签署确认。投标人不出席开标活动,将被视为自动放弃投标。

15.5　有下列情况之一者,将以废标处理,予以拒绝:

a　投标文件签署不全或不符合要求;

b　"投标书"中未填报总价;

c　投标文件将招标文件的格式、文字进行任何改动;

　　d　投标文件未按招标文件规定的内容、格式、顺序编写。

16　投标文件的评价和比较

　　16.1　在评标阶段，招标人认为需要时可要求投标人澄清投标书中的问题，或要求补充部分其他资料，或要求对其管理方案进行答辩。对此投标人不得拒绝，并应以书面形式送交招标人。但投标人不得借澄清问题的机会，对原投标报价和标书内容提出任何形式的修改。

　　16.2　在对投标文件进行评审前，招标人将首先对投标文件按照本招标书中的有关规定进行符合性审查。

　　16.3　对于通过符合性审查的投标文件，招标人将对其管理方案和管理(概)预算进行校核，并对管理(概)预算在算术上或累加运算上的错误予以修正。

　　16.4　招标人将只对合格的招标单位管理费用(概)预算符合性和算术性审查，并对符合招标文件规定的投标文件进行评价和比较。经招标人对所有符合投标进行加权平均，计算出复合底。

　　复合标底=各符合投标报价之和/符合投标单位个数

　　高于复合标底+50%以上(不含+50%)的投标，将被视为无竞争性而不进入评比，低于复合标底-20%以下(不含-20%)的投标，将被视为低于成本价也不进入评比。

　　16.5　除评标价之外，招标人还将进行商务评审和技术评审，一经评审后合理代价中标。

　　商务评审的主要内容是：

　　a　总管理(概)预算标价应合理；

　　b　其他影响该物业内业主增加或减少支付的因素；

　　c　投标价与复合标底价相比较；

　　d　未提出与招标文件中合同条款相悖的要求；

　　e　良好的信誉和优良的业绩。

　　技术评审的主要内容是：

　　a　总经理及各项目经理部项目经理、总工的资质、资历；

　　b　现场组织机构，项目经理部其他人员资质、资历；

　　c　以往类似项目经验、管理情况；

　　d　物业管理方案的合理、可行、科学及技术先进性；

　　e　对该物业周边环境的保护措施；

　　f　物业管理各项应急措施；

　　g　质量、消防、交通、环保及安全保证体系及措施；

　　h　专业技术力量能否满足物业管理目标要求。

　　16.6　定标方式

　　招标人将从管理方案的可行性、投标报价、物业管理技术的先进性、质量、安全、消防、交通、环保等保证体系、投标人履约能力、履约信誉、社会声誉等多方面进行商务评审和技术评审，以经评审后确定中标人。

　　16.7　招标人没有义务必须接受最低报价的投标。

17　接受和拒绝投标的权利

　　17.1　招标人在发出中标通知书前有权接受和拒绝任何投标，宣布投标无效或拒绝所有投标，并对由此引起的对投标人的影响不承担责任，也不解释原因。

18　中标通知书

　　18.1　评标结束后，招标人将在投标文件有效期截止日前向中标单位发出中标通知书。中标通知书中写明该物业业主委员会(如在未成立业主委员会前，由该物业的开发商代表全体业主)将与中标单位所签订委托管理合同规定实施和完成本物业项目管理费用总价(即合同价格)。

18.2　中标通知书是合同的组成部分。

18.3　招标人将通知未中标的投标人，但不负责解释未中标原因。

19　履约担保

19.1　中标人在收到中标通知书后10天内，应按招标人的指定或合同条款的规定，向招标人提交一份由银行出据的履约保函，担保金额为合同总价的10%。

20　合同协议书

20.1　中标人应在接到中标通知书后10天内，持履约保函，与招标人签订委托管理合同协议书。

20.2　合同协议书须经双方法定代表人或其授权的代理人签署，加盖公章后生效。

20.3　如果中标人未能遵守前款规定，招标人可宣布中标无效，将合同授予下一个预期中标人，或重新组织招标。

3. 房屋装修装饰

住宅室内装饰装修管理办法

2002 年 3 月 5 日建设部令第 110 号发布

第一章　总　　则

第一条　为加强住宅室内装饰装修管理，保证装饰装修工程质量和安全，维护公共安全和公众利益，根据有关法律、法规，制定本办法。

第二条　在城市从事住宅室内装饰装修活动，实施对住宅室内装饰装修活动的监督管理，应当遵守本办法。

本办法所称住宅室内装饰装修，是指住宅竣工验收合格后，业主或者住宅使用人（以下简称装修人）对住宅室内进行装饰装修的建筑活动。

第三条　住宅室内装饰装修应当保证工程质量和安全，符合工程建设强制性标准。

第四条　国务院建设行政主管部门负责全国住宅室内装饰装修活动的管理工作。

省、自治区人民政府建设行政主管部门负责本行政区域内的住宅室内装饰装修活动的管理工作。

直辖市、市、县人民政府房地产行政主管部门负责本行政区域内的住宅室内装饰装修活动的管理工作。

第二章　一般规定

第五条　住宅室内装饰装修活动，禁止下列行为：

（一）未经原设计单位或者具有相应资质等级的设计单位提出设计方案，变动建筑主体和承重结构；

（二）将没有防水要求的房间或者阳台改为卫生间、厨房间；

（三）扩大承重墙上原有的门窗尺寸，拆除连接阳台的砖、混凝土墙体；

（四）损坏房屋原有节能设施，降低节能效果；

（五）其他影响建筑结构和使用安全的行为。

本办法所称建筑主体，是指建筑实体的结构构造，包括屋盖、楼盖、梁、柱、支撑、墙体、连接接点和基础等。

本办法所称承重结构，是指直接将本身自重与各种外加作用力系统地传递给基础地基的主要结构构件和其连接接点，包括承重墙体、立杆、柱、框架柱、支墩、楼板、梁、屋架、悬索等。

第六条　装修人从事住宅室内装饰装修活动，未经批准，不得有下列行为：

（一）搭建建筑物、构筑物；

（二）改变住宅外立面，在非承重外墙上开门、窗；

（三）拆改供暖管道和设施；

（四）拆改燃气管道和设施。

本条所列第（一）项、第（二）项行为，应当经城市规划行政主管部门批准；第（三）项行

为,应当经供暖管理单位批准;第(四)项行为
应当经燃气管理单位批准。

第七条 住宅室内装饰装修超过设计标准或者
规范增加楼面荷载的,应当经原设计单位或者
具有相应资质等级的设计单位提出设计方案。

第八条 改动卫生间、厨房间防水层的,应当按
照防水标准制订施工方案,并做闭水试验。

第九条 装修人经原设计单位或者具有相应资
质等级的设计单位提出设计方案变动建筑主
体和承重结构的,或者装修活动涉及本办法第
六条、第七条、第八条内容的,必须委托具有相
应资质的装饰装修企业承担。

第十条 装饰装修企业必须按照工程建设强制
性标准和其他技术标准施工,不得偷工减料,
确保装饰装修工程质量。

第十一条 装饰装修企业从事住宅室内装饰装
修活动,应当遵守施工安全操作规程,按照规
定采取必要的安全防护和消防措施,不得擅自
动用明火和进行焊接作业,保证作业人员和周
围住房及财产的安全。

第十二条 装修人和装饰装修企业从事住宅室
内装饰装修活动,不得侵占公共空间,不得损
害公共部位和设施。

第三章 开工申报与监督

第十三条 装修人在住宅室内装饰装修工程开
工前,应当向物业管理企业或者房屋管理机构
(以下简称物业管理单位)申报登记。

非业主的住宅使用人对住宅室内进行装
饰装修,应当取得业主的书面同意。

第十四条 申报登记应当提交下列材料:

(一)房屋所有权证(或者证明其合法权益
的有效凭证);

(二)申请人身份证件;

(三)装饰装修方案;

(四)变动建筑主体或者承重结构的,需提
交原设计单位或者具有相应资质等级的设计
单位提出的设计方案;

(五)涉及本办法第六条行为的,需提交有
关部门的批准文件,涉及本办法第七条、第八
条行为的,需提交设计方案或者施工方案;

(六)委托装饰装修企业施工的,需提供该
企业相关资质证书的复印件。

非业主的住宅使用人,还需提供业主同意
装饰装修的书面证明。

第十五条 物业管理单位应当将住宅室内装饰
装修工程的禁止行为和注意事项告知装修人
和装修人委托的装饰装修企业。

装修人对住宅进行装饰装修前,应当告知
邻里。

第十六条 装修人,或者装修人和装饰装修企
业,应当与物业管理单位签订住宅室内装饰装
修管理服务协议。

住宅室内装饰装修管理服务协议应当包
括下列内容:

(一)装饰装修工程的实施内容;

(二)装饰装修工程的实施期限;

(三)允许施工的时间;

(四)废弃物的清运与处置;

(五)住宅外立面设施及防盗窗的安装要
求;

(六)禁止行为和注意事项;

(七)管理服务费用;

(八)违约责任;

(九)其他需要约定的事项。

第十七条 物业管理单位应当按照住宅室内装
饰装修管理服务协议实施管理,发现装修人或
者装饰装修企业有本办法第五条行为的,或者
未经有关部门批准实施本办法第六条所列行
为的,或者有违反本办法第七条、第八条、第九
条规定行为的,应当立即制止;已造成事实后
果或者拒不改正的,应当及时报告有关部门依
法处理。对装修人或者装饰装修企业违反住
宅室内装饰装修管理服务协议的,追究违约责
任。

第十八条 有关部门接到物业管理单位关于装
修人或者装饰装修企业有违反本办法行为的
报告后,应当及时到现场检查核实,依法处理。

第十九条 禁止物业管理单位向装修人指派装
饰装修企业或者强行推销装饰装修材料。

第二十条 装修人不得拒绝和阻碍物业管理单
位依据住宅室内装饰装修管理服务协议的约
定,对住宅室内装饰装修活动的监督检查。

第二十一条 任何单位和个人对住宅室内装饰
装修中出现的影响公众利益的质量事故、质量

缺陷以及其他影响周围住户正常生活的行为，都有权检举、控告、投诉。

第四章　委托与承接

第二十二条　承接住宅室内装饰装修工程的装饰装修企业，必须经建设行政主管部门资质审查，取得相应的建筑业企业资质证书，并在其资质等级许可的范围内承揽工程。

第二十三条　装修人委托企业承接其装饰装修工程的，应当选择具有相应资质等级的装饰装修企业。

第二十四条　装修人与装饰装修企业应当签订住宅室内装饰装修书面合同，明确双方的权利和义务。

住宅室内装饰装修合同应当包括下列主要内容：

（一）委托人和被委托人的姓名或者单位名称、住所地址、联系电话；

（二）住宅室内装饰装修的房屋间数、建筑面积，装饰装修的项目、方式、规格、质量要求以及质量验收方式；

（三）装饰装修工程的开工、竣工时间；

（四）装饰装修工程保修的内容、期限；

（五）装饰装修工程价格，计价和支付方式、时间；

（六）合同变更和解除的条件；

（七）违约责任及解决纠纷的途径；

（八）合同的生效时间；

（九）双方认为需要明确的其他条款。

第二十五条　住宅室内装饰装修工程发生纠纷的，可以协商或者调解解决。不愿协商、调解或者协商、调解不成的，可以依法申请仲裁或者向人民法院起诉。

第五章　室内环境质量

第二十六条　装饰装修企业从事住宅室内装饰装修活动，应当严格遵守规定的装饰装修施工时间，降低施工噪音，减少环境污染。

第二十七条　住宅室内装饰装修过程中所形成的各种固体、可燃液体等废物，应当按照规定的位置、方式和时间堆放和清运。严禁违反规定将各种固体、可燃液体等废物堆放于住宅垃圾道、楼道或者其他地方。

第二十八条　住宅室内装饰装修工程使用的材料和设备必须符合国家标准，有质量检验合格证明和有中文标识的产品名称、规格、型号、生产厂厂名、厂址等。禁止使用国家明令淘汰的建筑装饰装修材料和设备。

第二十九条　装修人委托企业对住宅室内进行装饰装修的，装饰装修工程竣工后，空气质量应当符合国家有关标准。装修人可以委托有资格的检测单位对空气质量进行检测。检测不合格的，装饰装修企业应当返工，并由责任人承担相应损失。

第六章　竣工验收与保修

第三十条　住宅室内装饰装修工程竣工后，装修人应当按照工程设计合同约定和相应的质量标准进行验收。验收合格后，装饰装修企业应当出具住宅室内装饰装修质量保修书。

物业管理单位应当按照装饰装修管理服务协议进行现场检查，对违反法律、法规和装饰装修管理服务协议的，应当要求装修人和装饰装修企业纠正，并将检查记录存档。

第三十一条　住宅室内装饰装修工程竣工后，装饰装修企业负责采购装饰装修材料及设备的，应当向业主提交说明书、保修单和环保说明书。

第三十二条　在正常使用条件下，住宅室内装饰装修工程的最低保修期限为二年，有防水要求的厨房、卫生间和外墙面的防渗漏为五年。保修期自住宅室内装饰装修工程竣工验收合格之日起计算。

第七章　法律责任

第三十三条　因住宅室内装饰装修活动造成相邻住宅的管道堵塞、渗漏水、停水停电、物品毁坏等，装修人应当负责修复和赔偿；属于装饰装修企业责任的，装修人可以向装饰装修企业追偿。

装修人擅自拆改供暖、燃气管道和设施造成损失的，由装修人负责赔偿。

第三十四条　装修人因住宅室内装饰装修活动侵占公共空间，对公共部位和设施造成损害的，由城市房地产行政主管部门责令改正，造成损失的，依法承担赔偿责任。

第三十五条　装修人未申报登记进行住宅室内装饰装修活动的，由城市房地产行政主管部门责令改正，处5百元以上1千元以下的罚款。

第三十六条　装修人违反本办法规定，将住宅室内装饰装修工程委托给不具有相应资质等级企业的，由城市房地产行政主管部门责令改正，处5百元以上1千元以下的罚款。

第三十七条　装饰装修企业自行采购或者向装修人推荐使用不符合国家标准的装饰装修材料，造成空气污染超标的，由城市房地产行政主管部门责令改正，造成损失的，依法承担赔偿责任。

第三十八条　住宅室内装饰装修活动有下列行为之一的，由城市房地产行政主管部门责令改正，并处罚款：

（一）将没有防水要求的房间或者阳台改为卫生间、厨房间的，或者拆除连接阳台的砖、混凝土墙体的，对装修人处5百元以上1千元以下的罚款，对装饰装修企业处1千元以上1万元以下的罚款；

（二）损坏房屋原有节能设施或者降低节能效果的，对装饰装修企业处1千元以上5千元以下的罚款；

（三）擅自拆改供暖、燃气管道和设施的，对装修人处5百元以上1千元以下的罚款；

（四）未经原设计单位或者具有相应资质等级的设计单位提出设计方案，擅自超过设计标准或者规范增加楼面荷载的，对装修人处5百元以上1千元以下的罚款，对装饰装修企业处1千元以上1万元以下的罚款。

第三十九条　未经城市规划行政主管部门批准，在住宅室内装饰装修活动中搭建建筑物、构筑物的，或者擅自改变住宅外立面、在非承重外墙上开门、窗的，由城市规划行政主管部门按照《城市规划法》及相关法规的规定处罚。

第四十条　装修人或者装饰装修企业违反《建设工程质量管理条例》的，由建设行政主管部门按照有关规定处罚。

第四十一条　装饰装修企业违反国家有关安全生产规定和安全生产技术规程，不按照规定采取必要的安全防护和消防措施，擅自动用明火作业和进行焊接作业的，或者对建筑安全事故隐患不采取措施予以消除的，由建设行政主管部门责令改正，并处1千元以上1万元以下的罚款；情节严重的，责令停业整顿，并处1万元以上3万元以下的罚款；造成重大安全事故的，降低资质等级或者吊销资质证书。

第四十二条　物业管理单位发现装修人或者装饰装修企业有违反本办法规定的行为不及时向有关部门报告的，由房地产行政主管部门给予警告，可处装饰装修管理服务协议约定的装饰装修管理服务费2至3倍的罚款。

第四十三条　有关部门的工作人员接到物业管理单位对装修人或者装饰装修企业违法行为的报告后，未及时处理，玩忽职守的，依法给予行政处分。

第八章　附　　则

第四十四条　工程投资额在30万元以下或者建筑面积在300平方米以下，可以不申请办理施工许可证的非住宅装饰装修活动参照本办法执行。

第四十五条　住宅竣工验收合格前的装饰装修工程管理，按照《建设工程质量管理条例》执行。

第四十六条　省、自治区、直辖市人民政府建设行政主管部门可以依据本办法，制定实施细则。

第四十七条　本办法由国务院建设行政主管部门负责解释。

第四十八条　本办法自2002年5月1日起施行。

住宅工程初装饰
竣工验收办法

1994年6月16日建设部发布

一、为了适应人民生活水平日益提高的需要，便于居民进行家庭装饰，减少浪费，确保住宅工程质量，制订本办法。

二、凡新建的住宅工程，均可按本办法实行初装饰竣工验收评定。对单位自建和急需用的住宅工程，可由建设单位酌定。

三、本办法所称初装饰，是指住宅工程户门以内的部分项目,在施工阶段只完成初步装饰。

房屋竣工验收交付使用后,房屋进行再装饰,按城市房屋装饰管理有关规定执行。

四、住宅工程初装饰的项目、做法和技术质量要求(含留给面层装饰的余量及面层装饰的要求),应在设计文件予以明确,由建设(开发)单位与施工单位通过施工合同确定和实施。

五、住宅工程初装饰的部位和项目:

1. 户门以内的墙面、顶棚的初装饰。

2. 户门以内的楼地面的初装饰,可只完成地面基层(找平层),不做面层。

3. 各种管线设备安装到位,并按规定进行试水、试压和照明线路的绝缘、接地试验。导线截面应满足设计要求。经建设(开发)单位竣工验收后,灯具、水龙头、给水器具、卫生设备等可按合同进行再安装。

4. 户内门窗等油漆工程的防腐底漆应完成,面层可进行再装饰。

5. 厨房、淋浴间的墙、地面的防水措施,应按设计要求一次到位,卫生洁具在设计指定范围内可进行再安装。如有特殊要求,应事先采取措施。

6. 大空间的内部隔断(非承重墙、壁柜、吊柜等),根据设计说明,可进行再安装。

7. 其他项目,可按合同执行。

六、住宅工程初装饰,应符合以下原则:

1. 初装饰只限在户门以内。全部外檐、公用工程和公用的设备应按设计文件要求全部完成。

2. 初装饰项目,必须依据工程设计文件和技术规范、标准施工,不得随意打洞,更不允许取消隔墙等。不准影响结构安全、使用功能和节能效果。

凡属设计文件未说明的项目,如要进行初装饰的,施工单位应与建设单位协商同意,并取得工程设计单位的设计变更手续,方可实施。

3. 涉及与家庭装饰相关的内部隔断、地面、墙面、门口、门窗等初装饰项目,工程设计和施工单位应注意调整标高、尺寸余量。

4. 凡涉及家庭装饰易损坏防水层或易改变电气、燃气线路及影响使用安全的项目,在施工阶段要一次施工到位。

如施工单位按设计图纸施工,并经竣工验收达到规定标准的,在再次装饰过程中,由于措施不当,而造成损坏防水层,改变电气、燃气线路及影响使用安全等质量问题的,原施工单位不再负责。

七、质量标准和检查验收及竣工质量核定、验收时,有什么项目验收什么项目。分项工程不全的,仍按一个分项工程对待。其质量标准按国家《建筑安装工程质量检验评定标准》及有关规定执行。

由于初装饰是二次装饰的基础,其标高、坡度、平整度、棱角等质量要求不能降低,观感质量评定的基准分不变,仍按原标准执行。

八、实行初装饰的住宅,开发(建设)单位应积极创造条件,努力做到预售或预分配,提前征求住户对装饰的要求,然后由物业管理机构,按住户的意见统一进行再装饰。

九、再装饰的工程完成后,均应按国家和当地规定标准,由有关部门组织验收。验收不合格的不得报竣或交付使用。

十、家庭装饰委托的施工队伍,必须是经当地建设行政主管部门核发装修施工资质证书的。不准委托无证单位承揽家庭装饰业务。

十一、凡实行初装饰的工程,因实行初装饰发生的预算差额部分。由建设(开发)单位统一划给物业管理机构,然后,由物业管理机构再按相应的面积比例补偿给住户。

十二、本办法由建设部建设监理司负责解释。

十三、本办法自颁布之日起施行。

家庭居室装饰装修
管理试行办法

1997 年 4 月 15 日建设部发布

第一章　总　　则

第一条　为了加强家庭居室装饰装修管理,保证家庭居室装饰装修工程质量,维护各方当事人的合法权益,根据有关规定,制定本办法。

第二条　本办法所称家庭居室装饰装修,是指居民为改善自己的居住环境,自行或者委托他人对居住的房屋进行修饰处理的工程建设活动。

第三条　凡对家庭居室进行装饰装修和承接家庭居室装饰装修的单位及个人,应当遵守本办法。

第四条　房屋所有人、使用人进行家庭居室装饰装修,凡涉及拆改主体结构和明显加大荷载的,必须按照建设部令第46号《建筑装饰装修管理规定》第八条规定的程序办理;进行简易装饰装修(如仅作面层涂料、贴墙低、铺面砖等)的,应当到房屋产权单位或物业管理单位登记备案。

第五条　国务院建设行政主管部门归口管理全国家庭居室装饰装修的管理。

县级以上地方人民政府建设行政主管部门归口管理本行政区域家庭居室装饰装修的管理。

第二章　家庭居室装饰装修市场管理

第六条　凡承接家庭居室装饰装修工程的单位,应当持有建设行政主管部门颁发的具有建筑装饰装修工程承包范围的《建筑业企业资质证书》。

对于承接家庭居室装饰装修工程的个体装饰装修从业者,应当持所在地乡镇以上人民政府有关主管部门出具的务工证明、本人身份证、暂时居住证,向工程所在地的建设行政主管部门或者其指定的机构登记备案,实行"登记注册、培训考核、技能鉴定、持证上岗"的制度。具体办法由省、自治区、直辖市人民政府建设行政主管部门制订。

第七条　凡没有《建筑业企业资质证书》或者建设行政主管部门发放的个体装饰装修从业者上岗证书的单位和个人,不得承接家庭居室装饰装修工程。

第八条　从事家庭居室装饰装修的单位和个人应当遵循以下规则:

(一)采用的装饰材料不得以次充好、弄虚作假;

(二)施工应符合有关规范要求,不得偷工减料、粗制滥造;

(三)不得野蛮施工,危及建筑物自身的

安全;

(四)不得欺行霸市、强迫交易;

(五)不得冒用其他企业名称和商标;

(六)不得损害居民和其他经营者权益;

(七)国家和地方规定和其他规则。

第九条　有条件的城市可逐步建立家庭居室装饰装修交易市场,为开展家庭居室装饰装修材料营销、装修承包等活动提供交易场所。建设行政主管部门要加强对家庭居室装饰装修交易市场的管理。

家庭居室装饰装修交易市场可以开展信息咨询、投诉、质量评估等服务,以满足家庭居室装饰装修消费者和经营者的需求。

第三章　家庭居室装饰装修工程质量管理

第十条　除自行装饰装修外,居民对于家庭居室装饰装修工程应当选择并委托具有《建筑业企业资质证书》的施工单位,或者具有个体装饰从业者上岗证书个人进行。

第十一条　进行家庭居室装饰装修,不得随意在承重墙上穿洞,拆除连接阳台门窗的墙体,扩大原有门窗尺寸或者另建门窗;不得随意增加楼地面静荷载,在室内砌墙或者超负荷吊顶、安装大型灯具及吊扇;不得任意刨凿顶板,不经穿管直接埋设电线或者改线;不得破坏或者拆改厨房、厕所的地面防水层,以及水、暖、电、煤气等配套设施;不得大量使用易燃装饰材料等。

第十二条　家庭居室装饰装工程可以委托有关质量监督机构进行监督,并按照规定支付监督费用。

第四章　家庭居室装饰装修合同与价格管理

第十三条　实行委托的家庭居室装饰装修,委托人和被委托人应当遵循诚实、平等、公平、自愿的原则,遵照国家和地方的有关规定,签订家庭居室装饰装修合同。

家庭居室装饰装修合同应当包括以下内容:

(一)委托人和被委托人的姓名或者单位名称、住所地址、联系电话、邮政编码,其中个

体装装修从业者还应当填写本人身份证和个体装饰装修从业者上岗证书的号码;

（二）家庭居室装饰装修的间数、面积、装饰装修的项目、方式、规格、质量要求以及质量验收方式;

（三）装饰装修工程的开工、完工时间;

（四）工程保修内容、期限;

（五）装饰工程价格及支付的方式、时间;

（六）合同变更和解除的条件;

（七）违约责任及解决纠纷的途径;

（八）合同的生效方式;

（九）双方认为需要明确的其他条款。

第十四条　家庭居室装饰装修工程的价格,根据市场竞争、优质优价的原则,由委托人和被委托人在合同中约定。

第十五条　家庭居室装饰装修纠纷,可以向当地建设行政主管部门或者其指定的机构进行投诉,也可以向当地人民法院提起民事诉讼。

第五章　家庭居室装饰装修作业现场管理

第十六条　家庭居室装饰装修不论是自行进行还是委托他人进行,都应当采取有效措施,减轻或者避免对相邻居民正常生活所造成的影响。

第十七条　承接家庭居室装饰装修工程的单位和个人,应当采取必要的安全防护和消防措施,保障作业人员和相邻居民的安全。

第十八条　家庭居室装饰装修所形成的各种废弃物,应当按照有关部门指定的位置、方式和时间进行堆放及清运。严禁从楼上向地面或由垃圾道、下水道抛弃因装饰装修居室而产生的废弃物及其他物品。

第十九条　因进行家庭居室装饰装修而造成相邻居民住房的管道堵塞、渗漏水、停电、物品毁坏等,应由家庭居室装饰装修的委托人负责修复和赔偿;如属被委托人的责任,由委托人找被委托人负责修复和赔偿。

第六章　附　　则

第二十条　省、自治区、直辖市人民政府建设行政主管部门可以依据本办法,制定实施细则。

第二十一条　本办法自发布之日起试行。

燃气燃烧器具
安装维修管理规定

2000 年 1 月 21 日建设部发布

第一章　总　　则

第一条　为了加强燃气燃烧器具的安装、维修管理,维护燃气用户、燃气供应企业、燃气燃烧器具安装、维修企业的合法权益,提高安装、维修质量和服务水平,根据《中华人民共和国建筑法》及国家有关规定,制定本规定。

第二条　从事燃气燃烧器具安装、维修业务和实施对燃气燃烧器具安装维修的监督管理,应当遵守本规定。

第三条　本规定所称燃气燃烧器具是指家用的燃气热水器具、燃气开水器具、燃气灶具、燃气烘烤器具、燃气取暖器具、燃气制冷器具等。

第四条　燃气燃烧器具的安装、维修应当坚持保障使用安全、维护消费者合法权益的原则。

第五条　国务院建设行政主管部门负责全国燃气燃烧器具安装、维修的监督管理工作。

县级以上地方人民政府建设行政主管部门或者委托的燃气行业管理单位(以下简称燃气管理部门)负责本行政区域内燃气燃烧器具安装、维修的监督管理工作。

第六条　国家鼓励推广燃气燃烧器具及其安装维修的新技术、新设备、新工艺,淘汰落后的技术、设备、工艺。

第二章　从业资格

第七条　从事燃气燃烧器具安装、维修的企业应当具备下列条件:

（一）有与经营规模相适应的固定场所、通讯工具;

（二）有 4 名以上有工程、经济、会计等专业技术职称的人员,其中有工程系列职称的人员不少于 2 人;

（三）有与经营规模相适应的安装、维修作业人员;

（四）有必备的安装、维修的设备、工具和检测仪器;

（五）有完善的安全管理制度。

省、自治区、直辖市人民政府建设行政主管部门应当根据本地区的实际情况,制定燃气燃烧器具安装、维修企业的资质标准,其条件不得低于前款的规定。

第八条　从事燃气燃烧器具安装、维修的企业,应当经企业所在地设区的城市人民政府燃气管理部门审查批准(不设区的城市和县,由省、自治区人民政府建设行政主管部门确定审查批准机构),取得《燃气燃烧器具安装维修企业资质证书》(以下简称《资质证书》),并持《资质证书》到工商行政管理部门办理注册登记后,方可从事安装、维修业务。

燃气管理部门应当将取得《资质证书》的企业向省级人民政府建设行政主管部门备案,并接受其监督检查。

取得《资质证书》的安装、维修企业由燃气管理部门编制《燃气燃烧器具安装维修企业目录》,并通过媒体等形式向社会公布。

第九条　燃气管理部门应当对燃气燃烧器具安装、维修企业进行资质年检。

第十条　燃气燃烧器具安装、维修企业中直接从事安装、维修的作业人员,取得燃气管理部门颁发的《职业技能岗位证书》(以下简称《岗位证书》),方可从事燃气燃烧器具的安装、维修业务。

第十一条　从事燃气燃烧器具安装、维修的人员,有下列情况之一的,燃气管理部门应当收回其《岗位证书》:

（一）停止安装、维修业务一年以上的;

（二）违反标准、规范进行安装、维修的;

（三）欺诈用户,乱收费的。

第十二条　燃气燃烧器具安装、维修人员应当在一个单位执业,不得以个人名义承揽燃气燃烧器具安装、维修业务。

第十三条　《资质证书》和《岗位证书》的格式由国务院建设行政主管部门制定。

第十四条　任何单位和个人不得伪造、涂改、出租、借用、转让、出卖《资质证书》或者《岗位证书》。

第三章　安　装　维　修

第十五条　燃气燃烧器具的安装、改装、迁移或者拆除,应当由持有《资质证书》的燃气燃烧器具安装企业进行。

第十六条　燃气燃烧器具安装企业受理用户安装申请时,不得限定用户购买本企业生产的或者其指定的燃气燃烧器具和相关产品。

第十七条　安装燃气燃烧器具应当按照国家有关的标准和规范进行,并使用符合国家有关标准的燃气燃烧器具安装材料和配件。

第十八条　对用户提供的不符合标准的燃气燃烧器具或者提出不符合安全的安装要求时,燃气燃烧器具安装企业应当拒绝安装。

第十九条　燃气燃烧器具安装企业应当在家用燃气计量表后安装燃气燃烧器具,未经燃气供应企业同意,不得移动燃气计量表及表前设施。

第二十条　燃气燃烧器具安装完毕后,燃气器具安装企业应当进行检验。检验合格的,检验人员应当给用户出具合格证书。

合格证书应当包括燃气燃烧器具安装企业的名称、地址、电话、出具时间等内容,并有企业公章,检验人员应当在合格证书上签名。

第二十一条　未通气的管道燃气用户安装燃气燃烧器具后,还应当向燃气供应企业申请通气验收。通气验收合格后,方可通气使用。

通气验收不合格,确属安装质量问题的,原燃气燃烧器具安装企业应当免费重新安装。

第二十二条　燃气燃烧器具的安装应当设定保修期,保修期不得低于1年。

第二十三条　从事燃气燃烧器具维修的企业,应当是燃气燃烧器具生产企业设立的,或者是经燃气燃烧器具生产企业委托设立的燃气燃烧器具维修企业。

委托设立的燃气燃烧器具维修企业应当与燃气燃烧器具生产企业签订维修委托协议。

第二十四条　燃气燃烧器具维修企业接到用户报修后,应当在24小时内或者在与用户约定的时间内派人维修。

第二十五条　燃气燃烧器具的安装、维修企业对本企业所安装、维修的燃气燃烧器具负有指导用户安全使用的责任。

第二十六条　从事燃气燃烧器具安装、维修的企业,应当建立健全管理制度和规范化服务标准。

第二十七条　燃气燃烧器具的安装、维修企业,应当按照规定的标准向用户收取费用。

第二十八条　燃气燃烧器具安装、维修企业应当建立用户档案,定期向燃气管理部门报送相关报表。

第二十九条　任何单位和个人发现燃气事故后,应当立即切断气源,采取通风、防火等措施,并向有关部门报告。有关部门应当按照《城市燃气安全管理规定》和《城市燃气管理办法》等规定对事故进行调查。确属燃气燃烧器具安装、维修原因的,应当按照有关规定对燃气燃烧器具安装、维修企业进行处理。

第四章　法律责任

第三十条　燃气燃烧器具安装、维修企业违反本规定,有下列行为之一的,由燃气管理部门吊销《资质证书》,并可处以1万元以上3万元以下罚款:

（一）伪造、涂改、出租、借用、转让或者出卖《资质证书》;

（二）年检不合格的企业,继续从事安装、维修业务;

（三）由于燃气燃烧器具安装、维修原因发生燃气事故;

（四）未经燃气供应企业同意,移动燃气计量表及表前设施。

燃气管理部门吊销燃气燃烧器具安装、维修企业《资质证书》后,应当提请工商行政管理部门吊销其营业执照。

第三十一条　燃气燃烧器具安装、维修企业违反本规定,有下列行为之一的,由燃气管理部门给予警告,并处以1万元以上3万元以下罚款:

（一）限定用户购买本企业生产的或者其指定的燃气燃烧器具和相关产品;

（二）聘用无《岗位证书》的人员从事安装、维修业务。

第三十二条　燃气燃烧器具安装、维修企业没有在规定的时间内或者与用户约定的时间安装、维修的,由燃气管理部门给予警告,并可处以3000元以下的罚款。

第三十三条　无《资质证书》的企业从事燃气燃烧器具安装、维修业务的,由燃气管理部门处以1万元以上3万元以下的罚款。

第三十四条　燃气燃烧器具安装、维修企业的安装、维修人员违反本规定,有下列行为之一的,由燃气管理部门给予警告,并处以5000元以下的罚款:

（一）无《岗位证书》,擅自从事燃气燃烧器具的安装、维修业务;

（二）以个人名义承揽燃气燃烧器具的安装、维修业务。

第三十五条　由于燃气燃烧器具安装、维修的原因造成燃气事故的,燃气燃烧器具安装、维修企业应当承担相应的赔偿责任。

第三十六条　燃气管理部门工作人员严重失职、索贿受贿或者侵害企业合法权益的,给予行政处分;构成犯罪的,依法追究刑事责任。

第五章　附　　则

第三十七条　本规定由国务院建设行政主管部门负责解释。

第三十八条　本规定自2000年3月1日起施行。

关于加强建筑工程室内环境质量管理的若干意见

2002年3月1日建设部办公厅发布

为了预防和控制新建、扩建、改建的民用建筑工程室内环境污染,建设部制定了《民用建筑工程室内环境污染控制规范》(以下简称《规范》),对建筑工程室内氡、甲醛、苯、氨、总挥发性有机化合物(TVOC)含量的控制指标作了规定。这是我国第一部控制室内环境污染的工程建设强制性标准,将从颁布之日起施行。现就贯彻执行《规范》和加强建筑工程室内环境质量管理提出以下意见:

一、提高对建筑工程室内环境污染严重性和控制室内环境污染紧迫性的认识。近年来由于建筑工程环境污染日益严重,已引起社会各界的关注。有关部门制定的建筑和装修材料的环境指标,以及《规划》的颁布实施,基本形成了控制建筑工程室内环境污染的技术标准体系。

各地建设行政主管部门要把控制室内环境污染作为确保建筑工程质量和居民身体健康的一项重要工作，抓实抓好。

二、在勘察设计和施工过程中严格执行《规范》。各地要组织工程建设有关单位学习《规范》，对有关人员进行室内环境污染与控制知识的培训。勘察设计单位要在工程勘察和室内通风、装饰装修设计中充分考虑室内环境污染控制。施工单位和监理单位要作好材料进场检验工作，凡无出厂环境指标检验报告或者放射性指标、有害物质含量指标超标的产品不得使用在工程上。积极引导和鼓励勘察、设计、施工企业贯彻 ISO14000 环境管理体系认证，不断改进施工工艺，开展洁净生产。

三、建立民用建筑工程室内环境竣工验收检测制度。建筑工程竣工时，建设单位要按照《规范》要求对室内环境质量检查验收，委托经考核认可的检测机构对建筑工程室内氡、甲醛、苯、氨、总挥发性有机化合物（TVOC）的含量指标进行检测。建筑工程室内有害物质含量指标不符合《规范》规定的，不得投入使用。

从事建筑工程室内环境质量检测的机构要经过有关部门认证后，方可从事建筑工程室内环境质量检测。

四、加强对建筑工程室内环境质量的监督管理。各级工程质量监督机构应将建筑工程室内环境质量作为工程质量监督的重要内容之一。在工程质量监督机构报送给工程竣工验收备案机关的工程质量监督报告中，应包括对建筑工程室内环境质量监督的结论性意见。备案机关发现建筑工程室内环境质量不符合规范规定的，不得同意备案。对于施工单位不按照设计图纸和强制性标准施工，或者使用国家明令淘汰的建筑材料，使用没有出厂检验报告的建筑材料，不按规定对有关建筑材料进行有害物质含量指标复验的，要根据《建设工程质量管理条例》第六十四条、第六十五条规定对现任单位进行处罚。对于建设单位在竣工验收时不对室内有害物质含量进行检查，或检查不合格擅自投入使用的，要根据《建设工程质量管理条例》第五十八条规定对现任单位进行处罚。

商品住宅装修
一次到位实施细则

1. 2002 年 6 月 26 日国务院各机构、各部、建设部发布
2. 自 2002 年 6 月 26 日起实施

1 导　则

1.1 总　则

1.1.1　为贯彻国务院办公厅 1999 年 72 号文件转发的建设部等部门《关于推进住宅产业现代化提高住宅质量的若干意见》，"加强对住宅装修的管理，积极推广装修一次到位或菜单式装修模式，避免二次装修造成的破坏结构、浪费和扰民等现象"，落实《住宅室内装饰装修管理办法》（建设部令第 110 号）的有关规定，特编制本实施细则。

1.1.2　商品住宅装修一次到位所指商品住宅为新建城镇商品住宅中的集合式住宅。装修一次到位是指房屋交钥匙前，所有功能空间的固定面全部铺装或粉刷完成，厨房和卫生间的基本设备全部安装完成，简称全装修住宅。

1.1.3　本实施细则率先在国家康居示范工程和申请商品住宅性能认定项目执行，其他新建城镇商品住宅可采取分地区、分阶段的方式逐步全面推行。

1.1.4　推行装修准一次到位的根本目的在于：逐步取消毛坯房，直接向消费者提供全装修成品房；规范装修市场，促使住宅装修生产从无序走向有序。坚持技术创新和可持续发展的原则，贯彻节能、节水、节材和环保方针，鼓励开发住宅装修新材料新部品，带动相关产业发展，提高效率，缩短工期，保证质量，降低造价。

1.1.5　坚持住宅产业现代化的技术路线，积极推行住宅装修工业化生产，提高现场装配化程度，减少手工作业，开发和推广新技术，使之成为工业化住宅建筑体系的重要组成部分。

1.1.6　住宅装修产业链框图。（略）

1.2 住宅开发

1.2.1　住宅开发单位必须更新观念，建造全装修住宅，做到住宅内部所有功能空间全部装

修一次到位,销售成品房的价格中包含装修费用,并应在商品房预售合同中单独标明装修标准。

1.2.2 住宅装修应在市场调查的基础上正确定位,装修档次和标准应和住宅本身的定位相一致。在标准化、通用化的前提下,力求多样化。

1.2.3 加强住宅装修组织与管理。对设计、施工和监理单位进行资质审查,运用公开招标形式优选设计、施工和监理单位。贯彻执行国家有关规范、规定和标准,坚持高起点、高标准、高效率和高科技含量,创出装修设计、施工和管理的新水平。

1.3 装 修 设 计

1.3.1 住宅装修必须进行装修设计,由开发单位委托具有相应资质条件的设计单位设计。

住宅装修设计是住宅建筑设计的延续,必须将装修设计作为一个相对独立的设计阶段,并强化与土建设计的相互衔接,住宅装修设计应在住宅主体施工动工前进行。

1.3.2 住宅装修设计必须树立以人为本的设计思想,多方听取意见,细化设计方案,做到符合人体工程学,适应不同的结构形式,功能合理齐全,环境舒适卫生,造价适宜不高,贴近业主的实际需要。装修简洁化,装饰个性化。

1.3.3 住宅装修设计必须执行《住宅建筑模数协调标准》,厨卫设备与管线的布置应符合净模数的要求,在设计阶段就予以定型定位,以适应住宅装修工业化生产的要求,提高装配化程度。

1.3.4 积极推广应用住宅装修新技术、新工艺、新材料和新部品,提高科技含量,取得经济效益、环境效益和社会效益。

1.4 材料和部品的选用

1.4.1 建立和健全住宅装修材料和部品的标准化体系,淘汰技术落后、性能差或不符合卫生要求的材料和部品,开发和发展住宅装修新材料和新部品,进行标准化、系列化、集约化生产,实现住宅装修材料和部品生产的现代化。

1.4.2 住宅装修部品的选用应遵循《住宅建筑模数协调标准》,执行优化参数、公差配合和接口技术等有关规定,以提高其互换性和通用性。

1.4.3 实施材料和部品配套供应,形成成套技术。不但要求主体材料和辅助材料、主件和配件配套、施工专用机具配套,而且要求有关设计、施工、验收等技术文件配套,做到产品先进有标准,设计方便有依据,施工快捷质量有保证。

1.4.4 材料与部品的选择应符合产业的发展方向,经过国家授权机构的测试,满足国家有关环保、节能和节水的最新标准要求,对产品质量责任进行投保;生产企业通过 ISO9000 或 ISO14000 系列认证。

1.4.5 材料与部品采购体现集团批量采购的优势,大幅度降低采购成本。

1.5 装 修 施 工

1.5.1 住宅装修由开发单位委托具有相应资质条件的建筑装饰施工单位施工。

住宅装修应积极推行工业化施工方法,鼓励使用装修部品,减少现场作业量,积极引进和开发、应用施工专用机具,提高施工工艺水平,有效缩短施工周期。

1.5.2 加强施工组织管理,编制施工组织设计,拟定相应措施,有效控制装修施工。

1.5.3 加强质量管理,制定质量通病防治措施,争创优质工程。严把材料和部品质量关,不合格产品不准进入施工现场。

1.5.4 加强安全生产、文明施工管理,坚持安全第一、预防为主的方针,创造良好的施工环境。

1.6 工 程 监 理

1.6.1 住宅装修必须实施工程监理,由开发单位委托具有相应资质条件的监理单位监理。开发单位与所委托的监理单位订立书面委托监理合同。

1.6.2 装修工程监理的目标是:控制投资、进度和质量,强化合同管理和信息管理,协调各方关系。包括以下内容:审核装修合同、审核设计方案、审核设计图纸、审核工程预算、查验装饰材料和设备、验收隐蔽工程、检查工艺作法、监督工程进度、检查工程质量、协助甲方验收装修工程。

1.7　质　量　保　证

1.7.1　确立开发单位为住宅装修质量的第一责任人,承担住宅装修工程质量责任,负责相应的售后服务。建筑装饰施工单位、装修材料和部品生产厂家负责相应施工和产品的质量责任。

1.7.2　建立和推行住宅装修质量保证体系,将设计、生产和施工的质量保证有机地联系起来,便于发现问题,研究对策,改进措施,使装修质量经得起长时间的检验。

1.7.3　住宅开发单位必须向购房者提交装修质量保证书,包括装修明细表,装修平面图和主要材料及部品的生产厂家,并执行有关的保修期。

2　装　修　管　理
2.1　资　质　管　理

2.1.1　推行装修一次到位的商品住宅,由住宅开发单位负责装修工程的全过程,不允许购房者个人聘请施工单位自行装修。

2.1.2　开发单位要严格选择装修设计和装修施工的单位。

(1)根据建设部建设〔2001〕9号文《关于加强建筑装饰设计市场管理的意见》和《建筑装饰设计资质分级标准》,装修设计单位分为甲、乙、丙三个级别,其承担的工程项目不得超过相应级别所规定的业务范围。

(2)装修施工单位,应持有建设行政主管部门颁发的具有建筑装饰装修工程承包范围的《建筑业企业资质证书》、个体装饰装修从业者应具有上岗证书,否则不得承接家庭居室装修工程。

(3)由住宅开发单位通过招标选择的装修施工单位,必须具备一定的规模和经济实力,应符合下列条件:

①具有独立法人资格;

②配备相应的工程预决算人员、工程技术人员和施工管理人员;

③有固定的施工队伍,施工队伍工种齐全,主要技术工人应持有有关部门颁发的技能等级证书;

④装修施工前,应办理一定数额的工程保险。

(4)装修施工单位应当遵循以下规则:

①采用的装饰材料不得以次充好,弄虚作假;

②施工不得偷工减料,粗制滥造;

③不得野蛮施工,危及建筑物自身的安全;

④不得冒用其他企业名称和商标;

⑤不得损害居民和开发单位的权益;

⑥国家和地方规定的有关规范和规则。

2.2　质　量　管　理

2.2.1　工程监理单位或装修质量监督机构对装修工程进行监理,严格执行每道工序特别是隐蔽工程的签字验收制度,以保证对施工质量的控制。

2.2.2　装修施工单位应当按月填写单项工程汇总表,报开发单位和监理单位,以保证施工进度。

开发单位应根据工程汇总表和预算额按时支付费用。

2.2.3　居室装修质量首先应表现在样板间上,样板间要真实地反映装修档次和装修施工质量。交付给购房者的装修质量,不应低于样板间的质量水平。作为装修质量的衡量标准,样板间在购房者入住之前不宜拆除。

2.3　合　同　管　理

2.3.1　住宅开发单位和购房者应按照国家和地方的有关规定签订制式合同,并在房屋结构及设备标准中设置相关全装修标准的内容(参见表4—3《全装修套餐选择表》和表4—2《全装修标准装饰材料》)。

2.3.2　住宅开发单位应在和装修设计单位、施工单位等签订合同,合同中包括全装修的套餐选择和标准装饰材料等内容(参见表4—3《全装修套餐选择表》、表4—2《全装修标准装饰材料》),并规定实施中应贯彻全装修住宅的思想,实行工业化装修方式。

3　装　修　设　计
3.1　一　般　规　定

3.1.1　室内装修的功能

(1)室内空间的美化功能。

主要包括:

①造型艺术处理；

②照明艺术处理；

③材料的色彩，材料的质感。

（2）室内空间的利用和再塑。

①空间的竖向分隔；

②空间的水平分隔；

③空间的有效使用；

④室内外空间的相互渗透。

（3）结构及设备的隐蔽功能。

①土建饰面层的保护；

②水暖电管线及设备的隐蔽和保护；

③防渗防潮的措施。

（4）住宅物理性能的提高。

①提高保温、隔热、隔声、防尘性能；

②提高防火、防跌、防滑、防晒性能；

③延长住宅的使用寿命。

3.1.2　设计步骤与思路

（1）确定标准

配合开发单位通过市场调查研究，结合装修的流行趋势，明确销售对象，确定装修标准。其装修水平至少应达到购房者所期望的档次和标准。

装修一次到位应在土建施工开工前，确定装修设计方案，由开发单位优选队伍，统一组织，采用工业化的集成方式加以实施。装修一次到位应建立在通用化的设计基础之上，其前提是规范化的有序管理。

装修的多样化，可表现在不同套型平面采用不同"菜单"的差异上，精选出具有代表性的装修方案，强调在同一档次上的统一性和均好性，同时通过设计引导消费者向装饰个性化方向发展。

（2）提前衔接

建造全装修住宅，首先要实施土建设计和装修设计一体化。土建设计方案确定后，装修设计单位就应提前介入，针对住宅套内的平面布置、设备及管线的位置，提出相应的装修方案图，两个方案相互补充完善并进行调整。重点解决土建、设备与装修的衔接问题，解决界面的联系，真正达到装修的标准化、模数化、通用化，为装修的工业化生产打下基础，改变土建、装修相互脱节的局面，使室内空间更趋合理。

①土建设计宜选用净模制，用模数空间包容部品群；

②土建设计宜选用定型门窗洞口系列。尽量避免使用刀把门，为后装房门、做门套提供便利条件；

③水、暖、气等设施管道系统应集中定型定位布置，竖向管道宜综合设计应固定在轻钢龙骨支架上，形成定型的预制管束，逐层吊装对接后包敷。水平管道可利用地石垫层、吊顶布置，或采用布管矮墙连接管束中的竖管和洁具；

④强、弱电线路，最好采用独立的布线系统，以便维护、更新线路和增加、改变用电点位置，从而避免影响其他部品和装修面层的完好。

（3）部品集成

设计人员应了解材料部品的规格、式样和品质，以及生产厂家的加工能力和安装方式等，通过组合先在图纸上加以集成。尤其是厨房、卫生间的设备配置，必须通过排列才能确定空间的各种尺寸。对于非标准装修的部位，要进行尺寸实测。工厂加工，现场组装，要求装修设计为现场的快速组装创造接合条件，尽可能减少手工加工的环节。

（4）提供图纸

设计图纸完成后，应向装修施工单位进行交底，说明施工中应注意的问题和技术要求。

设计单位应向开发单位和施工单位提供以下图纸资料：

①装修施工详图（包括水暖电附属专业图）；

②设备部品清单；

③概算。

开发单位应向购房者提供以下竣工图：

①套型（套内）平面图及使用面积；

②选材和设备配置使用说明书；

③设备接口位置和接口图、套内面积。

装修设计图纸作为必备资料交给购房者，购房者对照图纸进行验收。

（5）指导施工

首先指导施工单位做出样板间，以引导装修工程按一个标准全面展开。样板间应以交付给购房者时的实景为主，以带个性化装饰为辅，真实地反映装修一次到位的商品房的内在质量。

设计人员要配合开发单位、监理单位、施工单位，对材料和部品进行把关，现场解决在安装集成过程中的问题,确保装修按图纸施工。

3.1.3 装修的环保原则

室内装修必须十分重视环保及防污问题。要在选材、施工用料方面坚持如下原则:

(1)节约资源

①提倡使用可重复使用、可循环使用、可再生使用的材料。

②选用良好的密封材料,改进装修节点,提高外墙外门窗的气密性。

③选用先进的节能采暖制冷技术与设备。

④选用高效节能的光源及照明新技术。

⑤节约用水,要强制性淘汰耗水型器具,推广节水器具,选用节水水嘴和节水便器。

(2)减少室内空气污染

①选用环保型装修材料。

②选择无毒、无害、无污染环境、有益于人体健康的材料和部品。宜采用取得国家环境标志的材料和部品。

③使用能改善室内空气质量的先进技术及设备。

④防止成品家具对室内造成的污染。

3.2 住宅功能空间设备配置推荐标准

3.2.1 商品住宅装修必须达到购房者入住即可使用的标准,从装修入手,整合提高住宅的品质,达到相应等级的舒适程度。

3.2.2 住宅功能空间的推荐标准:

(1)住宅功能空间推荐标准

标准室内空间等级		设 备 名 称					
		电视插口	电话	空调专用线	电热水器专用线	电源插座	信息插口
主卧室	普通住宅	1	1	√		3 组	1
	中高级住宅	1	1	√		4 组	
	高级住宅	1	1	√		5 组	
双人卧室	普通住宅			√		2 组	
	中高级住宅			√		3 组	
	高级住宅	1	1	√		4 组	
单人卧室	普通住宅			√		2 组	1
	中高级住宅	1		√		3 组	1
	高级住宅	1	1	√		3 组	1
起居室	普通住宅	1	1	√		4 组	
	中高级住宅	1	1	√		5 组	
	高级住宅	1	1	√		6 组	1
厨房	普通住宅					3 组	
	中高级住宅					4 组	
	高级住宅	1	1		5 组		
卫生间	普通住宅					3 组(含洗衣机插座)	
	中高级住宅				√	4 组	
	高级住宅		1		√	5 组	

续表

标准室内空间等级		设 备 名 称					
		电视插口	电话	空调专用线	电热水器专用线	电源插座	信息插口
餐厅	中高级住宅					1组	
	高级住宅	1	1	√		2组	
书房	中高级住宅		1	√		3组	1
	高级住宅		1	√		4组	1
其余设备	给水设备	用水量200升　300升人7日　热水管道系统					
	采暖通风	散热器(空调机)北方地区采暖如用电					
	电器设备	电表5(20)A　10(40)A(特殊设备选型用电量,设计定) 负荷6000W以上					

　　注:这里将住宅分为:普通住宅、中高级住宅、高级住宅。普通住宅相当于商品住宅性能评定中的 A 级商品住宅;中高级住宅相当于商品住宅性能评定中的 AA 级商品住宅;高级住宅相当于商品住宅性能评定中的 AAA 级商品住宅。

　　(2)厨房、卫生间部分

标准功能空间		设施配置标准
厨房	普通住宅	灶台、调理台、洗池台、吊柜、冰箱位、排油烟机(操作面延长线≮2400mm)(防水防尘)吸顶灯,配置厨房电器插座3组
	中高级住宅	灶台、调理台、洗池台、搁置台、吊柜、冰箱位、排油烟机(操作面延长线≮2700mm)、消毒柜、微波炉位、厨房电器插座4组,吸顶灯(防水、防尘型)
	高级住宅	灶台(带烤箱)、调理台、洗池台、洗碗机、搁置台、吊柜、冰箱位、排油烟机(操作面延长线≮3000mm)、微波炉位、电话、电视插口、厨房电器插座5组,吸顶灯(防水、防尘型)
卫生间	普通住宅	淋浴、洗面盆、坐便器、镜(箱)、洗衣机位、自然换气(风道)吸风机、电剃须等电器插座3组,吸顶灯(防水型)镜灯
	中高级住宅	浴盆(1.5m)和淋浴器、(蒸汽房)洗面化妆台、化妆镜、洗衣机位、座便器(2个)、排风扇(风道吹风机、电剃须等电器插座4组,电话(挂墙式分机)接口
	高级住宅	浴盆(水按摩)和淋浴器、(蒸汽房)洗面化妆台、化妆镜、洗衣机位、座便器(2个)净身盆、换气扇、红外线灯、吹风机、电剃须等电器插座5组,电话接口、顶灯、镜灯

　　注:不含整体浴室。

3.3　商品住宅装修防火与安全

　　3.3.1　住宅装修设计应严格执行建筑设计防火规范(GBJ16—87)、高层民用建筑设计防火规范(GB50045—95)、建筑内部装修设计防火规范(GB50222—95)及1999年局部修订条文等规范相关条文。住宅装修设计安全因素要把防火设计放在首要位置。

　　3.3.2　商品住宅装修防火等级:分为高层住宅和低层、多层住宅两个等级,高层住宅为一级防火,低层、多层住宅二级防火。

　　3.3.3　装修材料按其燃烧性能划分为四级,见下表:

装修材料燃烧性能等级

等　级	装修材料燃烧性能
A	不燃性
B1	难燃性
B2	可燃性
B3	易燃性

3.3.4　高层住宅内部装修材料的燃烧性能等级不应低于下表规定：

高层住宅各部位装修材料的燃烧性能等级

建筑等级	顶棚	墙面	地面	隔断	固定家具	装饰织物				其他装饰材料
						窗帘	帷幕	床罩	家具包布	
普通住宅	B1	B2	B2	B2	B2	B2		B2	B2	B2
高级住宅	A	B1	B2	B1	B2	B1		B1	B2	B1

注：本细则中，中高级住宅装修材料的燃烧等级由设计人员视情况确定。

3.3.5　低层及多层住宅内部装修材料燃烧性能等级不应低于下表规定：

低层、多层住宅各部位装修材料的燃烧性能等级

建筑等级	装饰材料燃烧性能等级							
	顶棚	墙面	地面	隔断	固定家具	装饰织物		其他装饰材料
						窗帘	帷幕	
普通住宅	B1	B1	B1	B1	B2	B2		B2
高级住宅	A	B1	B1	B1	B2	B2		B2

注：高级住宅中含中高级住宅。

3.3.6　住宅内部常用装修材料燃烧性能等级划分举例见下表：

材料类别	级别	材料举例
各部位材料	A	花岗石、大理石、水磨石、水泥制品、混凝土制品、石膏制品、石灰制品、粘土制品、玻璃、瓷砖、马赛克、钢铁、铝、铜合金等
顶棚材料	B1	纸面石膏板、纤维石膏板、水泥刨花板、矿棉装饰吸声板、玻璃棉装饰吸声板、珍珠岩装饰吸声板、难燃胶合板、难燃中密度纤维板、岩棉装饰板、难燃木材、铝箔复合材料、难燃酚醛胶合板、铝箔玻璃钢复合材料等
墙面材料	B1	纸面石膏板、纤维石膏板、水泥刨花板、矿棉板、玻璃棉板、珍珠岩板、难燃胶合板、难燃中密度纤维板、防火塑料装饰板、难燃双面刨花板、多彩涂料、难燃玻璃钢平板、PVC 塑料护墙板、轻质高强复合墙板、阻燃模压木质复合板材、彩色阻燃人造板、难燃玻璃钢等
材料类别	级别	材料举例
墙面材料	B2	各类天然木材、木制人造板、竹材、纸制装饰板、装饰微薄木贴面板、印刷木纹人造板、塑料贴面装饰板、聚脂装饰板、复塑装饰板、塑纤板、胶合板、塑料壁纸、无纺贴墙布、墙布、复合壁纸、天然材料壁纸、人造革等
地面材料	B1	硬 PVC 塑料地板、水泥刨花板、水泥木丝板、氯丁橡胶地板等
	B2	半硬质 PVC 塑料地板、PVC 卷材地板、木地板氯纶地毯等

续表

材料类别	级别	材料举例
装饰织物	B1	经阻燃处理的各类难燃织物等
	B2	纯毛装饰布、纯麻装饰布、经阻燃处理的其他织物等
其他装饰材料	B1	聚氯乙烯塑料、酚醛塑料、聚碳酸酯塑料、聚四氟乙烯塑料。三聚氰胺、脲醛塑料、硅树指塑料装饰型材、经阻燃处理的各类织物等。另见顶棚材料和墙面材料内中的有关材料
	B2	经阻燃处理的聚乙烯、聚丙烯、聚氨酯、聚苯乙烯、玻璃钢、化纤织物、木制品等

3.3.7　商品住宅内部装修材料燃烧性能升级使用措施：住宅内部装修应根据不同防火等级的建筑及不同使用部位选择相应的燃烧性能等级的材料。如不能达到以上标准，则应采取必要的防火措施：

（1）安装在钢龙骨上燃烧性能达到 B1 级的纸面石膏板、矿棉吸声板，可作为 A 级装修材料使用。当胶合板表面涂覆一级饰面型防火涂料时，可作为 B1 级装修材料使用。

（2）当胶合板用于顶棚和墙面装修并且不内含电器、电线等物体时，宜仅在胶合板外表面涂覆防火涂料；当胶合板用于顶棚和墙面装修并且内含有电器、电线等物体时，胶合板的内、外表面以及相应的木龙骨应涂覆防火涂料，或采用阻燃浸渍处理达到 B1 级。

（3）当低层、多层民用建筑需要内部装修的空间内装有自动灭火系统时，除顶棚外，其内部装修材料的燃烧材料等级可在 3.3.5 表规定的基础上降低一级；当同时装有火灾自动报警装置和自动灭火系统时，其顶棚装修材料的燃烧性能等级可在 3.3.5 表规定的基础上降低一级，其他装修材料的燃烧性能等级可不限制。

3.3.8　厨房装修材料的燃烧性能规定及消防措施：厨房顶棚、墙面、地面均应采用 A 级装修材料，可考虑安装烟感及喷淋设备。

3.3.9　住宅内灯具安装部位装修材料规定：照明灯具的高温部位，当靠近非 A 级装修材料时，应采取隔热、散热等防火保护措施。灯饰所用材料的燃烧性能等级不应低于 B1 级。

3.3.10　住宅内灯具安装要点：

（1）灯具高温部位与可燃物之间应采取隔热、散热等防火保护措施。如设绝缘隔热物，以隔绝高温；加强通风降温散热措施。

（2）灯饰所用材料的燃烧性能等级不应低于 B1 级。

（3）功率在 100W 以上的灯具不准使用塑胶灯座，而必须采用瓷质灯座。

（4）镇流器不准直接安装在可燃建筑构件上，否则，应用隔热材料进行隔离。

（5）碘钨灯的灯管附近的导线应采用耐热绝缘材料（玻璃浮、石棉、瓷珠）制成的护套，或采用耐热线，以免灯管内高温破坏绝缘层，引起短路。

（6）功率较大的白炽灯泡的吸顶灯、嵌入式灯应采用耐热绝缘护套对引入电源线加以保护。

（7）有一定重量的饰物、吊灯、吊柜以及悬挂的其它物件，一定要解决好构造安装牢固可靠。

3.3.11　装修设计要充分考虑建筑结构的完好性，对结构主体不得拆改。

3.3.12　装修设计不得破坏消防器材及设备，不得影响其使用和标示。

3.3.13　住宅设计中阳台荷载最小，装修设计不宜扩大其原有功能，地面不宜铺设石材。在放置花盆处，必须采取防坠措施。

3.4　装修对室内环境的控制

3.4.1　室内环境质量标准，以满足《民用建筑工程室内环境污染控制规范》的要求。

室内物理环境质量标准

项　　目		指　　标	
光环境		≥1%(室外全天空光照度与室内距窗1米高天然光照度比)	
	照明	起居厅及一般活动区　　30L$_X$	70L$_X$
		卧室、书写阅读　　150 L$_X$	300L$_X$
		床头阅读　　75L$_X$	150L$_X$
		餐厅、厨房　　50 L$_X$	100L$_X$
		卫生间　　20 L$_X$	50L$_X$
		楼梯间　　15L$_X$	30L$_X$
声环境	空气隔声	分护墙、楼板≥40dB　　50dB	
	撞击隔声	楼板≤75dB　　65dB	
热环境(按不同气候区别)	冬季	采暖区　16°　　21°	
		非采暖区　12°　　21°	
	夏季	<28℃	

3.4.2　改善室内热环境措施:

(1)装修设计应妥善考虑散热器的位置及散热效果,不应把散热器包严封死,影响室内热空气的对流。提倡采用先进采暖技术,或选用美观、热效高的新型散热器。

(2)装修设计应充分考虑门窗安装节点,严格门窗安装规程,确保室内的气密性。

(3)装修设计宜通过设置百叶窗或多种窗帘来反射、吸纳阳光,从而达到降低或提高室温的目的。

(4)空调机的室内机安装位置要考虑最佳效果。外窗可附加风扇,加强空气对流。提倡增加新风的设备,改善室内空气质量。

3.4.3　改善室内声环境措施:

(1)铺设架空或有软垫层的地板、地毯、半软质的橡胶地板、软木复合地板,减少固体传声。

(2)提倡采用隔声优良的门、窗和分室隔墙。

(3)提倡墙面贴墙纸、墙布,悬挂装饰物达到吸声效果。

3.4.4　改善室内光环境措施:

(1)尽量采用自然光改善居室卫生指标。

(2)装修设计宜采用浅色及低反射系数的材料,以提高室内亮度,同时避免过强的阳光影响购房者的工作、休息。

(3)通过窗帘的设置,将直射光线变为漫射光线,改善透光系数,调节室内明亮程度。

(4)人工照明应选择恰当的光源及灯具,照度应符合3.4.1表光环境照明部分的规定。

3.4.5　改善室内空气质量:

(1)住宅穿堂风,通风排气烟道和通风设施是保持空气净化、防止空气污染的有效设计,装修时应充分利用,不应破坏。

(2)为避免燃气热水器排出有害气体对人的影响,应采用专用排气道或采用平衡式燃气热水器。

(3)设有空调和采暖设备的房间应增加补充新风的设备或安通风窗,减少空气的滞留。

(4)装修应避免形成通风死角。厨房、卫生间宜装排气扇及门下装百叶,形成负压,有利于空气流动,有利于换气。

3.5　住宅电器线路的装修设计

3.5.1　配电线路应有完善的保护措施,且有短路保护,过负荷保护和接地故障保护,作用于切断供电电源。配电箱内的开关均采用功能完善的低压断路器。每栋住宅楼的总电源进线断路器,应具有漏电保护功能,配电用保护管采用热镀锌钢管或聚氯乙烯阻燃塑料管,阻燃塑料管的质量应符合行业标准规定(氧指数不大于27)。吊顶内强电严禁采用塑料管布线。

3.5.2　电气线路采用符合防火要求的暗敷配线,导线采用绝缘铜线,表前线不应小于10mm^2,户内分支线不小于2.5mm^2。厨房、空调

分支线不应小于 $4mm^2$ ，每套住宅的空调电源插座、与照明电源分路设计，电源插座回路设有漏电保护，分支回路数不少于 6 回。采用可靠的接地方式，并进行等电位联结，且安装质量合格。主要电气材料设备具有出厂合格证等质量保证资料，电源插座均采用安全型。

3.5.3　导线耐压等级应高于线路工作电压，截面的安全电流应大于负荷电流和满足机械强度要求，绝缘层应符合线路安装方式和环境条件。

3.5.4　线路应避开热源，如必须通过时，应做隔热处理，使导线周围温度不超过 35℃ 。

3.5.5　线路敷设用的金属器件应做防腐处理。

3.5.6　各种明布线应水平垂直敷设。导线水平敷设时距地面不小于 2.5m，垂直敷设时不小于 1.5m，否则需加保护，防止机械损伤。

3.5.7　布线便于检修，导线与导线、管道交叉时，需套以绝缘管或作隔离处理。

3.5.8　导线应尽量减少接头。导线在连接和分支处不应受机械应力的作用。导线与电器端子连接时要牢靠压实。大截面导线连接应使用与导线同种金属的接线端子。

3.5.9　导线穿墙应装过墙管，两端伸出墙面不小于 100mm。线路接地绝缘电阻不应小于每伏工作电压 1000Ω 。

3.5.10　考虑到智能化的发展，要为住宅智能化布线安装预留线路。可以隐藏在可拆卸的压顶线、挂镜线、踢脚线中，便于更换。结合装修平面设计，在各功能空间内预留数字视频、信息网络接口，且位置恰当。

商品住宅性能认定对不同等级住宅规定的智能设施标准示于下表。在装修时应考虑各信息点的布线到位，以满足用户方便使用的要求。一般应与智能化设计的集成商共同研究确定。

商品住宅性能等级的智能系统设施

商品住宅等级	高级	中高级	普通
智能设施	▲	▲	▲
设置出入口及周边安防报警和电视监控系统	▲	▲	▲
设置电子巡更系统	▲	▲	▲
设置可视对讲与门控系统	▲	▲	▲
水、电、燃气三表户外计量，有供暖温控、计量设施	▲	▲	▲
设置供电、公共照明、供水、消防、车库等公共设施的电视监控系统	▲	▲	
设置物业管理计算机局部网络系统	▲	▲	▲
设置有线电视网、高速宽带数据光纤传输、交互式数字视频服务信息网络系统	▲		
设置购房者内安防和紧急呼救报警系统	▲		

4　装修实施

4.0.1　住宅装修一次到位的具体实施步骤（表4—1）应围绕全装修住宅 精心组织每个阶段的工作，努力解决传统做法中所带来的一系列问题。

4.0.2　表4—1 到4—3以工程实例为样本，可以在实施中参照执行。

表4—1　传统装修方式和装修一次到位实施对比

装修流程	传统装修做法	装修一次到位	实施提示
装修时间	由购房者自行组织实施。时间在毛坯房或初装修房交房后随个人入住时间而定,容易对周围购房者形成干扰。	由住宅开发单位统一组织,时间在土建完成以后购房者入住之前,不对购房者形成干扰。	住宅开发单位应通过大量的市场调查确定装修标准。表4—3:全装修套餐选择表
装修设计	有的由装修公司设计,也有的没有专门设计。装修和装饰同时进行。装修设计和土建设计脱节,装修设计经常改变管线和隔墙位置。	统一对装修设计进行招标,对装修设计资质严格把关,进行多方案比较并和土建设计相衔接和协调,将装修设计的意见及时反馈给土建设计,注意运用标准化、模数化和通用化,为住宅装修的工业化生产创造条件。	将装修和装饰分开为两个阶段,装修风格简洁大方实用,着重解决功能问题。装修设计造价应和住宅本身的定位相适应,反映装修最新进展,使用新材料和新部品。装修设计的提前介入对土建设计提出了更高的要求,促使土建设计更趋合理。
装修施工组织	多由规模较小的装修企业甚至马路游击队进行施工,无法对施工资质进行把关,与购房者之间缺少稳定的合同关系。	住宅开发单位组织对装修施工进行招标,对装修施工企业资质严格把关,优选信誉好、水平高和具有工业化生产住宅部品的企业完成施工。	装修施工企业应择优选择一家总包单位。
装修材料和部品采购	购房者到装饰市场采购装修材料和部品,因为对装修产品不熟悉,无法保证产品的品质和环保要求。	由住宅开发单位统一组织对装修材料和部品进行招标,企业有责任避免选用对人体有危害的材料。	集团采购大幅度降低装修材料和部品成本。
装修施工	交房时的初装修多被拆毁,造成大量的建筑垃圾和浪费。现场作业工作量大,多以手工操作为主,噪音大,精度差,工期长,工作环境差,危害现场工人身心健康,噪音影响周围购房者,甚至随意拆墙打洞、改动管线,给整栋住宅带来抗震、消防等安全隐患,影响建筑物的使用寿命。	建造全装修住宅,推行住宅装修工业化生产,大大提高劳动生产率,加快施工速度,保证装修质量。	
装修监理	大多数无。	由住宅开发单位选定监理公司进行装修监理。	
质量验收	住宅开发单位交房时为毛坯房,由购房者自行组织装修和对装修质量进行验收,推迟了购房者实际入住时间。	建造全装修住宅,将土建与装修进行紧密衔接,并由住宅开发单位对质量首先进行验收。购房者可以对照样板间对所购住房的装修标准和质量进行验收。	样板间作为装修质量的衡量标准,用于购房者参照验收,在购房者入住之前不宜拆除。表4—2:全装修标准装饰材料

装修流程	传统装修做法	装修一次到位	实施提示
保修、保险和维护	多数无法得到正常的保修和维护，无保险。	由住宅开发单位和选定的装修公司对所有购房者实行统一的质量保证和保修制度，并可和物业公司协商维护。全装修住宅为保险制度在住宅装修中的引入创造条件。	合理界订住宅开发单位和购房者间的责任。
厨房	交房时的初装修多被购房者拆掉，造成大量的建筑垃圾和浪费。		
	土建设计没有考虑室内空间的模数化和标准化，造成空间的浪费和布局不合理，管线位置没有结合室内家具和设备的布置。	装修设计和土建设计同步完成并互相衔接，综合考虑烟道和管线对炊事流程设置的影响。由工厂定型生产各种标准化接口。	重点解决厨房内各种管线的合理敷设问题，使用复合材料管线的暗埋应用技术；
	改动管线可能带来防火方面的安全隐患。	管线应采用新型复合管材，进行隐蔽和暗藏。为加强管道及管件的防腐性能，宜采用新型管材。a. 给水管宜采用铝塑复合管，交联聚乙烯（PE—X）管；b. 排水管宜采用 UPVC 塑料管，有压力部分应采用防腐焊接管；c. 热水管宜采用铜管或 PE—X 管或 PPR 管；d. 燃气管干管应采用防腐无缝钢管，支管应采用 PE—X 管或热镀锌管；e. 电线套管应采用阻燃塑料管或热镀锌管。	设立集中管井于厨房的一角。厨房水平管线应设在橱柜的后面或下方墙角处；对远离集中管井的厨房废水，应设立单独的排水立管。排水管线和睡槽与厨房家具的结合应严密不渗漏水。
	现场测量尺寸现场制作橱柜，不符合家电模数标准和炊事流程的要求，加工周期长，成本高，产品非标化。	根据装修设计，采购符合标准化、模数化和通用化要求的厨房设备，工厂批量生产。实现厨房设备商品化供应和专业化安装服务。成本低、速度快。厨房设备种类和色彩由购房者自行选择。	重视整体设计，厨房家具设备和配件在尺度上要符合建筑模数和设计要求。表4—3：全装修套餐选择表
	墙面砖和地砖都在现场切割并磨砖对缝，材料不符合模数化的要求，精度差，浪费大。	墙面砖和地板砖有可能根据设计的需要和模数化的要求进行批量化定型生产，提高功能的合理性，突出装修特色。	
		烟道采用成品烟道，有效防止倒灌和串味。	

装修流程	传统装修做法	装修一次到位	实施提示
卫生间	建筑设计未考虑室内净尺寸的模数化,管线位置没有结合卫生洁具和洗衣机等的布置。	室内设计和土建设计互相衔接,综合考虑洗衣机和卫生洁具的位置,由工厂定型生产各种标准化接口。	
	采用节水型和品牌卫生洁具。	集团采购降低品牌卫生洁具的成本。	
	装修施工中经常无意破坏防水层,造成渗漏。	装修施工和土建施工衔接良好,有利于提高防火防渗性能。	防水工程和饰面工程同期完成。
	回水弯在下层,检修不方便	管线采用新型复合管材(具体参照厨房),进行隐蔽和暗敷。竖管走管道井,回水弯在同层,检修不对其他层购房者形成干扰。	竖管走管道井,卫生间楼板下沉处理,或设置管束或管墙。
	墙面砖和地板砖都在现场切割并磨砖对缝,材料不符合模数化的要求,精度差,浪费大。	墙面砖和地板砖可以根据设计的要求进行批量化定型生产,提高功能的合理性,突出装修特色。	土建设计和装修设计考虑标准化模数化的要求,为工业化生产提供条件。表4—3:全装修套餐选择表
	整体浴室由工厂生产,现场装配,减轻结构自重,提高工业化生产水平,减少现场作业工作量,极大地缩短施工周期,克服跑、冒、滴、漏的质量通病。	用SMC一体化浴缸防水盘或浴缸和SMC防水盘组合、一体化洗面盆或洗面盆和台板组合、壁板、顶板构成的SMC整体框架,配上各种功能洁具形成的独立卫生单元。	
			土建设计阶段开始选用整体卫生间定型产品,土建施工后期现场装配。
木制产成品	原材料未经处理,含水率偏高,易变形。	木材含水率经严格处理,达到企业或国家标准。	表4—3:全装修套餐选择表
	以手工作业为主,机械	加工为辅,加工精度差。以工业化机械加工为主,加工精度高,周期短。	
	现场作业噪音较大,对周围购房者干扰大。	现场作业以拼装为主,噪音小,施工周期短。	
	现场制作的木制品,表面着色、刷漆,施工环境恶劣,施工条件无法保证施工质量。气味长期难以散尽,影响人体健康。	由工厂提供木制产成品,在工厂完成着色、喷漆等工艺流程,现场用胶粘接。	装修定货安装合同

装修流程	传统装修做法	装修一次到位	实施提示
地面	装修材料不适合地面设计保留的厚度，形成地面高差，甚至材料使用不当加大地面荷载，形成安全隐患。	装修材料可由住宅开发单位提供有限的菜单，购房者在购房时进行选择。	在装修设计过程中考虑到土建设计的要求，土建设计给装修设计选择地面留有余地。表4—3：全装修套餐选择表
	地面面材现场手工切割，精度较低，成本较高，材料浪费大。	地面面材在工厂切割，精度高，成本低。	

表4—2　全装修标准装饰材料

位置	项目	名称	品牌	规格/型号	颜色	备　注
客厅	地坪	实木地板	＊＊＊	90＊900	金黄/暗红	可供客户选择
		仿古地板	＊＊＊	500＊500		
	墙面	乳胶漆	＊＊＊		浅黄	
	平顶	乳胶漆	＊＊＊		白色	
	过道平顶	乳胶漆	＊＊＊		白色	
	踢脚板	红橡木	＊＊＊	12＊120	木色	
	灯具	多头吊灯	＊＊＊		白色	
	分户门	多木大门	＊＊＊	900＊2050	木色	
	门套线	实木	＊＊＊		木色	
	大门锁		＊＊＊		金黄	
	门槛石	大理石	＊＊＊	280＊900	绿色	
	跃层扶手	实木扶手	＊＊＊	900 高		
	台阶面	大理石	＊＊＊		绿色	
	开关、插座		＊＊＊		白色	
餐厅	地坪	实木地板	＊＊＊	90＊900	金黄/暗红	可供客户选择
		仿古地板	＊＊＊	500＊500	米黄	
	墙面	乳胶漆	＊＊＊		浅黄	
	平顶	乳胶漆	＊＊＊	白色		
	踢脚板	红橡木	＊＊＊	12＊120	木色	
	门槛石	大理石	＊＊＊	280＊900	绿色	
	灯具	多头吊灯	＊＊＊		白色	
	开关、插座		＊＊＊		白色	

位置	项目	名称	品牌	规格/型号	颜色	备　注
主卧	地	实木地板	＊＊＊	90＊900	金黄/暗红	
	墙面	乳胶漆	＊＊＊		浅黄	可供客户选择
	平顶	乳胶漆	＊＊＊	白色		
	踢脚板	红橡木	＊＊＊	12＊120	木色	
	灯具	多关吊灯	＊＊＊	白色		
	卧房门	夹板木门	＊＊＊	720＊2050	木色	
	门套线	实木	＊＊＊		木色	
	门锁		＊＊＊		金黄	
	窗台面	大理石	＊＊＊		米黄	
	开关、插座		＊＊＊		黄色	
客卧(1、2)	地	实木地板	＊＊＊	90＊900	金黄/暗红	
	墙面	乳胶漆	＊＊＊		浅黄	供客户选择
	平顶	乳胶漆	＊＊＊		白色	
	踢脚板	红橡木	＊＊＊	12＊120	木色	
	灯具、	多关吊灯	＊＊＊		白色	
	卧房门	夹板木门	＊＊＊	720＊2050	木色	
	门套线	实木	＊＊＊		木色	
	门锁		＊＊＊		金黄	
	窗台面	大理石(进口)	＊＊＊		米黄	
	开关、插座		＊＊＊		白色	
主卫	地坪	仿古砖	＊＊＊	300＊300	土黄/浅蓝	
	墙面	瓷片	＊＊＊	280＊330	白色	供客户选择
	平顶	铝扣板	＊＊＊	0.8CM	白色/蓝色	
	灯具	多头吊灯	＊＊＊		白色	
	卫生间门	夹板木门	＊＊＊	720＊2050	木色	
	门套线	实木	＊＊＊		木色	
	卫生间门锁		＊＊＊		金黄色	
	洁具		＊＊＊		白色	座厕为6升节水型
	洗面盆台面	人造石	＊＊＊		灰白/绿色	供客户选择
	门槛石	大理石	＊＊＊	280＊900	绿色	
	开关、插座		＊＊＊		白色	

位置	项目	名称	品牌	规格/型号	颜色	备 注
客卫	地坪	仿古砖	＊＊＊	300＊300	米黄/白色	
	墙面	瓷片	＊＊＊	200＊300		
	平顶	铝扣板	＊＊＊	0.8cm	白色/蓝色	
	灯具	多关吊灯	＊＊＊		白色	
	卫生间门	夹板木门	＊＊＊	720＊2050	木色	
	门套线	实木	＊＊＊		木色	
	卫生间门锁		＊＊＊		金黄色	
	洁具		＊＊＊		白色	
	洗面盆台面	人造石	＊＊＊		灰白/绿色	座便器为6升
	门槛石	大理石	＊＊＊		绿色	供客户选择
	开关、插座		＊＊＊		白色	
厨房	地坪	仿古砖	＊＊＊	300＊300	土红/浅黄	供客户选择
	墙面	瓷片	＊＊＊	200＊200＊330＊280		
	平顶	铝扣板	＊＊＊	0.8cm	白色	
	灯具	多关吊灯	＊＊＊		白色/绿色	
	门套线	夹板木门	＊＊＊		白色	
	橱柜	实木	＊＊＊			供客户选择
	台面石	大理石	＊＊＊		绿色	
	洗涤盆	不绣钢洗涤盆	＊＊＊	双星		
	水嘴	洗涤盆龙头	＊＊＊			
	开关、插座		＊＊＊		白色	
阳台	阳台地面	仿古砖	＊＊＊	300＊300		
	阳台护栏	铝合金框全夹胶玻璃护栏	＊＊＊			
	阳台落地门	断桥式铝金中空玻璃节能门	＊＊＊		外(内)框黄(白色)玻璃白玻	意大利引进设备涂料美国杜邦
	窗	断桥式铝金中空破璃节能窗	＊＊＊		外(内)框黄(白色)玻璃白玻	

表4—3　全装修套餐选择表

序号	项目名称	选择方案	选择意向
一	客厅、餐厅地面套餐选择	1. 500＊500 规格＊＊牌米黄仿古地砖	
		2. 金黄色木制地板	
		3. 暗红色木制地板	
二	厨房地、墙面套餐选择	1. 300＊米黄色＊＊牌仿古地砖配 200＊200 白瓷片	
		2. 300＊土黄色＊＊牌仿古地砖配 200＊200 白瓷片	
		3. 300＊米黄色＊＊牌仿古地砖配 280＊330 白瓷片	
		4. 300＊土黄色＊＊牌仿古地砖配 280＊330 白瓷片	
三	次卫生间地、墙面套餐选择	1. 300＊米黄色＊＊牌仿古地砖配 200＊300 白瓷片	
		2. 300＊白色＊＊牌仿古地砖配 200＊300 白瓷片	
四	主卫生间地、墙面套餐选择	1. 300＊土黄色＊＊牌仿古地砖配 2800＊30 白瓷片	
		2. 300＊米浅蓝色＊＊牌仿古地砖配 280＊300 白瓷片	
五	卫生间洗手台面套餐选择	1. 浅灰色＊＊牌人造石	
		2. 绿色＊＊牌人造石	
六	近户门及房门套餐选择	1. 白色艺＊＊牌模压门	
		2. 进口木皮饰面木门	
七	厨房橱柜颜色搭配选择	1. 浅绿色以与米黄色柜门搭配	
		2. 浅绿色与白色柜门搭配	
		3. 深绿色与米黄色柜门搭配	

注:表4—1 和表4—2 为国家康居示范工程的一个实例样本,品牌略,可参照执行。

七、房屋拆迁、补偿、安置

《城市房屋拆迁管理条例》导读

　　1991 年国务院曾颁布实施《城市房屋拆迁管理条例》，但是，随着改革的深化和社会主义市场经济的发展，这部条例中的不少规定不适应经济社会发展的需要，在实践中遇到了一些问题：一是，这部条例规定的对被拆迁房屋的所有人的补偿标准过低，不利于维护产权人的合法权利，使得房屋所有权人对拆迁房屋产生抵触情绪；二是，这部条例规定的安置方式单一，对房屋使用人仅规定了实物安置一种方式，导致被安置人因对安置房屋地点等条件不满，迟迟不搬迁，影响拆迁进度；三是，这部条例将户口因素作为确定安置面积的标准，在实践中被一些人所利用，以谋取不正当的利益；四是，这部条例有关强制拆迁的规定不明晰，条件比较模糊，手续复杂，在实践中很难操作；五是，这部条例对拆迁单位的拆迁补偿安置资金运用缺乏有效的监管，有的拆迁人取得拆迁许可证后抽逃资金，导致安置房不能及时建设、补偿安置资金不能及时到位的情况时有发生。

　　针对这些问题，国务院于 2001 年修订并重新颁布了《城市房屋拆迁管理条例》。这次修订，根据实践中出现的新情况、新问题，结合《房地产管理法》、《土地管理法》、《合同法》、《行政诉讼法》、《行政复议法》、《行政处罚法》以及《城市房地产开发经营管理条例》等新出台的法律、行政法规中的有关规定，重点在如下几个方面对原条例进行了修改：保护房屋所有人的合法权益，将拆迁补偿的标准由被拆迁房屋的重置价结合成新结算，修改为根据被拆迁房屋的区位、用途、建筑面积，通过房地产价格评估确定货币补偿金额；明确被拆迁人为房屋的所有人，拆迁补偿的原则是对房屋所有人进行补偿，兼顾对使用人的安置；进一步规范房屋拆迁的行政管理，明确管理程序；充实和完善法律责任，加大对违法行为的处罚力度。

　　通过修改，新的条例明确了城市房屋拆迁中，被拆迁人有权选择在其房屋被拆除后，是获得货币补偿或者是进行产权调换。如果被拆迁房屋属于出租房屋，由房屋所有权人与房屋承租人解除租赁协议，拆迁人只负责对房屋所有权人的补偿或者安置。如果房屋所有权人和承租人无法就解除租赁协议达成一致的，房屋所有权人只能选择实行产权调换，由其与承租人重新订立租赁协议。

　　新的条例还要求拆迁人在领取拆迁许可证时，必须具备相应的条件，提交建设项目批准文件、建设用地规划许可证、国有土地使用权批准文件、拆迁计划和拆迁方案以及办理存款业务的金融机构出具的拆迁补偿安置资金证明。如果拆迁主管部门向不具备这些条件的拆迁人发放拆迁许可证，那么拆迁主管部门的行为就是违法行为，应当依据《行政许可法》的有关规定，承担相应的法律责任。

　　新的条例颁布以后，对于规范各地的拆迁管理工作，保护房屋所有权人、使用权人利益发挥了重要作用，但是在执行中也出现了一些问题，一些地方政府不能严格依法行政，盲目扩大拆迁规模，不能按时、足额地对被拆迁人给予补偿，造成了一些比较严重的社会后果。针对这些情况，建设部于 2003 年底先后制定和公布了《城市房屋拆迁估价指导意见》和《城市房屋拆迁裁决工作规程》，对城市房屋拆迁中的房屋估价和行政裁决作了规范，规定相应的工作程序和要求。国务院办公厅于 2004 年发出了《关于控制城镇房屋拆迁规模，严格拆迁管理的通知》，在通知中要求市、县人民政府要从本地区经济社会发展的实际出发，编制房屋拆迁中长期规划和年度计划，由省级建设行政主管部门会同发展改革(计划)部门审批下达后，由市、县人民政府报同级人大常委会和上一级人民政府备案。

凡拆迁矛盾和纠纷比较集中的地区,除保证能源、交通、水利、城市重大公共设施等重点建设项目,以及重大社会发展项目、危房改造、经济适用房和廉租房项目之外,一律停止拆迁,集中力量解决拆迁遗留问题。通知还严禁未经拆迁安置补偿,收回原土地使用权而直接供应土地,并发放建设用地批准文件的行为。

随着我国土地管理制度的进一步完善,附着于土地之上的房屋管理制度,包括房屋拆迁的管理制度,也必然要进行相应的调整。同时,随着《行政强制法》的起草和制定,拆迁中的强制执行制度也会随之进行必要的修改和完善。目前,由于缺乏统一的《行政程序法》,各个单行法律、法规对于行政程序的规定比较混乱和模糊,随着行政程序法制的完善,也必然对拆迁管理带来深刻的影响。

城市房屋拆迁管理条例

2001 年 6 月 13 日国务院令第 305 号公布

第一章　总　　则

第一条　为了加强对城市房屋拆迁的管理,维护拆迁当事人的合法权益,保障建设项目顺利进行,制定本条例。

[条文注释]

　　本条是关于本条例立法目的的规定。所谓的房屋拆迁,是指建设单位根据城市规划要求和政府有关的批准文件,在取得房屋拆迁许可证的情况下,依法拆除建设用地范围内的房屋和附属物,并对该范围内的居民或者单位进行补偿安置的法律行为。本条例的立法宗旨在于:(1)加强城市房屋拆迁管理。房屋为不动产,是人类赖以生存和发展必不可少的物质资料,涉及社会稳定、城市发展和人民群众的重大切身利益,因此,国家对拆迁活动予以有效管理是非常必要的。(2)保护拆迁当事人的合法权益。拆迁当事人,是拆迁活动的参与者,包括拆迁人、被拆迁人与被拆迁房屋承租人。保护拆迁当事人的合法权益,是促进拆迁活动有序进行的需要,是激发拆迁人、被拆迁人与被拆迁房屋承租人参与城市建设的有利手段。(3)保障建设项目的顺利进行。城市房屋拆迁,是与建设项目紧密相关的活动,是一些建设项目实施过程中必须完成的工作,如果房屋拆迁不能按照计划完成,建设项目的进行势必会受到影响。因此有必要对房屋拆迁活动进行规范和管理。

[参见]

　　《建设部关于贯彻〈城市房屋拆迁管理条例〉

的通知》

第二条　在城市规划区内国有土地上实施房屋拆迁,并需要对被拆迁人补偿、安置的,适用本条例。

[条文注释]

　　本条是关于《城市房屋拆迁管理条例》适用范围的规定。根据本条规定,"城市规划区内国有土地上"的拆迁行为适用本条例。"城市规划区"指的是城市市区、近郊区以及城市行政区域内因城市建设和发展需要实行规划控制的区域。具体范围由城市人民政府在编制城市总体规划时划定。只有规划区内国有土地上的拆迁才适用本条例规定,也就是说,对于集体土地上的拆迁,一律不适用本条例。同时,并非所有在城市规划区内国有土地范围内的房屋拆迁行为,都属于《拆迁条例》调整范围,只有那些需要对被拆迁人进行补偿、安置的房屋拆迁行为,才由《拆迁条例》来规范。不需要对被拆迁人补偿、安置的房屋拆迁行为主要指的是自拆自建的行为,这种行为属于一般的建设活动,依照其他有关法律法规执行。

[参见]

　　《城市规划法》第 3 条

　　《土地管理法》第 2、8 条,第 5 章

　　《土地管理法实施条例》第 2 条

　　《国务院法制办公室对黑龙江省人民政府法制办公室〈关于城市房屋拆迁补偿有关问题的请示〉的答复》

　　《国务院法制办公室对辽宁省人民政府法制办公室〈关于辽宁省采煤沉陷区房屋拆迁适用法律问题的请示〉的答复》

　　《城市房屋拆迁工作规程》第 2 条

第三条　城市房屋拆迁必须符合城市规划,有利于城市旧区改造和生态环境改善,保护文物古迹。

[参见]

《城市规划法》第6条

第四条　拆迁人应当依照本条例的规定,对被拆迁人给予补偿、安置;被拆迁人应当在搬迁期限内完成搬迁。

　　　本条例所称拆迁人,是指取得房屋拆迁许可证的单位。

　　　本条例所称被拆迁人,是指被拆迁房屋的所有人。

[条文注释]

　　本条是关于拆迁当事人及其相关权利义务的规定。根据本条规定,拆迁人是指取得房屋拆迁许可证的单位,个人不能取得拆迁人的资格。被拆迁人是指被拆迁房屋的所有人,不包括房屋的使用人。在拆迁活动中,拆迁人以给被拆迁人补偿安置的代价而取得拆除被拆迁人房屋的权利。因此拆迁人的基本义务是对被拆迁人给予补偿安置。拆迁人的基本义务对应着被拆迁人的基本权利。也就是说,得到补偿安置是被拆迁人的基本权利。这里的补偿安置,是指货币补偿或者产权调换,即拆迁人给予被拆迁人一定价值量的货币或者房屋作为拆迁其房屋的补偿。被拆迁人的基本义务是在搬迁期限内完成搬迁。一般而言,拆迁包括搬迁和拆除两道程序,搬迁是拆除的前提。其中,搬迁是被拆迁人的行为,拆除是由拆迁人来组织的。由于被拆迁人是以失去被拆迁房屋为代价而取得拆迁人的补偿安置,因此,被拆迁人在按照拆迁补偿安置协议得到补偿安置以后,应当履行按期搬迁的义务,在搬迁期限内完成搬迁。

[参见]

《城市私有房屋管理条例》第4条

《国务院法制办公室对黑龙江省人民政府法制办公室〈关于城市房屋拆迁补偿有关问题的请示〉的答复》

第五条　国务院建设行政主管部门对全国城市房屋拆迁工作实施监督管理。

　　　县级以上地方人民政府负责管理房屋拆迁工作的部门(以下简称房屋拆迁管理部门)对本行政区域内的城市房屋拆迁工作实施监督管理。县级以上地方人民政府有关部门应当依照本条例的规定,互相配合,保证房屋拆迁管理工作的顺利进行。

　　　县级以上人民政府土地行政主管部门依照有关法律、行政法规的规定,负责与城市房屋拆迁有关的土地管理工作。

[条文注释]

　　本条是关于城市房屋拆迁管理体制的规定。城市房屋拆迁管理是一个系统工程,由国家和地方政府根据其职权实施管理。根据本条规定,国家一级的城市房屋拆迁主管机构是国务院建设行政主管部门,管理职责是负责全国城市房屋拆迁工作的监督管理。各地拆迁主管机构是指县级以上地方人民政府负责管理房屋拆迁工作的部门,其管理职责是对本行政区域内的城市房屋拆迁工作实施监督管理。同时,县级以上地方人民政府的其他有关部门,如工商行政主管部门、公安行政主管部门、规划行政主管部门、司法行政主管部门、文化行政主管部门、环境行政主管部门等,根据各自的职能分工,对于拆迁中涉及的与自己工作职能有关的工作实施监督管理。对于与城市房屋拆迁有关的土地管理工作,由县级以上人民政府土地行政主管部门依照有关法律、行政法规的规定具体负责。

[参见]

《土地管理法》第5、66条

《城市房地产管理法》第6条

《城市房地产开发经营管理条例》第4条

《国务院办公厅关于控制城镇房屋拆迁规模严格拆迁管理的通知》

《国务院法制办公室对江西省人民政府法制办公室"关于对〈城市房屋拆迁管理条例〉第五条第二款具体含义的请示"的答复》

《建设部关于进一步明确城市房屋拆迁行政主管部门的通知》

第二章　拆　迁　管　理

第六条　拆迁房屋的单位取得房屋拆迁许可证后,方可实施拆迁。

[条文注释]

　　本条是关于实施房屋拆迁条件的规定。根据本条规定,拆迁房屋的单位取得房屋拆迁许可证是实施拆迁的前提条件。没有拆迁许可证，或者先拆迁后领取许可证的行为，都是不符合条例规定的。政府对实施房屋拆迁实行的行政许可，是房屋拆迁管理部门根据行政相对人的申请，经审查，认为申请人符合法定条件，通过颁发拆迁许可证，依法赋予申请人从事房屋拆迁资格的行政行为。拆迁申请人提出拆迁申请后，政府对其条件进行审查，认为申请人达到了政府要求的条件，依法向申请人发放拆迁许可证，申请人领取到房屋拆迁许可证后成为拆迁人，能够依法从事房屋拆迁行为。如果单位未领取到房屋拆迁许可证就从事房屋拆迁行为，实际上就是脱离政府的管制，必然破坏房屋拆迁管理秩序，应当予以处罚。

[参见]

《建筑工程施工许可管理办法》第2条

《建设部关于印制颁发〈房屋拆迁许可证〉的通知》

第七条 申请领取房屋拆迁许可证的，应当向房屋所在地的市、县人民政府房屋拆迁管理部门提交下列资料：

（一）建设项目批准文件；

（二）建设用地规划许可证；

（三）国有土地使用权批准文件；

（四）拆迁计划和拆迁方案；

（五）办理存款业务的金融机构出具的拆迁补偿安置资金证明。

市、县人民政府房屋拆迁管理部门应当自收到申请之日起30日内，对申请事项进行审查；经审查，对符合条件的，颁发房屋拆迁许可证。

[参见]

《城市规划法》第31、39条

《土地管理法》第43－65条

《土地管理法实施条例》第19－30条

《城市房屋拆迁工作规程》第5条

第八条 房屋拆迁管理部门在发放房屋拆迁许可证的同时，应当将房屋拆迁许可证中载明的拆迁人、拆迁范围、拆迁期限等事项，以房屋拆迁公告的形式予以公布。

房屋拆迁管理部门和拆迁人应当及时向被拆迁人做好宣传、解释工作。

[参见]

《城市房屋拆迁工作规程》第7、8条

第九条 拆迁人应当在房屋拆迁许可证确定的拆迁范围和拆迁期限内，实施房屋拆迁。

需要延长拆迁期限的，拆迁人应当在拆迁期限届满15日前，向房屋拆迁管理部门提出延期拆迁申请；房屋拆迁管理部门应当自收到延期拆迁申请之日起10日内给予答复。

[条文注释]

本文是关于拆迁人实施房屋拆迁的拆迁范围和拆迁期限的规定。根据本条第一款的规定，拆迁人应当在房屋拆迁许可证确定的拆迁范围和拆迁期限内，实施房屋拆迁。（1）所谓的拆迁范围，是指房屋拆迁管理部门根据建设用地规划许可证和国有土地使用权批准文件规定的建设项目用地范围，确定进行房屋拆迁的地域范围。拆迁人既不能擅自扩大拆迁范围，也不能擅自缩小拆迁范围。（2）所谓的拆迁期限是指拆迁人准备实施房屋拆迁的起止日期。为了保护被拆迁人的利益，争取早日让被拆迁人得到房屋拆迁补偿安置，防止拆迁期限过长，以至于被拆迁人在外面过渡周期太长或者长期得不到补偿安置，直接影响被拆迁人正常的工作和生活。因此，拆迁人应当按照确定的拆迁期限，努力按时完成房屋拆迁工作。

对于因无法预料和克服的原因，确实需要延长拆迁期限的，政府应当准许拆迁人办理延长拆迁期限的手续。拆迁人应当在拆迁许可证中载明的拆迁期限届满前15日向房屋拆迁管理部门提出延期申请。房屋拆迁管理部门应当在收到拆迁人的延期拆迁申请之日起10日内给予答复，决定是否延期拆迁。对于房屋拆迁管理部门逾期不予答复的，拆迁人可以提出行政复议或者行政诉讼。

[参见]

《城市房屋拆迁工作规程》第10条

第十条 拆迁人可以自行拆迁，也可以委托具有拆迁资格的单位实施拆迁。

房屋拆迁管理部门不得作为拆迁人，不得接受拆迁委托。

[参见]

《建筑法》第50条

《城市房地产管理法》第 25 条
《城市房屋拆迁单位管理规定》第 12 条
《城市房屋拆迁管理工作考核标准(试行)》
《建筑业企业资质管理规定》第 7 条

第十一条　拆迁人委托拆迁的,应当向被委托的拆迁单位出具委托书,并订立拆迁委托合同。拆迁人应当自拆迁委托合同订立之日起 15 日内,将拆迁委托合同报房屋拆迁管理部门备案。

被委托的拆迁单位不得转让拆迁业务。

[参见]

《合同法》第 396－413 条
《城市房屋拆迁单位管理规定》第 8 条

第十二条　拆迁范围确定后,拆迁范围内的单位和个人,不得进行下列活动:

(一)新建、扩建、改建房屋;

(二)改变房屋和土地用途;

(三)租赁房屋。

房屋拆迁管理部门应当就前款所列事项,书面通知有关部门暂停办理相关手续。暂停办理的书面通知应当载明暂停期限。暂停期限最长不得超过 1 年;拆迁人需要延长暂停期限的,必须经房屋拆迁管理部门批准,延长暂停期限不得超过 1 年。

[条文注释]

本条是关于拆迁范围确定后的行为限制和暂停期限设定的规定。为了保护拆迁人的利益,防止被拆迁人或者其他单位和个人借拆迁之机,新建、扩建、改建房屋或者改变房屋和土地用途以及租赁房屋,牟取不正当的利益,直接增加拆迁人的拆迁成本,形成不合理的负担,本条规定,拆迁范围确定后,拆迁范围内的单位和个人,不得进行下列活动:(1)新建、扩建、改建房屋;(2)改变房屋和土地用途;(3)租赁房屋。为保证欠款所列禁止事项得到有效执行,房屋拆迁管理部门应当立即就前款所列事项,书面通知城建、房产、土地等部门暂停在拆迁范围内办理相关手续,而城建、房产、土地等相关部门接到暂停通知后,应当积极配合。在房屋拆迁管理部门发给有关部门的通知中,应当载明暂停办理相关手续的期限,暂停期限最长不得超过 1 年。拆迁人需要延长暂停期限的,延长暂停期限应当经过房屋拆迁管理部门的批准,并且不得超过 1 年。房屋拆迁管理部门认为需要延长暂停期限的,同样应当将暂停事项书面通知城建、房产、土地等相关部门,相关部门接到书面通知后,应当按照书面通知上载明的延长暂停期限实施。

第十三条　拆迁人与被拆迁人应当依照本条例的规定,就补偿方式和补偿金额、安置用房面积和安置地点、搬迁期限、搬迁过渡方式和过渡期限等事项,订立拆迁补偿安置协议。

拆迁租赁房屋的,拆迁人应当与被拆迁人、房屋承租人订立拆迁补偿安置协议。

[条文注释]

本条是关于拆迁补偿安置协议的规定。为了维护拆迁当事人的合法权益,拆迁人与被拆迁人应当经过平等协商,在意思表示真实的情况下,达成拆迁补偿安置协议。拆迁补偿安置协议应当包括以下主要内容:(1)补偿方式和补偿金额;(2)安置用房面积和安置地点,即拆迁人对被拆迁人进行了产权调换的房屋的面积和地点;(3)搬迁期限;(4)搬迁过渡方式和过渡期限。对于选择货币补偿的被拆迁人而言,其与拆迁人订立的拆迁补偿安置协议就可能只有货币补偿方式和补偿金额及其搬迁期限,而不包括其他安置用房与搬迁过渡等内容。对于实行产权调换的被拆迁人,其与拆迁人订立的拆迁补偿协议中就可能主要是安置用房的面积与安置地点、搬迁过渡方式与过渡期限等。除此之外,拆迁补偿安置协议中还应当按照《合同法》规定违约责任、争议的解决等具体内容。涉及租赁房屋的拆迁,拆迁人应当与被拆迁人、房屋承租人订立关于拆迁补偿安置的三方协议。涉及三方当事人的拆迁补偿安置协议与仅有两方当事人的拆迁补偿安置协议的内容基本相同,主要就是增加了对房屋承租人的内容。

[参见]

《民法通则》第 1－8 条
《合同法》第 9－129 条
《城市房屋拆迁工作规程》第 12 条

第十四条　房屋拆迁管理部门代管的房屋需要拆迁的,拆迁补偿安置协议必须经公证机关公证,并办理证据保全。

[参见]

《公证程序规则》第 2 - 8 条

《房屋拆迁证据保全公证细则》第 2、3 条

《最高人民法院关于民事诉讼证据的若干规定》第 15 - 31 条

《关于在房屋拆迁中涉及代管房产处理的几点意见》

第十五条　拆迁补偿安置协议订立后，被拆迁人或者房屋承租人在搬迁期限内拒绝搬迁的，拆迁人可以依法向仲裁委员会申请仲裁，也可以依法向人民法院起诉。诉讼期间，拆迁人可以依法申请人民法院先予执行。

[条文注释]

拆迁补偿安置协议订立后，对合同当事人应当具有约束力，但是，有的被拆迁人或者房屋承租人却由于种种原因拒绝搬迁，致使拆迁活动无法正常进行。此时，为了早日完成拆迁活动，拆迁人可以通过以下途径获得救济：第一，拆迁当事人之间达成仲裁协议的，拆迁人可以依法向仲裁委员会申请仲裁。拆迁人与被拆迁人或者房屋承租人既可以在拆迁补偿安置协议中纠纷的解决方式条款中明确约定采用仲裁，也可以事后以书面形式在纠纷发生前或者纠纷发生后达成请求仲裁的协议。第二，拆迁人可以依法向人民法院起诉。根据最高人民法院《关于受理房屋拆迁、补偿、安置等案件问题的批复》（法复〔1996〕12 号），拆迁人与被拆迁人达成协议后，一方或者双方当事人反悔，未经行政机关裁决，仅就房屋补偿、安置等问题，依法向人民法院提起诉讼的，人民法院应当作为民事案件受理。第三，在诉讼期间，拆迁人可以请求人民法院先予执行。如果在诉讼中，拆迁人由于情况紧急，认为不及时对被拆迁人或者房屋承租人的房屋实行拆迁将造成十分严重的后果时，可以依法在申请人民法院先予执行。

[参见]

《仲裁法》第 26 - 28 条

《民事诉讼法》第 97 - 99、217、260 条

《最高人民法院关于受理房屋拆迁、补偿、安置等案件问题的批复》

第十六条　拆迁人与被拆迁人或者拆迁人、被拆迁人与房屋承租人达不成拆迁补偿安置协议的，经当事人申请，由房屋拆迁管理部门裁决。房屋拆迁管理部门是被拆迁人的，由同级人民政府裁决。裁决应当自收到申请之日起 30 日内作出。

当事人对裁决不服的，可以自裁决书送达之日起 3 个月内向人民法院起诉。拆迁人依照本条例规定已对被拆迁人给予货币补偿或者提供拆迁安置用房、周转用房的，诉讼期间不停止拆迁的执行。

[条文注释]

本条是关于拆迁的行政裁决及其救济的规定。本条第一款规定了拆迁裁决的适用范围和有权作出拆迁裁决的行政机关及其部门的职权管辖范围。拆迁补偿安置协议是个民事合同，只能在合同当事人平等、自愿的原则下就合同的内容达成一致后才能成立。如果当事人之间达不成协议，而拆迁活动又必须进行，此时，条例规定要经房屋拆迁管理部门裁决，以确定当事人之间的权利义务关系。而当房屋拆迁管理部门是被拆迁人时，其作为拆迁行为的一方当事人，不能再行使行政裁决的职权，这时由其同级人民政府作出裁决。第二款规定了拆迁当事人不服拆迁裁决时的救济方式。拆迁裁决是行政机关作出的行政裁决，是行政机关依职权作出的具体行政行为，当事人对于裁决不服的，可以依法向人民法院提起行政诉讼，提起行政诉讼必须在裁决书送达之日起三个月内作出。

[参见]

《行政诉讼法》第 39、44 条

《城市房屋拆迁工作规程》第 13、14 条

《城市房屋拆迁行政裁决工作规程》第 17、18 条

《国务院法制办公室对建设部办公厅〈关于上级房屋拆迁管理部门对下一级房屋拆迁管理部门作出的拆迁裁决是否具有行政复议管辖权的请示〉的复函》

《建设部关于对请求解释〈城市房屋拆迁管理条例〉裁决时间的复函》

《最高人民法院关于受理房屋拆迁、补偿、安置等案件问题的批复》

《最高人民法院行政审判庭关于拆迁强制执行的有关问题的答复意见》

第十七条　被拆迁人或者房屋承租人在裁决规定的搬迁期限内未搬迁的，由房屋所在地的市、县人民政府责成有关部门强制拆迁，或者由房屋拆迁管理部门依法申请人民法院强制拆迁。

　　实施强制拆迁前，拆迁人应当就被拆除房屋的有关事项，向公证机关办理证据保全。

［条文注释］

　　本条是关于强制拆迁的规定。根据本条规定：（1）能够申请强制拆迁的情况只有一种，即被拆迁人或者房屋承租人在裁决规定的搬迁期限内未搬迁的，也就是说，强制拆迁是以裁决为前提的，行政机关强制拆迁的行为实际上是在实现自己的行政行为的内容。（2）实施强制拆迁的主体，必须由房屋所在地的市、县人民政府责成的有关部门依职权进行拆迁，或者由房屋拆迁管理部门申请人民法院强制拆迁。其他人包括拆迁人，都不能擅自实施强制拆迁。（3）考虑到强制拆迁后，被拆迁人或者房屋承租人的房屋被拆除了，为防止将被拆除房屋的基本情况的原始证据、事实同时过境或者其他原因而消灭或者遭到破坏，为了能使将来可能发生的纠纷有据可查，第二款规定实施强制拆迁前，拆迁人应当就被拆除房屋的有关事项，向公证机关办理证据保全。

［参见］

　　《城市房屋拆迁工作规程》第 15 - 17 条

　　《房屋拆迁证据保全公证细则》第 2 - 10 条

　　《建设部关于山东省建设厅请求解释〈城市房屋拆迁管理条例〉有关条款的复函》

　　《关于执行〈中华人民共和国行政诉讼法〉若干问题的解释》第 87、88、94 条

第十八条　拆迁中涉及军事设施、教堂、寺庙、文物古迹以及外国驻华使（领）馆房屋的，依照有关法律、法规的规定办理。

［参见］

　　《军事设施保护法》第 2 条

　　《军事设施保护法实施办法》第 2 - 18 条

　　《文物保护法》第 2 - 35 条

　　《文物保护法实施条例》第 7 - 19 条

　　《关于城市建设中拆迁教堂、寺庙等房屋问题处理意见的通知》

第十九条　尚未完成拆迁补偿安置的建设项目转让的，应当经房屋拆迁管理部门同意，原拆迁补偿安置协议中有关权利、义务随之转移给受让人。项目转让人和受让人应当书面通知被拆迁人，并自转让合同签订之日起 30 日内予以公告。

［参见］

　　《合同法》第 79 - 90 条

　　《城市房地产管理法》第 36 - 39 条

　　《城市房地产开发经营管理条例》第 22 条

第二十条　拆迁人实施房屋拆迁的补偿安置资金应当全部用于房屋拆迁的补偿安置，不得挪作他用。

　　县级以上地方人民政府房屋拆迁管理部门应当加强对拆迁补偿安置资金使用的监督。

［条文注释］

　　本条是关于对拆迁补偿安置资金进行监控的规定。本条例第七条规定，申请领取房屋拆迁许可证时，拆迁人应当提交办理存款业务的金融机构出具的拆迁补偿安置资金证明。但是，实践中仍然存在不法的拆迁人出具虚假的资金证明，抽逃拆迁补偿安置资金，以至于造成拆迁人在拆迁后期拆迁资金严重不足，不能及时完成安置房的建设，不能兑现向被拆迁人的补偿，致使被拆迁人长期在外过渡，短则一二年，长则三四年，严重影响被拆迁人的正常工作生活。为此，本条规定：一方面是拆迁人应当将实施拆迁补偿安置的资金全部用于房屋拆迁，不得挪作他用。这样才能保证在拆迁活动中有足够的拆迁补偿安置资金，保证拆迁活动的顺利进行；另一方面是县级以上地方人民政府房屋拆迁管理部门加强对拆迁补偿安置资金使用的监督。县级以上地方人民政府房屋拆迁管理部门应当针对本地方的实际情况，制定有效、切实可行的制度，实现对拆迁补偿安置资金的监督使用。

第二十一条　房屋拆迁管理部门应当建立、健全拆迁档案管理制度，加强对拆迁档案资料的管理。

［参见］

　　《档案法》第 2 - 25 条

　　《城市建设档案管理规定》第 2 - 15 条

第三章 拆迁补偿与安置

第二十二条 拆迁人应当依照本条例规定,对被拆迁人给予补偿。

拆除违章建筑和超过批准期限的临时建筑,不予补偿;拆除未超过批准期限的临时建筑,应当给予适当补偿。

[条文注释]

本条是关于拆迁补偿对象的规定。拆迁补偿的对象关系包括补偿的人的对象——即到底拆迁怎样的建筑时需要进行补偿。本条第一款规定了对人的补偿问题:"拆迁人应当依照本条例规定,对被拆迁人给予补偿。"因此,对于被拆迁人,拆迁人必须进行拆迁补偿,这里的被拆迁人只是指房屋的所有人,不包括房屋使用人,也不包括代管人和国家授权的国有房屋及其附属物的管理人。本条第二款规定了对物的补偿问题。对于物的补偿,条例采取的是排除法,除了违章建筑和超过批准期限的临时建筑都应当给予补偿,但是对于拆除未超过批准期限的临时建筑,也应给予适当补偿。其中,违章建筑是指在城市规划区内,未取得建设工程规划许可证或者违反建设工程规划许可证的规定建设,严重影响城市规划的建筑;临时建筑是指必须限期拆除、结构简易、临时性的建筑物、构筑物和其他设施,临时建筑都应当有规定的使用期限。

[参见]

《宪法》第10、13条

《城乡规划法》第31条

《土地管理法》第76、83条

《土地管理法实施条例》第35条

《归侨侨眷权益保护法》第13条

《归侨侨眷权益保护法实施办法》第16条

《城市私有房屋管理条例》第4条

《国务院法制局对〈关于拆迁城市私有房屋土地使用权是否予以补偿问题的函〉的复函》

第二十三条 拆迁补偿的方式可以实行货币补偿,也可以实行房屋产权调换。

除本条例第二十五条第二款、第二十七条第二款规定的外,被拆迁人可以选择拆迁补偿方式。

[条文注释]

本条是关于拆迁补偿方式的规定。拆迁补偿方式是指拆迁人通过怎样的方式来补偿因为拆迁给被拆迁人造成的财产权益的损失。根据本条第一款的规定,拆迁补偿的方式包括货币补偿和产权调换。货币补偿,是指被拆迁人放弃拆除房屋的产权,由拆迁人以市场评估的价格为标准,对被拆迁人进行货币形式的补偿。货币补偿拆迁人只针对房屋的所有权人,将不再承担使用人安置的责任。由所有人根据其与使用人之间的合同关系,对使用人进行安置。产权调换是指拆迁人用自己建造或者购买的产权房屋与被拆迁房屋进行调换产权,并按照拆迁房屋的评估价格和调换房屋的市场价格结算调换差价的行为。在一般情况下,有拆迁补偿方式选择权的是被拆迁人,被拆迁人可以在对自己有利的前提下选择适用货币补偿或产权调换的方式。同时,本条的第二款还采取排除法,对被拆迁人的选择权进行了特别的限制:一是规定了拆迁非公益事业房屋的附属物不作产权调换,拆迁时被拆迁人只能选择货币补偿;二是被拆迁人与房屋承租人对解除租赁关系达不成协议的,只能实行产权调换,不能选择货币补偿。

[参见]

《城市房屋拆迁管理条例》第25、27条

第二十四条 货币补偿的金额,根据被拆迁房屋的区位、用途、建筑面积等因素,以房地产市场评估价格确定。具体办法由省、自治区、直辖市人民政府制定。

[参见]

《国务院法制办公室对北京市人民政府法制办公室〈关于城市私有房屋拆迁补偿适用法律问题的请示〉的答复》

《房产测绘管理办法》第11－15条

《房产策略规范》

《城市房地产市场估价管理暂行办法》第3－9条

《房地产估价规范》

《城市房屋拆迁估价指导意见》第3、4条

《经济适用住房价格管理办法》第2－5条

《建设部关于房屋建筑面积计算与房屋权属登记有关问题的通知》

第二十五条　实行房屋产权调换的,拆迁人与被拆迁人应当依照本条例第二十四条的规定,计算被拆迁房屋的补偿金额和所调换房屋的价格,结清产权调换的差价。

　　拆迁非公益事业房屋的附属物,不作产权调换,由拆迁人给予货币补偿。

[条文注释]

　　本条是关于房屋产权调换的规定。产权调换是指拆迁人用自己建造或购买的产权房屋与被拆迁房屋进行调换产权,并按照拆迁房屋的评估价格和调换房屋的市场价格结算调换差价的行为。也就是说,以易地或者原地再建的房屋,和被拆迁房屋进行产权交换,被拆迁人失去了被拆迁房屋的产权,调换之后拥有调换房屋的产权。产权调换作为拆迁补偿的方式之一,其特点是以实物形态来体现拆迁人对被拆迁人的补偿。无论是居住房屋还是非居住房屋均可采用产权调换的方法,但排除了非公益事业房屋的附属物,即在拆迁非公益事业房屋的附属物时,不允许被拆迁人选择补偿方式,而由条例直接规定采用货币补偿的方式。附属物补偿标准的确定,也应该按照条例第二十四条规定,通过市场评估确定,在对附属物进行评估时,可以和主体建筑一起考虑,也可以单独就附属物进行评估。

[参见]

　　《城市房屋拆迁管理条例》第24条

第二十六条　拆迁公益事业用房的,拆迁人应当依照有关法律、法规的规定和城市规划的要求予以重建,或者给予货币补偿。

[参见]

　　《国务院法制办公室对黑龙江省人民政府法制办公室〈关于如何适用〈城市房屋拆迁管理条例〉第二十六条的请示〉的答复》

　　《建设部关于城市房屋拆迁有关问题的复函》

第二十七条　拆迁租赁房屋,被拆迁人与房屋承租人解除租赁关系的,或者被拆迁人对房屋承租人进行安置的,拆迁人对被拆迁人给予补偿。

　　被拆迁人与房屋承租人对解除租赁关系达不成协议的,拆迁人应当对被拆迁人实行房屋产权调换。产权调换的房屋由原房屋承租人承租,被拆迁人应当与原房屋承租人重新订立房屋租赁合同。

[条文注释]

　　本条是关于拆迁租赁房屋的规定。拆迁虽然是拆迁人和被拆迁人之间的法律关系,但是在涉及房屋出租的情况下,房屋的承租人是房屋的实际使用人,拆迁行为直接涉及的还是承租人,承租人的权益得不到有效保障的情况下,承租人是不会积极配合拆迁的,这样就会影响拆迁的进度。因此,本条规定,如果解除了租赁关系,由拆迁人对房屋所有人补偿,由所有人安置的承租人。在拆迁补偿前解除租赁关系的,实际上相当于非租赁房屋,这时拆迁人对被拆迁人补偿。至于承租人,由所有人按租赁协议解决安置的问题。如果对解除租赁关系达不成协议,这时可能是因为所有人的原因,也可能是由于使用人的原因,但是无论如何,达不成协议的,都只能进行产权调换,维持租赁关系。产权调换以后应当重新签订租赁协议,新的租赁关系应当写入条例第十三条第二款规定的三方协议中。

[参见]

　　《合同法》第212-236条

　　《城市房屋租赁管理办法》第2-34条

　　《最高人民法院关于审理离婚案件中公房使用、承租若干问题的解答》

第二十八条　拆迁人应当提供符合国家质量安全标准的房屋,用于拆迁安置。

第二十九条　拆迁产权不明确的房屋,拆迁人应当提出补偿安置方案,报房屋拆迁管理部门审核同意后实施拆迁。拆迁前,拆迁人应当就被拆迁房屋的有关事项向公证机关办理证据保全。

[条文注释]

　　本条是关于拆迁产权不明确房屋的规定。拆迁是发生在拆迁人与被拆迁人即房屋所有人之间的关系,拆迁补偿是拆迁人对房屋所有人的补偿。因此,确定房屋的产权人是拆迁补偿的前提,也是拆迁工作顺利进行的要求。但是在一些情况下,房屋的产权人并不明确,比如房屋处在诉讼当中、房屋没有产权证明、产权人下落不明等情况。拆迁产权不明确的房屋,既要保证拆迁的进度,又要兼顾实际产权人的利益。因此,本条对拆迁产权不明确的房屋作了特别的规定:首先,拆迁产权不明确的房屋对于产权不明确的房屋应该由拆迁人提出补偿安置方案,这个方案应当包括对被拆迁人的补偿、房屋使用人的处理等问题,其中补偿的资金同样必须通过市场评估确定。其次,拆迁补偿安置方案还要报房屋拆迁管理部门审核同意,然后才能实施拆迁。第三,拆迁正式实施以前,拆迁人还应当向公证机关办理证据保全,即对拆迁过程中可能灭失或者以后难以取得的,证明一切法律行为或者事件的证据,依法收集、保管和固定,以保持其真实性和证明力。

[参见]

《公证程序规则》第 54 条

《城市房屋权属登记管理办法》第 3 - 8 条

《建设部办公厅关于对〈城市房屋权属登记管理办法〉有关问题的复函》

第三十条　拆迁设有抵押权的房屋,依照国家有关担保的法律执行。

[参见]

《担保法》第 33 - 52 条

《最高人民法院关于〈中华人民共和国担保法〉若干问题的解释》第 47 - 83 条

第三十一条　拆迁人应当对被拆迁人或者房屋承租人支付搬迁补助费。

在过渡期限内,被拆迁人或者房屋承租人自行安排住处的,拆迁人应当支付临时安置补助费;被拆迁人或者房屋承租人使用拆迁人提供的周转房的,拆迁人不支付临时安置补助费。

搬迁补助费和临时安置补助费的标准,由省、自治区、直辖市人民政府规定。

[条文注释]

本条是关于搬迁补助费和临时安置补助费的规定。按照本条规定,拆迁人对于被拆迁房屋的实际居住人,无论是房屋的所有人,还是房屋的承租人,对于他因为拆迁而必须进行的搬迁应该支付搬迁补助费。但是,拆迁人只需要对由于拆迁而实际需要搬迁的人支付搬迁补助费,而不需要既对房屋所有人补偿又对房屋使用人补偿。如果被拆迁人选择产权调换的补偿方式,被拆迁人需要等待拆迁人提供产权调换房屋,或者拆

出租的房屋,承租人需要等待拆迁人给被拆迁人提供产权调换房屋来继续履行租赁合同或者安置自己,这样,被拆迁人和房屋承租人就存在一个过渡期,在这个过渡期内,被拆迁人和房屋承租人可能自己寻找房子过渡,或者拆迁人可能提供临时使用的周转房。对于自行安排住处过渡的,拆迁人应当支付临时安置补助费,如果拆迁人提供了周转房并且被拆迁人或者房屋承租人使用了该周转房的,拆迁人不需要支付临时安置补助费。如果拆迁人提供了周转房,但是被拆迁人或者房屋承租人对周转房的质量或者区位不满意而不愿意使用周转房的,拆迁人还是应当支付临时安置补助费。

第三十二条　拆迁人不得擅自延长过渡期限,周转房的使用人应当按时腾退周转房。

因拆迁人的责任延长过渡期限的,对自行安排住处的被拆迁人或者房屋承租人,应当自逾期之月起增加临时安置补助费;对周转房的使用人,应当自逾期之月起付给临时安置补助费。

第三十三条　因拆迁非住宅房屋造成停产、停业的,拆迁人应当给予适当补偿。

第四章　罚　　则

第三十四条　违反本条例规定,未取得房屋拆迁许可证,擅自实施拆迁的,由房屋拆迁管理部门责令停止拆迁,给予警告,并处已经拆迁房屋建筑面积每平方米 20 元以上 50 元以下的罚款。

[参见]

《城市房屋拆迁管理条例》第 6 条

第三十五条　拆迁人违反本条例的规定,以欺骗手段取得房屋拆迁许可证的,由房屋拆迁管理部门吊销房屋拆迁许可证,并处拆迁补偿安置资金 1% 以上 3% 以下的罚款。

第三十六条　拆迁人违反本条例的规定,有下列行为之一的,由房屋拆迁管理部门责令停止拆迁,给予警告,可以并处拆迁补偿安置资金 3% 以下的罚款;情节严重的,吊销房屋拆迁许可证:

(一)未按房屋拆迁许可证确定的拆迁范围实施房屋拆迁的;

(二)委托不具有拆迁资格的单位实施拆

迁的;

（三）擅自延长拆迁期限的。

[参见]

《城市房屋拆迁管理条例》第9、10条

第三十七条　接受委托的拆迁单位违反本条例的规定,转让拆迁业务的,由房屋拆迁管理部门责令改正,没收违法所得,并处合同约定的拆迁服务费25%以上50%以下的罚款。

[参见]

《城市房屋拆迁管理条例》第11条

第三十八条　县级以上地方人民政府房屋拆迁管理部门违反本条例规定核发房屋拆迁许可证以及其他批准文件,核发房屋拆迁许可证以及其他批准文件后不履行监督管理职责,或者对违法行为不予查处的,对直接负责的主管人员和其他直接责任人员依法给予行政处分;情节严重,致使公共财产、国家和人民利益遭受重大损失,构成犯罪的,依法追究刑事责任。

[参见]

《刑法》第397条

《信访条例》

《最高人民检察院关于人民检察院直接受理立案侦查案件立案标准的规定》

第五章　附　　则

第三十九条　在城市规划区外国有土地上实施房屋拆迁,并需要对被拆迁人补偿、安置的,参照本条例执行。

[条文注释]

　　本条是关于城市规划区外国有土地上房屋拆迁的规定。依照《城市规划法》,"城市规划区"指的是城市市区、近郊区以及城市行政区域内因城市建设和发展需要实行规划控制的区域。具体范围由城市人民政府在编制城市总体规划时划定。依照《宪法》和《土地管理法》,"国有土地"包括:(1)城市市区的土地;(2)农村和城市郊区中依法没收、征用、征收、征购、收归国有的土地;(3)国家未确定为集体所有的林地、草地、山岭、荒地、滩涂、河滩地以及其他土地。"城市规划区外的国有土地"在实践中主要指的是城市以外的林区、矿区等土地。在这些土地上的房屋拆迁,如果需要进行补偿安置的,其他法律法规

如有规定,从其规定,如没有规定,依照本条例执行。集体土地,无论是位于城市规划区内还是城市规划区外,其土地上的房屋拆迁都不适用条例的规定。如果集体土地先经征用变成国有土地,其土地上的房屋拆迁,则应该适用条例的规定。

[参见]

《城市房屋拆迁工作规程》第19条

第四十条　本条例自2001年11月1日起施行。1991年3月22日国务院公布的《城市房屋拆迁管理条例》同时废止。

[参见]

《国务院法制办公室对广东省人民政府法制办公室"关于执行〈城市房屋拆迁管理条例〉有关问题的请示"的答复》

《国务院法制办公室对北京市人民政府法制办公室〈关于城市私有房屋拆迁补偿适用法律问题的请示〉的答复》

国务院办公厅关于认真
做好城镇房屋拆迁工作
维护社会稳定的紧急通知

1. 2003年9月19日发布
2. 国办发明电〔2003〕42号

各省、自治区、直辖市人民政府,国务院各部委、各直属机构:

　　近几年来,随着我国各地城镇建设的快速发展,城镇房屋拆迁工作量不断扩大,房屋拆迁中遇到的矛盾不断增加。由于各地有关部门做了大量艰苦细致的工作,促进拆迁合法有序进行,有力推动了城镇面貌的改善,创造了经济和社会发展的重要条件。但是今年以来,由于一些单位拆迁补偿不到位、拆迁安置不落实,工作方法不当,造成因城镇房屋拆迁引起的纠纷和集体上访有增加趋势,甚至引发恶性事件,影响正常的生产生活秩序和社会稳定。国务院领导同志对此高度重视,多次作出重要批示,要求有关地方和部门提高认识,关心群众利益,坚持依法行政,认真做好城镇房屋拆迁工作,维护社会稳定。为进一步做好城镇房

屋拆迁工作，经国务院同意，现将有关事项紧急通知如下：

一、充分认识加强城镇房屋拆迁管理工作的重要性

加强城镇房屋拆迁管理是加快城镇化进程，促进国民经济和社会发展，提高群众生活质量重要的基础性工作，体现了人民群众的根本利益和长远利益。城镇建设中的房屋拆迁工作政策性强，影响面大，做好这项工作，不仅关系到经济和社会的发展，也关系到社会稳定的大局。各级政府和部门要正确处理城市建设发展与保护群众具体利益之间的关系，克服重建设进度、轻拆迁管理的做法，把做好拆迁管理工作摆上重要议事日程，通过加强管理，依法行政，做到群众合法权益能够得到有效保护，拆迁工作能够有序进行；既保证发展的需要，又能够防止引发社会群体性事件，维护社会稳定。

二、加强房屋拆迁管理，切实保护群众合法权益

各地要加强对拆迁单位和拆迁评估单位的管理，严格按照房地产市场评估价格确定拆迁补偿金额，并实行相应的监督管理制度。要严把审批关，对没有拆迁计划与拆迁安置方案，或违反城市规划的拆迁项目，不得发放拆迁许可证；拆迁资金以及被拆迁人安置不落实的坚决不准实施拆迁，确保被拆迁人的合法权益。在城镇房屋拆迁工作中要特别重视妥善处理好"双困"家庭的拆迁安置工作。要结合房地产市场专项整治，对违法违规拆迁、擅自降低补偿安置标准、不及时解决被拆迁人合理要求的拆迁单位，加大处罚力度，采取不批准新的拆迁项目、停业整顿、依法吊销拆迁单位资格证书等措施严肃处理；对不依法行政，不认真解决拆迁投诉的管理部门，要批评教育，责成整改，情节严重的要追究责任。

要认真贯彻《国务院关于促进房地产市场持续健康发展的通知》（国发〔2003〕18号），通过增加低价位普通商品住房供应、加强经济适用住房建设和管理、健全廉租住房制度等措施，完善住房供应体系，保证符合条件的拆迁居民能够进住到不同档次、不同类型的住房。

三、坚持依法行政原则，改进工作方法

各地要认真贯彻《中华人民共和国城市规划法》和《城市房屋拆迁管理条例》，严格依法规范拆迁行为。对于依据规划、依据法定程序审批的建设项目，被拆迁人如有不同意见，要认真耐心地做好说服工作，对不能达成拆迁补偿安置协议的，要经依法裁决后才能实施强制拆迁。对不能达成协议且涉及面广的拆迁项目，要严格限制采取强制性拆迁措施，防止矛盾激化；确需强制执行的，必须严格执行法律程序，做好预案。对在合法拆迁工作中无理取闹的，要耐心细致地做好思想工作，努力化解矛盾；对极少数借拆迁之机，无理阻挠，甚至串联闹事，严重影响社会秩序的，要依法及时进行处理。

各地要充分发挥城市规划的调控和指导作用，严格依据经批准的城市规划审批建设工程项目。对涉及拆迁的，在规划审批前应以适当形式予以公示，充分听取被拆迁人等利害关系人的意见。建设工程规划方案一经批准，建设单位不得擅自变更；确需变更的，必须经过规划部门审批；城市规划行政部门在批准其变更前，应重新进行公示。

四、完善相关政策措施，妥善解决遗留问题

各地要本着实事求是的原则，采取积极有效的措施，切实解决城市房屋拆迁中久拖不决的遗留问题。对拆迁范围内产权性质为住宅，但已依法取得营业执照经营性用房的补偿，各地可根据其经营情况、经营年限及纳税等实际情况给予适当补偿。对拆迁范围内由于历史原因造成的手续不全房屋，应依据现行有关法律法规补办手续。对政策不明确但确属合理要求的，要抓紧制订相应的政策，限期处理解决；一时难以解决的，要耐心细致地做好解释工作，并积极创造条件，争取早日解决。对房地产开发企业没有能力完成建设项目导致拆迁补偿资金不落实、安置用房不到位的问题，地方政府要采取有效措施，督促开发企业抓紧落实；或先行解决拆迁补偿安置问题，再根据法律法规和拆迁合同约定，追究开发企业的责任。

五、加强组织领导和督促检查工作

各级政府要切实加强组织领导，认真做好

城镇房屋拆迁管理工作。近期各地政府要根据通知精神，针对当前拆迁工作中存在的问题进行专题研究。特别是拆迁问题上访较多的地区，要制定相关措施，切实维护社会稳定。由于工作原因造成大量群体性上访的，要追究有关领导和直接责任人的责任。

电视、广播、报刊、网络等媒体要从维护社会稳定的大局出发，坚持正确的舆论导向，向广大人民群众正面宣传我国城市建设的成果和城镇房屋拆迁工作情况，防止渲染、炒作拆迁工作中出现的一些失误和问题，激化矛盾。

国务院有关部门要按照职责分工，对各地城镇房屋拆迁管理工作予以指导和监督。建设部要会同有关部门派出督查组，对拆迁问题突出、影响社会稳定的地区进行监督检查，督促整改。

国务院办公厅关于
控制城镇房屋拆迁规模
严格拆迁管理的通知

1. 2004 年 6 月 6 日发布
2. 国办发〔2004〕46 号

各省、自治区、直辖市人民政府，国务院各部委、各直属机构：

加强城镇房屋拆迁管理工作，关系到中央宏观调控政策的有效贯彻落实，关系到城镇居民的切身利益和社会稳定。当前，我国城市建设事业取得较快发展，但在城镇房屋拆迁中也存在一些突出问题：一些地方政府没有树立正确的政绩观，盲目扩大拆迁规模；有的城市拆迁补偿和安置措施不落实，人为降低补偿安置标准；有的甚至滥用行政权力，违法违规强制拆迁。这些现象不仅严重侵害城镇居民的合法权益，引发群众大量上访，影响社会稳定，也造成一些地区和行业过度投资。为贯彻落实党中央、国务院关于加强和改善宏观调控的决策，促进城镇建设健康发展和社会稳定，经国务院同意，现就进一步加强城镇房屋拆迁工作等有关问题通知如下：

一、端正城镇房屋拆迁指导思想，维护群众合法权益。全面贯彻"三个代表"重要思想，用科学的发展观和正确的政绩观指导城镇建设和房屋拆迁工作。严格依照城市总体规划和建设规划，制止和纠正城镇建设和房屋拆迁中存在的急功近利、盲目攀比的大拆大建行为。认真落实中央宏观调控政策措施，根据各地的经济发展水平、社会承受能力和居民的收入状况，合理确定拆迁规模和建设规模；进一步完善法律法规，规范拆迁行为；落实管理责任，加强监督检查；严格依法行政，加大对违法违规案件的查处力度；坚决纠正城镇房屋拆迁中侵害人民群众利益的各种行为，维护城镇居民和农民的合法权益，正确引导群众支持依法进行的拆迁工作，保持社会稳定。

二、严格制订拆迁计划，合理控制拆迁规模。城镇房屋拆迁规划和计划必须符合城市总体规划、控制性详细规划和建设规划，以及历史文化名城和街区保护规划。市、县人民政府要从本地区经济社会发展的实际出发，编制房屋拆迁中长期规划和年度计划，由省级建设行政主管部门会同发展改革（计划）部门审批下达后，由市、县人民政府报同级人大常委会和上一级人民政府备案。各地要严格控制土地征用规模，切实保护城镇居民和农民的合法权益，坚决纠正城镇房屋拆迁中侵害居民利益和土地征用中侵害农民利益的行为。要严格控制房屋拆迁面积，确保今年全国房屋拆迁总量比去年有明显减少，由建设部会同有关部门采取措施落实。凡拆迁矛盾和纠纷比较集中的地区，除保证能源、交通、水利、城市重大公共设施等重点建设项目，以及重大社会发展项目、危房改造、经济适用房和廉租房项目之外，一律停止拆迁，集中力量解决拆迁遗留问题。地方政府不得违反法定程序和法律规定，以政府会议纪要或文件代替法规确定的拆迁许可要件及规划变更，擅自扩大拆迁规模。

三、严格拆迁程序，确保拆迁公开、公正、公平。要积极推进拆迁管理规范化，所有拆迁项目都必须按照《城市房屋拆迁管理条例》（国令305号）和《城市房屋拆迁估价指导意见》（建住房〔2003〕234 号）等规定的权限和程序履行职责,严格执行申请房屋拆迁许可、公示、评估、订立协议等程序;对达不成协议的,必须按照《城市房屋拆迁行政裁决工作规程》(建住房〔2003〕252号)的规定严格执行听证、行政裁决、证据保全等程序。特别要执行拆迁估价结果公示制度,依照有关规定实施行政裁决听证和行政强制拆迁听证制度,确保拆迁公开、公正、公平。政府投资建设的工程也要严格按照规定的程序进行。

四、加强对拆迁单位和人员的管理,规范拆迁行为。加强对拆迁单位的资格管理,严格市场准入。所有拆迁项目工程,要通过招投标或委托的方式交由具有相应资质的施工单位拆除。进一步规范拆迁委托行为,禁止采取拆迁费用"大包干"的方式进行拆迁。房屋价格评估机构要按照有关规定和被搬迁房屋的区位、用途、建筑面积等,合理确定市场评估价格。拆迁人及相关单位要严格执行有关法律法规和规定,严禁野蛮拆迁、违规拆迁,严禁采取停水、停电、停气、停暖、阻断交通等手段,强迫被拆迁居民搬迁。地方各级人民政府和有关部门要加强对拆迁人员的法制教育和培训,不断增强其遵纪守法意识,提高业务素质。

五、严格依法行政,正确履行职责。地方各级人民政府要进一步转变职能,做到政事、政企分开,凡政府有关部门所属的拆迁公司,必须与部门全部脱钩。政府部门要从过去直接组织房屋拆迁中解脱出来,严格依法行政,实行"拆管分离",实现拆迁管理方式从注重依靠行政手段向注重依靠法律手段的根本性转变。房屋拆迁管理部门要认真执行拆迁许可审批程序,严禁将拆迁许可审批权下放。严格拆迁许可证的发放,对违反城市规划及控制性详细规划,没有拆迁计划、建设项目批准文件、建设用地规划许可证、国有土地使用权批准文件,以及拆迁补偿资金、拆迁安置方案不落实的项目,不得发放拆迁许可证。严禁未经拆迁安置补偿,收回原土地使用权而直接供应土地,并发放建设用地批准文件。政府行政机关不得干预或强行确定拆迁补偿标准,以及直接参与和干预应由拆迁人承担的拆迁活动。要依法正确履行强制拆迁的权力。

六、加强拆迁补偿资金监管,落实拆迁安置。合理的拆迁补偿安置是维护被拆迁人合法权益、做好拆迁工作的重要基础。拆迁单位既要充分尊重被拆迁人在选择产权交换、货币补偿、租赁房屋等方面的意愿,也不得迁就少数被拆迁人的无理要求。所有拆迁,无论是公益性项目还是经营性项目、招商引资项目,拆迁补偿资金必须按时到位,设立专门账户,专款专用,并足额补偿给被拆迁人;不得以项目未来收益、机构资金承诺或其他不落实的资金作为拆迁资金来源。各地要按照已确定的合理拆迁规模,提供质量合格、价格合理、户型合适的拆迁安置房和周转房。把拆迁中涉及的困难家庭纳入城镇住房保障的总体安排中,确保其基本居住需要。

七、切实做好拆迁信访工作,维护社会稳定。做好拆迁信访工作是接受群众监督、维护被拆迁人合法权益的重要方式。各地区要建立拆迁信访工作责任制,尤其要建立和完善初信初访责任制以及拆迁纠纷矛盾排查调处机制,及时解决群众反映的问题和合理要求,积极化解拆迁纠纷和矛盾。拆迁上访较多的地区,要对拆迁上访问题进行全面梳理,对投诉的重点问题、普遍性问题要认真摸底。地方人民政府主要领导要亲自组织研究,及时采取针对性措施,制订具体的解决方案,落实责任单位和责任人,限期解决。区别不同情况,采取有效措施,妥善解决拆迁历史遗留问题。同时,对被拆迁人的一些不合理要求,不要作不符合规定的许愿和乱开"口子",防止造成"以闹取胜"的不良影响。要做好集体上访的疏导工作,防止群体性事件发生并做好处理预案。对少数要价高,无理取闹的,要坚持原则,不能迁就;对少数公开聚众闹事或上街堵塞交通、冲击政府机关的被拆迁人,要依法及时进行严肃处理。

八、加强监督检查,严肃处理违法违规行为。各级监察、建设等有关部门要加强协调和配合,加大对城镇房屋拆迁中违法违规案件的查处力度。对各级人民政府及有关行政主管部门违反城市规划以及审批程序、盲目扩大拆迁规模以及滥用职权强制拆迁的现象坚决予以查处。对在拆迁中连续发生严重损害群众利益导致恶性事件的部门和地区,要追究领导者和直接责任人的责任。对不按规定程序进行拆迁的,要及时予以纠正,并追究有关责任单位的领导责任。对滥用强制手段,造成严重后果的,要依法给予行政纪律处分,构成犯罪的,要依法追究刑事责任。对违法违规的拆迁单位和评估机构,要依法严厉查处。对故意拖欠、挤占、挪用拆迁补偿资金等违法违规行为,要严肃追究当事人和直接领导人的责任。对野蛮拆迁,严重侵犯居民利益的行为,要坚决制止,情节严重的,要取消其相应资格,依法严肃处理。

九、完善法律法规,健全政策措施。要把城镇房屋拆迁工作纳入法制化和规范化的轨道,继续完善有关政策法规。针对《城市房屋拆迁管理条例》实施中存在的问题,各地区要进一步制定和完善有关房屋拆迁的政策。有关部门要配合最高人民法院尽快出台有关房屋拆迁的司法解释,规范房屋拆迁行政裁决、强制执行程序和有关问题;各地区要依据国家有关拆迁工作的法律法规,制定和完善地方性法规、规章和文件,对与《城市房屋拆迁管理条例》不符的,要迅速组织修订;对政策不明确,但确属合理要求的,要抓紧制定相应的政策措施,限期处理解决。

十、坚持正确舆论导向,发挥媒体监督作用。电视、广播、报刊、网络等媒体要从社会稳定的大局出发,对各地合理推进城市建设,落实房屋拆迁政策以及规范拆迁管理、维护群众合法权益的好经验、好做法,要加大宣传力度,使群众全面了解拆迁政策,改善依法拆迁的社会环境,增强群众依法维权的意识。同时,对严重损害群众利益的典型案件,要继续曝光。要坚持正确的舆论导向,支持依法进行的城市拆迁工作,注意宣传方式,防止诱发和激化矛盾。

十一、加强组织领导,落实工作责任。各地区、各部门要把控制城镇房屋拆迁规模,严格拆迁管理作为落实中央宏观调控政策的重要措施和确保社会稳定的一项重要内容,列入今年政府工作的重要任务,明确政府分管负责同志的责任,加强领导,采取有效措施,做好相关工作。

有关部门要加强协调和配合,建立健全拆迁工作部际协调机制,指导全国工作,并建立健全对重点地区、重点项目、重点案例的督查和通报制度,总结推广好的经验和做法。各省级人民政府要加强对本行政区域拆迁工作的管理和监督,切实加强对拆迁规模的总量调控,防止和纠正大拆大建;要依照《中华人民共和国行政许可法》,规范市、县拆迁管理部门及职责。各市、县人民政府要对城镇建设和拆迁工作负总责,严格依法行政,量力而行,从坚决贯彻宏观调控政策措施和维护人民群众利益的高度做好城镇房屋拆迁工作。

各省、自治区、直辖市人民政府要在2004年10月底以前将落实本通知情况报国务院,同时抄送建设部。

城市房屋拆迁单位管理规定

1991 年 7 月 8 日建设部发布

第一条　为加强对城市房屋拆迁单位的管理,根据《城市房屋拆迁管理条例》,制定本规定。

第二条　国务院房地产行政主管部门负责全国城市房屋拆迁单位的管理工作。

　　县级以上地方人民政府房地产行政主管部门或者人民政府授权的部门(以下简称房屋拆迁主管部门)负责本行政区域城市房屋拆迁单位的管理工作。

第三条　本规定所称城市房屋拆迁单位(以下简称房屋拆迁单位),是指依法取得拆迁资格证书,接受拆迁人委托,对被拆迁人进行拆迁动员,组织签订和实施补偿、安置协议,组织拆除房屋及其附属物的单位。

第四条　设立房屋拆迁单位必须具备下列条件:

　　(一)有上级主管部门同意组建的批准文件;

　　(二)有明确的名称、组织机构和固定的办公场所;

　　(三)有与承担拆迁业务相适应的自有资金和技术、经济、财务管理人员。

第五条　房屋拆迁主管部门应当依照《城市房屋拆迁管理条例》和本规定,对申请设立房屋拆迁单位进行资格审查,对审查合格的单位颁发《房屋拆迁资格证书》(以下简称《资格证书》),并对房屋拆迁单位和自行拆迁单位的业务工作进行指导、监督和检查。未经批准发给《资格证书》的单位不得接受委托拆迁。

具体资格审查办法由省、自治区、直辖市人民政府房屋拆迁主管部门制定。

《资格证书》由省、自治区、直辖市人民政府房屋拆迁主管部门统一印制。

第六条 本规定发布前已设立的房屋拆迁单位,须经房屋拆迁主管部门进行复审;复审合格的,可以核发《资格证书》。对于复审不合格的,责令限期整顿;整顿后仍不合格的,不得接受委托拆迁。

第七条 房屋拆迁单位发生分立、合并的,必须重新申请办理资格审批手续。

房屋拆迁单位变更法定代表人的,应当在变更后十日内,向原批准发给《资格证书》的房屋拆迁主管部门备案。

第八条 房屋拆迁单位接受委托拆迁时,应当与拆迁人签订委托合同。委托合同应当经房屋拆迁主管部门鉴证。

第九条 房屋拆迁单位跨城市接受委托拆迁的,须向原批准发给《资格证书》的房屋拆迁主管部门出具的外出拆迁证明,向房屋拆迁地的房屋拆迁主管部门申请办理临时房屋拆迁批准手续后,方可实施拆迁。

第十条 房屋拆迁主管部门对于取得《资格证书》的房屋拆迁单位实行年度考核。被考核的单位必须按照规定的考核内容和时限,如实提供有关材料。对于考核合格的,给予验证;考核不合格的,由房屋拆迁主管部门责令其停业整顿或者吊销《资格证书》。

第十一条 任何单位和个人都不得伪造、涂改或者转让《资格证书》。《资格证书》遗失的,必须公开登报声明作废后,方可向原批准发给证书的房屋拆迁主管部门申请补发。

第十二条 自行拆迁的单位实施本单位建设项目的房屋拆迁前,应当到当地人民政府房屋拆迁主管部门办理核准手续。未经核准的,不得实施拆迁。

第十三条 房屋拆迁单位和自行拆迁的单位应当建立拆迁档案和拆迁工作日志。

第十四条 房屋拆迁主管部门应当对从事房屋拆迁业务的人员进行业务、技术培训和考核。

第十五条 房屋拆迁单位必须信守合同,依法从事拆迁活动。

房屋拆迁工作人员必须遵纪守法,不准弄虚作假、以权谋私。

第十六条 凡违反本规定,有下列行为之一的,房屋拆迁主管部门可以给予警告、通报批评、责令停止拆迁、吊销证书、没收非法所得、罚款等处罚:

(一)无证承担委托拆迁的;

(二)未经核准自行拆迁的;

(三)伪造、涂改、转让《资格证书》的;

(四)擅自或者变相转让拆迁任务的;

(五)未经批准跨越城市承担委托拆迁的。

第十七条 房屋拆迁工作人员弄虚作假、以权谋私的,由其所在单位或者上级主管部门给予行政处分。

第十八条 违反本规定造成经济损失的,房屋拆迁单位或者责任人应当承担赔偿责任。违反治安管理规定的,由公安机关依照《中华人民共和国治安管理处罚条例》的规定处罚;构成犯罪的,由司法机关依法追究刑事责任。

第十九条 当事人对行政处罚决定不服的,可以依照《中华人民共和国行政诉讼法》和《行政复议条例》的有关规定,申请复议或者向人民法院起诉。逾期不申请复议或者不向人民法院起诉,又不履行处罚决定的,由作出处罚决定的机关申请人民法院强制执行。

第二十条 省、自治区、直辖市人民政府房屋拆迁主管部门可以根据本规定制订实施办法。

第二十一条 本办法由国务院房地产行政主管部门负责解释。

第二十二条 本规定自1991年8月1日起施行。

房屋拆迁证据保全公证细则

1993年12月1日司法部发布

第一条 为规范城市房屋拆迁证据保全公证活动,根据《中华人民共和国公证暂行条例》、《城市房屋拆迁管理条例》、《公证程序规则（试行）》，制订本细则。

第二条　房屋拆迁证据保全公证是指在房屋拆迁之前，公证机关对房屋及附属物的现状依法采取勘测、拍照或摄像等保全措施，以确保其真实性和证明力的活动。

第三条　本细则适用于《城市房屋拆迁管理条例》规定的拆除依法代管的房屋，代管人是房屋主管部门的；拆除有产权纠纷的房屋，在房屋拆迁主管部门公布的规定期限内纠纷未解决的；拆除设有抵押权的房屋实行产权调换，抵押权人和抵押人在房屋拆迁主管部门公布的规定期限内达不成抵押协议；以及其他房屋拆迁证据保全的公证事项。

第四条　房屋拆迁证据保全公证，由被拆迁房屋所在地公证处管辖。

第五条　房屋拆迁证据保全公证申请人是拆迁人或被拆迁人，房屋拆迁主管部门也可以作为申请人。上述申请人可以委托他人代为提出公证申请。

第六条　申请人应填写公证申请表，并提交下列材料：

（一）身份证明；申请人为法人的，应提交法人资格和法定代表人的身份证明；被拆迁人为公民个人的，应提交身份证明；

（二）资格证明；拆迁人应提交房屋拆迁主管部门核发的拆迁许可证明；接受拆迁委托的被委托人应提交房屋拆迁资格证书；被拆迁人应提交作为被拆除房屋及其附属物的所有人（包括代管人、国家授权的国有房屋及其附属物的管理人）和被拆除房屋及其附属物的使用人的证明；

（三）拆除有产权纠纷的房屋，提交由县级以上人民政府房屋拆迁主管部门批准的补偿安置方案的证明；

（四）实施强制拆迁的房屋，提交县级以上人民政府作出的限期拆迁的决定或人民法院院长签发的限期拆迁的公告；

（五）公证人员认为应当提交的其他有关材料。

第七条　符合下列条件的申请，公证处应予受理，并书面通知申请人：

（一）申请人符合本细则第五条的规定；

（二）申请公证事项属于本公证处管辖；

（三）提供本细则第六条所需材料。

不符合前款规定条件的申请，公证处应作出不予受理的决定，通知申请人，并告知对拒绝受理不服的复议程序。

受理或拒绝受理的决定，应在申请人依据本细则规定正式提出申请后的七日内作出。

第八条　公证人员应认真接待申请人，应按《公证程序规则（试行）》第二十四条的规定制作谈话笔录，并着重记录下列内容：

（一）申请证据保全的目的和理由；

（二）申请证据保全的种类、名称、地点和现存状况；

（三）证据保全的方式；

（四）公证人员认为应当记录的其他内容。

申请人也可以提交包含上述内容的书面材料。

第九条　符合证据保全公证条件的，公证处应派两名以上公证人员（其中至少有一名公证员）参与整个证据保全活动。

第十条　办理房屋拆迁证据保全公证，公证员应当客观、全面地记录被拆迁房屋的现场状况，收集、提取有关证据。应该根据被保全对象的不同特点，采取勘测、拍照、摄像等方式进行证据保全。

第十一条　对房屋进行勘测的，应当制作勘测记录，记明勘测时间、地点、测验人、记录人、被保全房屋的产权人、坐落、四至、房屋性质、结构、层次、面积、新旧程度、屋面及地面质地、附属设施以及其他应当记明的事项；能够用图示标明的房屋长度、宽度应当图示；记录应当由勘测人、公证员签名或者盖章；拆迁活动当事人在场的，应请当事人签名或盖章；该当事人拒绝签名或盖章的，公证员应在记录中记明。

第十二条　对房屋进行拍照和摄像的，应当全面反映、记录房屋的全貌。房屋结构、门窗、厨房以及附属设施等，要有单独的图片显示。

第十三条　公证机关对保全事项认为需要勘测的，应当聘请专业技术部门或其他部门中有该项能力的人员进行勘测。

专业技术部门及其勘测人应当提出书面勘测结论，在勘测书上签名或者盖章。其他部门勘测人勘测的，应由勘测人所在单位加盖印章，证明勘测人身份。

第十四条　实施强制拆迁房屋证据保全时，公证机关应通知被拆迁人到场。如其拒不到场，公证员应在笔录中记明。

实施强制拆迁房屋中有物品的，公证员应当组织对所有物品逐一核对、清点、登记，分类造册。并记录上述活动的时间、地点，交两名有完全行为能力的在场人员核对后，由公证员和在场人在记录上签名。被拆迁人拒绝签名的，公证员应在记录中记明。

物品清点登记后，凡不能立即交与被拆迁人接收的，公证员要监督拆迁人将物品存放在其提供的仓库中，并对物品挂签标码，丢失损坏的，仓库保管人应承担赔偿责任。

拆迁人应制作通知书，通知当事人在一定期限内领取物品。逾期不领的，公证处可以接受拆迁人的提存申请，办理提存。

第十五条　公证员对房屋证据保全的活动结束后应出具公证书。公证书应当按照《公证程序规则（试行）》第三十八条的规定及《公证书格式（试行）》第四十八式保全证据公证书格式（之二）制作。公证词应当记明申请保全的理由及时间，公证员审查申请人主体资格及证据情况的内容，采取保全的时间、地点、方法，保全证据所制作的笔录、拍摄的照片、录像带的名称、数量及保存地点。

第十六条　本细则自 1994 年 2 月 1 日起施行。

城市房屋拆迁管理
工作考核标准（试行）

1993 年 9 月 22 日建设部发布

为了进一步加强全国城市房屋拆迁管理工作，促进拆迁管理工作规范化、标准化、制度化，全面提高拆迁管理水平，特制定本标准。

1. 管理机构健全，配备了适应工作需要的、经过统一培训、具有相应专业水平的专职管理人员。

2. 依据《城市房屋拆迁管理条例》和国家拆迁行政主管部门的有关文件规定，代政府及时地拟定符合本地实际的地方法规或规章及相关的配套政策和标准。

3. 制定了完整的行之有效的拆迁管理工作程序和表式，能及时掌握情况和有序地处理问题，实行规范化管理。

4. 坚持依法行政，能做到本城市统一拆迁政策、标准，统一拆迁行业管理。

5. 建立健全了强化内部管理的各项规章、制度，推行了岗位责任制和目标管理，做到工作有计划、有检查、有总结、有评比。

6. 能深入基层调查研究，加强拆迁全过程的监督、检查，及时发现问题，协调解决问题。

7. 严格"房屋拆迁许可证"和"房屋拆迁资格证书"的审批制度，坚持按程序办事，差错率不超过 1%。

8. 加强被拆迁居民过渡和安置的管理，当年按协议规定期限进户率要达到 95% 以上。

9. 公开办事制度，提高工作效率，做好对群众的宣传解释工作。认真、及时、妥善处理来信来访，在规定的时间内处理和呈报上级部门的批转件，越级上访率不超过 2%，申请行政或司法强制执行的户数不超过 3‰。

10. 加强拆迁管理人员和从事拆迁工作人员的业务培训工作，培训面和持证上岗率均达到 95% 以上。

11. 认真学习、宣传和模范贯彻执行国家和省、市、区的拆迁法规、规章，遵守职业道德，坚持办事制度，勤政廉洁，全年无违纪、违法案件。

12. 财务与档案管理符合规定，现代化管理水平较高，统计报表及时准确，档案完整规范。

城市房屋拆迁估价指导意见

1. *2003 年 12 月 1 日建设部发布*
2. *建住房〔2003〕234 号*

第一条　为规范城市房屋拆迁估价行为，维护拆迁当事人的合法权益，根据《中华人民共和国城市房地产管理法》、《城市房屋拆迁管理条例》的有关规定和国家标准《房地产估价规范》，制定本意见。

第二条　城市规划区内国有土地上房屋拆迁涉及的房地产估价活动，适用本意见。

第三条　本意见所称城市房屋拆迁估价（以下简称拆迁估价），是指为确定被拆迁房屋货币补偿金额，根据被拆迁房屋的区位、用途、建筑面积等因素，对其房地产市场价格进行的评估。

　　房屋拆迁评估价格为被拆迁房屋的房地产市场价格，不包含搬迁补助费、临时安置补助费和拆迁非住宅房屋造成停产、停业的补偿费，以及被拆迁房屋室内自行装修装饰的补偿金额。搬迁补助费、临时安置补助费和拆迁非住宅房屋造成停产、停业的补偿费，按照省、自治区、直辖市人民政府规定的标准执行。被拆迁房屋室内自行装修装饰的补偿金额，由拆迁人和被拆迁人协商确定；协商不成，可以通过委托评估确定。

第四条　拆迁估价由具有房地产价格评估资格的估价机构（以下简称估价机构）承担，估价报告必须由专职注册房地产估价师签字。

第五条　拆迁估价应当坚持独立、客观、公正、合法的原则。任何组织或者个人不得非法干预拆迁估价活动和估价结果。

第六条　市、县房地产管理部门应当向社会公示一批资质等级高、综合实力强、社会信誉好的估价机构，供拆迁当事人选择。

　　拆迁估价机构的确定应当公开、透明，采取被拆迁人投票或拆迁当事人抽签等方式。

　　房屋拆迁许可证确定的同一拆迁范围内的被拆迁房屋，原则上由一家估价机构评估。需要由两家或者两家以上估价机构评估的，估价机构之间应当就拆迁估价的依据、原则、程序、方法、参数选取等进行协调并执行共同的标准。

第七条　拆迁估价机构确定后，一般由拆迁人委托。委托人应当与估价机构签订书面拆迁估价委托合同。

第八条　受托估价机构不得转让、变相转让受托的估价业务。

　　估价机构和估价人员与拆迁当事人有利害关系或者是拆迁当事人的，应当回避。

第九条　拆迁当事人有义务向估价机构如实提供拆迁估价所必需的资料，协助估价机构进行实地查勘。

第十条　受托估价机构和估价人员需要查阅被拆迁房屋的房地产权属档案和相关房地产交易信息的，房地产管理部门应当允许查阅。

第十一条　拆迁估价目的统一表述为"为确定被拆迁房屋货币补偿金额而评估其房地产市场价格。"

　　拆迁估价时点一般为房屋拆迁许可证颁发之日。拆迁规模大、分期分段实施的，以当期（段）房屋拆迁实施之日为估价时点。

　　拆迁估价的价值标准为公开市场价值，不考虑房屋租赁、抵押、查封等因素的影响。

第十二条　委托拆迁估价的，拆迁当事人应当明确被拆迁房屋的性质（包括用途，下同）和面积。

　　被拆迁房屋的性质和面积一般以房屋权属证书及权属档案的记载为准；各地对被拆迁房屋的性质和面积认定有特别规定的，从其规定；拆迁人与被拆迁人对被拆迁房屋的性质或者面积协商一致的，可以按照协商结果进行评估。

　　对被拆迁房屋的性质不能协商一致的，应当向城市规划行政主管部门申请确认。对被拆迁房屋的面积不能协商一致的，可以向依照《房产测绘管理办法》设立的房屋面积鉴定机构申请鉴定；没有设立房屋面积鉴定机构的，可以委托具有房产测绘资格的房产测绘单位测算。

　　对拆迁中涉及的被拆迁房屋的性质和面积认定的具体问题，由市、县规划行政主管部门和房地产管理部门制定办法予以解决。

第十三条　市、县人民政府或者其授权的部门应当根据当地房地产市场交易价格，至少每年定期公布一次不同区域、不同用途、不同建筑结构的各类房屋的房地产市场价格。

第十四条　拆迁估价应当参照类似房地产的市场交易价格和市、县人民政府或者其授权部门定期公布的房地产市场价格，结合被拆迁房屋的房地产状况进行。

第十五条　拆迁估价人员应当对被拆迁房屋进行实地查勘，做好实地查勘记录，拍摄反映被拆迁房屋外观和内部状况的影像资料。

实地查勘记录由实地查勘的估价人员、拆迁人、被拆迁人签字认可。

因被拆迁人的原因不能对被拆迁房屋进行实地查勘、拍摄影像资料或者被拆迁人不同意在实地查勘记录上签字的,应当由除拆迁人和估价机构以外的无利害关系的第三人见证,并在估价报告中作出相应说明。

第十六条　拆迁估价一般应当采用市场比较法。不具备采用市场比较法条件的,可以采用其他估价方法,并在估价报告中充分说明原因。

第十七条　拆迁评估价格应当以人民币为计价的货币单位,精确到元。

第十八条　估价机构应当将分户的初步估价结果向被拆迁人公示 7 日,并进行现场说明,听取有关意见。

公示期满后,估价机构应当向委托人提供委托范围内被拆迁房屋的整体估价报告和分户估价报告。委托人应当向被拆迁人转交分户估价报告。

第十九条　拆迁人或被拆迁人对估价报告有疑问的,可以向估价机构咨询。估价机构应当向其解释拆迁估价的依据、原则、程序、方法、参数选取和估价结果产生的过程。

第二十条　拆迁当事人对估价结果有异议的,自收到估价报告之日起 5 日内,可以向原估价机构书面申请复核估价,也可以另行委托估价机构评估。

第二十一条　拆迁当事人向原估价机构申请复核估价的,该估价机构应当自收到书面复核估价申请之日起 5 日内给予答复。估价结果改变的,应当重新出具估价报告;估价结果没有改变的,出具书面通知。

拆迁当事人另行委托估价机构评估的,受托估价机构应当在 10 日内出具估价报告。

第二十二条　拆迁当事人对原估价机构的复核结果有异议或者另行委托估价的结果与原估价结果有差异且协商达不成一致意见的,自收到复核结果或者另行委托估价机构出具的估价报告之日起 5 日内,可以向被拆迁房屋所在地的房地产价格评估专家委员会(以下简称估价专家委员会)申请技术鉴定。

第二十三条　估价专家委员会应当自收到申请之日起 10 日内,对申请鉴定的估价报告的估价依据、估价技术路线、估价方法选用、参数选取、估价结果确定方式等估价技术问题出具书面鉴定意见。

估价报告不存在技术问题的,应维持估价报告;估价报告存在技术问题的,估价机构应当改正错误,重新出具估价报告。

第二十四条　省、自治区建设行政主管部门和设区城市的市房地产管理部门或者其授权的房地产估价行业自律性组织,应当成立由资深专职注册房地产估价师及房地产、城市规划、法律等方面专家组成的估价专家委员会,对拆迁估价进行技术指导,受理拆迁估价技术鉴定。

第二十五条　受理拆迁估价技术鉴定后,估价专家委员会应当指派 3 人以上(含 3 人)单数成员组成鉴定组,处理拆迁估价技术鉴定事宜。

鉴定组成员与原估价机构、拆迁当事人有利害关系或者是拆迁当事人的,应当回避。

原估价机构应当配合估价专家委员会做好鉴定工作。

第二十六条　估价专家委员会成员、估价机构、估价人员应当回避而未回避的,其鉴定意见或者估价结果无效。

拆迁当事人不如实提供有关资料或者不协助估价机构实地查勘而造成估价失实或者其他后果的,应当承担相应责任。

第二十七条　对有下列行为之一的估价机构和估价人员,依据《城市房地产中介服务管理规定》、《房地产估价师注册管理办法》等规定进行处罚,或记入其信用档案:

(一)出具不实估价报告的;

(二)与拆迁当事人一方串通,损害对方合法权益的;

(三)以回扣等不正当竞争手段获取拆迁估价业务的;

(四)允许他人借用自己名义从事拆迁估价活动或者转让、变相转让受托的拆迁估价业务的;

(五)多次被申请鉴定,经查证,确实存在问题的;

(六)违反国家标准《房地产估价规范》和

本意见其他规定的；

（七）法律、法规规定的其他情形。

第二十八条　以产权调换作为房屋拆迁补偿、安置方式的，对所调换房屋的房地产市场价格进行的评估，参照本意见执行。

城市规划区外国有土地上房屋拆迁涉及的房地产估价活动，参照本意见执行。

第二十九条　本意见自 2004 年 1 月 1 日起施行。此前已颁发房屋拆迁许可证的拆迁项目，其拆迁估价不适用本意见。

城市房屋拆迁
行政裁决工作规程

1. 2003 年 12 月 30 日建设部发布
2. 建住房〔2003〕252 号

第一条　为了规范城市房屋拆迁行政裁决行为，维护拆迁当事人的合法权益，根据《城市房屋拆迁管理条例》，制定本工作规程。

第二条　按照《城市房屋拆迁管理条例》的规定，因拆迁人与被拆迁人就搬迁期限、补偿方式、补偿标准以及搬迁过渡方式、过渡期限等原因达不成协议，当事人申请裁决的，适用本规程。

第三条　市、县人民政府城市房屋拆迁管理部门负责本行政区域内城市房屋拆迁行政裁决工作。房屋拆迁管理部门及其工作人员应当按照有关法律、法规规定，依法履行行政裁决职责。

第四条　行政裁决应当以事实为依据、以法律为准绳，坚持公平、公正、及时的原则。

第五条　拆迁人申请行政裁决，应当提交下列资料：

（一）裁决申请书；

（二）法定代表人的身份证明；

（三）被拆迁房屋权属证明材料；

（四）被拆迁房屋的估价报告；

（五）对被申请人的补偿安置方案；

（六）申请人与被申请人的协商记录；

（七）未达成协议的被拆迁人比例及原因；

（八）其他与裁决有关的资料。

第六条　被拆迁人申请行政裁决，应当提交下列资料：

（一）裁决申请书；

（二）申请人的身份证明；

（三）被拆迁房屋的权属证明；

（四）申请裁决的理由及相关证明材料；

（五）房屋拆迁管理部门认为应当提供的与行政裁决有关的其他材料。

第七条　未达成拆迁补偿安置协议户数较多或比例较高的，房屋拆迁管理部门在受理裁决申请前，应当进行听证。具体标准、程序由省、自治区、直辖市人民政府房屋拆迁管理部门规定。

第八条　有下列情形之一的，房屋拆迁管理部门不予受理行政裁决申请：

（一）对拆迁许可证合法性提出行政裁决的；

（二）申请人或者被申请人不是拆迁当事人的；

（三）拆迁当事人达成补偿安置协议后发生合同纠纷，或者行政裁决做出后，当事人就同一事由再次申请裁决的；

（四）房屋已经灭失的；

（五）房屋拆迁管理部门认为依法不予受理的其他情形。

对裁决申请不予受理的，房屋拆迁管理部门应当自收到申请之日起 5 个工作日内书面通知申请人。

第九条　房屋拆迁管理部门受理房屋拆迁裁决申请后，经审核，资料齐全、符合受理条件的，应当在收到申请之日起 5 个工作日内向申请人发出裁决受理通知书；申请裁决资料不齐全、需要补充资料的，应当在 5 个工作日内一次性书面告知申请人，可以当场补正的，应当当场补正。受理时间从申请人补齐资料的次日起计算。

第十条　房屋拆迁管理部门受理房屋拆迁裁决申请后，应当按照下列程序进行：

（一）向被申请人送达房屋拆迁裁决申请书副本及答辩通知书，并告知被申请人的权利。

（二）审核相关资料、程序的合法性。

（三）组织当事人调解。房屋拆迁管理部

门必须充分听取当事人的意见,对当事人提出的事实、理由和证据进行复核;对当事人提出的合理要求应当采纳。房屋拆迁管理部门不得因当事人申辩而做出损害申请人合法权益的裁决。

拆迁当事人拒绝调解的,房屋拆迁管理部门应依法作出裁决。

(四)核实补偿安置标准。当事人对评估结果有异议,且未经房屋所在地房地产专家评估委员会鉴定的,房屋拆迁管理部门应当委托专家评估委员会进行鉴定,并以鉴定后的估价结果作为裁决依据。鉴定时间不计入裁决时限。

(五)经调解,达成一致意见的,出具裁决终结书;达不成一致意见的,房屋拆迁管理部门应当作出书面裁决。部分事项达成一致意见,裁决时应当予以确认。书面裁决必须经房屋拆迁管理部门领导班子集体讨论决定。

第十一条　行政裁决工作人员与当事人有利害关系或者有其他关系可能影响公正裁决的,应当回避。

第十二条　有下列情形之一的,中止裁决并书面告知当事人:

(一)发现新的需要查证的事实;

(二)裁决需要以相关裁决或法院判决结果为依据的,而相关案件未结案的;

(三)作为自然人的申请人死亡,需等待其近亲属表明是否参加裁决的;

(四)因不可抗力或者其他特殊情况需要中止的情况。

中止裁决的因素消除后,恢复裁决。中止时间不计入裁决时限。

第十三条　有下列情形之一的,终结裁决并书面告知当事人:

(一)受理裁决申请后,当事人自行达成协议的;

(二)发现申请人或者被申请人不是裁决当事人的;

(三)作为自然人的申请人死亡,15天之内没有近亲属或者近亲属未表示参加裁决或放弃参加裁决的;

(四)申请人撤回裁决申请的。

第十四条　行政裁决应当自收到申请之日起30日内做出。房屋拆迁管理部门做出裁决,应当出具裁决书。

裁决书应当包括下列内容:

(一)申请人与被申请人的基本情况;

(二)争议的主要事实和理由;

(三)裁决的依据、理由;

(四)根据行政裁决申请需要裁决的补偿方式、补偿金额、安置用房面积和安置地点、搬迁期限、搬迁过渡方式和过渡期限等;

(五)告知当事人行政复议、行政诉讼的权利及申请复议期限、起诉期限;

(六)房屋拆迁管理部门的名称、裁决日期并加盖公章。

行政裁决规定的搬迁期限不得少于15天。

第十五条　裁决书应当通过直接送达、留置送达、委托送达或邮寄送达等方式送达。

第十六条　当事人对行政裁决不服的,可以依法申请行政复议或者向人民法院起诉。

第十七条　被拆迁人或者房屋承租人在裁决规定的搬迁期限内未搬迁的,由市、县人民政府责成有关部门行政强制拆迁,或者由房屋拆迁管理部门依法申请人民法院强制拆迁。

第十八条　房屋拆迁管理部门申请行政强制拆迁前,应当邀请有关管理部门、拆迁当事人代表以及具有社会公信力的代表等,对行政强制拆迁的依据、程序、补偿安置标准的测算依据等内容,进行听证。

房屋拆迁管理部门申请行政强制拆迁,必须经领导班子集体讨论决定后,方可向政府提出行政强制拆迁申请。未经行政裁决,不得实施行政强制拆迁。

第十九条　拆迁人未按裁决意见向被拆迁人提供拆迁补偿资金或者符合国家质量安全标准的安置用房、周转房的,不得实施强制拆迁。

第二十条　房屋拆迁管理部门申请行政强制拆迁,应当提交下列资料:

(一)行政强制拆迁申请书;

(二)裁决调解记录和裁决书;

(三)被拆迁人不同意拆迁的理由;

(四)被拆迁房屋的证据保全公证书;

（五）被拆迁人提供的安置用房、周转用房权属证明或者补偿资金证明；

（六）被拆迁人拒绝接收补偿资金的，应当提交补偿资金的提存证明；

（七）市、县人民政府房屋拆迁管理部门规定的其他材料。

第二十一条 依据强制拆迁决定实施行政强制拆迁，房屋拆迁管理部门应当提前15日通知被拆迁人，并认真做好宣传解释工作，动员被拆迁人自行搬迁。

第二十二条 行政强制拆迁应当严格依法进行。强制拆迁时，应当组织街道办事处（居委会）、被拆迁人单位代表到现场作为强制拆迁证明人，并由公证部门对被拆迁房屋及其房屋内物品进行证据保全。

第二十三条 房屋拆迁管理部门工作人员或者行政强制拆迁执行人员违反本规程的，由所在单位给予警告；造成错案的，按照有关规定追究错案责任；触犯刑律的，依法追究刑事责任。

第二十四条 拆迁人、接受委托的拆迁单位在实施拆迁中采用恐吓、胁迫以及停水、停电、停止供气、供热等手段，强迫被拆迁人搬迁或者擅自组织强制拆迁的，由所在市、县房屋拆迁管理部门责令停止拆迁，并依法予以处罚；触犯刑律的，依法追究刑事责任。

第二十五条 房屋拆迁管理部门是被拆迁人的，由同级人民政府裁决。

第二十六条 在城市规划区外国有土地上实施房屋拆迁申请行政裁决的，可参照本规程执行。

第二十七条 本规程自2004年3月1日起施行。

城市房屋拆迁工作规程

1. *2005年10月31日建设部发布*
2. *自2005年12月1日起施行*
3. *建住房〔2005〕200号*

第一条 为进一步规范城市房屋拆迁工作程序，加强拆迁管理，维护拆迁当事人合法权益，保障建设项目顺利实施，根据《城市规划法》、《城市房屋拆迁管理条例》及有关规定，制定本规程。

第二条 在城市规划区内国有土地上实施房屋拆迁，并需要对被拆迁人补偿安置的，适用本规程。

第三条 城市房屋拆迁管理工作程序是：拆迁计划管理、拆迁许可审批、拆迁补偿安置；必要时还应当依法进行行政裁决或者强制拆迁。城市房屋拆迁管理应当严格按照上述程序进行，前一程序未进行或者未达到规定要求的，不得进入后一程序。

第四条 城市房屋拆迁实行年度计划审批备案制度。市、县人民政府应当根据本地区经济社会发展的实际情况，依据城市总体规划、近期建设规划和控制性详细规划，编制房屋拆迁中长期规划和年度计划，由省、自治区、直辖市人民政府建设（房地产）行政主管部门会同发展改革（计划）部门审批下达。

第五条 需要拆迁的项目，应当按照《城市房屋拆迁管理条例》第七条的规定取得房屋拆迁许可证。

对于面积较大或者户数较多的拆迁项目，房屋拆迁管理部门应当在核发拆迁许可证前，就拆迁许可有关事项召开听证会，听取拆迁当事人意见。需听证项目的面积或者户数的具体标准，由省、自治区和直辖市人民政府建设（房地产）行政主管部门制定。

第六条 拆迁许可听证应当对拆迁许可条件，特别是拆迁计划、拆迁方案和拆迁补偿安置资金落实情况进行听证。听证意见作为房屋拆迁管理部门核发拆迁许可证的重要参考依据。

第七条 对于符合拆迁许可证核发条件的，房屋拆迁管理部门应当依法核发拆迁许可证，同时将房屋拆迁许可证中载明的拆迁人、拆迁范围、拆迁期限等事项，以房屋拆迁公告的形式予以公布。对于补偿安置方案、补偿安置资金不落实的项目，房屋拆迁管理部门不得核发拆迁许可证。

第八条 在取得拆迁许可前，拆迁人应当对拆迁范围内房屋情况进行摸底，区分有产权证与无产权证房屋。

对于未取得房产证但能够证明该房屋是合法拥有的，由所在地房地产管理部门确认后,依法补偿;对于手续不全或者无产权产籍的房屋,应当经有关部门进行合法性认定后,依据相关法律法规处理;对于存在产权或者使用权(承租权)争议的,应当通过民事诉讼后,按照诉讼结果依法补偿。

第九条 对于拆迁中的住房困难和低收入家庭,地方政府要通过健全和完善住房保障制度等办法,切实采取有效措施,确保其得到妥善安置。对于符合廉租住房条件的,要及时纳入廉租房保障范围。

第十条 拆迁人应当在房屋拆迁许可证确定的拆迁范围和拆迁期限内,实施房屋拆迁。需要延长拆迁期限的,拆迁人应当依法办理相关手续。

第十一条 《城市规划法》实施后,未取得规划许可证或违反规划许可证规定进行建设的,以及临时建筑使用期限届满未拆除的为违法建筑。对违法建筑依据《城市规划法》及地方城市规划实施条例规定处理。

《城市规划法》实施前违法建筑的认定,由县级以上地方人民政府城市规划行政主管部门充分考虑历史情况,依据所在省、自治区、直辖市人民政府规定处理。

第十二条 拆迁当事人应当按照《城市房屋拆迁管理条例》等有关法律法规规定,就补偿方式和补偿金额、安置用房面积和安置地点、搬迁期限、搬迁过渡方式和过渡期限等事项进行协商,订立拆迁补偿安置协议。

第十三条 对于达不成补偿安置协议的,应当按照《城市房屋拆迁管理条例》、《城市房屋拆迁行政裁决工作规程》的规定进行裁决。

第十四条 当事人对裁决不服的,可以依法申请行政复议或者向人民法院起诉。但拆迁人已按规定对被拆迁人给予货币补偿或者提供安置用房、周转用房的,诉讼期间不停止拆迁的执行。

第十五条 被拆迁人或者房屋承租人在裁决规定的搬迁期限内未搬迁的,由市、县人民政府责成有关部门强制拆迁,或者由房屋拆迁管理部门依法申请人民法院强制拆迁。

第十六条 房屋拆迁管理部门申请行政强制拆迁前,应当邀请有关管理部门、拆迁当事人代表以及具有社会公信力的代表等,对行政强制拆迁的依据、程序、补偿安置标准的测算依据等内容进行听证。

房屋拆迁管理部门申请行政强制拆迁,必须经领导班子集体讨论决定后,方可向政府提出强制拆迁申请。

第十七条 实施行政强制拆迁时,应当组织街道办事处(居委会)、被拆迁人单位代表到现场作为强制拆迁证明人,并由公证部门对被拆迁房屋及其房屋内物品进行证据保全。

第十八条 各级房屋拆迁管理部门,要加强对迁程序执行情况的监督检查。对不依法行政、滥用职权、侵害拆迁当事人合法权益并造成严重后果的工作人员,要依法追究责任。

第十九条 在城市规划区外国有土地上实施房屋拆迁,并需要对被拆迁人补偿安置的,参照本规程执行。

第二十条 本规程自2005年12月1日起施行。

国务院宗教事务局、
建设部关于城市建设中
拆迁教堂、寺庙等房屋问题
处理意见的通知

1. 1993年1月20日发布
2. 国宗发〔1993〕21号

各省、自治区、直辖市政府宗教事务局、建委(建设厅):

最近,一些地方在城市建设中拆迁教堂、寺庙等房屋时出现一些纠纷。处理意见如下:

(一)在城市建设中涉及到教堂、寺庙等房屋的拆迁问题,应依照国务院《城市房屋拆迁管理条例》(以下简称《条例》)有关规定办理,既要服从城市建设的需要,又要维护宗教团体的合法权益。

(二)因城市建设需要拆迁教堂、寺庙等房屋时,应根据《条例》和中央、国务院的宗教政策以及有关规定,征询当地政府宗教事务部门意见,并与产权当事人协商,合理补偿,适当照顾,妥善处理。

（三）对教堂、寺庙等房屋,除因城市整体规划或成片开发必须拆迁外,一般应尽量避免拆迁。必须拆迁时,在安置工作中要考虑到便利信教群众过宗教生活的需要。

（四）需拆迁的教堂、寺庙等房屋,如属文物古迹,按国家关于文物保护的法律、法规处理。

（五）城市宗教事务主管部门和有关团体,应支持当地人民政府房屋拆迁主管部门依法拆迁。

（六）城市人民政府应加强对拆迁宗教团体和宗教活动场所房屋的领导,做好组织协调工作,保证这项工作的顺利进行。

最高人民法院关于受理房屋拆迁、补偿、安置等案件问题的批复

1996 年 7 月 24 日发布

各省、自治区、直辖市高级人民法院:

近来,有些高级人民法院就有关受理房屋拆迁、补偿、安置等案件的问题向我院请示。经研究,答复如下:

一、公民、法人或者其他组织对人民政府或者城市房屋主管行政机关依职权作出的有关房屋拆迁、补偿、安置等问题的裁决不服,依法向人民法院提起诉讼的,人民法院应当作为行政案件受理。

二、拆迁人与被拆迁人因房屋补偿,安置等问题发生争议,或者双方当事人达成协议后,一方或者双方当事人反悔,未经行政机关裁决,仅就房屋补偿、安置等问题,依法向人民法院提起诉讼的,人民法院应当作为民事案件受理。

三、本批复发布之日起,最高人民法院〔1993〕法民字第 9 号《关于适用〈城市房屋拆迁管理条例〉第十四条有关问题的复函》同时废止。

最高人民法院关于当事人达不成拆迁补偿安置协议就补偿安置争议提起民事诉讼人民法院应否受理问题的批复

1. 2005 年 7 月 4 日最高人民法院审判委员会第 1358 次会议通过
2. 2005 年 8 月 1 日公布
3. 自 2005 年 8 月 11 日起施行
4. 法释〔2005〕9 号

浙江省高级人民法院:

你院浙高法〔2004〕175 号《关于双方未达成拆迁补偿安置协议当事人就补偿安置争议向法院起诉,法院能否以民事案件受理的请示》收悉。经研究,答复如下:

拆迁人与被拆迁人或者拆迁人、被拆迁人与房屋承租人达不成拆迁补偿安置协议,就补偿安置争议向人民法院提起民事诉讼的,人民法院不予受理,并告知当事人可以按照《城市房屋拆迁管理条例》第十六条的规定向有关部门申请裁决。

此复

国务院法制办公室对北京市人民政府法制办公室《关于城市私有房屋拆迁补偿适用法律问题的请示》的答复

1. 2002 年 1 月 24 日发布
2. 国法秘函〔2002〕15 号

北京市人民政府法制办公室:

你办《关于城市私有房屋拆迁补偿适用法律问题的请示》收悉。经商建设部、国土资源部,现答复如下:

一、关于 1999 年 1 月 1 日现行土地管理法施行前拆迁城市私有房屋的补偿问题

根据法不溯及既往的原则,1999 年 1 月 1 日现行土地管理法实施之前拆迁城市私有房

屋的补偿，应当适用原土地管理法和原城市房屋拆迁管理条例的规定。

二、关于 1999 年 1 月 1 日现行土地管理法施行后至 2001 年 11 月 1 日现行城市房屋拆迁管理条例施行前，拆迁城市私有房屋的补偿问题

现行土地管理法第五十八条规定，收回国有土地使用权，对土地使用权人应当给予适当补偿。《北京市城市房屋拆迁管理办法》第二十八条第二款规定："拆除执行国家规定租金标准的私有出租住宅房屋，拆迁人对被拆迁房屋所有人应当按照被拆迁房屋原建筑面积的重置价及成新，结合被拆除房屋所在区位给予补偿。具体补偿办法由各区、县房地局确定并报市房地局批准。"根据立法法有关中央专属立法权以外的事项地方可依照本地情况作出具体规定的精神，在国家统一的补偿办法、标准出台前，北京市人民政府作出上述规定，将土地使用权补偿因素纳入补偿范畴，不存在法律问题。因此，北京市可以依照上述规定对被拆除的房屋进行补偿。

三、关于 2001 年 11 月 1 日现行城市房屋拆迁管理条例施行后，拆迁城市私有房屋的补偿问题

2001 年 11 月 1 日起施行的现行《城市房屋拆迁管理条例》第二十四条规定："货币补偿的金额，根据被拆迁房屋的区位、用途、建筑面积等因素，以房地产市场评估价格确定。"根据上述规定，2001 年 11 月 1 日以后实施的拆迁，货币补偿款中包括对土地使用权的补偿。今后，对被拆除房屋的补偿应当按照《城市房屋拆迁管理条例》的规定执行。

附：

北京市人民政府法制办公室
关于城市私有房屋拆迁补偿
适用法律问题的请示

(2001 年 12 月 11 日发布
京政法制规字〔2001〕43 号)

国务院法制办公室：

为了贯彻实施《中华人民共和国土地管理法》和国务院《城市房屋拆迁管理条例》，切实保障被拆迁人的合法权益，现就城市私有房屋拆迁补偿适用法律问题请示如下：

一、关于现行《中华人民共和国土地管理法》施行以前拆迁城市私有房屋的补偿问题

现行的《中华人民共和国土地管理法》自 1999 年 1 月 1 日起施行，该法第五十八条规定："有下列情形之一的，由有关人民政府土地行政主管部门报经原批准用地的人民政府或者有批准权的人民政府批准，可以收回国有土地使用权：

（一）为公共利益需要使用土地的；

（二）为实施城市规划进行旧城区改建，需要调整使用土地的；

（三）土地出让等有偿使用合同约定的使用期限届满，土地使用者未申请续期或者申请续期未获批准的；

（四）因单位撤销、迁移等原因，停止使用原划拨的国有土地的；

（五）公路、铁路、机场、矿场等经核准报废的。

依照前款第（一）项、第（二）项的规定收回国有土地使用权的，对土地使用权人应当给予适当补偿。"

根据国务院法制办公室《关于对被拆迁私房的产权人原使用的国有土地使用权是否给予补偿的报告》（国法综〔2000〕13 号）的意见，可否认为，对现行《中华人民共和国土地管理法》生效以前发生的私有房屋拆迁补偿，应当适用当时的土地管理和城市房屋拆迁管理的法律、行政法规的规定，不适用现行《中华人民共和国土地管理法》第五十八条关于"对土地使用权人应当给予适当补偿"的规定。

二、关于现行《城市房屋拆迁管理条例》施行以后，拆迁城市私有房屋的补偿问题

现行《城市房屋拆迁管理条例》（以下简称《条例》）自 2001 年 11 月 1 日起施行。《条例》第二十四条中规定："货币补偿的金额，根据被拆迁房屋的区位、用途、建筑面积等因素，以房地产市场评估价格确定。"据此，可否认为，自 2001 年 11 月 1 日起，凡依据《条例》规定对私有房屋所有权人进行拆迁补偿的，其中已包含

了对收回的国有土地使用权的补偿。

三、关于现行《中华人民共和国土地管理法》施行以后至《条例》施行之前，拆迁城市私有房屋的补偿问题

现行《中华人民共和国土地管理法》施行以后至《条例》施行之前，国家法律、行政法规和部门规章没有具体规定在拆迁私有房屋中对土地使用权人如何给予补偿。根据国家有关规定并结合我市实际情况，市人民政府于1998年10月15日颁布了《北京市城市房屋拆迁管理办法》（以下简称《办法》），自1998年12月1日起施行。《办法》第二十八条第二款规定："拆除执行国家规定租金标准的私有出租住宅房屋，拆迁人对被拆除房屋所有人应当按照被拆除房屋原建筑面积的重置价格及成新，结合被拆除房屋所在区位给予补偿。具体补偿办法由各区、县国土局确定并报市房地局批准。"实际执行中，市房地局一般批复区、县房地局对拆除执行国家规定租金标准的私有出租住宅的所有权人给予两项补偿：一是按照被拆除房屋原建筑面积的重置价格结合成新给予作价补偿；二是按照被拆迁房屋原建筑面积和房屋所在地的区人民政府确定的被拆除房屋所在区位拆迁补偿价格的20%给予补偿。《办法》第二十九条第一款中规定："被拆除房屋所在区位的拆迁补偿价格由各区、县根据拆迁地点等因素确定，并报市房地局批准后执行。"市人民政府《关于调整本市城市房屋拆迁补偿办法的批复》（京政函〔2000〕60号）进一步明确："拆迁补偿价格由各区、县政府参照被拆除房屋所在地区届时普通住宅商品房房价确定，并报市国土资源和房屋管理局批准后执行。"

综上所述，可否认为，在国家没有出台统一的对土地使用权进行补偿的办法之前，我市制定《办法》并依《办法》规定对私有出租住宅所有权人进行的拆迁补偿中，已经包含了土地使用权补偿的因素，即具体落实了现行《中华人民共和国土地管理法》第五十八条第二款的规定。

特此请示

国务院法制办公室关于对建设部办公厅《关于对房屋拆迁政策法规的答复是否属于具体行政行为的请示》的复函

1. 2002年8月27日发布
2. 国法秘函〔2002〕148号

建设部办公厅：

你厅《关于对房屋拆迁政策法规的答复是否属于具体行政行为的请示》（建办法函〔2002〕300号）收悉。对四川省建设委员会《关于对自贡市房地产管理局〈关于对自贡市高新技术产业开发区房屋拆迁如何执行法规政策的请示〉的答复》（川建委房发〔1999〕0125号）的性质认定问题，你们认为："该答复是对《土地管理法》和《城市房屋拆迁管理条例》适用问题的答复，并不是针对行政相对人、就特定的具体事项、作出的有关行政相对人权利义务的单方行政行为，因此不属于具体行政行为。"对此，我们没有不同意见。

建设部办公厅关于如何界定拆迁项目适用新老条例的复函

1. 2002年12月16日发布
2. 建办法函〔2002〕592号

吉林省建设厅：

你厅《关于如何界定拆迁项目适用新老条例的请示函》（吉建办函字〔2002〕58号）收悉。经研究，答复如下：

《城市房屋拆迁管理条例》第四十条规定："本条例自2001年11月1日起施行。1991年3月22日国务院公布的《城市房屋拆迁管理条例》同时废止。"根据上述规定，对2001年11月1日以后颁发房屋拆迁许可证的项目，应当按照新《条例》的规定执行。

文书范本精选

房屋拆迁安置补偿合同

甲方(拆迁人):＿＿＿＿＿＿＿＿

地址:＿＿＿＿＿＿ 邮政编码:＿＿＿＿ 电话:＿＿＿＿

法定代表人:＿＿＿＿＿＿ 职务:＿＿＿＿＿＿

乙方(被拆迁人):＿＿＿＿＿＿＿＿

地址:＿＿＿＿＿＿ 邮政编码:＿＿＿＿ 电话:＿＿＿＿

法定代表人:＿＿＿＿＿＿ 职务:＿＿＿＿＿＿

甲方因建设需要,须拆除乙方使用的房屋,根据城市房屋拆迁安置补偿法规、政策的有关规定,甲乙双方经协商,就房屋拆迁安置补偿达成如下协议。

第一条 项目名称、地点。建设项目名称＿＿＿＿＿＿,建设地点＿＿＿＿＿＿＿,建设单位＿＿＿＿《拆迁许可证》文号＿＿＿＿＿。

第二条 被拆房屋现状。(一)乙方在拆迁范围内有房屋＿＿＿间,建筑面积＿＿＿平方米,使用面积＿＿＿平方米,居住面积＿＿＿平方米。(二)乙方有正式户口＿＿＿＿人,常住人口＿＿＿人,应安置人口＿＿＿人,分别是＿＿＿＿(姓名、性别、年龄、关系等)。(三)被拆迁房屋的产权属于＿＿＿＿＿。

第三条 拆迁安置。(一)乙方安置到＿＿＿＿,房屋＿＿＿间,建筑面积＿＿＿＿平方米,使用面积＿＿＿平方米,居住面积＿＿＿平方米。甲方负责为乙方办理住房进住手续。(二)乙方临时过渡＿＿＿＿＿＿,＿＿＿年＿＿＿月＿＿＿日。甲方保证乙方在过渡期限内回迁,乙方在收到正式安置通知＿＿＿日内,应迁入安置用房内。

第四条 安置房屋的标准。(一)甲方提供给乙方的安置房屋,其建造标准应当符合＿＿＿颁发的＿＿＿标准;(二)建造质量应当符合＿＿＿＿＿;(三)房屋内应当有以下设施:1.＿＿＿＿＿＿;2.＿＿＿＿＿＿;3.＿＿＿＿＿＿。

第五条 拆迁安置房屋产权。(一)乙方被安置房屋的产权属于乙方应与＿＿＿签订房屋租赁合同并交纳房租及其他费用。(二)乙方被安置房屋的产权属于甲、乙双方应另行签订房屋买卖合同,持该合同办理房屋产权转移手续,该合同作为本合同附件与本合同具有同等法律的约束力。

第六条 房屋拆迁补助。甲方支付乙方搬家补助费＿＿＿元;临时过渡费(含交通补助、供暖补助等)＿＿＿元;转学补助费＿＿＿元;提前搬家奖励费＿＿＿元;其他补助费＿＿＿元;共计人民币＿＿＿元。

第七条 被拆迁房屋补偿。甲方对被拆除房屋的产权人按以下方式进行补偿:1.作价补偿。被拆迁房屋＿＿＿间,建筑面积＿＿＿平方米,按每平方米＿＿＿元作价补偿,甲方支付乙方拆迁补偿费＿＿＿元。本合同签订后,由乙方负责办理被拆除房屋产权的注销手续。2.产权调换。甲方以＿＿＿地点,＿＿＿房屋,＿＿＿间,＿＿＿平方米,补偿乙方:乙方需支付:(1)结构差价＿＿＿元;(2)面积差价＿＿＿元;(3)房屋成新差价＿＿＿元。3.＿＿＿＿＿。

第八条 乙方在＿＿＿年＿＿＿月＿＿＿日前将原住房腾空,并交甲方拆除。

第九条 乙方私自搭建的违章建筑或附属设施应在＿＿＿年＿＿＿月＿＿＿日前自行拆除,逾期不拆除的,甲方有权拆除。

第十条 乙方安置属于临时过渡的,应在收到甲方正式安置通知＿＿＿日内迁入安置住房内。逾期不搬迁的,不再享受各种补助费,并每逾期一天罚款＿＿＿元。

第十一条 乙方安置属于临时过渡的,在临时过渡期内,甲方按每月＿＿＿元支付乙方临时过渡费。

第十二条 甲方应在本合同第三项约定的临时过渡期限届满前保证乙方按期回迁,逾期不能回迁的,甲方应在临时过渡期届满_____天前通知乙方,并按以下方法之一处理:1. 甲方提供同面积、同质量的安置房屋。2. 逾期_____个月内,甲方按本合同第十一条约定的临时过渡费的_____%向乙方加付临时过渡费,逾期超过_____个月,甲方按本合同第十一条约定的临时过渡费的_____%向乙方加付临时过渡费。3._____。

第十三条　特殊情况下安置逾期的处理如果出现下列情况,乙方同意甲方逾期提供安置房屋:1. 不可抗力造成安置房屋建筑延期;2. 因拆迁户搬迁迟延造成安置房屋建设延期;3._____出现上述情况,甲方应当在情况发生的_____天内通知乙方。因以上情况造成安置延期的,逾期安置时期的临时过渡费按第十二条规定的方式处理。

第十四条　本合同自双方签字盖章之日起生效。

第十五条　本合同一式三份,甲、乙双方各持一份,另一份报房屋拆迁主管部门备案。

甲方:_____　　　　乙方:_____

代表人:_____　　　代表人:_____

_____年____月____日　　　_____年____月____日

建设工程拆迁房屋合同

建设单位:_____〔以下简称甲方〕;

拆迁户(单位):_____市(县)_____区(镇)_____街(路)_____号房主(代表人)_____〔以下简称乙方〕。

根据_____建筑安装工程的建设需要,经规划部门和拆迁房屋主管机关批准,拆迁乙方现有住房。为了明确甲乙双方权利义务,保证拆迁工作的顺利进行,经甲乙双方充分协商,特订立本合同,以供双方遵守执行。

第一条　乙方在甲方用地范围内共有_____结构的住房____幢____间,共____平方米(原住房面积的数量,私有房屋以产权证标明自住的数量为准;租住公房以承租数量为准,单位公用房屋按拆除房屋的建筑面积为准),全部交给甲方拆除(乙方自行拆除的,甲方应付给乙方拆除费)。甲方负责于____年____月____日以前为乙方安排住房(拆除单位的公用房屋,一般由甲方拨给相应的投资、材料,由其挖掘土地潜力自行迁建,或由甲方在城市规划管理部门批准的地区内进行迁建)____平方米(安置房屋原则上不超过原住房面积,乙方原住房过宽或有出租的房屋,在对其安置时应适当压缩,但对压缩面积应按房地产管理部门的规定作价补偿;乙方原住房严重拥挤不便的,应按其家庭人口情况给予适当照顾)。

第二条　乙方应于____年____月____日以前搬往甲方安置的住房或周转房(或乙方自找的周转房),甲方于乙方搬迁后____日内一次付给乙方搬迁费____元。

第三条　甲方对乙方在临时周转期间按下列情况给予补助:

1. 乙方自行找房周转,每人每月补助____元;

2. 由乙方所在工作单位解决乙方周转房致使其家庭人口分散居住的,每人每月补助____元;

3. 乙方用甲方的简易房周转的,周转期间免收房租。简易周转房没有取暖装置的,取暖季节每人每月补助____元取暖费,并按规定补助增加的公共交通月票费用。

第四条　甲方安置乙方的住房位于____,共____套____间,____层____号,配有____等装备。

第五条　乙方家庭的全部成员(18岁以上者)____等____人一致签字同意____作为乙方代表人,授权他(她)在合同文本和其他文件上签字。甲方付给乙方的各项费用,一律由乙方代表人____领取。甲方对乙方家庭成员中发生与拆迁房屋有关的分家析产、继承纠纷等,一律不负责任。

第六条　甲方如不按合同规定的日期向乙方交付各种费用,逾期一日,应按所欠款额的____%

向乙方偿付违约金(如不按时按量向乙方单位拨给相应的投资、材料和迁建用地,每逾期一日,应向乙方偿付____元违约金);甲方如不按合同规定的地点和面积、层次给乙方安置住房,应向乙方偿付____元的违约金,乙方可以向有管辖权的法院起诉,要求甲方按合同履行义务。

乙方如经甲方按合同规定安置住房后,仍拒不搬迁的,由甲方申请当地房地产管理部门对乙方限期搬出,如逾期仍不搬迁的,每逾期一日,向甲方偿付违约金____元,甲方并可向有管辖权的人民法院起诉。乙方如遇阴雨天或其他不可抗力原因不能按时搬迁,时间顺延,但必须告知甲方情况。

第七条　其他:_____。

本合同自甲乙双方签字之日起生效,合同生效后,甲乙双方均不得擅自修改或解除合同。合同中如有未尽事宜,须经双方共同协商,作出补充规定。补充规定与本合同具有同等效力。合同执行中如发生纠纷,经双方协商仍不能解决的,可提请当地房地产管理部门调解,调解不成的,可提请合同管理机关仲裁或有管辖权的人民法院裁决。

本合同正本一式二份,甲乙双方各执一份;合同副本一式____份,交____市(县)房地产管理局、建设银行、建委、计委____等单位各留存一份。

建设单位(甲方):_____(公章)

地址:_____

代表人:_____

电话:_____

银行账户:_____

拆迁户(乙方)代表人:_____(盖章)

家庭18岁以上成员:_____(盖章或签名)

地址:_____

(乙方如系单位,则应有单位公章、地址、代表人、电话、银行帐户)

____年____月____日订

八、房地产税费

中华人民共和国
城市维护建设税暂行条例

1. 1985 年 2 月 8 日国务院发布
2. 自 1985 年度起施行
3. 国发〔1985〕19 号

第一条　为了加强城市的维护建设,扩大和稳定城市维护建设资金的来源,特制定本条例。

第二条　凡缴纳产品税、增值税、营业税的单位和个人,都是城市维护建设税的纳税义务人(以下简称纳税人),都应当依照本条例的规定缴纳城市维护建设税。

第三条　城市维护建设税,以纳税人实际缴纳的产品税、增值税、营业税税额为计税依据,分别与产品税、增值税、营业税同时缴纳。

第四条　城市维护建设税税率如下:

纳税人所在地在市区的,税率为7%;

纳税人所在地在县城、镇的,税率为5%;

纳税人所在地不在市区、县城或镇的,税率为1%。

第五条　城市维护建设税的征收、管理、纳税环节、奖罚等事项,比照产品税、增值税、营业税的有关规定办理。

第六条　城市维护建设税应当保证用于城市的公用事业和公共设施的维护建设,具体安排由地方人民政府确定。

第七条　按照本条例第四条第三项规定缴纳的税款,应当专用于乡镇的维护和建设。

第八条　开征城市维护建设税后,任何地区和部门,都不得再向纳税人摊派资金或物资。遇到摊派情况,纳税人有权拒绝执行。

第九条　省、自治区、直辖市人民政府可以根据本条例,制定实施细则,并送财政部备案。

第十条　本条例自 1985 年度起施行。

中华人民共和国
房产税暂行条例

1. 1986 年 9 月 15 日国务院发布
2. 自 1986 年 10 月 1 日起施行
3. 国发〔1986〕90 号

第一条　房产税在城市、县城、建制镇和工矿区征收。

第二条　房产税由产权所有人缴纳。产权属于全民所有的,由经营管理的单位缴纳。产权出典的,由承典人缴纳。产权所有人、承典人不在房产所在地的,或者产权未确定及租典纠纷未解决的,由房产代管人或者使用人缴纳。

前款列举的产权所有人、经营管理单位、承典人、房产代管人或者使用人,统称为纳税义务人(以下简称纳税人)。

第三条　房产税依照房产原值一次减除 10% 至 30% 后的余值计算缴纳。具体减除幅度,由省、自治区、直辖市人民政府规定。

没有房产原值作为依据的,由房产所在地税务机关参考同类房产核定。

房产出租的,以房产租金收入为房产税的计税依据。

第四条　房产税的税率,依照房产余值计算缴纳的,税率为 1.2%;依照房产租金收入计算缴纳的,税率为 12%。

第五条　下列房产免纳房产税:

一、国家机关、人民团体、军队自用的房产;

二、由国家财政部门拨付事业经费的单位自用的房产;

三、宗教寺庙、公园、名胜古迹自用的房产;

四、个人所有非营业用的房产;

五、经财政部批准免税的其他房产。

第六条　除本条例第五条规定者外，纳税人纳税确有困难的，可由省、自治区、直辖市人民政府确定，定期减征或者免征房产税。

第七条　房产税按年征收、分期缴纳。纳税期限由省、自治区、直辖市人民政府规定。

第八条　房产税的征收管理，依照《中华人民共和国税收征收管理暂行条例》的规定办理。

第九条　房产税由房产所在地的税务机关征收。

第十条　本条例由财政部负责解释；施行细则由省、自治区、直辖市人民政府制定，抄送财政部备案。

第十一条　本条例自 1986 年 10 月 1 日起施行。

中华人民共和国
印花税暂行条例

1. 1988 年 8 月 6 日国务院令第 11 号发布
2. 自 1988 年 10 月 1 日起施行

第一条　在中华人民共和国境内书立、领受本条例所列举凭证的单位和个人，都是印花税的纳税义务人（以下简称纳税人），应当按照本条例规定缴纳印花税。

第二条　下列凭证为应纳税凭证：

　　1. 购销、加工承揽、建设工程承包、财产租赁、货物运输、仓储保管、借款、财产保险、技术合同或者具有合同性质的凭证；

　　2. 产权转移书据；

　　3. 营业帐簿；

　　4. 权利、许可证照；

　　5. 经财政部确定征税的其他凭证。

第三条　纳税人根据应纳税凭证的性质，分别按比例税率或者按件定额计算应纳税额。具体税率、税额的确定，依照本条例所附《印花税目税率表》执行。

应纳税额不足一角的，免纳印花税。

应纳税额在一角以上的，其税额尾数不满五分的不计，满五分的按一角计算缴纳。

第四条　下列凭证免纳印花税：

　　1. 已缴纳印花税的凭证的副本或者抄本；

　　2. 财产所有人将财产赠给政府、社会福利单位、学校所立的书据；

　　3. 经财政部批准免税的其他凭证。

第五条　印花税实行由纳税人根据规定自行计算应纳税额，购买并一次贴足印花税票（以下简称贴花）的缴纳办法。

为简化贴花手续，应纳税额较大或者贴花次数频繁的，纳税人可向税务机关提出申请，采取以缴款书代替贴花或者按期汇总缴纳的办法。

第六条　印花税票应当粘贴在应纳税凭证上，并由纳税人在每枚税票的骑缝处盖戳注销或者画销。

已贴用的印花税票不得重用。

第七条　应纳税凭证应当于书立或者领受时贴花。

第八条　同一凭证，由两方或者两方以上当事人签订并各执一份的，应当由各方就所执的一份各自全额贴花。

第九条　已贴花的凭证，修改后所载金额增加的，其增加部分应当补贴印花税票。

第十条　印花税由税务机关负责征收管理。

第十一条　印花税票由国家税务局监制。票面金额以人民币为单位。

第十二条　发放或者办理应纳税凭证的单位，负有监督纳税人依法纳税的义务。

第十三条　纳税人有下列行为之一的，由税务机关根据情节轻重，予以处罚：

　　1. 在应纳税凭证上未贴或者少贴印花税票的，税务机关除责令其补贴印花税票外，可处以应补贴印花税票金额 20 倍以下的罚款；

　　2. 违反本条例第六条第一款规定的，税务机关可处以未注销或者画销印花税票金额 10 倍以下的罚款；

　　3. 违反本条例第六条第二款规定的，税务机关可处以重用印花税票金额 30 倍以下的罚款。

伪造印花税票的，由税务机关提请司法机关依法追究刑事责任。

第十四条　印花税的征收管理，除本条例规定者外，依照《中华人民共和国税收征收管理暂行条例》的有关规定执行。

第十五条　本条例由财政部负责解释；施行细则由财政部制定。

第十六条　本条例自 1988 年 10 月 1 日起施行。

附:印花税税目税率表(略)

中华人民共和国
城镇土地使用税暂行条例

1. 1988 年 9 月 27 日国务院令第 17 号公布

2. 2006 年 12 月 31 日修订

第一条　为了合理利用城镇土地,调节土地级差收入,提高土地使用效益,加强土地管理,制定本条例。

第二条　在城市、县城、建制镇、工矿区范围内使用土地的单位和个人,为城镇土地使用税(以下简称土地使用税)的纳税人,应当依照本条例的规定缴纳土地使用税。

前款所称单位,包括国有企业、集体企业、私营企业、股份制企业、外商投资企业、外国企业以及其他企业和事业单位、社会团体、国家机关、军队以及其他单位;所称个人,包括个体工商户以及其他个人。

第三条　土地使用税以纳税人实际占用的土地面积为计税依据,依照规定税额计算征收。

前款土地占用面积的组织测量工作,由省、自治区、直辖市人民政府根据实际情况确定。

第四条　土地使用税每平方米年税额如下:

(一)大城市 1.5 元至 30 元;

(二)中等城市 1.2 元至 24 元;

(三)小城市 0.9 元至 18 元;

(四)县城、建制镇、工矿区 0.6 元至 12 元。

第五条　省、自治区、直辖市人民政府,应当在本条例第四条规定的税额幅度内,根据市政建设状况、经济繁荣程度等条件,确定所辖地区的适用税额幅度。

市、县人民政府应当根据实际情况,将本地区土地划分为若干等级,在省、自治区、直辖市人民政府确定的税额幅度内,制定相应的适用税额标准,报省、自治区、直辖市人民政府批准执行。

经省、自治区、直辖市人民政府批准,经济落后地区土地使用税的适用税额标准可以适当降低,但降低额不得超过本条例第四条规定最低税额的 30%。经济发达地区土地使用税的适用税额标准可以适当提高,但须报经财政部批准。

第六条　下列土地免缴土地使用税:

(一)国家机关、人民团体、军队自用的土地;

(二)由国家财政部门拨付事业经费的单位自用的土地;

(三)宗教寺庙、公园、名胜古迹自用的土地;

(四)市政街道、广场、绿化地带等公共用地;

(五)直接用于农、林、牧、渔业的生产用地;

(六)经批准开山填海整治的土地和改造的废弃土地,从使用的月份起免缴土地使用税 5 年至 10 年;

(七)由财政部另行规定免税的能源、交通、水利设施用地和其他用地。

第七条　除本条例第六条规定外,纳税人缴纳土地使用税确有困难需要定期减免的,由省、自治区、直辖市税务机关审核后,报国家税务局批准。

第八条　土地使用税按年计算、分期缴纳。缴纳期限由省、自治区、直辖市人民政府确定。

第九条　新征用的土地,依照下列规定缴纳土地使用税:

(一)征用的耕地,自批准征用之日起满 1 年时开始缴纳土地使用税;

(二)征用的非耕地,自批准征用次月起缴纳土地使用税。

第十条　土地使用税由土地所在地的税务机关征收。土地管理机关应当向土地所在地的税务机关提供土地使用权属资料。

第十一条　土地使用税的征收管理,依照《中华人民共和国税收征收管理法》及本条例的规定执行。

第十二条　土地使用税收入纳入财政预算管理。

第十三条　本条例的实施办法由省、自治区、直辖市人民政府制定。

第十四条　本条例自 1988 年 11 月 1 日起施行，各地制定的土地使用费办法同时停止执行。

中华人民共和国
土地增值税暂行条例

1. 1993 年 12 月 13 日国务院令第 138 号发布

2. 自 1994 年 1 月 1 日起施行

第一条　为了规范土地、房地产市场交易秩序，合理调节土地增值收益，维护国家权益，制定本条例。

第二条　转让国有土地使用权、地上的建筑物及其附着物（以下简称转让房地产）并取得收入的单位和个人，为土地增值税的纳税义务人（以下简称纳税人），应当依照本条例缴纳土地增值税。

第三条　土地增值税按照纳税人转让房地产所取得的增值额和本条例第七条规定的税率计算征收。

第四条　纳税人转让房地产所取得的收入减除本条例第六条规定扣除项目金额后的余额，为增值额。

第五条　纳税人转让房地产所取得的收入，包括货币收入、实物收入和其他收入。

第六条　计算增值额的扣除项目：

（一）取得土地使用权所支付的金额；

（二）开发土地的成本、费用；

（三）新建房及配套设施的成本、费用，或者旧房及建筑物的评估价格；

（四）与转让房地产有关的税金；

（五）财政部规定的其他扣除项目。

第七条　土地增值税实行四级超率累进税率：

增值额超过扣除项目金额 50% 的部分，税率为 30% 。

增值额超过扣除项目金额 50% 、未超过扣除项目金额 100% 的部分，税率为 40% 。

增值额超过扣除项目金额 100% 、未超过扣除项目金额 200% 的部分，税率为 50% 。

增值额超过扣除项目金额 200% 的部分，税率为 60% 。

第八条　有下列情形之一的，免征土地增值税：

（一）纳税人建造普通标准住宅出售，增值额未超过扣除项目金额 20% 的；

（二）因国家建设需要依法征用、收回的房地产。

第九条　纳税人有下列情形之一的，按照房地产评估价格计算征收：

（一）隐瞒、虚报房地产成交价格的；

（二）提供扣除项目金额不实的；

（三）转让房地产的成交价格低于房地产评估价格，又无正当理由的。

第十条　纳税人应当自转让房地产合同签订之日起七日内向房地产所在地主管税务机关办理纳税申报，并在税务机关核定的期限内缴纳土地增值税。

第十一条　土地增值税由税务机关征收。土地管理部门、房产管理部门应当向税务机关提供有关资料，并协助税务机关依法征收土地增值税。

第十二条　纳税人未按照本条例缴纳土地增值税的，土地管理部门、房产管理部门不得办理有关的权属变更手续。

第十三条　土地增值税的征收管理，依据《中华人民共和国税收征收管理法》及本条例有关规定执行。

第十四条　本条例由财政部负责解释，实施细则由财政部制定。

第十五条　本条例自 1994 年 1 月 1 日起施行。各地区的土地增值费征收办法，与本条例相抵触的，同时停止执行。

中华人民共和国
土地增值税暂行条例实施细则

1. 1995 年 1 月 27 日财政部发布

2. 自 1995 年 1 月 27 日起施行

第一条　根据《中华人民共和国土地增值税暂行条例》（以下简称条例）第十四条规定，制定本细则。

第二条　条例第二条所称的转让国有土地使用权、地上的建筑物及其附着物并取得收入，是指以出售或者其他方式有偿转让房地产的行为,不包括以继承、赠与方式无偿转让房地产的行为。

第三条　条例第二条所称的国有土地,是指按国家法律规定属于国家所有的土地。

第四条　条例第二条所称的地上的建筑物,是指建于地上的一切建筑物,包括地上地下的各种附属设施。

条例第二条所称的附着物,是指附着于土地上的不能移动,一经移动即遭损坏的物品。

第五条　条例第二条所称的收入,包括转让房地产的全部价款及有关的经济收益。

第六条　条例第二条所称的单位,是指各类企业单位、事业单位、国家机关和社会团体及其他组织。

条例第二条所称个人,包括个体经营者。

第七条　条例第六条所列的计算增值额的扣除项目,具体为:

(一)取得土地的使用权所支付的金额,是指纳税人为取得土地使用权所支付的地价款和按统一规定交纳的有关费用。

(二)开发土地和新建房及配套设施(以下简称房地产开发)的成本,是指纳税人房地产开发项目实际发生的成本(以下简称房地产开发)包括土地征用及拆迁补偿费、前期工程费、建筑安装工程费、基础设施费、公共配套设施费、开发间接费用。

土地征用及拆迁补偿费,包括土地征用费、耕地占用税、劳动力安置费及有关地上、地下附着物拆迁补偿的净支出,安置动迁用房支出等。

前期工程费,包括规划、设计、项目可行性研究和水文、地质、勘察、测绘、“三通一平”等支出。

建筑安装工程费,是指以出包方式支付给承包单位的建筑安装工程费,以自营方式发生的建筑安装工程费。基础设施费,包括开发小区内道路、供水、供电、供气、排污、排洪、通讯、照明、环卫、绿化等工程发生的支出。

公共配套设施费,包括不能有偿转让的开发小区内公共配套设施发生的支出。

开发间接费用,是指直接组织、管理开发项目发生的费用,包括工资、职工福利费、折旧

费、修理费、办公费、水电费、劳动保护费、周转房摊销等。

(三)开发土地和新建房及配套设施的费用(以下简称房地产开发费用),是指与房地产开发项目有关的销售费用、管理费用、财务费用。

财务费用中的利息支出,凡能够按转让房地产项目计算分摊并提供金融机构证明的,允许据实扣除,但最高不能超过按商业银行同类同期贷款利率计算的金额。其他房地产开发费用,按本条(一)、(二)项规定计算的金额之和的5%以内计算扣除。

凡不能按转让房地产项目计算分摊利息支出或不能提供金融机构证明的,房地产开发费用按本条(一)、(二)项规定计算的金额之和的10%以内计算扣除。

上述计算扣除的具体比例,由各省、自治区、直辖市人民政府规定。

(四)旧房及建筑物的评估价格,是指在转让已使用的房屋及建筑物时,由政府批准设立的房地产评估机构评定的重置成本价乘以成新度折扣率后的价格,评估价格须经当地税务机关确认。

(五)与转让房地产有关的税金,是指在转让房地产时缴纳的营业税、城市维护建设税、印花税,因转让房地产交纳的教育费附加,也可视同税金予以扣除。

(六)根据条例第六条(五)项规定,对从事房地产开发的纳税人可按本条(一)、(二)项规定计算的金额之和,加计20%的扣除。

第八条　土地增值税以纳税人房地产成本核算的最基本的核算项目或核算对象为单位计算。

第九条　纳税人成片受让土地使用权后,分期分批开发、转让房地产的,其扣除项目金额的确定,可按转让土地使用权的面积占总面积的比例计算分摊,或按建筑面积计算分摊,也可按税务机关确认的其他方式计算分摊。

第十条　条例第七条所列四级超率累进税率,每级“增值额未超过扣除项目金额”的比例,均包括本比例数。

计算土地增值税税额,可按增值额乘以适用的税率减去扣除项目金额乘以整算扣除系

数的简便方法计算,具体公式如下:

(一)增值额未超过扣除项目金额50%

土地增值税税额 = 增值额 × 30%

(二)增值额超过扣除项目金额50%,未超过100%的

土地增值税税额 = 增值额 × 40% – 扣除项目金额 × 5%

(三)增值额超过扣除项目金额100%,未超过200%

土地增值税税额 = 增值额 × 50% – 扣除项目金额 × 15%

(四)增值额超过扣除项目金额200%

土地增值税税额 = 增值额 × 60% – 扣除项目金额 × 35%

公式中的5%、15%、35%为速算扣除系数

第十一条 条例第八条(一)项所称的普通标准住宅,是指按所在地一般民用住宅标准建造的居住用住宅。高级公寓、别墅、度假村等不属于普通标准住宅。普通标准住宅与其他住宅的具体划分界限由各省、自治区、直辖市人民政府规定。

纳税人建造普通标准住宅出售,增值额未超过本细则第七条(一)、(二)、(三)、(五)、(六)项扣除项目金额之和20%的,免征土地增值税;增值额超过扣除项目金额之和20%的,应就其全部增值额按规定计税。

条例第八条(二)项所称的因国家建设需要依法征用、收回的房地产,是指因城市实施规划、国家建设的需要而被政府批准征用的房产或收回的土地使用权。

因城市实施规划、国家建设的需要而搬迁,由纳税人自行转让原房地产的,比照本规定免征土地增值税。

符合上述免税规定的单位和个人,须向房地产所在地税务机关提出免税申请,经税务机关审核后,免予征收土地增值税。

第十二条 个人因工作调动或改善居住条件而转让原自用住房,经向税务机关申报批准,凡居住满5年或5年以上的免予征收土地增值税;居住满3年未满5年的,减半征收土地增值税。居住未满3年的,按规定计征土地增值税。

第十三条 条例第九条所称的房地产评估价格,是指由政府批准设立的房地产评估机构根据相同地段、同类房地产进行综合评定的价格。评估价格须经当地税务机关确认。

第十四条 条例第九条(一)项所称的隐瞒、虚报房地产成交价格,是指纳税人不报或有意低报转让土地使用权、地上建筑物及其附着物价款的行为。

条例第九条(二)项所称的提供扣除项目金额不实的,是指纳税人在纳税申报时不据实提供扣除项目金额的行为。

条例第九条(三)项所称的转让房地产的成交价格低于房地产评估价格,又无正当理由的,是指纳税人申报的转让房地产的实际成交价低于房地产评估机构评定的交易价,纳税人又不能提供凭据或无正当理由的行为。

隐瞒、虚报房地产成交价格,应由评估机构参照同类房地产的市场交易价格进行评估。税务机关根据评估价格确定转让房地产的收入。

提供扣除项目金额不实的,应由评估机构按照房屋重置成本价乘以成新度折扣率计算的房屋成本价和取得土地使用权时的基准地价进行评估。税务机关根据评估价格确定扣除项目金额。

转让房地产的成交价格低于房地产评估价格,又无正当理由的,由税务机关参照房地产评估价格确定转让房地产的收入。

第十五条 根据条例第十条的规定,纳税人应按照下列程序办理纳税手续:

(一)纳税人应在转让房地产合同签订后的7日内,到房地产所在地主管税务机关办理纳税申报,并向税务机关提交房屋及建筑物产权、土地使用权证书、土地转让、房产买卖合同,房地产评估报告及其他与转让房地产有关的资料。纳税人因经常发生房地产转让而难以在每次转让后申报的,经税务机关审核同意后,可以定期进行纳税申报,具体期限由税务机关根据情况确定。

(二)纳税人按照税务机关核定的税额及规定的期限缴纳土地增值税。

第十六条 纳税人在项目全部竣工结算前转让

房地产取得的收入,由于涉及成本确定或其他原因,而无法据以计算土地增值税的,可以预征土地增值税,待该项目全部竣工、办理结算后再进行清算,多退少补,具体办法由各省、自治区、直辖市地方税务局根据当地情况制定。

第十七条 条例第十条所称的房地产所在地,是指房地产的坐落地。纳税人转让房地产坐落在两个或两个以上地区的,应按房地产所在地分别申报纳税。

第十八条 条例第十一条所称的土地管理部门、房产管理部门应当向税务机关提供有关资料,是指向房地产所在地主管税务机关提供有关房屋及建筑物产权、土地使用权、土地出让金数额、土地基准地价、房地产市场交易价格及权属变更等方面的资料。

第十九条 纳税人未按规定提供房屋及建筑物产权、土地使用权证书、土地转让、房产买卖合同,房地产评估报告及其他与转让房地产有关资料的,按照《中华人民共和国税收征收管理法》(以下简称《征管法》)第三十九条的规定进行处理。

纳税人不如实申报房地产交易额及规定扣除项目金额造成少缴或未缴税款的,按照《征管法》第四十条的规定进行处理。

第二十条 土地增值税以人民币为计算单位。转让房地产所取得的收入为外国货币的,以取得收入当天或当月 1 日国家公布的市场汇价折合成人民币,据以计算应纳土地增值税税额。

第二十一条 条例第十五条所称的各地区的土地增值税征收办法是指与本条例规定的计征对象相同的土地增值税、土地收益金等征收办法。

第二十二条 本细则由财政部解释,或者由国家税务总局解释。

第二十三条 本细则自发布之日起施行。

第二十四条 1994 年 1 月 1 日至本细则发布之日期间的土地增值税参照本细则的规定计算征收。

中华人民共和国
营业税暂行条例

1. 1993 年 12 月 13 日国务院令第 136 号发布
2. 自 1994 年 1 月 1 日起施行

第一条 在中华人民共和国境内提供本条例规定的劳务(以下简称应税劳务)、转让无形资产或者销售不动产的单位和个人,为营业税的纳税义务人(以下简称纳税人),应当依照本条例缴纳营业税。

第二条 营业税的税目、税率,依照本条例所附的《营业税税目税率表》执行。

税目、税率的调整,由国务院决定。

纳税人经营娱乐业具体适用的税率,由省、自治区、直辖市人民政府在本条例规定的幅度内决定。

第三条 纳税人兼有不同税目应税行为的,应当分别核算不同税目的营业额、转让额、销售额(以下简称营业额);未分别核算营业额的,从高适用税率。

第四条 纳税人提供应税劳务、转让无形资产或者销售不动产,按照营业额和规定的税率计算应纳税额。应纳税额计算公式:

应纳税额 = 营业额 × 税率

应纳税额以人民币计算。纳税人以外汇结算营业额的,应当按外汇市场价格折合成人民币计算。

第五条 纳税人的营业额为纳税人提供应税劳务、转让无形资产或者销售不动产向对方收取的全部价款和价外费用;但是,下列情形除外:

(一)运输企业自中华人民共和国境内运输旅客或者货物出境,在境外改由其他运输企业承运乘客或者货物的,以全程运费减去付给该承运企业的运费后的余额为营业额。

(二)旅游企业组织旅游团到中华人民共和国境外旅游,在境外改由其他旅游企业接团的,以全程旅游费减去付给该接团企业的旅游费后的余额为营业额。

(三)建筑业的总承包人将工程分包或者转包给他人的,以工程的全部承包额减去付给分包人或者转包人的价款后的余额为营业额。

（四）转贷业务，以贷款利息减去借款利息后的余额为营业额。

（五）外汇、有价证券、期货买卖业务，以卖出价减去买入价后的余额为营业额。

（六）财政部规定的其他情形。

第六条　下列项目免征营业税：

（一）托儿所、幼儿园、养老院、残疾人福利机构提供的育养服务，婚姻介绍，殡葬服务；

（二）残疾人员个人提供的劳务；

（三）医院、诊所和其他医疗机构提供的医疗服务；

（四）学校和其他教育机构提供的教育劳务，学生勤工俭学提供的劳务；

（五）农业机耕、排灌、病虫害防治、植保、农牧保险以及相关技术培训业务，家禽、牲畜、水生动物的配种和疾病防治；

（六）纪念馆、博物馆、文化馆、美术馆、展览馆、书画院、图书馆、文物保护单位举办文化活动的门票收入，宗教场所举办文化、宗教活动的门票收入。

除前款规定外，营业税的免税、减税项目由国务院规定。任何地区、部门均不得规定免税、减税项目。

第七条　纳税人兼营免税、减税项目的，应当单独核算免税、减税项目的营业额；未单独核算营业额的，不得免税、减税。

第八条　纳税人营业额未达到财政部规定的营业税起征点的，免征营业税。

第九条　营业税的纳税义务发生时间，为纳税人收讫营业收入款项或者取得索取营业收入款项凭据的当天。

第十条　营业税由税务机关征收。

第十一条　营业税扣缴义务人：

（一）委托金融机构发放贷款，以受托发放贷款的金融机构为扣缴义务人。

（二）建筑安装业务实行分包或者转包的，以总承包人为扣缴义务人。

（三）财政部规定的其他扣缴义务人。

第十二条　营业税纳税地点：

（一）纳税人提供应税劳务，应当向应税劳务发生地主管税务机关申报纳税。纳税人从

事运输业务，应当向其机构所在地主管税务机关申报纳税。

（二）纳税人转让土地使用权，应当向土地所在地主管税务机关申报纳税。纳税人转让其他无形资产，应当向其机构所在地主管税务机关申报纳税。

（三）纳税人销售不动产，应当向不动产所在地主管税务机关申报纳税。

第十三条　营业税的纳税期限，分别为五日、十日、十五日或者一个月。纳税人的具体纳税期限，由主管税务机关根据纳税人应纳税额的大小分别核定；不能按照固定期限纳税的，可以按次纳税。

纳税人以一个月为一期纳税的，自期满之日起十日内申报纳税；以五日、十日或者十五日为一期纳税的，自期满之日起五日内预缴税款，于次月一日起十日内申报纳税并结清上月应纳税款。

扣缴义务人的解缴税款期限，比照前两款的规定执行。

第十四条　营业税的征收管理，依照《中华人民共和国税收征收管理法》及本条例有关规定执行。

第十五条　对外商投资企业和外国企业征收营业税，按照全国人民代表大会常务委员会的有关决定执行。

第十六条　本条例由财政部负责解释，实施细则由财政部制定。

第十七条　本条例自1994年1月1日起施行。1984年9月18日国务院发布的《中华人民共和国营业税条例（草案）》同时废止。

附：营业税税目税率表（略）

中华人民共和国
契税暂行条例

1.　1997年7月7日国务院令第224号发布

2.　自1997年10月1日起施行

第一条　在中华人民共和国境内转移土地、房屋权属，承受的单位和个人为契税的纳税人，应当依照本条例的规定缴纳契税。

第二条　本条例所称转移土地、房屋权属是指下列行为：

（一）国有土地使用权出让；

（二）土地使用权转让，包括出售、赠与和交换；

（三）房屋买卖；

（四）房屋赠与；

（五）房屋交换。

前款第二项土地使用权转让，不包括农村集体土地承包经营权的转移。

第三条　契税税率为3%—5%。

契税的适用税率，由省、自治区、直辖市人民政府在前款规定的幅度内按照本地区的实际情况确定，并报财政部和国家税务总局备案。

第四条　契税的计税依据：

（一）国有土地使用权出让、土地使用权出售、房屋买卖，为成交价格；

（二）土地使用权赠与、房屋赠与，由征收机关参照土地使用权出售、房屋买卖的市场价格核定；

（三）土地使用权交换、房屋交换，为所交换的土地使用权、房屋的价格的差额。

前款成交价格明显低于市场价格并且无正当理由的，或者所交换土地使用权、房屋的价格的差额明显不合理并且无正当理由的，由征收机关参照市场价格核定。

第五条　契税应纳税额，依照本条例第三条规定的税率和第四条规定的计税依据计算征收。应纳税额计算公式：

应纳税额＝计税依据×税率

应纳税额以人民币计算。转移土地、房屋权属以外汇结算的，按照纳税义务发生之日中国人民银行公布的人民币市场汇率中间价折合成人民币计算。

第六条　有下列情形之一的，减征或者免征契税：

（一）国家机关、事业单位、社会团体、军事单位承受土地、房屋用于办公、教学、医疗、科研和军事设施的，免征；

（二）城镇职工按规定第一次购买公有住房的，免征；

（三）因不可抗力灭失住房而重新购买住房的，酌情准予减征或者免征；

（四）财政部规定的其他减征、免征契税的项目。

第七条　经批准减征、免征契税的纳税人改变有关土地、房屋的用途，不再属于本条例第六条规定的减征、免征契税范围的，应当补缴已经减征、免征的税款。

第八条　契税的纳税义务发生时间，为纳税人签订土地、房屋权属转移合同的当天，或者纳税人取得其他具有土地、房屋权属转移合同性质凭证的当天。

第九条　纳税人应当自纳税义务发生之日起10日内，向土地、房屋所在地的契税征收机关办理纳税申报，并在契税征收机关核定的期限内缴纳税款。

第十条　纳税人办理纳税事宜后，契税征收机关应当向纳税人开具契税完税凭证。

第十一条　纳税人应当持契税完税凭证和其他规定的文件材料，依法向土地管理部门、房产管理部门办理有关土地、房屋的权属变更登记手续。

纳税人未出具契税完税凭证的，土地管理部门、房产管理部门不予办理有关土地、房屋的权属变更登记手续。

第十二条　契税征收机关为土地、房屋所在地的财政机关或者地方税务机关。具体征收机关由省、自治区、直辖市人民政府确定。

土地管理部门、房产管理部门应当向契税征收机关提供有关资料，并协助契税征收机关依法征收契税。

第十三条　契税的征收管理，依照本条例和有关法律、行政法规的规定执行。

第十四条　财政部根据本条例制定细则。

第十五条　本条例自1997年10月1日起施行。1950年4月3日中央人民政府政务院发布的《契税暂行条例》同时废止。

国家税务总局、财政部、建设部关于加强房地产税收管理的通知

1. 2005 年 5 月 27 日发布
2. 国税发〔2005〕89 号

各省、自治区、直辖市财政厅(局)、地方税务局、建设厅(建委、房地局),计划单列市财政局、地方税务局、建委(建设局、房地局),扬州税务进修学院,新疆生产建设兵团建设局:

为贯彻落实《国务院办公厅转发建设部等部门关于做好稳定住房价格工作意见的通知》(国办发〔2005〕26 号),进一步加强房地产税收征管,促进房地产市场的健康发展,现将有关事项及要求通知如下:

一、各级地方税务、财政部门和房地产管理部门,要认真贯彻执行房地产税收有关法律、法规和政策规定,建立和完善信息共享、情况通报制度,加强部门间的协作配合。各级地方税务、财政部门要切实加强房地产税收征管,并主动与当地的房地产管理部门取得联系;房地产管理部门要积极配合。

二、2005 年 5 月 31 日以前,各地要根据国办发〔2005〕26 号文件规定,公布本地区享受优惠政策的普通住房标准(以下简称普通住房)。其中,住房平均交易价格,是指报告期内同级别土地上住房交易的平均价格,经加权平均后形成的住房综合平均价格。由市、县房地产管理部门会同有关部门测算,报当地人民政府确定,每半年公布一次。各级别土地上住房平均交易价格的测算,依据房地产市场信息系统生成数据;没有建立房地产市场信息系统的,依据房地产交易登记管理系统生成数据。

对单位或个人将购买住房对外销售的,市、县房地产管理部门应在办理房屋权属登记的当月,向同级地方税务、财政部门提供权属登记房屋的坐落、产权人、房屋面积、成交价格等信息。

市、县规划管理部门要将已批准的容积率在 1.0 以下的住宅项目清单,一次性提供给同级地方税务、财政部门。新批住宅项目中容积率在 1.0 以下的,按月提供。

地方税务、财政部门要将当月房地产税收征管的有关信息向市、县房地产管理部门提供。

各级地方税务、财政部门从房地产管理部门获得的房地产交易登记资料,只能用于征税之目的,并有责任予以保密。违反规定的,要追究责任。

三、各级地方税务、财政部门要严格执行调整后的个人住房营业税税收政策。

(一)2005 年 6 月 1 日后,个人将购买不足 2 年的住房对外销售的,应全额征收营业税。

(二)2005 年 6 月 1 日后,个人将购买超过 2 年(含 2 年)的符合当地公布的普通住房标准的住房对外销售的,应持该住房的坐落、容积率、房屋面积、成交价格等证明材料及地方税务部门要求的其他材料,向地方税务部门申请办理免征营业税手续。地方税务部门应根据当地公布的普通住房标准,利用房地产管理部门和规划管理部门提供的相关信息,对纳税人申请免税的有关材料进行审核,凡符合规定条件的,给予免征营业税。

(三)2005 年 6 月 1 日后,个人将购买超过 2 年(含 2 年)的住房对外销售不能提供属于普通住房的证明材料或经审核不符合规定条件的,一律按非普通住房的有关营业税政策征收营业税。

(四)个人购买住房以取得的房屋产权证或契税完税证明上注明的时间作为其购买房屋的时间。

(五)个人对外销售住房,应持依法取得的房屋权属证书,并到地方税务部门申请开具发票。

(六)对个人购买的非普通住房超过 2 年(含 2 年)对外销售的,在向地方税务部门申请按其售房收入减去购买房屋价款后的差额缴纳营业税时,需提供购买房屋时取得的税务部门监制的发票作为差额征税的扣除凭证。

(七)各级地方税务、财政部门要严格执

行税收政策,对不符合规定条件的个人对外销售住房,不得减免营业税,确保调整后的营业税政策落实到位;对个人承受不享受优惠政策的住房。不得减免契税。对擅自变通政策、违反规定对不符合规定条件的个人住房给予税收优惠,影响调整后的税收政策落实的,要追究当事人的责任。对政策执行中出现的问题和有关情况,应及时上报国家税务总局。

四、各级地方税务、财政部门要充分利用房地产交易与权属登记信息,加强房地产税收管理。要建立、健全房地产税收税源登记档案和税源数据库,并根据变化情况及时更新税源登记档案和税源数据库的信息;要定期将从房地产管理部门取得的权属登记资料等信息,与房地产税收征管信息进行比对,查找漏征税款,建立催缴制度,及时查补税款。

各级地方税务、财政部门在房地产税收征管工作中,如发现纳税人未进行权属登记的,应及时将有关信息告知当地房地产管理部门,以便房地产管理部门加强房地产权属管理。

五、各级地方税务、财政部门和房地产管理部门要积极协商,创造条件,在房地产交易和权属登记等场所,设立房地产税收征收窗口,方便纳税人。

六、市、县房地产管理部门在办理房地产权属登记时,应严格按照《中华人民共和国契税暂行条例》、《中华人民共和国土地增值税暂行条例》的规定,要求出具完税(或减免)凭证;对于未出具完税(或减免)凭证的,房地产管理部门不得办理权属登记。

七、各级地方税务、财政部门应努力改进征缴税款的办法,减少现金收取,逐步实现税银联网、划卡缴税。由于种种原因,仍需收取现金税款的,应规范解缴程序,加强安全管理。

八、对于房地产管理部门配合税收管理增加的支出,地方财税部门应给予必要的经费支持。

九、各省级地方税务部门要积极参与本地区房地产市场分析监测工作,密切关注营业税税收政策调整后的政策执行效果,及时做出营业税政策调整对本地区的房地产市场产生影响的评估报告,并将分析评估报告按季上报国家税务总局。

十、各地方地方税务、财政部门和房地产管理部门,可结合本地情况,共同协商研究制定贯彻落实本通知的具体办法。

国家税务总局关于房产税、城镇土地使用税有关政策规定的通知

1. 2003 年 7 月 15 日发布
2. 国税发〔2003〕89 号

随着我国房地产市场的迅猛发展,涉及房地产税收的政策问题日益增多,经调查研究和广泛听取各方面的意见,现对房产税、城镇土地使用税有关政策问题明确如下:

一、关于房地产开发企业开发的商品房征免房产税问题

鉴于房地产开发企业开发的商品房在出售前,对房地产开发企业而言是一种产品,因此,对房地产开发企业建造的商品房,在售出前,不征收房产税;但对售出前房地产开发企业已使用或出租、出借的商品房应按规定征收房产税。

二、关于确定房产税、城镇土地使用税纳税义务发生时间问题

(一)购置新建商品房,自房屋交付使用之次月起计征房产税和城镇土地使用税。

(二)购置存量房,自办理房屋权属转移、变更登记手续,房地产权属登记机关签发房屋权属证书之次月起计征房产税和城镇土地使用税。

(三)出租、出借房产,自交付出租、出借房产之次月起计征房产税和城镇土地使用税。

(四)房地产开发企业自用、出租、出借本企业建造的商品房,自房屋使用或交付之次月起计征房产税和城镇土地使用税。

财政部、国家税务总局
关于调整城镇土地使用税
有关减免税政策的通知

1. 2004 年 10 月 25 日发布
2. 财税〔2004〕180 号

各省、自治区、直辖市、计划单列市财政厅（局）、地方税务局，新疆生产建设兵团财务局：

为了规范税收政策，进一步加强城镇土地使用税的征收管理，经研究决定，对《国家税务局关于印发〈关于土地使用税若干具体问题的补充规定〉的通知》（〔89〕国税地字第 140 号）的部分内容做适当修改。即：取消《关于土地使用税若干具体问题的补充规定》中第九条"企业关闭、撤销后，其占地未作他用的，经各省、自治区、直辖市税务局批准，可暂免征收土地使用税"的规定。

本通知自 2004 年 7 月 1 日起执行。

国家税务总局关于
离婚后房屋权属变化
是否征收契税的批复

1. 1999 年 6 月 3 日发布
2. 国税函〔1999〕391 号

广东省财政厅：

你厅《关于对离婚后房屋权属变化是否征收契税的请示》（粤财字〔1999〕85 号）收悉，经研究，现批复如下：

根据我国婚姻法的规定，夫妻共有房屋属共同共有财产。因夫妻财产分割而将原共有房屋产权归属一方，是房产共有权的变动而不是现行契税政策规定征税的房屋产权转移行为。因此，对离婚后原共有房屋产权的归属人不征收契税。

国家税务总局关于
出售或租赁房屋使用权
是否征收契税问题的批复

1. 1999 年 7 月 8 日发布
2. 国税函〔1999〕465 号

河南省财政厅：

你厅《关于出售或租赁房屋使用权征收契税的请示》（豫财农税字〔1999〕27 号）收悉。经研究，现批复如下：

房屋使用权与房屋所有权是两种不同性质的权属。根据现行契税法规的规定，房屋使用权的转移行为不属于契税征收范围，不应征收契税。

国家税务总局关于
抵押贷款购买商品房
征收契税的批复

1. 1999 年 9 月 16 日发布
2. 国税函〔1999〕613 号

青岛市财政局：

你局《关于抵押贷款购买商品房征收契税的请示》（青财农税〔1999〕12 号）收悉。经研究，批复如下：

购房人以按揭、抵押贷款方式购买房屋，当其从银行取得抵押凭证时，购房人与原产权人之间的房屋产权转移已经完成，契税纳税义务已经发生，必须依法缴纳契税。

财政部、国家税务总局
关于公有制单位职工首次
购买住房免征契税的通知

1. 2000 年 11 月 29 日发布
2. 财税〔2000〕130 号

各省、自治区、直辖市和计划单列市财政厅（局）、地方税务局：

为配合国家住房制度改革，减轻城镇职工购

房负担，现就契税有关政策明确如下：

对各类公有制单位为解决职工住房而采取集资建房方式建成的普通住房或由单位购买的普通商品住房，经当地县以上人民政府房改部门批准，按照国家房改政策出售给本单位职工的，如属职工首次购买住房，均比照《中华人民共和国契税暂行条例》第六条第二款"城镇职工按规定第一次购买公有住房的，免征"的规定，免征契税。

本规定从发文之日起实施，此前已征税款不予退还。

国家税务总局关于继承土地、房屋权属有关契税问题的批复

1. 2004 年 9 月 2 日发布
2. 国税函[2004]1036 号

河南省财政厅：

你厅《关于继承土地房屋权属是否征收契税的请示》（豫财农税[2004]21 号）收悉，现批复如下：

一、对于《中华人民共和国继承法》规定的法定继承人（包括配偶、子女、父母、兄弟姐妹、祖父母、外祖父母）继承土地、房屋权属，不征契税。

二、按照《中华人民共和国继承法》规定，非法定继承人根据遗嘱承受死者生前的土地、房屋权属，属于赠与行为，应征收契税。

财政部、国家税务总局关于住房公积金、医疗保险金、基本养老保险金、失业保险金个人账户存款利息所得免征个人所得税的通知

1999 年 10 月 8 日发布

各省、自治区、直辖市和计划单列市财政厅（局）、国家税务局、地方税务局：

根据国务院《对储蓄存款利息所得征收个人所得税的实施办法》第五条"对个人取得的教育储蓄存款利息所得以及国务院财政部门确定的其他专项储蓄存款或者储蓄性专项基金存款的利息所得，免征个人所得税"的规定，为了保证和支持社会保障制度和住房制度改革的顺利实施，现明确按照国家或省级地方政府规定的比例缴付的下列专项基金或资金存入银行个人账户所取得的利息收入免征个人所得税：

一、住房公积金；

二、医疗保险金；

三、基本养老保险金；

四、失业保险基金。

财政部、国家税务总局、建设部关于个人出售住房所得征收个人所得税有关问题的通知

1999 年 12 月 2 日发布

各省、自治区、直辖市、计划单列市财政厅（局）、国家税务局、地方税务局、建委（建设厅），各直辖市房地局：

为促进我国居民住宅市场的健康发展，经国务院批准，现就个人出售住房所得征收个人所得税的有关问题通知如下：

一、根据个人所得税法的规定，个人出售自有住房取得的所得应按照"财产转让所得"项目征收个人所得税。

二、个人出售自有住房的应纳税所得额，按下列原则确定：

（一）个人出售除已购公有住房以外的其他自有住房，其应纳税所得额按照个人所得税法的有关规定确定。

（二）个人出售已购公有住房，其应纳税所得额为个人出售已购公有住房的销售价，减除住房面积标准的经济适用住房价款、原支付超过住房面积标准的房价款、向财政或原产权单位缴纳的所得收益以及税法规定的合理费用后的余额。

已购公有住房是指城镇职工根据国家和县级(含县级)以上人民政府有关城镇住房制度改革政策规定,按照成本价(或标准价)购买的公有住房。

经济适用住房价格按县级(含县级)以上地方人民政府规定的标准确定。

(三)职工以成本价(或标准价)出资的集资合作建房、安居工程住房、经济适用住房以及拆迁安置住房,比照已购公有住房确定应纳税所得额。

三、为鼓励个人换购住房,对出售自有住房并拟在现住房出售后1年内按市场价重新购房的纳税人,其出售现住房所应缴纳的个人所得税,视其重新购房的价值可全部或部分予以免税。具体办法为:

(一)个人出售现住房所应缴纳的个人所得税税款,应在办理产权过户手续前,以纳税保证金形式向当地主管税务机关缴纳。税务机关在收取纳税保证金时,应向纳税人正式开具"中华人民共和国纳税保证金收据",并纳入专户存储。

(二)个人出售现住房后1年内重新购房的,按照购房金额大小相应退还纳税保证金。购房金额大于或等于原住房销售额(原住房为已购公有住房的,原住房销售额应扣除已按规定向财政或原产权单位缴纳的所得收益,下同)的,全部退还纳税保证金;购房金额小于原住房销售额的,按照购房金额占原住房销售额的比例退还纳税保证金,余额作为个人所得税缴入国库。

(三)个人出售现住房后1年内未重新购房的,所缴纳的纳税保证金全部作为个人所得税缴入国库。

(四)个人在申请退还纳税保证金时,应向主管税务机关提供合法、有效的售房、购房合同和主管税务机关要求提供的其他有关证明材料,经主管税务机关审核确认后方可办理纳税保证金退还手续。

(五)跨行政区域售、购住房又符合退还纳税保证金条件的个人,应向纳税保证金缴纳地主管税务机关申请退还纳税保证金。

四、对个人转让自用5年以上、并且是家庭惟一

生活用房取得的所得,继续免征个人所得税。

五、为了确保有关住房转让的个人所得税政策得到全面、正确的实施,各级房地产交易管理部门应与税务机关加强协作、配合,主管税务机关需要有关本地区房地产交易情况的,房地产交易管理部门应及时提供。

国家税务总局
关于企业住房制度改革中
涉及的若干所得税
业务问题的通知

1. 2001 年4 月6 日发布
2. 国税发〔2001〕39 号

各省、自治区、直辖市和计划单列市国家税务局、地方税务局:

《国务院关于进一步深化城镇住房制度改革加快住房建设的通知》(国发〔1998〕23 号)规定,从1998 年下半年开始停止住房实物分配,逐步实现住房分配货币化、工资化,具体时间、步骤由各省、自治区、直辖市人民政府根据本地实际情况确定。停止住房实物分配后,企业不再为职工购建住房筹集资金,应按规定取消住房基金和住房周转金。企业职工购房资金来源主要有:职工工资、住房公积金、个人住房贷款,以及有的地方由财政、单位原有住房建设资金转化的住房补贴等。为贯彻落实国务院关于企业住房制度改革的精神,现将企业住房制度改革中涉及的出售住房损益处理等所得税业务问题明确如下:

一、取消住房基金和住房周转金制度前企业出售住房所得或损失的处理

为了筹集职工购房基金,企业按国家有关规定已将住房折旧、住房出租收入、上级拨入住房资金及有关利息作为住房基金和住房周转金单独核算,未计入应纳税所得额的,根据收入费用配比和相关性原则,出售住房发生的损失不得在申报缴纳企业所得税前扣除。

取消住房基金和住房周转金制度后,企业现有住房周转金余额(包括已出售职工住房净

损益）如为负数，经批准后，可依次冲减公益金、盈余公积金、资本公积金及以后年度未分配利润；如为正数，也不再计入企业应纳税收入总额，而直接作为企业的税后未分配利润处理，用于职工集体福利。

如果企业取消住房周转金制度时相关的住房周转金负数余额较大，在较长的期间内无法用公益金、盈余公积金、资本公积金及以后年度的未分配利润抵补，并且企业以往对职工的工资欠账较大，经报国家税务总局审核，取消住房周转金制度前已出售的职工住房损失可在一定期间内在缴纳企业所得税前扣除。

二、取消住房基金和住房周转金制度后企业出售住房所得或损失的处理

企业按规定取消住房基金和住房周转金制度后出售住房（包括出售住房使用权和全部或部分产权）的收入，减除按规定提取的住宅共用部位、公用设施维修基金以及住房账面净值和有关清理费用后的差额，作为财产转让所得或损失并入企业的应纳税所得。

对于拥有部分产权的职工出售、出租住房取得的收入，在补交土地使用权出让金、按规定缴纳有关税费后，按企业和职工拥有的产权比例进行分配，企业分得的出售、出租收入，以及职工将住房再次出售后，企业按规定收到返还的相当于土地出让金的价款和所得收益，应计入企业的收入总额，依法计算缴纳企业所得税。

企业在省、自治区、直辖市人民政府规定的停止实物分房前向职工出售住房，要按国家规定的房改价格收取房款，凡实际售价低于国家核定的房改价格所形成的财产转让损失不得在所得税前扣除。

企业对已按规定领取了一次性补发购房补贴的无房和住房未达到规定面积的老职工，以及停止住房实物分配后参加工作的新职工，按低于成本价出售住房发生的损失，不得在企业所得税前扣除。

三、已出售或出租住房的折旧费用和维修费的处理

企业已出售给职工的住房，自职工取得产权证明之日，或者职工停止交纳房租之日起，不得再扣除有关住房的折旧和维修等费用。

取消住房周转金制度后，凡企业自管和委托代管住房的租金收入已计入企业的收入总额的，企业发生的用于未出售住房的维修、管理费用，可在税前扣除。

四、企业为职工缴纳的住房公积金的处理

企业根据国家规定按工资总额一定比例为本企业职工缴纳的住房公积金，可在税前扣除。

五、住房补贴、住房困难补贴和提租补贴的处理

停止住房实物分配后，房价收入比（即本地区一套建筑面积为60平方米的经济适用住房的平均价格与双职工家庭年平均工资之比）在4倍以上的地区，企业按市（县）政府制定并报经省级政府批准的标准，对无房和住房面积未达规定标准的职工支付的住房提租补贴和住房困难补助，可在税前扣除。

企业按省级人民政府规定发给停止实物分房以前参加工作的未享受过福利分房待遇的无房老职工的一次性住房补贴资金，经税务机关审核可在不少于3年的期间内均匀扣除。企业按月发给无房职工和停止实物分房以后参加工作的新职工的住房补贴资金，可在税前扣除。

六、企业按国家统一规定为职工交纳的住房公积金，按省级人民政府批准的办法发放的住房补贴、住房提租补贴和住房困难补贴，可在税前据实扣除，暂不计入企业的工资薪金支出；企业超过规定标准交纳或发放的住房公积金或各种名目的住房补贴，一律作为企业的工资薪金支出，超过计税工资标准的部分，不得在税前扣除。

国家税务总局关于房地产开发有关企业所得税问题的通知

1. 2003年7月9日国家税务总局发布
2. 国税发〔2003〕83号

为了加强房地产开发企业所得税的征收管理，规范房地产开发企业的纳税行为，根据

《中华人民共和国企业所得税暂行条例》及其实施细则、《中华人民共和国税收征收管理法》等有关法律、法规规定，结合房地产开发企业的经营特点，现就房地产开发企业征收所得税有关问题通知如下：

一、关于开发产品销售收入确认问题

房地产开发企业开发、建造的以后用于出售的住宅、商业用房以及其他建筑物、附着物、配套设施等应根据收入来源的性质和销售方式，按下列原则分别确认收入的实现：

（一）采取一次性全额收款方式销售开发产品的，应于实际收讫价款或取得了索取价款的凭据（权利）时，确认收入的实现。

（二）采取分期付款方式销售开发产品的，应按销售合同或协议约定付款日确认收入的实现。付款方提前付款的，在实际付款日确认收入的实现。

（三）采取银行按揭方式销售开发产品的，其首付款应于实际收到日确认收入的实现，余款在银行按揭贷款办理转账之日确认收入的实现。

（四）采取委托方式销售开发产品的，应按以下原则确认收入的实现：

1. 采取支付手续费方式委托销售开发产品的，应按实际销售额于收到代销单位代销清单时确认收入的实现。

2. 采取视同买断方式委托销售开发产品的，应按合同或协议规定的价格于收到代销单位代销清单时确认收入的实现。

3. 采取包销方式委托销售开发产品的，应按包销合同或协议约定的价格于付款日确认收入的实现。

包销方提前付款的，在实际付款日确认收入的实现。

4. 采取基价（保底价）并实行超过基价双方分成方式委托销售开发产品的，应按基价加按超基价分成比例计算的价格于收到代销单位代销清单时确认收入的实现。

委托方和接受委托方应按月或按季为结算期，定期结清已销开发产品的清单。已销开发产品清单应载明售出开发产品的名称、地理位置、编号、数量、单价、金额、手续费等。

（五）将开发产品先出租再出售的，应按以下原则确认收入的实现：

1. 将待售开发产品转作经营性资产，先以经营性租赁方式租出或以融资租赁方式租出以后再出售的，租赁期间取得的价款应按租金确认收入的实现，出售时再按销售资产确认收入的实现。

2. 将待售开发产品以临时租赁方式租出的，租赁期间取得的价款应按租金确认收入的实现，出售时再按销售开发产品确认收入的实现。

（六）以非货币性资产分成形式取得收入的，应于分得开发产品时确认收入的实现。

二、关于开发产品预售收入确认问题

房地产开发企业采取预售方式销售开发产品的，其当期取得的预售收入先按规定的利润率计算出预计营业利润额，再并入当期应纳税所得额统一计算缴纳企业所得税，待开发产品完工时再进行结算调整。

预计营业利润额 = 预售开发产品收入 × 利润率

预售收入的利润率不得低于 15%（含15%），由主管税务机关结合本地实际情况，按公平、公正、公开的原则分类（或分项）确定。

预售开发产品完工后，企业应及时按本通知第一条规定计算已实现的销售收入，同时按规定结转其对应的销售成本，计算出已实现的利润（或亏损）额，经纳税调整后再计算出其与该项开发产品全部预计营业利润额之间的差额，再将此差额并入当期应纳税所得额。

三、关于开发产品视同销售行为的收入确认问题

（一）下列行为应视同销售确认收入：

1. 将开发产品用于本企业自用、捐赠、赞助、广告、样品、职工福利、奖励等；

2. 将开发产品转作经营性资产；

3. 将开发产品用作对外投资以及分配给股东或投资者；

4. 以开发产品抵偿债务；

5. 以开发产品换取其他企事业单位、个人的非货币性资产。

（二）视同销售行为的收入确认时限视同销售行为应于开发产品所有权或使用权转移，

或于实际取得利益权利时确认收入的实现。

（三）视同销售行为收入确认的方法和顺序：

1. 按本企业近期或本年度最近月份同类开发产品市场销售价格确定；

2. 由主管税务机关参照同类开发产品市场公允价值确定；

3. 按成本利润率确定，其中，开发产品的成本利润率不得低于15%（含15%），具体由主管税务机关确定。

四、关于代建工程和提供劳务的收入确认问题

房地产开发企业代建工程和提供劳务不超过12个月的，可按合同约定的价款结算日或在合同完工之日确认收入的实现；持续时间超过12个月的，可采用完工百分比法按季确认收入的实现。

完工百分比法是根据合同完工进度确认收入和费用的方法。完工进度可按累计实际发生的合同成本占合同预计总成本的比例，已经完成的合同工作量占合同预计总工作量的比例，测量已完成合同工作量等方法确定。

房地产开发企业在代建工程、提供劳务过程中节省的材料、下脚料、报废工程或产品的残料等，如按合同规定留归房地产开发企业所有的，应于实际取得时按市场公平成交价确认收入的实现。

五、关于成本和费用的扣除问题

房地产开发企业在进行成本和费用扣除时，必须按规定区分期间费用和成本、开发产品建造成本和销售成本的界限。期间费用和开发产品销售成本可以按规定在当期直接扣除。

开发产品的建造成本是指开发产品完工前发生的各项支出，包括：土地征用及拆迁补偿费、前期工程费、基础设施建设费、建筑安装工程费、公共设施配套费、开发的间接费用、借款费用及其他费用等。

房地产开发企业必须将开发产品的建造成本合理划分为直接成本和间接成本。直接成本可根据有关会计凭证、记录直接计入成本对象中。间接成本能分清负担成本对象的，直接计入有关成本对象中；因多个项目同时开发

或先后滚动开发而不能分清负担对象的，则应根据配比的原则按各项目占地面积、建筑面积或工程概算等方法配比计入有关开发项目的成本。

下列项目按以下规定进行扣除：

（一）销售成本。房地产开发企业发生的当期准予扣除的开发产品销售成本，是指已实现销售的开发产品的成本，按当期已实现销售的可售面积和可售面积单位工程成本确认。可售面积单位工程成本和销售成本按下列公式计算确定：

可售面积单位工程成本 = 成本对象总成本 ÷ 总可售面积

销售成本 = 已实现销售的可售面积 × 可售面积单位工程成本

（二）土地征用及拆迁补偿费、公共设施配套费。房地产开发企业实际发生的土地征用及拆迁补偿费、公共设施配套费，应按成本对象进行归集和分配，并按规定在税前进行扣除。

1. 属于成本对象完工前实际发生的，直接摊入相应的成本对象。

2. 属于成本对象完工后实际发生的，首先应按规定在已完工成本对象和未完工成本对象之间进行分摊，再将应由已完工成本对象负担的部分，在已实现销售的可售面积和未实现销售的可售面积之间进行分摊，其中，应由已实现销售的可售面积分摊的部分，准予在当期扣除。

（三）借款费用。房地产开发企业为建造开发产品借入资金而发生的借款费用，如属于成本对象完工前发生的，应按其实际发生的费用配比计入成本对象中；如属于成本对象完工后发生的，应作为财务费用直接在税前扣除。

（四）开发产品共用部位、共用设施设备维修费。房地产开发企业按照有关法律、法规或合同的规定，因对已售开发产品共用部位、共用设施设备承担维护、保养、修理、更换等责任而发生的费用，可按实际发生额进行扣除，提取的维修基金不得扣除。

（五）土地闲置费。房地产开发企业以出让方式取得土地使用权进行房地产开发的，必

须按照土地使用权出让合同约定的土地用途、动工开发期限开发土地。因超过出让合同约定的动工开发日期而缴纳的土地闲置费，计入成本对象的施工成本；因国家无偿收回土地使用权而形成的损失，可作为财产损失按规定进行扣除。

（六）成本对象报废或毁损损失。成本对象在建造过程中如发生单项或单位工程报废或毁损，减去残料价值和过失人或保险公司赔偿后的净损失，计入继续施工的工程成本；如成本对象整体报废或毁损，其净损失可作为财产损失按规定直接在当期扣除。

（七）广告费和业务宣传费。新办房地产开发企业在取得第一笔开发产品销售收入之前发生的，与建造、销售开发产品相关的广告费和业务宣传费，可无限期结转以后年度，按规定的标准扣除。

（八）折旧。房地产开发企业将待售开发产品按规定转作经营性资产，可以按规定提取折旧并准予在税前扣除；未按规定转作本企业经营性资产和临时出租的待售开发产品，不得在税前扣除折旧费用。

六、关于本通知适用范围和执行时间问题

本通知适用于各种经济性质的内资房地产开发企业，以及从事房地产开发业务的其他内资企业。

本通知自 2003 年 7 月 1 日起执行。此前发生的尚未进行税务处理的事项，也按本通知执行。

财政部、国家税务总局
关于城镇房屋拆迁
有关税收政策的通知

1. *2005 年 3 月 22 日发布*
2. *财税〔2005〕45 号*

各省、自治区、直辖市、计划单列市财政厅（局）、地方税务局，新疆生产建设兵团财务局：

经国务院批准，现将城镇房屋拆迁有关税收政策通知如下：

一、对被拆迁人按照国家有关城镇房屋拆迁管理办法规定的标准取得的拆迁补偿款，免征个人所得税。

二、对拆迁居民因拆迁重新购置住房的，对购房成交价格中相当于拆迁补偿款的部分免征契税，成交价格超过拆迁补偿款的，对超过部分征收契税。

请遵照执行。

国家税务总局关于
个人从事房地产经营业务
征收营业税问题的批复

1996 年 12 月 12 日发布

浙江省地方税务局：

你局《浙江省地方税务局关于个人从事房地产业务有关营业税问题的请示》（浙地税一〔1996〕59 号）收悉。关于个人经营房地产应如何征收营业税等问题，经研究，现批复如下：

个人以各购房户代表的身份与提供土地使用权的单位或个人（以下简称"地主"）签订联合建房协议，由个人出资并负责雇请施工队建房，房屋建成后，再由个人将分得的房屋销售给各购房户。这实际上是个人先通过合作建房的方式取得房屋，再将房屋销售给各购房户。因此对个人应按"销售不动产"税目征营业税，其营业额为个人向各购房户收取的全部价款和价外费用。另一方面，个人与地主的关系，属于一方提供土地使用权，另一方提供资金合作建房的行为。对其双方应按《国家税务总局关于印发〈营业税问题解答（之一）〉的通知》国税函发〔1995〕156 号第 17 条的有关规定征收营业税。

附：

营业税问题解答（之一）

1995 年 4 月 17 日国家税务总局发布

一、问：税制改革以前，原营业税规定的减税、免税项目,在 1994 年 1 月 1 日起实行新的营业税制以后是否还继续执行?

答:实行新税制后,原营业税的法规均已废止,过去所作的减征或免征营业税的规定自然也一律停止执行。营业税暂行条例规定:"营业税的免税、减税项目由国务院规定。任何地区、部门均不得规定免税、减税项目。"因此,在 1994 年 1 月 1 日实行新税制后如果还继续执行原营业税的减税、免税项目,是属于违反税法的行为,应当坚决予以纠正。

二、问:公安部门拍卖机动车牌照,交通部门拍卖公交线路运营权,是否征收营业税?

答:公安部门拍卖机动车牌照,交通部门拍卖公交线路运营权,这两种行为均不属于营业税的征税范围,因而不征收营业税。

三、问:运输企业在境外载运旅客或货物入境,是否征收营业税?

答:根据营业税暂行条例实施细则第七条第二款关于"在境内载运旅客或货物出境"属于境内提供应税劳务的规定,运输企业在境外载运旅客或货物入境,不属于在境内提供应税劳务,因而不征收营业税。

四、问:航空公司用飞机开展飞洒农药业务是否免征营业税?

答:营业税暂行条例第六条第(五)款规定农业病虫害防治免征营业税,营业税暂行条例实施细则第二十六条第(四)款明确农业病虫害防治"是指从事农业、林业、牧业、渔业的病虫害测报和防治的业务。"航空公司用飞机开展飞洒农药业务属于从事农业病虫害防治业务,因而应当免征营业税。

五、问:单位所属内部施工队伍承担其所隶属单位的建筑安装工程是否征收营业税?

答:这首先要看此类施工队伍是否属于独立核算单位。如果属于独立核算单位,不论承担其所隶属单位(以下称本单位)的建筑安装工程业务,还是承担其他单位的建筑安装工程业务,均应当征收营业税。如果属于非独立核算单位,承担其他单位建筑安装工程业务应当征收营业税;而承担本单位的建筑安装工程业务是否应当缴纳营业税,则要看其与本单位之间是否结算工程价款。营业税暂行条例实施细则第十一条规定,负有营业税纳税义务的单位为发生应税行为并向对方收取货币、货物或其他经济利益的单位,包括独立核算的单位和不独立核算的单位。根据这一规定,内部施工队伍为本单位承担建筑安装业务,凡同本单位结算工程价款的,不论是否编制工程概(预)算,也不论工程价款中是否包括营业税税金,均应当征收营业税;凡不与本单位结算工程价款的,不征收营业税。

六、问:对绿化工程应按何税目征税?

答:绿化工程往往与建筑工程相连,或者本身就是某个建筑工程的一个组成部分,例如,绿化与平整土地就分不开,而平整土地本身就属于建筑业中的"其他工程作业"。为了减少划分,便于征管,对绿化工程按"建筑业——其他工程作业"征收营业税。

七、问:对工程承包公司承包的建筑安装工程按何税目征税?

答:根据营业税暂行条例第五条第(三)款"建筑业的总承包人将工程分包或转包给他人的,以工程的全部承包额减去付给分包人或者转包人的价款后的余额为营业额"的规定,工程承包公司承包建筑安装工程业务,即工程承包公司与建设单位签订承包合同的建筑安装工程业务,无论其是否参与施工,均应按"建筑业"税目征收营业税。工程承包公司不与建设单位签订承包建筑安装工程合同,只是负责工程的组织协调业务,对工程承包公司的此项业务则按"服务业"税目征收营业税。

八、问:对境外机构总承包建筑安装工程如何征税?

答:根据营业税暂行条例第十一条第(二)款"建筑安装业务实行分包或者转包的,以总承包人为扣缴义务人"和营业税暂行条例实施细则第二十九条第(一)款"境外单位或者个人在境内发生应税行为而在境内未设有经营机构的,其应缴税款以代理者为扣缴义务人;没有代理者的,以受让者或购买者为扣缴义务人"的规定,建筑安装工程的总承包人为境外机构,如果该机构在境内设有机构的,则境内所设机构负责缴纳其承包工程营业税,并负责扣缴分包或转包工程的营业税税款;如果该机构在境内未设有机构,但有代理者的,则不论其承包的工程是否实行分包或转包,全部工程应纳的营业税款均由代理者扣缴;如果该机构在境内未设有机构,又没有代理者的,不论其总承包的工程是否实行分包或转包,全部工程应纳的营业税款均由建设单位扣缴。

九、问:银行贷款给单位和个人,借款者以房屋作抵押,如果期满后借款者无力还贷,抵押的房屋归银行所有,对此是否应当征税?如果房屋归银行所有后,银行将房屋销售,是否应当征税?

答:借款者无力归还贷款,抵押的房屋被银行收走以抵作贷款本息,这表明房屋的所有权被借款者有偿转让给银行,应对借款者转让房屋所有权的行为按"销售不动产"税目征营业税。

同样,银行如果将收归其所有的房屋销售,也应按"销售不动产"税目征收营业税。

十、问:非金融机构将资金提供给对方,并收取资金占用费,如企业与企业之间借用周转金而收取资金占用费,行政机关或企业主管部门将资金提供给所属单位或企业而收取资金占用费,农村合作基金会将资金提供给农民而收取资金占用费等,应如何征收营业税?

答:《营业税税目注释》规定,贷款属于"金融保险业"税目的征收范围,而贷款是将资金贷与他人使用的行为。根据这一规定,不论金融机构还是其他单位,只要是发生将资金贷与他人使用的行为,均应视为发生贷款行为,按"金融保险业"税目征收营业税。

十一、问:保险公司开展财产、人身保险时向投保者收取的全部保费记入"储金"科目,储金的利息记入"保费收入"科目,储金到期返还给用户。对保险公司开展财产、人身保险征营业税的营业额是向投保者收取的保费,还是储金的利息?对于到期返还给用户的储金是否准许从其营业额中扣除?

答:营业税暂行条例第五条规定:除另有规定者外,"纳税人的营业额为纳税人提供应税劳务、转让无形资产或者销售不动产向对方收取的全部价款和价外费用。"根据此项规定,首先,保险公司开展财产、人身保险的营业额

为向投保者收取的全部保费,而不是储金的利息收入。因为,就提供保险劳务而言,此项规定所说的"对方"是指投保者,保险公司向投保者收取的是保费,而储金利息是保险公司向银行收取的,不是向投保者收取的。其次,应以保费金额为营业额,对到期返还给用户的储金不能从营业额中扣除。

十二、问:邮政部门收取的"电话初装费"按什么税目征税?

答:根据《营业税税目注释》对"邮电通信业"税目的解释,为用户安装电话的业务属于该税目的征收范围。"电话初装费"是邮政部门为用户安装电话而收取的费用,应按"邮电通信业"税目征税。

十三、问:电信部门开办168台电话,利用电话开展有偿咨询、点歌等业务,对此项收费按什么税目征税?

答:168台是具有特殊用途的电话台,其业务属于《营业税税目注释》所说的"用电传设备传递语言的业务",应按"邮电通信业"税目征收营业税。

十四、问:对邮电局(所)经营的邮电礼仪活动按什么税目征收营业税?其营业额如何确定?

答:邮电礼仪是指邮电局(所)根据客户的要求将写有祝词的电报,或者使用客户支付的价款购买的礼物传递给客户所指定的对象。对于这种业务应按"邮电通信业"税目征收营业税,其营业额为邮电部门向用户收取的全部价款和价外费用,包括所购礼物的价款在内。

十五、问:文化培训适用哪个税目?

答:根据《营业税税目注释》规定,"文化体育业"税目中的"其他文化业"是指除经营表演、播映活动以外的文化活动的业务,如各种展览、培训活动,举办文学、艺术、科技讲座、演讲、报告会,图书馆的图书和资料借阅业务等。此项规定所称培训活动包括各种培训活动,因此对文化培训应按"文化体育业"税目征税。

十六、问:学校取得的赞助收入是否征税?应如何征税?

答:根据营业税暂行条例及其实施细则规定,凡有偿提供应税劳务、有偿转让无形资产或者有偿转让不动产所有权的单位和个人,均

应依照税法规定缴纳营业税,而所谓"有偿"是指取得货币、货物或其他经济利益。根据以上规定,对学校取得的各种名目的赞助收入是否征税,要看学校是否发生向赞助方提供应税劳务、转让无形资产或转让不动产所有权的行为。学校如果没有向赞助方提供应税劳务、转让无形资产或转让不动产所有权,此项赞助收入系属无偿取得,不征收营业税;反之,学校如果向赞助方提供应税劳务、转让无形资产或转让不动产所有权,此项赞助收入系属有偿取得,应征收营业税。这里需要附带说明的是,不仅对学校取得的赞助收入应按这一原则确定应否征收营业税,对于其他单位和个人取得的赞助收入也应按这一原则确定是否征收营业税。

十七、问:对合作建房行为应如何征收营业税?

答:合作建房,是指由一方(以下简称甲方)提供土地使用权,另一方(以下简称乙方)提供资金,合作建房。合作建房的方式一般有两种:

第一种方式是纯粹的"以物易物",即双方以各自拥有的土地使用权和房屋所有权相互交换。具体的交换方式也有以下两种:

(一)土地使用权和房屋所有权相互交换,双方都取得了拥有部分房屋的所有权。在这一合作过程中,甲方以转让部分土地使用权为代价,换取部分房屋的所有权,发生了转让土地使用权的行为;乙方则以转让部分房屋的所有权为代价,换取部分土地的使用权,发生了销售不动产的行为。因而合作建房的双方都发生了营业税的应税行为。对甲方应按"转让无形资产"税目中的"转让土地使用权"子目征税;对乙方应按"销售不动产"税目征税。由于双方没有进行货币结算,因此应当按照《中华人民共和国营业税暂行条例实施细则》第十五条的规定分别核定双方各自的营业额。如果合作建房的双方(或任何一方)将分得的房屋销售出去,则又发生了销售不动产行为,应对其销售收入再按"销售不动产"税目征收营业税。

(二)以出租土地使用权为代价换取房屋所有权。例如,甲方将土地使用权出租给乙方若干年,乙方投资在该土地上建造建筑物并使用,租赁期满后,乙方将土地使用权连同所建的建筑物归还甲方。在这一经营过程中,乙方是以建筑物为代价换得若干年的土地使用权,甲方是以出租土地使用权为代价换取建筑物。甲方发生了出租土地使用权的行为,对其按"服务业——租赁业"征收营业税;乙方发生了销售不动产的行为,对其按"销售不动产"税目征收营业税。对双方分别征税时,其营业额也按《中华人民共和国营业税暂行条例实施细则》第十五条的规定核定。

第二种方式是甲方以土地使用权乙方以货币资金合股,成立合营企业,合作建房。对此种形式的合作建房,则要视具体情况确定如何征税。

(一)房屋建成后如果双方采取风险共担、利润共享的分配方式,按照营业税"以无形资产投资入股,参与接受投资方的利润分配、共同承担投资风险的行为,不征营业税"的规定,对甲方向合营企业提供的土地使用权,视为投资入股,对其不征营业税;只对合营企业销售房屋取得的收入按销售不动产征税;对双方分得的利润不征营业税。

(二)房屋建成后甲方如果采取按销售收入的一定比例提成的方式参与分配,或提取固定利润,则不属营业税所称的投资入股不征营业税的行为,而属于甲方将土地使用权转让给合营企业的行为,那么,对甲方取得的固定利润或从销售收入按比例提取的收入按"转让无形资产"征税;

对合营企业则按全部房屋的销售收入依"销售不动产"税目征收营业税。

(三)如果房屋建成后双方按一定比例分配房屋,则此种经营行为,也未构成营业税所称的以无形资产投资入股,共同承担风险的不征营业税的行为。因此,首先对甲方向合营企业转让的土地,按"转让无形资产"征税,其营业额按实施细则第十五条的规定核定。因此,对合营企业的房屋,在分配给甲乙方后,如果各自销售,则再按"销售不动产"征税。

十八、问:对于转让土地使用权或销售不动产的预收定金,应如何确定其纳税义务发生时间?

答:营业税暂行条例实施细则第二十八条

规定:"纳税人转让土地使用权或销售不动产,采用预收款方式的,其纳税义务发生时间为收到预收款的当天。"此项规定所称预收款,包括预收定金。因此,预收定金的营业税纳税义务发生时间为收到预收定金的当天。

十九、问:对个人将不动产无偿赠与他人的行为,是否视同销售不动产征收营业税?

答:根据营业税暂行条例实施细则第四条规定,"单位将不动产无偿赠与他人,视同销售不动产",应当征收营业税。由此可见,只有单位无偿赠送不动产的行为才视同销售不动产征收营业税,对个人无偿赠送不动产的行为,不应视同销售不动产征收营业税。

二十、问:以"还本"方式销售建筑物,在计征营业税时可否从营业额中减除"还本"支出?

答:以"还本"方式销售建筑物,是指商品房经营者在销售建筑物时许诺若干年后可将房屋价款归还购房者,这是经营者为了加快资金周转而采取的一种促销手段。对以"还本"方式销售建筑物的行为,应按向购买者收取的全部价款和价外费用征收营业税,不得减除所谓"还本"支出。

财政部、国家税务总局关于对消化空置商品房有关税费政策的通知

1. 2001 年 4 月 19 日发布
2. 财税〔2001〕44 号

各省、自治区、直辖市、计划单列市财政厅(局)、国家税务局、地方税务局、新疆生产建设兵团财务局:

为加快消化积压空置商品房,促进房地产市场的健康发展,积极防范金融风险,经国务院批准,现就积压空置商品房有关税费政策问题通知如下:

一、对财政部、国家税务总局《关于调整房地产市场若干税收政策的通知》(财税字〔1999〕210号)中规定的"1998 年 6 月 30 日以前建成尚未售出的商品住房"免征营业税、契税的优惠政策,延期执行两年,即延长至 2002 年 12 月 31 日止。

对纳税人销售 1998 年 6 月 30 日以前建成的别墅、渡假村等高消费性的空置商品房,应自 2001 年 1 月 1 日起恢复征收营业税、契税。

别墅、渡假村等高消费性的空置商品房与其他商品住房的界限,由各省、自治区、直辖市和计划单列市财政部门根据当地情况确定。

二、纳税人在 1998 年 6 月 30 日以前建成的商业用房、写字楼,在 2001 年 1 月 1 日至 2002 年 12 月 31 日期间销售的,免征营业税、契税。

三、对纳税人销售 1998 年 6 月 30 日以前建成的商业用房、写字楼、住房(不含别墅、渡假村等高消费性的空置商品房),免予征收各种行政事业性收费。

财政部、国家税务总局关于对消化空置商品房有关税费政策的补充通知

1. 2001 年 7 月 23 日发布
2. 财税〔2001〕94 号

各省、自治区、直辖市、计划单列市财政厅(局)、国家税务局、地方税务局,新疆生产建设兵团财务局:

根据一些地方来电、来函反映的情况,现就财政部、国家税务总局《关于对消化空置商品房有关税费政策的通知》(财税〔2001〕44号)中的有关问题补充通知如下:

一、在财税〔2001〕44 号文件第一条、第二条征、免契税的规定中,其纳税人应为购买房屋的单位和个人。

二、财税〔2001〕44 号文件第三条免征各种行政事业性收费的规定,执行时间为 2001 年 1 月 1 日至 2002 年 12 月 31 日。

三、财税〔2001〕44 号文件中规定享受税费政策优惠的商品住房、商业用房、写字楼等空置商品房,应限于 1998 年 6 月 30 日以前建成尚未售出的商品房。

请遵照执行。

国家税务总局
关于从事房地产业务的
外商投资企业若干税务
处理问题的通知

1. *1999 年 12 月 21 日发布*
2. *国税发〔1999〕242 号*

各省、自治区、直辖市和计划单列市国家税务局、地方税务局:

为规范税收管理,现就从事房地产业务的外商投资企业有关税务处理问题,通知如下:

一、从事房地产业务的外商投资企业与境外企业签订房地产代销、包销合同或协议,委托境外企业在境外销售其位于我国境内房地产的,应按境外企业向购房人销售的价格,作为外商投资企业房地产销售收入,计算缴纳营业税和企业所得税。

二、上述外商投资企业向境外代销、包销企业支付的各项佣金、差价、手续费、提成费等劳务费用,应提供完整、有效的凭证资料,经主管税务机关审核确认后,方可作为外商投资企业的费用列支。但实际列支的数额,不得超过房地产销售收入的 10%。

本通知自 2000 年 1 月 1 日起执行。

国家税务总局关于
外商投资企业征收城市
房地产税若干问题的通知

1. *2000 年 3 月 8 日发布*
2. *国税发〔2000〕44 号*

各省、自治区、直辖市和计划单列市地方税务局:

一个时期以来,由于外商投资企业和内资企业分别适用《城市房地产税暂行条例》和《中华人民共和国房产税暂行条例》,在对外商投资企业征收城市房地产税过程中陆续反映出一些问题。为便于各地执行,现将有关问题明确如下:

一、关于利用人防工程免征城市房地产税问题

为鼓励利用地下人防设施,对外商投资企业利用人防工程中的房屋进行经营活动的,可比照《关于检发〈关于房产税若干具体问题的解释和暂行规定〉、〈关于车船使用税若干具体问题的解释和暂行规定〉的通知》(财政部税务总局〔1986〕财地税字 008 号)的有关规定,暂不征收房产税。

二、关于出租柜台征收城市房地产税问题

出租房屋以优先从租计征城市房地产税为原则,外商投资企业将房屋内的柜台出租给其他经营者等并收取租金的,应按租金计征城市房地产税。凡按租金计征的房产税税额超过按房产价值计征的,按租金收入计征城市房地产税;未超过的,按房产价值计征。

对外商投资企业在商品房开发过程中搭建临时铺面出租经营的,如果房地产管理部门对该临时铺面不予确定产权,企业"固定资产"帐上也不反映的,为支持商品房开发,对该出租经营用的临时铺面暂不征收城市房地产税。建造的商品房交付使用后依旧保留的出租经营用的临时铺面,无论如何计账,是否确定产权,均应照章征收城市房地产税。

三、关于外籍个人购置的房产免征城市房地产税问题

外籍个人(包括华侨、港、澳、台同胞)购置的非营业用房产,可比照《中华人民共和国房产税暂行条例》第五条的有关规定,暂免征收城市房地产税。

四、本通知自 2000 年 1 月 1 日起执行。

国家税务总局关于
外商投资房地产开发经营
企业所得税管理问题的通知

1. *2001 年 12 月 20 日发布*
2. *国税发〔2001〕142 号*

各省、自治区、直辖市和计划单列市国家税务局,广东、海南省地方税务局,深圳市地方税务局:

为加强外商投资房地产开发经营企业所

得税管理，根据《中华人民共和国税收征收管理法》、《中华人民共和国外商投资企业和外国企业所得税法》（以下简称税法）的有关规定，现就外商投资企业和外国企业（以下简称企业）从事房地产开发经营业务有关所得税管理问题，通知如下：

一、企业从事房地产经营业务的，应以其当期销售收入，扣除当期相应成本、费用及损失后的余额，为当期应纳税所得额，依照税法的规定计算缴纳企业所得税。当期应纳税额，按以下公式计算：

应纳税额＝应纳税所得额×适用税率－已售房产已预征的所得税＋当期预征所得税

二、企业预售房地产的，其取得的预收款，应按《国家税务总局关于外商投资企业从事房地产开发经营征收所得税有关问题的通知》（国税发〔1995〕153号）的规定，预征企业所得税。

三、企业应以房地产管理部门出具工程项目合格证明之日，或者首笔房地产使用权交付之日，或者办理首笔产权转让手续之日的较早者为房地产销售开始。企业自房地产销售开始，应根据当期实际房地产销售收入、相关成本费用，计算企业年度实际应纳税额。

四、房地产销售收入的确定，以权责发生制为原则，具体可根据销售方式的不同，按以下原则确定：

（一）采取一次性全额收取房款的，以房产使用权交付买方之日或开具发票之日作为销售收入的实现。

（二）采取分期付款或预售款方式销售的，以合同约定的付款时间为销售收入的实现。

（三）采取以土地使用权或者其他财产置换房屋的，以房产使用交付对方为销售收入的实现。

（四）采取银行提供按揭贷款销售的，以银行将按揭贷款办理转账之日，为销售收入的实现。

五、企业销售房地产所发生相关成本费用的确定，应以收入与支出相匹配为原则。企业应根据当期面积以及可售单位工程成本费用，确定当期成本费用。企业可售单位工程成本费用

按下列公式确定：

可售单位工程成本费用＝可售总成本费用÷总可售面积

可售总成本费用是指应归属于可售房地产的土地使用费，拆迁补偿费，七通一平、勘察设计等开发前期费用；建筑安装费；基础设施费，公用设备、绿化、道路等配套设施费以及企业为开发建设工程而发生的管理费用、财务费用和销售费用。总可售面积是指国家规定的房屋测绘部门出具的确定房地产项目可售面积证书中明确的面积。

六、企业发生的绿化、道路等配套设施费，有些是在售后继续发生的，可在销售房地产时进行预提。配套设施建设全部结束后，应进行汇算。售后发生的配套设施费预提比例，可由企业提出申请，主管税务机关审核同意后执行。

七、企业以租赁方式取得房租收入，应按当期实际租金收入，扣除租赁房屋的固定资产折旧及相关费用后的余额，与当期其他经营利润合并计算企业当期应纳税额。

企业采取先租赁后又售出房地产的，原在租赁期间实际已经计提的房屋折旧，不得在售出时再作为成本、费用扣除。

八、境外企业与企业签订房屋包销协议，为企业包销房地产的，其包销业务应属于境外企业转让我国境内财产的性质。境外企业取得的房屋转让收益，应按税法第十九条及其实施细则第六十一条规定，缴纳企业所得税。

上述包销业务是指：境外企业与企业签订房屋包销协议并办理了产权转移手续，且境外企业在销售房屋时使用本企业收款凭证。凡不符合上述条件的其他代销、承销性质的业务，应按照《国家税务总局关于从事房地产业务的外商投资企业若干税务处理问题的通知》（国税发〔1999〕242号）的规定执行。

九、凡按合同规定投资各方分配房产的，企业应首先归集房产建造过程中所发生的费用（包括中方以土地使用作为投资的费用）后，再根据合同规定的房产分配方法，划分双方房产的成本、费用。双方各自销售房产时各自缴纳企业所得税。

十、本办法自发文之日起执行。此前已经销售房

地产但未汇算的企业,按本通知进行汇算。

国家税务总局关于加强住房营业税征收管理有关问题的通知

1. 2006 年 5 日 30 国家税务总局发布
2. 国税发〔2006〕74 号

各省、自治区、直辖市和计划单列市地方税务局:

为贯彻落实《国务院办公厅转发建设部等部门关于调整住房供应结构稳定住房价格意见的通知》(国办发〔2006〕37 号),抑制投机和投资性购房需求,进一步加强个人住房转让营业税征收管理,现将有关问题通知如下:

一、各级地方税务部门要严格执行调整后的个人住房营业税税收政策。

(一)2006 年 6 月 1 日后,个人将购买不足 5 年的住房对外销售全额征收营业税。

(二)2006 年 6 月 1 日后,个人将购买超过 5 年(含 5 年)的普通住房对外销售,应持有关材料向地方税务部门申请办理免征营业税手续。地方税务部门对纳税人申请免税的有关材料进行审核,凡符合规定条件的,给予免征营业税。

(三)2006 年 6 月 1 日后,个人将购买超过 5 年(含 5 年)的住房对外销售不能提供属于普通住房证明材料或经审核不符合规定条件的,一律执行销售非普通住房政策,按其售房收入减去购买房屋的价款后的余额征收营业税。

(四)普通住房及非普通住房的标准、办理免税的具体程序、购买房屋的时间、开具发票、差额征税扣除凭证、非购买形式取得住房行为及其他相关税收管理规定,按照《国务院办公厅转发建设部等部门关于做好稳定住房价格工作意见的通知》(国办发〔2005〕26 号)、《国家税务总局、财政部、建设部关于加强房地产税收管理的通知》(国税发〔2005〕89 号)和《国家税务总局关于房地产税收政策执行中几个具体问题的通知》(国税发〔2005〕172 号)的有关规定执行。

二、各级地方税务部门要严格执行税收政策,对

不符合规定条件的个人对外销售住房,不得减免营业税,确保调整后的营业税政策落实到位。对擅自变通政策、违反规定对不符合规定条件的个人住房给予税收优惠,影响调整后的税收政策落实的,要追究当事人责任。对政策执行中出现的问题和有关情况,应及时上报国家税务总局。

三、各省级地方税务部门要加强部门配合,积极参与本地区房地产市场分析监测工作,密切关注营业税税收政策调整后的政策执行效果,加强营业税政策调整对本地区房地产市场产生影响的分析评估工作。

财政部、国家税务总局关于调整房地产营业税有关政策的通知

1. 2006 年 6 月 16 日发布
2. 财税〔2006〕75 号

各省、自治区、直辖市、计划单列市财政厅(局)、地方税务局,新疆生产建设兵团财务局:

为贯彻落实《国务院办公厅转发建设部等部门关于调整住房供应结构稳定住房价格意见的通知》(国办发〔2006〕37 号),抑制投机和投资性购房需求,进一步加强个人住房转让营业税征收管理,现将有关营业税问题通知如下:

2006 年 6 月 1 日后,个人将购买不足 5 年的住房对外销售的,全额征收营业税;个人将购买超过 5 年(含 5 年)的普通住房对外销售的,免征营业税;个人将购买超过 5 年(含 5 年)的非普通住房对外销售的,按其销售收入减去购买房屋的价款后的余额征收营业税。

在上述政策中,普通住房及非普通住房的标准、办理免税的具体程序、购买房屋的时间、开具发票、差额征税扣除凭证、非购买形式取得住房行为及其他相关税收管理规定,按照《国务院办公厅转发建设部等部门关于做好稳定住房价格工作意见的通知》(国办发〔2005〕26 号)、《国家税务总局 财政部 建设部关于加

强房地产税收管理的通知》(国税发〔2005〕89号)和《国家税务总局关于房地产税收政策执行中几个具体问题的通知》(国税发〔2005〕172号)的有关规定执行。

地方各级财税部门要严格执行税收政策,加强税收征管,对执行过程中出现的问题,及时上报财政部和国家税务总局。

财政部、国家税务总局关于基本养老保险费、基本医疗保险费、失业保险费、住房公积金有关个人所得税政策的通知

1. 2006 年 6 月 27 日财政部、国家税务总局发布

2. 财税〔2006〕10 号

各省、自治区、直辖市、计划单列市财政厅(局)、国家税务局、地方税务局,财政部驻各省、自治区、直辖市、计划单列市财政监察专员办事处,新疆生产建设兵团财务局:

根据国务院 2005 年 12 月公布的《中华人民共和国个人所得税法实施条例》有关规定,现对基本养老保险费、基本医疗保险费、失业保险费、住房公积金有关个人所得税政策问题通知如下:

一、企事业单位按照国家或省(自治区、直辖市)人民政府规定的缴费比例或办法实际缴付的基本养老保险费、基本医疗保险费和失业保险费,免征个人所得税;个人按照国家或省(自治区、直辖市)人民政府规定的缴费比例或办法实际缴付的基本养老保险费、基本医疗保险费和失业保险费,允许在个人应纳税所得额中扣除。

企事业单位和个人超过规定的比例和标准缴付的基本养老保险费、基本医疗保险费和失业保险费,应将超过部分并入个人当期的工资、薪金收入,计征个人所得税。

二、根据《住房公积金管理条例》、《建设部　财政部　中国人民银行关于住房公积金管理若干具体问题的指导意见》(建金管〔2005〕5 号)等规定精神,单位和个人分别在不超过职工本人上一年度月平均工资 12% 的幅度内,其实际缴存的住房公积金,允许在个人应纳税所得额中扣除。单位和职工个人缴存住房公积金的月平均工资不得超过职工工作地所在设区城市上一年度职工月平均工资的 3 倍,具体标准按照各地有关规定执行。

单位和个人超过上述规定比例和标准缴付的住房公积金,应将超过部分并入个人当期的工资、薪金收入,计征个人所得税。

三、个人实际领(支)取原提存的基本养老保险金、基本医疗保险金、失业保险金和住房公积金时,免征个人所得税。

四、上述职工工资口径按照国家统计局规定列入工资总额统计的项目计算。

五、各级财政、税务机关要按照依法治税的要求,严格执行本通知的各项规定。对于各地擅自提高上述保险费和住房公积金税前扣除标准的,财政、税务机关应予坚决纠正。

六、本通知发布后,《财政部、国家税务总局关于住房公积金、医疗保险金、养老保险金征收个人所得税问题的通知》(财税字〔1997〕144 号)第一条、第二条和《国家税务总局关于失业保险费(金)征免个人所得税问题的通知》(国税发〔2000〕83 号)同时废止。

国家税务总局关于个人住房转让所得征收个人所得税有关问题的通知

1. 2006 年 7 月 18 日国家税务总局发布

2. 国税发〔2006〕108 号

各省、自治区、直辖市和计划单列市地方税务局,河北、黑龙江、江苏、浙江、山东、安徽、福建、江西、河南、湖南、广东、广西、重庆、贵州、青海、宁夏、新疆、甘肃省(自治区、直辖市)财政厅(局),青岛、宁波、厦门市财政局:

《中华人民共和国个人所得税法》及其实施条例规定,个人转让住房,以其转让收入额减除财产原值和合理费用后的余额为应纳税所得额,按照"财产转让所得"项目缴纳个人所

得税。之后,根据我国经济形势发展需要,《财政部、国家税务总局、建设部关于个人出售住房所得征收个人所得税有关问题的通知》(财税字〔1999〕278号)对个人转让住房的个人所得税应纳税所得额计算和换购住房的个人所得税有关问题做了具体规定。目前,在征收个人转让住房的个人所得税中,各地又反映出一些需要进一步明确的问题。为完善制度,加强征管,根据个人所得税法和税收征收管理法的有关规定精神,现就有关问题通知如下:

一、对住房转让所得征收个人所得税时,以实际成交价格为转让收入。纳税人申报的住房成交价格明显低于市场价格且无正当理由的,征收机关依法有权根据有关信息核定其转让收入,但必须保证各税种计税价格一致。

二、对转让住房收入计算个人所得税应纳税所得额时,纳税人可凭原购房合同、发票等有效凭证,经税务机关审核后,允许从其转让收入中减除房屋原值、转让住房过程中缴纳的税金及有关合理费用。

(一)房屋原值具体为:

1.商品房:购置该房屋时实际支付的房款及交纳的相关税费。

2.自建住房:实际发生的建造费用及建造和取得产权时实际交纳的相关税费。

3.经济适用房(含集资合作建房、安居工程住房):原购房人实际支付的房价款及相关税费,以及按规定交纳的土地出让金。

4.已购公有住房:原购公有住房标准面积按当地经济适用房价格计算的房款,加上原购公有住房超标准面积实际支付的房价款以及按规定向财政部门(或原产权单位)交纳的所得收益及相关税费。

已购公有住房是指城镇职工根据国家和县级(含县级)以上人民政府有关城镇住房制度改革政策规定,按照成本价(或标准价)购买的公有住房。

经济适用房价格按县级(含县级)以上地方人民政府规定的标准确定。

5.城镇拆迁安置住房:根据《城市房屋拆迁管理条例》(国务院令第305号)和《建设部关于印发〈城市房屋拆迁估价指导意见〉的通知》(建住房〔2003〕234号)等有关规定,其原值分别为:

(1)房屋拆迁取得货币补偿后购置房屋的,为购置该房屋实际支付的房价款及交纳的相关税费;

(2)房屋拆迁采取产权调换方式的,所调换房屋原值为《房屋拆迁补偿安置协议》注明的价款及交纳的相关税费;

(3)房屋拆迁采取产权调换方式,被拆迁人除取得所调换房屋,又取得部分货币补偿的,所调换房屋原值为《房屋拆迁补偿安置协议》注明的价款和交纳的相关税费,减去货币补偿后的余额;

(4)房屋拆迁采取产权调换方式,被拆迁人取得所调换房屋,又支付部分货币的,所调换房屋原值为《房屋拆迁补偿安置协议》注明的价款,加上所支付的货币及交纳的相关税费。

(二)转让住房过程中缴纳的税金是指:纳税人在转让住房时实际缴纳的营业税、城市维护建设税、教育费附加、土地增值税、印花税等税金。

(三)合理费用是指:纳税人按照规定实际支付的住房装修费用、住房贷款利息、手续费、公证费等费用。

1.支付的住房装修费用。纳税人能提供实际支付装修费用的税务统一发票,并且发票上所列付款人姓名与转让房屋产权人一致的,经税务机关审核,其转让的住房在转让前实际发生的装修费用,可在以下规定比例内扣除:

(1)已购公有住房、经济适用房:最高扣除限额为房屋原值的15%;

(2)商品房及其他住房:最高扣除限额为房屋原值的10%。

纳税人原购房为装修房,即合同注明房价款中含有装修费(铺装了地板,装配了洁具、厨具等)的,不得再重复扣除装修费用。

2.支付的住房贷款利息。纳税人出售以按揭贷款方式购置的住房的,其向贷款银行实际支付的住房贷款利息,凭贷款银行出具的有效证明据实扣除。

3.纳税人按照有关规定实际支付的手续费、公证费等,凭有关部门出具的有效证明据实扣除。

本条规定自 2006 年 8 月 1 日起执行。

三、纳税人未提供完整、准确的房屋原值凭证,不能正确计算房屋原值和应纳税额的,税务机关可根据《中华人民共和国税收征收管理法》第三十五条的规定,对其实行核定征税,即按纳税人住房转让收入的一定比例核定应纳个人所得税额。具体比例由省级地方税务局或者省级地方税务局授权的地市级地方税务局根据纳税人出售住房的所处区域、地理位置、建造时间、房屋类型、住房平均价格水平等因素,在住房转让收入 1%—3% 的幅度内确定。

四、各级税务机关要严格执行《国家税务总局关于进一步加强房地产税收管理的通知》(国税发〔2005〕82 号)和《国家税务总局关于实施房地产税收一体化管理若干具体问题的通知》(国税发〔2005〕156 号)的规定。为方便出售住房的个人依法履行纳税义务,加强税收征管,主管税务机关要在房地产交易场所设置税收征收窗口,个人转让住房应缴纳的个人所得税,应与转让环节应缴纳的营业税、契税、土地增值税等税收一并办理;地方税务机关暂没有条件在房地产交易场所设置税收征收窗口的,应委托契税征收部门一并征收个人所得税等税收。

五、各级税务机关要认真落实有关住房转让个人所得税优惠政策。按照《财政部、国家税务总局、建设部关于个人出售住房所得征收个人所得税有关问题的通知》(财税字〔1999〕278 号)的规定,对出售自有住房并拟在现住房出售 1 年内按市场价重新购房的纳税人,其出售现住房所缴纳的个人所得税,先以纳税保证金形式缴纳,再视其重新购房的金额与原住房销售额的关系,全部或部分退还纳税保证金;对个人转让自用 5 年以上,并且是家庭唯一生活用房取得的所得,免征个人所得税。要不折不扣地执行上述优惠政策,确保维护纳税人的合法权益。

六、各级税务机关要做好住房转让的个人所得税纳税保证金收取、退还和有关管理工作。要按照《财政部、国家税务总局、建设部关于个人出售住房所得征收个人所得税有关问题的通知》

(财税字〔1999〕278 号)和《国家税务总局、财政部、中国人民银行关于印发〈税务代保管资金账户管理办法〉的通知》(国税发〔2005〕181 号)要求,按规定建立个人所得税纳税保证金专户,为缴纳纳税保证金的纳税人建立档案,加强对纳税保证金信息的采集、比对、审核;向纳税人宣传解释纳税保证金的征收、退还政策及程序;认真做好纳税保证金退还事宜,符合条件的确保及时办理。

七、各级税务机关要认真宣传和落实有关税收政策,维护纳税人的各项合法权益。一是要持续、广泛地宣传个人所得税法及有关税收政策,加强对纳税人和征收人员如何缴纳住房交易所得个人所得税的纳税辅导;二是要加强与房地产管理部门、中介机构的协调、沟通,充分发挥中介机构协税护税作用,促使其协助纳税人准确计算税款;三是严格执行住房交易所得的减免税条件和审批程序,明确纳税人应报送的有关资料,做好涉税资料审查鉴定工作;四是对于符合减免税政策的个人住房交易所得,要及时办理减免税审批手续。

国家税务总局关于加强房地产交易个人无偿赠与不动产税收管理有关问题的通知

1. 2006 年 9 月 14 日发布
2. 国税发〔2006〕144 号

各省、自治区、直辖市和计划单列市地方税务局,西藏自治区国家税务局:

为加强房地产交易中个人无偿赠与不动产行为的税收管理,现将有关问题通知如下:

一、关于加强个人无偿赠与不动产税收管理问题

(一)关于加强个人无偿赠与不动产营业税税收管理问题

1. 个人向他人无偿赠与不动产,包括继承、遗产处分及其他无偿赠与不动产等三种情况,在办理营业税免税申请手续时,纳税人应区分不同情况向税务机关提交相关证明材料:

(1)属于继承不动产的,继承人应当提交

公证机关出具的"继承权公证书"、房产所有权证和《个人无偿赠与不动产登记表》（见附件）；

（2）属于遗嘱人处分不动产的，遗嘱继承人或者受遗赠人须提交公证机关出具的"遗嘱公证书"和"遗嘱继承权公证书"或"接受遗赠公证书"、房产所有权证以及《个人无偿赠与不动产登记表》；

（3）属于其它情况无偿赠与不动产的，受赠人应当提交房产所有人"赠与公证书"和受赠人"接受赠与公证书"，或持双方共同办理的"赠与合同公证书"，以及房产所有权证和《个人无偿赠与不动产登记表》。

上述证明材料必须提交原件。

税务机关应当认真审核上述材料，资料齐全并且填写正规规范的，在提交的《个人无偿赠与不动产登记表》上签字盖章后退提交人，将有关公证证书复印件留存，同时办理营业税免税手续。

2. 对个人无偿赠与不动产的，税务机关不得向其发售发票或者代为开具发票。

（二）关于个人无偿赠与不动产契税、印花税税收管理问题

对于个人无偿赠与不动产行为，应对受赠人全额征收契税，在缴纳契税和印花税时，纳税人须提交经税务机关审核并签字盖章的《个人无偿赠与不动产登记表》，税务机关（或其他征收机关）应在纳税人的契税和印花税完税凭证上加盖"个人无偿赠与"印章，在《个人无偿赠与不动产登记表》中签字并将该表格留存。税务机关应积极与房管部门沟通协调，争取房管部门对持有加盖"个人无偿赠与"印章契税完税凭证的个人，办理赠与产权转移登记手续，对未持有加盖"个人无偿赠与"印章契税完税凭证的个人，不予办理赠与产权转移登记手续。

二、关于加强个人将受赠不动产对外销售税收管理问题

（一）关于加强个人将受赠不动产对外销售营业税税收管理问题

个人将通过无偿受赠方式取得的住房对外销售征收营业税时，对通过继承、遗嘱、离婚、赡养关系、直系亲属赠与方式取得的住房，该住房的购房时间按照《国家税务总局关于房地产税收政策执行中几个具体问题的通知》（国税发〔2005〕172号）中第四条有关购房时间的规定执行；对通过其他无偿受赠方式取得的住房，该住房的购房时间按照发生受赠行为后新的房屋产权证或契税完税证明上注明的时间确定，不再执行国税发〔2005〕172号中第四条有关购房时间的规定。

（二）关于加强个人将受赠不动产对外销售个人所得税税收管理问题

受赠人取得赠与人无偿赠与的不动产后，再次转让该项不动产的，在缴纳个人所得税时，以财产转让收入减除受赠、转让住房过程中缴纳的税金及有关合理费用后的余额为应纳税所得额，按20%的适用税率计算缴纳个人所得税。

在计征个人受赠不动产个人所得税时，不得核定征收，必须严格按照税法规定据实征收。

三、关于加强对个人无偿赠与不动产后续管理的问题

（一）税务机关应对无偿赠与不动产的纳税人分户归档管理，定期将留存的公证证书复印件有关信息与公证机关核对，保证公证证书的真实、合法性。

（二）税务机关应加强与房管部门的合作，定期将《个人无偿赠与不动产登记表》中的有关信息与房管部门的赠与房产所有权转移登记信息进行核对，强化对个人无偿赠与不动产的后续管理。

（三）税务机关应加强对个人无偿赠与不动产的营业税纳税评估，将本期无偿赠与不动产的有关数据与历史数据（如上年同期）进行比较，出现异常情况的，要做进一步检查和核对，对确有问题的赠与行为，应按有关规定进行处理。

（四）对个人赠与不动产过程中，向受赠人收取了货物、货币或其他经济利益，但提供虚假资料，申请办理无偿赠与的相关手续，没有按规定缴纳营业税的纳税人，由税务机关按照《中华人民共和国税收征收管理法》的有关规定追缴税款、滞纳金并进行相关处罚。

（五）税务机关应向房屋中介机构做好税法宣传工作，使其协助做好无偿赠与不动产的

税收管理工作。

国家税务总局关于个人取得解除商品房买卖合同违约金征收个人所得税问题的批复

1. 2006 年 9 月 19 日发布
2. 国税函〔2006〕865 号

安徽省地方税务局：

你局《关于个人取得解除商品房买卖合同违约金是否缴纳个人所得税的请示》(皖地税〔2006〕94 号)收悉。经商财政部同意，批复如下：

商品房买卖过程中，有的房地产公司因未协调好与按揭银行的合作关系，造成购房人不能按合同约定办妥按揭贷款手续，从而无法缴纳后续房屋价款，致使房屋买卖合同难以继续履行，房地产公司因双方协商解除商品房买卖合同而向购房人支付违约金。

根据个人所得税法的有关规定，购房个人因上述原因从房地产公司取得的违约金收入，应按照"其他所得"应税项目缴纳个人所得税，税款由支付违约金的房地产公司代扣代缴。

九、城市住房改革

1. 公有住房改革

国务院关于加强国有住房
出售收入管理的意见

1996 年 8 月 8 日发布

为适应住房建设和住房制度改革的需要，加强国有住房出售收入的管理，现提出如下意见：

一、为了调动国有企业和行政事业单位的积极性，对其出售国有住房取得的收入，不再按比例上交财政，也不上交其他部门，全部留归售房单位使用。国有住房出售收入是国有资产，各单位都要严格管理。

二、留归单位使用的国有住房出售收入，必须按国家有关规定，纳入单位住房基金，用于本单位职工住房建设和住房制度改革。地方所属的直管住房出售收入可由当地人民政府统筹安排用于住房建设、住房维修等支出。

三、出售国有住房取得的收入必须全额存入售房单位在银行开设的"售房收入专户"，其利息收入也要纳入专户，不得挪作他用。具体的管理办法由当地人民政府制订。

四、各级住房制度改革领导小组或房委会要加强对国有住房出售收入的管理。售房单位使用售房收入，要根据本单位住房建设、住房维修和住房制度改革的实际需要，编制国有住房出售收入使用计划，报住房制度改革领导小组或房委会审批。经办银行根据批准的使用计划，以及当地人民政府主管部门批准的住房建设计划办理拨付手续。未经批准，售房单位不得动用。

五、国有住房出售收入必须按规定的用途专款专用，任何单位或个人都不得截留或挪用。凡截留或挪用国有住房出售收入的单位或个人，必须限期归还，并追究有关人员的责任，构成犯罪的，要依法惩处。

六、各级财政部门要会同有关部门，加强对国有住房出售收入使用的监督检查，防止国有资产流失。

国务院关于进一步
深化城镇住房制度改革
加快住房建设的通知

1998 年 7 月 3 日发布

为贯彻党的十五大精神，进一步深化城镇住房制度改革，加快住房建设，现就有关问题通知如下：

一、指导思想、目标和基本原则

（一）深化城镇住房制度改革的指导思想是：稳步推进住房商品化、社会化，逐步建立适应社会主义市场经济体制和我国国情的城镇住房新制度；加快住房建设，促使住宅业成为新的经济增长点，不断满足城镇居民日益增长的住房需求。

（二）深化城镇住房制度改革的目标是：停止住房实物分配，逐步实行住房分配货币化；建立和完善以经济适用住房为主的多层次城镇住房供应体系；发展住房金融，培育和规范住房交易市场。

（三）深化城镇住房制度改革工作的基本原则是：坚持在国家统一政策目标指导下，地方分别决策，因地制宜，量力而行；坚持国家、单位和个人合理负担；坚持"新房新制度、老房老办法"，平稳过渡，综合配套。

二、停止住房实物分配，逐步实行住房分配货币化

（四）1998 年下半年开始停止住房实物分配，逐步实行住房分配货币化，具体时间、步骤由各省、自治区、直辖市人民政府根据本地实际确定。停止住房实物分配后,新建经济适用住房原则上只售不租。职工购房资金来源主要有:职工工资,住房公积金,个人住房贷款,以及有的地方由财政、单位原有住房建设资金转化的住房补贴等。

(五)全面推行和不断完善住房公积金制度。到1999年底,职工个人和单位住房公积金的缴交率应不低于5%,有条件的地区可适当提高。要建立健全职工个人住房公积金账户,进一步提高住房公积金的归集率,继续按照"房委会决策,中心运作,银行专户,财政监督"的原则,加强住房公积金管理工作。

(六)停止住房实物分配后,房价收入比(即本地区一套建筑面积为60平方米的经济适用住房的平均价格与双职工家庭年平均工资之比)在4倍以上,且财政、单位原有住房建设资金可转化为住房补贴的地区,可以对无房和住房面积未达到规定标准的职工实行住房补贴。住房补贴的具体办法,由市(县)人民政府根据本地实际情况制订,报省、自治区、直辖市人民政府批准后执行。

三、建立和完善以经济适用住房为主的住房供应体系

(七)对不同收入家庭实行不同的住房供应政策。最低收入家庭租赁由政府或单位提供的廉租住房;中低收入家庭购买经济适用住房;其他收入高的家庭购买、租赁市场价商品住房。住房供应政策具体办法,由市(县)人民政府制定。

(八)调整住房投资结构,重点发展经济适用住房(安居工程),加快解决城镇住房困难居民的住房问题。新建的经济适用住房出售价格实行政府指导价,按保本微利原则确定。其中经济适用住房的成本包括征地和拆迁补偿费、勘察设计和前期工程费、建安工程费、住宅小区基础设施建设费(含小区非营业性配套公建费)、管理费、贷款利息和税金等7项因素,利润控制在3%以下。要采取有效措施,取消各种不合理收费,特别是降低征地和拆迁补偿费,切实降低经济适用住房建设成本,使经济适用住房价格与中低收入家庭的承受能力相适应,促进居民购买住房。

(九)廉租住房可以从腾退的旧公有住房中调剂解决,也可以由政府或单位出资兴建。廉租住房的租金实行政府定价。具体标准由市(县)人民政府制定。

(十)购买经济适用住房和承租廉租住房实行申请、审批制度。具体办法由市(县)人民政府制定。

四、继续推进现有公有住房改革,培育和规范住房交易市场

(十一)按照《国务院关于深化城镇住房制度改革的决定》(以下简称《决定》)规定,继续推进租金改革。租金改革要考虑职工的承受能力,与提高职工工资相结合。租金提高后,对家庭确有困难的离退休职工、民政部门确定的社会救济对象和非在职的优抚对象等,各地可根据实际情况制定减、免政策。

(十二)按照《决定》规定,进一步搞好现有公有住房出售工作,规范出售价格。从1998年下半年起,出售现有公有住房,原则上实行成本价,并与经济适用住房房价相衔接。要保留足够的公有住房供最低收入家庭廉价租赁。

校园内不能分割及封闭管理的住房不能出售,教师公寓等周转用房不得出售。具体办法按教育部、建设部有关规定执行。

(十三)要在对城镇职工家庭住房状况进行认真普查,清查和纠正住房制度改革过程中的违纪违规行为,建立个人住房档案,制定办法,先行试点的基础上,并经省、自治区、直辖市人民政府批准,稳步开放已购公有住房和经济适用住房的交易市场。已购公有住房和经济适用住房上市交易实行准入制度,具体办法由建设部会同有关部门制定。

五、采取扶持政策,加快经济适用住房建设

(十四)经济适用住房建设应符合土地利用总体规划和城市总体规划,坚持合理利用土地、节约用地的原则。经济适用住房建设用地应在建设用地年度计划中统筹安排,并采取行政划拨方式供应。

(十五)各地可以从本地实际出发,制定对经济适用住房建设的扶持政策。要控制经济适用住房设计和建设标准,大力降低征地拆迁费用，理顺城市建设配套资金来源，控制开发建设利润。停止征收商业网点建设费，不再无偿划拨经营性公建设施。

（十六）经济适用住房的开发建设应实行招标投标制度，用竞争方式确定开发建设单位。要严格限制工程环节的不合理转包，加强对开发建设企业的成本管理和监控。

（十七）在符合城市总体规划和坚持节约用地的前提下，可以继续发展集资建房和合作建房，多渠道加快经济适用住房建设。

（十八）完善住宅小区的竣工验收制度，推行住房质量保证书制度、住房和设备及部件的质量赔偿制度和质量保险制度，提高住房工程质量。

（十九）经济适用住房建设要注重节约能源，节约原材料。应加快住宅产业现代化的步伐，大力推广性能好、价格合理的新材料和住宅部件，逐步建立标准化、集约化、系列化的住宅部件、配件生产供应方式。

六、发展住房金融

（二十）扩大个人住房贷款的发放范围，所有商业银行在所有城镇均可发放个人住房贷款。取消对个人住房贷款的规模限制，适当放宽个人住房贷款的贷款期限。

（二十一）对经济适用住房开发建设贷款，实行指导性计划管理。商业银行在资产负债比例管理要求内，优先发放经济适用住房开发建设贷款。

（二十二）完善住房产权抵押登记制度，发展住房贷款保险，防范贷款风险，保证贷款安全。

（二十三）调整住房公积金贷款方向，主要用于职工个人购买、建造、大修理自住住房贷款。

（二十四）发展住房公积金贷款与商业银行贷款相结合的组合住房贷款业务。住房资金管理机构和商业银行要简化手续，提高服务效率。

七、加强住房物业管理

（二十五）加快改革现行的住房维修、管理体制，建立业主自治与物业管理企业专业管理相结合的社会化、专业化、市场化的物业管理体制。

（二十六）加强住房售后的维修管理，建立住房共用部位、设备和小区公共设施专项维修资金，并健全业主对专项维修资金管理和使用的监督制度。

（二十七）物业管理企业要加强内部管理，努力提高服务质量，向用户提供质价相符的服务，不得只收费不服务或多收费少服务，切实减轻住户负担。物业管理要引入竞争机制，促进管理水平的提高。有关主管部门要加强对物业管理企业的监管。

八、加强领导，统筹安排，保证改革的顺利实施

（二十八）各级地方人民政府要切实加强对城镇住房制度，改革工作的领导。各地可根据本通知精神，结合本地区实际制定具体的实施方案，报经省、自治区、直辖市人民政府批准后实施。建设部要会同有关部门根据本通知要求抓紧制定配套政策，并加强对地方工作的指导和监督。

（二十九）加强舆论引导，做好宣传工作，转变城镇居民住房观念，保证城镇住房制度改革的顺利实施。

（三十）严肃纪律，加强监督检查。对违反《决定》和本通知精神，继续实行无偿实物分配住房，低价出售公有住房，变相增加住房补贴，用成本价或低于成本价超标出售、购买公有住房，公房私租牟取暴利等行为，各级监察部门要认真查处，从严处理。国务院责成建设部会同监察部等有关部门监督检查本通知的贯彻执行情况。

本通知自发布之日起实行。原有的有关政策和规定，凡与本通知不一致的，一律以本通知为准。

国家安居工程实施方案

1995 年 1 月 20 日国务院住房制度改革领导小组发布

一、实施国家安居工程的目的和基本原则

（一）实施国家安居工程的目的是结合城镇住房制度改革，调动各方面的积极性，加快城镇住房商品化和社会化进程，促进城镇住房

建设。

(二)实施国家安居工程要为推进城镇住房制度改革提供政策示范;要实行政府扶持、单位支持、个人负担的原则;要以大中城市为重点,有计划、有步骤地推进。

二、国家安居工程的建设规模、资金来源和资金运用

(一)国家安居工程从 1995 年开始实施,在原有住房建设规模基础上,新增安居工程建筑面积 1.5 亿平方米,用 5 年左右时间完成。

1995 年国家安居工程建设规模暂定 1250 万平方米,约需建设资金 125 亿元,其中国家在固定资产贷款计划中安排贷款规模 50 亿元,由国家专业银行提供贷款,其余资金由地方自筹解决。

1995 年以后,建设规模和贷款规模一年一定。

(二)国家计委根据国务院住房制度改革领导小组确定的实施国家安居工程城市的名单及相应的建设规模,按现行固定资产投资管理办法,将建设规模指标、贷款规模指标和自筹投资计划等综合计划指标下达给实施国家安居工程的各城市。国家安排的安居工程贷款计划,由国家计委、中国人民银行在当年固定资产贷款规模内安排,并按现行办法及时分解下达给各有关专业银行。

(三)实施国家安居工程的城市按国家贷款资金和城市配套资金4:6的比例提供配套资金。城市配套资金可从城市住房基金、单位住房基金、住房公积金、售房预收款和其他房改资金中筹集。配套资金没有按期足额到位的,银行不予贷款。

(四)国家安排的安居工程贷款,由城市人民政府指定的安居工程承建单位,向人民银行指定的承办房改金融业务的有关专业银行申请。承办银行按照国家安居工程投资计划和有关贷款办法审定,并切实加强对配套资金和贷款的管理。国家安排的安居工程贷款与自筹资金,应按规定比例配套使用。国家安排的安居工程贷款必须用于国家安居工程住房建设,严禁挪作他用,如被挪用,立即取消该城市使用国家安居工程贷款资金的资格,并责令其

限期偿还挪用贷款本息。

为确保国家安居工程贷款的周转使用,国家安居工程贷款一律实行抵押贷款,期限最长为 3 年,贷款利率按中国人民银行规定的同期法定利率(不得上浮)执行。

三、国家安居工程的规划和建设

(一)实施国家安居工程的城市,要按照城市建设总体规划,认真编制安居工程详细规划,坚持综合开发、配套建设,精心设计、精心施工,做到经济、适用、美观。

(二)实施国家安居工程的城市,要制订安居工程年度建设计划,并指定安居工程承建单位,有步骤地组织实施。

(三)要努力降低国家安居工程住房的建设成本。凡用于国家安居工程的建设用地,一律由城市人民政府按行政划拨方式供应。地方人民政府相应减免有关费用。市政基础设施建设配套费用,原则上由城市人民政府承担;小区级非营业性配套公建费,一半由城市人民政府承担,一半计入房价。

(四)国家安居工程的规划、设计、施工均应通过招标投标方式确定,严禁转包。国家安居工程的开发建设不得赢利。

四、国家安居工程住房的出售和管理

(一)国家安居工程住房直接以成本价向中低收入家庭出售,并优先出售给无房户、危房户和住房困难户,在同等条件下优先出售给离退休职工、教师中的住房困难户,不售给高收入家庭。

(二)国家安居工程住房的成本价格由征地和拆迁补偿费、勘察设计和前期工程费、建设安工程费、住宅小区基础设施建设费(小区级非营业性配套公建费,一半由城市人民政府承担,一半计入房价)、1%—3%的管理费、贷款利息和税金等 7 项因素构成。

(三)实施国家安居工程城市的各有关银行,要建立个人购房抵押贷款制度。个人首次付款的比例要达到房价的 40% 以上,还款期限不超过 10 年。

(四)要搞好国家安居工程住房的售后服务,带动、促进现行房屋管理体制的改革。国家安居工程住房各项售后服务,应由物业管理

公司承担。

五、实施国家安居工程城市的条件和申报、审核程序

（一）实施国家安居工程城市要具备的条件：

1. 严格执行《国务院关于深化城镇住房制度改革的决定》（国发〔1994〕43号）。普遍推行住房公积金制度，建立住房公积金制度的职工一般要达到60%以上；积极推进租金改革，制定并公布到2000年的租金改革规划；按国家统一规定的房改政策确定售房价格。

2. 当年申请的国家安居工程建设规模所需土地必须全部落实，完成征地拆迁工作；政府应确定专门机构负责实施并制定了较完备的配套政策；要有明确的开、竣工计划。

3. 城市有关专业银行用于发放国家安居工程住房贷款的资金已经落实；城市配套资金筹集到位50%以上，其余部分也能随工程进度足额到位。

（二）申报和审核程序：

1. 各省、自治区、直辖市房改办、建委（建设厅）、计委、人民银行分行、财政厅（局）根据申报城市条件进行全面考核后，拟定参加国家安居工程实施的城市名单，经省、自治区、直辖市住房制度改革领导小组同意后，报国务院住房制度改革领导小组，同时抄报建设部、国家计委、中国人民银行、财政部。

2. 受国务院住房制度改革领导小组委托，国务院住房制度改革领导小组办公室会同建设部、国家计委、中国人民银行、财政部指定的专门人员，对地方上报的文件进行研究汇总，提出实施国家安居工程的城市名单和每个城市安居工程的建设规模指标、贷款规模指标和自筹投资计划等综合计划指标的初步意见，报国务院住房制度改革领导小组审议通过后，由国家计委、中国人民银行列入年度计划下达。

六、国家安居工程的组织领导及部门分工

（一）国务院住房制度改革领导小组负责国家安居工程的组织协调和指导工作。

（二）各有关部门要各司其职，各负其责。具体分工如下：

1. 国家计委制订国家安居工程年度投资计划，并组织下达计划。

2. 建设部负责国家安居工程的具体实施工作。

3. 中国人民银行制订国家安居工程年度信贷计划，对国家有关专业银行下达信贷规模并进行监督检查。

4. 财政部和国家有关专业银行审查、监督城市配套资金的落实情况。

国务院关于促进房地产市场持续健康发展的通知

2003年8月12日发布

各省、自治区、直辖市人民政府，国务院各部委、各直属机构：

《国务院关于进一步深化城镇住房制度改革加快住房建设的通知》（国发〔1998〕23号）发布五年来，城镇住房制度改革深入推进，住房建设步伐加快，住房消费有效启动，居民住房条件有了较大改善。以住宅为主的房地产市场不断发展，对拉动经济增长和提高人民生活水平发挥了重要作用。同时应当看到，当前我国房地产市场发展还不平衡，一些地区住房供求的结构性矛盾较为突出，房地产价格和投资增长过快；房地产市场服务体系尚不健全，住房消费还需拓展；房地产开发和交易行为不够规范，对房地产市场的监管和调控有待完善。为促进房地产市场持续健康发展，现就有关问题通知如下：

一、提高认识，明确指导思想

（一）充分认识房地产市场持续健康发展的重要意义。房地产业关联度高，带动力强，已经成为国民经济的支柱产业。促进房地产市场持续健康发展，是提高居民住房水平，改善居住质量，满足人民群众物质文化生活需要的基本要求；是促进消费，扩大内需，拉动投资增长，保持国民经济持续快速健康发展的有力措施；是充分发挥人力资源优势，扩大社会就业的有效途径。实现房地产市场持续健康发展，对于全面建设小康社会，加快推进社会主义现代化具有十分重要的意义。

（二）进一步明确房地产市场发展的指导思想。要坚持住房市场化的基本方向，不断完善房地产市场体系，更大程度地发挥市场在资源配置中的基础性作用；坚持以需求为导向，调整供应结构，满足不同收入家庭的住房需要；坚持深化改革，不断消除影响居民住房消费的体制性和政策性障碍，加快建立和完善适合我国国情的住房保障制度；坚持加强宏观调控，努力实现房地产市场总量基本平衡，结构基本合理，价格基本稳定；坚持在国家统一政策指导下，各地区因地制宜，分别决策，使房地产业的发展与当地经济和社会发展相适应，与相关产业相协调，促进经济社会可持续发展。

二、完善供应政策，调整供应结构

（三）完善住房供应政策。各地要根据城镇住房制度改革进程、居民住房状况和收入水平的变化，完善住房供应政策，调整住房供应结构，逐步实现多数家庭购买或承租普通商品住房；同时，根据当地情况，合理确定经济适用住房和廉租住房供应对象的具体收入线标准和范围，并做好其住房供应保障工作。

（四）加强经济适用住房的建设和管理。经济适用住房是具有保障性质的政策性商品住房。要通过土地划拨、减免行政事业性收费、政府承担小区外基础设施建设、控制开发贷款利率、落实税收优惠政策等措施，切实降低经济适用住房建设成本。对经济适用住房，要严格控制在中小套型，严格审定销售价格，依法实行建设项目招投标。经济适用住房实行申请、审批和公示制度，具体办法由市（县）人民政府制定。集资、合作建房是经济适用住房建设的组成部分，其建设标准、参加对象和优惠政策，按照经济适用住房的有关规定执行。任何单位不得以集资、合作建房名义，变相搞实物分房或房地产开发经营。

（五）增加普通商品住房供应。要根据市场需求，采取有效措施加快普通商品住房发展，提高其在市场供应中的比例。对普通商品住房建设，要调控土地供应，控制土地价格，清理并逐步减少建设和消费的行政事业性收费项目，多渠道降低建设成本，努力使住房价格与大多数居民家庭的住房支付能力相适应。

（六）建立和完善廉租住房制度。要强化政府住房保障职能，切实保障城镇最低收入家庭基本住房需求。以财政预算资金为主，多渠道筹措资金，形成稳定规范的住房保障资金来源。要结合当地财政承受能力和居民住房的实际情况，合理确定保障水平。最低收入家庭住房保障原则上以发放租赁补贴为主，实物配租和租金核减为辅。

（七）控制高档商品房建设。各地要根据实际情况，合理确定高档商品住房和普通商品住房的划分标准。对高档、大户型商品住房以及高档写字楼、商业性用房积压较多的地区，要控制此类项目的建设用地供应量，或暂停审批此类项目。也可以适当提高高档商品房等开发项目资本金比例和预售条件。

三、改革住房制度，健全市场体系

（八）继续推进现有公房出售。对能够保证居住安全的非成套住房，可根据当地实际情况向职工出售。对权属有争议的公有住房，由目前房屋管理单位出具书面具结保证后，向职工出售。对因手续不全等历史遗留问题影响公有住房出售和权属登记发证的，由各地制定政策，明确界限，妥善处理。

（九）完善住房补贴制度。要严格执行停止住房实物分配的有关规定，认真核定住房补贴标准，并根据补贴资金需求和财力可能，加大住房补贴资金筹集力度，切实推动住房补贴发放工作。对直管公房和财政负担单位公房出售的净收入，要按照收支两条线管理的有关规定，统筹用于发放住房补贴。

（十）搞活住房二级市场。要认真清理影响已购公有住房上市交易的政策性障碍，鼓励居民换购住房。除法律、法规另有规定和原公房出售合同另有约定外，任何单位不得擅自对已购公有住房上市交易设置限制条件。各地可以适当降低已购公有住房上市出售土地收益缴纳标准；以房改成本价购买的公有住房上市出售时，原产权单位原则上不再参与所得收益分配。要依法加强房屋租赁合同登记备案管理，规范发展房屋租赁市场。

（十一）规范发展市场服务。要健全房地产中介服务市场规则，严格执行房地产经纪人、房地产估价师执(职)业资格制度,为居民提供准确的信息和便捷的服务。规范发展住房装饰装修市场,保证工程质量。贯彻落实《物业管理条例》,切实改善住房消费环境。

四、发展住房信贷,强化管理服务

(十二)加大住房公积金归集和贷款发放力度。要加强住房公积金归集工作,大力发展住房公积金委托贷款,简化手续,取消不合理收费,改进服务,方便职工贷款。

(十三)完善个人住房贷款担保机制。要加强对住房置业担保机构的监管,规范担保行为,建立健全风险准备金制度,鼓励其为中低收入家庭住房贷款提供担保。对无担保能力和担保行为不规范的担保机构,要加快清理,限期整改。加快完善住房置业担保管理办法,研究建立全国个人住房贷款担保体系。

(十四)加强房地产贷款监管。对符合条件的房地产开发企业和房地产项目,要继续加大信贷支持力度。同时要加强房地产开发项目贷款审核管理,严禁违规发放房地产贷款;加强对预售款和信贷资金使用方向的监督管理,防止挪作他用。要加快建立个人征信系统,完善房地产抵押登记制度,严厉打击各种骗贷骗资行为。要妥善处理过去违规发放或取得贷款的项目,控制和化解房地产信贷风险,维护金融稳定。

五、改进规划管理,调控土地供应

(十五)制定住房建设规划和住宅产业政策。各地要编制并及时修订完善房地产业和住房建设发展中长期规划,加强对房地产业发展的指导。要充分考虑城镇化进程所产生的住房需求,高度重视小城镇住房建设问题。制定和完善住宅产业的经济、技术政策,健全推进机制,鼓励企业研发和推广先进适用的建筑成套技术、产品和材料,促进住宅产业现代化。完善住宅性能认定和住宅部品认证、淘汰的制度。坚持高起点规划、高水平设计,注重住宅小区的生态环境建设和住宅内部功能设计。

(十六)充分发挥城乡规划的调控作用。在城市总体规划和近期建设规划中,要合理确定各类房地产用地的布局和比例,优先落实经济适用住房、普通商品住房、危旧房改造和城市基础设施建设中的拆迁安置用房建设项目,并合理配置市政配套设施。各类开发区以及撤市(县)改区后的土地,都要纳入城市规划统一管理。严禁下放规划审批权限,对房地产开发中各种违反城市规划法律法规的行为,要依法追究有关责任人的责任。

(十七)加强对土地市场的宏观调控。各地要健全房地产开发用地计划供应制度,房地产开发用地必须符合土地利用总体规划和年度计划,严格控制占用耕地,不得下放土地规划和审批权限。利用原划拨土地进行房地产开发的,必须纳入政府统一供地渠道,严禁私下交易。土地供应过量、闲置建设用地过多的地区,必须限制新的土地供应。普通商品住房和经济适用住房供不应求、房价涨幅过大的城市,可以按规定适当调剂增加土地供应量。

六、加强市场监管,整顿市场秩序

(十八)完善市场监管制度。加强对房地产企业的资质管理和房地产开发项目审批管理,严格执行房地产开发项目资本金制度、项目手册制度,积极推行业主工程款支付担保制度。支持具有资信和品牌优势的房地产企业通过兼并、收购和重组,形成一批实力雄厚、竞争力强的大型企业和企业集团。严格规范房地产项目转让行为。已批准的房地产项目,确需变更用地性质和规划指标的,必须按规定程序重新报批。

(十九)建立健全房地产市场信息系统和预警预报体系。要加强房地产市场统计工作,完善全国房地产市场信息系统,建立健全房地产市场预警预报体系。各地房地产市场信息系统和预警预报体系建设中需要政府承担的费用,由各地财政结合当地信息化系统和电子政务建设一并落实。

(二十)整顿和规范房地产市场秩序。要加大房地产市场秩序专项整治力度,重点查处房地产开发、交易、中介服务和物业管理中的各种违法违规行为。坚决制止一些单位和部门强制消费者接受中介服务以及指定中介服务机构的行为。加快完善房地产信用体系,强化社会监督。采取积极措施,加快消化积压商品房。对空置量大的房地产开发企业,要限制其参加土地拍卖和新项目申报。进一步整顿土地市场秩序,严禁以科技、教育等产业名义取得享受优惠政策的土地后用于房地产开发,严禁任何单位和个人与乡村签订协议圈占土地,使用农村集体土地进行房地产开发。切实加强源头管理,有效遏制并预防住房制度改革和房地产交易中的各种腐败行为。

地方各级人民政府要认真贯彻国家宏观调控政策,从实际出发,完善房地产市场调控办法,建立有效的协调机制,并对本地房地产市场的健康发展负责。省级人民政府要加强对市、县房地产发展工作的指导和监督管理。国务院有关部门要各司其职,分工协作,加强对各地特别是问题突出地区的指导和督察。国家发展改革、财政、国土、银行、税务等部门要调整和完善相关的政策措施。建设部要会同有关部门抓紧制定经济适用住房管理、住房补贴制度监督、健全房地产市场信息系统和预警预报体系、建立全国个人住房贷款担保体系等方面的实施办法,指导各地具体实施并负责对本通知贯彻落实情况的监督检查。

实施国家安居工程的意见

1995 年 3 月 8 日建设部发布

根据《国务院办公厅关于转发国务院住房制度改革领导小组国家安居工程实施方案通知》(国办发〔1995〕6 号)的精神,为了切实做好国家安居工程的各项具体实施工作,提出如下意见:

一、加强对国家安居工程实施的组织和领导。国家安居工程是党和政府为推动房改,加快城市住宅建设及解危、解困和建立住房新制度的又一重大举措。为了保证实施工作的顺利进行,各级建设部门和实施国家安居工程的城市人民政府要把国家安居工程的实施当作一件重要的事情来抓,切实加强组织和领导。

省级建设主管部门要具体负责本地区国家安居工程的实施工作。要按照《国家安居工程实施方案》的要求,对申报参加国家安居工程的城市,会同有关部门抓紧进行考核。对批准参加国家安居工程城市的实施工作要予以全面指导。对实施过程中的建设计划、选址定点、拆迁安置、规划设计、招标投标、工程质量、验收、销售、售后管理及资金落实等重要环节要加强具体指导、检查和协调。对在《国家安居工程实施方案》发布前已经完成规划设计的安居工程建设项目,应尽快组织专家进行复审工作。如发现规划设计不合理、配套不全等问题,应尽督促修改。在实施过程中要注意调查研究,总结经验,帮助城市协调政策,解决实施中有关问题。

承担国家安居工程实施任务的城市规划、建设、房地产管理部门要在城市人民政府的领导下,发挥职能部门的作用,提高办事效率,积极主动做好各项管理和服务工作。国家安居工程建设项目要纳入当地经济适用住房计划和住宅建设计划、住宅发展规划,要和住房解困解危工作结合起来。要积极与计划、银行等有关部门紧密配合、协作,加快做好实施国家安居工程的计划立项,选址定点,土地征用、拆迁、规划、设计等前期工作;涉及建设项目中的各种报建报批手续要按规定程序抓紧审核办理;并认真做好安居工程的建设、配套、销售、物业管理等全过程的实施管理,确保国家安居工程的顺利进行。

二、国家安居工程建设项目的选点与规划,必须符合城市总体规划或分区规划,要符合节地和节能的原则,尽可能利用现有的市政设施条件。规划设计要严格执行国家《城市居住区规划设计规范》,合理确定建筑密度及容积率,满足基本的卫生、安全要求。要贯彻因地制宜、统筹兼顾的原则,在符合各项规划指标和规范的前提下,充分利用原有的地形地貌,合理布局。空间组织力求有新意,体现地方特色。按住宅小区规划建设的国家安居工程,其配套设施必须与居住人口规模相适应。要提高规划、设计等前期工作的质量,切实做到经济、适用、美观。规划、设计方案一经审定批准,必须严格执行,不得随意更改。

对今后几年国家安居工程建设用地,在选点和规划时,要一并给予考虑,分期征用划拨,确保供应。

三、国家安居工程住宅设计标准要符合国家和地方政府乙类住宅设计标准的规定，充分考虑当地经济发展水平、群众的经济承受能力和生活习惯，不得搞高标准住宅，也不能建成简易住宅。平均每套住宅建筑面积标准一般应控制在 55 平方米以下，要通过精心设计，提高和改善住宅的使用功能。住宅的户室类型，要以二室户型为主，根据实际情况可安排少量的三室户和一室户型。二室户型的比重应在 60% 以上。要提高住宅设计的科技含量，要广泛运用新材料、新工艺、新设备，要认真执行国家关于对新型墙体建筑材料应用的各项规定。

四、国家安居工程的建设项目应指定具有一定经济实力和技术力量、信誉良好的单位组织建设。要按照"统一规划、合理布局、因地制宜、综合开发、配套建设"的原则，有计划、有步骤地进行建设。

要通过精心规划，精心设计，精心施工，精心管理，降低住宅造价，提高住宅的建设质量和使用功能，为居民提供方便、安全、优美的居住环境，达到经济、社会、环境效益的统一。

五、抓好国家安居工程的施工质量和进度。建设项目要由建设主管部门组织招投标，优选施工队伍，中标单位不得转包，一经发现转包，要依法严肃处理。要按照合理工期安排开竣工计划，施工承包合同工期不得突破计划工期，确保工程按期交付使用。国家安居工程的施工，要严格执行国家施工规范和标准，加强工程监理和质量监督，使工程质量一次合格率达到 95% 以上，优良品率达到 25% 以上。工程项目的验收，要严格执行国家工程验收规范及建设部颁布的《住宅小区竣工综合验收管理办法》。对工程质量达不到要求的，建设主管部门除令其返工外，还应视其情节轻重给予通报批评及经济处罚。对优质工程项目，可给予奖励。

六、严格控制住宅造价，努力降低成本，提高住宅建设效益。要按照《国家安居工程实施方案》规定的七项因素控制住宅成本。七项因素中属于行政性或事业性收费的项目，要严格按有关规定收取，不得增加收费项目和提高收费标准。属于实际发生需要核定的项目，要加强核算环节的检查和管理，防止虚列虚报。对小区内以盈利为目的的经营性配套建设项目。如商店、营业性娱乐设施等费用，不得摊入住宅建设成本，应通过组织出售或出租，回收资金。应由政府承担的小区外市政配套设施建设项目，小区内 50% 非经营性配套及项目，应积极落实资金，组织建设，确保工期。公共配套项目，无论是经营性的，还是非经营性的，要与住宅同步建设，同步交付使用。

国家安居工程建设的住宅，可以实行住宅室内粗装修，以避免二次装修造成浪费。

七、建成的国家安居工程的住宅，要按照《国家安居工程实施方案》中的规定，直接以成本价向中低收入家庭出售，并优先出售给住房困难户及危房户。在同等条件下优先出售给离退休职工、教师中的住房困难户、危房户。各地应抓紧制定具体的出售办法，并会同住房资金管理机构，积极配合金融部门做好个人购房抵押贷款工作。要提高售房的透明度，防止不正之风。

八、及时做好产权登记管理工作。对以建设成本价出售的国家安居工程住宅，产权归个人所有，并按《城市房地产管理法》、《国务院关于进一步深化住房制度改革的决定》及地方产权登记规定，按时办理产权登记手续。

个人所购住房一般住用 5 年后可以依法进入市场，在补交土地使用权出让金所含土地收益和按规定交纳有关税费后，收入归个人所有。

九、加强对建成住宅的售后服务和管理。国家安居工程建成的住宅小区应按物业管理方式进行管理，在住宅建设阶段，就要提前做出物业管理规划和实施方案。物业管理单位要执行建设部颁布的《城市新建住宅小区管理办法》、《公有住宅售后维修养护管理暂行办法》等规定，规范行为，搞好各项物业管理工作，为群众提供良好的便民服务，解除购房者的后顾之忧。通过实行社会化、专业化、经营型物业管理方式，推动新的住宅物业管理机制的建立，提高和改善住区环境质量。

已购公有住房和
经济适用住房上市出售
管理暂行办法

1999 年 4 月 19 日建设部发布

第一条 为规范已购公有住房和经济适用住房的上市出售活动，促进房地产市场的发展和存量住房的流通，满足居民改善居住条件的需要，根据《国务院关于进一步深化城镇住房制度改革加快住房建设的通知》及有关规定，制定本办法。

第二条 本办法适用于已购公有住房和经济适用住房首次进入市场出售的管理。

第三条 本办法所称已购公有住房和经济适用住房，是指城镇职工根据国家和县级以上地方人民政府有关城镇住房制度改革政策规定，按照成本价（或者标准价）购买的公有住房，或者按照地方人民政府指导价购买的经济适用住房。

本办法所称经济适用住房包括安居工程住房和集资合作建设的住房。

第四条 经省、自治区、直辖市人民政府批准，具备下列条件的市、县可以开放已购公有住房和经济适用住房上市出售的交易市场：

（一）已按照个人申报、单位审核、登记立档的方式对城镇职工家庭住房状况进行了普查，并对申报人在住房制度改革中有违法、违纪行为的进行了处理；

（二）已制定了已购公有住房和经济适用住房上市出售收益分配管理办法；

（三）已制定了已购公有住房和经济适用住房上市出售的具体实施办法；

（四）法律、法规规定的其他条件。

第五条 已取得合法产权证书的已购公有住房和经济适用住房可以上市出售，但有下列情形之一的已购公有住房和经济适用住房不得上市出售：

（一）以低于房改政策规定的价格购买且没有按照规定补足房价款的；

（二）住房面积超过省、自治区、直辖市人民政府规定的控制标准，或者违反规定利用公款超标准装修，且超标部分未按照规定退回或者补足房价款及装修费用的；

（三）处于户籍冻结地区并已列入拆迁公告范围内的；

（四）产权共有的房屋，其他共有人不同意出售的；

（五）已抵押且未经抵押权人书面同意转让的；

（六）上市出售后形成新的住房困难的；

（七）擅自改变房屋使用性质的；

（八）法律、法规以及县级以上人民政府规定其他不宜出售的。

第六条 已购公有住房和经济适用住房所有权人要求将已购公有住房和经济适用住房上市出售的，应当向房屋所在地的县级以上人民政府房地产行政主管部门提出申请，并提交下列材料：

（一）职工已购公有住房和经济适用住房上市出售申请表；

（二）房屋所有权证书、土地使用权证书或者房地产权证书；

（三）身份证及户籍证明或者其他有效身份证件；

（四）同住成年人同意上市出售的书面意见；

（五）个人拥有部分产权的住房，还应当提供原产权单位在同等条件下保留或者放弃优先购买权的书面意见。

第七条 房地产行政主管部门对已购公有住房和经济适用住房所有权人提出的上市出售申请进行审核，并自收到申请之日起十五日内作出是否准予其上市出售的书面意见。

第八条 经房地产行政主管部门审核，准予出售的房屋，由买卖当事人向房屋所在地房地产交易管理部门申请办理交易过户手续，如实申报成交价格。并按照规定到有关部门缴纳有关税费和土地收益。

成交价格按照政府宏观指导下的市场原则，由买卖双方协商议定。房地产交易管理部门对所申报的成交价格进行核实，对需要评估的房屋进行现场查勘和评估。

第九条　买卖当事人在办理完毕交易过户手续之日起三十日内，应当向房地产行政主管部门申请办理房屋所有权转移登记手续，并凭变更后的房屋所有权证书向同级人民政府土地行政主管部门申请土地使用权变更登记手续。

在本办法实施前，尚未领取土地使用权证书的已购公有住房和经济适用住房在2000年底以前需要上市出售的，房屋产权人可以凭房屋所有权证书先行办理交易过户手续，办理完毕房屋所有权转移登记手续之日起三十日内由受让人持变更后的房屋所有权证书到房屋所在地的市、县人民政府土地行政主管部门办理土地使用权变更登记手续。

第十条　城镇职工以成本价购买、产权归个人所有的已购公有住房和经济适用住房上市出售的，其收入在按照规定交纳有关税费和土地收益后归职工个人所有。

以标准价购买、职工拥有部分产权的已购公有住房和经济适用住房上市出售的，可以先按照成本价补足房价款及利息，原购住房全部产权归个人所有后，该已购公有住房和经济适用住房上市出售收入按照本条前款的规定处理；也可以直接上市出售，其收入在按照规定交纳有关税费和土地收益后，由职工与原产权单位按照产权比例分成。原产权单位撤销的，其应当所得部分由房地产交易管理部门代收后，纳入地方住房基金专户管理。

第十一条　鼓励城镇职工家庭为改善居住条件，将已购公有住房和经济适用住房上市出售换购住房。已购公有住房和经济适用住房上市出售后一年内该户家庭按照市场价购买住房，或者已购公有住房和经济适用住房上市出售前一年内该户家庭已按照市场价购买住房的，可以视同房屋产权交换。

第十二条　已购公有住房和经济适用住房上市出售后，房屋维修仍按照上市出售前公有住房售后维修管理的有关规定执行。个人缴交的住房共用部位、共用设施设备维修基金的结余部分不予退还，随房屋产权同时过户。

第十三条　已购公有住房和经济适用住房上市出售后，该户家庭不得再按照成本价或者标准

价购买公有住房，也不得再购买经济适用住房等政府提供优惠政策建设的住房。

第十四条　违反本办法第五条的规定，将不准上市出售的已购公有住房和经济适用住房上市出售的，并处以10000元以上30000元以下罚款。

第十五条　违反本办法第十三条的规定，将已购公有住房和经济适用住房上市出售后，该户家庭又以非法手段按照成本价（或者标准价）购买公有住房或者政府提供优惠政策建设的住房的，由房地产行政主管部门责令退回所购房屋，不予办理产权登记手续，并处以10000元以上30000元以下罚款；或者按照商品房市场价格补齐房价款，并处以10000元以上30000元以下罚款。

第十六条　房地产行政主管部门工作人员玩忽职守、滥用职权、徇私舞弊、贪污受贿的，由其所在单位或者上级主管部门给予行政处分；情节严重、构成犯罪的，依法追究刑事责任。

第十七条　省、自治区、直辖市人民政府可以根据本办法的规定和当地实际情况，选择部分条件比较成熟的市、县先行试点。

第十八条　已购公有住房和经济适用住房上市出售补交土地收益的具体办法另行规定。

第十九条　本办法由国务院建设行政主管部门负责解释。

第二十条　本办法自1999年5月1日起施行。

在京中央和国家机关
进一步深化住房制度
改革实施方案

1999年8月16日建设部、国家计委、财政部、人民银行、国管局、建设银行、中直管理局、北京市人民政府发布

根据《国务院关于进一步深化城镇住房制度改革加快住房建设的通知》（国发〔1998〕23号，以下简称《通知》）精神，结合在京中央和国家机关的实际情况，制定本方案。

一、指导思想、主要内容和基本原则

（一）在京中央和国家机关进一步深化住

房制度改革的指导思想是：按照建立与社会主义市场经济体制相适应的新的城镇住房制度的要求，稳步推进在京中央和国家机关住房商品化、社会化进程，建立适合在京中央和国家机关职工特点的住房新体制，加快解决在京中央和国家机关职工住房问题。

（二）在京中央和国家机关进一步深化住房制度改革的主要内容是：停止住房实物分配，进一步完善住房公积金制度，建立住房补贴制度，逐步实行住房分配货币化；继续推进现有公有住房改革，加快实现住房商品化；改革住房供应方式，逐步实行住房供应社会化。

（三）在京中央和国家机关进一步深化住房制度改革的基本原则是：统一政策，归口管理；国家、单位、个人合理负担，量力而行；新房新制度，老房老办法；一次性补贴和按月补贴相结合；与地方政策相衔接，协调推进。

二、停止住房实物分配，进一步完善住房公积金制度

（四）从 1998 年底起，在京中央和国家机关停止住房实物分配，逐步实行住房分配货币化。新建经济适用住房和腾退的旧公有住房，除根据需要留出一部分作为廉租住房外，原则上只售不租。职工在个人合理负担的基础上，通过使用住房公积金、住房补贴和住房贷款购买住房。

凡在 1998 年底前已开工的单位自建住房，或已交纳购房预定金购买的商品住房，并于 1999 年底前竣工的，可按《通知》规定的办法向职工出售，也可按届时北京市人民政府根据《国务院关于深化城镇住房制度改革的决定》（国发〔1994〕43 号，以下简称《决定》）规定的出售现有公有住房的成本价向职工出售。

最低收入的职工家庭，可申请租住廉租住房。最低收入职工家庭根据北京市人民政府公布的标准确定。

（五）全面贯彻落实《住房公积金管理条例》（国务院令第 262 号），进一步完善住房公积金制度。到 2000 年底，职工和单位住房公积金缴存比例分别达到 8%。按照"住房委员会决策、住房公积金管理中心运作、银行专户存储、财政监督"的原则，加强住房公积金的管理。建立职工个人住房公积金账户。住房公积金应当用于职工购买、建造、翻建、大修自住住房，任何单位和个人不得挪作他用。

三、建立住房补贴制度，逐步实行住房分配货币化

（六）建立住房补贴制度。无房和住房未达到职工（含离退休职工），在按经济适用住房价格和市场价购买住房（包括新建经济适用住房、腾退的旧公有住房和商品住房）时，均可按规定申请住房补贴。

（七）职工住房补贴包括基准补贴和建立住房公积金制度前的工龄补贴。

1. 每平方米建筑面积基准补贴额根据北京市经济适用住房基准价格除以 2 与个人合理负担额之差测定；职工个人负担额按不低于在京中央和国家机关职工年平均工资的 4 倍除以 60 平方米（建筑面积）确定。

基准补贴额随职工工资、经济适用住房价格、住房公积金缴存比例的变动而变动。北京市 1999 年度每平方米建筑面积经济适用住房基准价格为 4000 元，每平方米建筑面积基准补贴额为 1265 元。

2. 工龄补贴额按年度每平方米建筑面积工龄补贴额（以下简称年度工龄补贴额）与职工建立住房公积金制度前的工龄以及职工购房补贴建筑面积标准的乘积计算。其中，年度工龄补贴额按《决定》规定的出售公有住房工龄折扣办法计算。1999 年年度工龄补贴额为 13 元。

职工购房补贴建筑面积按下列标准执行：

公务员：科级以下，60 平方米；正、副科级，70 平方米；副处级，80 平方米；正处级，90 平方米；副司（局）级，105 平方米；正司（局）级，120 平方米。

机关工勤人员：技术工人中的初、中级工和 25 年以下工龄的普通工人，60 平方米；技术工人中的高级工、技师和 25 年（含 25 年）以上工龄的普通工人，70 平方米；技术工人中的高级技师，80 平方米。

职工家庭实际购房面积由职工根据家庭支付能力自主决定。

（八）1998 年 12 月 31 日（含）前参加工作

的无房职工(以下简称无房老职工),其 1999 年 1 月 1 日后工作年限内的住房补贴,以及 1998 年 12 月 31 日后参加工作的职工(以下简称新职工)的住房补贴,均按月发放,计入职工个人账户,专项用于住房消费。

月住房补贴额为职工当月标准工作(基础工资、职务工资、级别工资和工龄工资之和,下同)乘年度月住房补贴系数。年度月住房补贴系数以基准补贴额、职工购房补贴建筑面积标准和职工月标准工资为基数测算,由财政部、建设部会同国务院机关事务管理局(以下简称国管局)、中共中央直属机关事务管理局(以下简称中直管理局)定期公布。1999 年年度月住房补贴系数为 0.66。

(九)无房老职工 1998 年底以前工作年限内的住房补贴采取一次性发放方式,在职工购买住房时,向所在单位提出申请并得到批准后,直接划入售房单位。

一次性发放的住房补贴额为〔职工 1998 年月均标准工资×1999 年年度月住房补贴系数×职工 1998 年前的工作月之和〕+〔1999 年年度工龄补贴额×职工建立住房公积金制度前的工龄×职工购房补贴建筑面积标准〕。

(十)住房未达标的老职工的补差办法,由国管局、中直管理局另行制定。

(十一)住房补贴资金来源于原国家预算内在京中央和国家机关住房建设资金划转部分、各单位出售公有住房的收入和原各单位自筹的建房资金。原国家预算内在京中央和国家机关住房建设资金划转部分,原则上不低于原有住房建设资金投入总额。

(十二)在京中央和国家机关各部门(以下简称各部门)按规定时间,将本部门下年度所需住房补贴资金总额,按经费领拨关系由主管部门汇总报财政部。财政部根据各部门住房状况和售房资金收入、无房和未达标的老职工人数,以及新职工人数,审核确定住房补贴的年度补贴指标,按经费领拨关系下达到主管部门,再由主管部门分解下达到各部门。

住房补贴的分配情况,由财政部会同国管局、中直管理局按年度向各部门公布。

(十三)各部门要按规定做好原有住房资金的核定、划转工作,建立单位住房基金,设立住房补贴资金专户。按照效率优先、兼顾公平的原则,综合考虑职工的工龄、职务等因素,确定老职工的住房补贴发放顺序。

申请住房补贴的购房职工,应向所在单位如实提供本人和配偶住房状况等有关材料。

(十四)在京中央和国家机关住房补贴资金的筹集、申请、审批、拨付和管理的具体办法,由财政部商国管局、中直管理局另行制定。

四、继续推进现有公有住房改革,加快实现住房商品化

(十五)稳步提高在京中央和国家机关的现有公有住房租金,租金标准和提租时间原则上与北京市同步。租金标准的提高要与提高职工(包括离退休职工)收入相结合。对民政部门确定的社会救济对象及其他低收入家庭和领取提租补贴后仍有困难的离退休职工家庭要减收或免收新增租金。租金减、免的具体办法参照北京市人民政府的有关规定,由国管局、中直管理局另行制定。

(十六)职工现承租的公有住房,除按有关规定不宜出售的外,继续按届时北京市人民政府根据《决定》规定的出售现有公有住房的成本价向职工出售。出售现有公有住房收回的资金,除按规定提取房屋公共部位和共用设施、设备的维修养护专项基金外,纳入单位住房基金,专项用于发放住房补贴。

(十七)部级(含副部级,下同)干部现住房出售问题,要抓紧进行调查研究,制定出售办法。同时要继续加强对部级干部,特别是离退休部级干部住房的维修和管理。

五、改革住房供应方式,逐步实行住房供应社会化

(十八)停止对各部门机关住房建设拨款,逐步实行住房供应社会化。近期在京中央和国家机关职工经济适用住房供应多渠道并存。

1. 在一定时期内,国管局、中直管理局可统一组织建设经济适用住房,按建造成本价向在京中央和国家机关职工出售。

2. 有建房土地或对拥有产权的危旧住宅小区进行改建的单位,在符合城市规划的前提下,经有关部门批准,近期可利用本单位现有

土地自建住房，按不低于同等地段经济适用住房价格向本单位职工出售。

3. 支持职工购买北京市向在京中央和国家机关职工提供的经济适用住房。

（十九）经济适用住房建设用地采取行政划拨方式供应；开发建设按《通知》规定的经济适用住房价格（7项成本因素，利润控制在3%以下）进行招投标，确定开发建设单位，确保工程质量。

（二十）加强已售公有住房和经济适用住房的物业管理工作，研究制定改革房屋管理体制的办法和措施，逐步引入竞争机制，规范物业管理收费行为，提高服务质量。

（二十一）廉租住房主要从腾退的旧公有住房中调剂解决，也可以由财政出资新建。廉租住房的租金实行统一定价，定期公布。当承租人家庭收入超过规定标准时，应迁出廉租住房或提高租金标准。承租廉租住房的申请、审批办法由国管局会同中直管理局另行制定。

六、加强组织领导，严肃住房制度改革纪律

（二十二）国管局、中直管理局负责在京中央和国家机关职工住房状况普查的组织管理工作。在住房普查基础上，建立在京中央和国家机关职工住房档案；在住房普查、建立职工住房档案、纠正违纪违规问题的基础上，稳步开放职工已购公有住房和经济适用住房的交易市场。

（二十三）国管局、中直管理局分别负责中央国家机关和中共中央直属机关住房制度改革的组织实施工作。

各部门要切实加强对本部门住房制度改革工作的组织领导，做好职工思想工作，转变职工住房观念。

（二十四）严肃住房制度改革纪律，加强监督检查。严肃查处违反国家政策，继续进行实物分配住房，低价出售公有住房，用房改标准价、成本价超面积标准出售或购买公有住房以及公房私租牟取暴利等行为。具体办法由国管局、中直管理局另行制定。

（二十五）对未按规定管理和发放住房补贴，不如实申报住房状况和售房收入、无房和未达标老职工人数以及新职工人数的，要追究

有关人员和领导的责任。对隐瞒现住房情况和配偶住房情况，弄虚作假领取住房补贴的个人，除令其退出住房和退回全部住房补贴外，根据情节轻重给予职工个人、住房情况证明机构及其负责人相应处罚，具体处罚办法由财政部会同国管局、中直管理局另行制定。

（二十六）财政、审计部门负责在京中央和国家机关住房补贴发放、管理的监督、检查工作。

各部门行政监察机构负责对本部门深化住房制度改革中违纪违规行为进行清查、纠正和处理。

七、附则

（二十七）本方案所指"在京中央和国家机关"包括党中央各部门，全国人大机关，全国政协机关，最高人民法院、最高人民检察院，国务院各部委以及各直属机构，各人民团体。

（二十八）中央在京事业单位职工进一步深化住房制度改革的实施方案，由各单位参照本方案并结合实际情况制定，报主管部门批准后执行。事业单位职工购房补贴面积标准，由各单位在本方案规定的机关职工购房补贴面积标准范围内，结合本单位补贴资金来源和职工住房情况自行确定；事业单位职工基准补贴额、月住房补贴系数按该单位职工工资水平、职工购房补贴面积标准，以及单位所在地区（或地段）经济适用住房基准价格测定。

（二十九）本方案由建设部会同国管局、中直管理局负责解释。

（三十）本方案自发布之日起实施。

在京中央和国家机关部级干部住房制度改革实施意见

2000年2月6日国务院机关事务管理局、中共中央直属机关事务管理局发布

根据《国务院关于进一步深化城镇住房制度改革加快住房建设的通知》（国发〔1998〕23号）和《中共中央办公厅、国务院办公厅关于转

发建设部等单位关于〈在京中央和国家机关进一步深化住房制度改革实施方案〉的通知》（厅字〔1999〕10号，以下简称《方案》）精神，按照"统一政策，适当调整；老房老办法，租买自愿；新房新制度，补贴购房；积极稳妥，协调推进"的原则，现就在京中央和国家机关部级干部（以下简称部级干部）住房制度改革的有关问题，提出如下实施意见：

一、积极稳妥地推进部级干部现有住房制度改革

（一）部级干部（含享受部级干部住房待遇的干部）凡1999年12月31日前承租可售部级干部住房的，可以购买现住房，也可以继续承租现住房。

（二）各部门专为部级干部建设、购买的公有住房（简称部级干部住房），除四合院、独立小楼、按照规划近期需要拆除的住房，国管局和中直管理局认为不宜出售的住房外，原则上均可出售。

（三）部级干部购买现住房的成本价、工龄折扣、折旧率等，按届时出售公有住房的有关规定执行。

住房装修、设备配备超出普通公有住房标准的，适当提高装修设备价。装修设备价由房屋产权单位报房产主管部门核定。

（四）部级干部住房出售时，每建筑平方米最低限价作适当调整：竣工10年（不含）以上的，按届时出售公有住房的最低限价执行；竣工10年（含）以下的，每减少1年，每建筑平方米最低限价提高20元。

部级干部购买现住的普通公有住房，执行普通公有住房最低限价。

（五）部级干部承租或购买公有住房的建筑面积标准是：正部级在220平方米以内，副部级在190平方米以内。

部级干部购房超过上述建筑面积的部分，能分割退回的，要分割退回；不能分割退回的，可上浮建筑面积30平方米，作为购房控制面积标准，该部分住房按房改成本价购买，不享受与个人有关的政策优惠。

超过购房控制面积标准而确实难以分割退回的，每建筑平方米按4000元计价；实际价值低于每建筑平方米4000元的，按实际价值执行。

确定房价，但不得低于当年房改成本价。

（六）租住不可售住房的部级干部，要求购买住房的，可根据房源情况调换住房，按本意见的有关规定购买；也可在退出现住房后，按有关规定申领购房补贴购买住房。

（七）夫妇双方均为部级干部的，只能购买一套部级干部住房。

省部级干部外地调京或京内调外地的，只能承租或购买一套省部级干部住房；因工作需要夫妇两地分居的，经上级组织批准，可酌情解决异地承租住房问题。

（八）部级干部购买的公有住房，暂不得上市交易。

（九）稳步提高部级干部现有住房租金，租金标准和提租时间与普通职工住房同步。提高租金标准与提高部级干部收入相结合，2000年租金标准提高后，按月发放补贴，正部级为240元，副部级为210元。

（十）提高房租增发补贴后，离休部级干部在第（五）款规定标准以内的住房新增租金，超过夫妇双方发放的租金补贴总额部分可以免交。

部级干部承租住房超过第（五）款规定面积标准的部分，其租金按有关规定执行。

二、停止住房实物分配，建立住房补贴制度

（十一）2000年1月1日起，部级干部停止住房实物分配，建立住房补贴制度，逐步实行住房分配货币化。对新建的部级干部住房，部级干部在个人合理负担基础上，通过使用住房公积金、住房补贴和住房贷款等购买。

（十二）2000年1月1日后晋升的部级干部和调整住房的部级干部，在2000年12月31日前，可按本意见规定以房改成本价购买住房；也可按规定申领购房补贴购买住房，购房补贴办法另行制定。

（十三）部级干部购房补贴建筑面积标准为：正部级220平方米，副部级190平方米。

（十四）近期内，国管局、中直管理局可统一组织建设部分部级干部住房，向部级干部出售。

部级干部可根据家庭支付能力自主决定购买其他住房。

三、领导干部遗属的住房问题

（十五）已故党和国家领导人的配偶，腾退原住房后，可承租或购买一套部级干部面积标准的住房。

（十六）已故部级干部配偶，可以依照本意见承租或购买一套不超出已故部级干部面积标准的现住房。

（十七）提高房租增发补贴后，已故离休部级（含）以上干部配偶承租部级干部住房的，在（十五）、（十六）款规定的住房面积标准以内的新增租金，超过配偶本人租金补贴的部分可免交。

（十八）已故领导干部的子女及其他亲属，不能购买现住部级干部住房，并须及时腾退。本人确无其他住房的，由其所在单位和房屋产权单位积极协商，按《方案》的有关政策予以妥善解决。

四、加强组织领导，严肃房改纪律

（十九）国管局、中直管理局分别负责在京中央和国家机关部级干部住房制度改革的组织实施工作。在住房普查的基础上，建立部级干部的住房档案，对部级干部承租和购买公有住房要加强归口管理，严格执行申报审批等各项制度。

（二十）严肃房改纪律，加强监督检查。部级干部在住房制度改革中要严格执行房改纪律和有关政策，如实申报住房情况，按规定承租和购买公有住房；纪检监察部门要加强部级干部房改的监督检查工作，对于违反国家房改政策，不如实申报住房状况、低价出售购买部级干部住房等问题要坚决纠正，严肃处理。

五、实施范围及时间

（二十一）在京中央和国家机关（包括党中央各部门，全国人大机关，全国政协机关，最高人民法院，最高人民检察院，国务院各部委及各直属机构，各人民团体）及企事业单位的部级干部住房制度改革均按本意见执行。

（二十二）本意见未尽事宜，按《方案》规定的政策执行。

（二十三）本意见中的具体问题由国管局、中直管理局负责解释。

（二十四）本意见自印发之日起实施。

附：

关于贯彻落实《在京中央和国家机关部级干部住房制度改革实施意见》有关问题的通知

(2000年2月18日国务院机关事务管理局、中共中央直属机关事务管理局发布)

中央和国家机关各部门、各单位：

为认真贯彻落实《中共中央办公厅、国务院办公厅关于印发国务院机关事务管理局、中共中央直属机关事务管理局关于〈在京中央和国家机关部级干部住房制度改革实施意见〉的通知》（厅字〔2000〕4号，以下简称《实施意见》），现就现有部级干部住房出售和提租的有关问题通知如下：

一、售房价格。2000年购买部级干部住房的成本价为每建筑平方米1485元；按照《国务院关于深化城镇住房制度改革的决定》（国发〔1994〕43号）的规定，2000年取消现住房折扣率；住房折旧年限和未建立住房公积金的职工工龄计算到1999年；按2000年房改成本价购房不享受提前付款折扣。

二、房屋出售。产权属国管局、中直管理局的部级干部住房分别由国管局、中直管理局制定具体办法出售；产权属各部门的部级干部住房及部级干部租住的普通公有住房，各部门提出具体出售意见，分别报国管局、中直管理局审批后，由各部门出售。

三、装修设备价。部级干部住房及部级干部租住的经过装修改造的普通公有住房，超出普通公有住房装修、设备计价标准的，在出售时，房屋产权单位应适当提高装修设备价，分别报国务院机关事务管理局、中共中央直属机关事务管理局核定后执行。

四、最低限价。2000年出售部级干部住房的最低限价：竣工10年（不含）以上的，最低限价与普通公有住房一样，为每建筑平方米211元；竣工10年的为每建筑平方米231元；竣工9年的为每建筑平方米 251 元;以此类推,竣工 1 年的为每建筑平方米 411 元。

五、工龄计算。部级干部购房,夫妇工龄合并计算。售房单位根据购房人建立住房公积金制度前的工龄给予工龄折扣。建立住房公积金前离退休人员购房计算工龄折扣的时间,按国家规定的离退休年龄计算。

已故党和国家领导人配偶、已故部级干部配偶,未再婚的,购房时按本人与原配偶的工龄之和计算;再婚的,购房时按本人与现配偶的工龄之和计算;离异后再婚的,按本人与现配偶的工龄和计算;离异后若未再婚,按本人的工龄计算。

上述人员工龄由其所在单位人事、劳动部门根据国家有关规定开具的证明确定。

六、配偶购房。承租人已去世,实际承租人为部级干部配偶的,经房屋产权单位确认,可向该部级干部配偶出售。房屋出售后的供暖、后期管理等费用,暂保持出售前的缴交方式和解决途径。

七、上市交易。部级干部购买的专为部级干部建设,购买的住房和普通住宅楼房,以及已故领导干部配偶按部级干部标准购买的住房,暂不得上市交易。

八、购房程序。购房人向房屋产权单位提出书面申请,如实提供本人及配偶住房情况和工龄证明,经售房单位审核后,办理购房手续。

九、提租补贴。2000 年 4 月 1 日起,部级干部承租住房执行每平方米使用面积 3.05 元的租金标准。

在提高房租的同时,部级干部(含离退休部级干部和已购房部级干部)按月发放补贴,正部级为 240 元,副部级为 210 元。

十、《实施意见》和本通知未作明确规定的,均按《在京中央和国家机关进一步深化住房制度改革实施方案》(厅字〔1999〕10 号)及其配套文件执行。

在京中央和国家机关
职工住房面积核定及
未达标、超标处理办法

2000 年 2 月 21 日国务院机关事务管理局、中共中央直属机关事务管理局发布

一、总　　则

第一条　根据《中共中央办公厅、国务院办公厅关于转发建设部等单位关于〈在京中央和国家机关进一步深化住房制度改革实施方案〉的通知》(厅字〔1999〕10 号,以下简称《方案》)的有关规定,制定本办法。

第二条　在京中央和国家机关(包括党中央各部门,全国人大机关,全国政协机关,最高人民法院,最高人民检察院,国务院各部委及各直属机构,各人民团体)1998 年 12 月 31 日(含)前参加工作的有房老职工承租或购买公有住房面积核定和未达标、超标等问题的处理,均适用本办法。

中央在京事业、企业单位职工承租或购买公有住房的面积核定和未达标、超标处理办法,由各单位参照本办法并结合实际情况制定,报主管部门批准后执行。

二、职工住房面积的核定

第三条　下列住房的面积均核定为职工住房面积:

(一)职工(含离退休人员,下同)及其配偶按规定的普通公有住房租金标准承租的公有住房;

(二)职工及其配偶以房改成本价或标准价购买的公有住房;

(三)按照城市房屋拆迁政策,对被拆迁公有住房使用人和执行统一租金标准的城镇私人出租住房使用人,已实行货币补偿的,其计算货币补偿金额的房屋建筑面积;

(四)职工及其配偶按房改成本价或标准价集资合作建造的住房;

(五)单位资助职工及其配偶购建的住房减去扣除面积的部分。

扣除面积 =〔职工集资购(建)房款 - 职工按当年房改成本价购房房价款〕÷ 所购住房总房价款或所建住房成本价款 × 集资购建住房面积。

第四条　有两个(含)以上家庭共同承租公有住房的,住房面积按职工居住的居室面积与应分摊的面积之和核定。

第五条　房屋原承租人去世后,实际承租人经房屋产权单位同意并按规定办理变更租赁手续的,核定为实际承租人及其配偶的住房面积。

第六条　职工及其配偶既未以规定的普通公有住房租金标准承租公有住房,也未以房改成本价或标准价购买公有住房的,为无房职工。

第七条　职工及其配偶申请承租或购买一套以上公有住房的,住房面积合并计算。住房现承租人或购买人无论是职工及其配偶,还是其子女,原则上核定为职工及其配偶的住房面积。

第八条　职工现有住房面积按建筑面积核定,建筑面积计算方法按有关规定执行。承租住房的,按租赁合同上注明的住房使用面积折算建筑面积;购买住房的,按产权证上注明的建筑面积计算。

职工现住高层住宅建筑面积的核定,按全部公共面积分摊计算建筑面积的,可减少 10% 的建筑面积;按实际使用面积乘以 1.333 系数换算建筑面积的,不减少 10% 的建筑面积。

第九条　下列住房面积不核定为职工住房面积:

(一)职工全额出资以市场价或经济适用住房价格购买、建造的住房和以市场租金承租的住房;

(二)已按规定补交房价款购买的超标部分公有住房;

(三)职工及其配偶以继承、受赠等方式取得的私有住房。

三、职工住房未达标的处理

第十条　职工按公有住房租金标准承租或按房改成本价购买公有住房的建筑面积标准(简称职工住房面积标准,下同),执行《方案》规定的职工购房补贴建筑面积标准:

公务员:科级以下 60 平方米;正副科级 70 平方米;副处级 80 平方米;正处级 90 平方米;副司(局)级 105 平方米;正司(局)级 120 平

方米。

机关工勤人员:技术工人中的初、中级工和 25 年以下工龄的普通工人 60 平方米;技术工人中的高级工、技师和 25 年(含 25 年)以上工龄的普通工人 70 平方米;技术工人中的高级技师 80 平方米。

第十一条　按照本办法第三至九条核定的职工住房建筑面积低于职工住房面积标准的,为住房未达标。

第十二条　职工住房未达标的,差额面积由所在单位一次性计发差额补贴。差额补贴计算公式为:

差额补贴 =(1999 年度基准补贴额 + 1999 年度工龄补贴额 × 建立住房公积金前的工龄)× 差额面积

差额面积 = 职工住房面积标准 - 现住房建筑面积

其中,1999 年度基准补贴额为 1265 元,工龄补贴额为 13 元。建立住房公积金前离退休职工,工龄按国家规定的离退休年龄计算。

第十三条　职工已按房改成本价或标准价购买现住房且未达标的,不再办理退房手续,差额面积可由所在单位一次性计发差额补贴,但上市出售时不得按《北京市城近郊八区已购公有住房和经济适用住房上市出售土地出让金和收益分配管理暂行规定》(〔99〕京房改字第 130 号)的有关规定申请返还其住房未达标面积的补贴。

第十四条　职工现承租公有住房且未达标的,可继续承租现住房,按本办法规定申领差额补贴。租住不可售公有住房的,也可经所在单位同意后,退出现住房,视同无房老职工,由所在单位按照《方案》的规定计发住房补贴。

第十五条　1998 年 12 月 31 日(含)前参加工作的有房老职工职务晋升、工勤人员晋升技术等级,一次性计发级差补贴。计算公式为:

级差补贴 =(届时基准补贴额 + 届时工龄补贴额 × 建立住房公积金前工龄)× 级差面积

级差面积 = 晋升后购房补贴建筑面积标准 - 晋升前购房补贴建筑面积标准

第十六条　职工差额补贴、级差补贴资金计入职工个人账户,按《在京中央和国家机关住房补贴资金管理办法》管理,专项用于个人住房消费。

四、职工住房超标的处理

第十七条　按照本办法核定的职工住房超过其住房面积标准的,为住房超标。

第十八条　职工购买现承租的公有住房,其住房面积标准之内的部分,按当年规定的出售公有住宅楼房的价格和优惠政策购买。

　　职工购买现住房超标,能分割退回的,要分割退回;不能分割退回的,可上浮一个职级(正司级上浮20平方米),作为住房控制面积标准,本职级与上一个职级住房面积标准之差的部分,按当年房改成本价购买,可享受住房折旧政策优惠,不享受工龄扣除、现住房折扣、西藏内调人员和教师购房等政策优惠。

　　超过住房控制面积标准而确实难以分割退回的,每建筑平方米按4000元计价;实际价值低于4000元的,按实际价值确定房价,但不得低于当年房改成本价。

第十九条　职工承租公有住房的,住房控制面积标准之内的部分执行届时规定的普通公有住房的租金标准。职工承租住房超标,能分割退回的,要分割退回;不能分割退回的,超过控制面积标准的部分,暂按届时公有住房租金标准的两倍计租,逐步提高到市场租金。职工职务变动后下月起,根据职工住房面积标准重新计算房租。

第二十条　职工1999年度(含)前已按房改成本价或标准价购买了超标住房的,须按本办法重新计算房价款,并在本办法印发之日起1年内补交差额房价款。一次性补交差额房价款确有困难的,可申请个人住房贷款;经产权单位同意并签订协议后,可允许离退休人员采取分期付款的方式,分期付款期限不得超过3年,分期付款的利率按届时住房公积金贷款利率执行。

第二十一条　职工补交的差额房价款列入单位住房基金,存入售房收入专户,专项用于住房制度改革。

第二十二条　职工及其配偶申请承租或购买一套以上公有住房合并计算后面积超标,且其产权分属一个以上单位的,由其中建筑面积较大一套住房的产权单位处理超标事宜。

五、附　　则

第二十三条　职工住房面积核定和未达标、超标处理的具体情况,应如实计入职工住房档案。

第二十四条　严肃房改纪律,加强监督检查。对不如实申报住房状况,隐瞒现住房情况和配偶住房情况,弄虚作假领取差额补贴或不按规定补缴超标房价款的个人,除令其退回差额补贴或补缴超标房价款外,根据情节轻重给予职工个人、住房情况证明机构及其负责人相应处罚,并追究有关人员和领导的责任。

第二十五条　本办法由国务院机关事务管理局、中共中央直属机关事务管理局负责解释。

第二十六条　本办法自印发之日起施行。

在京中央和国家机关事业单位职工购房补贴资金筹集、拨付和管理暂行办法

2000年10月30日财政部发布

第一条　根据《国务院关于进一步深化城镇住房制度改革加快住房建设的通知》(国发〔1998〕23号)和《中共中央办公厅、国务院办公厅关于转发建设部等单位关于〈在京中央和国家机关进一步深化住房制度改革实施方案〉的通知》(厅字〔1999〕10号,以下简称《方案》)的规定,制定本办法。

第二条　本办法适用于经费由中央财政全部或部分拨付的在京中央各部门、全国人大、国务院各部(委、局、直属机构)、全国政协、最高人民法院、最高人民检察院、各民主党派中央、社会团体等机关、事业单位(以下统称"在京中央单位")。

第三条　购房补贴资金是指在京中央单位按照《方案》的有关规定,向无房或住房未达到规定面积标准的职工发放一次性补贴、按月补贴、差额补贴和级差补贴的专项资金。

第四条　购房补贴资金通过划转原国家预算内在京中央单位住房建设资金、各单位出售公有

住房的收入和原各单位自筹的建房资金解决。

第五条　在京中央单位原用于住房建设的自筹资金,由各单位按实际情况确定;公有住房出售收入按照国家有关规定核准留归单位使用的实际数额确定。上述两项资金纳入行政事业单位住房基金管理,专项用于职工购房补贴。

第六条　在京中央单位向职工发放购房补贴,首先用本单位住房基金和原国家预算内划转的住房建设资金安排解决。不足部分,经财政部审核,由中央财政给予补助,从中央财政购房补贴支出预算中安排。

第七条　在京中央单位应根据本单位无房和住房未达到规定面积标准的职工人数以及单位住房基金等情况,编制职工购房补贴支出预算,按经费领拨渠道上报主管部门,由主管部门审核汇总报送财政部。

第八条　财政部对各主管部门报送的购房补贴支出预算进行审核后,向各主管部门分配下达购房补贴支出预算指标,由各主管部门下达到其所属的在京中央单位(其中:行政单位所需购房补贴资金,按经费领拨关系,由财政部统一核拨至国务院机关事务管理局、中共中央直属机关事务管理局)。

第九条　中央财政根据建房资金划转情况,按下列顺序核定拨付购房补贴支出:(1)新职工和无房在职老职工的按月补贴;(2)无房离退休职工的一次性补贴和住房未达到规定面积标准的离退休职工的差额补贴;(3)无房在职老职工的一次性补贴;(4)1998年底前住房未达到规定面积标准的在职职工的差额补贴;(5)1998年12月31日前参加工作的老职工1999年1月1日以后职务、技术等级晋升后的级差补贴。

第十条　在京中央单位应将中央财政拨付的购房补贴资金纳入单位住房基金,与本单位自筹购房补贴资金一并统筹安排用于发放职工购房补贴。在职职工按月补贴存入职工在银行设立的购房补贴资金专户;离退休职工的一次性补贴和未达标差额补贴,由所在单位直接发放给职工个人;在职职工的一次性补贴、未达标差额补贴和级差补贴存入职工在银行设立

的购房补贴资金专户,在职工购房时直接划转到售房单位账户,支付职工购房款。

第十一条　职工存入购房补贴资金专户的资金,未经有关部门批准,职工个人不得随意支取;任何部门、单位不得挪用或集中运作购房补贴资金。购房补贴资金专户管理办法,由国务院机关事务管理局、中共中央直属机关事务管理局另行制定。

第十二条　各单位要根据职工住房状况和购房补贴资金到位情况,并综合考虑职工的工龄、职务等因素,制定购房补贴发放计划,逐步落实各类人员的购房补贴。今明两年除安排好在职职工按月补贴外,应优先解决离退休职工的购房补贴问题。

第十三条　各单位应将领取一次性补贴、差额补贴和级差补贴人员的补贴金额、职务、工龄、住房状况、配偶住房及领取购房补贴情况等资料在本单位范围内张榜公布。

第十四条　购房补贴资金专款专用,年终结余结转下年使用。年度终了时,在京中央单位应将购房补贴支出情况上报主管部门,由主管部门汇总报送财政部。

第十五条　在京中央单位应按规定进行职工住房状况普查,建立职工住房档案和购房补贴发放情况备查登记制度,并将本单位职工住房普查情况和各年度购房补贴发放情况上报其主管部门,由主管部门汇总报送财政部备案。

第十六条　在京中央企业购房补贴资金财务处理办法,按财政部《关于企业住房制度改革中有关财务处理问题的通知》(财企〔2000〕295号)规定办理。

第十七条　本办法由财政部负责解释。

第十八条　本办法自发布之日起执行。

在京中央和国家机关
事业单位职工购房补贴资金
专户管理及使用办法

2000年11月23日国务院机关事务管理局、中共中央发布

第一条　根据《中共中央办公厅、国务院办公厅

关于转发建设部等单位关于〈在京中央和国家机关进一步深化住房制度改革实施方案〉的通知》(厅字〔1999〕10号)和财政部《关于颁发〈在京中央和国家机关事业单位职工购房补贴资金筹集、拨付和管理暂行办法〉的通知》(财规〔2000〕48号)的有关规定,制定本办法。

第二条 在京中央和国家机关(包括党中央各部门,全国人大机关,全国政协机关,最高人民法院,最高人民检察院,国务院各部委、各直属机构,各人民团体)及事业、企业单位均适用本办法。

第三条 在京中央和国家机关向职工发放的购房补贴资金属于职工个人所有。购房补贴资金必须按照"银行专户、核算到个人,专款专用"的原则进行管理,任何部门和单位不得截留、挤占和挪用。

第四条 在京中央和国家机关职工购房补贴资金分别由中央国家机关住房资金管理中心、中共中央直属机关住房资金管理中心(以下简称资金管理中心)负责管理,并委托承办银行(以下简称受托银行)办理相应金融业务。

第五条 资金管理中心在受托银行开立购房补贴资金专户,并在该专户下设立单位和职工个人购房补贴资金明细账户,记载单位和职工个人购房补贴资金的缴存和支取情况。每个符合购房补贴发放条件的职工只能有一个购房补贴资金专户。

单位应建立职工个人的购房补贴资金台账。

第六条 单位应按规定核定职工按月发放的购房补贴。每月发放工资后五日内(遇节假日顺延),单位将职工按月发放的购房补贴缴存到受托银行,计入职工购房补贴资金专户。

住房未达标老职工的差额补贴经批准发放后,应由单位按规定缴存到受托银行,计入职工购房补贴资金专户。

第七条 职工个人购买、建造、翻建、大修自住住房,可按规定使用本人专户内的购房补贴资金。

职工离退休、调离本市或出国(境)定居时,其专户内的购房补贴资金本息余额一次退还职工本人。

职工在职期间死亡,其专户内的购房补贴资金本息余额,由其法定继承人按规定提取。

第八条 职工在本市调动工作的,应按规定办理购房补贴资金转移手续。

职工因离职、停薪等各种原因中断存储购房补贴资金时,单位按规定办理购房补贴资金封存手续。

第九条 单位住房资金管理机构应按照在京中央和国家机关购房补贴资金管理的统一政策,负责本部门及其在京所属单位购房补贴资金管理业务的组织协调工作。

第十条 本办法由国务院机关事务管理局、中共中央直属机关事务管理局负责解释。

第十一条 本办法自印发之日起施行。

中央在京单位已购公有住房上市出售管理办法

1. 2003年8月14日国务院机关事务管理局、中共中央直属机关事务管理局发布
2. 国管房政〔2003〕165号

第一条 为规范中央在京单位已购公有住房(以下简称已购公房)上市出售工作,适应职工改善住房条件的需要,根据有关规定及中央在京单位实际情况,制定本办法。

第二条 本办法适用于中央在京单位已购公房首次进入市场出售的管理。

本办法所称已购公房,是指职工按房改成本价或标准价(含标准价优惠办法,下同)购买的原产权属于中央在京单位的公有住房。职工根据国家政策,按照房改成本价或者标准价购买的由中央在京单位建设的安居工程住房和集资合作建设的住房,也视为已购公房。

第三条 中央在京单位已购公房上市出售遵循统一市场、定点代理、方便职工、系统监管的原则。

第四条 国务院机关事务管理局(以下简称国管局)和中共中央直属机关事务管理局(以下简称中直管理局)是中央在京单位已购公房上市出售的主管部门,负责本办法的组织实施和监督检查。

国管局和中直管理局成立在京中央和国家机关住房交易办公室（以下简称交易办公室），负责为中央在京单位已购公房上市出售提供住房档案等信息服务和政策咨询，监管交易活动，收集、记录交易结果并向原产权单位及职工所在单位反馈。

第五条 交易办公室选择三家以上符合条件的房地产中介机构，作为中央在京单位已购公房上市出售的定点交易代理服务机构（以下简称定点交易机构），承担中央在京单位已购公房上市交易的代理服务工作。

第六条 出售人应填写《中央在京单位已购公房上市出售登记表》，交易办公室根据职工住房档案进行核对。核对无误的，出售人可到房屋所在区、县国土房管局交易管理、权属登记部门办理过户手续，也可委托定点交易机构代为办理房屋买卖以及交易过户手续。并提供以下材料：

（一）房屋所有权证书；

（二）房屋共有权人同意出售的书面意见；

（三）身份证或者其他有效身份证明；

（四）与原产权单位签订的公有住房买卖合同；

（五）与买受人签订的已购公房买卖合同；

（六）物业费、供暖费清结证明。

出售人没有建立住房档案的，应当补建住房档案。出售人无法提交与原产权单位签订的公有住房买卖合同的，可以房改售房的档案材料或原产权单位出具的证明作为依据。

第七条 已购公房上市出售后，定点交易机构应将交易情况及时反馈交易办公室备案。

第八条 凡属超标而未经处理的住房，须经原产权单位按规定超标处理后方可上市出售；按房改政策规定属不可售住房但已向职工出售的，不得上市出售。

涉及国家安全、保密的特殊部门的住房，党政机关、科研部门及大专院校等单位在机关办公、教学、科研区内的住房，原产权单位认为不宜公开上市出售的，应报交易办公室备案，并在职工住房档案中注记。该类住房可按规定向原产权单位腾退，也可在原产权单位职工范围内进行交易。

法律、法规规定的其他不得上市出售的已购公房或与原产权单位有特殊约定的已购公房（规定住满五年内容的除外），应按法律、法规规定或与原产权单位的约定执行。

第九条 上市出售的已购公房，由买受人在办理房屋权属登记手续时按当年房改成本价的1%补交土地出让金或相当于土地出让金的价款。

第十条 已购公房的土地使用权是以划拨方式取得的，土地出让金划转北京市财政。

已购公房的土地使用权是以出让方式取得的，相当于土地出让金的价款按已购公房原产权单位的财务隶属关系和财政体制，分别划转中央财政或者返还原产权单位，专项用于住房补贴。其中，已购公房原产权单位属于中央行政机关的，全额划转中央财政；属于中央事业单位的，50%划转中央财政，50%返还原产权单位；属于中央企业单位（包括实行企业化管理的事业单位）的，全额返还原产权单位。

第十一条 凡以房改成本价购买的住房上市出售的，在按规定缴纳税费后，收入全部归产权人个人所有，不再与原产权单位进行收益分成。

凡以标准价购买的住房，出售人可按购房当年房改成本价向原产权单位补交房价款，取得全部产权后上市出售；也可在交易过程中购房当年房改成本价的6%计算应扣除的价款，划转到原产权单位售房款专户，在按规定缴纳税费后，收入全部归产权人个人所有。远郊区县另有规定的按其规定办理。

第十二条 已购公房上市出售后，买受人应与该房屋的供暖、物业部门签订新的协议，新发生的供暖、物业管理等费用由买受人承担，原产权单位及出售人所在单位不再承担该房屋的上述费用。房屋的公共维修基金按有关规定执行。

第十三条 出售人提供的各项材料应真实、准确，出售人提供虚假信息的，按有关法律、法规和房改纪律的规定处理。

第十四条 交易办公室定期公布定点交易机构名单。

定点交易机构应依据本办法及相关规定，按照提高效率、方便交易的原则，为出售人代理交易并办理相关手续。定点交易机构应按法律及相关政策规定合理收费。

　　定点交易机构违反本办法及相关规定，不能向交易人提供有效服务的，将取消其定点交易资格。

第十五条　本办法不含部级干部住房上市出售。

第十六条　凡涉及交易过户、权属登记以及税费缴纳等事宜，按《北京市人民政府关于印发〈北京市已购公有住房上市出售实施办法〉的通知》（京政发〔2003〕3号）及相关规定执行。

第十七条　本办法所指"中央在京单位"包括党中央各部门，全国人大机关，全国政协机关，最高人民法院，最高人民检察院，国务院各部委、各直属机构，各人民团体，及其所属单位。

　　住房制度改革归口国管局、中直管理局管理的中央在京企业，及其所属单位已购公房上市出售，按本办法的规定执行。

第十八条　本办法由国管局、中直管理局负责解释。

第十九条　本办法自2003年10月1日起施行。

附：

关于做好中央在京单位
已购公房上市出售工作
有关问题的通知

（2003年8月28日中央国家机关住房制度
改革办公室、中共中央直属机关住房制度
改革办公室发布　国机房改〔2003〕41号）

在京中央和国家机关各部门、各单位：

　　为保证《关于印发中央在京单位已购公有住房上市出售管理办法的通知》（国管房改〔2003〕165号）的顺利实施，现就启动已购公房上市出售前应抓紧做好的有关工作通知如下：

一、已购公有住房产权证的办理和发放

　　房屋所有权证是已购公房上市出售的必备要条，原公有住房已经上级单位批准予向职工出售，且职工已按规定缴纳购房款、各项材料齐全的，各部门、各单位要集中力量、组织人员，在本通知印发两个月内，完成房屋所有

权证的办理和发放工作，为方便职工办理已购公房上市手续创造条件。由于本部门、本单位工作安排等原因，在规定时间内没有按时办理并发放产权证的，要向购房职工说明具体原因，并做好解释工作。对于不顾群众利益，不按政策办事，故意拖延办理房产证的，要进行通报批评。

　　由于北京市区县发证部门原因造成产权证发放缓慢的，售房单位、购房人可向市、区（县）房屋土地管理局纪检监察部门投诉，也可向中央国家机关房改办或中直机关房改反映，由其进行协调督促。

二、职工住房档案建立和变更

　　职工上市出售已购公房，交易办公室要根据职工住房档案进行核对，核对无误的方可上市出售。职工没有建立住房档案的，应当补建住房档案；已经建立住房档案，住房及职工个有情况发生变化的，各部门、各单位应做好职工住房档案的变更工作。

三、不宜上市出售住房的确认和备案

　　凡涉及国家安全、保密的特殊部门的住房，党政机关、科研部门及大专院校等单位在机关办公、教学、科研区内的住房，原产权单位认为不宜公开上市出售的，应根据本单位具体情况，按上述范围，填写《中央在京单位不宜上市出售住房登记表》（样式附后〔略〕），经单位主管领导审核后，于9月20日前报交易办公室备案。职工有异议的，可按房改隶属关系分别向中央国家机关房改办、中直机关房改办申请复核。

　　不宜上市出售住房经交易办公室备案后，产权单位和档案管理部门须在职工住房档案中注记。

四、住房超标处理

　　超标处理是房改工作的重要内容，也是已购公房上市出售的先决条件。凡属超标住房，须经原产权单位按规定进行超标处理后方可上市出售。各部门、各单位要抓紧做好这项工作，不能由于超标处理滞后而影响已购公房上市出售工作。

五、《中央在京单位已购公房上市出售登记表》的发放

　　各部门、各单位可到中央国家机关房改办

或中直机关房改办领取统一制式的《中央在京单位已购公房上市出售登记表》,向准备将已购公房上市的职工发放,职工也可到定点交易代理服务机构网点或交易办公室领取该表。

关于住房资金的筹集、使用和管理的暂行规定

1992年3月1日国务院住房制度改革领导小组、财政部、建设部发布

为了保证和促进住房制度改革的顺利进行,加快住房建设,正确疏导、理顺和管理住房资金,根据国务院国发〔1988〕11号文件、国发〔1991〕30号和国办发〔1991〕73号文件精神,并结合房改试点城市的实践经验,现对住房资金的有关问题作如下规定:

一、住房资金是指国家、企业、行政事业单位和个人按规定建立的城市住房基金、企业(单位)住房基金和个人住房基金,以及在住房制度改革中筹集的其他资金。

二、住房资金要按照政府、单位和个人共同负担的原则进行筹集,首先要立足于原有住房资金的转化,不足部分,按国务院国发〔1988〕11号文件的规定,要有控制地在成本和预算中列支;同时做好房改后新增住房资金的融通和管理工作,确保住房资金专项用于房改和住房建设。

三、住房资金的来源

(一)各级政府、各部门、各单位和企业按原有渠道列支的公有住房建设、维修、管理和房租补贴的资金;

(二)公有住房出租、出售收入及其统筹收入;

(三)企业可从留利中按一定比例提取住房资金,行政事业单位可从预算外收入中按一定比例提取住房资金;

(四)通过集资建房、收取租赁保证金和发放住房债券等形式筹集的住房资金;

(五)按照国务院国发〔1988〕11号文件规定,经各级财政部门核定并报各级政府批准,在成本和国家预算中列支的资金。本地区企业住房券进入成本要控制在20%以内(包括12%的房产税),机关、事业单位发放的住房券,列入财政经费预算的部分一般要控制在50%以内;新房实转的住房券资金来源,企业可进入成本,机关、事业单位可列入财政经费预算;当地提取的住房房产税通过财政预算纳入城市住房基金;

(六)建立公积金制度筹集的资金。职工个人交纳的公积金由职工个人负担。国营企业交纳的公积金,由企业公有住房提取的折旧和其他划转的资金解决;不足部分经各级财政部门核定,可在成本中列支,本地区在成本中列支的公积金暂定不得超过企业缴纳公积金总额的20%。行政事业单位交纳的公积金,原则上由其自有资金和其他划转的资金解决,不足部分经各级财政部门核定后,可由国家预算适当安排,在预算中列支的公积金不得超过单位缴纳公积金总额的50%。

公积金的缴存比例,由房改、财政、房地产行政主管部门共同测算和确定,报经当地人民政府批准后执行;

(七)住房资金的利息收入;

(八)住房资金的经营收益;

(九)其他住房资金。

四、住房资金的使用范围

住房资金必须按来源渠道不同,分别专项用于住房制度改革的提租补贴和住房建设、维修与管理,专款专用,不得挪作他用。具体使用项目如下:

(一)用于发放提租补贴;

(二)用于缴纳或支付公积金本息;

(三)用于公有住房的维修和管理;

(四)解决住房困难户、危旧房改造等其他住房问题;

(五)用于发放住房专项贷款;

(六)用于新建、改建和购买住房;

(七)用于房改的其他支出。

五、住房资金的划转和管理

(一)在各级人民政府住房制度改革领导小组领导下,由财政部门会同有关部门核定和划转住房资金。核定划转后的资金分别计入各项住房基金,并存入当地人民政府指定和委托的房改金融机构,开立专户,专款专用;

（二）各部门、各单位和企业原有建房投资和用于住房的支出，按投资和支出金额计入各项住房基金，暂维持其来源渠道。预算内的有关支出，纳入统一的预算科目；

（三）各部门、各单位和企业原有用于公有住房维修和补贴资金的划转，各地可根据实际情况，采取划转或抵补的具体形式；

（四）住房资金，按其来源渠道，分别按预算内、预算外管理办法加强管理。城市住房基金按预算内资金管理办法管理，企业住房基金、行政事业单位住房基金等（不包括财政预算拨款的资金）按预算外资金管理办法管理；

（五）住房资金的预（决）算和财务管理办法，以及会计制度，由财政部另行制定。

六、住房制度改革对财政收支的影响，按现行财政体制和隶属关系，由中央和地方财政分别负担，并不得因此而调整地方财政包干体制和企业承包任务。

七、各级计划、财政、银行、房地产等有关部门要在当地人民政府住房制度改革领导小组的领导下，各尽其责，密切配合，共同搞好住房资金的筹集、使用和管理工作，推动住房制度改革的顺利进行。

八、过去有关住房制度改革的规定与本暂行规定有抵触的，一律以本暂行规定为准。

九、本暂行规定自发布之日起执行。

关于加强出售国有住房
资产管理的暂行规定

1995 年 5 月 31 日国家国有资产管理局、建设部、财政部发布

第一条 为贯彻落实《国务院关于深化城镇住房制度改革的决定》的要求，切实推进城镇住房制度改革顺利进行，认真做好出售国有住房的国有资产管理工作和出售收入收缴管理工作，特制定本暂行规定。

第二条 国有住房是指国家党政机关、军队、团体、企事业单位由国家拨款、组织收入或者国家以各种形式对企业投资和投资收益购建的，以及接受馈赠、罚没和依据国家法律、行政法规确认产权为国家所有的住房。

第三条 在国有住房出售过程中，有关具体界定政策如下：

（一）国家行政单位由国家拨款和按国家政策规定组织收入等形式购建的住房；

（二）全额预算管理、差额预算管理和自收自支预算管理的事业单位，由国家拨款、贷款、组织收入、接受馈赠等形成的住房；

（三）企业由国家直接投资、利用贷款、接受馈赠和税后利润及其他国有权益等形成的住房；

（四）其他按照国家有关政策、法规界定房屋产权属国家所有的住房。

第四条 出售国有住房的单位，必须严格遵守国家城镇住房制度改革的有关政策、法规的规定，以防止国有资产流失。

第五条 按照国家城镇住房制度改革的有关政策、法规的规定，出售国有住房的单位，需经国有资产管理部门审核同意后，方能组织出售。

第六条 国有住房的出售坚持"先评估、后出售"的原则，国有住房出售价格的评估，应依据《城市房地产管理法》和《国有资产评估管理办法》（国务院 91 号令）的有关规定，必须由合法评估机构进行评估，并依法执行，不受行政干预。

第七条 各级国有资产管理部门应积极参加国有住房出售价格的核定工作，在评估价格的基础上核定合理的出售价格，并由省、自治区、直辖市人民政府批准后执行，不允许低价出售国有住房。

第八条 按标准价出售国有住房的单位，须经国有资产管理部门确认单位和个人的产权比例。产权比例按国有住房出售当年标准价占成本价的比重确定。

第九条 国有住房的出售，都要由房地产管理部门办理住房过户和产权转移登记手续，签订统一制定的房地产买卖契约，领取统一制定的产权证书。

第十条 出售国有住房的单位或个人向房地产行政主管部门办理交易过户手续和产权转移登记手续时，须提交国有资产管理部门批准的国有住房产权变动或核定的产权比例文件和财政征收机关开具的国有住房出售收入专用票据等,作为办理立契过户和房屋产权登记的必备要件。

第十一条 　出售国有住房的单位可依据国有资产管理部门批准的国有住房产权变动或核定的产权比例文件,以及财政部门有关规定调整单位财务账目。

第十二条 　各级国有资产管理部门、财政、房地产、金融等有关部门应密切配合,做好出售国有住房国有资产管理和出售收入征收管理工作。

上交财政的国有住房收入应专项用于住房建设等,具体办法由财政部会同建设部等部门另行制定。

第十三条 　在本暂行规定颁布之前已出售的国有住房,均应按本暂行规定予以规范。

第十四条 　对不按国家政策、法规规定,低价出售国有住房,造成国有资产流失的单位和个人,国有资产管理部门有权予以制止,并提请本级人民政府或会同有关部门追究其责任,作出经济、行政的处分;对触犯刑律的责任人,要依法追究刑事责任。

第十五条 　本暂行规定适用于各类占有、使用国有住房的国家机关、企事业单位、党派和社会团体以及集体所有制单位。

第十六条 　各省、自治区、直辖市和计划单列市国有资产管理部门可会同有关部门依据本暂行规定制定实施细则。

第十七条 　本暂行规定由国家国有资产管理局负责解释。

第十八条 　本暂行规定自发布之日起施行。

关于进一步深化学校
住房制度改革加快解决
教职工住房问题的若干意见

1998 年 10 月 19 日教育部、建设部发布

各省、自治区、直辖市教委、教育厅、建委(建设厅)、计划单列市教委、新疆生产建设兵团教委,广东省高教厅,国务院有关部委教育(计财)司(局):

近年来,在党中央、国务院的关心和高度重视下,在各级政府的领导和积极支持下,教职工住房建设和改革工作取得了显著成绩,教职工住房条件得到明显改善。但到本世纪末,基本解决教职工住房问题的任务仍很艰巨。《国务院关于进一步深化城镇住房制度改革,加快住宅建设的通知》(国发〔1998〕23 号,以下简称《通知》)发布后,各地根据《通知》精神,结合本地实际,深化城镇住房制度改革,加快住房建设的步伐。鉴于教师住房工作的特殊性,为更好地贯彻实施《通知》精神,巩固教职工住房工作的成果,促进城镇教职工住房制度改革和住房建设,现就有关问题提出如下意见:

一、要认真贯彻落实《通知》精神,进一步深化教职工住房制度改革。深化城镇住房制度改革,促进住宅建设发展,是党中央、国务院的一项重大决策。多年的实践也充分证明,解决教职工住房问题的根本出路在于改革。因此,各级教育行政部门和各级各类学校,要认真贯彻落实《通知》精神,按照本地区房改的部署,抓紧并深化城镇教职工住房制度改革,认真执行国家房改各项政策。通过进一步深化住房制度改革,停止实物分配住房,逐步实行住房分配的货币化等改革措施,争取使解决教职工住房问题在 2000 年左右进入良性循环。

二、要继续巩固和发展城镇教职工住房改革和建设工作的成果,努力完成教职工住房建设“九五”规划。各地各有关部门在深化住房制度改革的同时,一定要根据《通知》和前几次全国教职工住房建设工作经验交流会议的精神,继续认真实施已经确定的本地区教职工住房建设“九五”规划和年度执行计划,并采取切实可行的办法措施,坚决予以落实,确保本世纪末全国城镇教职工住房建设和解困目标的基本实现。

三、坚持对教职工住房的建、租、售实行优先优惠政策。各地各有关部门在深化教职工住房改革的过程中,要结合本地实际和学校住房的特点,进一步扶持教职工住房建设和改革工作。对教职工住房建、租、售已实行的优先优惠政策和前些年在教职工住房建设和改革方面取得的成功经验和做法,要继续坚持和推广,并在新形势下不断创新和发展。要把教职工住房建设纳入当地的城市住房建设总体规划，统筹考虑安排。在继续建设教职工住宅小区的同时，各地组织建设的经济适用住房也要规定一定比例优先用于教职工购买；要积极贯彻落实国办发〔1998〕130号文件精神，鼓励并支持有条件的学校，在符合城市及学校总体规划的前提下利用国有商业银行住房建设贷款，在自有用地自建经济适用住房，以进一步加快教职工住房的建设与深化改革的步伐，促进教职工住房困难问题的解决。

四、要继续加强对学校售房工作的领导和管理。

考虑学校的具体情况，对学校住房出售的有关问题，原国家教委经商国务院房改领导小组同意，印发了《关于高等学校出售公有住房有关问题的意见》（教计〔1995〕1号）；国务院办公厅又分别转发了原国家教委、建设部、全国教育工会《关于"八五"期间解决城市中小学教职工住房问题的意见》（国办发〔1992〕52号）和原国家教委、建设部、国家计委等六部委《关于加快解决教职工住房问题的意见》（国办发〔1995〕18号）。这些文件对学校住房出售的工作，已做出了原则规定。为更好地贯彻《通知》精神，进一步规范校园内住房的出售工作，加强校园管理，保证学校当前和长远的发展，特重申以上文件的有关原则和规定，并提出如下补充、完善或调整的意见：

1. 目前城镇中小学校的校园面积普遍偏小。为了学校今后的管理和长远发展，建在中小学校园内的住房一般不得出售，并要设法逐步调整出学校；对于校园占地面积大于国家规定标准的学校，其建在校园内或校园周边he与教学活动区域分离、且分离后又不影响学校长远规划和管理的住房，经区（县）房改及教育行政部门批准后，可按当地房改规定向教职工出售。

2. 高等学校必须保留必要数量的公有住房作为公寓进行管理，其数量一般不低于学校规划住房总量的15%。学校今后在校园内建设住房，应主要建设适用于在职青年教师居住廉价租用房，实行公寓化管理，一律不得向个人出售。这次学校改造的筒子楼和危旧住房，近期主要供住房有困难的青年教师租用，待其工作一段时间、具备购房能力后，另购经济适用住房。之后，连同余留的公寓，一律作为学校的长久周转用房，主要供学校每年新增年轻教师、新聘人员和引进人员租用。具体由学校确定，并报主管部门备案。

3. 高等学校在出售校园内住房之前，必须做好校园建设的总体规划，并报上级教育和规划主管部门审批。凡无总体建设规划或校园功能分区未定的高等学校，其校园内的住房一律暂缓出售；学校出售建在校园内的住房时，必须将售房区域单独划出，与校园隔开并要在售后实行物业管理。

4. 高等学校校园内住房属以下情况的也不得出售：

（1）已经建在教学、科研和学生生活、体育运动区及其近、远期规划区域内的住房；

（2）经改建开发可产生较大经济和社会效益以及具有较大重建价值的住房，如平房、危旧住房和非成套住房；

（3）有历史纪念意义或属文物需保留的住房；

（4）上级教育部门和学校认为不宜出售的其他住房。

5. 对住在学校非售房区或所住房屋为非售住房的教职工，各校应根据本校实际情况，对其进行妥善安排，如通过调整、置换、经济补偿、优先购房等方法，使之能够享受到学校同期售房的有关优惠政策。

五、采取有效措施，使国家给予优惠政策建、购的教职工住房确保教职工居住。为避免学校住房流失，学校向教职工个人出售住房时，要根据所售房产权的具体情况，同购房者签订具有法律效力的书面协议，凡享有国家和学校优惠政策的住房和建在学校校园内的住房，应明确购房者不能擅自改变住房用途或赠与他人；购房一定期限后如出售亦只能再售给学校、学校教职工或学校主管部门；如因特殊情况要进入市场，向社会出售，必须经学校主管部门审批同意后方可进行。未满服务年限擅离教育岗位的，学校有权按原售价收回其住房。

关于进一步搞好公有住房
出售工作有关问题的通知

1999 年 2 月 10 日建设部发布

各省、自治区、直辖市及计划单列城市、省会城市住房制度改革领导小组(住房委员会):

最近,国务院有关部门相继对部分省市出售公有住房情况进行了检查。从检查情况看,多数省、自治区、直辖市都能较好地贯彻执行《国务院关于深化城镇住房制度改革的决定》(国发〔1994〕43 号,以下简称《决定》)的有关政策规定,保证了公有住房出售工作的健康推进。但也有部分省市在公有住房出售中违反《决定》规定,擅自提高折扣率和变相增加优惠,客观上形成了以过低的价格出售公有住房,造成新的分配不公和公有资产流失,也引起了一些地方的竞相攀比,不利于国家统一政策的贯彻执行和住房新制度的建立。

根据《国务院关于进一步深化城镇住房制度改革,加快住房建设的通知》(国发〔1998〕23 号)的有关精神,为搞好新老政策衔接,促进公有住房出售工作的健康发展,加快建立城镇住房新体制,现就现有公房出售有关问题通知如下:

一、从 1999 年起,现有公有住房的出售,原则上实行成本价,并逐步与经济适用住房价格相衔接。各地要结合实际情况,对现有公有住房出售取消标准价,执行成本价的时间、步骤,作出具体规定。对已按标准价出售的公有住房,各地要制定切实可行的措施办法,鼓励购房职工在自愿的基础上按成本价补足房价款及利息后,产权归个人所有。

二、严格执行《决定》规定的各项售房政策,不得随意增加折扣项目和扩大折扣幅度。

1. 根据《决定》关于一次付款折扣率参照当地购房政策性贷款利率与银行储蓄存款利率的差额,以及分期付款的控制年限确定的要求,随着银行储蓄存款利率的下调,目前计算的一次付款折扣率已为负数,因此一次付款折扣应予取消。

2. 根据《决定》关于"职工购买现已住用的公有住房,可适当给予折扣,1994 年折扣率为负担价的 5% ,今后要逐年减少,2000 年前全部取消"的要求,2000 年一律取消职工购买现住房折扣。

3. 凡不符合《决定》规定,擅自出台的折扣政策,一律停止执行。

三、各省、自治区、直辖市住房制度改革领导小组(住房委员会)要对辖区内各市县的公有住房出售政策进行一次全面检查清理,并于 1999 年 4 月 30 日前将检查、纠正情况书面报建设部。

关于进一步推进
现有公有住房改革的通知

1999 年 8 月 13 日建设部发布

继续积极稳妥地推进现有公有住房改革,对于进一步增强城镇居民住房商品化意识,扩大居民住房消费,促进国民经济发展,具有重要意义。根据《国务院关于进一步深化城镇住房制度改革,加快住房建设的通知》(国发〔1998〕23 号,以下简称《通知》)规定,现就进一步推进现有公有住房改革的有关问题通知如下:

一、各地要进一步明确可出售公有住房和不宜出售公有住房的范围。城镇成套现有公有住房,一般除按照规划近期需要拆除改造的住房;党政、科研机关及大专院校内与机关、办公不可分割的住房;具有历史纪念意义的住房;严重损坏房、危旧房;以及当地人民政府规定的其他不宜出售的住房外,均属于可售公有住房范围。具体可售公有住房与不宜出售公有住房范围,由各地人民政府确定并公布。

二、凡属各地房屋管理部门直管的成套公有住房,除按规定不宜出售的外,均应向有购房意愿的现住户出售。

各国有单位自管的公有住房,原则上应按照上述要求向本单位职工和正常工作调离的非本单位现住户出售。鼓励单位向职工出售现住房的具体规定,由各地人民政府确定。

三、凡在可出售范围的现有公有住房,产权单位应预先编制、上报售房方案;房改部门应在收到单位售房方案后15个工作日内完成审批工作,并将批准件同时抄送房地产交易和产权登记部门;产权单位在收到售房批准件后应积极组织出售工作,并在与购房职工签订购房协议、收取购房款(或订金)后20个工作日内,组织或协助购房职工到房地产交易和产权登记部门办理交易、领证手续;房地产交易和产权登记部门应在收到申请一个月内完成测绘、交易、发证工作。

四、国有单位之间产权有争议的住房,凡在可出售住房范围内的,原则上由现管房单位向当地房地产管理部门出具书面具结保证后,可批准其向职工个人出售,并按规定办理职工个人房屋产权登记手续。售房款按规定比例留足维修基金后,存入当地政府指定的账户予以封存,待原产权关系明晰后再转至原产权单位。

五、向高收入家庭出售现住房执行市场价,向低收入家庭出售现住房执行成本价。成本价要按《国务院关于深化城镇住房制度改革的决定》(国发〔1994〕43号,以下简称《决定》)规定的七项因素逐年测定、提前公布、按时实施,并逐步与经济适用住房价格相衔接。

六、要按照《决定》和《通知》的规定,在职工家庭合理支出范围内加大现有公有住房,特别是可售公有住房租金改革的力度,促进职工购房。租金标准的提高要与提高职工收入相结合,对民政部门确定的社会救济对象及其他低收入家庭和领取提租补贴后仍有困难的离退休职工家庭,要减收或免收新增租金。

七、对职工已按标准价购买的住房,要鼓励职工在自愿的基础上按成本价补足房价款及利息。职工按成本价补足房价款及利息后,住房产权归职工个人所有。

八、各地房改、房地产行政主管部门要切实加强对公有住房出售和提租工作的指导、宣传和监督,结合实际情况,采取切实措施,促进现有公有住房改革的顺利实施。对居住在不宜出售公房的住户要做好宣传解释工作,鼓励有条件的单位采取调换公房的办法向职工出售住房。

关于在京中央和国家机关行政事业单位提高房租增发补贴的通知

1999年11月10日国务院机关事务管理局、中共中央直属机关事务管理局发布

中央和国家机关各部门、各单位:

根据《中共中央办公厅、国务院办公厅关于转发建设部等单位关于〈在京中央和国家机关进一步深化住房制度改革实施方案〉的通知》(厅字〔1999〕10号)中稳步提高公有住房租金、提高房租与提高职工收入相结合的精神,结合在京中央和国家机关的实际情况,现就提高房租、增发补贴等问题通知如下:

一、在京中央和国家机关(包括党中央各部门,全国人大机关,全国政协机关,最高人民法院,最高人民检察院,国务院各部委、各直属机构,各人民团体)及企事业单位的公有住房,自2000年1月1日起,统一执行每平方米使用面积3.05元的租金标准。

二、从2000年1月1日起,在提高房租的同时,行政、事业单位为职工(含离退休人员和已购房职工)增发补贴,月人均补贴额为90元。

各职级人员的月补贴标准为:正司级130元,副司级115元,正处级100元,副处级(包括技术工人中的高级技师)90元,科级(包括技术工人中的高级工、技师和25年以上工龄的普通工人)80元,科员及其以下人员(包括技术工人中的初、中级工人和25年以下工龄的普通工人)70元。各单位不得擅自提高补贴标准。

三、行政、事业单位增发补贴所需资金按现行经费渠道解决。

四、企业在行政、事业单位补贴标准范围内,结合本单位具体情况参照执行。

五、房租提高后,租金减免办法和租金收入使用管理办法另行制定。

在京中央和国家机关行政事业单位提高房租并增发补贴,是进一步深化住房制度改革的一项重要措施。各部门要加强领导,深入细

致地做好职工的思想政治工作,扎扎实实地做好通知的贯彻落实工作,确保房改工作顺利进行。通知执行中出现的新问题、新情况,请及时报告国务院机关事务管理局、中共中央直属机关事务管理局。

关于进一步深化
国有企业住房制度改革
加快解决职工住房问题的通知

2000 年 5 月 8 日建设部、财政部、国家经济贸易委员会、全国总工会发布

各省、自治区、直辖市住房制度改革领导小组(房委会)、建委(建设厅)、财政厅(局)、经贸委、总工会:

为贯彻落实党的十五届四中全会《关于国有企业改革和发展若干问题的决定》和九届全国人大三次会议精神,根据《国务院关于进一步深化城镇住房制度改革加快住房建设的通知》(以下简称《通知》)的有关规定,现就进一步深化企业房改、加快解决职工住房的有关问题通知如下:

一、指导思想、目标和原则

(一)企业住房制度改革的指导思想是:加快建立适应社会主义市场经济体制要求、符合企业特点的住房新体制,为国有企业的改革和发展创造条件;进一步调动职工住房消费的积极性,使住宅建设真正成为国民经济的重要产业;不断改善职工住房条件,促进职工队伍稳定。

(二)企业住房制度改革的目标是:改革住房实物分配方式,逐步实行住房分配货币化,为理顺企业内部的收入分配关系、建立与现代企业制度相适应的收入分配制度服务;逐步实现企业的主辅分离,把住房建设和维修管理职能从企业生产经营职能中分离出来,减轻企业办社会负担,实现住房建设和维修管理的社会化。

(三)企业住房制度改革的原则是:坚持在国家房改统一政策指导下,因企制宜,方式多样,方案自选,民主决策,稳步实施;坚持与建立现代企业制度相结合;兼顾国家、单位、个人三者利益,坚持三者合理负担。

二、积极稳妥地推进现有公有住房改革

(四)按照《国务院关于深化城镇住房制度改革的决定》(国发〈1994〉43 号)和《通知》规定,根据当地人民政府的统一部署,继续积极稳妥地推进企业自管公有住房的改革。近期要进一步加快自管公有住房向职工出售的步伐,盘活存量住房资产。有条件的单位,可结合职工收入水平的提高,在当地人民政府规定的公房租金水平基础上,适应加大租金改革步伐,逐步实现住房租售比价的合理化。

(五)各级房地产行政管理部门,要简化办事程序,改进工作作风,提高服务质量,积极协助企业为购房职工办理住房产权登记手续,保证职工购房产权证及时发放。

三、停止住房实物分配,逐步实行住房分配货币化

(六)停止住房实物分配、实行住房分配货币化是企业住房商品化、社会化的前提和基础。各企业应根据《通知》精神,按照当地人民政府关于住房分配制度改革的总体部署,结合本企业的实际情况,加快推进住房分配货币化进程。住房货币分配的主要形式,包括职工工资中的住房消费含量、职工住房公积金(含补充公积金)中的单位资助部分,以及由单位原有住房建设资金转化的住房补贴等。

(七)各企业应按照《住房公积金管理条例》的规定和当地人民政府的具体要求,为本单位职工交纳住房公积金,建立住房公积金制度。

(八)凡符合《通知》和当地人民政府规定的发放住房补贴条件,且原有住房建设资金可转化为住房补贴的企业,可以建立职工住房补贴制度,对无房和住房未达到规定购房补贴建筑面积标准的职工发放住房补贴。

住房补贴水平,应根据企业所在地区(或地段)经济适用住房基准价格、本企业职工工资水平、不同职级购房补贴建筑面积标准,以及有房职工按房改成本价购房负担水平等因

素具体确定。企业职工购房补贴建筑面积标准，可参照当地机关公务人员购房补贴建筑面积标准、结合本企业职工住房的实际情况制定。

住房补贴方式，可参照当地人民政府关于住房分配货币化的有关原则，结合本单位补贴资金来源情况确定。

（九）新参加工作的职工、实行聘任制的职工、新设立企业的职工，全部进入住房新体制，实行住房分配货币化。

四、多渠道加快住房建设，加快解决职工住房问题

（十）停止住房实物分配之后，职工可利用工资积累、住房公积金、住房补贴资金，并通过住房贷款，自主购买商品房或申请购买经济适用住房。

（十一）在一定时期内，对有自用土地的企业，在符合土地利用总体规划、城市规划和单位发展规划的前提下，经批准可以在自用土地上自建住房。所建住房原则上按建造成本价向本单位职工出售。已经取消单位建房的地区，按当地人民政府的有关规定执行。

（十二）鼓励成立城市社会型住宅合作社，进行合作住房建设，按照住房建设成本向职工收取建房费用，解决城市低收入职工家庭中住房困难户的住房问题。

（十三）对合作建房和单位自建住房给予政策扶持。住宅合作社进行的合作建房和企业利用自用土地建房，执行当地人民政府关于经济适用住房建设的有关政策。

（十四）各市、县人民政府应尽快建立和完善具有社会保障性质的廉租住房供应体系。符合当地人民政府规定条件的最低收入职工家庭，可申请租赁廉租住房。

五、积极推行物业管理，不断改善职工居住环境

（十五）住房建设、管理社会化是建立现代企业制度的要求，是住房制度改革的目标之一。

企业应积极改革现行的福利型住房维修、管理模式，通过资产分离或委托管理等方式，把住房管理服务从企业经营中分离出来，加快建立起社会化、专业化、市场化的物业管理体制。

企业现行的住房管理机构，要改革为独立核算、自主经营、自负盈亏的经济实体，并逐步走向社会；有条件的可按照《中华人民共和国公司法》规定，规范改制为有限责任公司，独立从事住房开发、建设和经营管理业务。

（十六）加强房改售房与物业管理的衔接，在规划允许的范围内完善配套设施。合理解决物业管理服务用房，为公房出售后实施物业管理创造条件。

（十七）出售公有住房，应按照有关规定建立住宅共用部位共用设施设备维修基金，并健全维修基金使用与管理制度，实施有效监督。

六、加强领导，保证企业房改工作顺利实施

（十八）企业住房制度改革是促进国有企业改革和发展的重要配套措施，也是城镇住房制度改革工作的重点，各级房改、建设、财政、经贸等部门和工会组织，应从促进经济发展、保持社会稳定的高度，提高对企业房改和住房建设工作重要性的认识，密切配合，共同搞好对企业房改和住房建设工作的指导和服务，帮助企业解决进一步深化房改中的困难和问题。

（十九）企业住房制度改革政策性强，涉及广大职工的切身利益，应当坚持走群众路线。各企业住房制度改革方案要经职工代表大会讨论通过，报上级有关部门审核，在当地房改部门备案后执行。

（二十）已实施住房补贴理入工资的国有企业，要在原方案基础上，不断完善政策，加快住房社会化进程。

（二十一）企业原有公有住房按国家和当地人民政府的有关规定向职工出售后的资产处理，以及住房补贴资金的财务处理办法，由财政部会同有关部门制订。

（二十二）各地人民政府和石油、铁路系统，根据本通知并结合实际情况，制定本地区、本系统进一步深化企业房改、加快解决职工住房问题的具体实施意见。

（二十三）本通知所称国有企业，指国有及国有控股企业。集体企业和其他所有制企业，以及实行企业化管理、执行企业财务制度的事

业单位,参照本通知执行。

关于房改售房工作中几个
具体问题处理意见的通知

2000 年6 月26 日国务院机关事务管理局、中共中央直属机关事务管理局发布

中央和国家机关各部门、各单位:

《中共中央办公厅、国务院办公厅关于转发建设部等单位关于〈在京中央和国家机关进一步深化住房制度改革实施方案〉的通知》(厅字[1999]10 号)和《国务院机关事务管理局、中共中央直属机关事务管理局关于印发〈在京中央和国家机关职工住房面积核定及未达标、超标处理办法〉的通知》(国管房改字[2000]36 号)印发后,在实际工作中各方面提出不少具体问题亟待进一步明确。经房改七人小组讨论同意,现就几个具体问题的处理意见通知如下:

一、关于阳台、复式结构的阁楼、独立使用的平台的面积核定问题

阳台均按建筑面积的 50% 核定为职工住房面积;复式结构的阁楼按建筑面积的 70% 核定为职工住房面积。

独立使用的平台不核定为职工住房面积,但应另行计价,独立使用平台的房价款 = 平台建筑面积 ×30% × 届时房改成本价 ×(1 - 已竣工年限 × 年折旧率)。

二、关于超过控制面积标准部分的实际价值问题

各单位可采取评估的方式确定房价,也可采用折扣方法确定房价。当地地段经济适用房价为每建筑平方米 4000 元的,竣工年限 5 年(含)以下的公有住宅楼房,按 4000 元计价;竣工年限 5 年以上的公有住宅楼房,从第 6 年开始,在 4000 元的基础上进行折扣,每年每建筑平方米折扣 50 元,折扣年限最长不超过 30 年。

当地地段经济适用住房价格每建筑平方米低于 4000 元的,超过住房控制面积标准的部分,在当地经济适用住房价格基础上按前款规定的方法和相应的折扣率进行折扣,但不得低于该地段当年的房改成本价。

三、关于住房装修设备价的计算问题

购买部级干部住房应收取装修设备价,装修设备价和房价款分别计算,一并收取。

1990 年(含)前竣工且未进行综合维修的,装修设备价为 0;1990 年后竣工且未进行综合维修的,装修设备价为每使用平方米 30 元,每年可给 2% 的折扣,实际装修设备价 = 本套楼房使用面积 ×30 元 ×(1 - 已竣工年限 ×2%);1999 年 1 月 1 日以后已进行综合维修的,装修设备价为每使用平方米 30 元,没有 2% 的折扣,实际装修设备价 = 本套楼房使用面积 ×30 元。

各单位建设、购买的职工住房,其装修设备条件高于普通住房的,在出售时按上述原则参照执行。

四、关于职工承租或购买一套以上住房面积超标的处理问题

职工及其配偶在同一产权单位申请购买或者承租一套以上公有住房,合并计算面积超标的,由该产权单位依照有关规定处理超标事宜;职工及其配偶在不同产权单位申请购买和承租一套以上公有住房,合并计算面积超标的,由承租住房的产权单位处理超标事宜。

五、关于职工及其配偶住房面积标准的认定问题

职工及其配偶承租、购买公有住房面积超标的,按夫妇双方职级较高一方的住房面积标准处理。

六、关于职工住房面积核定的方式问题

核定职工住房面积时,多层住宅楼房既可采用实测的方法,也可采用按本套住房使用面积 ×1.333 的计算方式;高层住宅楼房既可采用实测的方法,也可采用按本套住房使用面积 ×1.333 的计算方式,若是按全部公共面积分摊计算建筑面积的,可采用减 10% 的建筑面积的方式。

住宅楼房面积核定方式的选择,由产权单位依据上述对多层和高层楼房面积核定的具体规定自主确定,但同一栋楼房只能采用一种核定方式。

七、关于职工承租或购买军产房的面积核定问题

职工及其配偶承租或购买军产房的,其中可售住房应核定为其住房面积;不可售住房不核定为其住房面积,待其腾退军产房后,可按有关规定申领住房补贴和差额补贴。

八、关于革命烈士的工龄计算问题

革命烈士配偶未再婚的,购房时,本人工龄和革命烈士工龄合并计算。革命烈士的工龄超过 35 年的,按实际工龄计算;不足 35 年的,按 35 年计算。

革命烈士配偶再婚的,购房时,按本人和现配偶工龄合并计算。

九、关于在京中央和国家机关已售住房的上市交易问题

在京中央和国家机关已售公有住房和经济适用住房待进行房屋普查、建立住房档案、上市出售审批办法印发后,方可上市交易。

以上房改工作中几个具体问题的处理意见,请遵照执行。

关于积极稳妥地推进
公有住房租金改革的意见

2000 年 7 月 19 日国家发展计划委员会、建设部、财政部发布

积极稳妥地推进公有住房租金改革,进一步理顺住房租售比价,是实现住房商品化、社会化改革的重要内容,也是当前积极扩大内需、促进经济发展的一项重要措施。为认真贯彻党中央、国务院有关进一步深化城镇住房制度改革,加快住房建设,使住房建设真正成为重要产业的精神,推进现有公有住房租金改革,现提出以下意见:

一、各地要采取措施,稳步推进公有住房租金改革。目前租金水平已达到五项因素成本租金水平(折旧费、维修费、管理费、贷款利息和房产税)的,应逐步向市场租金过渡。

二、租金改革应当坚持提租与当地职工承受能力相适应、与职工收入提高相结合、保证绝大多数居民的实际生活水平不下降的原则。要处理好租金改革与其他调价项目的关系,将租金调整纳入价格改革计划,统筹安排,妥善实施。

三、租金改革要有利于促进公有住房及经济适用住房的出售工作。对于可售公有住房较多、租金水平偏低的地区和单位,租金调整幅度可适当大一些。在过渡到成本租金或市场租金后,要使住房租金与公有住房出售价格和经济适用住房价格保持合理比价。城镇公有住房,除按规定不宜出售的外,均应向符合购房条件的现住户出售。

四、租金改革要与建立廉租住房制度相结合。对最低收入家庭承租的、符合当地人民政府规定面积和装修标准的公有住房,执行由市(县)人民政府制定的廉租住房租金标准。各地在确定廉租住房租金标准时,必须考虑最低收入家庭的实际承受能力。执行廉租住房租金标准的,应当按年度签约;当家庭收入超过当年最低收入标准时,要执行普通公有住房租金标准。

五、对超过当地房改政策规定标准占用的公有住房,超标部分能分割退回的,要退回原产权单位;不能分割退回且尚未出售的,超标部分要逐步实行市场租金。

六、要采取措施保证低收入家庭生活的稳定。对民政部门确定的社会救济对象及其他低收入家庭和领取提租补贴后仍有困难的离退休职工家庭,要适当减收或免收新增租金;有条件的地区,也可以采取适当提高优抚对象救济标准或由所在单位给予适当补助的办法增加低收入职工对租金改革的承受能力。具体办法,由当地人民政府制定。

七、租金改革要统一部署,分步实施,全面推进。中央及省、自治区、直辖市直属单位的公有住房租金改革要与当地同步进行。要结合企业经营机制转换和劳动工资改革,推进企业公有住房租金改革。尽快将住房建设从企业分离,实现住房商品化、社会化。各地可选择部分企业进行改革试点,允许有条件的企业租金改革一步到位。按规定实行提租申报或备案的城市,应严格按照国家有关规定执行。

八、做好租金调整的测算和指导工作。各地租金调整幅度由各省、自治区、直辖市人民政府价格、房改及房地产主管部门,根据国家经济形势和租金改革目标,每年测算一次,提出下一年度指导性计划方案,经本级人民政府批准后实施。国家计委、建设部每年对全国租金改革

情况进行汇总,定期通报各地租金改革情况和租金水平,指导各地做好租金改革工作。租金标准提高后,各地区、各单位要采取有效措施加强租金收入使用管理,主要用于现有公有住房的维修管理,提高服务水平。

九、加强领导、密切配合,积极稳妥推进公有住房租金改革。公有住房租金改革政策性强,涉及面广,任务艰巨。各地政府价格、房改及房地产主管部门要在当地政府统一领导下,与有关部门密切配合,做好政策宣传工作,及时总结经验,协调解决好深化改革中出现的矛盾和问题,不断完善有关政策规定和配套措施,确保公有住房租金改革顺利进行。

各省、自治区、直辖市人民政府可结合本地实际情况,制定公有住房租金改革的具体实施办法,并报国家计委、建设部、财政部备案。

关于制止违规
集资合作建房的通知

1. 2006年8月14日建设部、监察部、国土资源部发布
2. 建住房[2006]196号

各省、自治区、直辖市人民政府,国务院各部委、各直属机构:

实行城镇住房制度改革后,为尽快改善城镇居民和一些行业职工住房紧张的状况,国家相继出台了一些政策,鼓励职工通过购买普通商品住房、经济适用住房(含集资合作建房)、租赁住房等多种方式改善居住条件。但是,近年来,一些地区出现部分单位以集资合作建房名义,变相搞住房实物福利分配或商品房开发等问题。为维护住房制度改革成果、切实贯彻落实《国务院办公厅转发建设部等部门关于调整住房供应结构稳定住房价格意见的通知》(国办发[2006]37号)和《建设部、发展改革委、国土资源部、人民银行关于印发〈经济适用住房管理办法〉的通知》(建住房[2004]77号)等文件精神,经国务院同意,现就制止违规集资合作建房有关问题通知如下:

一、自本通知下发之日起,一律停止审批党政机关集资合作建房项目。严禁党政机关利用职权或其影响,以任何名义、任何方式搞集资合作建房,超标准为本单位职工牟取住房利益。

二、对已审批但未取得施工许可证的集资合作建房项目,房地产管理(房改)部门要会同有关部门重新审查,不符合《经济适用住房管理办法》和房改政策的,不得按集资合作建房项目开工建设。

三、已经开工建设的集资合作建房项目,房地产管理(房改)部门要会同有关部门重新审查项目供应对象、面积标准和集资款标准。对住房面积已经达到当地规定标准等不符合参加集资合作建房条件的职工,取消其资格。对虽然符合参加集资合作建房条件,但住房面积(以前已享受政府优惠政策的住房面积和新参加集资合作建房的面积合并计算)超过当地规定的,按照当地住房面积超标处理办法执行。对单位违规向职工提供集资建房补贴的,责令收回。

四、符合规定条件,经市、县人民政府批准进行集资合作建房的企业和单位,要严格执行《建设部、发展改革委、国土资源部、人民银行关于印发〈经济适用住房管理办法〉的通知》(建住房[2004]77号)和其他有关集资合作建房的规定。

五、集资合作建房必须符合土地利用总体规划和城市规划,列入当地本年度经济适用住房建设计划和年度土地利用计划,其建设标准、优惠政策、供应对象的审核等要严格按照经济适用住房的有关规定执行。建成的住房不得在经审核的供应对象之外销售。

六、各级监察机关要会同建设、国土等部门加强监督检查。对违反规定批准或实施集资合作建房的,要严肃追究有关责任人的责任。对利用职权及其影响,以"委托代建"、"定向开发"等方式变相搞集资合作建房,超标准为本单位职工牟取住房利益的,要追究有关单位领导的责任。凡以集资合作建房名义搞商品房开发,对外销售集资合作建成的住房的,要没收非法所得,并从严处理有关责任人;构成犯罪的,移送司法机关追究刑事责任。

七、各省、自治区、直辖市人民政府可以根据本办法制订实施细则。

2. 经济适用住房

城镇经济适用住房建设管理办法

1994 年 12 月 15 日建设部、国务院住房制度改革领导小组、财政部发布

第一条 为了建立以中低收入家庭为对象,具有社会保障性质的经济适用住房供应体系,加快经济适用住房建设,提高城镇职工、居民的住房水平,加强对经济适用住房建设的管理,根据《国务院关于深化城镇住房制度改革的决定》,制定本办法。

第二条 国务院建设行政主管部门负责全国经济适用住房的建设管理工作,制定经济适用住房的方针、政策,根据国家住宅建设发展规划制定经济适用住房发展计划,并进行宏观指导。

各省、自治区建设行政主管部门根据国家的方针、政策,制定本行政区域的实施方案,编制经济适用住房的发展计划与规划,指导经济适用住房的建设。

各直辖市、市、县建设或房地产行政主管部门负责制定本地区经济适用住房建设计划、具体实施方案;负责经济适用住房建设计划的实施和管理工作。

第三条 经济适用住房是指以中低收入家庭住房困难户为供应对象,并按国家住宅建设标准(不含别墅、高级公寓、外销住宅)建设的普通住宅。

第四条 中低收入家庭住房困难户认定的标准由地方人民政府确定。

对离退休职工、教师家庭住房困难户应优先安排经济适用住房。

第五条 经济适用住房建设要体现经济、适用、美观的原则,使用功能要满足居民的基本生活需要。

第六条 地方人民政府要在计划、规划、拆迁、税费等方面对经济适用住房的建设制定政策措施,予以扶持。

第七条 地方人民政府根据经济适用住房建设计划,优先安排建设用地。

经济适用住房建设用地的供应原则上实行划拨方式。

第八条 经济适用住房建设资金通过以下几个方面筹集:

(一)地方政府用于住宅建设的资金;

(二)政策性贷款;

(三)其他资金。

第九条 建设或房地产行政主管部门根据每年经济适用住房的建设计划,提出建设资金的使用计划,报当地人民政府批准后执行。

第十条 经济适用住房建设的主管部门按照政企分开的原则,指定或设立专门机构,承担经济适用住房的建设、出售、出租等工作,并对其进行监督和管理;暂不具备条件的地区,可由房地产行政主管部门具体组织实施经济适用住房的建设。

第十一条 经济适用住房一般应以招标的方式选择施工单位建设。

承建单位要按合同规定的工期和成本确保经济适用住房的建设质量。

第十二条 经济适用住房价格由经济适用住房建设的主管部门会同同级物价管理部门按建设成本确定,报当地人民政府审批后执行。

建设成本构成:

(一)征地及拆迁补偿安置费;

(二)勘察设计及前期工程费;

(三)住宅建筑及设备安装工程费;

(四)小区内基础设施和非经营性公用配套设施建设费;

(五)贷款利息;

(六)税金;

(七)以(一)至(四)项费用之和为基数1%—3%的管理费。

第十三条 购房者购买的经济适用住房,按规定办理房屋产权登记手续。

第十四条 各省、自治区、直辖市建设行政主管部门可根据本办法制定实施细则。

第十五条 本办法由建设部负责解释。

第十六条 本办法自发布之日起实施。

经济适用住房管理办法

1. 2007 年 11 月 19 日建设部、国家发展和改革委员会、监察部、财政部、国土资源部、中国人民银行、国家税务总局公布

2. 建住房〔2007〕258 号

第一章　总　　则

第一条　为改进和规范经济适用住房制度,保护当事人合法权益,制定本办法。

第二条　本办法所称经济适用住房,是指政府提供政策优惠,限定套型面积和销售价格,按照合理标准建设,面向城市低收入住房困难家庭供应,具有保障性质的政策性住房。

　　本办法所称城市低收入住房困难家庭,是指城市和县人民政府所在地镇的范围内,家庭收入、住房状况等符合市、县人民政府规定条件的家庭。

第三条　经济适用住房制度是解决城市低收入家庭住房困难政策体系的组成部分。经济适用住房供应对象要与廉租住房保障对象相衔接。经济适用住房的建设、供应、使用及监督管理,应当遵守本办法。

第四条　发展经济适用住房应当在国家统一政策指导下,各地区因地制宜,政府主导、社会参与。市、县人民政府要根据当地经济社会发展水平、居民住房状况和收入水平等因素,合理确定经济适用住房的政策目标、建设标准、供应范围和供应对象等,并组织实施。省、自治区、直辖市人民政府对本行政区域经济适用住房工作负总责,对所辖市、县人民政府实行目标责任制管理。

第五条　国务院建设行政主管部门负责对全国经济适用住房工作的指导和实施监督。县级以上地方人民政府建设或房地产行政主管部门(以下简称"经济适用住房主管部门")负责本行政区域内经济适用住房管理工作。

　　县级以上人民政府发展改革(价格)、监察、财政、国土资源、税务及金融管理等部门根据职责分工,负责经济适用住房有关工作。

第六条　市、县人民政府应当在解决城市低收

入家庭住房困难发展规划和年度计划中,明确经济适用住房建设规模、项目布局和用地安排等内容,并纳入本级国民经济与社会发展规划和住房建设规划,及时向社会公布。

第二章　优惠和支持政策

第七条　经济适用住房建设用地以划拨方式供应。经济适用住房建设用地应纳入当地年度土地供应计划,在申报年度用地指标时单独列出,确保优先供应。

第八条　经济适用住房建设项目免收城市基础设施配套费等各种行政事业性收费和政府性基金。经济适用住房项目外基础设施建设费用,由政府负担。经济适用住房建设单位可以以在建项目作抵押向商业银行申请住房开发贷款。

第九条　购买经济适用住房的个人向商业银行申请贷款,除符合《个人住房贷款管理办法》规定外,还应当出具市、县人民政府经济适用住房主管部门准予购房的核准通知。

　　购买经济适用住房可提取个人住房公积金和优先办理住房公积金贷款。

第十条　经济适用住房的贷款利率按有关规定执行。

第十一条　经济适用住房的建设和供应要严格执行国家规定的各项税费优惠政策。

第十二条　严禁以经济适用住房名义取得划拨土地后,以补交土地出让金等方式,变相进行商品房开发。

第三章　建　设　管　理

第十三条　经济适用住房要统筹规划、合理布局、配套建设,充分考虑城市低收入住房困难家庭对交通等基础设施条件的要求,合理安排区位布局。

第十四条　在商品住房小区中配套建设经济适用住房的,应当在项目出让条件中,明确配套建设的经济适用住房的建设总面积、单套建筑面积、套数、套型比例、建设标准以及建成后移交或者回购等事项,并以合同方式约定。

第十五条　经济适用住房单套的建筑面积控制在 60 平方米左右。市、县人民政府应当根据当地经济发展水平、群众生活水平、住房状况、

家庭结构和人口等因素,合理确定经济适用住房建设规模和各种套型的比例,并进行严格管理。

第十六条　经济适用住房建设按照政府组织协调、市场运作的原则,可以采取项目法人招标的方式,选择具有相应资质和良好社会责任的房地产开发企业实施;也可以由市、县人民政府确定的经济适用住房管理实施机构直接组织建设。在经济适用住房建设中,应注重发挥国有大型骨干建筑企业的积极作用。

第十七条　经济适用住房的规划设计和建设必须按照发展节能省地环保型住宅的要求,严格执行《住宅建筑规范》等国家有关住房建设的强制性标准,采取竞标方式优选规划设计方案,做到在较小的套型内实现基本的使用功能。积极推广应用先进、成熟、适用、安全的新技术、新工艺、新材料、新设备。

第十八条　经济适用住房建设单位对其建设的经济适用住房工程质量负最终责任,向买受人出具《住宅质量保证书》和《住宅使用说明书》,并承担保修责任,确保工程质量和使用安全。有关住房质量和性能等方面的要求,应在建设合同中予以明确。

经济适用住房的施工和监理,应当采取招标方式,选择具有资质和良好社会责任的建筑企业和监理公司实施。

第十九条　经济适用住房项目可采取招标方式选择物业服务企业实施前期物业服务,也可以在社区居委会等机构的指导下,由居民自我管理,提供符合居住区居民基本生活需要的物业服务。

第四章　价格管理

第二十条　确定经济适用住房的价格应当以保本微利为原则。其销售基准价格及浮动幅度,由有定价权的价格主管部门会同经济适用住房主管部门,依据经济适用住房价格管理的有关规定,在综合考虑建设、管理成本和利润的基础上确定并向社会公布。房地产开发企业实施的经济适用住房项目利润率按不高于3%核定;市、县人民政府直接组织建设的经济适用住房只能按成本价销售,不得有利润。

第二十一条　经济适用住房销售应当实行明码标价,销售价格不得高于基准价格及上浮幅度,不得在标价之外收取任何未予标明的费用。经济适用住房价格确定后应当向社会公布。价格主管部门应依法进行监督管理。

第二十二条　经济适用住房实行收费卡制度,各有关部门收取费用时,必须填写价格主管部门核发的交费登记卡。任何单位不得以押金、保证金等名义,变相向经济适用住房建设单位收取费用。

第二十三条　价格主管部门要加强成本监审,全面掌握经济适用住房成本及利润变动情况,确保经济适用住房做到质价相符。

第五章　准入和退出管理

第二十四条　经济适用住房管理应建立严格的准入和退出机制。经济适用住房由市、县人民政府按限定的价格,统一组织向符合购房条件的低收入家庭出售。经济适用住房供应实行申请、审核、公示和轮候制度。市、县人民政府应当制定经济适用住房申请、审核、公示和轮候的具体办法,并向社会公布。

第二十五条　城市低收入家庭申请购买经济适用住房应同时符合下列条件:

(一)具有当地城镇户口;

(二)家庭收入符合市、县人民政府划定的低收入家庭收入标准;

(三)无房或现住房面积低于市、县人民政府规定的住房困难标准。

经济适用住房供应对象的家庭收入标准和住房困难标准,由市、县人民政府根据当地商品住房价格、居民家庭可支配收入、居住水平和家庭人口结构等因素确定,实行动态管理,每年向社会公布一次。

第二十六条　经济适用住房资格申请采取街道办事处(镇人民政府)、市(区)、县人民政府逐级审核并公示的方式认定。审核单位应当通过入户调查、邻里访问以及信函索证等方式对申请人的家庭收入和住房状况等情况进行核实。申请人及有关单位、组织或者个人应当予以配合,如实提供有关情况。

第二十七条　经审核公示通过的家庭,由市、县人民政府经济适用住房主管部门发放准予购买经济适用住房的核准通知，注明可以购买的面积标准。然后按照收入水平、住房困难程度和申请顺序等因素进行轮候。

第二十八条 符合条件的家庭，可以持核准通知购买一套与核准面积相对应的经济适用住房。购买面积原则上不得超过核准面积。购买面积在核准面积以内的，按核准的价格购买；超过核准面积的部分，不得享受政府优惠，由购房人按照同地段同类普通商品住房的价格补交差价。

第二十九条 居民个人购买经济适用住房后，应当按照规定办理权属登记。房屋、土地登记部门在办理权属登记时，应当分别注明经济适用住房、划拨土地。

第三十条 经济适用住房购房人拥有有限产权。

购买经济适用住房不满5年，不得直接上市交易，购房人因特殊原因确需转让经济适用住房的，由政府按照原价格并考虑折旧和物价水平等因素进行回购。

购买经济适用住房满5年，购房人上市转让经济适用住房的，应按照届时同地段普通商品住房与经济适用住房差价的一定比例向政府交纳土地收益等相关价款，具体交纳比例由市、县人民政府确定，政府可优先回购；购房人也可以按照政府所定的标准向政府交纳土地收益等相关价款后，取得完全产权。

上述规定应在经济适用住房购买合同中予以载明，并明确相关违约责任。

第三十一条 已经购买经济适用住房的家庭又购买其他住房的，原经济适用住房由政府按规定及合同约定回购。政府回购的经济适用住房，仍应用于解决低收入家庭的住房困难。

第三十二条 已参加福利分房的家庭在退回所分房屋前不得购买经济适用住房，已购经济适用住房的家庭不得再购买经济适用住房。

第三十三条 个人购买的经济适用住房在取得完全产权以前不得用于出租经营。

第六章　单位集资合作建房

第三十四条 距离城区较远的独立工矿企业和住房困难户较多的企业，在符合土地利用总体规划、城市规划、住房建设规划的前提下，经市、县人民政府批准，可以利用单位自用土地进行集资合作建房。参加单位集资合作建房的对象，必须限定在本单位符合市、县人民政府规定的低收入住房困难家庭。

第三十五条 单位集资合作建房是经济适用住房的组成部分，其建设标准、优惠政策、供应对象、产权关系等均按照经济适用住房的有关规定严格执行。单位集资合作建房应当纳入当地经济适用住房建设计划和用地计划管理。

第三十六条 任何单位不得利用新征用或新购买土地组织集资合作建房；各级国家机关一律不得搞单位集资合作建房。单位集资合作建房不得向不符合经济适用住房供应条件的家庭出售。

第三十七条 单位集资合作建房在满足本单位低收入住房困难家庭购买后，房源仍有少量剩余的，由市、县人民政府统一组织向符合经济适用住房购房条件的家庭出售，或由市、县人民政府以成本价收购后用作廉租住房。

第三十八条 向职工收取的单位集资合作建房款项实行专款管理、专项使用，并接受当地财政和经济适用住房主管部门的监督。

第三十九条 已参加福利分房、购买经济适用住房或参加单位集资合作建房的人员，不得再次参加单位集资合作建房。严禁任何单位借集资合作建房名义，变相实施住房实物分配或商品房开发。

第四十条 单位集资合作建房原则上不收取管理费用，不得有利润。

第七章　监督管理

第四十一条 市、县人民政府要加强对已购经济适用住房的后续管理，经济适用住房主管部门要切实履行职责，对已购经济适用住房家庭的居住人员、房屋的使用等情况进行定期检查，发现违规行为及时纠正。

第四十二条 市、县人民政府及其有关部门应加强对经济适用住房建设、交易中违纪违法行为的查处。

（一）擅自改变经济适用住房或集资合作建房用地性质的，由国土资源主管部门按有关规定处罚。

（二）擅自提高经济适用住房或集资合作

建房销售价格等价格违法行为的,由价格主管部门依法进行处罚。

（三）未取得资格的家庭购买经济适用住房或参加集资合作建房的,其所购买或集资建设的住房由经济适用住房主管部门限期按原价格并考虑折旧等因素作价收购;不能收购的,由经济适用住房主管部门责成其补缴经济适用住房或单位集资合作建房与同地段同类普通商品住房价格差,并对相关责任单位和责任人依法予以处罚。

第四十三条　对弄虚作假、隐瞒家庭收入和住房条件,骗购经济适用住房或单位集资合作建房的个人,由市、县人民政府经济适用住房主管部门限期按原价格并考虑折旧等因素作价收回所购住房,并依法和有关规定追究责任。对出具虚假证明的,依法追究相关责任人的责任。

第四十四条　国家机关工作人员在经济适用住房建设、管理过程中滥用职权、玩忽职守、徇私舞弊的,依法依纪追究责任;涉嫌犯罪的,移送司法机关处理。

第四十五条　任何单位和个人有权对违反本办法规定的行为进行检举和控告。

第八章　附　则

第四十六条　省、自治区、直辖市人民政府经济适用住房主管部门会同发展改革(价格)、监察、财政、国土资源、金融管理、税务主管部门根据本办法,可以制定具体实施办法。

第四十七条　本办法由建设部会同发展改革委、监察部、财政部、国土资源部、人民银行、税务总局负责解释。

第四十八条　本办法下发后尚未销售的经济适用住房,执行本办法有关准入和退出管理、价格管理、监督管理等规定;已销售的经济适用住房仍按原有规定执行。此前已审批但尚未开工的经济适用住房项目,凡不符合本办法规定内容的事项,应按本办法做相应调整。

第四十九条　建设部、发展改革委、国土资源部、人民银行《关于印发〈经济适用住房管理办法〉的通知》(建住房〔2004〕77号)同时废止。

经济适用住房
开发贷款管理办法

1. 2008年1月18日中国人民银行、中国银行业监督管理委员会公布
2. 自2008年2月18日起施行
3. 银发〔2008〕13号

第一条　为支持经济适用住房建设,维护借贷双方的合法权益,根据《中华人民共和国中国人民银行法》、《中华人民共和国银行业监督管理法》、《中华人民共和国商业银行法》、《中华人民共和国物权法》、《中华人民共和国担保法》、《经济适用住房管理办法》等国家有关法律和政策规定制定本办法。

第二条　本办法所称经济适用住房开发贷款是指贷款人向借款人发放的专项用于经济适用住房项目开发建设的贷款。

第三条　本办法所称贷款人是指中华人民共和国境内依法设立的商业银行和其他银行业金融机构。

本办法所称借款人是指具有法人资格,并取得房地产开发资质的房地产开发企业。

各政策性银行未经批准,不得从事经济适用住房开发贷款业务。

第四条　经济适用住房开发贷款条件:

（一）借款人已取得贷款证(卡)并在贷款银行开立基本存款账户或一般存款账户。

（二）借款人产权清晰,法人治理结构健全,经营管理规范,财务状况良好,核心管理人员素质较高。

（三）借款人实收资本不低于人民币1000万元,信用良好,具有按期偿还贷款本息的能力。

（四）建设项目已列入当地经济适用住房年度建设投资计划和土地供应计划,能够进行实质性开发建设。

（五）借款人已取得建设项目所需的《国有土地使用证》、《建设用地规划许可证》、《建设工程规划许可证》和《建设工程开工许可证》。

（六）建设项目资本金(所有者权益)不低

于项目总投资的30%,并在贷款使用前已投入项目建设。

(七)建设项目规划设计符合国家相关规定。

(八)贷款人规定的其他条件。

第五条　经济适用住房开发贷款必须专项用于经济适用住房项目建设,不得挪作他用。

严禁以流动资金贷款形式发放经济适用住房开发贷款。

第六条　经济适用住房开发贷款期限一般为3年,最长不超过5年。

第七条　经济适用住房开发贷款利率按中国人民银行利率政策执行,可适当下浮,但下浮比例不得超过10%。

第八条　经济适用住房开发贷款应以项目销售收入及借款人其他经营收入作为还款来源。

第九条　贷款人应当依法开展经济适用住房开发贷款业务。

贷款人应对借款人和建设项目进行调查、评估,加强贷款审查。借款人应按要求向贷款人提供有关资料。

任何单位和个人不得强令贷款人发放经济适用住房开发贷款。

第十条　借款人申请经济适用住房贷款应提供贷款人认可的有效担保。

第十一条　贷款人应与借款人签订书面合同,办妥担保手续。采用抵(质)押担保方式的,贷款人应及时办理抵(质)押登记。

第十二条　经济适用住房开发贷款实行封闭管理。借贷双方应签订资金监管协议,设定资金监管账户。贷款人应通过资金监管账户对资金的流出和流入等情况进行有效监控管理。

第十三条　贷款人应对经济适用住房开发贷款使用情况进行有效监督和检查,借款人应定期向贷款人提供项目建设进度、贷款使用、项目销售等方面的信息以及财务会计报表等有关资料。

第十四条　中国银行业监督管理委员会及其派出机构依法对相关借贷经营活动实施监管。中国人民银行及其分支机构可以建议中国银行业监督管理委员会及其派出机构对相关借贷经营活动进行监督检查。

第十五条　经济适用住房开发贷款列入房地产贷款科目核算。

第十六条　经有关管理部门批准,符合相关政策规定的单位集资合作建房项目的贷款业务参照本办法执行。

第十七条　本办法由中国人民银行、中国银行业监督管理委员会负责解释。

第十八条　本办法自发布之日起30日后实施。《经济适用住房开发贷款管理暂行规定》(银发〔1999〕129号文印发)同时废止。

经济适用住房价格管理办法

2002年11月17日国家发展计划委员会、建设部发布

第一条　为规范经济适用住房价格管理,促进经济适用住房健康发展,根据《中华人民共和国价格法》和国务院关于经济适用住房建设的规定,制定本办法。

第二条　本办法适用于在城市规划区内经济适用住房的价格管理。

第三条　本办法所称经济适用住房,是指纳入政府经济适用住房建设计划,建设用地实行行政划拨,享受政府提供的优惠政策,向城镇中低收入家庭供应的普通居民住房。

第四条　县级以上政府价格主管部门是经济适用住房价格的主管部门,依法对本地区经济适用住房价格实施管理。

县级以上政府建设主管部门应协助政府价格主管部门做好经济适用住房价格的监督和管理工作。

第五条　经济适用住房价格实行政府指导价。

制定经济适用住房价格,应当与城镇中低收入家庭经济承受能力相适应,以保本微利为原则,与同一区域内的普通商品住房价格保持合理差价,切实体现政府给予的各项优惠政策。

第六条　经济适用住房基准价格由开发成本、税金和利润三部分构成。

(一)开发成本

1.按照法律、法规规定用于征用土地和拆迁补偿等所支付的征地和拆迁安置补偿费。

2. 开发项目前期工作所发生的工程勘察、规划及建筑设计、施工通水、通电、通气、通路及平整场地等勘察设计和前期工程费。

3. 列入施工图预(决)算项目的主体房屋建筑安装工程费,包括房屋主体部分的土建(含桩基)工程费、水暖电气安装工程费及附属工程费。

4. 在小区用地规划红线以内,与住房同步配套建设的住宅小区基础设施建设费,以及按政府批准的小区规划要求建设的不能有偿转让的非营业性公共配套设施建设费。

5. 管理费按照不超过本条(一)项1至4目费用之和的2%计算。

6. 贷款利息按照房地产开发经营企业为住房建设筹措资金所发生的银行贷款利息计算。

7. 行政事业性收费按照国家有关规定计收。

(二)税金

依照国家规定的税目和税率计算。

(三)利润

按照不超过本条(一)项1至4目费用之和的3%计算。

第七条　下列费用不得计入经济适用住房价格:

(一)住宅小区内经营性设施的建设费用;

(二)开发经营企业留用的办公用房、经营用房的建筑安装费用及应分摊的各种费用;

(三)各种与住房开发经营无关的集资、赞助、捐赠和其他费用;

(四)各种赔偿金、违约金、滞纳金和罚款;

(五)按规定已经减免及其他不应计入价格的费用。

第八条　经济适用住房价格由有定价权的政府价格主管部门会同建设(房地产)主管部门,按照本办法有关规定,在项目开工之前确定,并向社会公布。

凡不具备在开工前确定公布新建经济适用住房价格的,以及已开发建设的商品房项目经批准转为经济适用住房项目的,房地产开发经营企业应当在经济适用住房销售前,核算住房成本并提出书面定价申请,按照价格管理权限报送有定价权的政府价格主管部门确定。

第九条　按本办法第八条第二款确定价格的,房地产开发经营企业定价申请应附以下材料:

(一)经济适用住房价格申报表和价格构成项目审核表;

(二)经济适用住房建设的立项、用地批文及规划、拆迁、施工许可证复印件;

(三)建筑安装工程预(决)算书及工程设计、监理、施工合同复印件;

(四)政府价格主管部门规定的其他应当提供的材料。

第十条　政府价格主管部门在接到房地产开发经营企业的定价申请后,应会同建设(房地产)主管部门审查成本费用,核定销售(预售)价格。对申报手续、材料齐全的,应在接到定价申请报告后30个工作日内作出制定或调整价格的决定。

第十一条　按照本办法确定或审批的经济适用住房价格,为同一期工程开发住房的基准价格。分割零售单套住房,应当以基准价格为基础,计算楼层、朝向差价。楼层、朝向差价按整幢(单元)增减的代数和为零的原则确定。

第十二条　经济适用住房价格的上浮幅度,由有定价权的政府价格主管部门在核定价格时确定,下浮幅度不限。

第十三条　经济适用住房价格经政府价格主管部门确定公布或审批后,任何单位和个人不得擅自提高。

第十四条　房地产开发经营企业销售经济适用住房,不得在批准的房价外加收任何费用或强行推销及搭售商品;凡未按本办法规定确定或审批价格的,建设主管部门或房地产管理部门不予核发销售(预售)许可证。

第十五条　房地产开发经营企业应当按照政府价格主管部门的规定实行明码标价,在销售场所显著位置公布价格主管部门批准的价格及批准文号,自觉接受社会监督。

第十六条　建立房地产开发经营企业负担卡制度。凡涉及房地产开发经营企业的建设项目收费,收费的部门和单位必须按规定在企业负担卡上如实填写收费项目、标准、收费依据、执收单位等内容,并加盖单位公章。拒绝填写或不按规定要求填写的,房地产开发经营企业有权拒交,并向政府价格主管部门举报。

第十七条 政府价格主管部门要加强对涉及房地产建设项目收费的监督检查,对不按国家及地方政府规定的经济适用住房收费政策,超标准收费以及其他乱收费行为要依法处理。

第十八条 政府价格主管部门要加强对经济适用住房价格的监督检查。房地产开发经营企业违反价格法律、法规和本办法规定的价格行为的,由政府价格主管部门依据《中华人民共和国价格法》和《价格违法行为行政处罚规定》予以处罚。

第十九条 本办法由国家计委负责解释。

第二十条 各省、自治区、直辖市政府价格主管部门可根据本办法制定实施细则,并报国家计委备案。

第二十一条 本办法自 2003 年 1 月 1 日起施行。

建设部、国家发展计划委员会、国土资源部关于大力发展经济适用住房的若干意见

1. *1998 年 9 月 14 日发布*
2. *建房[1998]第 154 号*

为了贯彻落实《国务院关于进一步深化城镇住房制度改革加快住房建设的通知》(国发[1998]23 号)精神,现就大力发展经济适用住房(安居工程),提出以下意见:

一、发展经济适用住房的目的和原则

(一)发展经济适用住房的目的,是为了建立适应社会主义市场经济体制和我国国情的住房供应体系,加快住房建设,促使住宅业成为新的经济增长点,不断满足中低收入家庭日益增长的住房需求。

(二)经济适用住房建设用地实行行政划拨,享受政府扶持政策,以微利价格向中低收入家庭出售。

中低收入家庭购买新建的经济适用住房实行申请、审批制度。具体办法由市(县)人民政府制定。

二、经济适用住房的计划

(三)市(县)人民政府计划部门,会同建设、土地管理部门,根据本地的社会经济发展状况、人口、中低收入家庭的住房水平和市场需求以及建设用地可供数量情况,编制经济适用住房发展规划和年度建设计划,并统筹纳入地方社会经济发展计划。

(四)市(县)人民政府土地管理部门根据土地利用总体规划、城市总体规划和经济适用住房年度建设计划,编制经济适用住房建设用地年度计划,并在地方年度土地供应计划中统筹安排。

(五)各省、自治区、直辖市经济适用住房年度建设计划报国家发展计划委员会、建设部、国土资源部备案。

三、经济适用住房的建设

(六)经济适用住房建设坚持统一规划、合理布局、综合开发、配套建设的原则。要严格执行国家《城市居住区规划设计规范》,不符合规划及规范要求的,不得开工建设。

(七)经济适用住房建设要坚持合理用地,节约用地原则,尽可能不占用或少占用耕地。经济适用住房的建设用地实行行政划拨方式供应,依法办理用地手续。

(八)经济适用住房小区规划、设计,必须由具有相应资质的规划和设计单位承担,按照建设部《关于印发〈提高住宅设计质量和加强住宅设计管理的若干意见〉的通知》(建设[1997]321 号)的有关精神执行。采用招投标、方案竞选等方式,优先规划设计方案,并按程序报批。规划、设计方案要充分考虑当地的社会经济发展水平、群众的经济承受能力和生活习惯。

在进行市场调查的基础上,合理确定经济适用住房的套型和标准,以满足目前中低收入家庭的实际消费需求。

(九)经济适用住房建设要严格执行国家建设标准和技术规范,积极推广先进、成熟、适用的新技术、新工艺、新材料、新产品,降低能耗,提高住宅建设的整体建设水平。

(十)经济适用住房的开发建设要通过招投标方式,确定开发建设单位和施工单位,中

标单位不得转包。要积极推行建设监理制度，提高工程质量。工程质量要符合国家现行质量检验评定标准规定。

（十一）工程项目的验收，要严格执行国家验收规范及建设部制定的《住宅小区竣工综合验收管理办法》（建法字〔1993〕814号）。通过验收的住宅方可入住。

（十二）开发建设单位对经济适用住房工程质量负最终责任，实行工程质量保证制度。销售住房时，须向住户提供《住宅质量保证书》和《住宅使用说明书》。

四、经济适用住房价格

（十三）新建的经济适用住房价格构成包括以下8项因素：

1. 建设用地的征地和拆迁补偿、安置费；

2. 勘察设计和前期工程费；

3. 建安工程费；

4. 住宅小区基础设施建设费（含小区非工农业性配套公建费）；

5. 以上4项之和为基数的1%—3%的管理费；

6. 贷款利息；

7. 税金；

8. 3%以下的利润。

（十四）出售经济适用住房实行政府指导价。其售价由市（县）人民政府根据以上8项因素综合确定，并定期公布。

经济适用住房不得擅自提价销售。

五、经济适用住房的物业管理

（十五）新建成的经济适用住房，要严格执行建设部制定的《城市新建住宅小区管理办法》（建设部令第33号），全面推行社会化、专业化、市场化的物业管理新机制。

（十六）在经济适用住房建设前期阶段，应做好与物业管理的衔接工作。通过竞争方式，选择物业管理企业。物业管理企业要按照同业主委员会的合同，进行售后服务和管理。

（十七）要建立住房共用部位、设备和小区公共设施的专项维修资金，并按照规定使用。

（十八）政府建设（房地产）行政主管部门要加强对物业管理企业的监督和管理，规范物业管理及服务。物业管理收费标准应与物业管理服务内容以及当地居民的经济承受能力相适应，通过不断提高物业管理水平，为居民创造良好的生活环境。

六、其他

（十九）以上规定适用于集资建房、合作建房。

（二十）各省、自治区、直辖市人民政府建设（房地产）行政主管部门会同计划、土地管理部门根据本意见制定具体实施办法。

图书在版编目(CIP)数据

新编房地产法小全书:注释版/ 法律出版社法规中心
编.一北京:法律出版社,2008.11
(新编法律小全书注释版系列)
ISBN 978 - 7 - 5036 - 8920 - 8

Ⅰ.新… Ⅱ.法… Ⅲ.房地产业—法规—注释—中国
Ⅳ.D922.181.5

中国版本图书馆 CIP 数据核字(2008)第 163953 号

ⓒ法律出版社·中国

责任编辑/李 群 周 洋	装帧设计/乔智炜
出版/法律出版社	编辑统筹/法规出版分社
总发行/中国法律图书有限公司	经销/新华书店
印刷/北京北苑印刷有限责任公司	责任印制/吕亚莉
开本/A5	印张/20.625 字数/1000 千
版本/2009 年 1 月第 1 版	印次/2009 年 1 月第 1 次印刷

法律出版社/北京市丰台区莲花池西里 7 号(100073)
电子邮件/info@ lawpress. com. cn   销售热线/010 - 63939792/9779
网址/www. lawpress. com. cn   咨询电话/010 - 63939796

中国法律图书有限公司/北京市丰台区莲花池西里 7 号(100073)
全国各地中法图分、子公司电话:

第一法律书店/010 - 63939781/9782	西安分公司/029 - 85388843
上海公司/021 - 62071010/1636	北京分公司/010 - 62534456
深圳公司/0755 - 83072995	重庆公司/023 - 65382816/2908

书号:ISBN 978 - 7 - 5036 - 8920 - 8   定价:45.00 元

(如有缺页或倒装,中国法律图书有限公司负责退换)

权威法规信息平台　伴您走进法治时代

《新编房地产法小全书(注释版)》增补登记表

购书时间		购书地点	□新华书店　□法律书店　□其他	
姓　名		职　业		
电　话				
通讯地址				
电子信箱		向		发送免费法规增补材料。
反馈意见	1. 您最需要的法规文件是： 2. 您对本书的期望是： 3. 其他建议：			
有偿增补 服务选择	每 15 天增补一次,全年 100 元(　) 每 60 天增补一次,全年 90 元(　) 每年增补一次,全年 80 元(　)			
请从邮局汇款,注明订购法规增补服务,收款人为《文选》编辑部。				

------填好《增补登记表》,请沿此虚线剪下寄回法规出版分社,享受增补服务-------

《司法业务文选》法规增补服务说明：

1. 全面增补：增补内容为《司法业务文选》,包括最新公布的全部法律、行政法规、司法解释和重要的部门规章等。

2. 免费增补：对所有寄回《增补登记表》,并认真填写反馈意见的读者,免费提供一次法规增补材料(电子版)。

3. 有偿增补：根据读者需求,提供不同方式的法规信息增补,不同资费标准,都是超值服务(资费标准见上表)。

地址:北京市丰台区莲花池西里法律出版社 《司法业务文选》编辑部(100073)

电话:010—63939633　传真:

联系人:陶玉霞

电子信箱:law@ lawpress. com. cn